D1859149

BASTEI LÜBBE

Katherine Kurtz

CAMBER DER KETZER

Roman

Ins Deutsche übertragen
von Horst Pukallus

BASTEI
LÜBBE

BASTEI LÜBBE TASCHENBUCH
Band 20 403

1. Auflage: Januar 2001

Vollständige Taschenbuchausgabe

Bastei Lübbe Taschenbücher
ist ein Imprint der
Verlagsgruppe Lübbe

Titel der amerikanischen Originalausgabe: Camber the Heretic

Lizenzausgabe:
Verlagsgruppe Lübbe GmbH & Co. KG,
Bergisch Gladbach

Lektorat: Stefan Bauer
Titelillustration: Jody A. Lee / Agentur Schlück
Umschlaggestaltung: QuadroGrafik, Bensberg
Druck und Verarbeitung:
Brodard & Taupin, La Flèche, Frankreich
Printed in France

ISBN 3-404-20403-4

Sie finden uns im Internet unter
http://www.luebbe.de

Für Sven Lugar und John Innis

Prolog

Ihr aber seid »ein auserwähltes Geschlecht« (Is 43,20), »eine königliche Priesterschaft, ein geheiligtes Volk« (Ex 19,6), »ein Volk, das dazu erworben wurde, damit ihr die Ruhmestaten dessen verkündet« (Is 43,21), der euch aus der Finsternis berufen hat in sein wunderbares Licht.

1 Petrus 2,9

Das Schriftstück war in der engen, verschnörkelten Handschrift eines der Burgschreiber abgefasst und füllte ganz einen großen Bogen rahmfarbenen Pergaments. Der Mann, der es las, hatte es auf den ersten Blick für durchaus harmlos erachtet – die Niederschrift eines der langweiligen, alltäglichen Verfahren, wieder so eines der königlichen Amtsgeschäfte –, doch nunmehr, während er es sich nochmals zu Gemüte führte, begann er die feinsinnigeren Auslegungen und Absichten, welche es verhohlen enthielt, zu erfassen und zum Schluss hob er voller Staunen den Blick zu den beiden anderen Anwesenden.

»Murdoch, mir mangelt's an Worten. Das ist glanzvoll – darin steht alles, worauf wir nur hoffen könnten. Doch wird er's nie und nimmer unterzeichnen.«

»Er hat's bereits«, entgegnete Murdoch mit seiner hellen, genäselten Stimme, nahm das Schreiben und reichte es dem Dritten im Bunde. »Gestern habe ich's in einen ganzen Stoß anderer geläufiger Schriftstücke geschoben. Dies ist nur eine Abschrift.«

Der dritte Mann, zugleich der jüngste der drei, nahm das Geschriebene mit begierigen Augen zur Kenntnis, denen nichts entging, ein befremdlich gelehrtenhaftes Verhalten bei jemandem, dem man in jeder anderen Beziehung offenkundig ansah, dass er nichts anderes war als ein Krieger. Versehen mit starken Gliedern und Muskeln, stämmig, doch nicht feist, war Baron Rhun von Horthness mit seinen zweiunddreißig Jahren im Heere Gwynedds ein im Aufsteigen begriffener Mann. Das karge, wölfische Grinsen, welches sich nun langsam über sein Angesicht ausbreitete, war eine seiner allbekannten Eigenheiten, und zwar eine, aufgrund welcher Freund und Feind gleichermaßen von ihm als Rhun dem Hunn sprachen.

»Ich nehme an, Cullen hat's nicht zu sehen bekommen«, äußerte Rhun und sein Tonfall bezeugte klar, dass er keine Frage stellte, sondern eine Tatsache bekräftigte.

Murdoch nickte, legte spinnendürre Finger in einer Geste, in der sich Zuversicht und Dünkel mischten, zu einem Giebelchen aneinander. »Er hat's nicht gesehen und er wird's auch nicht vorzeitig sehen«, bestätigte er. »Was unseren teuren Kanzler angeht, so bleibt des Königs Testament genau so und nicht anders, wie's im vergangenen Herbst beurkundet worden ist. Und weil dies Schriftstück keine Änderung des Testaments enthält, sondern lediglich eine Abänderung der Leitbestimmungen für einen möglichen Regentschaftsrat, gibt's keinen Grund, warum er's sehen *sollte*, bevor der König, Gott mit ihm, tot ist und sich nichts ändern lässt. Gott gebe, dass des Königs Tod« – diese Anmerkung machte er mit frömmlerischem Gehabe – »schmerzlos und rasch eintreten wird.«

Rhun lachte, und sein Auflachen glich einem dumpfen, bedrohlichen Knurren, während der erstere Mann sich nicht einmal zu einem Lächeln bewogen fühlte. Seine Miene bezeugte Nachdenklichkeit, als er sich von neuem an Murdoch wandte.

»Sagt an«, fragte er, »weiß jemand, wann Bischof Cullen zurückkehrt?«

»Zu bald, um meinem Geschmack zu behagen«, gab

Murdoch Auskunft. »Gestern hat der König Jebedias ausgeschickt, auf dass er ihn hole. Dank meiner Kenntnis des Weges, den unser ruhmvoller Großzeremonienmeister reitet, vermag ich zu sagen, dass er Grecotha spätestens morgen erreichen dürfte, selbst bei schlechtem Wetter. Infolgedessen wird sich Cullen voraussichtlich noch vorm ersten Tag des Februars wieder in Valoret befinden. Ich hatte gehofft, er werde den Winter in Grecotha zubringen, aber …« Er zuckte mit den Achseln, hob verdrossen seine schmalen Schultern. »Doch wenigstens wird dies wohl das letzte Mal sein. Der König kann nicht mehr viel länger durchhalten.«

»So krank ist er also?«, vergewisserte sich der dritte Mann.

»Ich hegte meine Zweifel, ob er Dreikönige erleben könne«, antwortete Murdoch unwirsch, »aber dieser Heiler Rhys, so hat's den Anschein, versteht Leib und Seele weit tüchtiger beisammenzuhalten, als ich's wähnte. Schimpf und Schande auf diesen verfluchten Deryni!«

Dem missgünstigen Ausruf schloss sich ein kurzes, von Anspannung gekennzeichnetes Schweigen an, während dessen Dauer jeder der drei Männer abwog, was des Königs Ableben für ihn persönlich bedeuten möge. Schließlich rollte Murdoch das Pergament zusammen und umschnürte es mit einem Stück zinnoberroter Kordel. Während er erneut seine Gesinnungsgenossen anschaute, patschte er die Rolle mehrfach versonnen auf seiner Hand Ballen.

»Nun wohl, so will ich meines Weges ziehen. Ich möchte das Schriftstück Hubert zeigen, ehe ich's sicher fortsperre. Gedenkt einer der Herren mich zu begleiten?«

»Durchaus, das werde ich tun«, gab Rhun zur Antwort.

Nachdem die beiden sich verabschiedet und entfernt hatten, saß Graf Tammaron Fitz-Arthur, Truchsess im Großrat von Gwynedd, für ein Weilchen still da, ganz in

Gedanken versunken. Wenn alles gemäß seiner Pläne verlief, konnte er binnen sehr kurzem der nächste Reichskanzler Gwynedds sein.

Einige Tage später ritt der Deryni Camber MacRorie mit seiner Eskorte in stetem Trab auf einer mit Schnee behäuften Landstraße südwärts gen Valoret, und der Schnee dämpfte den Hufschlag, der Wind verwehte ihn.

Camber, den die Welt als Bischof Alister Cullen kannte, einstigen Generalvikar des machtvollen Ordens vom Heiligen Michael und heutigen Reichskanzler von Gwynedd, hatte des Königs Botschaft noch vor Anbruch der Morgendämmerung erhalten, war zunächst erbost gewesen, weil man ihn aus dem warmen Bett scheuchte, doch nur, bis er erfuhr, dass des Königs Bote kein anderer war denn sein alter Freund Jebedias von Alcara, Großmeister der Michaeliten und ebenso Gwynedds Großzeremonienmeister. Gemeinsam lasen Jebedias und er im bischöflichen Arbeitsgemach das Sendschreiben des Königs, verfasst in der für König Cinhil eigentümlichen wortkargen Art. Danach erläuterte Jebedias mündlich Camber den wahren Hintergrund der Nachricht.

Ja, der König war fürwahr krank. Alister müsse kommen. Ja, sein Zustand galt als ernst, und ebenso ja, er war beim Königlichen Heiler vorstellig geworden. Nein, sterben werde er nicht, bevor sein teurer Freund und Kanzler Alister in der Hauptstadt eintraf – und auch späterhin nicht, sollte es sich irgendwie bewerkstelligen lassen.

Doch zur gleichen Zeit hatte Cinhil für unmissverständliche Klarheit darüber gesorgt, dass er hinsichtlich Alisters Kommen keinen Verzug zu dulden gedachte. Und obschon er im Gegensatz dazu hierüber keine Klarheit geschaffen hatte, ließ er dennoch keinen Zweifel daran, dass es noch andere Gründe gab, aus welchen er den Kanzler-Bischof so bald nach dem Dreikönigsfest aus Grecotha zurückrief – solche Gründe, die er keinem geschriebenen Wort anvertrauen mochte, nicht einmal, wenn dessen Mittler Hände waren, die seinem Großzeremonienmeister gehörten.

Daraufhin hatte sich in Camber von neuem Hoffnung geregt – sowohl in der Beziehung, dass des Königs gesundheitliche Verfassung vielleicht doch nicht so ernst sei, wie zu befürchten ihm Anlass gegeben worden war, und ebenso in der Hinsicht, Cinhil möge jene Entscheidung gefällt haben, zu der Camber – als Alister – ihn bereits seit länger als einem Jahrzehnt beharrlich drängte.

Und so hatte der Bischof von Grecotha seine Leibwache zusammenrufen lassen und war im ersten Morgenlicht zur Hauptstadt aufgebrochen, ritt nun rücksichtslos durch die Schneeverwehungen des Januars, der sich seinem Ende zuneigte, rastete nur gelegentlich, um die Pferde zu wechseln und ein warmes Mahl einzunehmen. Behielt man diese Geschwindigkeit bei, konnte man in Valoret sein, noch ehe der Abend anbrach. Und während des Ritts fand Camber die Zeit zum Erwägen, zum Grübeln, um das verführerische Gedankenspiel vom *Wenn* zu betreiben.

Wenn Cinhil bloß nicht dem Tode geweiht war. *Wenn* sich der tödliche Ausgang seiner verhängnisvollen Krankheit nur hinauszögern ließ, und wäre es nur um einige wenige Jahre. Und folglich, *wenn* Cinhil nur jünger gewesen wäre, als man ihn auf den Thron gesetzt hatte. Ein Mann von über vierzig Lenzen war schwerlich im geeignetsten Alter zur Begründung einer Königsfamilie, vor allem nicht, wollte er darauf hoffen, selbige Familie noch zur Reife heranwachsen sehen zu dürfen.

Sein ältester Sohn war schon im zarten Säuglingsalter einem Giftanschlag zum Opfer gefallen, noch bevor Cinhil auf den Thron gelangte. Die Zwillinge, die dem Erstgeborenen nachfolgten, waren noch keine zwölf Jahre alt, also zwei volle Jahre und länger vom Alter ihrer rechtmäßigen Reife entfernt. Das jüngste Kind war nun gerade erst zehn Jahre alt, und die Mutter war seit nahezu neun Jahren tot, gestorben nach der Geburt eines letzten Sohnes, der sie dann nur um wenige Monde überlebt hatte. Selbst wenn die Zwillinge das Reifealter erreichten, es musste mehrere Jahre beanspruchen, bis man erwarten konnte, dass der Erstrangige von ihnen, der junge Alroy, alle Fähigkeiten erworben hatte, um allein herrschen zu können. Bis dahin sollte Gwynedd durch einen tüchtigen Regentschaftsrat verwaltet werden.

Camber hatte immer befürchtet, dass dieser Tag einmal anbrechen werde; er war sich dessen bewusst gewesen, als er und seine Kinder den widerwilligen Cinhil auf den Thron hoben – vor nahezu dreizehn Jahren –, dass es höchstwahrscheinlich bald, viel zu bald dazu kommen werde; doch nie hatte er der Hoffnung entsagt, dass das Unausweichliche sich noch ein wenig länger werde hinausschieben lassen. Cinhil hatte bereits – für alle Fälle – einen Regentschaftsrat bestimmt, der nicht Cambers ungeteilten Beifall fand; und viele Hochgestellte warteten, schmiedeten Pläne für den Tag, an dem Cinhil sterben würde, erweiterten und verstärkten ihre Einflussnahme auf die drei jungen Prinzen, belasteten und untergruben das friedliche Zusammenleben von Menschen und Deryni, von dem Weise beider Volksstämme seit etlichen Jahren versuchten es zu einem festen Bestandteil im Leben der künftigen Herrscher und ganz Gwynedds zu machen; doch Cinhil weigerte sich, die Gefahr zu erkennen.

Nun standen die den Deryni feindselig gesinnten Kräfte dicht davor, ihren Willen zu erhalten. Cinhil musste noch vor Jahresfrist sterben, womöglich sogar binnen eines Mondes Dauer, falls Rhys' Beurteilung seiner Verfassung zutraf, und die Regenten würden die Entscheidungen des jungen Alroy lenken. Man würde auch die letzten, der Krone treu ergebenen Deryni aus ihren Ämtern werfen, sie aus allen Bereichen entfernen, in denen sie irgendeinen Einfluss nehmen konnten, ungeachtet dessen, wie sehr und mit welcher Unverbrüchlichkeit sie Gwynedd und dessen gegenwärtigem König gedient haben mochten. Und danach käme die Ächtung, die Verfolgung aller Deryni und zu guter Letzt würde das Blutvergießen folgen. Dergleichen war zu anderen Zeiten und in anderen Landen schon geschehen. Und vielleicht war es nun auch hier bereits so weit.

Und so eilte Camber nunmehr, indem er dem Ruf seines Königs gehorchte, die Straße nach Valoret entlang, er selbst für seine siebzig Lenze noch jugendhaft rüstig, überdies in der äußeren Gestalt eines zehn Jahre jüngeren Mannes, nach seinem Äußeren und seinem Gebaren unverwechselbar mit einem kaum Fünfzigjährigen, unterwegs zu seinen Kindern und dem König, um zu versuchen, vollends das Ziel zu verwirklichen, auf das sie sannen, als sie vor nun vierzehn Jahren diesen Weg eingeschlagen hatten. Damals hatten sie einen vorherigen Priester zum König gemacht und ihm Kräfte verliehen, die denen eines jeden Deryni gleichkamen – wenngleich der König stets dagegen abgeneigt geblieben war, dieselben Kräfte zu verwenden. Die Zeit war da, dass der König diese Kräfte – oder wenigstens die Voraussetzungen zu ihrem Erwerb – an seine jungen Söhne weitergeben musste, in der Hoffnung, dass sie lernen möchten, damit weiser umzugehen und vorm besagten Umgang weniger Furcht zu hegen, als er an den Tag gelegt hatte.

Camber wusste nicht, ob ihnen Erfolg beschieden sein konnte oder nicht, denn die Zeit wirkte wider sie; jedoch wusste er, es galt den Versuch.

1

Von Gott erhält der Arzt die Weisheit, vom König erntet er Geschenke.

Jesus Sirach 38,2

Rhys Thuryn, womöglich der am höchsten angesehene und geachtete Heiler in allen elf Königreichen, schritt im Schlafgemach des Grafen von Ebor auf und nieder, darum bemüht, zu entscheiden, was er als Nächstes unternehmen solle. Nahebei warf sich der Graf auf seinem Bett hin und her, wand sich in ungelinderter Pein, während Schweiß über seine hohe Stirn strömte, ihm das rötlich blonde Haupthaar und den ebensolchen Bart tränkte, obwohl es in dem Raum kühl war an diesem letzten Tag des Januars im Jahre 917 *anno Domini*.

Cinhil in Person hatte Rhys zum Grafen von Ebor geschickt. Als den König die Kunde vom Missgeschick des Grafen erreichte, hatte ihn in der ersten Erregung ein bedrohlicher Anfall schweren Hustens fast übermannt und er war kaum dazu imstande gewesen, seine Weisungen hervorzukeuchen, als Rhys, eilends gerufen, vor ihm erschien. Nichts außer Rhys' ungesäumter Aufbruch nach Ebor vermochte ihn zu besänftigen. Kein anderer Heiler, befand Cinhil, könne genügen. Was werden solle, wenn der Graf stürbe?

Trotz Cinhils Aufregung – und vielleicht ein wenig wegen derselben, obschon ihn andererseits beim Erhalt der Nachricht ein eisiges Gefühl beschlich – hatte Rhys zunächst Einwände vorgetragen. Obgleich der König einen leicht gebesserten Eindruck machte, nachdem Camber aus Grecotha zurückgekehrt war, missbehagte Rhys die Vorstellung außerordentlich, dass zwischen dem König und ihm mehrere Stunden zu Ross liegen mochten, wenn der König seiner vielleicht dringend bedurfte. Diesmal stand keine abermalige Genesung des Königs zu erwarten. Im günstigsten Falle konnte Rhys ihm in diesen letzten Tagen oder Wochen die Unannehmlichkeiten lindern. Aber es überstieg die Befähigung Rhys' und ebenso jedes anderen Heilers, die Krankheit in Cinhils Lungen zu heilen. Weder er noch Cinhil selbst gaben sich bezüglich des letztendlichen Verlaufs der Erkrankung irgendwelchen Täuschungen hin.

Ebenso wenig jedoch kannte der König irgendein Zaudern, was die Dringlichkeit des bestmöglichen Beistands für seinen verwundeten Grafen anbetraf. Gregorius von Ebor hatte, obwohl es sich bei ihm um einen vollwertigen Deryni-Magister von bemerkenswerter Begabung handelte, nichtsdestotrotz im Laufe von Cinhils vergangenem Jahrzehnt auf dem Thron die höchste Achtung des Königs und seine Freundschaft gewonnen; vor erst zwei Jahren war er zum Verweser der Westmark bestallt worden. Rhys besaß von Anfang an, trotz seines Einspruchs, darüber Klarheit, er *würde* zu ihm gehen – und folglich suchte er ihn in der Tat auf.

Doch nunmehr, da sich Rhys bei Gregorius befand, war er sich, so musste er sich eingestehen, durchaus im Unklaren, wie er weiter vorzugehen habe. Mit Gregorius war er wohl vertraut, so wie Gregorius seinerseits ihn gut kannte. In den vergangenen fünf Jahren war Gregorius als Mitglied des ungemein machtvollen, aber hochgeheimen camberischen Rates, wie man selbigen Bund von Deryni auf Beharren von Erzbischof Jaffray benannt hatte, der ihm gleichfalls angehörte, tätig gewesen; der Erzbischof hatte diese Bezeichnung für angebracht erachtet, um die hehren Ideale in ständigem Eingedenken zu halten, nach deren Bewahrung dieser Kreis Erlauchter nämlich strebte. Ebenso zählten Rhys und Evaine zu den Mitgliedern, ferner Joram und Jebedias sowie Camber selbst – obwohl Jaffray und Gregorius von letzterer Tatsache naturgemäß nicht einmal etwas ahnten.

In den acht Jahren seines Daseins hatte der camberische Rat manches getan, um auf die Reihen der weniger verantwortungsbewussten Deryni Acht zu geben und zwischen den beiden Völkern, Deryni und Menschen, des Friedens Fortbestand zu gewährleisten; und Evaines unermüdliches, fortwährendes Forschen und Suchen, das sie jetzt vorgeblich gemeinsam mit Bischof Alister betrieb – statt mit ihrem Vater –, hatte einen wahren Schatz an bis dahin verschollen gewähntem Wissen der frühen derynischen Ahnen zu Tage gefördert. Grecotha, wo Camber seinen hauptsächlichen Wohnsitz hatte, war zu einer wahren Goldgrube neuer magischer Kenntnisse und Erkenntnisse geworden und blieb es fortgesetzt. Und Graf Gregorius von Ebor hatte an alldem beträchtlichen Anteil gehabt.

Nun lag Gregorius in einer Art von Fieberwahn darnieder, aus welchem sich zu befreien er anscheinend außerstande oder nicht willens war, und weder des Königs Fürsorge noch die Zugehörigkeit zum camberischen Rate erwies sich als dienlich genug, um die entfesselten Kräfte zu bändigen, die in seinem Leibe tosten und deren Auswirkungen bisweilen auch ringsherum das Schlafgemach heimsuchten. Nicht einmal sein ältester Sohn und Erbe, ein gelehrter junger Mann, der in der Beherrschung der Deryni-Kräfte alles andere als unkundig war, hatte den Reigen der Verhängnisträchtigkeit zu durchbrechen vermocht. Vor dem Kamin bedeckten noch immer Scherben von geborstenem Glas und Steingut den Fußboden, die fortzuräumen keiner der Bediensteten sich kühn genug fühlte – ein stummes Zeugnis der Gefährlichkeit eines Deryni-Edlen, den allem Anschein nach der Wahnsinn gepackt hatte.

In tiefsinnigem Ernst verharrte Rhys vor einem der kostbaren Buntglasfenster des Grafen, das der Zerstörung bislang entgangen war, und legte beide Handflächen gegen das von der Sonne schwach erwärmte Glas, fragte sich müßig, wie es dem Grafen in seiner Tollwütigkeit gelungen sein konnte, diese Scheiben zu schonen. Er und Evaine, seine Gemahlin und Gefährtin in all seinem Wirken seit beinahe dreizehn Jahren, hatten bei ihrer Ankunft den Versuch unternommen, Gregorius' Schmerzen zu mildern und die Schwere seiner Verletzungen zu ermitteln. Zu zweit waren sie geistig gerade so stark gewesen, dass sie sicher sein durften, der Graf konnte ihre seelische Abschirmung nicht beeinträchtigen und ihnen in seinem umnachteten Zustand keinen ernstlichen Schaden zufügen.

Aber als sie ihn berührten, hatte der Kranke so wild um sich geschlagen, dass sie es nicht zu wagen vermochten, zum Zwecke einer gründlichen Untersuchung mit allen Deryni-Sinnen mit ihm in körperlicher Berührung zu bleiben, es sei denn, sie hätten es dulden wollen, dass er in seiner Geistesverwirrung von neuem mit Gegenständen warf. Auch hinsichtlich seiner körperlichen Verletzungen war das Toben nur abträglich.

Die Schäden, welche er am Leib genommen hatte, ließen sich allerdings verhältnismäßig leicht feststellen. Zweifelsfrei war eine Schulter ausgerenkt, wie die Winklung des Arms unter seinem weiten blauen Gewand unverkennbar bewies; wahrscheinlich lag überdies ein Bruch des Schlüsselbeins vor, aber dessen konnte sich Rhys erst vergewissern, wenn der Kranke eine genauere Untersuchung zuließ.

Damit ermangelte es jedoch einer Erklärung für die geistige Wirrheit, die Gregorius befallen hatte – denkbar war eine harte Erschütterung des Schädels als Ursache, doch weder sein Sohn noch der Kämmerer wussten sich darauf zu besinnen, dass er zum Zeitpunkt seiner Verunglückung mit dem Haupt aufgeschlagen sei. Jedenfalls stand fest, ein Deryni von Gregorius' wohl bekannten Fähigkeiten verlor nicht ohne die allerernsteste Verursachung so ganz und gar über sich selbst jede Gewalt.

Rhys bernsteinbraune Augen blickten schmal, während er durch das rote und blaue Glas starrte. Mit einem Seufzer der Hingabe pflügte er eine Hand durch sein widerspenstiges rotes Haupthaar, als er sich wieder dem Kamin und seiner Gemahlin zuwandte. Evaine saß in ihren mit Pelz besetzten Reisemantel gehüllt da, beobachtete still ihren Gemahl und den Mann, zu dessen Heilung sie sich hier befanden.

»Was werden wir nun beginnen?«, fragte sie, als Rhys sich neben seiner Arzttasche niederkauerte, um darin zu kramen.

Rhys schüttelte das Haupt und seufzte erneut. »Als Allererstes müssen wir dahin wirken, dass er sich beruhigt. Möglich, dass wir, um ihm die Ruhe wiederzuschenken, seinen geistigen Schirm durchdringen müssen. Nicht etwa, dass ich gern so verführe. Er könnte, wäre er bei klarer Besinnung, eine große Hilfe bei der Behandlung sein. Aber wir dürfen unmöglich dulden, dass er, während wir uns um seine Heilung bemühen, rings um sich alles in Trümmer legt.«

Er brachte ein mit einem grünen Siegel verschlossenes Bündel zusammengefalteter Pergamente zum Vorschein, las sorgsam die winzige Aufschrift, mit welcher es an der Hinterseite versehen war, dann schloss er die Tasche und richtete sich auf. »Hiermit wollen wir's zuerst versuchen«, sprach er, indem er das Wachssiegel achtsam brach. »Ob das Ross, so frage ich mich, ihn wohl ans Haupt getreten haben mag? Füllt mir einen kleinen Becher mit Wein, in den ich das hier mischen kann, ich bitte Euch. Je eher wir's ihm verabreichen, umso besser.«

Mit einem Nicken stand Evaine MacRorie-Thuryn, einzige Tochter des heilig gesprochenen Camber von Culdi, anmutig auf und trat zu einem niedrigen Tisch nahe beim Feuer, legte ihren Mantel beiseite und kniete hin. Obwohl sie mittlerweile fünfunddreißig war und Mutter dreier Kinder, glichen ihr Antlitz und ihre Gestalt noch immer sehr jenen eines jungen Weibes. Wolle und Leder ihrer Reitkleidung schmiegten sich an jede ihrer sanften Rundungen und das Taubengrau ihrer Gewandung betonte ihrer Augen Blau auf eine Weise, wie keine andere Farbe es konnte. Ihr Haar, das im Feuerschein wie blankes Gold leuchtete, hing in einem säuberlich geflochtenen Zopf, wie fürs Reiten am zweckmäßigsten, den Nacken hinab, doch zwischen Antlitz und zierlichem Ohr fiel immerzu eine Strähne herab und trug zusätzlich zu ihrer jugendlichen Erscheinung bei.

Umsichtig füllte sie aus einer bauchigen Karaffe auf dem Tisch einen Becher zur Hälfte und streckte ihn Rhys bedächtig entgegen, auf dass er das Pulver hineinschütte. Wie stets, wenn sie zusammen waren, befanden sie sich in leichter geistiger Verbindung.

»Mich dünkt, du hast Recht«, stimmte sie zu, während sie des Bechers Inhalt behutsam kreisen ließ, sodass die Medizin sich darin auflöste. »Er wird mit seinem Wüten die Verletzungen sicherlich verschlimmern. Und sollte er von neuem mit Gegenständen zu werfen beginnen – nun, ich weiß nicht, wie viel Verwüstung dies Gemach noch hinnehmen kann, bis es unbewohnbar ist.«

Geziert schnupperte Rhys an dem Becher, dann schenkte er ihr ein kauziges Lächeln. »Hegst du kein Vertrauen zu meinen Mittelchen, meine Liebe?« Er lachte gedämpft auf. »Ich beschwöre, dies wird seinem Toben ein Ende bereiten.«

»Zuvor jedoch musst du ihn dazu bewegen, es einzunehmen«, erwiderte Evaine. »Wie gedenkst du das zu bewerkstelligen?«

»Ah, das ist des Heilers Geheimnis.« Rhys streifte seinen Mantel ab, gehalten im Grün der Heiler, und warf ihn achtlos über Evaines Reisemantel, dann schritt er zur Tür und öffnete sie weit.

»Jesse, komm herein und bring ein paar Diener mit, ja? Ich muss dem Grafen einen Schlaftrunk einflößen, ehe er sich von mir berühren lässt. Sorge dich nicht, ich werde nicht zulassen, dass er von neuem gefährliche Dinge anstellt.«

Ein derber wetterbrauner Jüngling spähte vorsichtig um den Türrahmen, schlüpfte dann ins Gemach, gefolgt von drei Dienern, die Trachten in Blau und Weiß trugen. Jesse, der es gewesen war, welcher um Rhys nach Valoret geschickt hatte, war ein Jungmann von ruhigem Sinn, aber ausgeprägtem Eifer, dessen Besorgnis um das Wohlergehen seines Vaters – und ebenso seine wohl begründeten Bedenken hinsichtlich dessen, wozu sein Erzeuger im gegenwärtigen Geisteszustand offenbar fähig war – man ihm in jeder Eigenheit seines Auftretens ansah.

Weder er noch die Diener machten irgendwelche ernsten Anstalten, sich dem großen Bett zu nahen, auf welchem der Graf sich umherwarf und wie ein Wurm wand, doch starrten sie immer wieder hinüber.

Rhys ergriff Jesse beim Arm und leitete ihn und die Bediensteten näher ans Bett, während er einige Worte der Ermutigung zu ihnen sprach.

»Bedenkt, es wird beileibe nicht so schwierig sein, wie's nun den Anschein hat«, erläuterte er in ungezwungenem Tonfall. »Er wird gewisslich genesen und ihr werdet allesamt unbeschadet davonkommen. Niemandem wird etwas zustoßen. Nun lauscht, was ich sage, Männer – auf mein Wort hin sollt ihr seine Beine und den unversehrten Arm ergreifen und fest halten. Setzt euch darauf, so's sein muss, aber haltet ihn um jeden Preis nieder. Mein Trank kann ihm nicht helfen, solange er ihn nicht getrunken hat. Jesse, deinen Beistand brauche ich, um sein Haupt in regloser Lage zu halten. Du musst verhindern, dass er das Haupt hin und her wirft, während ich dafür sorge, dass er den Mund aufmacht. Und Evaines Aufgabe wird's sodann sein, ihm den Trank einzuflößen. Glaubt ihr, dass wir das gemeinschaftlich bewältigen können?«

Jesse wirkte, als hege er Zweifel und fürchte sich zudem ein wenig. »Seid Ihr sicher, dass er nicht von neuem mit Gegenständen zu werfen anfängt? Ich meine, mir wird er wohl kein Leid antun, dünkt mich, aber was ist mit den Dienern?«

»Überlass das Evaine und mir«, entgegnete Rhys und winkte die Männer heran. »Ist ein jeder in Bereitschaft?«

In widerwilligem Gehorsam verteilten sich die Männer rund um die Bettstatt und sprachen sich untereinander ab, sahen zu, wie Rhys und Evaine am Kopfende des Bettes Aufstellung bezogen, wo Evaine den Becher bereithielt. Für einen kurzen Augenblick verharrten alle und jeder bekreuzigte sich in Erwartung der Auseinandersetzung, die bevorstand. Dann stürzten sich auf Rhys' Befehl alle zugleich auf den Grafen.

Die Pforten der Hölle schienen zu klaffen. Gregorius' ganzer Leib bäumte sich auf, um Widerstand zu leisten, und fast wäre es ihm gelungen, sogar dieses Aufgebot körperlicher Kräfte gleichsam im Handumdrehen abzuschütteln, und das gesamte Bett begann durch mehr als nur seine Zuckungen zu erbeben. Rhys vernahm, wie hinter seinem Rücken etwas auf den Fußboden krachte, als er des Grafen Kiefer auseinander zwang und gleichzeitig versuchte durch die Ausübung von Druck an gewissen Stellen des Hauptes eine zeitweilige Bewusstlosigkeit herbeizuführen, aber er achtete auf nichts, was ringsum geschah. Gregorius stieß ein grässliches, viehisches Gurgeln aus, als Evaine ihm den mit der Medizin vermischten Wein in den Rachen zu schütten anfing, doch Rhys' geschickte Berührungen bewirkten, dass er schluckte, einmal, ein zweites und drittes Mal, und schließlich war die Tat vollbracht.

Rhys gab Gregorius' Haupt frei und den Dienern ein Zeichen, auf das hin sie sich jenseits der Tür in Sicherheit brachten, dann trat er zugleich mit Evaine und Jesse vom Bett zurück und versuchte die Folgen des zeitweiligen Wütens des Grafen abzuschwächen. Eine Schüssel und ein Krug voll Wasser am anderen Ende des Gemachs kippten um und zerschellten auf dem Fußboden mit einem Bersten, das alle zusammenfahren ließ. Danach lösten sich über der Einfassung des Kamins zwei Schwerter, trudelten durch die Luft, verfehlten nur knapp das Haupt des jungen Jesse und klirrten an die gegenüber befindliche Mauer.

Doch zuletzt begannen des Grafen helle Augen einen wie glasigen Ausdruck anzunehmen, als die Wirkung der verabreichten Medizin einsetzte, das gequälte Hin- und Herwerfen seines Hauptes ließ nach. Mehrmals stöhnte er beschwerlich auf, offenkundig noch immer zur Auflehnung geneigt, aber man vermochte abzusehen, dass er nun unterlag. Als der Graf sich letzten Endes beruhigte, stieß Jesse einen vernehmlichen Seufzer der Erleichterung aus; es schauderte ihn und er verschränkte überm Busen die Arme, um sich mehr als lediglich äußerer Kälte zu erwehren.

»Ich habe ihn *gewarnt*, er solle den Hengst nicht reiten«, sprach er leise, aber eindringlich. »Das Tier ist von mörderischer Natur. Wertvoller Zuchthengst oder nicht, man sollte ihm den Garaus machen.«

»Was ist denn eigentlich genau geschehen, Jesse?«, fragte Rhys, der sich nunmehr zu entkrampfen begann.

»Warst du dabei? Hast du gesehen, ob er gegen etwas geschleudert worden oder nur auf die Erde geprallt ist?«

Erneut schauderte es den Jüngling und er schloss die Augen, als könne ihn das vor der Erinnerung behüten. »Ich war zugegen. Ich wollte, ich wär's nicht gewesen. Der Hengst hat ihn mit fürchterlicher Gewalt in einen Zaun geworfen und gleich darauf ihn, glaube ich, auch getreten, doch bin ich mir diesbezüglich nicht sicher. Alles geschah so schnell.«

»Aber er war für eine Weile ohne Besinnung?«, erkundigte sich Rhys.

»Entweder war's so oder er war nur betäubt. Der Stallmeister vermeinte zunächst, er habe sich bloß die Schulter ausgerenkt und die Luft aus dem Leibe geprellt. Doch als man ihn hergebracht hat, benahm er sich bereits so, wie Ihr's erleben musstet, er tobte aus Schmerz. Das war am gestrigen Abend. Wenig später begannen Gegenstände durch seine Schlafkammer zu fliegen. Unseres Hauses Heiler ist für einige Tage fort und aus diesem Grund habe ich nach Euch geschickt.«

»Verstehe«, entgegnete Rhys. »Nun, dass er sich eine Verrenkung und überdies einen kleineren Bruch zugezogen hat, dessen bin ich mir vollauf sicher. Und ziehen wir seine entfesselte geistige Betätigung in Anbetracht, ist's wahrscheinlich, dass noch etwas anderes vorliegt. Wie auch immer, wir werden nun zusehen, was wir zu tun vermögen, nachdem er endlich friedlich und handhabbar ist. Du magst draußen warten, so du's vorziehst.«

Jesse antwortete mit einem Nicken, schluckte und entfernte sich im Rückwärtsgang langsam zur Tür, wandte sich schließlich um und strebte gemeinsam mit den Dienern davon, die im Korridor gewartet hatten.

Es kostete Rhys Mühe, ein Lächeln zu unterdrücken, bis die Tür von außen geschlossen war, dann schlang er einen Arm um Evaines Schultern. »Nun denn, meine

Liebe, wollen wir uns an den Versuch machen?«, fragte er sie in leichtmütigem Ton.

Evaine nahm erneut ihren Platz am Haupt des Kranken ein und legte die Hände an seine Schläfen, während sich Rhys ihr gegenüber aufstellte zur Linken des Grafen. Diesmal besänftigte sich Gregorius' entschlummertes Gemüt sofort unter Evaines Berührung und er sank rasch in einen noch tieferen, bekömmlichen Schlaf, unterstützt durch den ihm eingeflößten Schlaftrunk. Friedliche Stille verbreitete sich im Gemach, zerstreute alle Reste der Aufgewühltheit, die zuvor in dem Mann unter Evaines Händen getost hatte, während sie dem Geist des Erkrankten mit ihrem heilsamen Einfluss Festigkeit verlieh und ihn auf die heilerische Einwirkung ihres Gemahls vorbereitete.

Rhys spürte die wohltätige Veränderung in der Schlafkammer, Evaines Bereitschaft. Er seufzte erleichtert und schnürte Gregorius' Gewand auf, entblößte die verwundete linke Schulter, schob mit aller Behutsamkeit seine Hand unters Kleidungsstück, um den entstellten Winkel von Schultergelenk und Schlüsselbein abzutasten. Er bediente sich seiner weit reichenden Deryni-Sinne, um den Umfang der Verletzung mit höchster Genauigkeit zu erfassen und festzustellen, ermittelte die beeinträchtigten Muskeln, die in Mitleidenschaft gezogenen Stränge der Nerven, erfühlte auf geistiger Ebene des Gelenkes Fehlstellung, des Schlüsselbeins glatten Bruch; mit seiner Hände Kunstfertigkeit behob er zunächst die Verrenkung des Schultergelenks, bevor er die Bruchstellen des Knochens in ihre ordnungsgemäße, natürliche Lage zurückbrachte und die Maßnahmen zur geschwinden Heilung des Bruchs einleitete.

Seine Geisteskraft nun gänzlich auf die Bruchverletzung gerichtet, derweil zügig seine Heilergabe an die Stelle der bloß verstandesmäßigen Untersuchung der

Körperschäden trat, schloss er die Augen, ließ es zu, dass er in die zum Heilen erforderliche geistige Verfassung entschwebte, ließ die Kräfte fließen, fühlte sich wie schon so oft von Lebenskräften durchströmt, und ein Teil seines Bewusstseins staunte noch immer über das Mirakel der Heilbegabung, das an ihm geschehen war und ihm zu Diensten stand.

Er spürte, wie der Knochen unter seinen Fingerspitzen wieder zusammenwuchs, die geschwollenen und gerissenen Muskelbänder abschwollen, sich neu fügten, die Quetschungen zurückgingen und heilten. Er konnte die Wärme des erneuerten, verstärkten Blutkreislaufs spüren, der durch den beeinträchtigten Bereich des Körpers strömte, geschädigtes Gewebe fortschwemmte, das Wachstum neuen Gewebes begünstigte.

Zuletzt schlug er die Augen auf und ließ sich von seinen gemeineren Sinnen bestätigen, was seine Seele bereits wusste, tastete mit den Fingern die Umrisse des früheren Bruchs ab, ebenso der Verrenkung, und ersah daraus: Der wesentliche Teil dieses Werks war getan. Der Graf mochte einige Tage lang an einer gewissen Steifheit seiner Bewegungen leiden, doch das konnte fürwahr als geringfügiger Preis für die Genesung von den nicht unbeträchtlichen Schäden gelten, die sein Leib davongetragen hatte. Rhys bezweifelte, dass Graf Gregorius diesen kleinen Nachteil beklagen würde. Nun jedoch kam es darauf an, die Ursache der restlichen Krankheitsanzeichen Gregorius' aufzudecken.

Als er das Haupt hob und den Blick von neuem in die sichtbare Welt richtete, erregte Evaine mit einem Wink seine Aufmerksamkeit.

»Mir ist, als hätte ich festgestellt, warum er in solchem Maße außer sich war«, sprach sie und strich mit den Fingern sachte unmittelbar hinterm linken Ohr am Schädel des Grafen entlang. »Da ist eine Beule, verborgen unterm

Haar. Ich glaube, er hat in der Tat einen Tritt erhalten. Auch ist da nämlich eine leichte Abschürfung. Sieh's dir an.«

Mit gerunzelter Stirn legte Rhys die Hände an des Grafen Haupt und erkundete die bezeichnete Stelle; während er seine geistigen Kräfte einsetzte, nahm sein Blick wiederum eine gewisse Glasigkeit an. Ein Weilchen verstrich, dann nickte er.

»Die Schwellung herrscht sowohl im Innern des Schädels wie auch außerhalb. Das mag sehr wohl die Erklärung seiner Tobsüchtigkeit sein. Wollen sehen, was ich tun kann.«

Wiederum ließ er sich in die Heiler-Trance hinübergleiten, die Lider geschlossen, und diesmal forderte die sorgsame Untersuchung ihn mehr, beanspruchte das Heilen ihn stärker. Weit schwieriger war es, sich vorm geistigen Auge ganz genau zu veranschaulichen, wie die gesunde innere Beschaffenheit des Schädels aussehen musste, und zudem verstrickte er sich wiederholt in Gregorius' ruhigen, traumhaften Gedankengängen.

Doch als er die zweite Heilung bewerkstelligt hatte, spiegelten seine Augen Erleichterung wider und er äußerte einen gedämpften Seufzer von allerdings recht befriedigtem Klang, als er sich wieder zu voller Größe straffte und die Glieder reckte.

»Hmmm, ich würde ungern in die Verlegenheit geraten, so etwas alle Tage vollbringen zu müssen, aber ich bin festen Glaubens, dass er nun wohlauf sein wird. Du kannst nunmehr seine Besinnung wiederkehren lassen. Die Wirkung der Medizin dürfte ohnehin gegenwärtig im Abklingen begriffen sein. Eine Nacht herkömmlichen, gesunden Schlafs und er müsste sich wieder in bester Verfassung fühlen.«

»Und nach ein wenig Schmerzen im Haupt, will mich dünken«, ergänzte Evaine und entließ den Grafen aus ihrer geistigen Einflussnahme. »Darf er etwas Wein trinken?«

»Sicherlich. Er wird wohl auch eine Mahlzeit einnehmen wollen. Nach dem, was er durchgestanden hat, bedarf's einer Erneuerung seiner Kräfte.«

Evaine schenkte ihrem Schutzbefohlenen einen letzten Blick, dann begab sie sich zur Tür und erteilte die Weisung, Speise und Trank zu bringen; jener Wein, der zuvor im Schlafgemach bereitgestanden hatte, war des Grafen gegen das Steingut gerichteter Zerstörungswut zum Opfer gefallen. Zum Zeitpunkt, als die hellen Augen des Grafen zu blinzeln begannen, war es Evaine gelungen, einen Diener zum Aufräumen der Kammer zu bewegen. Sie hielt an des Grafen Haupt einen Becher voller warmer Milch bereit, gewürzt mit Spirituellem, das weit stärker war als Wein. Indem sie ihm einen Arm unter Schulter und Haupt schob, half Evaine ihm dabei, sich aufzusetzen, und sie hob den Becher an seine Lippen, um ihn trinken zu lassen; erfreut beobachteten sie und Rhys, wie die Wirrheit aus den Augen des Grafen wich, er allem Anschein nach seine Umgebung wieder erkannte.

»Rhys«, sprach der Graf mit leiser Stimme, indem er seinen Blick zuerst auf des Heilers roten Schopf, dann auf sein Angesicht heftete. Mehrmals zwinkerte er, darum bemüht, seine Sicht zu klären. »Was machst … Wie komme ich in dieses Gemach? Ich war ausgeritten, auf jenem … Oh …!«

»Vollkommen richtig.« Rhys nickte. »Du fängst an dich zu erinnern. Du bist von dem Ross abgeworfen und überdies getreten worden und du kannst durchaus, da du noch lebst, von einem großen Glücksfall reden. Dein Sohn hat um einen Heiler zum König geschickt und der König hat mich zu dir gesandt, auf dass ich dich flicke.« Er schenkte dem Grafen ein aufmunterndes Lächeln. »Ich komme nicht umhin zu erwähnen, dass du keineswegs den Eindruck erweckt hast, auf mein heilerisches Wirken sonderlich bedacht zu sein. Du hast Gegenstände durchs Gemach geschleudert und einen gar fürchterlichen Aufruhr veranstaltet.«

»Du willst sagen, ich habe dir Widerstand geleistet?« Erschrecken und Beschämung ließen sich dem Mienenspiel von des Grafen schmalem Antlitz entnehmen. »Ich habe deine Geisteskräfte missbraucht? Rhys, das bereitet mir *wahrlich* Kummer. Ich …« Für eines Herzschlags Dauer erstarrte er und ein Ausdruck anwachsender Bestürzung trat in seine Augen, als er seinen Verstand einwärts kehrte, ins eigene Innere – ein Ausdruck, welcher gleich darauf einem Blick der Ungläubigkeit und Furcht wich. »Rhys? Ich vermag dich nicht zu spüren, Rhys!« Wie ein Ertrinkender bäumte er sich blindlings auf und erhaschte des Heilers Arm. »Was ist geschehen? Was hast du mit mir gemacht?« Entsetzt hob er die andere Hand an die Schläfe. »Rhys, ich kann dich auf geistiger Ebene nicht wahrnehmen!«

»Was?!«

Unverzüglich und ohne jegliches Überlegen tastete Rhys' Geist nach des Grafen Bewusstsein, und da wäre er aus Schrecken und Verblüffung beinahe sofort wieder zurückgeprallt, als er erkannte, dass des anderen Geist seinen Deryni-Sinnen vollkommen offen stand. Fort waren die gewohnten derynischen Geisteswehren, die mit der Rückkehr von Gregorius' Besinnung gleichfalls wieder errichtet worden sein sollten, dahin waren alle Anzeichen der besonderen Kräfte seines Verstandes, welche bei einem hochgeschickten und machtvollen Deryni, wie dem Grafen von Ebor, wie eine Art von Gütesiegel beständig auf geistiger Ebene wahrnehmbar zu sein pflegten. Unversehens befand sich Rhys *im Innern* von Gregorius' Geist, ganz und gar dazu außerstande, auch nur einen Rest der beachtenswerten Kräfte und Fähigkeiten zu entdecken, wider die er kaum das Viertel einer Stunde zuvor anzukämpfen gehabt hatte.

Er spürte, wie sich Evaines Betroffenheit mit seinem eigenen Erschrecken und Unglauben untermischte, als sie rasch eine volle geistige Verbindung zu ihm herstellte, mit ihm die Leere aushorchte, den Mangel an Widerstandskraft, durch welche sich des Grafen Verstand plötzlich auszeichnete, ganz so, als wäre Gregorius von Ebor ein gewöhnlicher Mensch vom unbegnadetsten Allerweltsschlage. Was mochte nur geschehen sein?

Indem er gelinde das Haupt schüttelte, um seine Gedanken zu klären, legte er beide Hände an die Seiten von Gregorius' Haupt, drückte den Grafen behutsam zurück aufs Kissen, seine gespreizten Finger um die Rückseite von Gregorius' Schädel, die Daumen dagegen an den noch vom Schweiß feuchten Schläfen; er verstärkte das geistige Band zum Grafen. Derselbe leistete keine Gegenwehr, sondern starrte nur aus furchtsamen, vorwurfsvollen Augen zu ihm auf, in denen nichts eine Kenntnis von den geistigen Berührungen des Heilers zeugte. Er war auf geistiger Ebene gänzlich entblößt und hilflos.

Rhys schloss wider diesen von Vorwurf vollen Blick die Lider und brachte seine Geisteskräfte zum Einsatz, übte vorsichtigen, aber entschiedenen Druck aus, versetzte den Grafen erneut in barmherzige Bewusstlosigkeit, während er unentwegt weiter forschte und tastete. Noch nie hatte er von dergleichen vernommen! Deryni verloren ihre Fähigkeiten nicht. Sollte wahrhaftig *er* das bewirkt haben?

Was hat sich begeben, weißt du es?, erreichte ihn Evaines klarer Gedanke, durchdrang seine Betroffenheit, sein Befremden.

Das muss auf irgendetwas zurückzuführen sein, was ich bei der Heilung von seines Hauptes Wunde getan habe, als ich sehr, sehr tief in seinem Innern war, gab er auf die gleiche Weise zur Antwort, wenngleich nur ein Teil seines Bewusstseins ihr Beachtung schenkte. *Erhalte die Verbindung zu uns aufrecht, mein Liebes. Ich muss diesen Bereich wieder finden. Er muss ungefähr … dort sein.*

Er beendete die gedankliche Unterhaltung und drang immer tiefer und noch tiefer ein, erkundete all die möglichen Bahnen des Geistes, an welche er im Verlaufe der Heilung in irgendeiner ungewohnten Art gerührt haben mochte. Für längere Zeit befand er sich in einer so tiefgründigen Trance, dass selbst Evaine ihm nicht nachzufolgen imstande war, diese führte ihn in solche seelische Klüfte, dass sie nicht mehr zu unternehmen wagte, als zu beobachten und Acht zu geben, dafür zu sorgen, dass sein Leib nicht das Atmen vergaß, das Herz weiterhin seine ruhigen, regelmäßigen Schläge tat.

Rhys suchte in Gregorius' Geist gar derartige Tiefen auf, dass er sich selber nicht dessen bewusst war, als er die rechte Stelle ausfindig machte – erst verspätet merkte er, dass er sie entdeckt und den Missstand behoben hatte. Er nahm eine letzte Begutachtung vor, um sich davon zu überzeugen, dass in der Tat wieder alles in Ordnung gebracht war, dann atmete er durch und kehrte aus seinem Trance-Zustand zurück; er wirkte nunmehr ermüdet und noch immer etwas fassungslos, aber zugleich zufrieden. Seine Hände zitterten ein wenig, als er sie vom Haupte Gregorius' löste und ans eigene Haupt hob, und er erlaubte sich die Laschheit und Schwäche, neben der Bettstatt matt auf den Fußboden zu sinken, das Haupt ans Bett zu lehnen, um noch einen, dann abermals einen tiefen Atemzug zu tun.

Flugs kam Evaine ums Bett geeilt und ergriff seine Hände, las besorgt in seinen Augen, streichelte seine Wange.

»Rhys, bist du wohlauf?«, wünschte sie zu erfahren, doch mäßigte ihre Beunruhigung sich sogleich wieder, als ihre besonderen Sinnesgaben bestätigten, was sein Nicken besagte. »Wo warst du denn nur? Noch nie habe ich erlebt, dass du dermaßen in Seelentiefen vorgestoßen bist.«

Schlaff zuckte Rhys mit den Schultern, zog die Gemahlin in seine Arme. »Ich ebenso wenig. Wahrscheinlich war's eines der absonderlichsten Dinge, die ich überhaupt jemals erlebt habe. Es dürfte einiges an Mühe und Aufwand kosten, nun nachträglich aufzudecken, was geschehen ist, denn nach wie vor vermag ich nicht zu sagen, wie sich das zugetragen hat.« Er schwieg für eines Augenblickes Dauer. »Gib Acht, Liebes, mich deucht, das ist eine Sache, von welcher dein Vater erfahren sollte«, fügte er sodann versonnen hinzu. »Ich frage mich, käme er wohl, falls ich ihm einen Boten entsende?«

»Kann das nicht warten, bis die nächste Sitzung des Rates stattgefunden hat?«, meinte Evaine. »Er dürfte ungern die Bereitschaft hegen, Cinhil allein zu lassen, und sei's nur für die wenigen Stunden, die zur Erfüllung deines Wunsches vonnöten wären.«

»Einige Stunden lang vermag's Cinhil durchaus, ohne uns auszuhalten«, antwortete Rhys. »Tavis weilt allzeit dort, für den Fall, dass ein Heiler zur Stelle sein muss, und in der Stadt gibt's noch mehr Heiler. Aber ich bin der festen Überzeugung, dass wir dieser Angelegenheit auf den Grund gehen sollten, bevor sich Gregorius erholt und möglicherweise in seinem Geist verschüttet wird, was sich ereignet hat. Mag sein, dein Vater kann mir dabei helfen, im Nachhinein herauszufinden, was ich da eigentlich getan habe.«

»Hmmm, ich sehe ein, du hast Recht. Und zweifelsfrei kommt für diesen Zweck kein anderer mehr in Frage. Doch wie sollen wir ihm die Wichtigkeit seines Kommens verdeutlichen? Man kann ihm schwerlich in einem Schreiben mitteilen, was für eine Besonderheit wir erlebt haben. Denk dir nur, Cinhil sähe das Sendschreiben … gar nicht zu reden vom Boten.«

»Sehr wahr. Andererseits jedoch …« Rhys langte unter seine Heilertracht, suchte darunter und brachte schließlich an einem schmalen grünen Seidenband ein altsilbernes Medaillon von der Größe einer nicht ganz ausgereiften Walnuss zum Vorschein. Nachdenklich drehte er es zwischen den Fingern, schabte versonnen mit dem Daumennagel am klobigen alten Gepräge, während er erwog, was zu beginnen sei. Zuletzt drückte er Evaine kurz an sich und stand auf, ließ das Medaillon aus seiner Faust baumeln, während er die andere Hand Evaine reichte, um ihr beim Erheben behilflich zu sein.

»Sieh zu, dass du Zeug zum Schreiben findest. Willst du so lieb sein, meine Teure? Wir werden den guten Herrn Bischof zu seinem verwundeten Freund bitten, dem Grafen von Ebor. Von seiner Pflicht als Priester und Bischof und ebenso seiner Verpflichtung als Freund werden wir ihm schreiben, doch im Siegel will ich ihm eine andere Botschaft übermitteln, die er allein und sonst niemand zu lesen verstehen wird. Die Worte des Schreibens sollen dem Zwecke genügen, ihn zum Kommen zu bewegen und Cinhil dazu, ihn gehen zu lassen, aber das Siegel soll ihm darüber Aufschluss verleihen, warum wir in Wirklichkeit hier seine Gegenwart erstreben. Begib du dich ans Werk, indessen ich veranlasse, dass ein Bote sattelt und sich in Bereitschaft hält.«

2

An seine Stelle tritt ein Verachtenswerter, dem man die Königswürde nicht geben wollte; doch er kommt unversehens und bemächtigt sich des Königtums auf Schleichwegen.

Daniel 11,21

Cinhil Haldane hustete mit krampfartigen Stößen in sein Sacktuch, dann versetzte er auf dem Spielbrett, einer wunderbaren Einlegearbeit, einen Schützen, und als er sich auf seinem Lehnstuhl von neuem zurücklehnte, huschte sein Blick verstohlen über die Miene seines Gegenspielers. Auf der anderen Seite des Spielbretts lächelte jener Mann, den der König als Alister Cullen kannte, und bewegte im Gegenzug einen Spähreiter.

Cinhil runzelte die Stirn. »Ja, verwünscht, Alister, warum habt Ihr denn nun das getan? Dort liegt, Ihr wisst's sehr wohl, des Karadoten Höhle. Bisweilen vermag ich Euch fürwahr nicht zu begreifen.«

Camber hob seine Schultern und gleichzeitig die gemäß Alister Cullens Vorbild buschigen Brauen, verbarg hinter einer wie beiläufig geregten Hand ein Lächeln.

»Ich bin mir durchaus dessen bewusst, wo des Karadoten Aufenthalt ist, Sire. Desgleichen jedoch weiß ich um die Stärke meiner Schützen und meiner Ritter.«

»*Eurer* Schützen? Aber ich … Oha!«

Cinhils Stimme sank herab und verklang, derweil er die Aufstellung der erwähnten Figuren einer Musterung unterzog, dann nahm er einen anderen seiner Schützen und vollführte einen neuen Gegenzug.

Bedächtig, nahezu träge, streckte Camber einen Arm aus und schob seinen Feldherrn aufs benachbarte Viereck. Als Cinhil einen Ächzlaut der Überraschung ausstieß, hob er einen Zeigefinger. »Noch eine Möglichkeit gibt's, Sire, wie Ihr Euch aus der gegenwärtigen heiklen Lage winden könnt. Wenn Ihr Sie entdeckt, vermögt Ihr auch noch immer zu gewinnen. Falls nicht, müsst Ihr des Bretts entsagen.«

»Was?«, raunzte Cinhil. »Ihr entbehrt der Mittel, um … Ach! Ich seh's.« Er seufzte. »Potztausend, Alister, wie kommt's nur, dass Ihr in allem, was Ihr betreibt, so tüchtig seid?«

Auf Cambers abermaliges Schulterzucken legte Cinhil wiederum die Stirn in Falten und stützte sein Kinn in eine Hand, um das Spielbrett mit erhöhter Eindringlichkeit zu betrachten, und in seiner Gedankenversunkenheit kaute er an einem Zipfel seines von Grau gesträhnten Schnurrbarts. Er unterdrückte ein erneutes Aufhusten, vermochte aber den Schmerz, den diese Meisterung ihm bereitete, nicht zur Gänze zu verheimlichen.

Camber gab vor, davon nichts zu bemerken, wie er da mit halb geschlossenen Lidern in seinem Lehnstuhl saß und mit dem Daumen den Amethyst-Ring um seinen Finger drehte, aber er ersah, dass es dem König ebenso wenig gelungen war, Joram zu täuschen, der auf des Gemachs anderer Seite still in einer Fensternische hockte und las, außer Hör-, doch keineswegs außer Sichtweite des Mannes, der nicht nur sein wahrhaftiger leiblicher, sondern auch sein spiritueller Vater war.

Joram stand mittlerweile im Alter von nahezu vierzig Jahren, wenngleich er noch recht stark jenem fähigen jungen michaelitischen Ritter ähnelte, als den man ihn vor fast zwei Mal zehn Jahren gekannt hatte. Unverändert trug er das Blau eines Michaeliten-Geistlichen und die weiße Schärpe seiner Ordensritterschaft, doch diente er nun dem Bischof von Grecotha, seinem einstigen Vorgesetzten im Michaeliten-Orden, als dessen persönlicher Schreiber und Vertrauter. Diese Stellung war eine vorzügliche Tarnung, denn sie gab ihm die Möglichkeit, weiterhin gemeinsam mit dem Manne zu wirken, welchen die Allgemeinheit seit nun schon gut dreizehn Jahren tot wähnte.

Und soviel man außerhalb von Cambers engstem Familienkreis wusste – nicht einmal innerhalb seiner Sippe kannten alle die ganze wahre Hintergrundgeschichte –, *war* Camber tot, gefallen in der Schlacht von Iomaire im Jahre 905, als er versuchte seinem Freund und Waffengefährten Alister Cullen wider Prinzessin Ariella Beistand zu leisten. Nur Joram, Rhys und Evaine sowie der verlässliche Jebedias von Alcara wussten darüber Bescheid, dass an jenem Tag Alister den Tod fand, nicht Camber, und dass Camber auf magische Weise seines gefallenen Freundes Gestalt und Erinnerungen übernommen hatte, um sein Werk, den damals neu gekrönten König anzuleiten, noch wirksamer durchführen zu können. Das Geheimnis war nahezu dreizehn Jahre lang ein Geheimnis geblieben, und das Wagnis hatte sich tatsächlich bezahlt gemacht. Im Laufe der Jahre hatte sich Cinhil allmählich zu einem guten König entwickelt. Die Tauglichkeit des nächsten Herrschers hing zumindest zu einem Teil davon ab, dass Cambers Geheimnis noch für einige weitere Zeit gewahrt blieb.

Als Cinhil hustete, hatte Joram aufgeschaut, war in einer Lauschhaltung erstarrt, wie sie am Hofe in jüngster Frist nur allzu verbreitet geworden war, und Camber einen Blick stummer Fragestellung zugeworfen. Doch Camber widmete ihm lediglich ein kaum wahrnehmbares Schütteln des Hauptes und sodann seine Aufmerksamkeit wieder Cinhil.

Der König hustete erneut schwach auf, dann vollführte er einen Zug mit seinem Priesterkönig, der Cambers Erzbischof bedrohte. »Nun denn, Alister, seht zu, wie Ihr diesen Brocken verdaut!«

Im selben Augenblick, als Camber die Hand zum Gegenzug rührte, ertönte von der Tür ein zudringliches Klopfen. Mit einer Miene, die von Überdruss zeugte, verdrehte Cinhil die Augen himmelwärts und schüttelte das königliche Haupt. »Nicht jetzt, gewährt mir die Bitte«, murrte er verhalten. »Joram, wolltet Ihr wohl nach dem Rechten schauen? Ich möchte das Spiel, da ich Alister nun in die Enge gedrängt habe, ungern unterbrechen.«

»In die Enge gedrängt, fürwahr!«, entgegnete Camber mit gutmütigem gemäßigtem Spott, derweil Joram nickte, seinen Platz verließ und zur Tür schritt. Als des Geistlichen Hand die Tür einwärts schwang, erhielt Camber Ausblick auf eine hoch gewachsene, sehnige Gestalt, unverkennbar in die Farben Carthanes gekleidet. Der Ankömmling war Graf Murdoch selbst, einer der menschlichen Erzieher der jungen Prinzen und zudem ein entschiedener Gegner aller Deryni sowie von allem, was mit ihnen in irgendeinem Zusammenhang stand. Überdies war er, so hatte Cinhil vor ein paar Monden Camber mit Worten in Kenntnis gesetzt, die nahezu einer Entschuldigung gleichkamen, für den Fall, dass Cinhil verstarb, bevor der junge Alroy vierzehn Jahre alt war, als einer der Regenten vorgemerkt. Als Camber ihn gefragt hatte, aus welchem Grunde, war ihm von Cinhil die schlichte Antwort zuteil geworden, Murdoch erwecke ihm den Eindruck eines frommen und maßvollen Mannes, wie er für ein solches Amt geeignet sei, und außerdem habe Murdoch Söhne, welche nur wenig älter wären als die Zwillinge.

Graf Murdochs hageres Angesicht spiegelte erhebliche Verärgerung wider, als er an der Tür statt einem von des Königs Pagen Joram begegnete.

»Eure Exzellenz«, nuschelte Joram pflichtgemäß, trat beiseite und grüßte mit einer tadellosen, vollauf der Etikette gemäßen Verneigung.

Vergeblich suchte Murdoch sein Missbehagen mit einem kurzen Nicken des Grußes zu überspielen, doch die Geste fiel alles andere als huldvoll aus. Sehr genau war er sich dessen bewusst, dass Jorams Vater ein Graf von weit höherem Adel als er gewesen war und dass ferner Joram, wäre er nicht in den Stand eines Priesters getreten, nach seinem Vater Graf von Culdi geworden wäre – und damit ihn, Murdoch, an Rang und Würde übertroffen hätte. Doch die Tatsache, dass Joram *nicht* Graf von Culdi war, bedeutete für Murdoch keinen Unterschied. Ein jeder hoch gestellte Deryni von irgendeinem, wie auch immer gearteten Einfluss, ob tatsächlich mit Ämtern und Titeln ausgestattet oder lediglich ausgezeichnet durch edle Herkunft, war ihm zuwider und ein Dorn im Auge.

»Pater MacRorie«, sprach Murdoch und seine Abneigung ließ jede einzelne Silbe abgehackt über seine Lippen holpern, »ich ersuche um Vorlassung bei Seiner Königlichen Gnaden. Seid so gefällig und meldet mich an.«

Insgeheim diebisch erfreut über Murdochs Missbehagen entbot Joram dem Mann eine nochmalige Verbeugung von strengster höfischer Makellosigkeit und wandte sich erst danach halb den beiden Männern zu, die in einem Lichtkegel von Sonnenschein saßen, der in die große Räumlichkeit fiel. »Sire, Seine Exzellenz, der Graf von Carthane.«

Cinhil, den Rücken vorsorglich der Tür zugekehrt, vermochte sich noch einen leisen Seufzer der Schicksalsergebenheit zu erlauben, ehe er dem Edlen, der ihn zu sprechen wünschte und nun auf das Zustandekommen des Gesprächs wartete, sein Antlitz zumindest schon einmal von der Seite zeigte. »Ach, Murdoch, duldet Euer Begehr keinen Aufschub? Soeben bin ich drauf und dran, Bischof Cullen beim Cardounet zu schlagen.«

»Ich erflehe in alleraufrichtigster Bestürzung Eure Vergebung, mein Lehnsherr«, lautete Murdochs Antwort; er ging an Joram vorüber, nicht ohne dem Geistlichen einen Blick reinsten Widerwillens zu widmen, und beugte sich tief hinab, um nahezu andachtsvoll des Königs Ring zu küssen. »Ich habe mich in der Absicht eingestellt, Euch über die jüngsten Fortschritte Aufschluss zu geben, welche die Königlichen Prinzen beim Unterricht machen, so wie's mir von Euch aufgetragen worden ist, aber sollte dieser Zeitpunkt ungelegen sein, werde ich ein anderes Mal vorsprechen.« Indem er von Cinhils Hand abließ und sich aufrichtete, grüßte er Camber mit einem ruckartig kurzen Nicken, das nur mit knapper Not nicht schroff genug geriet, um als Brüskierung aufgefasst werden zu können. »Mein Herr Reichskanzler ...«

Camber erwiderte den Gruß, indem er würdevoll das Haupt neigte, sich darüber im Klaren, dass seine Höflichkeit Murdoch erheblich mehr verdross als jede etwaige Ruppigkeit.

Murdochs Mund verzog sich auf eine Weise, als habe er in eine Zitrone gebissen, aber er verbarg seines Angesichtes Ausdruck vor Cinhil, als er sich, von Cinhil mit einer Gebärde zum Platznehmen aufgefordert, für einen Augenblick zur Seite wandte, um einen Stuhl heranzuziehen.

»Nein, es erübrigt sich, dass Ihr später noch einmal wiederkommt, mein Herr«, sprach Cinhil. »Ich habe mich nach meinen Söhnen erkundigt und folglich ist's völlig rechtens von Euch, mich aufzusuchen, um mir zu berichten. Seid Ihr und die anderen Erzieher mit ihren Fortschritten zufrieden?«

Geziert ließ sich Murdoch auf den Stuhl nieder, sah unterdessen Cinhil eine seinem Gegenspieler genommene Figur befingern. Er verhehlte seinen Ärger gut, aber Camber entging es nicht, dass er alles andere denn erfreut darüber war, nur des Königs geteilte Aufmerksamkeit zu haben. Er sprach mit einer Stimme, die merklich Gereiztheit ausdrückte, und wie stets durch die Nase. Nicht zum ersten Mal fragte sich Camber, was Cinhil an diesem Mann – abgesehen von seiner uralten menschlichen Abstammung – so gefallen haben konnte. Auch Murdochs Söhnen war er schon begegnet, und in ihnen sah er weder eine Veredelung der Geschlechterfolge dieser Sippe noch eine der Menschheit im Allgemeinen.

»Prinz Alroy erzielt vorzügliches Vorwärtskommen, Sire. Seine Hoheit besitzt eine herausragende Begabung für Sprachen und Bischof Hubertus ist überaus freudenvoll, was seinen Erwerb der Schriftkenntnisse und seine Belesenheit anbetrifft. Gleichfalls nimmt er nachgerade täglich an Kraft und Stärke zu. Er wird einen würdigen König abgeben, um Euer Gnaden nachzufolgen – wenngleich wir alle darum beten, dass dieser Tag in ferner Zukunft liegen möge.«

»Ja, ja, freilich … Berichtet getrost weiter.«

»Gewiss, Sire. Prinz Rhys Michael ist noch jung, freilich, Ihr wisst's selbst, doch sowohl Graf Ewan wie auch Herr Rhun stimmen in der Auffassung überein, dass er als überaus verheißungsvoller künftiger Kriegskünstler anzusehen und ferner im eigenhändigen Umgang mit Waffen bemerkenswert geschickt ist. Sollte er eines Tages König werden, Ihr bräuchtet um des Reiches Wohlergehen keine Sorge zu hegen.«

»Oh, hört mir auf damit, der Bube ist ja erst zehn«, meinte Cinhil ungeduldig. »Und wie steht's um Javan?«

Camber versuchte eine gleichmütige Miene zu bewahren, als Cinhil, indem er die Frage stellte, Murdoch nunmehr seine volle Beachtung schenkte. Hinterm König sah er Joram in der Fensternische heikel auf der Sitzbank Kante kauern und er spürte, wie Joram die Reichweite seiner Deryni-Sinne ausdehnte, um durch Cambers

Geist als Mittler dem Gespräch zu lauschen. Bei diesen oder jenen Gelegenheiten hatte sich Joram als Lehrer aller drei Sprösslinge Cinhils betätigt und Camber wusste, dass der verkrüppelte Prinz, der in der Rangfolge den mittleren Platz einnahm, in seines Sohnes Herz eine besondere Stellung besaß. Camber widmete sein Interesse erneut Cinhil, empfand für den König ebenso Mitgefühl wie für Joram, als der König den Mund verzog und mit gestrafften, dünnen Lippen eine Grimasse schnitt. »Was zaudert Ihr, wenn ich Euch nach Javan befrage?«, hakte Cinhil mit beherrschter Stimme nach. »Bereitet er Schwierigkeiten?«

Mit einem Achselzucken, welches Verlegenheit bezeugte, begann Murdoch einen goldenen Ring am Daumen seiner Linken zu betrachten. »Nun, als Schwertkämpfer ist er durchaus so tüchtig, will ich behaupten, wie man's unter den gegebenen Umständen erwarten kann«, lautete seine von Herabsetzung gekennzeichnete Auskunft. »Und Graf Tammaron ließ mich wissen, er reitet besser, als man's je zu erhoffen gewagt hat – ja, um der Wahrheit die Ehre zu erweisen, besser als die beiden anderen Prinzen.« Diese Einlassung machte er mit mürrischem Widerstreben. »Jedoch, nichtsdestotrotz … Donnerwetter, Sire, er bringt keinerlei Eignung mit, um einstmals nach seinem Bruder die Krone zu tragen, und das ist Euch wohl bekannt! Das Volk wird keinen Krüppel auf dem Thron dulden. Und nicht nur das beunruhigt mich, mir missfallen auch die Flausen, welche der junge Herr Tavis ihm in den Sinn zu setzen beliebt. Bischof Hubertus und ich, wir haben Euch vor einem derynischen Lehrer gewarnt, Euer Gnaden.«

»Ja, Ihr habt mich gewarnt«, stimmte Cinhil gleichgültig zu, indem er dem bekanntermaßen derynischen Bischof von Grecotha sowie Joram, ebenfalls einem Deryni, einen Seitenblick voller Unbehagen zuwarf.

»Doch Tavis O'Neill ist ein außerordentlich begnadeter Lehrmeister und zudem ein meisterhafter Heiler. Angesichts von Javans ... Behinderung ... dünkte mich das ein gelungenes Zusammentreffen.«

»Woran Prinz Javan krankt, dem vermag ein Heiler nichts entgegenzusetzen, Euer Gnaden«, erwiderte Murdoch kaltschnäuzig. »Verzeiht mir meine Unverblümtheit, aber Ihr wisst zweifelsohne, dass ich nichts als die Wahrheit ausspreche. Und unterdessen vergiftet der Deryni des Jungmannen Geist und wiegelt ihn wider jene auf, die mit seiner Unterrichtung und Unterweisung betraut worden sind. Er *hasst* Rhun. Er untergräbt das Ansehen der ...«

»Vermögt Ihr dafür Beweise vorzulegen, mein Herr?«, unterbrach Camber ihn geruhsam, aber mit so entschiedenem Nachdruck, dass er Murdoch mitten im Satz zum Verstummen brachte. »Mir will's so vorkommen, als ob Ihr Herrn Tavis der Verhetzung beschuldigt, eine schwere Anklage. Solltet Ihr nicht mit diesbezüglichen Beweisen aufzuwarten imstande sein ...«

»Sire!«, brauste Murdoch auf und fuhr empor wie eine zur Weißglut gereizte Spinne. »Darf man mir in Bezug auf die Ausübung der mir übertragenen Pflicht derartig widersprechen? Wenn Eure Königliche Gnaden darauf beharren, Eure königliche Gegenwart mit Deryni zu bevölkern und sich damit zu umgeben, *Leuten solchen Schlages, wie sie vor vielen Jahren Euer Gnaden Königsfamilie erschlagen haben,* so ist das mit Gewissheit Euer königliches Vorrecht. Aber Euer Gnaden haben mir die Verantwortung für die Erziehung der künftigen Erben des Reiches übertragen, und soll ich dieser Verantwortung Genüge tun können, so muss ich zumindest in *gewissen* Dingen das Sagen haben und behalten können. Die königliche Kinderstätte ist kein Ort für irgendeinen Deryni, sei er Heiler oder nicht.«

Camber öffnete den Mund, schloss ihn jedoch sofort wieder, schaute Cinhil wie um Rat an, als erwartete er vom König einen Hinweis, wie er sich nun verhalten dürfe und solle. Cinhil war bei Murdochs harten Worten der Anschuldigung erbleicht und der Blick seiner grauen Augen streifte mehrmals Camber, fast als habe der Bischof selbst den Bogen gespannt, der gefiederte Pfeile des Todes in seines Urgroßvaters Leib sandte, dadurch das Königreich in jene langen, düsteren Jahre stürzte, die man nun das Interregnum nannte.

Schlagartig sah sich Camber von neuem und mit aller Schärfe an das heikle Gleichgewicht erinnert, in welchem er Cinhil auf dem Lebenswege begleitete, fast eineinhalb Jahrzehnten des engen Zusammenwirkens, sowohl als Camber wie auch als Alister, zum Trotz. In all der Zeit war der Funke des Zweifels, welcher der König wider die Deryni hegte, niemals wirklich erloschen – auf keinen Fall in dem ureigensten Allerheiligsten im tiefsten Innern seines Herzens, das Cinhil trotz allen äußeren Drucks für sich ganz allein bewahrte.

Camber rührte sich nicht, unternahm nichts, nur seine eisig hellen Augen baten Cinhil stumm um eine Rückbesinnung auf die Vernunft, eine Zurückweisung der Unterstellungen, die Murdoch hingeschleudert hatte wie einen Fehdehandschuh. Die Zeiten des Interregnums waren vorüber. Die Deryni, welche dem gegenwärtigen Haldane-Geschlecht dienten, waren von anderem Geblüt als jene, die vor nahezu einem Jahrhundert die Festils an die Macht erhoben.

Doch bei Cinhil lag es, diese Tatsachen in Worte zu kleiden, nicht bei Camber beziehungsweise Alister Cullen.

Für ein scheinbar unendlich langes Weilchen regte sich Cinhil überhaupt nicht, während sein grauäugiger Blick von Cambers Angesicht in Murdochs Miene huschte und wieder zurück, bis Camber wähnte, er müsse unter der Anspannung innerlich bersten. Da holte Cinhil tief Atem, als beabsichtigte er eine wichtige, grundsätzliche Erklärung abzugeben – und begann stattdessen zu husten.

Derweil Murdoch ratlos dabeistand, ergriff Camber einen Pokal vom Tisch, der längs des Spielbretts stand, füllte ihn aus einer silbernen Kanne mit Wein, und in seiner Hast, an Cinhils Seite zu gelangen, brachte er die Hälfte der Figuren durcheinander, welche noch auf dem Spielfeld standen; er hob den Wein an Cinhils Lippen.

Zwischen seinen Hustenanfällen trank Cinhil dankbar in ergiebigen Zügen, verschaffte sich ein wenig Erleichterung, jedes Mal nachdem er etwas getrunken hatte, und unterdessen war Joram an des Königs andere Seite geeilt und reichte ihm das Sacktuch, damit er sich den Mund wischen konnte, sammelte zwischendurch verlegenheitshalber herabgefallene Figuren auf, während Cinhil, das Antlitz rot angelaufen, alle Anstrengungen machte, um den Husten zu bändigen.

Camber legte seine Hände um des Königs Haupt, wirkte mit schierer Willenskraft auf ein Nachlassen des Hustens hin, vielleicht nicht gänzlich ohne Erfolg. Auf jeden Fall gelang es Cinhil, einen weiteren Hustenanfall zu unterdrücken, dann hielt er inne, räusperte sich und spie ins Sacktuch. Sein Antlitz war grau wie von Asche, als er sich zurücklehnte, und er achtete darauf, dass niemand das zusammengeknüllte Tuch in seiner Hand näher zu sehen bekam.

»Um Vergebung, sollte ich Euch Umstände bereitet haben, Ihr Herren«, sprach er daraufhin mit schwächlicher, jedoch fester Stimme. »Wie's den Anschein hat, plagt mich der Anflug einer winterlichen Erkältung.« Von neuem stieß er ein Räuspern aus, dann schluckte er vernehmlich. »Murdoch, wird's Euch recht sein, wir verschieben den Rest Eurer Berichterstattung auf einen späteren Zeitpunkt? Eure Besorgnis, was Javan und Tavis anbetrifft, ist mir bereits seit mehreren Monden bekannt, und so glaube ich, die Sache kann noch ein paar Tage länger warten. Nichtsdestotrotz, ich möchte Euch schon jetzt daran erinnern, dass der Bub, als Tavis im vergangenen Jahr zeitweilig fortmusste, erkrankt ist und die Atmung verweigerte. Unter Tavis' Fürsorge ist er aufgeblüht … soweit das seine Voraussetzungen zulassen. Der Sachverhalt, dass Tavis ein Deryni ist, kann mich nicht im Entferntesten so beunruhigen wie Javans Unglücklichsein und schlechte Gesundheit, immer wenn Tavis nicht bei ihm weilt.«

»Ihr verzärtelt den Burschen, Sire. Das ist gar nicht ratsam.«

»Ich verzärtle ihn nicht. Ich stelle mich den Tatsachen seiner … Schwäche. Ihr wisst sehr wohl, wie ich in dieser Angelegenheit fühle.«

»Verzeiht mir, Sire. Es war beileibe nicht meine Absicht, in meiner, Eurer Majestät entgegengebrachten Hochachtung zu erlahmen.«

»Ich weiß, dass das nicht Eure Absicht war.« Unbeholfen streckte der König einen Arm aus und drückte zum Zeichen der Begünstigung Murdochs Schulter und er neigte voller Huld das Haupt, als der Jüngere die königlichen Hände packte und sie erneut mit Küssen bedeckte.

Camber war es nahezu unerträglich, Zeuge des Geschehens zu sein, und es flößte ihm Fassungslosigkeit ein, dass Cinhil vermochte sich so täuschen zu lassen. Cinhil konnte, wenn er nur wollte, Murdoch sogar einem Gedankensehen unterziehen; aber Cinhil pflegte die Fähigkeiten, welche Camber und dessen Kinder ihm vor so vielen Jahren geschenkt hatten, nur äußerst selten zu benutzen. Mochte Gott wirken, dass Cinhils Sprösslinge sich weniger blind zeigten!

»Ich flehe Euch an, Sire, verzeiht mir«, flüsterte Murdoch. »Nur das Ausmaß meiner Sorge ist daran schuld, dass meinem Mund Worte von unziemlicher Heftigkeit entfleuchen.«

»Ich weiß, ich weiß«, antwortete der König. »Habt keine Furcht. Meine Gnade ist Euch gewiss.« Er meisterte ein erneutes Husten und sein Antlitz wirkte gegen sein scharlachrotes Gewand noch fahler. »Ich bitte Euch, Murdoch, geht nun. Ich glaube, ich muss mir erst einmal ein wenig Ruhe gönnen. Alister, bleibt Ihr noch für ein Weilchen bei mir, alter Freund. Obschon Ihr kein Heiler seid, bewährt allein Eure Gegenwart sich doch sehr in der Linderung meines Unwohlseins.«

»Wie Ihr wünscht, Sire«, gab Camber leise zur Antwort und trat näher, um eine Hand auf des Königs Schulter zu legen. »Graf Murdoch, mein Geheimschreiber wird Euch zur Tür geleiten. Seine Königliche Gnaden wird sicherlich später nach Euch schicken.« Das gesprochen, widmete er seine volle Aufmerksamkeit Cinhil, beugte sich hinab ans königliche Ohr. »Sire, versucht Euch zu entspannen. Bemüht Euch, langsam und gleichmäßig Atem zu schöpfen – nicht zu tief, andernfalls der Husten wiederkehren muss. Ja, so ist's recht. Nun atmet aus. Lasst den Schmerz von Euch weichen …«

Missmutig erhob sich Murdoch, missachtete Jorams ebenso höfliche wie höfische Verneigung, während er zur Tür stapfte und nach draußen strebte. Sobald er die Tür hinter Murdoch geschlossen hatte, kehrte Joram in des Königs Nähe zurück und verharrte wachsam und bereit neben dem soeben von Murdoch verlassenen Stuhl. Nach einer Weile straffte sich Camber und sah Joram an, gab ihm ein Zeichen, dass er sich setzen möge, und Cinhil schlug langsam die Augen auf. »Fühlt Ihr Euch besser, Sire?«

»Ja, meinen Dank«, entgegnete Cinhil gedämpft. »Es

hilft. Ja, wirklich und wahrhaftig. Ich sollte klüger sein und mich nicht in derartige Erregung bringen lassen. Ich wag's nicht länger, allzu tief zu atmen, mein Husten wollte wohl jedes Mal von neuem beginnen.«

Mit gerunzelter Stirn bückte sich Camber und barg das Sacktuch, das Cinhils Hand entglitten war, nachdem sein Husten verstummt war, und Camber bemerkte die bräunlich rote Befleckung des Tuchs. In aller Ruhe fasste Cinhil zu und nahm dem Bischof das Tuch mit sachtem Nachdruck aus der Hand, faltete es zusammen, sodass der Fleck sich nicht länger sehen ließ. Als Joram den Mund auftat, um zu sprechen, schüttelte Cinhil das Haupt und legte das Sacktuch bedächtig beiseite. »Ich weiß Bescheid, Joram, es bedarf keiner Belehrung«, sprach er leise in die Stille, welche seine wortlose Einlassung erzeugt hatte. »Ich bin sehr krank. Nur ich und Rhys, wir beide allein, wir wissen genau, wie sehr. Und was diese Sache bezüglich Javans angeht … Zu den Anwesenden brauche ich darüber gewisslich kein Wort zu verlieren. Man glaube mir, ich vertraue Tavis. Er ist ein herausragender junger Heiler. Aber …«

Ein erneutes Klopfen von der Tür, diesmal eine rasche Folge von Pochlauten, unterbrach ihn inmitten seiner Erklärung und Cambers Blick fiel hinüber. Er erkannte die geistige Gegenwart, die draußen davor stand, wogegen sich Cinhils Seufzer entnehmen ließ, dass er an den Gebrauch seiner deryniähnlichen Möglichkeiten zur erweiterten Sinneswahrnehmung gar nicht dachte.

»Der Himmel will's, macht's mir den Anschein, so fügen, dass diese Aussprache nicht zustande kommen soll«, merkte Cinhil in einer neuen Anwandlung von Schicksalsergebenheit an. »Doch gleichwohl. Schaut nach, wer's ist, Joram.«

Wie Camber bereits hatte absehen können, trat nun

Herr Jebedias von Alcara durch die von Joram geöffnete Tür ein.

»Ich ersuche um Nachsicht, Sire«, sprach er, indem er sich näherte und dabei eine andeutungsweise Verbeugung in Cambers Richtung vollführte. »Alister, ein Gefolgsmann des Grafen von Ebor hat gerade dies Sendschreiben überbracht. Er erwähnte, Gregorius sei bei einem Reitunfall verwundet worden.«

Der im Ergrauen begriffene Großzeremonienmeister trug seine abgeschabte Reitkleidung aus blauem Leder – aufgrund seiner geröteten Wangen und des reichlich an seiner Gestalt verspritzten Drecks ließ sich schlussfolgern, dass er beim Eintreffen des Kuriers damit beschäftigt gewesen war, im Burghof sein neues Jagdross zuzureiten –, in seiner vom Reithandschuh umhüllten Hand jedoch brachte er ein säuberliches Päckchen Pergament, von dessen Rahmweiß sich das kräftige Grün eines Heilersiegels abhob.

Unverzüglich fuhr Cinhil auf. »Ist er gesund? Was ist geschehen? Am heutigen Morgen habe ich Rhys und Evaine zu ihm geschickt.«

Jebedias gab durch ein Schulterzucken gänzliches Unwissen zu erkennen; offenbar vernahm er zum ersten Mal vom Missgeschick des Grafen.

Camber brach das Siegel und faltete das steife Pergament auseinander. Er las die wenigen, eng niedergeschriebenen Zeilen, verfasst in Evaines sorgfältiger Handschrift, dem Wortlaut nach jedoch unmissverständlich Rhys entsprungen, dann faltete er es wieder und schob es mit einem kargen, ganz Alister Cullen gemäßen Lächeln unter seine breite Leibschärpe. »Es will den Anschein haben, dass unser Freund genesen wird, Sire.«

»Gott sei gedankt!«

»Rhys teilt mit, dass des Grafen Gedächtnis noch ein wenig beeinträchtigt, es aber gelungen sei, seine Verletzungen restlos zu heilen. Gregorius jedoch ist davon weniger überzeugt, er beharrt fürwahr darauf, dass ich zu ihm eile, um ihm das Letzte Sakrament zu spenden.«

»Das Letzte Sakrament«, fuhr Cinhil auf und erlitt ums Haar einen erneuten Hustenanfall.

»Aber, aber, Sire, gemach, gemach!«, bemühte sich Camber sofort, ihn zu besänftigen. »Ich glaube, die einfache Kommunion wird ihm vollauf reichen. Ich vermute, Gregorius übertreibt nur in erheblichem Maße, um den Sturz vom Ross als einen weniger schmählichen Eindruck erscheinen zu lassen. Dennoch, er ersucht mich um Beistand und Euch geht's gegenwärtig wohl genug. Darf ich ihn also aufsuchen? Bei Anbruch der Dunkelheit dürfte ich zurück sein und solltet Ihr zuvor einen Heiler brauchen, kann Jebedias jederzeit Tavis holen.«

»Letztes Sakrament, wahrhaftig«, wiederholte Cinhil des Grafen Wunsch abermals und schüttelte in empörtem Unglauben sein Haupt, doch zugleich lachte er gedämpft. »Ich bin derjenige, der dem Tode geweiht ist, und *er* schreit nach der Letzten Ölung! Ach, nichtsdestotrotz, Alister, stattet ihm einen Besuch ab, aber richtet ihm von mir aus, dass ich ihn, sobald er wieder zum Reiten imstande ist, hier bei Hofe zu sehen wünsche und von ihm eine in jeglicher Hinsicht zufrieden stellende Erklärung erwarte.«

»Das werde ich, da Ihr's befehlt, gewisslich tun, Sire«, antwortete Camber und lachte gleichfalls vor sich hin. »So wünsche ich Euch noch einen angenehmen Tag, Sire, und ebenso dir, Jebedias. Joram, am besten, wir brechen ohne Verzug auf, wollen wir zur Abenddämmerung zurück sein.«

Als Camber und Joram das Gemach verlassen hatten, saß Cinhil für ein Weilchen still da, dann wanderte sein

Blick über das in Unordnung geratene Spielbrett, er heftete ihn in die Weite der Räumlichkeit und gab Jebedias einen Wink, er möge näher treten. »Jebedias, ich wünsche, dass Ihr für mich etwas erledigt.«

»Mit Selbstverständlichkeit, Sire. Worum handelt es sich?«

»Ich möchte, dass Ihr Euch in die Königliche Kinderstätte begebt und meine Söhne einmal beobachtet. Wenn's sich einrichten lässt, sprecht mit ihren Lehrern. Besonders mit Herrn Tavis. Ihr seid Deryni, mag sein, er hört auf Euch. Versucht ihm begreiflich zu machen, warum's so ungeheuer bedeutsam ist, in gutem Einvernehmen mit Murdoch und den anderen Erziehern zu bleiben. Allem Anschein nach sorgt sich Murdoch um seinen Einfluss auf Javan.«

»Soviel mir bekannt ist, Sire, bewährt sich Javan gut«, antwortete Jebedias mit gewisser Zurückhaltung. »Seine Handhabung der Waffen hat eine bemerkenswerte Besserung erfahren. Natürlich, zu Fuß besitzt er nicht die Beweglichkeit wie seine Brüder, aber er gleicht seine mangelhafte Behändigkeit in so mancher anderen Beziehung aus. Und um die Wahrheit auszusprechen, er ist weit gewitzter mit seinem Verstand als Alroy. Bedauerlich ist's halt, dass die Vorzüge der beiden Jungmannen nicht in einem Sprössling vereint worden sind.«

»Ja, besser wär's, es hätte keine Zwillinge gegeben«, stimmte Cinhil zu und seufzte wehmütig. »Warum so etwas wohl geschieht? Ihre Mutter war über alles Maß hinaus darauf bedacht, mir einen weiteren Erben zu schenken, Gott gebe ihrer süßen Seele Frieden. Dennoch, schaut für mich nach dem Rechten, hört Ihr, Jebedias? Meine Frist läuft ab, und ich will meine Söhne nicht gänzlich unvorbereitet belassen.«

Draußen im Korridor zog unterdessen Camber seinen Sohn in eine Nische, spähte wachsam erst in die eine, danach in die andere Richtung des Verlaufs, den selbiger Korridor nahm, kam den Fragen, die Joram offenkundig beschäftigten, mit einem Blick und einem Schütteln seines Hauptes zuvor. Er nahm Rhys' Sendschreiben aus seiner Leibschärpe und las die Mitteilung noch einmal, befühlte gleichzeitig mit den Fingerkuppen das Siegel am unteren Rand des Bogens.

»Damit hat's zweifelsohne mehr auf sich, als das bloße Auge zu erkennen vermag, Joram. Wir haben's nicht mit einer bloßen Schrulle Gregorius' zu tun. Selbst arg verwundet, würde er mich nie und nimmer ohne ernste Verursachung zu sich rufen. Er weiß, dass Cinhil krank ist. Und ebenso wenig würde Rhys, wäre Gregorius auch töricht genug, mir für ihn ohne tatsächlichen Grund ein solches Schreiben senden.«

»Mich dünkte sofort, dass dergleichen keinem von beiden ähnlich sieht«, gab Joram zur Antwort. »Vielleicht verrät das Siegel uns mehr?«

»Das glaube ich«, entgegnete Camber leise, hob es an und betastete es aufmerksamer. »Gib du Acht, ja?«

Während Joram die Aufgabe übernahm, den Korridor zu überwachen, presste Camber seine überaus empfindsamen Fingerspitzen auf das Siegel und schloss die Lider. Seine Atmung vertiefte und verregelmäßigte sich, ging langsamer, als er sich in den leichten Trance-Zustand versetzte, in welchem jede andersartige Botschaft ihn erreichen konnte. Einige Augenblicke lang forschte sein Geist, bis er auf die Gedanken-Mitteilung stieß, die sich hinter den Worten auf dem Pergament verbarg, und er sie sich aneignete. Das vollbracht, schlug er die Augen wieder auf, entließ unterdrückt den Atem.

Joram widmete die Aufmerksamkeit erneut seinem Vater. »Üble Kunde?«

»Das weiß ich selbst noch nicht so recht«, gab Camber in merklicher Verwunderung Auskunft. »Noch ist mir unklar, worum's sich dreht, aber die mögliche Bedeutung dieser Botschaft ist ungeheuerlich. Sie stammt von Rhys. Er wähnt, er hat Gregorius die Deryni-Begabung genommen.«

3

Wer lieb hat seinen Sohn, hält stets den Stock für ihn bereit, damit er sich am Ende freuen kann.

Jesus Sirach 30,1

Um die Mitte des Nachmittags war Jebedias endlich dazu imstande, sich auf den Weg zu jener Einrichtung zu machen, die man nach wie vor die Königliche Kinderstätte nannte, obwohl die jungen Schützlinge sich – auf jeden Fall mit Gewissheit nach ihren eigenen Vorstellungen – längst in einem Alter befanden, das eine solche Bezeichnung nicht länger als gerechtfertigt erscheinen ließ. Seine Absicht war es gewesen, diesen Ort schon früher aufzusuchen, zur Mittagsstunde, während die Burschen ihre Mahlzeit einnahmen – um den üblichen Tagesablauf möglichst wenig zu stören –, doch ein halbes Dutzend dringlicher Angelegenheiten hatten, kaum dass er sich aus den Königlichen Gemächern begab, einer umgehenden Lösung geharrt und ihn ewige Stunden lang für deren Auffindung beansprucht. Alle diese Schwierigkeiten erregten *tatsächlich* den Eindruck, so eilig zu sein, wie seine Untergebenen behaupteten, aber ihm entging keineswegs die Merkwürdigkeit ihres gleichzeitigen Auftretens. Er hoffte, es sei nur auf Auswucherungen seines Vorstellungsvermögens zurückzuführen, wenn sich ihm immer wieder der Gedanke aufdrängte, solche zeitlich allzu sonderbar gelagerten Misslichkeiten, die nur von ihm behoben werden konnten, bei Murdoch, Rhun und Udaut zur gleichen Zeit könnten unmöglich auf Zufall beruhen.

Wie auch immer, in der Königlichen Kinderstätte war es recht ruhig, als er dort eintraf, und anhand der Aufnahme, die seine Ankunft fand, vermochte er zu ersehen, dass man seinen Besuch weder erwartet hatte noch sonderlich willkommen hieß. Im riesigen Aufenthaltssaal hockte Kronprinz Alroy bei einem der zwei großen Kamine, noch mit seinem Lehrer über den Büchern, obwohl um diese Zeit des Tages die gelehrten Unterweisungen längst beendet sein sollten. Bruder Valerian, des Jungmannen Lateinlehrer, stand mit sehr gestrenger Miene bei Alroy, erläuterte ihm mit spürbarem Nachdruck die richtige Übertragung einer Schrift über die Kriegskunst, deren Übersetzung Alroy anscheinend für den heutigen Unterricht hatte anfertigen sollen, aber nicht hatte vorweisen können. Alroy zeigte den Ansatz eines Lächelns, als er Jebedias eintreten sah, denn der Großzeremonienmeister war für den kränklichen Burschen so etwas wie eine Heldengestalt, doch Bruder Valerian ließ sofort seine Weidenrute auf die Schriftrolle zwischen Alroys Händen niederpfeifen und wies damit auf die Handschrift.

Jebedias hegte den deutlichen Verdacht, dass die Rute Alroys Finger getroffen hätte, nicht die Schriftrolle, wäre er, der Großzeremonienmeister nicht zugegen gewesen. Im Allgemeinen vertrat er die Auffassung, dass strenge Zucht vonnöten sei, doch nichtsdestoweniger brachte er für den jungen Alroy Mitgefühl auf.

Im Gegensatz dazu war Rhys Michael, dem jüngsten der drei Prinzen, erlaubt worden, in der vom Vortag übrig gebliebenen Asche vorm anderen Kamin seine Spielzeugritter und -schützen aufzustellen, und gerade erklärte er selbstbewusst einem anderen Buben, den Jebedias nicht kannte, den Einsatz der Scharen, ihre Bewegungen. Rhys wirkte ganz von sonnigem Gemüt beherrscht und zufrieden und ein rasches Durchdenken der Kriegskunstmaßnahmen, welche er seinem Spielgefährten darlegte, veranlasste Jebedias zu einem von Überraschung verursachten Heben der Brauen. Der

Prinz befasste sich mit der im Altertum stattgefundenen Schlacht von Rhorau und des Buben Gesten und Worte bewiesen, dass er sie durchaus voll begriff. Er besaß eindeutig einen ausgeprägten Sinn für alle Kriegskunst, alles Kriegswesen.

Etwas mehr Umstände verlangte es, den dritten Prinzen ausfindig zu machen. Jebedias erblickte ihn zunächst nicht und es widerstrebte ihm zu fragen, aus Sorge, es könnten, sobald er wieder fort war, Züchtigungen anfallen. Nach der Art und Weise, wie er hier Alroy behandelt sah, erachtete er derlei keineswegs als ausgeschlossen.

Er hatte fast die ganze Länge der ausgedehnten Räumlichkeit abgeschritten, Blicke in etliche Ansammlungen anderer junger Schüler und ihrer Lehrmeister geworfen, da erspähte er Javan auf einer Sitzbank in einer Fensternische am entfernten Ende des Saales, vor einem Grisaille-Fenster, durch das man Ausblick auf den noch vom Winter leblosen Garten besaß. Ein hoher Baum unmittelbar außerhalb des Fensters warf ein gespenstisches Netzwerk von Schatten über den Prinzen und die Gestalt eines jüngeren Mannes, der reglos zu seinen Füßen kniete. Der Mann wandte Jebedias den Rücken zu, doch das dunkelrote Haar und die grüne Tracht eines Heilers enthüllten, dass es sich um Tavis O'Neill handeln musste, eben jenen, mit dem Jebedias sprechen zu können gehofft hatte.

Anscheinend bemerkte das Paar seine Annäherung nicht. Erst als Jebedias die Fensternische erreichte und die zwei Stufen erstieg, blickte Javan mit missmutiger Miene auf. Nunmehr erkannte Jebedias den Grund für Tavis' Haltung: des Jungmannen missgestalteter rechter Fuß war des besonders angefertigten Stiefels entledigt worden, um dem Heiler das Werk zu ermöglichen, zu dessen Verrichtung er beide Hände um besagten Fuß gelegt hatte. Tavis rieb den Fuß mit äußerster Behutsamkeit, in seinem leichten Trance-Zustand die Lider halb geschlossen. Aber daraus, dass Javan ab und zu das Angesicht verzerrte, ließ sich schlussfolgern, dass über die gewohnte Behinderung hinaus irgendeine andere Behelligung vorliegen musste.

Achtsam trat Jebedias näher, darauf bedacht, den Heiler in seinen Anstrengungen nicht zu stören; allerdings vermochte er nicht genau zu ersehen, worauf Tavis' Bemühungen abzielten. »Ist etwas außer der Regel, Eure Hoheit?«, erkundigte er sich mit leiser Stimme.

Javans Antlitz errötete und Tavis zuckte zusammen, fasste sich jedoch sofort wieder, verbarg den missgebildeten Fuß mit einer wie beiläufigen Geste, welche Jebedias dennoch auffiel, unter seinen Händen. Der Heiler drehte sich nicht zum Großzeremonienmeister um. »Gott zum Gruß, mein Herr Zeremonienmeister«, sprach Tavis leise. »Was bringt Euch in die königliche Unterrichtshalle?«

»Sorge um Seine Hoheit«, lautete Jebedias' Entgegnung. »Und nunmehr will's mir so vorkommen, als sei meine Sorge wohl begründet. Was verrichtet Ihr da?«

»Seiner Hoheit Lehrmeister sind bei der Erziehung nicht immer rücksichtsvoll, mein Herr«, antwortete Tavis gedämpft, nach wie vor, ohne den Großzeremonienmeister anzuschauen. »Des heutigen Morgens Übung fiel ganz besonders roh aus.«

»Roh?«

Unversehens fuhr Tavis in seiner niedergekauerten Haltung herum. Sein Antlitz war aus Zorn bleich. »Jawohl, roh! Am heutigen Vormittag hat man ihn fünf Meilen weit durch den Schnee marschieren lassen, beladen mit Schild und Schwert und Kettenhemd eines ausgewachsenen Kriegers. Nicht etwa«, dies stellte Tavis mit heftig zum Ausdruck gebrachtem Stolz klar, »dass er weit hinter seinen Brüdern zurückgeblieben wäre, aber hier ist der Preis, den er zu zahlen hatte. Und den Schmerz habe ich bereits zum Großteil gelindert.« Während er sprach, hob er Javans Fuß an, den er bis dahin dem Blick des Großzeremonienmeisters entzogen hatte, und starrte Jebedias in unverhohlener Herausforderung an. Endlich konnte der Großzeremonienmeister den Fuß sehen und es rang ihm in der Tat einige Mühe ab, nicht vor Erschrecken zurückzuprallen.

Des Jünglings rechter Fuß sah wund und zermartert aus, wo nicht dunkle Blutergüsse ihn vollends entstellten, und die helle Haut war überall rings um den klobigen, missratenen Knöchel ganz jammervoll abgeschabt. Der andere Fuß war ebenfalls wund gerieben und gerötet, wenngleich weniger übel. Jebedias bemerkte auf dem breiten Fenstersims neben Tavis eine Schüssel mit Wasser, mehrere feuchte Tücher sowie ein gläsernes Fläschchen mit etwas darin, das aussah wie Salböl zur Behandlung von Wunden.

»Wer trägt dafür die Verantwortung?«, wollte Jebedias wissen; seine Stimme klang bedrohlich ruhig und gleichmäßig.

»Es war …«

»Das ist unwichtig«, mischte sich Javan ein, indem er Tavis unterbrach, ehe er einen Namen zu nennen vermochte. »Wenn ich einstmals ein Krieger sein will, muss ich mich abhärten. Ich muss allen anderen ebenbürtig sein und sie nach Möglichkeit gar überflügeln. Ich muss imstande sein zum Führen. Ich werde zeigen, dass ich das sehr wohl kann.«

»Keineswegs sind's die körperlichen Fähigkeiten allein, was die Eignung zur Führerschaft ausmacht, mein Prinz«, sprach Jebedias, indem er sich eine herbere Äußerung über jenen verkniff, der für diesen Vorfall die Verantwortung hatte, wer derselbe auch sein mochte. »Wer hat Euch eingeredet, es verhielte sich so?«

Javans Haltung verkrampfte sich und aus Unmut bebte ihm ein wenig die Unterlippe. »Sollte ich nach meinem Bruder Alroy jemals herrschen müssen, habe ich stark zu sein. Glaubt Ihr, man wird dulden, dass abermals ein Schwächling den Thron besteigt? Gwynedd braucht einen Kriegerkönig.«

»Gwynedd braucht einen König, der weise ist«, widersprach Jebedias. »Falls er nebenbei auch ein großer Kämpfer ist, umso besser, ja, aber es besteht keine derartige Notwendigkeit. Euer Vater ist kein ausgesprochener Kriegsmann und hat sich dennoch als Herrscher bewährt.«

»Mein Vater …« Der Jüngling schnob mit unverkennbar verachtungsvoller Miene. »Freilich ist er kein Krieger. Wäre er nur einer, wäre er bloß von Anbeginn an einer gewesen! Doch nein, musste seinen Gelöbnissen entsagen, um weder Fürst noch Priester zu sein, aber dafür von Gott verflucht. Hätte er's nicht getan, ich wäre nicht so, wie ich bin, gestraft mit dem Zeichen von Gottes Ungnaden, sodass alle es sehen können.«

Mit dem letzten Wort entzog er Tavis' Griff mit einem Ruck seinen misslich gelungenen Fuß und suchte ihn hinter dem anderen Bein zu verbergen, kehrte sein Angesicht seitwärts und rang mit Tränen der Wut. Jebedias, entgeistert über das, was er da vernommen hatte, sah Tavis an, um womöglich eine Erklärung zu erhalten. »Mein Herr, habt Ihr ihm das Haupt mit diesen verrückten Hirngespinsten angefüllt?«

»Nicht ich bin's, der ihn in Geschichte und im Glauben unterrichtet, mein Herr Großzeremonienmeister«, erwiderte Tavis erbittert. »Ich ersuche Euch, lasst uns allein. Habt Ihr seiner Hoheit für den heutigen Tag nicht genug Ungemach bereitet?«

Jebedias fiel nichts ein, was er darauf hätte entgegnen können, als sich Tavis erhob und den verkrüppelten Prinzen in seine Arme schloss, um ihn den Blicken zu entziehen, die nun aus allen Bereichen der Halle herüberstarrten; Jebedias fühlte sich unversehens, als sei er ein Ungeheuer. Er schaute dem Paar nach, derweil es davonstrebte, und überlegte unterdessen, wie er Cinhil und überdies Camber all das erklären solle.

Zur gleichen Zeit jedoch weilten Cambers Gedanken weitab von den Prinzen und Valoret. Während er und Joram über die Außentreppe Jesse aus dem Burghof hinauf in Graf Ebors Hauptsaal folgten, durchdachte er insgeheim nochmals die wenigen Schlussfolgerungen, die er bislang hinsichtlich der Angelegenheit hatte ziehen können, wegen welcher Rhys ihn kommen ließ.

Dass Rhys unmittelbar um Cambers Unterstützung bat, war schon für sich betrachtet ungewöhnlich, denn Camber war nie tiefer mit den Künsten eines Heilers vertraut geworden, welche Rhys bereits vor vielen Jahren und zudem wahrlich großartig gemeistert hatte. Camber galt einst als begnadeter Adept, aber Nichtheiler, und ähnlich war auch Alister Cullen ein begabter Deryni gewesen; aber keine der beiden Persönlichkeiten, die sich in dem Mann vereinten, welcher nun eine Anzahl von Gregorius' Bediensteten und Gefolgsleuten mit einem Nicken begrüßte, konnte sich mit den ganz besonderen Befähigungen auch nur im Entferntesten messen, über die ein herausragender Heiler wie Rhys verfügte.

Und doch, falls es Rhys *wirklich* irgendwie gelungen war, Gregorius die Deryni-Kräfte zu nehmen, dann handelte es sich dabei in der Tat um eine Sache von höchstem Interesse, sowohl für Camber sowie auch jenen Bestandteil von ihm, der Alister war; das mochte eine Angelegenheit sein, die alle Deryni anbetraf. Nie zuvor hatte Camber von einem solchen Ereignis vernommen, außer in Fällen schwerer Verletzungen des Hauptes, so ernst, dass ohnehin auch andere, herkömmlichere geistige Gaben beeinträchtigt waren, und in solchen Fällen erwies sich eine Heilung fast immer als undurchführbar, der Betroffene starb mit Sicherheit innerhalb absehbarer Frist. Ebenso wenig hatte Camber jemals über dergleichen irgendetwas gelesen, obwohl von ihm und Evaine im Laufe der Jahre wahrhaftig zahlreiche uralte Schriften erforscht und in ihren Aussagen überprüft worden waren – gar Aufzeichnungen, in denen bisweilen höchlichst wundersame Dinge Erwähnung fanden, von einer Art, wie man sie im Allgemeinen selbst einem Deryni nicht zutraute. Alle alten Schriften, die er und Evaine kannten, enthielten nichts über die etwaige Möglichkeit, einem Deryni mit Vorbedacht seine Kräfte nehmen zu können.

Jesse führte die Ankömmlinge eine enge Wendeltreppe empor, fast zwei Stockwerke hoch, geleitete sie dann durch einen schmalen Wandelgang, welcher im Innern längs der gesamten Burghalle verlief und in deren Weite Einblick bot. Am Ende des Wandelgangs stand eine schwere eisenbeschlagene Tür offen.

Durch eine zweite gewölbte Türöffnung jenseits der Vorkammer konnte man des Grafen großes verhangenes Bett erspähen, des weiteren Rhys, der an Gregorius' Seite müde auf einem Stuhl saß und den Schlummer des Grafen bewachte; in Rhys' Rücken stand Evaine und rieb ihm die Schläfen. Rhys hob den Blick, als Camber und Joram eintraten, und verzog das Antlitz zu einem von Erleichterung gekennzeichneten Lächeln, als er aufstand, um die Ankömmlinge willkommen zu heißen.

»Hocherfreut, euch beide hier zu sehen«, begrüßte er sie und legte ihnen in einer zweifachen Umarmung die Hände auf die Schultern. »Jesse, meinen Dank, dass du sie heraufgebracht hast! Wir werden dich rufen, sollte die Erfordernis entstehen.«

Dank einer sogleich vollzogenen Verbindung ihrer

Seelen vermochten sie binnen eines Augenblicks Gedanken auszutauschen, deren wechselseitige mündliche Mitteilung ein ganzes Weilchen beansprucht hätte, und so verschafften sie sich allgemeine Klarheit über die Lage, noch während Jesse ehrerbietig ging und die Tür schloss. Auch Evaine schloss sich dem geistigen Band an und ihre Zuneigung erreichte Vater und Bruder wie eine Liebkosung. Indem ihre Geistesverbindung sich auf eine gewohnte, übliche Ebene einpendelte, führte Rhys die drei Mitverschworenen nicht allein geistig, sondern auch mit den Körpern an die nähere Seite von Gregorius' Bettstatt.

»Bist du dir gänzlich sicher, dass er sich nunmehr wohlauf befindet?«, fragte Camber mit leiser Stimme nach.

»Er ist in gänzlich unversehrter Verfassung. Ich habe ihn lediglich zum Weiterschlafen genötigt, weil ich frei und offen mit dir zu sprechen wünschte. Ich weiß jedoch, ich kann die Hervorrufung dieser Wirkung durchaus wiederholen. Wir brauchen ihn zu diesem Zweck nicht einmal zu wecken. Ich glaube, er wird sich an keine Außergewöhnlichkeiten entsinnen können. Nur für einige wenige Augenblicke war er bei Bewusstsein, und selbst dabei war er noch stark verstört. Ist's dein Wunsch, dass ich dir zeige, was ich getan habe?«

»Noch nicht. Ist seine Geisteswehr durchdringbar?«

»Ja, für uns vier durchaus, ist meine Meinung. Möchtest du sein Inneres schauen?«

»Ich glaube, es empfiehlt sich.« Indem er noch näher ans Bett trat, löste Camber die Spange seines schweren Reitmantels, welchen er wider die Kälte, die im Freien herrschte, angelegt hatte, und übergab ihn in Jorams bereitwillig hingestreckte Hände, dann hauchte er seine Fingerkuppen an und rieb sie kräftig aneinander, um sie zu erwärmen, bevor er damit Gregorius' Schläfen berührte. Als er seine Fingerspitzen behutsam ins rote Haupthaar des Grafen schob, um sich ans Werk zu machen, stieß Gregorius im Schlaf einen dumpfen Seufzer aus und sein Schlummer vertiefte sich anscheinend noch mehr.

Camber lotete beträchtliche Tiefen von des Grafen Geist aus, erkundete die gewohnten Bahnen, durch die man die Kraftentfaltung der derynischen Gaben zu leiten pflegte, schätzte die Fähigkeit dieser derynischen Seele ein und empfand wahres Erstaunen darüber, dass irgendetwas ihr die Befähigungen, und wenn nur für eine kurze Frist, geraubt haben sollte. Danach unterbrach er sowohl die geistige wie auch die körperliche Verbindung zum Grafen und wandte sich an Rhys.

»Ich habe den Eindruck, er ist gesund. Abgesehen von den Einflüssen, die du verankert hast, um die Anwendungen der Heilung durchführen zu können, ist seines Gemüts Verfassung von keineswegs ungewöhnlicher Natur. Nun wohl, dann zeige mir, was du getan hast.«

Indem er ebenso angespannt wie mit Entschlossenheit tief durchatmete, trat Rhys vor und legte seine Hand an Gregorius' Haupt. »Es mag günstiger sein, du machst mein geistiges Eindringen nicht sofort mit, wenigstens nicht das erste Mal. Gedulde dich für ein kurzes Weilchen.«

»Na schön, wie's beliebt.«

Während Rhys sich mit geschlossenen Augen in eine tiefe Deryni-Trance versetzte, schaute Camber gleichmütig zu, obschon er gleichsam darauf brannte, mit eigener Wahrnehmung zu beobachten, was der Heiler tat; aber er brachte Rhys' Meinungsäußerung, es sei besser, noch zu warten, volle Achtung entgegen. Eine nicht allzu lange Weile verstrich, bis Rhys die Lider aufschlug und einen halben Schritt rückwärts vollführte.

»Nun schau«, riet er, auf seinen Lippen ein andeutungsweises, leicht verzerrtes Lächeln. »Auch wenn du bereits weißt, was zu erwarten steht, dürftest du eine Überraschung erleben.«

»So, fürwahr?«

Camber unterstrich seine von Vorbehalten geprägte Entgegnung mit einem Hochrucken der buschigen Brauen Alister Cullens, dann senkte er die Hände von neuem auf Gregorius' Haupt und bediente sich nochmals seiner Deryni-Sinne – und traf auf keinerlei geistige Schirm, keine Widerstände, nichts dergleichen, nichts von allem, was unter gewöhnlichen Umständen verraten hätte, der Mann, welcher hier lag, sei ein Deryni!

Unwillkürlich hob er verblüfft den Blick zu Rhys, zu Evaine, bemerkte das ihnen gemeinsame, widerwillige und daher im Andeutungsweisen verhaftet gebliebene, von gewisser Sorge gekennzeichnete Lächeln. Ohne Gregorius noch mehr von seiner Aufmerksamkeit zu entziehen, winkte er Joram heran und ließ ihn gleichfalls in des Grafen Bewusstsein Einblick nehmen, spürte die zusätzlichen Deryni-Kräfte, die Jorams vertrautem Geist innewohnten, sich mit seiner eigenen Seelenstärke vereinen, als sie den Verstand des Grafen zu zweit einzusehen begannen. Unterstützt durch die feste, gleichmäßige Berührung von Jorams Geist und Hand, ließ er sich in eine immer tiefere Trance abgleiten, ertastete eine nach der anderen stets tiefgründigere Schichten, suchte nach den unmissverständlichen Anzeichen derynischer Geistesmacht, die man allem Anschein zufolge jedoch in Gregorius nicht länger festzustellen vermochte. Er fühlte Jorams Ungläubigkeit, als sei sie ein Widerhall des eigenen Unglaubens, und ebenso verspürte er eine gleichartige, schreckhafte Anwandlung, als ihm und Joram im selben Augenblick die Erkenntnis kam, dass der Gebrauch dieser überaus eigentümlichen Anwendung jedem Deryni zur Gefahr werden konnte; beide dankten sie mit

Herz und Hirn Gott dafür, dass Heiler in ihrer Zunft einer so strengen Ordnung unterlagen. Was für eine Waffe für Deryni wider Deryni!

Doch solchen Gedanken wagte sich Camber nicht ausführlicherer hinzugeben. Er kehrte weit genug aus der Trance an die Oberfläche des Daseins zurück, um körperlich und verstandesmäßig dazu in der Lage zu sein, Rhys ein Zeichen zu geben, dass er sich ihrer tiefen geistigen Vereinigung mit dem Grafen anschließen möge, um seine Heiler-Magie aufzubieten und – während er und Joram den Vorgang mit höchster Aufmerksamkeit beobachteten – nun wiederzugeben, was er zuvor genommen hatte. Er spürte, wie Rhys sich innerlich mit ihnen verflocht, und zog sich weit genug zurück, um Rhys die alleinige, vollständige Einflussnahme auf den Grafen möglich zu machen, und er konnte fühlen, wie der Heiler in die abgründige Seelenverbundenheit Zugang fand und sich in Gregorius' Bewusstsein vortastete.

Eine Art von geistigem Ruck, etwas wie ein seelisches Zurechtdrehen und -zurren, sehr vorsichtig, aber nachdrücklich ausgeführt – und ganz plötzlich war Gregorius' Geist so, wie er stets gewesen war, zwar noch im Schlaf und unter Rhys' Einfluss, nichtsdestotrotz jedoch wieder im Vollbesitz seiner derynischen Geisteskräfte. Bestürzt schüttelte Camber das Haupt, als die drei zugleich aus des Grafen Inneren zurückkehrten, zu entgeistert durch das, dessen Zeuge er geworden war, um zu mehr imstande zu sein, als seinen Schwiegersohn erstaunt anzustarren. Es schien, als vermöchte er seine Stimme nicht wieder zu finden. Zuletzt brach Rhys das Schweigen.

»Insgeheim hast du mir nicht geglaubt, habe ich Recht?«, meinte der Heiler, nachdem er Gregorius' Heilschlaf nochmals verstärkt und sich danach vollauf, sowohl in körperlicher wie auch geistiger Hinsicht, von ihm zurückgezogen hatte. »Lasst uns das benachbarte Gemach aufsuchen. Er braucht Ruhe.«

Wortlos folgte Camber, dessen Überlegungen ausschließlich um die Bedeutung und Tragweite dessen kreisten, was er soeben gesehen und gefühlt hatte. Sobald die Versammelten es sich nebenan am Kaminfeuer auf Stühlen und Lehnstühlen behaglich gemacht hatten, war es Joram, der als Erster das Wort ergriff. »Nun, dann erläutere uns, wie du's gemacht hast.«

Rhys faltete auf seinen Knien die Hände und schüttelte knapp das Haupt. »Mich dünkt, es kommt einem Heilverfahren gleich, Joram. Das erste Mal habe ich's ohne jede Absicht getan, während ich in beträchtlicher Tiefe tätig war, und ich vermochte das Ergebnis nur rückgängig zu machen, indem ich auf dieselbe tiefe Ebene zurückkehrte. Allem Anschein nach erfordert das Verfahren ein gleichartiges Maß an geistigem Kraftaufwand wie eine tatsächliche Heilung.«

»Ist's schwieriger auszuführen?«, wollte Camber erfahren.

»Nein, die Ausführung ist … andersartig. Ich mutmaße, dass es möglich ist, nach einer Weile darin recht geschickt zu sein, aber ich wüsste eigentlich keinen Grund, warum's die Mühe wert sein sollte. Ich will sagen, welchen Nutzen und Sinn könnte es haben, jemandem die Fähigkeiten zu nehmen? Ha, wär's möglich, mit solcher Leichtigkeit geistige Gaben zu *verleihen* – alle Wetter, ja, das wäre fürwahr eine gänzlich andere Geschichte!«

Joram schnob, als er mit seinem Stuhl näher ans Feuer rückte. »Hmmpf, ich vermöchte dir schwerlich zuzustimmen, wolltest du die Behauptung aufstellen, es habe Cinhil sonderlich zum Wohle genutzt, gewisse Befähigungen zu erhalten. Andererseits, ich wäre beileibe nicht unglücklich darüber gewesen, hätten Imre und Ariella ihre Deryni-Kräfte beizeiten verloren. So mancher überflüssige Tod wäre nicht gestorben worden.«

»Gewiss«, pflichtete Rhys ihm bei. »Allerdings hätte es dich erhebliche Mühsal gekostet, wollte ich wetten, dafür das Einverständnis Imres und Ariellas zu gewinnen. Bei Gregorius gab's ja keinerlei Hindernisse. Zunächst einmal hatten wir ihm einen ungemein wirkungsvollen Schlaftrunk eingeflößt und überdies brachten wir ihn unter den Einfluss eines Heilschlafs, und er besaß keine Wahl, als mich vertrauensvoll verrichten zu lassen, was es zu tun galt. Von einem Feind kann man derlei wohl schwerlich erwarten. Zudem, ich weiß gegenwärtig nicht, ob das Verfahren überhaupt an jemandem anwendbar ist, der sich bei vollem Bewusstsein befindet.«

»Du meinst, es wäre dir unmöglich gewesen«, fragte Camber nach, »das zu vollbringen, wäre Gregorius nicht ohnehin bereits besinnungslos gewesen?«

»Er hätte vermutlich nicht einmal bemerkt, was er getan hatte«, sprach Evaine.

»Sie hat ganz Recht«, stimmte Rhys zu. »Und bedenke, wir sind uns bezüglich der Art unserer geistigen Berührungen untereinander vom Camberischen Rat her wohl vertraut. Ohne diesen günstigen Umstand gegenseitiger Gewöhnung wäre sein Geist mir selbst im Zustand der Besinnungslosigkeit nicht so offen gewesen.« Er zuckte mit den Achseln. »Doch gleichwohl, wir sind hier keineswegs am rechten Ort, um nun weitere Erwägungen anzustellen. Hört, mich dünkt's ratsamer, vor Gregorius nichts von allem zu erwähnen, bis ich Gelegenheit gefunden habe, mich über diese ganze Sache in ausführlicheren Gedanken zu ergehen.«

Camber nickte. »Ein weiser Entschluss. Doch sag an, wann wird er, beachtest du alle bekannten Tatsachen, wieder zu reiten vermögen? Cinhil ist zu dem Eindruck gelangt, dass Gregorius gehörig übertreibt.« Er lachte verhalten auf, als er sich an des Königs Entrüstung erinnerte. »Man möchte meinen, er wähnt, Gregorius wolle ihm mit Redensarten übers Sterben den großen Abgang rauben, und er wünscht ihn in Valoret zu sehen.«

»Vermag ich mir sehr wohl auszumalen.« Rhys lachte. »Na, wir dürfen's auf gar keinen Fall geschehen lassen«, sprach er in ernsterem Tonfall weiter, »dass sich andererseits plötzlich Cinhil aufs Ross schwingt und zu Gregorius gesprengt kommt, denn dergleichen gilt's bei Cinhils Verfassung um jeden Preis zu meiden.«

»Oh, ich schätze, so etwas käme ihm niemals in …«, begann Camber eine Entgegnung.

»Aber doch, er ist zu so etwas fähig, das weißt du sehr wohl«, widersprach Rhys. Er lächelte breit. »Er ist der zweitgrößte Dickschädel, den ich kenne.«

»Wogegen ich nach deiner Meinung an erster Stelle stehen dürfte, nehme ich an.« Camber lächelte gleichfalls. »Nun, wahrscheinlich hast du völlig Recht.« Seine Miene trübte sich, als er seine Gedanken von neuem Cinhil widmete. »Ein solcher Ausflug könnte ihm, da stimme ich dir zu, auf keinen Fall bekommen. Mir missfällt's wohl, wie sein Husten klingt.« In der Hoffnung auf einige Worte der Ermutigung blickte er Rhys an, aber seine Zuversicht schwand, als der Heiler seine gleichsam beiläufig zum Ausdruck gebrachten Befürchtungen nicht zerstreute. »Wie viel an Frist *bleibt* ihm noch, Rhys?«, fragte er nahezu unhörbar leise.

»Seines Schicksals Besieglung ist eine Frage von Wochen«, vermochte Rhys trotz aller Überwindung zu antworten, welche die Erteilung dieser Auskunft ihn kostete. »Eines Mondes im äußersten Fall. Ich bezweifle, dass er Ostern erleben wird.«

Eiseskälte kroch Camber über den Rücken. *Wochen! Ein Mond im äußersten Fall!*

Und Cinhil *wusste Bescheid,* begriff Camber, als er

sich auf das letzte Gespräch mit dem König besann. Cinhil besaß darüber Klarheit, dass seiner ein baldiger Tod harrte, und er hatte gerade mit Camber und Joram über die Sorge um seine Söhne reden wollen, als Rhys' Sendschreiben die beiden Männer von seiner Seite rief.

Nun war Cinhil zu Valoret allein – zum Glück allerdings nicht ganz und gar auf sich allein gestellt, denn Jebedias weilte bei ihm; und Tavis war abkömmlich, um notfalls in seiner Eigenschaft als Heiler eingreifen zu können. Doch Jebedias konnte nicht vollbringen, was es noch zu tun galt, bevor Cinhil starb – und Tavis durfte davon niemals etwas erfahren.

»Wir müssen zurück zum König«, sprach Camber kaum vernehmlich, löste die Finger aus ihrer krampfhaften Verklammerung und langte nach seinem Reitmantel. »Wann könnt ihr zwei hier Abschied nehmen?«

Er stand reglos da, während Joram ihm den schweren Reitmantel um die Schultern legte und die Spange schloss. Rhys und Evaine erhoben sich ebenfalls von ihren Plätzen, beinahe bestürzt angesichts von Cambers eindringlicher Hast.

»Wir müssen uns dessen vergewissern, dass es bei Gregorius tatsächlich zu keinerlei Nachwirkungen kommt«, antwortete der Heiler. »Unter den gegebenen Umständen und anbeträchtlich dessen, wer er ist, dürfte es wahrlich empfehlenswert sein, wir verbringen die Nacht noch hier und brechen am Morgen auf.«

»Erst morgen?«, meinte Camber gedämpft. »Gott, ich wünschte, ich wäre nicht von Cinhils Seite gewichen! Was möchte werden, wenn er nun …«

»*Vater*, er wird nicht in dieser Nacht sterben«, mahnte Evaine ihn nachsichtig; sie spürte Cambers immer stärkere Unruhe und Besorgnis und wusste, sie waren wenigstens vorerst noch unbegründet. »Er hat noch Zeit, es sei denn, sein Zustand wäre heute Mittag beträchtlich ärger gewesen als am heutigen Morgen.«

Mit einem matten Aufseufzen drückte Camber Evaines und Rhys' Hände an seinen Busen und schüttelte das Haupt. »Um Vergebung! Ich weiß. Ihr habt Recht. Dennoch muss ich wieder zu ihm. So weit sind wir gekommen … Kehrt so bald nach Valoret zurück, wie's sich einrichten lässt. Gott beschütze euch beide.«

4

Vor dem Tode preise niemanden glücklich; denn erst an seinem Ende wird der Mensch erkannt.

Jesus Sirach 11,28

Länger, als es Camber lieb war, zögerte sich der Aufbruch von Graf Ebors Burg hinaus. Die Rösser waren gefüttert und getränkt worden, eine Aufgabe, welche die Mannen der Eskorte erledigt hatten, während sich Camber und Joram in des Grafen Gemächern aufhielten; doch kaum verließen die beiden besagte Räumlichkeiten, ließ man ihnen keine Wahl, sie mussten mit dem jungen Herrn Jesse und seinem Haushofmeister eine leichte Abendmahlzeit einnehmen, denn Jesse, der wusste, dass der Bischof noch am Morgen bei Hofe geweilt hatte, war gleichsam versessen auf Neuigkeiten aus der Hauptstadt sowie vom König.

So verstrich die Hälfte einer Stunde im Geplauder, um Jesses Wissbegierde Genüge zu tun. Als Camber und seine Mannen zu guter Letzt aufbrachen und ritten, verlängerten sich die schemenhaften Schatten entlang der schlammigen Landstraße bereits und der Himmel bezog sich lückenlos mit bleiernem Grau, das vom Nahen üblen Wetters kündete. Mit Glück durften sie darauf rechnen, dass ein Vollmond ihnen auf den letzten Meilen den Weg nahezu taghell erleuchtete, sein Schein widergespiegelt von den fahlen, stillen Schneeverwehungen. Falls der absehbare neue Schneefall noch ein paar Stunden lang auf sich warten ließ, konnten sie vorm Komplet wieder an des Königs Seite sein. Sollte jedoch ein Unwetter ausbrechen … Camber zog es vor, diesen Gedanken nicht weiterzuspinnen.

Doch es sah so aus, als werde das Wetter sich halten.

Einige Zeit lang ritten sie in gleichmäßigem, zügigem Handgalopp dahin, an der Spitze Camber und Joram, hinter ihnen paarweise die Leibwächter, bis Camber schließlich sein Ross zügelte und den Ritt in gemäßigterem Trab fortsetzen ließ, damit die Reittiere ein wenig zum Schnaufen kamen. Als Camber selber tief durchatmete und für eines Herzschlags Dauer den Atem verhielt, hörte er einen der jüngeren Leibwächter sich zu seinen Gefährten verwundert darüber äußern, wie ein so alter Mann dazu imstande sein könne, so geschwind zu reiten. Camber vermochte kaum ein Lächeln zu verhehlen, als Guthrie, der Leibwache Feldwebel, den Mann mit einem unterdrückten Zischlaut zum Schweigen brachte, dann sein Pferd neben Cambers Tier trieb, auf Jorams anderer Seite.

»Euer Gnaden, ist's Eure Absicht, dass wir bis Valoret ausschließlich diese Landstraße nehmen?«

»Ei, Guthrie, das ist eine putzige Frage«, gab Camber zur Antwort, legte voller Verwunderung das Haupt seitwärts auf die Schulter, indem er den Mann anblickte. »Das ist die kürzeste Strecke. Du weißt, wir wollen baldmöglichst wieder beim König sein.«

»Freilich, Euer Gnaden.« Achtungsvoll verbeugte sich der Mann im Sattel. »Nur haben sich die Männer gefragt, ob Ihr wisst, dass voraus eine andere Straße verläuft, deren Benutzung einen Umweg von kaum einer halben Stunde bedeuten möchte, und welche am Kloster Dolban vorüberführt. Sie würden, solltet Ihr Eure Einwilligung erteilen, dort für kurze Frist rasten, um das Heiligtum aufzusuchen und für den König zu beten.«

Dolban. Der Name dieser Örtlichkeit weckte in Camber unerfreuliche Erinnerungen und er musste nachgerade gewaltsam ein Schaudern unterdrücken. Auch entging ihm nicht das geistige Erbeben – die Schwingungen von Anspannung –, welches plötzlich Jorams Inneres heimsuchte. Keiner von ihnen zweien verspürte auch nur den leisesten Wunsch, dem Kloster Dolban einen Besuch abzustatten.

Dolban war das allererste jener Heiligtümer gewesen, die Dom Queron Kinevan und sein Orden St. Cambers Knechte gegründet und gebaut hatten. Zu Dolban waren die förmlichen Zeremonien zur Heiligsprechung – elf Jahre zuvor – vollzogen worden, als man den tot geglaubten Camber von Culdi in den Stand eines Heiligen erhob, aufgrund all dessen, was er für Volk, König und Gott getan hatte, höchster Verehrung würdig – ein Beispiel für das, was ein Deryni auch in den Augen von Menschen sein *konnte*.

Nach Dolban war es zur Gründung einer ganzen Anzahl weiterer Heiligtümer gekommen: Hanfell, Warringham und Haut Vermelior sowie einem Dutzend anderer Stätten, auf deren Namen sich zu besinnen Camber nicht den geringsten Wunsch hegte. *Defensor Hominum*, Beschützer der Menschheit, war Sankt Camber geworden, ferner Königsmacher und Patron der Deryni-Magie, wenngleich man Letzteres in jüngster Zeit nicht länger so stark betonte, indem nämlich jene Menschen, die Cinhil an seinem wie abgestorbenen Königshof umgaben, die derynifeindliche Stimmung immer mehr schürten und selbige infolgedessen stets weiter um sich griff. Camber wusste, alles, was man von Sankt Camber behauptete, beruhte auf nichts als einer Lüge.

»Euer Gnaden?«, unterbrach Guthrie sein Sinnen. »Euer Gnaden, ist etwas außer der Regel?«

»Nein, nein, es hat alles seine Ordnung. Ich habe mir nur gerade einige Gedanken über Camber gemacht. Wirklich, ich …«

Er verstummte, als urplötzlich das Getrommel von Hufschlag und gejohltes, raues Gelächter die abendlich trübe Stille brach.

Nach dem Lärm beurteilt, musste hinter der nächsten Biegung der Landstraße eine Horde von mindestens einem Dutzend Reiter einherpreschen. Gleichzeitig bemerkte Camber, dass Joram die Lage unverzüglich einer Einschätzung unterzog und ihre Aussichten abwog –, wenngleich schon jetzt offenkundig feststand, dass sie dieser Horde zahlenmäßig unterlegen waren und sich einer Übermacht erwehren müssten, sollte es zu einem ernsten Zusammenprall kommen.

Mit verfinsterter Miene lenkte Camber seinen Grauen nach links und gab Joram und den Leibwächtern einen Wink, es ebenso zu machen, während sie zugleich den Ritt in die von ihnen eingeschlagene Richtung langsamer fortsetzten. Angesichts der Umstände war es ratsam, sich so zu verhalten, als stünde ganz und gar nichts von Ungewöhnlichkeit an, um zu bekräftigen, dass sie das gleiche Recht auf Benutzung dieser Landstraße besaßen wie jene, die sich da so wüst gebärdeten. Mit nachgerade fieberhafter Eindringlichkeit hoffte er, dass sich keine Schwierigkeiten und Ärgernisse ergaben. Sie *mussten* zurück zu Cinhil!

Auf einmal kamen die Reiter, die sich auf der Landstraße näherten, durch die Biegung in Sicht gesprengt und donnerten in rücksichtslosem Galopp in die lange, gerade Strecke, auf welcher sich gegenwärtig Camber und seine Begleitung befanden. Es handelte sich nicht um Krieger – die bunte, teils grelle Kleidung verriet dies ebenso auf den ersten Blick wie der Mangel an Zucht, den die Horde beim Reiten zeigte. Auf den meisten Häuptern saßen kecke Mützen, Hauben und Hüte, etliche davon verziert mit Federbüschen und Edelsteinen, ein paar umringt von Reifen, welche nahezu Kronreifen ähnelten, vielleicht gar waren; Umhänge, Ärmel und Zaumzeug strotzten von Samt und Pelzen, sodass sie im schwindenden Licht des Abends zu glimmen schienen, und an jeder Hüfte blitzten Schwerter und Dolche. Einige der Reitersleute schwangen ihre Klingen sogar mit handschuhumhüllten Fäusten durch die Luft.

Sie grölten ein gemeinschaftliches Gelächter hervor, ihre gebrüllten Äußerungen und ihr Hohngeschrei erklangen noch frecher, als sie merkten, dass die ernstmütige kleine Reiterschar, die ihr entgegenritt, ihren Weg unverdrossen fortsetzte. In einem Wirrwarr aus Bewegung kreisten sie Camber und seine Begleiter im Handumdrehen fast gänzlich ein; ihre edlen Rösser bedrängten die gemeineren Reittiere der vier Leibwächter, und die Grauen Cambers und Jorams legten zum Zeichen ihres Widerwillens die Ohren an.

»Gebt die Straße frei, Ihr Herren!«, dröhnte Jorams Stimme, indem er seinen Umhang zur Seite warf und seine behandschuhte Faust auf seines Schwertes Knauf stützte. »Wir haben nicht den Wunsch, mit Euch um die Wegfreiheit zu streiten. Achtet des Königs Landfrieden!«

»Oho, ein einsamer michaelitischer Ritter!«, johlte einer der jungen Raufbolde, begleitet vom geringschätzigen Spottgeheul einer Hand voll seiner Spießgesellen.

»Ein Michaelit, ein Greis und ein paar lumpige Waffenknechte gegen *uns?*«, krähte ein anderer junger Strolch. »Lasst sie uns aus den Sätteln schmeißen, auf dass sie zu Fuß gehen müssen, so wie wir's bei der letzten Begegnung gemacht haben!«

Wie ein Mann zogen Joram und die vier Leibwächter blank, sahen jedoch davon ab, mehr zu tun, als die Waffen bereit zum Kampf zu halten. Camber griff nicht zum Schwert, das vor seinem Knie hing; er saß ruhig auf seinem Ross und betrachtete die Reiter, von welchen sie eingekeilt worden waren, mit grimmigem Blick, doch ohne dass man ihm irgendeine Beunruhigung hätte ansehen können, die Unterarme gelassen auf den hohen Sattelknauf gestützt, in einer vom Reithandschuh bekleideten Faust locker die Zügel.

Allem Anschein nach erregte seine düstere, ernste Erscheinung einen gewissen Eindruck, denn einer der Reiter versetzte einem Gefährten mit dem Ellbogen einen Rippenstoß und deutete eindringlich auf die in Schwarz gehüllte Gestalt, welche die Belästigung mit solcher Gelassenheit ertrug. Der so gerempelte Reiter unterzog Camber einer höchst aufmerksamen Musterung und hob zuletzt seine Reitpeitsche empor. Das Gelächter und Gespött verebbte sogleich und verstummte.

»Haltet ein, Freunde! Der Alte da, er wähnt, er könne uns mit gestrengen Blicken einschüchtern. Nun, so sag an, Alter! Was sollte uns hindern, unseren Ulk zu treiben?«

Zur Antwort ließ Camber, ohne sich dabei zu regen, seine derynische Leibeswehr für alle sichtbar aufflammen. Als im abendlichen Zwielicht der silbrige Schein seines Derynitums unverkennbar aufleuchtete, ertönte unter den Reitern Gemurmel der Bestürzung. Mehrere von ihnen versteckten töricht, als vermöchten sie ihr freches Betragen damit ungeschehen zu machen, ihre Waffen, versuchten mit den Schatten am Rande der Landstraße zu verschmelzen; die Mehrzahl allerdings verharrte in unverminderter Streitsüchtigkeit. Einige wenige brachten gar die eigenen Leibeswehren zum Aufleuchten, doch nur kurz, denn als ihr Wortführer, der Jüngling mit der Reitpeitsche, nichts dergleichen tat, verzichteten auch sie darauf. Der Anführer starrte Camber in verstocktem Trotz an.

»Verstehe«, tat er leise kund.

»Wahrhaftig?«, meinte Camber, indem er mit dem geringsten nur denkbaren Stimmaufwand sprach. »Daran zweifle ich. Die Tatsache, dass ich, wie Ihr selbst, ein Deryni bin, ändert nichts. Das Schmähliche ist, dass so viele grundlos so wenige anfeinden, gleichwohl welcher

Art diese oder jene angehören mögen, dass sie zu vielen einige wenige Reisende behelligen, die ihnen kein Leid getan haben, unabhängig davon, welchem Volksstamm die einen oder anderen zugehörig sein mögen. Hat Seine Königliche Gnaden den Edlen Gwynedds den Schutz des Landes und die Sicherung der Landstraßen und Wege denn etwa anvertraut, damit sie sein Gesetz beugen und ihren Launen und Possen nutzbar machen?«

»Des Königs Gesetz? Menschengesetz!« Einer der Männer spie aus, eine bittere Geste voller Verachtung; etliche andere Reiter ahmten sie ohne Zaudern nach. »Unsere Ahnen haben über dies Land geherrscht und es an Schutz für seine Grenzen nie mangeln lassen. Unsresgleichen stand in Ehren und Ansehen, wie es uns rechtmäßig gebührte. Nun lässt dieser Menschenkönig alle Ehrungen seinen *menschlichen* Speichelleckern zuteil werden.«

»Und mit dem, was Ihr betreibt, begünstigt Ihr deren Bestrebungen, wie sie's sich schöner nicht wünschen könnten«, erwiderte Camber. »Erseht Ihr denn nicht, dass Ihr unseren Gegnern fürwahr alles gebt, dessen sie nur bedürfen, um uns anzuschwärzen und zu verleumden?«

Des Wortführers Faust umklammerte die Reitpeitsche fester, und in seine Augen trat ein kalter, eherner Glanz. »Wie könnt Ihr Euch erkühnen, derartige Reden zu uns zu führen? Wer seid Ihr überhaupt?!«

»Weshalb sollte das von Bedeutung sein?«, entgegnete Camber, indem er Jorams entrüstete Zurechtweisung, die dem Michaeliten auf den Lippen lag, mit einem entschiedenen Wink im Keim erstickte. »Was zählt, ist der Sachverhalt, dass Ihr unserem Volk so viel Schädigung beibringt wie jene Speichellecker, die Ihr angeblich so verabscheut. Vermöchte jemand wie Murdoch von Carthane geeignetere Vorwände zu finden als das verantwortungslose Betragen von Burschen wie Euch, die ihm zu seinen Lügengespinsten nachträglich die Beweise liefern?«

Dieser Vorwurf entlockte weiteren Lippen ärgerliches Gemurmel und ein kecker Jüngling gab seinem Ross die Sporen und trieb es herb gegen Cambers Tier, erhaschte eine Hand voll vom schwarzen Reitmantel, um dessen Träger aus dem Sattel zu zerren. Cambers nachdrückliche Abwehr vereitelte die Absicht und um ein Haar wäre stattdessen der Frechling selbst in den Dreck gestürzt; doch der Zwischenfall hatte das Ergebnis, Cambers Schulter vom Mantel zu entblößen und so das mit Juwelen geschmückte Brustkreuz sowie die Kette aus goldenen H-Gliedern, welche um Cambers Hals hingen, vor aller Beteiligten Augen unübersehbar zu enthüllen. Als man deren Bedeutung erkannte, ertönte aus den Reihen der Horde vielfaches Aufkeuchen, das von plötzlichem Begreifen zeugte.

»Grundgütiger Gott, es ist der Reichskanzler!«

Neben Camber erlaubte sich Joram einen kaum vernehmlichen Seufzer der Erleichterung und senkte das Schwert, schob es allerdings noch nicht zurück in die Scheide. Auch die vier Leibwächter blieben wehrbereit, sich zwar darüber im Klaren, dass ihre Aussichten, mit dem lieben Leben davonzukommen, sich unversehens gebessert hatten, aber noch unsicher, was genau nun folgen mochte. Für einiger Herzschläge Dauer herrschte nichts als allgemeine Spannung; dann jedoch hob der Wortführer der Horde die Reitpeitsche zum Gruß an seinen Hut und entbot eine leicht spöttische Verneigung. »Um Vergebung, Euer Gnaden, es will den Anschein haben, als hätten wir einen Fehler begangen.«

»Das möchte man wohl meinen«, merkte Joram gedämpft an und begann sein Ross seitwärts zwischen die Tiere Cambers und des Wortführers zu lenken.

Doch Cambers Schelte sowie die Entdeckung, um

wen es sich bei ihm in Wahrheit handelte, hatte den jungen Herren offenbar jede Lust zu weiteren Unverschämtheiten gegenüber den sechsen genommen, denen sie da begegnet waren, und auf ein Zeichen ihres Anführers sammelte sich die Horde abseits von Camber und seiner Begleitung mit bemerkenswerter reiterischer Tüchtigkeit, um sodann auf der Straße in der Richtung nach Schloss Ebor davonzugaloppieren, und sie entschwand im immer trüberen Dämmerlicht des Abends rasch außer Sicht. Joram und Cambers Leibwächter machten Anstalten, als wollten sie zur Verfolgung ansetzen – ihre Empörung war ihren Mienen unmissverständlich zu entnehmen –, aber Camber hob die Hand. »Nein, nicht!«, gebot er mit leiser Stimme.

Gehorsam scharten die Männer sich um ihn, wenngleich man ihnen das Missfallen darüber, zurückgehalten zu werden, deutlich ansah. Joram warf einen letzten, überaus mörderischen Blick in die Richtung, wohin die Unruhestifter verschwunden waren, ehe er sein Schwert schroff in die Scheide zurückstieß, sodass ein hässliches Schabgeräusch von Stahl und eisenverstärktem Leder ertönte. »Liederliche junge Flegel!«, brummte der Geistliche unterdrückt.

Guthrie, der derbe Feldwebel, legte sich weniger Zurückhaltung auf. »Wie können sie sich nur so erdreisten?«, ereiferte er sich lautstark. »Für wen halten diese Schlingel sich bloß? Euer Gnaden hätten uns gestatten sollen, ihnen nachzusetzen.«

»Zu welchem Behuf?«, entgegnete Camber. »Ihr alle seid wackere Krieger, aber zahlenmäßig weit unterlegen, zudem befinden wir uns in fremdem Gebiet, die Dämmerung ist schon da – all das stünde zu unserem Nachteil. Ferner waren's allesamt Deryni, wogegen ihr keine seid, sondern unsererseits nur Joram und ich welche sind.«

»Seine Gnaden hat Recht, Guthrie«, stimmte Joram widerwillig zu, »wenngleich ich eingestehen muss, auch ich hätte diesen Schandbuben nur zu gern eine bittere Lehre erteilt.« Mit erneuerter michaelitischer Gefasstheit, wie sie dem Verhältnis zwischen einem Bischof und seinem Geheimschreiber bestens entsprach, wandte er sich an Camber. »Erachtet Ihr's unter diesen Umständen als klug, Euer Gnaden, einen Umweg nach Dolban zu machen? Meine Meinung lautet, der König sollte so rasch wie möglich von diesen Umtrieben erfahren.«

Jorams Äußerung bot einen ausgezeichneten Vorwand, um einen Besuch des Klosters Dolban zu umgehen, und sowohl Camber wie auch Joram hätten nichts lieber als eben das getan, statt sich dem insgeheimen Unbehagen auszusetzen, das ihnen ein Aufsuchen der ersten aller Camber-Gedenkstätten bereiten musste; und nach den wenigen Begegnungen, die sie mit ihm gehabt hatten – hauptsächlich aus Anlass von Cambers Heiligsprechung –, war Queron Kinevan der allerletzte Mann, welchen wieder zu sehen den beiden der Sinn stand. Aber unglücklicherweise machte ein anderer Umstand genau diese Verzögerung erforderlich, welche die zwei so gerne vermieden hätten. Queron Kinevan trug in seiner Stellung als Abt zu Sankt Camber von Dolban nämlich die Hauptverantwortung für die Gewährleistung des Königlichen Landfriedens auf den Straßen und Wegen rings um den Sitz und die Ländereien der Abtei, und er war derjenige, den es vom Treiben der Horde junger derynischer Rüpel als Ersten zu unterrichten galt, noch vor dem König.

Auf diese Tatsache machte Camber, sosehr sie ihn selbst insgeheim verdrießen mochte, seine Begleiter aufmerksam, ehe er sein Ross antrieb und auf der vereisten, immer dunklereren Landstraße in halsbrecherischem Galopp voranritt. Noch keine volle Meile jedoch war die kleine Schar der Abzweigung nach Dolban näher gekommen, als sie erstmals an einen Schauplatz anderer Ungehörigkeiten gelangte, welche der Haufen von Klopffechtern begangen hatte.

Camber und seine Begleitung mussten bald wieder langsamer reiten, als der Schlick der Landstraße den Reittieren nicht länger bis nur an die Fußknöchel, sondern gar bis zu den Knien zu reichen begann, und der Anblick, wie das Vorübersprengen vieler Reiter sogar die Schneeverwehungen, welche den Weg säumten, in Matsch verwandelt hatte, bedurfte keinerlei Worte der Erläuterung. Als sie unter Waltenlassen einiger Vorsicht durch die nächste Biegung ritten, erspähten sie voraus eine erheblich in Mitleidenschaft gezogene Ansammlung etwa eines Dutzends Männer in Bedienstetentracht, alle zu Fuß; ihre hohen Stiefel und vom Schlamm beschmutzten Sporen legten jedoch stummes Zeugnis davon ab, dass sie die Reise durchaus nicht ohne Reittiere begonnen hatten. Die Männer, die da im Dreck beieinander standen, zückten sofort ihre Schwerter und stellten sich zum Widerstand bereit, glichen finsteren Schatten vorm undeutlichen, verwaschenen Grau der von Hufen aufgewühlten Landstraße in ihrem Rücken. Am Straßenrand, im Schutz eines winterlich kahlen Baums bemühte sich ein jüngerer Edler in bis vor kurzem hochfein gewesener Reitkleidung darum, ein von Tränen überströmtes junges Weib zu besänftigen. Des Weibes Haupthaar war unbedeckt und in Auflösung begriffen und es presste zwei Hand voll zerfetzten Stoffs, vom Morast besudelte Reste eines Kleids und eines Reitmantels, an den Busen, derweil es in den Armen seines Trösters weinte. Dicht dabei stand ein älterer Mann mit Tonsur und in der Kleidung eines Geistlichen, ebenso mit Dreck bespritzt, der ratlos zuschaute und die Hände rang.

»Bleibt, wo ihr seid!«, rief einer der Gefolgsleute, schwang sein Schwert und bahnte sich einen Weg in die vorderste Reihe seiner Gefährten. »Wenn ihr zurückgekehrt seid, um die Dame erneut zu bedrängen, so müsst ihr diesmal über unsere Leichen gehen.«

Sogleich zügelte Camber sein Ross, brachte es auf einige Schritte Abstand und hob seine leere Rechte, um anzuzeigen, dass er keine Waffe blank hatte, und zugleich teilte er seinen Mantel, um Kreuz und Halskette sichtbar zu machen. »Wir gedenken euch keinen Harm zuzufügen!«, rief er, während er versuchte im Dämmerlicht das Wappen der Männer zu erkennen. »Ich bin Alister Cullen, Bischof von Grecotha. Haben jene Reiter euch behelligt, die vor kurzer Weile in diese Richtung entschwunden sind?« Er deutete dorthin, woher sie kamen.

»Cullen?«, rief der Edelmann aus, schob seine Dame unsanft in die Obhut des Geistlichen, bevor er sich nahte, die Hand am Schwertgriff. »Pest und Hölle, schon wieder so ein Deryni! Haben diese Wegelagerer denn noch nicht genug angerichtet? Wartet nur, bis mein Bruder erfährt, was man sich hier herausgenommen hat!«

Während die Gefolgsleute beiseite wichen, um ihren Herrn durch ihre Mitte stapfen zu lassen, blickte sich Camber nach Joram um und sah dessen andeutungsweises Kopfschütteln.

»Vergebt mir, mein Herr, aber ich glaube, ich kenne Euch nicht. Ihr seid …?«

»Baron Manfred von Marlor. Mein Bruder ist Bischof Hubertus MacInnis – und sobald er erfährt, was hier geschehen ist, wird dafür schwer gebüßt werden müssen, das dürft Ihr mir glauben.«

»Da stimme ich Euch vollauf zu, mein Herr«, antwortete Camber und unterbrach auf diese Weise unverfänglich Manfreds Geschimpfe, obwohl er kaum seiner Stimme Lautstärke hob. »Ich bin über das, was an Büberei stattgefunden hat, keineswegs erfreuter als Ihr und ohnehin befinde ich mich bereits unterwegs zur Abtei Dolban, um diese schändlichen Umtriebe zu melden. Auch uns hat man …«

»Wähnt Ihr fürwahr, ich hegte auch nur das gelindeste Interesse an Euren Angelegenheiten?«, fiel Manfred ihm da seinerseits ins Wort. »Und was Euren teuren Abt anbetrifft, so erwarte ich schwerlich Gerechtigkeit vom derynischen Oberhaupt eines Kultes, der einen derynischen Heiligen vergötzt.«

»Der Abt ist, abgesehen davon, dass er ernst zu nehmende glaubensmäßige Gelübde und das Gelöbnis eines Heilers geleistet hat, des Königs Mann in weltlichen Fragen«, entgegnete Camber mit gewisser Strenge, obschon er die Absicht besaß, auf der Hut zu sein und den Bruder von Hubertus MacInnis nicht weiter zu erzürnen. »Mit vollkommener Gewissheit wird Abt Queron Euch und den Euren die gleiche Gerechtigkeit zuteil werden lassen wie jedem getreuen Untertanen der Krone Gwynedds. Dass Eure Bedränger Deryni waren, erfüllt mich nur mit umso stärkerem Eifer, der Gerechtigkeit Genüge getan zu sehen.« Wohl bedacht entzog er dem Baron seine Aufmerksamkeit und lenkte sein Ross langsam an den Rand der Landstraße; des Tiers Hufe erzeugten, wenn es die Füße aus dem Schlick riss, bei jedem Schritt abscheuliche Schmatzgeräusche. »Edle Baronin … Ich bin übers Maß bestürzt und betrübt aufgrund der Unverschämtheiten, die hier begangen worden sind, edle Dame. Ungern wollte ich Euch ohne Not an das erinnern, was Euch zugefügt worden ist, doch verhält's sich so, dass meine Pflicht verlangt, an Euch die Frage zu richten, welches tatsächliche Vergehen an Euch man sich schuldig gemacht hat?«

Die Dame, welche von dem Augenblick an, da Camber sie unmittelbar anredete, wie versteinert wirkte, begann nun jedoch lediglich von neuem hemmungslos zu weinen. Der Geistliche schloss sie fester in die Arme und streichelte ihr zerwühltes Haar, als sei sie ein von Schrecken übermanntes Kind, und schließlich hob er seinen Blick missbehaglich zu Camber. »Man ist … nicht allzu behutsam mit ihr umgesprungen, Euer Gnaden«, gab der Priester mit etlichen Stockungen Auskunft. »Aber andererseits ist sie … nicht geschändet worden. Die Kerle haben … ihre Gewänder zerrissen und dann warfen sie die Dame in den Schmutz. Danach jedoch ließen sie von ihr ab.« Das kam ihm, so sah man ihm an, nahezu rätselhaft vor. »Fast könnte man an eine Art verspielter Verhöhnung denken, als hätten die Burschen eigentlich kein Übel im Sinn gehabt, sondern nur einen derben Scherz!«

Allein der Gedanke erfüllte Baron Manfred erneut mit äußerster Empörung, als er durch den Schlamm herüber zu dem Paar und Camber gestelzt kam. »Oh nein, Pfaff, stell dich nicht auf dieser Halunken Seite und rede mir hier von Scherz! Sie haben mich und meine Gemahlin aufs Allerschwerste beleidigt. Dafür werden sie harte Buße tun.«

»So wird's in der Tat kommen, Herr Baron«, versuchte Camber ihn zu begütigen. »Ich werde die zuständigen Stellen ohne Verzug von allem in Kenntnis setzen. Ich mutmaße, man hat Eure Pferde weggetrieben?«

»Erblickt Ihr hier außer Euren denn irgendwelche Reittiere, greiser Tölpel?!«, brauste Manfred wütig auf; er umklammerte seines Schwertes Griff dermaßen gewaltsam, dass an seiner Faust die Knöchel weiß hervortraten. »Wir sitzen ohne irgendein Mittel zur beschleunigten Fortbewegung auf der Landstraße fest – fast ist's schon finster, höchstwahrscheinlich steht ein Unwetter bevor und Ihr Faselhans schwatzt nur von …«

»Ich werde veranlassen, dass man Euch Pferde aus der

Abtei schickt, des weiteren Geleitschutz, der Euch sicher an Euren Bestimmungsort begleiten soll«, erwiderte Camber ungerührt, ohne sich durch des Barons Ausfälligkeiten beeindrucken und reizen zu lassen, und winkte seine Männer heran. »Unterdessen bleiben zwei meiner Leibwachen und vier unserer Reittiere bei Euch. Guthrie, du verbleibst mit Caleb bei Seiner Erlaucht, bis des Abtes Leute eintreffen, danach folgt ihr uns. Torin und Llew, ihr lasst eure Tiere an Ort und Stelle zurück und steigt zu Joram und mir auf. Es ist bloß noch ein kurzes Stück Weg bis nach Dolban.«

Der Mond hatte sich soeben über die vom Frost starren Bäume erhoben, als sie in Sichtweite von der Abtei Tor gelangten. Fackelschein beleuchtete düster mehrere vermummte Gestalten, welche überm Pförtnerhaus Wache hielten; die Fackeln flackerten und spien knistrig Funken in den leichten Nebel, der herabzusinken begonnen hatte.

Äußerlich hatte sich die Klosteranlage wenig verändert in jenen Jahren, seit Queron Kinevan und der übereifrige Guaire von Arliss das damals zur Ruine verkommene, befestigte Herrenhaus erworben, wieder aufbauten und für ihre Zwecke herrichteten; Berichten zufolge sollte das Innere jedoch keinerlei Ähnlichkeit mehr mit dem bescheidenen Herrensitz aufweisen, der ursprünglich an diesem Ort stand.

Weder Camber noch Joram hatten allerdings jemals einen Fuß in der Abtei Mauern gesetzt und ebenso wenig hatten sie je danach den Wunsch verspürt; als aber Llew, der hinter Joram auf dessen Ross saß, zur Begrüßung einen Zuruf ausstieß und ein Mönch ihm daraufhin von der Höhe des Pförtnerhauses herab zur Antwort zuwinkte, lag die Schlussfolgerung nahe, dass er sich schon etliche Male an dieser Örtlichkeit aufgehalten haben musste und man ihn gut kannte. Obgleich inzwischen nahezu völlige Dunkelheit herrschte, öffnete man beim Anblick der beiden mit je zwei Reitern besetzten Rösser sofort die Tore. Zum Zeitpunkt, da sie die Tiere im Klosterhof gezügelt hatten und abgestiegen waren, hatte man auch Camber – beziehungsweise seine Cullen-Erscheinung – und Joram erkannt. In Grau gewandete Männer und Weiber sammelten sich auf den Stufen der Kapelle, welche eine Seite des Klosterhofs begrenzte, noch während mehrere Brüder die Rösser hinweg und zu den Ställen führten.

Camber empfand Unruhe, als er sich enger in den Reitmantel hüllte, stellte sich die Frage, ob es ein Fehler gewesen sei, die Abtei aufzusuchen. Ihm war keineswegs klar gewesen, dass es in seinem eigenen Gefolge Anhänger Cambers gab, und ihm war im Wesentlichen alles unvertraut, was mit dem Camber-Kult zusammenhing. Er gab den beiden Leibwächtern die Erlaubnis, die Gedenkstätte zu betreten; kaum war das getan, da sah er einen kleinwüchsigen, aber hager-sehnigen Mann in grauer Gewandung den Weg durch die Reihen der Brüder und Schwestern nehmen, die des Weiteren harrten, und sich nähern. Seine Miene war ausdruckslos, wenngleich für jeden, der darin zu lesen verstand, leicht besorgt, doch zeugte sein gesamtes sonstiges Gebaren von Entschiedenheit und Tüchtigkeit. Offenkundig war es, dass Queron Kinevan unverändert kein Mann war, der sich durch den Bischof von Grecotha oder auch vom Sohn Sankt Cambers wollte einschüchtern lassen.

»Bischof Cullen, Pater MacRorie, Euer Besuch bereitet uns eine Ehre.« Er fiel auf ein Knie und küsste Cambers Bischofsring, dann nickte er Joram mit förmlicher Höflichkeit zu. »Bruder Mika hat mir gemeldet, Ihr seid mit Euren Begleitern zu viert auf nur zwei Rössern eingetroffen. Liegt Ungewöhnliches an? Geht's um den König?«

Der allbekannte Gabrieliten-Zopf war um eine Spanne länger als vor elf Jahren, zudem durchsetzt mit grauen Strähnen, während er einst von kräftigem, rötlichem Braun gewesen war; doch darüber hinaus wirkte Queron Kinevan kaum gealtert. Seine hellen Augen blickten mit unverminderter Ausdrucksstärke drein, so wie damals im Laufe jener Woche zu Valoret, als Queron und seine Gesinnungsgenossen, die künftigen Ordensbrüder, der Bischofssynode erstmals ihr Anliegen vorgetragen hatten.

»Nein, der König befand sich wohlauf, als wir ihn am heutigen Morgen zuletzt sahen, Dom Queron«, gab Camber Antwort, darum bemüht, in so gleichmütigem, sachlichem Tonfall zu reden wie Queron. »Doch auf der Landstraße hat sich Wegelagerei abgespielt und sowohl wir wie auch andere Reisende, denen wir später begegneten, sind davon betroffen worden. Ich habe zwei meiner Leibwächter und meiner Leibwache Pferde zurückgelassen, bis Ihr ihnen Hilfe zu schicken vermögt. Ihr seid doch vom König für die Sicherheit der hiesigen Straßen und Wege verantwortlich oder täusche ich mich?«

»Bei Tage, jawohl, Euer Gnaden. Bei Nacht obliegt der Schutz der Straßen niemandem, schon gar nicht im Winter. Welche Ärgernisse haben stattgefunden?«

Joram zog mit heftigem Ruck an seinem Schwertgurt und wies in die ungefähre Richtung der inzwischen wieder geschlossenen Tore. »Draußen treibt eine Bande junger Deryni-Edler ihr Unwesen, die Söhne derynischer Edler, wie's mich dünken will, Dom Queron. Zehn oder fünfzehn, und allesamt suchen Hader. Zuerst hielten sie uns fälschlich für Menschen und vermeinten uns Verdruss bereiten zu können, bis sie dann ersahen, dass sie Seine Gnaden vor sich hatten.«

Queron schnalzte mit der Zunge und schüttelte bedächtig das Haupt. »Eine missliche Sache. Ich ersuche

Euch um Nachsicht, Pater, und besonders auch Euch, Euer Gnaden. Was für andere Reisende waren's, die Ihr eben erwähnt habt?«

»Baron Manfred, Bruder von Bischof MacInnis, mit seiner Gemahlin und seinem Kaplan, dazu zehn oder zwölf Gefolgsleute«, lautete Cambers Entgegnung. »Zwar unversehrt, aber aufs Äußerste in Zorn versetzt und der Reittiere beraubt. Ich habe mein Versprechen gegeben, dass Ihr ihnen neue Tiere und ferner Geleitschutz bis zu ihrem Bestimmungsort gewährt.« Er ließ ein Seufzen vernehmen. »Mich deucht, ich brauche Euch nicht dahingehend zu warnen, wie MacInnis diesen Zwischenfall aufnehmen wird, sobald er davon erfährt.«

»Das braucht Ihr nicht, fürwahr. Entschuldigt mich für kurze Frist.«

Camber nickte und Queron kehrte ihm und Joram den Rücken und besprach sich eine Zeit lang mit einigen Mönchen; mehrere davon entfernten sich sogleich hinüber zu den Ställen. Nachdem er mit anderen Brüdern das Weitere geklärt hatte, wandte sich Queron wieder Camber zu und vollführte erneut eine Verbeugung. Die zweite Schar von Mönchen gesellte sich zur ersten, die nunmehr mit Pferden und Waffen aus den Ställen kamen.

»Wir werden dem Baron und seiner Begleitung ohne Verzug Beistand zukommen lassen und einige unserer Brüder werden die Unruhestifter vertreiben, sollten sie noch die Umgebung unsicher machen, Euer Gnaden. Wie man vernimmt, häufen derartige Vorfälle sich in jüngster Zeit auf den Straßen um die Hauptstadt. Mich betrübt's, dass unser Volksstamm sich zu solchen, so schmählichen Taten bewogen fühlt.«

»Auch ich bedaure das außerordentlich, Dom Queron.«

»Gewisslich«, erwiderte Queron und seufzte. »Doch gleichwohl, diese Vorkommnisse werden behoben, glaubt's mir getrost. Unterdessen habt Ihr *sicherlich* zur Genüge Zeit, um unsere Gedenkstätte aufzusuchen, nicht wahr?« Fast flehentlich lenkte er seinen Blick zwischen Camber und Joram hin und zurück. »Pater MacRorie, ich hege in der Tat ganz besonderes Verständnis für Eure Bedenken wider einen Besuch unserer Abtei, wie sie Euch bislang daran gehindert haben dürften, uns die Ehre eines solchen zu erweisen, doch beachtet, ich bitte Euch, unser Heiligtum ist nicht allein Eurem heiligen Herrn Vater geweiht, sondern auch dem Geheiligten Sakrament. Außerdem wird Seiner Gnaden restliche Leibwache sich nicht so bald wieder einfinden. Daher wage ich zu hoffen, dass Ihr uns nicht verlassen werdet, ohne dem Heiligtum Achtung zu entbieten.«

Obschon Camber noch einen Augenblick zuvor genau diese Absicht – sich nämlich ganz und gar nicht um das Heiligtum zu scheren – gehegt hatte, sah er ein, als er Jorams kaum vernehmbaren Seufzlaut der Schicksalsfügsamkeit hörte, dass sie es sich nicht leisten durften, eine derartige Unhöflichkeit zu begehen. Diesmal mussten sie den bitteren Schwank bis zu seinem folgerichtigen Ende mitspielen, wollten sie nicht Queron und die zahlreichen Brüder und Schwestern des Ordens, die erwartungsvoll im Hintergrund harrten, gehörig vergrämen. Als Bischof von Grecotha konnte Camber schwerlich überhaupt irgendeinem Heiligtum den Besuch verweigern, es sei denn, sehr gewichtige Gründe sprächen dagegen. Alister Cullen hätte derartige Pflichten nie und nimmer leichtfertig vernachlässigt.

»Nun wohl, sei's drum, Dom Queron«, antwortete Camber mit Gefasstheit. »Wir werden nicht über Gebühr verweilen, denn dringliche Angelegenheiten erfordern gebieterisch unsere Gegenwart beim König, doch zweifellos ist's rechtens, Eure Gedenkstätte gebührend zu ehren. Um Jorams willen jedoch ersuche ich um eine besondere Gefälligkeit. Dürfen wir das Heiligtum allein aufsuchen?«

»Ohne Frage, Euer Gnaden«, gab Queron, indem er sich verneigte, zur Antwort, dann drehte er sich um und winkte einem der Mönche mit der Hand. Dann betrachtete er lange und voller Mitgefühl den jüngeren Geistlichen. »Armer Joram«, sprach er leise. »Selbst nach all diesen Jahren vermögt Ihr Euch noch immer nicht mit seiner Heiligsprechung abzufinden, nicht wahr?«

Mühselig schluckte Joram, dazu außerstande, Querons Heiler-Blick zu erwidern, und Camber ahnte, er erinnerte sich daran, wie er zu anderer Zeit an einem anderen Ort gezwungen gewesen war, eine Befragung durch Queron zu bestehen, als die Heiligkeit des von Geheimnissen umrankten Camber noch bewiesen werden musste.

»Es ist eine schwere Bürde, eines Heiligen Sohn zu sein, Dom Queron. Wüsstet Ihr nur, wie sehr sie auf mir lastet.«

»Aber …«

»Um Vergebung, Dom Queron«, mengte sich Camber drein, weil er absah, dass ein langwieriger, womöglich heftiger Disput bevorstand, falls er Joram und Queron nicht auf der Stelle trennte. Trostreich legte er einen Arm um Jorams Schultern und nötigte ihn zum Portal. »Ich werde … mich Euren Brüdern und Schwestern widmen und ihnen meinen Segen spenden, sobald wir von drinnen wiederkehren.« Das war sein Cullen-Teil, der da nun aus ihm sprach. »Zunächst aber wollen wir hinein«, fügte er hinzu. »Komm, mein Sohn!« Er zog Joram mit sich zu dem schlichten eisenbeschlagenen Portal.

Wenig später waren sie allein, standen still hinterm Mittelschiff der Kapelle, mit dem Rücken zum Portal, rochen warme Lüfte und den vertrauten Duft von Weihrauch. Camber hörte am anderen Ende der Kapelle eine

Pforte zufallen; er vermutete, dass seine beiden Leibwächter das Bauwerk verlassen hatten.

Auf den ersten Blick empfanden sie alles als trügerisch wohlvertraut. Camber besaß keine rechte Klarheit darüber, was er eigentlich erwartet hatte; wie auch immer, auf den Anblick, der sich nun seinen alten Augen bot, war er nicht vorbereitet gewesen. Er nahm an, er hatte mit der üblichen Prunksucht gerechnet, wie sie sich an den Erstgedenkstätten von Heiligen allzu häufig vorfinden ließ, mit Protzigkeit, Großmächtigkeit von fraglichem Geschmack, Überhäufung mit Kerzen, Standbildern und sonstigem frömmlerischem Beiwerk. An diesem Ort jedoch fehlte all das.

An erster Stelle fiel auf, dass sich die Kapelle durch eine etwas ungewöhnliche Anlage auszeichnete, möglicherweise zurückführbar auf ihre Ursprünge als Herrenhaus. Das Mittelschiff bestand aus einer wie gewohnt langen schmalen Basilika mit beiderseitigen Säulengängen und Seitenschiffen, genau wie in jeder anständigen Kirche; allerdings gab es kein südwärtiges Querschiff. Die Südmauer, errichtet am einstigen Außenwall von des früheren Herrenhauses Wohnräumlichkeiten, ermangelte der Fenster und war nahezu völlig kahl, abgesehen von einem in Rot und Gold ausgeführten Mosaik, das die vierzehn Leiden des Kreuzweges darstellte.

Gänzlich anders war die Nordseite beschaffen. In selbige Wand waren mehrere Seitenaltäre und Kapellchen aufgenommen worden, und auch ein nördliches Querschiff war vorhanden. Während Camber und Joram gemächlich das linke Seitenschiff entlangschritten, kamen sie zunächst an einem runden Taufbecken vorüber, dessen Mosaikarbeiten Schilf, Tauben und Flammenzungen zeigten, dann an einem gar zierlich geschmückten Marien-Kapellchen, danach – im Querschiff – einem mit den vier Erzengeln geweihten Seitenaltar, an dessem vier Ecken Lampen aus farbigem Glas brannten, um den Schutz zu versinnbildlichen, welchen die Erzengel gewährten.

Am Ende des Mittelschiffs, im Sanktuarium, stand der Sankt Camber zugeordnete Hauptaltar; das schwach angeleuchtete Standbild des Heiligen ragte zur Linken des ergreifend schlicht aus rosa Marmor gefertigten, jedoch recht großen Altars und des dazugehörigen Retabels empor. Das Bildnis des Schutzheiligen der Kapelle war weit mehr als lebensgroß, gehauen aus grauem Stein, der im Licht einer dicken Kerze zu Füßen des Standbildes fast silbern glänzte; die Gestalt hatte die Arme erhoben und hielt zwischen den Händen eine mit Juwelen besetzte Nachbildung der Krone Gwynedds mit ihrem allbekannten Muster ineinander verwundener Kreuze und Lorbeerblätter. Des Bildes helle Farbtöne schufen einen feinen Gegensatz zum lichten Rosa des Altars selbst; die Wände des Sanktuariums waren in noch blässlicherem rosa Marmor gehalten, gemasert in rauchigem Grau, und aus dem gleichen blassrosa Marmor bestand auch das Altargeländer; der Schimmer des in Rot eingefassten Ewigen Lichts, das zur Rechten des Altars brannte, verstärkte die verschiedenen rosa Farbtönungen. Die Monstranz auf dem Altar – unter dem Kruzifix aufgestellt – glomm wie eine tiefrote Sonne inmitten rosigen Lichts.

Camber ließ ein gedämpftes Aufseufzen vernehmen, als er und Joram zur Pforte des Altargeländers gelangten; er hielt seinen Blick starrsinnig auf die Monstranz und die darin befindliche heilige Hostie geheftet, als er auf die Knie sank und mit durch lange Gewohnheit eingefleischter Gebärde das Kreuzzeichen schlug. Er schloss die Augen, verdrängte das Standbild völlig aus seiner Wahrnehmung, seinem Bewusstsein, verlegte sich ganz darauf, herkömmliche Gebete zum Allerhöchsten zu sprechen, und sobald er daraus ein gewisses Maß an

Heiter-Gelassenheit gewonnen hatte, ließ er davon auch seinem Sohn etwas zufließen, der an seiner linken Elle kniete.

Doch als seine Gebete gesprochen waren, blieb ihm keine Wahl, er musste die Augen aufschlagen und die steinerne Gestalt anschauen, welche die Welt als Sankt Camber kannte. Sein Verdruss über die offenkundige Verherrlichung, die darin zum Ausdruck kam, trat erneut – wie es ihm bereits früher ergangen war – im Vergleich zur Gewaltigkeit der Lüge, zu der er sein Dasein gemacht hatte, in den Hintergrund.

Welch ungeheuerlichen Betrug hatte er fortwähren lassen! Gewiss, kein Blitzschlag hatte ihn zerschmettert, kein anderes Zeichen himmlischen Zorns ihn heimgesucht; aber wenn er sein Gewissen befragte, vermochte er schlichtweg nicht zu glauben, dass er für das, was er getan hatte, nicht noch eines Tages seinen Preis würde zahlen müssen.

Seine Absichten, das verstand sich von selbst, waren zu jeder Zeit so rein und lauter gewesen, wie es sich nur ausdenken ließ. Und obwohl das Ringen beileibe noch nicht zur Gänze als ausgestanden betrachtet werden konnte, war es ihm und seinen Kindern bislang recht erfolgreich gelungen, die hehren Ideale lebendig zu erhalten, welche zu bewahren sie von Anfang an gehofft hatten, als sie Cinhil auf Gwynedds Thron hoben.

Rückschläge waren aufgetreten, kein Zweifel, und keineswegs der geringste von allen war Alister Cullens zeitlich vollauf ungelegener Tod im Kampf wider Ariella gewesen. Und die menschlichen Adligen, welche nach Cinhils Thronbesteigung scharenweise an den Hof drängten, gewannen zusehends mehr Einfluss, als Camber und seine Blutsverwandten erhofft hatten. Zur Gewährleistung eines Gegengewichts, das Ausgleich schuf, tat das vertrauensvolle Zusammenwirken Cambers und

Cinhils das Seine, wie es nun seit nahezu fünfzehn Jahren andauerte, wenngleich Cinhil selbstverständlich nicht wusste, dass es Camber war, nicht Alister, mit dem er in den vergangenen zwölf Jahren auf der Grundlage gleichmäßigen wechselseitigen Vertrauens ständig zu tun gehabt hatte. Wollte man das Für und Wider gegeneinander abwägen, so war das allein schon den Preis wert, den Camber letztendlich vielleicht noch zahlen musste.

Was dieser Großbetrug abforderte, war ohnehin eine ganz und gar andere Angelegenheit. Obwohl die Welt sich von seinem Auftreten als Alister Cullen, Bischof von Grecotha und Reichskanzler von Gwynedd, hatte überzeugen lassen, war sich Camber insgeheim freilich darüber im Klaren, dass dieser Teil seines Lebens schwerlich als sonderlich ruhmvoll gelten konnte.

Sicherlich, er hatte sich ordnungsgemäß zum Priester salben und somit in den Stand eines Geistlichen erheben lassen, ehe er zuließ, dass der damalige, längst selige Erzbischof Anscom ihn zum Bischof weihte. Und nie hatte er wider den Wortlaut der Kirchengesetze verstoßen – allerdings war er nie darum verlegen gewesen, selbige Gesetze für seine Zwecke kräftig zu beugen, und infolgedessen hatte er gegen besagter kirchlicher Gesetze Geist zweifelsohne häufiger verstoßen, als er nun noch nachzuholen vermochte.

Was ihm jedoch den meisten Kummer bereitete – bei jenen seltenen Gelegenheiten, da er sich die Schwäche gestattete, darüber nachzusinnen –, war der Umstand, dass er tatenlos mit anzusehen gezwungen gewesen war, wie das schaurige Possenspiel seiner eigenen Heiligsprechung stattfand, dazu außerstande, mit mehr Nachdruck dagegen vorzugehen, als er es zu jener Zeit getan hatte, andernfalls wäre alles verloren gewesen, was bereits errungen worden war.

Und wie stand es mit jenen, die an Sankt Camber glaubten? In mancher Beziehung erfüllte diese Frage Camber mit noch tieferer Sorge als der Gedanke an die Rechenschaft, die er einmal vorm Allerhöchsten für seine Aneignung von Cullens Dasein mit Sicherheit würde ablegen müssen. Denn das Volk, Menschen ebenso wie Deryni, glaubte an Sankt Camber, schrieb seinem Eingreifen Wunder zu, verehrte ihn in Heiligenbildern, ehrte sein Andenken in Dutzenden von Gedenkstätten und Kapellen überall landauf, landab, richtete an ihn Bittgesuche, dass er für sie dieses und jenes wirken möge.

Zum gewiss tausendsten Mal fragte er sich, ob der Glaube allein ausreichende Verursachung sein konnte, um all die Sankt Camber zugeschriebenen Mirakel zu erklären; denn als Deryni war er sich vollauf dessen bewusst, wie machtvoll bloßer Glaube sein konnte, wenn zum Beispiel Flüche sich bewahrheiteten, um bestimmte Dinge Wirklichkeit werden zu lassen. Für viele Gottesfürchtige, so hatte es den Anschein, bedeutete der Glaube an Sankt Camber Trost und Beistand. Wer war denn Camber, dass er hätte hingehen und behaupten können, ein solcher Glaube sei töricht und nichtig, während er doch offenbar Ergebnisse zeitigte?

Indem er einen Seufzlaut unterdrückte, lenkte er seinen Blick seitwärts und schaute Joram an und da überraschte es ihn zu sehen, dass sein Sohn das Standbild gleichsam hingerissen anstarrte. Vom allerersten Augenblick an war Joram der Übernahme von Cullens Persönlichkeit durch Camber abgeneigt gewesen und nur widerwillig, als es – der Lage zufolge – kaum eine andere Wahl gab, hatte er der Täuschung seine Beihilfe gewährt. Dennoch hatte er in all den langen Jahren an seines Vaters Seite, ungeachtet seiner äußeren Erscheinung, zu ihm gehalten, und sowohl den Namen Alister

Cullens wie auch Cambers wider alle Anfeindungen verteidigt.

Camber fragte sich verdutzt, welche Wirkung dies Heiligtum wohl auf Joram ausüben mochte – das Standbild, die Kapelle, all das, was die Verehrung Sankt Cambers in der heutigen Zeit für so viele bedeutete. Und da – wandte Joram das Haupt und sah ihm offen ins Antlitz, tastete mit seinem Geist nach seines Vaters Bewusstsein, eröffnete ihm seinerseits bereitwillig die eigene Seele. Als sie auf geistiger Ebene die Grenzen der herkömmlichen Wahrnehmung und Verständigung übersprangen, ersah einer des anderen allergeheimste Gedanken bezüglich Cambers und seiner Heiligkeit und sie vertieften sich in eine noch innigere geistige Verbindung.

Aber es befand sich nicht länger nur irgendein Rest jener alten Bitterkeit in Jorams Gemüt, jener Verklumpung von Furcht und Grimm, die so lange seiner Seele innerstes Gleichgewicht beherrscht hatte. Irgendetwas befähigte Joram nunmehr dazu, sich in die Unabänderlichkeit der gegebenen Lage, der gegenwärtigen Verhältnisse, zu fügen, die halsstarrige Entschlossenheit des Mannes zu verzeihen, der in diesem Augenblick an seiner Seite kniete.

Angesichts dieser Erkenntnis war es Camber zumute, als schwände eine gewichtige Last auch von seiner Seele; und da befand er, dass er ebenso die Schuldgefühle, die Ungewissheit, alle Schatten zermürbender Zweifel abzustreifen und zu verscheuchen vermochte. Sie beide, Vater und Sohn, unternahmen gemeinsam alles, was in ihrer Macht stand, um wider die Finsternis Dämme zu errichten, das Licht zu hüten. Nach was mehr sollte ein Sterblicher streben können?

Mit einem Lächeln streckte Camber einen Arm aus und drückte seines Sohnes Hand, dann ließ er sich vom Jüngeren beim Aufstehen helfen. Seite an Seite, Arm in

Arm, schritten sie durch den Mittelgang zurück zum Portal, um ein Wort an Queron und seine Camber-Jünger zu richten, ehe sie sich von neuem auf den Weg zur Hauptstadt und zum König machten.

Fortan sollten Standbilder keinem von beiden noch einmal Grausen einflößen.

5

Denn die Offenbarung setzt noch eine Frist voraus; doch drängt sie dem Ende zu und trügt nicht. Wenn sie sich verzögert, so harre auf sie; ja, gewiss trifft sie ein und bleibt nicht aus!

Habakuk 2,3

Als sie in den von Fackelschein erhellten Klosterhof zurückkehrten, fiel es ihnen erheblich leichter, erneut vor Queron Kinevan zu treten. Während die zwei Männer sich in der Kapelle aufhielten, hatte er sämtliche Brüder und Schwestern des gesamten Klosters zusammengerufen, und als nun der Bischof vorm Portal erschien, knieten sie allesamt ehrerbietig nieder.

Doch es erfüllte Camber nicht länger mit Unruhe, sich in ihrer Mitte zu befinden. Nachdem er mit einer ganzen Anzahl von Mönchen und Nonnen überaus leutselig und liebenswürdig geplaudert hatte, sprach er einen allgemeinen Segen über ihr Haus und ihr Werk aus. Dann ließ er mit scheinbarem Widerwillen gegen den so baldigen Aufbruch – mittlerweile waren auch Guthrie und Caleb wieder zur Stelle – die Rösser bringen. Queron sprach dem Bischof für seinen Besuch tiefsten Dank aus und hielt Camber zum Schluss, damit der Bischof ohne Mühe aufsitzen könne, den Steigbügel.

Wenig später waren Camber und sein Sohn erneut unterwegs nach Valoret, die Landstraße nicht allein vom immer helleren Mondschein, sondern auch durch Fackeln beleuchtet, zahlenmäßig verstärkt durch ein halbes Dutzend Mönche, die zur Sicherheit als zusätzliche Eskorte mitzusenden Queron beharrt hatte. Sie erreichten Valoret kurze Frist nach dem Komplet.

Der König war noch nicht zu Bette gegangen. Als sie

den Thronsaal betraten, noch ehe sie ihre schweren Reitmäntel ablegten, empfing sie des Königs ältester Page. Cinhil wartete in der kleinen Kapelle neben seinen Gemächern auf sie; er kniete dort auf einem Betstuhl, gehüllt in ein warmes scharlachrotes Nachtgewand, auf dem Haupt eine mit Pelz gesäumte Nachtmütze mit Ohrenschutz. Er hob den Blick und drehte sich halb um, als der Page hinter den Ankömmlingen die Pforte von außen schloss.

»Alister! Endlich! Ist Gregorius ...«

»Er ist wohlauf, Sire«, versicherte Camber. »In wenigen Tagen wird er wieder reiten können. Ich habe ihm Euren Bescheid ausgerichtet. Er trägt keinerlei Schuld an unserem Ausbleiben.«

»Nicht?«

Camber ließ sich von Joram des feuchten Reitmantels entledigen, zog sich zugleich mit durch die Kälte starren Fingern die angenässten Reithandschuhe von den Händen. »Bedauerlicherweise nicht, muss man sagen, Sire. Auf dem Rückweg sind wir, nahe Dolban Bischof Hubertus' Bruder und Schwägerin begegnet. Manfred, will's mich dünken, lautet sein Name. Ich erwarte, dass Ihr rascher von ihm Kunde erhalten werdet, als Euch lieb sein mag.«

»Wieso das?«

»Er und seine Gemahlin sind offenbar von einer Bande ... ahem ... junger derynischer Edelleute aufs Ärgste belästigt worden«, gab Camber kurz und unumwunden Auskunft. »Ein Weilchen vor der Begegnung hatten Joram und ich ebenfalls flüchtigen Hader mit den Burschen, doch zogen sie's vor, sobald sie ersahen, wer ich bin, sich mit Maulfechtereien zu begnügen und zu verdrücken.«

Gemäßigt hieb Cinhil eine Faust auf die Armlehne des Betstuhls und stieß einen nicht allzu lästerlichen Fluch aus. »Was für blinde Toren, Maulwürfen gleich! Wie soll ich Deryni vor Gewalttaten schützen, wenn Deryni selbst im Lande fortgesetzt Unruhe stiften? Gott weiß, dass wir auf gar keinen Fall noch einen solchen Vorfall wie in Nyford brauchen können. Würde es Euch behagen, als Nächstes eine Eurer Michaeliten-Einrichtungen brennen zu sehen? Oder Grecotha in Flammen? Jaffrays Sankt Neot? Oder womöglich sogar Valoret?«

Camber seufzte und nahm auf einem von Cinhil während seiner Schimpfrede beiläufig gewiesenen Stuhl Platz. Es bedurfte durchaus keiner weiteren Worte des Königs über Nyford. Im vergangenen Sommer hatten aufgewiegelte Bauern, angeführt durch eine Hand voll missgünstiger menschlicher Edelleutchen, die Stadt Nyford vollkommen zerstört und die Mehrzahl ihrer Einwohner niedergemetzelt. Der Anlass, welcher ein derartiges Unheil ausgelöst hatte, war ein ähnlich verantwortungsloser Zwischenfall wie das Treiben gewesen, welches sich heute jene Jünglinge auf der Landstraße bei Dolban geleistet hatten.

Nyford lag an einer Stelle, wo die Flüsse Eirian und Lendour zusammenflossen, ebenjenem Ort, an welchem vor nahezu zwanzig Jahren Imre von Festil den von Anfang an von üblen Vorzeichen begleiteten Aufbau seiner ins Auge gefassten neuen Hauptstadt begonnen hatte. Der Palast und die benachbarten Verwaltungsbauten waren nicht einmal mehr zu Imres Lebzeiten gänzlich fertig gestellt worden, und nach Imres kläglichem Sturz hatten andere Bewohner Gwynedds, Menschen und Deryni gleichermaßen, sich in der binnen kurzem aufgegebenen Großbaustelle niedergelassen und eine fleißige, tüchtige Gemeinde war aufgeblüht. Eine *Schola* der Heiler sowie mehrere andere derynische Einrichtungen waren gegründet worden und nicht zuletzt zog eine fromme Gemeinschaft hin, die eine Kirche und eine

Gemeinschule aufbauten und beide Stätten St. Camber weihten.

Wie es angesichts von Nyfords günstig gelegenem, gut geschütztem Hafen – dem letzten im ausgedehnten Mündungsgebiet des Eirian – beinahe unvermeidlich war, entwickelte sich von dort aus gleichfalls ein stetiger Handel auf den Wasserwegen. Eine Anzahl von Michaeliten aus Forcinn begründete den Betrieb eines Lotsendienstes für die Wasserstraßen außerhalb Nyfords und rings darum , namentlich für die Flussschifffahrt, welche die Ströme nordwärts nach Rhemuth benutzte, für die Schiffe, welche im Westen verkehrten – bis hin zu den Landen von Llannedd –, ebenso jene Schiffe, die bis nach Mooryn im Osten segelten, des Weiteren, wie sich von allein verstand, auf ihrer heimatlichen See.

Auf den Ruinen eines weit weniger erfolgreich gebliebenen derynischen Trachtens, von Hochmut gekennzeichnet, hatte derynischer Geschäfts- und Handelssinn an den zwei Strömen schließlich eine gedeihliche Stadt geschaffen; bei ihren menschlichen Nachbarn jedoch, deren Verhältnisse weniger günstig und denen weniger Hilfsmittel verfügbar waren, wichen bloße Abneigung und verständlicher Neid im Lauf der Zeit blindem Hass, eine Haltung, welche gefährliche Förderung erfuhr durch die immer deutlicher und gestrenger allen Deryni feindlich gesonnene Einstellung vieler Männer der Kirche und auch hoch gestellter Edler. Ein solches Empfinden ließ sich in weiten Landesteilen Gwynedds beobachten, aber nirgendwo anders so stark und offen wie zu Nyford. Indem jeder Vergleich nur des Daseins zusehends zum Spott geriet, dann und wann eine Verschärfung der Lage infolge von Anwandlungen derynischer Überheblichkeit stattfand – ganz davon zu schweigen, dass Deryni einen Großteil des Handels und Wandels im gesamten Landstrich unter ihrer Vorherrschaft hielten, wuchs die Reizbarkeit der Menschen im Umland Nyfords unaufhaltsam an. Es sollte sich als schwer wiegender Beurteilungsfehler herausstellen, so viele Deryni an einem, dazu einem solchen Ort angesiedelt zu haben. Als sodann im Verlauf eines besonders heißen Sommers die Hitzigkeit der Gemüter mit der Hitze des Tages und der feuchten Schwüle der Nyforder Flussgabelung gleichkam, war nur noch wenig vonnöten gewesen, um den Schwelbrand untätigen Hasses zu einem im wahrsten Sinne des Wortes feuersbrünstigen Ausbruch der Gewalttätigkeit zu entfachen.

Einen Tag und eine Nacht lang hatte Nyford gebrannt, doch bereits ehe es in Flammen stand, waren dort alle Deryni und sogenannten Deryni-Freunde, die man finden konnte, durch Haufen wie tollwütiger Menschen vom Leben zum Tode befördert worden. Schiffe, die Deryni gehörten oder lediglich derynische Lotsen an Bord hatten, übergab man ebenfalls dem Feuer zum Fraße, nicht ohne sie zuvor ihrer Fracht beraubt zu haben. Deryni gehörige Kaufläden und Werkstätten verwüstete und plünderte man, brachte ihre Eigentümer bei dieser Gelegenheit zum größten Teil um.

Nachdem man alle Lehrmeister und Schüler der *Schola* durch das Schwert oder auch gewöhnliche Knüttel getötet hatte, schleifte man sie so gründlich, dass in der Tat kein Stein auf dem anderen verblieb. Viele der Hingemordeten waren kaum dem Kindesalter entwachsen gewesen. Die Klosterkirche Sankt Camber zu Nyford sowie die ihr angeschlossene Schule entweihte man und ließ sie gleichfalls zum Raub der Flammen werden, schlachtete ebenso die Brüder und Schwestern jenes Ordens lästerlich ab, welche sie gegründet und selbst erbaut hatten, zum überwiegenden Teil nicht einmal Deryni. Die Leichen, welche in Nyford die Gassen zuhauf wie in Garben säumten, nährten ein Flammenmeer, dessen Rauch den klaren Himmel über der Flussgabelung fast eine Woche lang auf die allerabscheulichste Weise verrußte und verpestete.

Indem er das Haupt schüttelte, ließ Camber seinen Blick bekümmert nur vielleicht eines Herzschlags Dauer sinken, sich dessen bewusst, dass er, was dies unglückselige Ereignis anbetraf, jede Art von Zureden, jegliche Überzeugungsversuche aufgeboten hatte, sowohl beim König wie auch den zahllosen derynischen und menschlichen Edlen, mit denen er Tag für Tag Umgang pflegte. Cinhil verstand die Schwierigkeiten, die mit der Notwendigkeit des Ausgleichs und geregelter Beziehungen zwischen den beiden Volksstämmen einhergingen, sehr wohl, wenngleich ihm beim Bemühen, ihr Genüge zu tun, lediglich teilweiser Erfolg beschieden war; seinen menschlichen Bevollmächtigten dagegen mangelte es an Einsicht. Cambers Aufseufzen, als er den Blick wieder in des Königs Antlitz hob, klang wie von einem Mann, der sich für ein Weilchen über die Müdigkeit seines Alters hinaus ermattet fühlte.

»Sire, es steht außer Frage, dass die Lehren, welche man aus den Tatsachen ziehen kann, die zum Bestandteil der Historia geworden sind, nicht geleugnet, sondern beherzigt werden sollten«, sprach er mit leiser Stimme. »Diese jungen Heißsporne spielen ihren ärgsten Feinden geradewegs in die Hände, aber sie sehen's nicht. Sie sehen nur, dass sie unter einer Herrschaft, die nicht von Deryni ausgeübt wird, anscheinend ein Leben ohne sinnvolle Aufgaben zu führen gezwungen sind.«

»Das ist nicht wahr.«

»Ich weiß, dass eine solche Annahme nicht der Wahrheit entspricht. Sie jedoch glauben's. Sie setzen des Königs Gesetz mit Menschengesetz gleich. Für Deryni scheint ihnen darin kein Platz zu sein.«

»Donnerwetter, sie täten *besser* daran, sich der eigenen Sache anzunehmen und endlich ihren Platz zu finden, oder es wird bald *wirklich* keinen Platz mehr für sie geben – und, verdammt noch mal, womöglich nur noch sehr wenige Deryni! Ihr wisst, ich kann den übrigen Adel nicht in alle Ewigkeit im Zaume halten. Und meine Söhne …« Er verstummte und wendete sein Antlitz ab.

Nach einem ausgedehnten Augenblick des Schweigens blickte Joram seinen Vater an, um wortlos nachzufragen, ob er sich zurückziehen solle, und als Camber zum Zeichen der Bejahung nickte, vollführte er, des Bischofs Reitmantel überm Arm, eine Verbeugung.

»Sire, falls Ihr meiner nicht länger bedürft, entferne ich mich nunmehr«, wandte sich Joram an den König. »Ich sollte mich um das Wohlbefinden der Mönche kümmern, die uns von Dolban bis hierher begleitet haben.«

»Nein, bleibt … ich bitte Euch. Was ich zu sagen habe – und das ist mein voller Ernst –, betrifft Euch eigentlich mehr als Alister. Denn von Euch weiß ich, dass Ihr ausführen werdet, was ich Euch gebiete. Von Alister weiß ich's nicht.«

Joram schaute verblüfft Camber an und erhaschte auf geistiger Ebene einen Ausdruck vollkommener Ratlosigkeit. Cinhil hatte unterdessen das Antlitz in den Händen verborgen; müde rieb er sich die Augen, und während Camber sich voller Unbehagen auf seinem Stuhl wand, vergeblich auszumalen versuchte, auf was der König abzielen möge, zuckte Joram mit den Schultern und streifte ebenfalls seinen nassen Reitmantel ab, legte ihn zusammen mit Cambers Reitmantel zur Seite. Schließlich hob Cinhil das Haupt und heftete seinen Blick starr für so lange Zeit auf das Kruzifix, dass sowohl Camber wie auch Joram nach und nach eine gewisse Besorgnis zu hegen begannen.

»Sire, befindet sich etwas außer der Ordnung?«, erkundigte sich Camber zu guter Letzt im Flüsterton.

Cinhil schüttelte andeutungsweise sein Haupt, hob die Hand und legte sie zur Beruhigung sachte auf Cambers Arm. »Nicht, alter Freund, nennt mich nicht beständig ›Sire‹. Was wir zu besprechen haben, das hat nichts mit Königen, Bischöfen und dergleichen hohen Herren zu schaffen.« Er widmete seine Aufmerksamkeit Joram. »Fast vierzehn Jahre ist es her, Joram, dass wir das letzte Mal davon geredet haben, doch nun ist die Stunde angebrochen, da ich mein Schweigen endigen muss. Lange habe ich darüber nachgegrübelt und ich muss bekennen, oftmals kamen mir dabei vielerlei bittere Gedanken des Grolls wider Euch … Euch und Euren Vater.« Kaum hatte er das gesprochen, packte ihn eine flüchtige Anwandlung von Schwäche, sein Blick entglitt für eines Herzschlages Dauer in ein unvorstellbares Reich, wo der Schmerz der Erinnerung und Enttäuschung noch währte und wirkte; dann richtete er ihn erneut auf Joram.

»Aber das ist vorüber. Und wenngleich ich Eures Vaters Beweggründe mittlerweile mehr oder weniger nachzuvollziehen vermag, aus welchen er getan hat, was er tat, und mir diese Gründe nichtsdestotrotz noch heute missliebig sind, kann ich nicht leugnen, dass die Ergebnisse erstrebenswert waren … für Gwynedd.«

Camber saß nun still auf seinem Stuhl, spürte seines Sohnes innere Anspannung, während Joram bedächtig näher und hinter ihn trat. Er fühlte, wie Jorams Hand an einer Stelle, wo Cinhil es nicht sehen konnte, seine Schulter berührte, indem Joram den König aus wachsamen Augen musterte. »Sire, Ihr wisst, es war stets sein alleiniges Trachten, das Reich zu beschirmen und zu beschützen – und zugleich dessen König. Ich wage zu hoffen nicht erst vor Euch aussprechen zu müssen, dass er niemals nur die geringfügigste feindselige Gesinnung wider Euch gehegt hat.«

»Das weiß ich sehr wohl, Joram. Wäre ich anders gearteter Auffassung, weder Ihr noch sonst irgendjemand, der mit dem zu tun gehabt hat, was damals geschehen ist, dürfte heute noch das Leben genießen. Ich habe – leider! – im Wandel der Jahre erlernt, wie man ein gnädiger und ebenso ein gestrenger König sein kann. Niemand vermag mir nachzusagen, meine Feinde seien in diesen verstrichenen Jahren gediehen.«

Camber betrachtete seine Füße, sich vollauf darüber im Klaren, es wäre sinnlos, das Gespräch auf die geheimen, viel hartnäckigeren Gegner zu lenken, die Cinhil *nicht* zu unterdrücken vermocht hatte – jene Männer, die am Herzen der Zukunft Gwynedds selbst ihre Ränke schmiedeten, die betraut waren mit der Erziehung von Cinhils Erben und deren Regenten sein sollten, bis der älteste Sohn die Reife erlangte. Er bemerkte, wie Cinhils Blick auf ihm verweilte und des Königs gedämpftes Aufseufzen bezeugte, dass er durchaus ahnte, was der Bischof in diesen Augenblicken dachte; doch der König verzichtete darauf, sich anhand seiner deryniähnlichen Geisteskräfte davon zu überzeugen. Dergleichen tat er nie.

Von Joram unterstützt, erhob sich Cinhil mit merklicher Zittrigkeit, unverkennbar zu einer gewissen Verärgerung geneigt. Daraufhin stand auch Camber von seinem Platz auf, beobachtete den König ebenso mitleidig wie erwartungsvoll. Er wusste, dass er in *dieser* Angelegenheit nicht nochmals mit ihm Streitgespräche führen konnte. Des Königs Standpunkt war in dieser Sache unerschütterlich.

»Meinen Dank dafür, dass Ihr mir nicht widersprecht«, sprach Cinhil sodann leise weiter. »Wenig Zeit bleibt mir, und was ich an Frist habe, muss ich dem widmen, was ich nun als allerwichtigstes Werk noch veranlassen muss.« Erneut galt seine Aufmerksamkeit Joram. »Ich brauche Euch gewisslich nicht daran zu erinnern, Joram, was mir vor vierzehn Jahren in jener verborgenen

Kapelle Eures Michaeliten-Ordens widerfahren ist.« Kummervoll schluckte er und lenkte seinen Blick flüchtig zur Seite, ehe er weiterredete. »Ich … habe Euch damals dafür gehasst … Euch allesamt. In mir wohnen Mächte, die Ihr damals in mir geweckt habt, welche mich bis auf den heutigen Tag mit Entsetzen erfüllen.« Er faltete die Hände und nahm, während er um Gefasstheit rang, erneut einen tiefen Atemzug. »Dennoch, diese Gaben weisen bestimmte … vorteilhafte Seiten auf, von denen ich glaube, dass es für einen König durchaus wünschenswert sein mag, sie zu besitzen, und deren wichtigste ist wohl die Fähigkeit, in eines anderen Menschen Herzen die Wahrheit zu erkennen, auch wenn selbiger anderer auf Lüge sinnt … sie und die Befähigung, sich Anschlägen magischer Natur erwehren zu können, im Falle solche drohen. Ich selber habe immer wenig Gebrauch von diesen Möglichkeiten gemacht, aber … ich wünsche, dass meine Söhne, wenn ich dahingeschieden bin, zumindest die Wahl besitzen und darauf zurückzugreifen vermögen.«

Jorams Miene war unverändert geblieben, derweil er des Königs Darlegungen lauschte, doch Camber spürte des Sohnes insgeheime Spannung stetig anwachsen, sich in einer gewissen Verkrampftheit seiner Haltung niederschlagen; auch seine eigene Erwartungsfülle nahm beständig zu. In rascher, stummer Verständigung, durchgeführt auf geistiger Ebene, einigten er und Joram sich darüber, wie sie die neue Lage zu bewältigen gedachten – entstanden durch einen Entschluss des Königs, auf dessen Zustandekommen sich ihre Hoffnungen schon lange gerichtet hatten.

Mit bedächtiger Langsamkeit holte Joram Atem, erwog sorgsam die Worte, welche er zum König sprechen musste. »Wisst Ihr, Sire, um die volle Bedeutung Eures Willens?«, erkundigte er sich gedämpft. »Was Ihr befehlt, kann bewerkstelligt werden, doch unter Aufbietung erheblicher geistiger Kräfte. Unter den gegebenen Umständen wäre dabei Eure uneingeschränkte Mitwirkung vonnöten.«

»Dessen bin ich mir vollständig bewusst«, gab Cinhil nahezu geflüstert zur Antwort. »Doch das ist ohnehin mein Wunsch. Ich wollte meine Söhne keiner solchen Prüfung unterwerfen, ohne dass ihr Vater nahebei ist und über sie wacht.«

»Sire, noch eine weitere Schwierigkeit darf und kann ich Euch nicht verschweigen«, sprach Joram gleichsam widerwillig. »Als wir die Maßnahme, von welcher wir hier Rede führen, an Euch vollzogen, lebte mein Vater noch, sodass wir vier waren, wie's unabdingbar notwendig ist – er, Rhys, Evaine und ich. Da ich vernehme, mit welcher vorbehaltlosen Offenheit Ihr vor Seiner Bischöflichen Gnaden sprecht, kann ich aufgrund dessen unterstellen, dass Ihr Pater Alister an meines Vaters Stelle zu sehen wünscht?«

Cinhil richtete seinen Blick auf Camber, sah ihn nahezu beschämt an. »Werdet Ihr das für mich tun, mein alter Freund? Mir ist wohl bekannt, wie Ihr über die unmittelbare Teilnahme an derlei Dingen denkt, aber Ihr habt bereits Kenntnis von dem, was in jener Nacht geschehen ist. Ihr habt vor dem Portal Wache gestanden. Ich entsinne mich an Euch, wie ich Euch sah, als Ihr uns in die Kapelle eingelassen habt, ernst und grimmig in Eurem Harnisch, in den Fäusten blanken Stahl. Wollt Ihr noch einmal für mich ein Schwert in Bereitschaft halten, diesmal im Innern eines geweihten Kreises?«

»Sire, ich ...«

»Nein, nicht ›Sire‹. Sprecht zu Cinhil, Eurem Freund, der Eures Beistands, ach!, so dringlich bedarf – nicht zu jenem armen, von allen Seiten bedrängten Mann, der zu Valoret auf seinem müden Haupt die Krone Gwynedds trägt. Sagt zu ihm, dass Alister seinem Freund Cinhil helfen wird zu verrichten, was es zu vollbringen gilt, auf dass seine Söhne in der Zukunft bestehen mögen, was immer das Künftige ihnen bescheren will, wenn Cinhil, der Mann wie der König selbigen Namens, tot und dahin ist. Ich werde in Bälde das Zeitliche segnen. Ihr, die Ihr etliche Jahre älter seid als ich, werdet freilich dem Tod schon manchen frommen Gedanken gewidmet haben. Er kommt zu uns allen, einem jeden von uns, und ein jeglicher muss seine Vorbereitungen zur rechten Zeit treffen, zu seinen Lebzeiten. Und ein König muss noch weit umsichtiger erwägen und handeln, um seinen Abschied von dem Vergänglichen vorzubereiten, denn irgendein gemeiner Sterblicher.«

Camber seufzte vernehmlich und neigte das Haupt, nachdem er in seiner Rolle als Cullen nunmehr genügend Zaudern gezeigt zu haben meinte. »Als Freund kann ich Euren Wunsch unmöglich abschlägig bescheiden, Cinhil«, entgegnete er sanftmütig. »Ich werde nach meinen besten Fähigkeiten und meinem ganzen Vermögen tun und vollbringen, was Ihr von mir verlangt, gleichwohl was der Preis sein mag.« Er streckte seine Hände, die Handflächen nach oben gekehrt, Cinhil entgegen und Cinhil legte seine in Cambers Hände.

»Ich danke Euch.«

Indem er nickte, ihm zugleich Tränen in die Augen quollen, legte Camber Cinhils beide Fäuste in einer nachdrücklichen Geste der Ermutigung aneinander und senkte tief das Haupt, um mit der Stirn in würdevoller Gebärde der Demut des Königs Hände zu berühren, dann wandte er sich erschüttert ab und sank vor dem Altar auf die Knie, verbarg das Antlitz in den eigenen Händen. Cinhil betrachtete ihn, ein wenig bestürzt über die offenkundige Stärke von seines bischöflichen Freundes innerer Aufgewühltheit, aber sodann schenkte er seine Aufmerksamkeit von neuem Joram. Der jüngere Geistliche hatte sich unterdessen nicht geregt. »Ich glaube, es sind … gewisse Dinge in die Wege zu leiten, Joram«, sprach der König leise. »Wollt Ihr Euch ihrer Veranlassung annehmen?«

»Das werde ich tun, Sire. Schwebt Euch ein besonderer Zeitpunkt vor, ein besonderer Ort? Rhys und Evaine sind für diese Nacht noch auf Schloss Ebor bei Gregorius verblieben, doch dürften sie morgen weit vor der Mittagsstunde zurückkehren.«

Cinhil nickte zerstreut, seinen Blick wieder auf den niedergeknieten Camber geheftet. »Morgen wird bald genug sein.«

»So gelten Eure Absichten dem morgigen Abend?«, vergewisserte sich Joram. Nochmals nickte Cinhil, ohne den Blick von Camber zu wenden. »Und an welchem Ort soll Euer Plan in die Tat umgesetzt werden?«, fragte Joram beharrlich weiter. »Ich möchte davon abraten, die Michaeliten-Kapelle erneut zu einem solchen Zweck aufzusuchen, wo Euer Ritual stattgefunden hat. Dort betreibt man unverändert eine Einrichtung der Michaeliten. Es besteht die Gefahr von Störungen.«

»Hier in meiner Hauskapelle«, antwortete Cinhil mit unterdrückter Stimme. »Sie ist zur Genüge geeignet, oder nicht?«

Endlich fiel sein Blick wieder auf Joram und seine grauen Augen spiegelten die Aufrichtigkeit seiner Fragestellung wider.

»Sie ist vollauf geeignet, Sire«, lautete Jorams Antwort; er machte nunmehr Anstalten sich zurückzuziehen. »Ich werde gemeinsam mit Rhys und meiner Schwester das Erforderliche einleiten. Darf ich des Weiteren Herrn Jebedias einbeziehen? Wir werden auch diesmal einen Wächter brauchen.«

»Verfahrt nach Eurem Gutdünken.«

Und derweil Joram die Kapelle verließ, deren Pforte

von außen schloss, kniete Cinhil an Cambers Seite gleichfalls nieder und vereinigte sich mit ihm im Gebet, ohne auch nur andeutungsweise zu ahnen, dass jener Teil seines Freundes, mit dem er zusammenwirkte, nur eine oberflächliche Verkleidung eines anderen Mannes war, den er seit langem tot wähnte – eines Mannes, der alles andere als Bedenken wider das hegte, was der König soeben befohlen hatte, der vielmehr bereits in seinem allergeheimsten Innern durchdachte, wie das lange ersehnte Ereignis am günstigsten durchgeführt werden, wie die der Ehrfurcht würdige Macht- und Kraftfülle des Haldane-Geschlechts sich den Haldane-Erben am besten einpflanzen lassen könne.

Camber verweilte noch für nahezu eine Stunde beim König; und während das Paar Seite an Seite betete, machte sich Joram daran, die Ausführung des von seinem Vater schon vor langer Zeit ausgearbeiteten Plans zur reibungslosen Abwicklung dessen, was nun binnen so kurzem Wirklichkeit werden sollte, in die Wege zu leiten. Nachdem er einen Boten zu Rhys und Evaine gesandt hatte, bat er Jebedias in seines Vaters Gemächer, und als der Großzeremonienmeister sich mit vor Müdigkeit dunkel umrandeten Augen dort einfand, unterrichtete er ihn von des Königs Entscheidung; denn davon abgesehen, dass Jebedias' Teilnahme an dem, was es zu vollziehen galt, beschlossene Sache war, musste er sich darauf gefasst machen, falls Cinhil das Werk der morgigen Nacht nicht überlebte – und das stand aufgrund der damit verbundenen Anstrengungen zu befürchten –, von den mehrheitlich menschlichen, über alles Maß ehrgeizigen Mitgliedern des Regentschaftsrates, der sodann im Namen des minderjährigen Alroy das Reich zu verwalten hatte, nachgerade im Handumdrehen aus seinem Amt entlassen zu werden. Nur der bloße Gedanke daran, dass der Oberbefehl über Gwynedds Streitkräfte derynifeindlichen menschlichen Edlen zufallen sollte, bereitete dem Großmeister der Michaeliten Alpträume, auch wenn er längst eine beachtliche Anzahl von den Michaeliten erzogener und ausgebildeter Vertrauter in hochbedeutsamen, maßgeblichen Stellungen der Befehlshaberschaft untergebracht hatte, sodass sich erhoffen ließ, allzu jähe und wütige Herren am Schlimmsten hindern zu können.

Und so besprachen Joram und Jebedias, was Cinhils möglicherweise schon so bald bevorstehendes Ableben für Gwynedds innere Kräfteverhältnisse, was Waffen und Krieger anging, heißen mochte, und sie versuchten ihre Besorgtheit zu verhehlen, als sich endlich, einige Stunden vor Anbruch der Morgendämmerung, Camber zu ihnen gesellte.

Der König, vermeldete Camber, war zuletzt in einen ruhelosen Schlaf gesunken, aber seine Gesundheit war nunmehr noch beeinträchtigter, als sie befürchtet hatten. Es musste in der Tat ein richtiggehendes Wunder eintreten, sollte er das beabsichtigte Verfahren überleben.

Des Domes Glocken läuteten die Laudes in die gleichsam bleierne Stille kurz vor der morgendlichen Dämmerung, ehe alle ihre erforderlichen Absprachen getroffen waren und die drei sich für einige wenige Stunden dringlich benötigten Schlummers zurückziehen konnten.

Die Morgenfrühe brachte nicht die leiseste Linderung der bitteren Kälte, die im ganzen Lande klirrte. An diesem Morgen erschollen vom hohen Glockenturm des Domes weder Prim noch Terz, denn ein Weilchen nach Sonnenaufgang brauste über die Valoreter Ebene ein wilder, eisiger Schneesturm hinweg, machte jegliche Bewegungen unter freiem Himmel unmöglich und hinterließ nach seinem Abklingen eine Welt ganz aus Weiß und silbernem Schweigen.

Rhys und Evaine saßen mit Jorams Boten und ihrer Eskorte fast vier Stunden lang auf Schloss Ebor fest, konnten nur in ihrer Ungeduld mit den Zähnen knirschen, auf des Windes Heulen lauschen und warten, bis schließlich, als es nicht mehr lang bis zur Mittagsstunde war, der Befehlshabende ihrer Leibwache befand, man könne sich nun einigermaßen ungefährdet auf den Weg begeben. Nichtsdestoweniger erwies die Landstraße sich als tückisch bis zum Überdruss; jeder im Frost erstarrte Baum, jeder vereiste Strauch, jeder Flecken mit Eis behäuften Grases kamen einer grausamen, messerscharfen Falle für Mensch und Tier gleich. Als sie dann endlich die Hauptstadt erreichten – etliche Stunden später als erwartet –, waren sie beinahe selber zu Eis gefroren, ihre Reitmäntel von Eis hart und steif.

Die geschundenen Rösser schlotterten während der letzten Meile nur noch, welche sie in mattem Dahinschleppen zurücklegten und die sie durch die Stadttore und die steile, mit Kopfsteinpflaster befestigte Straße hinauf in den Hof der Königsburg führte, obwohl sie wider die Kälte dicke Schurzgehänge trugen. Vom wiederholten Einbrechen durch die eisige Kruste, welche die Landstraße verharscht bedeckte, sowie manchmaligem Stolpern waren ihre Beine bis fast an die Knie blutig, und mit jedem Schritt hinterließen sie blutige Hufabdrücke, die auf ihrem Weg eine Spur erzeugten, für jeden ersichtlich, die zeigte, woher sie kamen. Als die Tiere unter Geschnaube in den Burghof trotteten, die Köpfe gesenkt, rutschte Rhys heilfroh von seinem Ross, wankte auf gefühllosen Füßen hinüber zu seiner Gemahlin, um ihr aus dem Sattel zu helfen.

Oben auf dem Treppenabsatz des Hauptportals harrte bereits Joram der Ankömmlinge, umhüllt von seinem michaelitischen Umhang, Sorge und Verhärmung gleichsam ins Antlitz geschrieben. Für die Ohren der Eskorte setzte er sie davon in Kenntnis, dass Bischof Cullen schon auf sie warte. Sobald sie des Bischofs Gemächer betraten, trafen sie dort einen zwar müden, aber im Großen und Ganzen durchaus wohlauf befindlichen Camber an, der sie beim lauten Prasseln eines Kaminfeuers erwartete, Schüsseln mit Eintopf, aus denen es dampfte, und erwärmten Wein bereitgestellt, mit Pelz gesäumte, warme Überwürfe zur Hand, welch Letztere sie um sich schlingen konnten, während sie ihre Durchfrorenheit, die sie dem Ritt verdankten, allmählich unter behaglicheren Umständen überwanden.

Er duldete nicht, dass sie zu berichten begannen, ehe sie einiges an warmer Nahrung ihren Mägen einverleibt und zu zittern aufgehört hatten; stattdessen schilderte er in Umrissen des gestrigen Abends Ereignisse, um sie zunächst in gewissem Umfang einzuweihen. Er beschloss seine zusammengefasste Darstellung etwa zum gleichen Zeitpunkt, als Rhys seine säuberlich geleerte Schüssel beiseite schob und sich bereitwillig von Joram vom warmen Wein nachschenken ließ. Der Heiler trank einen langen, ergiebigen Zug, hielt dann sogleich den Becher erneut hin, auf dass er nochmals aufgefüllt werde; indessen galt seine volle Aufmerksamkeit längst Camber. An seiner Seite verzehrte Evaine eine dick mit Butter und Honig gestrichene Scheibe Brot, leckte sich klebrige Süßigkeit von Fingern, die nicht länger steif und rot waren von der Kälte.

»Wie steht Cinhil zu alldem?«, fragte Rhys.

Camber seufzte und verschlang in einer Geste, die zugleich seine und die Alister Cullens war, die Finger ineinander. »Er fügt sich ins Schicksal, möchte ich sagen. Zur Beurteilung seiner Leibesverfassung wirst du, wie's sich von selbst versteht, naturgemäß weit besser imstande sein, aber obwohl er schwach ist und sich darüber keinerlei Täuschungen hingibt, ist er allem Anschein nach vollauf bereit zu vollführen, was es zu vollbringen gilt, und auch den Preis zu entrichten, den er womöglich dafür zahlen muss. Ich bezweifle, dass er selber damit zu rechnen wagt, dass er die kommende Nacht überlebt, doch irgendwie erregt er den Eindruck, als vermöge das ihn nicht zu beunruhigen. Er ist über die Furcht hinausgewachsen.«

»Über die Furcht hinaus«, wiederholte Evaine gepresst und mit leiser Stimme. »Ach, könnten wir das nur alle von uns behaupten. Wenn er dahingegangen ist …« Sie schauderte zusammen, keineswegs aufgrund von Kühle, und Rhys streckte, ohne hinzuschauen, seinen linken Arm aus und drückte seine Gemahlin, um ihr neuen Mut einzuflößen.

»Tja«, meinte er in forschem Ton, »wir sollten fürwahr zusehen, dass wir ebenfalls einen so verklärten Gemütszustand erlangen, stimmt's? Wir haben stets gewusst, dass dieser Tag einmal anbrechen wird. Ein Jammer nur, dass er so bald kommen musste. Vater, hat er dir eine Vorstellung davon vermittelt, welche Art von Ritual seinen Wünschen entspricht, oder trifft er allein die Vorbereitungen nach seinem Belieben?«

»Er wünscht, dass der Ritus in seiner Hauskapelle stattfindet«, antwortete Camber, »doch was die äußeren Vorbereitungen anbetrifft, so hat er uns freie Hand gelassen. Ich habe am heutigen Vormittag die wesentlichen, unverzichtbaren Bestandteile eines wirkungsvollen Rituals gründlich mit ihm durchgesprochen. Allerdings will er derjenige sein, der den Vollzug leitet. Daran hat er keinen Zweifel geduldet.«

»Darf man darauf vertrauen, dass es ihm gelingt?«, fragte Joram. »Mit Vorsatz hat er in der Nutzung seiner Fähigkeiten so wenig Erfahrung wie nur möglich gesammelt. Wenn er nun unter der Schwere der Belastung zusammenbricht?«

»Wir müssen uns, das ist wahr, auf so etwas einstellen und in solchem Falle sofort eingreifen«, lautete Cambers Antwort. »Doch selbstverständlich darf er das nie und nimmer bemerken. Solang's nur vertretbar ist, müssen wir ihn im Glauben belassen, er habe wahrlich die volle Leitung des Rituals. Und es mag ja sein, wer weiß, er bereitet uns eine Überraschung.«

Evaine nickte, sah ihren Bruder an. »Joram, was ist an Vorbereitungen bislang schon verwirklicht worden? Ist die Kapelle bereit?«

»Nicht gänzlich. Nach der Morgenmesse habe ich sie von Bediensteten erst einmal sorgsam reinigen und säubern lassen. Ich habe auf eure Ankunft gewartet, dieweil ich ohne dich die heikleren Einzelheiten nicht angehen mochte. Sobald du zur Genüge verschnauft hast, können wir beginnen, wann immer dir's recht ist.«

»Wohlan, so wollen wir nicht säumen. Taten werden uns am Grübeln hindern.«

Sie erhob sich und legte den Überwurf ab, den sie zuvor über ihr weißes Gewand gestreift hatte, als die Mahlzeit begann, und berührte, ehe sie sich zum Gehen wandte, nochmals Rhys' Hand. »Rhys, wirst du hinsichtlich der Kinder Beistand brauchen, oder können Joram und ich uns an die Aufgaben machen, die uns zufallen?«

Rhys schüttelte das Haupt. »Ich werde durchaus zurechtkommen. Zuerst gedenke ich Cinhil aufzusuchen, um mich dessen zu vergewissern, dass er sich zuvor noch einmal ausgiebig Ruhe gönnt. Joram, ist's möglich, dass wir uns, sobald ihr, du und Evaine, das Eure getan habt, an jenem zur Königlichen Kinderstätte gelegenen Ende des Gangs treffen? Kurz nach der Vesper wird's am günstigsten sein. Ich lasse dich ein.«

»Ja, recht so. Übrigens, was ist mit Tavis O'Neill? Er bringt sehr viel Zeit mit Prinz Javan zu. Wo Javan weilt, ist Tavis niemals weit.«

Mit einem Aufseufzen schlug Rhys auf seine Arzttasche. »Ich werde Cinhil in dieser Beziehung befragen, aber wenn's sich anders nicht bewerkstelligen lässt, werden die Drogen, über welche ich verfüge, uns dieser Sorge entheben, genau wie im Falle der Diener. Doch ehe ich's auf mich nehme, andere Deryni und königliche Prinzen zu betäuben, beabsichtige ich bei Seiner Majestät vorstellig zu werden – um mich davon zu überzeugen, dass derlei wirklich und wahrhaftig mit seinen Wünschen übereinstimmt.«

Kurze Frist später gewährte ein Page mit ernster Miene, der sich höflich verbeugte und sodann augenblicklich zurückzog, Rhys Zutritt in des Königs Gemächer. Cinhil saß im Schlafgemach am Feuer, fast zugehäuft unter einer Umhüllung aus zahlreichen Kissen und Fellen, weit zurückgelehnt – sodass er fast lag –, und las mit sichtlich großem Interesse, die abgegriffene Rolle zwischen den Händen, eine gottesfürchtige Schrift. An seiner Elle warf eine am Fußboden aufgestellte Schale mit Binsenlichtern warmen Glanz auf sein Antlitz.

Als Rhys versuchsweise gegen den Türrahmen pochte, schaute Cinhil in einer Weise auf, als sei er dadurch unversehens aus einer anderen, friedvolleren Welt zurückgeholt worden, und die grauen Augen blinzelten und zwinkerten, bis der König im Helligkeitsschein von Kaminfeuer und Binsenlichtern den Heiler erkannte.

»Rhys! Wie froh bin ich Euch zu sehen!«

Er begann sich in eine aufrechtere Haltung emporzukämpfen, indem er einen Hustenanfall meisterte, aber Rhys schüttelte vorwurfsvoll das Haupt und eilte durchs Gemach an seine Seite, um dort niederzuknien, eine abgemagerte, kalte Hand des Königs zu ergreifen und sie behutsam zu küssen. »Ich bitte Euch flehentlich, Sire, bereitet Euch um meiner Ankunft willen auf keinen Fall

Umstände. Ihr müsst Euch unbedingt schonen und solltet der Ruhe pflegen.«

Daraufhin schüttelte Cinhil seinerseits das königliche Haupt und sein leicht gepresstes Lächeln bezeugte eine für den Heiler gehegte Zuneigung, die er sich nur äußerst selten anmerken ließ. »Reichlich werde ich zum Ausruhen Zeit haben, mein junger Freund, sobald alles vollbracht ist – eine ganze Ewigkeit von Ruhe und Frieden wird mir, so Gott will, zuteil werden. Vorerst jedoch sind diese weihevollen Worte mir der schönste Trost ... sie und Eure Gegenwart. Auch Alisters Nähe wäre für mich trostreich, doch befasst er sich geschäftig mit gewissen Vorbereitungsmaßnahmen, wie Ihr, kein Zweifel, bereits wisst. Er hat Euch zu mir gesandt, nicht wahr?«

»Sehr wohl, Sire«, antwortete Rhys mit leiser Stimme, den Blick gesenkt. »Und mit Kummer erfüllt's mich, dass in dieser Stunde nicht er statt meiner Euch aufsucht. Ich weiß, welchen Trost seine Anwesenheit Euch spendet – und ebenso, wie tröstlich für ihn Eure Freundschaft ist.« Er wagte den Blick der grauen Haldane-Augen erneut zu erwidern und ein Ansatz zu seiner gewohnten Keckheit kehrte in seiner Stimme Tonfall zurück. »Doch wollt Ihr nun zunächst einmal erlauben, dass ich Euch einer abermaligen Untersuchung unterziehe, um zu ermitteln, ob Ihr Euch wohlauf befindet? All Eurer und Bischof Cullens Weisheit zum Trotz, ich bin's, der eines Heilers Gabe besitzt, vermögt Ihr mir da nicht zuzustimmen?«

»Ich weiß es nur allzu wohl«, entgegnete Cinhil mit einem Aufseufzen und schaute in die Flammen des Kaminfeuers. »Und leider bin ich nicht sonderlich wohlauf.«

Er ließ die alte Schrift unter seiner Hand sich mit dem Geknister spröden Pergaments einwärts zusammenrollen. Rhys legte sie neben dem König auf den Fellen ab, bevor er seine Hand erneut sachte auf des Königs Arm legte. Wiewohl Camber ihn vorgewarnt hatte, war Rhys beileibe nicht darauf gefasst gewesen, Cinhil im Zustand solcher Schwäche vorzufinden. Allein die geistige Vorbereitung aufs Werk der nächsten Nacht musste Cinhil erhebliche Anstrengungen gekostet haben.

»Lasst mich Euch beistehen, Majestät«, empfahl Rhys leise, und als der König keinen Widerspruch äußerte, hob er eine Hand an Cinhils Schulter. »Bleibt völlig entspannt und ich werde zusehen, was ich tun kann.« Als Cinhil noch immer keinerlei Anzeichen des Einspruchs erkennen ließ, bewegte sich Rhys an die rechte Seite, näher zu Cinhils Haupt, schob ihm beide Hände auf die Schultern, stützte zugleich des Königs Haupt in seinem Schoß. Er fühlte, wie des Kranken Muskeln sich lockerten, während er seine Heiler-Sinne aufbot und ganz allmählich in eine leichte Heiler-Trance hinüberglitt, um den Leib, der hier unter seinen Händen ruhte, mit aller Gründlichkeit zu untersuchen.

Anfangs erhielt er den Eindruck, Cinhil werde seiner Mühewaltung widerstreben; denn obschon der Leib sich der körperlichen und geistigen Berührung fast ohne Verzug unterwarf, besaß des Königs ruheloses Gemüt, so wollte es den Anschein haben, keine Neigung, sich zu fügen. Etlicher Herzschläge Dauer verstrich, bevor Cinhils Gedankengänge sich mäßigten und auch in seine Seele Ruhe einkehrte und Rhys spürte, wie sich Cinhil mit vollem Bewusstsein allen erforderlichen Maßnahmen des Heilers unterwarf.

Ein Weilchen tief gehender, aber behutsamer Begutachtung bestätigte Cinhils Äußerung in Bezug auf seine gesundheitliche Verfassung und ebenso erwiesen sich Rhys' seit Monden immer stärkere Befürchtungen als begründet. Des Königs Lungen waren mittlerweile außerordentlich schwach, sein Allgemeinzustand musste als gebrechlich bezeichnet werden. Und Rhys vermochte nichts anderes noch zu tun, als die Beschwerden zu lindern, Cinhils verminderte Kräfte aus dem eigenen Kräftehaushalt ein wenig aufzufrischen, ihm das Durchhaltevermögen für diese letzten Tage oder Stunden zu geben; denn selbst ein gottbegnadeter Heiler konnte des Alters Voranschreiten nicht rückgängig machen.

Indem er aus der Fülle seines Kräftevorrats schöpfte, bewirkte Rhys, dass alles an überschüssiger Kraft, was er bis auf weiteres entbehren können mochte, dem alten, müden Leib des Königs zufloss, und gleichzeitig übte er auf Cinhils Geist einen solchen Einfluss aus, dass er ein starkes, wenngleich im Notfall überwindbares Bedürfnis verspüren möge, bis zum spätmöglichsten Augenblick zu ruhen. Dann zog er sich aus Cinhils Innern zurück. Doch kaum dass er sich neben Cinhil wieder in die vorherige Haltung verlagert und der König die Augen aufgeschlagen hatte, erkannte er, dass er sich damit nicht durchzusetzen vermochte. Cinhils Augen glommen und schauten ein wenig trotzig drein; Rhys' Einflüsterung war ihm nicht entgangen und er rang sie bereits nieder.

»Ganz offensichtlich hegt Ihr tatsächlich keine Absicht, Euch Erholung zu gönnen, stimmt's, Sire?«, meinte Rhys im Tone nachdrücklichen Vorwurfs und schüttelte wie zum Zeichen seines fügsamen Nachgebens das Haupt.

Gleichsam wie sein Spiegelbild wiederholte Cinhil die Gebärde. »Ich hab's Euch gesagt, dafür werde ich noch überreichlich Zeit erhalten.« Er nahm von neuem die Schriftrolle zur Hand. »Gebt Euch zufrieden, Rhys! Ihr tatet, was Ihr für richtig erachtet habt. Es ist Euch freigestellt, nun zu gehen. Ich glaube, Ihr müsst Euch noch um meine Söhne kümmern, ehe das Werk der heutigen Nacht begonnen werden kann.«

Rhys presste, zutiefst gerührt, die Kiefer aufeinander, musterte den König etliche Augenblicke lang, dann deutete er ein knappes, förmliches Nicken der Zustimmung an, bevor er in den Beutel an seinem Leibgurt griff und ein zusammengefaltetes Pergament, versiegelt mit grünem Wachs, zum Vorschein brachte. »Wenn Ihr von dem hier redet … ja. Ich möchte lediglich sicher darin sein, dass alles, was geschehen muss, Eure Billigung besitzt.«

»Ein Schlafmittel?«

»Unter anderem. Da unsere Maßnahmen Kindern gelten, ist seine Verwendung empfehlenswerter als … jene Mittel, welche wir bei Euch anwendeten, ehe wir Euch derynische Geistesmacht verliehen haben.«

»Was ist außerdem darin?«, erkundigte sich Cinhil im Flüsterton. Sein Blick mied Rhys' Augen. »Sagt's mir. Sie sind meine Söhne. Ich habe ein Recht darauf, es zu erfahren.«

»Würden Namen und Bezeichnungen Euch etwas bedeuten …?«

»Ja«, beharrte Cinhil, indem er den Blick seiner grauen Augen mit einer heftigen Eindringlichkeit auf Rhys richtete, wie sie der Heiler nicht mehr von ihm erwartet hatte. »Ich habe so manches nachgelesen. Ich wünsche genau Bescheid zu wissen.«

Rhys zuckte andeutungsweise mit den Schultern und nickte; das pergamentene Päckchen auf seiner Handfläche, hielt er Cinhils Blick stand. »Fingerkraut und Mohn im Extrakt, um Schlaf zu gewährleisten. Eine winzig kleine Menge Eisenhut, um die Empfänglichkeit des geistigen Gesichts zu erhöhen. Ferner eine weitere Droge, ausschließlich jenen vertraut, welche der Zunft der Heiler angehören. Ich darf ihren Namen nicht einmal vor Euren Ohren nennen, aber ich kann Euch mit reinem Gewissen versprechen und mein Wort darauf geben, dass sie ihnen keinerlei Harm zufügen wird. Ihr Zweck ist's, sie in einen geistigen Zustand gesteigerter Aufnahmefähigkeit zu versetzen, damit sie verkraften können, was wir ihnen zumuten müssen. Die gleiche Droge ist Euch in der Nacht verabreicht worden, als Ihr von uns Eure deryniähnliche Geistesbegabung geschenkt erhieltet, auch wenn Ihr Euch, mag sein, nicht daran zu entsinnen vermögt.«

Unvermittelt wirkten Cinhils Augen leicht glasig und Rhys wusste, dass der König in seinem Gedächtnis forschte, von neuem jene Nacht vor nun so vielen Jahren durchlebte, in welcher ein jüngerer Cinhil in einem magischen Kreis gestanden und wie verzaubert zugeschaut hatte, wie man für ihn einen Pokal vorbereitete, den er leeren sollte; er ahnte, dass Cinhil nunmehr – mit solcher Verspätung – einen Zusammenhang zum weißen Pulver herstellte, das damals aus Cambers Fingern in den mit magischen Kräften verstärkten Wein rieselte, jenen selbigen Wein, den er wenig später wohl oder übel hatte trinken müssen. Dann blinzelte Cinhil und schüttelte gleichsam verdutzt das Haupt, die Gebanntheit, mit welcher er sich dieser Erinnerung offenbar widmete, floh ihn schlagartig. Verhalten schauderte der König zusammen und starrte ins Feuer.

»Dann ist's also eine derynische Droge?«, vergewisserte er sich geflüstert.

»Ja.«

»Aber sie übt ihre Wirkung auf Menschen und Deryni gleichermaßen aus?«

»Nicht gänzlich genau gleichartig. Wendet man jedoch nicht jene begleitenden Maßnahmen an, wie wir sie für den heutigen Abend uns vorgenommen haben, so bleibt die Wirkung auf einen Einfluss von beruhigender Natur beschränkt, sehr stark, aber ohne Unannehmlichkeiten und ohne jegliche Folgen. Ich habe daran gedacht, das Mittel in der Tarnung einer Kur wider Erkältungen zu verabreichen. Nach meiner Kenntnis hat Alroy im Verlauf dieser Woche nicht wenig gehustet, folglich dürfen wir unterstellen, dass die anderen Jünglinge gleichfalls von solchem Ungemach betroffen werden können, und daher ist schwerlich mit irgendwelchen ernsthaften Widerständen gegen eine derartige Arznei zu rechnen. Außerdem ist das Mittel harmlos genug, um bei Unbeteiligten, sollten sie, aus welcher Verursachung auch immer, davon kosten, nicht mehr als einen tiefen Schlummer auszulösen.«

»Beruft Euch auf meinen Willen, stellt unmissverständlich klar, dass ich um der Prinzen Gesundheit besorgt sei«, sprach Cinhil leise. »Und wenn Pagen in der Burschen Gemächer schlafen, sollen sie auch davon trinken.«

»Verstanden, Sire«, erklärte Rhys. »Wie verhält's sich mit Tavis O'Neill? Herr Jebedias hat mich wissen lassen, dass er und Javan inzwischen nachgerade unzertrennlich sind.«

»Ihr seid Heiler und sein Höhergestellter in der Zunft«, erwiderte kurzum Cinhil. »Vermögt Ihr ihm keine Weisungen zu erteilen?«

»Ich kann versuchen, ihn durch Zureden zu lenken. Aber auch er *ist* nun einmal ein Heiler. Sollte er der ›Arznei‹ eine allzu aufmerksame Beachtung schenken, wird er ohne Fehl bemerken, dass etwas nicht seine Richtigkeit hat. Er dürfte ohne viel Mühe erkennen, dass es sich nicht um ein Mittel wider Erkältungskrankheiten handelt.«

Cinhil wandte seine Miene, starr wie Stein, dem Kamin zu. »Dann muss er auch trinken. Und Ihr müsst jede Erinnerung an irgendwelche Unregelmäßigkeiten restlos auslöschen. Ihr seid Heiler. Euch obliegt's, ich leg's in Eure Hände, Rhys.«

»Wie's Euch beliebt. Und es gibt nichts, mit dem ich Euch davon überzeugen könnte, dass es wohlgetaner wäre, Ihr würdet Euch noch etwas Erholung gönnen?«

»Nichts.«

Mit einem abgrundtiefen Seufzer verneigte sich Rhys und wandte sich zum Gehen, doch da er sah, wie Cinhil Anstalten zum Aufstehen machte, leistete Rhys ihm grimmig dabei Hilfe, geleitete den König zu einem Platz in des Fensters Laibung, von wo aus er am westlichen Himmel des Tageslichtes Weichen sehen konnte, schlang ein Fell um die wacklige Gestalt, um sie wider die Kälte zu behüten, welche durch die Bleiverglasung eindrang.

»Mein letzter Sonnenuntergang wird's sein«, versicherte Cinhil in tiefsinnigster Versonnenheit, während Rhys die Vorhänge teilte, um dem König freien Ausblick zu gewähren. »Ich hätte mir wohl einen gewünscht, der sich weniger trüb und grau darbietet, aber so ist's besser als gar nichts.«

Rhys schaffte es nicht, darauf irgendetwas zu entgegnen. Indem er mit Mühe den Kloß schluckte, der ihm seit einem Weilchen im Halse saß, verbeugte er sich mit aufrichtig empfundener Ehrerbietigkeit, drehte sich um und verließ nahezu fluchtartig die königlichen Gemächer.

Als er die miteinander benachbarte Reihe von Räumlichkeiten betrat, welche als die Königliche Kinderstätte bekannt waren, fand er dort unvermutet eine Stimmung bemerkenswerter Geruhsamkeit vor, und der Gegensatz zu des Königs Gemächern übte auf sein Gemüt, das während der vergangenen Stunde so aufgewühlt worden war, eine besänftigende Wirkung aus. Binsenlichter waren bereits entzündet worden, um die Düsternis der eingesetzten Abenddämmerung zu zerstreuen, und gerade hatten die Prinzen, bevor sie das Nachtmahl verzehrten und sich zeitig zu Bette begaben, ein Bad genommen.

Im vorangegangenen Sommer waren die Buben der Obhut ihrer Erzieherinnen entwachsen und an die Stelle jener unentwegten, tüchtigen jungen Damen edler Herkunft waren unterdessen eine Anzahl eifriger junger

Pagen und Knappen von ebenso angemessen edler Geburt sowie mehrere vom König persönlich ernannte Erzieher getreten. Die edlen Jünglinge, welche die Prinzen umgaben, in der Mehrheit kaum älter als ihre königlichen Schützlinge, verrichteten die Aufgaben des Ankleidens, des Auftragens der Speisen und andere, und zudem unterstützten sie ihre jungen Herren beim Erlernen des Benehmens und der Umgangsformen, wie sie jungen Edelleuten und gar Prinzen anstanden. Dagegen hatten die Lehrmeister, nachdem des heutigen Tages Unterricht gegeben war, sich bereits verabschiedet. Und obgleich das nahe Beisammensein von etlichen Buben und blutjungen Jünglingen sich bisweilen mehr als nur rau gestaltete, war das heute Abend nicht der Fall.

Prinz Alroy hatte es sich im großen Aufenthaltssaal bereits am Kamin behaglich gemacht und gähnte nachgerade unablässig, während er aus einem Becher heiße, mit Wein verstärkte Milch schlürfte. Sein Page kämmte ihm die rabenschwarze Mähne, während das Haar in des Feuers Hitze trocknete. Der älteste Prinz trug schon sein langes Nachtgewand aus weißer Wolle, darüber einen aus karmesinroter Wolle gefertigten, mit Pelz besetzten Nachtrock. Unter seines Nachtgewandes Saum lugten Hausschuhe hervor, bestickt mit dem Löwenwappen der Haldanes. Des Jungmannen schmale Schultern schützte ein um sie geschlungenes Fell wider Kälteeinflüsse.

Von jenseits eines Wandschirms vernahm Rhys das kindliche Gezeter des Jüngsten, Rhys Michael, der sich, wie man durch des Wandschirms Gitterwerk erspähen konnte, offenbar mit Haupt und Armen in seinem Nachtgewand verfangen hatte; sein Page versuchte ihn aus der Verhedderung zu befreien. Selbiger Page, ein schlaksig hoch aufgeschossener Jungmanne von auskömmlichem Gemüt, nur wenige Lenze älter als sein junger Herr und Meister, ragte mit Schultern und Haupt über besagtes Gitterwerk auf, und so ließ sich sein breites Grinsen sehen, dessen er sich befleißigte, während er sich abmühte, um die königlichen Hände und den dazugehörigen Schopf von der zweckentfremdeten Umhüllung mit Stoff zu erlösen, dabei eine Grobheit an den Tag legte, welche er sich beim zierlicher gewachsenen Alroy oder dem ernstmütigeren Javan nicht hätte herausnehmen können.

Was Javan anbetraf, so musste Rhys erst eine Zeit lang genauer nach ihm Umschau halten; doch zu guter Letzt machte er den Prinzen an einem Erkerfenster ausfindig, wo er in aller Ruhe mit Tavis O'Neill beisammensaß. Zu Füßen der beiden stand ein Kohlenbecken voller Glut. Javan hatte anscheinend keinen Anteil an all dem, was sich im Saal abspielte; seine Lider waren geschlossen, die Hände ruhten entspannt, mit offenen Handflächen, auf den Knien, und Tavis hatte die eigenen Hände locker auf des Prinzen Finger gelegt. Aber selbst aus einigem Abstand vermochte Rhys im näheren Umfeld des Paars das Wallen und Walten beachtlicher geistiger Gewalten verspüren und er schlussfolgerte, dass Tavis bei seinem jungen Schutzbefohlenen irgendeine heilerische Maßnahme vollzog.

Da bemerkte Alroy die Ankunft Rhys' und stellte seinen Becher mit der Milch beiseite, lächelte ansatzweise, die grauen Augen licht und ein wenig fiebrig. »Herr Rhys!«, rief er und sein Zuruf mündete sofort in ein Husten, das nach seelischer Überreiztheit und zugleich leiblicher Beeinträchtigung von Brust und Hals klang.

Sein zur Begrüßung ausgestoßener Zuruf verursachte hinterm Wandschirm ein freudiges, fröhliches Aufjauchzen und gleich darauf warf sich eine kleine, nur mit einem kurzen Hemd bekleidete Gestalt in Rhys' Arme, brachte den Heiler mit dem stürmischen Zusammenprall ums Haar aus dem Gleichgewicht.

»Herr Rhys! Seid Ihr gekommen, um mit uns zu nachtmahlen?« Rhys drückte seinen Namensvetter und zauste ihm sanft das dunkle Haar. »Meinen Dank, Hoheit, doch habe ich bereits zu Abend gegessen. Und nun begebt Euch zurück in Eures Pagen Obhut und lasst Euch bekleiden oder Ihr werdet Euch erkälten wie Euer Bruder.«

Während Rhys Michael davonlief, um der Empfehlung Folge zu leisten, trat Rhys zu Alroy, der bei des Heilers Worten missmutig das Haupt gesenkt hatte. Sachte berührte Rhys des Jünglings Stirn, um zu erfühlen, ob Fieber vorläge. »Und wie ist Euch am heutigen Abend zumute, Eure Hoheit?«, erkundigte er sich leichthin. »Euer Herr Vater hat mich wissen lassen, dass Ihr in dieser Woche nicht so recht wohlauf gewesen seid.«

Alroy schenkte ihm ein mattes, eher zaghaftes Lächeln und stieß ein Räuspern aus, unterdrückte ein erneutes Husten. »Ich bin wohlauf genug, Herr Rhys. Manchmal muss ich kräftig husten, das ist wahr, aber ich bin in diesem Jahr weit besser dran als im letzten Winter.«

»Ihr kommt mir ein wenig fiebrig vor.«

»Das rührt von des Feuers Glut her«, behauptete Alroy und rückte um ein Stückchen von den Flammen ab. »Es geht mir recht trefflich, Ihr dürft's mir glauben.«

Rhys lächelte, nahm mit leichter Geste eine von des Prinzen Hände, erweiterte die Wahrnehmung seiner Deryni-Sinne, schüttelte das Haupt und ließ Alroys Hand fahren. »Ihr seid fürwahr in besserer Verfassung denn im letzten Winter«, pflichtete er bei, »doch ach! leider nicht so wohl dran, dass man's zufrieden sein könnte. Mich deucht, heute müssen alle hier ganz besonders früh zu Bett gehen, und wider die drohende Ausbreitung der Erkältung gedenke ich eine Arznei zu verabreichen.«

»Oh, Rhys …«

»Nein, keine Widerrede, Hoheit!«, beharrte Rhys freundlich, jedoch mit Entschiedenheit. »Ich versichere

Euch dessen, dass Ihr keinen üblen Geschmack zu ertragen haben werdet. Nichtsdestotrotz, hört mich an. Wir wollen die Einnahme der Arznei zu einem besonders erfreulichen Anlass machen.« Sein Blick fiel auf Alroys Pagen. »Gavin, wolltest du wohl, derweil die Hoheiten sich zum Speisen an die Tafel begeben, in den Weinkeller hinabsteigen und eine Flasche von jenem süßen Fianner Wein heraufholen, ja? Ihr seid allesamt schon seit langem begierig, ihn zu kosten, und Seine Majestät hat zugestimmt, dies eine Mal, für diese Gelegenheit, soll's recht sein.«

Des jungen Gavins Grinsen glich im trüben Zwielicht des Saales plötzlichem Sonnenschein. »Freilich, Herr, ich begebe mich ohne Verzug auf den Weg. Um eine Probe dieses Weines wollte ich gar selbst eine Arznei einnehmen.«

»Daran soll's nicht mangeln«, stimmte Rhys mit einem Lächeln zu, hieb dem Jüngling auf die Schulter und schubste ihn in die Richtung zur Tür. »Zieh ab und bring ihn herauf, schaff eine Anzahl Becher her, dann werden wir alle gemeinsam davon kosten.«

»Seid Ihr gänzlich überzeugt, dass der Trank nicht ekelhaft schmecken wird?«, fragte Rhys Michael nach, offensichtlich von Zweifeln geplagt.

Rhys lachte gutmütig auf. »Mein Wort drauf! Und nun, Ihr nach mir benannter königlicher Bengel, verschafft mir darüber Aufschluss, welche Fortschritte Ihr beim Lernen macht. Hier, setzt Euch auf mein Knie und erstattet mir vollständig und lückenlos Bericht.«

Mit breitem Grinsen im Angesicht nahm Rhys Michael den angebotenen Platz ein und begann eine Aufzählung all dessen herunterzuplappern, was er seit des Heilers letztem Besuch erlernt hatte. Aus dem Nebenraum vernahm Rhys das Geklapper, mit welchem man Schüsseln und Teller auftrug, die Stimmen der Diener, welche die Tafel deckten, die Speisen brachten. Ein Weilchen später verkündete ein Page, die Abendmahlzeit sei bereit. Die zwei Prinzen in Rhys' Nähe eilten hinüber, kurz darauf gefolgt von einem Javan mit verdrossener Miene, aus welcher er den älteren Heiler im Vorüberschlurfen argwöhnisch anschielte. Nachdem die Knaben und Jünglinge ein Dankgebet gesprochen und zu schmausen begonnen hatten, kehrte Rhys in den Aufenthaltssaal zurück und begab sich zu Tavis. Der junge Heiler hatte seinen Sitz am Erkerfenster nicht verlassen.

»Ist Javan krank?«, erkundigte sich Rhys mit leiser Stimme.

Bedächtig schüttelte Tavis das Haupt. »Nein, nicht krank. Aber er ist auch nicht stark. Ich versuche ihm jeden Tag ein wenig Kraft zu spenden.«

»Das ist zweifelsfrei bewunderungswürdig«, merkte Rhys dazu an. »Doch ist's auch in des Jünglings bestem Interesse? Er wird nicht für alle Zeit Euch um sich haben, auf dass Ihr ihm hilfreich zur Seite stehen könntet.«

»Dessen bin ich mir wohl bewusst.« Tavis schaute seitwärts, versuchte den Schmerz in seinen Augen zu verhehlen.

»Tavis«, drang Rhys weiter in ihn, »besitzt Ihr volle Klarheit darüber, was dieser Jünglinge Bestimmung ist? König Cinhil ist dem Tode geweiht und Alroy wird ihm auf den Thron nachfolgen, höchstwahrscheinlich noch in unreifem Alter.«

»Alroy ist der Erstgeborene. Also ist's sein Recht.«

»Zugleich ist er von allen der Schwächste«, ergänzte Rhys. »Ich spreche ungern mit solcher Deutlichkeit zu Euch, aber es verhält sich so, dass wir Heiler den Tatsachen ins Angesicht blicken müssen, wenn auch andere dagegen abgeneigt sind. Es mag sein, dass Alroy nicht lange genug lebt, um einen Erben zu zeugen. Und sollte es so kommen, fiele die Krone Javan zu. Wenn Ihr ihn von Euch abhängig macht, wie soll er diese Bürde zu tragen vermögen, sobald Ihr eines Tages nicht länger bei ihm weilt?«

Trotzig reckte Tavis das Haupt. »Ich werde ihn niemals im Stich lassen, nie und nimmer!«, flüsterte er mit leidenschaftlicher Heftigkeit. »Niemand außer mir kümmert sich um ihn. Man glaubt, weil sein Leib weniger tüchtig ist, müsse es ihm auch an Geist mangeln. Aber einstmals wird er allen seine wahren Werte zeigen. Dass das geschieht, Rhys, das will ich. Um seinetwillen!«

»So Gott will, dass er eines Tages König wird, wünsche auch ich ihm, dass er sich bewährt«, antwortete Rhys. »Doch Ihr solltet ihn nicht in solchem Maß umhüten, dass Ihr sein Wachstum hindert.«

»Nicht ich bin derjenige, der Hemmnisse auf seinen Lebensweg häuft«, erwiderte Tavis leicht empört, jedoch ohne seine Stimme zu heben. Das geäußert, nahm der junge Heiler vom Sitz an seiner Seite eine Schriftrolle zur Hand und fing wie in höchstem Interesse an zu lesen, beachtete Rhys nicht mit einem einzigen weiteren Blick. Für einiger Herzschläge Dauer verharrte Rhys noch ratlos, dann durchquerte er den Saal und schaute einiges vom Lehr- und Schriftzeug der Prinzen durch, das an einem der Kamine auf einem Tisch lag. Er und Tavis waren noch nie so recht miteinander ausgekommen.

Der junge Gavin kam mit dem Wein, gerade als die Buben ihr Nachtmahl beendet hatten und müßig wieder in den Aufenthaltssaal schlenderten, diesmal begleitet von den zwei übrigen Pagen. Alle sechs Jungmannen schauten mit unterschiedlicher Anteilnahme zu, als Rhys das Päckchen zusammengefalteten Pergaments herausholte und auf den Tisch warf.

»So, da haben wir sie, die wundersame Kur zuwider Gerotze und Gehuste, und nun werden wir sie in einem der feinsten Fianner Weine einnehmen, der je in Eures

Vaters Weinkeller gelangt ist.« Mit übertriebenen Gebärden entsiegelte er die Flasche aus grünem Glas, schnupperte am Inhalt, verdrehte in unübersehbarer Begeisterung die Augen himmelwärts, als der blumige Duft ihm in die Nase stieg. »Ah, herrlich! Und lasst mich eines klarstellen – ich hatte meine liebe Not, Seine Majestät davon zu überzeugen, dass hier keine Verschwendung an die unerprobten Zungen von schülerhaften Knäblein stattfindet, folglich bedinge ich mir aus, dass Ihr mich nun nicht Lügen straft.«

Derweil sie alle lachten – außer Javan, der nur die Miene verzog –, ergriff er das pergamentene Päckchen, erbrach das Siegel und schüttete das darin enthaltene Pulver umsichtig in den Wein.

»Hier sind Becher, Herr!«, sprach Gavin und reihte die Trinkgefäße erwartungsvoll vor Rhys auf, während der Heiler die Flasche kräftig schüttelte.

»Wohl getan. Ich sehe, du hast davon genug gebracht. Und es wird für alle reichen.« Rhys füllte sechs Becher zur Hälfte mit dem vermischten Wein. »Es handelt sich um einen zwar süßen, aber durchaus leichten und bekömmlichen Wein aus einer der vielen Rebarten, wie sie in Fianna gedeihen. Nur zu, kostet ihn!«

Die Pagen bedurften keiner zweiten Aufforderung, doch dank ihrer vornehmen Erziehung schafften sie es, zu warten, bis ihre jungen Herren sich bedient hatten, ehe sie selber zugriffen. Rhys Michael hob seinen Becher unter die Nase, schnupperte in einer Nachahmung von Rhys' Gebärdenspiel daran, kostete dann zunächst, trank den Becher, als er ihn von neuem ansetzte, jedoch sogleich leer. Alroy befleißigte sich eines etwas gediegeneren Betragens, aber offenkundig wusste er zu schätzen, was der Vater ihnen da angeblich genehmigt hatte, und auch er leerte seinen Becher rasch bis auf den Grund. Allein Javan zeigte ein gewisses Zaudern, warf in stummer Fragestellung Tavis einen Blick zu, um sich von ihm zur Ermutigung zunicken zu lassen, bevor er reichlich vorsichtig am Wein nippte, ihn anschließend saumselig und mehr aus Gefügigkeit austrank.

So also lohnt er den guten Willen, zu seines Gaumens Geschmacksverfeinerung beizutragen, dachte Rhys reuig, sich zu wünschen in Versuchung, er hätte eine kleine Menge unvermengten Weins für den eigenen Hochgenuss zurückbehalten. Aber wie es der Natur der Sache entsprach, hatten weder er noch irgendeiner der anderen Beteiligten am Ritual der kommenden Nacht seit dem Mittnachmittag irgendetwas verzehrt oder getrunken, und genauso musste es für heute auch bleiben.

Er sah nicht, wie die Pagen tranken – nur danach die geleerten Becher und der Burschen angetanes Lächeln als stille Beweise der Tatsache, dass auch sie mitgehalten hatten. Sobald sämtliche Becher aufgeräumt worden waren, klatschte Rhys die Hände zusammen und ordnete an, man habe sich ohne Verzug in die Betten zu begeben, und er begleitete die drei Sprösslinge leutselig bis in die Schlafkammer. Dabei entging ihm allerdings nicht, dass Tavis seinen Platz am Erkerfenster verließ und hinüber zur noch halb vollen Flasche Wein strebte, und er fasste sich recht kurz, als er eine gute Nacht wünschte. Auch die Pagen machten sich davon, um ihre Nachtlager aufzusuchen, als Rhys in den Aufenthaltssaal zurückkehrte. Es überraschte ihn nicht, dass Tavis dort seiner harrte, in den Augen offenen Vorwurf.

»Ihr habt gelogen«, flüsterte Tavis.

»So, fürwahr?«

»Das war keine Arznei, um Erkältungen auszutreiben«, fügte Tavis hinzu, und seine Augen leuchteten aus Zorn wie helle Aquamarine. »Ihr habt sie, anders vermag man's schwerlich zu nennen, regelrecht betäubt! Genug Fingerkraut habt Ihr ihnen verabreicht, um sie bis in den morgigen Tag hinein schlummern zu lassen. Von weitem hab ich's gerochen. Worauf sinnt Ihr?«

Derweil er sich geistig und körperlich auf das gefasst machte, was er nun mit beträchtlicher Wahrscheinlichkeit alsbald tun musste, setzte Rhys eine ganz und gar unschuldsvolle Miene auf, bezog jedoch gleichzeitig unauffällig Aufstellung zwischen Tavis und der Tür. »Worauf ich sinne?«, wiederholte er. »Nun, ich befolge lediglich Seiner Majestät Anweisung und sorge dafür, dass die Prinzen geruhsamen nächtlichen Schlummer finden.«

»In Frieden ruhen, ist man fast zu sagen geneigt«, murrte Tavis unterdrückt, während er in den winzigen Rest in einem der Becher eine Fingerspitze senkte, ein Tröpfchen versuchsweise kostete. »Es wird Eurerseits keinen Anstoß erregen, wenn ich in dieser bedenklichen Sache mit Seiner Gnaden Rücksprache nehme, oder ... Was ist denn das? Eisenhut und *Mer*... Rhys, das könnt Ihr doch wohl nicht gewagt haben!«

Seine derynische Geisteswehr war in voller Stärke aufgeboten, sein Geist verborgen hinter den undurchdringlichen Wällen eines meisterlichen Heilers, und Rhys wusste genau, er müsste, um diese Schirm zu durchbrechen, zuvor gewaltige Widerstände überwinden. Daher trat Rhys nun vor, ehe der Jüngere irgendwie handeln konnte, und rammte seine Faust wuchtig in Tavis' Magengrube, fing ihn auf, als er mit einem dumpfen Keuchlaut, den Atem aus dem Leib gestoßen, niederzusacken drohte. »Leider doch, mein junger Freund!«, entgegnete Rhys gedämpft, ergriff eilends die Flasche und schob deren Hals Tavis in den Mund, während der Mann um Atem japste und versuchte sich aufzuraffen. Rhys zwang Tavis so viel vom Wein mit der Droge zu trinken, wie in einen randvollen Becher gehen mochte, während Tavis aus Pein und Entrüstung schnob und gurgelte, dann ließ er den jüngeren Heiler – durchaus voller Mitgefühl –

gegen ein angewinkeltes Knie sinken, an welchem der Mann sich halb ausstreckte, und sah mit Teilnahme zu, wie Tavis wieder zu Atem kam, zugleich jedoch die Droge ihre Wirkung zu tun begann. »Vergebt mir den Hieb, Tavis!«, bat Rhys mit leiser Stimme, indem er, seine derynischen Sinne in vollem Einsatz, eine Hand auf Tavis' Stirn legte. »Doch es bestand die unausweichliche Notwendigkeit, dass auch Ihr trinkt, da Ihr zum Unglück ausgerechnet heute Abend hier verweilen musstet, und ich empfand Zweifel, dass Ihr aus freien Stücken davon einen tüchtigen Zug nehmen würdet.«

»Aber *warum*?«, stieß Tavis geröchelt aus. »Mein Gott, Rhys, Ihr habt ihnen *Me-me-merascha* eingegeben …!« Tavis vermochte bereits bloß noch zu brabbeln, die Zunge wurde immer schwerer, zu schwer für den Mund, und er hatte schon merkliche Schwierigkeiten, sich auszudrücken. »Und … und *Anhalon, Merascha* und *A-a-anhalon,* und sie sind nicht einmal Deryni …!«

»Ich tat's auf Seiner Majestät ausdrücklichen Befehl und mit Seiner Gnaden vollständiger Kenntnis«, lautete Rhys' leise Antwort. »Darüber hinaus sollt Ihr nichts von mir erfahren. Und selbst wenn, Ihr werdet Euch an nichts erinnern können … Vermöchtet Ihr wohl Verständnis zu hegen …?«

Eine gewisse Abgetretenheit schlich sich in Tavis' Blick, seine Augen stierten immer blickloser und es fiel Rhys leicht, des anderen Heilers jetzt nur noch wirrere, trägere Gedanken zu verfolgen, mit denen Tavis sich sinnlos abmühte zu begreifen, was und wie ihm geschah, vergeblich die Ursachen zu ergründen suchte. Doch seine geistigen Wehren schmolzen dahin. Rhys vermochte seinen Einfluss auf seines Zunftgenossen Geist beständig auszuweiten; behutsam, aber mit unerbittlicher Sicherheit drängte er Tavis' umnebeltes Bewusstsein ab in die Gefilde des Schlummerns und Vergessens.

Tavis leistete für ein kurzes Weilchen schwächlichen Widerstand und ein Teil seines Innenlebens bäumte sich erbittert dagegen auf, dass sein Wille so genötigt werden sollte, aber nach einiger unbedeutender Gegenwehr versank er in Besinnungslosigkeit, war Rhys vollkommen ausgeliefert.

Nachdem er mit Sorgfalt aus Tavis' Gedächtnis getilgt hatte, was soeben geschehen war, dazu neue, falsche Erinnerungen eingepflanzt, die des anderen Heilers Schlaf zur Genüge erklärten, hob Rhys ihn vorsichtig auf seine Arme und trug ihn zu einer Anhäufung von Fellen vor einem der beiden Kamine. Dort bettete er ihn auf einen Haufen Kissen, bedeckte ihn mit einem leichten Fell, legte Tavis' Schriftrolle gegen dessen schlaffe Hand, ganz als ob sie ihm beim Einnicken entfallen sei, und überprüfte zum Schluss ein letztes Mal die Tiefe von des jungen Heilers Schlaf.

Danach schüttete er den gesamten Rest des mit der Droge untermischten Weins in der benachbarten Kleiderkammer den Ausguss hinab, spülte die Flasche und alle benutzten Becher mit Wasser aus einer Kanne, goss das Spülwasser hinterdrein, füllte dann ein wenig vom übrig gebliebenen Wein von der abendlichen Tafel in die Flasche und gab ein Pulver hinein – diesmal in der Tat nur ein Mittelchen, das ganz allgemein des Schlummers Tiefe förderte. Ein paar Tropfen davon spritzte er in jeden Becher, goss dann wiederum alles andere in den Abfluss. Nunmehr konnte nicht einmal noch die Begutachtung der Reste enthüllen, was sich ereignet hatte.

Zu guter Letzt begab er sich vor einen hohen, aus schwerem Holz wuchtig gefertigten Schrank in einem Winkel von der Prinzen Schlafgemach, drückte am klobigen Schnitzwerk eine Anzahl von Schnörkeln und Erhebungen. An des Schrankes Rückwand tat sich eine geheime, verborgene Tür auf und dahinter zeigte sich

Joram, der mit gelangweilter Miene auf dem steinernen Fußboden saß, eng in seinen Michaeliten-Umhang gehüllt. Jenseits seiner niedergekauerten Gestalt führte ein Gang in die tiefste Finsternis.

»Du hast dir reichlich Zeit gelassen, das muss ich fürwahr sagen«, flüsterte Joram, indem er sich erhob und Staub von sciner Gewandung entfernte. »Ich wähnte schon, du würdest mich nur noch erfroren und zum Standbild erstarrt vorfinden. Liegen Sie alle im Schlaf?«

Rhys nickte. »Verzeih mir die Verzögerung. Wie ich befürchtete, beharrte Tavis darauf, nahebei zu bleiben, deshalb musste ich ihm, so wie den Pagen, gleichfalls von der Droge geben. Aber er wird sich am Morgen auf nichts besinnen können. Nun komm! Wir bringen zuerst die Zwillinge von hinnen.«

6

Vernachlässige nicht die Gnadengabe in dir, wie sie dir zuteil wurde aufgrund einer prophetischen Offenbarung unter Handauflegung der Ältestenschaft!

1 Timotheus 4,14

Cinhil Haldane bemühte sich um Unaufdringlichkeit, als er durch die Pforte ins Innere seiner Hauskapelle lugte und die Vorbereitungen beobachtete, die darin stattfanden. Infolge der Maßnahmen, deren sich dort Joram und insbesondere Evaine befleißigten, hatte der so wohl vertraute Zufluchtsort etlicher Jahre eine sonderbare Fremdheit angenommen – eine Fremdartigkeit, deren Anwachsen er bereits seit Stunden spürte, selbst während er nebenan in den Königlichen Gemächern gelesen, gebetet und auch das eine oder andere Nickerchen gemacht hatte.

Im Laufe des Tages waren sie alle, die in dieser oder jener Beziehung am nahen Ereignis Anteil besaßen, zu verschiedenen Zeiten allein zu ihm gekommen; zuerst Alister, kurz nach der Terz, später als er es von ihm gewohnt war, dafür jedoch recht ausgeruht, dieweil der Bischof ein paar zusätzliche Stündchen geschlafen hatte; Cinhil war wohl bekannt, dass Cullen in der vergangenen Nacht wenig Schlaf gefunden hatte, denn beide waren sie gemeinsam fast bis zur Frühmette in andächtiges Gebet vertieft gewesen.

Nach Alister hatte sich Joram eingestellt, danach kamen Rhys, Evaine und schließlich Jebedias – dessen Besuch womöglich von allen am traurigsten ausfiel, denn der michaelitische Ritter konnte nur mittelbar an dieser letzten Aufgabe des Königs teilhaben, und so hatte Cinhil mit ihm bereits ein Lebewohl des endgültigen

Abschieds gewechselt. Nun wappnete sich der Ritter, um vor den Königlichen Gemächern, sobald es so weit war, Wache zu stehen, auf dass drinnen das Werk ohne Störung vollzogen werden könne.

Jebedias war ebenfalls ein Deryni, der nicht im Mindesten jenen kurzsichtigen Vorstellungen entsprach, welche sich die Menschen auf überkommene Weise von dem Magier-Geschlecht insgesamt machten – ein sanftmütiger Mann voller Mitgefühl und Verständnis, umso bemerkenswerter, da er von Geburt und Herkunft ein Krieger war; der König vermochte sich nur darüber zu wundern, dass Jebedias annahm, die Regenten wollten ihn, wenn der König diese schnöde Welt verließ, nicht im Amte des Großzeremonienmeisters behalten. Cinhil hatte ihn seiner Überzeugung versichert, derartige Befürchtungen seien gänzlich und vollständig unbegründet, doch war er sich eigentlich gar nicht so recht sicher, ob der Großzeremonienmeister es mit seiner Sorge wirklich so ernst meinte. Durchaus begründet war dagegen die Befürchtung, dass Cinhils Ableben mit hoher Wahrscheinlichkeit noch heute bevorstand; nicht etwa, dass diese Aussicht Cinhil noch mit sonderlichem Grausen erfüllte. Nicht einmal der Weg, dessen Beschreitung seinen Tod beschleunigen mochte, missbehagte ihm noch, bereitete ihm nicht den schwächsten Ansatz jenes nackten, die Seele zerrüttenden Entsetzens, welches er einst beim bloßen Gedanken daran empfunden hätte. Diese Magie sollte aufgrund seiner Entscheidung und nach seinem Willen erfolgen.

Leidenschaftslos fand er sich damit ab, dass sein Leben voraussichtlich in der heutigen Nacht zwischen diesen Mauern endigen musste – und er war's zufrieden, so es ihm nur gelang, seine letzten Absichten zu verwirklichen. Und ein solches Ende, ein Scheiden im Dienst an seinen Söhnen und Erben, erachtete er als unvergleichlich tröstlicher denn ein weiteres Dahinschleppen, immer schwächer, letzten Endes vielleicht gar ans Bett gebunden, um irgendwann bei einem tödlichen Anfall, einem Schwall von Blut und Pein, qualvoll das Leben auszuhusten.

Genau diese Auffassung hatte er vor Alister in Worte gekleidet. Am heutigen Vormittag hatte er seine letzte Beichte abgelegt und die Absolution erhalten. Im Anschluss daran war von ihm im Geheimen letztmals eine Messe gefeiert worden, wobei Alister allein ihm half, für die Cinhil ehrfürchtig noch einmal die heiß und innig geliebten Messgewänder trug, die ihm – ganz streng genommen – eigentlich verboten waren seit einem längst vergangenen Weihnachtsabend, als ein seit langem toter Erzbischof verkündete, fortan habe er statt Priester Prinz zu sein. Dass Cinhils Priesteramt bestätigt und erneuert worden war, er es in all den seither verstrichenen Jahren mit getreulicher Beständigkeit ausgeübt hatte, dabei handelte es sich um ein Geheimnis, welches ausschließlich er und Alister miteinander teilten, und zudem war es ein Beichtgeheimnis, das beide Männer mit ins Grab nehmen mussten. Die heute vollzogene, letztmalige Wahrnehmung und Ausübung seines mit der Priesterweihe einst aufgetragenen geistlichen Amtes der Messfeier hatte Cinhil genug Kraft für den Rest des Tages sowie die damit verknüpften Anforderungen gegeben. Später sollte Alister ihm, sobald die Zeit reif war, das letzte Sakrament spenden; und danach konnte seiner nichts anderes noch harren als Friede. Nach dem Leben, das zu führen er gezwungen gewesen war, würde ihm der Friede willkommen sein.

Cinhil seufzte auf, derweil er den Blick durch die Kapelle schweifen ließ. Verglichen mit ihrer sonstigen gewohnten Ausstattung wirkte ihr Inneres jetzt nahezu kahl, sehr dunkel, nur durch den Schein des ewigen Lichts sowie einer langen Wachskerze auf einem Tisch inmitten der Räumlichkeit ein wenig erhellt. Als die Diener mit dem allgemeinen Reinemachen in der Kapelle fertig gewesen waren, hatten Evaine und Rhys nachgerade alles und jedes daraus entfernt, mit Ausnahme des unverrückbaren, überaus schwergewichtigen Altars an der Ostseite sowie des dicken kheldischen Teppichs, der zu Füßen der Altarstufen die Fliesen bedeckte. Allerdings war selbiger Teppich in der Kapelle Mitte verlegt worden; ferner hatte man einen kleineren Teppich gebracht und im nordöstlichen Winkel ausgebreitet. Dann war Joram in einen Durchstieg zur Linken des Altars entschwunden, eine Tür, die im einen Augenblick unvermutet da, im folgenden Augenblick nicht länger vorhanden war, alles in fast nur eines Herzschlags Dauer. Anschließend hatte Evaine die Vorbereitungen mit Alisters und Jebedias' Unterstützung fortgesetzt.

Frische Altartücher und Altargehänge waren daraufhin ausgelegt worden, des Altars Kerzen gegen neue ausgetauscht, dem ewigen Licht hatte man Öl nachgefüllt; das Weib, der Bischof sowie der michaelitische Ritter verrichteten all diese Aufgaben mit einer Ehrerbietigkeit und einem Ernstmut, welche irgendwie sogar bis zu der Schwelle herüberwirkten, von wo aus Cinhil ihr Tun beobachtete. Vier Kerzenleuchter mit Windschirmen aus gefärbtem Glas – in Rot, Blau, Goldgelb und Grün – standen nunmehr in einer Anordnung in der Kapelle, aufgrund welcher sie die vier Himmelsrichtungen anzeigten, ganz ähnlich wie jene Leuchter, die man damals für Cinhils eigenes Ritual aufgestellt hatte, nur waren die Windschirme in seinem Fall ausschließlich weiß gewesen.

Plötzlich erschrak Cinhil, als Jebedias an ihm vorüberstapfte, vollständig mit Wehr und Waffen gewappnet; das wohl gepflegte Kettenhemd klirrte leise bei seinen Bewegungen, das weiße Wehrgehenk seiner michaelitischen Ritterschaft hob sich hell vom dunklen Blau seines Ordens ab, in dem Waffenrock und Umhang gehalten waren; in seinen Händen, von Handschuhen umhüllt, brachte er Cinhils Zeremonienschwert, den mit Edelsteinen schmuckreich besetzten Schwertgurt locker um die mit Schnitzereien und Juwelen verzierte Scheide gewickelt.

Jebedias nickte dem König achtungsvoll zu, als er vorbeistampfte, aber er verweilte nicht. Er durchmaß die Kapelle, begab sich zu Alister, der ihm sichtlich erwartungsvoll entgegenblickte, beugte unterwegs vorm Altar das Knie, um gleich darauf vor Alister ganz niederzuknien und ihm das Schwert in die entgegengestreckten Handflächen zu geben. Alister vollführte über dem Schwert eine Verneigung, legte es dann auf den Altar, holte mit einem Kerzlein Glut vom ewigen Licht selbst und machte sich ans Entzünden der Altarkerzen. Das vollbracht, sank er auf den Altarstufen auf die Knie und beugte das ergraute, nichtsdestoweniger unvermindert zottige Reckenhaupt zum Gebet, die knorrigen Hände vor seinen Knien lose gefaltet.

Sobald Jebedias die Altarkerzen brennen sah, neigte er von neuem mit allen Anzeichen äußerster Ehrerbietigkeit das Haupt, stand auf und verließ die Kapelle so stramm und schnell, wie er sie vorhin betreten hatte. Ein Gefühl des Verlusts wallte in Cinhil empor, als der Ordensritter durch den Ausgang der Königlichen Gemächer entschwand. Er ahnte, er würde Jebedias niemals wieder sehen.

Leise Geräusche ertönten aus der Kapelle, das Klingen von Metall an Glas. Am Mittelpunkt der Räumlichkeit ordnete Evaine auf dem dort aufgestellten Tisch etliche Gegenstände: ein Rauchgefäß; einen kleinen, mit Untersatz versehenen Becher aus Ton, gebrannt mit weißer Glasur, gefüllt mit Wasser; einen schmalen Dolch, von dem Cinhil meinte, er könne sich darauf besinnen, ihn schon bei einigen Anlässen an Evaines Gürtel gesehen zu haben. Die Klinge glänzte im Kerzenschein, glomm stark einprägsam, ohne jedoch einen unheilvollen Eindruck zu vermitteln. Unter dem Tisch, so wusste Cinhil, obwohl er diese Dinge wegen des weißen Tischtuchs, das rundum bis auf den Teppich herabhing, nicht länger zu sehen vermochte, befanden sich Rhys' Arzttasche, ein Paar ungleicher Ohrringe aus gedrehtem Golddraht sowie drei kleine Stücke Pergament, bereits mit dem Erforderlichen beschriftet.

Diese drei Schriftstücke hatte er am Nachmittag mit eigener Hand ausgeschrieben, sie waren sein letztes Vermächtnis an jene, welche nach ihm die Krone tragen mussten. Er hatte nicht viel der Worte gemacht, doch sollten sie genügen. Nichts anderes als das Leben selbst konnte er seinen Erben hinterlassen, nachdem er ihnen bereits zu seinen Lebzeiten kaum mehr als das gegeben hatte. Doch sie waren – ungeachtet aller Unzulänglichkeiten – seine Söhne, Bein von seinem Bein, Fleisch von seinem Fleisch.

Regungen in den Schatten zu seiner Linken erregten seine Aufmerksamkeit und zu seiner abermaligen Verblüffung erkannte er dort in der Mauer eine Pforte, die noch einen Augenblick früher nie und nimmer an der Stelle geklafft haben konnte. Im Helligkeitsschein einer fahlen grünlichen Sphäre aus Licht, die neben Rhys' Haupt schwebte, erschienen der Heiler und Joram. Behutsam bettete Joram eine kleine fellumhüllte Gestalt auf den zweiten, in der Ecke ausgebreiteten Teppich; ein verkrüppelter Fuß, der aus dem Fellbündel ragte, verriet sogleich, dass es sich um Javan handelte.

Rhys legte den ebenfalls in festem Schlummer befindlichen Alroy neben den kleinen Tisch und warf des Kronprinzen Felle Joram zu, der daraufhin wieder durch die Geheimtür verschwand, welche sich diesmal jedoch nicht hinter ihm schloss. Als Cinhil seinen Blick erneut hinüber zu Alroy lenkte, hatte Rhys schon die Hände auf des Jünglings Stirn gesenkt, die Lider geschlossen, derweil Evaine lautlos die Arzttasche unterm Tisch hervorholte.

Nun kam Cinhil selbst mit dem Handeln an die Reihe. Langsamen Schritts durchquerte er die Kapelle und kniete sich an Rhys' Seite nieder, löste den Draht des großen Kabochon-Rubins aus seinem rechten Ohrläppchen, sah sodann zu, wie der Heiler seines Erstgeborenen Ohrläppchen mit irgendetwas einrieb, das sehr scharf roch und den König ums Haar zum Niesen veranlasste; dann beobachtete er gleichsam gebannt, wie Rhys eine blanke Nadel durch des Jungmannen helle, noch zarte Haut stach. Nicht das gelindeste Anzeichen von Bewusstheit ließ sich seines Sohnes Angesicht anmerken, als der Heiler die Nadel mit einem Ruck aus Alroys Ohrläppchen zog, die geringfügige Menge von Blut, die hervorquoll, geschwind fortwischte und schließlich die Hand ausstreckte, um den Stein in Empfang zu nehmen.

Das Auge Roms, so war ihm der Edelstein benannt worden, als Rhys und Camber ihn vor so vielen Jahren ihm, Cinhil, übereigneten – aus einem Stein sollte er geschnitten worden sein, welcher in der Nacht von des Heilands Geburt vom Himmel fiel, und der Legende zufolge hatten die Weisen aus dem Morgenland ihn dem Kindlein gebracht, dieweil sie wussten, das war ein Stein für Könige. Cinhil verspürte eine Anwandlung von Bedauern, da er seiner nun entsagen musste, denn in all den seitherigen Jahren war er nie ohne ihn gewesen. Der Stein war einer der Schlüssel zu jener geistigen Machtfülle, mit welcher man ihn in jener längst vergangenen Nacht ausgestattet hatte. Und als er mit ansah, wie Rhys ihn nunmehr an seines Sohnes Ohrläppchen befestigte, wusste er, der Stein würde für sein Kind wie für ihn den gleichen Schutz bedeuten.

Cinhil blinzelte, ersah daraufhin, dass Rhys schon den Standort gewechselt hatte, sich in diesem Augenblick an der Seite Javans niederkniete, der ebenso fest schlief, und wiederum funkelte im Lichtschein der von Evaine hinzugeschafften Kerze des Heilers Nadel. Der König raffte sich hoch, aber zum Zeitpunkt, als er das emsige Paar erreichte, hatte Rhys bereits auch durch Javans Ohrläppchen einen gedrehten Golddraht geführt, welcher für den Fall, dass Alroy ohne Erben starb, dem Auge Roms Aufnahme und Halt bot.

Da stellte sich schon Joram mit Rhys Michael ein, den ein ebenso tiefer Schlummer umnachtet hielt, und die rätselhafte Pforte schloss sich lediglich mit dem allerleisesten Geräusch. Als der Geistliche den jüngsten Prinzen neben seinem Bruder Javan ausstreckte, widmete Rhys seine Aufmerksamkeit ihm; Joram gab dem König einen Wink, dass man sich unterdessen in der Kapelle Mitte treffen möge. Cinhil seufzte und gesellte sich an den Tisch zum Michaeliten-Geistlichen.

»Ich wähne, wir sind nahezu bereit, Sire«, sprach Joram mit leiser Stimme und kniete neben Alroy nieder, welchletzterer unverdrossen weiterschlief. »Habt Ihr, ehe wir beginnen, noch irgendwelche Fragen?«

Cinhil schaute an Joram vorbei und heftete seinen Blick auf Alister, der unverändert vorm Altar kniete. »Nein, keine meinerseits. Aber wie steht's mit Alister? Ob seinerseits alles seine Ordnung hat?«

Für einen flüchtigen Augenblick verzog sich Jorams mannhaft schönes Antlitz zu einem sanftmütigen Lächeln. »Um Pater Alister braucht Ihr Euch nicht zu bekümmern, Sire«, entgegnete er leise. »Er ist ein Mann mit starkem und sehr wachem Gewissen, doch hat er bereits gemeinsam mit uns gewirkt, und überdies allseits mit gänzlich zufrieden stellendem Erfolg. Er weiß, worauf's ankommt, und er ist weitaus gründlicher mit dieser Art von Betätigung vertraut, als man äußerlich auf den ersten Blick von ihm vermeinen möchte. Ihr solltet ihn keineswegs unterschätzen.«

»Nein, das habe ich nie getan«, erwiderte Cinhil ebenso leise, berührte flüchtig Jorams Schulter. »Alister!«, rief er mit nur leicht erhobener Stimme. »Wollt Ihr uns nunmehr beistehen?«

Er sah, wie sich das zottige Haupt aufrichtete, sah die knorrigen Hände sich auf die Oberschenkel unterm Priesterrock stützen, als der Bischof aufstand und sich umwandte, das zerfurchte Antlitz gekennzeichnet durch nichts als Ruhe, bar jeglicher Anspannung. »Ich bin bereit, mein Freund«, lautete des Bischofs mit verhaltener Stimme vorgetragene Antwort, sodann drehte er sich noch einmal um und nahm das Zeremonienschwert vom Altar, ehe er herüber zum Tisch kam. »Seid Ihr mit allem zufrieden, Cinhil?«

»Zufrieden?« Der König schaute zu, während sein Freund das Schwert auf den Fußboden legte, sodass es zum Teil unterm Tisch verschwand, und er verspürte ein Aufwallen von Erregung, das er jedoch sofort unterdrückte und meisterte. »Jawohl, ich bin zufrieden«, antwortete er, nahezu im Flüsterton.

Während der Unterhaltung waren Evaine und Rhys zum Mittelpunkt der Kapelle zurückgekehrt und knieten nun bei Alroy. Cinhil konnte beobachten, wie Rhys die Augen schloss und einen tiefen Atemzug nahm, in seinen Trance-Zustand entglitt, eine Hand auf Alroys Stirn senkte, dann auf irgendetwas zu warten schien. Fast unverzüglich tat auch Joram einen ergiebigen Atemzug und sank gleichfalls in eine Trance. Cinhil begriff, dass sie jenes geistige Band knüpften, welches im Verlauf dessen, was es zu verrichten galt, die Einflussnahme auf

Alroy sichern sollte. Im Rücken der beiden Männer hatte unterdessen Evaine die Holzkohle im Rauchgefäß zum Schwelen gebracht und nun schritt sie mit ihrem Kerzlein zu der großen Kerze, welche zu Füßen der Altarstufen stand; als hinter dem Windschirm aus bernsteingelbem Glas eine Flamme aufzüngelte, rief sie den Erzengel Raphael an, dass er der Ostseite seinen Schutz gewähren möge.

Cinhil bemerkte, dass Alister alles mit größter Aufmerksamkeit verfolgte, indem Evaine den südwärtigen Winkel der Kapelle aufsuchte, dort die dem Erzengel Michael geweihte Kerze hinter ihrem rubinroten Windschirm entfachte; das Weib befleißigte sich offenbar, da nun alles seinen Gang nahm, vollkommener Gelassenheit. Die Flamme des Kerzleins loderte dunkelrot auf, wanderte dann – wieder von purem Goldgelb über der schlanken weißen Kerze – durch die Kapelle hinter die Versammelten außer Sicht, wo gleich darauf der gläserne Windschirm von des Erzengels Gabriel Kerze deren Schein, sobald entflammt, himmelblau verfärben sollte.

Rhys hatte inzwischen seine Hand von Alroys Stirn entfernt, ebenso Joram, und der Jüngling schlug nunmehr im Angesicht eines Geschehens langsam die Augen auf, an das er sich am folgenden Morgen nicht länger würde entsinnen können – auf das er sich tatsächlich nicht würde besinnen können, bis womöglich ein Tag anbrach, da er seine Gaben einem etwaigen Sohn und Erben weiterreichen musste. Des Jungmannen Augen waren geweitet und ein wenig glasig; er nahm seine Umgebung lediglich auf einer ungemein tiefen, entlegenen Ebene seines Geistes wahr, doch stand es gegenwärtig außerhalb seines Vermögens, die Furcht oder das Erschrecken zu empfinden, welche ihn unter herkömmlichen Umständen in dieser Lage sicherlich befallen hätten. Cinhil wusste, dass sein Sohn seines Vaters Gegenwart zur Kenntnis nahm, als Joram und Rhys ihm dabei halfen, sich aufzusetzen, war sich jedoch darüber im Klaren, dass er in den paar trägen Gedanken, welche dem Jüngling nun durchs Haupt gehen mochten, einen Platz günstigstenfalls weit im Hintergrund besaß. Man veranlasste den Kronprinzen in lockerer Haltung neben dem Tisch zu verharren.

Mittlerweile war von Evaine auch die letzte Kerze angezündet worden, versehen mit einem grünen Windschirm, geweiht dem Erzengel Uriel, dem Engel des Todes; doch sie verhielt für ein Weilchen still und reglos nahe der Nordseite, bis Rhys die Obhut Jorams über ihren Schützling gefestigt und sich dann hinüber zu den beiden anderen, nach wie vor in tiefstem Schlummer befindlichen Jünglingen begeben hatte. Sobald Rhys durch die von ihr gelassene Lücke im magischen Zirkel getreten war – nicht ohne seiner Gemahlin im Vorübereilen einen raschen, zärtlichen Kuss auf die Lippen zu hauchen –, setzte Evaine ihren Rundgang zur östlichen Seite fort und schloss nunmehr dort den Kreis.

Joram erwartete sie an der Ostseite und beräucherte sie aus dem Rauchgefäß in seinen Händen mit süßlichem Rauch. Während er den altüberlieferten Psalm vom guten Hirten sang, schritt er seinerseits den von ihr beschriebenen Kreis ab, und auf seinem Pfad verbreiteten sich Rauch und seiner Worte Klang wie in einem Gemisch von nachgerade greifbarer Gegenwärtigkeit, irgendwie allerdings beschränkt auf den Verlauf des gezogenen Kreises. So wie damals, bei der einzigen anderen Gelegenheit, da Cinhil diese Deryni beim magischen Werk gesehen hatte, hegte Cinhil auch diesmal die voller Gewissheit nahe Überzeugung, dass des Kreises Begrenzung nun glomm.

Als Joram zwischen Rhys, der außerhalb des Zirkels an der nordöstlichen Seite stand und wachsam harrte, und Cinhil vorüberschritt, war sich der König ganz und gar dessen sicher, dass zwischen ihnen *irgendetwas* geschah. Seine insgeheime Sicherheit nahm noch zu, als Joram sein Abschreiten des Kreises beendet hatte und in des Zirkels Mitte getreten war, um die übrigen Beteiligten, die sich da aufhielten, anzuräuchern: Cinhil im Osten, obschon er kein Heiler war; Evaine im Westen, genau wie einst, vor so viel Jahren; der allem Anschein nach unerschütterliche Alister im Norden, an der Stelle, wo einst Camber gestanden hatte. Cinhil fragte sich, ob Alroy wohl ähnliche Empfindungen durchleben mochte wie damals er in der Nacht seiner Einweihung in die Magie.

Joram kehrte zurück zu Alister und überreichte ihm das Rauchgefäß in die bischöflichen Hände, um sich seinerseits von ihm beräuchern zu lassen. Derweil Alister das Rauchgefäß mit der ihm eigenen Forschheit schwang, neigte Joram das Haupt; danach bemächtigte er sich von neuem des Gefäßes, als Cullen fertig war, verneigte sich wiederum, trug das Rauchgefäß zum Tisch und stellte es darauf ab.

Das getan, beugte Joram sein Knie, nahm Cinhils Zeremonienschwert auf, zog es ein Stück weit aus der mit Edelsteinen kunstreich geschmückten Scheide und hielt den Griff mit geneigtem Haupt dem König hin.

Cinhil besaß volle Klarheit darüber, was er nun zu beginnen hatte. Noch musste er um innerliche Gefasstheit ringen, als sich seine Faust um den so vertrauten Schwertgriff schloss, doch als er die Waffe herauszog, geschah es bereits mit einer geschmeidigen, sicheren Bewegung. Er und Alister hatten das Schwert in der vorangegangenen Nacht gemeinsam gesegnet, es um ihren vereinten Segen über jenen hinaus bereichert, den die Klinge am Tage seiner Krönung erhalten hatte. Die Luft selbst schien rings um die prunkvolle Waffe zu beben, als er bedächtig die Parierstange in Augenhöhe hob und langsam hinüber zur Ostseite strebte. Er bezweifelte nicht im Mindesten, dass die Waffe nun, selbst wenn das zuvor durchaus nicht der Fall gewesen sein sollte, als Werkzeug der Magie diente.

Die Kerze an der Ostseite spendete goldgelben Schein, und er ließ ihr Licht gleichsam auch seinem Geist einströmen, als er das Zeremonienschwert emporhob und auf diese Weise der Gegenwart des Allmächtigen, angezeigt durch das ewige Licht überm Altar jenseits des magischen Zirkels, seinen Gruß entbot. Mit einem raschen, kurzatmig gehauchten Stoßgebet um Mut senkte er die Schwertspitze neben der Kerze mit dem gelben Windschirm auf den Fußboden, wandte sich dann ein wenig nach rechts, als er sich anschickte, den Kreis ein drittes und letztes Mal nachzuziehen.

Die magischen Worte, deren es zu diesem Zweck bedurfte, kannte er nicht; er mochte sie auch gar nicht kennen. Stattdessen ließ er aus dem Stegreif sein Herz sprechen, vertraute darauf, dass jene, die seine Worte vernahmen, an ihnen auch seine wohlgesonnenen Absichten ersahen. Es verblüffte ihn selbst, wie fest und sicher die Waffe in seiner Hand lag, wie zuversichtlich und gleichmäßig seine Stimme klang.

»Heiliger Raphael, Heiler, Herr über Wind und Wetter, mögen wir in dieser Nacht in deiner Hut sein und an Geist, Seele und Leib geheilt werden!« Sobald er die rötlich erleuchtete Südseite erreichte, neigte er zum Zeichen der Ehrerbietung das Haupt, derweil des Schwertes Spitze an der Kerze vorüberzog. »Heiliger Michael, Gottesstreiter, Wächter des Paradieses, schütze uns in der Stunde unserer Not!« Er ging weiter, spürte die unerklärliche fortwährende Zusammenballung unfasslicher Gewalten, wusste zugleich – und fand darin irgendwie Trost –, er war ein Teil ihres Quells. Jetzt gelangte er zur Westseite und da war Blau die Farbe, die Färbung von der

Gottesmutter Mantel. Wiederum neigte er im Vorbeistreben das Haupt, seine Lippen regten sich in Anrufung des westlichen Kreishüters, derweil seine Klinge unverändert den geheiligten Kreis beschrieb. »Heiliger Gabriel, himmlischer Herold, verbringe unser Flehen der Mutter Gottes, unserer Jungfrau Maria!« Und weiter trugen seine Schritte ihn in den Norden, wo grün verfärbte Glut gespenstisch von seiner Klinge widerschien. »Heiliger Uriel, Engel des Todes, komm mit Sanftheit, so du kommen musst, lass alle Furcht von diesem Ort entweichen!«

Noch ein halbes Dutzend Schritte und sein Durchmessen von des Zirkels Umriss war vollbracht. Er suchte von neuem die Ostseite auf, mit welcher er den Anfang gemacht hatte, zog dort am Fußboden den letzten Strich, mit dem er den Kreis versiegelte, hob sodann abermals das Zeremonienschwert zum Gruß. Als er nach dieser Geste das Schwert sinken ließ, ganz plötzlich scheinbar um ein Vielfaches schwerer als zuvor in seiner Hand, wandte er sich zugleich um, musterte sie alle, die Teilnehmer des Rituals waren, verharrte für eines Augenblickes Dauer in völliger Reglosigkeit, begab sich dann um ein paar Schritte seitwärts und legte das Schwert längs des Kreises nordöstlicher Krümmung nieder. Anschließend kehrte er, ohne noch irgendwem oder irgendetwas einen Blick zu widmen, zurück an seinen Platz bei seinem Sohn, richtete sein Angesicht auf den Altar und vertiefte sich in die Aufgabe, sein Gemüt erneut mit Ruhe zu erfüllen.

Er hatte es getan. Das Werk nahm seinen Lauf.

Gleich darauf vernahm er, wie in seinem Rücken Evaine herzhaft Atem schöpfte, und er lauschte wie unter einem Bann, als die gleiche Magie wie so viele Jahre zuvor zu wirken anhob.

»Außerhalb der Zeiten weilen wir, an einem Ort abseits des Erdenkreises. Wie unsere Ahnen vor uns taten, treten wir zusammen und sind eins. Bei Deinen Heiligen Aposteln Matthäus, Markus, Lukas und Johannes, bei all Deinen Erzengeln, bei allen Mächten von Licht und Schatten, wir rufen Dich an, beschirme uns und bewahre uns vor allem Übel, oh Allerhöchster! So ist es und ist es immerzu gewesen, so wird es sein für alle künftigen Zeiten. *Per omnia saecula saeculorum.*«

»Amen«, flüsterte Cinhil gleichzeitig mit den restlichen Anwesenden und er fühlte sich mit ihnen allen in wahrer, inniger Gemeinschaft, so wie er sie viele, viele Jahre lang nicht empfunden hatte.

Er schlug das Kreuzzeichen, schloss in stummem Gebet die Augen; doch bei aller Inbrünstigkeit seiner Andacht entging ihm nicht das Rascheln der Gewänder, das sich vernehmen ließ, als die übrigen Mitwirkenden sich ans Weitere machten. Der scharfe Duft von Weihrauch drang in seine Nase, als Evaine mit dem Rauchgefäß an seine rechte Seite trat, und zugleich spürte er unvermittelt, wie sich Alister und Joram an seine Linke begaben.

Er kehrte sich ihnen zu, und Kerzenschein fiel ihm in die Augen, als er aufblickte, zurückgeworfen von der schmalen Klinge des Dolches, welchen Alister quer über den weiß gebrannten, tönernen Becher gelegt hatte, den er in seinen Händen trug. Beunruhigt ergriff Cinhil seinen Sohn an den Schultern und drehte ihn ein wenig seitwärts, fort vom Messer, obwohl er wusste, Alroy würde sich an nichts erinnern, allzu empfindsam hinsichtlich möglichen gegenwärtigen Missbehagens. Mit gelinder Befangenheit nahm er von seiner linken Hand einen schweren Goldring, besetzt mit Granatsteinen; der in die Mitte gelagerte Kabochon-Stein war von kleineren, vielfach beschliffenen Steinen umgeben, welch letztere den Kerzenschein einfingen und in etlichen hundert feurigen Lichtpünktchen widerspiegelten, die auf des Königs dunkler Gewandung tanzten und gaukelten. Er spürte, wie sein Sohn dem Ring benommene Beachtung schenkte, als er das Schmuckstück Joram aushändigte.

»Dieser Ring wird, dementsprechend vorbereitet, der Magie Macht Auslöser sein. Wenn ich dahingeschieden bin und er legt den Ring an, wird er zur Gänze über alle erstrebenswerten Geisteskräfte verfügen. Aber er wird nichts von ihnen ahnen, bis er ihrer bedarf, und noch dann wird er glauben, sie seien eine ihm mit Recht, da er König ist, vom Herrgott gewährte Gabe.«

»Unter den vorausgesetzten Umständen eine verständige, weise Auslegung.« Joram nickte. Mit dem Stück Pergament, das seine Hand hielt, wies er auf den von Alister bereitgehaltenen Becher. »Wir haben uns unsererseits bei diesem Ritual für Wasser statt für Wein entschieden. In Eurem Falle besaß Wein eine besondere Bedeutung, doch dünkt's uns, dass für die Sprösslinge Wasser hinreichende Wirkung tun kann. Es wird die beschworenen Gewalten ebenso verlässlich sammeln und halten … Es sei denn, Sire, das versteht sich von selbst, Ihr wolltet aus grundsätzlichen Erwägungen, gleichwohl welcher Art, Wein den Vorzug einräumen.«

Cinhil schüttelte das Haupt und unterdrückte ein Schaudern, als er sich an jenen Wein entsann, so dunkel und bitter, durchpulst von ungeheuren Kräften. Er holte tief Atem, klärte so seine Sinneswahrnehmung, fasste seines Sohnes schlaffe Hand und blickte in seine grauen, leicht glasigen Augen. »Sohn, verzeih mir, was ich nun vollziehen muss«, sprach er mit leiser, gepresster Stimme. »Was ich tun muss, das vollbringe ich zu deinem Nutznieß und zum Nutzen des ganzen Volkes von Gwynedd. Ich weiß, du kannst das zu diesem Zeitpunkt nicht verstehen, ja, du vermagst nicht einmal zu begreifen, wie dir eigentlich geschieht, aber es ist mein Wunsch, dass du weißt, selbst wenn lediglich auf einer sehr tiefen, ganz und gar dem Bewusstsein fernen Ebene deines Geistes, dass ich – allem zum Trotz, was du von mir an Eindrücken haben magst – dir immerzu und jederzeit ein großes Maß an Fürsorge erübrigte, und niemals täte ich's offenen Auges dulden, dass dir Arges widerfährt.«

Zärtlich strichen seine Daumen über die zwei kleinen Hände, die so still in seinen Fäusten ruhten, dann hob er des Kronprinzen Rechte an seine Lippen und küsste sie. Es verschwamm ihm die Sicht vor seinen Augen, als er den Blick auf das Pergament heftete, welches Joram ihm nun hinhielt, aber es war für ihn überflüssig, die Worte zu lesen, die darauf – weil von eigener Hand verfasst – geschrieben standen.

»So will ich den Beschluss des Herrn verkünden«, sprach er und trug der Psalmen Wortlaut ohne Stocken vor. *»Der Herr sprach zu mir: ›Mein Sohn bist du, ich habe dich heute gezeugt. Erbitte von mir, und ich gebe dir Völker zum Erbe, zu deinem Besitz die Grenzen der Erde.‹«* Erneut blickte er in des Jungmannen Augen, fast zu wähnen geneigt, er könne darin ein wenig Verständnis erkennen, eine gewisse Einsichtigkeit; dann ließ er des Jünglings Linke fahren, ließ sich von Alister den Dolch reichen, prüfte der Klinge Schärfe am eigenen Daumen. »Alroy Bearand Brion Haldane, Kronprinz von Gwynedd, sei dem Dienste am Volk geweiht«, rief er, indem er mit seiner freien Hand Alroys rechten Daumen festem Druck aussetzte. Mit zwei Bewegungen, welche dicht aufeinander folgten, stach er des Dolches Spitze erst in des Jünglings, danach in den eigenen Daumen. Der Prinz zuckte nicht einmal zusammen – er schaute nur nachgerade verträumt zu, wie man zuerst seinen, dann den Daumen seines Vaters, beide blutig, zunächst auf das Pergament, anschließend auf den Ring presste, jeweils nur flüchtig. Während Joram das Pergament in Evaines Kohlenglut warf, säuberte Alister die beiden geringfügigen, harmlo-

sen Stichwunden mit einer Länge Linnen, welche er sodann, als sei's eine Manipel, über den linken Arm legte.

Cinhil sah den frisch entstandenen Rauch des entflammten Pergaments emporkräuseln, sich träge an den Grenzen des wehrwirksamen magischen Zirkels sammeln und daran entlangwallen. Erst als das Pergament nur noch ein Klumpen erloschener Asche auf der Holzkohle war, begann er von neuem zu handeln, nahm diesmal etwas von der Asche zwischen Daumen und Zeigefinger und streute sie auf des Wassers Oberfläche im Becher zwischen Alisters Händen.

»Dem König verleihe Deine Weisheit, oh Gott!«, rief Cinhil. *»Und Deine Gerechtigkeit gib des Königs Sohn!«*

Er nahm den vom Blut benetzten Ring aus Jorams Hand entgegen und ließ ihn gleichfalls in den Becher fallen, bemerkte dabei die Überraschung der anderen, die erst in diesem Augenblick ersahen, wie wortwörtlich er den Begriff eines Blutritus auffasste, aber er duldete nicht, dass ihre Verblüffung ihn beirrte. Irgendwie besaß er die vollkommene Gewissheit, damit einer Notwendigkeit zu genügen, und er wusste, was er des Weiteren zu tun hatte.

Als sie erneut ihre Aufstellung bezogen, Joram links, Alister zur Rechten, fühlte er, wie die eigene Entschlossenheit ihm zusätzliche Kräfte zumaß. Leidenschaftslos empfing er von Alister den Becher und wandte sich damit dem Altar zu, hob den Becher mit beiden Händen ein wenig an, um der Gegenwart des Allmächtigen erneut seine Hochachtung zu bezeugen.

»Oh Gott, Du bist fürwahr Heiligkeit, der Quell alles Heiligen. Voll Zagen und Demut treten wir vor Dich mit unserem Flehen, erbitten wir Deinen Segen und Deinen Schutz für das Werk, das wir in dieser Nacht vollbringen müssen.« Er kehrte sich seinem Sohn zu, senkte den

Becher ein Stück weit, um seine ausgestreckte Handfläche über des Gefäßes Rand zu heben. »So sende nun Deinen heiligen Erzengel Raphael, oh Herr, auf dass er diesem Wasser Geist einhauche und es heilige, und wer davon trinkt, der mag rechtmäßig über des Lüfte-Elements Gewalten gebieten. Amen.«

Noch einen Augenblick länger beließ er seine flache Hand überm Becher, bot unterdessen all seine geballte Willenskraft auf und sein Herz wummerte wuchtig inmitten der unatembaren Stille des umgrenzten, wehrkräftigen Zirkels. Zittrig ließ er die Hand am Becher abwärtsgleiten, um mit ihr und der anderen Faust das Gefäß wiederum beidhändig zu halten, und er spürte, wie im Wasser der Ring gegen die schneeweiße Glasur klirrte. Unvermutet rührte ein plötzlicher Luftzug seine Gewandung, eine Locke seines Haupthaars, wehte eine Schwade scharfrüchigen Rauchs an seiner Nase vorüber, fing mit wachsender Stärke innerhalb der Eingrenzung des Zirkels an zu kreisen. Cinhil erkannte einen Ausdruck von Bestürzung in seines Sohnes Augen, als das Lüftchen sich zu einem Wind steigerte, einem Wirbel, dessen Heftigkeit der Anwesenden Gewänder kraftvoll um ihre Gestalten flattern ließ, ihnen das Haar in die Angesichter wehte, die Mienen, welche sie jedoch nicht seitwärts kehrten, ja, in denen keine Wimper zuckte. Evaines Haube flog ihr vom Scheitel, ihre kunstvoll geordnete Haartracht löste sich, ihr langes Haar fiel herab, derweil zugleich ein Hagel goldener Haarnadeln zu ihren Füßen auf den Teppich prasselte. Rings um die Häupter Jorams und Alisters sträubte sich ihr blondes und erzgraues Haar, als besäßen sie von Leben erfüllte, ruhelose Heiligenscheine, aber keiner der beiden regte sich vom Fleck – beide verblieben sie in regloser Beharrung, die Hände ohne Änderung auf den in Blau und Purpur bekleideten Busen gefaltet, ernstmütig, unerschütterbar –

wenngleich, wie Cinhil beiläufig bemerkte, der Bischof einmal flüchtig die Lider schloss.

Dann war der Sturm mit gleicher Plötzlichkeit vorbei. Bevor man sich recht versah, hatte der Wind eine beträchtliche Menge des angereicherten Rauchs eingefangen und in einer dichten, gewundenen Wolkensäule über dem Becher gesammelt, den Cinhil unverändert in den Händen gepackt hielt. Der König spürte aller anderen Anwesenden Augen auf sich ruhen, fühlte in den Blicken ein gewisses Erstaunen angesichts dessen, dass er zum Erledigen des Werkes, das sie beschlossen hatten, einen so bildhaften Vollzug beschwor. Zur gleichen Zeit aber nahm er eine unterschwellige gefühlsmäßige Anerkennung wahr, eine Billigung, ja, Befürwortung des von ihm gewählten Vorgehens, und da wusste er, die Deryni gedachten seiner Maßgabe zu folgen.

Er beobachtete, wie der Wind sich zu einem kleinen, überaus dichten Luftwirbel zusammenballte, der oberhalb des Bechers schwebte, und er wagte nicht einmal noch zu atmen, als die von unfasslicher Kraft strotzende Rauchsäule herabsank und des Wassers Oberfläche berührte, das Wasser leicht kräuselte, dann so gründlich verschwand, als ob sie verwehe. Sobald der Wasserspiegel wieder völlig ruhig war, als nur das erneuerte Beben von Cinhils Händen ihn erneut in schwache Regung versetzte, machte Cinhil für eines Herzschlags Dauer die Augen zu und übergab den Becher an Joram. Dem Anschein nach ungerührt von allem, was er soeben mit angesehen hatte, verbeugte er sich feierlich, die grauen Augen wie verschlciert, unergründlich. Er streckte den Becher vor den gleichsam bezauberten Alroy hin und bedeckte ihn überm Rand, wie zuvor Cinhil, mit seiner Rechten.

»Oh Gott, Du bist fürwahr Heiligkeit, der Quell alles Heiligen. Wir flehen Dich an, oh Herr, sende uns Deinen heiligen Erzengel Michael, den Segensreichen und Meister des Feuers, auf dass er diesem Wasser die Glut Deiner Liebe einhauche und es heilige, und wer davon trinkt, der mag rechtmäßig über des Feuer-Elements Gewalten gebieten. Amen.«

Ein Augenblick verstrich, für dessen Dauer er seine Hand noch überm Becher beließ, dann bewegte er sie ein wenig seitwärts, hielt sie jedoch nach wie vor in des Bechers unmittelbarer Nähe. In der Wölbung seiner Hand leuchtete ein Feuer auf, eine Flamme in Gestalt einer goldenen Sphäre sowie von eines Hühnereis Größe, die eine Spanne hoch über dem Becher schwebte. Die Flamme, obwohl also keineswegs sonderlich groß, brauste wie die Lohe einer Schmiede, erfüllte des magischen Zirkels Inneres mit Schwingungen ungeheurer Mächtigkeit. Einige Herzschläge später drehte Joram die Hand sachte abwärts und es sah ganz so aus, als drückte er auf diese Art und Weise die feurige Sphäre ins Wasser. Dampf stieg mit Gezische auf, das Wasser brodelte einen Augenblick lang, beruhigte sich dann wieder, derweil die Flamme sich in einen kalten blauen Schimmer verwandelte, der unter der Wasseroberfläche und an dessen Rand sich festsetzte wie eine dünne Haut, kaum fürs bloße Auge sichtbar.

Behutsam und ehrerbietig wandte sich Joram seiner Schwester zu und bot den Becher ihr dar. Mit geschwinder, anmutiger Gebärde warf sie ihr langes, vom Sturmwind zerzaustes Haar aus der Stirn, nahm das Gefäß entgegen, lehnte es für ein flüchtiges Weilchen an ihren Busen, derweil sie einen andächtigen Blick ins Wasser senkte.

Dann hob sie den Becher in demütiger, inbrünstiger Anrufung in die Höhe, richtete den Blick nunmehr auf und in den bläulichen Glanz, welcher aus dem Gefäß schimmerte.

»Oh Gott, Du bist fürwahr Heiligkeit, der Quell alles Heiligen. Wir bitten Dich, oh Herr, sende zu uns Deinen heiligen Erzengel Gabriel, der den wütigen Wassern befiehlt, auf dass er in diesen Becher das Wasser Deiner Weisheit regnen lasse und es heilige, und wer davon trinkt, der mag rechtmäßig dem Wasser-Element gebieten. Amen.«

Zunächst herrschte nach ihren Worten nichts als Stille, während in der Luft eine gewaltige Spannung anwuchs. Dann zuckten über den Häuptern der Beteiligten Blitze, Donner rumpelte und überm Becher entstand eine kleine dunkle Wolke.

Ein Keuchlaut entfuhr Cinhil und seine Gefasstheit geriet angesichts dessen, was Evaine da heraufbeschworen hatte, zeitweilig ins Wanken, doch da die anderen Teilnehmer sich nicht rührten, regte auch er sich nicht. Helligkeit umwaberte Evaines Antlitz und der Blick ihrer blauen Augen galt nichts anderem als dem Ergebnis ihrer magischen Beschwörung.

Wieder ertönte Donner, diesmal jedoch leiser und weniger bedrohlich, und da begann aus der kleinen Gewitterwolke ein leichter Regen zu fallen, dessen Tropfen größtenteils in das Gefäß troffen, doch trafen einige wenige Tröpfchen auch die Umstehenden. Cinhil fuhr zusammen, als ein erster Tropfen ihm ins Angesicht spritzte, und er musste mit dem nahezu unwiderstehlichen Drang ringen, sich aus lauter Grausen zu bekreuzigen; doch der Regen endigte, kaum dass er recht angefangen hatte. Gleich darauf wirkte der Becher in Evaines Händen geradeso wie zuvor, aber er war nun etwa einen Fingerbreit voller; an seiner Außenwand hatten sich auf der Beschichtung Tröpflein niedergeschlagen, winzigen Perlen gleich, und ein wenig Nässe träufelte auf den kostbaren kheldischen Teppich, als Evaine das Gefäß mit einem Neigen ihres Hauptes an Alister weiterreichte.

Cinhil tat erneut einen tiefen Atemzug, als Alister in den Becher blickte, ihn danach mit beiden Händen in Augenhöhe erhob, gleichzeitig seine Aufmerksamkeit voll auf eine Stelle mitten in der Luft über ihren Häuptern richtete, dorthin, wo sich just vorher die kleine Wolke gezeigt hatte.

»Oh Gott, Du bist fürwahr Heiligkeit, der Quell alles Heiligen. Wir erflehen, oh Herr, sende uns Deinen heiligen Erzengel Uriel, Deinen Boten der Dunkelheit und des Todes, auf dass er in dieses Wasser alle Geheimnisse und alle Kräfte der Erde gebe und es heilige, und jeder, der davon trinkt, mag rechtmäßig über des Erd-Elements Gewalten gebieten. Amen.«

Augenblicklich begann das Gefäß in Cambers Händen zu beben, der Ring auf des Bechers Grund geriet in ein unablässiges Zittern und Klirren, das Wasser hob an zu wallen, sodass es über den Rand zu schwappen drohte. Anfangs vermeinte Cinhil, es seien Alisters Hände, die da so schlotterten, so wie es ihm selbst am heutigen Abend auch schon ergangen war; doch dann bemerkte er, indem alle gleichzeitig es merkten, dass andere Dinge ebenso zu zittern und zu rattern begonnen hatten, dass sogar der Boden unter ihren Füßen wankte.

Das Gebebe schwoll an, bis Cinhil befürchtete, selbst die Altarkerzen müssten niederstürzen, wo sie standen. Da jedoch verebbte das Zittern so schnell, wie es eingesetzt hatte. Alister reckte den Becher noch höher empor und neigte zum Beweis seiner Ehrerbietung vor jener Macht, welche sich soeben durch seine Hände bemerkbar gemacht hatte, tief das Haupt, dann senkte er das Gefäß und heftete seinen Blick auf Cinhil, bot den Becher dem König an.

»Der Becher ist bereit, Sire«, sprach er mit leiser Stimme. »Alles andere liegt in Eurer Hand.«

Bedächtig, das Gemüt von klargeistiger Sachlichkeit

erfüllt, nicht länger von irgendwelchem Bangen verunsichert, ergriff Cinhil das Gefäß, hielt es dicht vor seiner Brust, beugte den Nacken und sprach letztmals bei sich ein demutsvolles Gebet. Vor ihm hatte Alroy zu zittern angefangen und ein Wimmern ausgestoßen, und wenngleich er sich nicht bewegte, konnte Cinhil, als er in des Kronprinzen grauen Augen las, darin Furcht und Bangen erkennen. Seine Hände bewahrten Festigkeit, als er den Becher zwischen sich und Alroy anhob.

»Alroy, du bist mein Sohn und Erbe«, sprach er. »Trink! Durch dieses Geheimnis wird dir die Macht zu Eigen, deren Besitz dein gottgegebenes Recht als künftiger König dieses Reiches ist. Und auf gleiche Weise sollst du deine Söhne einweihen, falls es einstmals dazu kommt.«

Langsam hob der Jüngling die Hände zu denen seines Vaters, nahm den Becher an die Lippen und trank einmal, zweimal, dann nochmals. Er erschauderte, als Cinhil ihm den Becher entzog und an Joram weitergab, schloss die Lider und begann nunmehr noch heftiger zu beben, als die *Geas* ihn heimsuchte. Gleichmütig, durch und durch gefasst, rührte Cinhil mit seinen Händen an des Jungmannen Haupt, erkundete mit seinen deryniähnlichen Sinnen des Prinzen Geist, entdeckte nun, nachdem der Becher seine Wirkung tat, endgültig keinerlei Widerstände mehr. Er vertiefte die Geistesverbindung, brachte in Alroy das volle Erwachen seiner gesamten Haldane-Machtfülle zur Entfaltung, prägte des Prinzen Geist unwiderstehliche Beweggründe und Maßstäbe ein, die sein ganzes Leben lang vorhanden bleiben und ihn bei der vernunftvollen Anwendung der verliehenen Gaben leiten sollten. Der Jüngling schrie auf, entäußerte einen sogleich erstickten Laut der Pein und Furcht, aber Cinhil wagte nicht nachzulassen. Obschon der Prinz unterm Andrang von seines Vaters gewaltiger Willenskraft taumelte, erneut aufstöhnte, als zur Abrundung letzte bedeutungsvolle Regeln und Werte in seinem Gemüt Anker warfen, verminderte Cinhil den Strom an geistigen Gewalten, den er ihm zufließen ließ, nicht im Geringsten, bis er die Aufgabe bewältigt hatte. Dann jedoch drückte er den Sohn an die Brust, barg den rabenschwarzen Schopf an seinem Busen, hielt den Prinzen umarmt und stützte ihn, bis Alroy in Bewusstlosigkeit sank. Er verhehlte die Tränen nicht, welche nun, für alle sichtbar, seine von Müdigkeit gezeichneten Wangen hinabrannen.

»Sire?«, sprach Alister ihn mit kaum vernehmlicher Stimme an.

»Noch nicht.«

Cinhil behielt seinen Kronprinzen noch für ein Weilchen länger in seinen Armen, zog seinen Verstand und dessen Wirkungsmittel mit umsichtiger Langsamkeit aus Alroys Geist zurück, merzte jede bewusste Erinnerung an das, was nun hier geschehen war, aus seinem Gedächtnis aus, linderte die letzten Nachwehen des Schmerzes. Zum Schluss schlang er die Arme enger um die erschlaffte, schmächtige Gestalt, hob den Jüngling auf, hielt ihn mit merklicher Mühseligkeit auf den Armen. »Er wird nun schlafen«, sprach er leise, unternahm gleichzeitig einen halbherzigen Versuch, sich die Tränen am Ärmel abzuwischen. »An nichts von allem wird er sich zu erinnern vermögen, bis der Tag anbricht, da eine unabänderliche Notwendigkeit bestehen sollte. Selbst dann wird er sich nicht auf die Ereignisse dieser Nacht besinnen können, es sei denn, der Fall tritt ein, dass er eines Tages seinem Sohn den gleichen Dienst erweisen muss.« Er holte tief und mühsam Atem, senkte sein Angesicht in des Jünglings nachtschwarzes Haar, sodass es seine Stimme dämpfte, als er weiterredete, und ihr einen dumpfen Klang verlieh. »Alister«, ergänzte er, »wolltet Ihr wohl so hilfreich sein und mir einen Durchlass auftun, sodass ich ihn zu Rhys bringen kann? Ich befürchte, ich habe zu viel an meinen Kräften gezehrt. Steht mir bei!«

Er bemerkte, wie der Bischof geschwinden Schrittes zur nordöstlichen Begrenzung des Kreises strebte und sich nach des Zeremonienschwertes Klinge bückte. Zum Zeitpunkt, als der König in langsamem Schlurfgang an seines alten Freundes Seite gelangte, stützten ihn an seinen Ellbogen längst Evaine und Joram, hatte Alister ihm wunschgemäß einen Durchlass geöffnet, war er mit gesenktem Schwert beiseite getreten, und Rhys streckte bereits die Hände aus, um den besinnungslosen Alroy in Empfang und seine fürsorgliche Obhut zu nehmen.

Mit zärtlicher Behutsamkeit übergab Cinhil den Jungmannen in des Heilers Aufsicht, dann sank er außerhalb des Zirkels auf die Knie nieder, zwang sich dazu, langsam und zugleich nicht zu tief Atem zu schöpfen, denn das Allerletzte, was er jetzt gebrauchen konnte, war ein Hustenanfall. Er wartete, während Rhys seinen Sohn auf ein Fell bettete, seinen Zustand begutachtete, danach Joram ein Zeichen gab, dass er kommen und Javan holen möge, ihn ins Innere des Zirkels verbringen. Derweil Joram mit dem anderen Jungmannen den magischen Kreis aufsuchte, kam Rhys, noch auf den Knien, an Cinhils Seite gerutscht. In ernster Besorgnis berührte seine Heilerhand Cinhils Arm.

»Majestät, seid Ihr wohlauf?«

»Mit Eurer Hilfe werde ich durchstehen können, was ich ertragen muss. Doch ich bedarf Eurer Stärke, Rhys.«

»Wie lautet Euer Begehr, Sire?«

Für eines Augenblicks Dauer schloss Cinhil die Lider. »Es gibt da … eine derynische Magie zum Verscheuchen von Ermüdung und Schwäche. Ich … kenne sie, aber habe mich ihrer noch nie bedient.« Er schwieg für eines Herzschlags Pochen. »Wollt Ihr mir nun beistehen, sie zu bewirken?«

»Das ist gefährlich. Ihr dürftet Euch dessen wohl bewusst sein. In Eurer geschwächten Verfassung …«

»In meiner geschwächten Verfassung muss ich gewisslich sterben, wenn ich versuche, was ich zu tun habe, dabei jedoch nicht über die besagte Unterstützung verfüge«, schalt Cinhil den Heiler kraftlos aus. »Ans Werk, Rhys! Ihr wisst, ich bin dem Tod ohnehin nahe. Lasst mich zumindest tun, was ich vollbringen muss, ehe ich scheide. Sollte ich diesen Kreis nicht als Lebender wieder verlassen, so ist's ohne Bedeutung, solange ich nur zuvor meine Aufgabe erfüllt habe. Von höchster Bedeutung ist's jedoch dagegen, dass ich meine Aufgabe erfülle. Ohne Euren Beistand aber kann ich's nicht.«

In Rhys' bernsteinbraunen Augen zeigte sich eine Regung von Mitleid, dann drückte er zum Zeichen des Einverständnisses die königliche Hand.

»Nun wohl, mein Gebieter! So's Euer Wille ist, soll diese Hilfe Euch zuteil werden. Eröffnet mir Eure Seele und lasst mich damit eine geistige Verbindung eingehen. Ich verspreche Euch, Ihr werdet die Kräfte erhalten, derer es bedarf, um Eure Aufgabe mit Gewissheit zu vollenden – und Ihr werdet keinerlei Beschwerden empfinden.«

7

Ehe der silberne Strick zerreißt … Zur Erde kehrt wieder der Staub, wie er war, und der Geist kehrt zurück zu Gott, der ihn gab.

Prediger 12,6–7

Auf Cinhils Nicken hin tat Rhys einen ergiebigen Atemzug und ließ sich in eine Trance sinken, schloss aber noch nicht die Augen. Seine Linke glitt an Cinhils Hals empor, der Daumen verweilte sachte hinter des Königs rechtem Ohr, derweil er zur gleichen Zeit die andere Hand auf Cinhils Stirn legte, das Gewicht dieser Hand des Königs müde Augen zum Zufallen bewog. Für ein kurzes Weilchen noch sammelte der Heiler nur seine Kräfte, dann tasteten seines Verstandes Deryni-Sinne nach des Königs Geist, und er flocht ein unsichtbares Band, übte auf Cinhil einen besänftigenden Einfluss aus, auf dass er sich vollständig den Maßnahmen des Heilers füge, und unterdessen fühlte er des Königs allmähliches, bekümmertes Nachgeben.

Rhys war sich, derweil er seine Tätigkeit aufnahm, der Gegenwart Cambers und Jorams bewusst, die hinter Cinhil an des Zirkels Durchschlupf harrten und zusahen, ebenso der Anwesenheit seiner Gemahlin, die bei Javan kniete und die ihrer Haartracht entfallenen Haarnadeln aufsammelte. Auf einer abseitigen geistigen Bahn erreichte ihn eine stumme Nachfrage Cambers bezüglich Cinhils Zustand, doch war es ihm gegenwärtig lediglich möglich, dem Magister einen flüchtigen Blick zuzuwerfen und kaum merklich das Haupt zu schütteln, und dieser Blick und ein blitzartiger Gedanke verrieten Camber alles, was er über des Königs Aussicht, beim weiteren Betreib solcher verschleißstarker

Unterfangen die heutige Nacht zu überleben, wissen musste.

Jedoch gab es, was Cinhils selbst auferlegtes Todesurteil anbetraf, kein Zaudern, erst recht kein Zurückschrecken. Sowohl Camber wie auch Rhys waren sich darüber voll und ganz im Klaren. Der Beistand, um den Rhys vom König gebeten worden war, würde vollauf dem beabsichtigten Zweck genügen, Cinhil ausreichende Kräfte für die beiden anderen noch zu vollziehenden Weihen zu schenken, doch musste diese Unterstützungsmaßnahme die restliche Lebenskraft des Königs über jede Möglichkeit der Erneuerung hinaus aufzehren; aber so und nicht anders wollte es der König. Und Rhys, dessen Berufung eigentlich lautete, Leben zu verlängern, musste nun eine Handlung begehen, welche ein Leben zwar bereichern, zugleich allerdings verkürzen musste. Dennoch fühlte Rhys sich dazu imstande, Verständnis zu hegen.

So ließ er sich, Cinhils Willen fügsam, in tiefere geistige Gestade der Trance entgleiten, mit Cinhil unablässig verbunden, und er verdrängte Cinhils Pein, verscheuchte die Ermüdung, vermittelte ihm an Stärkung, so viel er als Heiler bewirken konnte. Er vermochte mehrere geringfügigere örtliche Heilungen zu bewerkstelligen, die Cinhil entlasteten und ihm Erleichterung verschufen, besaß jedoch gänzliche Klarheit darüber, dass sie nur für sehr kurze Zeit anhalten würden, da dem König weitere übergroße Anstrengungen unmittelbar bevorstanden. Sobald Cinhil sein Werk an Javan getan hatte, mochte es Rhys durchaus möglich sein, erneut heilerische Anwendungen bei ihm zur Geltung zu bringen, ihm wiederum ein wenig zusätzliche Zeit zu schenken, doch damit war dann ohne Zweifel die Grenze des Machbaren erreicht, für ihn ebenso wie für Cinhil. Nach der dritten Weihe musste es ausgeschlossen sein, sich länger für des Königs Leben verbürgen zu können.

In aller Ruhe und mit umsichtiger Behutsamkeit verrichtete er, was er zu tun hatte, dann löste er Hände und Geist von Cinhil, schlug die Augen auf. Für die Dauer etlicher Herzschläge regte Cinhil sich nicht, doch als er schließlich seinen Blick zu Rhys hob, erregte er einen nachgerade kraftvollen Eindruck. Ein andeutungsweises Lächeln teilte seinen in Grau gemaserten Bart, dann lächelte er gar breiter, als er die wieder erhöhte Belastbarkeit seines Leibes, die ermutigende neue Handlungsfähigkeit seines Körpers erkundete.

»Fürwahr, Heiler vermögen in der Tat Mirakel zu wirken«, äußerte er leise, derweil in seinen grauen Augen tief empfundene Dankbarkeit leuchtete. »Was für ein Tor ich war, jemals daran gezweifelt zu haben. Ich danke Euch, mein Freund. Ihr habt mir und Gwynedd in dieser Nacht einen unschätzbaren Dienst erwiesen.«

Als er, nachdem er sich erhoben hatte, in den magischen Kreis zurückkehrte, traten Joram und Camber am Durchlass beiseite und verbeugten sich; Camber und Rhys wechselten einen erneuten, bedeutungsvollen Blick, während der Deryni-Magister an einer Seite des Durchschlupfs die Schwertspitze ansetzte und den Kreis, indem er sie über den Fußboden zog, von neuem versiegelte.

Rasch überprüfte Rhys den Zustand seiner beiden übrigen Schutzbefohlenen; der eine Jüngling war noch besinnungslos, doch begann er sich bereits von den durchgemachten Anstrengungen zu erholen, die Besinnungslosigkeit ging allmählich in herkömmlichen, wenngleich durch die Drogen vertieften Schlaf über; der andere Jüngling ruhte noch in gänzlicher Unkenntnis all dessen, was noch vor ihm lag. Anschließend widmete Rhys seine Aufmerksamkeit wieder dem magischen Zirkel. Durch die Verschleierung, welche die zu des Kreises Aufrechterhaltung aufgebotenen Gewalten bewirkten, konnte er die Gestalten im Innern nur undeutlich erkennen, trotz ihrer Schemenhaftigkeit aber ihre Bewegungen unterscheiden und somit ihre weitere Tätigkeit mitverfolgen.

Er sah die schattenhafte Gestalt, die kein anderer war als Camber, erneut das Messer bringen, sah Cinhil es ergreifen und in den Daumen Javans stechen, der in ihrer Mitte stand, ohne Gegenwehr zu leisten. Joram hielt das zweite Pergament und das von unfassbaren Kräften erfüllte Wasser in seinem Gefäß bereit und Cinhil beträufelte beides mit je einem Tröpfchen von des Jünglings Blut.

Neuer Rauch quoll aus dem Rauchgefäß empor, als auch dieses Pergament darin verkohlte, doch vermochte Rhys den Qualm nicht zu riechen. Auch allen Geräuschen und Lauten im Innern des Zirkels widerfuhr eine Dämpfung, welche ihnen einen nahezu andersweltlichen Klang verlieh, als kämen sie aus anderen Gefilden als jener wirklichen Welt, wo Rhys außerhalb des Kreises kniete.

»Außerhalb der Zeiten weilen wir, an einem Ort abseits des Erdenkreises …«, entsann sich Rhys an Evaines Worte. Freilich, er hatte es so erwartet. Schon oft war er selber innerhalb eines Magie-Kreises gewesen und die Ausübung ritueller Magie war ihm beileibe nicht fremd, zumal seit seiner nun schon viele Jahre lang beständigen Eingebundenheit in die MacRorie-Sippe. Aber noch nie zuvor hatte er draußen gestanden und versucht zu beobachten, was sich drinnen zutrug. Dieses neuartige Erlebnis brachte ihn ein wenig aus seiner gewohnten Ruhe.

Außerhalb der Kapelle ließen sich all die üblichen Geräusche einer Königsburg bei Nacht erlauschen; innen jedoch schien es all die Schnödheit der Welt gar nicht zu geben. Man hätte vermeinen können, das magische Rund sauge Licht und Laute gleichermaßen auf wie ein großer Schwamm, stumpfe alle herkömmlichen Wahrnehmungen ab, wie um die Sinne für die Wahrnehmung des *anderen umso* empfänglicher zu machen.

Für den Augenblick regelrecht in den Bann der Magie gezogen, richtete sich Rhys langsam auf, denn die Prüfung von Javans Weihe stand nun dicht bevor. Er wusste, dass die Gefährten im Innern des Kreises die vorherige vierfache Beschwörung nicht zu wiederholen brauchten. Das Ritual war von erweiterungs- und ausbaufähiger Natur, es hatte seine Wirkung auf Javan, nur indem gleichfalls sein Blut in den von Magie-Gewalten strotzenden Becher troff; dadurch verwob man seine Seele in einer Art und Weise mit den Erfordernissen der Thronfolge, wie bloße Abstammung es nie und nimmer gewährleisten konnte. Wenn Javan aus dem Becher trank, flossen ihm all jene unwiderstehlichen inneren Beweggründe und Antriebe zu, mit welchen Rhys, Camber, Evaine und Joram zwölf Jahre zuvor Cinhil ausgestattet hatten, und überdies der Wille Cinhils selbst, der Urheber war und Lenker dieses Rituals.

Und falls die Zeit kam, da Alroy, älter als seine Brüder, ohne männlichen Erben starb, so vermochte sich auch Javan, indem er seines Vaters Ring anzog, das königliche Haldane-Erbe nichtmenschlicher Geistesbefähigungen anzueignen. Selbiger Ring lag noch immer auf dem Grund des Bechers, den Cinhil soeben seinem Sohn hinstreckte, getaucht ins Wasser, das zudem nicht allein das Blut von nun drei Haldanes und Asche enthielt.

Dreimal trank Javan; dann händigte Cinhil das Gefäß Joram aus und legte seine Hände auf des Prinzen Haupt. Des Jünglings Körper erstarrte wie in einem Krampf, als Cinhil den Jungmannen seinem königlichen Willen unterwarf.

Für einige, nicht unbeträchtliche Zeit rührte sich innerhalb des Zirkels nichts, ausgenommen die schmale, schlanke Gestalt Javans, der schwächliche Versuche der Auflehnung wider die ihm aufgedrängte Macht unternahm. Cinhil drückte ihn fest an seine Brust, während er nichtsdestotrotz seine unerbittlichen Maßgaben vollzog; endlich hob er das Haupt, und Joram fing den Jüngling auf, als er umzusinken drohte. Da fiel Cinhil ermattet auf Hände und Knie.

Sofort eilte Camber zu des Zirkels Umgrenzung und hob geschwind das Schwert vom Fußboden auf, schuf in des Kreises Rund abermals eine Bresche. Kaum war die Lücke entstanden, sprang Rhys in den Kreis, verweilte nur einen Herzschlag lang, um eine Hand auf des ohnmächtigen Javans Stirn zu legen und sich davon zu überzeugen, dass der Prinz unbeschadet sei, dann ließ er sich neben dem erschöpften Cinhil auf die Knie nieder. Er schlang einen Arm um des Königs Schultern und stützte ihn, presste zugleich der anderen Hand Fingerkuppen an ein königliches Handgelenk, um den Pulsschlag festzustellen, zutiefst besorgt, furchtsam vor dem, was seine nächste Untersuchung Cinhils zeigen möge. Cinhils Lider zuckten schwach, dann schaute er Rhys an.

»Ich hab's diesmal gerade noch mit knapper Not geschafft, stimmt's?«, röchelte er und unterdrückte ein Husten. »Nun müsst Ihr mich dies letzte Mal hindurchgeleiten, Rhys, anders dürfte es nicht mehr möglich sein. Noch nie habe ich Euch um etwas von derartiger Wichtigkeit gebeten.«

In Rhys' Armen schien Cinhils Leib nunmehr noch leichter, noch weit gebrechlicher zu sein denn je zuvor, und Rhys war sich darüber im Klaren, dass der König sich mit dem erheblichen Kräfteaufwand, dessen es zur Bewältigung seiner Aufgaben bedurfte, buchstäblich aufzehrte; mit ebensolcher Klarheit wusste er jedoch, dass nichts ihn dazu bewegen konnte, nun aufzuhören und sein Leben zu schonen. Rhys tastete mit einer Hand an Cinhils Hals nach dem Pochen des Blutes – es klang bedrohlich schwach, war zugleich unnatürlich schnell –, hob selbige Hand sodann an die Seite von des Königs Haupt, spürte dort das Ansteigen von Fieber, das Verlodern von Cinhils Lebenslicht in einer heftigeren, wilderen Glut, als ein so alter Mann sie für selbst nur beschränkte Frist aufrechterhalten konnte.

»Ich weiß, Sire«, antwortete Rhys mit leiser Stimme, hielt den König in seiner Umarmung umfangen, erfüllte sich selbst mit Fassungskraft und übertrug gleichzeitig durch eine heilerische geistige Verbindung Ruhe auf Cinhil. »Eröffnet Euch mir voll und ganz, lasst mich das Meine tun. Ihr *werdet* durchzuhalten vermögen, was Ihr Euch vorgenommen habt, darauf mein Wort. Entspannt Euch ganz und gar, lasst mich für ein Weilchen wirken und die Marter Eurer Bürde von Euch nehmen.«

Cinhil tat wie geheißen, ließ seine Anspannung dahinschmelzen und diesmal fielen seine geistigen Schilde noch schneller. Mit nachdrücklicher, gleichmäßiger Kraft trug Rhys sich selbst und den König in noch tiefere, dem Innersten der Seele noch nähere Ebenen hinunter, breitete seine heilerischen Einflüsse auf ihrer beider Innenleben aus, vertrieb Cinhils Pein und Müdigkeit noch einmal, unterdrückte das Aufbegehren des gequälten königlichen Fleisches, das nun schon zu oft aufs Äußerste hatte leiden müssen, und bei alldem ersah er, dass das Schlimmste nunmehr eintrat, dass Cinhils Sterben bereits unwiderruflich einsetzte.

Er ließ Cinhil für eine Weile in wohltätiger Selbstvergessenheit schweben, verzahnte seine Heilkräfte mit Cinhils Leib und Seele, wehrte alles Unbehagen, allen Schmerz von ihm ab und vermied es, an das unausweichlich Nachfolgende zu denken, darum bemüht, im Großen und Ganzen überhaupt nichts noch zu denken. Nachdem Cinhil geschieden war, würde sich Zeit genug zum Grübeln finden …

Und außerhalb von Rhys' Gedankenwelt stand Camber ruhig am Durchlass, die Hände auf des Zeremonienschwertes Parierstange gestützt, verfolgte die oberflächlichen Schichten von Rhys' Erwägungen und Empfindungen mit, fühlte mit dem Heiler, fühlte ebenso mit Cinhil, die beide wussten, welches der Preis dessen war, was sie da taten.

Kein Laut störte die vollkommene Ruhe und Stille innerhalb des magischen Zirkels. Nun vermochte man nicht einmal, da Rhys den König unter vollständiger Einflussnahme hatte, noch Cinhils Atmen zu hören. Die anderen Beteiligten befanden sich draußen bei den drei Prinzen; Joram und Evaine gaben auf die Sprösslinge Acht, bis Rhys den ihm zugewiesenen Platz als ihr Beaufsichtiger wieder einnehmen konnte. Ab und zu widmete Evaine durch des Zirkels zeitweilige Bresche ihrem Gemahl einen kurzen, wachsamen Blick, doch weder sie noch Joram rührten sich von der Stelle, bis jene im Innern des Zirkels sich wieder zu regen begannen, Rhys – sichtlich in Mitleidenschaft gezogen – das Haupt hob, dann dem nun sonderbar friedvollen Cinhil auf die Beine half.

Da erst richteten sich auch Evaine und Joram erneut auf und Joram nahm Rhys Michael, der unverändert schlummerte, auf seine Arme. Niemand äußerte ein Wort, als Rhys den Kreis verließ, dagegen Evaine und Joram ihn mit dem Prinzen betraten, doch Rhys verharrte kurz, um des nach ihm getauften Jünglings Stirn anzurühren, dahingehend auf dessen Geist einzuwirken, dass er zum rechten Zeitpunkt auf Jorams Einflussnahme ansprach.

Sobald Rhys von neuem an seinem Platz zwischen den zwei anderen Jungmannen stand, bedachte Camber ihn mit einer knappen Verneigung, zog sodann des Schwertes Spitze über die Schwelle der Bresche, versiegelte den Kreis auf diese Weise wiederum. Bedächtig ließ er sich Zeit, als er sich hinabbeugte, um die Waffe neben des Zirkels Umgrenzung wieder am Fußboden abzulegen, sich aufrichtete, langsam an Cinhils rechte Seite zurückkehrte, im Vorbeigehen den silbernen Dolch von der Tischplatte nahm und auf die flache Hand legte.

Joram versetzte den außerordentlich schlafbedürftigen, übermüden Rhys Michael in einen Zustand der Halbwachheit, sprach mit gedämpfter Stimme auf ihn ein, als es dem blutjungen Jungmannen zu guter Letzt gelang, wenngleich noch durch die Hand Jorams unter einer Elle gestützt, aus eigener Kraft aufrecht zu bleiben. Cinhil sah mit tiefgründigerem Gemütsfrieden zu, als er zuvor im Lauf des Abends gezeigt hatte, und Camber war mit noch größerer Sicherheit als vorher davon überzeugt, dass des Königs Hinscheiden nicht noch viel länger auf sich warten lassen werde.

Der König, so viel stand fest, fand zur Genüge Kräfte, um seine Absichten zu verwirklichen. Camber wusste, Rhys hatte verhindert, dass weiterhin aus seinem Körper die Warnzeichen des Schmerzes in sein Bewusstsein vordrangen, auf dass der König sein Werk ohne jegliche Behelligung und Ablenkung verrichten könne, bis zum Ende – und Cinhil fügte sich vollauf zufrieden in diesen Ablauf. Mit einem sanftmütigen Lächeln, das vollkommenes innerliches Einiggehen bezeugte, eine vorbehaltlose Anerkennung und Würdigung dessen, für was sich Cinhil entschieden hatte, legte Camber seine Hand für einen flüchtigen Augenblick auf die königliche Schulter, nahm Cinhils inwendiges Aufwallen von Wohlwollen wahr, von Zuneigung.

Dann bezog Evaine hinter Rhys Michael Aufstellung, das Rauchgefäß stieß scharfe Dünste aus und Joram brachte den Becher sowie das dritte Stück Pergament.

Letztmalig nahm das nun schon gleichsam eingeübte,

bereits vertraute Ritual seinen Lauf, bis Cinhil auch die dritte Weihe vorgenommen hatte. Er stand dem Altar zugewandt da, den Becher zwischen beiden Händen hoch erhoben. Für ein ausgedehntes Weilchen verharrte er reglos in dieser Haltung, das Haupt weit in den Nacken zurückgebogen, die Augen in stummer Anrufung des Allerhöchsten geschlossen. Dann senkte er das Gefäß bis in Augenhöhe, danach in Brusthöhe, kehrte sich zuletzt nach Rhys Michael um.

Camber, der genau beobachtete, wie Cinhils Blick auf seinen Sohn fiel, erkannte des Jünglings sofortiges Vertrauen, seine sofort vorhandene Entschlossenheit, welche gänzlich im Gegensatz standen zur verkrampften Bangigkeit, die man den zwei anderen Prinzen hatte anmerken können. Plötzlich begriff Camber, dass er hier, zum Wohl oder zum Übel, Gwynedds Zukunft vor sich sah, da, in diesem jüngsten Kind Cinhils. Von einer blitzartigen Hellsichtigkeit heimgesucht, schaute er vor seinem geistigen Auge ganz urplötzlich einen älteren Rhys Michael, wie er Gwynedds Thron bestieg, sah an seiner Seite ein junges Weib mit lohbraunem Haar, das die Krone der Königin von Gwynedd trug. Irgendetwas an diesem mädchenhaften Weib kam Camber vertraut vor, doch weiter ging seine Einsicht nicht. Sein hauptsächliches Interesse galt ohnehin dem jungen König, der – in diesem Gesicht Cambers – nicht älter sein konnte als fünfzehn oder sechzehn Lenze, auf jeden Fall aber alt genug, um ohne die Beschränkungen durch der Königlichen Regenten Festlegungen herrschen zu können, die zuvor noch seine älteren Brüder plagen mussten.

Und was war mit diesen seinen älteren Brüdern? Wenn Cambers in die Zukunft gerichtetes Gesicht nur ein gewisses Maß an Wahrhaftigkeit aufwies, so waren sowohl Alroy wie auch Javan zu einem frühen Tod verurteilt – sollten ihnen keine männlichen Erben nachfolgen, falls sie in der kurzen Zeitspanne, die ihnen auf Erden zugemessen war, überhaupt die Gelegenheit zum Hochzeiten fanden. Und sollten diese zwei Prinzen fürwahr so jung sterben, welche schweren Wirren mochten da wohl vor Gwynedd liegen, dass das Reich drei Könige in zwei Mal so viel Jahren verlieren musste?

Mit so schlagartiger Urplötzlichkeit, wie das hellsichtige Erleben ihn befallen hatte, verließ es Camber wieder, und als Nächstes sah der Bischof, wie Cinhil den Becher Rhys Michael entgegenstreckte, und er fragte sich insgeheim, ob dieses sonderliche Gesicht ihm tatsächlich gekommen sei oder ob bloß Wachträumereien, von Wünschen geprägt, ihn in seinem Denken und Fühlen beirrt hatten. Langsam hob der Jüngling nun die Hände, bedeckte damit jene seines Vaters. Obschon der Prinz seine Bewegungen umständlich und mit einiger Ruckhaftigkeit vollführte, erklärlich durch die Drogen in seinem Blutkreislauf und auch den ausgeübten geistigen Einfluss, machte sein Verhalten durchaus den Anschein, als beruhten seine Handlungen in gleichem Maße auf innerer Freiwilligkeit wie auf äußerer Beeinflussung. Er beugte sich gar ein wenig vor, als Cinhil ihm das Gefäß an die Lippen hob, und er trank ohne das geringste Zaudern. Camber konnte die Muskelstränge in des Prinzen Kehle sich regen sehen, während der Jüngling den Becher ansetzte und einmal, zweimal, dreimal einen langen Zug aus dem Gefäß nahm, und das dritte Mal leerte er den Becher bis auf den Grund, sodass der darin befindliche Ring mit leisem Geräusch innen über die Glasur klirrte.

Das vollbracht, ließ der Jungmanne die Arme sinken, schwankte leicht auf den Füßen, derweil sein Vater den Becher eilends abgab und näher trat. Camber fühlte, wie zwischen Vater und Sohn eine ungeheure Spannung aus geistigen Gewalten anschwoll, ein Feld gebändigter, geballter Riesenkräfte schuf, das zwischen den beiden, unmittelbar bevor Cinhils Hand seines Sohnes Haupt anrührte, beinahe einen Bogen aus Licht schlug. Rings um das Paar schien die Luft selbst durch Wallungen getrübt zu werden. Camber zwinkerte, verkniff die Lider, bewegte eine Hand an den Augen vorüber, als vermöchte er damit seine Sicht zu klären, doch zu keinerlei Nutzen.

Er bemerkte, dass unversehens auch in den Mienen Jorams und Evaines Überraschung geschrieben stand, dass sie unwillkürlich um einen Schritt zurückprallten, achtungsvoll dem wichen, was sich da nun zwischen Cinhil und seinem Sohn begab, und auch Camber verspürte ein Verlangen nach Abstand. Der Bischof konnte anhand seiner Sinneseindrücke nicht entscheiden, ob lediglich eine Unzulänglichkeit der geistigen Verbindung vorlag – aufgrund von Cinhils Erschöpfung eine denkbare Erklärung –, oder ob das seelische Band sich vielmehr durch ganz besondere, äußerst kraftvolle Innigkeit auszeichnete; wie aber die Sachlage auch sein mochte, es war unangenehm, nahebei zu stehen, zumal so nahe, wie Camber stand. Er gab dem Druck nach und duldete, dass seine Füße ihn um ein, zwei Schritte rückwärts trugen, nicht unbedingt, weil es zwangsläufig hätte sein müssen, sondern weil er es vorzog; er verharrte erst wieder, als er den Austausch unerhörter Geistesgewalten durch das seelische Band, das Cinhil zwischen sich und seinem Sohn geschmiedet hatte, ohne Empfindungen des Missbehagens ertragen konnte.

Bald war der außerordentliche, bemerkenswerte Vorgang vorüber. Zum Schluss sah Camber, wie Rhys Michael ins Torkeln geriet, als die Geistesverbindung, indem Cinhil seine Hand von des Prinzen Haupt löste, mit einem Schlag erlosch. Sofort sprang Joram hinzu, um den Jüngling aufzufangen, als er niederzusacken begann, vorerst am Ende seines Durchhaltevermögens.

Und als die starken Arme des michaelitischen Priesters den Jungmannen ergriffen, war es auch mit Cinhils Standhaftigkeit vorbei, er wankte, streckte blindlings eine Hand nach Camber aus.

»Alister, ich brauche Euch!«

Seine Stimme klang schwach, durchdrang dennoch eindringlich die Stille im Innern des abgeschirmten magischen Zirkels, und Camber erreichte seine Seite, noch ehe der König den nächsten Atemzug tat. Die Knie des Königs gaben nach, als Cinhil gleichsam verblüfft Camber ins Angesicht starrte, außerstande zu begreifen, dass sein Leib ihm auf einmal dermaßen den Dienst verweigern solle. Behutsam bettete Camber ihn auf den Fußboden, winkte Evaine heran, auf dass sie des völlig entkräfteten Königs Haupt auf ihre Knie stütze, derweil er selbst sich hastig wieder aufrichtete und zu des Kreises nordöstlicher Begrenzung eilte, wo das Zeremonienschwert lag. Außerhalb des Kreises verharrte Rhys schon in Bereitschaft und hinter dem Bischof nahte Joram, auf seinen Armen den erschöpften Rhys Michael. Camber küsste die geweihte Klinge, setzte die Schwertspitze auf den Fußboden, schwang sie auf- und dann abwärts, schuf von neuem einen Durchschlupf.

Rhys sprang herein und ohne Verzug an Cinhils Seite, um sich seiner anzunehmen, während Joram den bewusstlosen Prinzen sorgsam neben den zwei anderen Jünglingen ausstreckte, die da unverändert auf dem ausgebreiteten Fell tief schlummerten. Camber verblieb auf der Schwelle, das Schwert bewegungslos unter den Fäusten.

»Joram, die geweihten Salböle und das Ziborium sind vonnöten. Die Salböle befinden sich im Verwahrschrank.« Er wandte sich an jene im Innern des Zirkels. »Evaine, komm und widme dich den Buben! Rhys wird tun, was er für den König noch zu bewirken vermag.«

Obwohl man ihr Bedenken ansah, verließ Evaine folgsam des Kreises Rund, begab sich zu den in festem Schlaf befindlichen Prinzen. Joram öffnete das Schränkchen, auf welches Camber ihn hingewiesen hatte, holte eine mit schwarzem Leder umhüllte Schatulle heraus, die er seinem Vater brachte, zugleich mit einem Fell, um es als Kissen unter Cinhils Haupt schieben zu lassen. Anschließend kehrte er zurück zum Altar und vollführte davor eine tiefe, feierliche, von Hochachtung gekennzeichnete Verbeugung, bevor er des Tabernakels Türchen auftat. Camber kniete nieder, als sein Sohn dem Tabernakel das Ziborium entnahm, neigte zusätzlich das Haupt, als Joram es in den Kreis verbrachte und auf dem kleinen Tisch abstellte. Er erhob sich, gerade als der Ordensgeistliche erneut zu ihm kam.

»Soll ich mich entfernen?«, erkundigte sich Joram gemurmelt, blickte von seinem Vater hinüber zum an Rhys' Knien schlaff hingestreckten Cinhil.

Camber schüttelte das Haupt. »Nein, ich glaube, er wird bei diesem letzten Sakrament dein Dabeisein wünschen.« Er händigte das Schwert Joram aus und nahm dafür die heiligen Salböle zur Hand. »Warte hier, dann schließ den Durchlass, sobald ich's dir bedeute.«

Geschwind suchte er Rhys' Seite auf und ließ sich auf die Knie nieder, setzte die in Leder gebundene Schatulle neben sich ab. Der Heiler äußerte ein abgründiges Seufzen und hob langsam das Haupt, nahm die Hand von Cinhils Stirn. Es hatte den Anschein, als befände sich der König in einem Zustand friedlicher Ruhe; seine Lider waren herabgesunken, doch wirkte sein Antlitz gegen das dunkle Fell, welches ihm zusammengerollt das Haupt wie ein Kissen stützte, überaus bleich. »Ich habe alles getan, was mir möglich ist«, sprach er mit leiser, gepresster Stimme. »Das Übrige liegt bei Euch.«

»Meinen Dank. Ihr begebt Euch nun am besten hinaus

zu Evaine. Was noch folgt, gehört gewisslich in priesterliche Hände.« Er sprach lauter weiter, während Rhys hinüber zum Durchlass strebte. »Joram, schließt den Durchschlupf und gesellt Euch zu uns.«

Mit dem Empfang der Sterbesakramente hatte sich Cinhils Atmung beruhigt und gelindert, und nun, als er seinen Blick in Cambers Angesicht hob, stieß er einen leisen Seufzlaut aus, der vollkommenen inneren Frieden bezeugte. Joram hatte sich wieder in die Nähe der erneut versiegelten Pforte des magischen Kreises zurückgezogen, um König und Bischof uneingeschränkte Zweisamkeit zu gewähren, stand ihnen den Rücken zugekehrt da, das Haupt über die Parierstange des Zeremonienschwertes gebeugt. Cinhil widmete ihm einen kurzen Blick, dann seine Aufmerksamkeit von neuem Camber. Der Bischof trug noch die schmale purpurne Stola, angelegt zum Zeichen seiner Priesterwürde, und Cinhil streckte eine fast aller Kraft bare Hand danach, betastete die Länge kunstvollen Gewebes mit wahrhafter Zärtlichkeit.

»Es ist nahezu vollbracht, mein alter Freund«, flüsterte der König. Seine schwache Hand vollführte weitere Bewegungen, suchte Cambers Hand und Camber umschloss des Königs eisig kalte Finger mit den seinen. »Wohl getan war's von Euch, an meiner Seite auszuharren«, fügte der König ebenso leise hinzu. »Ohne Euch hätte ich dieser Nacht entscheidendes Werk nicht zu vollbringen vermocht.«

»Euer Dank gebührt Rhys, nicht mir«, gab Camber sanftmütig zur Antwort. »Und Euch selbst schuldet Ihr höchste Dankbarkeit und Hochachtung, dieweil Ihr die Einsichtigkeit hattet, rechtzeitig zu erkennen, was getan werden muss.«

»War es wirklich zur rechten Zeit?«, fragte Cinhil, indem er in Cambers Miene forschte. »Werden meine

Söhne dazu imstande sein, mir so nachzufolgen, wie sie's am günstigsten sollten, Alister? Noch sind sie die reinsten Kinder. Und was, wenn Ihr nun doch Recht habt, was Murdoch und die anderen anbetrifft? Ich habe ihnen stets mein volles Vertrauen geschenkt, aber womöglich war's ein Fehler. Alister, was …«

»Bewahrt Ruhe, Majestät!«, fiel Camber ihm leise und nachsichtig ins Wort, schüttelte andeutungsweise das Haupt. »Ihr habt getan, was immer Ihr konntet, was in Eurer Macht lag und Ihr nach Eurem Gutdünken für richtig erachtet habt. Die Zukunft wird zeigen, wie Eure Söhne geraten.«

Cinhil hustete, erschauderte leicht und seine Hand zwischen Cambers Fäusten krampfte sich zusammen. »Mir ist's so kalt, Alister.« Für eines Augenblickes Dauer schloss er die Lider. »Es ist mir zumute, als sei mein Leib nicht länger mein Eigen. Ist … ist's das, was man das Sterben nennt?«

»Bisweilen«, antwortete Camber im Flüsterton, indem er sich an das einzige andere Sterbeerlebnis entsann, an welchem er nähere Teilnahme gehabt hatte, als er nämlich, in jener schrecklichen Nacht vor so vielen Jahren, Alister Cullens Sterben zu Iomaire hatte nachvollziehen müssen. »Doch man sagt, dass der Tod, wenn man ihm voll des innerlichen Friedens und mit gefasster Bereitwilligkeit ins Auge sieht, ein Augenblick höchster Verzückung sei … der Abschied leicht und das Scheiden wahrlich willkommen.«

Bedächtig holte Cinhil tief Atem, ließ ihn ebenso gemächlich entweichen, und währenddessen verbreitete sich über sein Antlitz langsam ein Ausdruck freudiger Überraschung. Ungläubig heftete er von neuem seiner Augen Blick in Cambers Miene, doch schaute selbiger Blick bereits andere Dinge, welche weder vom magischen Kreis fern gehalten werden konnten, noch der Welt angehörten, die sich rings um besagten Zirkel befand.

»Ach, und es ist wahr«, hauchte er in andächtiger Ehrfurcht, suchte abermals seines alten Freundes Augen. »Oh, Alister, begleitet mich mit Eurem Geist nur ein kleines, ein winziges Stückchen weit, auf dass Ihr schauen dürft, was ich schaue! Oh märchenhaftes Reich, das ich betreten soll!«

»Cinhil, für mich ist's noch nicht an der Zeit. Ich kann's nicht wagen ...«

»Nein, habt keine Furcht. Ich werde Euch nicht über jene Schwelle mit mir nehmen, die man als leibhaftig Lebender nicht zu überschreiten vermag. Ich würde Euch meinen Söhnen doch nie und nimmer verfrüht rauben! Aber ach! Solche Wunder! Haben wir nicht in unserem Leben schon so manches Wunder miteinander geteilt, mein teuerster Freund? Lasst mich auch dieses mit Euch teilen, ich *bitte* Euch.«

Mit mattem Nicken senkte Camber die Lider, ließ seine Gedanken verebben, tat die Pforte zu jenem altvertrauten geistigen Pfad auf, den sein Cullen-Teil schon vor so langem zu des Königs Gemüt als festen Bestandteil ihres geistigen Lebens angelegt hatte. Er verspürte Cinhils Gegenwart nun *anders*, ganz als ob des Königs Seele zu überirdischer Schönheit verklärt worden wäre. Und dann begann sein Verstand sich ganz allmählich mit etwas zu füllen, das er mit seinen Begriffen nur als Klänge bezeichnen konnte, obwohl er sofort wusste, es waren keine – ein helles, um den eigenen Widerhall bereichertes Läuten war's, begleitet von einem Raunen, als ob sich das Erklingen von Schellen mit dem Gesang zahlloser Stimmen vermenge, die in Tönen von unbeschreiblichem Wohlklang immerzu in einem einzigen Worte schwelgten.

Die Musik der Sphären, dachte ein Teil seines zweifachen Geistes träge, *vielleicht die Stimmen der Himmlischen Heerscharen, womöglich beides … mag sein, keines von beiden.*

Für eines Herzschlags Dauer nahm er auf geistiger Ebene das Wirbeln eines Nebels wahr, einen Strudel milchig fahler, wie wässriger Farben, empfand er ein Gefühl der Loslösung – dann schien er unvermittelt aus irgendwie weit aufnahmefähigeren Augen auf Cinhil hinunterzublicken, obwohl er sich völlig dessen bewusst war, dass seine wirklichen Augen nach wie vor geschlossen waren.

Dank dieses Schauens, das kein Sehen war, vermochte er zu erkennen, wie von Cinhils Antlitz die Jahre schmolzen, und gleichzeitig bemerkte er Cinhils ehrfürchtige Verwunderung, als der König zu der Gestalt aufblickte, die nicht länger so ganz mit dem Alister Cullen übereinstimmen wollte, mit dem er in den vorangegangenen zwölf Jahren gelebt, den er im Laufe selbiger Jahre so innig gekannt hatte. Was es auch war, was sich nun hier begab, es entledigte Camber seiner Tarnung, enthüllte sein wahres geistiges Dasein, entblößte es vor Cinhil in aller so reichhaltigen Vielfältigkeit.

Camber?, drang des Königs erstaunte, zaghafte Fragestellung zu ihm vor, irgendwie jedoch außerhalb alles Erschreckens, aller Furcht, jeglichen Zorns.

Und zugleich zum Teil Alister, gab Camber voller Demut Auskunft. Daraufhin enthüllte er Cinhils verklärter Seele den gesamten Rest der Geschichte von Cullens Tod und Weiterleben in Camber, der seine Gestalt übernahm, und er verschwieg keinerlei Einzelheiten – denn in diesem traumgleichen, höchlichst wundersamen Reich, in das er mit Cinhil entschwebt war, erwies es sich ohnehin als unmöglich, irgendetwas zu verheimlichen. Binnen einer nicht messbaren Frist war die Tat geschehen, der Bericht gegeben; und Cinhils von Staunen geprägte Gemütslage war endgültig beseligter Hingabe gewichen.

Durch sein nun verzweifachtes Wahrnehmungsvermögen – sowohl als Camber wie auch Alister – schaute er, wie sich Cinhil aufsetzte, und ihm war, als fühlte er des Königs Hände mit der Leichtigkeit von Federbüschen seine Schultern streifen, als Cinhil ihn umarmte wie einen Bruder. Dann hatte sich Cinhil aufgerichtet und streckte Camber eine Hand entgegen und Camber nahm selbige Hand und stand willig auf.

Irgendwo in seinem Seelenleben besaß er vollauf darüber Klarheit, dass er noch immer an des im Scheiden begriffenen Königs Seite kniete, die königliche Hand zwischen seinen Händen; doch was den Wesenskern seiner selbst ausmachte, das hatte sich nun erhoben und schritt mit Cinhil in nicht bloß geistigen Bereichen, sondern fürwahr in Gefilden des wahrhaft Spirituellen auf ein Licht von strahlender Helligkeit zu, das von außerhalb des magischen Zirkels zu kommen schien, just von jenseits der Stelle, wo Joram stand. Jorams Gestalt zeichnete sich in schattenhaftem Umriss gegen diesen blendenden Helligkeitsschein ab, das Haupt über die Parierstange eines Schwertes gebeugt, das vor dem jenseitigen goldenen Licht in klarem rubinrotem Glanze glomm.

Zwischen Joram und dem Leuchten jedoch verlief des Zirkels Begrenzung, eine kalte, silberne Grenze, und plötzlich begriff Camber, dass Cinhil diese Schranke nicht überqueren konnte. Da kam auch Cinhil diese Einsicht und einen Klafter von Joram entfernt verharrte er, seine Hand noch immer mit Cambers Hand verklammert.

Du musst mir helfen, sodass ich den Kreis verlassen kann, Camber Alister, wandte sich der König an ihn. *Du darfst diese Grenze nicht überschreiten, ich aber muss sie kreuzen. Es ist an der Zeit. Sie harren meiner.*

Camber spürte, heimgesucht von einem Schauder der Erkenntnis, wie sein Ebenbild nickte; und es geschah mit einem tief empfundenen Gefühl des Verlusts, als er Cinhils Hand fahren ließ, ein paar Schritte zurück zu des Zirkels Mitte tat. Dort kniete seine körperliche Gestalt unverändert neben Cinhils stofflichem Leib, genauso wie sie ihre beiden Körper hinter sich gelassen hatten. Verdrossen vereinigte er sich wieder mit seiner irdischen Hülle.

Er zuckte zusammen, als er die Augen aufschlug. Cinhil lag still vor ihm, einen Ausdruck unendlichen Friedens auf dem Antlitz, und atmete nicht mehr. Einige Schritte weiter stand am Rande des magischen Kreises Joram, in unveränderter Reglosigkeit auf das Schwert gestützt, offenkundig ohne etwas von dem, was sich da hinter ihm an spirituellen Begebenheiten tat, zu bemerken. Camber vermochte Cinhils erlöste Gestalt mit seines Hauptes Augen nicht zu sehen, doch als er sie flüchtig von neuem schloss, schaute er ihn wiederum, wie er dort voller Erwartung harrte, eine Hand ein Stück weit in Jorams Richtung erhoben, und des Ausgangs, den der Ritter bewachte.

»Joram, schaff einen Durchlass!«, sprach Camber mit leiser Stimme, indem er die Augen erneut öffnete und daraufhin abermals nur Joram an des Zirkels Umrandung harren sah.

Joram fuhr auf und drehte sich überrascht halb um; aber Camber schüttelte, um anzuzeigen, dass er keine Fragen seines Sohnes zu beantworten gedachte, nur das Haupt. »Schaff einen Durchlass!«, wiederholte Camber. »Und dann knie nieder, um den zu ehren, der nun von uns geht.«

Nach einem raschen, beklommenen Blick, aus seltsam befremdeter Miene, Cinhils bewegungslos am Fußboden ausgestreckter Gestalt zugeworfen, vollführte Joram eine knappe Verbeugung, die von Verwirrung zeugte, dann wandte er sich wieder voll des Kreises Eingrenzung zu, hob das Schwert zum Gruß, ließ die Schwertspitze zu seiner Linken auf des Kreises Verlauf fallen, schwang die Klinge sodann in reibungsloser, schwungvoller Geste einmal auf- und abwärts. Das magische Rund klaffte, wo die Klinge es schnitt; Jorams Bewegung zeigte eine unsichtbare, gewölbte Pforte an, höher als ein ausgewachsener Mann. Camber konnte draußen links verschwommen Evaine und Rhys knien sehen, die den erneut aufgetanen Durchlass mit gespannter Erwartung beobachteten. Er verspürte ihre lautlose Fragestellung, ihr Erstaunen, als Joram auf die Knie sank, noch immer das Zeremonienschwert in den Händen.

Da schloss Camber nochmals die Augen, richtete sein überirdisches Schauvermögen noch einmal auf Cinhils spirituelles Abbild. Ein letztes Mal schaute er Cinhil, wie er nun hinter Joram stand, schaute den König, wie er eine Hand zu einem letzten Abschiedsgruß hob.

Dann verließ Cinhil den magischen Kreis und ein heller Lichtschein, der rings um ihn anschwoll, bestrahlte sein verzücktes Antlitz. Jenseits Cinhils, der langsam, aber stetig in immer unüberbrückbarere Ferne zu entrücken schien, vermeinte Camber undeutlich andere spirituelle Gestalten erkennen zu können, die ihn mit offenen Armen willkommen hießen – ein wunderschönes junges Weib mit Haar von der Farbe reifen Weizens, zwei Jünglinge, welche Cinhil ungemein glichen, und noch mehr, von denen Camber nur ungenügende Wahrnehmungen empfing.

Mit dem Rauschen zerteilter Lüfte, dem widersinnigen Eindruck gewaltiger Schwingen schienen sich in eben diesem Augenblick rings um Cinhil vier Wesen zu zeigen – *Wesenheiten* in geisterhaften Schemengestalten, mit riesigen Fittichen aus nichts als den puren, unverstofflichten Kräften aller Elemente, die nichtsdestotrotz jedoch, statt gefahrvoll zu sein, Schutz und Schirm spendeten.

Eines der Wesen ragte mit ungeheurer Übermächtigkeit empor, prunkte in allen erdenklichen Tönungen und Andeutungen von Waldesdunkel und Waldeshöhlen, grünschwarz gefiederte Schwingen beschatteten den gesamten nördlichen Winkel der Räumlichkeit über Evaine und Rhys, die allem Anschein nach nichts bemerkten. Ein zweites Wesen schien mit dem plötzlichen Auflohen überwältigender Helligkeit lautlos gleich vorm Altar anzukommen, entweder der durch einen goldenen Windschirm geschützten Flamme der ostwärtigen Kerze oder gar dem noch offenen Tabernakel des Altars selbst entsprungen, und es leuchtete wie in Regenbogengeschiller zerspelltes Licht von Sonnenstrahlen, so hell, dass Camber sogar mit seinem geistigen Auge kaum hinzuschauen vermochte.

Das dritte Wesen war mit Feuer beflügelt und brauste daher mit dem Tosen von Infernos, schnob wie die Glutöfen im Herzen der Erde, hob aber sein furchtbares Flammenschwert unverkennbar schutzreich über Cinhils Haupt, als der König ohne die geringste Furcht aus dem magischen Kreis trat. Und das vierte Wesen – eine ruhelose, fast wie flüssig unbeständige Gestalt aus blausilbrigen Schatten – erschien zugleich, so kam es Camber vor, mit einem Horn aus Quecksilber von glanzvollem Schimmer.

Da suchte ein lautloses, den Verstand mit Umnachtung bedrohendes Schallen von unvorstellbarem Hall Cambers erweiterte Sinneswahrnehmung heim, schmetterte durch jeden noch so winzig kleinen Bestandteil seines ganzen Vorhandenseins; und unversehens fühlte er, wie sich ringsherum der magische Kreis zu zersetzen begann, gerade so, als habe das Horn einen Ton geblasen, dem das magisch gewirkte Gewebe von des Zirkels Rund nicht zu widerstehen vermochte. Er *hörte* die Gewalten, welche den magischen Schirm zerrissen – wusste, dass allein das Ziborium mit den geweihten Hostien, das dicht neben ihm auf dem Tisch stand, ihn vor ewiger, nachtgleicher Geistesverwirrnis rettete.

Und dann, noch derweil des geborstenen magischen Zirkels Reste auf die Fliesen des Fußbodens fielen und dort vergingen wie Schneeflocken in der Sonne, entschwanden Cinhil und seine geisterhafte Eskorte – anfangs langsam, danach aber immer schneller, bis zwischen Camber und den Altarkerzen nichts noch zu erkennen war als ein regenbogenbuntes Lichtlein, das da schwebte und weiterhin schrumpfte.

Zu guter Letzt verschwand auch dieser Schimmer.

8

Ich sage nun: Solange der Erbe unmündig ist, unterscheidet er sich in nichts vom Sklaven, obwohl er Herr ist von allem, sondern er steht unter Vormündern und Verwaltern bis zu der vom Vater vorausbestimmten Zeit.

Galater 4,1–2

Mit einem Schlage brach der Bann. Camber keuchte auf, als sein Leib ihn daran gemahnte, dass es höchste Zeit zum Atmen sei, er schauderte zusammen, riss nahezu gewaltsam heftig die Augen auf. Ungläubig und benommen sah er Joram herumfahren und ihn in stummer, noch ganz und gar ehrfürchtiger Fragestellung anstarren, sah Evaines Blick in der Luft über ihren Häuptern vergeblich nach irgendwelchen erkennbaren Überresten des Magie-Schirms suchen. Rhys widmete sich seinen drei jungen Schutzbefohlenen, aber auch ihm war offenkundig nicht entgangen, dass soeben etwas von außerordentlicher Ungewöhnlichkeit sich zugetragen hatte, beachtenswert selbst nach den Maßstäben von Deryni. Der Großteil seiner Aufmerksamkeit galt Camber und der stillen Gestalt des Königs.

»Ist er tot?«, lautete Jorams Frage, derweil er das Zeremonienschwert am Fußboden absetzte und sich an seines Vaters Seite niederkauerte.

»Das sind, wage ich zu hoffen, angesichts dessen, was ich just erlebt habe, ohne Ausnahme lediglich floskelhafte Fragen«, sprach Camber gedämpft, gab Cinhils leblose Hand frei, um kurz zur Aufmunterung Jorams Schulter zu drücken, ehe er dem verschiedenen König die Arme auf dem Brustkorb überkreuzte. »Doch halt, es mag sein, wir haben nicht alle dasselbe gesehen. Evaine?«

Langsam stand Evaine auf, tat einige wenige Schritte dorthin, wo zuvor des Kreises Begrenzung verlaufen war, hob eine Hand vor sich empor, wie um der Luft Beschaffenheit zu prüfen, und vergewisserte sich handgreiflich dessen, was ihre Sinne ihr mitteilten.

»Unglaublich war's. Niemals zuvor habe ich etwas Derartiges gesehen.« Ihrer Stimme Tonfall bezeugte äußerste Verwunderung. »Es schien auf einmal, als bestünde das magische Feld aus Glas und etwas träfe es von allen Seiten zugleich ... Nur ist der Magie-Schirm nicht senkrecht zusammengebrochen, wie man aufgrund dessen hätte erwarten können, sondern hat sich, angefangen beim Scheitelpunkt, allseitig über der Wölbung Fläche hinab gleichsam bodenwärts entblättert. Was hast du nur *getan*?«

»Das ist alles, was du gesehen hast?«

»War da mehr?«

»Verstehe. Und du, Rhys?«

Inmitten der in festem Schlummer ausgestreckten Prinzen schüttelte Rhys das Haupt. »Ich habe nur beobachten können, was Evaine bereits so trefflich beschrieben hat, mehr nicht. Hast *du* den Zirkel gesprengt?«

Mit einem Aufseufzen wiederholte Camber Rhys' Kopfschütteln. »Nein. Und wenn ich euch erzählte, was geschaut zu haben ich *wähne,* ihr wolltet wohl, das zu glauben meine ich allen Grund zu haben, an meinen Worten zweifeln. Höchstwahrscheinlich glaubtet ihr, ich hätte aus demselbigen Becher genossen wie die Prinzen und wäre daher von Hirngespinsten befallen worden. Nein, ich bitte euch, unterbrecht mich nicht.« Er hob eine Hand, um ihren Widerspruch im Keim zu ersticken. »Zumal's uns gegenwärtig an Zeit ermangelt, um darüber mit der erforderlichen Ausführlichkeit zu reden. Wir haben Weiteres zu erledigen. Der König ist tot, und alsbald gilt's den neuen König auszurufen. Wir müssen zuvor alles wieder so einrichten, wie's vorher war, ehe irgendjemand eine Gelegenheit erhält, womöglich zu entdecken, was sich wirklich begeben hat.«

»Vollauf verständlich«, sprach Rhys, schob seine Arme unter den schlafenden Alroy, hob ihn gemeinsam mit einem Arm voll Felle empor. »So wir drei die Prinzen zurück in ihr Schlafgemach verbringen, vermagst du mit Jebedias' Unterstützung das andere zu bewerkstelligen?«

Camber nickte, tätschelte zur Ermutigung sachte seiner Tochter Hand. »Es wird gelingen. Evaine, sobald du Rhys beim Fortbringen der Prinzen geholfen hast, begibst du dich, so dünkt's mich am günstigsten, in deine Gemächer – achtest darauf, dass niemand dich bemerkt! – und verweilst dort, bis in den Korridoren genug Lärm geschlagen worden ist, dass er dich geweckt haben müsste. Ich weiß, du wärst weit lieber hier, doch könnte deine Anwesenheit Verdacht erregen. Joram, du und Rhys, ihr stellt euch wieder hier ein, denn ihr besitzt Veranlassung, in seinem letzten Stündchen bei Cinhil gewesen zu sein.«

Nach dem, was sich vorhin ereignet hatte, lag es ihnen fern – trotz ihrer begreiflichen Neugier –, ihn wider seinen Willen mit Fragen zu bedrängen. Während Rhys Prinz Alroy durch die in der Kapelle Mauer von neuem geöffnete Pforte trug, beugte sich Evaine vor, gab ihrem Vater einen Kuss auf die Wange, nahm sodann Rhys Michael auf die Arme und folgte ihrem Gemahl in den Geheimgang.

Joram regte sich nicht, bis die anderen entschwunden waren, verharrte unterdessen auf den Knien beim toten König, das Haupt tief gesenkt, die Augen von einer an die Stirn gestützten Faust überschattet, gänzlich in insgeheimer Andacht entrückt. Schließlich richtete er sich mit umständlicher Mühseligkeit auf und ging den dritten Prinzen holen, hüllte ihn ins letzte der Felle, die sie mitgebracht hatten.

»Nur eine Frage bewegt mich«, sprach er leise, wandte sich Camber nur halb zu, als er unmittelbar am Durchstieg zum Geheimgang verhielt.

»Nun wohl. Eine Frage also sei dir gewährt.«

»Hat er, bevor das Ende kam, über dich und Alister Cullen die Wahrheit erfahren?«

Bedächtig richtete Camber seinen Blick noch einmal aufs Antlitz des toten Königs und in seinen Augen standen heiße Tränen. »Ja, er hat sie erfahren.«

»Und hat er diese verspätete Kenntnis versöhnlich aufgenommen?«, beharrte Joram.

»Nur eine Frage, so lautete deine Rede«, antwortete Camber mit eines Lächelns Andeutung. »Doch ja, mein Sohn, er nahm die Wahrheit mit Wohlwollen auf. Ich kann beschwören, er hat sie bis zur heutigen Nacht nie und nimmer bloß im geringfügigsten Ansatz nur geahnt, aber wir haben unseren Frieden geschlossen, er und Alister und ich. Wär's nur möglich gewesen, dich daran teilhaben zu lassen!«

»Dass du und er daran beteiligt gewesen seid, das genügt vollkommen«, entgegnete Joram geflüstert, rang nun selber mit Tränen. »So erlangte die Lüge nach all den Jahren noch eine Rechtfertigung.« Beschwerlich schluckte er, schüttelte dann das Haupt. »Besser nun, ich mache mich auf den Weg.«

Camber verblieb noch für etlicher Herzschläge Währen auf den Knien, starrte Joram hinterdrein. Danach erst besann er sich auf die Verrichtungen, welche es baldigst zu erledigen galt. Mit einem Seufzlaut nahm er das Ziborium und stand auf, machte Anstalten, vorm Altar eine pflichtgemäße Verbeugung zu vollführen, ehe er das Gefäß wieder an seinem Aufbewahrungsort unterbrachte. Aber da durchfuhr es ihn unversehens, er zuckte zusammen und fast wäre ihm ein lautes Ächzen entfahren, als aus seinem Gedächtnis die noch lebhafte Erinnerung an das Zerbersten des magischen Runds ihm erneut ins Bewusstsein drang.

Oh Gott! Wie hatte er das nur zu überdauern vermocht? Als er sich der ungeheuerlichen Gewalten entsann, die beim Zerspringen des Zirkels ungehemmt freigesetzt worden waren, konnte er sich über das Mirakel seines Überlebens nur wundern.

Ein Erbeben, das von weit mehr herrührte als Kälte, versetzte seine ganze Gestalt in hemmungsloses Schlottern und das kühle, gehämmerte Metall des Ziboriums schien einen Augenblick lang sein Fleisch zu versengen. Erschrocken starrte er das kleine, mit Juwelen verzierte Kreuz an, das von des Gefäßes Deckel aufragte, nahm die Hand fort und zugleich fiel ihm auf, dass seine Linke, die das Ziborium hielt, nichts anderes verspürt hatte als des Metalls Kühle.

Da sank er von neuem auf die Knie, entfernte behutsam den goldenen Deckel und legte ihn beiseite. Im schimmerreichen Innern des Kelches lag etwa ein halbes Dutzend der kostbaren, geweihten Hostien, allesamt genau wie jene, die er vor kurzem Cinhil gereicht hatte. Voller Ehrerbietung griff er mit Daumen und Zeigefinger hinein und nahm wahllos eine heraus, betrachtete sie mit höchster Aufmerksamkeit.

Ungesäuertes Brot, so mochten Uneingeweihte es nennen. Mehl und Wasser. Und doch wohnte in diesem Bissen der allerschlichtesten Speisung das größte Geheimnis des Glaubens, etwas, was er nicht einmal zu erklären versuchen konnte, was sein Verstand nicht zu begreifen vermochte, aber was für Herz und Seele durchaus den Stellenwert einer Wahrheit besaß.

Und hatte ihn selbiges Geheimnis in dieser Nacht beschützt? Vielleicht. Cinhil hatte ihm etwas gezeigt, was zu schauen Lebenden verwehrt war, dieweil er selbst in seinem Zustand der Verklärung und erweiterten Wahrnehmung nicht wissen konnte, dass des Todesengels Schwingen eine solche Spannweite hatten.

Oder war es ganz einfach noch nicht an der Zeit für Camber gewesen? Hatte der Herrgott – derselbe Gott, der Cambers Glaube zufolge in der heiligen Hostie zwischen seinen Fingern gegenwärtig war – andere Pläne mit ihm, für ihn noch mehr Werke, die es zu verrichten galt?

Camber bezweifelte, dass er in dieser Nacht noch irgendeine aufschlussreiche Antwort finden konnte. Nach einem kurzen, aber nichtsdestotrotz inbrünstigen Stoßgebet um fortgesetzte Gewährung göttlicher Gnade – und einem zittrigen Schütteln, als wollte er all diese weitgespannten Gedankengänge buchstäblich abstreifen – legte Camber die Hostie zurück zu den anderen in den Kelch, verschloss ihn wieder mit dem Deckel, brachte das Ziborium und die Schatulle mit den heiligen Salbölen sodann an ihren Aufbewahrungsorten unter.

Anschließend nahm er das inzwischen erkaltete Rauchgefäß sowie Evaines silbernen Dolch und schloss beides in einen Schrank an der Kapelle Nordwall, fügte auch den irdenen Becher hinzu, nachdem er ihn einmal andächtig dem Altar entgegengehoben und aus den feuchten Ascheresten auf des Gefäßes Grund Cinhils Ring geklaubt hatte. Sorgsam trocknete er den Ring mit seines Priesterrocks Saum, ehe er ihn erneut an Cinhils Hand steckte, danach schob er das Zeremonienschwert zurück in die Scheide, brachte die Waffe und Rhys' Arzttasche in Cinhils Schlafgemach; dort hängte er die Waffe an einen Bettpfosten an des Bettes Kopfende und stellte die Arzttasche neben der Bettstatt auf dem Teppich ab. Zum Schluss begab er sich an die Aufgabe, Cinhil in seine Schlafkammer zu befördern.

Es verblüffte ihn, wie leichtgewichtig der Leichnam war, während er den toten König in seine Gemächer trug – federleicht wie ein Bündel feinst gewebten Stoffes oder Daunen, oder ein Arm voll Feldblumen, wenngleich keiner dieser Vergleiche wirklich zufrieden stellte. Mit unendlicher Sanftheit streckte er Cinhil auf dem Bett aus und breitete die Decken bis zur Hüfte über ihn, faltete ihm dann die Hände auf der nun so stillen Brust. Das getan, strebte er müde zum Ausgang der Königlichen Gemächer, legte eine Hand an den Türgriff, lehnte das Haupt ans kühle, glatte Eichenholz, um flüchtig zu lauschen, ehe er die Tür öffnete.

Jebedias hatte Cambers Annäherung bereits gespürt und musterte den Bischof gespannt, als er durch den Türspalt schlüpfte, den ihm Camber zu diesem Zweck auftat. »Also ist's vollbracht«, murmelte der Großmeister und sah sofort die Bestätigung in Cambers verhärmter, matter Miene.

»Ja, er hat sein Werk vollzogen und dabei den Frieden gefunden«, lautete Cambers leise Entgegnung.

Mit schwerer Hand bekreuzigte sich Jebedias. »Gott sei seiner Seele gnädig!«, sprach er gedämpft. »Ich hatte gehofft, du und Rhys, ihr hättet Unrecht, und es bliebe ihm noch geraume Zeit.«

»Darauf hatten wir alle gehofft«, erwiderte Camber im Flüsterton. »Gott gebe, dass die Frist, die ihm zuteil ward, gute Früchte erbringt. Ich fühle mich außerstande dazu, für die kommenden Jahre einen von uns zu beneiden.«

»Fürwahr, wohl gesprochen!« Jebedias stieß ein beschwerliches Seufzen aus, beugte für ein Weilchen kummervoll das angegraute Haupt. »Ich glaube, nun muss ich wohl die anderen Regenten von des Königs Ableben in Kenntnis setzen«, meinte er schließlich, indem er aufschaute. »Sollen die Prinzen sich unverzüglich einfinden oder kann man damit bis zur Morgenstunde warten?«

»Sie sollen sich unverzüglich einstellen. Falls Murdoch oder ein anderer jener Spitzbuben Verzögerungen zu bereiten sucht, so mache sie ohne Rücksichtnahme darauf aufmerksam, dass du der Großzeremonienmeister bist, zumindest noch bis zu des Regentschaftsrates nächster Zusammenkunft.« In düsterer Schicksalsergebenheit zuckte er mit den Achseln. »Danach nämlich, so wähne ich, werden viele von uns ihrer Stellungen und Ämter verlustig gehen.«

»Keine Sorge«, flüsterte Jebedias und legte die Hände auf Cambers Schultern. *Keine Sorge, Camber,* bekräftigte zugleich sein Geist. »Ich vermag die anderen Regenten wenigstens für eine Weile im Zaum zu halten. Kann ich indessen noch etwas tun, um dir hilfreich zu sein, bevor ich gehe?«

Eine Antwort aus Cambers Mund erübrigte sich; er spürte Jebedias' Nähe, fühlte sich von seiner wesensmäßigen Gegenwart umschlungen und durchdrungen und ein müdes Lächeln zuckte in seinem Angesicht, als er die Lider herabsinken ließ und im kraftvollen Zustrom von Jebedias' Stärke schwelgte, die Bestärkung und den Trost entgegennahm, welche der andere ihm spenden konnte.

Schließlich holte er tief Atem, bedeckte mit den seinen Jebedias' Hände. »Genug, Jebedias. Auch du hast Aufgaben zu bewältigen. Wir dürfen nicht länger säumen.«

Mit nur einem Nicken zur Antwort löste Jebedias Hände und Geist von Camber und verließ die Königlichen Gemächer, entschwand in den Biegungen der Wendeltreppe. Sobald er außer Sicht war, schloss Camber die Tür und kehrte aus des Königs Gemächer zurück in die Kapelle. Noch einige weitere Dinge blieben zu erledigen, ehe er sich – zumindest zeitweilig – der tiefschürfenderen Erwägung der Ereignisse widmen durfte, deren er heute Zeuge geworden war.

In einem anderen Bereich der Königsburg verharrten drei gleichermaßen ermüdete Deryni, deren jeder eine der Hoffnungen des Haldane-Geschlechts auf den Armen trug, am Ende eines engen, kühlen Geheimgangs, derweil ihr vorderster durch ein Guckloch in die sogenannte Königliche Kinderstätte spähte. Dort rührte sich nichts. Nicht einmal die Deryni-Sinne vermochten in den Räumlichkeiten irgendein waches Bewusstsein wahrzunehmen. Derweil Rhys nach dem Mechanismus tastete, der ihnen den Zutritt zum Schrank in der Prinzen Schlafgemach eröffnen sollte, blickte er sich über die Schulter nach seiner Gemahlin und deren Bruder um. »Alles ist ruhig, doch wir müssen schnell und in aller Stille handeln. Drei Pagen schlafen gleichfalls hier und zudem müssen wir uns um Tavis kümmern, ehe wir uns vollends fortbegeben.« Rhys löschte in seiner Hand die feurige Sphäre, deren Lichtschein sie bis dahin begleitet und ihnen den Weg erleuchtet hatte, und ließ eine äußere Tür des Schrankes aufschwingen, der des Geheimgangs Pforte tarnte. Er hörte einen der Pagen leise schnarchen, als er ins Schlafgemach trat und hinüber zu den leeren Betten strebte. »Schlaf noch für ein Weilchen, kleiner König!«, flüsterte Rhys sanftmütig, als er Alroy auf die Bettstatt hinstreckte und ihm Strähnen seines rabenschwarzen Schopfes aus der Stirn strich.

Der Jüngling stieß in seinem Schlummer ein Wimmern aus und wälzte sich auf die Seite, krümmte sich zusammen; Rhys hüllte ihn warm in einige Felle. Dann eilte er von einem der Pagen zum anderen, berührte jeden kurz am Haupt und überprüfte seine Erinnerungen, bereinigte sie ein wenig, wo es nötig war, während Joram und Evaine die zwei anderen Prinzen ins Bett brachten, ihnen ebenfalls vergleichbar harmlose Erinnerungen an den Verlauf dieses Abends und dieser Nacht eingaben.

An Tavis O'Neills Seite verweilte Rhys länger, nahm auf den anderen Heiler weitaus umfangreicher Einfluss, zog sich aus dessen Geist viel behutsamer zurück, als es bei den drei Menschenkindern und den Pagen vonnöten gewesen war. Mit einer letzten Umschau in den Gemächern vergewisserte sich Rhys dessen, dass sich keinerlei Unregelmäßigkeiten feststellen ließen; dann eilte Rhys zum Ausgang, lauschte unter Einsatz seiner Deryni-Sinne auf irgendwelche Anzeichen von Gefahr nach fremdem Bewusstsein.

Im Umkreis der Räumlichkeiten zeichnete sich nichts von irgendeiner Bedrohlichkeit ab, folglich sandte er Evaine mit einer hastigen Geste und einem Kuss auf den Weg in die eigenen Gemächer, welche nur ein paar Türen weiter um des Korridors Ecke lagen. Joram wartete an des Geheimgangs Einstieg, als Rhys sich zurück in der Prinzen Schlafkammer begab, und kaum hatte Rhys den Schrank betreten und hinter sich sorgfältig die Schranktür geschlossen, da schuf Joram eine silbrige Sphäre aus Licht. Es beanspruchte noch einen Augenblick, die eigentliche Geheimtür wieder zu versperren, danach tastete Rhys letztmalig mit seinen derynischen Sinnen nach den Prinzen, um sich davon zu überzeugen, dass alles seine Ordnung habe, und zu guter Letzt machten die beiden sich auf den Rückweg zu Cinhils Gemächern.

Als sie die Geheimtür am jenseitigen Ende des verborgenen Ganges verließen und schlossen, fanden sie die Kapelle bereits wieder so hergerichtet vor, wie sie ursprünglich gewesen war, und sie trafen Camber an, wie er bewegungslos an Cinhils Leichnam kniete, der auf dem großen Prunkbett ruhte. Mittlerweile brannten überall im Schlafgemach Kerzen, im Kamin loderte ein Feuer, und den Toten hatte Camber bis zur Hüfte mit einer Überdecke aus mit herrlichen Stickereien verziertem weinrotem Samt bedeckt.

»Alles wohl gelungen«, vermeldete Rhys mit gedämpfter Stimme, derweil er sich an des Prunkbetts andere

Seite begab und über die Bettstatt hinweg seinen Blick auf Camber heftete. »Sie werden sich an nichts erinnern, was in der heutigen Nacht wirklich geschehen ist, und jegliche Gefühle von Erschöpfung, die sie empfinden mögen, kann man dem Schrecken, der Trauer oder lediglich der nächtlichen Stunde zuschreiben, in welcher sie nun geweckt werden müssen, um von ihres Vater Ableben zu erfahren. Hast du Jebedias ausgesandt?«

Zur Bestätigung nickte Camber stumm. »Er wird in Bälde wiederkehren, gemeinsam mit ihnen allen. Gott steh uns bei, Rhys, denn nun fängt unsere wahre Prüfung an, und ich hoffe, wir haben recht gehandelt, als wir seines Wunsches Erfüllung zuließen, seinen Prinzen, die kaum dem Kindesalter entwachsen sind, magische Befähigungen zu verleihen.«

»Das hoffe ich ebenso«, fügte Joram leise hinzu.

Fast das Viertel einer Stunde verstrich noch, ehe jemand kam, doch schien diese Frist zweimal so lange zu währen. Während die drei Männer in vollkommenem Schweigen an des Toten Bett knieten, ein jeder allein mit seinen Gedanken, erfuhren die unterschwelligen Geräusche der Nachtruhe allmählich eine immer merklichere Störung durch Betriebsamkeit drunten im Thronsaal, Männer und Rösser kamen in des Burghofs verschneite Weiträumigkeit und dann erscholl von außerhalb der Burgmauern das Läuten der großen Glocken des Valoreter Doms.

Als Erster fand sich Cinhils einstiger Knappe ein, Sorle, erst kürzlich, nämlich am Dreikönigsabend, zum Ritter geschlagen, bald darauf gefolgt von Pater Alfred, Cinhils menschlichem Beichtvater während vieler Jahre, der Camber, dieweil er sich wohl übergangen fühlte, einen Blick sichtlichen Gekränktseins zuwarf, ehe er an des Prunkbettes Fußende auf die Knie fiel und für seines verschiedenen Herrn Seele zu beten begann.

Zahlreiche weitere Mitglieder des königlichen Hauses und Hofes versammelten sich vor den Türen der Königsgemächer und zu Füßen der schmalen Wendeltreppe, um dort unter beengten Verhältnissen gespannt auf die Ankunft des jungen neuen Königs zu harren. Jene im Innern von des Königs Schlafgemach bemerkten das Eintreffen der Prinzen und ihrer Begleitung schon anhand der plötzlichen Gedämpftheit im Korridor und auf der Wendeltreppe, noch ehe der Kämmerer vorschriftsgemäß mit seinem Amtsstab dreimal an die geschlossene Tür pochte.

»Seine Königliche Hoheit Kronprinz Alroy«, schnarrte des Kämmerers in der feuchten, tiefnächtlichen Kälte heisere Stimme, »Ihre Hoheiten Prinz Javan und Prinz Rhys Michael sowie die Herren Regenten von Gwynedd ersuchen um Einlass in die Königlichen Gemächer.«

Murdoch, der im Kerzenschein nachgerade wie ein hinterhältiger Räuber aussah, führte die Abordnung an, seine Hand ruhte besitzergreiferisch auf einer schlaffen Schulter Alroys, der einen mitgenommenen, schläfrigen Eindruck machte. Der Jüngling wirkte verwirrt, rieb sich ständig die Augen und gähnte unablässig.

An des Kronprinzen anderer Seite gelang es dem gewöhnlich kaltschnäuzigen, abgebrühten Rhun von Horthness, gehüllt in einen langen pelzbesetzten Morgenrock aus schwarzer Wolle, tatsächlich irgendwie, aufrichtig erschüttert dreinzuschauen, und Graf Tammaron, nach Camber ältester der Regenten, folgte Rhun dichtauf als sturer, aller Eigenschaften barer Schatten, vom jüngeren Edlen nahezu um Haupteslänge überragt.

Bischof Hubertus, der vierte Regent, machte sich in Alroys Rücken mit einer wuchtigen Fleischigkeit breit, welche den Platz gleich mehrerer Männer einnahm; seine blauen Schweinsäuglein und sein von blonden Löckchen gerahmtes, pausbäckiges Angesicht, einem

Posaunenengel gleich, dienten ihm, wie Camber längst nur zu genau wusste, als leibhaftige, überaus taugliche Maske des Heuchlertums, das in seinem von einem weinroten Priesterrock umspannten feisten Busen lauerte. Indem er den kindlichen Wünschen und Vergnügungen der Prinzen schon vom Knabenalter an äußerstes Interesse und größte Begünstigung entgegengebracht hatte, war es Hubertus gelungen, sich ins Herz aller drei jungen Prinzen einzuschleichen, und von allen fünf Regenten war womöglich er ihnen am liebsten – ein reichlich unglücklicher Sachverhalt, denn Hubertus MacInnis war alles andere als ein gütiger Mann.

Jebedias kam zuletzt, tröstlich seine Hände auf die Schultern der beiden jüngeren Prinzen gelegt. Die Augen von Prinz Rhys Michael bezeugten Wachheit und Neugier, keinerlei Folgen der erst eine Stunde zuvor durchgestandenen Anstrengung ließ sich ihm ansehen; Javans Angesicht dagegen war streifig von Tränen und er klammerte sich krampfhaft an die Hand Tavis O'Neills, der bleich war und einen benommenen Eindruck erregte.

Als Camber vortrat, um dem neuen König seinen Gruß zu entbieten, übermittelte Rhys ihm von Augenpaar zu Augenpaar blitzartig eine zusammengefasste Darstellung dessen, was er in Tavis' Fall gezwungenermaßen hatte unternehmen müssen. Sobald er davon Kenntnis besaß, konnte sich Camber beruhigt der unmittelbar nächsten Aufgabe zuwenden – der Bestätigung des jungen Königs neu erworbener Würde. Er wollte es seinen Mitregenten nicht gestatten, Alroy das Heft schon so bald aus der Hand zu winden.

Als sich sämtliche Ankömmlinge im Schlafgemach befanden, und sich an der Tür die Höflinge zu drängen begannen, trat Camber um einige Schritte vor und zu Alroy, ließ sich feierlich auf ein Knie nieder.

»Der König ist tot, lang lebe der König!«, rief er mit kräftiger Stimme, die eindrucksvoll dröhnte und hallte; um der Jünglinge willen bedauerte er diese mitleidslosen Förmlichkeiten, aber sie waren im Hinblick auf die anderen Regenten umso unverzichtbarer notwendig.

»Lang lebe König Alroy!«, riefen daraufhin Rhys, Joram und Jebedias gleichsam aus einem Munde und da riefen die übrigen Anwesenden des königlichen Gefolges es auch, indem sie gleichfalls auf die Knie fielen, und mit ein wenig Verspätung taten die anderen Regenten es ebenso.

Alroy verhielt wie vom Donner gerührt und blickte entgeistert in die Runde und ihm zitterte die Unterlippe, als er sich dazu zwang, seinen Blick über die stille Gestalt gleiten zu lassen, die seines Vaters Leichnam war; als er in Cambers Augen schaute, stand der Bischof auf und vollführte eine Verbeugung, ergriff des Jungmannen kleine kalte Faust, wärmte sie zwischen seinen Händen, derweil er ihn langsam zu dem großen Prunkbett führte.

»Euer Gnaden, mir obliegt die traurige Pflicht, Euch mitteilen zu müssen, dass Euer vielgeliebter Vater vor einem Weilchen friedvoll in Gottes Reich heimgegangen ist. Er hat, wie Ihr's gewisslich gewünscht hättet, die Sterbesakramente empfangen. Doch ehe er verschied, äußerte er noch das Begehren, dass Ihr ein Geschenk von ihm entgegennehmen mögt – ein Geschenk über Krone und Thron hinaus, welche nunmehr aufgrund Eures Geburtsrechts rechtmäßig Euch zufallen.«

Während der Jüngling fassungslos den Mund aufsperrte, zog Camber ihn die letzten Schritte zum Bett mit sich, beugte sich über den Leichnam und entfernte mit zielbewusstem Zugriff den Ring aus Feuer von Cinhils Hand. Bevor Alroy Fragen zu stellen oder sonst irgendwelche Äußerungen zu tun vermochte, packte Camber seine Linke und schob den Reif an den geeigneten Platz. Naturgemäß war der Ring noch viel zu groß für Alroys

Finger, doch nichtsdestoweniger spürte Camber, als er dem neuen König den Ring ansteckte, wie er damit die beabsichtigte Wirkung auslöste, er bemerkte, wie eine leichte seelische Erschütterung des Jünglings jungen Verstand heimsuchte, indem die deryniähnlichen Geistesgaben darin Wurzeln schlugen, wenngleich es Alroy nicht im Mindesten ins Bewusstsein drang, dass etwas Derartiges geschah. »Das ist meines Vaters Geschenk?«, fragte der Jungmanne scheu und betrachtete eindringlich den feurigen Glanz der Edelsteine, spitzte aus Bewunderung die Lippen. Er konnte nicht ahnen, dass sein eigenes Blut zu der Steine prächtigem Schimmer beitrug.

»Das ist Eures Vaters Geschenk, mein Prinz«, versicherte Camber. »Ach, ich weiß, er ist zu groß«, ergänzte er, streifte den Ring wieder von Alroys Finger, nachdem er nunmehr zumindest in diesem einen Haldane seine Wirkung getan hatte, und drückte ihn ihm stattdessen in die Hand. »Aber Ihr werdet hineinwachsen oder Ihr könnt des Reifs Durchmesser verengen lassen, wie's Euch beliebt. Ich glaube, es war Eures Vaters Absicht, diesen Ring den Abzeichen der gwyneddischen Königswürde einzureihen. So wird womöglich eines Tages Euer Sohn und Erbe ihn bei seiner Krönung tragen.«

Alroy wagte ein zaghaftes Lächeln und schloss die Faust um den Ring. »Das sollte mir durchaus gefallen«, sprach er. Doch da nahm sein Angesicht eine ernstmütigere Miene an. »Aber meint Ihr, ich werde jemals einen Sohn haben, Bischof Cullen?«

»Freilich«, setzte Camber zu einer Entgegnung an. Aber ehe er weiterreden konnte, schritt Murdoch ein, packte den Kronprinzen am Arm und zerrte ihn nahezu gewaltsam vom Bett und von Camber fort.

»Später wird reichlich Zeit für müßiges Geplauder sein, Bischof Cullen. Nun ist es spät und die Prinzen bedürfen der Ruhe.«

»Gewisslich, mein Herr«, erwiderte Camber ungerührt und machte eine knappe Verbeugung. »Nur dachte ich, Seine Hoheit sollte sogleich seines Vaters Geschenk erhalten, um ein wenig Trost darin finden zu können. Es ist für Jünglinge keine leichte Sache, den Vater zu verlieren.«

»Ihr *Vater* erachtete es als am empfehlenswertesten, dass ein Regentschaftsrat bestimmt, was für die Prinzen gut ist, kein einzelner Mann, Bischof Cullen«, hielt Murdoch ihm entgegen. »Es bekäme Euch besser, dessen eingedenk zu bleiben.« Er schob den verwirrten Alroy in Rhuns Obhut, der seine Hände nachdrücklich auf des Jünglings Schultern legte. »Außerdem möchte ich bei dieser Gelegenheit zur Kenntnis geben«, sprach Murdoch weiter, »dass der Regentschaftsrat morgen zu seiner ersten Beratung zusammentreten wird. Alle Regenten werden noch über Ort und Zeitpunkt unterrichtet. Ich verspüre das Bedürfnis, Bischof, Euch zu raten, mit aller Sorgfalt die Rolle zu durchdenken, welche Ihr in des Reiches neuer Verwaltung spielen möchtet. Ich gehe davon aus, dass Ihr, wie bisher, die Rechte und Gebräuche in Gwynedd achtet.«

»Mein ganzes Sinnen und Trachten gilt dem Dienst an der Krone«, lautete Cambers unanfechtbare Antwort, doch fragte er sich insgeheim, während er sie erteilte, warum Murdoch gerade solche Worte gewählt hatte.

Des Grafen knochiges Angesicht verzog sich zu einem krampfhaften, verpressten Lächeln. »Vorzüglich. Dann werden wir alle ausgezeichnet miteinander auskommen. Gute Nacht, Bischof!«

Das gesprochen, vollführte er auf dem Absatz eine Kehrtwendung, breitete die Arme aus und wies sämtliche Anwesenden aus der Kammer. Jene hinter ihm wechselten untereinander, indem sie sich in die Lage fügten und ebenfalls zum Ausgang strebten, sorgenvolle Blicke;

Jebedias schickte das Gesinde des Königlichen Haushalts an seine Pflichten, derweil Rhys und Joram im Korridor auf ihn warteten. Sorle begab sich in die benachbarte Badestube, schickte sich an, eines Knappen letzten Dienst an seinem toten Herrn zu vollziehen, und auch Pater Alfred zog sich achtungsvoll zurück, um seine Gebete für den Verstorbenen zeitweilig andernorts zu sprechen und dem Bischof ein letztes Weilchen allein mit dem toten König zu gewähren.

Voller Trauer trat Camber näher ans obere Ende des Bettes und musterte die vertraute Gestalt, legte seine Hände sachte auf des Königs kalte Hände, gekreuzt auf der reglosen, stillen Brust.

»Gute Nacht, Gebieter«, murmelte er bei sich. »Ich werde mein Bestes für Eure Söhne geben, so wie ich's allzeit für Euch getan habe.«

Doch zu mehr war er nicht imstande und er musste sich mit einem letztmaligen Neigen seines Hauptes begnügen, derweil ihm Tränen in die gewöhnlich so eisigen Alister-Augen quollen. Später entsann er sich nicht daran, das Gemach verlassen zu haben. Joram war es, der ihn für den Rest der Nacht zu Bette geleitete.

Cambers Mitregenten versäumten keinerlei Zeit, um ihren Einfluss auf den neuen König zu festigen. Zur Mittagsstunde des nächsten Tages, als des Domes und der anderen Kirchen Glocken dem alten König zum Abschied läuteten, lag Cinhils Leichnam schon seit drei Stunden in der großen Kapelle der Königsburg mit aller weltlichen Pracht aufgebahrt, nicht weitab von jenem Saal neben der Thronhalle, in dem der König für gewöhnlich mit seinen Räten zusammenzukommen pflegte. Kurz nach der mittäglichen Messe, deren Feier Erzbischof Jaffray in derselben Kapelle abhielt, überbrachten junge Pagen allen Betroffenen die Kunde, der

Regentschaftsrat solle nun zusammentreten. Camber verharrte noch eine Weile lang in Andacht, betete um göttliche Erleuchtung für den jungen König, dann erst begab er sich, Joram an seinen Fersen, in die Ratskammer.

Die anderen Regenten waren bereits zur Stelle – Murdoch, Tammaron, Rhun und Bischof Hubertus – und standen miteinander zur Rechten von des Königs Platz, wo sie eine Unterhaltung mit Graf Ewan führten, dem Sohn des ungemein kränklichen Herzog Sighere. Mitglieder des herkömmlichen Kronrates waren ebenfalls anwesend: Burgvogt Udaut, Erzbischof Oriss und Baron Torcuill de la Marche, welchletzterer unmittelbar neben Cambers gewohntem Platz am unteren Ende der Tafel saß. Keiner dieser drei Männer war unbewandert in der Staatskunst; sowohl Udaut und Oriss hatten zu den ursprünglichen Mitgliedern von Cinhils erstem Kronrat gezählt und Torcuill war sogar schon Imres Kronrat angehörig gewesen. Doch wahrscheinlich konnten sowohl Udaut und Oriss die mit Gewissheit anstehende Umbildung der Ratsversammlung überdauern und Inhaber ihrer Ämter bleiben, Torcuill dagegen nicht, denn er war Deryni, was nicht der Fall war bei Udaut und Oriss. Den Regenten selbst standen durch des Königs verordnungsmäßige Weisung Plätze im Großrat zu, desgleichen Gwynedds Primat, gegenwärtig Jaffray von Carbury, ein früherer Gabrielit und allbekannterweise Deryni. Alle anderen Räte galten als rangniedriger und standen diesen Führern Gwynedds zu Gebote. Von den sechsen waren nur zwei Deryni, namentlich Camber und Jaffray, und das war kein sonderlich ermutigendes Verhältnis.

Alroy saß an der Tafel Kopfende und wirkte in seines Vaters hohem, reich mit Schnitzwerk verziertem Lehnstuhl verwaist und von Missbehagen geplagt. Obwohl man ihm ein Kissen untergeschoben hatte, vermochte auch sein erhöhter Sitz nicht darüber hinwegzutäuschen, dass es sich beim neuen König noch um einen schüchternen Buben von nicht ganz zwölf Lenzen handelte. Die grauen Haldane-Augen glichen verwaschenen dunklen Schatten in seinem fahlen Angesicht und das Gewand aus schonungslosem Schwarz, das er trug, unterstrich die Nachwirkungen der kürzlichen Erkrankung des Jünglings, seine Müdigkeit sowie seine gewohnte Bleichheit umso stärker. Als einzigen königlichen Prunk hatte er um seine Brauen einen silbernen Stirnreif sowie seines Vaters Ring aus Feuer – der ihm an einem Kettlein um den Hals hing – angelegt; sein nackenlanges Haupthaar verbarg das Auge Roms, doch Camber wusste, es war vorhanden, und dass der Jüngling, sollte irgendwer es bemerken und diesbezügliche Fragen stellen, sich daran »erinnern« würde, dass sein Vater einige Tage zuvor, als er sein Ende bevorstehen sah, jedem der Prinzen einen Ohrring geschenkt habe. Vor Alroy lag seines toten Vaters Zeremonienschwert in der dazugehörigen Scheide auf der Tafel und sah bei Tageslicht weit harmloser aus als in der vorangegangenen Nacht im Wallen und Wabern magischer Gewalten.

Beim Gedanken daran verhehlte Camber ein Lächeln und er fragte sich, ob wohl die übrigen Deryni im Saal – jene außer Joram – das machtvolle Od wahrzunehmen vermochten, welches dem Schwert anhaftete; doch selbst wenn das zutraf, ließ sich vermuten, dass sie es lediglich als selbstverständliche Aura rechtmäßiger Macht eines Königsschwertes auslegten und in der Waffe keineswegs eine magische Klinge sahen. Mit aller feierlichen Würde seiner drei Ämter – Regent, Bischof und Reichskanzler – strebte Camber gelassen in den Ratssaal und verharrte Alroy gegenüber am unteren Ende der langen Tafel. Das geheime Wissen, dass seine Mitregenten ihre Treueschwüre auf ein magisches Schwert ablegen mussten, spendete ihm einen gewissen Trost, entschädigte ihn für die Blicke kalter, herzloser Berechnung, die sie ihm zuwarfen, als er sich vor Alroy verneigte.

»Mein Gebieter … Ihr Herren …«

Fahrig verbeugte sich Alroy gleichfalls und Murdoch wandte sich kurz um, widmete ihm ein knappes, hochmütiges Nicken, schaffte es nur mit einiger Mühewaltung, seinen wahrhaftigen Abscheu wider seinen Gegenspieler zu verheimlichen.

»Ich bitte Euch, Herr Reichskanzler«, sprach er, »nehmt Platz, bis die anderen Ratsherren eintreffen!«

Das geäußert, kehrte er sich erneut Tammaron zu und brummte mit gedämpfter Stimme irgendetwas. Camber konnte nichts verstehen, doch anhand von Tammarons Miene sowie des läppischen Auflachens, das über die Lippen Rhuns von Horthness kam, stand mit weitgehender Sicherheit fest, dass er keine freundliche Bemerkung gemacht hatte.

Als Camber seinen Sitz einnahm, dabei einen besorgten Blick mit Torcuill und Joram zu seiner Linken austauschte, kam Jebedias mit Bischof Kai herein, dem dritten Bischof derynischen Blutes in Gwynedd. Nach einer markigen Verbeugung, wie sie einem Kriegsmann anstand, vorm jungen Alroy und einem Nicken in die Richtung der übrigen Regenten belegte Jebedias seinen Platz rechts von Camber, warf seinen Amtsstab lautstark vor sich auf die Tafel. Bischof Kai ließ sich zur Rechten Jebedias' nieder. Nach kurzem Schweigen beugte sich Jebedias ein Stück weit herüber zu Camber und flüsterte hinter achtsam vorgehaltener Hand.

»Mir missfällt, wie die Angelegenheit anfängt. Murdoch wirkt mir allzu selbstzufrieden. Und was treibt Ewan hier? Ich wähnte, er pflegt seinen siechen Vater.«

Camber verklammerte seine Finger ineinander und stützte die Ellbogen auf die Tafel, antwortete dann gleicherweise im Schutze seiner Hände. »Ich wage aus seiner Anwesenheit hier und heute zu schlussfolgern, dass er als dein Nachfolger vorgesehen ist, Jebedias.«

»Mein Nachfolger?«

»Aus welcher Veranlassung könnte er sonst gegenwärtig sein? An Herzog Sighere zu denken hätte sicherlich nahe gelegen, doch weiß niemand zu sagen, ob er je wieder genesen wird. Wer sollte, da Sighere fernbleiben muss, mit höherer Wahrscheinlichkeit für ihn einspringen denn sein ältester Sohn und Erbe?«

»Ewan, so, hm?« Jebedias seufzte bedrückt. »Nun, es könnte uns schlimmer treffen, möchte man meinen. Es hätte ebenso gut Rhun sein können.«

Camber schüttelte das Haupt. »Er ist zu jung. Das ist sogar Rhun selber klar.«

»Allerdings war er nicht zu jung, um einen Regenten abzugeben«, rief ihm Jebedias in Erinnerung.

»Ich habe nie behauptet, ich hätte begriffen, nach welchen Maßstäben Cinhil sich die Regenten ausgesucht hat«, gab Camber zur Antwort. »Aha, da kommt Jaffray. Ich habe das Gefühl, die Versammlung ist damit vollständig. Ich vermute, man möchte sie, wenigstens anfangs, zahlenmäßig beschränkt halten.«

Alle jene, die bereits an der Ratstafel saßen, erhoben sich halb, als der Erzbischof seinen Platz aufsuchte und Alroy eine Verbeugung widmete, doch nicht einmal seine Ankunft bewog den Jüngling zu einem Lächeln, obwohl Jaffray ein regelmäßiger Gast Cinhils gewesen war, sowohl an seiner Tafel wie auch in den Königsgemächern.

Hat man ihm sogar wider Jaffray Gift in die Seele geträufelt?, überlegte Camber. Möglicherweise mochten er und Jaffray als einzige Deryni im Großrat von Gwynedd verbleiben, falls die anderen Regenten in der Tat so gründlich aufzuräumen gedachten, wie Camber insgeheim annahm. Er beneidete Jaffray keineswegs.

»Ihr Herren, wenn wir wohl beginnen könnten«, erhob Murdoch seine Stimme und pochte mit den Knöcheln seiner Faust auf die Tafel, um allgemeine Aufmerksamkeit zu erheischen. »Mein Herr Großzeremonienmeister, wolltet Ihr die Güte haben, die Sitzung förmlich zu eröffnen?« Die Anwesenden standen auf, ausgenommen Alroy, den man anscheinend dementsprechend unterwiesen hatte. Jebedias ergriff seinen Amtsstab und entbot damit dem König einen Salut, dann straffte er sich und forderte durch ein Pochen Aufmerksamkeit. »Ihr Herren, in meiner Eigenschaft als Großzeremonienmeister erkläre ich hiermit diese erste Sitzung des Königlichen Rates von Gwynedd unter Seiner Majestät, König Alroy Bearand Brion Haldane für eröffnet. Möge Gerechtigkeit, gemäßigt durch Barmherzigkeit, alle unsere Entscheidungen auszeichnen.«

»So sei's«, ergänzte Murdoch in nahezu keckem Tonfall. Sobald alle Teilnehmer der Versammlung wieder saßen, packte Murdoch einen Stapel pergamentener Urkunden und Schriftstücke, welcher sich vor ihm auf der Tafel befand, stieß dessen Ränder umständlich und geräuschvoll auf, ein wohl überlegtes wichtigtuerisches Gebaren, das dem Zweck diente, die allgemeine Aufmerksamkeit von neuem voll auf ihn zu lenken. »Als erstes Geschäft werden wir die Bestätigung der Regenten in ihrem Amt vorzunehmen haben«, sprach Murdoch weiter, nicht länger dazu imstande, ein selbstgefälliges Schmunzeln zu unterdrücken. »Wie zu einem vorangegangenen Zeitpunkt an unseres geliebten verstorbenen Königs Cinhil Hof der Welt kund und zu wissen gegeben worden ist, sind die folgenden Herren eingesetzt, um für die Dauer von König Alroys Unmündigkeit als Regenten tätig zu sein: Graf Tammaron Fitz-Arthur, Bischof Alister Cullen, Bischof Hubertus MacInnis, Baron Rhun von Horthness, ferner meine Wenigkeit, bekannt als Graf

Murdoch von Carthane.« Er las für ein Weilchen im obersten Schriftstück seines Stapels, dann ließ er seinen Blick erneut durch die an der Ratstafel versammelte Runde schweifen. Eine flüchtige, noch recht leise Vorahnung allerdings der übelsten Art befiel Camber und er stellte sich insgeheim die Frage, auf was Murdoch nur sinnen möge. Jedermann im Saal war klar, dass als Nächstes die Vereidigung der genannten Regenten an die Reihe kommen musste. Was für einen Streich versuchte Murdoch hier wohl in die Wege zu leiten?

»Unter gewöhnlichen Umständen«, begann in diesem Augenblick Murdoch von neuem, »gälte es nunmehr, die besagten Regenten ihren Treueschwur leisten zu lassen. Nach der Maßgabe einer Durchführungsbestimmung, kürzlich von unserem seligen König Cinhil weise unterzeichnet, welche die Verfahrensweisen des Regentschaftsrates im Einzelnen regelt, ist es jedoch ...« In plötzlicher Bestürzung beugte sich Camber vor. Er hatte eine solche Bestimmung nie gesehen. »... das Vorrecht von vier beliebigen Regenten, einen beliebigen fünften aus ihrer Mitte auszuschließen, im Falle sie ihn einmütig als ungeeignet erachten.« Er richtete seinen Blick geradewegs auf Camber, eine unmissverständliche Herausforderung. »Zu meiner Betrübnis muss ich daher die Anwesenden davon in Kenntnis setzen, dass Graf Tammaron, Bischof Hubertus, Baron Rhun und meine Wenigkeit Bischof Alister Cullen als durchaus eindeutig ungeeignet für das Streben und die Tätigkeit des unserem über alles geliebten König Alroy höchst untertänigen Regentschaftsrates erachten, sodass wir ihn aus unserer Mitte weisen.«

Ein gedämpftes Murmeln des Staunens, dem man beifällige Töne ebenso anhörte wie solche der Missbilligung, ging durch die Versammlung, doch Murdoch reckte eine Hand in die Höhe und heischte somit um Ruhe, ehe er seine Darlegungen fortsetzte. »Ferner ernennen wir, gleichfalls in Übereinstimmung mit den Wünschen unseres geliebten seligen Königs Cinhil und mit dem Einverständnis unseres unserer heißen Liebe versicherten Gebieters König Alroy, den Herzog Sighere von Claibourne zum Fünften im Regentschaftsrat und gestatten seinem Sohn und Erben, dem Grafen Ewan, seinen Herrn Vater als Regent zu vertreten, bis Herzog Sigheres Gesundheit es ihm erlauben mag, seinen Platz im Rat leibhaftig einzunehmen. Bischof Cullen, sollte ich aus Eurer finsteren Miene womöglich die Schlussfolgerung ziehen müssen, dass Ihr diesen Beschlüssen Missfallen entgegenbringt?«

Camber verhalf Murdoch nicht zu der Genugtuung, ihn aufbrausen zu sehen – er richtete nur seinen eisigen Alister-Blick über die gesamte Länge der Tafel hinweg in die Augen des menschlichen Edlen. Er verspürte ringsherum die Bestürzung einer ganzen Anzahl von anderen Ratsherren, Menschen genauso wie Deryni, doch befürchtete er, sie werde keinerlei Unterschied mehr ausmachen. Nie und nimmer hätte Murdoch das Wagnis eines so offen verwerflichen Vorgehens auf sich genommen, verfügte er nicht wirklich über jenes Dokument, das sein Verhalten rechtfertigen konnte. Wie aber Cinhil eine derartige Verordnung sehenden Auges unterzeichnet haben mochte, das wusste Camber sich nicht vorzustellen.

»Wie stets ist der Graf von Carthane auch heute ein scharfsinniger Beobachter«, merkte Camber mit gleichmäßiger Stimme an. »Es muss als seinerseits unerhört gewitzt bewertet werden, zu der Einsicht gelangt zu sein, eine solche Entscheidung müsse mein Missfallen erregen. Ich darf freilich annehmen, dass er uns die Schriftfassung jener angeblichen Durchführungsbestimmung vorlegen und unanfechtbare Zeugen für die Richtigkeit der Unterschrift benennen kann.«

»Mit aller Selbstverständlichkeit kann er das«, lautete Murdochs geringschätzig vorgetragene Entgegnung. »Und sollte irgendwer sich bemüßigt fühlen, hier diese Niederschrift zu vernichten, so sei schon im Voraus festgestellt, dass es sich dabei lediglich um eine von drei gleichermaßen gültigen, da allesamt vom König unterschriebenen sowie von Herrn Udaut und Herrn Erzbischof Oriss gegengezeichneten Niederschriften handelt, welchletztere beide, wie dem Herrn Reichskanzler zweifelsohne auffallen dürfte, selbst keine Regenten sind.«

Mit immer sichtbarerem, da offenkundig nicht länger unterdrückbaren Grinsen der Selbstzufriedenheit reichte er das oberste Schriftstück seines Stapels an der Tafel an Oriss und Udaut weiter, die beide einen kurzen Blick darauf warfen, dann Camber mit Mienen zunickten, als wollten sie ihn um Verzeihung ersuchen; sie gaben es ihrerseits weiter an Jebedias, der sich zu nichts anderem imstande sah als einem Aufseufzen, ehe er das Dokument Camber überreichte. Camber las den Wortlaut der Urkunde mit höchster Aufmerksamkeit, stellte fest, wie überaus leicht es möglich war, in der ungemein engzeilig niedergeschriebenen Handschrift beim Lesen die eine oder andere Zeile zu missverstehen oder ganz zu übersehen, selbst wenn man voraussetzen mochte, dass Cinhil das Schriftstück sorgsam gelesen *hatte*, während sich allerdings durchaus denken ließ, dass er ihm, falls es in einem großen Stoß alltäglicher Schreibarbeiten versteckt worden war, eben *nicht* das angebrachte Maß an Aufmerksamkeit geschenkt hatte; zum Schluss betrachtete Camber das Datum und die Siegel der Gegenzeichner. Nachdem er es schließlich zur Gänze begutachtet hatte, wusste er nach wie vor nicht im Entferntesten, was man nun unternehmen könne. Obschon unanfechtbar feststand, dass der König die Verordnung unterzeichnet hatte, hegte Camber die ähnlich unverrückbare Überzeugung, dass sich Cinhil unmöglich darüber im Klaren gewesen sein konnte, als er sie unterschrieb – doch hieß das nichts, dieweil sich nun, da er nicht länger unter den Lebenden weilte, des Königs Absichten nicht nachträglich ermitteln ließen. Murdoch hatte den ersten Schlagabtausch unbestreitbar gewonnen. Jetzt blieb abzuwarten, wie geschickt er den erlangten Vorteil zu nutzen verstand.

Mit einem Seufzen des Sichfügens händigte Camber das Dokument Torcuill aus, der es sich ansah und ums Haar das Haupt schüttelte; danach erhielt es Jaffray, dessen Miene gleichsam versteinert war; über Rhun und Tammaron kehrte das Pergament zurück zu Murdoch. Der Mann, welcher sich nun zum Sprecher der Regenten erhoben und – auf seine Art und Weise – rühmlich hervorgetan hatte, legte das Schriftstück wieder auf den Stapel und faltete vor sich seine spinnenhaft dürren Finger.

»Ich darf davon ausgehen, Reichskanzler, dass die Verordnung Eure Billigung findet?«, erkundigte er sich mit verhaltener Stimme.

»Meine Billigung nicht, aber mein Einverständnis«, entgegnete Camber in unterkühltem Tone. »Sie trägt die Unterschrift unseres geliebten seligen Königs und als getreuer Untertan und Diener der Krone muss ich mich ihr beugen.«

»Wohl gesprochen«, versicherte Murdoch glattzüngig. »Dieweil somit jede Veranlassung zu weiterem Säumen aus dem Wege geräumt ist, werden die Regenten nunmehr König Alroy ihren Treueschwur leisten. Erzbischof Jaffray, seid Ihr bereit, sodass wir die Vereidigung vollziehen können?«

Jaffray blieb nichts anderes übrig. Er widmete Camber einen trübsinnigen Blick, mit dem er gewissermaßen um Nachsicht bat, erhob sich, verbeugte sich vor Alroy, wartete dann, bis die fünf Regenten gleichfalls auf den Beinen standen und ihre Hände gemeinschaftlich auf das große Zeremonienschwert gestützt hatten, welches vor Alroy auf der Ratstafel lag. Camber hörte nicht einmal zu, derweil Jaffray die Vereidigung abwickelte. Als die Regenten und der Erzbischof sich von neuem an ihren Plätzen niederließen, sobald die Gelübde geleistet worden waren, ahnte er, dass die nächste anstehende Angelegenheit der heutigen Beratung noch ärger ablaufen sollte, als sie zuvor ohnehin befürchtet hatten.

»Als nächster Sache haben wir uns der unter den gegebenen Umständen üblichen Neubildung des Kronrates zu widmen«, ergriff Murdoch tatsächlich gleich darauf von neuem das Wort, »um die Förmlichkeiten zu verkürzen, möge man mir gestatten zu verkünden, dass die Herren Regenten Seiner Königlichen Hoheit den Rat gegeben haben, die Entfernung der im Folgenden genannten Herren aus dem Kronrat zu verfügen: des Herrn Reichskanzlers, Barons Torcuill de la Marche, des Herrn Großzeremonienmeisters sowie des Herrn Bischofs Kai Descantor. Es beliebt Seiner Hoheit, die übrigen Ratsherren gnädig im Großrat zu belassen.«

Zu großmütig ist er, wie?, drang Jorams Gedanke wie ein Wispern in seines Vaters Bewusstsein, obschon des Geistlichen Miene unverändert blieb. *Das sind sämtliche Deryni außer Jaffray, und dessen Recht kann er nicht antasten. Was wirst du tun?*

Tun?, antwortete Camber. *Was könnte ich denn tun? Ich vermag bestenfalls noch ein Wort der Ermahnung vorzutragen, ehe ich einen anstandsgemäßen Abgang vollführe. Ein klügeres, aussichtsreicheres Vorgehen für die Zukunft müssen wir später zu ersinnen versuchen.*

Camber erwiderte Murdochs Blick, derweil die anderen drei vom Großrat ausgeschlossenen Deryni ihren Ältesten um irgendeinen Hinweis ansahen, wie man sich weiter verhalten solle, und keiner von ihnen verließ seinen Platz. Für eine Zeit lang, die sich nachgerade wie eine Ewigkeit hinzuziehen schien, starrte Camber bloß Murdoch in die Augen, ohne mit einer Wimper zu zucken, völlig ohne jede Regung zu zeigen, nährte er vorsätzlich den Eindruck, es sei nicht auszuschließen, dass er den Regenten auf irgendeine Weise trotzen werde. Erst als die Blicke aller Anwesenden auf ihm ruhten und die allgemeine Angespanntheit ein solches Maß erreicht hatte, dass sie – selbst für einen Menschen – mit nahezu greifbarer Dichte und Schwere die Luft erfüllte, griff Camber ganz langsam nach der Amtskette auf seinen Schultern und hob sie sich übers Haupt. Als er die Halskette, deren jedes Glied aus einem goldenen H – für Haldane – bestand, auf der Ratstafel ablegte, dabei mit den Fingerkuppen das angehängte Siegel streifte, ertönten kaum wahrnehmbare Seufzlaute der Erleichterung, die jedoch sofort erstickten, als sich Camber an seinem Platz aufrichtete.

»Eure Majestät, Eure selige Frau Mutter, Königin Megan, hat mich mit diesem Wahrzeichen meiner Amtswürde beehrt, nur wenige Monde nachdem Ihr geboren worden seid«, erklärte er in umgänglichem Tonfall. »Nun gebe ich es in Eure Hände zurück, da Eure Regenten es so wünschen und der Brauch es verlangt. Stets war's für mich eine Ehre und eine Auszeichnung, Eurem seligen Vater dienen zu dürfen, und auch Euch hätte ich mit frohem Herzen gedient.« Verlegen senkte der Jüngling den Blick, und Murdoch sowie die anderen Regenten – ausgenommen Ewan – stierten Camber über die Tafel hinweg feindselig an, doch allem Anschein zufolge gelüstete es keinen der Letzteren sonderlich danach, Camber am Sprechen zu hindern; allen Beteiligten war vollauf klar, dass er, um sein Gesicht zu wahren, irgendwelche Worte äußern musste. »Eurer Hoheit Regenten jedoch …«

»Hütet Euch, Bischof«, warnte ihn Tammaron.

»Eurer Hoheit Regenten jedoch haben anders entschieden«, sprach Camber zungenfertig, ohne sich beeindrucken zu lassen, »mag sein, weil sie's dünkt, ein so alter Mann wie ich sei ohne künftige Nützlichkeit, und es wäre an der Zeit für einen Neubeginn. Vielleicht verhält's sich so. Doch gestattet mir, Majestät, hier meiner Überzeugung Ausdruck verleihen zu dürfen, dass Eurem Vater gut gedient worden ist, und ebenso der Hoffnung, dass jene, die Eurer Gnaden fortan dienen werden, Eure Interessen gleichermaßen im Augenmerk haben wie wir, die wir getreulich gedient haben, ohne dafür irgendetwas an weltlichen Werten als Gegenleistung zu erwarten.« Seine Geste, die er während dieser Rede vollführte, ehe er nach kurzem Schweigen weitersprach, bezeichnete die drei anderen entlassenen Deryni. Er ließ den Blick der hellen Alister-Augen durch die Runde wandern. »Meine Herren Regenten, zum Abschied möchte ich nur ein Wort zu bedenken geben. Euch ist eine unerhört bedeutsame Aufgabe übertragen worden. Unser seliger König und Gebieter hat darauf vertraut, dass Ihr seinen unerfahrenen, unmündigen Söhnen weise und verantwortungsbewusste Ratgeber sein werdet. So gemahne ich Euch, erweist Euch des …«

»Bischof Cullen, legt Ihr's darauf an, uns zu drohen?«, unterbrach ihn Bischof Hubertus, und das Aufleuchten seines Eiferertums in seinen Augen strafte sein Engelsangesicht Lügen.

»Drohen? Nein, mein Herr! Doch fällt's mir zu, Mahner zu sein. Wir alle sind uns dessen wohl bewusst, dass schwierige Zeiten vor uns liegen. Ich ersuche Euch nicht um mehr, als dass Ihr das Wohlergehen von Königreich und König über Eure eigenen Angelegenheiten stellt. Zahlreiche tüchtige und ehrbare Untertanen, Menschen und Deryni gleichermaßen, haben sich aufopferungsvoll ins Zeug gelegt, um dem Geschlecht der Haldanes zu der Höhe emporzuhelfen, welcher es sich seit unseres seligen Königs Cinhil Thronbesteigung rechtmäßig wieder erfreuen kann, und sie allesamt besitzen ein dauerhaftes Interesse am ununterbrochenen, gesunden Fortbestand dieses unseres Herrscherhauses. Wir werden Euch im Auge behalten, Ihr Herren.«

»Und wir werden *Euch* im Auge behalten«, entgegnete Rhun und starrte Camber wütend an. »Gebt Acht, dass Ihr nicht die Grenzen dessen überschreitet, was Euch erlaubt ist, *Bischof!*«

Darauf gab Camber keine Antwort. Mit wohlbedachter, feierlicher Würde wandte er das Haupt und heftete seinen Blick auf Alroy, der sich angesichts der Eindringlichkeit dessen, was sich gerade ereignet hatte, auf seinem Stuhl fast niederduckte. Camber lächelte dem Jung-König zu, verzweifelt darauf bedacht, dessen Unbehagen ein wenig zu lindern, dann legte er die Rechte auf den Busen, verbeugte sich tief und ehrerbietig, wandte sich ab und verließ zuletzt gemächlich den Beratungssaal. Hinter ihm erhob sich Joram, um zu folgen, und unterdessen ergriff Jebedias seinen Amtsstab, strebte mit raschen Schritten ans obere Ende der Tafel, kniete zwischen Alroy und Bischof Hubertus nieder und hielt dem König das Wahrzeichen seines Amtes mit gesenktem Haupt entgegen.

»Auch mir ist die Ehre und das Vorrecht zuteil gewesen, Gwynedd dienen zu dürfen, mein Lehnsherr«, sprach er mit leiser Stimme. »Ich wage zu hoffen, Ihr werdet diesen Stab in niemandes Hände geben, der Gwynedds Frieden weniger entschieden und streitbar als ich verteidigen könnte. Solltet Ihr jemals wieder meiner Dienste bedürfen, so braucht Ihr mich nur zu rufen.«

Alroy schwieg; doch als Jebedias des Jungmannen Hand am elfenbeinernen Stab spürte, hob er den Blick empor und in Alroys Augen, schaute ihn fest an, nahm mit der eigenen Faust Alroys Hand und presste sie in andächtiger Ehrerbietigkeit an seine Lippen.

Er blieb nicht lange genug, um die erschrockene Verständnislosigkeit in des jungen Königs Antlitz zu sehen. Nur beiläufig bemerkte er, wie Bischof Kai und Baron Torcuill sich zum Abschied verneigten, derweil er den Beratungssaal floh. Draußen fand er Camber in vertraulichem Gespräch mit Joram vor.

»Wir müssen uns heute Abend treffen«, flüsterte Camber, indem er Jebedias am Ärmel fasste und in die Unterhaltung zog. »Werdet Ihr gemeinsam mit Joram für die Einberufung sorgen? Was soeben geschehen ist, unterwirft unsere Pläne einer noch höheren Dringlichkeit.«

Zum Zeichen der Zustimmung nickte Jebedias und Joram schaute achtsam über die Schulter, als Bischof Kai und Torcuill aus dem Saal kamen. Camber widmete ihnen seine Aufmerksamkeit und schüttelte das Haupt.

»Es ist gekommen, Ihr Herren, wie wir's befürchtet haben. Nun verbleibt als einziger Deryni Jaffray im Rat, um uns vor den Nachstellungen solcher Leute wie Murdoch und Rhun zu schützen.«

»Und wie Hubertus MacInnis«, knirschte Kai. »Dieser so genannte Gottesmann ist in Wahrheit …«

»Kein Wort mehr!«, warnte Camber und legte eine Hand auf des jüngeren Bischofs Arm, sah sich zugleich bedeutungsvoll um. »Es könnte Lauscher geben. Sein Bruder, der keinen Anlass sieht, Deryni zu mögen, weilt am Hofe.«

»Ja, freilich, ich weiß um den Klatsch, der durch die Königsburg geht.« Kai schien zu erschlaffen. »Nun denn, wie auch immer, hier gibt's für mich nicht länger irgendetwas zu tun. Ich glaube, ich kann am nützlichsten sein, wenn ich Valoret verlasse und mich meinen geistlichen Aufgaben widme. Nicht umsonst bin ich Weihbischof.

Meine Schäflein waren stets auf dem weiten Lande. Wohin werdet Ihr Euch nunmehr zurückziehen, Alister? Nach Grecotha?«

Camber nickte. »Das dünkt mich am günstigsten«, antwortete er gedämpft. »Doch sollten wir untereinander in Verbindung bleiben. Es kann durchaus noch Werke zu vollbringen geben für Männer, die Glauben und Gewissen haben.«

»Mag sein. Aber sie werden am Leben bleiben müssen und ich bezweifle, dass Valoret dafür der rechte Ort ist. Sagt Jaffray, er möge auf der Hut sein.«

»Jaffray?«, meinte Joram. »Deutet etwas darauf hin, dass er in Gefahr schwebt, Euer Gnaden?«

»Gefahr?«, entgegnete Kai leise. »So mag man's wohl heißen. Denkt Euch, Ihr wärt Murdoch und würdet Deryni hassen und Jaffray wäre der einzige Deryni, der die Reinheit Eures Regentschaftsrates noch beeinträchtigt, was tätet Ihr da?«

»Wir werden versuchen ihn zu warnen, dass er Vorsicht walten lassen möge«, stimmte Camber zu. »Und Ihr, Torcuill, was wird aus Euch? Welche Pläne hegt Ihr?«

Der Baron hob die Schultern. »Schätze, ich kehre zurück in meine Marken. Mir wird sonderbar zumute sein, nach so vielen Jahren des Dienstes hier am Hof, aber Bischof Kai hat Recht. Hier ist kein Aufenthalt mehr für einen Deryni.«

Ich frage mich, ob es überhaupt noch irgendeinen Aufenthalt für Deryni gibt, dachte Camber, während sie ihrer verschiedenen Wege gingen. *Was soll nun, da es nicht gelungen ist, der Bedrängnis schon im Regentschaftsrat zu wehren, aus uns werden? Können wir bestehen?*

9

Wehe dir, Land, dessen König ein Knabe ist …

Prediger 10,16

Für den restlichen Nachmittag und bis in den Abend hinein schlief Camber. In der Nacht zuvor hatte er gar nicht geschlafen, eine Tatsache, welche er weder Joram noch Rhys mitteilte. Als er mit geruhsamer Allmählichkeit wieder erwachte, endigten die Glocken des nahen Doms soeben das Läuten zum Komplet. Schon seit nahezu fünf Stunden musste es dunkel sein.

Er erlaubte sich die beachtliche Behaglichkeit eines ausgiebigen Räkelns und gähnte, suchte sich daran zu erinnern, wann er sich das letzte Mal ein so schlichtes und doch so schwelgerisches Vergnügen geleistet hatte. Erinnerungen an die vorangegangene Nacht traten aus seinem Gedächtnis an des Bewusstseins Oberfläche, aber er verdrängte sie mit behutsamer Sorgsamkeit, derweil er eine Reihe von geistigen Versenkungsübungen betrieb, nach und nach seine Kräfte in ihr gewohntes, fein ausgewogenes Gleichgewicht brachte; danach unternahm er den Versuch, das Wissen um jene geheimen Vorgänge, mit welchen er sich erst jetzt einigermaßen abzufinden vermochte, in irgendeiner verstandesmäßigen Hinsicht mit mehr Klarheit zu erhellen. Doch während er mit seiner ersten Maßnahme vollen Erfolg hatte, blieb ein solcher bei letzteren Bemühungen aus, selbst als er den vernunftbetonteren Teil seines Innenlebens, der von Alister stammte, zum Zwecke aufbot, für die Vorfälle der Nacht eine vernünftige Erklärung zu finden. Cinhil und die sonderbaren Umstände seines Hinscheidens gestatteten keinen Vergleich.

Seltsamerweise fühlte er sich jedoch durch jene Ereignisse keineswegs beunruhigt und ebenso wenig bereitete ihm Cinhils Tod als solcher regelrechten Gram. Nicht etwa, dass er den König nicht vermisst hätte, trotz dessen halsstarriger Eigensinnigkeit, die ihn bisweilen zermürbt hatte; so verhielt es sich beileibe nicht. Aber es war so offenkundig gewesen – falls man überhaupt sagen konnte, dass in besagter Nacht irgendetwas offenkundig war –, dass Cinhils Dasein einen Fortgang nahm, dass er als bereitwilliger Wandersmann ins wie auch immer beschaffene Reich des Jenseits hinüberwechselte. Anderweitig als bei einigen wenigen Malen, als Cinhil unbefangen das Ritual der Messfeier nachgerade rauschhaft auskostete, hatte Camber ihn niemals länger als für flüchtiger Augenblicke Dauer wirklich glücklich gesehen. Die fast fünfzehn Jahre ihres gemeinsamen Wirkens waren an Gegensätzlichkeiten und Bitterkeiten reich gewesen – für beide, wenn man der Wahrheit die Ehre gab.

Nichtsdestotrotz bedauerte Camber abermals, dass er im Laufe jener verflossenen Zeitspanne nicht ehrlicher und offener zu Cinhil hatte sein können, und ebenso war ihm klar, sein Alister-Teil, nicht sein ureigenstes Ich, war es gewesen, der die Fähigkeit besessen hatte, mit Cinhil in den tiefsten, sehr spirituellen Bereichen an Gemeinsamkeiten zu knüpfen – wenngleich die Ansicht, dass er und Alister nach all jenen Jahren noch unverändert völlig voneinander getrennt seien, sich womöglich durch eine gewisse Einfalt auszeichnete. Vielleicht war die Verschmelzung schon längst vollkommen, vorangetrieben durch seine fruchtbaren Beziehungen sowohl zu Cinhil wie auch zu Jebedias, deren Ersterer ihn zu Lebzeiten nur als Alister gekannt hatte, deren Letzterer allerdings wusste, er war beides, Camber und Alister. Falls die zwei Seiten seines Innern sich im Verlauf der Jahre einander weitgehendst angeglichen hatten, mochte das mehr oder weniger die Leichtigkeit erklären, mit welcher Cinhil die Enthüllung von Cambers Geheimnis aufgenommen hatte, als sie sich am Ende nicht mehr abwenden ließ. Womöglich war sie im Lichte dessen, was sich Cinhil zur gleichen Zeit offenbart hatte, gar keine so sonderlich aufregende Enthüllung gewesen.

Er seufzte, setzte sich im Bett auf, gähnte noch einmal, schwang dann die Beine auf den Fußboden und erhob sich. Bis er nun sich gewaschen, angekleidet und etwas zum Essen aufgetrieben hatte, musste die Mitternacht kurz bevorstehen. Zu dem Zeitpunkt musste er in den Räumlichkeiten des Camberischen Rates eintreffen.

Der Camberische Rat, durch Erzbischof Jaffray so benannt, als dieser Zirkel sich vor sieben Jahren zusammenfand, war aus einem Gedanken erstanden, welchen Camber und seine Kinder in den Jahren nach Cinhils Thronbesteigung immer häufiger besprochen hatten. Nun waren acht Jahre verstrichen, seit die fünf – Camber, Joram, Evaine, Rhys und Jebedias – die Beschaffenheit eines derartigen Zirkels zu erarbeiten begonnen, alte derynische Kenntnisse, wie sie einem solchen Bunde von Nutzen sein mochten, zu erkunden angefangen hatten.

Mahaels *Historia der Lande von Kheldour*, die durch Paigan Howiccan im vergangenen Jahrhundert aufgezeichneten Sagen, Suhens *Annalen* aus dem fernen R'Kassi, sämtliche Schriften Orins, ferner zahlreiche weniger berühmte und bedeutsame Werke – sie alle zog man zurate, um die Kenntnisse zu erweitern.

Am Ende des ersten Jahres ihrer gründlichen Vorbereitungen, zur Zeit der Wintersonnenwende, war es so weit, dass sie den Rat auf acht Mitglieder vergrößern konnten, indem sie aufnahmen: Dom Turstane, einen ungemein begabten und fähigen Heiler-Priester und

Gelehrten, empfohlen vom ehrwürdigen Dom Emrys, der aus Altersgründen das zunächst ihm vorgetragene Anliegen ablehnte; Erzbischof Jaffray, gleichfalls geschult und ausgebildet im Gabrieliten-Orden, dessen Leumund und Ansehen als Deryni und Geistlicher ganz und gar frei war von jedem Makel; und Gregorius von Ebor, einen der tüchtigsten und leistungsstärksten Deryni, dem Camber je begegnet war, zwar ohne jede Schulung seitens der Gabrieliten oder Michaeliten, ohne jedoch dadurch in seinen Fähigkeiten und deren Anwendung auch nur im Mindesten gehindert zu sein. Cambers innerer Alister-Anteil hatte ihm Gregorius nahe gelegt und manchmal verspürte Camber die Neigung, sich insgeheim zu fragen, ob sein *Alter Ego* an ihrer Ratstafel nicht dann und wann einen neunten Platz besetzte.

Diese drei letzteren Mitglieder durften das Geheimnis von Alister Cullens wahrem Innern, das die anderen miteinander teilten, nie erfahren; in allen anderen Dingen jedoch waren sie Gleichrangige und bereicherten den Rat um ein beträchtliches Maß an Befähigungen und Macht. Während der sieben Jahre seit ihrem ersten förmlichen Beratungstreffen hatten sie in mancher Beziehung sogar mehr erreicht, als Camber ursprünglich zu hoffen wagte. Über die Wiederentdeckung etlicher magischer Verrichtungen hinaus, welche viele Geschlechterfolgen lang als verloren angesehen worden waren, auch über das Zusammenschmieden einer machtvollen Geisteseinheit hinaus, die alle derartige Magie zu beherrschen vermochte, war es ihnen gelungen, viele der uralten derynischen Regeln des Zweikampfes zu sammeln und zusammenzufassen, zur Begründung mehrerer zusätzlicher *Scholae,* wie es sie zur Ausbildung von Deryni gab, heimlich beizutragen, in denen eine ganze Anzahl Deryni mit vorher unerkannt gewesenen geistigen Begabungen ihre Schulung erhielt, und ferner hatten sie nicht wenige Angehörige ihres Volksstammes zur Ordnung gerufen, deren Benehmen andernfalls zu ernster Vergeltung an allen Deryni seitens jener hätte führen können, welche der Magie unduldsam gegenüberstanden. Für den Fall, dass es einstmals zu den befürchteten Verfolgungen kam, war von ihnen dahingehend vorgesorgt worden, dass zumindest einige wenige eine Zuflucht besaßen, dass wenigstens ihre Art und deren Wissen nicht sterben sollten.

Im letztjährigen Frühling hatte sich ihre Zahl vermindert, dieweil der geliebte Dom Turstane einem Schlaganfall erlag; während sie nämlich über mehrere mögliche Anwärter für seine Nachfolge berieten, stellten sie fest, dass ein Kreis von sieben Mitgliedern sowie einem leeren Sitz sich noch besser bewährte als die vorherige achtköpfige Runde.

Was immer die Veranlassung war, mit der Zeit hörten sie sogar das Reden davon auf, den leeren Platz wieder zu besetzen. Irgendwann im Laufe dieses Zeitraums hatte Jebedias eine scherzhafte Bemerkung mit dem Inhalt gemacht, besagter Platz werde wohl für Sankt Camber freigehalten, vielleicht weil er unbewusst spürte, was Camber unterdessen empfand, und sowohl Gregorius wie auch Jaffray, beide leidenschaftliche Anhänger der Camberianer-Bewegung, griffen den Namen sogleich auf. Fortan sprach man von Sankt Cambers Sitz. Der Camberische Rat blieb siebenköpfig.

Nun eilte einer dieser sieben zu der mit seinen Genossen verabredeten Versammlung, huschte einen von Schatten durchzogenen Korridor entlang, während er noch an der Kehle des Umhangs Spange schloss, unterwegs zu Jaffrays Gemächern und der dort befindlichen Porta Itineris. Den Erzbischof würde er nicht mehr antreffen; doch blieb die Porta vorhanden und benutzbar. Durch ihren Gebrauch vermochte Camber innerhalb nur eines Augenblicks zur Ratskammer zu gelangen.

Um diese Stunde begegnete er im Korridor niemandem und er war froh darum. Als er vor Jaffrays Tür stand, erforschte er kurz mit seinen Deryni-Sinnen die Räumlichkeiten, welche dahinter lagen, spähte in beide Richtungen den Korridor hinab, beugte sich sodann über den Türgriff, ertastete mit seinem Geist die Riegel, setzte sie behutsam mit jener besonderen derynischen Fähigkeit in Bewegung, die durchaus nicht alle Angehörigen seines Volksstammes mit einem solchen Grad von Genauigkeit anzuwenden verstanden.

Währenddessen übte er auf den Türgriff beständig schwachen Druck aus, bis er zuletzt spürte, wie der Griff nachgab. Mit einem Lächeln – aus Freude, weil er noch immer über seine alte Geschicklichkeit verfügte – öffnete er die Tür und betrat die Gemächer, schloss die Tür hinter sich und sperrte sie wieder ab. Nach wenigen gedämpften Schritten, in für den Hausgebrauch bestimmten leichten Stiefeln mit Fellsohlen über den Teppich getan, schlüpfte er in Jaffrays Schlafgemach, begab sich an die Wand gegenüber und zog den Vorhang beiseite, um in Jaffrays Oratorium zu huschen.

Er erfüllte seinen Geist mit innerer Ruhe und stellte sich den Bestimmungsort vor, ließ sich innerlich vom Bewusstsein um jenes Ortes Kraftfülle durchströmen; für einiger Herzschläge Dauer richtete er sich voll auf den angestrebten Ort aus, bot seine Willenskraft mit aller Festigkeit zu dessen Erreichung auf. Dann nutzte er seine Geisteskräfte auf die erforderliche Weise, bog und beugte das Gefüge von Raum und Zeit und gleich darauf befand er sich nicht länger im Oratorium zu Valoret.

Als sein Blickfeld sich von neuem klärte, sah er Jaffray persönlich unmittelbar vor der jenseitigen Porta stehen, in der Hand eine Kerze. Der Erzbischof war vom Haupt bis zu den Zehen ins gleiche dunkle Purpur von Priesterrock und Umhang gehüllt wie Camber; sein schwarzer, von Grau gestreifter Gabrieliten-Zopf und das von Edelsteinen schwere Brustkreuz schimmerten im Kerzenschein. Voller Unruhe nickte er, als Camber seinen Blick erwiderte.

»Ich bedaure, was im Regentschaftsrat geschehen ist, Alister. Ich wünschte, ich hätte irgendetwas tun können.«

Camber zuckte die Achseln, indem er aus der Porta trat, in seinem Angesicht einen Ausdruck von Schicksalsergebenheit.

»Wir haben Murdoch unterschätzt. Was anderes kann ich sagen?«

»Ihr tragt keine Schuld«, erwiderte Jaffray leise, indem er das Haupt schüttelte. »Keiner von uns hätte gewähnt, er könne dermaßen unverschämt sein. Übrigens, habt Ihr schon vernommen, dass man Tammaron zum Kanzler ernannt hat?«

»Ich hab's gemutmaßt, dass es so kommt«, gab Camber freudlos zur Antwort und lenkte seinen Blick hinüber zum Eingang in die Ratskammer.

Dort wartete Jebedias mit Jesse, Gregorius' ältestem Sohn, sowie Cambers Enkeln Davin und Ansel, den nun im Jünglingsalter befindlichen Söhnen des gemeuchelten Cathan MacRorie. Diese drei Jungmannen durften regelmäßig als Gäste zu den Sitzungen des Rates erscheinen, denn alle drei hatten sie in den dahingegangenen Jahren viele Monate damit zugebracht, mit ihren Gefolgsleuten ihre jeweiligen Ländereien abzureiten und sich zu bemühen, das Treiben ebensolcher Rotten zu unterbinden, wie eine vor erst wenigen Tagen Camber und Joram belästigt hatte. Mehr als nur eine Hand voll junger derynischer Hitzköpfe war in Culdi und Ebor örtlichen Gerichten vorgeführt und für die Schandtaten, welche von ihnen selbst und ihren Untergebenen angerichtet worden waren, zu Geldstrafen oder zeitweiliger Kerkerhaft verurteilt worden. Aufgrund der Erfahrungen, die sie bei der Durchführung solcher Maßnahmen sammelten, befragte der Camberische Rat Mannen wie Jesse, Davin und Ansel oft nach ihren Auffassungen. Auf den Schultern solcher Wackeren würde letztendlich die Zukunft aller Deryni in Gwynedd ruhen.

Als die drei sich vor den beiden Bischöfen mit höchster Achtung verbeugten, lächelte Camber zur Begrüßung, fragte sich zugleich, warum sie wohl mit Jebedias vorm Eingang harrten; dann schlussfolgerte er, dass Joram und Evaine wahrscheinlich ihm die Entscheidung darüber vorbehalten wollten, ob der Sachverhalt von Rhys' neuartiger Fähigkeit vor Leuten besprochen werden dürfe, die nicht dem Rat angehörten, oder nicht. In *seiner* Seele jedoch gab es in dieser Frage keinen Zwiespalt. Er nickte Jebedias zu und drückte ihn in einer Geste der Ermutigung an der Schulter, derweil er mit Jaffray vorüberschritt.

Fackeln flackerten in goldenen Wandarmen zu beiden Seiten gehämmerter eherner Torflügel, röteten mit ihrem Feuerschein die ohnehin rötlichen bronzenen Reliefs, hoben die Darstellungen noch stärker hervor, sodass die abgebildeten Gestalten, als die Torflügel aufschwangen und Schatten über die markig gekerbten Kunstwerke glitten, zum Leben zu erwachen schienen. Evaine und Joram hatten sich bereits eingefunden, standen ruhelos an ihren Plätzen im Westen und Süden der achtseitigen Tafel. Gregorius, das einzige außer ihnen schon im Innern der Kammer befindliche Ratsmitglied, stapfte vor der mit Holzfachwerk unterteilten Elfenbeintäfelung der nordöstlichen Wand auf und nieder, täuschte lebhaftes Interesse an den Bildnissen vor. Noch drei weitere der acht Wände unterm Deckengewölbe, das einem geschliffenen Amethyst glich, waren gleichartig getäfelt und stellten Ereignisse der derynischen Sagen und Geschichte dar. Die wuchtigen Torflügel, welche bis unter die Decke emporragten, nahmen die Nordwand ein und die drei übrigen Wände bestanden noch aus kahlem Stein, denn selbst nach sieben Jahren der Arbeit war die Ratskammer innen noch immer nicht vollendet.

Als Gregorius die Ankömmlinge eintreten hörte, hob er freudig den Blick und eilte ihnen entgegen, um den älteren der beiden Männer in die Arme zu schließen.

»Alister!« Er trat zurück, um Camber aus einer Armlänge Abstand zu mustern. »Man hat mir berichtet, dass Ihr mich besucht habt, während ich verletzt und ohne Besinnung war, und ich vermag mich nicht einmal zu erinnern. Ihr müsst mich für einen üblen Gastgeber halten.«

»So ich mich recht entsinne, seid Ihr keineswegs in der Verfassung gewesen, um irgendwem ein Gastgeber sein zu können, außer vielleicht dem Engel des Todes, hätte Rhys nicht rechtzeitig eingegriffen«, lautete Cambers kauzige Entgegnung. »Hat Evaine Euch noch anderes über jenen Tag erzählt?«

»Das habe ich noch nicht, Pater Alister«, äußerte Evaine und vollführte einen nachlässigen Knicks, als sich Camber dem riesigen Tisch näherte. »Ich meine allerdings, der Graf sollte in dieser Nacht endlich davon erfahren. Rhys befand sich unterwegs, um nach den Prinzen zu schauen, als ich ihn verließ, aber ich glaube, sobald er eintrifft, sollte der gesamte Rat die Geschichte der Begebenheit vernehmen, von welcher hier die Rede ist. Ferner habe ich Jesse, Davin und Ansel zur Teilnahme an der heutigen Beratung eingeladen. Habt Ihr dagegen irgendwelche Einwände? Anbeträchtlich der Umstände könnten ihre Ansichten uns womöglich zu einigen gänzlich neuen Erkenntnissen verhelfen.«

»Ich habe keine Einwände«, antwortete Camber. »Ihr, Jaffray?«

»Durchaus nicht«, lautete des Erzbischofs Erwiderung.

»Dann sind wir uns also einig«, stellte Camber fest, indem er im Norden seinen Platz zwischen dem Evaines und Sankt Cambers Sitz belegte, gleichzeitig Jaffray auf der anderen Seite des freien Sitzes Platz nahm. »Gregorius, ich bitte Euch, würdet Ihr sie wohl hereinrufen?«

Als Jebedias mit den drei Jungmannen eintrat, winkte Joram seine beiden Vettern heran und auf Stühle zu den Seiten seines Sitzes, derweil Jesse, sichtlich erregt – sich auf einen Stuhl zwischen seines Vaters und Evaines Platz setzte. Camber schenkte Jesse, um ihn zu ermutigen, ein warmherziges Lächeln, dann schaute er, als Jebedias sich genau gegenüber hinsetzte, seine zwei Enkel an.

»Willkommen, ihr jungen Herren«, sprach er und grüßte auf diese Weise sie alle. »Jesse, was du neulich erlebt hast, das weiß ich. Wie aber steht's mit unseren jüngeren MacRories? Welche Neuigkeiten – die uns interessieren möchten, derweil wir auf Rhys warten – gibt's aus eurem Teil des Königreiches?«

Davin, der zur Rechten Jorams saß, zeigte sein wohl bekanntes, ungemein breites Grinsen, das in seinem mannhaft schönen, ebenmäßigen, noch nahezu bartlosen Angesicht nachgerade sämtliche geraden, blanken Zähne entblößte. Obwohl er Camber als keinen anderen denn Alister Cullen kannte, standen sowohl er wie auch sein Bruder dem Bischof nun schon seit vielen Jahren nahe.

»Wir hatten uns erhofft, Ihr könntet *uns* Neues berichten, Herr Bischof«, gab Davin zur Antwort. »Zahlreiche Gerüchte laufen um, doch Tatsachen, welche darum umso kostbarer zu bewerten sind, vernimmt man nur wenige.«

»In solchen wie diesen Zeiten kommen stets zahllose

Gerüchte auf«, entgegnete Camber rätselhaft. »Ich vermute, ihr habt vom Ableben des Königs vernommen?«

Ansel nickte ernstmütig; er glich seinem älteren Bruder beinahe wie ein Ei dem anderen. »Um die Mittagsstunde habe ich ein vertrauliches Sendschreiben von Dafydd Leslie erhalten, Herr Bischof. Darin teilte Dafydd mir mit, dass der König in der letzten Nacht verstorben ist und der Regentschaftsrat sich heute erstmals zu einer Beratung zusammenfinden werde. Ist das geschehen?«

»Nicht allein das«, sprach Jaffray voller hörbarem Unmut und die Augen aller Anwesenden richteten sich auf ihn. »Murdoch hat auch einen Weg gefunden, um Alister von der Regentschaft auszuschließen.«

»Nein!«

Das war für die drei Jungmannen eindeutig eine Neuigkeit, und anscheinend ebenso für Gregorius, der das Hin- und Herwandern einstellte und wie ein Benommener verdutzt zu seinem Sitz stapfte.

»Doch. Herzog Sighere hat man zu seinem Nachfolger bestimmt – das heißt, gegenwärtig vertritt ihn sein Sohn Ewan. Überdies hat man alle Deryni aus dem Rat gedrängt, mit denen's sich machen ließ. Ich bin der einzige verbliebene Deryni im Rat.«

Joram schnob. »Und Euch hätte man, wäre es nur durchführbar gewesen, gleichfalls abgeschoben.«

Nach kurzem, von Schrecken gekennzeichnetem Schweigen fand Davin die Sprache wieder.

»Wie … wie ist's ihnen gelungen, Bischof Alister abzusetzen?«

»Durch ein geheimnisvolles Dokument, angeblich vom König unterschrieben«, antwortete Jaffray und verfiel vor lauter Hohn nahezu in einen Singsang. »Oh, freilich, es trägt König Cinhils Unterschrift, gewiss«, fügte er hinzu, als er in Davins Miene wachsende Empörung erkannte, »sogar pflichtgemäß durch Gegenzeichnung bezeugt. Daran ist leider gar kein Zweifel möglich. Eine Fälschung hätten wir ersehen und folglich anfechten können.«

»Wer hat die Gegenzeichnung vollzogen?«, erkundigte sich Jesse.

»Die Herren Oriss und Udaut, von denen wahrscheinlich keiner ahnte, was er da unterschrieb, so wenig wie der König selbst«, erwiderte Jaffray ohne Umschweife. »Ach, es sind fürchterliche Zustände, die dort Einzug gehalten haben, das kann man mit Sicherheit sagen. Bischof Alister ist aus dem Rat entfernt, Sighere dagegen als Regent aufgenommen worden. Bischof Alister ist als Reichskanzler abgesetzt und statt seiner Tammaron in besagtes Amt erhoben worden. Jebedias hat man seines Amtes als Großzeremonienmeister entkleidet und stattdessen Ewan damit versehen. Auch Torcuill und Bischof Kai hat man aus dem Rat geworfen. Der alleinige Grund, weshalb ich noch Ratsmitglied bin, ist darin zu sehen, dass man mich nicht ohne weiteres abschieben kann. Der Erzbischof von Valoret bleibt jederzeit Mitglied im Großrat, sei er nun Deryni oder nicht … wenigstens vorerst.« Er stieß ein Seufzen aus. »Und das alles sind Tatsachen, keine Gerüchte. Ich selbst war zugegen, als diese Ungeheuerlichkeiten geschahen.«

Seine mit bissiger Schärfe geäußerte Bekräftigung der dergestalt veränderten Lage verursachte in der Ratskammer ein beklommenes Schweigen, das niemand brach, bis wenig später die Torflügel von neuem aufschwangen und Rhys hereinkam.

Jaffrays Schilderung hatte einiges an Zeit eingespart und so war es möglich, sogleich mit einem Meinungsaustausch über die neuen Verhältnisse zu beginnen. Man sprach über den jungen König Alroy, seine mangelhafte Gesundheit, die Tatsache, dass er die Belastungen, welche mit seiner hohen Stellung als Oberhaupt des Reiches auftraten, nach den ersten Eindrücken nur schlecht vertrug; Rhys hatte ihn, bevor er in dieser Nacht ging, um den Camberischen Rat aufzusuchen, mit einem Schlafmittel zu Bett schicken müssen. Man besprach sich gleichfalls bezüglich der Regenten, und jeder Anwesende tat von jedem einzelnen jener Männer seine Beobachtungen kund, sodass sich ein einheitliches Bild der Gefahren, die von einem jeden derselben ausgingen, zu entstehen begann.

Das wiederum führte zu einer Unterhaltung über die Rotten verantwortungsloser, meist junger Deryni, die als Unruhestifter durchs Land streiften, dem zweiten Grund, aus welchem man – außer aufgrund der Veränderungen im gwyneddischen Großrat – die heutige Versammlung anberaumt hatte. Und Cambers Erzählung von der Begegnung mit jenem Haufen, der auf der Landstraße Manfred MacInnis und dessen Begleitung angepöbelt hatte, leitete über zu den Gründen, aus welchen ursprünglich von Camber selbst dieselbe Landstraße bereist worden war, und zu guter Letzt zu dem, was sich zuvor auf Schloss Ebor zutrug.

Da brachte Graf Ebor das Gespräch mit allem Nachdruck zum Stocken. Es bedurfte einer zweifachen Darlegung des Geschehens, einmal durch Rhys, dann nochmals von Cambers Seite, ferner einer Vorführung am auf nahezu feindselige Weise ungläubigen Grafen selbst, ehe Gregorius überhaupt die Neigung zeigte, sich damit abzufinden, dass das Berichtete sich tatsächlich ereignet hatte.

»Ich vermag schlichtweg nicht zu begreifen, wie's möglich sein soll, einem Deryni seine Geisteskräfte zu nehmen«, murrte Gregorius zuletzt, noch immer dazu außerstande, seine Gekränktheit vollends zu überwinden. »Und dass ich mich nicht daran erinnern können soll, dass du in meinem Geist gewirkt hast, Rhys – und

Ihr und Joram gleichfalls, Alister. Nun, derlei hat man nicht mit mir anzustellen vermocht, seit ich mich im zartesten Kindesalter befand.«

»Wäre es nicht um Leben oder Tod gegangen«, begann Rhys, »nie hätte ich …«

»Ach, dessen bin ich mir wohl bewusst«, unterbrach Gregorius ihn ungeduldig. »Ich verüble dir nicht, Gott sei mein Zeuge, dass du eingegriffen hast. Andernfalls weilte ich womöglich nicht hier. Es geht mir nur darum … Verdammnis, Rhys! Mir sind nicht die Vorteile der hoch geschätzten gabrielitischen Schulung zuteil geworden, auch ermangelt's mir an dem, was Joram und Alister bei den Michaeliten erlernen durften, doch ich habe meine Forschungen und Übungen mit etlichen herausragenden Männern – und auch Frauen – betrieben«, – an dieser Stelle nickte er Evaine zu – »und ich hätte geschworen, es sei mir auf jeden Fall möglich, eine solche Lücke in meinen Erinnerungen zu entdecken. Ich … ich bin ganz einfach … bestürzt!«

»Dazu ist sicherlich zur Genüge Anlass vorhanden«, antwortete Rhys gemessen. »Wenn's dich tröstet, so nimm zur Kenntnis, dass ich einen Großteil der Schuld an deinen Gedächtnislücken deines Hauptes Verletzung zuschreibe. Ein Verlust der Erinnerung an einen Unfall und die Umstände seines Geschehens ist keineswegs ungewöhnlich. Manchmal entsinnt sich ein Verunglückter, manchmal eben nicht. Und berücksichtigt man überdies, dass ich dir einen Schlaftrunk verabreicht hatte …« Er hob die Schultern. »Was mich allerdings nach wie vor in Erstaunen versetzt, ist die Leichtigkeit, mit welcher es mir gelungen ist, dir die Geistesfähigkeiten zu nehmen und sie sodann wiederherzustellen, sobald ich erst einmal wusste, wie es sich bewerkstelligen lässt. Oh, es hat viel Kraft gekostet, darauf mein Wort – keine magische Verrichtung ist mühelos durchführbar –, aber nicht mehr als eine beliebige andere heilerische Maßnahme. Es ist höchst betrüblich, dass Dom Turstane nicht länger unter uns weilt. Ich hätte zu gerne einen zweiten Heiler dabei, sodass wir unsere Wahrnehmungen miteinander vergleichen könnten.«

Jaffray neigte gedankenvoll das Haupt auf die Schulter, während er mit geschmeidigen Fingern über die goldenen Einlegearbeiten der Tischplatte strich. »Glücklicherweise war Turstane nicht der einzige Heiler, mit dem wir zusammengewirkt haben«, sprach der Erzbischof. »Um ehrlich zu sein, ich glaube allerdings, nicht einmal Turstane mit all seiner Tüchtigkeit hätte nachzuvollziehen vermocht, was allem Anschein nach Ihr getan habt.«

»Nicht nur dem *Anschein* nach«, merkte Joram mit leiser Stimme an. »Fragt Gregorius, ob er seine Geistesgaben lediglich dem *Anschein* nach zeitweilig verloren hat.«

»Nun wohl. *Concedo.* Ich muss es gestehen, ich bin mehr als nur ein wenig verwundert ... und ich bin beunruhigt. Bislang glaubte ich, dass ich Zugang zu jeder einzelnen Besonderheit des gesamten esoterischen Wissens der Gabrieliten besäße – und deren Aufzeichnungen sind wahrscheinlich die umfangreichsten und genauesten Schriften, welche sich in dieser Hinsicht irgendwo an einem Ort gesammelt befinden dürften. Im Laufe der vergangenen sieben Jahre haben Alister und Evaine mit mir zusätzlich die Weisheit der Uralten und Ahnen geteilt, von deren Aufzeichnungen Alister und Joram zu Grecotha fortgesetzt immer noch weitere entdecken. Doch nichts von alldem hat mich auf so etwas gefasst gemacht. Einem Deryni die ihm eigentümlichen geistigen Befähigungen nehmen zu können, das steht zu allem im Gegensatz, was wir glauben oder was man uns gelehrt hat.«

»Ihr sprecht mit nahezu kirchenfürstlicher Missbilligung, mein Herr Erzbischof«, äußerte Rhys mit ansatzweisem, leicht verzerrtem Lächeln. »Wieso das? Zumindest unter sorgsam vorbereiteten Umständen vermögen wir jemandem derynische Fähigkeiten zu verleihen. Warum sollte es dem widersprechen, wenn's möglich ist, sie andererseits zu nehmen?«

»Das ist etwas gänzlich anderes, Ihr wisst's sehr wohl«, entgegnete Jaffray fast vorwurfsvoll. »Einem Menschen Deryni-Kräfte zu geben und einem Deryni seine Fähigkeiten zu entziehen, das sind durchaus zwei verschiedene Dinge.«

»Ich neige dazu, dem beizupflichten«, meldete sich Evaine zu Wort; ihr entging, welche Wirkung ihre weiteren Äußerungen auf Davin, Ansel und Jesse ausübten. »Cinhil derynigleiche Kräfte zu schenken, das war eine magische Maßnahme, deren Vollziehbarkeit zum Teil auf Cinhils eigenen, ziemlich einzigartigen inneren Voraussetzungen beruhte. Was Rhys an Gregorius vollbracht hat, ist eine völlig andersartige Verrichtung.«

»Wirklich?«, meinte Joram. »Rhys war an beiden Maßnahmen beteiligt. Vielleicht ist die erfolgreiche Verleihung von Deryni-Kräften an Cinhil in Wahrheit ausschließlich auf seine Mitwirkung zurückzuführen. Es lässt sich nicht leugnen, Rhys' Teilnahme ist in beiden Fällen ein gemeinsamer Umstand.«

Davin, der unterdessen mit seinem Bruder und Jesse stumme Blicke der Entgeisterung gewechselt hatte, vermochte nun nicht länger zu schweigen.

»Halt, ich bitte Euch, haltet für einen Augenblick ein! Ihr meint, Ihr drei, Ihr habt König Cinhil magische Fähigkeiten *verliehen?!«*

»So könnte man wohl sagen«, antwortete Evaine. »Doch darf dieses Wissen niemals diese Kammer verlassen. Richtiger wäre es aber wohl, den Vorgang dahingehend zu beschreiben, dass wir in Cinhil gewisse Grundlagen entdeckt haben, die es uns überhaupt erst ermöglichten, ein Verfahren zu ersinnen, mit dem in ihm entsprechende Fähigkeiten zum Gedeihen gebracht werden konnten.« Sie sah Rhys an. »Wir haben zwar nie zuvor den Gedanken erwogen, ein Heiler als Mitwirkender könne ein notwendiger Umstand zum Gelingen selbigen Verfahrens gewesen sein, aber ich bezweifle, dass dieser Umstand bei Cinhil von entscheidender Bedeutung war – dagegen bedarf es allerdings sehr wohl eines Heilers, um das zu vollziehen, was Rhys bei Gregorius getan hat. Ich war nämlich nicht dazu imstande.«

»Dann sollte es doch leicht genug sein, eine Probe zu vollführen«, sprach Jebedias. »Lasst uns nachprüfen, ob Rhys jedem beliebigen Menschen Deryni-Kräfte schenken kann. Habt Ihr dergleichen schon jemals versucht, Rhys?«

Rhys schüttelte das Haupt. »Nein, und ich bin mir sicher, es könnte nicht gelingen.«

»Warum nicht?«

»Dieweil ich glaube, dass Cinhil und sein Geschlecht eine ganz besondere Ausnahme sind, was diese erwähnten inneren Voraussetzungen anbetrifft. Es *mag* sein, dass es noch mehr Menschen von diesem Schlag gibt, doch bin ich niemals einem begegnet. Was nun den vermuteten Zusammenhang mit meiner Heiler-Gabe angeht, so bin ich, offen gestanden, nie auf diesen Einfall gekommen, bevor eben Joram ihn ausgesprochen hat, aber ich bin nicht der Ansicht, dass darin die Lösung liegt. Wenn ich heile, fühle ich, wie aus meinem Innern Kräfte abfließen, und bei Cinhils Kräfte-Verleihung habe ich nichts davon gespürt. Außerdem gebe ich zu bedenken, dass in der vergangenen Nacht eine ähnliche Maßnahme an Cinhils Söhnen durchgeführt worden ist, und zwar ohne meine unmittelbare Teilnahme. Nahezu während der gesamten Dauer befand ich mich ja außerhalb des magischen Kreises.«

Mit einem Pochen seiner Fingerknöchel auf die Tafel erheischte Jaffray Aufmerksamkeit.

»Nun denn, ich glaube, das ist ein strittiger Sachverhalt, diese Verleihung von Deryni-Kräften. Rhys, es spricht nichts dagegen, dass Ihr an einigen mit höchster Sorgsamkeit auserwählten Menschen dementsprechende Versuche macht, wenngleich ich gleichfalls die Auffassung vertrete, dass sie ergebnislos verlaufen dürften. Doch widmen wir uns abermals Gregorius' Fall. Rhys, habt Ihr eine Vorstellung, wie lange der Zustand des Fehlens seiner Kräfte gewährt hätte, wäre er nicht wieder von Euch behoben worden?«

Versonnen schüttelte Rhys das Haupt. »Ich sehe keine Möglichkeit, als davon auszugehen, dass besagter Zustand ohne Behebung durch äußere Einwirkung auf unbegrenzte Dauer erhalten geblieben wäre, obschon ich einräumen muss, dass diese meine Ansicht allein auf unseren bislang sehr beschränkten Erkenntnissen über diese Angelegenheit beruht. Oh, sicherlich kann's sein, dass solchermaßen genommene Kräfte schließlich von selbst wiederkehren, aber wer vermag das zum gegenwärtigen Zeitpunkt mit Gewissheit zu sagen? Gleichartig möglich ist's, dass sie für immer fort sind, wenn niemand heilerisch eingreift. Und sobald ein Gedächtnisschwund vorliegt, käme der Betroffene möglicherweise nicht einmal mehr im Entferntesten auf den Gedanken, er habe einmal Kräfte besessen, deren Wiedererringung sich lohne.«

»Was für eine grässliche Überlegung!«, stieß Evaine hervor und vermochte ein Schaudern des Entsetzens nicht zu unterdrücken. »Verfolgt man diese Vorstellung einmal zu ihrem schrecklichen, aber nahe liegenden Ende, weiß man, was geschehen möchte, wenn … Nun, ich nehme keineswegs an, Menschen könnten jemals das erlernen, was Rhys da vollbracht hat, aber sollte es ihnen gelingen, genug von uns auf ihre Seite zu ziehen, denen so etwas nicht unmöglich wäre, dann … ja, dann gäbe es vielleicht binnen einer Geschlechterfolge keine Deryni mehr!«

»Einen Augenblick!«, murmelte Camber. »Verweilt hier einen Augenblick lang! Rhys, habe ich recht gehört, habt Ihr vorhin geäußert, es sei nicht undenkbar, dass Gregorius' Kräfte von allein zurückgekehrt wären?«

»Ich habe diese Möglichkeit jedenfalls nicht ausgeschlossen«, gab Rhys vorsichtig Auskunft. »Gegenwärtig kann man noch alles als möglich erachten.«

»Dann möchte es doch sehr wohl der Fall sein, dass es sich bei dem, worüber wir hier im Meinungsaustausch stehen, nicht um eine Ausmerzung der Deryni-Kräfte handelt«, sprach Camber leise und bedächtig, »sondern vielmehr um … um eine *Blockierung* selbiger Kräfte.« Infolge der Tiefsinnigkeit seiner Erwägungen waren seine buschigen Alister-Brauen einander nahe gerückt. »Wären sie nämlich *genommen*, es gäbe kein Mittel zu ihrer Wiedererlangung, es sei denn, durch ein magisches Ritual jener Art, wie wir es mit Cinhil vollzogen haben. Das aber war bei Euch nicht vonnöten, Gregorius. Rhys hat an Euch nichts durchgeführt außer einer im Rahmen des gewohnten Vorgehens befindlichen Heilung. Keine Magie.«

Gregorius' hageres Angesicht verzog sich zu einer Grimasse angestrengtester geistiger Bemühungen. »Aber wenn meine Kräfte lediglich einer Blockierung unterlagen, weshalb ließen sie sich dann nicht länger feststellen? Man sollte doch meinen, dass ein Deryni mit Rhys' gründlicher Ausbildung und seinem Leistungsvermögen …«

»Nein, halt, wartet!«, fiel ihm Camber ins Wort. »Mag

sein, eben das ist daran so wunderbar … falls man von dieser Sache in solchen Begriffen reden kann. Wenn's nur eine Blockierung ist, so doch eine dermaßen starke, dass selbst ein anderer Deryni sie nicht zu erkennen vermag, außer er wüsste, wo genau er zu suchen hat. Na, das möchte doch durchaus einen Nutzen haben.«

»Ein Deryni zu sein, es jedoch nicht zu wissen und auch nicht feststellen lassen zu können?«, fasste Joram zusammen. »Das nennt Ihr nützlich?«

»Es kann von Nutzen sein, wenn Menschen nicht nachzuweisen vermögen, ob man Deryni ist oder nicht«, versicherte Camber. »Sollte es zu Verfolgungen kommen, könnte das sogar von überaus großer Nützlichkeit sein.«

»Ich weiß nicht recht«, äußerte Gregorius mit merklichem Zweifel. »Falls Verfolgungen auftreten, ich glaube, ich wäre weit lieber im Vollbesitz all meiner geistigen Fähigkeiten, um meine Sippe verteidigen zu können.«

»Und wenn's dahin gekommen ist, dass Ihr und Eure Sippe der Verteidigung bedürft«, gab Camber zur Antwort, »vermeint Ihr, dann gäb's nicht genug Krieger im Dienste der Krone, um Euch zu hetzen, zu stellen und anzugehen? Wenn genügend Kämpfer mit Schwertern Euch angreifen, wähnt Ihr, Ihr fändet noch die Zeit, um Euch ihrer mit Euren magischen Kräften zu erwehren? Das ist ein Irrtum, dem die meisten Menschen ebenso verfallen sind. Anscheinend glauben sie, irgendwo warteten große Heerscharen von Deryni, die von arkanen Kräften strotzen, nur darauf, sich auf sie zu stürzen, um alle Menschen mit ihrer bösen magischen Machtfülle zu versklaven.«

»Haben die Festils denn nicht genau das getan?«, bemerkte Evaine in gedehntem Tonfall.

»Sie haben sich, wie Ihr wissen dürftet, die Herrschaft über Gwynedd vornehmlich im Handstreich angeeignet«, lautete Cambers Gegenrede, »so wie dann auch

Imre im Handstreich gestürzt worden ist. Was ich klarstellen will, ist doch, dass die Menschen, wo immer sie in schierer Übermacht handeln, wann immer es um das Aufgebot rein körperlicher Kraft geht, in nahezu jedem Fall den Sieg davontragen. Und je mehr wir unsere magischen Kräfte wider Menschen einsetzen, und sei's auch zur allergerechtfertigsten Selbstverteidigung, umso mehr werden sie uns den Besitz derselben Kräfte zum Vorwurf machen und behaupten, wir stünden im Bunde mit ... ach, mit Dämonen, bösen Geistern, den Mächten der Finsternis, was eben für so etwas in Frage kommt.«

Missbehaglich wand sich Jaffray an seinem Platz. »Gewiss gewiss, ich verstehe, was Ihr zu verdeutlichen wünscht, Alister. Ich sehe auch ein, dass es für einen Deryni ein offenkundiger Vorteil sein kann, wenn die Tatsache, dass er ein Deryni ist, sich durch Menschen nicht feststellen lässt. Aber ich betrachte es keineswegs als bereits sicher, dass die von Rhys entdeckte Maßnahme einen Deryni tatsächlich ganz und gar unerkennbar macht. Ihr wisst, genau wie ich, dass es etliche Drogen gibt, die nur auf Deryni oder nur auf Menschen wirken, ferner solche, die auf Deryni und Menschen völlig verschiedene Wirkungen haben. Müssen wir nun annehmen, dass derartige Drogen auf einen Deryni, dessen Kräfte blockiert sind, andere Wirkungen ausüben?«

Rhys zuckte mit den Schultern und schüttelte das Haupt. »Das ist noch gänzlich ungeklärt. Was ich bei Gregorius vorgenommen habe, war schwerlich ein ordnungsgemäßer Versuch. Zu viele andere Gegebenheiten haben dabei Einflüsse ausgeübt. Nun jedoch sind wir auf eine andere wichtige Sache gestoßen. Zwar stimmt's, dass diese Drogen, von denen Ihr soeben Rede geführt habt, zumeist auf die rechte Weise zu Heilzwecken verwendet werden, gleichfalls ist's aber wahr, dass solche Stoffe bereits in der Vergangenheit missbraucht worden sind, dazu verwendet, Deryni zu entdecken und zeitweilig ihrer Kräfte zu berauben. Mir ist bekannt, dass die Wächter in des Königs Kerkern eine Abart des *Merascha* benutzen, um derynische Gefangene in der Gewalt zu behalten. Gelernt haben sie's von derynischen Kerkermeistern Imres. Und derlei gemahnt uns daran, dass sich bisweilen, aus was für Gründen auch immer, Deryni dazu hergeben, an der Verfolgung und Unterdrückung von ihresgleichen teilzunehmen. Da ist eine weitere Gefahr, wider welche wir besondere Vorsichtsmaßnahmen treffen müssen – dagegen nämlich, dass diese neue Erkenntnis, falls sie vermittelt werden kann, nicht in falsche Hände gerät.«

»Ja, freilich, wir haben stets unsere Judas-Schafe inmitten unserer Herde gehabt, oder?«, sprach leise Jebedias. Und Camber wusste, er entsann sich eines bestimmten Michaeliten, auch eines toten Prinzen, der in einem winzigen Grab unter einem michaelitischen Bollwerk ruhte. »Doch wie steht's denn nun mit der Wirkung jener erwähnten Drogen auf Deryni mit abgeblockten Kräften?«, fügte Jebedias hinzu. »Wird die Wirkung wie auf Deryni oder wie auf Menschen ausfallen? Rhys, Ihr seid hier unter uns der Heiler. Was wird geschehen?«

»Ich nehme an, das werden wir erst herausfinden müssen«, lautete Rhys' Antwort. »Sollten die Drogen auf die gewohnte Art und Weise wirken, sehe ich, falls uns ernsthaft daran gelegen ist, den fraglichen Sachverhalt zu klären, ein gehöriges Maß an Kopfschmerzen und unerfreulichen Nebenwirkungen voraus. Jebedias, ich habe den Eindruck, Ihr wünscht Euch als Freiwilliger zu melden.«

Jebedias stieß gedämpft ein reuevolles Auflachen aus. »Diese Absicht hatte ich nicht, doch sei's. Ich werde tun, was notwendig ist.«

»Meinen Dank. Evaine, Licht meines Lebens, wie

denkst du darüber, für eine gute Sache die Nachwirkungen des *Merascha* zu erdulden? Und du, Joram?«

Wohl oder übel gab Joram mit einem Nicken sein Einverständnis. Evaine warf ihrem Gemahl über die Tafel hinweg eine Kusshand zu und lächelte ihn an.

»Ich stehe dir in allen Dingen vollauf zu Gebote, Gebieter und Geliebter, sogar bei *Merascha*-Nachwirkungen«, sprach Evaine. »Welche du zum Glück zu lindern vermagst«, fügte sie hinzu. »Doch mich dünkt's, unterdessen sollten wir keineswegs aus den Augen verlieren, was es eigentlich und wahrhaftig ist, was du vollführst. Es mag vollkommen richtig und angebracht sein, die Wirkungen zu erforschen, aber ebenso müssen wir die Ursachen aufdecken. Vorerst wissen wir ja noch nicht einmal, ob es sich um eine regelrechte heilerische Verrichtung handelt, die bisher völlig unbekannt war, oder ob's womöglich nur eine ganz außergewöhnliche und einzigartige Eigenheit deinerseits ist. Wir wissen auch nicht, ob du das gleiche Ergebnis bei einem anderen als Gregorius ebenso hervorrufen kannst. Und das bringt uns darauf, dass möglicherweise die Absonderlichkeit in Wirklichkeit bei Gregorius vorliegt.«

»Aber, aber, ich bitte Euch …«, begann überstürzt Gregorius.

»Nein, sie hat gänzlich Recht«, sprach Camber, lehnte sich zurück und ließ seinen Blick durch die Runde schweifen. »Es *könnte* durchaus irgendeine Seltsamkeit in Euch vorhanden sein, Gregorius – obwohl ich persönlich aufgrund dessen, was ich selbst beobachtet habe, daran Zweifel hege. Doch ich schlage vor, dass wir bedenken sollten, wie wir diese neue, noch unerforschte Fähigkeit Rhys' für nutzreiche Zwecke einzusetzen vermöchten, auch wenn wir noch keine Antworten auf die vielen damit verbundenen und offenen Fragen haben, und sobald welche gefunden sind, sollten wir's, das versteht sich wohl von selbst, erst recht tun. Anmerken muss ich freilich, um sie mit Nutzen unter etwaigen verzweifelten Umständen einzusetzen, denn einem Deryni die Fähigkeiten zu nehmen – oder sie so zu blockieren, dass er sich ihrer nicht entsinnen kann oder sie sich nicht mehr feststellen lassen –, nur um sein nacktes Leben zu retten, muss sicherlich als verzweifelte Tat gelten. Jaffray, Eure Einschätzung erachte ich als besonders wertvoll, dieweil auch Ihr ja eine Heiler-Ausbildung genossen habt.«

»Ich werde tun, was ich kann. Ich kenne mehrere hervorragende Heiler, welche …«

»Oh, noch nichts dergleichen!«, wagte Evaine dem Erzbischof in die Rede zu fallen, indem sie ihr Haupt schüttelte und eine Hand hob. »Ich bin ganz fest davon überzeugt, dass es sich empfiehlt, die Kenntnis von dieser Angelegenheit strengstens innerhalb dieser Wälle zurückzubehalten, sie fast so nachdrücklich zu bewahren wie das Beichtgeheimnis. Sollte das Wissen darum nach außerhalb gelangen, und würden die Menschen infolgedessen etwa schlussfolgern, es sei nicht länger möglich, Deryni zu ›entlarven‹ – wäre diese Annahme nun wahr oder nicht –, so könnte dadurch ein Blutbad ausgelöst werden, zu dem im Vergleich das Gemetzel zu Nyford sich wie ein sommerliches Kinderfest ausnehmen möchte.«

Der Schrecken, welchen ihre Worte bei den Anwesenden erzeugte, führte zu einem Schweigen, als seien die Männer vom Donner gerührt worden, das für etlicher Herzschläge Dauer die Kammer mit Bedrücktheit und Beklemmung erfüllte. Schließlich gab Jebedias ein Husten von sich, regte sich an seinem Platz mit merklichem Missbehagen, nestelte ruhelos an einer Spange seiner Gewandung. Der Seufzlaut, welchen er ausstieß, unmittelbar ehe er das Wort ergriff, sprach gleichsam im Umfang vieler Bände von einer Müdigkeit, die in der Ratskammer alle empfanden.

»Evaine hat Recht, ja, aber es mag sein, sie hält sich zu sehr an diesen einen neuen Sachverhalt«, äußerte der Großmeister. »Rhys' neuartige Fähigkeit ist nicht die Angelegenheit, mit welcher wir uns zurzeit in der Hauptsache zu befassen haben. Oh, ich stelle beileibe nicht in Abrede, dass in dieser Hinsicht eine Gefahr besteht.« Er kam mit letzterem Satz den voraussehbaren Gegenreden mehrerer Anwesender zuvor, die offenbar an seinen Worten Anstoß nahmen. »Ich habe einen Verwandten, dessen Grundbesitz kaum einen Tagesritt von Nyford entfernt liegt. Ich weiß von ihm recht genau, wie's dort zugegangen ist.«

»Was also ist dann Euer Einwand?«, fragte Evaine nach.

Jebedias schüttelte sein Haupt. »Mein Einwand lautet, dass wir allesamt, jeder Einzelne von uns hier, den eigentlichen Anlass dieser Versammlung aus dem Augenmerk verloren haben, indem wir in jeder erdenklichen Weise bezüglich dieser neuen Befähigung, die sich bei Rhys gezeigt hat, abgeschweift sind. Beachtet einmal folgende Erwägung. Was ist für unser gegenwärtiges Vorgehen von höherer Bedeutung, eine neuartige, gänzlich unerforschte Fähigkeit, welche zur Gefahr werden *könnte, falls* irgendein anderer sie sich aneignet und *falls* einmal die Falschen darüber verfügen, oder fürwahr in Fleisch und Blut leibhaftige junge Flegel, welche unsere Landstraßen abreiten und über unseresgleichen Übel heraufbeschwören, indem sie Menschen verdrießen und gegen uns aufbringen, darunter solche Menschen, die als Feinde für uns eine überaus ernste Bedrohung verkörpern?«

»Er ist im Recht«, musste Camber zugestehen. »Und damit sollten wir, das ist eindeutig, zur eigentlichen Veranlassung unserer Zusammenkunft zurückkehren. Gregorius, Ihr und Jesse, Ihr habt von uns allen am längsten auf den Landstraßen Umschau gehalten. Wisst Ihr irgendwelche Anregungen vorzutragen?«

Als Gregorius seinen Sohn anblickte, hob Jesse die Schultern. Obzwar er der Jüngste unter den Versammelten war und bisher wenig gesprochen hatte, betätigte er sich doch am eifrigsten in der Überwachung und Sicherung der Landstraßen in Ebor, zumal andere Verpflichtungen seinen Vater häufig zu stark beanspruchten, als dass der Graf sich dieser Aufgabe vollends hätte widmen können. Jesses bislang gewonnene Erfahrungen verliehen ihm eine Verständigkeit, welche seiner sechzehn Lenze herkömmliche Reife weit übertraf.

»Es ist schwierig, Euer Gnaden, dazu Angaben in allen Einzelheiten zu machen. Für gewöhnlich erkennen die Überfallenen ihre Bedränger nicht. Ich wage zu vermuten, auch Ihr habt von jenen, die Euch zu behelligen sich erkühnten, keinen schon einmal zuvor gesehen?«

»Das ist richtig, aber ich würde sie erkennen, sähe ich sie nochmals wieder. Da fällt mir ein, ich könnte mit dir eine geistige Verbindung eingehen und dir ihr Aussehen anhand meiner Erinnerung mitteilen, und Joram vermöchte Gleiches mit Davin und Ansel zu vollführen. Wäre das eine Hilfe?«

»Davon bin ich überzeugt«, bestätigte Ansel mit glockenheller Stimme. »Ein Großteil unserer Schwierigkeiten bestand von jeher darin, die Schuldigen ausfindig zu machen. Die Aussagen derynischer Zeugen wider derynische Schandtäter besitzt jedoch ein viel erheblicheres Gewicht denn die Aussagen von Menschen gegen Deryni, bist du nicht auch dieser Meinung, Jesse?«

Nachdrücklich nickte Jesse. »Oh doch, vollkommen. Von all diesen Dingen, welche zuvor hier besprochen worden sind, habe ich keine sonderliche Ahnung, Euer

Gnaden, außer dass sie mir fürwahr Schrecken einflößen, aber ich kenne zahlreiche der Edelleute aus den Gegenden Dolbans und Ebors, und diese Edlen müssen zwangsläufig auf den dortigen Landstraßen reiten. Solltet Ihr und Herr Joram uns diese oder jene Rüpel erkennbar machen können, so werden die MacRories und ich sicherlich irgendwelche Vorwände zu ersinnen vermögen, um gegen sie vorzugehen. Wir könnten sie zumindest für einige Zeit daran hindern, ihr schmähliches Treiben fortzusetzen.«

»Das klingt in meinen Ohren tatsächlich wie ein ungemein vernünftiger Vorschlag«, gestand Camber zu. »Falls nicht irgendjemand hier noch etwas hinzuzufügen hat, sollten wir die heutige Sitzung vielleicht beendigen, dann werden Joram und ich unseren jungen Freunden Näheres mitteilen. Jebedias, kann das deinen Einwänden vorerst Genüge tun? Ich wüsste nicht, zu was für sonstigen sinnvollen Ergebnissen wir heute noch gelangen könnten, und der Tag war für uns alle sehr lang.«

Mit vielfachem Nicken und Gemurmel erteilte die Runde ihre Zustimmung, und dieser Bekundung schloss sich ein allgemeiner Aufbruch an, von welchem sich nur die fünf von der vorgeschlagenen Maßnahme Betroffenen ausnahmen, aber Camber wusste, dass zumindest Gregorius draußen auf ihn zu warten gedachte, und wahrscheinlich ebenso Jebedias. Sobald die Ratskammer von der Mehrzahl der Beratungsteilnehmer geräumt worden war, setzte sich Joram zwischen seine beiden Vettern und stellte unverzüglich zu beiden gleichzeitig ein geistiges Band her, denn diese drei waren ein solches Zusammenwirken auf geistiger Ebene längst gewohnt. Camber widmete seine Aufmerksamkeit Jesse.

»Nun denn, Jesse, bevorzugst du irgendeinen besonderen Weg, um eine geistige Verbindung zu jemandem zu schaffen, mit dem du zuvor noch nicht geistig vereint warst? Ich glaube, wir hatten in dieser Beziehung noch nie miteinander zu tun, oder?«

»Beide Fragen muss ich verneinen, Herr Bischof«, erwiderte Jesse und schaute Camber vertrauensvoll an. »Aber mein Vater hat mich recht gründlich unterwiesen, falls das eine hilfreiche Grundlage sein kann. Ich weiß, Ihr habt bereits mit ihm zusammengewirkt.«

Camber lächelte und richtete sich bedächtig auf, gab zugleich dem Jüngling durch eine Geste zu verstehen, er möge auf seinem Stuhl verbleiben. »Nun, dann dürfte es leicht für uns sein«, versicherte er und legte eine Hand auf jene ihm zugewandte Schulter Jesses, drehte sich und trat hinter ihn. »Der Tag war in der Tat übers Maß ausgedehnt und ich bin müde, daher lass uns eine recht feine, schlichte, deinerseits geistig vornehmlich tatenlose Verbindung eingehen, und sobald du bereit bist, will ich dir meine entsprechenden Beobachtungen übermitteln.« Er schob seine Hände auf des Jünglings Schultern, lockerte mit den Daumen ein wenig die verspannten Muskeln in Jesses Nacken.

»Sammle dich, sei gelöst und entkrampft«, sprach er mit leiser Stimme auf den Jungmannen ein, derweil er spürte, wie Jesse tief Atem schöpfte und ihn wieder entließ, unterdessen schon nach Cambers Anweisung verfuhr und im geistigen Bereich ein erstes zaghaftes Band knüpfte. »Vorzüglich. Das wird ein Vergnügen, ich seh's voraus. Nun atme nochmals ein und aus …«

Indem er das sprach, stieg er zwei Geistesschichten auf einmal hinunter und bemerkte, wie des Jünglings Bewusstsein ihm in tadelloser Angleichung hinabfolgte, sich seinem Geist annäherte, am Zustandekommen der geistigen Vereinigung mitwirkte, so reibungslos mit seinem Bewusstsein verschmolz, wie er es sich nur wünschen konnte. Camber schloss die Augen, während sich das Geistesband festigte, sich dessen bewusst, dass mittlerweile auch Jesse nicht länger durch des Hauptes Augen sah, dann ließ er seine Hände ganz einfach auf des Jungmannen Schultern erschlaffen; die körperliche Berührung war nicht länger notwendig, nur wäre es umständlicher gewesen, sich gegenwärtig zu bewegen, als so zu verbleiben, wie er da in Jesses Rücken stand.

Jesses geistige Schilde fielen mit einer Leichtigkeit, welche Camber, mit Gregorius sehr vertraut, an sich hätte erwarten müssen; sobald die Geistesverbindung erstellt war, übermittelte er dem Jüngling die Erinnerung an den Vorfall in der Nähe Dolbans mit nicht mehr Aufwand, als ein Wimpernzucken zu erfordern pflegte. Einen Moment lang verweilte er noch in stummem gemütsmäßigem Gleichgewicht, kostete die seelische Gemeinschaft aus, dann wich er zügig aus Jesses Innerem zurück, derweil der Jungmanne zugleich seine geistigen Wehren von neuem aufrichtete, und als er die Augen aufschlug, sah er Jesse das Haupt wenden, um ihn anzuschauen. Des Jünglings Angesicht zeigte ein Lächeln freudiger Erregung, als sei auch er von der Mühelosigkeit, mit welcher sie aufeinander einzugehen vermocht hatten, sehr angetan.

»Glanzvoll getan, mein junger Freund«, sprach Camber mit gedämpfter Stimme, drückte zur Aufmunterung des Jungmannen Schulter, bevor er erneut Platz nahm. »Kein Zweifel möglich, wessen Sohn du bist. Hast du von jenen Flegeln welche erkannt?«

»Mit völliger Gewissheit, Euer Gnaden. Am Morgen werde ich als Erstes unsere Männer aussenden und die Betreffenden in Gewahrsam nehmen lassen und ebenso werde ich mit Graf Davin und Herrn Ansel die gewonnenen Erkenntnisse austauschen. Meinen Dank, Herr Bischof.«

»Ich habe *dir* zu danken, Jesse.«

Wohlgefällig blickte Camber ihm nach, als der Jüngling hinaus zu seinem Vater eilte, dann wandte er sich um und bemerkte, dass Jorams Blick auf ihm ruhte. Davin und Ansel waren bereits fort, und Joram lächelte andeutungsweise.

»Wenn ich dich so ansehe, möchte ich wohl meinen, der junge Jesse hat dir eine angenehme Überraschung bereitet«, sprach Joram.

»Darauf möchte ich ohne weiteres antworten, du hast Recht«, erwiderte Camber. Er leistete sich ein beträchtlich ausgedehntes Rekeln und gähnte, dann stand er auf. »Entweder steigern meine Leistungen sich im Alter noch oder die Jungen genießen heutzutage eine gelungenere Schulung. Dieser Jesse ist geistig weich wie Seide, noch geschickter als Gregorius. Ich scheue geradezu den Gedanken, was für ein Meister er mit der Ausbildung eines Michaeliten oder Gabrieliten sein könnte.«

»Ei, wie *haben* wir dich verdorben«, entgegnete Joram. »Ich vermag mich nicht darauf zu besinnen, dass du dergleichen jemals geäußert hast, ehe du Michaelit geworden bist.«

Camber lächelte herzhaft und schlang den Arm um seines Sohnes Schultern, während sie Seite an Seite zu den gewaltigen Torflügeln strebten, und bevor er Antwort gab, tastete er mit seinen derynischen Sinnen hinaus auf des Tors andere Seite, um sich dessen zu vergewissern, dass dort niemand noch harrte außer Jebedias.

»Du hast vollständig Recht. Ich war ein stumpfsinniger Tropf ohne die geringste Ahnung. Doch nun lass uns nach Valoret zurückkehren, um uns noch etwas Schlaf zu gönnen. Gott allein mag wissen, was diese fluchwürdigen Regenten uns morgen wieder für Scherereien machen!«

10

Gegenwärtig jedoch ist angemessen für dich und dein Haus, Trauer zu zeigen.

III Hermas 7,12

Camber lud Rhys, Evaine, und Jebedias am folgenden Abend in seine Gemächer zum Mahle mit ihm und Joram, doch nur als Vorwand; Rhys brachte nämlich seine Arzttasche mit. Bis zu Cinhils Beisetzung, welche in kaum noch einer Woche stattfinden sollte, war über den Königlichen Hof tiefe Trauer verhängt worden, daher gab es im Burgsaal zurzeit keine förmlich gestalteten Tafelfreuden. Die meisten Bediensteten verzehrten schlichte Atzung in ihren Unterkünften.

Nach wie vor lag Cinhils Leichnam in der Burgkapelle prunkvoll aufgebahrt, behütet von auserwählten Kriegern der Königlichen Handschar sowie – in bestimmtem Wechsel – einer Reihe zumeist menschlicher Edler, durch die Regenten zu Ehrenwachen auserkoren. Man brachte die Prinzen täglich zum Gebet an ihres Vaters Totenbahre und sie durften jedes Mal gemeinsam mit den anwesenden Wachen auch eine kurze Totenwache halten, solange zumindest ein Regent dabei war; davon abgesehen jedoch – und von Alroys flüchtigem Auftreten bei seiner Ausrufung zum König, zusammen mit Herolden und den Regenten – blieben die Prinzen in Abgeschiedenheit. Die Unterbrechung des üblichen Treibens am Hofe verlieh dieser Woche der Trauer über die Trostlosigkeit der Wintertage hinaus zusätzliche Düsternis und Bedrückung.

Diese Verhältnisse ließen sich auch durch die Stimmung während der von Camber mit seinen Kindern und Jebedias anberaumten Zusammenkunft nicht recht auflockern, denn nach einem kargen Mahl mussten sich die fünf an die selbst gestellte Aufgabe machen, die Möglichkeiten und Grenzen von Rhys' neuer, noch unbewältigter Fähigkeit zu erkunden. Sie entschieden, Rhys solle sich an diesem Abend zunächst mit Jebedias befassen, denn Letzterer war in die Vorgänge um Gregorius nicht verwickelt gewesen. Der michaelitische Großmeister erweckte einen opferbereiten, zugleich aber neugierigen Eindruck, als er sich in einen für ihn am Kamin aufgestellten Lehnstuhl setzte, Rhys sich auf die Armlehne an seiner Seite hockte. Evaine nahm einen Platz neben Rhys ein, ein wenig hinter den beiden, wogegen Camber und Joram sich gegenüber auf Stühlen niederließen, um das Weitere zu beobachten. Rhys rieb sich die erkalteten Hände und musterte Jebedias überaus nachdenklich.

»Nun wohl, ich werde Euch darüber nicht mehr kundtun, als Ihr bereits wisst«, sprach er leise. »Mit Euch habe ich nur wenig mehr zusammengewirkt als mit Gregorius, und das heißt, wir beide beginnen mit ungefähr gleichen Voraussetzungen. Entspannt Euch ganz einfach, so als gedächte ich eine gewöhnliche heilerische Anwendung vorzunehmen. Seid Ihr bereit?«

»Wie stets«, gab Jebedias zur Antwort, ließ sein Haupt an die Rücklehne sinken und schloss die Lider.

Rhys widmete Camber einen kurzen Blick, hob dann die Hände an beide Seiten von Jebedias' Haupt, schob die Finger in dessen schwarzes, im Ergrauen befindliches Haar, legte die Daumen an die Schläfen. Jebedias zuckte bei der Berührung nicht einmal geringfügig zusammen, doch ein flüchtiges Beben seiner Wimpern verriet seine innerliche Angespanntheit. Ohne ihm die Zeit zu weiterer Besorgnis zu gewähren, fing Rhys mit seinen Deryni-Sinnen zu handeln an; er durfte Jebedias' wohl bedacht bezähmte geistige Wehren unbehelligt durchqueren, setzte sodann seinen Weg auf den vertrauten Pfaden des Heilens fort, verharrte dann, selbst inwendig unruhig, unmittelbar vor jenem Punkt, an welchem die Aufhebung der Deryni-Kräfte sich auslösen ließ.

Für eines Herzschlages Dauer zögerte er noch, überzeugte sich nochmals von dem, was ein tief in seinem Innersten verwurzelter Teil seines Ichs bereits ahnte; danach ging er um einen winzig kleinen Schritt weiter, vergleichbar mit einer Haaresbreite, und sofort spürte er, wie die unterstellte Wirkung eintrat. Jebedias' Geisteswehren und Deryni-Gaben verschwanden allesamt binnen eines Augenblicks, waren eben noch vorhanden, nunmehr jedoch schlagartig fort. Er fuhr zusammen, als er bemerkte, wie ihm geschah, und schlug die Augen auf, derweil Rhys mit einem unterdrückten Ausruf herumwirbelte und Camber ansah.

»Jesus, es hat geklappt!«, flüsterte er und wich weit genug von Jebedias zurück, um gespannt in dessen Antlitz zu blicken. »Seid Ihr wohlauf, Jebedias?«

Jebedias, die Augen so weit aufgerissen, wie es überhaupt möglich war, hob nahezu widerwillig eine Hand an die Schläfe, ließ sie dann über die Wange wieder herabrutschen und in den Schoß fallen. »Gottverdammt, das ist das absonderlichste Gefühl, das ich jemals verspürt habe!«

»Soll ich's sogleich wieder rückgängig machen?«, erkundigte sich Rhys. »Seid Ihr ganz sicher, dass Ihr Euch wohlauf befindet?«

Jebedias nickte, wenngleich man ihm einige Bedenken anmerken konnte. »Nein, behebt's nicht sofort wieder, wenn Ihr diesen Zustand zu erforschen beabsichtigt, muss sich wohl oder übel einmal jemand für ein Weilchen mit ihm abfinden.« Er schüttelte das Haupt. »Es ist, als wäre ich im Innern meines eigenen Geistes ein Gefangener.« Er richtete seinen Blick hinüber zur Tür und schüttelte sein Haupt nochmals. »Meine Sinne reichen nicht einmal bis zu dieser Tür. Ich kann keinen hier wahrnehmen. Heilige Mutter Gottes, ist es so, ein Mensch zu sein?«

»Ich ... ich glaube, ja«, erwiderte missbehaglich Rhys. »Möchte jemand gleichfalls geistigen Einblick nehmen?«, wandte er sich an die übrigen Anwesenden. »Ich habe den Eindruck, die eingetretene Wirkung ist von der gleichen Natur wie bei Gregorius, doch könnte ich mich täuschen.«

Nacheinander verschafften auch die anderen Teilnehmer des Versuchs sich Einsicht in Jebedias' Geist, und der Großmeister erduldete die geistigen Berührungen und Begutachtungen in der ihm eigentümlichen, sturen Gleichmütigkeit. Über die Kenntnis dessen jedoch, dass er zuvor besondere Geisteskräfte besessen hatte, ließ sich nichts ersehen, das darauf hindeutete, was er war oder vorhin noch gewesen war, und als Rhys seinen Geist erneut aufsuchte und zusätzlich die diesbezügliche Erinnerung ausräumte, war auch dieses Wissen dahin. Camber, der so tief und gründlich nachforschte, wie er es nur vermochte, war dazu außerstande, irgendwelche verräterischen Merkmale zu entdecken. Hätte er Jebedias nicht wohl genug gekannt, nie wäre er zu glauben imstande gewesen, so etwas sei möglich.

Anschließend stellte Rhys die Erinnerung Jebedias' an sein Derynitum wieder her, aber ohne ihm gleichzeitig die Deryni-Fähigkeiten zurückzugeben, denn man brauchte seine fortgesetzte Beurteilung dessen, was geschah, aus einer einmal nichtderynischen Betrachtungsweise. Rhys hegte allerdings keinerlei Zweifel daran, den Großmeister wieder in den Vollbesitz seiner Kräfte bringen zu können. Er öffnete seine Arzttasche, reihte eine Anzahl kleiner Becher nebeneinander auf, füllte sie zunächst mit Wein, tat danach Pulver aus verschiedenen Packungen hinein und rührte jeweils sorgfältig um.

Das *Merascha* war jener Stoff, der den meisten Grund zum Nachdenken gab, denn die Menschen kannten *Merascha* als die Droge, welche auf Deryni die bemerkenswerteste Wirkung hatte. Ein Mensch konnte sie bei Einnahme einer ausreichenden Menge als Beruhigungsmittel verwenden, wogegen schon die allerwinzigste Prise bei einem Deryni genügte, um seine geistigen Gaben für die Dauer von Stunden zu hemmen, sowohl seine leibliche Verfassung in entscheidendem Maße zu beeinträchtigen wie auch seinen Verstand – und dies war die Eigenschaft, welche *Merascha* so berühmt gemacht hatte – zu verwirren und zu umnachten. Jebedias sollte nun, so war man übereingekommen, eine mittelstarke Menge verabreicht werden, wie sie ungefähr jeder Deryni erwarten musste, wenn er sich in der Gewalt beunruhigter menschlicher Kerkerwächter befand.

Als Rhys ihm den entsprechenden Becher in die Hand drückte, spiegelte Jebedias' Miene so viel Hinnahme wie Abneigung wider. Wie alle nach festen Grundsätzen geschulten Deryni hatte er mit verschiedenen derartigen Drogen im Rahmen der Ausbildung Erfahrungen sammeln dürfen und die Wirkung besonders dieser Droge war ihm wohl bekannt – das hieß, die Wirkung, welche sie ausüben müsste, befände er sich in seiner gewohnten Verfassung. Was in seinem jetzigen Zustand die Folgen der Anwendung sein würden, das wusste niemand zu sagen.

»Soll ich den Becher gänzlich leeren?«, fragte Jebedias nach.

Argwöhnisch spähte er in das Trinkgefäß. »Sieht mir aus, als wär's nicht gerade wenig.«

»Er enthält viel Wein, um dem üblen Nachgeschmack entgegenzuwirken. Nur zu, trinkt aus.«

»Ihr seid der Heiler«, stellte Jebedias fest, trank den Becher in einem tüchtigen Zuge leer, verzog nahezu gewohnheitsmäßig das Angesicht, hob dann überrascht die Brauen. »Ei, in der Tat, der Nachgeschmack bleibt aus.« Er gab Rhys den Becher zurück. »Seid Ihr sicher, dass *Merascha* darin war?«

Rhys schaute Jebedias an, indem er seinerseits die Brauen emporrutschen ließ, doch der Gedanke, welchen er gleich darauf Camber übermittelte, stand im Widerspruch zu seinen nächsten Worten.

»Zumindest mit Eurer Zunge ist alles in schönster Ordnung«, versicherte er und beugte sich vor, um einen anderen Becher vom Tisch zu nehmen. »Trinkt nun das hier. Der erste Becher enthielt tatsächlich kein *Merascha*, für den Fall, Ihr würdet Euch aufgrund einer dergestalten Erwartung in eine eingebildete Wirkung dementsprechender Art hineinsteigern.«

Als Jebedias die Achseln zuckte und das zweite Trinkgefäß ergriff, widmete Camber ihm noch genauere Aufmerksamkeit, weil er wusste, dies war der Becher ohne jegliches *Merascha*, nicht der erst gereichte Wein. Jebedias leerte diesen Becher so zügig wie den vorherigen, schüttelte von neuem, als er ihn Rhys zurückgab, das Haupt.

»Auch hier fehlt der schlechte Nachgeschmack. Und ich verspüre auch keine der bekannten Anzeichen. Meine Hände sind ruhig, meine Sicht bleibt klar, keine Übelkeit, kein Schwindelgefühl ...« Er lächelte breit. »Schaut aus, als wäre Eure neue Fähigkeit immerhin zum Zwecke brauchbar, die Wirkung des *Merascha* zu verhindern, na, das ist doch fein – doch möchte sich die Kur als schlimmer denn das Übel erweisen. Ich gestehe, ich biete hier mein äußerstes Maß an Selbstbeherrschung auf, aber solltet Ihr mir nun etwa damit herausrücken, Ihr könntet mir den Verstand nicht wieder ins Lot bringen, ich schätze, ich dürfte hier an Ort und Stelle wie vom Blitz zerschmettert niederstürzen.«

»Ich kann Euch wieder zum gewohnten Zustand verhelfen, keine Sorge«, entgegnete Rhys mit Zuversichtlichkeit, runzelte in tiefsinnigster Nachdenklichkeit die Stirn. »Fühlt Ihr diese Berührung noch anders als rein körperlich?«, wollte er erfahren, indem er eine Hand an Jebedias' Haupt legte und zur selben Zeit auf geistiger Ebene jene Bereiche erkundete, welche das *Merascha* für gewöhnlich zu beeinflussen pflegte. Doch selbst unter angestrengtestem Einsatz seines geistigen Wahrnehmungsvermögens konnte er vom *Merascha* nicht die mindeste Spur im Blutkreislauf des Großmeisters aufspüren.

Nach wenigen Augenblicken schon schüttelte Jebedias das Haupt.

»Ich vermag nur Eure Hand zu fühlen.«

»Das habe ich erwartet. Evaine? Noch jemand?«

Einer nach dem anderen mussten die restlichen Beteiligten die gleiche Feststellung machen wie Rhys. Mit einem Aufseufzen hob der Heiler sodann erneut beide Hände an Jebedias' Haupt und schickte sich an, mit geistigen Mitteln an die Wiederherstellung von des Großmeisters gewohnter Verfassung zu gehen.

»So's Euch möglich ist, bereitet Euch vor. Die Droge hatte genug Zeit, um ihre volle Wirkung zu tun. Ich vermute, sie wird Euch nun treffen wie ein von einer Schleuder verschossener Stein.«

Und wirklich krümmte sich der Michaelit vor Pein, als seine Deryni-Kräfte infolge von Rhys' Tätigkeit mit einem Schlage wiederkehrten, doch Rhys fing seinen Oberkörper auf, bemühte sich sofort um Linderung des Schmerzes. Als die drei anderen mit ihm eine geistige Verbindung eingingen, konnte Rhys ihnen bereits bestätigen, dass alle Deryni-Fähigkeiten Jebedias' erneut vorhanden waren – und zugleich durchs *Merascha* unbrauchbar gemacht. Wortlos winkte der Heiler Evaine zu, sie möge ihm vom Tisch einen anderen Becher reichen, und sobald er ihn hatte, hob er ihn dem Ordensritter, der schon reichlich mitgenommen wirkte, an die bleichen Lippen, ermunterte ihn zu abermaligem Trinken. Die Medizin konnte nicht sämtliche Eigenschaften des *Merascha* aufheben – dazu eigneten sich nichts mehr als Zeit und Schlaf –, doch wenigstens das Übelsein und den fürchterlichen Schmerz in Jebedias' Schädel abschwächen.

Danach löste Rhys nochmals die Blockierung aus, diesmal jedoch, ohne Jebedias zuvor zu fragen oder darauf hinzuweisen, und das versetzte den Großmeister dazu in die Lage, den Inhalt des dritten Bechers zu trinken und sich erschöpft von neuem an seinem Platz zurückzulehnen, und indem die nunmehr eingenommene Droge zu wirken begann, bekamen seine Wangen allmählich eine gesündere Färbung. Nach einem Weilchen gab Rhys ihm die gewohnten Deryni-Kräfte erneut wieder, unterdrückte dabei jedoch des Großmeisters Schmerzempfindung, so gut es ging, sodass die Folgen einigermaßen erträglich blieben. Jebedias zuckte zusammen und schloss die Augen, stöhnte gedämpft, als er beide Hände hob und sich vorsichtig die Stirn rieb, doch zumindest drohte er diesmal nicht zusammenzubrechen. Wenig später vermochte er die Lider zu öffnen und wieder ungetrübten Blickes dreinzuschauen.

»Das war fürwahr recht scheußlich, wie?«, erkundigte sich leise Rhys.

Jebedias brachte ein mattes Lächeln zustande. »So ist's noch immer, mein Freund – doch ich kann durchhalten. Jesus, verwendet man in den Kerkern wirklich eine so starke Prise?« Er sprach mit Mühsal und das Sprechen verlangte ihm merklich alle Kraft ab.

»Jedenfalls lauten die Mitteilungen so, welche ich über die dortigen Zustände erhalten habe«, gab Rhys Auskunft. »Hat es geholfen, als ich Eure Fähigkeiten das zweite Mal blockierte?«

Jebedias dachte kurz darüber nach. »Ich glaube, ja. Doch mir fällt's schwer, sicher zu sein. Ich war bereits reichlich benommen. Ich kann mich unmöglich mit Gewissheit dazu äußern. Gott, lieber wollte ich ein Dutzend Wunden in der Schlacht einstecken, als dergleichen noch einmal mitmachen!«

»Gemach, ich hoffe, dass weder das eine noch das andere vonnöten sein wird«, sprach Rhys. »Ich lege Wert darauf, eindeutig klarzustellen, dass wir Euren Opfersinn höchlichst zu würdigen wissen. Wünscht Ihr für eine Weile zu ruhen?«

»Ich bin ohnehin vorerst zu nichts anderem zu gebrauchen«, erwiderte Jebedias und schüttelte grüblerisch und mit äußerster Behutsamkeit das Haupt. »Verhelft mir zum Schlummer und lasst mich für einige Zeit in Frieden. Vielleicht wird mir alles, wenn ich wieder erwache, wie ein Alptraum vorkommen.«

»Als der zuständige Arzt stimme ich sowohl dem Befund wie auch der erwarteten Behandlungsmaßnahme zu.« Rhys lächelte herzlich, schob eine Hand unter Jebedias' Arm, als der Ritter sich vorbeugte, um aufzustehen. Er winkte Joram an Jebedias' andere Seite. »Lasst uns nur bis zu Jorams Bettstatt gehen, darin könnt Ihr Euch für die Nacht zur Ruhe betten. Am Morgen werdet Ihr Euch weit wohler fühlen.«

»Ich muss es«, murmelte Jebedias mit schwerfälliger Zunge, während er zwischen den beiden dahinwankte. »Wäre mir noch ärger zumute, ich müsste mit meinem Ableben rechnen.«

Derweil das Paar Jebedias ins Bett half und es ihm möglichst behaglich machte, warf Camber einen Blick hinüber zu Evaine. Was er soeben hatte miterleben und beobachten können, war für ihn erschütternder, als er

Rhys gegenüber jemals eingestanden hätte, und er war sich mit einer Gewissheit bewusst, die langjähriger Zusammenarbeit mit dem Heiler entsprang, dass als Nächste seine Tochter erdulden sollte, was Jebedias nun hinter sich hatte. Auch sie wusste es – er erkannte das Wissen darum in ihren Augen –, und er begab sich zu ihr und nahm sie für ein Weilchen in seine Arme, gab sie erst wieder frei, als Rhys und Joram sich erneut zu ihnen gesellten.

Mit einem Lächeln, das Wohlgelauntheit vortäuschte, setzte sich Evaine in dem vorhin von Jebedias verlassenen Lehnstuhl zurecht. Rhys nahm einen neuen Becher vom Tisch und betrachtete ihn versonnen; dann reichte er ihn erst einmal Joram, als habe er einen nachträglichen Einfall, und hockte sich neben seiner Gemahlin auf die Armlehne.

»Ehe du trinkst, möchte ich mich dessen vergewissern, dass die Blockierung bei dir auf vergleichbare Weise wie bei Jebedias eintritt.« Sachte rührte er mit den Händen an ihres Hauptes beide Seiten. »So du's kannst, entbiete mir mit deinen Geisteswehren Widerstand«, fügte er hinzu. »Starken Widerstand«, berichtigte er dann. »Barmherziges Jesulein, die Stelle, wo ich die Blockierung auslösen kann, ist durch die geistigen Schilde überhaupt nicht beschirmt! Nirgendwo kann ich deine Schilde durchdringen, aber diese eine Stelle ist völlig entblößt, jederzeit erreichbar. Vermagst du mich da zu spüren?«

»Nein«, antwortete Evaine im Flüsterton und Rhys sah hinüber zu Camber und Joram.

»Möchtet ihr euch geistig mit mir vereinen und mitverfolgen, wie ich's vollbringe, so wie im Falle Gregorius'? Ich nehme nicht an, dass irgendein Unterschied vorhanden sein wird, aber es ist mir recht, wenn ihr's bezeugt.«

Mit höchster Einfühlsamkeit legte Camber eine Hand

auf Rhys' Arm, stellte die vertraute Geistesverbindung her, fühlte Joram das Gleiche tun. Dank Rhys' Führung vermochten sie auf geistige Weise jene Stelle zu ertasten, welche Rhys meinte, verflochten mit den zum Teil freigelegten Wegen, die Heiler im Verlauf ihrer heilerischen Anwendungen beschritten, doch Camber besaß darüber Klarheit, dass er sie von sich aus niemals ausfindig gemacht hätte. Auch Joram war sich darüber im Klaren. Es handelte sich bei Rhys' neuer Fähigkeit nahezu mit Sicherheit um eine heilerische Eigenschaft, zur Begabung gehörig, Ebenen und Schichten der Seele zu spüren, zu denen weniger begnadete Deryni nicht vorzudringen vermochten. Camber überlegte, ob auch die Gabe, an dem bewussten Punkt eine Blockierung der Deryni-Kräfte einzuleiten, eine Heiler-Eigentümlichkeit sein könne, und nicht zum ersten Mal in seinem Leben wünschte er, dass er ebenfalls Heilerkräfte besäße.

»Nun wohl, so fühlt's sich also an, wenn's trotz der Drogen gelingt, man deren Wirkung unterläuft«, sprach Rhys gedämpft, indem er Evaine in die Augen blickte.

Camber fühlte etwas wie einen gelinden Ruck und schon war die Tat vollbracht. Unvermittelt ließ sich Evaine im geistigen Bereich nicht länger wahrnehmen. Verdutzt blinzelte sie, versuchte sofort eine rasche innere Begutachtung ihrer sämtlichen Sinne durchzuführen, wie sie es gelernt hatte – doch da gab es nichts mehr zu begutachten außer den schlichtesten Sinnen wie Sicht, Gehör und Tastgefühl. Ihr Verstand war wie erblindet.

Sie schluckte beschwerlich und schenkte ihre Aufmerksamkeit Rhys, der seine Hände nicht von ihrem Haupt entfernt hatte.

»Es … wirkt auch bei mir«, flüsterte sie, schaute in seine Augen und erkannte nichts als diese Augen, welche jener geistigen Fenster, die ihnen darin stets zur Verfügung gestanden hatten, vollkommen entbehrten.

Rhys wollte das Herz im Leibe vor Betrübnis schier zerspringen und er machte die Blockierung rückgängig, beugte sich danach vor und küsste sie, als ihre gewohnten Deryni-Sinne schlagartig wiederkehrten, nachdrücklich auf den Mund. Für eines Herzschlags Dauer klammerte sie sich an ihn, dann lehnte sie sich zurück und holte, um sich zu beruhigen, gründlich Atem. Als sie nickte, nahm Rhys von Joram einen weiteren Becher entgegen, und gab ihn ihr.

»Bist du sicher, dass du's wirklich tun möchtest?«

»Nein, ich möchte nicht, *Merascha* behagt mir so wenig wie jedem anderen Deryni, aber was ich gerade erlebt habe, gefällt mir noch weniger. Je eher wir's jedoch erledigen, umso schneller wird's ausgestanden sein.«

Sie leerte den Becher und verzog das Antlitz, verkniff die Augen und schüttelte das Haupt. Erneut ließ sie sich im Lehnstuhl zurücksinken und schöpfte nochmals tief Atem.

»Ich spüre eindeutig den bitteren Nachgeschmack«, sprach sie gleich darauf leise. »Meine Zunge wird mir schwer. Mein Gesichtssinn verengt sich, alles verschwimmt. Nichts lässt sich noch klar wahrnehmen.«

»Das übliche Ergebnis«, gab Rhys mit wiedererlangtem Gleichmut ärztlicher Sachkundigkeit bekannt, während er, seine Finger an Evaines Handgelenk, das Eintreten der Wirkung überprüfte. »Nur tritt's bei dir langsamer ein, weil dein Blut die Droge nach und nach aufnimmt.«

Evaine bemühte sich, die Lider geschlossen, um ein Lächeln, das allerdings überaus verkrampft geriet, und er hob seine freie Hand an ihre Stirn.

»Ganz ruhig, Liebes. Ich weiß, dir wird nun recht abscheulich zumute. Atme nochmals tief ein und überlass dich dem Geschehen.« Rhys wandte sich an die restlichen Beteiligten. »Es ist so weit, ihr könnt nun gemeinsam mit mir Einsicht nehmen. Im Großen und Ganzen ist die Wirkung der Droge nunmehr vollauf eingetreten. Ihre Geisteswehren liegen darnieder, doch das ist, sobald meine neue Fähigkeit zur Anwendung gelangt, gänzlich unerheblich. Ihre Deryni-Kräfte sind noch vorhanden, wenngleich nunmehr durchs *Merascha* unbenutzbar gemacht. Sollte sie versuchen sie irgendwie zu gebrauchen, bliebe diese Anstrengung zwar nicht völlig ergebnislos, aber zweifelsohne wären die Folgen von anderer als der erwünschten Natur. Die Beherrschung der Kräfte ist unmöglich geworden. Hier liegt also ein herkömmlicher Fall der Behinderung derynischer Geistesgaben durch *Merascha* vor, so wie wir ihn dank unserer Schulung kennen. So, nun nähere ich mich der Stelle, an welcher die Auslösung erfolgt, und … da!«

Als er das letzte Wörtchen sprach, flatterten Evaines Lider und sie hob ihren Blick zu den drei Männern; der Ausdruck von Pein war aus ihren Augen gewichen, aber ebenso fehlte jegliche Spur ihrer Deryni-Kräfte. Während die anderen ihren Geist erkundeten, schaute sie erstaunt umher, verblüfft infolge des plötzlichen Verschwindens der *Merascha*-Einwirkung, welche sie noch einen Augenblick zuvor so überaus unangenehm verspürt hatte. Sobald die übrigen Anwesenden in dem Umfang, welchen sie für erforderlich erachteten, in ihr Gemüt Einblick genommen hatten, hielt Rhys seiner Gemahlin erneut einen Becher an die Lippen und bat sie zu trinken. Sobald das geschehen war, führte er sie nach nebenan in Cambers Schlafgemach und ließ sie sich dort zum Schlaf aufs Bett hinstrecken; er vergewisserte sich dessen, dass der Inhalt des zuletzt gereichten Bechers seine volle Wirkung getan hatte, ehe er die Blockierung wieder behob. Als er in die andere Räumlichkeit zurückkehrte, fand er Camber und Joram beim Kaminfeuer vor; ohne ein Wort nahm er auf dem Stuhl zwischen den beiden Platz. Nahezu wie aufgrund eines verspäteten Einfalls – und ohne jede Ankündigung – hob er seine Rechte und berührte damit Jorams Stirn. Bevor der Geistliche irgendetwas unternehmen konnte, hatte Rhys in ihm die Blockierung ausgelöst und sofort wieder behoben; derweil Jorams Angesicht Verblüffung widerspiegelte, schüttelte Rhys das Haupt.

»Das habe ich mir gedacht«, sprach er, ließ sich auf dem Stuhl zusammensinken und starrte in die Flammen im Kamin, rieb sich unterdessen müde die Augenhöhlen. »Ich beginne Erschöpfung zu verspüren … diese Betätigung *muss* von den Heilerkräften zehren … andererseits sind anscheinend keinerlei irgendwie geartete Vorbereitungen notwendig. Auch das bedurfte der Abklärung. Joram, empfindest du irgendwelche Nachwirkungen?«

»Es glich nur einem … einem urplötzlichen Ausfall eines wichtigen Teils meiner Sinne, just einen Augenblick lang«, lautete Jorams Antwort. Er schluckte mühsam. »Jesus, du flößt mir Grauen ein, Rhys!«

»Ich weiß es sehr wohl. Mir selber graust's ja.« Rhys tat einen tiefen Atemzug, dann heftete er seinen Blick auf Camber. »Um unsere Erkenntnisse gleichsam abzurunden, sollten wir, meine ich, uns davon überzeugen, was sich daraus für deine Gestaltwandlung ergibt. Sollte außer mir irgendwer zu dem imstande sein, was ich vermag, so könnte das für dich eine Gefahr sein.«

Indem er sich inwendig auf alles gefasst zu machen versuchte – obwohl er wusste, dass ihm das nicht sonderlich helfen konnte –, erwiderte Camber des Heilers Blick.

»Und es gibt nur eine Möglichkeit, um das herauszufinden, nicht wahr?«, vergewisserte er sich mit gleichmäßigem Tonfall. »Nur zu. Ich bin zu allem bereit.« Leidenschaftslos sah er zu, wie Rhys eine Hand unfehlbar an sein Haupt hob.

Er spürte die Berührung von Rhys' Hand an seinen

Brauen, und sogleich schloss er die Lider, sich zumindest in gewissem Umfang über das im Klaren, was nun fast mit Gewissheit folgen sollte. Noch eines Augenblickes Dauer lang nahm er mit allen seinen derynischen Sinnen die Vorgänge in sich auf.

Dann war ihm plötzlich, als sei in seinem Verstand ein Licht ausgelöscht worden und nur noch Finsternis darin und ringsum, die Empfindlichkeit seines Geistes schien auf einmal in schwere, dumpfe Wolle gehüllt zu sein, eng eingezwängt, gefangen in schauriger Bedrückung. Unverzüglich schlug er die Augen auf, um Rhys anzusehen, und wider Willen verdutzte es ihn, zu erkennen, dass Rhys unverändert dort saß, wo er eben gesessen hatte. Er wusste, wo er sich aufhielt und was geschehen war – wenigstens rein verstandesmäßiger Einsicht nach –, doch vermochte er sich nicht darauf zu besinnen, wie das Dasein beschaffen gewesen war, ehe dieser Zustand geistiger Blindheit eintrat; ihm war lediglich klar, etwas war ihm abhanden gekommen.

Doch zumindest seine äußere Erscheinung, so hatte er den Eindruck, bot den beiden anderen keinerlei Anlass zur Aufregung. Er sah, dass Rhys und Joram ihn mit eindringlicher Aufmerksamkeit musterten, schlussfolgerte daraus, dass sie sein Innenleben erforschten, spüren konnte er davon aber nichts. Gleich darauf lächelte Rhys und nickte, rührte mit einer Fingerkuppe an Cambers Schläfe und sogleich brach die volle Bewusstheit aller Sinne, über die ein Deryni gemeinhin verfügte, wie eine Flut wieder über Camber herein. Camber empfand ein schwaches Schwindelgefühl, als er schluckte und das Haupt schüttelte.

»Ich gehe davon aus, ich bin Alister geblieben«, sprach er nach kurzer Stille mit gedämpfter Stimme.

»So war's«, bestätigte Rhys. »Sonderbar war dabei allerdings, dass dein gefährliches zweites Ich ebenfalls aus dem Bereich der Wahrnehmbarkeit verschwand, obschon ich mutmaße, dass jemand es aufspüren könnte, wenn er weiß, wo's zu suchen ist. Aber dergleichen halte ich für reichlich unwahrscheinlich. Nun wissen wir auf jeden Fall, dass ich meine neue Fähigkeit bei jedem Deryni anwenden kann. Und wir kennen nunmehr den Wirkungsgrad von *Merascha* im Zusammenhang damit. Es bleibt nun bloß noch ein halbes Dutzend anderer gebräuchlicher Drogen zu erproben, um zu ermitteln, wie *sie* blockierte Deryni beeinflussen. Ich sehe ab, wir werden im Laufe dieser Woche alle Hände voll zu tun haben, ganz zu schweigen davon, dass sie meinen Freiwilligen nicht zu leicht werden dürfte.«

Weder Camber noch Joram vermochten dem zu widersprechen.

Während der restlichen Woche setzten sie ihre Versuche unermüdlich fort, zogen an einem Abend Gregorius und Jesse hinzu, an einem anderen Tag Davin und Ansel, Jaffray und Jebedias beim dritten Mal, und auf diesem Wege vollzogen sie im abgesteckten Rahmen die entsprechende Erprobung jener Stoffe, bei welchen Rhys es für nützlich hielt. Am Festtage des St. Teilo, an dem Cinhils prachtvolle Beisetzung stattfand, waren alle Mitwirkenden reif für eine Zeitspanne der Erholung – ja, für ein Requiem.

Cinhils Begräbnis zeichnete sich durch alles an Pracht und Feierlichkeit aus, was die Regenten mit den Mitteln von Krone und Kirche aufbieten konnten. Seit mehr als dreißig Jahren hatte man in Gwynedd kein Prunkbegräbnis eines Herrschers und Königs gesehen. Cinhil war weder ein großer noch ein allzu beliebter König gewesen, aber ein Mensch und Haldane, und er hatte den verhassten Imre gestürzt sowie Imres Schwester die Rückgewinnung des Thrones verwehrt. Niemand vermochte zu leugnen, dass das wohlgetane Taten waren; und für ihre

Vollbringung immerhin war das Volk ihm dankbar gewesen.

Dankbarkeit hatte es ihm entgegengebracht, gewiss, auf seine raue Art, aber ihn niemals verstanden. Es begriff nicht die tiefe Frömmigkeit und innerliche Hingabe, aufgrund welcher Cinhil während so langer Zeit Sehnsucht nach einer Rückkehr in sein Priesterdasein hegte, nach einem Beiseitetun der Krone, die er um einen so hohen Preis gewonnen hatte.

Was es nicht ahnte und nicht ersah, war die Tatsache, dass Cinhil, wenngleich kein überragender oder sonderlich weiser König, sich immer aufrichtig um das Wohlergehen des seiner Herrschaft anvertrauten Volkes gesorgt hatte – wenn er auch nicht jederzeit wusste, wie man wohl bedacht herrschte oder wie man brauchbare Berater auswählte –, und dass er auf jeden Fall tüchtiger gewesen war als ein Kind auf Gwynedds Thron.

Nun jedoch hatte die Lage sich in genau dieser Hinsicht geändert und man wusste allgemein, dass für mindestens die nächsten zwei Jahre Regenten das Reich verwalteten. Bei den menschlichen Untertanen erfreuten sich die Regenten durchaus einer gewissen Beliebtheit, aber nichtsdestotrotz waren sie Regenten und nicht wenigen fiel bereits auf, wie sie ihre Stellung am Hofe immer rücksichtsloser zu ihrem Vorteil ausnutzten, sich Ämter, Ländereien und Titel verschafften. Nein, Regenten konnten nie und nimmer das Gleiche sein wie ein erwachsener König auf dem Thron.

Dennoch ließ sich den Prinzen keineswegs eine eigene Anziehungskraft absprechen. Weniger war über die Knaben bekannt, denn zu seinen Lebzeiten hatte ihr Vater sie mit Nachdruck vor allzu vielen Auftritten in der Öffentlichkeit bewahrt, doch erzählte man, dass zumindest der Erbe sowie der Jüngste klug seien und eifrig, obschon der Thronerbe ein wenig zu kränkeln pflege.

Kaum dagegen redete man über den mittleren Sohn, den klumpfüßigen Prinzen Javan, dessen Dasein mit jedem Schritt, welchen er vollführte, von Gottes Ungnade Zeugnis ablegte. Es gab manchen, der für den Prinzen Mitgefühl aufbrachte, doch niemand bedauerte es, dass Alroy im Mai gekrönt werden sollte und nicht Javan, wenn die Zwillingsbrüder ihren zwölften Geburtstag feierten. Man erachtete es als unziemlich, womöglich einen Krüppel auf Gwynedds Thron zu haben, obgleich die Gesetzesschriften so etwas nicht verboten.

Doch vielleicht würde auch daran sich während der Herrschaft der Regenten etwas ändern. Es hieß, der Knabe brauche bei Tag und Nacht einen Heiler an seiner Seite. Möglicherweise starb er und ersparte somit allen die Peinlichkeit seiner Thronbesteigung. Hätte jemand die Regenten in dieser Beziehung befragt und wäre ihnen an einer wahrheitsgemäßen Antwort gelegen gewesen, sie hätten sich solchen Überlegungen schwerlich verschlossen. Rhys Michael war ganze eineinhalb Jahre jünger denn Alroy und Javan – und um eben diese Zeitspanne würde seine Minderjährigkeit länger dauern.

Der Prinzen erste öffentliche Handlung nach Cinhils Tod – sah man von ihrem jeweils nur kurzen Erscheinen an seiner Totenbahre in der Burgkapelle ab – bestand darin, während der Beisetzungsfeierlichkeiten im Trauerzug hinter ihres Vaters Sarg einherzuschreiten. Der Trauerzug bewegte sich von der Königsburg, wo Cinhils Leichnam eine Woche lang mit allen Würden prächtig aufgebahrt gelegen hatte, über den ausgedehnten Burghof und danach durch die engen, gewundenen Gassen der Stadt, nahm schließlich seinen Weg in den der Burg nahe gelegenen Allerheiligen-Dom.

Unmittelbar hinter dem Gespann mit dem Sarkophag folgte der junge Alroy, auf dessen rabenschwarzem Haar golden der Stirnreif eines königlichen Prinzen schimmerte. Er hielt, noch ein wenig bleich, das Haupt hoch, seine Miene bezeugte Ernstmut und er schaute weder nach links noch rechts; im Laufe der just vergangenen Woche der Trauer und Besinnung hatten seine Lehrmeister ihn verstärkt im Betragen unterwiesen, wie's einem Mitglied des Königshauses würdig war und anstand. Er trug schwarz, wie der betrübliche Anlass es erforderte, aber auf Brust und Rücken seiner Bekleidung leuchtete in kräftiger Goldfärbung das unverändert gebliebene Wappen der Haldanes, um ihn als den Erben zu kennzeichnen. Hinter ihm kamen seine Brüder, gleichfalls in Schwarz gekleidet, doch ohne Wappen, und ihre Stirnreifen bestanden aus Silber.

Javan hinkte an diesem Tag deutlich schwächer als gewöhnlich – eine Überraschung für all jene, die ihn zum ersten Mal erblickten, denn viele hatten ihn, nach allem, was ihnen zu Ohren gekommen war, für gräulich missgestaltet gehalten, wie ihn nämlich verbreitete Gerüchte darstellten. Sein Gebaren war so erhaben und tadellos wie das seiner Brüder. Doch die ihn sahen, sollten nie von den besonderen Hilfsmaßnahmen erfahren, welche Tavis am selben Morgen an ihm vorgenommen hatte, um ihn der Beschwerden einer so langen Wanderung zu entheben; ebenso wenig würden sie jemals etwas von dem Preis vernehmen, welchen der Prinz am nachfolgenden Abend entrichten musste, als es galt, sich mit den unvermeidlichen Beeinträchtigungen zu befassen und sie zu heilen. Für die Dauer des Trauerzugs war er ganz Königlicher Prinz und sich dessen vollauf bewusst.

Und neben Javan strebte, selbst bei diesem ernsten Anlass koboldhaft, von einnehmendem Wesen und sonnengleichem Gemüt, selbstsicher Prinz Rhys Michael dahin, im Einklang mit der Menge, wie nur ein geborener Führer es auf so natürliche, unbekümmerte Weise sein konnte; nur mit Mühe vermochte er darauf zu verzichten, den Leuten sein Lächeln zu schenken und zu winken.

Als Nächste folgten die Regenten nach – alle außer Bischof Hubertus, der an der Beisetzung mitzuwirken hatte und bereits mit den anderen Prälaten im Dom wartete. In Viererreihen stapften sie im Rücken der Prinzen drein, zwar im vorgeschriebenen Schwarz gewandet, aber ihr Betragen ließ kaum Zweifel daran zu, welche Bedeutung sie sich selber in der Zukunft Gwynedds beimaßen.

Erzbischof Jaffray sowie die Bischöfe Cullen und MacInnis zelebrierten für Cinhil das Requiem – allesamt Freunde Cinhils, aber nicht zwangsläufig untereinander freundschaftlich gesonnen –, ein durch und durch angemessener Abschied von einem so frommen König. Deryni und Menschen wohnten der Messfeier gleichermaßen bei.

Als sie vorüber war, bettete man Cinhil in einer Gruft in des Domes Grundmauern zur letzten Ruhe, gar nicht weit von den Grabstätten der Festil-Könige, die einst über Gwynedd geherrscht hatten. Bereits im Laufe der vergangenen Woche war von den Regenten bekannt gegeben worden, Cinhils Leichnam solle später nach Rhemuth überführt und gemeinsam mit seinen Haldane-Ahnen bestattet werden, so wie in der Tat der gesamte Königshof wieder in die alte Reichshauptstadt umziehen solle, sobald dort die erforderlichen Wiederaufbauten vollbracht seien. Die Regenten hatten sogar Nachforschungen eingeleitet, um die Gräber von Cinhils Vater und Großvater ausfindig machen zu lassen: Alroy, bekannt gewesen als Royston, und Aidan, bekannt gewesen unter dem Namen Daniel Draper.

Diese Verkündigung schien für die neue Verwaltung des Reiches ein verheißungsvolles Vorzeichen zu sein.

Solch eine betonte äußerliche Bekundung von Ehrfurcht und Hochachtung, welche der Vergangenheit galten, rührte sowohl in Deryni wie auch Menschen beifällige Regungen auf, und die Regenten setzten sich damit von Anfang an in ein günstiges Licht. Die dem Haldane-Geschlecht erwiesene Ehre, der ins Augenmerk gefasste Umzug zurück in die alte Hauptstadt des früheren menschlichen Reiches, welcher Erinnerungen an glückvollere Tage wachrief, erregten den Eindruck sehr wohl geeigneter Voraussetzungen für eine künftig von Weltweisheit und Verständnisfülle geprägte Herrschaft.

Anbeträchtlich dessen taten die Regenten wohlweislich in den ersten paar Wochen nichts, was diese sorgsam genährten Erwartungen und Hoffnungen zu schmälern vermocht hätte. Solange der Hof noch Trauer trug, beschäftigten sich die Regenten damit, in aller Ruhe die Vorbereitungen zur im Mai vorgesehenen Krönung Alroys zu treffen, derweil sie zugleich ihre langfristigen Pläne für die kommenden Monde und Jahre schmiedeten. Nachdem sie den Großrat von allen bis auf einen Deryni gesäubert hatten, machten sie sich nunmehr ohne viel Aufsehen daran, den Königlichen Haushalt insgesamt der Deryni weitmöglichst zu entledigen, indem sie Bedienstete abschoben und anderen ihre Stellungen gaben, alle Unterkünfte und auch die üblichen Tagesabläufe in eine neue Ordnung zwängten, um ihren Einfluss auf die drei Prinzen noch zu verstärken.

Zu Beginn dieser Umordnungen teilte man den Prinzen getrennte Gemächer zu – zwar im selben Flügel des Hauptgebäudes gelegen, aber dazwischen befanden sich von Bediensteten und einigen Regenten selbst bewohnte Räumlichkeiten. Die Unterrichtung der drei Brüder ging weiter, wie es sich gehörte, nun allerdings mit noch stärkerem Nachdruck und strengeren Schulmeistern; und Alroy musste den mittlerweile förmlicheren Zusammenkünften, wie sie dann und wann unverändert im Gemeinschaftssaal der alten Kinderstätte stattfanden, häufig fernbleiben, weil die Regenten darauf schworen, er könne weit mehr lernen, indem er durchs Königreich reise und seine Verwalter mit eigenen Augen bei der Tätigkeit sehe. In Wirklichkeit allerdings war das, was nunmehr für Alroy begann, ein sorgsam durchdachtes, abgestuftes, langfristig angelegtes Vorgehen, um ihn abzusondern, regelrecht zu vereinzeln, und ihn damit zugleich immer weiter von den Regenten abhängig zu machen.

Tavis durfte bei Hofe verbleiben, um jede königliche Empörung von Javans Seite zu vermeiden, bis der neue König endgültig gekrönt war, doch den Gerüchten zufolge, welche die Königsburg durchliefen, konnte man seine Tage getrost als gezählt betrachten und offenbar wandelte er auf einem sehr schmalen Steg widerwilliger Duldung. Er gehörte zu einer Hand voll Deryni, welche nicht schon am Anfang der Regenten eisige Ablehnung zu spüren bekamen – und darüber besaß er durchaus vollständige Klarheit.

Für die aus ihren Ämtern entlassenen Deryni, solchen wie Camber, waren des Februars letzte Wochen sowie die ersten Wochen im März eine Zeit zur Vorbereitung auf andersartige Betätigungen, auf ein verändertes Leben; und viele andere Deryni, die mit ihrem baldigen Hinauswurf rechneten, taten schon desgleichen. Erzbischof Jaffray hatte auf Cambers Teilnahme bei den Krönungsfeierlichkeiten beharrt und ihm so die Möglichkeit gegeben, noch eine Zeit lang in der Hauptstadt zu verweilen, dank dessen vielleicht einige Folgen der Absichten, welche die Regenten verfolgten, zu lindern; letztendlich aber war, das wusste Camber, seine Abreise unabwendbar. Zum Glück jedoch stand ihm Grecotha offen. In Grecotha zumindest besaß er einen sicheren Wirkungsort, von dem aus sich Bestrebungen weiterbetreiben ließen – und das war mehr, als so mancher von sich behaupten konnte.

Einen Großteil seiner Zeit jedoch verbrachte Camber im Gebet und in andächtiger Besinnung, erwog die Lage, in welcher die Deryni als eigenständiger völkischer Stamm sich befanden, bemühte sich aber auch darum, starke Bande der Freundschaft und wechselseitigen Hilfeleistungen zu jenen zu flechten, die – wenn er fort war – bei Hofe blieben. Von wesentlicher Vorrangigkeit in seinem Trachten war auch der Wille, so viel wie nur möglich über die Männer in Erfahrung zu bringen, in deren habgierigen Händen nun das Schicksal ganz Gwynedds lag.

Als wäre das nicht genug, musste er sich überdies erhöhte Sorgen um Davin und Ansel machen, die mit aller Tatkraft versuchten die Rotten junger derynischer Hitzköpfe zu zersprengen, welche nunmehr, da der Frühling bevorstand, die Landstraßen mit wachsender Unverschämtheit verunsicherten. Dank des Austauschs von Erkenntnissen zwischen Camber und Joram einersowie Davin und Ansel andererseits waren einige der Rädelsführer erkannt worden, und in seiner Eigenschaft als Graf von Culdi hatte Davin zwei von ihnen in seiner Grafschaft, weil sie eines Bauern Weib am Fest der Unschuldigen Kinder geschändet und ermordet hatten, verurteilt und durch den Strang hinrichten lassen. Seit neuem hatten auch Aufgebote menschlicher Freiwilliger auf den Landstraßen zu deren Sicherung umherzustreifen begonnen und bisweilen kam es zu heftigen Zusammenstößen mit Deryni. Einige Leute verbreiteten die Behauptung, ein solcher Haufe sei es gewesen, der eine knappe Woche nach Cinhils Beisetzung eine vornehmlich derynische Klosterschule in der Nähe von Barwicke gebrandschatzt hatte.

Auch Gregorius und Jesse waren im Gebiet von Ebor

keineswegs untätig geblieben. Von jenen Männern, welche Camber und Joram behelligt hatten, waren ein volles halbes Dutzend Jesse oder seinem Vater wohl bekannt gewesen, sodass man sie festnahm und diesbezüglich befragte. Am ersten Abend nach ihrer Ergreifung bemächtigte sich ihrer ums Haar eine aufgebrachte Menschenmenge, um sie vom Leben zum Tode zu befördern, aber Gregorius' Mannen hatten das verhindern können – um einen Preis, der aus dem Leben eines Deryni und zweier Menschen bestand. Die Gefangenen waren mittlerweile an einem sicheren Ort eingekerkert worden, doch Gregorius bezweifelte, dass er sie noch viel länger festhalten konnte. Die Väter der jungen Adeligen forderten lärmerisch deren Freilassung, indem sie behaupteten, der Graf von Ebor sei nicht dazu imstande, ihren Schutz zu gewährleisten. Und außerdem seien junge Burschen halt junge Burschen …

Angesichts derartig enttäuschender Entwicklungen wirkte Cambers einziger sinnvoller Einfall, wie sich Rhys' neue Fähigkeit wohl am ehesten nutzen ließe, nahezu herausragend glanzvoll – bis er alle damit verbundenen Weiterungen mit der gebotenen Umsicht zu durchdenken begann. Allein die Grundüberlegungen auszuarbeiten, beanspruchte den Großteil mehrerer Wochen, und als sie im Großen und Ganzen abgeklärt waren und feststanden, besprach er seine Vorstellungen etliche Tage lang mit Rhys, Evaine und Joram, ehe er nur mit dem Gedanken zu spielen wagte, damit vor den Camberischen Rat zu treten. Er und Jebedias verwendeten einen vollen Tag und eine ganze Nacht darauf, mit aller Sorgfalt abzuwägen, welche glaubensmäßigen und kriegskünstlerischen Schlussfolgerungen sich daraus ergaben, und sie verständigten sich über alle nur denkbaren Einzelheiten, die etwa misslingen konnten.

Am Ende sah sich sogar Camber selbst gehalten zu

gestehen, dass sein Einfall – im Grunde genommen – recht erschreckender Natur war, und überdies war er lediglich mit dem schwachen Schatten einer Aussicht auf Erfolg ausgestattet – gleichzeitig aber war er der einzige weit reichende Einfall, mit dem sie sich derzeitig überhaupt befassen konnten. Nur verzweifelte Umstände vermochten eine Verwirklichung zu rechtfertigen, denn der weitsichtige Plan, welchen sie daraus ableiteten, war einer zum Zwecke des nackten Überlebens, um den Fortbestand des Derynitums als solches zu sichern – doch einige wenige in dieser Absicht zu retten, das musste, sollte ein so furchtbarer Fall jemals eintreten, den Verlust von sehr vielem bedeuten, was sie in der Vergangenheit an Errungenschaften erarbeitet hatten.

Nichtsdestoweniger war irgendein Plan weit besser als gar kein solcher. Und wenn nur die entfernteste Aussicht sich in Betracht ziehen ließ, dass eine Handlungsweise von derartiger Außergewöhnlichkeit, mit so viel Härten unlösbar verkettet, eines Tages unausweichlich nötig war, dann galt es, schon heute mit den Vorbereitungen anzufangen. Sollte der Plan dagegen einmal zur Überflüssigkeit gedeihen, so konnte man ihn freilich jederzeit verwerfen und vergessen.

»Ich weiß, das Ergebnis ist fraglich und heikler Natur«, bekannte Camber, nachdem er und Rhys den Vorschlag in einprägsamer Gerafftheit dem Camberischen Rat unterbreitet hatten, nicht allzu förmlich um die große elfenbeinerne Ratstafel versammelt. »Aber zumindest hätten einige unseresgleichen die Möglichkeit zum Überleben, vor allem einfache Deryni ohne besondere Schulung sowie ohne Rang und Namen, solche also, die nicht über so ausgefeilte Mittel und Wege der Tarnung wie etwa wir hier verfügen.«

»Ich weiß nicht recht«, äußerte sich Jaffray und schüttelte mit sichtlichen Zweifeln das Haupt. »Zunächst einmal missfällt mir der Gedanke, diese Sache in einen glaubensmäßigen Rahmen einzufügen. Bei Gott, es gibt in Glaubensdingen beileibe genug Schwindeleien, wider welche sich nichts mehr unternehmen lässt, und es dünkt mich überflüssig, überdies neue zu ersinnen.«

»Ich teile Eure Haltung«, entgegnete Camber. *Wenn du nur wüsstest,* dachte er insgeheim. »Dennoch, Ihr werdet gestehen müssen, dass es sich um eine nahezu undurchschaubare Täuschungsmaßnahme handelt.«

»Ja, ich glaube es, sicherlich.« Als Jaffray erneut seufzte, geschah es mindestens das vierte Mal an diesem Abend. »Jedoch war das keineswegs mein einziger Vorbehalt.«

Camber lächelte. »Das habe ich auch gar nicht zu hoffen gewagt.«

»Ich spreche im Ernst«, stellte Jaffray mit Nachdruck klar. »Selbst wenn wir einmal von den zweifelhaften Eigenheiten Eures Vorschlags in glaubensmäßiger Hinsicht absehen, hängt das Gelingen insgesamt doch völlig davon ab, dass man andere Heiler lehren kann, diese Anwendung vorzunehmen, welche Rhys erlernt hat. Was aber, sollte sich das als unmöglich erweisen? Das vorausgesetzt, was sollte werden, falls ihm etwas zustößt? So kein anderer da ist, um die Blockierung zu beheben, vermögen wir nicht abzusehen, ob die blockierten Deryni-Kräfte von sich aus irgendwann wiederkehren oder ob die betroffenen Leute für immer als Deryni abgeschrieben werden müssen. Daraus vermöchte sich das Ende unserer Art mit der gleichen Unabwendbarkeit ergeben, als würden wir allesamt, ohne Ausnahme, von Menschenhand durch das Schwert oder am Pfahl sterben.«

»Vielleicht wird, auch wenn der Eltern Kräfte blockiert sind, das Derynitum nichtsdestotrotz den Kindern vererbt«, sprach mit ruhiger Stimme Evaine. »Mag sein, die Kinder wären unverändert Deryni.«

»Mag sein, es verhält sich nicht so«, äußerte sich Gregorius mit starker Betonung. »Du hast Kinder, Evaine. Wolltest du Eurer Sippe ein solches Wagnis mit so ungewissem Ausgang aufbürden?«

Als Evaine ihr Haupt schüttelte, stieß Jebedias einen Seufzlaut aus und zuckte mit den Schultern.

»Womöglich müssen wir alle dennoch selbiges Wagnis auf uns nehmen, Gregorius. Es *könnte* ein Erfolg beschieden sein. Außerdem besteht nach wie vor eine gewisse Wahrscheinlichkeit, wie geringfügig auch immer, dass die befürchteten Verfolgungen ausbleiben ... oder wenigstens nicht so schlimm werden wie erwartet.«

»Ja, und allerorts sieht man am Himmel Schlangen fliegen«, hielt Gregorius ihm heftig entgegen. »Kommt, kommt, Jebedias, Ihr wisst's besser. Ihr habt selbst all die Vorzeichen gesehen. Wie viele Eurer Hauptleute sind ›anderen Aufgaben zugeteilt‹ und durch Speichellecker der menschlichen Regenten ersetzt worden, noch ehe man Euch als Großzeremonienmeister abgesetzt hat? Wie viele Eurer Freunde und Bekannten sind aus Ihren Stellungen und Ämtern gedrängt und durch Männer abgelöst worden, deren Namen niemand jemals zuvor vernommen hat, denen die Regenten jedoch ein offenes Ohr leihen? Und dann sind da unter uns diese Narren, welche die Regenten geradezu zum Einschreiten gegen unser Völkchen *auffordern,* Toren jenes Schlages, die unschädlich zu machen Jesse und ich sowie Evaines Vettern versucht haben, damit sie keine Vorwände für noch wüstere Gegenschläge als jenen zu Nyford liefern.«

»Aber die Unruhestifter auf den Landstraßen trugen doch keinerlei Schuld an den Nyforder Vorgängen«, widersprach Evaine. »Zudem war ich der Auffassung, sie würden nun zur Ordnung gerufen. Du selbst hast's zu verstehen gegeben.«

Nunmehr ernstlich erregt, klatschte Gregorius beide Handflächen auf die Tischplatte und verdrehte seine Augen aufwärts zur kristallenen Kugel, welche überm Mittelpunkt der Ratstafel hing.

»Mein liebes Kind, wie kannst du so einfältig sein! Ein paar kümmerliche Gegenmaßnahmen! Eine Träne in des Meeres Fluten! Auch wenn keine weiteren Rotten von Unruhestiftern sich betätigten – wenn all diese Störung des Landfriedens mit dem heutigen Abend ein Ende fände –, es wäre zu spät. Die Verfolgungen könnten ausbleiben, ist hier gemutmaßt worden? Na, ich sage, sie haben bereits begonnen, haben schon ihre kleinen, aber nachhaltigen Anfänge gemacht. Man bedenke, da sind diese feinen Herren, diese selbstgerechten Regenten mit ihrem Hass wider alles Derynische, *und* es stehen zwei Jahre von des neuen Königs Minderjährigkeit bevor – oder seines nächstälteren Bruders, sollte Alroy nicht so lange leben, oder im allergünstigsten Falle *drei* Jahre, käme es dazu, dass Rhys Michael vor Erreichung seiner Reife den Thron besteigt –, na, dann lässt sich doch eindeutig nur erwarten, dass die Entwicklung noch ärger verläuft! Die einzige Frage, welche mich noch beschäftigt, lautet nun, wie bald kommt's wie schlimm?«

Aufgebracht lehnte er sich zurück. »Vergebt mir diesen Ausbruch von Unbeherrschtheit. Doch martern mich derlei Erwägungen nun schon zu lange. So ist's, wie ich empfinde, wie ich die Lage sehe.«

Die anderen Beratungsteilnehmer musterten ihn für die Dauer etlicher Herzschläge in stummem Schrecken, bis sich schließlich Camber räusperte und seinen Blick mit einer gewissen Verlegenheit durch die Runde schweifen ließ. Sie alle hatten diese Zurechtweisung vollständig verdient. Vielleicht waren sie alle zu weltfern gewesen, hatten sie innerlich zu sehr darauf gebaut, dass das Schicksal schon irgendwann und irgendwie zu ihren

Gunsten eingreifen und sie erretten werde. Aber zu spät konnte es noch nicht sein – oder doch?

»Eure Warnungen sind wohl begründet«, sprach Camber in einer für Alister Cullen ungewohnt bedrückten Weise. »Möglicherweise haben wir allesamt hier uns dessen schuldig gemacht, uns zu weigern, den ernsten Stand der Dinge wahrheitsgetreu anzuerkennen. Oh, in dem Sinne, dass wir es Tag für Tag, Fall für Fall zur Kenntnis genommen und uns damit auseinander gesetzt haben, ist uns vielleicht vollauf klar gewesen, was geschieht, aber ich vermute, erst seit Cinhils Tod zeichnet das Kommende auch vor unseren Augen sich allmählich deutlicher ab. Uns *ermangelt's* heute fürwahr an Cinhils mäßigendem Einfluss, der uns zu seinen Lebzeiten, wenn auch, kann sein, mit knapper Not, beschützt hat. Dagegen *haben* wir es mit einem Haufen gewissenloser, habgieriger Regenten zu tun, deren nächste Schritte sich schwerlich mit größerer Genauigkeit voraussehen lassen, deren Grundeinstellung jedoch gänzlich klar ist: *Sie hassen Deryni.* Mich will's dünken, dass wir womöglich auf jeden Fall bis zur Krönung endgültig darüber beschließen müssen, was es zu tun gilt, um uns zu retten, sowohl unsere Art wie auch den Einzelnen. Und bis jetzt – das will ich hier unumwunden aussprechen – halte ich Rhys' neue Fähigkeit für die eine und einzige Hoffnung, die wir hegen können.«

Rundum nickte man zum Zeichen der Zustimmung und auch Gregorius pflichtete in missmutigem Widerwillen bei. Doch sobald die allgemeine Aufmerksamkeit von neuem Camber galt, schaute er seinerseits über die Tafel hinweg aus gefasster Miene Rhys an. Der Heiler starrte auf seine Hände nieder, welche auf der Tischplatte lagen, die Handflächen nach unten gekehrt – schmale, fast zierliche Hände mit feingliedrigen Fingern und kurzen, wohlgepflegten Nägeln daran; Rhys fühlte, dass man ihn beobachtete, unterbrach die sorgsame Begutachtung seiner Hände nicht. Als er zu sprechen begann, klang seine Stimme nahezu brüchig spröde.

»Manchem hier mag's verwunderlich vorkommen, dass ich dermaßen meine Hände begaffe«, sprach er leise und ohne den Blick zu heben. »Aber es hat seinen Grund. Es sind eines Heilers Hände, dem Dienst an aller Menschheit geweiht, Menschen und Deryni, ohne Unterschied. Ich habe besagten Dienst zu leisten vor vielen Jahren mit meinem Heiler-Gelübde geschworen. Oft genug habe ich zwischen diesen Händen das Leben selbst gehalten – bisweilen das eines der Anwesenden. Nun jedoch befällt mich der Eindruck, dass in meinen Händen nicht allein das Leben Einzelner liegen soll, sondern das *unseres ganzen derynischen Geschlechts* – hier in den Handspannen dieser zwei allzu zarten Hände. Wundert's da noch jemanden, dass ich mich über ein jegliches Maß hinaus beladen fühle? Gregorius, du bist am heutigen Abend unser Unheilskünder, unser lästiger Mahner und Stachel, unsere Nesta, die den Untergang Caeriesses prophezeit hat – nur hat niemand Nesta geglaubt, doch behielt sie Recht. Ich hoffe, dass du nicht Recht hast.« Schließlich schaute er auf und richtete seinen Blick geradewegs auf Gregorius.

»Doch wenn du auch dazu bereit sein magst, ich hege keine Bereitschaft, mich vor dem großen Streit, so er kommen muss, zu drücken. Ebenso bezweifle ich, dass die anderen hier eine so feige Neigung besitzen, denn andernfalls säßen wir hier nicht beisammen, um ein Wunder herbeizureden. Wir brauchen dich an unserer Seite, Gregorius. Wir brauchen deine Stärke und wir … ja, genauso bedürfen wir deiner, um durch dich gewarnt zu werden, wenn das Wesentliche unserem Blickfeld zu entgleiten droht, geradeso wie heute Abend. Dafür brauchen wir dich sogar ganz besonders dringlich.«

»Ich stehe auf unserer Seite«, bekräftigte Gregorius barsch und aus seinen hellblauen Augen leuchtete ein ungewohnt kraftvoller Glanz. »Es war nie mein Wille, von da zu weichen, noch habe ich jemals an uns gezweifelt. Nur ist's so, ich … Verdammnis, Mann! Ich bin ein Krieger. Ich vermag diese Denkungsart, Dichtern oder was weiß ich vergleichbar, nicht zu begreifen. Man rede da zu mir in einer Sprache, die ich verstehen kann.«

»Nun schön, so will ich Lagebericht geben«, erwiderte Rhys markig. »Wenn du's lieber nach Kriegerart hast, damit kann ich auch dienen, daran soll's nicht scheitern. *Item*: Wir haben festgestellt, dass jene Drogen, die sich gemeinhin durch eine besondere Wirkung auf Deryni auszeichnen und den Menschen im Allgemeinen zugänglich sind, Deryni mit blockierten Geisteskräften *nicht* beeinflussen. Das bedeutet, Deryni können sich unter den Augen von Menschen verbergen, ohne entdeckt zu werden, solange niemand weiß, sie waren einst vollwertige Deryni. Für all jene, die als Deryni bekannt sind und sich auf die geschilderte Weise zu schützen wünschen, ist daher, falls einmal ernstlich mit der Ausführung des vorgeschlagenen Plans begonnen wird, eine aufwändige örtliche Veränderung nötig. Allerdings ist das eine spätere Schwierigkeit. *Item*: Unglücklicherweise – oder zum Glück, ganz danach, aus welchem Blickwinkel man diese Sache betrachtet – handelt es sich bei meinem Vermögen zur Blockierung der Deryni-Geistesgaben ausschließlich um eine heilerische Anwendung. Die nächste Frage lautet daher, können andere Heiler sie erlernen, oder bin ich ein einzigartiger Ausnahmefall? Und können womöglich alle Heiler sie lernen oder sind vielleicht nur einige wenige dazu imstande? Jaffray, vor kurzer Frist habt Ihr Euch erbötig gemacht, für mich Unterstützung durch andere Heiler zu vermitteln. Ich vermute, Ihr dachtet dabei an die Gabrieliten.«

»Das ist richtig.«

»Nun wohl. Anbeträchtlich dessen, dass wir jenen, die in Frage kommen, mit Sicherheit diese oder jene Hintergründe anvertrauen müssen, nicht zuletzt auch einige Angaben über den Camberischen Rat machen, wen habt Ihr da also in Erwägung gezogen?«

»Na, an allererster Stelle ist mir Dom Emrys in den Sinn gekommen«, antwortete Jaffray ohne Zaudern. »Nirgendwo dürfte man einen tüchtigeren Heiler oder Lehrmeister von Heilern finden. Und dieweil er vor Jahren einen Sitz in diesem Rat abgelehnt hat, bin ich festen Glaubens, dass wir uns keine Sorgen um seine Vertrauenswürdigkeit machen müssen. Emrys würde ich jederzeit meine unsterbliche Seele anvertrauen – und in der Tat habe ich genau das bei bestimmten Gelegenheiten schon.«

Rhys erwiderte Jaffrays versonnenes Lächeln und lachte gedämpft. »Ich weiß, was Ihr meint. Ich habe erwartet, dass Ihr ihn empfehlt. Andernfalls hätte ich's selber getan. Nur für kurze Zeit habe ich unter ihm lernen dürfen, aber ich bewundere und achte ihn ganz außerordentlich. Allerdings hege ich einige Bedenken aufgrund seines Alters. Wie alt ist er, wohl nahe den achtzig?«

»Vielleicht älter. Doch er befindet sich bei guter Gesundheit. Und falls überhaupt irgendwer lernen kann, was Ihr Euch da angeeignet habt, dann müsste er's sein, der dazu in der Lage ist. Ferner wäre er eine große Hilfe bei der Unterweisung weiterer Heiler.«

»Ein wichtiger Gesichtspunkt. Nun wohl. Wer ist Euch außer ihm eingefallen?«

»Queron Kinevan«, gab Jaffray zur Antwort. »Zwar habe ich ihn seit Jahren nicht gesehen, aber er ist einer der fähigsten Heiler von allen, die mir bekannt sind. Einige hier werden sich noch seines Auftritts vor der Synode, welche Sankt Camber heilig gesprochen hat, entsinnen können. Ich bedaure sehr, hier einen für Euch heiklen Punkt ansprechen zu müssen, Joram, aber seine Darbietung war von glanzvoller Hervorragendheit.«

»Ich weiß«, bemerkte Joram im Flüsterton.

»Wisst Ihr nicht, wo er sich gegenwärtig aufhält?«, erkundigte sich Jaffray. »Habt Ihr nicht geäußert, ihm vor ein paar Wochen erst zu Dolban begegnet zu sein?«

Vorsichtshalber hatte Joram seinen Blick gesenkt, als Jaffray die Begabung Querons zu loben begann, und Camber ahnte, sein Sohn musste sich an jenes schauderhafte leibhaftige Zusammentreffen mit dem Heiler auf der von Jaffray vorhin erwähnten Synode erinnern. Dort war Joram fast dazu gezwungen worden, seinen Geist Querons unbarmherziger Einblicknahme zu eröffnen, sodass die Gefahr einer Offenbarung aller Einzelheiten des völligen Wechsels bestand, den Camber mit seinem Dasein vollzogen hatte, seines Schlüpfens in die Rolle eines anderen Mannes, eines Toten. In Alister Cullens Gestalt war es Camber gerade noch gelungen, Querons Vorhaben zu vereiteln, indem er selber zum Schein bei Joram in Bezug auf dessen vorgeblich toten Vater ein Gedankensehen durchführte; doch das Entsetzen, das sie beide empfanden, während sie diese unerhört verzwickte Notlage durchstanden, war ihnen wegen der Eindringlichkeit, welche auf Querons verbreitetem Ruf beruhte, jeden noch so gerissenen Betrug entlarven zu können, durch Mark und Bein gedrungen und hatte sich ihnen nachhaltig eingeprägt. Nun war nicht Joram derjenige, welcher in Gefahr schwebte, falls der Camberische Rat Queron auserkor, auf dass er sich Rhys' neuartige Fähigkeit aneigne; diesmal war Rhys der Gefährdete. Weder Camber noch einer von seinen Anverwandten verspürte den Wunsch, Queron Kinevan tiefer ins Innenleben jemandes Einblick zu gewähren, der hinsichtlich Cambers die Wahrheit kannte.

Camber, der es nicht wagte, als Erster das Wort zu dieser Empfehlung zu ergreifen, sah über die Ratstafel hinweg Joram an und erhaschte den flüchtigen Gedanken, welchen sein Sohn, insgeheim verdrossen und aufs Äußerste besorgt, aber auch voller Fügsamkeit gegenüber unabwendbaren Entwicklungen des Schicksals, ihm im eigenen Blick übermittelte. Er beobachtete, wie Joram, indem er bedächtig Atem schöpfte, dann selbigen Blick vorsichtig hinüber zu Jaffray lenkte.

»Um Vergebung, Herr Erzbischof. Ich habe ... sehr lebhafte Erinnerungen an Queron, wie Ihr Euch sicherlich vorzustellen vermögt. Die Zeit hat meine Gefühle ein wenig besänftigt, aber ... ja, wir haben ihn zu Dolban angetroffen. Wir haben sogar das Heiligtum aufgesucht.«

»Wahrhaftig?« Freudige Überraschtheit stand Gregorius offen überall im hageren Antlitz geschrieben, denn trotz allem, was Camber hatte tun können, um ihm derartige Flausen auszutreiben, war und blieb er ein eifriger Anhänger Sankt Cambers. »Joram, du kannst dir schwerlich im Entferntesten überhaupt nur ausmalen, wie's mich entzückt, das vernehmen zu dürfen! Ich *wusste*, du würdest eines Tages zur Vernunft kommen. Dein heiliger Vater ...«

»Sein heiliger Vater«, unterbrach Camber glattzüngig, indem er gleichzeitig das Haupt schüttelte und sich mit einem Lächeln versuchte, »ist für Joram noch immer ein wunder Punkt in seinem Leben, und das wisst Ihr sehr wohl, Gregorius. Können wir uns wieder der eigentlichen Fragestellung widmen?« Er wandte sich von neuem an Jaffray. »Ich bitte darum, zu beachten, dass ich Queron kaum kenne und ihm nur einige Male kurz begegnet bin – hauptsächlich anlässlich jener Synode, von welcher hier vorhin die Rede war. Als Deryni genießt er zweifelsfrei ein großartiges Ansehen. Aber ich bin kein Heiler, deshalb kann ich in dieser Beziehung über ihn kein

Urteil fällen. Wisst Ihr uns mehr über ihn zu berichten? Ihr seid mit ihm gemeinsam in den Reihen der Gabrieliten tätig gewesen. Ihr kennt seine Fähigkeiten genauer als jeder andere von uns.«

Nachdenklich lehnte sich Jaffray an seinem Platz zurück und ließ seinen Blick über die Versammelten wandern, klickte dabei etliche Male mit seinem Siegelring gegen einen großen Schneidezahn.

»Er ist ein vorzüglicher Heiler, Alister«, erwiderte der Erzbischof schließlich. »Wie erwähnt, der Beste von allen, denen ich je begegnet bin. Wir standen uns einmal sehr nah, ehe ich den Orden verließ und das Bischofsamt antrat. Soviel kann ich sagen: Zu seiner besten Zeit machten die meisten Heiler im Vergleich zu ihm den Eindruck erstjähriger Lehrlinge. Damals war es unmöglich, einen Heiler mit Zeugnissen und Empfehlungen, welche die seinen übertrafen, zu finden.« Er nickte achtungsvoll hinüber zu Rhys. »Es sei denn, hier in dieser Kammer«, fügte er hinzu.

»Und heute?«, fragte Rhys nach. »Keine unnützen Lobreden, Jaffray. Ich muss Bescheid wissen. Seinen eigenen Einlassungen zufolge ist er seit vielen Jahren nicht mehr als Heiler tätig, außer innerhalb der Ordensgemeinschaft. Das mag einen Unterschied bedeuten, vielleicht auch nicht.«

»Das ist einer jener Gründe, weshalb ich Emrys an erster Stelle vorgeschlagen habe«, lautete Jaffrays Antwort, »wenngleich ich glaube, bei jemandem wie Queron dürfte so etwas keinen Unterschied ausmachen. Ich habe erlebt, wie er Dinge verrichtete, die mich an den eigenen Wahrnehmungen zweifeln ließen. Aber er besaß stets eine Geneigtheit zum Träumen, zum Überschäumen und Grillenfangen – man sehe, um ein Beispiel zu geben, nur seinen Abschied von den Gabrieliten und die Gründung des Ordens Cambers Knechte. Ihr dagegen steht fest mit beiden Beinen auf dem Erdboden. Das ist von Wichtigkeit, doch ist's genauso bedeutsam, dass Ihr's nimmer scheutet, ohne zu zögern ins Unbekannte vorzudringen. Diese neue Heiler-Fähigkeit ist dafür ein Beweis. Alles in allem, obschon ich Eurer Tätigkeit weniger häufig als dem Werk Querons beigewohnt habe, erachte ich Euch als so tüchtig und fähig wie Queron.« Er schwieg einen Augenblick lang. »Bedarf es weiterer Vergleiche?«

»Durchaus nicht«, entgegnete Rhys nahezu geflüstert. »Meinen Dank.«

»Nun wohl denn«, sprach Jaffray mit andeutungsweisem Schmunzeln. »Nach dieser etwas weniger als begeisterten Fürsprache schlage ich vor, wir beraten nunmehr Mittel und Wege, um Euch sobald wie möglich mit Emrys und Queron zusammenzubringen. Ich glaube, Alister sollte auch dabei sein, denn er kennt Eure Tätigkeit am besten von allen Anwesenden, mit der Ausnahme, vermute ich, Eurer liebreizenden Gemahlin. Evaine, ich hätte Euch genannt, aber mich will's deuchen, ein anderer Priester wird im Umgang mit Queron günstiger dran sein als ein Weib ... und auch als jemand«, diese Ergänzung machte er um Jorams willen, »der mit Sankt Camber verwandt ist.«

Cambers insgeheime Heiterkeit über Jaffrays letztere Bemerkung überschattete beinahe seine Abneigung gegen ein erneutes Wiedersehen mit Queron. Da er kein Heiler war, konnte man von ihm jedoch schwerlich erwarten, dass er mit Queron so tiefe geistige Verbindungen einging wie Rhys. Und weil Queron erst nach Cambers Annahme von Alister Cullens Gestalt den Bischof kennen gelernt hatte, sollten sich, was die Beständigkeit und Übereinstimmung anbetraf, keine Schwierigkeiten ergeben. Dennoch würden sie beide – er und Rhys – in dieser Art der geistigen Vereinigung, deren es bedurfte, um vorzuführen und zu vermitteln, woraus Rhys' sonderbare neue Fähigkeit bestand und wie man sie anwendete, einer gewissen Gefährdung ausgesetzt sein. Voraussichtlich erwies es sich als vonnöten, Queron von Anfang an in dieser Hinsicht beansprucht zu halten, sodass er schlichtweg gar keine Gelegenheit fand, irgendwo, außer in jenen Schichten, wo es von der Sache her unumgänglich war, allzu tiefen Einblick zu nehmen.

»Na schön, das wäre also geklärt«, sprach Evaine, verflocht ihre Finger ineinander und legte die dergestalt gefalteten Hände mit einer genau bemessenen Geste vor sich auf die Tischplatte. »Ich denke, nunmehr erübrigen sich weitere Ausführungen darüber, unter was für Umständen unsere Heiler zu gemeinsamem Wirken gelangen sollen … Vorausgesetzt, versteht sich, die neue Fähigkeit lässt sich anderen vermitteln. Wir sind die Sache jedoch gewissermaßen am Rande entlang angegangen, unverkennbar aufgrund der damit aufgeworfenen, durchaus schwer wiegenden Glaubensfragen – mein Bruder hat seine Bedenken in kleinerem Kreise bereits dargelegt –, doch ich befürchte, wir müssen ihnen ins Antlitz schauen. Alister?«

Bedächtig nickte Camber. »Nun wohl. Mir ist bei alldem nicht viel behaglicher zumute als den anderen hier, aber ich empfinde meinen Einfall als das geringste einer ganzen Anzahl von erheblich ärgeren Übeln. Und es gibt *fürwahr in* der Historia Beispiele für so eine Art von Bewegung, wie wir sie im vorherigen Gespräch ins Augenmerk gefasst haben. Der Gedanke, für die Welt zu sterben und eine Wiedergeburt durchzumachen, ist von ganz allgemeiner Natur und hat seine Ursprünge schon vor dem judäischen Brauchtum. Johannes der Täufer war weder der Erste, der dergleichen gepredigt hat, noch etwa der Letzte.«

»Soviel will ich gerne zugestehen«, sprach Jaffray. »Und

die Eingebung, nach solchen Vorbildern mit seinen ›bösen‹ Deryni-Kräften zu sterben und ohne sie wieder geboren zu werden, und zwar so ernstlich, dass sie wahrhaftig nicht länger vorhanden sind – keineswegs lediglich geleugnet werden –, ist in der Tat ein glänzender Geistesstreich, Rhys.«

Rhys hob die Schultern. »Darüber mag ich nicht befinden. Mir ist dabei nicht wohl zumute. Doch ein solches Vorgehen könnte sich beizeiten bewähren.«

»Es *wird* sich bewähren«, behauptete Evaine. »Um jedoch dafür erst einmal die Grundlagen zu schaffen, brauchen wir einen unanfechtbar menschlichen Strohmann, irgendjemanden, bei dem Herkunft und Beweggründe unanzweifelbar sind, sowohl für uns wie auch jene, welche er betreuen soll.«

»Und Ihr wisst schon jemanden, der einwandfrei dafür in Frage kommt«, mutmaßte Jaffray, indem an seinen Mundwinkeln ein Lächeln zuckte. »Ach, Evaine, mein Kind, ich ersehe, Ihr habt ein gerüttelt Maß jener bereits sprichwörtlichen Doppelbödigkeit Eures Vaters geerbt.«

»Ich fasse diese Äußerung als die Schmeichelei auf, welche Ihr damit zweifelsfrei beabsichtigt habt, Herr Erzbischof«, erwiderte Evaine mit ähnlichem Lächeln.

Jaffray nickte. »Sei's drum. Und wer ist dieses Muster an rein menschlicher Tüchtigkeit und Eignung, unser künftiger Rufer in der Wildnis?«

»Sein Name lautet Revan. Einige hier sind ihm schon begegnet.«

»Revan?« Gregorius hob überrascht die Brauen. »Doch nicht das Schreiberlein?«

»Doch, derselbe.«

»Wer ist Revan?«, wollte Jaffray wissen.

Evaine senkte ihren Blick, erging sich in den dementsprechenden Erinnerungen mit einigem Widerwillen. »Zur Zeit, als Imre noch König war, fand man Herrn Rannulf, einen Deryni, im Dorf vor meines Vaters Burg eines Tages ermordet auf. Obgleich man die Tat allgemein willimitischen Aufrührern zuschrieb, ließ Imre fünfzig Dörfler ergreifen und gedachte sie hinrichten zu lassen, mit jedem Tag ihrer zwei. Mein Bruder Cathan wagte es, Fürbitte einzulegen – und Imre gab ihm als Geschenk das Leben eines einzigen der Gefangenen, das Cathan selber auszuwählen hatte! Er suchte Revan aus, einen etwa dreizehnjährigen Knaben. Nach Cathans Tod habe ich Revan als meinen Geheimschreiber eingestellt und dafür gesorgt, dass er weiteren Unterricht genießen durfte. Im Laufe der vergangenen fünf Jahre hat er sich als Lehrmeister unserer beiden jüngeren Kinder löblich bewährt.«

»Und *ihn* erachtet Ihr als geeignet für unsere Zwecke?«, fragte Jaffray. »Seinem derynischen Umgang zum Trotz?«

Jebedias hob sinnig seine vornehm geschwungenen Brauen. »Berücksichtigt Ihr, dass eben besagter Umgang seine scheinbare Abwendung von allem Derynitum umso glaubwürdiger machen dürfte? Auch werden jene, die solchen Angelegenheiten nachzugehen pflegen, seine Verwicklung – wie bedeutungslos sie auch gewesen sein mag – in die Sache Rannulf und die mutmaßliche willimitische Urheberschaft feststellen. Man erzählt, nebenbei erwähnt, die Willimiten hätten ihre Umtriebe von neuem aufgenommen. Ein paar meiner Leute haben vermeldet, in den Höhen bei Sankt Liam wäre eine regelrechte willimitische Gemeinde entstanden. Falls wir Revan zu ihnen schicken, versehen mit der rechten Geschichte, um sie ihnen aufzutischen, könnte es sich ergeben, dass er eine schon vorhandene Bewegung zu übernehmen vermag. Weiß Gott, die Willimiten hassen Deryni – obwohl sie in ihren Reihen mehrere Abtrünnige haben, welche für sie das Gedankensehen besorgen, ihre Gaben ansonsten jedoch nicht anwenden.«

»Abtrünnige, so, aha?«, sann Jaffray. »Dann wird seine Tarnung undurchdringlich sein müssen, wenn er den Gedankensehern standhalten soll. Doch muss man sich, will ich meinen, nahezu fragen, ob die Willimiten Deryni nicht gar zu sehr verabscheuen. Was wäre, Revan vermöchte sie nicht von seiner Sendung zu überzeugen?«

Joram kreuzte die Arme auf dem Brustkorb und schnitt eine Miene der Verdrossenheit. »Oh, er wird sie überzeugen können, keine Sorge. Wisst Ihr nicht, dass er alle Merkmale eines Messias mitbringt? Als Cathan ihn gerettet hat, war er Lehrbube bei einem Zimmermann, und er hinkt ein wenig, genau wie Prinz Javan.«

»Joram, genug davon!«, fuhr Evaine auf. »Ich weiß, du missbilligst den Plan, und ich kenne die Verursachung. Dieweil du jedoch mit keinem besseren Vorschlag aufwarten kannst, solltest du deine Jämmerlichkeiten und frömmlerischen Haarspaltereien wohl für dich behalten!«

Einen Ausdruck von Ärger und Verblüffung im Angesicht, schlug Jebedias mit der flachen Hand vernehmlich auf die elfenbeinerne Tischplatte.

»Nun macht aber Schluss, und zwar beide! Dieses Gezänk ist …«

»Nichts, Jebedias, was Euch betrifft«, fiel ihm Joram ins Wort. »Haltet Euch zurück. Evaine, allmählich empfinde ich Überdruss angesichts deiner …«

»Kinder!« Mit einem Ruck erhob sich Camber und der Gedanke hinter seiner Äußerung vermittelte seine väterliche Entrüstung ebenso, wie der Ausruf als solcher die Verärgerung seines inneren Alister-Teils verdeutlichte. Joram und Evaine erstarrten regelrecht aus Befremden und Bestürzung, als sie bemerkten, was sie getan hatten.

»Um Vergebung, Pater Alister, Pater Jebedias.« Während Evaine leise Abbitte leistete, sah sie weder ihren Vater noch ihren Bruder an. »Vergib auch du mir, Joram.«

Joram neigte gleichfalls das Haupt.

»Vergebung, Jebedias, und auch Evaine. Doch hier ist bekannt, wie ich über derlei Dinge denke. Alister, ich bedaure zutiefst, dass Ihr in dieser Weise eingreifen musstet.«

»Mein Sohn, Euch gehört durchaus mein Verständnis«, sprach Camber mit leiser Stimme, indem er sich wieder hinsetzte; er war froh, dass der Zwist sich so rasch hatte überbrücken lassen, wenngleich Jorams offensichtliche Abgeneigtheit ihn nach wie vor ernstlich sorgte. »Wir können uns später diesbezüglich aussprechen. Doch sind nicht alle hier der Auffassung, wir sollten uns wieder an die eigentliche Sache halten, um die's uns geht? Gregorius, Jaffray, lasst mich anmerken, wir anderen kennen Revan, obschon in unterschiedlichem Maße, und wir sind im Großen und Ganzen der Ansicht, dass er sich für die geschilderte Aufgabenstellung zur Genüge eignet. Auch Joram hegt wider diesen Mann keine Einwände. Es ist die Aufgabe selbst, die ihm innerlich zu schaffen macht. Was ist Eure Meinung?«

Gregorius richtete seinen Blick auf Jaffray und der Erzbischof nickte bedächtig.

»Mich dünkt's, Ihr verlangt recht viel von einem so jungen Menschen«, sprach Jaffray. »Wie alt, sagt Ihr, ist Revan?«

»Nunmehr sechsundzwanzig oder siebenundzwanzig Lenze«, gab Evaine Auskunft.

»Gregorius, wie denkt Ihr davon?«, fragte Jaffray den Grafen. »Ich möchte noch Zurückhaltung üben und mich mit noch keiner Meinung festlegen.«

Gregorius zuckte mit den Schultern. »Fürwahr, er wirkt etwas jung für das, was Alister im Sinn hat – aber andererseits war unser Herr Jesus wenig älter, als er begann, was er tun musste. Außerdem ist zu bedenken, wer sollte wähnen, dass Revan darin verwickelt ist, selbst wenn jemand dahin gelangt, eine Täuschung zu mutmaßen?«

»Genau das ist der entscheidende Punkt«, stimmte Rhys zu. »Allein schon die bloße Tatsache, dass seine Ergebenheit Evaine und mir gegenüber wohl bekannt ist, wird sich zu unseren Gunsten auswirken und die Leute davon überzeugen, dass seine Abkehr gänzlich aufrichtiger Natur ist, sobald er die Botschaft, für die wir ihn ausersehen haben, zu predigen beginnt.«

»Immer unterstellt, er hat jemanden, mit dem er seine Werke tun kann«, ergänzte Jaffray gelassen.

»Was meint Ihr damit?«

»Ich meine«, antwortete Jaffray, »dass gegenwärtig Ihr allein es seid, der vermag, was Ihr in Eurer Eigenschaft als Heiler vermögt. Nehmen wir einmal an, diese Fähigkeit kann nicht gelehrt werden. Was dann?«

»So werde ich schlichtweg das Opfer bringen und es selber tun müssen, stimmt's?«, sprach Rhys leichthin. »Wir müssten uns einen glaubhaften Grund ausdenken, aus welchem ich zum Abtrünnigen werden und dem Gebrauch meiner Deryni-Kräfte abschwören könnte – außer zu diesem einen Zweck –, und wohl oder übel auf diese Grundlage bauen. Aber ich hoffe, das wird nie notwendig sein. Ich bezweifle, dass ich aus jenem Holze geschnitzt bin, aus dem messianische Gestalten bestehen.«

»Das galt auch für Camber«, murmelte Joram kaum verständlich. »Doch seht, was aus ihm geworden ist.«

»Wie beliebtest du dich zu äußern?«, fragte Rhys nach.

»Lassen wir's. Ich glaube, du würdest einen hervorragenden neuen Johannes der Täufer abgeben, Rhys … wenn du in der Wüste umherziehst, dich an Nüssen und Beeren labst und … Ach, Verdammnis, das ganze Vorhaben ist viel zu waghalsig!«

»Freilich ist's waghalsig«, bestätigte Jaffray. »Aber nicht waghalsiger, als die Möglichkeit in Kauf zu nehmen, dass wir von den Menschen ausgerottet werden, bloß weil wir Deryni sind. Daher glaube ich, wir alle werden Euch dankbar sein, wolltet Ihr Eure Bedenken zurückhalten, bis Ihr eine aussichtsreichere Anregung vorzutragen habt. Evaine und Rhys, ich bin der Ansicht, Ihr solltet so rasch wie möglich mit Revan reden. Sollte er sich bereit erklären, sich diese Aufgabe aufzubürden, dürfte er an Zeit und Zuwendung alles brauchen, was wir in dieser Beziehung für ihn aufzubringen vermögen, um ihn den Willimiten in den Pelz zu setzen und seine Tarnung zu gewährleisten. Habt Ihr Euch übrigens auch schon darüber Gedanken gemacht, was werden soll, falls er *nicht* will?«

Evaine seufzte. »Er wird's tun. Er besitzt kaum eine größere Wahl, als wir eine haben. Wir werden versuchen zum bevorstehenden Ende der Woche Sheele aufzusuchen.«

»Gut. Und unterdessen werde ich mich darum kümmern, dass es zu einer Zusammenkunft zwischen Rhys und Alister sowie Emrys und Queron kommt.«

11

Wen will dieser Erkenntnis lehren, wem deutet er Offenbarung?

Isaias 28,9

Einige Tage später, an einem für des Winters Ausklang von Sonnenschein überaus hellen Tag, ritten Evaine und Rhys nach ihrem Herrensitz zu Sheele, angeblich um ihren Kindern einen Besuch abzustatten. Sobald sie dort waren, täuschte Evaine leichtes Unwohlsein vor, sodass Rhys einen ausgezeichneten Vorwand zu Reitübungen mit den Kindern erhielt, derweil sie im Herrenhaus der Ruhe pflegte und sich von Revan Gesellschaft leisten ließ.

Revan hinkte weniger auffällig als für gewöhnlich, als sie den vom Winter noch leblosen Garten betraten. Freude und Befriedigung glommen in Revans Augen, als er auf Evaines Aufforderung hin Platz nahm. Gemeinsam sahen sie zu, wie die sieben Lenze alte Rhysel ihrem Vater die jüngst erworbenen Reitkünste der sanftmütigen Kleinpferd-Stute vorführte, welche ihre Eltern ihr zum Dreikönigsfest geschenkt hatten. Tieg, halb so alt wie sie, musste sich damit begnügen, vor seinem Vater zu sitzen, sicher zwischen ihn und den hohen, aus bearbeitetem Leder gefertigten Sattelknauf gezwängt. Der Knabe kreischte vor Vergnügen, während Rhys' großer Nussbrauner Sprünge machte, wenn er sich aufrichtete. Nur Aidan fehlte, das älteste der drei Kinder, und Evaines Stolz wäre vollkommen gewesen; Aidan jedoch weilte zu Trurill, nahe Cor Culdi, in der Obhut seines Verwandten Adrian MacLean, eines Enkels von Cambers Schwester Aislinn, Vater eines anderen Camber, Camlin mit Rufnamen, der ein Jahr älter war als Aidan. Ihren Erstgeborenen sah Evaine hauptsächlich, wenn sie sich zwecks längerer Erholungsaufenthalte in Sheele befand.

Mit einem Aufseufzen widmete sie ihre Gedanken von neuem Revan, der an ihrer Seite saß. Seine schmalen Hände, an den Fingernägeln mit Tinte beschmutzt, hielten eine makellos buttergelbe Rolle frischen Pergaments; Revan pflegte grundsätzlich niemals altes, stockfleckiges Pergament zu benutzen. Zwar konnte sich Evaine nicht dahingehend überwinden, ihn deshalb zu befragen, doch war ihre Vermutung, dass es sich um ein weiteres Werk der Dichtkunst oder ein Lied handelte, von Revan selbst geschrieben. Der Lahme und einstige Zimmermannslehrling war in den Jahren, seit Cathan ihm das Leben gerettet hatte, zu einem vielseitigen jungen Gelehrten und Barden geworden. Eine Anwandlung von Schuldgefühl befiel Evaine, als sie sich verdeutlichte, dass die Erfüllung des Anliegens, welches sie ihm nun zu unterbreiten hatte, vielen dieser seiner eigenständigen Errungenschaften ein Ende machen musste. Und doch stand ihnen kein anderer Weg offen.

»Wie lernen die Kinder, Revan?«, erkundigte sie sich, ein Versuch, das Unausweichliche noch für wenigstens ein kleines Weilchen hinauszuzögern.

Revan lächelte und streifte sich eine Strähne hellbraunen Haupthaars aus der Miene. Wie so viele Männer jüngeren Alters trug er sein Haar lang, nämlich bis auf die Schultern.

»Herr Tieg ist noch zu jung für allzu ausgedehntes Lernen unter strengeren Maßstäben, edle Dame«, erwiderte er unbefangen, »obwohl er die meisten Buchstaben schon kennt und sein Auffassungsvermögen vieles verspricht. Die größte Genugtuung jedoch bereitet mir das edle Fräulein Rhysel. Macht sie so weiter, wird sie eines Tages wie Ihr eine Gelehrte sein.«

Erfreut zupfte Evaine ein abgestorbenes Reisig aus

dem Saum ihres Kleides und drehte es versonnen zwischen den Fingern.

»Dieser Hang zur Gelehrsamkeit ist in unserer Sippe ungemein ausgeprägt«, sprach sie und lächelte. »Auch bevorzugt sie ihren Großvater.« Sie betrachtete das Zweiglein, als habe sie dergleichen noch nie geschaut, suchte derweil nach den rechten Worten. Was sie zu tun hatte, war keineswegs leicht.

»Revan, du dienst unserem Hause nun schon viele Jahre lang. Gefällt dir deine Tätigkeit?«

Revan lächelte – ein schnelles, wohlgemutes Grinsen, wie es seinem Naturell entsprach –, senkte dann etwas scheu seinen Blick.

»Edle Dame, Ihr wisst, dass das der Fall ist. Ihr und Herr Rhys seid stets überaus gütig zu mir gewesen. Die Kindlein sind mir nahezu so wie die Brüder und Schwestern, welche ich nie kennen gelernt habe. In der Tat, ich … ich empfinde mein Dasein bisweilen so, als sei ich mehr als nur Eurer Kinder Lehrer … als ob ich ein Mitglied der Sippe sei, wenngleich nur ein entfernter, armer Anverwandter.« Nun erst wagte er den Blick zu heben. »Ihr zürnt mir doch wegen dieser Hirngespinste nicht, oder?«

»Zürnen? Natürlich nicht! Du *bist* ein Mitglied unserer Sippe. Solange du hier bist, brauchen Rhys und ich, weil wir so häufig und oft für lange Frist fern von daheim sind, keine Sorgen zu haben. Wir wissen sie immerzu in guten Händen.«

Darauf gab Revan keine Antwort, doch spiegelte sein Angesicht Freude wider; Evaine sah ein, sie vermochte das Unvermeidliche nicht länger aufzuschieben.

»Revan … Rhys und ich, wir sind diesmal nicht allein in der Absicht gekommen, die Kinder zu besuchen. Ebensowenig fühle ich mich unwohl. Es ist mein Wunsch, mit dir über Art und womöglichen Umfang deiner Dienste für uns zu sprechen, dich zu fragen, ob du … die Bereitschaft hegst, auch einen andersartigen Dienst zu verrichten, einen nämlich, der weit schwerer ist als sämtliche Dienste, welche du uns bisher erwiesen hast. Sähen wir dich nicht als Mitglied unserer Sippe an, wir wagten's nicht, diese Frage an dich zu richten, welche ich dir stellen muss.«

»Was für einen *andersartigen* Dienst, Herrin?«, fragte Revan in gedämpftem Tonfall. Seine Miene war plötzlich ernster, das Licht des Frohsinns wich aus seinen Augen. Er legte seine Schriftrolle beiseite und widmete Evaine seine volle Aufmerksamkeit, harrte mit Zagen des Weiteren, das da kommen sollte.

»Wir … ich meine, Rhys und ich … wir stehen vor einer Schwierigkeit.« Sie brach ein Stück des Zweigleins ab, das sie in den Händen hielt, und ließ es auf die Erde fallen. »Nein, es ist nichts zwischen uns missraten«, fügte sie hinzu, als sie den Ausdruck banger Beunruhigung in seiner Miene erkannte. »Rhys und ich, wir sind in unseren Seelen ebenso vermählt, wie's für Leiber und Herzen gilt. Wir könnten uns in diesem Leben keinen innigeren Bund erwünschen.«

Sie tastete mit ihren Deryni-Sinnen nach Revans Gemüt und ersah, mit welcher Erleichterung selbiger ihre Versicherung aufnahm, stellte zugleich mit bislang unbekannter Deutlichkeit fest, in welchem Maße der junge Mann Rhys verehrte, sie selbst anbetete. Entschieden zog sie sich auf geistiger Ebene zurück.

»Nein, worum's geht, das steht im Zusammenhang mit Rhys in seiner Stellung als Heiler«, sprach sie eilends weiter, derweil sie mit einem angerissenen Daumennagel an einem Streifen Rinde schabte, welcher noch am Reisig hing. »In den vergangenen Wochen hat Rhys eine ungemein wichtige, gänzlich neuartige Eigenheit seiner Heiler-Begabung entdeckt, und wir sind der Überzeugung, unser ganzes Deryni-Volk könnte davon einen Nutzen haben. Allerdings handelt es sich um eine außerordentlich merkwürdige Fähigkeit. Sie ermöglicht's dem Heiler, die Geistesgaben eines Deryni völlig zu blockieren, sie so restlos zum Verschwinden zu bringen, dass man sie nicht einsetzen kann, nicht erkennen, sich aber auch nicht an sie erinnern. Soviel wir wissen, ist noch nie zuvor irgendjemand zu so etwas imstande gewesen.«

Derweil sie ihn von der Seite musterte, schüttelte Revan langsam das Haupt und seine hellbraunen Augen drückten Verwirrung aus.

»Aber warum sollte denn jemandem daran gelegen sein, einem Deryni die für seinesgleichen eigentümlichen Geisteskräfte zu nehmen, Gebieterin? Es möchte, vermag ich mir vorzustellen, wohl nutzreich sein, solche Gaben verleihen zu können, aber sie zu nehmen ...? Ich ersehe darin keinen Sinn.«

»Zunächst erging's uns ebenso. Aber ...« Sie seufzte, stand auf und begann vor der Sitzbank hin und her zu schreiten, nachdem sie Revan durch einen Wink erlaubt hatte, im Sitzen zu verbleiben, sobald er Anstalten machte, sich ebenfalls zu erheben.

»Revan, sicherlich ist dir bewusst, welche Gefühle die Leute den Deryni entgegenbringen, vor allem seit des Königs Verscheiden.«

»Nun, manche Leute, Herrin«, räumte Revan mit geringschätzigem Schulterzucken ein. »Ich nicht, Ihr wisst's, und auch kein anderer Bediensteter hier zu Sheele.«

»Viele Menschen jedoch tun's, so ist's nun einmal«, sprach Evaine. »Und von noch großerer Wichtigkeit ist die Tatsache, dass vier der fünf Regenten solche Leute sind. Wenn unser junger König innerhalb der nächsten zwei Jahre von Männern wie Murdoch und Rhun sowie dem abscheulichen Bischof Hubertus angeleitet wird, wer kann da sagen, wie der Krone Einstellung zu den

Deryni sich noch zum Schlechten verändern wird? Bedenkt, als man Imre gestürzt hat, war's derynisches Joch, das mit ihm fiel. Des Reiches neue Herren haben die Deryni geduldet, dieweil König Cinhil sich bestimmten Deryni, welche ihn mit Trost, Ratschlag und Unterstützung versahen, persönlich verbunden fühlte. Die Regenten jedoch verspüren keinerlei derartige Verbundenheit, wogegen in ihrem Gedächtnis wohl bewahrt weiterlebt, was Deryni ihresgleichen während des Interregnums antaten.«

»Noch sitzt Erzbischof Jaffray im Regentschaftsrat, Herrin«, wandte Revan ein, »und er ist ein Deryni.«

»Freilich, das ist wahr, aber wider den Willen der Regenten. Jaffray wird vorerst im Rat geduldet, weil's nicht anders möglich ist. Es ist das unbestreitbare Vorrecht des Erzbischofs von Valoret und Primas' von Gwynedd, einen Platz in Gwynedds Großrat einzunehmen, mag derselbe nun einen Regentschaftsrat umfassen oder nicht. Doch Jaffray könnte sehr wohl ein willkommenes Missgeschick widerfahren, sodass die Regenten in die Lage gebracht würden, auch an seine Stelle einen ihnen angenehmen Mann zu setzen. Und andere Deryni, so wie Bischof Cullen, Graf Jebedias sowie Rhys selbst haben ja bereits ihre Stellung bei Hofe verloren. Sobald die Krönung vollzogen worden ist, müssen sie allesamt von Valoret Abschied nehmen. Wir befürchten, dass all das erst der Anfang ist, dass das Verlieren der Ämter und Stellungen lediglich des Lebens Verlust vorausgeht. Wenn's nun ein zweites Nyford gibt?«

Revan nickte bedächtig, die Stirn gerunzelt. »Ich begreife, was Euch zu erläutern beliebt.« Für einen Augenblick bewahrte er Schweigen. »Aber was hat das alles mit dieser neuen Fähigkeit zu schaffen, dem Aufheben der Deryni-Kräfte? Mich will's wohl dünken, ein Deryni würde sich umso mehr Macht wünschen, um sich schützen zu können, falls Ihr fürwahr fürchtet, die Regenten könnten eines Tages wider alle Deryni vorgehen.«

»So vermöchte man leicht zu meinen, ja«, gab Evaine zu, sowohl erfreut wie auch bekümmert, weil Revan die Dinge durchaus verstand. »Wir Deryni jedoch kennen durchaus gewisse Grenzen, das dürftest du wissen. Wenn's zur Auseinandersetzung mit Deryni-Kräften einer- sowie einem Dutzend Schwerter, Pfeile oder Spieße andererseits kommt – nun ja, Magie braucht ihre Zeit, will man sie anwenden, und zudem erzeugt Gewalt nur neue Gewalt. Sie ist nicht immer die vernünftigste Art der Verteidigung.«

»Ist denn der *Verzicht* auf Magie ein sinnvoller Schutz?«, fragte Revan, als spräche er zu sich selbst.

»Tja, das ... Nein, das nicht, solange es bekannt und beweisbar ist, dass man's bei diesem oder jenem mit einem Deryni zu tun hat. Ich bitte dich, erwäge jedoch Folgendes. Könnte nicht einmal ein anderer Deryni feststellen, ob jemand ein Deryni ist oder keiner, und vermöchte sogar ein Deryni selber sich nicht länger darauf zu besinnen, dass er einmal einer war, *dann* wäre der Verzicht auf Magie ein wirksamer Schutz.«

Derweil Revan über diese Darlegungen nachsann, setzte sich Evaine erneut nieder, mäßigte durch den Einsatz ihrer Willenskraft ihren aus Erregung beschleunigten Herzschlag. Ein kurzes Weilchen später hob Revan das Haupt und schaute über die Wiese aus. Nahe beim Eichenhain, welcher dahinter stand, sah man Rhys und seine Tochter nun ihre Reittiere am Zügel führen, während der junge Tieg mit höchstem Stolz allein in seines Vaters tiefem Sattel saß. Rasch wandte Revan den Blick ab, doch nicht schnell genug, sodass Evaine erkannte, er ahnte bereits auf eine noch verschwommene Weise, sie werde ihm zumuten, das Zusammensein mit den Kindern aufzugeben.

»Herrin, Ihr habt mir noch nicht Aufklärung verschafft, inwiefern das alles mich und die Kinder anbetrifft.«

Sie seufzte. »Aidan dürfte bei seinen Verwandten zurzeit sicher aufgehoben sein. Rhysel und Tieg müssten bis auf weiteres hier verbleiben – es wird nötig sein, für sie einen anderen Lehrer einzustellen, aber es wird bereits Vorsorge getroffen, sie mit meinem Bruder in eine Michaeliten-Einrichtung zu schicken, sollte die Lage es erfordern.«

»Ich verstehe, Gebieterin.«

»Was dich angeht, so besitzen wir eine Vorstellung davon, wie du uns dabei behilflich sein kannst, Rhys sehr darin zu unterstützen, seine Entdeckung zum Schutze wenigstens einer Anzahl von Deryni zu verwenden. Du müsstest eine Art von Prophet werden, etwa vergleichbar mit Johannes dem Täufer, und dazu ein Anhänger des Sankt Willim. Es müsste den Anschein haben, dass du Deryni ihre Geisteskräfte nimmst, ihr magisches Können auslöschst, um sie wider das Böse zu behüten, gegen das die Willimiten predigen, aber in Wahrheit müsstest du natürlich gemeinsam mit einem Heiler tätig sein. Du hättest dieses Werk an so vielen einfachen Deryni wie nur möglich zu vollziehen, vornehmlich Frauen und Kindern, welche für gewöhnlich weniger allgemein bekannt sind. Solche Leute könnten an andere Orte ziehen und ein neues Leben begründen, vom Schandfleck Deryni zu sein so lange gereinigt, bis die Zeiten wieder sicherer sind und sie von neuem gefahrlos als Deryni auftreten könnten.«

Revan schüttelte das Haupt, als Evaine verstummte.

»Das ist gänzlich unglaubhaft. All mein Leben lang habe ich im Dienste von Deryni gestanden. Wer würde dies glauben? Wer wollte *mir* das glauben?«

»Wir haben einen Weg ersonnen. Soll ich dir davon mehr erzählen?«

Zum Zeitpunkt, als sie ihren Plan eingehender umrissen und mit etlichen Einzelheiten aufgewartet hatte, waren Revans Vorbehalte bereits ehrfürchtiger Mitgerissenheit gewichen.

»Ich nehme an, das *könnte* sich in die Tat umsetzen lassen, edle Dame«, gestand er zu; er wagte kaum laut zu sprechen. »Und … Ihr meint fürwahr, ich sei der rechte Mann, um so etwas auszuführen?«

»Ja, ich bin davon überzeugt.«

Geräuschvoll schluckte Revan, während eine Aufwallung von Gefühlen ihm die Kehle in Zuckungen brachte, dann sank er umständlich vor Evaine auf die Knie, ergriff ihre Hand und presste sie in inbrünstiger Verehrung an seine Lippen.

»Dann bin ich der Eure, Herrin«, flüsterte er, »so wie ich's stets war.«

»Meinen Dank, Revan«, entgegnete Evaine mit leiser Stimme, hob ihre freie Hand anmutig an sein Haupt, indem sie zugleich mit ihren Deryni-Sinnen nach seinem Geist tastete. »Nun komm und nimm wieder an meiner Seite Platz, so werden wir noch mehr besprechen. Viele Vorbereitungen sind einzuleiten.«

Revans Augen nahmen einen Ausdruck an, als seien sie von Glas gemacht, derweil er sich erhob und sich erneut auf die Sitzbank niederließ, dabei unverändert Evaines Hand hielt.

»So ist's recht«, sprach Evaine in gedämpftem Ton. »Entspanne dich ganz und gar, lass mich deinen Geist unter meinen Einfluss nehmen, wie wir's bereits geübt haben. Und im Interesse deiner eigenen Sicherheit erinnere dich auf bewusster Ebene an nichts von allem, was wir hier bereden, es sei denn, in der ausschließlichen Gegenwart meiner selbst oder von Rhys.«

Später im Laufe desselben Abends kehrten Evaine und Rhys zurück nach Valoret, ungemein zufrieden mit dem, was sie am Nachmittag zu Sheele mit Revan veranlasst hatten, dem Werkzeug ihres Vorhabens, wenngleich sie in ihren Herzen um den Menschen Revan Kummer verspürten. Pflichtgemäß vermeldeten sie die erzielten Fortschritte dem Camberischen Rat, und derweil der Tag verstrich, setzte man noch mehr Räder ihres großen Plans in Bewegung.

Zu Sheele dagegen verliebte der junge Revan sich nachgerade über Nacht aufs Leidenschaftlichste in ein ebenso junges Weib mit Namen Finella aus dem nahen Dorf; selbige Finella allerdings erkrankte binnen weniger Wochen, nachdem Revan ihr erstmals begegnet war, auf reichlich geheimnisvolle Weise und ihre Gesundheit verfiel zusehends immer mehr, trotzdem Rhys selbst, auf Revans dringliches Flehen hinzugeeilt, sie behandelte.

Rhys widmete sich dem jungen Weibe mit aller Gewissenhaftigkeit, unterstützt von seiner Gemahlin und von Revan sorgenvoll überwacht, der erklärt hatte, Finella zu Pfingsten ehelichen zu wollen; aber wie sehr sich Rhys auch anstrengte, seine Bemühungen zeitigten bei Finella kaum irgendeinen Erfolg. Und an dem Tag schließlich, als man der armen Finella bescheidenen Sarg in die Erde senkte – gefüllt mit Steinen, dieweil man das Mädchen in der vorherigen Nacht fortgebracht hatte, versehen mit falschen Erinnerungen und zur Genüge Geld, um in einem anderen Dorf einen neuen Anfang zu machen –, da hatte es auf einmal den Anschein, als zerspränge etwas in Revans Verstand.

»Ihr hättet sie retten können!«, schrie Revan vor etlichen Gästen, welche sich zu Sheele versammelt hatten, um mit Rhys und Evaine das Osterfest zu feiern. »Ihr habt sie sterben lassen, derynisches Ungeheuer! Ihr hättet sie heilen können, aber Ihr habt sie dem Tod überlassen! Ihr seid schuld an ihrem Tod!«

Er riss sich das aufgenähte Wappen, das ihn als Bediensteten in Rhys Thuryns Haushalt kennzeichnete, vom Wams, schleuderte es seinem Herrn vor die Füße, trat darauf und stürmte aus dem Saal, von Tränen überströmt. Ohne sich sonderliche Mühe zu geben, versicherte Evaine den Festgästen, sowohl Menschen wie Deryni, es sei durchaus nicht so, wie von Revan behauptet, vielmehr habe er im gleichen Maße, wie sich Finellas Leiden verschlimmerte, fortgesetzte Anzeichen einer geistigen Beeinträchtigung gezeigt, und alle Versuche Rhys', das Mädchen zu heilen oder Revans Zustand zu beheben, wären völlig umsonst gewesen – doch die Stimmung war freilich verdorben und auch das Mahl verlief nicht erwartungsgemäß. Was als festlicher Anlass gedacht gewesen war, endete sehr früh, fast unmittelbar nachdem man den letzten Gang aufgetragen hatte, in Missmut.

Während der darauf folgenden Woche erreichte die Kunde von dem Vorfall den Königshof und verbreitete sich auch dort rundum, denn Evaine hatte dafür gesorgt, dass sich unter den Gästen ein paar unbedeutende Höflinge befanden, von welchen man sich jedoch darauf verlassen durfte, dass sie alles weitererzählten, was sie sahen und hörten. Dank einer gewissen Hofdame namens Day steigerte sich die Darstellung des Zwischenfalls zu guter Letzt dahin, dass Rhys Revans junge Freundin angeblich mit vollem Vorsatz habe sterben lassen, womöglich aus Eifersucht. Sicherlich, Rhys könne befürchtet haben, Revan werde, sobald er sich mit Finella vermählt hätte, aus seinen Diensten scheiden, um eine eigene Familie zu gründen. Doch nein, in Wirklichkeit habe Rhys jene Finella für sich selbst begehrt, sei aber von dem Mädchen abgewiesen worden, das seine Gunst stattdessen Revan schenkte – und *deshalb* sei sie von Rhys dem Siechtum bis zum bitteren Ende überlassen worden. Denn war Rhys Thuryn etwa kein Deryni, wenn er auch Heiler sein mochte? Und hatte Bischof Hubertus nicht erst vor wenigen Wochen in einer Predigt erklärt, dass Deryni voller Falschheit und Heimtücke seien, dass selbst jene unter ihnen, die den wahrhaftigsten und redlichsten Eindruck erregten, sich letztendlich als gottlose Schurken vom Schlage des Tyrannen Imre entlarven müssten?

Indem die Krönung näher rückte, vernahm man auch die ersten Neuigkeiten in Bezug auf Revan. In der Mitte des Mai wusste die Fama zu berichten, er sei mit einem Häuflein neuwillimitischer Brüder im Hügelland östlich von Valoret gesehen worden. Den Gerüchten zufolge betrachteten seine neuen Freunde ihn als so etwas wie einen irrsinnigen Besessenen; es hieß, er bringe viel Zeit damit zu, allein auf einem Gipfel zu hocken und zu einem großen granitenen Findling zu sprechen; man erzählte, er esse kärglich und rede wenig, es sei denn, er war in eine seiner grüblerischen, zutiefst nach innen gekehrten Betrachtungen versunken. Anscheinend hegte weit und breit niemand auch nur den mindesten Zweifel, dass Revans beklagenswerte Handlungen das Verhalten eines Mannes waren, den die Bedrängung durch seine derynische Herrschaft in den Wahnsinn getrieben hatte.

Kaum dass Bischof Hubertus diese Nachrichten vernahm, hielt er in der Kapelle der Königsburg eine Predigt über des Saulus Wandlung zum Paulus auf der Straße nach Damaskus und ließ es beileibe nicht an Andeutungen mangeln, dass alle Menschen, die noch Deryni dienten, um eine Bekehrung beten sollten, wie sie einst dem Saulus widerfuhr.

Und während Revan sein Tarndasein bei den Willimiten begann, sich darauf vorbereitete, ein neuer Rufer in der Wüste zu werden, betätigten seine zeitweilig vergessenen Bundesgenossen sich weiter, um am Edelstein der völkischen Errettung die derynischen Flächen zu glätten. In diesem Sinne betrieb Jaffray das Zustandekommen des erforderlichen Treffens Rhys' mit Emrys und Queron.

Zum Ort der Zusammenkunft wählte er St. Neot aus, das Gabrieliten-Kloster mit angeschlossener Klosterschule, dem Dom Emrys als Abt vorstand, seit ungezählten Geschlechterfolgen berühmt als ein Mittelpunkt derynischer Gelehrsamkeit und der Heiler-Ausbildung. Dieweil St. Neot ein Bestandteil jenes uralten kirchlichen Netzwerks aus Portae war, welches die Deryni-Geistlichkeit schon vor Jahrhunderten geschaffen hatte, ließ das Kloster sich nicht nur durch Rhys und Camber leicht erreichen, die sich aus Grecotha einfinden mussten, wenn es so weit war, sondern ebenso von Jaffray, dem es oblag, die diesbezüglichen Vorgespräche zu führen, zunächst mit Emrys, dann dank Emrys' Vermittlung mit Queron. Die Mehrzahl aller Kathedralen und Kirchen sowie sonstiger erheblicher Bauten des gwyneddischen Christentums, die unter derynischer Leitung standen oder einst gestanden hatten, verfügten innerhalb ihrer Mauern über wenigstens eine Porta Itineris, selbst wenn die gegenwärtigen Bewohner und Benutzer nicht in allen Fällen Kenntnis davon besaßen oder ihre Lage kannten.

Jaffray machte sich das Vorhandensein selbigen Netzwerks nutzbar, betrat die Porta in seiner Kapelle zu Valoret und kam in der halb der Allgemeinheit offenen Porta in der Sakristei der Klosterkirche von St. Neot ohne Verzögerung wieder zum Vorschein; zwar durfte jeder derynische Geistliche die dortige Porta benutzen, doch bediente Jaffray sich ihrer um eine Stunde, da er mit einiger Sicherheit erwarten durfte, Emrys allein in andächtiger Versenkung vorzufinden. Bei ihrem weithin gerühmten Heiligtum St. Gabriels und der Himmelskönigin in einer Seitenkapelle ihrer Klosterkirche, zugänglich für Brüder und Schüler ebenso wie für Besucher des Klosters, pflegten die Gabrieliten ununterbrochene Vigilien zu halten. Seit Jaffray ihn kannte, hatte Emrys stets die mitternächtlichen Vigilien übernommen, wenn die Woche in den Sabbath mündete, und darauf verließ sich Jaffray; wie er feststellen durfte, hatte Emrys diese seine Gewohnheit in den indessen verstrichenen Jahren nicht geändert.

Ihre Begegnung verlief, wenngleich von nur kurzer Dauer, überaus herzlich. Als er Emrys, wie gehofft, vor der Himmelsmutter Heiligtum antraf, entbot Jaffray seinem alten Gefährten einen freudigen Gruß und sie brachten ein Weilchen in geistiger Vereinigung zu, um ihre langjährige Freundschaft zu erneuern, ehe sie sich der Verursachung von Jaffrays Besuch widmeten.

Jaffray gewährte Emrys zunächst nur spärlichen Aufschluss, ließ jedoch nicht im Unklaren, dass es sich um eine hochwichtige Sache des Camberischen Rates handle, um welcher willen Rhys eine Aussprache mit Emrys und Queron für angebracht erachte. Er deutete unmissverständlich an, dass es sich dabei allerdings nicht allein um des Camberischen Rates Geschäfte drehte, sondern auch um für Heiler höchlichst interessante Dinge.

Emrys nahm es in seine Verantwortung, Querons Teilnahme an der entsprechenden Ratssitzung sicherzustellen, denn Jaffray befürchtete, dass ein Besuch des derynischen Primas von Gwynedd an der Stätte der Verehrung eines derynischen Heiligen, dem dort sein allererstes Heiligtum errichtet worden war, zu lästigen Fragen führen könne. Als einziges derynisches Mitglied im Regentschaftsrat wandelte Jaffray ohnehin gleichsam auf einem Seil dahin und es dünkte ihn überflüssig, den anderen Regenten zusätzliche Vorwände zum Argwohn wider ihn zu bieten. Ferner zog Jaffray es vor, Queron seine Tätigkeit im Camberischen Rat noch nicht zu enthüllen.

Daher beanspruchte es eine Zeitspanne von mehreren Wochen, um das Treffen im Kloster St. Neot zuletzt wirklich anzuberaumen, zumal es zu Dolban keine Porta gab und zwischen den beiden Klöstern herkömmliche Boten mit Emrys' Sendschreiben hin- und herreiten mussten. Anfänglich zeigte sich Queron nicht sonderlich aufgeschlossen, und es bedurfte eines mehrfachen Schriftwechsels, um ihn allein durch die Eindringlichkeit von Emrys' schriftlichen Mitteilungen zum Erscheinen zu bewegen. Obwohl er sich zu guter Letzt einverstanden erklärte und sich am vereinbarten Tag einfand, war er offenkundig misstrauisch und voller Beunruhigung, weil Alister Cullen, der ja kein Heiler war, gleichfalls anwesend sein sollte. Nicht einmal Emrys vermochte ihn in dieser Frage zu begütigen, weil Emrys selbst keine Ahnung hatte, warum Rhys bei dieser Zusammenkunft die Gegenwart eines Nichtheilers wünschte; und er konnte Queron auch nicht über Alister Cullens Wirken im Camberischen Rat aufklären. Der Abt mochte diese oder jene Mutmaßungen anstellen, sicher wusste er jedoch nichts. Jaffray hatte den Grund für Cullens Kommen nicht offenbart und Emrys hatte nicht gefragt.

Der verabredete Tag dämmerte in Grecotha frisch, aber klar herauf, ein freigefegter Himmel und der kräftige Duft eines Dutzends verschiedener Blumen aus Cambers bischöflichen Gärten kennzeichneten den hellen Morgen dieses in des Aprils Mitte gelegenen Tages. Nach der Frühmette und einem leichten Morgenmahl erklommen er und Rhys schweigsam die einhundertsiebenundzwanzig Stufen bis zur Turmstube von Königin Sineads Fernblick. Rhys war innerlich angespannter, als

Camber ihn je gesehen hatte, seit damit zu rechnen war, dass der Heiler womöglich Emrys, seinen einstigen Lehrmeister im Kloster St. Neot, in der Anwendung seiner neuartigen Fähigkeit unterweisen musste, und nicht nur ihn, sondern darüber hinaus auch den bereits zu Lebzeiten nahezu sagenumwitterten Queron Kinevan.

Beide Männer blinzelten in der Helligkeit, als sie im Sonnenschein den offenen Laufgang betraten, verharrten schließlich, als sie sich geduckt unters hölzerne Dach der Turmstube begeben hatten, von neuem, um zu warten, bis ihre Augen sich den abermals veränderten Lichtverhältnissen anglichen. Missbehaglich trat Rhys am Eingang auf der Stelle, seine Gestalt, umhüllt mit einem Mantel im Grün der Heiler, gegen den Aprilhimmel abgezeichnet, derweil Camber niederkniete und im nordöstlichen Winkel der Turmstube nach den Umrissen einer bestimmten von des Fußbodens Fliesen forschte.

»Ich wünschte, ich vermöchte diese Porta im Augenmerk zu behalten«, bemerkte Rhys, wohl nur um aus Unruhe ein wenig zu plaudern, als sich Camber aufrichtete und die weiße Schärpe wieder zurechtzupfte, welche er über seinem Bischofsgewand um die Hüften trug. »Oh, ich weiß, wie's geht, aber ich kann mir nicht helfen, ich empfinde wider eine Porta, die sich bewegt, einen gewissen Argwohn … vor allem, wenn ich selbst sie nicht wahrnehmen kann.«

Camber lachte leise, um Rhys' Unbehagen etwas zu zerstreuen, trat dann mit beiden Füßen auf die ausfindig gemachte Fliese und streckte Rhys, auf dass der Heiler sich zu ihm geselle, eine Hand entgegen.

»Nun, *ich* kann sie wahrnehmen – und das ist's doch, was heute Morgen zählt, oder nicht? Aber ich weiß, wie deine Schwierigkeit beschaffen ist. Du bist's schlichtweg nicht gewöhnt, dich der Führung eines anderen zu überlassen, daher dein Missfallen.« Er lächelte, legte seine

Hände auf des jüngeren Schultern und zog ihn zu sich auf die Steinplatte. »Ihr Heiler seid allesamt gleich. Immerzu wollt ihr das Geschehen lenken.«

»Oho, das deucht mich wie eine erschrecklich abartige Rede«, entgegnete Rhys mit herzhafter Entrüstung, die den Pulsschlag, der wild in seiner Kehle Stränge pochte, Lügen zu strafen versuchte. »Andererseits ist es dann und wann eigentlich recht erholsam«, fügte er sodann hinzu, indem er tief Atem holte, »einmal einem anderen die Führerschaft abzutreten.« Er wandte das Haupt und sah Camber offenen Blicks an, atmete nochmals gründlich ein und ließ den geholten Atem mit einem Seufzlaut wieder entweichen.

»Hör mich an«, sprach er leise weiter. »Diese Begegnung wird äußerst heikel ablaufen, und nicht allein für mich. Du bist kein Heiler, jene beiden jedoch die vorzüglichsten Heiler, die man überhaupt finden kann. Bist du sicher, dass du so ein Wagnis eingehen …«

Camber schüttelte das Haupt. »Nein, ich bin mir ganz und gar nicht dessen sicher. Aber ich will dich nicht allein an eine so gefährliche Aufgabe schicken, Rhys. Die Gefahr nehme ich auf mich. Es ist ja nicht das erste Mal.«

»Nein, das wohl nicht.«

»Dann lass alle Sorgen fahren. Diese Männer sind seit langem nicht mehr unsere Lehrmeister. Du kennst dich nun mit etwas aus, von dem sie nicht wissen, wie's zu vollbringen ist, wie tüchtig sie auch in jeder sonstigen Hinsicht sein mögen. Dessen sei eingedenk.«

»Ich will's versuchen.«

Mit erneutem Lächeln schlang Camber abermals einen Arm um des Heilers Schultern und schöpfte gründlich Atem, entkrampfte sich unterdessen innerlich weitgehendst, atmete aus, ballte erhebliche geistige Gewalten an ihrem Standort zusammen, derweil Rhys mit ihm eine in ihrer Art längst vertraute Geistesverbindung einging, um mit Camber an den Bestimmungsort befördert zu werden. Camber stellte sich denselben vor, vollzog den erforderlichen geistigen Schritt und beugte die angesammelten Gewalten, jener Fülle von Kräften entzogen, die Raum und Zeit zusammenhielt, innerhalb eines Augenblicks, und so …

Gleich darauf standen sie – fast inmitten von Dunkelheit – vor einem kleinen, aber unfasslich reich an zierlichen und winzigen Einzelheiten aus Elfenbein gearbeiteten Kleinaltar; die Schatten ringsum erfuhren durch kaum irgendetwas anderes Aufhellung als das Flackern eines einzelnen Vigilienlichtleins überm Altar an der Mauer. Als sie sich umwandten, traten aus den Schatten Emrys und sodann Queron.

»Ah, Dom Emrys, Dom Queron«, sprach Camber leise, indem er aus der ruhigen Miene, mit welcher Emrys das Haupt zu knappem Gruße neigte, die richtigen Schlüsse zog.

»Willkommen im Kloster Sankt Neot, Euer Gnaden«, begrüßte Emrys ihn mit gedämpfter Stimme und ergriff mit kühlen Fingern Cambers Hand, um des Bischofs Amethyst zu küssen. »Und ebenso Ihr, Herr Rhys. Es erfreut mich, Euch nach so vielen Jahren wieder in Sankt Neot zu sehen. Wie ich höre, bewährt Ihr Euch aufs Beste in der schnöden Welt.«

Der greise Heiler wirkte gebrechlich und in der Trübnis beinahe geisterhaft, und sein ausgedünnter Gabrieliten-Zopf war vorm reinen Weiß seiner Gewandung fast unsichtbar. Auch seine Augen waren nahezu farblos geworden, glommen wie vereiste Scherben unter einem Sonnenuntergang in seinem hageren, von Askese gezeichneten Antlitz. Nur die Spange eines Heilers auf der linken Seite seiner Brust lockerte die Eintönigkeit des Weiß auf Weiß farblich geringfügig auf.

Queron trug, genau wie das letzte Mal, als Camber ihn

gesehen hatte, die graue Tracht des Ordens Sankt Cambers Knechte, doch für den heutigen Anlass hatte er den Mantel des Heilers um die Schultern geworfen, gefärbt in einem etwas stumpferen Grün, als Rhys' Kleidungsstück es aufwies. Derweil Rhys mit den beiden Männern etliche wechselseitige Verbeugungen vollführte, bemerkte Camber plötzlich, dass Queron einen durchaus nicht weniger verkrampften Eindruck machte als Rhys; offensichtlich sollte keinem der zwei diese Begegnung leicht fallen. Camber war froh um den besänftigenden Einfluss, welchen Emrys' geistige Gegenwärtigkeit ausübte; der Greis lächelte sanftmütig und wies mit einem Wink den Weg zur Tür der Sakristei.

»Folgt mir, meine Herren«, sprach er, indem er die Tür entriegelte und mit fast durchsichtiger Hand aufschwang. »Ich weiß einen geschützten, sicheren Raum für unser Gespräch, von mir auf geeignete Weise vorbereitet. Und ich glaube, Bischof Cullen hat Sankt Neot noch nie zuvor die Ehre eines Besuchs zuteil werden lassen, daher wähnte ich, es sei ratsam, ihm während eines kurzen Rundgangs die Abtei zu zeigen, bevor wir uns dem Zweck unseres Treffens widmen.« Er neigte das Haupt seitwärts auf die Schulter, als er Rhys' unverhohlenen Verdruss sah. »Ist etwas außer der Regel, Rhys?«

»Ei, das nicht gerade, aber mich will's dünken, da wir so wichtige Angelegenheiten zu bereden haben …«

»Und Ihr wähnt womöglich, in der rechten Verfassung für so etwas zu sein?«, hielt Emrys ihm entgegen, indem er mit so sachter Berührung, als stamme sie von einer Feder, eine Hand Rhys' streifte. »Ihr seid ganz und gar wie ein Bündel Knoten, mein Sohn. Was ist aus der Selbstbeherrschung und Zucht geworden, die ich Euch gelehrt habe? Gewiss, viele Jahre ist's her, aber nicht alles, was Ihr erlernt habt, kann Euch entfallen sein. Allein aufgrund Eures Leumunds weiß ich's anders.«

Mit solchen Worten angemessen gescholten und mehr als nur ein wenig dadurch in Verlegenheit gebracht, dass er vor jemandem wie Queron eine derartige Zurechtweisung hinnehmen musste, gelang es Rhys noch mit Mühe, in hinlänglicher Ausdrucksweise gemurmelt, um Vergebung anzuhalten. Camber, sichtlich voller Mitgefühl, wenngleich wiederum nicht *zu* verständnisvoll, leistete sich lediglich ein andeutungsweises, bärbeißiges Cullen-Lächeln, ehe er seine Aufmerksamkeit dem Abt schenkte. Während Rhys' Äußerung war ihm aufgefallen, dass Queron die flüchtige Verzögerung nutzte und insgeheim eine nachdrückliche Anstrengung zur Meisterung des eigenen Missbehagens unternahm. Auch Queron spürte also den Druck des Ungewissen. Vielleicht war er kein so herausragender Gegenspieler wie befürchtet.

»Meinen Dank für Eure deutlichen Worte, Dom Emrys«, sprach Camber mit freudlosem Auflachen. »Seit er am gestrigen Abend zu mir kam, habe ich ständig versucht ihm Ruhe einzuflößen – anscheinend allerdings mit ein wenig mehr Erfolg, als Euch, will ich meinen, mit Dom Queron beschieden gewesen ist.«

Er missachtete den scharfen Blick, welchen der andere Heiler ihm zuwarf, und sprach unbefangen weiter, als läge nichts von irgendeiner Ungewöhnlichkeit vor.

»Wie Euch wohl bewusst sein dürfte, verstehe ich wenig von den Kenntnissen und Befähigungen der Heiler, obwohl Rhys mir vielerlei davon erzählt hat. Es wäre recht interessant, das eine oder andere, solange ich hier bin, kennen lernen zu können. Sollten Eure Brüder in der Tat wähnen, das sei der wahre Anlass meines Besuchs, nun, das mag uns umso angenehmer sein.«

»Genauso lauten auch meine Überlegungen«, stimmte Emrys zu, heftete seinen Blick auf Queron und neigte kaum merklich das Haupt. »Wenn Euer Gnaden mir nun zu folgen belieben, werde ich Euch einige der bedeutsameren Eigenheiten unserer hiesigen Klostergemeinschaft zeigen. Queron, Rhys …« Er sprach zu den beiden im Tonfall wie ein Schulmeister zu seinen widerspenstigen Schülern. »Ich erwarte von Euch, dass Ihr Euch in höherem Zustand der Beherrschtheit befindet, sobald wir zu einem ernsten Meinungsaustausch bereit sind.«

Ohne ein weiteres Wort hinzuzufügen, geleitete er Camber, eine fahle Hand an des Bischofs Ellbogen, zur Sakristei hinaus, wies mit der anderen Hand bereits auf verschiedene Flächen eines besonders kunstfertigen Mosaiks an der Wand gleich draußen, einer Darstellung des Erzengels Gabriel.

Rhys und Queron beschäftigten sich, nachdem sie wachsame Blicke gewechselt hatten, mit ihren jeweiligen inneren Anwendungen zur Wiederherstellung der Gemütsruhe und schlossen sich, äußerlich müßig, dem Paar an.

12

Erneuere die Zeichen, wiederhole deine Wunder …
Jesus Sirach 36,6

Von der Sakristei aus führte Emrys sie zur linken Seite, durch einen schmalen Wandelgang, welcher beschwingt gewunden um die halbrunde Altarnische der Klosterkirche verlief, sodass sie auf ihrem Wege nicht das Sanktuarium durchqueren mussten – denn Gesang, fernem Raunen gleich, zeugte davon, dass man im Chorraum eine Andacht veranstaltete. Am ostwärtigen Ende des Wandelganges, unmittelbar hinterm Hochaltar, verweilten sie für einige Augenblicke und dort richtete Emrys an Camber die Bitte, durch ein ins Schnitzwerk des Retabels gebohrtes Guckloch zu schauen.

Cambers erster, nachgerade überwältigender Eindruck war einer von Weiß. Die gesamte Ausdehnung des Chorraums war mit weißem Marmor und Alabaster gepflastert und verkleidet, ebenso die Weite des Mittelschiffs sowie der Querschiffe, welch Letztere sich gen Norden und Süden erstreckten. Sogar das Holz des Chorgestühls und die Reihen von Sitzbänken im Mittelschiff hatte man bis zu einem nahezu farblosen Aussehen gebleicht. In dieser Klosterkirche gab es keinen Lettner, der Mittelschiff und Chor voneinander abtrennte, sodass Camber ungehinderten Ausblick bis zu den hohen, im Westen gelegenen Torflügeln und dem darüber befindlichen, sehr anmutigen, in kräftigem Himmelblau und Goldtönen ausgeführten Rosenfenster besaß. Zur Rechten einer Pforte, die Zugang zum berühmten Glockenturm St. Neots gewähren musste, bezeugte ein Schimmer von bläulich verfärbtem Sonnenlicht den Standort jener Marien-

Kapelle, worin der Orden vorm Altar seine unablässigen Vigilien hielt. Just in diesem Augenblick erspähte Camber eine in Weiß gekleidete Gestalt, die – inmitten von all dem Weiß schwer unterscheidbar – aus selbigem Kapellchen kam und sodann gemächlich den Mittelgang beschritt. Die Gestalt näherte sich zwischen den Reihen von Sitzbänken, allesamt zwar ohne Rücklehne, doch waren überall ausreichend Betkissen, bezogen mit Stoff von reinem Weiß, ungemein ordentlich unter sie geschoben; der Mann gesellte sich lautlos zu dem ungefähr einen Dutzend anderer Brüder, die bereits im Chorraum ihre Häupter im Gebet gesenkt hielten. Jeder der Männer trug den einzelnen Zopf der gabrielitischen Priesterwürde bis weit über die auf die Schultern zurückgeworfene Kapuze hinab und ebenso hing jedem von ihnen an der Kutte, unterhalb der linken Schulter, die Spange eines Heiler-Geistlichen, eine jener Art, wie sie bereits eine auf Emrys' Brust erblickt hatten: eine kunstvoll gearbeitete offene Hand in Grün, durchdrungen von einem weißen Stern mit acht Spitzen gleicher Länge – eine umgekehrte Darstellung der weißen Hand mit grünem Stern, welche Rhys an seinem Heiler-Mantel zeigte.

Als sei die Ankunft des nun dazugestoßenen Bruders ein Zeichen gewesen, erhoben sich alle Teilnehmer der Andacht und fingen an zu singen; die Brüder in den Hälften des Chorraums wechselten einander beim feierlichen Vortrag der Worte ab.

»Adsum, Domine …
Hier bin ich, oh Herr …
Du hast mir die Gnade gewährt, der Sterblichen Leiber Heilung zu spenden.
Du hast mir die Gunst gewährt, der Sterblichen Seelen zu schauen. Hier bin ich, oh Herr …
Du hast mir die Macht gewährt, der Sterblichen Wille

zu beugen.
Oh Herr, so gewähre mir auch Kraft und Weisheit, auf dass ich mich als all dieser Gaben würdig erweise.
Nach Deinem Wunsche allein lass mich dienen …«

Diese Hymne war das uralte, Ehrfurcht einflößende *Adsum Domine,* Kernstück der Regeln des sittlichen Trachtens und Handelns, welche das Verhalten aller Heiler, sowohl Geistlicher wie Laien, schon fast so lange bestimmte, wie es unter den Deryni Heiler gab. Nur ein einziges Mal zuvor hatte Camber vernommen, wie man die Hymne sang, obwohl ihre Worte von ihm ein Dutzend Mal oder häufiger gelesen worden waren und er sie in- und auswendig kannte. Rhys' volltönende, klangvolle Stimme hatte nur einen geringen Teil dessen vermittelt, was sich mit ihrem Absingen alles zum Ausdruck bringen ließ.

Nun woben die Stimmen der Heiler-Geistlichen wundervolle Harmonien, die auf den Rücken der Zuhörer ein Schaudern des Entzückens hervorriefen, an tiefere Stränge inmitten von Cambers innerstem Wesen rührten, auf irgendeine unbestimmbare Weise danach drängten, die Unterschiede freizulegen, welche manchen Deryni zum Heiler machten, andere dagegen nicht, ohne sie tatsächlich jemals zu finden.

Die Sänger erreichten den Versikel, den Dreh- und Angelpunkt des heilerischen Gewissens, ihres Denkens und all ihrer mystischen Erfahrungen, und für einiger Herzschläge Dauer versetzte sich Camber, indem er sich an Rhys' Gesangsvortrag entsann, in der Erinnerung rückwärts – erblickte vor seinem geistigen Auge einen geweihten Kreis in einem Turmgemach zu Sheele, in jener Nacht, als Evaine ihren zweiten Sohn gebar.

Noch ehe das Kind in die Welt trat, hatten sie gewusst, Tieg würde ein Heiler wie sein Vater werden.

In selbiger Nacht hatte Camber ehrfürchtig – gemeinsam mit Evaine, Joram und Jebedias – miterlebt, wie Rhys den neugeborenen Tieg in seinen Armen hielt und diese Hymne sang, welche nun die Mönche vortrugen, seinen Sohn dem Dienste im Sinne des heilerischen Erbteils und der Uralt-Mächte weihte, ein Ritus, zu dessen Bezeugung und dessen Unterstützung durch gemeinschaftliche Bittanrufung man sie geladen hatte.

Die Stimme in Cambers Erinnerung verschmolz mit den Stimmen von Emrys' Mönchen, derweil die Worte des *Dominus lucis* durch die Stille hallten.

»Dominus lucis me dixit, ecce.
Siehe, sprach zu mir der Herr des Lichts:
Du bist Mein auserkoren Kind, Mein Geschenk für die Menschheit.
Vor dem Morgenstern, lange ehe du im Mutterleibe weiltest,
war deine Seele Mir verhaftet für alle Zeit außerhalb des Geistes Fassungskraft.
Du bist auf dieser Welt Meine Heilende Hand,
Mein Werkzeug des Lebens und der Heilkraft.
Dir verleihe Ich den Odem der Heiler-Wohltat,
dein seien die dunklen, die grausen Geheimnisse von Wald und Tal und Erde.
Dir mache ich all diese Geschenke, auf dass du Meine Liebe erkennst:
Gebrauche sie alle und diene dem Wohl von Mensch und Tier.
Sei Reinheitsfeuer, das von Verderbnis lautert,
sei ein Teich des Schlafs, um Schmerz zu lindern.
Verschließ in deinem Herzen all die empfangenen Geheimnisse,
sicher wie in der Beichte und nicht minder heilig.
Und nicht verwende deines Geistes Sicht für schnöde

Enthüllungen, sondern allein, wo freimütig des anderen Geist dir eröffnet und dargeboten wird.
Mit geweihten Händen heile das Versehrte.
Mit geweihter Seele gehe hin und spende Frieden …«

Als die Sänger zum abschließenden Wechselgesang übergingen, fühlte Camber Rhys' Gegenwart dicht an seiner Schulter; er begriff, dass auch sein Schwiegersohn sich an jenen vergangenen Zeitpunkt erinnerte, Cambers ehrfürchtiges Staunen angesichts der in dieser Hymne angedeuteten Mysterien spürte. Eine Aufwallung sehnsüchtigen Verlangens durchwogte Camber, Busen und Kehle schnürten sich ihm zusammen und fast traten ihm Tränen in die Augen. Doch ehe er dieser Anwandlung weiter erliegen konnte, berührte Emrys ihn verständnisvoll am Arm und geleitete ihn mit sanftem Nachdruck durch den Wandelgang davon.

Plötzlich wusste Camber mit unerklärlicher Gewissheit, dass der Abt seine Empfindung des Ausgeschlossenseins und der Nichteingeweihtheit, welche dank der Zauberhaftigkeit der vorgetragenen Hymne unerbeten in Camber emporgequollen war, bemerkt und verstanden hatte – und zwar nicht aufgrund seiner Deryni-Sinne, dieweil Emrys nicht einmal im Traum daran zu denken gewagt hätte, in seines Besuchers Bewusstsein unerlaubten Einblick zu nehmen, und zudem war Camber auf geistiger Ebene wider jedermann außer Rhys zuverlässig abgeschirmt.

Dankbar und froh folgte Camber dem Abt, richtete seine ungeteilte Aufmerksamkeit aufs Baumeln des weißen Zopfs, bemühte sich darum, sein Gefühl eines Mangels zu mäßigen, nahm die Ruhe in sich auf, welche sowohl von Emrys wie auch – zu seiner Überraschung – von Rhys und Queron ausging, die sich anschlossen. Der Friede, welcher die Männer zu umhüllen begann, nahm ein nahezu greifbares Wesen an.

Der Hymne letzte Zeilen schwebten mit nachgerade unheimlicher Majestät durch die von Weihrauchdünsten erfüllte Luft, als sie durch eine Nebenpforte traten.

»Hier bin ich, oh Herr …
All meine Begabung lege ich Dir zu Füßen.
Hier bin ich, oh Herr …
Du bist der Alleinige Schöpfer aller Dinge.
Du bist der Allmächtige Alleinherrscher über Licht und Schatten,
Spender des Lebens und selbst Geschenk des Lebens.
Hier bin ich, oh Herr …
All mein Sein ist an Deinen Willen gebunden.
Hier bin ich, oh Herr …
Dir bin ich in allen Diensten verpflichtet, mit Deiner Stärke gegürtet, um zu bewahren oder zu verderben.
Leite und behüte Deinen Diener, oh Herr, wappne ihn wider jede Versuchung,
auf dass meines Heilertums Ehre unbefleckt bleibe und meine Begabung ohne Makel …«

Sie durchquerten einen schmalen Verbindungsgang, welcher zwischen dem Querschiff und einem Rundbau verlief, von welchletzterem Camber mutmaßte, es handle sich ums Stiftshaus. Joram hatte St. Neots Stiftshaus einmal mit jener Tempelruine verglichen, die unter den Mauern Grecothas entdeckt worden war, also drückte Camber gegenüber Emrys beiläufiges Interesse an dem Bauwerk aus, als sie alle vier unterm ostwärtigen Säulengang ins Freie gelangten. Der Abt führte seine Gäste mit zuvorkommender Bereitwilligkeit zu des Klostergartens Mitte, um ihnen zunächst einen allgemeinen Überblick der klösterlichen Anlagen zu geben, bevor sie das Stiftshaus aufsuchten.

Neben der Klosterkirche, von welcher die Gabrieliten stets bescheiden als ihrer Kapelle sprachen, obschon sie weit größer war als jede Kapelle, die Camber je gesehen hatte, nahm das Stiftshaus inmitten der Bauten des Klosters eine offenkundig herausragende Stellung ein. Die anmutig gewölbte Kuppel aus himmelblauer Fayence leuchtete im Morgensonnenschein in lauterer, gänzlich unverfälschter Schönheit, durchaus vergleichbar mit dem Glanz der »Kapelle« – denn in der Tat war St. Neot auch für seine verschiedenen Kuppelbauten berühmt. Dank dieser Übereinstimmung in der Bauweise wirkte das Stiftshaus wie eine Verlängerung des südlichen Querschiffs. Auf der Klosterkirche zählte Camber sechs, nein, sieben Kuppeln, und soviel er wusste, gab es noch mindestens vier mehr, welche sich gegenwärtig außerhalb seines Blickfelds befanden; rechnete man des Stiftshauses Kuppel dazu, machte das zwölf, und die Zwölf war ja eine heilige Zahl.

Im Verlauf dieser aufmerksamen Betrachtung boten sich weitere Einzelheiten dar, unter anderem die Einprägung eines goldenen Gabrieliten-Kreuzes in jede einzelne Fayence-Schindel der Kuppeln; dieses gleicharmige Kreuz stand inmitten eines Sonnenrings und berührte ihn in den vier Himmelsrichtungen, und des Kreuzes Balken gingen an den Enden andeutungsweise in Flammen über. Diese Abbildung sowie andere, etwas vertrautere Darstellungen geistlicher Natur hatte man im Kunstwerk der schweren bronzenen Torflügel wiederholt, welche den Säulengang vorm Stiftshaus in fast gesamter Breite in Anspruch nahmen – unaufdringlich herausgearbeitet, aber sichtbar für einen jeden, der wusste, wonach es Ausschau zu halten galt. Der Gesamteindruck, den Camber davon bekam, eignete sich im Großen und Ganzen dazu, seine Vermutung zu unterstützen, dass die Ursprünge der Gabrieliten – so wie der

Deryni überhaupt – viel weiter zurück in der Historia lagen, als die meisten Leute annahmen. Wenngleich man wenig darüber sprach, zumal unter den engstirniger gesonnenen Klerikern, waren zumindest jene, welche sich mit derlei Angelegenheiten ohne Scheuklappen zu befassen pflegten, sich sehr wohl dessen bewusst, dass zur Ganzheit des Wissens, welche das Wesen der Deryni-Magie ausmachte, außer dem Christentum zahlreiche völlig unterschiedliche Arten des Glaubens beigetragen hatten.

Doch er verschob es auf später, sobald sie wieder unter sich wären, Rhys nach der Bedeutung der dargestellten Sinnzeichen zu befragen. Rhys' eifrige Anteilnahme war ihm nicht entgangen, ebenso wenig jedoch die Warnung von Rhys' Seite, sobald der Heiler den Wechsel in Cambers wachem Interesse bemerkte. Nein, das waren keine Dinge, nach denen ein Alister Cullen hier forschen konnte, ohne Befremden zu verursachen.

Und so stand er offenen Auges dabei, beschränkt auf die Interessiertheit seines inneren Alister-Teils, derweil Emrys die mehr weltlichen Eigenheiten des klösterlichen Treibens erläuterte, nickte sachkundig, als der Abt ihm die Empfangsgemächer, das Refektorium und die Räumlichkeiten der Küche zeigte, allesamt längs der Südseite des Klostergartens gelegen.

Der Mönche Schlafräume befanden sich entlang der Westseite des Klostergeländes, und zwar sowohl in einem Erdgeschoss wie auch einem oberen Stockwerk; im Gegensatz zu vielen anderen klösterlichen Ordensgemeinschaften boten die Gabrieliten ihren Brüdern jedoch einzelne Schlafkammern, keine Schlafsäle, dieweil sie Abgeschiedenheit für eine Voraussetzung zu jener Höhe geistiger und spiritueller Zucht erachteten, welche sie von ihren Mitgliedern erwarteten. Die Klosterschüler, erklärte Emrys, waren in einem gesonderten Wohnbau mit eigenem Garten jenseits von Refektorium und Stiftshaus untergebracht. Dort fanden sich auch die Schul- und Unterrichtsräume, und dorthin wollten sie letztendlich ihre Schritte lenken.

Zuvor jedoch, so wusste Emrys, wünschte Bischof Cullen einen Blick ins Innere des Stiftshauses zu tun; allerdings befürchtete er, die Tatsache, dass man es zurzeit des zweimal wöchentlich fälligen Großreinemachens unterzog, könne die unter gewöhnlichen Umständen starke Eindruckskraft des Gebäudes schmälern.

Derweil sie sich dem wuchtigen bronzenen Portal näherten, vermochte Camber, wenngleich nur flüchtig, die Darstellungen und Sinnzeichen, mit welchen die Torflügel geschmückt waren, mit erhöhter Genauigkeit zu mustern und sie zum Zwecke eines künftigen Durchdenkens in seinem Gedächtnis einzuschreiben. Indem er Unwissenheit in Bezug auf das vortäuschte, was er da sah, äußerte er sich nur löblich über die handwerkliche und künstlerische Leistung, welche die Kunstwerke verkörperten, doch er nahm wahr, wie Rhys' insgeheime, gleichsam bannhafte Bewunderung mit den eigenen, ähnlichen Empfindungen verschmolz, während sie Emrys in den offenen Eingang folgten.

Wenn schon der äußere Anblick St. Neots recht wundervoll anzuschauen war, so bereitete das Betreten des Stiftshauses eine gehörige seelische Erschütterung, allerdings von angenehmer Natur – es war, als werde man unversehens in ein Gefäß, kühl wie eine unterirdische Höhle, von Meeresblau und Goldtönen versetzt, so beschaffen, klärte Emrys seine Gäste auf, zu Ehren des Erzengels Gabriel, dessen Farbe Blau war und dessen Element das Wasser. Kalte blaue Helligkeit strömte durch die entsprechend gefärbten Lichtgaden, einem luftigen Gegenstück zum Wasser vergleichbar, das unter Gabriels Herrschaft stand, bezog alles in des Bauwerks Innerem in einen immerzu ruhelosen Mahlstrom aus sämtlichen Blautönungen des Himmels ein. Durch ein Oberlicht aus klarem Glas strömte ein hellerer Lichtkegel vom Mittelpunkt der Kuppelwölbung herab, welchletztere inwendig aus den gleichen hellblauen Fayence-Arbeiten bestand wie außerhalb, jedoch statt mit Sonnenkreuzen mit kleinen achtzackigen Sternen verziert, und deren Schimmer, der schräg herabglomm, ließ die weißen Marmorfliesen des Fußbodens, wo er sie traf, im sattem Goldton von Butter spiegeln.

Ein hüfthoher Würfel, gehauen aus fahlblauem Kupferkristall und fugenlos geglättet, jeglichen Zierrats bar, stand genau in der Mitte des weiten Innenraums; gegenwärtig umgaben ihn Brüder in weißer Gewandung, welche wenig feierlich, die Kutten zwischen den Beinen verknotet, auf Händen und Knien einherrutschten und nach Kräften den Fußboden schrubbten. Längs der Rundung des Bauwerks betätigten sich andere Mönche zwischen den drei Reihen hölzerner Sitzbänke mit Wischtüchern, benetzten des Holzes tief gekerbte Schnitzereien mit duftigem Zedernöl, verliehen dem Holz durchs Einreiben einen warmen, sanften Glanz.

Der Geruch des Öls weckte im Alister-Teil von Cambers Innenleben lebhafte Erinnerungen, entrückte ihn für eines kurzen Augenblickes Dauer an einen anderen Ort, in eine andere Zeit, als sein ganzes Wesen und sein Glaube noch jünger, frischer und weniger verwickelt vielschichtig gewesen waren – doch die Vorgänge der Wirklichkeit zerrten ihn geschwind, nahezu mit einem Ruck, wieder zurück ins Kloster St. Neot. Irgendetwas an Sonderbarem hatte es mit diesem blauen Würfel aus Kupferkristall auf sich …

Was es auch sein mochte, er bemerkte rasch, dass es Rhys ebenso aufgefallen war – und dass es sich für Rhys um eine irgendwie vertraute Wahrnehmung handelte, eine aber, deren eigentliche Natur der Heiler noch nicht zu erfassen vermocht hatte, als er einst selbst in St. Neot Klosterschüler gewesen war. Camber ließ Rhys auf geistiger Ebene einen Schwall aufmunternder Schwingungen zukommen und tastete mit seinen Deryni-Sinnen nach dem Würfel, während er äußerlich nicht anders wirkte, als sehe er lediglich den Mönchen zu und lausche auf Emrys, mit gedämpfter Stimme erteilte Erklärungen.

Nicht lange und er erkannte, dass sein Unbehagen keineswegs auf dem Wahrnehmen von irgendetwas Finsterem beruhte, sondern nur auf dem Eindruck einer unerwarteten Kräfteballung, deren Emanationen unaufdringlich, aber stetig gegen seine Geisteswehren wallten und somit in seinem Bewusstsein Warnungen auslösten. Dieser Klotz aus Kupferkristall war ein Brennpunkt zum Kräftesammeln, von den Gabrieliten wahrscheinlich in der gleichen Art und Weise zum Zwecke gemeinschaftlicher geistiger Versenkungen verwendet, wie die Michaeliten gemäß des in ihrem Orden Erlernten ihre Geistesgewalten, um diese oder jene besonderen Werke zu vollbringen, auf eine Flamme oder das Schwert des hl. Michael ausrichteten. Der Würfel strahlte eine innewohnende Machtfülle aus, die weder gut war noch böse, nichts als rohe Wirkungskraft ohne jede Bestimmung. Sie war ungefährlich, zumal in den Händen der Gabrieliten. Camber sah sich durch den Würfel an den Altar aus schwarzen und weißen Kuben in jenen Ruinen unter Grecotha erinnert – und selbiger Altar, so wusste er, war ein Kräfte-Knotenpunkt. Er überlegte, ob da irgendein Zusammenhang bestehen konnte.

Indem er ein schwaches Seufzen ausstieß, zugleich aus Erleichterung wie auch unverminderter, ungestillter Neugier, kehrte er vollends zurück in die Gegenwart, den starken Geruch nach Zedern noch immer in der Nase.

»Ist Euch etwas, Euer Gnaden?«, erkundigte sich der greise Heiler mit leiser Stimme.

Er merkte, dass Emrys ihn aus ansonsten ausdrucksloser, bleicher Miene verwundert betrachtete. Auch einige der Mönche hatten in ihrem Arbeitseifer merklich nachgelassen und starrten ihn wiederholt an, ersahen bei dieser Gelegenheit anhand seiner purpurnen Kleidung und der weißen Schärpe seinen Rang, auch wenn sie den Besucher als solchen offenbar nicht erkannten.

Mit einem Schütteln des Hauptes nahm Camber zum Zederndufte Ausflucht, um sein inneres Abschweifen damit zu entschuldigen.

»Nein, Pater, mir kam nur ganz plötzlich eine Erinnerung an meine eigene Jugendzeit, das ist alles. Zu Cheltham haben wir auch Zedernöl benutzt, um das Holz zu pflegen. Das hat mich an meine Zeit als Novize gemahnt.«

»Aha.« Voller einsichtigem Verständnis nickte Emrys. »Ist's nicht seltsam, wie solche Erinnerungen immer häufiger auftauchen, je weiter das Alter voranschreitet? Meine ursprüngliche, allererste Unterweisung erhielt ich nach der Maßgabe anderer Grundlagen, die weder gabrielitischer noch michaelitischer Natur waren, und an damals bin ich allzeit durch den Duft des Öls von Sandelholz erinnert worden. Doch ich glaube, Zedernöl eignet sich besser zur Pflege. Wir haben festgestellt, dass sein Duft Motten und Holzwürmer fern hält. Doch nun kommt, ich bitte Euch. Wir sollten die wackeren Brüder nicht von ihrem Tun ablenken. Einige der jüngeren sind noch dabei, die Zucht der körperlichen Arbeit zu lernen. Hier bei uns sind alle gleich und teilen Gleiches miteinander – gesalbte Priester und Heiler sowie Novizen, Lehrburschen und Schüler. Verhält's sich bei den Michaeliten ebenso?«

Das sei der Fall, wenn auch nicht in solchem Maße

wie bei den Gabrieliten, versicherte Camber, derweil sie den Rundgang am Stiftshaus sowie an einer Reihe süd- und ostwärtig gelegener Wohnbauten vorüber fortsetzten. Obwohl er und Emrys sodann einen recht munteren Meinungsaustausch über die Verschiedenheiten von Lebenseinstellung und Weltanschauung der beiden Orden vornahmen, hakte Camber bezüglich Emrys' allem Anschein nach gänzlich unbefangen geäußerten Bemerkung über seine ursprüngliche Erziehung auf anderen Grundlagen nicht nach, hauptsächlich aus Rücksicht auf die Gegenwart Querons. Je mehr er über die Gabrieliten erfuhr, umso deutlicher begriff er, wie wenig er tatsächlich über sie wusste, besonders über ihren hochverehrten Abt. Er beschloss, demnächst Evaine zu befragen. Vielleicht besaß sie Erkenntnisse, welche die Sachverhalte zu erhellen vermochten.

Sie schritten den Säulengang von des Klosters Schulgebäude entlang, bis sie eine Anzahl junger Burschen im dortigen Klostergarten unter einem Baum sitzen sahen; an ihren schlichten weißen Gewändern erkannte man sie als Schüler. Ein jüngerer Mann mit Kutte und Zopf eines Gabrieliten belehrte sie in maßvoller Lautstärke; seine Stimme erreichte Camber, Emrys und ihre zwei Begleiter nicht, wo die vier nun verharrten, um den Unterricht zu beobachten. Camber fragte sich, ob dahinter Absicht stecken möge.

»Das sind unsere Zehn- und Elfjährigen bei der Erstunterweisung«, klärte Emrys ihn mit gedämpfter Stimme auf. »Sie weilen erst seit vier Monden bei uns. Dom Tivar ist – neben mehreren anderen besonderen Begabungen, über die er verfügt – ein Waffenmeister, aber bislang hat er noch keinem von ihnen gestattet, eine Waffe auch nur anzurühren. Zuerst einmal müssen sie lernen anhand ihrer Deryni-Sinne die Handlungen eines Gegners vorauszusehen – auch eines derynischen Gegners. Doch freilich, die Michaeliten genießen gewisslich in dieser Hinsicht eine vergleichbare Ausbildung.«

»Ja, in der Tat.«

Als Camber diese seine Antwort gab, sprangen die Knaben, indem sie irgendeinem unersichtlichen Zeichen gehorchten, auf die Füße und teilten sich zum Zwecke der Übung in Paare auf. Mit geschlossenen Augen vollführten sie – noch mit recht langsamen Bewegungen – eine Folge leichterer Kampfübungen, die Ausweichen, Ducken sowie Abblocken gegnerischer Schläge durch rechtzeitigen Einsatz von Händen und Unterarmen umschlossen, welchletztere Gliedmaßen, so hätte man meinen können, die jeweiligen Hiebe ganz allein kommen sahen. Als Jungmanne hatte Camber ähnliche Übungen betrieben, und sein janushäuptiges Camber-Alister-Bewusstsein konnte diese Darbietungen zweimal so gut wertschätzen, als er, Camber, es allein vermocht hätte.

»Aha, ja, daran entsinne ich mich«, fügte er hinzu. »Obwohl wir in Cheltham ein wenig anders vorgegangen sind. Erinnert Ihr Euch an die Prellungen, die man unweigerlich davontragen musste, sobald der Schlagabtausch mit der natürlichen Schnelligkeit der Bewegungen erfolgte? Ach, erhalten Heiler denn überhaupt die übliche kriegerische Ausbildung?«

»Ich habe sie nicht genossen, doch bei vielen geschieht's.« Emrys lächelte. »Kommt, ich werde Euch ein wenig Einblick in die eigentliche Heiler-Unterrichtung geben, so's Euch beliebt. Euch, Rhys, wird das alles, da bin ich sicher, wohl vertraut sein.«

Sie schlenderten um eine Ecke des Säulengangs und verharrten diesmal unmittelbar vor einer Gittertür des Gebäudes. Im dahinter befindlichen Gemach lag ein Knabe von zwölf oder vierzehn Lenzen reglos auf einer Bettstatt, das Haupt zur Tür gewandt. Neben seinem Haupt saß auf einem Stuhl ein gabrielitischer Heiler,

Emrys und seinen Begleitern den Rücken zugekehrt. Seine feinen, von keinerlei Furchen vergröberten Hände ruhten nur je einen Fingerbreit von des Knaben Schläfen entfernt, derweil er auf ihn mit verhaltener, besänftigend eintöniger Stimme einsprach.

»So ist's recht, Simonn. Entspanne jeden Muskel. Du weißt, wie's geht. Sehr gut. So, nun richte deine ganze Aufmerksamkeit nach innen, erfasse allmählich die Wahrnehmung, wie durch deine Adern mit leisem Flüstern das Blut fließt. Fühle den Pulsschlag. Nimm wahr, wie dein Herz das Blut weiterträgt. Es pocht ein wenig rascher, als es vonnöten ist, aber du vermagst seinen Schlag zu verlangsamen, wenn du's nur wirklich und wahrhaftig willst. Versuch's ... Nein, mein Sohn, du bemühst dich zu krampfhaft darum. Sei entspannt. Du darfst es nicht *erzwingen* wollen, du musst es *geschehen lassen.* Wohlan, atme tief ein, lass den Atem geruhsam wieder entweichen. So, nun noch einmal. Ja, so bist du auf dem rechten Weg. Das ist das richtige Vorgehen. Das ist der Anfang, den jeder Heiler machen muss – zu lernen den eigenen Leib zu beherrschen, bevor er sich an die Aufgabe begibt, anderer Leute Körper zu beeinflussen. Gut. Und nun lass uns noch ein wenig tiefer gehen, auf dass du weitere Abläufe wahrzunehmen lernst. Tiefer ... tiefer ...«

Während der Mann solcherart redete, bemerkte Camber die insgeheime Würdigung, welche Rhys dieser Lehrtätigkeit entgegenbrachte, die sie hier mit ansehen durften, und er spürte, wie dem Heiler blitzartige Erinnerungen an eine Zeit kamen, da ein anderer Knabe auf einer ähnlichen Bettstatt ausgestreckt lag und des eigenen Körpers Beherrschung erlernte, auf die gleiche Weise, wie nun dieser Knabe hier sich selbige Kunst aneignete.

Noch für eine ganze Weile schauten sie zu. Dann

führte Emrys seine Begleitung durch einen nur kurzen Korridor bis vor eine Tür und schob sie auf. Hinter einem Gang von lediglich ein paar Schritten Länge befand sich eine düstere Kammer, ungenügend aufgehellt durch einen Kerzenleuchter, welcher auf einem kleinen Schrank mit zahlreichen Schubfächern stand. Camber verschaffte sich, derweil die anderen hinter ihm eintraten, einen raschen Überblick.

An den Mauern hingen schwere Wandteppiche von so kräftigem Mitternachtsblau, dass sie nahezu schwarz wirkten, und auch oben an der Decke war eine Lage dicken Stoffes befestigt, eine Ausstattung, die jeden Laut schluckte und so verhinderte, dass Geräusche ins Innere oder nach draußen drangen. Ungefähr am Mittelpunkt der Räumlichkeit stand eine schmale Liege und an einer Seite waren daneben zwei wohl gepolsterte Lehnstühle aufgestellt. Camber vermutete, dass die Kammer gewöhnlich den Meditationen Einzelner oder dem Wirken zu zweit diente; hinter den Wandgehängen zur Linken ermittelten seine Deryni-Sinne einen kalten Kamin, genau gegenüber dagegen ein kleines Fenster, zur Zeit geschlossen, wiewohl es gemeinhin zur Belüftung nützlich sein mochte.

Unter den Füßen der Eingetretenen lag ein Teppich von kheldischer Webart ausgebreitet, der jedoch jeglichen Musters entbehrte, wohl damit die Aufmerksamkeit der hier Tätigen keine Ablenkung erfuhr. Die mitternächtlich finsteren Farben in der Kammer beschränkten die Möglichkeiten des Augenlichts ebenso, wie die allgemeine Beschaffenheit die meisten Geräusche verschlang. Camber hörte nicht einmal, wie sich hinter Emrys die zweite, innere Tür schloss, als er sich zu ihnen gesellte.

»Abt zu sein, Euer Gnaden, hat gewisse Vorteile, das lässt sich nicht leugnen«, murmelte der Greis, dessen weiße Gewandung und bleiches Antlitz sich von der Dunkelheit der Kammer schroff abhoben. »Dies hier ist mein ganz mir vorbehaltenes Gemach für Meditationen und zum Heilen. Rhys, gehe ich richtig in der Annahme, dass Ihr uns für die Dauer unserer Unterhaltung mit einer Trutzwehr umschirmt zu haben wünscht?«

»Ja, ich bitte darum.«

Indem er nur andeutungsweise das Haupt neigte, holte Emrys tief Atem und hob die Hände beiderseits des Hauptes bis in Schulterhöhe, ließ für einiger Herzschläge Währen die Lider über die Augen sinken, derweil er gleichzeitig die Handflächen ein wenig einwärts drehte. Als der Greis ausatmete, spürte Camber jenes eigentümliche Kribbeln, das anzeigte, dass ringsherum Kräfteballungen emporschwollen, nahm das unmissverständliche Knistern eines Banntrutzes wahr, dessen Vorhandensein man nur an der Kammer Umrisse mit einiger Deutlichkeit erkennen konnte.

Verblüfft infolge der Mühelosigkeit, mit welcher Emrys diese Maßnahme durchgeführt hatte, ließ Camber die eigenen Geisteswehren zusammenschrumpfen, bis sie und der Banntrutz sich nicht länger im Wege waren, begab sich sodann zu einem der Lehnstühle, derweil Emrys gleichmütig die Hände senkte und sich mit Queron auf die Liege setzte. Missbehaglich nahm Rhys im anderen Lehnstuhl neben Camber Platz.

»Ihr Herren, wir sind nun sowohl gegen Lauscher wie auch unerwünschtes Zapfen auf geistiger Ebene geschützt. Rhys, mir ist zur Kenntnis gegeben worden, dass Ihr's gewesen seid, der den dringlichen Wunsch nach dieser Zusammenkunft geäußert hat?«

»Haltet ein.« Queron ließ seinen Blick mit nur zum Teil verhohlener Feindseligkeit durch die Runde schweifen. »Emrys, davon habt Ihr nichts erwähnt. Wer ist Rhys, dass er ein Treffen von uns vieren zu verlangen hätte? Und wenn's um eine heilerische Frage geht, weshalb ist dann Bischof Cullen anwesend?« Er sah Camber an. »Mir liegt's fern, irgendeine Missachtung Eures Amtes und Eurer Stellung andeuten zu wollen, aber der Heiler-Schwur verpflichtet uns dazu, gewisse Dinge mit Zurückhaltung zu behandeln, sodass wir nicht alles anderen Ärzten und Heilern anvertrauen, nicht einmal, wenn sie Deryni sind.«

Rhys seufzte und befeuchtete sich mit seiner Zunge Spitze die Lippen. Camber spürte des Heilers Beunruhigung, als sich Rhys an den älteren Heiler wandte, obwohl Rhys sich durchaus darüber im Klaren sein musste, dass Dom Queron sein sorgsam abgeschirmtes Bewusstsein auf der gegenwärtigen Ebene nicht antasten konnte.

»Eure zuletzt geäußerte Feststellung ist zweifelsfrei vollkommen richtig, Dom Queron.« Rhys holte ausgiebig Atem. »Doch ich habe um diese Zusammenkunft nicht nur in meiner Eigenschaft als Heiler unter anderen Heilern ersucht, sondern überdies unter Einbeziehung des Siegels der Verschwiegenheit, wie es in diesem Fall mit genügender Nachdrücklichkeit nur das Beichtgeheimnis auferlegen kann, dem Pater Alister als mein Beichtvater bereits verschworen ist. Ich muss Euch und auch Dom Emrys darum bitten, in Eurer Stellung als Priester gleichartiges Schweigen zu geloben. Andernfalls darf ich kein weiteres Wort reden. Gebt Ihr mir Euer Wort?«

Für eines Herzschlags Dauer schien Queron zu versteinern, nur die eindringlichen braunen Augen in seiner sonst vorzüglich beherrschten Miene weiteten sich kaum merklich; dann schaute er Emrys an, der knapp nickte, widmete danach seine Aufmerksamkeit wieder Rhys und gab mit einem ruckhaften Nicken die erwünschte Zustimmung.

»Meinen Dank«, sprach Rhys leise. Camber wusste, er

bereitete sich nun innerlich auf die erste der unumgänglichen Offenlegungen vor.

»Sagt an, Dom Queron, was wisst Ihr vom Camberischen Rat?«

Querons Unterkiefer sackte herab und ein gefauchtes Einatmen bezeugte vorübergehende Fassungslosigkeit, bevor er seine Selbstbeherrschung zurückerlangte.

»Dann *gibt* es ihn also …!«, stieß er unterdrückt hervor. »All diese Jahre lang habe ich davon geträumt … Aber …«

Derweil seine Fassung wiederkehrte, sah er die übrigen Anwesenden der Reihe nach an, stutzte von neuem, als er merkte, dass Emrys sich über Rhys' Frage keineswegs erregt zeigte.

»Emrys, wusstet Ihr Bescheid?«

»Dass es den Rat gibt? Ja.«

»Dann seid Ihr ein Mitglied?«

»Wir wollen mich, so deucht's mich recht, als *amicus concilium* bezeichnen«, erwiderte der Greis mit andeutungsweisem Lächeln.

»Aber Ihr *wusstet* davon! Und habt mir nichts kundgetan!«

»Ihr habt's versäumt, mich zu fragen«, entgegnete Emrys. »Gestattet mir, Queron, Euch dessen zu versichern, dass Rhys' mittlerweile offenkundige Verbindung zum Rat zugleich das Äußerste vom Wissen ist, welches ich über die Angelegenheit besitze, die heute auf der Tagesordnung steht. Ein anderer, dessen Namen ich nicht nennen darf, hat mich gebeten, Euch um dieses Treffen mit Rhys und Cullen zu ersuchen. Besagte Bitte habe ich erfüllt.«

»Verstehe.« Queron dachte für ein kurzes Weilchen nach, dann heftete er seinen Blick offen auf Camber.

»Und wie verhält's sich mit Euch, Euer Gnaden? Gehört Ihr ebenfalls zum Camberischen Rat? Es mag begreiflich dünken, dass Rhys dazu zählt, denn er ist

Gemahl von Sankt Cambers leiblicher Tochter. Ihr dagegen … Ihr habt nicht einmal seine Heiligsprechung unterstützt. Seid Ihr nun Mitglied einer Versammlung, welche ihm zu Ehren nach ihm benannt ist? Oder geschah's aus Heuchelei, dass Ihr und Joram im Februar Sankt Cambers Heiligtum und Gedenkstätte aufgesucht habt?«

»Bischof Cullen ist auf Wunsch des Rates hier, so wie Ihr selbst«, antwortete Rhys, ehe Camber eine Entgegnung von hinreichend irreführendem Inhalt einfiel. »Seid so freundlich und findet Euch vorerst mit der Auskunft ab, dass er als unvoreingenommener, jedenfalls aber höchlichst interessierter Vierter zugegen ist, und ferner aus dem Grund, dass er ohnehin von dem Kenntnis besitzt, was ich Euch heute zu enthüllen gedenke.«

»Und das wäre?«

»Ich habe eine neue Heiler-Fähigkeit entdeckt.«

»Aha«, machte Emrys leise und nickte bedächtig.

Queron, befremdet die Stirn gerunzelt, ließ seinen Blick von Rhys zu Camber, weiter zu Emrys und zuletzt wieder zu Rhys wandern.

»Eine neue Heiler-Fähigkeit? Welcher Art? Und warum deshalb eine solche Geheimnistuerei? Emrys, Ihr wisst bestimmt nichts davon?«

Emrys schüttelte das Haupt. »Nicht mehr als Ihr, mein Sohn. Doch ich denke mir, Rhys ist mit der vollen Bereitschaft hier, uns zur Genüge entsprechende Aufklärung zu gewähren, andernfalls hätte er uns sicherlich nicht zu dieser Zusammenkunft gebeten. Habe ich Recht, Rhys?«

»Ich zöge es vor, Herr Abt, die neue Fähigkeit in ihrer Anwendung vorzuführen, nicht erst lange darüber zu reden«, lautete Rhys' umsichtige Antwort. »Wie Ihr Euch entsinnen mögt, hat Dom Queron einst eine vergleichbare Bitte an jene Versammlung gerichtet, welche über meines seligen Schwiegervaters Heiligsprechung zu entscheiden hatte. Da ich die Hoffnung hege, andere Heiler diese neue Fähigkeit lehren zu können, wäre es mir ungemein recht, würdet Ihr mein Vorgehen beobachten, das ich Euch an Dom Queron zeigen möchte … vorausgesetzt, versteht sich, er erklärt sich damit einverstanden.«

Queron hatte bei Rhys' Worten heftig aufgemerkt. Nun wand er sich an seinem Platz und sah missmutig Emrys an. »Emrys, wolltet Ihr zu so etwas Eure Einwilligung geben?«

»Ihr braucht Euch zum Zwecke der von mir beabsichtigten Vorführung keinerlei, nicht einmal die allergeringfügigsten Verletzungen beibringen zu lassen«, stellte Rhys unverzüglich klar, dieweil man Querons diesbezügliche Besorgnis ganz und gar nicht übersehen konnte. »In dieser Beziehung ist die erwähnte Fähigkeit durchaus mit dem vergleichbar, was Ihr vor der Synode an Guaire aufgezeigt habt. Ich erbitte von Euch lediglich, dass Ihr mir Eure uneingeschränkte Mitwirkung gewährt, so wie damals Guaire sie Euch gegeben hat, und dass Ihr mir Euren Geist gänzlich auftut, sodass ich vollbringen kann, was vonnöten ist, um das angestrebte Ergebnis herbeizuführen. Pater Alister vermag Euch glaubhaft zu versichern, dass das, was ich Euch zumuten möchte, keinerlei dauerhafte Schädigung verursacht. Ferner schwöre ich's Euch bei meinen Gaben der Seelensicht und des Heilens. Auch ist das Verfahren nicht schmerzhaft – im ärgsten Fall könnte es Euch einen gewissen Schrecken einjagen. Ich werde Euch zudem belassen, was ich bei dieser Anwendung sonst ebenfalls aufhebe, nämlich das Bewusstsein dessen, was geschieht, und die Erinnerung daran, sobald es getan ist. Somit vermögt auch Ihr zu ersehen, was ich verrichte.«

»Nun, auf jeden Fall ist's Euch gelungen, dieser Sache einen reichlich unheilvollen Eindruck zu verleihen«, behauptete Queron beinahe streitlustig. Erneut schaute er Emrys an, aber weder erhielt er von ihm irgendeinen Beistand, noch kam Rhys ihm irgendwie entgegen, folglich wandte er sich nun an Camber.

»Euer Gnaden, unter herkömmlicheren Umständen fiele es mir nie und nimmer ein zu wähnen, jemand mit Eurem Rang und Namen könnte womöglich an einer Unziemlichkeit teilhaben, aber ich bin mir nicht gänzlich sicher, ob Ihr der Heiler Sittlichkeit zur Genüge durchschaut. Würdet Ihr mir empfehlen, diesem Ersuchen stattzugeben?«

»Fühlte ich mich dazu außerstande, wäre ich nicht hier«, lautete Cambers wahrheitsgetreue Antwort.

»Und Ihr, Emrys?«

Der Greis hob seine Schultern. »Die Entscheidung liegt allein bei Euch, Queron. Unverkennbar hegt Rhys vor Euren Stärken die allergrößte Hochachtung und dennoch hat er Euch als den Tauglichsten für die beabsichtigte Vorführung auserkoren. Ihr andererseits kennt seine Ausbildung und seinen Ruf. Überdies wisst Ihr, ich würde sein Vorgehen mitverfolgen. Seine Bitte ist gewisslich von ungewöhnlicher Natur, aber Ihr selbst seid's gewesen, der dafür das Beispiel gesetzt hat. Unmissverständlich *klarstellen* will ich dagegen, dass ich diesen zwei Männern, ganz grundsätzlich betrachtet, vollauf vertraue.«

»Ich habe Euch verstanden.« Queron erwog bei sich alles, was zu dieser strittigen Frage vorgetragen worden war; dann stieß er einen ruckartig heftigen, kurzen Seufzlaut aus.

»Nun wohl, es hat den Anschein, als solle ich nicht mehr erfahren, ehe ich mein Einverständnis gegeben habe. Was muss ich tun, Rhys? Sosehr ich's bedaure, ich muss Euch vorwarnen, nachdem ich für lange Zeit ausschließlich mit in der Mehrheit menschlichen Camber-Brüdern tätig war, bin ich nicht mehr im früheren Maße darauf eingestellt, einem anderen die volle Gewalt über meinen Geist zu überlassen, und in diesem Fall kenne ich ja nicht einmal das Ergebnis.«

Trotz seiner eigenen insgeheimen Angespanntheit vermochte Emrys nicht ein gedämpftes Auflachen zu unterdrücken, als er sich erhob. Camber mutmaßte, dass er Querons Unbehagen ein ganz klein wenig genoss.

»Habt Nachsicht, ich bitte Euch, obwohl ich die Umstände bedaure, erachte ich es doch als erforderlich, dagegen vorzubeugen, ein etwaiges vorheriges Wissen Eurerseits könne selbiges Ergebnis beeinflussen. Außerdem möchte ich es beim ersten Versuch erzielen. Nun sagt an, zieht Ihr's vor, im Sitzen zu verbleiben, oder wäre es Euch angenehmer, Euch auszustrecken?«

»Meinen Dank, ich bleibe sitzen«, murmelte Queron, der wachsam beobachtete, wie Rhys die Liege umquerte, um sich in seinen Rücken zu begeben.

»Wie Ihr wünscht«, entgegnete Rhys unbekümmert. »Sehr wichtig ist, dass Ihr Euch bis zum äußersten Grade entspannt, dessen Ihr fähig seid. Als ich's das erste Mal getan habe, geschah's an einem Besinnungslosen, der am Haupt eine Verletzung erlitten und dem ich zuvor einen Beruhigungstrank verabreicht hatte, und bei den wenigen anderen Gelegenheiten machten die Mitwirkenden freiwillig mit und kamen mir in jeder erdenklichen Beziehung entgegen. Ferner waren sie keine Heiler. Ich weiß nicht zu sagen, ob darin ein Unterschied begründet sein mag, aber ich möchte von Euch die Zusicherung, dass Ihr nicht urplötzlich in heillosen Schrecken verfallt und Euch unversehens abschirmt.«

»Oho, oho, nun lasst's aber gut sein«, murrte Queron entrüstet. »Meine Selbstbeherrschung dürfte Euren Ansprüchen wohl genügen.«

»Sicherlich, davon bin ich überzeugt«, begütigte Rhys ihn.

»Wohlan, dann gehen wir nun ans Werk. Fasst Euch und seid ganz entspannt.«

Sachte legte er seine Hände auf Querons Schultern, zog ihn heran, bis er an seiner Brust lehnte, doch blieben die Muskeln unter seinen Fingern verkrampft. Er schwieg dazu, doch als Queron sodann mit tiefer Gründlichkeit Atem schöpfte und die Atemluft langsam entweichen ließ, spürte Rhys, wie zugleich auch die Spannung nach und nach von Queron wich. Der ansatzweise Zustand von Ruhe in Querons Gemüt vertiefte sich weiter, als Emrys eine nahezu gewichtslose Hand auf Querons linkes Handgelenk senkte.

»So ist's schon besser«, murmelte Rhys, als er verspürte, wie allmählich eine geistige Brücke erstand. »Vielleicht ist's am günstigsten, wir tun erst einmal alle gemeinsam ein paar tiefe Atemzüge und sammeln uns, oder? Alister, tretet an meine andere Seite, wenn's Euer Begehr ist, ich bitte Euch. Ihr habt diesen Eingriff bereits kennen gelernt, sollten sich also irgendwelche Schwierigkeiten ergeben, seid Ihr bei der Beobachtung als Nicht-Heiler durchaus im Vorteil. Queron, Emrys, teilt Ihr diese meine Ansicht?«

Der kleine Umstand, dass Rhys nunmehr auf die förmliche Anrede verzichtete, zeugte davon, dass er mittlerweile sein inneres Gleichgewicht mit raschen Schritten wiedererlangte. Camber stellte bereits das beiden vertraute geistige Band zu Rhys her, indem er eine Hand auf des Heilers Unterarm legte.

Willkommen, begrüßte ihn Rhys' Gedanke, als Camber die Geistesverbindung vollendete.

»Nun wohl, lasst uns alle auf eine tiefere Ebene hinabsteigen. Queron, was immer Ihr auch empfinden mögt, entbietet keinen Widerstand. Ja, so ist's recht. Atmet nochmals tief durch, lasst Euch noch tiefer abwärts entschweben.«

Derweil Querons Lider flatterten und dann herabsanken, dehnte sich die geistige Vereinigung weiter aus, bis sein Bewusstsein einem stillen, klaren Teich glich, der ruhig einer Berührung harrte, während Rhys jemandem ähnelte, der gelassen, aber erwartungsvoll noch am Ufer zauderte. Behutsam tastete sich Rhys vorwärts, suchte nach der Stelle zum Auslösen der Blockierung. Als er sie fand und darauf einwirkte, folgte das Ergebnis so schlagartig, dass sogar Camber den Wechsel beinahe nicht bemerkte.

Im einen Augenblick lagen Querons beachtliche Begabungen und Fähigkeiten vor den drei anderen Männern offenkundig ausgebreitet, wenngleich gleichsam untätig und Rhys' Einfluss unterworfen; im nächsten Augenblick aber waren sie mit einem Schlage fort, und Queron war plötzlich nicht mehr als ein gemeiner Mensch.

Wider Willen bestürzt zog Camber sowohl seine Deryni-Sinne wie auch seine Hand zurück, beides zugleich, sah Queron blinzeln und sich dann für eines Herzschlags Dauer in nacktem, ungelindertem Schrecken zusammenkrümmen. Der Heiler brachte genug Geistesgegenwart auf, um lediglich herumzufahren und Rhys in unverhohlenem Entsetzen anzustarren. Emrys schaute gleichartig erschüttert drein, das erste Mal, dass Camber den greisen Abt aus der Fassung geraten sah.

»Süßer Herr Jesus, was habt Ihr mit mir angestellt?«, rief Queron und begann zu beben, als er erkannte, was Rhys tatsächlich getan *hatte*.

Er hob beide Hände an die Schläfen und schüttelte mehrmals das Haupt, dazu außerstande, zu begreifen, was er empfand – oder vielmehr, *nicht* empfand –, dann schien er gleichsam zu erlahmen, rang nur in tiefen, aber unregelmäßigen Zügen um Atem, als fehle es ihm bereits an den bloßen Körperkräften, um diese ungewohnte Hilflosigkeit verwinden zu können. Emrys ersah sofort seinen Zustand und schloss ihn, ohne zu zögern, in seiner Arme Rund, um ihm Trost zu gewähren, schaute zugleich in ungläubigem Grauen zu Rhys auf.

»Ihr habt ihm seine Geistesgaben genommen …!«, flüsterte Emrys, dessen Ton sowohl nach Vorwurf wie auch ehrfürchtigem Staunen klang. »Er ist einer der tüchtigsten Heiler, die je durch meine Schule gegangen sind, und Ihr habt ihn … zu einem Menschen gemacht … blind und unfähig! Vermögt Ihr das auch wieder *rückgängig zu* machen?«

»Freilich.«

»Dann tut's. Sofort!«

Emrys sprach leise, aber seine Stimme knisterte nichtsdestotrotz von befehlsmäßiger Strenge, und Camber merkte, dass Rhys angesichts der Art und Weise, wie der Abt das Geschehen aufnahm, Überraschung und Bestürzung empfand. Ohne Verzug lehnte Rhys Dom Queron erneut an seinen Brustkorb und rührte mit den Händen an Querons Schläfen, sich unterdessen der Gegenwart von Emrys' Geist, scharf wie ein frisch gewetztes Schwert, unangenehm bewusst, mit dem der Abt alles bis ins Kleinste verfolgte, genau beobachtete.

»Steigt von neuem tief hinab ins Innerste der Seele, Queron«, sprach Rhys mit unterdrückter Stimme, wartete einen Augenblick lang, um Camber wiederum zu ihm und Emrys eine geistige Brücke schlagen zu lassen. »Und nun vergesst, was Euch soeben widerfahren ist.«

Mit einer nachdrücklichen geistigen Anstrengung merzte er in Querons Gedächtnis die Erinnerung an seine vorherigen Deryni-Begabungen zeitweilig aus, ließ einen weiteren Augenblick verstreichen, damit diese Veränderung sich auch in des Bewusstseins obersten Schichten niederschlagen konnte, derweil er recht bang in seinem Rücken Emrys' Nähe spürte, in seiner Schutzwilligkeit nahezu bedrohlich.

»Und nun werde ich Euren gewohnten Zustand wiederherstellen, sodass Ihr aus dieser Darbietung unbeschadet hervorgeht, und Ihr werdet Euch sowohl daran erinnern, wie Euch zumute war, als ich Eure Geisteskräfte blockiert hatte, wie auch daran, wie Ihr Euch fühltet, als Ihr Euch vorübergehend gar nicht an ihr vormaliges Vorhandensein entsinnen konntet. Seid ganz entspannt, fühlt alles zu Euch zurückkehren.«

Wie gebannt verfolgte Camber, wie Rhys mit seinen Deryni-Sinnen von neuem nach dem Punkt der Auslösung tastete und wiederum auf ihn einwirkte, dann unvermittelt jede Einflussnahme auf Querons Innenleben aufgab und sich hastig, fast zur gleichen Zeit wie die beiden anderen Männer, daraus zurückzog. Querons Geisteswehren entstanden mit einem fast spürbaren Ruck erneut, streiften die übrigen Beteiligten ums Haar mit der Wucht ihrer Wiedererrichtung.

Queron blinzelte und setzte sich ruckartig kerzengerade auf, tat einige ergiebige Atemzüge, dann heftete er seinen Blick bedächtig auf Rhys, der sich von ihm entfernte, um wieder seinen vorherigen Platz einzunehmen. Während dieser ersten Augenblicke geschwinder Erholung vollführte Queron eine insgeheime Bestandsaufnahme, wie abzuwickeln alle Deryni-Adepten es schon in frühem Alter lernten, brachte sein Gemüt neu ins Gleichgewicht, ähnlich wie er es nach einem gefährlichen magischen Werk getan hätte, forschte gleichzeitig nach verborgenen, womöglich zurückgebliebenen Ansatzpunkten unterschwelliger Beeinflussung oder Willensbeugung.

Nach einem Weilchen, während dessen Verlauf keiner der Anwesenden ein Wort zu äußern oder sich nur zu regen wagte, stieß Queron ein leises Seufzen aus und schüttelte mit einer gewissen Versonnenheit das Haupt.

»Eins ist gewiss, falls das sich herumspricht, ist mein Ansehen dahin.« Er fuhr sich mit noch zittriger Hand übers aschfahle Antlitz.

»Seid Ihr wohlauf?«, wollte Emrys erfahren.

»Ja, vollständig.«

»Seid Ihr Euch dessen sicher?«

»So sicher ich *danach* noch sein kann.«

Er schauderte abermals ein wenig zusammen, dann wandte er sich Camber zu, der nach wie vor achtsam zu seiner Rechten saß.

»Und Ihr, Alister … Ihr seht mir die vertrauliche Anrede nach, wage ich zu hoffen?«

»Freilich.«

»Habt Dank. Ich … muss gestehen, trotz der Schrecken, welche ich soeben durchgestanden habe, war's eine angenehme Überraschung für mich, die Stärke Eurer … geistigen Nähe zu verspüren. Ihr verfügt über eine Sicherheit des geistigen Handelns, wie man sie bei jemandem, der nicht zum Heiler ausgebildet worden ist, nur selten findet. Mich erstaunt's, dass Euer Ruf Euch als einen Mann ausgibt, der sich seiner Geistesgaben ausschließlich mit Widerstreben bedient – oder ist das lediglich eine willkommene Vertuschung der Tatsache, dass Ihr des Camberischen Rates Mitglied *seid* und es daher mittlerweile gewohnt, gemeinsam mit so fähigen Männern wie Rhys tätig zu sein?«

Es gelang Camber zu verhindern, dass sein Alister-Schmunzeln zu einem für Cullens Reckenmiene höchst unkleidsamen, breiten Lächeln ausuferte, zu welchem die Kenntnisnahme des in Querons Äußerung enthaltenen Lobes – im Zusammenhang mit der zugleich darin zum Ausdruck gelangten Wahrheit – ihn drängen wollte, doch musste er seine nächsten Worte wohl bedacht wählen.

»Lasst uns sagen, ich habe durch meine Verbindungen

zu Rhys, seiner überaus lieblichen Gemahlin sowie auch meinem Geheimschreiber Joram sehr vieles gelernt«, entgegnete er zungenfertig. »Was den Camberischen Rat anbetrifft – ja, ich bin dessen Mitglied. Und wie Ihr zweifelsohne bereits geschlussfolgert habt, ist der Rat an Euch und Dom Emrys ungemein stark interessiert, vor allem, wenn Ihr zu erlernen vermögt, was eben Rhys getan hat.«

Queron furchte die Brauen. »Ihr – will sagen, der Rat – seht also in dieser Möglichkeit, eines Deryni Geisteskräfte aufzuheben, eine etwaige nutzreiche Anwendung?«

»Wir glauben, es handelt sich dabei um keine regelrechte Aufhebung, sondern nur um eine Blockierung«, lautete Rhys' Antwort. »Zugestanden, es wäre gewiss eine aus Verzweiflung geborene und nur unter entsprechenden Umständen vertretbare Möglichkeit, aber bedenkt, wie es von Vorteil wäre, sobald die Verfolgungen richtig ausbrechen, könnte man gewisse auserwählte Deryni geistig blockieren und dadurch den Nachstellungen entziehen, nicht länger als Deryni kenntlich. Und wenn's eine Blockierung ist, keine grundsätzliche Ausmerzung der Geistesgaben also, dann müsste die Deryni-Begabung nichtsdestotrotz den Nachkommen vererbt werden, selbst wenn's aus irgendeinem Grund unmachbar wäre, den Eltern die Fähigkeiten irgendwann einmal zurückzugeben. Natürlich, es möchte eine weit gefälligere Lösung sein, die Verfolgungen überhaupt zu verhindern, doch im Angesichte der gegenwärtigen inneren Lage des Reiches können wir uns nicht darauf verlassen, dass das gelingt.«

Queron nickte, offenbar wieder vollauf beherrscht.

»Leider dürftet Ihr mit dieser Annahme Recht haben. Aber … vermeint Ihr fürwahr, Emrys und ich könnten das zu tun lernen, was soeben von Euch vollzogen worden ist, ganz einfach nach Belieben, ohne Vorbereitung oder ohne dass es sich danach beweisen lässt? Ich habe nie zuvor von einer derartigen Verrichtung vernommen.«

»Ich auch nicht, aber wir müssen uns damit abfinden, dass wir mit dieser Sache gänzliches Neuland betreten.«

Emrys, der Schweigen bewahrt hatte, nachdem er Querons gewohnte Verfassung wiederhergestellt sah, schüttelte nun ungläubig sein Haupt und verschränkte auf seinem Busen die Arme.

»Ich bin mir darin unsicher, Rhys, ob dieser Einfall mir behagen soll oder nicht. Steht der Camberische Rat tatsächlich hinter diesen Euren Erwägungen?«

»Auf jeden Fall vertritt er die Meinung, dass sie einer weiteren Prüfung auf ihre Tauglichkeit wert sind«, antwortete Rhys. Er widmete seine Aufmerksamkeit Queron. »Wie denkt Ihr darüber? Sollen wir die Maßnahme wiederholen, damit Emrys sie einmal aus meiner statt Eurer Sicht verfolgen kann?«

Queron öffnete den Mund, um etwas zu entgegnen, schloss ihn jedoch sofort wieder und schluckte vernehmlich; allerdings vernahm man den Laut dank der Ausstattung des Gemachs mit schweren Wandgehängen und dicken Teppichen nur sehr gedämpft.

»Ihr seid *fürwahr* ungemein geübt darin, eines Mannes Selbstvertrauen zu untergraben, stimmt's?«, sprach er leise, indem er ein durch innere Anspannung bedingtes Erbeben unterdrückte. »Seid Ihr Euch wahrhaftig darüber im Klaren, was Ihr verlangt? Nein, gebt darauf keine Antwort. Ihr habt Recht, ich muss derjenige sein, damit Emrys Euer Vorgehen beobachten kann. Es hätte keinen Sinn, brächtet Ihr uns *beide* aus dem Gleichgewicht.«

Rhys lächelte und sah Camber an. »Das ist eines Heilers Stolz. Er täte hier und jetzt nichts unlieber, als eine Wiederholung erdulden, aber er wird sich doch dafür hergeben. Queron, ich danke Euch.«

»Er braucht seine Einwilligung keineswegs aus Rücksicht auf mich zu erteilen«, mischte sich Emrys ein und legte Queron, um ihn zu begütigen, eine Hand auf die Schulter. »Warum vergönnt Ihr ihm nicht ein oder zwei Tage Frist, sodass er sich darauf einzustellen vermag? Nur Gott allein weiß, wie schwer dieses Erlebnis ihm gefallen sein muss.«

»Weniger schwer, als mir's fiele, nun zu warten und länger deshalb zu grübeln, ohne zu wissen, wie's gemacht wird«, widersprach Queron und schüttelte mit Entschiedenheit das Haupt. »Wir wollen's unverzüglich angehen, Rhys, bevor die Ungewissheit mich noch mehr zerrüttet. Soll ich hier an meinem Platz verbleiben?«

»Wir versuchen's diesmal lieber mit Euch der Länge nach auf der Liege«, sprach Rhys und stand auf und sogleich erhob sich auch Emrys, damit sich Queron ausstrecken könne. »Legt Euch nieder und bemüht Euch um regelrecht behagliche Ruhigkeit. Ich werde schauen, dass ich bei diesem Mal langsamer verfahre, sodass Emrys ausreichende Gelegenheit zu genauer Begutachtung erhält.«

»Nicht zu langsam, oder ich gerate ins Schlottern«, erwiderte Queron mit aus Sorge verzerrtem Lächeln, indem er seine hagere, sehnige Gestalt auf die Liege bettete und sich so zurechtlegte, dass er seinen Körper bestmöglich entspannen konnte, derweil Rhys die Liege umrundete und sich zu seiner Linken hinsetzte.

»Und Ihr, Alister«, fügte Queron hinzu, »warum schiebt Ihr nicht den Lehnstuhl an meine rechte Seite und versucht mich vor völliger geistiger Zermarterung zu bewahren, während Emrys mich einer Untersuchung unterzieht, als sei ich ein seltener, fremder Schmetterling?« Seine Stimme verriet mehr als lediglich ein wenig inwendige Verkrampftheit, und Camber begriff, dass er vorsätzlich so daherschwatzte, um auf diese Weise die Spannung in gewissem Maße zu lindern. »Emrys, geht Ihr mit

Rhys eine Geistesverbindung ein und seht zu, dass Ihr mitbekommt, was er da treibt.«

Emrys schaute drein, als hätte er noch Bedenken, aber er trat näher, bezog an der Ecke zwischen Rhys und der Liege oberem Ende Aufstellung, legte eine Hand, welche anscheinend kaum Gewicht besaß, auf Rhys' Schulter. Camber senkte seine Rechte auf Emrys' rechte Hand, schickte sich an, das Verfahren abermals zu beobachten, derweil Rhys eine Anzahl von tiefen Atemzügen tat und sich in die Heiler-Trance zu versenken begann. Indem Camber die Schnelligkeit, mit der er in die Tiefen der Geistesschichten hinabstieg, jener Rhys' anglich, tastete er nach Querons geistigen Schilden, fühlte sie, indem Rhys mit seiner Tätigkeit anfing, rasch weichen.

»Ausgezeichnet«, murmelte Rhys und hob seine Hände behutsam an die Seiten von Querons Haupt. Er stützte seine Daumen fest an die Schläfen, seine langen Finger in Querons harsches, rötlich braunes Haar geschoben.

»Gut. Nun wollen wir Emrys zeigen, was wir vorhin getan haben, ja? Atmet nochmals tief durch und dann aus, lasst Eure Geisteswehren mit dem Atem von Euch weichen. Ihr wisst, es besteht keine Gefahr, auch wenn Ihr diesmal wisst, was Euch erwartet. Lasst alle Spannungen fahren. So ist's wohlgetan, fort mit alldem. Ich werde Euch das Bewusstsein dessen, was geschieht, bei diesem Mal belassen, damit Ihr's anschließend Emrys beschreiben könnt, sobald es geschehen ist.« Emrys schloss die Lider. »So ist's recht«, ergänzte Rhys.

»Wohlan, Emrys, begleitet mich nun auf meinem Weg und beobachtet mit höchster Achtsamkeit, was ich vollziehe, gebt Acht oder es wird Euch entgehen. So, und nun … da!«

Und von neuem konnte Camber die Verrichtung, welche diesmal anscheinend noch schneller als das erste Mal ablief, genau verfolgen: Rhys griff mit seinen geistigen Händen zu und vollführte so etwas wie einen kurzen Ruck – und erneut war Queron seiner Deryni-Kräfte beraubt. Seine Lider zitterten, blieben jedoch getreulich geschlossen. Hastig hob Rhys den Blick zu Emrys.

Des Meister-Heilers bleiches, faltenfreies Antlitz hatte einen Ausdruck so eindringlicher geistiger Mühewaltung angenommen, wie Camber ihn nie zuvor erblickt hatte. Als Rhys seine Hände von Querons Haupt entfernte, um Emrys eine unmittelbarere Einsichtnahme zu erlauben, schlug Queron die Augen auf und erwiderte scheu, reichlich missbehaglich, Emrys' Blick, behielt sich diesmal allerdings weitgehend in der Gewalt. Mehr oder weniger aus einem Achtungsgefühl begab sich Rhys auf geistigen Abstand von den beiden, bis Emrys zuletzt neben der Liege auf ein Knie sank und das Haupt wandte, um ihm geradewegs ins Angesicht zu sehen, dabei bedächtig das Haupt schüttelte.

»Leider ist mir's abermals entgangen«, bekannte Emrys leise. »Es ist wahrlich und wahrhaftig unglaublich. Obwohl ich's schon geschaut habe, vermag ich's noch immer nicht recht zu glauben. Er hat mich in seine Erinnerung an das, was Ihr getan habt, Einblick nehmen lassen, seine Empfindungen. Aber all das hat mich nicht zur Genüge vorbereiten können.«

»Es muss eine furchtbare Erfahrung sein«, gestand Rhys zu.

»Ihr habt … gleichsam zugepackt … und etwas verdreht«, fasste Emrys zusammen, forschte mit seinen hellen, nahezu farblosen Augen in den goldbraunen Augen Rhys'. »Besitzt Ihr keine Vorstellung davon, wie Ihr's macht?«

»Nur ein wenig«, antwortete Rhys. »Meine Gemahlin hat die Verrichtung mitverfolgt, auch Alister sowie mehrere andere Eingeweihte, aber kein Heiler vor Euch. Sie konnten mir nur andeutungsweise Hinweise geben. Ich hatte darauf gehofft, Ihr vermöchtet mit größerer Genauigkeit zu sagen, wie's abläuft.« Er seufzte. »Emrys, wenn Ihr und Queron es nicht erlernen könnt, muss ich bezweifeln, dass es sich überhaupt lernen lässt. Vielleicht bedeutet diese Maßnahme für Heiler, was das Heilen für andere Deryni bedeutet.«

»Oho, mein Sohn, lass uns keine überstürzten Schlussfolgerungen ziehen, noch hat niemand davon geredet, es nicht erlernen zu können«, sprach Emrys und sein Tonfall bezeugte nahezu ein wenig Verärgerung, doch sicher war sich Camber diesbezüglich nicht. »Ich habe ganz einfach nicht aufmerksam genug beobachtet, und Queron war außerstande zum Beobachten.« Er sah Queron an, der reglos auf der Liege ausgestreckt die übrigen Anwesenden gespannt musterte. »Behebt die Blockierung erneut, und wir versuchen's nochmals. Alister, gebt auch Ihr Acht. Die Meinung eines Michaeliten zu dieser Angelegenheit möchte überaus großes Gewicht haben. Mag sein, mir entgeht etwas, was gänzlich offenkundig ist.«

Indem er seine Hände abermals an Querons Haupt hob, atmete Rhys tief durch, ließ eine Geistesverbindung zu Emrys und Camber zustande kommen, führte dann beide zügig durch die geistigen Gefilde zu jener Stelle, an der man – seinen bisherigen Erfahrungen zufolge – die Blockwirkung erzielen konnte. Er schenkte Queron ein zur Aufmunterung gedachtes Lächeln, von dem er hoffte, dass es möglichst fürsorglich ausfiel, handelte sofort und gewann über Queron die Oberhand, als habe er es bloß mit einem Menschenkind ohne die allergeringste ungewöhnliche Geistesbefähigung zu tun. Von den Begabungen des zuvor so herausragenden, tüchtigen Heilers war nicht länger noch die kleinste Spur zu entdecken.

Anschließend betätigte er den unbegreiflichen geistigen Hebel wiederum und augenblicklich war Queron vollauf wiederhergestellt. Emrys jedoch, ebenso wie Camber, konnte nur das Haupt schütteln.

»Verdammnis, ich hab's nicht ersehen können«, murmelte Emrys, fast als spräche er zu sich selbst. »Wiederholt Ihr's noch einmal?«

Und Rhys tat es. Er wiederholte den Vorgang an Queron. Nachdem er ihn mehrmals bei Queron wiederholt hatte, vollzog er ihn an Emrys. Er ging dabei so langsam wie überhaupt möglich vor, derweil die anderen genau beobachteten und die Anwendung zu erlernen versuchten. Er vollführte sie an einem jeden von ihnen in ihrer gewöhnlichen Verfassung, dann sogar gegen einen gewissen Widerstand. Die einzige Einschränkung, so hatte es den Anschein, war das Erfordernis einer unmittelbaren körperlichen Nähe Rhys' zu jenem, an dem er die beabsichtigte Wirkung ausüben wollte – doch das war ein Umstand, den jeder Heiler bei seiner Tätigkeit insgesamt hinnehmen musste. Das Auflegen der Hände war für die Betätigungen eines Heilers eine unverzichtbare Notwendigkeit.

Er vollzog die Blockierung an zwei verschiedenen Heiler-Schülern, denen er danach ihre Erinnerung an das Geschehen nahm. Er verrichtete sie – auf Emrys' Vorschlag und mit Querons gequälter Einwilligung – zu guter Letzt nochmals in Querons Innerem, der diesmal allerdings dabei unterm Einfluss starker Beruhigungsmittel stand, so wie es das erste Mal bei Gregorius der Fall gewesen war. Camber jedoch ließ er aus und begründete das damit, wenigstens einer von ihnen solle von der neuartigen Erscheinung unberührt und infolge dessen unvoreingenommen bleiben, zumal es sich bei Cullen um keinen Heiler handle. Damit waren die anderen Beteiligten einverstanden.

Aber was das Erlernen der Anwendung anbetraf, so ergab sich in dieser Beziehung ganz und gar nichts.

»Ich vermag daraus nur die Schlussfolgerung zu ziehen«, musste Emrys zuletzt gestehen, als sie schließlich beim Wein saßen, »dass diese Fähigkeit womöglich nur Euch ganz allein zu Eigen ist, Rhys. Wir haben uns alle Mühe gegeben, sie zu lernen, aber zumindest in dieser Hinsicht, das darf man wohl sagen, habt Ihr Eure Lehrer weit übertroffen. Ich gebe aufrichtig zu, mir fehlt's an Worten.«

Erschöpft reckte sich Rhys und verrenkte seinen Hals mal zur einen, mal zur anderen Seite, um die Verkrampfung seiner Muskeln zu lockern. Inzwischen war es spät am Nachmittag, und außer dem Wein und einem Stück gelbem Hartkäse, den Camber in diesem Augenblick erst anschnitt, hatten sie alle sich für allzu viele Stunden ohne angemessene Stärkung angestrengt.

»Ei, mag sein, unser Wiedertäufer-Kult war doch kein so sonderlich glanzvoller Gedanke«, meinte Rhys, derweil er an der Rinde einer Scheibe Käse, die Camber ihm gereicht hatte, zu nagen begann. »Wenn ich allein dazu imstande bin, müssen wir die ganze Sache wohl oder übel neu überdenken. Ich habe – freilich etwas voreilig – die Bereitschaft geäußert, selber in die Rolle des Glaubenseiferers zu schlüpfen – und die Bühne für das Spiel ist vorbereitet, ganz gleich, wer diese Rolle übernimmt –, doch sähe ich's wahrlich lieber, es fände sich ein anderer beschreitbarer Weg.«

»Zweifellos, das wäre uns allen weit angenehmer«, stimmte Camber zu, indem er auch Queron und dann Emrys Käse reichte. »Wir werden sehen, was sich tun lässt.«

13

Als Unwürdige gegen ihn sich empörten und in der Wüste gegen ihn eiferten …

Jesus Sirach 45,18

Unglücklicherweise vermochte der Camberische Rat zu Rhys' Zwickmühle keinerlei geschwinde Empfehlungen zu erteilen. Revans Gegenwart unter den Willimiten schuf die geistigen Voraussetzungen dafür, dass ein Heiler von Rhys' Begabung auftrat und die Entwicklung ihren weiteren Lauf nahm; unterdessen versahen Joram und Evaine ihrerseits Revan insgeheim mit immer neuen Einzelheiten, um seine Tarnung zu vervollkommnen; aber nur die Zeit konnte erweisen, ob Rhys' neuartige Fähigkeit erlernbar war, oder ob ihm selbst notgedrungen die Aufgabe zufiel, den Gefährten des neuen Messias zu mimen. Außerdem bestand nach wie vor eine geringfügige Aussicht, dass der Plan niemals in die Tat umgesetzt zu werden brauchte.

Doch während man seitens der Deryni in den nahezu vier Monden zwischen Cinhils Tod und Alroys Krönung keine allzu nachdrücklichen Bestrebungen betrieb, verfolgten andere ihre schändlichen Absichten dagegen mit umso entschiedenerer Zielstrebigkeit. Wenngleich die Handlungen der Regenten nach außen so wenig Aufsehen erregten wie jene des Camberischen Rates, so waren sie allerdings mindestens genauso wohl durchdacht und wirksam, verhießen langfristig ernste Folgen für alle, die sich nicht der Regenten Gunst erfreuten. Im Verlauf dieser ersten Monde des Frühjahrs kam es zu keinen größeren Gewalttätigkeiten, sehr zur Erleichterung Cambers und seiner Gesinnungsgenossen, doch ließen sich Veränderungen deutlich ansehen, und sie sollten beileibe nicht erfreulich für die Deryni ausfallen.

Eine der ersten und schwerwiegendsten Änderungen stand im Zusammenhang mit Gwynedds Heer. Die Regenten verstanden des Heeres Bedeutung als Grundlage ihrer Macht sehr wohl und sie besaßen darüber volle Klarheit, dass dort, vor allem unter Jebedias' von Michaeliten ausgebildeten Hauptleuten – Menschen ebenso wie Deryni –, am wahrscheinlichsten der Keim einer erfolgreichen derynischen Erhebung stak. Daher erachteten sie es als unbedingt erforderlich, das Heer von sämtlichen Deryni und Deryni-Freunden zu säubern.

In diesem Sinne unterzogen sie das Heer einer gründlichen Neu- und Umordnung, welche alle Ebenen der Befehlsgewalt erfasste, und jüngere, weniger erfahrene Hauptleute und Unterführer – ausschließlich Menschen – traten nach und nach an die Stelle von Jebedias' erfahrenen Kriegsleuten. Ohne irgendetwas gegen diese Entwicklung unternehmen zu können, musste Jebedias mit ansehen, wie sein Heer allmählich zu einem Werkzeug ohne Geist und Gesinnung missriet, das endlich irgendwann wider ihn und seinesgleichen verwendet werden mochte. Er konnte sich nur verzweifelt abmühen, für seine entlassenen Getreuen andere Wirkungsstätten ausfindig zu machen.

Selbst diese Aufgabe war keineswegs leicht. Die allgemein gereizte Stimmung im Reich, wie die Regenten sie förderten und schürten, erwies sich als abträglich für Männer, die geboren und erzogen worden waren, um mit dem Schwert an der Seite zu leben. Die meisten Deryni-Adeligen unterhielten bereits Gefolgsleute im Überfluss, Menschen und Deryni gleichermaßen, und hegten eine verständliche Abneigung wider die Einstellung weiterer Leute, zumal sich die Möglichkeiten bei Hofe für Edle ihrer Art offenbar sehr verschlechterten. Manche entließen sogar Männer aus ihren Diensten, weil sie befürchteten, sich nicht viel länger eine eigene Schar Bewaffneter leisten zu können.

Was den menschlichen Adel anging, so zeigte er einen immer deutlicheren Widerwillen dagegen, Kriegsleute einzustellen, welche durch die Regenten fortgeschickt worden waren. Während man der Michaeliten Kriegskunst einst dafür gepriesen hatte, das Reich verdanke ihr außergewöhnlich wackere Krieger, herausragende Führer und Feldherren, Deryni und auch Menschen, so gedieh der Umstand, eine solche Schule durchgemacht zu haben, stets stärker zum Makel, den man im Zusammenhang mit den alten Zeiten derynischer Oberherrschaft sah, zu einem Nachteil statt – wie bisher – einer hochgeschätzten Eigenschaft.

Zum Glück für Gwynedd pflegte die michaelitische Schulung jedoch auch Zucht und Verantwortungsbewusstsein zu umschließen, und so plagten keine Banden herrenlos gewordener Michaeliten das Land, wogegen noch immer junge adelige Schnösel landauf und landab ritten und die Gegenden verunsicherten. Die Mehrzahl der tatsächlichen Mitglieder des Michaelitenordens, ob Menschen oder Deryni, zogen sich unauffällig auf die Komturei zu Argoed zurück oder auf eines der untergeordneten Ordenshäuser in den verschiedenen Gauen Gwynedds, um sich dort in Bereitschaft zu halten, in einigen Fällen von neuem diese oder jene Lehrtätigkeit aufzunehmen, wie sie neben der Kriegskunst und Waffenmeisterschaft die wesentlichste andere Berufung war, in deren Sinn die Michaeliten wirkten.

Ein paar begründeten kleine, geheime Bünde, um die derynische und michaelitische Schule sowie Überlieferung zu bewahren, darauf abgestellt, Inseln der Zuflucht zu sein, sollte es zum Schlimmsten kommen.

Es konnte nur noch eine Frage der Zeit sein, urteilte

Jebedias, bis man den Orden erneut mit solcher Härte unterdrückte, wie es schon einmal im letzten Jahr von Imres Tyrannei geschah. Die Pläne, dank welcher die gesamte Ordensgemeinschaft aus dem öffentlichen Leben zu verschwinden vermochte, mussten nun überarbeitet und zur Durchführung aufbereitet werden. Zumindest bis Alroy in die Reife gelangte und die Regenten ihre zeitweilige Machtfülle verloren, mussten die Michaeliten wenigstens so viel Vorsicht walten lassen wie die Deryni in Gwynedd insgesamt, und für derynische Michaeliten empfahl sich ein zweifaches Maß an Vorsicht.

Jenen allerdings, die lediglich bei den Michaeliten ihre Ausbildung genossen hatten, ohne Mitglieder des Ordens zu werden, sodass ihnen nun die Anleitung und der Schutz dieser Gemeinschaft ermangelten, standen weitaus weniger Möglichkeiten offen, besonders denen, die eine ganze Sippe ernähren mussten. Aufgrund dessen entschwanden viele von Jebedias' vormaligen Anführern ganz einfach auf Nimmerwiedersehen, gingen mit ihrem Anhang, Kind und Kegel, nach Torenth, Forcinn, Llannedd und Howicce sowie andere Länder, wo andere Deryni als solche vom Schlage der Festils ihrer Art ein besseres Ansehen unter den Menschen hinterlassen hatten, wo zudem niemand von ihren früheren Verbindungen zu Deryni eine Ahnung besaß. So zogen sie in die Fremde, Menschen genauso wie Deryni, und mit ihnen verließen etliche der begabtesten zeitgenössischen Meister der Kriegskunst Gwynedd für immer. Jebedias bedauerte ihren Abschied, aber er konnte sie nicht guten Gewissens ums Bleiben ersuchen. In fremden Landen mochten sie immerhin eine recht anständige Aussicht aufs unbehelligte Überleben haben.

Auch im Haushalt des gwyneddischen Königshofes begann man in den Wochen nach Cinhils Tod allmählich

Änderungen durchzusetzen. Derynische Amts- und Würdenträger des Hofes, schon unter Cinhil nie sonderlich zahlreich gewesen, entließ man einen um den anderen nach Hause, ernannte zugleich nach und nach menschliche Höflinge zu ihren Nachfolgern. Rhys und Evaine, zwei der bekanntesten Deryni, die einst in Cinhils persönlichem Dienst standen, zählten zu den Ersten, die man davonschickte, und zwar unter dem Vorwand, nach so vielen Jahren getreuen Wirkens hätten sie ihre Ruhe daheim verdient; doch es war klar ersichtlich, dass Deryni bei Hofe nicht länger erwünscht waren, und es lag auf der Hand, dass die Tochter und der Schwiegersohn eines derynischen Heiligen als zweimal unwillkommen gelten mussten.

Folglich räumten Rhys und Evaine die Gemächer, welche sie in der Königsburg während der vergangenen zwölf Jahre regelmäßig bewohnten, und zogen bis auf weiteres in Rhys' Haus inmitten der Stadt Valoret, dasselbe Haus, das er als junger Heiler erworben und im Laufe besagter Jahre als Herberge für Heiler-Schüler weiter unterhalten hatte. In gewissen Abständen reisten sie nach Sheele, um die beiden jüngeren Kinder zu besuchen und die Tauglichkeiten des neuen Lehrmeisters zu überprüfen. Und dort, während einer geruhsamen Woche mitten im Mai, zeugten sie ihr viertes Kind – eine Tochter, die im Frühjahr des folgenden Jahres geboren werden sollte. Sie gedachten jedoch nicht endgültig nach Sheele heimzukehren, solange Camber noch in des Erzbischofs Palast neben dem Dom wohnte, und Camber konnte erst nach des neuen Königs Krönung an des Maien Mondes Ausklang gehen.

Rhys' Abschied vom Hof ließ das Amt des Königlichen Leibarztes verwaist zurück, doch alsbald entschieden die Regenten, dafür zwei menschliche Ärzte einzusetzen. Menschen, so behaupteten sie, vermöchten des jungen

Königs Schnupfen und sonstige Unpässlichkeiten so trefflich zu behandeln wie Deryni, denn in der Behandlung von Erkrankungen sei die Magie dem ärztlichen Wissen kaum voraus. In der Tat war es das Heilen körperlicher Verletzungen, worin die Heiler den herkömmlichen Ärzten eindeutig überlegen waren – und für derartige Fälle stand den Regenten noch immer Tavis O'Neill zur Verfügung.

Nicht etwa, dass sie ihn wirklich gewollt hätten. Immerhin war er ja ein Deryni. Angesichts von Prinz Javans Neigung, sich in eine Aufregung hineinzusteigern, durch die er regelrecht erkrankte, wann immer man die Möglichkeit von Tavis' Abschiednahme nur erwähnte, hielten sie es jedoch für ratsamer, mit irgendwelchen Maßnahmen in dieser Richtung wenigstens bis nach der Krönung zu warten, um diese Schwierigkeit dann womöglich umso müheloser beheben zu können. Am Tag vor seines Bruders Krönung musste Javan als Musterbild prinzlicher Vornehmheit auftreten.

Außerdem gehörte Tavis zu den allerunaufdringlichsten Deryni überhaupt, denn solange sich jemand zurückzuentsinnen vermochte, hatte er außer seiner heilerischen Gabe nie irgendwelche anderen Fähigkeiten gezeigt. Wäre nicht sein Heilertum gewesen, er hätte fast als Mensch durchgehen können. Und wie Bischof Hubertus missmutig zugestand, mochte Tavis' Seelenheil infolge seiner derynischen Abkunft zwar durchaus ernstlich gefährdet sein, doch wenigstens bediene er sich der Magie nur zu einem wohl gemeinten Zweck, nämlich dem Heilen. Und so kam es, dass Tavis bleiben durfte, obschon man ihn unablässig unter genauer Beobachtung hielt.

Ebenso blieb Erzbischof Jaffray, allerdings noch weit aufmerksamer überwacht – und nur, weil es sein musste, jedenfalls vorerst. Aber des Erzbischofs Mitarbeiter,

Menschen und Deryni gleichermaßen – und sogar niedrigere menschliche Höflinge aus dem Umkreis der Krone –, warnten ihn mit der Zeit immer häufiger und eindringlicher, er möge auf der Hut sein – den Regenten sei fürwahr nichts willkommener als eine tödliche Krankheit oder ein folgenschwerer Unfall, sodass der Tod, wenn schon sie es nicht vermochten, ihn vom Regentschaftsrat ausschlösse.

Doch trotz aller üblen Wünsche erging es Jaffray wohl und er erstattete vorm Camberischen Rat regelmäßig Bericht über die jeweils jüngsten Vorhaben der Regenten, soweit er davon erfuhr, nämlich wenn sie sie in des Kronrates gesamter Runde zur Sprache brachten und nicht lediglich unter sich berieten.

Ein Gesprächsstoff, den man mit beunruhigender Regelmäßigkeit beredet hatte, obwohl bislang noch nichts Ernstes daraus entstanden war, gab das Treiben jener Banden junger Deryni ab, wie Camber und Joram einer auf der Landstraße nahe Dolban begegnet waren, dem die Regenten in wachsendem Maße Aufmerksamkeit schenkten. Von jenem Vorfall, an welchem Camber und Joram beteiligt gewesen waren, hatten sie keine Kenntnis; sie wussten jedoch Bescheid über den Zwischenfall, welcher Bischof Hubertus' Bruder betroffen hatte. Glücklicherweise war selbst Manfred nicht zu mehr imstande gewesen, als sich über Rüpelei und Sittenlosigkeit zu beklagen, doch Gott allein konnte wissen, was der Sommer, welcher nun bevorstand, bringen mochte, sobald der Trubel um die Krönungsfeierlichkeiten vorüber war und wieder ein umso trostloserer Alltag ins Dasein Einkehr hielt. Schon sprachen die Regenten von härterem Durchgreifen.

Keineswegs kannten derynische Adelshäuser die Schwierigkeit allein, was aus den Sprösslingen werden sollte, doch war es unter den gegebenen Verhältnissen unter ihnen besonders offenkundig. Die Stellung der jüngeren Söhne war nie irgendwo allzu günstig gewesen und gemeinhin pflegten sie Geistliche oder Krieger zu werden, falls ihnen das Glück hold genug war und ihnen ein gewisses Erbteil zufiel, bisweilen auch Lebemänner oder Freigeister; einigen wenigen gelang es manchmal, durch eigene Verdienste Titel zu gewinnen, doch blieben die Möglichkeiten für einen solchen Aufstieg selten, zumal in Friedenszeiten.

Unterm Deckmäntelchen der Straffung und Umordnung des Hofbetriebs hatten die Regenten es in kaum drei Monden Frist geschafft, am Hofe die zuvorige Amtsausübung von Menschen und Deryni zu ungefähr gleich starken Hälften so zu verschieben, dass nunmehr zu fast drei Vierteln Menschen die Höflinge stellten. Viele Deryni, die unter Cinhil geduldig auf den Tag geharrt hatten, da sie in den Dienst der Krone treten könnten, deren Lebensführung zum Teil von Zuwendungen seitens des Königshauses abhing, sahen sich nun plötzlich ganz und gar ohne Aussicht auf Stellung und Einnahmen – während man nichtsdestotrotz von ihnen unverändert erwartete, dass sie ihre Lehenspflichten erfüllten, was den Kriegsdienst, die Abgaben, den Zehnten und die Gewährleistung des Landfriedens im Bereich ihrer Ländereien betraf. Und gegen Ende dieses Sommers, zum Michaelstag, sollte nicht allein der übliche Zehnte fällig werden, sondern darüber hinaus eine Anzahl neuer Abgaben. Die Regenten hatten dem Hochadel, Menschen und Deryni, bereits mitgeteilt, man solle sich darauf gefasst machen.

Dergleichen Entwicklungen fanden bei vielen Deryni keinen wohlgesonnenen Anklang. Und von jenen, die ihre Unzufriedenheit weniger verhehlten, als es empfehlenswert sein mochte, taten sich die Banden junger Deryni-Söhne besonders hervor, welche durchs Land streiften und Unruhe stifteten, knapp an Mitteln, dazu von Langweile geplagt und nicht im Entferntesten mit irgendeiner sinnvollen Tätigkeit ausgelastet.

In Wirklichkeit gab es wahrscheinlich kaum mehr als hundert solcher Jünglinge, verteilt auf vielleicht ein halbes Dutzend Rotten; durch ihr Derynitum aber fielen sie besonders auf und in der Mehrheit besaßen sie durch Versippung, Rang und Namen genügenden Einfluss, um eine jegliche Bestrafung durch den Arm der Gerechtigkeit zu vereiteln. Wer waren denn schon örtliche Richter und Vögte, um die Söhne von Grafen und Baronen zur Rede stellen zu können? Diese Beauftragten führten daher Beschwerde, aber bislang war ihnen alle Vollmacht, welche sie womöglich dazu befähigt hätte, die Missstände ernstlich anzugehen, verweigert worden.

Im Laufe der Monde vor Alroys Krönung trug Jaffray im Camberischen Rat wiederholt und immer eindringlicher seine Beunruhigung vor, und wiederholt versicherten Davin, Ansel und Jesse, sie täten, was sie tun könnten; doch die drei Jungmannen und Gregorius, ihr Mentor, vermochten schlichtweg nicht allerorts gleichzeitig zu sein, nicht einmal, trotzdem sie einen Teil der Landbewachung von ihren zuverlässigen, auf sie verschworenen Getreuen durchführen ließen. Von des Camberischen Rates Seite konnte schwerlich mehr unternommen werden, wollte man nicht die Gefahr eingehen, dass sein Vorhandensein zur allgemeinen Kenntnis gelangte – und eben davon durfte kein Mensch jemals erfahren.

Man krönte Alroy Bearand Brion Haldane an seinem zwölften Geburtstag im Rahmen einer Feier- und Festlichkeit, mit welcher man sowohl die Krönung des neuen Königs wie auch – nach dem langen, freudlosen Winter – den Anbeginn des Frühlings zu begehen gedachte. Sein

Vater hatte bei Hofe Ernstmut und Althergebrachtheit vorgezogen, aber die Regenten befanden derlei Zurückhaltung als unangebracht für den jungen König Alroy. Zur Ergötzung des Königs und seiner Brüder waren staunenswerte Darbietungen ersonnen worden, darunter – keineswegs als geringste – ein Turnier und ein großer Jahrmarkt, welche stattfinden sollten, sobald man die eher erhabenen Krönungsfeierlichkeiten bewältigt hatte. Im Vergleich zu diesen, für danach vorgesehenen Ereignissen mutete die Krönung selbst nachgerade bescheiden an. Die Jungmannen konnten es kaum abwarten, dass Alroys Krönung ausgestanden sei und sie sich den aufregenderen Angelegenheiten widmen durften.

Der Tag begann für die Jünglinge sehr früh. Man weckte Alroy und seine Brüder beim ersten Morgenlicht zum Beten und Baden – wogegen sie auf ein morgendliches Mahl verzichten mussten –, dann sonderte man sie voneinander ab, um Alroy noch einmal alles einzuschärfen, was er für seine Teilhabe an der Zeremonie zu beachten hatte. Derweil die Königlichen Kämmerer ihn in die Krönungsgewandung kleideten, gehalten in Weiß und Gold, musste der Jüngling von neuem die in- und auswendig erlernten Redewendungen, deren er sich zu befleißigen hatte, unermüdlich wiederholen, bis Bischof Hubertus, durch den alle drei Prinzen in des vergangenen Mondes Lauf gründlich unterwiesen worden waren, zu guter Letzt seine volle Zufriedenheit zu erkennen gab.

Alroy war versonnen, doch blieb er vollauf wortgetreu, als er die Worte aufsagte, welche er so nachhaltig hatte lernen müssen. Viel zu versonnen, beklagte sich Hubertus wenig später bei den anderen Regenten. Der Jungmanne hatte den Bischof doch tatsächlich gefragt, ob er meine, König Alroy werde ein guter und weiser Herrscher sein. Selbstverständlich versicherte Hubertus ihm, ohne zu zaudern, das werde er ohne den gelindesten Zweifel sein, vor allem, wenn er die Empfehlungen seiner Räte stets zu schätzen wüsste, aber erfreut war der Bischof beileibe nicht; Alroys Bewusstsein seiner Königswürde sollte sich lieber nicht allzu stark ausprägen, solange die Regenten die Macht ausübten.

Der Krönungszug verließ den Burghof pünktlich zur Terz, angeführt durch eine Vorhut der Königlichen Leibwache in der Tracht des gwyneddischen Königshauses, welcher sämtliche Adligen folgten, denen es möglich gewesen war, sich für diesen Anlass in Valoret einzufinden – fast fünfzig Edle, Menschen und Deryni, von Letzteren allerdings weit weniger, als Camber gehofft hatte. Davin, Graf von Culdi, war unter ihnen, an seiner Seite sah man Ansel; wenngleich mürrisch, kam jedoch auch Gregorius mit seinen Söhnen in der Prozession dahergeritten; ferner Baron Torcuill de la Marche, der gerade erst von seinen im Osten gelegenen Gütern eingetroffen war und so dreinschaute, als wäre er viel lieber dort geblieben.

Der Großteil des Rests aber bestand aus menschlichen Adeligen, stellte Camber fest, als der Zug sich des Domes Stufen näherte, wo er, Jaffray und Bischof Hubertus warteten. Viele der mächtigsten und einflussreichsten Deryni des Königreichs waren schlichtweg nicht zur Krönung gekommen!

Mit immer mulmigerem Gefühl in seinem Busen wand sich Camber unter dem schweren Gewebe des Chorrocks auf seinen Schultern – Bestandteil jener Priestergewänder, welche ihm vor etlichen Jahren Cinhil geschenkt hatte –, und sah zu, wie die vordersten Ankömmlinge aus den Sätteln stiegen und hintereinander den Dom betraten. Die Abwesenheit einiger Edler war absehbar gewesen; einige andere, welche nicht mit dem Zug kamen, befanden sich allerdings bereits im Dom, so etwa Rhys und Evaine. Aber eine so schlechte Teilnahme des derynischen Adels hatte er nicht erwartet – und sie glich nahezu einem Schlag in der Regenten Angesicht, vollführt durch jene von Cambers Art. Er sandte ein Stoßgebet gen Himmel, dass die Regenten zu stark in Anspruch genommen sein möchten, um diese krasse Bekundung des Missfallens zu bemerken, aber er wusste, dass er damit nichts anderem denn Wunschdenken verfiel. Die Regenten mussten es ganz einfach merken. Selbst wenn es Murdoch entging, würde es Tammaron erkennen, oder Rhun. Oder Hubertus.

Er warf dem feisten Hubertus, der als Jaffrays Gegenüber Aufstellung bezogen hatte, einen Seitenblick zu und ersah, dem Bischof-Regenten war die Ungehörigkeit bereits aufgefallen. Seines Rosenmündleins schmale Lippen waren zu einem Schmollen der Missbilligung verzogen und bisweilen wandte er sein Engelsantlitz ein wenig zur Seite, um unterdrückt einige Wörter ins Ohr des Schreibers zu munkeln, der an seiner rechten Elle lungerte. Der pergamentene Bogen, welchen der Mann zum Aufschreiben benutzte, war bereits zur Hälfte dunkel von Tinte.

Joram, was schreibt der Kerl dort?, wandte sich Camber gedanklich an seinen Sohn, der in seinem und Jaffrays Rücken stand und von selbigem Standort aus Hubertus und dessen Schreiber weit günstiger beobachten konnte.

Namen, wisperte Jorams Antwort in Cambers Geist. *Er fertigt eine Aufstellung aller an, welche an der Prozession teilgenommen haben. Was wolltest du dagegen wetten, dass auch drinnen im Dom jemand ist und alle aufschreibt, die schon dort an ihren Plätzen sitzen?*

Jegliche Wette überflüssig, erwiderte Camber. *Befinden sich Rhys und Evaine an ihren Plätzen?*

Ja.

Gott sei Dank, dachte Camber bei sich. *Geh hinein und sieh nach,* fügte er hinzu, wieder an Joram gerichtet. *Wenn die Regenten Listen aufstellen, sollten wir lieber ein Gleiches tun, um jene, die nicht hier weilen, warnen zu können. Ich hege volles Verständnis für dieser Leute Widerwillen, aber in diesem Fall, ich kann nicht anders, hätte ich mir gewünscht, sie wären ihren Grundsätzen weniger treu geblieben.*

Dom Emrys ist mit den Gabrieliten im Dom, antwortete Joram. *Soll ich ihn bitten, auf die Anwesenheit zu achten? Er braucht keine Aufzeichnungen zu machen, und ich kann mich mit ihm verständigen, ohne Argwohn zu erregen.*

Camber nickte, besann sich darauf, dass der Gabrieliten Abt ein unfehlbares Gedächtnis besaß. Dann winkte er Joram und selbiger beugte sich gehorsam näher zu seinem Bischof.

»Joram, würdet Ihr mir wohl ein wenig Wasser bringen?«, sprach Camber für die Ohren, die da lauschten. »Von einem alten Mann wie mir kann man wohl schwerlich erwarten, dass er eine derartig ausgedehnte Zeremonie ohne die allergelindeste Erquickung durchsteht.«

»Sogleich, Euer Gnaden«, entgegnete Joram mit einer Verbeugung, derweil seine ernste Miene die Belustigung verhehlte, welche er insgeheim empfand.

Als er sich entfernte, um in der Menge der Adeligen zu verschwinden, welche zügig den Dom aufsuchten, gelangten die Mitglieder des Königshauses und ihr Gefolge in des Domes Einfriedung, begleitet von Posaunenschall und Trommelwirbel. Zuerst kamen des Königs Brüder auf einander ähnlichen Fuchshengsten, geführt von den Grafen Hrorik und Sighere; die zwei Jünglinge trugen das Karmesinrot der Haldanes und silberne Stirnreifen, wie sie Prinzen gebührten. Hinter ihnen brachte Ewan das große Zeremonienschwert Gwynedds, das zuvor Cinhil zu Eigen gewesen war, und Murdoch kam mit dem Königlichen Banner.

Danach nahte sich barhäuptig der König, der auf seinem hochwüchsigen Albino-Hengst recht jung und zart wirkte. Graf Tammaron, der neue Reichskanzler, führte des Jung-Königs Reittier, mäßigte des Hengstes stolzes Tänzeln mit einer Leine aus weißem Leder, die in der Sonne leuchtete. An der anderen Seite von des Königs Ross schritt Rhun von Horthness aus, eine Hand am Zaumzeug, kaum noch dazu imstande, ein Hohnlächeln des Triumphes aus seiner kantigen Miene fern zu halten.

Der Sonnenschein spiegelte von den mit Edelsteinen reich geschmückten Umhängen und Adelskronen der Regenten nahezu so hell wider wie von des Königs Prunkgewändern, funkelte auf goldenen Ketten, silbernen Sporen und von Stickereien steifen Kleidern, so prachtvoll, wie dergleichen seit Jahrzehnten kein bloßer Untertan sie getragen hatte – nur Könige und hoch gestellte Kleriker.

Als man des Königs Gewänder ein letztes Mal zurechtzupfte und seinen langen weißen Umhang kunstvoll hinter ihm ausbreitete, traten vier Söhne von Grafen mit einem Baldachin aus goldfarbenem Tuch vor und spendeten dem Jung-König wider die lichte Frühlingssonne Schatten. Sobald man des Domes Portal letztmals auftat, die Torflügel zur Seite schwang, um den König, seine Brüder und des Königshauses Gefolgschaft einzulassen, stimmte der Chor das *Ordo Verbi Dei*, die von alters her überlieferten Worte des Krönungs-Hymnus an:

»Freude erfüllte mich, als man zu mir sprach: Lass uns in das Haus des Herrn gehen!«

Die Krönungsprozession bewegte sich durch des Domes Mittelschiff, allen voran die zum Chor gehörigen Mönche des erwähnten Ordens, gehüllt in ihre burgunderroten Kutten, und sie sangen unterdessen unentwegt weiter die Hymne; ihnen folgte ein volles Dutzend Messdiener in weißen, mit Kapuzen versehenen Gewändern und scharlachroten Schärpen, und jeder von ihnen trug in einem silbernen Halter, deren jeder prächtig schimmerte, eine lange Kerze. Als Nächster kam in der Prozession ein einzelner Weihrauchschwenker, dessen Gefäß mit jedem Schritt, den er tat, dichte Wolken süßlichen Weihrauchs ausstieß, in denen das herrliche Prozessionskreuz des Primas von Gwynedd daherzuschweben schien, als bedürfe es ganz und gar nicht des jungen Diakons, welcher es trug. Hinter dem Kreuz folgte Erzbischof Jaffray in Begleitung seines Kaplans und eines zweiten Diakons; danach zogen Erzbischof Oriss von Rhemuth und dessen vertrauteste Untergebene mit. Beide Erzbischöfe waren in schwere Chorröcke in Weiß und Gold gekleidet, starr von Stickereien und aufgesetztem Schmuck; die von Juwelen überschweren Mitren auf ihren Häuptern, Wahrzeichen ihrer Ämter, waren so schön anzuschauen wie jede beliebige Krone; beide hielten die kunstreich geschnitzten, vergoldeten Krummstäbe in ihren Händen, welche sie als die Oberhirten ihrer Schäflein auswiesen.

In ihrem Rücken zogen der König und seine Begleiter in den Dom ein, und mit ihnen, zur Linken und Rechten Alroys, Camber und Hubertus, die gerade noch Platz unterm Baldachin aus goldenem Tuch fanden, den die vier Grafensöhne über Alroys Haupt spannten. Die seit alten Zeiten festgelegten Weisungen verlangten, dass Alroy seine Hände in die Handflächen der zwei Bischöfe lege, welche zu seinen Seiten gingen, aber im allerletzten Augenblick hatte der Jüngling sich geweigert, dieser kleinen Einzelheit des Zeremoniells zu genügen, und sich beklagt, ihre Hände wären zu hoch für ihn, seine Arme müssten ermüden. Als wahren Grund mutmaßte Camber allerdings, dass Alroy schlichtweg keinerlei Klarheit darüber besaß, wem von den zwei Bischöfen er sein Vertrauen schenken dürfe, dabei entschieden hatte, keinem von beiden zu trauen.

Nun schritt der Jüngling ruhig und gefasst zwischen ihnen dahin, jedoch ohne von ihnen eine Berührung zu dulden oder sie seinerseits zu berühren, das Haupt hoch erhoben, das Kinn fest zu einem Ausdruck des Mundes verkrampft, den Camber schon etliche Male bei des Jungmannen Vaters gesehen und bei dessen Auftreten nicht zu widersprechen er gelernt hatte. Vielleicht besaß Alroy doch einen eigenen Willen.

Dem König und seinem Baldachin schlossen sich weitere Bischöfe an, ebenso Pater Alfred, des Jünglings Beichtvater. Hinter ihnen sah man die vier Laien-Regenten mit den Wahrzeichen der Königsmacht: Ewan mit dem in der Scheide befindlichen Zeremonienschwert; Murdoch brachte nunmehr das Zepter, nicht das Königliche Banner, welches er bis vor den Dom getragen hatte; Rhun hielt auf einem kleinen Silberteller den Ring aus Feuer in Bereitschaft; und Tammaron kam mit der verkleinerten Nachbildung von Gwynedds Königskrone, welche man mitsamt all den ineinander verflochtenen Blättern und Kreuzlein für Alroys noch schmales Haupt besonders angefertigt hatte. Die Grafen Hrorik und Sighere sowie die ihrer Obhut überantworteten Prinzen Javan und Rhys Michael machten den Schluss des langen Zuges.

Der König und seine Begleiter betraten den Chorraum, eine Reihe der Prozession nach der anderen verharrte für eines Augenblickes Dauer zu Füßen der Stufen zum Sanktuarium, um sich zu verbeugen, ehe man sich an die zu beiden Seiten zugewiesenen Plätze begab. Derweil sich Alroy auf den Betstuhl zur Rechten des Altars kniete – neben dem niedrigen Thronsitz, welchen er später im Verlauf des Zeremoniells einnehmen sollte, reihten sich

Camber und Hubertus mit den übrigen Bischöfen beiderseits des Erzbischöflichen Thrones auf, den man links vom Chorraum aufgestellt hatte.

Mit entblößten Häuptern beteten die zwei Erzbischöfe an den Altarstufen, bis der feierliche Hymnus verklungen war, ließen sich dann von ihren Kaplänen wieder die Mitren aufsetzen, erhoben sich danach, um zu Alroy zu gehen und ihm beim Aufrichten behilflich zu sein. Der junge König bebte, derweil sie ihn in ihrer Mitte zur zeremoniellen Vorstellung vor den Altar führten, sah in seinen schweren Gewändern und dem weiten Umhang ungemein zart und hinfällig aus.

Camber gewahrte, dass sich Jaffray, genau wie sein Vorgänger Anscom dreizehn Jahre zuvor anlässlich Cinhils Krönung, in jenem Teil der Zeremonie, dessen Abwicklung ihm oblag, sowohl rein menschlicher wie auch derynischer Bräuche bediente. Das allgemein anerkannte Brauchtum schrieb vor, dass des Königs Vorstellung zu Beginn der Krönung nach den vier Seiten des Königreiches erfolgen musste – vielleicht den vier Winden –, sodass die Kunde von des neuen Königs Krönung auch die entferntesten Gegenden Gwynedds erreiche. Zu selbigem Zweck verkündete der Erzbischof, welcher die Schirmherrschaft besaß, des neuen Königs Namen und des Thrones Beanspruchung durch ihn in die vier Hauptrichtungen des Sanktuariums, auf dass die Untertanen ihn jedes Mal darin bestätigen möchten. So war es immer gewesen, solange irgendjemand sich zurückzuentsinnen vermochte.

Gebildete Deryni jedoch sahen in dieser Handlung eine zusätzliche, eine esoterische Bedeutung: nämlich die, dass man so den geweihten König vor die Herren der Elemente brachte, verkörpert durch die vier Erzengel, deren Wächterschaft und Schutz man bei jedem ernsthaften Werk derynischer Magie erflehte. Diese Anrufung

– zusammen mit der rituellen Beweihräucherung des Sanktuariums im späteren Ablauf der Zeremonie – bot dafür die Gewähr, dass die tatsächliche Salbung des Königs innerhalb eines geweihten Runds stattfand, behütet wider etwaig vorhandene feindselige Mächte. Und wenn eines Königs Salbung und Weihe keine magische Maßnahme war, was konnte dann überhaupt noch als magisch gelten? Wie befremdlich, dass die meisten Menschen in ihrem Glauben keine Magie enthalten sahen!

Jaffray war sich all dessen wohl bewusst, wogegen Oriss, ganz menschlichen Blutes, von derlei Dingen nichts ahnte. Indem er des Jünglings rechte Hand ergriff, Oriss gleichzeitig die Linke nahm, geleiteten sie Alroy zum östlichen Ende des Sanktuariums, wo zu Füßen von des Hochaltars Stufen ein jedes derartiges Ritual seinen Anfang nehmen musste. Dort reckten sie alle drei ihre Arme zum Gruß empor und zugleich rief Jaffray die althergebrachten Worte.

»Alles Heil Alroy Bearand Brion, unserem unangefochtenen König! Seid Ihr willens, ihm zu huldigen und ihm in unverbrüchlicher Treue zu dienen?«

»Gott schütze König Alroy!«, erscholl es aus den Reihen der Versammelten, von denen allerdings die Deryni allein – und nicht einmal deren ein jeder – darüber Bescheid wussten, dass sie an einer Art von magischem Werk teilnahmen, Bestandteil ebenjener Magie, die zu unterdrücken die Regenten sich alsbald endgültig verschwören sollten.

Zur Südseite führten die Erzbischöfe den blutjungen König nunmehr; dort erhob das Dreigespann erneut die Arme und Jaffray wiederholte seine Worte der Vorstelligmachung.

»Gott schütze König Alroy«, riefen die Vasallen und sonstigen Untertanen abermals.

Zur westlichen und zuletzt zur nordwärtigen Seite gingen sie, wiederholten jedes Mal die überlieferte Fragestellung, vernahmen ein jedes Mal zur Antwort die Bestätigung der Untertanen. Kaum war an der nördlichen Seite der letzte Widerhall verklungen, brachten die Erzbischöfe den König zurück zur Ostseite und geleiteten ihn die Stufen zum Altar empor. Dort lag aufgeschlagen die Heilige Schrift, daneben ein in kunstvoller Schnörkelschrift abgefasstes, in schönen Farben reichlich verziertes Dokument. Indem er sich verneigte, gab Jaffray des jungen Königs Hand frei, wandte sich halb der versammelten Gemeinde zu, ehe er von neuem zu sprechen begann.

»König Alroy, Herr und Gebieter, seid Ihr nun bereit und willens, das Krönungsgelübde abzulegen?«

»Das ist mein Wille«, gab der Jüngling zur Antwort, allerdings so leise, dass nicht einmal Camber, den lediglich wenige Schritte von dem Jungmannen trennten, ihn deutlich verstehen konnte.

Sachte nahm Jaffray des Jünglings Hände und legte sie auf die aufgeschlagene Heilige Schrift, ergriff sodann die daneben befindliche Schriftrolle und begann zu lesen.

»Alroy Bearand Brion Haldane, an diesem Ort vor Gott und Volk zum unangefochtenen Thronerben unseres geliebten dahingeschiedenen Königs Cinhil erklärt, wollt Ihr in feierlichem Ernst schwören und geloben, in Gwynedd den Frieden zu bewahren und über sein Volk gemäß unseren althergebrachten Gesetzen und Sitten zu herrschen?«

»Das schwöre ich aus ganzem Herzen«, murmelte Alroy.

»Wollt Ihr, während Ihr auf der Höhe menschlicher Macht weilt, in allen Euren Urteilen und Entscheidungen Gesetz und Recht achten und Gnade walten lassen?«

»Das schwöre ich«, wiederholte Alroy.

»Und gelobt Ihr, das Unrecht und die Missetat zu strafen, die Gesetze Gottes in Ehren zu halten?«

»All das gelobe ich«, versicherte Alroy ein drittes Mal.

»Die Herren Regenten mögen vortreten«, sprach Jaffray, wandte sich den Genannten zu und vollführte eine andeutungsweise Verbeugung, als sie sich nahten.

Oriss trat zurück, bezog mit gefalteten Händen neben Camber Aufstellung, derweil die fünf Regenten dem Sanktuarium ihre Huldigung erwiesen und danach zu beiden Seiten Alroys des Hochaltars Stufen erklommen.

»Murdoch von Carthane, Tammaron Fitz-Arthur, Rhun von Horthness, Ewan von Rhendall in Vertretung seines Herrn Vaters, des Grafen Sighere von der Ostmark, sowie Bischof Hubertus MacInnis, Ihr seid durch unseren seligen, dahingeschiedenen Herrscher Cinhil eingesetzt und mit der verantwortungsvollen Pflicht betraut worden, des Reiches jungen König bis zur Erlangung seiner Mündigkeit durch Euren wohl ersonnenen Rat zu leiten, wollt Ihr allesamt feierlich schwören und geloben, all das zu halten, was soeben Seine Königliche Hoheit geschworen und gelobt hat, um als getreue Diener und stets verlässliche Regenten der Krone Gwynedds zu dienen, so wahr Euch Gott helfe?«

»Das schwören und geloben wir«, erklärten die Regenten in so vollkommenem Einklang, als käme ihr Schwur aus einem Munde.

Der Erzbischof drückte Alroy eine Schreibfeder in die Hand und sah zu, wie der Jüngling fein säuberlich sein *Alroi Rex* auf den unteren Rand des Bogens schrieb, die Schrift noch bemüht und kindlich. Sobald die Regenten ebenfalls ihre Unterschriften und Siegel unter die Urkunde gesetzt, Jaffray, Oriss und Camber all diese Unterschriften ihrerseits beglaubigt hatten, legte Alroy, ohne dass irgendwer ihm einen erneuten Anstoß hätte geben müssen, würdevoll seine schmale Hand auf die Heilige Schrift und wandte sich ein wenig der versammelten Gemeinde zu.

»Was ich hier geschworen habe, das will ich erfüllen und halten, so wahr mir Gott helfe«, sprach er mit einer Stimme, die bereits merklich lauter und sicherer klang als zuvor.

Das geäußert, erhob er sich leicht auf die Zehenspitzen, um die Heilige Schrift andächtig zu küssen, wartete dann, bis die Regenten das Gleiche getan hatten, ehe er die Altarstufen hinabstieg und niederkniete, um sich dort seines Umhangs und des Überrocks entledigen zu lassen. Als er sich der Länge nach vorm Altar ausstreckte, nur noch in ein schlichtes, einer Albe ähnliches Kleidungsstück gehüllt, durchaus vergleichbar mit jenen derartigen Gewändern, welche die Priester trugen, fielen rings um ihn auch die Bischöfe und Geistlichen auf die Knie, und der Chor hob das *Veni Creator* zu singen an, dessen Worte vom seit Jahrhunderten toten König der Bremagne geschrieben worden waren und welche man seit langem für Feierlichkeiten vorbehielt, bei denen man Könige, Priester und Bischöfe weihte.

»Veni, Creator Spiritus, mentes tuorum visita, imple superna gratia, quae tu creasti pectora …«

Während Jaffray und seine Untergebenen sowohl den Altar wie auch den ausgestreckten Alroy beweihräucherten, sprach man ein Weihegebet, und dann stimmten die Mönche die uralten zeremoniellen Worte der Krönung an. *»Zadok der Priester und der Prophet Nathan salbten ihn zu Gihon zum König und nun kommen sie und frohlocken …«*

Als der Gesang verstummte, erhoben Camber und Hubertus gemeinsam Alroy auf die Knie und man brachte den Baldachin heran. Unter dessen Dach machten sich die Erzbischöfe Jaffray und Oriss daran, die Salbung zu vollziehen, welche Alroy wahrlich und wahrhaftig als einen geweihten König auszeichnen sollte.

»Dein Haupt sei gesalbt mit diesem heiligen Öl, so wie

man Könige, Priester und Propheten zu salben pflegte«, sprach Jaffray, indem er über den gebeugten rabenschwarzen Schopf Öl goss, sodass es darin ein Kreuz bildete.

»Dein Busen sei gesalbt mit diesem heiligen Öl«, ergänzte der Erzbischof und salbte durch den offenen Kragen von des Jünglings Albe mit Öl das Kreuzzeichen auf dessen Brust.

»Deine Hände seien gesalbt mit diesem heiligen Öl«, beschloss danach der Erzbischof, derweil er in jede der ihm zittrig entgegengestreckten Handflächen mit Öl des Kreuzes Zeichen zog. »So wie Salomon von Zadok dem Priester und Nathan dem Propheten zum König gesalbt worden ist, so sollst du gesalbt und gesegnet und dem Dienst an diesem deinen Volk geweiht sein, über das Gott der Herr dich in Seinem Namen als Herrscher gesetzt hat. *In nomine Patris, et Filii, et Spiritus Sancti. Amen.*«

Daraufhin richtete man Alroy auf und kleidete ihn in Gewänder, wie sie einem wahrhaftigen König ziemten: ein Gewand aus goldfarbenem Stoff, einen weißen, mit Edelsteinen geschmückten Leibgurt sowie einen mit Pelz gesäumten, karmesinroten Umhang, dicht an dicht besetzt mit Schmucksteinen und durchflochten mit goldenen Schnüren.

An seine Fersen gürtete man die goldenen Sporen; in seine Hände – wenngleich nur zeitweilig – gab man das große königliche Zeremonienschwert, das seinem Vater zugeeignet gewesen war, ehe man es dem neuen Großzeremonienmeister überließ, Ewan, der es auf den Altar legte. An seinen Finger steckte man den Ring aus Feuer, dessen Durchmesser man inzwischen verringert hatte, sodass er nunmehr einwandfrei an des Jünglings Finger stak; sein wichtigstes Werk jedoch hatte dieser mit Edelsteinen verzierte Reif bereits verrichtet. Das Zepter, einen schlanken, mit Goldkunst eingelegten Stab aus Elfenbein, reichte man ihm gerade lange genug, um ihn das Gewicht spüren zu lassen, dann legte man es beiseite und auf den für den König bereitgestellten Thron.

Schließlich kniete der Jüngling mit würdiger Ernstmütigkeit zu des Erzbischofs Füßen nieder, damit zugleich vorm Altar, als Jaffray die Krone zwischen seine Hände nahm und sie hoch über Alroys Haupt erhob, die Augen auf die Umrandung aus dem goldenen und silbernen Flechtwerk von ineinander verschlungenem Laub und Kreuzen gerichtet.

»Deinen Segen, oh Herr, erflehen wir auf diese Krone, auf dass Du Deinen Diener Alroy weihst, dem Du sie heute zum Zeichen seiner königlichen Majestät aufs Haupt senkst. Durch Deine Gnade statte ihn aus mit allen fürstlichen Tugenden. Im Namen des Königs der Ewigkeit, unseres Herrn, der mit Dir lebt und herrscht in der Gemeinschaft des Heiligen Geistes, Gott von Ewigkeit zu Ewigkeit. Amen.«

So war denn Alroy zum König von Gwynedd gekrönt, und ein heller Posaunenstoß verkündete die Vollendung des Zeremoniells, nach dessen Erschallen die Menge in Jubel ausbrach, »Gott schütze den König« rief.

Im Anschluss daran kamen die Bischöfe, die geringeren Kleriker sowie – allen voran Alroys Brüder – der Adel nach vorn, um dem Gekrönten die Ehre zu erweisen, ihm die Lehenstreue zu schwören und ihrerseits von ihm in ihren Titeln bestätigt zu werden, und unterdessen, derweil die anderen sich der Kniefälligkeit befleißigten, standen die Regenten voller Triumph zu des Thrones beiden Seiten. Nach der Bestätigung der Lehen folgte die Messfeier, in deren Verlauf der König selbst die Opfer von Brot und Wein darbrachte, und zum Schluss erfolgte der Wiederauszug zum Dom hinaus – mit einem ungemein ermüdeten jungen König.

Doch auch mit der späteren Rückkehr in die Königsburg nahm des Königs Tag keineswegs sein Ende, denn noch musste er das abendliche, völlig unvermeidliche Krönungs-Festmahl durchstehen. Obschon man bereits zur Vesper läutete, als die Prozession in den Burghof zog, obschon Alroys Haupt vom Gewicht der Krone, aufgrund der Hitze und infolge des Mangels an Speisung, ertragen seit der vorherigen Nacht, fürchterlich schmerzte, gewährte man ihm kaum ein kurzes Verschnaufen.

Eine Stunde Frist hatte er – genug für Alroy, die schweren Gewänder und die gewichtige Krone für ein Weilchen zur Seite zu tun und sich niederzulegen, woraufhin er fast augenblicklich in einen tiefen Schlaf der Erschöpfung versank, den Tavis' Eingreifen zum Glück in etwas verwandelte, das weit stärker erquickte denn gewöhnlicher Schlummer. Auch den beiden anderen Jünglingen verhalf Tavis durch tiefen, festen Schlaf zu neuer Kräftigung. Er zögerte den Zeitpunkt, da man sie wieder weckte, so lange wie nur möglich hinaus, bis die Regenten keinen weiteren Aufschub zu gewähren gewillt waren; dennoch beharrte er mit Erfolg darauf, dass die Brüder, bevor die abendliche Festlichkeit begann, eine ergiebige, nahrhafte Mahlzeit zu sich nehmen durften. Darüber hinaus jedoch konnte er nichts tun, nur alles vom Rande aus unter Beobachtung zu halten, um im Notfall eingreifen zu können. Sollte der König an der Tafel einschlummern, ehe des Abends Fest vorüber war – nun, man hatte ältere Könige denn Alroy über ihren Pokalen einschlafen oder auf ihren Tellern schnarchen sehen.

Also führte man den König und seine Brüder in die Festhalle, wo ein Posaunenstoß und der Jubel des versammelten Adels sie empfing. Als Gastgeber nahm Alroy in der Mitte der Haupttafel auf der Estrade Platz, in seiner ganzen Erscheinung noch viel zu schmächtig für den Königsthron, auf dem zuvor sein Vater gesessen hatte; zu seinen Seiten waren die Plätze der Regenten und ihrer Gemahlinnen, allesamt in Pelzen und Edelsteinen noch und noch, ausgestattet mit ihren verschiedenen Wahrzeichen von Ämtern und Macht. Javan und Rhys Michael hatten ihre Plätze an den beiden Enden der Königlichen Tafel, von Alroy abgesondert, ihrerseits umgeben von älteren Höflingen, die dem Ansehen, welche ihre Sitzplätze ihnen verliehen, weit mehr Interesse entgegenbrachten, als der Möglichkeit – wie sie ihnen offen stand –, das Unbehagen junger Prinzen, die zu früh in die Rolle Mündiger gedrängt worden waren, ein wenig zu lindern. Abgesehen von den Pagen und Knappen, die beim Auftragen und allem anderen halfen, was zu des Festes Gelingen erforderlich war, befanden sich neben dem König und den Königlichen Brüdern keine Minderjährigen in der Halle. Dieser Abend erteilte die erste Lehre – und sie sollte keineswegs zugleich die letzte bleiben – bezüglich der Einsamkeit der Krone.

Einsam oder nicht, der Abend verlief auch für die Jünglinge nicht ohne freudige Höhepunkte und Annehmlichkeiten, wenngleich sie die Festlichkeit sicherlich mehr genossen hätten, wären sie ausgeschlafener gewesen. Die Speisen, für die Gaumen der Jungmannen von überreicher, fremdartiger Köstlichkeit, trug man in der wirkungsvollsten, wunderbarsten Weise auf, begleitet von Spiel und Gesang, und wie üblich zeigte man sie erst im ganzen Saal zum Staunen der Gäste umher, ehe sie auf die Tafeln kamen: fein geröstetes Wildbret, gefüllte Kapaunen, Störe in Gallert – sodass sie noch zu schwimmen schienen –, mit jungen Schwänen und Tauben gestopfte Fasanen, Fleischkuchen und Pasten, in Wein gekochte Aale; und ein herrlich gebackener Pfauenhahn, als man ihn hereinschleppte, mit all seinen edelsteingleichen, schillernden Federn zeitweilig wieder geschmückt. Sogar eine fein beschaffene Darstellung des Haldane-Löwen aus vergoldetem Marzipan und Zucker gab es, mit Augen aus gezuckerten Beeren, und Alroy erhielt davon als seinen Anteil ein Ohr sowie des Schweifes Endstück.

Einiges von der dargebotenen Kurzweil war überdies für Jüngere genauso unterhaltsam wie für Erwachsene – Akrobaten, Harfner und ein paar der weniger unflätigen Troubadours. Besonders angetan fühlte sich Alroy von einem kurzen Mummenschanz, in welchem man seines Vaters Sieg über den Deryni Imre vorspielte – doch sollte er nie erfahren, in welchem Maße die Regenten diese Geschichte verändert hatten, etwa in der Beziehung, dass Imre sich ins eigene Schwert stürzte, nicht durch die eigenen Deryni-Kräfte starb, um der Gefangennahme durch Cinhil und dessen derynische Bundesgenossen zu entgehen. Andere Deryni als Imre und Ariella kamen in dem Schauspiel überhaupt nicht vor.

Aber um diese Zeit besaß dergleichen für die Brüder ohnehin schwerlich noch irgendeine Bedeutung. Obwohl Tavis zuvor dagegen vorgebeugt hatte, dauerte es nicht allzu lange, bis die während des ganzen, so ausgedehnten Tages durchgehaltenen Anstrengungen von neuem ihre Wirkung auf alle drei Jungmannen auszuüben begannen. Von ihren Nachbarn an der Haupttafel mit so viel Wein bewirtet, wie sie wünschten, dösten erst Rhys Michael, dann Alroy selbst ein, noch ehe man den dritten Gang der Speisenfolge beendet hatte.

Ein Knappe versetzte Alroy unauffällig einen Rippenstoß und hielt ihm eine Schale voller Wasser zum Reinigen der Finger hin, und Alroy sprach ihm völlig benommen einen gelallten Dank aus; mittlerweile gähnte auch Javan ebenso unablässig wie herzhaft, und Rhys Michael, gänzlich am Ende seiner Kräfte, war gar aus seinem Lehnstuhl hinab in die Binsen unter seinem Ende der Tafel gerutscht und lag nun dort in unerschütterlichem

Schlummer. Seine Tischgenossen ringsherum bemerkten es allem Anschein nach nicht einmal.

Tavis jedoch sah es. Von seinem vorteilhaften Standort droben auf dem Rundgang oberhalb der Halle hatte er die drei Prinzen während des gesamten bisherigen Verlaufs der Festlichkeit im Augenmerk behalten und auf den Zeitpunkt gewartet, da er mit dem Handeln nicht länger säumen durfte. Derweil man am anderen Ende der Halle eine besonders grobschlächtige Tanzerei vollführte, begab er sich mit zwei Knappen, ohne Aufsehen zu erregen, auf die Estrade, wo man den mittlerweile eingenickten Javan weckte, und danach geleiteten die Knappen Javan und Alroy aus dem Saal, während Tavis den unter die Tafel gesackten Rhys Michael auf die Arme nahm und hinausbrachte.

Tammaron sah ihren Abgang und erteilte Tavis mit einem Wink sein Einverständnis; er hatte selbst daheim blutjunge Söhne in den Betten liegen. Außer Tammaron fiel anscheinend niemandem auf, dass die Brüder das Fest verließen. Als der Tanz endete, sah man Murdoch und Rhun trunken auf des Thrones Armlehnen schwanken und mit erhobenen Bechern der Allgemeinheit zutrinken, während sie den versammelten Edlen, die nach und nach in den würdelosen Gesang einstimmten, eine der gräulicheren Schankstuben-Balladen vorgrölten, die zurzeit in der Stadt Valoret die Runde machten. Ewan und seine Brüder Hrorik und Sighere zettelten in einer Ecke der Festhalle mit vier anderen Edelleuten ein Wettspiel an. Bischof Hubertus trank sich zügig nicht allein ein rotes aufgedunsenes Angesicht an, sondern zudem in einen Zustand überschwänglicher Berauschtheit hinein, sehr zum Leidwesen von der übrigen Regenten Gemahlinnen sowie einer jeden Dienstmagd, die Seiner Gnaden Lehnstuhl zufällig zu nahe kam.

Jaffray, einer der wenigen an diesem Abend zugegen

befindlichen Deryni, außerdem einer der Hand voll Gäste aus beiden Volksstämmen, welcher verhältnismäßig nüchtern blieb, konnte nur still bei sich das Haupt schütteln und sich insgeheim die Frage stellen, wie sie – er und seinesgleichen – wohl die nächsten Jahre überdauern können sollten, wenn diese Gestalten die Männer waren, die Gwynedd zu verwalten hatten.

Zum Glück für die Brüder versprach der folgende Tag erfreulicher zu werden. Zuerst einmal fing er für alle später an. Um die Mittagsstunde, für welche ursprünglich die Wiederaufnahme der angesetzten Veranstaltungen vorgesehen war, begannen die Regenten sich gerade erst von der Festlichkeit des vorangegangenen Abends allmählich zu erholen, und so fanden sie sich, um die Jünglinge zu den heutigen Darbietungen zu bitten, um fast eine Stunde zu spät ein.

Was am ersten Nachmittag geboten werden sollte, war lediglich der Anbeginn von mannigfaltigen Unterhaltungen, welche eine volle Woche in Anspruch nehmen würden, eigens im Hinblick darauf ersonnen und ausgesucht, junge Burschen im Alter von zehn bis zwölf Lenzen zu belustigen und ihren unerfahrenen Geist von den ernsten Geschäften des Herrschens abzulenken. Zwecks zusätzlicher Zerstreuung hatten die Regenten eigene Kinder und Anverwandte mitgebracht – Hubertus seines Bruders Sprösslinge –, soweit sie in der Brüder ungefährem Alter waren; zumal man wenig Sinn darin sah, all diese Ausgaben und Kosten zum ausschließlichen Wohle nur dreier Jünglinge aufzuwenden.

Unter den Auftritten ragten ganz besonders eine Truppe von Puppenspielern, welche zur Begleitung durch einen bunt gekleideten Troubadour mehrere Geschichten aus dem gwyneddischen Sagenschatz aufführten, sowie eine andere von Moriskentänzern hervor; ferner auch Gaukler und eine junge Harfenspielerin, kaum älter als die Zwillinge, die so süß sang und spielte, dass es ihr sogar gelang, die Jünglinge mit der in ihren Gesang gewobenen Erzählung vollauf in ihren Bann zu ziehen, sodass die drei sich ernstlich besprachen, wie man sie dazu bewegen könne, in der Königsburg zu bleiben – indessen war keiner von ihnen alt oder welterfahren genug, um zu wissen, was man anderes mit ihr anfangen könne, als sie dann und wann vorsingen zu lassen. Nachdem die Harfenspielerin geendet hatte, warteten die Moriskentänzer mit einem feurigen Schwerttanz zum Klang von Sackpfeifen und Trommeln auf, und damit jagten sie dem ja erst zehnjährigen Rhys Michael anfangs einen wahren Schrecken ein, wie sie da mit ihren Klingen wirbelten und mit ihnen bestimmte Muster bildeten, erst langsam, dann schnell, die nahezu so uralt waren wie des Reiches Historia.

Weiterhin sehr großen Anklang fand die Vorstelligmachung einer Tierschau, mit welcher man am folgenden Tag den Jahrmarkt innerhalb der Stadtmauern Valorets zu bereichern gedachte. Noch nie hatten die Jünglinge solche Tiere gesehen: einen Tanzbären, der äußerst ungnädig brummte und knurrte, ehe er sich zu einer Schaustellung herbeiließ; mehrere fremdartige, erdbraune Geschöpfe mit Höckern auf dem Rücken; ein Paar echter, leibhaftiger Löwen, so wie jener im Wappen der Haldanes, aus den Landen jenseits von der Bremagne Grenzen hergeschafft und in einem starken Käfig gehalten; und – das Geschenk des kleinwüchsigen, flinken Mannes, dem die Tierschau unterstand, an die Brüder – drei hochfeine einjährige Hengste aus R'Kassan, noch schwarz wie Pech, aber mit allen Aussichten, schneeweiß zu werden, bis ihre neuen Eigentümer das Alter erlangt hatten, um sie als Streitrösser reiten zu können.

Die Erregung der drei Jungmannen wollte schier keine Schranken kennen, und in der darauf folgenden Nacht schliefen sie den ruhigen, erholsamen Schlaf herkömmlicher jugendlicher Ermattung. Tavis' Sorgen ließen ein wenig nach.

Am zweiten Tag erfolgte eine zeitweilige Wiederaufnahme ernsterer Pflichten. An erster Stelle unter des Königs Aufgaben – immerhin jedoch so interessant und abwechslungsreich, dass drei Jünglinge dagegen nicht den mindesten Widerwillen entwickelten – stand die öffentliche, feierliche Zulassung des zu Ehren des Neugekrönten erstmals veranstalteten Valoreter Jahrmarktes. Alroy und seine Brüder wohnten der Eröffnung persönlich bei, lauschten wohlgefällig und leutselig, derweil ein Herold lautstark die Verkündigung des durch die Regenten gefassten Beschlusses und des Marktes Ausrufung vollzog, im Namen König Alroys allen gebot, auf des Marktgeschehens Stätte des Königs Frieden zu achten und zu wahren.

Zum Klang von Posaunen und Trommeln schlenderte daraufhin der König mit seiner Begleitung über des Jahrmarktes ausgedehntes Gelände, und dabei trug ihm ein Diener in der Tracht des Königshauses auf einer Stange einen vergoldeten Handschuh voraus, der das Zeichen war für des Königs Schutz- und Schirmherrschaft. Der König und seine Brüder warfen mit vollen Händen Kupfermünzen, zum Gedenken an den Tag der Krönung eigens aus diesem Anlass mit Alroys Abbild geprägt, unters Volk; andererseits bedienten sie sich reichlich bei etlichen Marktständen und überdies verehrte man ihnen zahlreiche Kleinigkeiten und etliche Geschenke, welche zu behalten die Regenten ihnen ausnahmsweise sogar gestatteten.

Doch ihnen blieb wenig Zeit zum Säumen, denn der König hatte ein am Nachmittag zu seinen Ehren vorbereitetes Turnier zu besuchen, und deshalb mussten sie den Jahrmarkt verlassen, lange bevor sie ihre jünglingshafte Neugier wirklich stillen konnten. Cinhil hatte derlei nichtigem Zeitvertreib nie irgendeine Bedeutung beigemessen, und daher war es den Brüdern niemals erlaubt gewesen, einen Markt aufzusuchen oder bloß einmal einen Marktplatz zu besichtigen. Anders denn als Zuschauer hatten sie auch noch kein Turnier erlebt, wenngleich ihnen die Reitkünste beigebracht worden waren, deren es zur Teilnahme an einem solchen Treiben unweigerlich bedurfte. Erst spät unter der Herrschaft König Blaines – Imres Vater – war überhaupt mit der regelmäßigen Abhaltung von Turnieren begonnen worden, um auch in Zeiten des Friedens die zur Kriegsführung erforderlichen Kunstfertigkeiten zu pflegen. Unter den Bezeichnungen Spiel und Wettkampf konnten so alle Arten des Kriegshandwerks frisch und munter geübt werden.

Infolgedessen besaß ein Turnier, das – wenigstens teilweise – auf die Mitwirkung an sich davon ausgenommener Jünglinge angelegt war, für die Brüder eine große Anziehungskraft. Nach den anfänglichen Förmlichkeiten und einem zur Einleitung veranstalteten Schaukampf von Reitern durften als Nächste Knappen in die Schranken, danach eine Reihe von Jünglingen in Alroys und Javans Alter.

Der König litt an einer leichten Erkältung und durfte aufgrund dessen nicht reiten – man versprach ihm jedoch, dass er am morgigen Tag mitmachen könne, sollte sich sein Gesundheitszustand bis dahin wieder bessern –, aber Javan trat mit der Lanze an, spießte mit bemerkenswerter Sicherheit Ringe auf und preschte mit so eindrucksvoller Forschheit gegen die Stechpuppe an, dass ein Großteil der Schaulustigen Verblüffung empfand, denn im Sattel zeigte er sich eindeutig mindestens genauso gewandt wie jeder beliebige Reitersmann, und der lange, weite Umhang, welchen er um die Schultern trug, verhehlte an seinem rechten Fuß den besonders gefertigten Stiefel. Er errang sogar den zweiten Platz im Pfostenstechen und nahm den Preis, einen Kranz aus Wiesenblumen, aus den Händen der Gräfin von Carthane, Murdochs Gemahlin, in Empfang.

Auch der erst zehnjährige Rhys Michael tat sich unter den Pagen seines Alters ehrenvoll hervor, spießte etliche Ringe mehr auf seine Lanze, als vonnöten gewesen wäre, um einen befriedigenden Eindruck zu hinterlassen. Die Menge bejubelte vor allem ihn ganz begeistert, denn sein sonnenvolles Gemüt, so zeichnete sich schon jetzt deutlich ab, machte ihn wohl zum beliebtesten der Brüder. Sobald sie sich am Abend zu Bette begaben, schliefen alle drei Jungmannen von neuem den bekömmlichen Schlaf der redlich Erschöpften.

Am dritten Tag harrten ihrer entschieden weniger anstrengende Aufgaben. Wenngleich man des Königs Gegenwart bei des Turniers Fortsetzung mit Selbstverständlichkeit erwartete, man ihm für diesen Tag auch tatsächlich die Teilnahme genehmigte, mussten die beiden jüngeren Brüder nicht unbedingt gegenwärtig sein. Ein wenig hartnäckiges Bedrängen Graf Tammarons, von dem bekannt war, dass er gegenüber den eigenen Söhnen recht nachsichtig war, verhalf den zweien zu der entzückt aufgenommenen Erlaubnis, stattdessen in Tavis' Begleitung – und mit nur unauffälliger Bedeckung durch eine kleine Handschar der Königlichen Leibwache – zum Jahrmarkt gehen zu dürfen.

Die beiden Jünglinge gerieten schier aus dem Häuschen vor Verzückung und ihre Freude war von so mitreißender Art, dass es innen sogar gelang, Tavis das Zugeständnis abzuringen, dass sie – statt als Prinzen – in der Verkleidung als Pagen den Jahrmarkt aufsuchen durften, um dort als gemeine Jungmannen, womöglich auf einem Ausflug in die Stadt, zu gelten. Tavis selbst zog über sein Gewand, deutlich genug mit der Heilerspange und dem Wappen des Königshauses ausgezeichnet, lediglich einen kurzen grauen Überwurf, denn der Tag war warm und der Prinzen Besuch des Marktes offenkundig nicht von förmlicher Natur. Sogar die Leibwächter ließen sich vom Spaß dieses kleinen Abenteuers anstecken und unterzogen sich ebenfalls einer gewissen Verkleidung, indem sie schlichte Harnische anlegten und abgetragene Umhänge ohne jegliche Kennzeichnung über ihre Gewänder mit den Rangabzeichen und des Königshauses Wappen warfen.

Für die zwei Jünglinge machte die Notwendigkeit der Tarnung keinen Unterschied aus. Sie konnten die Freiheit genießen, mochte sie auch nur für ein Weilchen vorgetäuscht sein, und die Leibwächter hegten volles Mitgefühl und Verständnis, zumal etliche von ihnen selbst solche Söhne und auch jüngere Kinder hatten. Die beiden Prinzen vermochten sich nahezu vorzustellen, als sie in ihrer Verkleidung staken, sie seien in der Tat die gewöhnlichen Pagen, wie die sie aussahen. Dies Erlebnis war ein geringer, aber wahrhaftiger, echter Geschmack davon, wie sie sich immer schon ein Leben als einfaches Volk ausgemalt hatten, und sie schwelgten darin und kosteten ihn bis zum Äußersten aus.

Den ganzen Tag lang strebten sie durch die Gassen des Jahrmarktes, sahen sich Stände, Buden und Ställe an, schauten ehrfürchtig erstaunt einem Gaukler zu, der zur Linken Feuer spie, zur Rechten aus eines Weibes Haupthaar frische Blüten zauberte, beobachteten aufmerksam, wie Weiber aus schlanken Gerten von süßlichem Duft Körbe flochten, starrten wie gebannt, derweil unter eines Töpfermeisters behänden, kunstfertigen Fingern ein Gefäß entstand.

Zur Mittagszeit versahen sie sich an eines Bäckers Marktstand mit frischen, noch warmen Backwaren und groben erdbraunen Wecken, welche sich gänzlich von dem feinen weichen Weißbrot unterschieden, welches sie aus dem Elternhaus gewohnt waren; und bei einem Milch- und Käsehändler erhielten sie duftige, schaumige Milch, kühl gehalten in einem Krug, welchen man am Vortag in die Erde gesetzt hatte.

Und zudem gab es schier überall Zuckerwerk, das die Brüder gierig verschlangen – köstliche Leckereien, deren Genuss Tavis allzu selten duldete –, ferner kleine Sträuße von Kräutern, um sie in die Gürtel zu schieben, damit sie die weniger angenehmen Gerüche eines so ausgedehnten Gewimmels überlagerten, zum Beispiel den Gestank, welcher von den Ständen und Buden der Schlachter ausging, von beiden Brüdern, sobald sie erkannten, was dort geschah, schroff gemieden. Gewaltsamer Tod, selbst wenn er lediglich Tiere heimsuchte, war noch kein Bestandteil ihrer Wirklichkeit geworden.

Am Stand eines Messerschmiedes entdeckte Rhys Michael einen Dolch, der sich haargenau in seine knabenhafte Faust fügte, und zu guter Letzt gab Tavis ihm die Erlaubnis, das Stück zu kaufen.

Javans Erwerb war von anderer und schmerzlicher Natur. Denn während sie unter eines Sattlers Zeltdach nach einer für Rhys Michaels Klinge geeigneten Scheide suchten, stieß der ältere Prinz auf eine Länge feinen weißen Kalbsleders, ungefähr eine Spanne breit und nahezu so lang, wie er groß war; als er das Leder erstmals erblickte, ließ sich ihm nichts Besonderes anmerken – er schlang es lediglich zweimal um einen Arm und half danach weiterhin seinem Bruder beim Suchen, und alsbald fand man eine Scheide in einem Rot, das jenem der Haldanes annäherungsweise glich, verziert mit einem verwundenen Muster.

Doch derweil Rhys Michael und Herr Piedur, einer der Leibwächter, allesamt Abkömmlinge vornehmer Häuser, mit dem Sattler um den Preis der Scheide feilschten, betastete Javan versonnen seine Länge weißen Leders und zog dann einen anderen Leibwächter beiseite, Herrn Jason. Das Paar besprach sich für ein Weilchen recht vertraulich, jedoch bekam Tavis nicht mit, um was ihre Unterhaltung sich drehte; aber als Rhys Michael den vereinbarten Preis für die Scheide entrichtete, erwarb Javan den langen Streifen weißen Kalbsleders, ohne auch nur zu versuchen, den Preis herunterzuhandeln, und seine Miene spiegelte einen Ausdruck grimmiger Entschlossenheit wider, als er das Leder letztendlich zusammengerollt in seinen Hüftbeutel schob. Erst die Hälfte einer Stunde später war es Jason endlich möglich, sich unauffällig an Tavis' Seite zu begeben, während Javan und sein Bruder einem Glasbläser beim Werk zuschauten, und er setzte Tavis davon in Kenntnis, dass Javan geäußert hatte, das weiße Leder solle eines Ritters Wehrgehenk werden. Jason, der sowohl für seine ritterlichen Tugenden wie auch für seine Geschicklichkeit in der Bearbeitung von Leder bekannt war, hatte es allerdings nicht übers Herz gebracht, den Jüngling über die Aussichtslosigkeit seines Traums aufzuklären – denn dessen Klumpfuß musste ihn beinahe mit Sicherheit von den Reihen der Ritterschaft ausschließen, es sei denn, er stieg zuvor zum König auf.

Tavis gab keinerlei Bemerkungen zu dieser Angelegenheit von sich, wenngleich er Jason dafür, dass er ihn davon unterrichtet hatte, seinen Dank aussprach. In seinem Herzen jedoch marterte ihn das Schicksal Javans, dieses Prinzen, der allen Menschen vieles bedeuten könnte, doch den das Geschick in einer Weise entstellt hatte, die in keinem Zusammenhang mit seinem überaus edlen Geist stand, aber die ihn nichtsdestotrotz für sein Lebtag zeichnen sollte. Nicht das erste Mal verspürte Tavis den Wunsch, seine Heiler-Begabung könne irgendwie Javan auch äußerlich zu dem ganzen, tadellosen Prinzen machen, welcher er durchaus war, mit der einen Ausnahme in Bezug auf seinen Fuß.

Noch mancherlei weitere Schätze entdeckten die Jünglinge an diesem Nachmittag, jedoch erlaubte man ihnen keineswegs, all das zu kaufen, worauf ihr Auge fiel. Für ihren königlichen Bruder suchten sie eine sehr feine lederne Reitpeitsche aus, deren Griff rätselhafte Zeichen aus dem fernen Torenth aufwies. Rhys Michael beharrte auf der Meinung, die Musterung des Leders entspräche recht schön dem weißen Zaumzeug des Hengstes aus R'Kassan, den Alroy zwei Tage zuvor als Geschenk entgegengenommen hatte.

Für Lirel, die alte Edelfrau, welche noch bis zum vorangegangenen Jahr der drei Brüder wichtigste Erzieherin gewesen war und die noch heute ihre Gemächer säuberte und in Ordnung hielt, erhandelten sie ein ungemein langes himmelblaues Band in der Farbe von der Dame Umhang; für Botolph, der die Rösser betreute, kauften sie ein fein gewobenes Hemd aus Batist, das am Saum von Hals und Ärmeln bestickt war mit dem sonderbaren, gleichmäßigen Kreuzmuster seiner forcinnischen Heimat.

Die vier Leibwächter bekamen von den Brüdern schmucke lederne Börsen geschenkt, welche man, derweil sie warteten, in prächtigen Farben und mit buntem Garn mit eines jeden Wappen und Abzeichen benähte. Und für Tavis suchten die zwei Jungmannen eine lederne Jagdhaube im ungefähren Grün der Heiler aus. Der erfreute Tavis trug sie für des Tages Rest mit Stolz.

Meistenteils allerdings beschränkten sie alle sich darauf, zu betrachten und zu bestaunen, was man auf dem Jahrmarkt alles anzupreisen wusste. Der Tag verstrich geschwind, derweil die beiden Prinzen ihr bis dahin beispielloses Abenteuer und ihre zeitweilige Freiheit genossen, und mehrmals taten sie untereinander die Bemerkung, wie sehr sie sich wünschten, Alroy könne dabei sein und daran Anteil haben.

Ein kurzer Zwischenfall drohte den Ausflug zu beeinträchtigen, wenngleich sich, als er sich abspielte, zunächst keine Weiterungen daraus ergaben. Etwa um des Nachmittags Mitte, als der Jünglinge ausgelassenes Umhereilen für eine Weile unterbrochen worden war, um sich an Käse und Früchten zu stärken, verhielt Tavis, um Javans sondergefertigten Stiefel neu zu schnüren, derweil der Jüngling außerordentlich geschickt auf eines Weinhändlers leerem Fass hockte und einen Apfel verzehrte. Während Tavis zu seinen Füßen kauerte, behutsam des Jungmannen missgestalteten Fuß rieb und dem Prinzen beiläufig ein wenig an frischen Kräften zufließen ließ, rempelte ihn ein Häuflein reich gekleideter junger Mannen an, das gerade vorüberzog, und in seinem Zustand erhöhter geistiger Wahrnehmung erkannte er in ihnen sofort Deryni.

Für einen Augenblick geriet er aus dem Gleichgewicht, als der Stiefel eines der Edelleute seine Ferse roh streifte, und als er mit den Armen fuchtelte, um zu verhindern, dass er unsanft niedersackte, rutschte ihm der Umhang zurück auf die Schultern. Dadurch kam es zur Enthüllung seiner Heiler-Spange und des Wappens an seinem Ärmel, und er bemerkte bei einem der Männer ein flüchtiges geistiges Aufschrecken, das geistige Gegenstück einer Fratze hasserfüllten Abscheus, rasch unterdrückt und dann abgeschirmt, ehe es Tavis gelang, das Gleichgewicht wiederzuerlangen, seinen Umhang zurechtzurücken und sich dafür zu interessieren, wer nun eigentlich ihm solche Empfindungen entgegenbrachte. Aber er erhaschte nur noch einen flüchtigen

Blick auf die Rücken der Edlen, bevor sie im Gedränge der Menge verschwanden. Er versuchte sie mit seinen derynischen Sinnen zu ertasten, um herauszufinden, wieso einem von ihnen angesichts der Heiler-Spange ein solches Grausen in die Glieder gefahren war, aber es erwies sich als unmöglich, die Betreffenden noch zu entdecken. Sie mussten sich vollauf mit ihren Geisteswehren umschirmt haben. So schnell wie ihre Gestalten entschwanden auch die geistigen Auren der Männer im dichten Wimmeln.

Nachdenklich beendete Tavis das Schnüren von Javans Stiefel, sich dessen bewusst – und froh darum –, dem Jüngling war der Vorgang gar nicht sonderlich aufgefallen. Wahrscheinlich hatte er auch nichts zu bedeuten. Den ganzen lieben langen Tag hindurch herrschte auf dem Jahrmarkt Geschiebe und es war keineswegs das erste Mal, dass ihn jemand angestoßen hatte.

Herr Robear machte eine gutmütige Anmerkung bezüglich des rüden Betragens mancher Leute, doch gleich darauf galt seine Aufmerksamkeit einer Tänzerin von fremdländischem Aussehen, welche ein paar Buden weiter einen Auftritt vollführte.

Tavis befleißigte sich auf geistiger Ebene gleichsam eines Schulterzuckens der Schicksalsergebenheit, tat das Ereignis als einen unbedeutenden Zufall ab und geleitete Javan bei der Hand, als sie mit den Leibwächtern ihren Weg fortsetzten. Seit geraumer Zeit war ihm wohl bekannt, dass es Deryni gab, die es missbilligten, wenn Deryni in den Diensten von Menschen standen, ebenso wie da Menschen waren, die selbiges genauso verurteilten, etwa die Regenten. Tavis machte sich im Grunde genommen aus all dem Gerangel wenig, dieweil er nach seiner Auffassung nicht den Menschen allgemein seine Dienste zukommen ließ, sondern ausschließlich Javan. Mochten andere darüber denken, was ihnen gefiel.

Solange Javan ihn brauchte, gedachte er an seiner Seite zu verbleiben.

Während des restlichen Nachmittags verschwendete er an den Zwischenfall keinen weiteren Gedanken. Die zwei Prinzen waren voll des Überschwanges und mussten beständig unter Obacht gehalten werden, damit sie nicht unversehens ohne Geleitschutz abirrten, wann und wo immer in einer Bude, an einem Marktstand oder bei irgendeinem, in grelle Gewandung gehüllten Gaukler eine neue Versuchung sie anlockte; überdies erregten vielerlei Dinge Tavis' eigenes Interesse.

Gegen Einbruch der abendlichen Dämmerung, als sie durch die engen Straßen und Gassen zurück zur Königsburg strebten, galt Tavis' ganzes Trachten der Aufgabe, die beiden mittlerweile ermüdeten und schläfrigen Prinzen für die Nacht ins Bett zu schaffen. Javan, dessen Klumpfuß ihn kurz zuvor doch noch im Stich gelassen hatte, saß vergnügt, allerdings halb im Dösen begriffen, auf den Schultern Herrn Piedurs, des hünenhaftesten der vier Leibwächter, derweil Rhys Michael, den noch ein wenig Schwung vorwärts trieb, fortwährend mit den Herren Jason, Robear und Corung vorauseilte, um in Nebenstraßen zu spähen oder Auslagen von Krämern zu betrachten.

Unverändert drängten dicht an dicht wohl gelaunte Leute durch die Straßen, manche sogar in Vermummungen, denn heute Abend fand in Valoret eine allgemeine Volksbelustigung mit Maskenfest statt. Einige übermütige Burschen grölten im Vorbeiziehen einen drei- oder vierstimmigen Marschgesang und Piedur stimmte mit ein. Tavis merkte nicht, dass er sich in der Mitte einer gänzlich anderen Art von Scherzbolden befand, bis man ihn urplötzlich an den Armen packte und zur Seite in die Mündung einer Gasse zerrte.

»Deryni sollten niemals dem Feind beistehen!«, flüsterte ihm eine wütende Stimme ins Ohr, derweil im selbigen Augenblick ein wuchtiger Hieb ihn ans Hinterhaupt traf, und fürs Erste verlor er den Überblick dessen, was rings um ihn geschah.

14

Ich vernichte die Zaubermittel aus deiner Hand …

Michael 5,11

Tavis taumelte benommen hin und her, doch hatte man ihn so fest ergriffen, dass er nicht einmal niedersinken konnte. Seine beeinträchtigten Sinne teilten ihm verschwommen mit, dass man ihn weiter in die Gasse verschleppte, halb schleifte, halb trug, dass die Männer ringsherum maskiert waren, die Prinzen und ihre Leibwächter sich noch vorn auf der Straße aufhielten, erst jetzt allmählich bemerkten, dass etwas nicht seine Ordnung hatte.

»Was sollen wir mit Deryni machen, die dem Feind beistehen?«, knarrte eine andere Stimme, als Tavis schwächliche Gegenwehr zu entbieten begann, im geistigen Bereich nach seinen Bedrängern tastete.

Sofort spürte er, wie man daraufhin rundum fremde Geisteswehren errichtete – seine Widersacher waren Deryni! Er schüttelte sein Haupt und versuchte einen Hilferuf auszustoßen, doch vergeblich. Jemand presste ihm eine von einem Handschuh umhüllte Hand auf den Mund, man drückte ihm das Haupt gegen einen mit Samt bekleideten Brustkorb, sodass er es nicht länger zu bewegen vermochte.

Er wand sich nichtsdestoweniger unentwegt in der Umklammerung seiner Bedränger, die ihn weiterhin mit sich und in düstere Winkel der Gasse zerrten, und er unternahm noch einmal einen Versuch, irgendwie die geistigen Hindernisse zu überwinden, welche die fremden Geisteswehren, zwischen denen sein Bewusstsein eingekeilt war, für seine Deryni-Sinne bedeuteten; doch ein abermaliger Hieb, diesmal gegen seine Schläfe, schwächte ihn so sehr, dass er nur mit Mühe überhaupt bei Besinnung blieb.

»Dieser Deryni wird dem Feind nicht noch einmal beistehen«, versicherte die zuerst vernommene Stimme gehässig.

Und Tavis hörte ein Schwert mit einem Wispergeräusch aus seiner Scheide gleiten, Stahl über sorgsam geöltes anderes Erz.

Von der Straße drangen Rufe an seine Ohren, als die Leibwächter, ohne die Beaufsichtigung ihrer beiden königlichen Schützlinge zu vernachlässigen, sich bemühten, ihm durch das Getümmel zu Hilfe zu eilen – aber schlagartig begriff er, sie mussten zu spät kommen.

Er verstärkte seinen Widerstand, obwohl er sich innerlich bereits damit abgefunden hatte, dass es ihm nicht gelingen konnte, sich seinen Bedrängern zu entziehen. Sie waren in der Überzahl und viel zu kräftig, wogegen er keinerlei Schulung im Waffenhandwerk oder bloß im Ringkampf besaß.

Doch da spürte er – und verstand die damit verbundene Absicht mit noch größerem Entsetzen –, wie man ihm den linken Arm mit einem heftigen Ruck ausstreckte, Unterarm und Hand neben ihm an eine Mauer stemmte. Indem in ihm ein noch fürchterlicheres Grausen emporschwoll, als die Drohung des Todes ihm einzuflößen vermocht hätte, sah er des Schwertes Klinge im Fackelschein rötlich schimmern, als ihr Besitzer sie hob, sie dann mit einem Aufblitzen unaufhaltsam seinem Handgelenk entgegensauste.

Oh Gott, nein! Nicht die Hand!

In höchstem Schrecken krampfte er sich zusammen und versuchte erneut zu schreien, wehrte und wand sich einen Augenblick lang fast wie ein Rasender. Aber jene, die ihn in ihrem festen, unbarmherzigen Griff hielten, waren weitaus kraftvoller, und die Fäuste, die seinen Leib und die Arme gebändigt hielten, glichen fleischgewordenem Eisen; er vermochte nichts zu tun, als ein klägliches Aufgurgeln des Grauens hervorzustoßen.

Wenn deine Hand dich ärgert, so haue sie ab!, dröhnte es durch seinen Geist.

Er fühlte die Klinge sein Handgelenk mit gleichsam glutheißer Gewalt treffen, die eine nahezu betäubende Wirkung ausübte, und sein Magen zog sich ihm im Leibe zusammen, als er sah, wie die Klinge Fleisch und Bein zertrennte – doch nicht zur Gänze, denn die lange Klinge war beim ersten Schlag von der Mauer leicht abgeprallt. Derweil er würgte und die Welt ringsum zu schwanken und zu schlingern anhob, merkte er, wie die Klinge sein Handgelenk noch zweimal traf, sodann ein Schwall von Blut aus dem endlich verstümmelten Handgelenk sprudelte, mit jedem dumpfen Pochen seines beklommenen Herzens aufs Neue, und er hörte, wie die Leibwächter sich nun allen Ernstes anstrengten, um ihn zu erreichen – doch er wusste endgültig, ehe ihm die Sinne vollends schwanden, es war zu spät.

Die Männer gaben sein Haupt frei, und da schrie er mit aller Kraft und sein Schrei schwoll zu einem Aufheulen ungelinderter Qual empor, als er erkannte, seine Peiniger waren mit ihm noch keineswegs am Ende. Eine Fackel nahte sich ihm in der Faust eines Mannes, an dessen Angesicht – trotz der Tatsache, dass eine Maske die Augen bedeckte – er sich erinnern würde bis zu seines irdischen Lebens letztem Tag.

Die letzte Wahrnehmung, welche in sein Bewusstsein vordrang, ehe er in eine gnädige Ohnmacht sank, waren der ekelhafte, süßsaure Gestank seines eigenen versengten Fleisches sowie die überwältigende Not einer abgetrennten Hand.

Zum Zeitpunkt, da die Leibwächter sich durch die Menschenmenge einen Weg bis zur Einmündung in die

Gasse gebahnt hatten, entschwanden die Übeltäter an deren anderem Ende schon fast aus der Sicht. Zwei Leibwächter machten Anstalten, die Verfolgung aufzunehmen, doch riefen ihre Gefährten sie zurück. Sie durften es keinesfalls wagen, ihre königlichen Schutzbefohlenen ohne ausreichende Bedeckung zu lassen, und überdies musste Tavis ohne den geringsten Verzug geholfen werden.

Nachdem ihnen bereits ein erster Blick im Vorüberhasten verraten hatte, dass sich nichts tun ließ, um Tavis' Hand noch zu retten, begaben sie sich somit grimmig zu Tavis und sahen bereits Javan bei ihm knien, und das Paar war von einer Schar Gaffer umringt, die zusehends anwuchs. Der Prinz presste den Stumpf des Handgelenks in seiner Faust zusammen, darum bemüht, die Blutung zu stillen, während das Blut zwischen seinen zu schmalen Fingern weiter hervorquoll; derweil suchte er mit der anderen Hand an Tavis' Oberarm nach der Stelle, an welcher er den Blutstrom abdrücken konnte. Aus seinem Verhalten war ersichtlich, dass der Jüngling sehr wohl wusste, was er unter diesen Umständen zu beginnen hatte, doch ermangelte es ihm an rein körperlicher Kraft, um einen so starken Springquell von Blut meistern zu können.

Die Leibwächter nahmen sich keine Zeit zu nutzlosen Besinnlichkeiten. Einer lief einen Karren und zwei berittene Stadtwachen holen, welche in der Nähe gesehen worden waren, und ein anderer begann den Menschenauflauf von des Geschehens Stätte zu verdrängen, sodass die beiden übrigen Leibwächter sich ungehindert um Tavis kümmern konnten. Mit geschwinden Griffen wickelten sie ein Tuch um Tavis' Oberarm, wo zuvor Javan nach der entsprechenden Stelle gesucht hatte, um die Ader abzupressen, und damit zeitigten sie nunmehr den erwünschten, dringlich notwendigen Erfolg, dann entfernten sie Prinz Javans Hand von dem Stumpf und verbanden die blutige Wunde, so gut es sich gegenwärtig bewerkstelligen ließ. In genau diesem Augenblick begann Rhys Michael, der bis dahin in stummem Schrecken vor der mit Blut besprengten Mauer gekauert hatte, vor Entsetzen zu weinen, und es besänftigte sein aufgerütteltes Gemüt beileibe nicht, dass er über Tavis' abgetrennte Hand stolperte, als ein Leibwächter ihn zur Seite zu führen versuchte, fort von der blutigen Stätte.

Javan sah alles in gleichsam eisernem Schweigen mit an, gab sich redlich Mühe und blieb aus dem Wege, bis der Karren heranrollte. Während die Leibwächter Tavis auf das Gefährt hoben, barg er wortlos die abgehauene Hand, wickelte sie sorgfältig in seines Hemdes Ärmel, welchen er eigens zu diesem Zweck abriss. Auf dem gesamten Rückweg zur Königsburg bewahrte er sie an seinem Busen, in der Hoffnung, sie durch des eigenen Leibes Wärme in einem Zustand hinreichender Lebendigkeit zu erhalten, sodass ein anderer Heiler sie wieder mit dem Handgelenk verbinden könne. Halbherzig versuchte Herr Jason sie ihm zu entlocken, aber der Jüngling widmete ihm einen solchen Blick, dass er unverzüglich davon Abstand nahm. Nicht einmal Tavis' Blut wollte er sich von den Händen wischen lassen.

Doch erwies es sich als schwierig, einen anderen Heiler ausfindig zu machen. Rhys Thuryn hatte schon Wochen zuvor seine Gemächer in der Königsburg geräumt, doch hieß es, er wohne auf der anderen Seite der Stadt, also schickte man einen Stadtwächter aus, damit er Nachforschungen anstelle. Man verweilte beim Erzbischöflichen Palast, um sich bei Jaffray zu erkundigen, ob er einen Heiler in der Nähe wisse, und des Erzbischofs Schreiber empfahl mehrere, dann jedoch fiel ihm ein, dass Rhys Thuryn mit Bischof Cullen ausgeritten sei, man allerdings der beiden Rückkehr alsbald erwarte. Solle man Rhys nach seiner Wiederkunft zur Königsburg senden?

Darum ersuchte man. Ferner entschied man im Schatten von der Königsburg Wälle, dass es nun gefahrlos sei, sich zu teilen, und daher borgten sich Robear und Corund aus des Erzbischofs Ställen Rösser und ritten hinaus in die Umgebung der Stadt, um nach Rhys zu suchen; unterdessen begab sich der andere Stadtwächter zurück in die Stadt, um zu schauen, ob sich einer der anderen benannten Heiler antreffen ließe. Jason und Piedur trugen Tavis ins Innere der Burg und auf Javans ingrimmiges Beharren betteten sie ihn in einer Kammer in der Nähe von des Prinzen Gemächer auf ein Lager.

Daraufhin rief man die Königlichen Leibärzte, welche sogleich taten, wozu sie imstande waren, derweil man eines Heilers harrte, aber sie waren nun einmal nur Menschen. Um zu verhindern, dass Tavis verblutete, mussten sie die Wunde ihrerseits nochmals mit rot glühendem Stahl versengen und dabei verbrannten sie Fleisch und Bein in solchem Maße, dass auch kein Heiler danach noch viel auszurichten vermochte.

Zudem war es nicht Tavis allein, um den sie sich zu kümmern hatten. Rhys Michael gebärdete sich die ganze Zeit hindurch dermaßen toll, dass man ihn mit einem Schlaftrunk ins Bett schicken musste; gleichartig wäre man mit Javan verfahren, aber der ältere Prinz duldete es nicht. Mit voller Entfaltung königlichen Hochmuts, welcher sogar den Regenten zu denken gegeben hätte, bestand er darauf, zu warten, bis über seines Freundes Verfassung gänzliche Klarheit herrsche; allerdings konnten nicht einmal Drohungen sie dazu bewegen, zu erlauben, dass er im selben Gemach wie Tavis wartete. Kurze Zeit später kamen Alroy und die Regenten vom Turnier, und man weihte sie kurz gefasst in das ein, was sich zugetragen hatte. Die Regenten sprachen über Tavis' Verwundung anstandshalber ihr Bedauern aus, doch sogleich setzte sich Murdoch den Einfall ins Haupt, der Anschlag habe in Wirklichkeit – da er wohl nur ein Teil einer derynischen Verschwörung sei – den Prinzen gegolten. Bischof Hubertus hörte man gar die Bemerkung äußern, es läge ganz und gar in der seelenlosen Natur der Deryni, ihresgleichen zu überfallen und zu verstümmeln, doch man könne ja Gott nur danken, wäre es möglich, sich ihrer allesamt durch ihre eigene Schandtat zu entledigen.

Die Kunde traf ein, es sei ein Heiler gefunden worden und zu Tavis unterwegs, und Alroy bat darum, mit seinem Bruder warten zu dürfen, bis man über Tavis Endgültiges sagen könne, aber davon mochten die Regenten nichts wissen. Hinterm König lag bereits ein betriebsamer, anstrengender Tag, und er musste sich vor einer Wiederkehr der Erkältung hüten, welche ihn erst vor so kurzer Frist befallen hatte.

Also brachte man auch Alroy mit einem Beruhigungsmittel zu Bette. Doch als Murdoch darauf zu bestehen trachtete, dass ein Gleiches mit Javan geschah, begegnete er so eisiger Ablehnung, dass sogar der für gewöhnlich unnachgiebige Rhun einlenkte und die Äußerung tat, im Falle dieses Prinzen sei es womöglich ratsamer, man gestatte es ihm, in des Heilers Nähe Wache zu halten, bis dessen Verfassung sich besserte.

Schließlich gab Murdoch nach, nicht jedoch, ohne zuvor durchgesetzt zu haben, dass man das Blut von des Jünglings Hand wusch. Javan durfte sich an Tavis' Tür in einem Lehnstuhl niederlassen, gewickelt in eine warme Decke, und danach schenkte man ihm prompt keine weitere Beachtung. Bischof Hubertus verblieb drinnen bei den Ärzten, wogegen die übrigen Regenten sich hinunter zum abendlichen Mahl begaben. Für Javan schien jeder Augenblick eine Ewigkeit lang zu währen.

Endlich traf aus der Stadt der angekündigte Heiler ein, Herr Oriel mit Namen, ein junger, noch nahezu bartloser Mann, der erst vor kurzem zu St. Neot seine Ausbildung beschlossen, die Prüfungen bestanden und seine Weihe erhalten hatte. Doch obwohl er ein hinlängliches Maß an Kenntnissen und Fertigkeiten besaß, vermochte er so spät nach Eintreten der Verstümmelung wenig für seinen Heiler-Kollegen zu tun, ihn lediglich in einen noch tieferen, heilsamen Schlaf zu versenken sowie die Schädigungen, welche Eisen und Feuer Tavis' Arm zugefügt hatten, in geringfügigem Umfang zu mildern. Doch selbst wenn man Tavis' Handgelenk nicht so grobschlächtig versengt hätte – wiewohl ihm dadurch sicherlich das Leben gerettet worden war –, die Hand, von Javan so achtsam behütet wie sein Augapfel, war bereits zu lange abgetrennt, sodass nicht einmal ein Heiler sie noch von neuem mit dem Arm verbinden konnte. Vergängliches Fleisch, bemerkte Bischof Hubertus, unmittelbar bevor er ging, als Oriel bekümmert einen Knappen bat, die unverändert in Javans Ärmel gewickelte Hand fortzuschaffen.

Oriel und die Königlichen Leibärzte flößten dem besinnungslosen Tavis gleichfalls einen Schlaftrunk ein, um darin sicherzugehen, dass er nicht erwachte, während sie ihr Werk verrichteten, und sodann machten sie sich gemeinschaftlich daran, die Verletzung – dieweil die ersten, groben Hilfsmaßnahmen kaum zufrieden stellen konnten – zu reinigen sowie sorgsamer und säuberlicher zu behandeln, vorläufige Maßnahmen, aber erforderlich, bevor Oriel bloß einen weiter gehenden Versuch der Heilung zu unternehmen vermochte. Wenig später gesellte sich staubbedeckt Rhys Thuryn zu ihnen, gefolgt von Evaine, Joram und Bischof Cullen; just zu diesem Zeitpunkt bereitete Oriel sich darauf vor, eine letzte, notgedrungen teilweise Heilung zu beginnen, um den Armstumpf zu vergleichmäßigen und eine langfristige Abheilung auszulösen, auf dass man Tavis irgendwann demnächst mit einem Haken ausstatten möge.

Die Königlichen Leibärzte waren nur zu froh über die Gelegenheit, Rhys weichen zu können. Sie waren keine ausgesprochenen Wundärzte und befassten sich infolgedessen nur äußerst ungern mit derartigen Scheußlichkeiten, und es hatte sie ohnehin reichlich beunruhigt, gemeinsam mit einem ihnen völlig unbekannten Heiler tätig sein zu müssen. Rhys' Ankunft lieferte ihnen einen willkommenen Anlass, um sich höflich zu verabschieden und den Verwundeten der Obhut seiner Heiler-Kollegen zu überantworten – und so zogen sie dann in der Tat mit etlichen Verbeugungen von hinnen, sahen aber immerhin noch nach Alroy und Rhys Michael, welche mittlerweile schliefen, und versuchten ein letztes Mal Javan davon zu überzeugen, dass es auch für ihn am bekömmlichsten sei, sich endlich zurückzuziehen und zur Ruhe zu begeben.

Javan aber wollte davon nichts hören und fast gelang es ihm, sich ins Gemach zu drängen, als Rhys und Oriel sich unmittelbar nach dem Abgang der Königlichen Leibärzte zunächst einmal über den Fall zu verständigen anfingen. Nur das Eintreffen Pater Alfreds, des Beichtvaters aus der Brüder Kinderzeit, verhinderte im letzten Augenblick, dass Javan einen abermaligen heftigen Auftritt machte. Camber, der mit Joram unweit der Tür wartete, nahm Pater Alfreds Vorgehen mit ausschließlichem Wohlgefallen zur Kenntnis und fasste bei sich den Vorsatz, für ihn bei Jaffray ein gutes Wort einzulegen. Auf keinen Fall konnte Rhys gerade jetzt, da er sich anschickte, mit einem anderen Heiler ans Werk zu gehen, in ihrem Umfeld einen erregten, wirren Prinzen gebrauchen, der Unruhe und Durcheinander stiftete.

Indessen stellte sich Rhys auf die unschöne Aufgabe

ein, die bevorstand. Sobald er sich die Hände vom Schmutz gesäubert und eine kurze Begutachtung von Tavis' Zustand vorgenommen hatte, ging er mit Oriel eine Geistesverbindung ein und befasste sich mit des jungen Heilers Absichten. Oriel mangelte es an Erfahrung, ersah er, doch besaß er eine vielseitige Vorstellungskraft – mit solchen Eigenschaften verstand Rhys sich gut genug zurechtzufinden. Nach einem raschen Austausch von Erkenntnissen und den jeweiligen Weisen des Vorgehens ließen sie sich an des Verletzten Seiten nieder.

Während Evaine die Abläufe des Lebens im Innern von Tavis' Leib beobachtete und dafür sorgte, dass er in tiefstem Schlummer verblieb – über die Wirkung des bereits verabreichten Schlafmittels hinaus –, eine Betätigung, von welcher sich Oriel überrascht zeigte, denn Evaine war ja kein Heiler, überwachte Rhys des Armstumpfs Wunde, welcher Oriel nunmehr seine ungeteilte heilerische Aufmerksamkeit widmete, unterband die Blutung vollends, festigte zertrennte Nervenstränge, Sehnen und Bänder, hielt alles beisammen, derweil Oriel noch ein paar Stückchen Knochen entfernte, die schroffen Enden der Armknochen glättete, zuletzt unversehrtes Fleisch und ein Stück Haut über das zog, was zuvor ein so höchst wohltätig Ding gewesen war wie eines Heilers Hand.

Sobald sie ihr Werk vollendet hatten, hüllten sie den Rest in einen Verband, lagerten den rechten Arm aufrecht an Tavis' Seite, gestützt auf den Ellbogen, und schnürten den Unterarm locker an einen neben die Bettstatt geschobenen Stuhl; über Arm und Stuhl warfen sie eine leichte Decke, um die Umrisse zu verhehlen. Er sollte nicht zu bald zu viel von seinem Unglück zu sehen bekommen.

Dieweil sie mit ihrer Leistung nach dem annäherungsweisen Ergebnis eines abgeheilten Armstumpfs trachteten, statt in diesem Fall des Leibes naturgemäßes Streben nach Vollständigkeit, wie es andauerte, solange er ein heiles Ganzes war, nutzen zu können, besaßen sie darüber volle Klarheit, dass die Heilung in dieser Nacht nicht mehr abgeschlossen werden konnte. Der Körper brauchte seine Zeit, um aus eigenen Kräften und nach den eigenen inneren Bedürfnissen neue Blutgefäße zu entwickeln; bis dahin bestand die Gefahr, dass sich im Stumpf Blut staute und Druck auf die Wunde ausübte, sodass möglicherweise neue Eingriffe an einem noch schwächeren Kranken vorgenommen werden mussten. Wenn der verletzte Arm bis auf weiteres in der senkrecht aufgerichteten Haltung verblieb, würde Tavis zudem beim Aufwachen weniger Schmerzen verspüren.

Oriel verweilte noch für einige Zeit in Evaines und Rhys' Gegenwart, und während man den Verwundeten unter gemeinsamer Beobachtung hielt, um bei etwaigen Wechselfällen in seiner Verfassung, wie sie noch denkbar waren, sofort eingreifen zu können, durfte er sich vom Meister-Heilèr einige feine, ausgeklügelte Kunstgriffe aneignen. Nach kurzer Besprechung entschied man, Rhys solle die Weiterbehandlung übernehmen, da man unterstellte, Tavis werde mit einem Heiler, den er schon kannte, leichter zurechtkommen, wenn er sich wieder bei Bewusstsein befand und es galt, dass er sich in seine schreckliche neue Lage als Heiler mit nur einer Hand einfinden und schicken musste.

Etwa um die Mitternacht verabschiedete sich Oriel und augenblicklich schlüpfte der unvermindert besorgte Javan durch die offene Tür ins Gemach. Der Jungmanne war ganz und gar erschöpft, zugleich allerdings völlig überreizt, inwendig angespannt wie eine wurfbereite Schleuder, und man sah dunkle Ringe unter seinen Haldane-Augen. Tränen hatten helle Streifen durch den im Laufe des Tages auf seinem Angesicht angesammelten Staub gefurcht. Er humpelte stärker, als Rhys es je zuvor bei ihm gesehen hatte, als er an des Bettes Fußende trat.

»Ist er … am Leben?«, flüsterte Javan, als fürchte er das Aussprechen der Frage.

»Freilich lebt er.« Rhys lächelte. »Ihr dachtet doch wohl nicht, wir ließen ihn sterben, oder? Außerdem, um einen Heiler umzubringen, braucht's mehr.«

»Mag sein.« Angestrengt betrachtete der Jüngling seine Zehen. »Habt Ihr … habt Ihr seine Hand retten können?«, erkundigte er sich in kläglichem Tonfall. »Ich habe sie eingewickelt, so gut sich's machen ließ, und versucht sie zu wärmen …«

Bedächtig beugte sich Rhys zu dem Jüngling hinab, ergriff ihn an den schmalen Oberarmen und suchte zu erreichen, dass der Prinz ihm in die Augen schaute.

»Ich bedaure, das war leider unmöglich, Javan. Zu viel Zeit war verstrichen. Unsereins vermag so mancherlei zu heilen, aber auch wir Heiler kennen unsere Grenzen. Seid Ihr dazu imstande, mir zu erzählen, wie das geschehen ist? Ein Königlicher Leibwächter erwähnte zu mir, dass man Euch überfallen habe.«

Ungnädig entzog sich Javan der Berührung mit einem rohen Ruck und begab sich an der Bettstatt rechte Seite, betastete mit den Fingerkuppen sachte Tavis' verbliebene Hand, rieb sich mit den Knöcheln seiner Finger Tränen des Grams aus den übernächtigten Augen.

»Ich saß, als es geschah, auf Herrn Piedurs Schultern«, erwiderte er mit zittriger Stimme. »Ringsum waren viele Menschen, sie sangen und lachten. Manche trugen Masken, denn die Zeit für das Maskenfest war angebrochen.«

Er schnaufte und straffte sich ein wenig. »Ganz unversehens befand sich Tavis nicht länger in unserer Mitte. Ich schaute umher und sah, wie ein paar Männer, die seine Arme gepackt hatten, ihn in eine Gasse zerrten. Sie trugen dunkle Umhänge und auch Masken. In ihrer Umgebung waren andere, die hatten gleichfalls Anteil an dieser Schurkerei, wenngleich sie Tavis nicht anrührten. Ich … ich sah, wie einer der Kerle Tavis ans Haupt schlug.« Seine Stimme bebte bei der Erinnerung. »Ich schrie und deutete hinüber, und da erkannte Herr Piedur, was dort vorging, und er setzte mich ab.« Als er weiterredete, klang seine Stimme wieder fest. »Die anderen Leibwächter liefen herbei, doch ich vermochte nicht zu sehen, was sich sodann begab. Leute rannten hin und her und schrien wild durcheinander. Es ist mir gelungen, doch noch durch das Gedränge zu schlüpfen, aber zu spät. Ta-Tavis lag an der Erde hingestreckt, überall war Blut verspritzt, und die Leibwächter machten Anstalten, als wollten sie die Meuchler verfolgen. Ich … ich ha-habe versucht, die Blutung zu stillen, aber ich wa-war zu schwach, um an der rechten Stelle kräftig genug drücken zu können. Da kam Herr Piedur zu Hilfe und ich … ich habe die Hand gefunden und sie in meinen Ärmel gewickelt.« Ihm schauderte und seine müden Schultern sackten in einem Ausdruck der Niedergeschlagenheit herab. »Aber es war ohne Sinn und Nutzen, stimmt's?«

Camber, der an Tavis' anderer Seite stand, konnte angesichts der Darstellung, welche der Jüngling von dem Zwischenfall gab, kaum seine Bestürzung und sein Entsetzen verheimlichen.

»Oh, mein armer junger Prinz, da irrt Ihr Euch«, sprach er leise und streckte eine Hand nach ihm aus. »Hättet Ihr nicht wenigstens versucht der Wunde Bluten Einhalt zu gebieten, womöglich wäre er am Blutverlust gestorben, bevor Herr Piedur ihm den nötigen Beistand erweisen konnte. Wahrscheinlich habt Ihr ihm eigenhändig das Leben bewahrt.«

Der Jungmanne hob nicht den Blick, wich jedoch vor Cambers Hand zurück und schluckte mühsam. Eine neue Träne rann über seine verdreckte Wange und fiel auf Tavis' verbliebene Hand. Der Bewusstlose regte sich nicht, doch nahte sich Evaine, legte ihre Arme um des Prinzen verkrampfte Schultern.

»Ich will nicht ins Bett«, murmelte Javan, indem sich seine Haltung versteifte und er das Haupt schüttelte. »Noch nicht.«

Evaine lächelte nur nachsichtig und schob einen Stuhl mit senkrechter Rückenlehne heran, stellte ihn zur Rechten Tavis' auf, nah an des Bettes oberem Ende, und bedeutete Javan, darauf Platz zu nehmen.

»Ihr braucht auch keineswegs ins Bett, Javan. Ihr seid längst kein Kind mehr. Das habt Ihr heute zur Genüge bewiesen. So Ihr das Gefühl habt, Ihr müsst und könnt hier mit uns Wache halten, so setzt Euch getrost an diesen Platz. Denn beachtet, Eure wohlwollenden Gedanken und Eure Gebete helfen durchaus dabei, die Genesung zu beschleunigen. In dieser Beziehung hat jedermann in seinem Innern ein wenig von einem Heiler.«

»Tatsächlich?«, vergewisserte sich Javan im Flüsterton, äußerst angetan sowohl von ihrer Zusicherung wie auch ihrer Anerkennung seiner fortgeschrittenen Reife.

»Freilich«, gab Evaine zur Antwort. Sie brachte eine Decke und schlang sie um Javans Schultern, sobald er auf dem Stuhl saß, glättete ihm sodann mit zärtlicher Gebärde den zerwühlten Schopf, versuchte zugleich, während sie hinüber zu ihrem Vater und ihrem Gemahl schaute, Javan auf geistiger Ebene einen besänftigenden Einfluss zu übertragen.

Doch gleich darauf verriet ihre Miene, dass sie in den geistigen Gefilden nicht zu ihm vorzudringen vermochte. Sie blieb dazu außerstande, Javans Geist anzutasten, erkannte seine Gegenwart lediglich als eines Bewusstseins verwaschene Aura hinter geistigen Wällen, während er auf dem Stuhl saß und seinen besinnungslosen Freund betrachtete.

Sie übermittelte den anderen ihre Verblüffung, sodann ihre Wahrnehmung – oder vielmehr, die Beobachtung, etwas nicht wahrnehmen zu können; aber wie sehr sie und die anderen auch staunen mochten, es gelang ihr nicht, zu Javans Geist vorzustoßen, und sie durfte es nicht wagen, weitere Versuche mit verstärkten Kräften zu unternehmen, wollte sie nicht die Gefahr eingehen, dabei entdeckt zu werden.

Cinhil muss ihm geistige Schilde zugeeignet haben, schlussfolgerte Camber, als er das Ausmaß von seiner Tochter Enttäuschung ersah. *Dann hat er das Gleiche wahrscheinlich auch bei den anderen Brüdern getan. Ich wüsste zu gerne, ob er sich dessen bewusst war, was er da angestellt hat.*

Rhys trat ans Bett, um abermals nach dem Verletzten zu schauen. *Nun, zumindest wissen wir nun Bescheid und schweben nicht länger in der Gefahr, es erst anlässlich irgendeines Notfalls herauszufinden,* übermittelte er. *Das wird unsere Angelegenheiten in Zukunft erschweren, gewiss. Es liegt nahe, dass Cinhil für seine Söhne und Erben einen solchen Schutz gewünscht haben mag, aber ich wünschte, Cinhil hätte davon abgesehen.*

Was soll nun aus Javan werden?, beharrte Evaine. *Er ist vollkommen erschöpft, aber er will sich um keinen Preis den nötigen Schlaf gönnen.*

Lass ihn ganz einfach für ein Weilchen in Ruhe, riet Joram. *Wie du selbst feststellst, er ist erschöpft. Bis Tavis die Besinnung wiedererlangt, ist er womöglich von allein eingeschlafen. Ob er schläft oder nicht, soll uns gegenwärtig keine Auseinandersetzung wert sein, die ihn nur mit Missstimmung wider uns erfüllen könnte.*

Joram hat Recht, stimmte Camber zu. *Andere Mittel*

gibt es, um einen jungen Prinzen so zu beeinflussen, dass er alsbald schläft. Gebt Acht.

»Ihr seid vollauf im Recht, Evaine«, sprach er laut und stieß einen tiefen Seufzlaut aus, ließ seine Lider ein wenig erschlaffen. »Doch ich glaube, wir sollten alle erst einmal ein wenig verschnaufen. Wenn Tavis erwacht, wird er uns brauchen. Und wir können ihm besser Beistand leisten, wenn wir ausgeruht sind.«

Er gähnte und schob einen anderen Stuhl näher ans Bett, gab sich jede erdenkliche Mühe, um so zu wirken, als stünde er selbst kurz vorm Einschlafen.

Und als die anderen sein Vorbild nachahmten und sich gleichfalls – in lockerer Anordnung – rund um die Bettstatt auf Stühlen niederließen, um daran eine schläfrige Nachtwache zu beginnen, verhehlte Camber mit einem erneuten Gähnen ein Lächeln, denn schon sah er Javan ebenso herzhaft gähnen und seine übermüdeten Lider sanken langsam immer tiefer herab.

Und in der Tat währte es nicht mehr lange, bis Javan schlief, und ebenso nickten Evaine und Joram auf ihren Stühlen an des Bettes Seite ein, derweil Camber und Rhys verträumt wachten. Einige Stunden verstrichen, bis sich Tavis schließlich regte, mit leisem Stöhnen das Haupt seitwärts drehte. Sofort war Camber wieder hellwach.

»Rhys?«, rief er gedämpft.

Der Heiler hatte gerade eine Prise heilsamer Kräuter in einen Becher bereits mit einem neuen Schlafmittel vermischter Milch gestreut, eilte nun jedoch unverzüglich zurück an Tavis' Seite, legte seine Fingerkuppen auf des Mannes unversehrtes Handgelenk.

»Er kommt zu Bewusstsein. Das ist ein aussichtsreiches Zeichen. Ich begann allmählich zu fürchten, er habe doch zu viel Blut verloren.«

Sachte berührte Camber des noch umnachteten Heilers Stirn, zuckte beinahe zurück, als er den Aufruhr in

Tavis' im Wiederkehren begriffenem Bewusstsein erkannte.

»Mich will dünken, Blut könnte womöglich das Geringste sein, was dieser Mann verloren hat«, sagte er leise. »Rhys, seid Ihr sicher, dass er sich dem stellen kann, was ihm zugestoßen ist? Vielleicht sollten wir sein Erwachen noch für eine Weile hinauszögern. Allem zum Trotz, was Ihr und Oriel an ihm vollbracht habt, gibt's eine Art der Heilung, welche nur sein eigener Leib, sein eigener Geist bewerkstelligen können, und dazu braucht's hauptsächlich Zeit.«

Tavis ließ von neuem ein Stöhnen vernehmen und Rhys legte seine Heiler-Hände behutsam an die Seiten von des Verwundeten Angesicht, erfasste mit seinen Deryni-Sinnen das im Erwachen befindliche Bewusstsein. Evaine wachte auf und nahm ihren Platz an Tavis' Haupt ein.

»Er muss sich dem stellen, was ihm widerfahren ist, Alister«, sprach Rhys, dessen Miene seine geistige Angespanntheit widerspiegelte. »Und für einen Heiler gilt der Grundsatz, je rascher, umso günstiger. Tavis, vermögt Ihr mich zu hören? Tavis, ich bin's, Rhys. Öffnet die Augen, Tavis. Ihr seid gerettet und wohlauf. Ihr werdet leben. Schlagt die Augen auf und gebt mir ein Zeichen, wenn Ihr mich versteht.«

Langsam kam Tavis der Aufforderung nach und unterdessen begann ihn – trotz Rhys' nachdrücklicher Einflussnahme und der verabreichten Drogen – zusehends Schmerz zu martern. Sein Blick fiel zuerst auf des anderen Heilers Antlitz, glitt dann daran vorbei hinüber zu Joram, danach zu Evaine, die an des Bettes Kopfende stand, zuletzt zum Bischof an der Bettstatt anderer Seite. Dann schluckte er und versuchte den linken Arm zu bewegen. Behutsam hinderte Camber ihn an allzu heftigen Regungen, indem er den verstümmelten Arm mit festem Griff, ohne die Verhüllung durch der übergeworfenen Decke Falten zu beeinträchtigen, just unterhalb der Elle packte. Rhys wandte das von Pein verzerrte Antlitz Tavis' mit den Händen wieder sich zu, von der Verstümmlung ab.

»Schaut nicht hin«, gebot er. »Noch nicht.«

»Wie ...« Wieder schluckte Tavis mühselig und musste von neuem ansetzen. »Wie lange seid Ihr schon hier, Rhys?«

Rhys senkte seine Hände auf Tavis' Schultern und schüttelte kummervoll das Haupt. »Leider nicht lange genug, mein Freund. Ich war mit Bischof Cullen ausgeritten. Als Erste haben sich die Königlichen Leibärzte Eurer angenommen, danach hat Euch ein junger Heiler namens Oriel behandelt. Doch es hat schon eine Zeit lang gedauert, bis man Oriel ausfindig machen konnte. Als ich hier eintraf ...«

Er seufzte und neigte das Haupt. »Tavis, nach der zu dem Zeitpunkt bereits verstrichen gewesenen Frist hätte kein Heiler noch irgendetwas ausrichten können. Oriel trägt keine Schuld. Nicht einmal den Königlichen Leibärzten lässt sich Schuld zumessen. Sie haben getan, wozu sie imstande waren. Zumindest hat man Euer Leben gerettet.«

»Mein Leben gerettet«, wiederholte Tavis dumpf, wandte sein Angesicht nach links und starrte ausdruckslos die Verhüllung seines Arms an. »Aber nicht meine Hand. Wozu haben sie sich dann abgemüht? Was ist ein Heiler mit nur einer Hand von Nutzen?«

»Ei, nicht weniger als ein solcher mit zwei Händen«, entgegnete Rhys befremdet.

»Nein!«, röchelte Tavis. »Es wird keine Gleichgewichtigkeit gegeben sein, versteht Ihr nicht? Ich bin fortan mit einem Makel behaftet, ein unzuläng...«

»Tavis!«

»Nein! Hört mir zu. Die Schriften selbst ...«

»Tavis!«

»Die Schriften sagen's deutlich genug: ›Sie werden den Kranken ihre *Hände* auflegen und sie heilen.‹ *Hände,* nicht *Hand!* Und das *Adsum Domine* bestätigt's. *›Cum manibus consecratus:* Mit geweihten Händen … heile das Versehrte …‹«

»Im *Adsum Domine* heißt's ebenso: *›Tu es manus sanatio mea:* Du bist auf dieser Welt Meine heilende *Hand‹«,* fiel ihm Rhys höchst geistesgegenwärtig in die Rede. »All Euren Darstellungen und Eurem Selbstmitleid zum Trotz, nichts in den Schriften erlaubt zu schlussfolgern, dass zum Heilen unbedingt zwei Hände vonnöten wären. Auch Jesus hat dem Aussätzigen seine *Hand* aufgelegt und …«

»Nein …!«, heulte Tavis, nahezu wie von Sinnen.

»Tavis, haltet ein!«, fuhr Rhys ihn an. »Unterlasst es, Euch auf das zu versteifen, was Ihr *nicht* habt, denkt an das, was Ihr unverändert habt. Nach wie vor seid Ihr ein Heiler. Euer Geist ist von dem, was heute geschehen ist, nicht betroffen worden – nur Eure Hand.«

»Nur meine Hand!«

Tavis lachte auf, sodass es wie ein abgehacktes, verzerrtes Schluchzen klang, dann schien er nachgerade zu verfallen, als ihn neue Schmerzen heimsuchten. Rhys legte eine Hand auf seine Stirn und bemühte sich abermals um Linderung der Pein, hob sodann, indem er das Haupt schüttelte, auch die andere Hand, verlagerte beide Hände an Tavis' Schläfen, um sich einer nachdrücklicheren Einwirkung befleißigen zu können.

Eine Veränderung der Gleichgewichtigkeit? Vielleicht. Nichts aber sprach dafür, dass sich kein neues Gefühl für eine gleichmäßige heilerische Einflussnahme erarbeiten ließ; doch dies war nicht der rechte Zeitpunkt, um Tavis in irgendwelchen Sachfragen zu belehren. Im Augenblick musste Rhys sein ganzes eigenes inneres Gleichgewicht aufbieten, um die inwendige Aufgewühltheit des Verwundeten zu bändigen und zu verhindern, dass das Entsetzen ihn von neuem in unbekömmlichem Maße überwältigte. Als zuletzt der Schmerz wich und der verletzte Heiler langsam wieder die Augen aufmachte – für Rhys' Begriffe schaute er noch immer leicht wirrsinnig drein, aber zumindest wütete er nicht länger –, schöpfte Rhys tief Atem und seufzte, ließ seinen Blick grimmig über die restlichen Anwesenden schweifen.

»Tavis, wir müssen wissen, wer Euch das angetan hat«, sprach er.

»Ich habe keinerlei Ahnung.«

»Wisst Ihr denn wenigstens, warum's getan worden ist?«, fragte Joram nach. »Wir haben nicht den Eindruck, als hätte man's auf die Prinzen abgesehen gehabt.«

»Das war auch nicht der Fall«, flüsterte Tavis unter erneutem unterdrücktem Aufschluchzen. »Der Anschlag galt mir allein.«

»Euch?«

»Doch warum?« Evaine keuchte die Frage entgeistert hervor.

»›Wenn deine Hand dich ärgert, so haue sie ab‹, teilte einer von ihnen mir mit. Und dass Deryni nicht dem Feind beistehen sollten.«

Joram runzelte die Stirn. »Alle Wetter, was soll denn das heißen, Deryni sollten nicht dem Feind beistehen?! Tavis, diese Halunken waren doch nicht etwa Deryni, oder?«

Als Tavis nickte, brachte die Flut erneuerter Erinnerungen wiederum den eigentlichen, den seelischen Schmerz mit und er quoll empor in des Bewusstseins obere Schichten. Tavis schrie auf.

Rhys handelte ohne Verzug, machte sich daran, die Pein zu lindern, aber nichtsdestotrotz übertrug sie sich auf die vier so spürbar, dass Evaine erbleichte und für eines Augenblickes Dauer den Eindruck erregte, als müsse sie in Ohnmacht sinken. Joram umrundete eilends das Bett, um sie mit seinen Armen und seines Geistes beruhigender Einflussnahme zu stützen, doch nicht einmal seine starken geistigen Schilde vermochten sie vollends vor Tavis abzuschirmen. Eine Art geistigen Widerhalls seiner qualvollen Erinnerungen raste durchs Gemach, Wellen vergleichbar, derweil ihm die Besinnung etliche Male schwand und wiederkehrte, bis sich Evaine schließlich abwandte und nach draußen wankte, und mit ihr ging Joram.

Rhys blickte ihr für eines Herzschlags Dauer nach, tastete mit seinen Deryni-Sinnen hinaus in den Gang, schenkte dann den Großteil seiner Aufmerksamkeit wieder dem Verwundeten.

»Ich hätte früher darauf drängen sollen, dass sie geht«, merkte er zerstreut und mit gedämpfter Stimme an, strich mit der Hand über Tavis' Stirn, während er des anderen Heilers Marter zu mildern versuchte. »Unsere nächste Tochter wird ein Heiler sein, geradeso wie ihr Vater.«

»Ein Heiler!«, entfuhr es Camber unterdrückt. »Aber weibliche Heiler …«

»Sind außerordentlich selten, ich weiß. Ich kann die Namen von nur vier lebenden Heilerinnen benennen. Evaine ist so stark in Mitleidenschaft gezogen worden, weil das Kind bereits derartig heftigen Schmerz in anderen spüren kann und das Verlangen hat, dagegen etwas zu unternehmen, obwohl ihm dazu naturgemäß noch die Kräfte abgehen.« Ein flüchtiges, breites Lächeln erhellte seine Miene. »Andererseits, was soll man von meinem Kind wohl andersartiges erwarten, da die Mutter die Tochter des Camber von Culdi ist?«

»Aber Tieg hat keine …«

»Tieg ist ein Knabe. Allem Anschein nach übernimmt das männliche Geschlecht diese Gabe gelassener denn das weibliche, obschon Evaine auch ein paar solche Heimsuchungen erlitt, als sie ihn unterm Herzen trug. Dieses Kind …«

Er lenkte seinen Blick erneut hinüber zur Tür, einen Ausdruck von Ehrfurcht in seinem Antlitz, doch da stöhnte Tavis auf, indem er vom Zustand der Bewusstlosigkeit in den einer Wirrnis glitt, und Rhys musste ihm nunmehr wieder seine ungeteilte Aufmerksamkeit widmen.

»Es ist alles in schönster Ordnung, Tavis«, sprach er leise, ließ seinen ganzen Geist, da seine Gemahlin sich nun in sicherem Abstand aufhielt, in den verwüsteten Gefilden von Tavis' Innenleben untertauchen. »Lasst Ruhe über Euch kommen, lasst allem seinen freien Lauf. Ich helfe Euch dabei, den Schmerz verebben zu lassen. Von ganz allein lasst ihn abebben. Ich werde ihn von Euch entgegennehmen und für Euch tragen und ein Gleiches wird ebenso Pater Alister für Euch tun.«

Als sich Tavis unter seinen Händen beruhigte, vertiefte Rhys sein Trance weiter und drang in noch entferntere Bereiche von Tavis' Innerem vor, forderte gleichzeitig mit einem anderen Teil seines Geistes Camber dazu auf, eine geistige Verschmelzung einzugehen und ihm zu folgen; allmählich behob er das körperliche Unbehagen, zwang Tavis' gefoltertes Gemüt in einen überaus abgründigen Heilschlaf. Sobald Rhys aus der Heiler-Trance an des Daseins Oberfläche zurückkehrte, sah er Camber sich mühsam auf einen Bettpfosten stützen, zusammengekrampft und bleich infolge der Anstrengungen und der Erschöpfung, an denen er Anteil genommen hatte. Nach einigen ergiebigen Atemzügen, um sich zu stetigen, nahte er sich mit Hand und Geist Camber.

Seid Ihr wohlauf?

»Ich werd's sogleich wieder sein.« Camber holte

gründlich Atem und schüttelte das Haupt. »Oh Gott, diese *Bitterkeit* – weil unseresgleichen ihm so etwas angetan haben ...!«

»Ja. Und wenn er diese Verbitterung nicht meistert, dürfte sie ihn töten – so gewiss, als wäre er in jener Gasse an Ort und Stelle verblutet.«

»Können wir irgendetwas für ihn tun?«

Rhys zuckte mit den Achseln und schüttelte das Haupt. »Ich weiß nicht recht ... Er dürfte schwerlich auf irgendetwas von allem hören, was ich ihm sagen und raten könnte, das ist nach dem, was ich in der Nacht von Cinhils Verscheiden mit ihm gemacht habe, gänzlich klar. Oh, gewiss, ich habe seine diesbezüglichen Erinnerungen ausgemerzt, aber ich konnte nicht auch die Gefühle auslöschen, die mit unserer kleinen Streitigkeit einhergingen. Er hegt Widerwillen gegen mich, auch wenn er selbst nicht so richtig begreift, weshalb. Mit Euch steht's kaum günstiger – zu sehr seid Ihr eine Vatergestalt und verkörpert Macht und Einfluss. Zudem seid Ihr kein Heiler.«

»Was also schlagt Ihr vor?«

»Einen anderen, der sich seiner besonders annimmt, möchte ich antworten. Nicht Oriel. Oh, sicherlich ist er ein tüchtiger Heiler, der allerhand leisten wird in seiner Laufbahn, aber noch ermangelt's ihm an Erfahrung, und er hat auch keinen so allgemeinen, weiten, ganzheitlichen Überblick der Dinge ... wiewohl ich mir bisweilen wünsche, *wir* hätten ihn auch nicht.«

»Amen, kann ich dazu nur anmerken.«

»Ich glaube ... Dom Queron ist der geeignete Mann«, meinte Rhys nach einem Weilchen versonnenen Schweigens. »Oder vielleicht wäre Dom Emrys gar noch geeigneter. Tavis muss irgendwann unter Emrys gelernt haben. Das ist bei den meisten Heilern der Fall. Womöglich kann Emrys bei ihm etwas ausrichten. Wenn wir noch im

Laufe dieser Nacht einen Boten senden, kann Emrys um die morgige Mittagsstunde hier eintreffen. Ich bin der Auffassung, wir sollten keinesfalls länger warten. Tavis' Zustand kann sich jederzeit verschlimmern und ich rede beileibe nicht lediglich von seiner körperlichen Verfassung.«

»Ich teile Eure Meinung«, antwortete Camber. Er wandte sich zur Tür, verharrte jedoch unterwegs noch einmal, »Glaubt Ihr, man kann ihn bis auf weiteres allein zurücklassen?«

Rhys legte ein letztes Mal eine Hand auf Tavis' Stirn und erkundete oberflächlich des anderen Heilers besinnungslosen Verstand, dann nickte er und wandte sich Javan zu, welcher anscheinend fest und ruhig schlief. »Ich nehme an, er wird bis in den Morgen hinein schlafen.« Er hob eine Hand an Javans Stirn, ohne sie zu berühren. »Javan ebenso, glaube ich. Verdammt will ich sein, aber diese Geisteswehren, sie sind gleichsam vom besten Leder. Cinhil muss weit mehr von diesen Dingen verstanden haben, als wir ihm immer zutrauen wollten.«

Er stutzte, schenkte Javan einen wachsamen Blick, hüllte ihn sodann behaglicher in die Decke. »Armer kleiner Prinz. Er hat fürwahr einen schweren Tag hinter sich gebracht. Mag er fürs Erste hier weiterschlafen. Nun wohl, gehen wir. Ich möchte die Botschaft an Emrys und Queron so rasch wie nur möglich auf ihren Weg senden.«

Als sie das Gemach verlassen und die Tür sachte geschlossen hatten, hob sich behutsam ein Haupt mit rabenschwarzem Schopf aus seiner Ruhelage an der hochrückigen Stuhllehne.

15

Beschäme nicht den Freund, wenn er verarmt ist, und nicht verbirg dich dann vor ihm!

Jesus Sirach 22,25

Javan blinzelte verschlafen ins Kerzenlicht und überzeugte sich davon, dass er nunmehr allein mit Tavis im Gemach weilte. Darüber hinaus unternahm er für ein beträchtliches Weilchen gar nichts. Erst wollte er sicher sein können, dass die beiden Männer nicht wiederkamen.

Er fragte sich verwundert, wovon sie da wohl Rede geführt haben mochten, während sie ihn im tiefsten Schlummer wähnten. Er hatte tatsächlich eine Zeit lang geschlafen, doch war er wieder erwacht, derweil sie sich mit Tavis befassten. Er entsann sich daran, gehört zu haben, wie Evaine und Joram das Gemach verließen, dann irgendwelche Äußerungen über ein Kind, Evaines Kind, das eine Heilerin werden solle.

Er setzte sich auf und versuchte sich auf mehr zu besinnen, erinnerte sich an eine ausgedehnte Weile des Schweigens, welcher ein merkwürdiger Wortwechsel zwischen den zwei Männern folgte, dem Heiler und dem Bischof.

Unseresgleichen, hatte Bischof Alister gesagt. *Weil unseresgleichen ihm so etwas angetan haben.* Sie waren sich darüber im Unklaren gewesen, ob es Tavis gelingen werde, seine Verbitterung zu meistern.

Unseresgleichen ... Ob sie damit Deryni gemeint hatten?, fragte sich Javan. Hatten Deryni Tavis das angetan?

Ein ungeheuerlicher Gedanke! Wenn Deryni seinem Freund so etwas zugefügt hatten, vielleicht waren die Herren Regenten also im Recht! Die Deryni mussten *fürwahr* ein übler Schlag sein. Und es galt, jene streng zu bestrafen, die Tavis das angetan hatten.

Für einige Zeit saß er nur da und grübelte, malte sich hauptsächlich vor seinem geistigen Auge alle möglichen Arten der Folter aus, welche nach seiner Auffassung Deryni unterworfen werden müssten, die in dunklen Gassen andere Leute überfielen und ihnen die Hände abschlugen; zu guter Letzt jedoch heftete er den Blick auf seinen Freund.

Rhys hatte sich dahingehend geäußert, Tavis werde wohl kaum auf ihn zu hören geneigt sein, dieweil Rhys in der Nacht, als Javans Vater starb, Tavis irgendwie Verdruss bereitet hatte. Wie war das gewesen? Rhys wollte *die Erinnerung ausgemerzt* haben, hätte aber nicht auch die damit verbundenen *Gefühle auslöschen* können. Ja, Rhys hatte eine Streitigkeit erwähnt, die Tatsache, dass Tavis ihm Widerwillen entgegenbrachte. *Was war denn in jener Nacht geschehen?*

Die Stirn in angestrengter Nachdenklichkeit gerunzelt, setzte sich Tavis noch aufrechter hin und bemühte sich um deutlichere Erinnerungen an jene Nacht. Seither hatte sich so viel zugetragen, dass er sich nur recht verwaschen zu entsinnen vermochte, doch er besann sich zumindest zweifelsfrei darauf, dass nach dem Abendmahl Rhys gekommen war, und *er hatte ihnen ein Mittel gegen Erkältungen verabreicht* – sogar den Pagen!

Bei allen Heiligen, konnte es sich dabei um mehr als bloß eine harmlose Arznei gehandelt haben? Ihm fiel ein, dass er ungewöhnlich schnell sehr schläfrig geworden war, und ebenso seine Brüder. Doch Rhys hatte behauptet, das geschähe auf Weisung des Vaters. Warum aber hätte ihr Vater solchen Wert darauf legen sollen, dass sie so rasch und in so tiefen Schlummer sanken?

Oder hatte ihr Vater womöglich gar nichts davon geahnt? Vielleicht hatte Rhys gelogen!

Bei dieser Erwägung schauderte es ihn und er versuchte sich für so etwas irgendeine Verursachung auszudenken, allerdings ohne Ergebnis. Ihm war schließlich kein Schaden zugefügt worden, oder? Falls Rhys in der Absicht gehandelt hatte, sie zu vergiften, dann jedenfalls erfolglos.

Er schabte sich am Haupt, rieb sich die Augen, unternahm sodann einen neuen Versuch, diese sonderbare Angelegenheit zu durchdenken. Er geriet dabei jedoch nur in immer ärgere Wirrheit. Anscheinend war Rhys in irgendwelche äußerst schleierhaften Vorgänge verwickelt, aber andererseits hatte er allem Anschein nach niemandem irgendein Leid getan. Trotzdem traute Tavis ihm nicht länger und Rhys wusste es; und Rhys selbst hatte erwähnt, er habe in der Nacht, als der Vater verstarb, etwas mit Tavis gemacht. Und Javans Erinnerung an selbige Nacht war nun wirklich und wahrlich alles andere als klar.

Dann war da noch diese letzte Bemerkung gefallen, unmittelbar bevor Rhys und Bischof Alister aus dem Gemach gingen – war es nicht etwas über *Geisteswehren* gewesen? Und dass der Vater von irgendeiner Sache mehr verstanden habe, als sie dachten.

Was waren Geisteswehren? Und was hatte der Vater an Wissen besessen, mit dem Rhys und der Bischof bei ihm nicht gerechnet hatten?

Er schüttelte das Haupt, lenkte seinen Blick erneut hinüber zu Tavis und rutschte vom Lehnstuhl. Der Heiler schlief – zumindest dem Anschein nach – recht friedlich, war bleich, aber still; doch Javan überlegte, ob es ratsam sei, ihn weiterhin im Schlaf zu belassen, während Rhys derlei Dinge redete. Vielleicht empfahl es sich, Tavis schnellstens davon zu unterrichten. Sollte Rhys darauf aus sein, Tavis ein Übel tun zu wollen, konnte es sich schwerlich auszahlen, ihn ungehindert gewähren zu lassen, zumal da Tavis verwundet war und hilflos.

Er trat näher ans Bett und musterte Tavis' Antlitz, streckte behutsam einen Arm aus und berührte sachte des Heilers gesunde Hand. Als sich Tavis nicht regte, zog Javan den Lehnstuhl näher, nahm wieder Platz und ergriff Tavis' Hand von neuem. Für geraume Zeit betrachtete er den Schlafenden, hielt seine Hand, und dabei versuchte er – wie er es umgekehrt Tavis bei ihm hatte oft verrichten sehen –, seinem Freund irgendwie Kraft einzugeben. Nach einer Weile begann er einzunicken, und als er unversehens zusammenzuckte und auffuhr, bemerkte er, dass Tavis ihn anschaute.

»Tavis?«, flüsterte der Prinz.

Die Hand drückte schwächlich die seine und des Heilers geschwollene Lippen teilten sich zu einem benommenen Lächeln.

»Mein Prinz«, wisperte Tavis, »wie kommt Ihr an mein Krankenlager?«

»Man wähnte, ich schliefe«, entgegnete Javan in vertraulichem Tonfall, rutschte auf dem Lehnstuhl näher und beugte sich zu des Heilers Antlitz hinab. »Es hieß, Ihr würdet gleichfalls bis in den Morgen schlafen. Warum also schlummert Ihr nicht?«

Für eines Herzschlags Dauer schauten Tavis' Augen ausdruckslos drein, derweil er nach einer Antwort auf diese Frage suchte; zuletzt heftete er seinen Blick auf ihre beiden verschlungenen Hände, danach erneut in des Jünglings Angesicht.

»Habt Ihr mich nicht gerufen, mein Prinz? Ich … ich entsinne mich, ich war fort, weit fort …« Flüchtig huschte sein Blick seitwärts. »Ich meinte Euch fern von mir, doch da war mir, als hörte ich Euch meinen Namen rufen und da begriff ich, ich musste umkehren.«

In ehrfürchtigem Staunen erwiderte Javan des Heilers Blick, der wieder ihm galt, wagte kaum zu glauben, was diese Worte dem Anschein zufolge andeuteten.

»Ihr habt … mich rufen hören?«

»Ja, mein Prinz.«

»Aber ich … ich habe allein in meiner Seele nach Euch gerufen«, sprach Javan mit leiser Stimme. »Ich versuchte Euch etwas von meiner Kraft zu geben, so wie Ihr es schon so oft für mich gemacht habt. Es war nur törichtes, kindliches Wunschdenken … glaube ich …«

»Kindliches Wunschdenken«, wiederholte Tavis versonnen.

Ohne nachzudenken, wollte er mit der Linken nach Javan greifen, aber da gemahnte ihn der Ruck, mit dem die linnenen Streifen ihn hemmten, ihn an den Umstand, dass man seinen linken Arm festgebunden hatte – und zugleich an den Grund. Entgeistert und wie gebannt richtete er seinen Blick auf die Decke, welche den Arm sowie den Stuhl, woran derselbe befestigt worden war, weitgehend verhüllte. Fast wider Willen schickte er sich an, Javan die andere Hand zu entziehen, um die Decke zu entfernen.

»Nein.« Javan sprach im Flüsterton, packte des Heilers Hand jedoch merklich fester. »Seht nicht hin. Ich muss Euch etwas fragen. Es ist wichtig.«

»Wichtiger als das, was geschehen ist?«

»Ich weiß es nicht.« Javans Blick glitt hinab zu ihren verklammerten Händen, dann heftete er ihn wieder in Tavis' schmerzlich verzerrte Miene. »Tavis, was hat Herr Rhys Euch in jener Nacht angetan, in welcher mein Vater starb?«

Verblüfft starrte Tavis den Jungmannen an. Seine Lippen teilten sich nur langsam und seine Finger krampften sich um Javans Hand heftig zusammen.

»Was … was gibt Euch Anlass zu glauben, Rhys habe mir etwas getan, mein Prinz?«

»Er selbst hat's gesagt«, antwortete Javan gedämpft. »Er hat gedacht, ich schliefe, doch tat ich nur so. Er sagte, er habe ›die Erinnerung ausgemerzt‹, etwas anderes jedoch nicht tilgen können – ja, die Gefühle waren's, glaube ich. Er äußerte, Ihr hegtet infolgedessen gegen ihn Widerwillen, ohne dass Ihr aber den Grund wüsstet.«

Tavis legte die Stirn über seinen Brauen in Falten, als er zu begreifen versuchte, was das bedeuten könne. »Er hat mir eine Erinnerung genommen, sagt er? Das vermag ich nicht zu verstehen. Ich entsinne mich, er kam an dem Abend in Eure und Eurer Brüder Gemächer, um allen eine Arznei gegen Erkältungen zu geben … Euer Bruder hatte in jener Woche einen Schnupfen.«

»Stimmt, so war's«, bestätigte Javan. »Meine Brüder und ich, wir sind fast auf der Stelle eingeschlafen. Das Nächste, woran ich mich erinnern kann, ist dann, wie Herr Jebedias uns geweckt hat und die Regenten kamen, um uns mitzuteilen, dass Vater gestorben sei. Ihr habt weitergeschlafen, es war buchstäblich unmöglich, Euch zu wecken.«

»Ja, Ihr habt Recht, daran vermag ich mich zu erinnern. Mein Gedächtnis ist, was jene Nacht anbelangt, recht trüb, aber ich habe mir nie viel Gedanken darüber gemacht.« Bedächtig sah er Javan an. »Ihr meint, Rhys sei dafür verantwortlich gewesen?«

Javan hob die Schultern. »Er hat gesagt, er habe irgendetwas gemacht. Er dachte, ich schliefe, und nur Bischof Alister höre seine Worte. Warum sollte er solche Dinge zu Bischof Alister äußern, wären sie nicht wahr?«

»Keine Ahnung«, erwiderte Tavis und schüttelte das Haupt, in seiner Miene einen Ausdruck von Pein und Erbitterung. »Ich vermag mir nicht vorzustellen, wovon er geredet hat … Herrgott, man hat mir ein gehöriges Maß an Drogen eingeflößt, ich kann ganz und gar nicht mit der nötigen Klarheit denken …!«

»Was ist Euch? Könnt Ihr Eure Geisteswehren nicht länger richtig einsetzen?«

Verdutzt blickte Tavis den Prinzen von neuem an und Bestürzung vertrieb für eines Augenblickes Dauer einen Großteil der Pein aus seiner Miene. »Was wisst Ihr über Geisteswehren?«

»Tja, ich … Rhys hat behauptet, ich besäße welche, aber er könne sich nicht erklären, wieso.« Der Jüngling schluckte, verunsichert durch seines Freundes offenkundige Verstörtheit. »Er sagte, mein Vater müsse von irgendetwas weit mehr verstanden haben, als sie von ihm erwarteten – wer immer sie auch sein mögen. Was hat er damit sagen wollen? Wovon hat mein Vater etwas verstanden und was sind diese Geisteswehren, die ich Rhys zufolge besitzen soll?«

»Ich wüsste fürwahr auch gerne, was das alles zu bedeuten hat«, murmelte Tavis ratlos. Langsam löste er seine Hand aus Javans Griff und hob sie des Jungmannen Antlitz entgegen. Javan verspürte Erstaunen, beugte sich jedoch weiter hinab, sodass Tavis ihn berühren könne.

»Herr *Jesus,* wie mir der Schädel schmerzt …!«, raunte Tavis mit mehrfachem Stocken. »Versucht nun Euch zu entspannen, ganz so, als wolle ich an Euch eine Heilung vollziehen, so wie Ihr's kennt. Was ich beabsichtige, ist keine allzu schwierige Sache. Es müsste mir gelingen … dass ich so viel davon schwatze, zeigt nur, ich befürchte insgeheim, es könne anders kommen. Doch wir wollen's versuchen.«

Gehorsam schloss Javan die Augen, bemühte sich darum, an gar nichts zu denken, und fast unverzüglich verspürte er das Gefühl der Besänftigung, wie er es gewohnt war, im Zusammenhang mit Tavis' heilerischer Berührung. Er nickte, entspannte sich weiter, zuckte dann plötzlich auf, als der Heiler seine Hand fortnahm. Tavis wirkte erleichtert, derweil er die Finger seiner Rechten wiederholt öffnete und schloss.

»Nun wohl, ich werde Euch also künftig zumindest

nicht ganz nutzlos sein«, sprach er mit unterdrückter Stimme. »Zieht man meine gegenwärtige Verfassung in Betracht, so ist's durchaus prächtig gelungen. Nunmehr wollen wir etwas anderes versuchen. Ich möchte, dass Ihr Euch so verhaltet, als sei ich nicht Tavis, sondern ein anderer – etwa Rhys, lasst uns sagen –, und ich habe es darauf abgesehen, Euch zum Schlafen zu bringen. Bietet all Euer Vorstellungsvermögen auf und bemüht Euch, mir Widerstand entgegenzusetzen.«

»Wie's beliebt.«

Abermals langte Tavis nach des Jünglings Stirn, begegnete nun, wo er zuvor Herzlichkeit gesehen hatte, einem gleichsam steinernen Blick. Javan stellte sich mit aller Ernsthaftigkeit auf die beschriebene Aufgabe ein, widmete sich ihr mit so angespannter Hingabe, dass ihm nahezu war, als könne er über Tavis' Miene Rhys' Angesicht erkennen.

Diesmal allerdings kam es zu keiner Übermittlung eines besänftigenden Einflusses – nichts anderes geschah, als dass graue Augen den Blick heller blauer Augen starr erwiderten. Tavis konnte sich nicht allzu lange bemühen, aber lange genug, um herauszufinden, worüber es Klarheit zu gewinnen galt. Mit einem abgrundtiefen Seufzer nahm er die Hand von Javan und ließ sie sich schlaff auf die Brust fallen.

»Meinen Glückwunsch, Ihr habt tatsächlich eine geistige Wehr«, bestätigte er leise. »Wie Ihr jedoch dazu gekommen seid, das vermöchte ich nicht einmal mit den abwegigsten Mutmaßungen auch nur in Ansätzen zu erklären. Mir ist noch nie ein Mensch mit geistigen Schilden begegnet. Als ich Euren Verstand einzusehen versuchte, habt Ihr da irgendetwas verspürt?«

Javan schüttelte sein Haupt. »Nein. Ihr habt mich ja aufgefordert, ich solle versuchen Euren Einfluss fern zu halten.«

»Und Ihr habt ganz und gar nichts gespürt?«

»Nein nichts. Hätte ich denn etwas spüren müssen?

»Verdammnis über mich, wenn ich darauf eine Antwort weiß.« Tavis sprach lediglich im Flüsterton. »Ihr dürftet gar keine geistigen Schilde besitzen. Da Ihr nichtsdestotrotz welche habt, weiß ich nicht zu sagen, ob Ihr äußeren geistigen Druck verspüren müsst oder nicht. Wärt Ihr ein Deryni, derlei Antworten ließen sich wohl leichter finden. Aber Ihr seid keiner. Ich will verdammt sein, wenn ich überhaupt noch weiß, wer oder was Ihr seid.«

Erschrocken schluckte Javan, als säße ihm ein Kloß im Hals, dann ergriff er von neuem Tavis' Hand.

»Ist … ist irgendetwas mit mir nicht recht?«, erkundigte er sich mit kaum vernehmlicher Stimme.

Mit einem Ruck widmete Tavis, der gerade seine Lage auf dem Bett verändert hatte, seine volle Aufmerksamkeit wieder Javan.

»Nicht recht? Um Gottes willen, nein, das glaube ich keineswegs. Im Gegenteil, sollte Rhys mit mir *tatsächlich* irgendetwas angestellt haben, so seid nun wahrscheinlich Ihr derjenige, welcher mir aufzudecken helfen kann, was. Nicht jetzt, versteht sich. Auf jeden Fall bin ich davon überzeugt, dass er Euch nicht zwingen kann, irgendwelche Handlungen wider Euren eigenen Willen zu begehen.«

»Und Euch auch nicht!«, flüsterte Javan heftig. »Ach, Tavis, er befürchtet, es möchte wohl reichlich schwer für Euch sein, Euch in Euer verändertes Dasein zu schicken, deshalb hat er, damit sie ihm helfen, nach weiteren Heilern geschickt.«

»Weiteren Heilern?«, wiederholte Tavis geflüstert, indem ihn ein plötzliches Frösteln befiel.

Javan nickte. »Jawohl. Zwei Doms … Dom Emrys und Dom Que… Dom Queron, glaube ich, hat er gesagt.«

Tavis stieß einen schwächlichen Pfeiflaut der Verblüffung aus. »Emrys und Queron, so? Zwei recht hoch gestellte Heiler, um sie für jemanden wie mich zu bemühen. Emrys war eine Zeit lang mein Lehrmeister und von Queron habe ich schon so mancherlei vernommen.«

Für ein ganzes Weilchen starrte er hinauf an des Gemachs Decke, bis Javan die angespannte Stille nicht länger zu ertragen vermochte und unruhig an der Hand zog, die er unvermindert umklammert hielt.

»Tavis, was möchte wohl werden, wenn sie ihm *wirklich* helfen? Ich meine, nicht allein dabei, Euch beim Zurechtfinden beizustehen, sondern … um womöglich weiter an dem zu wirken, was Rhys in jener Nacht bereits mit Euch gemacht und vielleicht bloß nicht vollendet hat?«

Nach kurzem Schweigen richtete Tavis seinen Blick von neuem auf Javan.

»Nun, dann werden wir eben bis dahin bereits eine solche Lage geschaffen haben müssen, dass ich keines Beistands weiterer Heiler bedarf, nicht wahr?«, sprach er. »Würdet Ihr mir in dieser Beziehung Eure Unterstützung gewähren?«

»Könnte ich's denn, wiewohl ich ›geistige Schilde‹ habe?«

»Ihr könnt's *besonders,* weil Ihr welche habt, mein Prinz«, antwortete Tavis gedämpft. »Doch ich muss Euch warnen, woran ich denke, das wird Euch außerordentlich ermüden. Ich muss von Euch, um das Genannte zu erreichen, neue Kräfte beziehen. Damit werde ich Euch selbstverständlich keinerlei Harm zufügen. Derlei täte ich nie und nimmer.«

»Ich vertraue Euch, Tavis«, versicherte der Jüngling leise. »Es zählt für mich nicht, dass Ihr ein Deryni seid. Ihr seid … anders.«

»Oh, das hoffe ich, mein Prinz«, murmelte der Heiler. »Ich hoffe es.«

Er hob das Haupt, hielt im Gemach aufmerksame Umschau, lehnte sich dann wieder zurück und gab des Jungmannen Hand frei.

»Schiebt diesen Stuhl näher, auf dass Ihr möglichst behaglich sitzen könnt.«

Der Jüngling tat wie geheißen und rückte den Lehnstuhl unmittelbar an der Bettstatt Seite. Er holte eine weitere Decke und warf sie über den Stuhl, milderte damit seiner Kanten Härte, dann schlang er sich die Decke, welche er bislang schon benutzt hatte, wider die nächtliche Kühle im Gemach von neuem um die Schultern.

»So ist's recht«, merkte Tavis mit leiser Stimme an. Er erklärte dem Jüngling, wie er sich längs der Bettstatt dergestalt niederlassen solle, dass sein Haupt auf der Bettkante ruhe. »Nun rutscht noch ein Stückchen weiter herüber, sodass ich Euer Haupt anlangen kann. Ja, und nun reicht mir Eure Hand, entspannt Euch zur Gänze. Achtet darauf, dass Ihr Eure Gliedmaßen nicht verkrampft.«

Indem er sich zurechtwand, erfüllte Javan die gestellten Anforderungen, schob sich ein paar Falten der Decke unter die Schultern, wo der Stuhl ans Bett stieß, blickte dann vertrauensvoll zu Tavis' Haupt auf – beziehungsweise dem, was er davon sehen konnte. Er nahm des Heilers Hand und barg sie an seiner Wange, fand zu guter Letzt, auf der Seite zusammengekrümmt, eine für einige Zeit erträgliche Lage.

»So ist's ausgezeichnet«, bemerkte Tavis, dessen schwächliche Stimme nun kaum noch imstande war zu einem Gewisper. »Nun eröffnet mir Euren Geist, abermals geradeso, als wollte ich an Euch eine heilerische Maßnahme vornehmen. Dann werde ich auf dem gleichen Wege, wie Ihr sie ansonsten von mir zu erhalten pflegt, von Euch Kraft beziehen. Es möchte sich ergeben, dass Ihr in Eurem Haupt ein gewisses Druckgefühl verspürt, als entströme Eurem Körper etwas auswärts, vor allem Eurem Schädel, doch braucht Ihr, sollte das der Fall sein, darin keinen Anlass zur Beunruhigung zu sehen, und ohnehin dürfte es, wenn überhaupt, erst einsetzen, wenn Ihr schon fast eingeschlummert seid. Ja, so ist es wohl getan. Lasst allem seinen Lauf, ich werde uns beide leiten. Überlasst Euch getrost dem Schlaf. Ihr seid sicher und ungefährdet.«

Und indem Tavis' Stimme allmählich verklang, fühlte Javan die längst vertraute Schwere, die sich mit des Heilers Berührung jedes Mal in seine Gliedmaßen schlich; er spürte, wie er in jenen Dämmerzustand entglitt, den er bereits gründlich – durch zahlreiche Erfahrungen – kennen gelernt hatte, und begann verträumt zu entschlummern. Er verspürte, wie sich warm in seinem Innern Kräfte regten, sich verlagerten, in seinem Nacken prickelten, jedoch keineswegs unangenehm.

Während er döste, geisterten andere Eindrücke durch die Randbereiche seines Bewusstseins – ihm war, als stünde er in einem dunklen, schattenhaften Raum, als sei er umgeben von Leuten, die er hätte kennen müssen, ihm aber irgendwie unnahbar blieben. Sein Vater war unter ihnen und er hielt ihm einen Becher an die Lippen, aus dem es seltsam leuchtete. Und dann entstand ein Wirrwarr von Lichterscheinungen und Geräuschen, begleitet von einem Schwindelgefühl, Eindrücken des Wirbelns und Schwankens der Umgebung, aber durchaus nicht von Furcht erregender Natur, lediglich wundersam.

Dann sank er tiefer den Gefilden des Schlafs entgegen. Er spürte Tavis' Hand, die wie zu seiner Ermutigung an seiner Wange lag, und er klammerte sich an sie, als sei sie ein Anker. Zum Schluss jedoch spürte er nichts mehr, nahm er gar nichts noch wahr und er sollte sich auch nach seinem Erwachen an nichts erinnern.

Rhys und Camber fanden das Paar – die Hälfte einer

Stunde später – noch genauso vor, aber bei keinem von beiden, weder Prinz noch Heiler, ließ sich etwas anderes feststellen als herkömmlicher Schlaf von der zuträglichsten Art. Verwundert, aber beileibe nicht beunruhigt, nahm Camber den in tiefstem Schlummer befindlichen Prinzen auf seine Arme und trug ihn in dessen benachbarte eigene Gemächer, derweil Rhys nach dem Kranken schaute.

Doch auch Tavis ruhte friedlich, schlief einen abgründigen Heilschlaf, und daher vermied Rhys es, ihn womöglich irgendwie zu stören, und er setzte sich lediglich auf den Lehnstuhl, von welchem sie soeben Javan entfernt hatten. Nachdem er Javan ins Bett gebracht hatte, kam Camber noch einmal für einen Augenblick herein, doch gab Rhys ihm zu verstehen, für die nächsten Stunden ließe sich nichts unternehmen, außer sich selbst noch ein gewisses Maß an Schlaf zu gönnen. Camber befolgte diesen Ratschlag und nahm Joram und Evaine mit in den Erzbischöflichen Palast, wo man auch für Jorams Schwester in jenen Räumen im Erdgeschoss, welche Nonnen zur Verfügung standen, eine zeitweilige Unterkunft besorgte. Alle schliefen sie den Schlaf leiblicher und seelischer Erschöpfung bis zur Morgendämmerung.

Als Erster erwachte Tavis, und als er sich ein wenig regte, schrak Rhys ruckartig hoch. Es erfreute Rhys zu sehen, dass des Verwundeten Angesicht nach der vergangenen Nacht heilsamen Schlafs nun schon wesentlich weniger bleich war – in der Tat sah Tavis sogar erheblich besser aus, als Rhys selbst sich fühlte –, doch als er seine kühlen Fingerspitzen behutsam an des anderen Heilers Handgelenk legte, merkte er, wie um desselben Bewusstsein schroffe geistige Wälle emporwuchsen. »Ich wünsche einen guten Morgen«, sprach Rhys mit leiser Stimme. Tavis ließ zu, dass er mit seinen Deryni-Sinnen eine Untersuchung des Körpers vornahm – mehr jedoch nicht. Seine Haltung war beinahe feindselig. Rhys staunte angesichts eines solchen Verhaltens, achtete allerdings sehr darauf, sich von seinem Befremden nichts anmerken zu lassen. Nahrung zum Schüren seines Kummers und seiner Niedergeschlagenheit war das Allerletzte, was Tavis zur gegenwärtigen Zeit gebrauchen konnte.

»Tja, der Schlaf hat eines seiner so häufigen Wunder gewirkt, will mich dünken«, äußerte Rhys, nachdem er die Begutachtung von Tavis' Zustand abgeschlossen hatte. »Ihr habt die Gefahr eines möglichen Zusammenbruchs überwunden. Wie ist Euch zumute?«

Bedächtig drehte Tavis das Haupt, um Rhys anzusehen. Seine Leidensmiene war ansonsten ausdruckslos. »Wie soll mir zumute sein? Mir ist zumute wie einem Heiler, der eine Hand verloren hat.«

Seine Stimme kam mit nichts sagender Tonlosigkeit über die Lippen, und Rhys hegte aufgrund seiner offenbaren Gefühlslosigkeit eine gelinde Besorgnis, als er der Bettstatt andere Seite aufsuchte.

»Es ist *natürlich*, dass Ihr einen Verlust empfindet«, stellte Rhys klar. »Aber nichtsdestoweniger habt Ihr noch das liebe Leben, Ihr seid unverändert ein Heiler und ein Deryni. Zweifellos vermögt Ihr weiterhin noch vielerlei Dinge zu verrichten.«

»Fürwahr? Vielleicht habt Ihr Recht.«

Darauf wusste Rhys nichts zu entgegnen. Wortlos entfernte er die Decke, welche man gestern über Tavis' verstümmelten Arm geworfen hatte, und löste die Knoten der Tuchstreifen, mit denen selbiger Arm an den Stuhl gebunden worden war, beim Anblick des umwickelten Armstumpfs erbleichte Tavis von neuem – denn was man da sehen konnte, war offenkundig zu wenig, um bloß den Teil einer Hand noch enthalten zu können – und mit einem Schaudern kehrte er sein Antlitz seitwärts.

Mit geschwinden Bewegungen legte Rhys den Armstumpf frei, lediglich in der Absicht, den Verband zu wechseln, nur unter Umständen vielleicht noch ein ganz klein wenig heilerisch auf die Wunde einzuwirken. Doch als die untersten Schichten des Verbandes fielen, stutzte er; nur eine sehr geringfügige Menge Blut beschmutzte die Leinenstreifen und selbst sie war längst geronnen und trocken. Der Armstumpf, der noch rohes Fleisch hätte aufweisen sollen, erst gänzlich ansatzweise Anzeichen einer Verheilung hätte zeigen dürfen, war glatt und rundlich, sah durchaus heil aus; zwar konnte man schwaches Narbengewebe erkennen, wo sich die Haut über Bein und Gewebe geschlossen hatte, aber im Großen und Ganzen war die Wunde wahrhaftig bereits geheilt.

Indem er seine Überraschung verhehlte, zügig weitermachte, um sich dessen, was er da sah, vergewissern zu können, wusch er den Stumpf mit aller gebotenen Vorsicht in warmem Wasser, das ein Diener zu diesem Zwecke brachte, reinigte die Verstümmlung von geronnenem Blut und abgetrocknetem Wundschorf, insgeheim voller äußerster Verwunderung. Er vermochte kaum zu glauben, dass die Verwundung erst am gestrigen Tag stattgefunden haben sollte, selbst wenn er die außerordentliche Einwirkung der heilerischen Maßnahmen berücksichtigte. Sehr nachdenklich wand er einen frischen Verband locker um den Stumpf.

»Tavis«, forschte er mit gedämpfter Stimme nach, »wisst Ihr darüber irgendetwas?«

Tavis bewegte nicht einmal das Haupt.

»Worüber soll ich etwas wissen?«

»Euren Arm«, erwiderte Rhys und fasste den betroffenen Unterarm mit ein wenig verstärktem Nachdruck, um des Jüngeren Aufmerksamkeit zu erregen. »Er ist geheilt, Tavis. Ich hätte, der vollwertigen heilerischen Nachhilfe zum Trotz, damit gerechnet, dass eine solche Heilung Tage beansprucht, möglicherweise sogar Wochen. Man könnte Euch schon heute einen Haken ansetzen.«

Tavis drehte sein Angesicht noch weiter zur Seite.

»Ich will keinen Haken tragen«, sprach er kaum verständlich leise.

»Nicht?« Rhys zuckte mit den Schultern. »Nun, ganz nach Eurem Belieben. Ihr braucht beileibe noch keine endgültige Entscheidung zu fällen. Doch so oder so, ich wünsche zu erfahren, was geschehen ist. Hat Euch im Laufe der Nacht ein anderer Heiler einen Besuch abgestattet? Oder ...« Vor Rhys' geistigem Auge entstand erneut das Bild, welches Tavis und Javan geboten hatten, als Camber und er zurückkehrten. »Gott helfe Euch, Tavis, Ihr habt doch wohl nicht irgendetwas mit Javan gemacht, oder?«

Langsam wandte Tavis sein Antlitz wieder Rhys zu, doch vermied er es mit peinlicher Sorgfalt, den Arm anzusehen, den Rhys festhielt.

»Was meint Ihr damit, ich solle etwas mit Javan gemacht haben? Was hätte ich denn mit ihm machen können? Javan ist ein Mensch. Außerdem dürftet Ihr wissen, dass ich nie etwas täte, was für ihn von Nachteil wäre.«

»Ich ... ich weiß nicht recht«, sprach Rhys gedankenschwer. »Aber ich ... Wir haben ihn am Morgen neben Eurem Bett im Schlaf gefunden und Eure Hand lag an seiner Wange. Hat er ... irgendetwas zu Euch gesprochen?«

»Ich war nicht bei Besinnung«, antwortete Tavis leise und blickte nun zu des Gemachs Decke empor. »Vermutlich wollte er mich trösten.«

»Aha.« Rhys dachte für ein Weilchen darüber nach, irgendwie durch Tavis beunruhigt, ohne dass er zu erkennen vermocht hätte, was eigentlich ihm dazu Veranlassung gab; schließlich hing er den verstümmelten Arm in eine lockere Schlinge, um ihn erneut in eine erhöhte Lage zu bringen.

»Nun, was er auch getan haben mag, offenbar ist's Euch ausgezeichnet bekommen. Wie denkt Ihr über etwas zu essen?«

Als Tavis keine Antwort erteilte, hob Rhys die Schultern und strebte zur Tür.

»Tja, Nahrung müsst Ihr wohl oder übel weiterhin zu Euch nehmen. Ich kehre binnen kurzem wieder. Mich deucht, Ihr könnt ein wenig Zeit ganz mit Euch selbst allein gebrauchen. Ihr werdet Euch nun umgewöhnen müssen.«

Was weißt denn du davon?, entgegnete Tavis bitter, aber nur bei sich, als sich hinter dem anderen Heiler die Tür schloss.

Er lag still da und starrte für eine ausgedehnte Weile selbige Tür an, gab das Starren dann jedoch auf, weil es ihn zu sehr ermattete. Erbittert wälzte er sein Haupt auf dem Kissen hin und her, verhielt zuletzt, als sein Blick auf das fiel, was anzusehen er bislang, seit seinem Aufwachen, vermieden hatte, genau wie am gestrigen Tag. Sein betroffener Arm war zu seiner Linken an der Stuhllehne befestigt und nur ein leichter Verband bedeckte die Stelle, wo sich zuvor eine Hand befunden hatte. Eine einfache Schlinge aus einem Stoffstreifen hielt den aufgerichteten Unterarm an des Stuhls Rücklehne fest.

Langsam langte er mit dem rechten Arm – über den eigenen Leib hinweg – nach dem linken und berührte den Unterarm, wo der Tuchstreifen ihn umschlang, ließ seinen Blick hinauf zum Verband wandern. Er schluckte, um die Einschnürung seiner Kehle zu beheben, welche ihm schier den Atem rauben wollte, zwang sich zu fortgesetztem Hinschauen.

Wie er nun ganz allein mit sich war, keines falschen Stolzes bedurfte, um Tapferkeit zu mimen, ihm überdies der Schmerz fehlte, der ihn zu sinnvollem Handeln hätte drängen und somit ablenken können, begann das volle Ausmaß seines Verlusts sich ihm, während er es gestern schlichtweg nicht geduldet hatte, schroff zu verdeutlichen. In seinem anfänglichen Schrecken war er dazu imstande gewesen, sich einzureden, das sei alles nur ein Alptraum, seine Hand werde, sobald er erwachte, unversehrt und gesund sein.

Doch dieser Traum sollte kein Ende nehmen. Ein baldiges Erwachen als unbeeinträchtigter Mann konnte es nicht geben.

Die Hand war dahin, er selbst jedoch nicht. Mit dieser Einsicht musste er nun noch lange Zeit leben.

Für ein Weilchen wehrte er sich noch, unterdrückte Tränen des Zorns. Dann nestelte seine verbliebene Hand an der Länge Tuch, welche den verstümmelten Arm hochgebunden hielt, löste den Knoten, senkte den unvollständigen Arm behutsam auf seine Brust.

Einige Zeit lang lag er reglos im Bett, barg den verkürzten Arm an seiner Brust, die Augen geschlossen, stählte sich innerlich für das Grauen, dem er sich letztendlich doch unweigerlich stellen musste. Äußerst vorsichtig erkundete er die Empfindungen in dem Stumpf, erforschte seine Beschaffenheit, untersuchte die Wahrnehmungen, welche ihm innewohnten. In seinem Arm zuckte ein Muskel und er wähnte, er könne spüren, wie sich ein Finger regte – doch er wusste, das konnte nicht sein. Diesem Arm mochten fortan höchstens noch Geisterfinger zu Dienste stehen.

Bei diesem Gedanken zuckten seine Muskeln erneut und ihm schien es, als hätten seine Geisterfinger sich zur Faust geballt.

Dies Gefühl wirkte dermaßen echt, dass er unversehens die Augen aufriss, und der verbundene Armstumpf zog seinen Blick unwiderstehlich an.

Der Anblick fuhr ihm diesmal gerade noch fürchterlicher in die Glieder. Für einiger Herzschläge Dauer starrte er den Verband voller Grausen an, zugleich wie gebannt davon, und er erlegte es sich bewusst auf, jedes kleine Fältchen des sauberen Linnens genau zu betrachten. Dann hob er die ihm verbliebene Hand und entfernte den Verband mit einer raschen Bewegung. Kalte, schauderhafte Beklommenheit packte ihn, aber er zwang sich weiterhin dazu, von dem, was er nun war, volle Kenntnis zu nehmen, in allen Einzelheiten.

Es dauerte nicht lange, bis er sich davon vollends überwältigt fühlte. Nach all der bisher aufrechterhaltenen Selbstbeherrschung entsagte er nun des gesamten Scheins, ein kühlmütiger Heiler mit der geistigen Überlegenheit nüchternen, sachlichen Abstands zu der Welt Schnödheiten zu sein, und ergab sich dem Weinen, krümmte sich auf seiner rechten Seite zusammen, drückte seine Geisterhand an seinen Busen und beweinte all das, was er verloren hatte.

Als Rhys wenig später mit dem verheißenen Morgenmahl wiederkehrte, fand er Tavis in vorerwähnter Haltung eingeschlafen vor, und er verstand, daraus zu schlussfolgern, was geschehen war; mitleidig stellte er die Speisen an der Bettstatt rechter Seite in Tavis' Reichweite ab und verließ das Gemach. Er wollte Tavis ruhen lassen, bis später am Tage Queron und Emrys eintrafen. Vorerst war Schlaf, befand er, für Tavis O'Neill die allerbeste Arznei.

Es hatte den Anschein, als wirke der Schlaf fürwahr allzeit die Wunder, welche man ihm zuschrieb, denn als Rhys das nächste Mal nach Tavis schaute – kurz vor der Mittagsstunde –, war vom jüngeren Heiler ein Großteil dessen verzehrt worden, was Rhys ihm gebracht hatte, und er plauderte geruhsam mit dem Diener, der gekommen war, um die Reste fortzuräumen. Als er sich kurz darauf abermals einstellte, diesmal in Begleitung Cambers und der beiden inzwischen angekommenen gabrielitischen Heiler, traf man Tavis an, wie er aufrecht im Bett saß. Abgesehen davon, dass Tavis, als die Männer eintraten, seinen linken Arm unter der Bettdecke verbarg, machte er einen bemerkenswert ausgeruhten, munteren Eindruck. Sogar sein Angesicht wies eine gesunde Färbung auf, eine Tatsache, die Rhys, dachte er an die erhebliche Menge Blut, welche Tavis erst gestern verloren haben musste, als außerordentlich ungewöhnlich empfand.

»Ihr habt Recht, er sieht tatsächlich wohlauf aus«, äußerte Emrys, als Rhys den beiden Heilern und Camber ins Krankengemach folgte. »Wie ergeht's Euch, Tavis, mein Sohn? Mit großem Kummer habe ich von Eurem beklagenswerten Verlust vernommen. Hier erblickt Ihr Dom Queron Kinevan. Ich glaube nicht, dass Ihr ihm bereits begegnet seid.«

Tavis musterte den ganz in Weiß gewandeten Emrys mit gleichmäßigem Blick, aber wenig freundlich, und Queron begrüßte er lediglich mit einem gleichgültigen Nicken.

»Meinen Gruß, Dom Emrys, Euer Gnaden. Dom Queron, über Euch habe ich schon vielerlei gehört. Rhys, mich erstaunt's, dass Ihr diese ehrwürdigen und erhabenen Herren mit meinem kleinen Missgeschick behelligt.«

»Kleines Missgeschick?«, wiederholte Emrys. »Ich habe eine andere Darstellung erhalten.« Er und Queron suchten die zwei Seiten der Bettstatt auf. »Dürfen wir Eure Verletzung sehen? Wie uns vermeldet worden ist, habt Ihr eine gleichsam wundersame Heilung an Euch vollbracht.«

Tavis' Haltung versteifte sich, der Arm unter der Bettdecke zuckte schwach, aber er beließ ihn darunter; er legte seine gesunde Hand wie zum Schutz auf des Armstumpfs Umriss, welcher sich unter der Decke abzeichnete.

»Ich bin keineswegs davon überzeugt, dass hier so etwas wie eine Wunderheilung vorliegt«, entgegnete er mit Vorsicht. »Wie Ihr sicherlich wisst, haben am gestrigen Abend zwei Heiler an mir gewirkt und trotz … meines Verlustes bin ich nach wie vor selber ein Heiler. Eines Heilers Leib sollte, wenn der Heiler tüchtig ist, dazu fähig sein, schneller zu heilen, als der Heiler eines anderen Leib zu heilen vermag. Ihr selbst, Dom Emrys, habt mich das zu Sankt Neot gelehrt. Gedenkt Ihr mich nunmehr, weil ich ein aufmerksamer Schüler war, zu tadeln?«

Dom Emrys, gebrechlich und in seiner weißen Gewandung nahezu von durchsichtiger Erscheinung, die hellen, albinohaften Augen wahrlich geisterhaft in seinem von unbestimmbarem Alter gezeichneten Greisenantlitz, senkte sachte eine Hand auf Tavis' rechte Schulter, achtete nicht weiter auf Tavis' ruckartiges Zusammenzucken, nach dem der junge Heiler unverzüglich die Gefasstheit zurückerlangte.

»Gewiss, mein Sohn, Ihr seid stets ein gelehriger Schüler gewesen. Bisweilen jedoch übertreffen die Schüler irgendwann ihre Lehrmeister, und das ist die Verursachung, aufgrund welcher wir zu gerne genauen Aufschluss haben möchten. Selbst wenn's nichts geben mag, was wir noch für Euch tun könnten, so mögt andererseits Ihr uns vielleicht zu erhellen, wie es uns gelungen ist, Euch mit so außergewöhnlichem Erfolg zu lehren.«

»Wir hegen volles Verständnis für Eure Zurückhaltung«, ergänzte flugs von des Bettes anderer Seite Queron. »Doch Ihr müsst Euch so oder so letztendlich mit dem erlittenen Verlust zurechtfinden. Ist's da nicht günstiger, damit den Anfang im Kreise jener zu machen, die nachzufühlen vermögen, wie schwer Ihr daran zu tragen habt? Und Ihr könnt, Ihr wisst's, die Vollwertigkeit zurückgewinnen.«

Verärgert, wenngleich er seinen Missmut zu verhehlen suchte, ließ sich Tavis ins Kissen sinken, starrte hinauf an die Decke des Gemachs, die Lippen aufeinander gepresst, in seiner ganzen Haltung krampfhaft. Die Anwesenden warteten. Nach einer Weile seufzte Tavis und brachte seinen linken Arm langsam zum Vorschein. Ein Tüchlein aus heller Seide verhüllte den Stumpf auf lockere Weise; Tavis erhob keinen Einspruch, als Emrys vorsichtig danach griff und es entfernte. Die Haut des Armstumpfs war sanft und rosig, kaum anders als bei einem Neugeborenen, und wo ärztliche sowie heilerische Eingriffe vollzogen worden waren, zeigte sich nun kaum noch eine Narbe. Das Handgelenk endete in einer glatten Rundung aus gesundem Fleisch.

»Überaus staunenswert«, bemerkte Queron gedämpft. »Sähe ich's nicht mit eigenen Augen, ich hätte es schwerlich geglaubt.«

Emrys nickte und hielt eine ausgestreckte Hand über den Armstumpf.

»Darf ich eine Untersuchung vornehmen, Tavis? Ich werde alle Rücksichtnahme walten lassen.«

»Wenn Ihr's so wünscht, nun wohl«, gab Tavis mit gepresster Stimme seine Einwilligung. »Doch es besteht keine Notwendigkeit zu sonderlicher Rücksicht. Ich habe keine Beschwerden – nur ist mir manchmal, als sei meine Hand noch vorhanden, und als könne ich mit ihr Gegenstände anfassen.«

Queron nickte. »Das ist nach dem Verlust oder der Entfernung von Gliedmaßen ein häufiges Vorkommnis. Heiler des Heeres wissen dergleichen mannigfaltig zu berichten. Bisweilen tritt sogar ein Schmerz auf, als sei das Glied ganz oder zum Teil noch da und verletzt.«

Emrys ließ sich rasch in eine tiefe Heiler-Trance entgleiten, umfasste Tavis' Arm fester, winkte Rhys näher, auf dass er an der Begutachtung teilnehme. Indem Rhys der Aufforderung nachkam, legte auch Queron seine Fingerkuppen auf Tavis' Unterarm und schloss sich der geistigen Vereinigung an. Ein Weilchen später schlugen alle drei Männer fast gleichzeitig die Augen auf und ließen von Tavis ab.

»Das ist in der Tat ungemein erstaunlich«, sprach Emrys. »Vergleichbares habe ich noch nie gesehen, außer bei solchen, die schon mit unfertigen Gliedmaßen das Licht der Welt erblickten. Die Enden der Armknochen sind miteinander verwachsen und die Muskeln haben sich umgestaltet, als müsse es genau so und nicht anders sein. Auch ist's Euch irgendwie gelungen, Tavis – aber fragt mich nicht, wie –, Eurem Körper wieder eine zum Wohlbefinden nahezu gänzlich hinlängliche Menge von Blut zu verleihen.« Er sah Rhys an. »Seid Ihr dessen sicher, dass er wirklich so viel Blut verloren hat, wie Ihr annehmt?«

Rhys zuckte mit den Achseln. »Sicher kann ich mir nicht sein, dieweil ich weder des Vorfalls Zeuge war, noch derjenige, welcher ihn im Laufe der ersten ein oder zwei Stunden danach behandelt hat. Doch sein gestriger Zustand ließ auf einen weit größeren Blutverlust schlussfolgern, als im Augenblick allem Anschein nach vorliegt. Eine Erklärung weiß ich dafür allerdings nicht zu geben.«

Verwundert wandte sich Emrys erneut an Tavis.

»Wisst *Ihr* eine Erklärung?«, wollte der Greis erfahren. Tavis schüttelte das Haupt. »Werdet Ihr mir dann gestatten, ausgiebigeren Einblick in Euch zu nehmen? Aus irgendeinem Grund, Tavis, habt Ihr überaus abweisungsvolle geistige Wälle errichtet. Wider mich, Euren alten Lehrer, müsste ein solches Betragen eigentlich überflüssig sein. Ich hatte gehofft, das sei Euch klar.«

»Ich … ich kann mich Euch gegenwärtig nicht eröffnen«, antwortete Tavis im Flüsterton, wandte das Angesicht ab und schluckte beschwerlich. »Ich bitte Euch inständigst, zwingt mich zu nichts.«

»Aber ich vermag nicht zu begreifen, wieso …«

»Dann vermögt Ihr's vielleicht zu begreifen«, brauste Tavis unter Gekeuche auf, »wenn ich Euch dies mitteile: *Sie* haben versucht, meine Geisteswehr niederzuringen!« Er drückte den verstümmelten Arm abermals an seine Brust, schob sodann beide Arme unter die Bettdecke. »Sie haben meinen … meinen Geist zu unterwerfen versucht! *Männer unserer eigenen Art* hielten mich gewaltsam fest, während sie mir die Hand abhackten. Dem Feind täte ich beistehen, sagten sie. Sieht Prinz Javan etwa aus wie ein Feind?!«

Darauf konnte man wenig erwidern. Nach ein paar abschließenden Floskeln verabschiedeten sich die Besucher, und Rhys, nachdenklich und wortkarg, geleitete Emrys und Queron aus dem Gemach, gefolgt vom ebenso schweigsamen Camber. Die vier Männer bewahrten Schweigen, bis sie sich in Cambers Gemächern im Erzbischöflichen Palast befanden, aber am Abend – zu welchem Zweck sich Joram und Evaine zu ihnen gesellten – besprachen sie Tavis O'Neills Schicksal, unterhielten sich mit gedämpften Stimmen, die von Bedrückung zeugten.

»Es ist so, als hätte er sich geistig eingemauert«, äußerte Rhys.

»Und in seinem Innern hat eine Verbitterung Wurzeln geschlagen, die mich wahrhaftig ernstlich mit Beunruhigung erfüllt. Ich weiß nicht recht, was ich davon halten soll.«

»Ich hoffe, *ich* weiß es auch nicht«, sprach nach ausgedehntem Schweigen Queron. »Einmal hatte ich mit einem ähnlichen Fall zu tun, damals als ich noch zu Sankt Neot lehrte. Entsinnt Ihr Euch, Emrys? Da war ein aufs Schönste begnadeter junger Heiler-Novize – Ulric lautete sein Name.«

Emrys nickte und seufzte, schüttelte dann bekümmert sein Haupt, derweil Queron weitersprach.

»Tja, und eines Tages ... ja, da gebärdete er sich urplötzlich wie ein Berserker. Er forderte den Novizen-Meister zum *Duellum Arcanum.* Er hatte gleichsam noch keine förmliche Unterweisung in derlei Angelegenheiten genossen, aber er schaffte es, den Novizen-Meister zu überwinden und ihn zu töten, und dabei war Letzterer ein Adept von hohem Rang, selbst ein Heiler und im Besitz sehr machtvoller Geistesfähigkeiten. Nun, und die Ähnlichkeit, die ich vorhin erwähnt habe, sie besteht darin, dass selbiger Ulric, ehe seine Tollwut ausbrach, für längere Zeit eine gleichartige, so verstockte geistige Abschirmung aufrechterhielt, sodass es keine Möglichkeit gab, ihn auf geistiger Ebene zu erreichen und anzusprechen. Er schimpfte uns Teufel und Gotteslästerer und er trachtete wahrlich danach, die ganze Abtei in Trümmer zu legen. Emrys schoss ihm einen Pfeil durchs Herz, gleich dort im Klosterhof, andernfalls hätte Ulric uns allesamt ins Verderben gestürzt. Er hatte sich wider die eigene Art gekehrt.«

»Und Eure Befürchtung ist, mit Tavis könne es gleich ergehen?«, meinte Evaine nach einem kurzen Schweigen allgemeiner Betroffenheit. »Aber er hat auf mich stets einen so sanftmütigen Eindruck gemacht.«

Bedächtig schüttelte Queron das Haupt. »Bedauerlicherweise vermag ich nichts Genaues zu sagen, ehrenwerte Dame. Ich bin mir nicht einmal allzu sicher, ob ich's überhaupt in Erfahrung bringen möchte. Rhys, gehe ich fehl in der Annahme, dass Ihr's im Grundsatz als ungerechtfertigt empfindet, an Tavis Eure kleine heilerische Besonderheit zu erproben, oder wie denkt Ihr darüber? Ich meine, um seine Geistesfähigkeiten abzublocken, bis wir mit reinem Gewissen davon ausgehen dürfen, dass er nicht um den Verstand kommt und sie missbräuchlich anwendet?«

»Das ist anbeträchtlich der gestrengen Sittlichkeit des Heilertums eine höchlichst heikle Fragestellung«, lautete Rhys' Antwort. »Zudem möchte es bereits zu spät dafür sein. Wie wir ermittelt haben, ist eine freiwillige Mitwirkung vonnöten – und dass ausgerechnet er darin nicht einwilligen wird, das ist Euch gewisslich *klar*. Ferner denke ich an diese absonderliche Weise, wie seine Geisteswehr Schwankungen unterliegt – ich weiß nicht, ob ich ohne Not das Wagnis eines etwaigen geistigen Widerstreits eingehen möchte. Im Haupt dieses Mannes gehen sehr sonderbare Dinge vor.«

»Sollen wir denn ganz einfach aufgeben?«, fragte Camber. »Rhys, beachtet doch, dass er eine im Grunde genommen höchst gefährliche Stellung einnimmt, da er zurzeit der einzige Deryni im Königlichen Haushalt ist, in welchem die Regenten nach Gutdünken wirtschaften und walten, gefahrvoll nicht allein für ihn, sondern wenigstens in gleichem Maße für uns. Falls sein Groll wider andere Deryni eines Tages groß genug ist ... Nun, mit Tavis zu ihrer willfährigen Verfügung vermöchten die Regenten überall der Deryni habhaft zu werden, wo immer sie sich auch verbergen wollten.«

»Nicht jedoch, falls ich andere lehren kann, wie man Deryni-Fähigkeiten abblockt«, gab Rhys zur Antwort.

»Aber wen beabsichtigt Ihr's zu lehren? Das ist doch die alles entscheidende Schwierigkeit. Emrys, Queron, Gott weiß, Ihr habt's mit aller angebrachten Mühewaltung versucht – aber einmal angenommen, man kann's nicht lernen? Rhys, könntet Ihr dann wirklich und wahrhaftig hingehen und Euch mit Revan ans Werk machen? Hättet Ihr die Kraft die erforderlichen Opfer zu bringen? Und selbst wenn Ihr darauf mit einer Bejahung antworten könnt und es danach tatsächlich vermögt, wir haben keinerlei Gewissheit, dass der von uns ausgeheckte Kultus sich auch durchsetzt. Obendrein sind's ja nur einige wenige Deryni, welche wir auf diese Art und Weise schützen könnten. Und es dürfen nicht einmal die Besten sein, denn die Besten und Tüchtigsten müssen unbeeinträchtigt bleiben, auf dass sie das Erbe unserer Art den Kindern weiterreichen.«

Mit einem entgeisterten Schnaufen lehnte sich Queron auf seinem Stuhl zurück und starrte Camber an. Emrys, stets die Ruhe selbst, schüttelte ungläubig sein Haupt und legte eine Hand auf Cambers Arm.

»Was denn! Alister, Alister, *Ihr* wollt uns doch wohl nicht verzweifeln? Ihr, der Ihr unser Fels der Besonnenheit und Ermutigung seid?! Glaubt Ihr fürwahr, niemand könne es lernen?«

Camber stützte müde die Stirn an einen Handballen und schüttelte matt das Haupt. »Ich weiß es nicht. Vergebt mir, Emrys. Es liegt wohl daran, dass wir alle uns schon seit so langem bemühen und immerzu abmühen, jeder mit seinen Mitteln und auf seine Weise, und doch wird die Lage im Reich, so kommt's mir wahrhaftig vor, mit jedem Tag, der verstreicht, nicht besser, sondern ärger. Und ich bin der Auffassung, wir müssen uns mit dieser Zwickmühle, die ich aufgezeigt habe, ernstlich auseinander setzen. Denn wollten wir die Besten geistig blockieren, um sie, die Besten, zu retten – ja, wer sollte dann die Nachfahren unterrichten? Ach, wir waren so toll wie Euer Ulric, jemals geglaubt zu haben, ein solcher Plan könne wohlgeratene Frucht tragen!«

Erschrocken hob Rhys eine Hand und legte sie auf Cambers Schulter, wandte sich zugleich auf geistiger Ebene an ihn.

Mut! Du darfst dergleichen Anwandlungen nie und nimmer vor Emrys und Queron zeigen. Oder ist es deine Absicht, ihnen alles zu enthüllen?

Mit einem innerlichen Ruck errang Camber seines Gemütes Gefasstheit und Gleichgewicht wieder, zwang sich dazu, seinen Blick auf Rhys verweilen zu lassen. Weiß Gott, er hegte *nicht* die Absicht, die anderen in alles einzuweihen. Sie wähnten Camber seit langer Zeit tot und sahen in ihm einen Heiligen; und es war besser, es blieb so. Nichtsdestotrotz hatte Rhys Recht. Wenn er sich keine noch stärkere Selbstbeherrschung auferlegte, bestand durchaus die Gefahr, dass er gegen seinen Willen alles aufdeckte.

»Um Vergebung«, sprach er mit leiser Stimme und senkte das Haupt. »Herr, hilf meinem Unglauben! Ja, es mag sein, dass es gelingen kann. Vielleicht sollten wir uns an einen anderen begabten Heiler wenden? Etwa Oriel? Rhys, ist's denkbar, dass er für Tavis' staunenswürdige Heilung die Verantwortung trägt?«

Sie erwogen diese Möglichkeit, obschon von Rhys, der in der vergangenen Nacht gemeinsam mit Oriel gewirkt hatte, in dem jungen Heiler nichts ersehen worden war, was ihn von anderen Heilern in herausragender Weise unterschieden hätte. Außerdem war es für Oriel unmöglich gewesen, Tavis nochmals aufzusuchen, ohne bemerkt zu werden.

Den Verdacht, Prinz Javan könne bei dieser rätselhaften Sache seine Hand im Spiele gehabt haben, brachte niemand zur Sprache. Und schon gar nicht kam das Gespräch darüber auf, was wohl in jener anderen Nacht geschehen sein mochte, falls Javan, als man ihm gewisse Kräfte schenkte, zugleich auch die Macht zu dem empfing, was er, wie einige der Anwesenden mittlerweile zu mutmaßen begannen, an Tavis verrichtet hatte.

Auch Javan machte sich in wachsendem Maße seine Gedanken über besagte Nacht, und ebenso in Bezug auf das seltsame seelische Band, das er, wie es für ihn den Anschein besaß, zu Tavis geflochten hatte, aber als er am Abend mit seinen Brüdern redete, erwähnte er weder das eine noch das andere mit allzu klaren Worten. Zuvor hatte er bereits mit Tavis zu Abend gegessen, doch wie auf der Grundlage einer stillen Übereinkunft war dabei durch keinen von ihnen auf die Ereignisse der vorangegangenen Nacht angesprochen worden.

Doch als sich Javan kurz vorm Abendgebet zu Alroy und Rhys Michael gesellte, um den beiden Brüdern über die Fortschritte in Tavis' Genesung zu berichten, lenkte er die Unterhaltung auf die Nacht, in welcher ihr Vater verschieden war, und warf die Frage auf, an was aus selbiger Nacht sich ein jeder von ihnen entsinnen könne. Da erwies sich, dass Alroys Erinnerung in dieser Hinsicht keineswegs besser war als Javans, wogegen sich Rhys Michael nicht dazu verleiten ließ, diese Fragestellung ernsthaft zu erwägen, dieweil er sich gerade vollauf seinen Spielzeug-Rittern widmete. Alroy brachte Tavis' fortgeschrittener Gesundung hohes Interesse entgegen und freute sich sehr darüber, doch er zog es vor, sich in kein allzu ausgiebiges Gespräch über den stattgefunden Anschlag verwickeln zu lassen.

»Aber wir müssen darüber reden«, murrte Javan im Flüsterton, indem er seinen Bruder zudringlich in eine Fensternische nahe am Kamin nötigte. »Deryni haben ihn überfallen. Deryni haben ihm die Hand abgehauen – eines *Heilers* Hand, Alroy! *Meines* Heilers! Wäre nun einer Eurer Freunde davon betroffen, dann würdet Ihr sehr wohl etwas unternehmen!«

»Ach, was könnte ich denn schon tun?«

»Ihr seid der König! Ihr vermögt ihre Festnahme zu befehlen.«

»Aber ich weiß noch nicht einmal, wer sie waren, Javan. Außerdem bin ich bloß dem Titel nach der König. Ich kann nichts tun, mit dem die Regenten nicht einverstanden sind.«

»Dann bringt sie dazu, ihr Einverständnis zu erteilen«, entgegnete Javan heftig. »Hört zu, Ihr selbst habt mir erzählt, dass dem Kronrat Berichte über Banden von Burschen mit derynischem Blut vorliegen, die das Land unsicher machen und Reisende behelligen. Die Männer, von denen wir angegriffen worden sind, können durchaus einer dieser Horden angehören. Gewiss, sie waren gekleidet wie Edelleute. Doch diesmal haben sie sich an jemandem aus dem Gefolge des Königshauses vergangen. Und Rhys Michael und ich, wir hätten ganz gut ebenso zu Krüppeln gehauen oder gar ermordet werden können, oder etwa nicht?! Könnt Ihr denn nicht irgendetwas in die Wege leiten, mein Königlicher Bruder?«

Alroy seufzte und musterte seinen Zwillingsbruder reichlich missvergnügt. »Du machst mir das Dasein als König beileibe nicht leichter, Javan. Du bist nur ein Jüngling, so wie ich. Wir können den Lauf der Welt nicht ändern.«

»Ihr seid nicht irgendein Jüngling, sondern ein König!«, schnauzte Javan aufgebracht. »Und wenn Ihr solche Vorfälle unvergolten durchgehen lasst, dann werdet womöglich Ihr das nächste Opfer eines derartigen Anschlags sein. Wendet Euch doch mir zuliebe wenigstens an die Regenten und ersucht sie darum, etwas zu tun. Sie hassen die Deryni. Sie dürften nach meiner Ansicht mehr als bereitwillig zu Taten gesonnen sein und werden möglicherweise eine ganze Anzahl von Deryni ergreifen und vorführen lassen, sodass Tavis unter ihnen nach den Schandtätern Umschau halten kann. Wisset, er ist davon überzeugt, er vermöchte sie wieder zu erkennen.«

Alroy straffte sich und maß seinen Bruder mit aufmerksamem Blick. »Dazu wäre er in der Lage?«

»Freilich.«

»Ach, aber würde er sie benennen?«, meinte Alroy. »Immerhin ist er ja auch ein Deryni. Wollte er solche seines Schlages anprangern?«

Javans Mund nahm einen harten Ausdruck an. »Er wird jene verraten, die ihn verstümmelt haben«, erwiderte er leise. »Das dürft Ihr mir getrost glauben.«

Alroy dachte für recht lange Zeit darüber nach. Zu guter Letzt nickte er bedächtig.

»Nun wohl. Ich werde mich an die Regenten wenden. Aber versprich dir davon keinerlei Wunder und Mirakel. Sie teilen deine Vorliebe für Tavis ohnehin nicht. Er hat nur bei Hofe bleiben dürfen, dieweil du so einen Aufruhr veranstaltet hast.«

»Und ich werde ihnen abermals den einen oder anderen Aufruhr liefern, wenn sie nicht nach meinem Wunsch verfahren«, knirschte Javan unterdrückt. »Ich *will* diese Männer haben, die Tavis das angetan haben, Königlicher Bruder! Und ich will, dass sie das Gleiche erleiden müssen wie Tavis – bevor sie hingerichtet werden. Man muss in diesem Lande lernen, dass *niemand* sich an Gefolgsleuten des Königshauses Haldane zu vergreifen hat!«

16

Denn die Elemente wandeln sich untereinander, wie auf einer Harfe die Töne des Rhythmus Art ändern …

Buch der Weisheit 19,18

Mehrere Nächte später trat der Camberische Rat wiederum zusammen und nicht allein Davin, Ansel und Jesse waren als Gäste zugegen, sondern auch Emrys und Queron. Einziger Gegenstand der Beratung war Tavis.

»Nun, nichtsdestotrotz, ich glaube unvermindert, der Ernst dieser Angelegenheit wird hier überschätzt«, sprach Gregorius. »Tavis O'Neill ist ein gewissenhafter Heiler und eng befreundet mit Prinz Javan. Er behütet den Jüngling wider die Regenten. Selbst wenn er keiner von uns ist, auf jeden Fall ist er ein Deryni im Herzen der Königsburg. Sollte es notwendig sein, können wir uns auf ihn verlassen, habe ich im Gefühl.«

»Im Gefühl, aha, aber Ihr habt keine Gewissheit?«, meinte Camber. »Daran aber wäre uns eben sehr gelegen. Inzwischen ist seit dem Anschlag fast eine Woche verstrichen, und während dieser Zeitspanne hat Tavis niemanden in sein Innenleben Einblick nehmen lassen, sondern ausschließlich rein körperliche Untersuchungen gestattet. Seine geistigen Schilde sind so stark, dass ich bezweifle, irgendwer oder irgendetwas kann sie durchdringen – es sei denn, mit Gewalt, und das wäre wahrscheinlich sein Verderben.«

»Drogen, das ist eine Möglichkeit, die uns noch offen steht«, erklärte Rhys. »Wenn wir fürwahr so besorgt über seine möglichen Absichten sind, wie's mir hier den Anschein haben will, nun ja, ich vermag mir vorzustellen, dass sich ein Vorwand finden lässt, dank welchem ich ihm einen Trank mit irgendetwas darin unterschieben kann, um eine Geistesverbindung zu erzwingen.«

»Das klingt sicherlich verführerisch«, sprach Camber. »Ich hege allerdings meine Zweifel daran, dass es gelingen wird, ihm etwas ›unterzuschieben‹, da er jüngst solchen Argwohn wider uns entwickelt hat, doch andererseits, je länger wir zaudern, umso mehr gewinnt er, so will's mich dünken, wieder an Stärke, und damit vermindert sich die Wahrscheinlichkeit eines derartigen Erfolgs. Welche Meinungen vertreten die anderen Anwesenden?«

»Ich erachte ein solches Vorgehen als ungemein töricht«, äußerte sofort Gregorius. »Tavis ist kein Verräter, er ist ein Opfer. Falls es nicht irgendetwas mit dieser Sache auf sich hat, das Ihr uns verschweigt, kann ich diese Besorgnis schlichtweg ganz und gar nicht begreifen.«

Evaine, welche den Lauf absah, den die Unterhaltung nehmen müsste, lenkte man sie nicht in eine günstigere Richtung, seufzte und schüttelte ihr Haupt.

»Uns ist klar, dass er ein Opfer ist, Gregorius. Aber nichtsdestoweniger steht er dem Königshaus sehr nahe, vor allem Javan. Und heute haben wir erfahren, dass einer der Brüder – wir müssen annehmen, Alroy war's, obwohl es ihm vermutlich von Javan eingeflüstert worden ist – dem Regentschaftsrat eingeredet hat, es sei unbedingt vonnöten, endlich diese Deryni-Banden ernstlich zu jagen und zur Strecke zu bringen. Jaffray, wolltet Ihr wohl so gütig sein und hier berichten, was sich heute im Rat ereignet hat?«

Jaffray nickte.

»Evaine hat vollauf Recht. Zwar war der König heute nicht anwesend, doch hat Tammaron die Angelegenheit unterbreitet. Es heißt nun, jene Schurken hätten's in Wahrheit auf die beiden Prinzen abgesehen gehabt, sich nur an Tavis vergriffen, weil sie sich den Brüdern nicht zur Genüge nahen konnten. Natürlich, hieß es ferner, hege Tavis die volle Bereitschaft, bei der Ausfindigmachung der Täter zu helfen – und ich sehe keinen Anlass zu bezweifeln, dass er das wirklich beabsichtigt. Hätte ich durchmachen müssen, was der junge Tavis erlebt hat, ich würde wohl ebenso nach Rache lechzen.«

Jebedias, der sich in der vergangenen Woche in der michaelitischen Komturei zu Argoed aufgehalten hatte, zog mit einem narbigen Zeigefinger eine der goldenen Einlegearbeiten vor ihm auf der Ratstafel nach.

»Ich habe aufgrund all dessen den Eindruck, wir bräuchten jemanden an Ort und Stelle, der Tavis besser als wir im Augenmerk behalten kann. Zu dumm, dass aus der Königlichen Leibwache meine Vertrauten allesamt entfernt worden sind. Der Königliche Haushalt wird, sollte ich meine Wette nicht verlieren, im Verlauf des kommenden Sommers nach Rhemuth ziehen und der rechte Mann am richtigen Fleck könnte uns sehr nutzreich auf dem Laufenden halten.«

»Ein Mensch?«, meinte Evaine. »Sonst käme niemand infrage, denn einen anderen Deryni würde Tavis entdecken können. Aber einen dem Dienst an uns verschworenen Menschen vermöchte er ebenso leicht zu entdecken, sobald er erst einmal das geringste Misstrauen hegt.«

Versonnen nickte Jebedias. »Diese Erwägungen sind richtig. Und versähen wir einen Menschen auch mit hinlänglichem Schutz wider eine Entdeckung, der Mann wäre von geringem Nutzen, ginge es um eine schnelle Übermittlung neuer Erkenntnisse.« Er stieß einen Seufzlaut aus und überlegte für ein Weilchen, dann hob er von neuem das Haupt. »Rhys, wie wär's, wir wenden Euren kleinen Heilerkunstgriff an? Ich meine, wenn wir einen Deryni mit abgeblockten Geisteskräften schicken?«

Mit spöttischer Miene hob Joram die Brauen. »Das

könnte die vorerwähnte Schwierigkeit nicht beheben. Wie sollte er mehr von Nutzen sein als ein Mensch, solange seine Geistesgaben blockiert sind? Nun ja, gewiss, es ließe sich eine Art geistiger Brücke schlagen, sodass wir dazu imstande wären, sein Bewusstsein von diesem Ort aus anzuzapfen, das mag sein, und das wäre recht hilfreich, allerdings nur unter der Voraussetzung, dass er sich darüber im Klaren ist, worauf er achten soll – doch wäre wiederum das der Fall, so vermöchte auch Tavis zu erkennen, worum es geht.«

Zaghaft reckte Davin einen Arm. »Vielleicht bleibt halt keine Wahl, als ein gewisses Wagnis mit in Kauf zu nehmen. Gewisslich hat Tavis O'Neill anderes zu tun, als jeden beliebigen Mann auszuforschen, der als Leibwächter in des Königshauses Dienste tritt. Und zudem, man könnte ja unseren Mann mit blockierten Geistesgaben aussenden und sie anfänglich auch abgeblockt belassen, sie ihm jedoch später, nachdem man ihn als vertrauenswürdiges Mitglied des Königlichen Gefolges anerkannt hat, zur Gänze wiedergeben.«

Camber nickte. »Das will mir schon eher gefallen. Glanzvoll überlegt, Davin.« Er ließ seinen Blick durchs Rund der anderen Beratungsteilnehmer schweifen. »Die nächste Frage lautet nun naturgemäß, wo finden wir einen geeigneten Mann? Es müsste jemand sein, der so gut wie unbekannt im Reich ist, zugleich jedoch jemand, dem man das Wissen um dieses Rates Vorhandensein anvertrauen kann. Das schränkt unsere Auswahl ganz erheblich ein.«

»Ja, fürwahr, das ist richtig«, pflichtete Jaffray bei. »Queron, Emrys, wüsstet Ihr jemanden, den Ihr uns mit gutem Gewissen empfehlen könntet? Queron, befindet sich unter Sankt Cambers Knechten keiner, der sich für so etwas eignete?«

Queron schüttelte das Haupt. »Es gibt in unseren Reihen nur wenige Deryni, Euer Gnaden. Und diesen wenigen ermangelt's an Kenntnissen des Waffenhandwerks, sodass sie eine solche Stelle nicht einzunehmen vermöchten. Doch der Gedanke, jemanden aus einem Kloster zu erwählen, dünkt mich im Grundsatz sehr aussichtsreich.« Er wandte sich an Emrys. »Käme einer Eurer Gabrieliten-Novizen in Frage, Emrys? Oder ein Michaelit, Jebedias? Ein solcher Mann wäre freilich eher geeignet. Wie wär's mit einem tüchtigen jungen Michaeliten?«

Nun jedoch war es an Jebedias, das Haupt zu schütteln. »Alle, die schon ausreichend im Kriegshandwerk und in der Kriegskunst erfahren sind, haben in jüngster Zeit diese oder jene Ämter besessen. Nein, was wir brauchen, ist ein fähiger Deryni, welcher nicht aus diesen Kreisen stammt.«

»Wie wäre es denn mit mir?«

Davin war es gewesen, der das gesprochen hatte, und nun richteten sich aller Augen voller Erstaunen auf ihn. Evaine machte Anstalten, ihr Haupt zu schütteln, in ihrer Miene einen Ausdruck des Schreckens, doch Davin hob eine Hand und ließ seinen Blick rundum wandern.

»Nein, ich bitte, man höre mir zu. Mein Vorschlag liegt wirklich nahe. Das Waffenhandwerk habe ich erlernt, ich bin ein Vertrauter dieses Rates und ich …«

»Und man würde Euch überall erkennen, wohin Ihr Eure Schritte auch lenkt, Graf von Culdi«, fiel Camber ihm ins Wort und schüttelte mit allem Nachdruck das Haupt. »Nein, dergleichen wünsche ich nicht einmal anzuhören.«

»Um Vergebung, Bischof Alister«, erwiderte Davin mit leiser Stimme, »doch erlaubt mir die Bemerkung, dass die Entscheidung ja nicht Euch allein obliegt. Onkel Joram, habt Ihr mir nicht einmal erzählt, wie nach meines Vaters Ermeuchelung mein Großvater eine Gestaltwandlung an Euch und Herrn Rhys vollzog, um Euch zeitweilig das Aussehen zweier Bediensteter zu verleihen, sodass Ihr entweichen konntet, um Prinz Cinhil mit Eurem Beistand aufzuwarten?«

Gregorius gab ein gedämpftes Pfeifen anerkennungsvollen Staunens von sich, und rings um die Ratstafel ertönten mehrere Seufzer, als Joram langsam und widerwillig nickte. Camber, der seine innere Erregung nur mit erhöhter Mühewaltung zu meistern vermochte, sah in seines Sohnes Schläfe das Blut wuchtig pochen.

»Habt Ihr's mir nicht erzählt, Oheim?«, wiederholte Davin leise.

Allmählich errang Joram, wenngleich mit einiger Anstrengung, seine Selbstbeherrschung zurück, löste seine Hand, an welcher die Knöchel sich weißlich abzeichneten – so gewaltsam war der Zugriff gewesen –, von der Ratstafel Kante, schluckte dann beschwerlich, nahm zu seiner innerlichen Beruhigung einen tiefen, ergiebigen Atemzug.

»Doch, ja, das habe ich erzählt.«

»Und Ihr, Ohm Rhys«, sprach Davin weiter. »Ihr seid ebenfalls dabei gewesen. Ihr habt an jenem Abenteuer mitgewirkt. Und ich bin sicher, Tante Evaine weiß, wie sich so etwas bewerkstelligen lässt.« Er schaute vom einen zum anderen der Genannten, suchte zu ergründen, wie sie seinen Vorschlag aufnahmen. »Versteht Ihr nicht? Das ist einwandfrei die Lösung. Einer von Euch vollführt an mir eine Gestaltwandlung und Onkel Rhys blockt zeitweilig meine Geisteskräfte ab. Ich erhalte Aussehen und Namen eines Menschen, der alle Aussichten hat, dass seine Bewerbung um die Aufnahme in die Königliche Leibwache von Erfolg gekrönt wird. Nein, halt – noch besser, ich trete an die Stelle eines Königlichen Leibwächters, der sich bereits unbefangen im Gefolge des Königshauses tummeln kann. Und sobald ich mich sicher fühle, behebt Onkel Rhys die Blockierung und ich berichte dem Rat regelmäßig über einen Mittelsmann – womöglich den Herrn Erzbischof Jaffray. Oder vielleicht über eine geistige Brücke. Man glaube mir, das ist wirklich und wahrhaftig die gelungenste Lösung.«

Derweil der Jungmanne eifrig in den Mienen der Angesprochenen las, heftete Gregorius seinen Blick auf Joram.

»Nun, was also, seid Ihr dazu in der Lage?«

»Nein.«

»Joram!«, schalt Evaine. »Freilich bist du's.«

»Aber ich werd's nicht tun«, entgegnete Joram hartnäckig.

»Ich weiß, damals war's nun einmal notwendig.« *Und auch bei anderen Gelegenheiten, ja,* erreichte ein zusätzlich von ihm übermittelter Gedanke Evaine. »In diesem Fall jedoch deucht mich ein derartiges Vorgehen bei weitem zu waghalsig. Was soll werden, wenn man ihn entdeckt? Er ist auch dein Neffe, Evaine.«

»Dessen bin ich mir wohl bewusst.«

Gefasst blickte Evaine über die Ratstafel hinweg ihren Gemahl an. In ihres Gemüts Hintergrund spürte sie ihres Vaters erschrockene Betroffenheit, mit welcher er einsah, dass er allem Anschein zufolge wieder einmal nicht dazu imstande war, etwas zu verhindern – da es nun bereits einen unabwendbaren Eindruck erregte –, was ihm gar nicht behagen mochte.

»Rhys, wie lautet dazu deine Meinung? Könnte Davin diese Aufgabe erfüllen, wenn er sich auf eine Blockierung seiner Geistesgaben sowie eine Gestaltwandlung zu stützen vermag? Letztere kann ich vornehmen, solltest du dich dadurch überfordert fühlen.«

Rhys seufzte, da er sehr wohl das Widerstreben ersah, das Evaine durchaus nicht minder empfand als ihr Vater, doch er sah ebenso, dass es an einleuchtenden Begründungen für einen Widerspruch ermangelte.

»Ich kann bei ihm eine Abblockung bewirken, gewiss. Mir wäre es lieber, ein anderer verstünde sich genauso darauf, sodass sie auch rückgängig zu machen wäre, sollte mir etwas zustoßen, aber dessen ungeachtet muss ich gestehen, ich kann mich nur der Auffassung anschließen, dass Davin, so hat's vollauf den Anschein, der einzige geeignete Mann für die geschilderte Aufgabe ist – vorausgesetzt freilich, wir müssen diese Maßnahme tatsächlich ergreifen. Ich habe mir das Gehirn zermartert, seit davon Rede geführt wird, aber zu meinem Leidwesen muss ich bekennen, mir ist kein angenehmerer Weg eingefallen, dank dessen man Tavis, diese launischen Prinzen und die noch unberechenbareren Herren Regenten im Auge behalten könnte. Lasst mich Folgendes sagen: Wenn Davin bereit ist, mag er's versuchen.«

»Und wenn die Maßnahme fehlschlägt, wirst du dann sein Blut auf dein Haupt nehmen?«, fragte Joram schroff nach. »Sollen wir's wagen, einen aus unserer Mitte in einer so überaus heiklen Machenschaft mit Leib und Leben aufs Spiel zu setzen?«

»Es klebt ohnehin längst Blut an unseren Händen«, wandte Evaine mit unterdrückter Stimme ein und gedachte der vielen, vielen Wackeren, die bereits ihr Leben hatten lassen müssen. »Aber gilt's noch mehr zu wagen, so wollen wir lieber unser bestes Blut gefährden, auf dass uns Erfolg beschieden sei, wenn's irgendwie möglich ist, statt jene in Gefahr zu bringen und unter Umständen zu opfern, die weniger fähig sind und daher mit weit höherer Wahrscheinlichkeit zum Scheitern verurteilt sein dürften.«

»Amen, sage ich dazu«, merkte Jaffray gedämpft an.

»Können wir uns nunmehr in dieser Angelegenheit einigen?«, wollte sich Evaine vergewissern. »Ich gebe mein Ja, ebenso geben's Rhys und Erzbischof Jaffray, und natürlich ist Davin sowieso einverstanden. Joram dagegen lehnt den Vorschlag ab. Gregorius, wie äußerst du dich?«

»Ja, ich bin dafür.«

»Und Ihr, Pater Alister?«

Über das Band der Liebe, das sie beide umschlang, spürte Camber Evaines Bedauern, ihre kummervolle Fügung ins Notwendige und Unabwendbare, und er wusste, sie hatte in dieser strittigen Sache vollkommen Recht. Langsam nickte er, wagte seinem Sohn nicht in die Augen zu sehen. Er fühlte, wie ihm von seiner Tochter Ermutigung zufloss, ihn kraftvoll in seiner Entscheidung bestärkte, dann widmete sie ihre Aufmerksamkeit Jebedias.

»Und Ihr?«

»Er hat Recht. Wir haben sonst niemanden zur Wahl. Ich gebe dazu mein Jawort.«

»Dann soll es geschehen«, sprach Evaine leise. »Um Vergebung, Bruder«, fügte sie hinzu, als Joram das Haupt senkte und sich auf die Lippe biss.

Nach einem ausgedehnten Schweigen war es Davin, der als Erster von neuem zu sprechen wagte. »Nun wohl, dann ist der Beschluss also gefasst. Wann kann ich mich ans Werk machen?«

»Eine Woche wird sicherlich noch ins Land gehen«, antwortete rasch Jebedias. »Mich dünkt's am günstigsten, diesen oder jenen Befehlshaber der Königlichen Leibwache zu ermitteln, der irgendeinen neuen Bewerber weiß, ihn einerseits kennt, andererseits aber nicht zu gut mit ihm bekannt ist, und außerdem haben wir uns gründlich mit den Vorschriften und Regeln der Leibwache zu befassen, damit Ihr wisst, woran Ihr da eigentlich seid. Das Dasein eines Königlichen Leibwächters ist – bei allen möglichen Vorzügen – durchaus anders als das Leben eines Grafen, zumal sie größtenteils, falls überhaupt von edlem Blut, dem niedrigen Landadel entstammen. Eine

Woche mindestens, lasst mich sagen. Evaine, Rhys, teilt Ihr meine Einschätzung?«

Beide nickten zugleich.

»Es braucht seine Zeit, mit ihm gemeinsam die Blockierung und auch die Einpflanzung falscher Erinnerungen vorzubereiten und zu verwirklichen«, erläuterte Rhys. »Außerdem müssen wir ihm den Drang eingeben, sich zu einem bestimmen Zeitpunkt an einem bestimmten Ort einzufinden, damit ich die Blockierung wieder beheben und sein gewohntes Gedächtnis wiederherstellen kann, sobald er unter sicheren Umständen zu wirken vermag. Es muss sich um irgendeine Örtlichkeit handeln, welche Königliche Leibwächter in ihrer freien Zeit aufsuchen können, ohne Verdacht zu erwecken. Und ich bin auch davon überzeugt, dass Evaine sich mit der erforderlichen Gestaltwandlung mehr als nur ein einziges Mal befassen muss.«

Zwei Wochen später war alles bereit. Es beanspruchte allein eine volle Woche, Davin in der kriegerischen Zucht zu unterweisen, denn er musste in seiner Tarnung einen erheblich niedrigeren Rang bekleiden, als ihm aufgrund seiner Stellung als Graf vertraut war; und eine zweite Woche lang widmete er sich der engen, vertrauensvollen Zusammenarbeit mit Rhys und Evaine, übte sich in der Erlangung eines Zustands vollkommener Entspanntheit, wie er vonnöten war, um bei den beabsichtigten Maßnahmen die gelungensten Ergebnisse zu erzielen. Unterdessen machte Jebedias jene Führer der Königlichen Leibwache ausfindig, die sich mit Bewerbern und ihrer Indienststellung beschäftigten und welche daher für Davin in der von ihm zu übernehmenden Rolle bürgen konnten. Gleichfalls fand man einen Kriegsmann, an dessen Stelle Davin zu treten imstande sein sollte: einen Junker Eidiard von Clure, einen hoch gewachsenen

Jungmannen aus dem Hochland, der ungefähr Davins Körperbau besaß und ihm auch in der farblichen Beschaffenheit von Haut und Haaren annäherungsweise entsprach, und außerdem war ihm kürzlich die Aufnahme in die Königliche Leibwache verheißen, er aber bislang noch nicht an den Hof gerufen worden. An einem vereinbarten Abend versammelte sich der ganze Camberische Rat – mit Ausnahme Jebedias' – unterhalb der Ratskammer in der *Keeill.*

Keeill – der Begriff bedeutete Kapelle oder Heiligtum, und diese *Keeill* war bereits uralt gewesen, als die ersten Haldanes die Landstriche befriedeten, welche später zu Gwynedd zusammenwuchsen, vor nicht weniger als drei Jahrhunderten. Die *Keeill* und ebenso der Hauptteil der darüber befindlichen Räumlichkeiten des Camberischen Rates, die Ratskammer eingeschlossen, lagen wohl verborgen unter einem hohen, von Felsen gesäumten Tafelberg in den zerklüfteten Rhendaller Bergen, fast in Sichtweite des Meeres. Das Vorhandensein der *Keeill* selbst schrieb man einer alten derynischen Bruderschaft zu, den Airsid, und offenbar hatten selbige schon damals auch mit Arbeiten in jenem Hohlraum begonnen, der nun die Beratungskammer umfasste, doch waren sie gleichsam sang- und klanglos verschwunden, ehe sie das angefangene Werk vollenden konnten –, und niemand wusste den Grund.

Weder die *Keeill* noch des Camberischen Rates Kavernen waren auf andere Weise zugänglich als durch eine Porta Itineris, und darüber, wie es überhaupt gelungen war, in des Tafelberges Innerem ursprünglich eine solche einzurichten, ließen sich bestenfalls Vermutungen anstellen. Selbst die Wiederentdeckung dieser Anlagen in den Eingeweiden der Berge verdankte man nur einem Zufall, einer beiläufigen Erwähnung in einer der steinalten Schriften, welchen Evaine nach wie vor den meisten Teil ihrer erübrigbaren Zeit widmete. Und danach waren noch etliche Monde verstrichen, bis die Eingeweihten sich die Örtlichkeit, wo die entsprechende Porta Itineris sein musste, annähernd hinlänglich vorstellen zu können glaubten, um einigermaßen ihre Benutzung wagen zu dürfen.

Doch zu guter Letzt war das Wagnis eingegangen und mit der Entdeckung der *Keeill* sowie der anderen, erst teilweise fertigen Kavernen belohnt worden, und auf diese Weise waren sie an eine behütete, sichere Versammlungsstätte gelangt, zugleich einen Ort, der als Sanktuarium für rituelle magische Werke dienen konnte. Sie hatten sich sogleich heimisch darin gefühlt.

Die *Keeill* war eine Höhle von dräuend-wuchtiger Beschaffenheit, und statt in acht Flächen – wie in der Beratungskammer – unterteilt zu sein, wies sie eine Rundwölbung auf. Nur grob geglättete Säulen, zwölf an der Zahl, errichtet aus Quadern, ragten rings um die Begrenzung des Hohlraums empor; zwischen den einzelnen Säulen war gerade so viel Platz, dass jemand dort aufrecht stehen konnte. Die bronzene Pforte, welche ausschließlichen Zugang in der *Keeill* Inneres gewährte, befand sich gleichfalls zwischen zwei solchen Säulen, und zwar an der Nordseite. Vier bronzene Wandarme, angebracht in den vier Himmelsrichtungen, erzeugten mit ihren Fackeln an den entsprechenden vier Seiten ruhelose, verräucherte Aufhellung, ließen verschwommene Schatten und Schemen in die Nischen zwischen den Säulen tanzen und wieder heraus. Die Decke war ein wenig sorgfältiger bearbeitet worden; ihre gleichmäßig ausgehöhlte Wölbung bestand aus bläulich grauem Stein, welcher im Fackelschein schwach schimmerte.

Eine Erhöhung aus grauschwarzem Schiefer nahm den Großteil von des Heiligtums Mittelpunkt ein, und die erste, unterste ihrer sieben flachen Stufen lag nur einen

Klafter entfernt von den gedrungenen, schweren Säulen. Genau an der Erhöhung Mitte befand sich ein Viereck aus glattem Marmor von reinem Weiß, jede Kante einen Klafter lang, eine Spanne dick. Um diese marmorne Platte knieten Rhys, Evaine sowie Davin, der ungemein angespannt wirkte; die drei legten gegenwärtig letzte Hand an einen Banntrutz, welcher lediglich noch, die Ecktürme schon an der Erhöhung Rand verteilt, der Wirksammachung bedurfte.

Die anderen Beteiligten warteten zwischen den Säulen, Jaffray und Gregorius standen im Osten und Süden, Camber und Joram im Norden bei der Pforte, wenngleich Joram sich noch immer nicht vollends mit dem abgefunden hatte, was nunmehr hier geschehen sollte. Während jene an der *Keeill* Mittelpunkt den Banntrutz vorbereiteten, den Ecktürmen darin die ihnen bestimmte Stellung zuwiesen, schwang plötzlich die Pforte auf und Jebedias ließ einen gleichsam im Zustand des Schlafwandelns befindlichen Jüngling ein, der den Harnisch der Königlichen Leibwache von Gwynedd trug. Der Großmeister der Michaeliten schloss die Pforte hinter ihm von innen, kehrte sich dann ein wenig Camber und Joram zu, eine behandschuhte Faust locker an seines unfreiwilligen Begleiters Arm.

»Es ist notwendig, Joram«, stellte er fest. »Ihr wisst's.«

»Ihr äußert Euch unmissverständlich genug.«

»Aber Ihr glaubt's nicht, habe ich Recht?«

Joram zuckte mit den Schultern. »Mich will's halt dünken. wir verstricken uns bloß abermals in noch mehr sündhafte Blendwerke.«

»An den vorherigen habt Ihr ebenso mitgewirkt«, hielt Camber ihm entgegen.

»Sie waren anders.«

»Inwiefern anders?«

»Sie ... sind uns durch die Umstände aufgenötigt worden. Wir hatten sie nicht von langer Hand geplant. Das hier jedoch ist ein kaltblütig in die Wege geleiteter Streich. Und Euer Opfer, das hat dabei nicht das leiseste Wörtchen mitzureden. Bei den zuvorigen Malen dagegen waren die Beteiligten willig.«

Nachdenklich nickte Camber. »Das ist die Wahrheit. Crinan und Wulpher gaben, ehe sie uns diesbezüglich halfen, ihre Einwilligung. Evaine hat aus eigenem Antrieb getan, was sie tat. Und in einem gewissen anderen Fall besaß unser Vorgehen für den Betroffenen keine noch irgendwie geartete Bedeutung.« Er schaute den stummen Eidiard an, in seine ausdrucks- und blicklosen Augen, musterte das erschlaffte Angesicht, dann betrachtete er Joram.

»Dieser Jüngling dagegen ist nicht gefragt worden. Und das bereitet Euch Kummer?«

»Sehr richtig.«

»Was wir beginnen, wird für ihn nicht von Schaden sein. Wir sorgen lediglich dafür, dass er unsere Pläne nicht durchkreuzt. Die Beschränkungen, denen wir ihn unterwerfen müssen, werden von der ehrenhaftesten Natur sein.«

»Aber seines Lebens Lauf ist nachteilig beeinflusst, und das ganz besonders, wenn diese unsere Täuschung aufgedeckt wird«, erklärte Joram. »Selbst wenn wir's uns irgendwann anders überlegen und Davin zurückrufen, bevor ihm irgendetwas geschieht, dieser Mann vermag in Gwynedds Streitkräften niemals noch zu Rang oder Ehren zu gelangen. Man kann die Lücke in seinem Dasein nicht so schließen, dass er später an dem ihm eigentlich zugedacht gewesenen Platz treten könnte, als sei nichts geschehen.«

»Gewiss, das ist richtig«, stimmte Jebedias zu. »Aber wir vermögen ihn sicherlich an einen anderen ihm angemessenen Platz zu stellen. Und sollte das unmöglich sein … Nun, Krieger können in einem Krieg auf die mannigfachste Weise dienen. Im Zweifelsfall wird dies sein Opfergang für das Reich sein.«

»Ihm fehlt jedoch die Möglichkeit der freien Wahl«, beharrte Joram.

»Ja, so ist's, mein Sohn. Aber so muss es nun einmal sein.«

Darauf gab Joram keine Antwort, verschränkte nur die Arme auf der Brust und beobachtete missmutig, wie Jebedias den gefügigen Eidiard die sieben Stufen zur Erhöhung hinaufführte und ihn dort der Einflussnahme Evaines überantwortete. Als Jebedias sich wieder zu Camber und Joram gesellte, hob Rhys seine Arme in die Höhe und sprach die Worte, welche des Banntrutzes Kuben gleichsam zum Leben erweckten.

»Primus, secundus, tertius et quartus, fiat lux!«

Im Umkreis der Erhöhung flammte Licht auf, ein Wabern im Blauweiß des Sternenscheins, dessen Grenzen gekennzeichnet waren durch die vier Ecktürme. Sachte rührte Evaine mit den Fingerspitzen an Eidiards Schläfen und vertiefte seinen Trance-Zustand. Gleich darauf begann er auf seinen Füßen zu wanken und wäre zweifelsfrei niedergesunken, hätte nicht Rhys eingegriffen, und fortan stützte der Heiler ihn. Evaine ließ ihre Hände sinken und sah Davin an, der alles mit gespannter Aufmerksamkeit mitverfolgt hatte.

»Er wird sich an nichts, was hier vorgeht, entsinnen können. Nun kommt, lieber Neffe, und tauscht mit ihm die Kleidung.«

Unter dem grauen Gewand, das er nun hurtig abstreifte, trug Davin lediglich ein schlichtes linnenes Hemdlein und ähnliche Beinkleider. Ohne ein Wort machten er und Rhys sich daran, Eidiard den Harnisch abzuschnallen; nur das dumpfe Klirren von mit Leder bezogenem Erz und die leisen Geräusche, mit denen sie die Schnallen lösten, brachen die hohle Stille, welche innerhalb des Banntrutzes herrschte. Sobald der Junker bis auf seine Unterkleidung – von der gleichen Art, wie man sie an Davin sah – entblößt war, schickte sich Davin an, sich in des anderen Bekleidung zu hüllen.

Dazu zählten enge, lederne Beinkleider von dunkler, satter, Brauntönung; einen Gambeson, dickes Leinen, in das man abgesteppt Schafswolle genäht hatte, und die Nähte wiesen ein Rautenmuster auf; und der Harnisch, ein Stück jener Machart, wie die Königliche Leibwache sie erst vor kurzer Frist erhalten hatte, gefertigt aus etlichen Eisenplatten in der jeweiligen Größe eines Handtellers zwischen zwei Schichten dicken, widerstandsfähigen Leders, Schutz für den gesamten Oberkörper, die Schultern und auch der Schenkel obere Hälften; ferner der karmesinrote Umhang mit dem Löwenhaupt in Schulterhöhe, wie alle im Gefolge der Haldanes ihn tragen durften.

Danach stieg er in die schweren knielangen Stiefel, legte die schlichten eisernen Sporen an, gürtete sich mit dem Schwertgurt aus braunem Leder, woran ein schmuckloses Schwert hing, dazu ein Dolch, der anscheinend schon viel Verwendung erfahren hatte, und Eidiards Handschuhe schob er unter den Gürtel. Reitmantel und Helm hatte man außerhalb des magischen Kreises zurückgelassen.

»Nun lasst Euch einmal anschauen«, forderte Evaine, als Rhys ihrem jungen Verwandten geholfen hatte, die letzten Schnallen und Gurte ordnungsgemäß zu schließen. »Bezieht neben ihm Aufstellung. Ja, die Ähnlichkeit ist recht groß, selbst ohne Gestaltwandlung. Das erleichtert uns die Sache.«

Davin wand sich unter dem Harnisch und unternahm einen aussichtslosen Versuch, sich zwischen den Schulterblättern zu kratzen. »Erfreut, dass ich in dieser Aufmachung Euer Wohlgefallen errege, teure Tante«, erwiderte er leise mit verzerrter Miene. »Doch etwas weniger getreuliche Übereinstimmung mit dem Dasein eines Königlichen Leibwächters wäre mir keineswegs unangenehm. Ich glaube, in diesem Wams hausen Läuse.«

»Begrüßt das alles als willkommene Gelegenheit, etwas über das alltägliche Leben eines Kriegsmannes zu lernen«, empfahl Rhys mit unverhohlenem Lächeln. Er sah Evaine an und die Heiterkeit wich aus seinen Augen. »Sind wir so weit?«

»Wir sind so gut vorbereitet, wie wir's sein können.«

Sanft nahm sie Eidiards Hand und führte ihn an des Kreises Mittelpunkt, lenkte seine Schritte hinauf zu der weißen Marmorplatte, welche die Mitte kennzeichnete und ausmachte. Sobald er zu ihrer vollen Zufriedenheit dort stand, drehte sie sich nach Davin um und winkte ihn heran, auf dass er neben den Mann trete, zu dem er werden sollte. Indem er tief Atem holte, kam Davin der Aufforderung nach.

»So, ist's Euch also vollauf klar, wie bedeutsam es ist, dass Ihr Euch zu diesem Zwecke geistig vollkommen eröffnet?«

»Voll und ganz.«

»Nun wohl«, sprach Evaine und tauschte einen Blick mit Rhys aus, als Letzterer hinter Davin trat. »Beachtet, je tiefer Euer Zustand innerer Versenkung ausfällt, umso weiter öffnet Ihr Euch mir und umso gelungener wird das Abbild, das ich Euch gleichsam aufprägen kann. Das ist von höchster Bedeutung, denn im Laufe der ersten paar Wochen, solange Eure Geisteskräfte abgeblockt sind, vermögt Ihr von Euch aus nichts zur Verfeinerung Eures gewandelten Äußeren zu tun.« Sachte legte sie ihre Hände auf seine Schultern. »Nun atmet tief durch, dann können wir beginnen. So ist's recht. Nun nochmals.« Davin gehorchte, ließ sich in die vertraute Trance entgleiten. Der Abstieg in die ersten Schichten des geistigen

Innern fiel nicht schwer, doch derweil er unter Evaines unaufdringlicher Führung immer tiefer sank, fühlte er, wie er neue, bislang unbekannte Tiefen erreichte, welche in dem reibungslosen, hingebungsvollen Entfalten seines Bewusstseins, wie Evaine es verlangte, nicht leicht zugänglich zu halten waren, obwohl sie diesen gemeinsamen Tiefengang in der vorherigen Woche etliche Male geübt hatten.

Er schöpfte noch einmal tief Atem, stieß auf eine noch tiefer gelegene geistige Ebene, als er den Atem entweichen ließ, dann spürte er schwach, wie Rhys von hinten mit beiden Händen an sein Haupt rührte, der Heiler ihn hinab in noch entlegenere Gefilde entführte, sodass ihm jede Wahrnehmung seiner stofflichen Umgebung schwand.

Seine Lider waren mittlerweile geschlossen. Mit seines Hauptes Augen vermochte er nichts zu sehen, aber mit jedem weiteren Atemzug, den er tat, erhöhte sich seine Geistessicht; und selbst seine Atemzüge entfernten sich beständig von seinem innersten Ich, während seine leibliche Hülle in jenen völlig entspannten, vollauf empfänglichen Zustand verfiel, in den Evaine ihn leitete, zu dem sie ihn ermutigte.

Er war nun nicht länger Herr seiner eigenen Atmung, aber dieser Umstand blieb ohne Bedeutung, denn mit seiner heilerischen Berührung gewährleistete Rhys alle Tätigkeiten des Körpers, deren es zu des Lebens Aufrechterhaltung bedurfte. Er bezweifelte, dass sein Herz weiterhin geschlagen hätte, wären da nicht Rhys' Heiler-Hände gewesen. Sein ganzes Leben lag in diesen beiden Händen, die auf seinen Schultern ruhten, die jetzt emporglitten an seine Stirn. Mit dieser neuen Berührung, so hatte er den Eindruck, schlug etwas um – etwas in seinem Wesen gab nach, entsagte aller Eigenständigkeit seines Verstandes, der Selbstbestimmung seines Schicksals.

Davin war sich keineswegs sicher, dass es ihm nun noch gelungen wäre, hätte er es gewollt, die Geistesverbindung zu unterbrechen, doch auch das war ihm gleichgültig.

Evaines Hände lösten sich für ein Weilchen von ihm und er ahnte undeutlich, dass sie Eidiard nun in ähnlicher Weise auf die bevorstehende Maßnahme einstellte, sein Wesen ihrer geistigen Vereinigung anschloss. Davin schwankte zwischen Bewusstheit und Besinnungslosigkeit, zwischen Rhys' beiden Händen in heiklem Gleichgewicht befindlich, bis hinter seinen geschlossenen Augen von neuem Evaines Berührung prickelte.

Nun seid ganz gefasst, flüsterte ihr Verstand in seinen Geist, als sie genau an einer Stelle der Gleichwertigkeit zwischen ihm und Eidiard verharrte.

Dann begannen Kraftströme zu fließen und er ergab sich völlig der Entgegennahme. Er konnte den Zufluss der Gewalten in seinen Gliedmaßen kribbeln spüren, ein wahrhaft unheimliches Gefühl, als kröchen mehrere Hundertschaften winzigen Geziefers über seinen ganzen Leib – doch seltsamerweise empfand er diese Wahrnehmung als durchaus nicht so unerfreulich, wie man hätte vermeinen können –, ein Schwingen und Pochen, welches jeden Teil seiner selbst durchdrang. Nach wie vor fühlte er sich selbst, aber zugleich weilte da etwas in ihm, was nicht ihm zugehörte.

Plötzlich war es vorüber. Sein Körper war wieder ganz sein, alle sonderbaren Empfindungen waren daraus geschwunden. Als Evaine sich auf geistiger Ebene zurückzog, gleichzeitig auch ihre Hände von ihm nahm, spürte er, wie er aus der Seele Abgrundtiefen zurückkehrte, in welchen er sich befunden hatte, und aufgrund der Schlagartigkeit, mit welcher er ins voll bewusste Dasein an des Lebens wirklicher Oberfläche wiederkehrte, packte ihn sofort ein heftiges Schwindelgefühl, das ihn ins Schwanken brachte. Rhys' Hände stützten ihn, derweil sich der Heiler ebenfalls, aber weitaus langsamer und behutsamer als Evaine aus Davins Bewusstsein begab, den Körper wieder selbst die Erfüllung seiner Aufgaben antreten ließ. Als Davin die Augen aufschlug, musterte Evaine ihm mit einem Lächeln der Angetanheit, eine Hand auf der Schulter des unverändert in gleichsam schlafwandlerischem Zustand befindlichen Eidiard.

Rhys verließ seinen Platz und trat zur nordwärtigen Begrenzung des Banntrutzes und schuf darin einen Durchlass und Jebedias kam heraufgestiegen. Evaine schlang Davins bis auf weiteres nutzlosen Umhang um Eidiards Schultern und übergab den Mann in Jebedias' Obhut, der ihn davonführte. Als Jebedias wiedergekommen war und Rhys den Banntrutz erneut versiegelt hatte, wandte sie sich von neuem Davin zu.

Er vermochte in ihren Augen zu erkennen, dass er sich verändert hatte. Aus den Regungen außerhalb von des Banntrutzes Grenzen, wenngleich alles, was sich außerhalb befand, nur verschwommen zu sehen war, konnte er schlussfolgern, dass jene draußen sich gleichermaßen von der vollzogenen Veränderung beeindruckt fühlten. Flüchtig wünschte er sich, er hätte einen Spiegel zur Hand, doch sofort verwarf er diese Anwandlung als töricht.

Er brauchte keinen Spiegel, um zu wissen, wie er nunmehr aussah. In der just verstrichenen Woche hatte er mit Evaines Hilfe nacheinander einmal wie jeder der Mitverschworenen ausgesehen. Außerdem stand der für ihn herbere Teil ihres Werks noch bevor – und zugleich der Teil, welcher ihm das meiste Bangen verursachte, wiewohl er wusste, anschließend würde er sich darauf nicht besinnen können. Auch die Abblockung seiner Deryni-Kräfte war in der letzten Woche oftmals geprobt worden, aber während der Sitzungen zur Eingewöhnung hatte Rhys ihm jedes Mal das volle Wissen um die Vorgänge belassen. Diesmal jedoch, so war sich Davin im Klaren, durfte er keine Erinnerung an das behalten, was ihm nun binnen kurzem widerfahren sollte, und wer er in Wirklichkeit war, das musste er gänzlich vergessen. Selbst unter der argwöhnischen Begutachtung durch einen Deryni musste er bleiben, was er künftig dem Anschein nach sein sollte: ein Mensch, ein Krieger, mit dem es nichts von Außergewöhnlichkeit auf sich hatte, außer dass er fortan der Königlichen Leibwache angehörte.

Da stand auf einmal Rhys vor ihm und lächelte jenes besonders aufmunterungsvolle Lächeln, das Heiler meistens zeigten, wenn sie sich an eine ungemein heikle Aufgabe oder außerordentlich schwierige Heilung machten; nur handelte es sich hier um keine Heilung. Und im Verlauf der nächsten Wochen würde Davin ganz auf das angewiesen sein, was man ihm von seiner bisherigen Persönlichkeit beließ. Wollte er all das wirklich und wahrlich auf sich nehmen?

Doch sie hatten das alles schon längst geklärt und hinlänglich geprobt. Er hatte sich gleichsam auf eine innere Eingebung hin für dieses Vorhaben freiwillig gemeldet, doch man hatte seine Beweggründe und Fähigkeiten einer überaus genauen Untersuchung und Bewertung unterzogen, sich während der vergangenen beiden Wochen seiner Tauglichkeit und Eignung restlos vergewissert. Pater Alister und Joram waren teilweise dagegen gewesen, dass er diese Sache durchführte; doch zu guter Letzt hatten alle darüber Klarheit besessen, dass es niemanden gab, der sich eher eignete, es andererseits getan werden musste.

Mit einem tiefen Atemzug, um die einander widerstreitenden Gefühle in seinem Innern in ihrer Ruhelosigkeit zu beschwichtigen, erwiderte er Rhys' leicht verzerrtes Lächeln und streckte dem Heiler beide Hände entgegen. Rhys ergriff sie. Ohne ein Wort schufen sie die

Geistesverbindung, wie sie selbige in den letzten Wochen so oft eingeübt hatten.

Erneut ruhten Evaines Hände auf seinen Schultern, als er sich wiederum in eine tiefe Trance entschweben ließ, und Davin wusste, dass sie nun seines Körpers Fortbestand sicherte, wie es zuvor, beim ersten Teil des zu verrichtenden Werkes, Rhys tat. Er schwang sich unverzüglich auf eine reichlich tiefe Ebene der Trance, geleitet von Rhys, begab sich sodann noch weiter, immer weiter hinab in des Geistes Reich, überließ sich ganz und gar, ohne jegliche Einschränkung, Rhys' Einflussnahme, derweil des Heilers Verstand sich auf eine Art und Weise mit Davins Gemüt verflocht, die sich völlig von Evaines geistiger Berührung unterschied.

Das hier war unverkennbar eine geistige Gemeinschaft mit einem Heiler, eine leichte und doch feste, sichere Vorherrschaft, die all seine bewussten inneren Regungen und Widerstände dahinschmelzen ließ, sachte und doch beharrlich, unwiderstehlich. Davins letzter Gedanke lautete, als der Heiler ihn voll in seine Gewalt nahm und jene absonderliche Verrichtung begann, die ihm die Deryni-Kräfte abblocken sollte – ein Gefühl setzte ein, als werde in ihm etwas entwurzelt –, dass er womöglich daran sterben könne – aber irgendwie maß er selbst dieser Erwägung keinerlei Bedeutung bei. Hier, zwischen Evaine und Rhys geborgen, war ihm ewiger Schlaf vorstellbar. Sein Leben lag in ihren Händen.

Und Rhys verspürte, als er auf Davin vollen Einfluss ausübte und die eigenen Geistesgewalten in der erforderlichen Weise lenkte, dann die Stelle anrührte, wo die erwünschte Wirkung sich auslösen ließ, so wie er es nun bereits etliche Male getan hatte, den bereits vertrauten geistigen Ruck, mit dem selbige Wirkung eintrat, die angewendete Verrichtung Davins Geisteskräfte abblockte, und er zog sich mit vorsichtiger Bedächtigkeit aus Davins Innenleben zurück.

Auch Evaine begab sich zugleich auf geistigen Abstand, stützte Davin nur noch körperlich, als der Verwandelte unter Rhys' fortgesetzter, wenngleich immer schwächerer geistiger Berührung langsam niedersank, auf die Marmorplatte sackte. Während Davin sich besinnungslos ausstreckte, nun nicht mehr denn irgendein Mensch, vollendete Rhys das begonnene Werk, sicherte die Maßgaben, welche er in Davins Innerem gepflanzt hatte, erstellte den Hintergrund von Herkunft und Abstammung, dank dessen der Verwandelte wie ein gewisser Kriegsmann namens Eidiard denken, handeln und leben konnte; inzwischen begab sich Evaine daran, den Banntrutz aufzuheben.

Als Rhys schließlich den Blick hob, lag Davin-Eidiard still und reglos unter seinen Händen in festem Schlummer. Rhys stieß einen tiefen Seufzer aus, als er die Verbindung zu des Verwandelten Geist vollends abbrach.

»Ich habe, wage ich zu behaupten, alles getan, wozu ich imstande bin«, erklärte er gedämpft. »Doch ich glaube, er kann jeglicher Prüfung standhalten. Gehe hin und versuche sich an ihm, wer immer mag. Es wird ihn nicht stören.«

Einer nach dem anderen überzeugten die Gefährten sich von seiner Zusicherung und ein jeder trat danach beiseite, um zum Zeichen der Bestätigung zu nicken oder ungläubig das Haupt zu schütteln. Nur Camber und Joram verzichteten darauf, von dieser Möglichkeit der Einblicknahme Gebrauch zu machen, Camber aus dem Grunde, weil er keiner zusätzlichen Überzeugung bedurfte, Joram dagegen, dieweil er es nicht wünschte. Als alle fertig waren, richtete sich Jebedias auf, klopfte mit behandschuhter Faust den Staub von den Knien seiner Reitkleidung aus blauem Leder.

»Nun wohl, da ist's also vollbracht. Ich werde Davin zu dem Ross bringen, das Eidiard bereitstehen hat, und ihn auf den Weg zu seiner neuen Wirkungsstätte schicken. Dort warten auch einige meiner Michaeliten und werden den wahren Eidiard mit sich nach Argoed nehmen. Sie sind Deryni, folglich wird's keine Schwierigkeiten geben.«

»Das klingt vorzüglich in meinen Ohren«, äußerte Rhys. »Ich glaube, von heute Nacht an sollte jemand ständig droben in der Beratungskammer weilen und auf geistiger Ebene Acht auf ihn haben, damit wir, falls irgendetwas missrät, unverzüglich eingreifen und Jaffray benachrichtigen können. Jaffray, Ihr seid derjenige, sollte der erwähnte Fall eintreten, welcher allein nahe genug bei ihm ist, um mit Taten einschreiten zu können.«

Jaffray nickte. »Ich verstehe.«

»Dann werde ich, so niemand Einwände hat, die erste Wache übernehmen«, sprach Camber. »Des Tages müsste man mich zwangsläufig vermissen. Pater Willowen waltet zu Grecotha, als wäre er dort alleiniger Herr und Meister, und wenn er mich einmal nicht finden kann, steigert er sich nachgerade in Empörung und Entrüstung hinein.«

»Wie's sich für einen tüchtigen Dekan gehört«, meinte Jaffray mit andeutungsweisem Lächeln, das obendrein etwas verzerrt ausfiel. »Er sorgt dafür, dass alles seinen einwandfreien Lauf nimmt, ganz gleich, ob Ihr dort seid oder nicht. Ich werde die morgige Nacht übernehmen, denn am Tage würde man mich gleichfalls vermissen. Außerdem kann ich die Regenten nicht einfach im Kronrat ungehindert ihre Verrücktheiten betreiben lassen.«

Eine Stunde später waren alle fort, Camber ausgenommen, der still in der Beratungskammer an der großen Ratstafel saß und sich über das, was sie in dieser Nacht getan hatten, seine Gedanken machte.

Weitere Irreführungen, neues Blendwerk, hätte Joram

dergleichen genannt – nein, er hatte es sogar ausgesprochen, wenngleich nicht mit vielen Worten. Und Camber musste ihm schließlich zustimmen. In all den langen Jahren, seit Camber die Gestalt Alister Cullens angenommen hatte, war keine derartige Täuschung von ihnen in die Tat umgesetzt worden.

Und nun fing alles von neuem an, befand sich fortan auch Cambers Enkel in eine Machenschaft von höchster Gefährlichkeit verwickelt, und zudem, ohne zur Gänze zu wissen, warum derlei eigentlich getan und gewagt werden musste.

Oh, natürlich gab es Gründe, die allen Beteiligten gegenwärtig durchaus ersichtlich und einsichtig waren, und allesamt waren es Gründe, die man als gut oder von wenigstens einleuchtender Art bezeichnen durfte. Es blieb jedoch die Tatsache, dass alles, was sie heute getan hatten, vorbestimmt worden war durch die Ereignisse, welche sich vor so vielen Jahren zugetragen, unauflösbar verknüpft war mit jener anderen, vorherigen Täuschung, die sie in die Wege leiteten, als Camber Gestalt und Stelle Alister Cullens annahm, um einen gewissen Einfluss auf das Königsgeschlecht zu sichern, das sie selbst von neuem an die Macht gebracht hatten.

Und wenn die Lage schon während Cinhils Herrschaft bisweilen sehr heikel gewesen war – und nur ein Narr hätte das geleugnet –, wie sollte man sie erst nun beurteilen, da ein Jüngling auf dem Thron saß, habgierige und machtbesessene Regenten ihn und seine noch jüngeren Brüder unter ihren Fittichen hatten und sie im eigenen Sinne beeinflussten?

Aber keineswegs alle drei Brüder befanden sich vollends unter der Regenten Fuchtel. Javan hatte in den vergangenen Wochen bemerkenswerten Eigensinn an den Tag gelegt. Seine Unterstützung, die er Tavis O'Neill zukommen ließ, besaß weit mehr Bedeutung – wiewohl sie in Anbetracht dessen, dass Tavis so hoch in Javans Gunst stand, und unter Berücksichtigung der innigen Freundschaft, welche das Paar pflegte, nicht ganz überraschen konnte – als lediglich den Rang einer bloßen Aufmunterung und Trostspendung.

Niemand war dazu imstande, sich Javan weit genug zu nähern, um feststellen zu können, was eigentlich genau geschehen sein mochte. Doch selbst anhand der flüchtigen Begegnung, welche Camber und Rhys in der Nacht, die dem Überfall folgte, mit Javan gehabt hatte, war eindeutig zu ersehen gewesen, dass sich in Javan etwas änderte – doch ob das nun von jenem herrührte, was sie in der Nacht von Cinhils Verscheiden mit ihm taten, oder ob Tavis in irgendeiner Weise dafür Verantwortung trug, oder was immer dazu beigetragen haben mochte, das wusste Camber nicht zu sagen. Sollte es allerdings auf das zurückzuführen sein, was sie mit ihm gemacht hatten, so mussten sie sich auch für das verantwortlich fühlen, was sich in Zukunft an Folgen daraus ergeben könnte. Und ein Mensch wie Javan, der zudem seinen Geist wider jede Einblicknahme abzuschirmen vermochte, konnte fürwahr zu einer beträchtlichen Gefahr werden.

Unterdessen jedoch mussten sie Davin unter Beobachtung halten und auf ihn Acht geben, und darüber hinaus galt es nunmehr, da Camber sich wieder auf Dauer in Grecotha aufhielt, eine ganze Menge verschiedenartiger Angelegenheiten zu erledigen.

Und wo stak Davin im Augenblick? Aha, ja: Er stieg auf das Ross, bei welchem Jebedias ihn soeben verlassen hatte. Diese Wesenheit war zweifelsohne Davin, aber Davins Selbst war so tief darin eingebettet, dass Camber sich fortgesetzt daran erinnern musste, auf wen er eigentlich zu achten hatte. Nicht einmal ein restliches Fünkchen von Davins ureigener Natur ließ sich feststellen.

Nur die Gedankengänge eines Kriegers beherrschten die oberflächlichen Schichten von Davins Geist, während er sein Ross zur Landstraße trieb und in unbekümmertem Handgalopp die Richtung gen Valoret einschlug. Er beschäftigte sich mit der neuen Stellung, die er nun antreten durfte, war begierig darauf, in des Königs Dienste einzutreten, und hocherfreut darüber, weil die zuständigen Hauptleute ihn als ausreichend befähigt erachtet hatten, um ihn für die erlesene Schar der Königlichen Leibwache zu empfehlen.

Kaum irgendwelche andere Erwägungen durchwallten sein Haupt, derweil er auf der Landstraße dahinritt, aber er war sich der Flachgeistigkeit seines Daseins in des wahren Eidiards Abbild nicht im Mindesten bewusst und es dünkte ihn beileibe nicht fehlerhaft, dass sein Verstand sich nichts anderem als den Gedanken eines Kriegers widmete.

Und Camber, während er ihn mit einem Teil seines Geistes unter müßiger Obacht hielt, ließ seine Überlegungen in anderes Sinnen abgleiten, derweil die Morgendämmerung näher rückte.

17

Ein treuer Freund ist eine starke Burg und wer ihn fand, hat einen Schatz gefunden.

Jesus Sirach 6,14

Tage verstrichen, ebenso Wochen, des Sommers höchste Hitze kam und ging. Während der ersten Monde nach der Krönung verblieb Valoret in einer Stimmung des Unbehagens, das an Bangigkeit grenzte, und der Anschlag wider Tavis galt mittlerweile allgemein als eigentlich dem Leben der beiden Prinzen gegoltener Versuch, vollführt von Deryni.

Um die Lage zu verschlimmern, brachte der ungewöhnlich heiße Sommer eine nicht allzu heftige, für die Betroffenen allerdings sehr zermürbungsvolle Seuche mit sich, welcher Menschen aus irgendeiner Verursachung anscheinend weit eher anheim fielen als Deryni. Zwar starben nur wenige Erkrankte beider Volksstämme, nur Junge oder Greise überdies, aber die erkrankten Menschen waren für eines Mondes Dauer oder gar länger bettlägerig und litten wechselweise unter Anfällen von Erbrechen oder Durchfall, und infolge der weißen Pusteln, die das Auftreten der Krankheit bisweilen begleiteten, mochten nach der Genesung scheußliche Narben zurückbleiben. Deryni aber dagegen zogen sich diese Seuche erst gar nicht zu oder gesundeten binnen vierzehn Tagen, gewöhnlich ohne dauerhafte Folgen.

Gerüchte begannen umzulaufen, die Deryni müssten doch wohl beim Aufkommen der Seuche die Hand mit im Spiel gehabt haben, denn es könne schwerlich eine andersartige Erklärung dafür geben, dass Deryni darunter weniger zu leiden hatten als Menschen. In einigen Landstrichen wollte die Fama sogar wissen, diese und jene Deryni-Heiler sorgten für der Seuche weitere Ausbreitung, statt sie zu heilen – und dass man Magie aufbiete, um des Herrscherhauses Macht zu untergraben. Bischof Hubertus hielt eine leidenschaftliche Predigt und prangerte die Bedrohung durch die schwarze Magie an, und man veränderte das gewohnte Gebet um des Königs Gesundheit dahingehend, dass er auch wider Magie gefeit sein möge.

Der Sommer zog sich hin. Als der Juli begann, beendeten Alroy und Javan die vorgeschriebene Schulzeit, doch sollte ihre Ausbildung in allen möglichen Fertigkeiten und auf allen erdenklichen Gebieten noch viele, viele Jahre andauern. Danach machte der gesamte Hof sich unverzüglich ans Packen, um endlich nach Rhemuth umzuziehen. Wiederherrichtung und Verschönerung der alten Hauptstadt, in den letzten Jahren von Cinhils Herrschaft veranlasst, waren sofort nach seinem Ableben erheblich beschleunigt worden, sobald das Wetter es erlaubt hatte. Um des Julis Mitte, als König und Hof dann leibhaftig in der Stadt eintrafen, konnten die Königlichen Baumeister und Maurermeister vermelden, dass zumindest der Burgfried und das Vorwerk mit dem Haupttor wieder bewohnbar waren, und sie gaben sich vollauf der Hoffnung hin, die alte Burg zur Gänze wieder aufgebaut zu haben, ehe der erste Schnee fiel. Die Regenten hegten die gleichsam eherne Überzeugung, dass ein Wiedereinzug des Herrschergeschlechts in die alte Haldane-Festung den Herrschaftsanspruch des neuen Königs ungemein stark untermauern werde. Und in beiderlei Hinsicht hatte man bislang wesentliche Fortschritte erzielt.

Der wuchtige, achteckige Burgfried, Herz der ausgedehnten Burganlage, war wetterfest und sicher gemacht worden, noch ehe sich der Hof an den Fortzug aus Valoret begab. Auf dem Spitzdach lagen neue Bleiplatten und in sämtliche Fenster der beiden obersten Stockwerke hatte man gutes Grisaille-Glas gefügt. Im Burgfried war es zwar noch etwas zugiger als in den vorherigen Gemächern zu Valoret, denn wenig ließ sich tun, um zu verhindern, dass durch ungenutzte Kamine und ebenso durch Ausgussschächte Feuchtigkeit und Kühle nach oben stiegen; doch man verschloss die Ausgussschächte mit Vorhängen, sodass man ihre unerfreulichen Begleiterscheinungen zum Großteil auf Gelegenheiten des tatsächlichen Gebrauchs beschränkte; und in den wieder instand gesetzten Kaminen unterhielt man nunmehr ständig Feuerchen. Dicke Wandgehänge und Teppiche, mitgebracht aus Valoret, taten in großer Zahl das Ihre, um die Räumlichkeiten wohnlicher zu machen.

Die Grafen Tammaron und Murdoch bezogen mit ihren Gemahlinnen des Burgfrieds oberstes Stockwerk, wo ihnen getrennte Schlafgemächer und gemeinsam der wiederhergestellte Sonnenraum zur Verfügung standen. Vom Sonnenraum besaß man Zutritt zu einem Rundgang, welcher um des Turmes Höhe führte, und konnte über einer Burgmauer Länge des Kastellans Gemächer im oberhalb des Vorwerks gelegenen Torgebäude erreichen, das südwärts stand, ebenso den noch nicht wieder benutzbaren Wohnturm im Westen. Der Wiederaufbau des Torgebäudes, welches bei der Machtergreifung der Festils berannt, erstürmt und später geschleift worden war, hatte zu den ersten Aufgaben gezählt, mit denen sich die Maurer befassten, als Cinhil den Befehl zum Beginn des bedeutsamen Werkes erteilte. Haupttor und Burgfried waren nunmehr nahezu unbezwingbare Bollwerke, selbst wenn man den zusätzlichen Schutz der Außenmauern und des zweiten Innenwalls außer Betracht ließ. Der König und seine Brüder erhielten Gemächer im Stockwerk unter den Regenten, wiederum mit getrennten Schlafgemächern, doch andererseits besaßen sie hier abermals einen Aufenthaltsraum zur gemeinsamen Nutzung am Tage. Tavis, die Königlichen Pagen sowie Pater Alfred – der Brüder Beichtvater – bekamen ebenfalls in diesem Geschoss Unterkunft, und zwar in einigen kleinen Kammern, welche jeweils an die Gemächer desjenigen der Brüder grenzte, für welchen sie in der Hauptsache zuständig waren, doch eigneten besagte winzige Räume sich kaum zu mehr, als darin zu schlafen und ein paar Habseligkeiten aufzubewahren. Unter den Königlichen Gemächern befand sich der einstige Burgsaal, eine zweigeschossige Halle, die gegenwärtig jedoch aushilfsweise zu Küchenzwecken sowie als Unterkunft der Königlichen Leibwache diente; und im Erdgeschoss hausten bis auf weiteres die zahlreichen Schreiber und Verwalter, welche die schriftlichen Geschäfte des Königshauses abwickelten. In den drei unterirdischen Stockwerken befanden sich – von alles entscheidender Bedeutung – des Burgfrieds Brunnen sowie die Lagerräume und Keller, welche man nun nach und nach mit Korn, Mehl, Wein und anderen Vorräten anfüllte, deren es bedurfte, um das ganze Königsgefolge durch den nächsten Winter zu bringen.

Im Burghof war eine Reihe hölzerner Anbauten errichtet worden, um dem Betrieb von Torgebäude und Burgfried zusätzliche Behausung zu bieten. Der wichtigste Bau dieser Art war ein großes, aus Balken erstelltes Langhaus mit einem anständigen Schieferdach, gelehnt an den Nordwall der Burg und durch einen geschlossenen Laufgang mit dem Burgfried verbunden, und dieses Gebäudes geräumiges Innere benutzte man vorläufig sowohl als Empfangssaal, Festhalle und Stätte sonstiger höfischer Veranstaltungen. Ferner waren ein Stall mit darüber befindlichen Unterkünften für Bedienstete sowie gleich neben der Küche im Turm ein kleineres Speisehaus – ebenfalls für des Hofes gemeinen Anhang – mit Schlafräumen im Obergeschoss erbaut worden, dazu eine Speisekammer und ein Lagerhaus. Eine kleine Kapelle, auf des Burghofes freiem Grund begonnen, und eine Hütte, welche Waffenkammer und Schmiede umfasste, waren mittlerweile ebenfalls fast fertig gestellt, und zwischen beiden hatte man einen zeitweiligen Gestechhof und Fußkampfplatz hergerichtet. Nichts von alldem wies so viel Geräumigkeit auf wie zu Valoret, aber die Verhältnisse genügten und verbesserten sich zudem mit nachgerade jedem Tag.

Die womöglich angenehmste Unterbringung in Rhemuth genoss Erzbischof Oriss, derselbe Robert Oriss, der einst im *Ordo Verbi Dei* König Cinhils Oberer gewesen war; in den dreizehn Jahren seit der Wiedereinrichtung des Erzbischofamtes hatte man einen Dom und einen Bischofssitz erbaut, den Bau begonnen und vollendet, noch bevor Cinhil ernstlich daran gegangen war, Rhemuth wieder zu des Reiches Hauptstadt zu erheben. Der Dom des Heiligen Georg, errichtet auf den Grundmauern einer älteren Kirche desselben Namens, dessen unterirdische Gewölbe unverändert die Gebeine der meisten Haldane-Könige Gwynedds barg, war lediglich der erste zahlreicher Bauten, welche man in Angriff genommen hatte und noch in Angriff zu nehmen gedachte, um die frühere und künftige Hauptstadt der Haldanes zu verschönern, zu bereichern und mit neuer Herrlichkeit zu kränzen. Der Sitz des Erzbischofs stand dem Schmuckstück der Baumeisterkunst, welches der Dom darstellte, keineswegs nach.

Sobald er die beengten und in gewissem Umfang recht schlichten Verhältnisse in der Rhemuther Königsburg gesehen hatte, versäumte Bischof Hubertus keine Zeit, bis er sich, gleichsam von Bischof zu Bischof, seinem Erzbischof mit der Bitte um eine Gunst nahte; und bald wohnte Hubertus bei seinem Bruder Erzbischof in vergleichsweise beachtlicher Behaglichkeit, und Oriss schmeichelte es gar noch – ja, er war nicht weit von Ehrfürchtigkeit entfernt –, dass einer der Königlichen Regenten sein Haus mit seiner erhabenen Gegenwart beehrte.

In diesem Sommer stieg Graf Ewan auf zum Herzog Ewan, denn sein Vater, Herzog Sighere, gehörte zu den ersten jener Alten und Hinfälligen, welche die Seuche hinwegraffte; und kurz nach des Hofes Umzug nach Rhemuth kehrten Ewan und Rhun zurück nach Valoret, um dort den Oberbefehl über Gwynedds Streitkräfte zu übernehmen, und Ewan trat zugleich sein neues Amt als Großzeremonienmeister an, sowohl dem Titel nach wie auch in der tatsächlichen Ausübung unterstützt durch Rhun.

Während diese Maßnahme die Regenten teilte und ihren unmittelbaren Gesamteinfluss auf den König und dessen Brüder durchaus verminderte, brachte sie andererseits Ewan und Rhun in tagtäglichen engen Umgang mit den Hauptleuten und Kriegern von Gwynedds Heer – eine Tatsache, die zwar führungsmäßigen Sachverstand verriet, sich jedoch alles andere als dazu eignete, den Camberischen Rat zu beruhigen. In des Augusts Mitte erfuhr selbiger Rat, dass Ewan eine beträchtliche Anzahl der gwyneddischen Lehensritter zu den Fahnen gerufen und das mittlerweile zum überwiegenden Teil aus Menschen zusammengesetzte Heer in zwei Großscharen unterteilt hatte, deren schwächerer Teil unter Befehl Murdochs und Tammarons – Hubertus' Bruder Manfred betätigte sich als ihr Leutinger – in die Richtung Rhemuths zog, derweil der gesamte Rest in der Ebene westlich Valorets lagerte und dort Feldübungen abhielt.

Niemand wusste, warum man die Kriegsleute zusammengerufen hatte, und ebenso war unbekannt, wider welchen Feind sie ihre Übungen durchführten und nach Vervollkommnung im Waffenhandwerk trachteten, doch hegten einige Deryni durchaus Verdacht. Ewan entwickelte sich zusehends zu einem Mann ohne jegliches Gewissen, vollauf mit der Bereitschaft ausgestattet, uneingeschränkt die Anweisungen des Regentschaftsrates zu befolgen, dem er angehörte; und Rhun der Hunn war zweifelsfrei kein Mann, der die Eignung besaß, ohnehin rauen Kriegsleuten Sittlichkeit zu vermitteln.

Aber die meisten Deryni missachteten die Warnzeichen und redeten sich ein, es könne nichts geschehen.

Alroy und sein Bruder bemerkten von allem, was sich außerhalb Rhemuths zutrug, kaum etwas; ihnen fiel lediglich auf, dass Ewan und Rhun sich nicht länger so häufig in ihrem Umkreis blicken ließen. Alroys Gesundheit war nie besser gewesen denn hier im milderen Wetter des Tieflands, und sogar Javan verspürte in seinem Klumpfuß weit weniger Beschwerden als gewohnt. Mehrmals innerhalb einer Woche – sowie die königlichen Pflichten es erlaubten – ritten die drei Jungmannen hinaus in die gewellte Ebene von Candor Rhea, um zu jagen, zu fischen oder einfach wie der Wind auf rassigen, edelblütigen Rössern dahinzusprengen; manchmal nahmen sie ihre Falken mit, viel öfter allerdings die großen rotohrigen Jagdhunde, welche sie von Graf Murdoch hatten. Zur Verzweiflung des Königlichen Schneidermeisters wuchsen die Jünglinge in diesem Sommer des Jahres 917 um etliche Finger breit, sodass in kurzen Abständen neue Gewänder von geziemender Länge für sie gefertigt werden mussten. Vor allem die Zwillinge begannen das hochgeschossene, hagere Aussehen früher Mannheit anzunehmen, als sie in ihren dreizehnten Lenz hineinwuchsen. In mancherlei Beziehung war dies die bislang glücklichste Zeit für die drei Brüder.

Doch während die Jungmannen im besagten Sommer körperlich bestens gediehen, so blieb dagegen ihre geistige und seelische Förderung eine gänzlich andere

Sache. Murdoch und Tammaron sowie Bischof Hubertus beeinflussten all ihr bewusstes Tun und Lassen, und diese Männer verstanden sich darauf, unmerklich, aber beharrlich jedes Interesse an den Angelegenheiten des Herrschens in den Brüdern zu ersticken. An Festtagen und zu anderen feierlichen Anlässen zeigte man die Jünglinge dem Hof und auch dem Volk und die Regenten legten Alroy regelmäßig Bündel von Urkunden und Schreiben vor, welche des Königs Unterschrift bedurften; aber sie vergällten ihm die Mitwirkung am Fällen der tatsächlichen Entscheidungen fast stets, es sei denn, sie konnten ihn zuvor in ausreichendem Maße in ihrem Sinne mit Einflüsterungen lenken. Gewiss, Alroy war ein König, zugleich jedoch war er ein Jüngling von zwölf Lenzen, und daran pflegten die Regenten ihn oft genug zu erinnern und sie ließen keinen Zweifel an ihrer Auffassung, dass das Herrschen in vielerlei Hinsicht noch zu schwierig für ihn sei, und außerdem, meinten sie, könne er sich später, nach Erreichung seiner Mündigkeit, noch zur Genüge damit beschäftigen.

Nachdem man derlei Meinungsäußerungen vor seinen Ohren bis zum Überdruss wiederholt hatte, begann Alroy sich allmählich damit abzufinden. Er hatte sich nie durch einen sonderlich starken Willen ausgezeichnet; und der Funke von Eigensinn, welcher während seiner Krönung flüchtig aufgeglommen war, fiel alsbald der Gelangweiltheit zum Opfer. Von einem willfährigen Königlichen Leibarzt angeratene Sitzungen der inneren Einkehr begünstigten eine Hinwendung zur Innerlichkeit und taten, zumal sich ihrer mit einer gewissen Regelmäßigkeit zu befleißigen man ihn anhielt, das Ihre, um seine Eigenwilligkeit weiter zu zersetzen. Als sich der Sommer seinem Ausklang zuneigte, war Alroy im Großen und Ganzen zu dem seelenruhigen, willigen Prinzen geworden, wie ihn sich die Regenten stets erträumt hatten.

Auch Rhys Michael benahm sich ganz und gar wie ein Musterknabe, Älteren gegenüber folgsam und umgänglich, derweil er äußerlich unverändert so frohgemut und unbekümmert wirkte, wie man es ja gerade von ihm kannte. Von den drei Brüdern begann nur Javan allmählich das Heuchlertum der Regenten zu durchschauen; aber er hütete sich von Anfang an sehr, seine wahren Empfindungen zu zeigen.

Nach den Aufregungen im Anschluss an die Krönung galt Javans erste Sorge natürlich Tavis' Genesung. Obschon Tavis allem Anschein nach an sich selbst eine wahre Wunderheilung vollbracht hatte, versank er nichtsdestotrotz, sobald er nicht länger in Lebensgefahr schwebte, in eine Stimmung der tiefsten Bedrücktheit, zog sich für die meiste Zeit in eine eigene, innere Klause des Grams und schmerzlichen Verlusts zurück. An vielen Tagen verließ er kaum sein Bett, starrte nur seines winzigen Gemachs Wände oder Decke an, derweil Javan, in zunehmendem Maße besorgt, neben seiner Bettstatt saß und zu ihm sprach oder stundenlang etwas vorlas, wofür Tavis ihm mit nur geringer Anteilnahme dankte. Nur nach und nach legte Tavis wieder erhöhte Zugänglichkeit an den Tag und Javans einseitige Reden entwickelten sich mit der Zeit zu regelrechten, langen Unterhaltungen und ausgedehntem Lustwandeln längs der Königsburg Zinnen.

Übers Heilen allerdings mochte Tavis zunächst gar nicht sprechen; und erst, als sich eine unabweisbare Notwendigkeit ergab, Javan nämlich eine geringfügige Verletzung erlitt, ließ sich der verstümmelte Heiler dazu bringen, sich erneut mit dem Heilen zu versuchen. Beim Ringkampf mit einem von Murdochs Söhnen im Burghof verzerrte sich Javan auf schmerzhafte Weise den Klumpfuß, und die kalten Umschläge, welche ihm die Königlichen Leibärzte wider die Schwellung verabreichten, bereiteten ihm keine Erleichterung. Unter Tränen bat Javan seinen Freund zur Linderung der Pein doch wenigstens einen Versuch zu wagen. Und als die Liebe zu seinem jungen Schützling zu guter Letzt Tavis' Groll wider das eigene Schicksal überwand und er sein Einverständnis gab, legte er eine Hand und einen Armstumpf auf Javans Fuß – und heilte.

Diese Heilung bedeutete in Tavis' Wiederaufrichtung eine entscheidende Wende, denn er erkannte alsbald, dass seine heilerische Berührung, so vollzogen, ebenso empfindsam und wirksam war wie zu jener Zeit, als er noch über beide Hände verfügte. Die Ausrichtung der Kraftströme, welche er bei heilerischen Maßnahmen freisetzte, war freilich ungleichwertig verlagert, eine Folge, über deren sicheres Eintreten er und Rhys sich durchaus einig gewesen waren, und jedweden Handgriff musste er mit der Rechten tun – aber er war dazu imstande, diese Unregelmäßigkeiten auszugleichen. Diese Entdeckung ließ ihm die Zukunft wieder in völlig neuem Licht erscheinen und ermöglichte es ihm, die Freundschaft mit Javan von neuem mit der alten Innigkeit zu pflegen.

Nachdem das ihm gelungen war, galt es lediglich noch, sich an das Verhalten anderer zu gewöhnen. Anfangs hatte er immer ein Bestreben gehabt, seinen verstümmelten Arm zu verbergen, ihn in einer Schlinge getragen und an den Leib gedrückt. Sobald er das Heilen erneut aufnahm, gab er die Schlinge gänzlich auf und sich mit dem leeren Saum seines Ärmels zufrieden, wenngleich er sich deswegen noch ein wenig befangen zeigte.

Die paar Kranken jedoch, welchen er neben Javan seine Aufmerksamkeit widmete, waren nicht selten anfangs reichlich zimperlich, wenn er sie mit seinem handlosen Glied berührte, und Bischof Hubertus klagte gar auf nachgerade weibische Art, des Ärmels leeres

Ende sei unschön anzusehen. Um Hubertus nicht unnötig zu verdrießen, machte sich Tavis für einige Zeit die Mühe, es mit einem Haken zu versuchen, wie nie einen zu tragen er eigentlich geschworen hatte, doch stellte er ohnehin fest, dass das Werkzeug seine heilerischen Fähigkeiten beeinträchtigte. Danach ging er stillschweigend wieder mit leerem Ärmelsaum und übte eine Reihe von in allen Lebenslagen brauchbaren Haltungen ein, welche gewährleisteten, dass man seine Verstümmlung nicht länger in solchem Maße bemerkte. In diesen ersten, so schweren Tagen gab Javan ihm sehr viel an Zuspruch und Ermutigung, beharrte vor allem darauf, dass Tavis seine herkömmlichen Pflichten als Heiler so bald wie möglich wieder übernahm, und er ermunterte ihn auch dazu, seine Heiler-Gabe zum Vorteil anderer Mitglieder des Königlichen Haushaltes einzusetzen, wann immer im Gefolge man der Dienste eines Heilers bedurfte. Javans unerschütterliche Hingabe, die er Tavis entgegenbrachte, half ihm dabei, den Regenten aus den Augen zu bleiben.

Zum Zeitpunkt, als Tavis seine Schwierigkeiten im Großen und Ganzen gemeistert hatte, zählte mittlerweile auch Davin zum Königlichen Haushalt. Davin-Eidiard war dem unmittelbaren Befehl Herrn Piedurs unterstellt worden, dem inzwischen die für die beiden Prinzen zuständige Handschar der Königlichen Leibwache unterstand. Nach einer anfänglichen Frist der Einfindung und Bewährung sowie gründlicher Anleitung durch den älteren Edelmann durfte er regelmäßige Wach- und Aufsichtspflichten übernehmen, welche ihn während eines Großteils seiner täglichen Dienstzeit in der Prinzen Nähe brachten. Sowohl mit Rössern wie auch in der Handhabung der Waffen zeichnete er sich sogleich hervorragend aus und ebenso vermochte er sich als tüchtiger Lehrmeister zu betätigen, und daher dauerte es gar nicht lange, bis er zu einem Liebling aller drei königlichen Jünglinge geworden war, ganz besonders aber von Rhys Michael.

Unglücklicherweise bedingte diese Vertrautheit mit den Brüdern auch engeren Umgang mit Tavis – dessen Beobachtung zwar der Zweck war, zu welchem er hier weilte, der gleichzeitig jedoch die größte Gefahr einer Entdeckung verkörperte. Um Davin-Eidiard mit einer gewissen Hilfestellung zu versehen, hatte Rhys ihn in seiner Persönlichkeit – als deren Bestandteil – mit einem heftigen Argwohn wider sämtliche Heiler außer ihm selbst ausgestattet, in der Hoffnung, damit verhindern zu können, dass Tavis ihm für so lange wie nur möglich mehr als beiläufige Aufmerksamkeit zu schenken Gelegenheit erhielt. Es musste als übler, unglückseliger Vorfall betrachtet werden, dass sich etwas ereignete, was Tavis' genauere Aufmerksamkeit nötig machte; andererseits jedoch musste es als Glücksfall gelten, dass es dazu innerhalb der ersten paar Wochen nach Davins Eintritt in des Königshauses Dienste kam und seine Deryni-Kräfte daher noch nachhaltig abgeblockt waren, zudem Tavis sich nach wie vor beim Wiedereinüben in seine Heiler-Tätigkeit befand und aufgrund dessen noch nicht wieder genug Empfindsamkeit zur Wahrnehmung feinerer Abweichungen besaß.

Davin hatte eines von Javans neuen r'kassanischen Hengstfohlen im Pferch ans Führen am Zaumzeug gewöhnen wollen und dabei wohl das ungestüme Tier etwas zu kräftig herangenommen, sodass es sich aufbäumte und zurücktänzelte, und Davin erhielt einen wuchtigen Tritt ans Knie. Der erste Schmerz hatte ihn vollkommen überwältigt. Javan und Tavis hatten zugeschaut und beide waren sofort zu Davin geeilt, auf dass Tavis ihm unverzüglich beistehen könne.

Als des Königshauses Heiler mit seinen Deryni-Sinnen

den ausgedehnten, bereits blaurot angelaufenen Bluterguss untersuchte, erkannte er in dem Verletzten weder irgendetwas, was ihm Anlass zum Misstrauen bot, noch etwas, was zu schlussfolgern erlaubt hätte, es handle sich um einen Deryni – nur die oberflächliche, rein gefühlsmäßige Angespanntheit, welche man heutzutage bei so vielen Menschen bemerken konnte, die unvermeidlich mit Deryni zu tun bekamen, war feststellbar gewesen. Nachdem Tavis befunden hatte, dass die Knochen unversehrt geblieben waren, erfüllte er die Verletzung mit läuternder Wärme und behob den Bluterguss binnen eines kurzen Weilchens, und allem Anschein zufolge dachte er sich nichts weiter bezüglich dieses Missgeschicks Davins. Als später an desselben Tages Abend Jaffray von dem Zwischenfall erfuhr, derweil er Davins Geist anzapfte, äußerte er einen Seufzlaut der Erleichterung. Zumindest die erste Hürde war nunmehr überwunden.

Bedauerlicherweise verliefen etliche weitere Anwendungen von Tavis' Deryni-Kräften und Heiler-Begabung weniger ehrenhaft.

Wie aufgrund von Tammarons Empfehlung beschlossen worden war – hauptsächlich jedoch, um trotz allem, was Tavis ausgesagt hatte, das Gerücht zu schüren, jene Deryni, die den Heiler überfielen, hätten es eigentlich auf die Prinzen abgesehen gehabt –, hatte der Regentschaftsrat veranlasst, dass Fähnlein tüchtiger Reiter regelmäßig die Landstraßen abritten, um die Gegenden wieder sicherer zu machen und die Banden von Rüpeln beider Volksstämme, die umherstrolchten, nach Möglichkeit zu ergreifen. Die gefassten menschlichen Missetäter lieferte man, wo man sie zu packen bekam, den zuständigen örtlichen Richtern aus und man verurteilte sie dort, so wie es bei Vergehen wie Unruhestiftung, Wegelagerei und Landfriedensbruch üblich war, zu den jeweils angemessenen Strafen – welche für jene, die sich edler Herkunft rühmen konnten, für gewöhnlich in nichts anderem bestanden als einem Stockhieb auf die Hand. Die dingfest gemachten Deryni jedoch verbrachte man auf Hubertus' Anordnung zur Aburteilung nach Rhemuth, weil es Deryni gewesen waren, die den Königlichen Heiler – Prinz Javans Günstling – verstümmelt hatten. Dort gab Hubertus, wie von Jaffray vorausgesehen, Tavis die Gelegenheit, unter den Gefangenen nach den Tätern zu suchen.

Insbesondere am Anfang brauchte man Tavis kaum irgendwie anzustiften, denn derweil der Tag seiner Verstümmlung noch nicht allzu lange zurücklag, verspürte er starken Wunsch nach Vergeltung. Er hegte keineswegs ein Verlangen, sich von den anderen Deryni insgesamt loszusagen, aber er strebte *in der Tat* danach, unter den vorgeführten Gefangenen welche zu finden – falls solche unter ihnen waren –, die an dem Verbrechen mitgewirkt hatten. Um trotzig errichtete geistige Schilde zu überwinden, bediente er sich nicht nur bereitwillig aller verstandesmäßigen Überzeugungskraft sowie auch offener Drohungen, sondern scheute auch vor der Anwendung etlicher feinsinniger Kunstgriffe seiner Heiler-Gabe, dem Gebrauch von auf Deryni wirksamen Drogen und notfalls selbst vor Gewalt nicht zurück.

Doch sobald er in den Geist eines der Betroffenen tief genug Einblick genommen hatte, dass er sicher sein konnte, der Mann war bezüglich der an ihm begangenen Schandtat unschuldig, verlor er an ihm sofort jedwedes Interesse. Er lehnte es ab, gründlicher nachzuforschen, weil er damit lediglich Hubertus eine Freude bereitet hätte, dem jeder Vorwand recht gewesen wäre, um möglichst viele Deryni hinrichten oder wenigstens einkerkern zu lassen. Derweil die Wochen verstrichen, ließ Tavis' Rachgier nach, wogegen Hubertus' erbitterte Enttäuschung wuchs.

Schließlich entdeckte Tavis wirklich einen jener Männer, einen Augenblick bevor selbiger ungemein starke geistige Wälle um seinen Verstand errichtete. Sein Name lautete Dafydd Leslie und er war ein Verwandter desselben Jowerth Leslie, der bis zu seinem Ableben vor wenigen Jahren Ratsherr im Kronrat gewesen war, sowohl bereits unter Imre wie auch danach unter Cinhil. Gleichfalls war er ein Freund einer ganzen Anzahl hoch gestellter Deryni, darunter auch Davin und Ansel MacRorie.

Dafydd hatte jedoch nicht Tavis' Hand abgehauen, zählte nicht einmal zu jenen, die den Heiler bei besagter Tat zu selbigem Zweck festhielten. Weitere Erkenntnisse vermochte Tavis allerdings nicht zu gewinnen, denn als er Dafydds Geisteswehren aufs Ärgste bestürmte, geriet derselbe in helle Panik, verfiel in Zuckungen und starb, ohne seine Spießgesellen zu verraten.

Vergeblich drängte Hubertus den Heiler zum Versuch einer Totensichtung – einem Verfahren, mit dem man dem Hirn eines just Verstorbenen so viel Reste seines im Schwinden begriffenen Wissens wie möglich zu entreißen versuchen konnte; Hubertus hatte davon vernommen und hegte die Überzeugung, ein Heiler von Tavis' Begnadetheit müsse dazu imstande sein. Doch selbst wenn Tavis sich damit ausgekannt hätte, ihm wäre für so etwas der Mut abgegangen. Was Hubertus von ihm verlangte, gehörte der arkanen Seite des derynischen Wissens und Könnens an, und Tavis hatte sich allzeit vorwiegend mit den Heiler-Künsten befasst. Davon abgesehen, Dafydd hatte genau gewusst, was er tat, und vor seinem Tod seinen Geist in einen Schleier der Verworrenheit gehüllt. Selbst ein in der Fertigkeit, welche Hubertus erwähnt hatte, bewanderter Deryni hätte unter diesen Umständen keine Ergebnisse vorzuweisen vermocht.

Hubertus jedoch witterte hinter allem nichts als Ränke,

und Ränke, verflochten mit anderen Ränken, denn er konnte sich schwerlich vorstellen, dass ein Deryni-Edler, zumal ein kleiner Edelmann vom Schlage Dafydd Leslies, das eigene Leben fortwerfen sollte, um andere Männer vor ihres Verbrechens Folgen zu bewahren. Dafydd selbst hatte ja keine andere Schuld auf sich geladen, als ihrer Tat mit angesehen zu haben. Er wäre frei und straflos davongekommen, hätte er sich nur bereit gefunden, der Missetäter Namen zu nennen. Die Tatsache, dass Dafydd selbige Bereitschaft nicht aufgebracht, ja, sich so entschieden dagegen aufgelehnt hatte, bestätigte Hubertus' Auffassung, Dafydd müsse in irgendeine größere Verschwörung verwickelt gewesen sein.

Sobald Hubertus sich diese Ansicht erst einmal nachhaltig genug eingeredet hatte, konnte Tavis kaum noch irgendetwas dazu sagen, außer der Klarstellung, dass sich nun, da Dafydd tot war, nichts beweisen lasse; danach jedoch widmete er sich Hubertus' Gefangenen mit noch geringerer Begeisterung. Darüber hinaus bereitete der Vorfall mit Dafydd ihm fortan Alpträume, welche sich um den Tag und die Nacht seiner Verstümmlung drehten. Je mehr er die Erinnerung daran zu unterdrücken versuchte, umso stärker machte sie sich in seinen Träumen bemerkbar, sodass er in ihnen immer wieder zu jenem schaurigen Erlebnis zurückkehrte, und damit auch zu Javans regelrecht unglaublichem Anteil an der Bewältigung dessen, was ihm widerfuhr; und unweigerlich riefen seine Alpträume ihm ebenso wieder das zusätzliche Rätsel von Javans Geistesschilden, die eigentlich nicht vorhanden sein durften, in Erinnerung, und im Zusammenhang damit die Frage, was in der Nacht von Cinhils Tod geschehen sein mochte. Wie aufgrund einer unausgesprochenen Übereinkunft hatten die beiden es bislang vermieden, diese Geheimnisträchtigkeiten zu bereden; vielleicht hatte Javan gespürt, dass Tavis Zeit nicht allein zur körperlichen, sondern auch zur seelischen Gesundung benötigte, und Tavis zog es offenkundig für geraume Zeit vor, sich darüber keinerlei Gedanken zu machen.

Nach Dafydd Leslies Tod stellte Tavis hinsichtlich der Lage mehrere Tage lang ausgiebige Überlegungen an, um für sich zu klären, wie er bei seinem jungen Herrn am günstigsten das Gespräch auf diese heiklen Angelegenheiten lenken könne, doch schließlich war es Javan selbst, der den ersten Schritt tat.

Am Nachmittag hatte es geregnet und dieser Regen zerschlug ihre Absicht, einen geruhsamen Ausritt in die Hügel jenseits des Flusses zu unternehmen, und so zogen sie sich in Javans Gemächer zurück, wo der Heiler dem Prinzen eine Abschrift der diesjährigen Königlichen Rechnungsführung zeigen wollte – eine Sache, die sie schon mehrmals mit großem Interesse in ausgedehntem Meinungsaustausch besprochen hatten, sodass Tavis wusste, sein junger Herr würde ungemein gern einen Blick hineinwerfen.

Huldvoll betrachtete Javan die ersten paar Aufreihungen von Angaben und Zahlen, niedergeschrieben in enger, winzig kleiner Handschrift, doch es währte nicht lange, dann schob er die Schriftrolle beiseite und blickte stattdessen auf zu Tavis. Draußen im Aufenthaltsraum hörte man Javans Brüder über einem Spiel aus Spindeln und Dreiecken streiten und sogleich erhob Pater Alfred seine Stimme, um sie zurechtzuweisen. Auf dem Tisch zwischen Tavis und Javan brannte ein Binsenlicht, dazu gedacht, die Trübnis des regnerischen Nachmittags ein wenig aufzuhellen, doch bewirkte es nur, dass des Jünglings kantige Wangenknochen umso härter hervortraten und seine Augen zwei großen blanken Kristallen glichen.

»Tavis, wir müssen miteinander reden«, begann Javan mit leiser Stimme.

»Tun wir das nicht bereits?«, meinte Tavis, indem er

seine dunklen rötlichen Brauen emporrutschen ließ.

»Aber nicht über das, woran mir liegt, und Ihr wisst's genau«, erwiderte Javan im Flüstertone. »Was ist in jener Nacht geschehen, als mein Vater starb? Ich habe bisher nur davon Abstand genommen, diese Frage so unmissverständlich zu stellen, weil ich davon ausging, Ihr bräuchtet eine gewisse Frist, um zu genesen. Nun aber seid Ihr wieder gesund. Und ich möchte wissen, was Ihr in der Nacht nach Eurer Verwundung mit mir gemacht habt. Und ich wünsche ebenso endlich Klarheit über diese meine geheimnisvollen geistigen Schilde.«

Tavis seufzte, indem er langsam und matt den Atem entließ, und rieb sich mit der verbliebenen Hand die Augen. »Ihr fordert viel von mir, mein Prinz.«

»Habt Ihr nicht viel von mir verlangt, als Ihr zu Valoret auf den Tod darniedergelegen?«

»Doch.«

Ein erneutes Seufzen Tavis'. Dann stand Tavis auf und winkte dem Jüngling, er möge ihm folgen, führte ihn zu einer Sitzbank in einer Fensternische. Dort ließen sie sich nieder, Tavis gleich unter den vom Regen gefurchten, grauen Scheiben des Fensterkreuzes, Javan zu seiner Linken. Tavis spannte und lockerte die Finger seiner Hand, fing sodann mit der Handfläche seinen Armstumpf zu reiben an.

»An die erste Stelle, dünkt's mich, wenn's nun um Klärungen geht, sollten wir das rücken, was ich in jener Nacht nach dem Anschlag mit Euch gemacht habe«, sprach er mit ruhiger Stimme. »Ich habe mir weit größere Freiheiten herausgenommen, muss ich bekennen, als ich's unter herkömmlichen Umständen bei einem Menschen getan hätte, doch allem Anschein zufolge habt Ihr jede Bereitwilligkeit besessen, mir beizustehen, und das war die einzige Hilfe, auf welche ich zu dem Zeitpunkt zurückgreifen konnte, nur war ich mir all dessen damals nicht in diesem Umfang bewusst. Ihr habt in besagter Nacht geistige Schilde erwähnt und Ihr hattet vollauf Recht. Ihr verfügtet über welche und verfügt noch immer über sie und anscheinend vermögt Ihr sie mit Eurer Willenskraft nach Gutdünken zu heben und zu senken. Ich habe noch nie von irgendwem vernommen, der kein Deryni war, aber so etwas tun konnte.«

Javan runzelte die Stirn. »Diese Geistesschilde ... glaubt Ihr, sie könnten irgendwie mit dem zusammenhängen, was in der Nacht von meines Vaters Tod geschah?«, erkundigte er sich nach einem Weilchen versonnenen Schweigens.

»Ich weiß es nicht. Es ist denkbar, dass Ihr die Schilde schon seit langem besitzt und sie mir lediglich nicht aufgefallen sind. Ich entsinne mich, Ihr habt Euch, als ich an den Hof kam, nur mit recht viel Zögern auf mich eingelassen und zu mir Vertrauen gefasst ... Doch andererseits, Ihr hattet schon zuvor mit anderen Heilern Umgang. Sobald Ihr mir vertrautet, habe ich nie irgendwelche inneren Widerstände bei Euch festgestellt, solche ausgenommen, die man bei einem Knaben erwarten muss, der bisweilen vermeint, was er zu treiben wünscht, sei für ihn am günstigsten, nicht das, was die Alten ihn in seinem Interesse zu betreiben heißen.«

Ein flüchtiges Lächeln bewegte Javans Antlitz. »War ich Euch eine Bürde, Tavis?«

»Nur gelegentlich, mein Prinz. Und in jener Nacht – selbiger nach meiner Verwundung – seid Ihr fürwahr alles andere denn das gewesen.« Er senkte den Blick und zugleich auch die Lautstärke seiner Stimme. »Ich weiß nicht, was ich begonnen hätte, wärt nicht Ihr zur Stelle gewesen. Auf jeden Fall hätte ich nicht so rasch genesen können ... weder am Leibe, noch in meinem Gemüt.«

»Was ... habe ich denn gemacht?«, fragte Javan nach.

»Ihr habt Euch mit Eurer ganzen Seele mir überantwortet, und wenn's nur für einer Stunde Dauer war«, entgegnete Tavis gedämpft. »Ich bat Euch darum, mich an Eurer Lebenskraft stärken zu dürfen, in der Hoffnung, verhindern zu können, dass ich Euch zu viel davon entzöge, und Ihr habt Euch vollständig in meine Hände gegeben – oder vielmehr, meine Hand. Diese Hilfeleistung hätte Euch womöglich das liebe Leben kosten können, Javan. Ihr müsst's geahnt haben. Dennoch habt Ihr nicht im Mindesten gezaudert. Ihr habt mir die Kräfte des Heilens und des Lebens wiedergegeben.«

Javans Augen hatten sich gerundet, derweil Tavis sprach, und nun langte er über den Tisch und ergriff des Heilers Hand.

»Habt Ihr nicht ungezählte Male das Gleiche für mich getan?«, hielt der Jüngling in aller Ruhe dagegen. »Es war nicht allein ein wundersames Erlebnis für mich, sondern auch eine Ehre, dergleichen für Euch vollbringen zu dürfen. Und doch …«

»Und doch?«

»Und doch, ich war stets der Auffassung, Menschen vermöchten derlei nicht für Deryni zu bewerkstelligen, Tavis. Wie kommt's, dass ich es kann?«

»Darauf weiß ich keine Antwort«, erwiderte Tavis leise. »Ich weiß dafür wahrlich und wahrhaftig keine Erklärung. Doch ich bezweifle, dass diese Anlagen schon immer in Euch vorhanden gewesen sind. Vor nicht allzu langer Zeit, sagen wir, kurz vor Eures Herrn Vaters Ableben, hätte ich ohne das geringste Nachdenken *beschworen,* dass zwischen Euch und mir nichts anderes sich ergibt als die gewohnte Verbindung, wie unsereins sie zwischen Kranken und Heilern ständig erlebt.«

»Aber was sollte denn geschehen sein können, was mich verändert hätte?«, wollte Javan erfahren. »Was hat sich in der Nacht zugetragen, in welcher mein Vater starb? Rhys selbst hat behauptet, irgendetwas mit Euch angestellt zu haben. Und wir wissen, dass er mir und meinen Brüdern an jenem Abend eine angebliche Arznei verabreicht hat. Vielleicht hat er auch mit mir, so wie mit Euch, etwas gemacht. Glaubt Ihr, wir könnten das herausfinden?«

»Ich weiß nicht recht«, antwortete Tavis gedankenschwer. »Bei Gott, ich habe mein Gedächtnis so gründlich erforscht, wie ich's allein überhaupt vermag, aber vielleicht …« Aufmerksam las er in Javans Miene und drückte des Prinzen Hand.

»Wollt Ihr mir helfen, Javan? Vielleicht gelingt uns in einer Geistesverbindung eine gemeinsame Rückschau auf jene fragliche Nacht. Je länger ich über das zeitliche Zusammenfallen einiger Dinge nachdenke, umso stärker wird in mir der Verdacht, dass da der Schlüssel zu all der Rätsel Lösung zu suchen ist.«

»Was muss ich tun?«, forschte Javan sofort nach. »Ihr wisst, ich will gerne helfen. Teilt mir mit, was ich tun soll.«

»Nun wohl.«

Flugs rutschte Tavis auf dem Polster herum, bis er Javan unmittelbar gegenübersaß, winkelte vor sich auf der Sitzbank das linke Bein an. Javan tat das Gleiche, zog das rechte Bein an den Leib. Behutsam nahm Tavis des Jünglings Linke in seine rechte Hand, legte den anderen Unterarm neben Javans Rechte. Er spürte, wie des Jungmannen rechte Hand seinen linken Ellbogen umschlang, um den Kreis zu schließen, denn ihm selbst fehlte ja an diesem Arm die Hand, um selbiges zu verrichten. Er holte ergiebig Atem und ließ ihn dann entweichen, sah Javan sogleich sein Beispiel nachahmen.

»Nun denn«, sprach Tavis leise. »Ich möchte, dass Ihr Euch ganz und gar entspannt und hingebt, genau auf jene Weise, wie ihr's in jener Nacht tatet, da Ihr mir so tüchtig beigestanden seid. Ihr werdet wiederum ein Gefühl des Ziehens empfinden, doch diesmal, so möchte ich's, sollt

Ihr bei vollem Bewusstsein bleiben. Euch mag schläfrig zumute sein, aber Ihr dürft nicht einschlummern. Bemüht Euch, all Eure Gedanken voll und ganz auf jenen Abend zu richten, als Rhys in den Aufenthaltssaal kam und den Wein austeilte. Seht Euch selbst, seht Eure Brüder, so wie's sich derzeitig zu Valoret zugetragen hat.«

Derweil Tavis seine ganze Beachtung der Atmung schenkte, fühlte er, wie der Jüngling so reibungslos in einen Trance-Zustand hinüberglitt, als habe er sich in derlei Angelegenheiten bereits sein Lebtag geübt.Nach einem halben Dutzend Atemzüge waren seine Lider geschlossen, ging seine Atmung so tief wie in jener anderen Nacht an Tavis' Krankenlager; er war weitgehendst entspannt, dennoch geistig hellwach, so wie Tavis es gewünscht hatte.

Mit äußerster Zurückhaltung und Behutsamkeit stellte Tavis eine geistige Verbindung her, ließ sie Javan anfänglich nur als eindringlichere Wahrnehmung ihrer körperlichen Berührung spüren. Entschlossen lenkte er seine Gedanken zeitlich rückwärts, zu jenem Abend, und er merkte, dass Javan ihm auf dieser geistigen Wanderung durch die Zeit willig folgte. Er schloss gleichfalls die Augen und malte sich stattdessen vor seinem geistigen Auge aus, wie es am selbigen Abend zugegangen war, verschmolz zugleich seines Bewusstseins teilweise Erinnerung daran mit dem entsprechenden Blickwinkel Javans, und da begann auch der Jüngling des besagten Abends Verlauf von neuem zu erleben.

Die drei Prinzen und ihre Pagen hatten sich nach dem abendlichen Mahl um Rhys geschart, und Letzterer füllte aus einem Päckchen gefalteten Pergaments Pulver in eine von einem Knappen gebrachte Flasche süßen Fianner Weins. Derweil Tavis verwundert von seinem Platz am Fenster aus zuschaute, teilte man an alle Becher aus, Prinzen wie Pagen und Knappen gleichermaßen und alle leerten die Trinkgefäße bis auf den Grund. Anschließend sprach man das Abendgebet und kroch schlafbedürftig in die Betten.

Von da an erlebten beide, Tavis und Javan – Tavis das zweite Mal –, dank Tavis' Erinnerung das Weitere; der Heiler hatte sich zum Tisch begeben und die leere Flasche zur Hand genommen, insgeheim von der Frage gedrängt, was Rhys den Jünglingen eingegeben haben mochte.

»Was war das?«, erkundigte sich Tavis, als Rhys an den Tisch zurückkehrte.

»Wie gesagt, eine Arznei wider Erkältungen. Auf des Königs Befehl. Kostet sie, so Ihr mögt.«

Tavis hatte das Haupt geschüttelt und die Flasche abgestellt, dann Rhys nachgesehen, wie er zum Ausgang strebte. Mit einem Gähnen hatte sich Tavis erneut seiner Schriftrolle bemächtigt und war hinüber zu dem Haufen von Fellen am Kamin geschlendert, dort hatte er noch für ein Weilchen gelesen, dann war er einge... *Nein!*

In seiner Erregung, als er plötzlich diese Nahtstelle in seiner Erinnerung erkannte, fuhr Tavis nahezu aus seiner Trance hoch, und einiges von seiner Bestürzung schwappte unabgeschwächt über zu Javan, der unter der Gefühlsregung Heftigkeit aufkeuchte.

Eilends mäßigte Tavis seines Gemütes Wallungen und zwang sich zur Ruhe, übte gleichzeitig auch auf Javan einen Einfluss der Besänftigung aus, kehrte sodann zurück zu dem Punkt, an welchem sie angesetzt hatten.

Beginnen wir noch einmal, und zwar zum Zeitpunkt, als Ihr eingeschlafen seid, übermittelte er Javan. *Rhys ist in den Aufenthaltssaal zurückgekommen, aber die Flasche war nicht leer.*

Erst nachdem er seine Gedanken Javan mitgeteilt hatte, fiel ihm auf, nur im geistigen Bereich zu dem Prinzen gesprochen zu haben, und doch verhielt Javan sich ganz so, als hätte er laut zu ihm geredet.

Er hatte die Flasche genommen und daran geschnuppert, und diesmal empfand er von neuem die schreckhafte Beunruhigung, die ihn an jenem Abend dabei unversehens packte.

»Ihr habt gelogen«, hatte er geflüstert.

»So, fürwahr?«

»Das war keine Arznei, um Erkältungen auszutreiben. Ihr habt sie, anders vermag man's schwerlich zu nennen, regelrecht betäubt! Genug Fingerkraut habt Ihr ihnen verabreicht, um sie bis in den morgigen Tag hinein schlafen zu lassen. Von weitem hab ich's gerochen. Worauf sinnt Ihr?«

Er sah Rhys seinen Blick erwidern, äußerlich ganz ein Urbild gerechtfertigten Befremdens, und erst in dieser seiner Erinnerung merkte er, wie der ältere Heiler sehr entschieden zwischen ihm und der Tür Aufstellung bezog.

»Worauf ich sinne? Nun, ich befolge lediglich Seiner Majestät Anweisung und sorge dafür, dass die Prinzen einen geruhsamen nächtlichen Schlummer finden.«

Mit dem damals verspürten Argwohn erlebte Tavis von neuem, wie er eine Fingerspitze mit dem Rest in einem der Becher benetzte und den Finger unter seine Nase hob.

»In Frieden ruhen, ist man fast zu sagen geneigt. Es wird Eurerseits keinen Anstoß erregen, wenn ich in dieser bedenklichen Sache mit Seiner Gnaden Rücksprache nehme, oder … Was ist denn das?« Er vermochte kaum zu glauben, was ihm seine Sinne verrieten. »Eisenhut und *Mer*… Rhys, das könnt Ihr doch wohl nicht gewagt haben!«

Augenblicklich errichtete er seine geistigen Wälle. Er nahm einen hastigen, versuchsweisen Tastversuch von Rhys' Bewusstsein wahr und schirmte sich angesichts dessen nur noch umso eherner ab, derweil er sich bemühte, irgendwie zu entscheiden, was er nunmehr tun sollte. Ohne jegliche Warnung hatte des anderen Heilers Faust ihn wuchtig in die Magengrube getroffen. Während Tavis sich nach vorn krümmte, um Atem rang und keuchte, ergriff Rhys die Weinflasche und stieß den Flaschenhals zwischen Tavis' Zähne, nötigte ihn zum Trinken.

Pein! Schmerz im Leib, in der Brust, Atemnot ... Marterung der Kehle, immer wieder zum Schlucken gezwungen, immer wieder noch einmal ... Entrüstung. Und dann wahrhaftige Furcht, obwohl sein Körper sich inzwischen von dem Anschlag auf sein Wohlbefinden zu erholen begann – denn indem die Wirkung von Rhys' Mischung aus Wein und Drogen einzutreten anfing, geriet sein Geist in die Klauen unwiderstehlicher Umnachtung.

»Leider doch, mein junger Freund«, hatte Rhys entgegnet. »Vergebt mir den Hieb, Tavis. Doch es bestand die Notwendigkeit, dass auch Ihr trinkt, da Ihr zum Unglück ausgerechnet heute Abend hier verweilen musstet, und ich empfand Zweifel, dass Ihr aus freien Stücken davon einen tüchtigen Zug nehmen würdet.«

Tavis' Verstand trieb durch einen Strudel immer ärgerer Wirrnis und es kostete ihn alle Anstrengung, deren er noch fähig war, ein paar letzte Worte zu äußern.

»Aber *warum?* Mein Gott, Rhys, Ihr habt Ihnen *Meme-merascha* eingegeben ...! Und ... und *Anhalon, Merascha* und *A-a-anhalon* und sie sind nicht einmal Deryni ...!«

»Ich tat's auf Seiner Majestät ausdrücklichen Befehl und mit Seiner Gnaden vollständiger Kenntnis«, hatte Rhys leise geantwortet. »Darüber hinaus sollt Ihr nichts von mir erfahren. Und selbst wenn, Ihr werdet Euch an nichts erinnern können ...«

Nun jedoch erinnerte sich Tavis, erlebte alles mit wieder berichtigtem Gedächtnis noch einmal, spürte abermals das Zerbröckeln seiner geistigen Wälle, indem die Drogen ihm die Gewalt über den eigenen Geist, den eigenen Körper raubten, ihn ganz und gar Rhys' Geisteskräften auslieferten.

Jetzt ersah er, während er gemeinsam mit Javan bei vollem Bewusstsein nachvollziehen konnte, was sich ereignet hatte, wo er von Rhys beeinflusst worden war, vermochte nun zu ermitteln, wie sich die durch Rhys in seinem Innern vollzogenen Änderungen rückgängig machen ließen.

Über den Augenblick seiner Niederlage hinaus allerdings waren keine Erkenntnisse zu gewinnen, ließ sich nichts nachträglich zurechtrücken, dieweil er die von Rhys über ihn gebrachte Besinnungslosigkeit naturgemäß nicht ungeschehen machen konnte. Es gab keine Möglichkeit, sich etwas in Erinnerung zu rufen, dessen man gar nicht Zeuge geworden war; somit blieb ihnen keine andere Wahl, als nunmehr in den Wachzustand zurückzukehren und sich um eine dahin gehende Klärung zu bemühen, was das alles zu bedeuten gehabt haben mochte. Javans Augen waren geweitet und voll des Staunens, als er aus der Trance kam und Tavis anblickte.

»Warum mag er nur all das getan haben?«, sprach Javan unterdrückt die Kernfrage aus. »Aus irgendeinem Grund hat er uns allesamt an jenem Abend betäubt und dann dafür gesorgt, dass Ihr's vergesst.« Für ein Weilchen schwieg er, dann starrte er Tavis, als ihn ein grässlicher Verdacht befiel, entsetzt an. »Tavis, man muss doch wohl nicht mutmaßen, er habe schon vorher davon Kenntnis besessen, dass mein Vater in der darauf folgenden Nacht sterben musste?«

Gleichmütig erwiderte Tavis des Prinzen Blick, wagte nicht, diese Vermutung zu ihrer nahe liegenden Schlussfolgerung weiterzudenken.

»Wie hätte er das im Voraus wissen können, Javan?«

Mit einem Schaudern wandte sich Javan ein Stück weit zur Seite und zog beide Knie bis unters Kinn herauf an den Leib, drückte sie fest an seinen Brustkorb, ohne Tavis anzusehen. »Nein, das ist ausgeschlossen. Er ist ein Heiler. Heiler töten nicht.«

»Jedenfalls nicht mit Vorsatz«, bestätigte Tavis leise. »Sollte Rhys allerdings tatsächlich zuvor gewusst haben, dass König Cinhil in jener und keinen anderen Nacht sterben musste, so ist's nicht anders denkbar, dass dabei irgendein Vorsatz eine Bedeutung gehabt hat.« Erbittert hieb er seine Faust neben sich auf der Sitzbank Polsterung. »Das alles ergibt schlichtweg keinen Sinn. Er hat behauptet, er habe Euch und Euren Brüdern auf Eures Herrn Vaters Befehl Drogen untergeschoben. Wäre er an irgendeiner gräulichen Verschwörung zu des Königs Ermordung *beteiligt* gewesen, warum hätte er sich damit bescheiden sollen, Euch und Eure Brüder nur in festen Schlummer zu versetzen? Diese Mittel, welche er Euch verabreichte, waren stark, aber zweifelsohne nicht tödlich.«

Javan durchdachte diese Erwägungen für eine Weile, dann heftete er den Blick voller Missbehagen wieder auf Tavis. »Tavis, ist's möglich, dass diese Sache irgendwie mit Magie zusammenhängt?«

»Magie?« Erstaunt neigte Tavis das Haupt auf die Schulter, während er den Jüngling musterte. »Was gibt Euch diesen Einfall ein?«

»Nun, er hat uns ja derynische Drogen gegeben … und soviel mir geläufig ist, wirken dieselben nicht auf Menschen.«

»Ich muss einwenden, in Wahrheit hat's sich um ein Gemisch gehandelt. Einige der verwendeten Stoffe zählten nicht zu denen, die ausschließlich auf Deryni wirken. Sie hätten ihre Wirkung auf jedermann getan.«

»Nichtsdestotrotz. Und dann ist da das Rätsel meiner geistigen Schilde. Ich *muss* sie in der fraglichen Nacht zugeeignet erhalten haben. Wär's möglich, dass ... nun ja, dass er und mein Vater ... in besagter Nacht mit uns irgendetwas taten?«

»Etwas taten? Aber was ... zum Beispiel?«

»Ach, das weiß ich doch auch nicht«, erwiderte der Jüngling mit Schmollmiene, schwang seinen Klumpfuß herum und streckte das Bein aus, sodass der Fuß an der Sitzbank anderem Ende ruhte. »Ihr seid der Deryni. Klärt Ihr mich auf. Vielleicht war's ihre Absicht ... Ich weiß nicht ... Womöglich wollten sie uns halt mit geistigen Schilden ausstatten, Euch davon aber nichts wissen lassen.«

»Warum hätte ihnen daran gelegen sein sollen? Und wer sind *sie?* Mich dünkte, bislang, wir sprächen von Rhys.«,

»Nun, er kann's aber doch wohl kaum allein vollbracht haben, oder? Mag sein, seine Gemahlin Evaine hat ihm geholfen. Oder Bischof Alister.« Urplötzlich setzte der Jüngling sich kerzengerade auf. »Der nämlich war's, an den er in der Nacht, als ich ihn äußern hörte, er habe mit Euch etwas angestellt, selbiges Wort gerichtet hat! Folglich muss Alister Bescheid wissen! Womöglich war er auch an allem beteiligt.«

Bedächtig nickte Tavis. »Dann müsste auch Joram daran Anteil gehabt haben und wahrscheinlich ebenso Graf Jebedias. Sie befanden sich alle miteinander im Königlichen Schlafgemach, als die Regenten Euch zu des Königs Leichnam brachten, außer Evaine – Rhys, Alister, Joram und Jebedias. Und allesamt, Jebedias ausgenommen, waren auch in der Nacht, welche dem Anschlag folgte, in meinem Krankengemach zur Stelle. Es *muss* irgendeinen Zusammenhang geben.«

»Aber was für einen?«

»Keine Ahnung. Und es ist auch nicht damit zu rechnen, dass sie's uns erzählen.«

Javan dachte ein Weilchen lang nach. »Wäre es denkbar, dass *ich* es aufzudecken vermag?«

»Wie meint Ihr das, mein Prinz?«

»Nun ja, was immer auch mit mir geschehen sein mag«, antwortete Javan versonnen, »ich muss dabei gewesen sein. Könnt Ihr's nicht irgendwie bewerkstelligen, dass es mir gelingt, mich daran zu erinnern?«

Tavis runzelte die Stirn, während sein Blick, den Tiefsinnigkeit nahezu ausdruckslos machte, durchs trübe Gemach schweifte.

»Ihr seid betäubt gewesen. Ich weiß nicht, ob das ein Hindernis ist, das sich überwinden lässt, oder nicht.«

»Ihr seid auch betäubt gewesen, und doch, Ihr seid zur Wahrheit vorgedrungen.«

»*Ich* bin ein Deryni«, gab Tavis gedankenverloren zur Antwort.

Javan zog eine Miene des Missmuts. »Wagt's nicht, ich rate Euch wohl, mir *damit* als Ausrede zu kommen«, murrte er. »Könnt Ihr's nicht wenigstens versuchen zu bewirken, dass ich mich entsinne?«

»Ich weiß es nicht recht.« Nachdenklich neigte Tavis das Haupt seitwärts. »Außer im Falle, dass Ihr irgendwann in der Zeitspanne zwischen Eurem Einschlafen infolge der vorgeblichen Arznei sowie Eurem Wecken durch Jebedias und die Regenten zufällig einmal, aufgrund wessen auch immer, vorübergehend das volle Bewusstsein wiedererlangt habt, bezweifle ich sehr, dass Euer Gedächtnis irgendetwas umfasst, auf das Ihr Euch unter bestimmten Umständen zu besinnen vermöchtet.«

»Aber es muss da … etwas sein …« Javans Stimme verklang und er verkniff in angestrengtem Nachdenken das Antlitz. »Da war … ein düsterer Raum, glaube ich, und mein Vater war auch zugegen … Verdammnis!«

»Flucht nicht«, mahnte Tavis teilnahmslos.

»Oh, ich kann dagegen nichts tun«, knirschte der Jungmanne. »Ja, da *ist* etwas ... vielleicht habe ich's nur geträumt, ich weiß es nicht genau. Aber für just einen Augenblickes Dauer hatte ich so etwas wie eine Erleuchtung. Könnt Ihr nicht den Versuch machen, daran auf irgendeine Art und Weise anzuknüpfen?«

»Sofort?«

»Selbstverständlich sofort. Ihr werdet mir schon keinen Schaden zufügen.«

»Ich bin mir dessen wohl bewusst, dass Ihr keinen Schaden erleiden würdet, Javan.« Tavis seufzte. »Doch ebenso wenig wünsche ich Euch über Gebühr zu ermüden. Dergleichen ist Euch unvertraut.«

»Da habt Ihr verflucht Recht! Derlei ist mir fürwahr ganz und gar unvertraut.«

»Und wenn Ihr Euch übers Maß erregt ...«

»Ich bin *nicht* übers Maß erregt! Ich bin ...« Unvermittelt verstummte Javan und senkte den Blick, und an seinen Mundwinkeln zuckte wider Willen ein Lächeln. »Ihr habt Recht. Ich *war* zu sehr erregt. Aber ... könnt Ihr's denn nicht wenigstens versuchen?«

Tavis erwiderte Javans ansatzweises Lächeln, warf einen Blick um die Ecke der Fensternische, nahm von der ihm gegenüber befindlichen Länge der Sitzbank ein Kissen und legte es zwischen sich und Javan.

»Doch, freilich, wenn's Euch so viel bedeutet, will ich's ohne Verzug tun«, antwortete er und patschte auf das Kissen. »Streckt Euch aus und macht's Euch einigermaßen behaglich, dann lasst Euch – genau wie bei den zuvorigen Malen – in eine Trance entgleiten.«

Mit einem andeutungsweisen Lächeln des Triumphs ließ sich Javan auf die erforderliche Weise nieder.

»Vermeint nicht, nun ginge Euch auf einmal alles durch«, fügte Tavis, als er das sah, gutmütig hinzu, indem er seine Hand sachte auf Javans Stirn legte. »Rein zufällig teile ich Eure Ansicht. So, nun schließt Eure Augen, richtet Eure Gedanken einwärts. Findet zurück zu Eurer letzten wachen Erinnerung jenes Abends.«

Javan verfuhr wie geheißen. Allmählich kam ihm in seiner Erinnerung wieder das Gefühl, warm und wohlig in seinem alten Bett zu liegen, dank seines Gedächtnisses Lebhaftigkeit rückwärts versetzt nach Valoret und in den Februar, und zugleich spürte er, wie Tavis' Wesenheit in der Gegenwart zurückwich und ihn sich selbst überließ. Derweil sich das Wiedererleben jener vergangenen Abendstunden in seiner Erinnerung verstärkte, wälzte er sich auf die Seite und schmiegte sein Angesicht ins Kissen, und nur ein ganz winziger Teil seines Ichs war sich schwach dessen bewusst, dass des Heilers Hand weiterhin auf seinen Brauen ruhte. Dann fühlte er, wie er gleichsam von der Bettstatt in einen traumlosen Schlaf entschwebte.

Wenigstens dachte er anfangs, es handle sich lediglich um den gewohnten Schlummer. Er sah, wie es ihm vertraut war, flüchtige Traumbilder von diesem und jenem, was er in dem frostigen Winter beim Spiel oder im Unterricht getan hatte. Doch da war zudem – wenig später – ein gewissermaßen unerhaschbares Wallen von irgendetwas anderem: Angesichter, zwar bekannt, aber dennoch fremd; ein wabriger Schleier rings um Lichter in Goldgelb, Rot und Grün, das Gefühl, eines fehle; ein Trinkgefäß mit Füßen, dessen Weiß sein gesamtes Blickfeld ausfüllte, ebenso alles andere beherrschte – und Farben, Empfindungen, Geräusche, Kreiseln und Schwanken von allem und dann nichts, nichts …

Er kämpfte sich aus der befremdlichen, so weißlichen Finsternis empor, sah Rhys auf sich herabblicken, in der Miene einen Ausdruck der Verwunderung. Javan setzte sich auf und schüttelte das Haupt, um seinen Verstand zu klären, schaute sodann den Heiler erneut an, fast zu zaghaft, um seine Frage zu stellen.

»Was habt Ihr gesehen?«

»Sonderbares«, gab Tavis zur Antwort. »Ich vermag nicht zu sagen, ob's nur ein Traum war, oder ob mit Euch wirklich etwas geschehen ist, lediglich die Euch verabreichten Drogen diese flüchtige Erinnerung verzerrt haben.«

»Nun, und was für einen Eindruck hat's auf Euch gemacht?« Tavis schüttelte sein Haupt. »Ich weiß es nicht, mein Wort drauf, ich weiß es nicht, mein Prinz. Verdammnis über mich, wenn ich's weiß.«

»Flucht nicht«, entgegnete Javan ohne Nachdenken und brachte damit ein Lächeln der Belustigung auf Tavis' Lippen. »Tavis«, ergänzte der Prinz sofort, »wir müssen herausfinden, was das gewesen ist.«

»Das ist mir gänzlich klar, mein Prinz.«

»Na, dann *unternehmt* etwas.«

Tavis dachte nach und heftete sodann seinen Blick wieder auf Javan.

»Nun wohl. Ich habe einen Einfall, wie wir vielleicht zu einer Klärung gelangen könnten, doch müsst Ihr mir das Versprechen abgeben, nicht wegen irgendwelcher Einzelheiten in mich zu dringen.«

»Und wie?«

»Tja, Ihr habt damals unterm Einfluss von Drogen gestanden, *was immer* auch geschehen sein mag. Daher meine ich, es ist den Zeitaufwand wert, zu versuchen jenes Gemisch von Drogen, welches Rhys Euch eingegeben hat, noch einmal zu mischen und es Euch einnehmen zu lassen, und ich könnte versuchen sodann zu Euren Erinnerungen vorzudringen. Zuvor muss ich allerdings einige Nachforschungen anstellen. Die meisten der verwendeten Stoffe kenne ich, doch muss ich erst erarbeiten, in welchem Mischungsverhältnis und in wie starken Prisen wir sie nehmen müssen.«

Javan rümpfte die Nase. »Noch so eine ›Arznei‹?«

»Jawohl, jenem Vorbild so ähnlich und getreu, wie ich's nur schaffen kann. Auch mir behagt diese Vorstellung nicht sonderlich, doch gegenwärtig ermangelt's mir an geeigneteren Einfällen. Ehe ich mich an eine so langwierige Aufgabe mache – gebt Ihr Eure Einwilligung?«

Mit einem Aufseufzen, das seine innere Zwiespältigkeit bezeugte, nickte Javan. »Ja, ich glaube, durchaus, ja.«

»Das ist's, was ich höchlichst zu schätzen weiß – aufrichtige Begeisterung«, bemerkte Tavis dazu und gab Javan verständnisvoll einen leichten Hieb auf die Schulter, indem er sich erhob. »Ich nehme an, Ihr weist es von Euch, diese ganzen Ungereimtheiten einfach zu übergehen?«

»Und meine rätselhaften Geistesschilde«, erwiderte Javan gedehnt, »wie könnte ich die schlichtweg vergessen?«

»Ein gewichtiger Punkt«, pflichtete Tavis bei. »Doch mich deucht's, für einen Nachmittag haben wir uns genug Denkaufgaben gestellt. Lasst uns gehen und den Küchenmeister ins Gebet nehmen. Mir ist, als müsste ich hungers sterben.«

18

Eines Rufenden Stimme: »In der Wüste bahnt einen Weg für den Herrn, ebnet in der Steppe einen Pfad für unseren Gott!«

Isaias 40,3

Tavis und Javan blieben beileibe nicht die Einzigen im Königreich, die vielerlei Gedanken zu wälzen hatten, derweil sich der Sommer hindehnte, die Hitze stieg und ebenso die Spannung. Wenngleich der neue König seine Herrschaft unter gewissen unruhigen Umständen angetreten hatte, machte sich nunmehr eine alltägliche Gewöhnung breit, aber sie unterschied sich merklich von allem Vorangegangenen im Reich. Die Ungewissheit, welche mit einer Regentschaft und einem Knabenkönig auf dem Thron verbunden war, eignete sich schwerlich zur Besänftigung böser Vorahnungen, wie man sie insbesondere unter solchen Deryni hegte, die einen bestimmten Überblick dessen besaßen, was in Gwynedd geschah.

Derlei Vorahnungen beeinflussten ohne den leisesten Zweifel auch das Handeln des Camberischen Rates. Gregorius und Jesse wachten unverändert über ihrer Ländereien Wege und Landstraßen, um dort den Frieden zu bewahren, aber nach dem Anschlag auf Tavis neigte Gregorius in wachsendem Maße zur Eigenbrötlerei und zu grimmigem Grübeln. Die Vorstellung, dass Deryni zu vorsätzlichen Schandtaten an anderen Deryni fähig waren, nahm ihn inwendig stärker mit, als er eingestehen mochte. Er kam, um seinen Teil an der Beobachtung Davins zu tun, auch um an des Rates Zusammenkünften teilzunehmen, aber er war ein von Besorgnis gebeugter, von Verdrossenheit zermarterter Mann geworden. Camber erfuhr, dass er einen kleinen, abgelegenen Landsitz im Connait erworben und sich darauf vorbereitet hatte, seine Sippe jederzeit dorthin in Sicherheit zu verbringen. Camber fühlte sich dazu außerstande, ihm diese Maßnahme zu verübeln.

Auch Jaffray begann man die Belastungen allmählich anzumerken. Fortgesetzt berichtete er über alle Beschlüsse, die man bei Hofe fasste, und alles, was man dort betrieb, soweit seine vorteilhafte Stellung im Regentschaftsrat es ihm ermöglichte, davon zu erfahren, und gleichfalls unterhielt er nunmehr, da Rhys es als vertretbar erachtet hatte, Davins Blockierung aufzuheben und seine tatsächliche Erinnerung wiederherzustellen, zu Davin eine wie gehabte Beziehung. Der junge Graf verfügte inzwischen von neuem über seine vollen derynischen Geisteskräfte. Doch des Hofes Umzug nach Rhemuth stellte Jaffray vor Aufgaben, die ihn nahezu überforderten. Als Erzbischof hatte er zu Valoret Pflichten nachzugehen, welche er nicht zur Gänze anderen übertragen konnte; und er wusste, die anderen Regenten waren sich vollauf darüber im Klaren, auch wenn sie sich davon nur versprachen, dass er des Regentschaftsrates Sitzungen möglichst häufig fernblieb. Dennoch waren die Augenzeugenberichte, welche Jaffray zu geben vermochte, weitaus aufschlussreicher als die entstellte Sicht der Dinge, die sich aus der Anzapfung von Davins Geist erhalten ließ, denn Davin war in seinem Aufgabenbereich als Leibwächter der Prinzen von allem wirklich bedeutsamen Geschehen weitgehend abgeschirmt. Solange Jaffray seinen mehr oder weniger sicheren Platz im Regentschaftsrat hatte, durften sie sich einigermaßen darauf verlassen, dass sie vor jedwedem wahrhaft feindseligen Vorgehen, das den Regenten in den Sinn kommen mochte, eine hinlänglich frühe Warnung erhielten.

Jebedias befleißigte sich ebenso einer nahezu fieberhaften Geschäftigkeit, eilte zwischen den verschiedenen Häusern der Michaeliten hin und her, leitete überall Vorbereitungen zum abermaligen Rückzug des Ordens aus der Öffentlichkeit in den Untergrund ein. Sogar Crevan Allyn, sein menschlicher Generalvikar, verstand und fürchtete die immer eindeutigeren Zeichen des Unheils; dieweil jedoch der Orden so weithin über ganz Gwynedd verstreut war, wagte er es nicht, eine offene Aufgabe michaelitischer Einrichtungen allzu überstürzt zu veranlassen, um im Rahmen der diesbezüglich erforderlichen Schritte keinem Verdacht wider die derynischen Mitglieder des Ordens Vorschub zu leisten. Als man Gwynedds Streitkräfte im Frühjahr von allen Michaeliten säuberte, hatten sowohl Crevan wie auch Jebedias noch gehofft, die gegen die Michaeliten gerichtete feindliche Stimmung werde verebben; aber zum Erntefest war endgültig klar, dass sich diese Hoffnung nicht erfüllen sollte. Mehrere michaelitische Ritter und Kriegsleute, Menschen ebenso wie Deryni, waren auf Geheiß der Regenten aus verschiedenen, in allen Fällen jedoch zweifelhaften Gründen gefangen genommen und eingekerkert worden. Um diese Männer zu schützen, soweit so etwas überhaupt noch möglich war, durften andere Ordensangehörige nichts beginnen, was die Regenten mit noch ärgerem Groll erfüllt hätte.

Unter diesen Umständen musste der Michaeliten Auszug aus Gwynedd mit weit größerer Umsichtigkeit durchgeführt werden, als man es damals zu Imres Zeiten getan hatte, als der gesamte Orden gleichsam über Nacht vom Erdkreis verschwand. Vor allem die Komturei zu Argoed konnte man schwerlich einfach schließen, ohne größeren Argwohn zu erregen; ihre Belegung jedoch minderte man in erheblichem Umfang, und alle Brüder und Ritter, welche vorerst verblieben, hatten für den Fall, dass allgemeine Verfolgungen ausbrachen, genaue Weisungen, was sie tun und wohin sie sich begeben sollten. Cùilteine, einen Michaeliten-Sitz, der in Gwynedds Landen an Größe nur Argoed nachstand, betrieb man nur noch mit einer Mindestzahl von Brüdern und Rittern, die sich auf ihrem Grund und Boden allerdings betätigten und gebärdeten, als seien sie zweimal so viel.

Zahlreiche der restlichen Ordensritter sandte Jebedias zu den drei Michaeliten-Häusern außerhalb Gwynedds, jeweils eine Hand voll miteinander: Brustarkia in Arjenol, Sankt Elderon jenseits der Grenze nach Torenth sowie zur bereits seit langem aufgegeben gewesenen Komturei Djellarda, dem Gründungshaus des Michaeliten-Ordens, in den Forcinner Landen auf einer Anhöhe gelegen, von welcher man einen Fernblick auf die Amboss Gottes benannte Ödnis besaß.

Auch die Lehrmeister des Ordens entfernte man mit der Zeit aus ihren Stellungen und schickte sie fort in Sicherheit. Im Laufe des Sommers traten bei jenen wenigen Schulen, woselbst zumindest noch ein paar Michaeliten lehrten, nach und nach menschliche Brüder und Geistliche anderer Ordensgemeinschaften – anscheinend ganz harmlose Umbesetzungen – deren Nachfolge an. Diese Veränderungen erfolgten in aller Stille, gelenkt von Jaffray und den Bischöfen Cullen, Trey und Descantor, denen es auch gelang, die Unterlagen und Aufzeichnungen einer ganzen Reihe kleiner, jedoch günstig gelegener Häuser, welche später Stätten der Zuflucht werden mochten, unauffällig aus den Archiven zu beseitigen.

Camber selbst blieb während des ganzen Sommers in Grecotha, und derweil Joram mit Pater Willowen und dem Rest des Domkapitels zuverlässig regelte, was nun einmal geregelt werden musste, widmete sich Camber gemeinsam mit Rhys, Emrys und Queron beharrlichen Forschungen, um nach Möglichkeit zu entdecken, wie man Rhys' neuartige Gabe an andere Heiler weitergeben könne. Doch wie angestrengt sie sich auch bemühten, sie schafften es nicht, den Vollzug der Blockierung ausreichend genau ins geistige Augenmerk zu fassen, sodass er erlernbar und lehrbar geworden wäre. Obzwar Emrys und Queron höchstwahrscheinlich die allertüchtigsten Heiler waren, die Rhys überhaupt kannte, vermochten auch diese beiden erfahrenen Männer zu keiner Lösung zu verhelfen.

Unterdessen galt es außerdem, auch Revan beizeiten die gebührende Beachtung zu schenken. Revans ungewisse Verhältnisse bedingten, dass die gesamte Entwicklung ununterbrochen in einem Stande bedrängnisvoller Ungewissheit im Hinblick auf das Künftige schwebte, und es erschwerte sich die Lage zusätzlich durch die Tatsache, dass niemand vom Camberischen Rat seit Revans fluchtartigem Abgang aus Sheele, stattgefunden bereits zu Ostern, den Mann gesehen oder gesprochen hatte – allerdings wusste man um seinen ungefähren Aufenthaltsort. Alle gingen davon aus, dass sich sein Tarndasein nach wie vor bewährte – andernfalls hätte man Gegenteiliges vernommen, unterstellte man –, aber sicher konnte man nicht sein.

Außerdem wuchs zusehends die Wahrscheinlichkeit, dass Rhys, sollte sein Plan gelingen, ihn selber durchführen musste. Womöglich fand sich nie ein anderer Heiler, der seine bemerkenswerte Fähigkeit von ihm erlernen konnte; und für diesen Fall musste Rhys zu Revan in eine geeignete Art der Verbindung treten.

Infolge dieser Erwägungen geschah es, dass eines heißen Nachmittags, als sich der August schon seinem Ende näherte, Rhys und Evaine auf dem Wege zu der Willimiten Lager in den Hügeln oberhalb Valorets waren, unscheinbar wie Mäuse in der vergrauten, grob handgewebten Gewandung des gemeinen Volkes, durch die derynischen Künste der Täuschung das Haar zu unbestimmbaren Schmutztönungen gedunkelt. Sie gaben sich alle Mühe, gaffbegierig ehrfürchtig zu wirken, als sie sich dem Lagerplatz der Willimiten nahten, wie ein in angebrachtem Maße unterwürfiges Bauernpaar, das den Wunsch hegte, einen frommen Einsiedler aufzusuchen. Ein etwas waghalsiges Abenteuer war es, den Willimiten einen Besuch abzustatten, denn der Märtyrer St. Willim war ein Opfer derynischen Fehlverhaltens gewesen, und seine Anhänger sahen in den Deryni unmittelbare Abkömmlinge des Satans, die eine angemessen schreckliche Bestrafung nur zu wohl verdienten, es sei denn, sie sagten sich von ihrem abscheulichen Erbe los; und es war bekannt, dass einige »bekehrte« Deryni in ihrer Mitte ein Büßerleben führten und bisweilen zum Schutze des Ordens bei verdächtigen Fremdlingen das Gedankensehen vornahmen. Deshalb mussten Rhys und Evaine sorgsam darauf achten, keine unliebsame Aufmerksamkeit zu erwecken.

»Um Vergebung, guter Herr«, nuschelte Rhys und zupfte an seiner Mütze, als er zu dem ersten Mann trat, den sie sahen. »Ich frage mich, wisst Ihr mir wohl mitzuteilen, wo ich diesen überaus tugendhaften Einsiedler finden kann, von dem man sagt, er hause in diesen Hügeln ...?«

Der Willimit, ein von Wind und Wetter gegerbter Mann von zudem ausgemergeltem Aussehen, musterte das schlichte, farblose Paar mit einem Blick des Abschätzens, sah ihre abgetragene Kleidung, bemerkte des Weibes offenkundige Schwangerschaft, schaute sodann mit ein wenig mehr Wohlwollen drein und schenkte ihnen die Gunst eines laschen Lächelns und einer gleichartig nachlässigen Verbeugung über frömmlerisch gefalteten Händen.

»Ein tugendhafter Einsiedler, sagt Ihr? Nun ja ...« Er sprach mit dem leicht abgehackten Zungenschlag der

Hochlande von Mooryn. »Könnt Ihr Euch womöglich klarer äußern? Hier unter uns gibt's etliche tugendhafte Männer – und allesamt darauf verschworen, den Übeltaten der gottlosen Deryni zu widerstehen, verflucht seien ihre Seelen!«

»Oh, ja, gewiss«, munkelte Rhys, nickte ernsthaft und vollführte mit einer Hand eine Geste der Zustimmung. »Der Mann, den wir suchen, ist ein jüngerer Mann, heißt's. Er hinkt beim Gehen, genau wie der junge Prinz. Man erzählt, er sei einst Diener im Haus eines Deryni gewesen, aber er sei ihm fortgelaufen. Man sagt, er habe ... Gesichte ... und dass der Herrgott ihm große Gnaden entgegenbringe ... und dass seine Berührung jenen Glück beschert, die er dessen für würdig befindet.«

Wichtigtuerisch nickte der Willimit. »Ach, damit muss Bruder Revan gemeint sein. Sein früherer Herr hat ihm die Liebste hingemordet, heißt es – und selbiger Meister soll gar ein Heiler und dergleichen gewesen sein! –, und danach ist der junge Revan wohl ein wenig sonderlich geworden.« Sein Tonfall nahm nun einen Anklang aufrichtiger Ehrfurcht an.

»Aber er ist von Gott angerührt, das ist er – ja! Jeder sagt's. Er vermag sich mit einem großen Stein auf des Berges Gipfel zu unterhalten und der Stein weist ihm, was er zu predigen hat. Er sagt, den Deryni stehe ein beträchtliches Unglück bevor, viele müssten gewaltsam sterben und nur jene könnten gerettet werden, die den Pfad des Bösen fliehen und bereuen. Der Herr, so versichert er, werde zur rechten Zeit enthüllen, auf welche Weise einige Deryni ihre Rettung erlangen können, wenn sie sich des Himmels Thron mit demütigem und bußfertigem Herzen zu nahen bereit sind.«

Evaine, die ganz eine Haltung eingenommen hatte, als lausche sie wie gebannt jedem einzelnen Wörtchen, das von des Mannes Lippen kam – und sie hörte auch durchaus aufmerksam zu, wiewohl sie zugleich ringsum auf irgendwelche Anzeichen von Gefahr achtete –, begann nun mit Hingerissenheit eindringlich an des Willimiten Ärmel zu ziehen.

»Dann sei der Herr gepriesen, denn wahr ist's, was wir vernommen haben! Es heißt, er könne sogar von jenen den Makel entfernen, die gezwungen gewesen sind, Deryni zu dienen – dass seine Berührung sie wieder rein machen kann …!«

»Ach ja, jawohl, er ist ein sehr frommer Mann«, erwiderte der Willimit, angesichts von Evaines offenbarer Ereiferung in gewissem Maß entgeistert. »Es ist, wie erzählt wird, er spendet jenen seinen Segen, welche ihn darum ersuchen.«

»Werdet Ihr uns zu ihm bringen?«, bat Evaine ihn nachgerade flehentlich. »O bitte, guter Herr, bitte! Ihr ahnt nichts von der Bürde, welche uns viele Jahre lang bedrückt hat, dieweil wir gezwungen waren, im Dorf eines Deryni-Herrn zu leben. Nun wollen wir … wir wollen fortlaufen! Aber im Namen meines ungeborenen Kindes sähen wir uns gerne geläutert, ehe wir fortgehen. Ich weiß, der Segen dieses, ach!, so frommen Mannes, er kann den Makel von uns waschen, ich weiß es!«

Verlegen räusperte sich Rhys. »Mein Weib ist … aufgrund ihres Zustands ungebührlich erregt«, erklärte er mit schwächlicher Stimme und löste Evaines Finger von des Willimiten Ärmel, während er untertänig etliche Male das Haupt neigte. »Doch ist's *wahr*, wir erstreben Bruder Revans Segen, und falls Ihr die Güte besäßet, uns zu ihm zu führen … Ich bitte Euch, um meines Weibes willen …«

Im Verlauf dieser Unterhaltung hatten sie die Beachtung mehrerer anderer Männer und Weiber der willimitischen Gemeinschaft gefunden, darunter auch eines Weibes mit geschorenem Haupthaar und verhärmtem, zerfurchtem Antlitz, fast mit Gewissheit eine Deryni, doch unternahm sie keinen Versuch, die beiden Ankömmlinge auf geistiger Ebene zu begutachten. Sicherheitshalber jedoch griff Rhys in Evaines Bewusstsein ein und löste darin die Blockierung der Deryni-Eigenschaften aus, blockte alles ab, was nicht der schlichtmütigen Bäuerin entsprach, als welche sie hier auftrat. Seine Hand noch an ihrem Arm, gelang es ihm, sie zu stützen, als sie, indem sich plötzlich die Veränderung in ihrem Innern vollzog, ein wenig ins Taumeln geriet, dann ließ er seinen Geist gewissermaßen schrumpfen, zog sich in seines Wesens Kern zurück, sodass ein oberflächliches geistiges Tasten des Deryni-Weibes nicht gleich seine Geisteswälle anrühren würde. Als der Willimit, den sie angesprochen hatten, sich nunmehr anschickte, sie durch des Lagerplatzes Gelände zu geleiten, schlossen sich die Nahestehenden an – auch das Deryni-Weib –, sodass ein kleiner Zug entstand.

Sie durchquerten das Willimiten-Lager, eine bunt gescheckte Ansammlung von Zelten und grob zusammengezimmerten Hütten, dann begannen sie einen recht steilen Hang an des Berges Seite zu erklimmen. Des Sommers Hitze hatte den Stechginster und die Feldblumen ausgedörrt und versengt, aber während des Aufstiegs verspürten sie zunehmend ein leichtes Lüftchen. Zum Zeitpunkt, als sie – in etwa halber Höhe des Berges – eine kleine Felsenfläche erreichten, wehte aus dem Osten ein stetiger Wind, kühlte ihre mittlerweile schweißigen Angesichter, trug den Geruch von Leibern hinfort, die man zu selten wusch, von Kleidern, die man zu lange trug. Am gegenüber befindlichen Rand der Felsenfläche, unmittelbar vor einem engen Höhleneingang, stand Revan, nahezu nicht wiedererkennbar, und fast ein Dutzend Männer und Weiber umgaben ihn hingekauert in einem Halbkreis.

Er war in ein knöchellanges Gewand aus irgendeinem grauen, handgewebten Stoff gehüllt, längst fadenscheinig geworden und vielfältig geflickt, allerdings sauberer als die Bekleidung der meisten in seinem Umkreis, und in der linken Armbeuge hatte er einen knorrigen Knotenstock, der aussah, als bestünde er aus Olivenholz. Seit sie ihn das letzte Mal gesehen hatten, war sein Haupthaar um viele Finger breit gewachsen und er besaß nun einen Vollbart, der im kräftigen Sonnenschein nahezu blond wirkte. Als sie ihn so erblickten, hielt er gerade eine Predigt. Nach und nach, indem sie sich ihm näherten, drangen seine Worte verständlich an ihre Ohren.

»Der Tag rückt näher, da jene, die in der Finsternis gewandelt sind, in der Zeitalter Schmiede inmitten der Glut geläutert werden sollen, ihnen all ihre Unreinheiten ausgebrannt werden müssen. Wie schon unser Herr vorausgesagt hat, es gilt, die Spreu vom Weizen zu trennen, die schwarzen Schafe von der guten Herde. Auch ich spreche zu euch das Folgende: Selbst jene, die in der schwärzesten Dunkelheit unsägliche Wege beschritten haben, können womöglich noch das Licht erspähen und seinen Glanz begreifen. Einem jeden, der ernstlich bereut und sich für immer vom Finstern lossagt, wird der Herr ein Zeichen Seiner Gnade gewähren. Die Bösen werden sich der Buße zuwenden, die Schlacke wird vom echten Golde geschieden und das Königreich wird in des Herrn vollkommener Liebe erblühen und gedeihen.«

Da ging ein Gemurmel durch die Zuhörer und verklang, als sich ein Weib zu Wort meldete.

»Aber wie könnte das sein, Meister? Besagen deine Worte, dass selbst die verfluchten Deryni noch das Heil zu erlangen vermögen?«

»So ist es mir eingegeben«, antwortete Revan so leise, dass Rhys und Evaine, noch auf dem Trampelpfad zu ihm unterwegs befindlich, ihn kaum verstehen konnten.

Rhys überprüfte die Zuhörer, ob sich unter ihnen weitere Deryni befänden, doch das war nicht der Fall; nur das Weib, das hinter ihnen folgte, allerdings von seinen Deryni-Gaben noch keinen Gebrauch gemacht hatte, mochte ihnen womöglich zur Gefahr werden.

»… unbekannt, auf welche Weise es dahin kommen könnte«, sprach Revan im Weiteren, »doch ist's mein fester Glaube, dass ich's zu einer Stunde, die Gott gefällt, erfahren darf. Der Herr der Heerscharen wird alle diese Dinge tun, so wie sie geweissagt worden sind.«

»Gepriesen sei der Name des Herrn«, plapperte ein Mann, fiel auf die Knie und rang verzückt die Hände.

»Amen!«, schrie ein zweiter und folgte dessen Beispiel.

Ein dritter Mann verließ den Stein, auf welchem er an Revans Seite gesessen hatte, und kniete zu Revans Füßen nieder, blickte aus hoffnungsvoller, begeisterter Miene zu ihm auf.

»Wirst du uns deinen Segen spenden, Meister?«

»Nicht meinen, sondern den Segen des Herrn«, murmelte Revan und senkte seine Rechte auf des Mannes Haupt. »Der Herr segne und behüte dich«, fügte er hinzu, schritt sodann vom einen zum anderen seiner Zuhörer, legte jedem die Hand auf. »Der Herr schenke euch Frieden und Ruhe und die Gewissheit, dass ihr am Tage des Gerichts Ihm gehören werdet. Möge Er euch eure Sünden verzeihen und euch Seine Gnade schenken, möge Er mit euch großmütig sein und euch von allem befreien, was euch sorgt und beunruhigt. Im Namen des Vaters, des Sohnes und des Heiligen Geistes. Amen.«

Er beschloss die Segnung, indem er über ihnen das Kreuzzeichen machte, dann neigte er sein Haupt und schloss die Augen, eine Hand an seinem Stab, die andere Faust locker an die Brust gelehnt. Die seinen Segen nun erhalten hatten, sammelten langsam ihre Habseligkeiten auf, scharten sich zusammen und entfernten sich auf dem ausgetretenen Pfad zum Abhang, vorüber an Rhys und Evaine und der beiden Begleitung. Rhys führte Evaine vorwärts, doch Revan, so hatte es den Anschein, bemerkte sie nicht, denn er zog bereits unterm Höhleneingang das Haupt ein, um sich in seine Abgeschiedenheit zurückzuziehen.

»Bruder Revan, diese zwei Leutchen sind gekommen, um dich zu sehen«, rief der Willimit, der Rhys und seine Gemahlin zu ihm gebracht hatte, und verbeugte sich achtungsvoll, als sich Revan daraufhin umdrehte und ihn ansah. »Sie gedenken sich einem Deryni-Herrn zu entziehen, trachten jedoch, bevor sie zu gehen wagen, nach deinem Segen.«

Mit einem matten, aber geduldigen Blinzeln richtete Revan den Blick seiner hellbraunen Augen auf das Paar und nicht einmal Rhys' höchst aufmerksame Beobachtung erkannte in ihnen auch nur das allergeringfügigste Zucken eines Erkennens. Er musterte sie freundlich, blinzelte nochmals, dann nickte er und winkte ihnen, dass sie ihm ins Innere der Höhle folgen sollten, während er schon in deren tintenschwarzes Maul entschwand. Der Willimit schaute das Paar verdutzt an, gab ihnen nochmals seinerseits ein Zeichen, sich anzuschließen, als er Revan überhastet nach drinnen folgte. Der Rest ihrer Begleitung machte kehrt und schlug dieselbe Richtung wie jene ein, die der Einsiedler soeben gesegnet hatte, und Rhys wagte es nunmehr, Evaines geistige Blockierung wieder zu beheben, woraufhin er ihr sofort mitteilte, was von ihm auf dem Wege zwischen Lagerplatz und Höhle beobachtet worden war und wie er es beurteilte, derweil sie ihrem Führer hinein in die kühle Düsternis der Höhle nacheilten.

Im Innern, sobald ihre Augen sich auf das Dunkel einstellten, sahen sie, dass Revan mit einem Kienspan, einer grob geschaffenen Herdstelle entnommen, bereits ein

Talglicht in einer flachen Tonschale entzündet hatte, und in dessen schwachem Schein bedeutete er den dreien sich zu setzen. Rund um eine glatte Steinplatte, die offenbar als Tisch diente, lagen mehrere schmutzig graue Schaffelle am sandigen Felsboden verteilt und auf dem nächstbesten dieser Felle nahm Revan selbst Platz, indem er das von der Herdstelle mitgebrachte Talglicht auf dem Stein abstellte.

»Begib dich zwischen diesen Bruder und diese Schwester in die Mitte, Bruder Joachim«, wandte sich Revan mit sanftmütiger Stimme an den Willimiten, »und bete mit mir für sie. Ich ahne in ihrer Gegenwart eine Botschaft unseres Herrn, selbst wenn sie sich Seines Willens keineswegs bewusst sein sollten. Wir werden gemeinsam beten.«

Noch immer ließ sich nicht aus Revans Verhalten ersehen, ob er sie erkannt hatte oder nicht, doch bemerkte Rhys, wie Revans Gestalt nunmehr der Herdstelle Helligkeit in Joachims Blickfeld verdunkelte und dass Evaine infolge des Lichts, welches durch den Höhleneingang hereinfiel, einen Schatten warf, sodass auch von dieser Helligkeit nachgerade gar nichts zu Joachim vordrang. Das Talglicht vor ihnen auf dem Stein war die stärkste Lichtquelle in Joachims Sichtweite.

Als Revan ihnen die Hände entgegenstrecke, Rhys zu seiner Linken, Evaine zur Rechten, da begriffen sie beide – im ersten Augenblick der Berührung –, dass Revan diese Sitzordnung mit wohl bedachtem Vorsatz getroffen hatte, sodass es ihnen möglich sei, Joachim mit ihren geistigen Deryni-Mitteln unter ihren Einfluss zu bringen. Er hatte von Anfang an im Umgang mit Deryni viel gelernt. Das Paar entspannte sich innerlich, als auch Joachim ihnen die Hände reichte und sich somit der Kreis schloss.

»Lasst uns zum Herrn beten«, sprach Revan mit gedämpfter Stimme, legte das Haupt in den Nacken und ließ die Lider über seine Augen sinken. »Möge der Heilige Geist zu uns herabsteigen und uns erleuchten und anleiten. Wartet und harrt in Schweigen des Heiligen Geistes, auf dass er über uns komme.«

Daraufhin bewahrten sie Schweigen, sodass man nichts vernahm als leise Atemzüge, derweil die vier sich ins Warten schickten. Durch einen Schlitz weit geöffnete Lider hielt Rhys den andächtig stummen Joachim an seiner Seite unter Beobachtung. Auf geistiger Ebene nahm er mit Evaine Verbindung auf, machte sich gleichzeitig mit ihr daran, den ahnungslosen Joachim zu beeinflussen, damit der Übergang vom Zustand besinnlicher Andacht in die unbewusste Selbstvergessenheit einer Trance so reibungslos ablief, dass dem Willimiten nachträglich bestimmt nichts auffiel. Als das Werk getan war und Joachims Haupt auf seine Brust gesunken, ließ Evaine einen gehörigen Seufzer der Erleichterung vernehmen, umschloss Revans Hand mit ihren beiden Händen und betrachtete ihn, schüttelte mit einem Lächeln das Haupt.

»Revan, zu lang ist's schon her.«

»Ich hoffe, ich habe in Bezug auf Joachim richtig gehandelt«, entgegnete Revan scheu und schaute von einem zum anderen. »Nie hätte ich mir träumen lassen, Ihr würdet mich ganz offen hier aufsuchen. Und als er mit Euch kam, deuchte es mich, da's nun einmal so war, müsse es möglich sein, seine Anwesenheit vorteilhaft zu nutzen.« Er sah, plötzlich Bedenken in seiner Miene, den eingeschlummerten Willimiten an. »Er kann uns nicht hören, oder?«

Rhys schüttelte das Haupt. »Nein, und wir können ihm ein paar falsche, gänzlich harmlose Erinnerungen einflüstern, um die Frist unserer hiesigen Gegenwart in seinem Gedächtnis zu überbrücken. Doch ich weiß nicht, wie viel Zeit uns bleiben mag, ehe irgendein anderer kommt – und draußen ist mindestens ein Deryni, ein Weib, das von unserer Ankunft weiß, wiewohl es nicht ahnt, wer oder was wir sind –, daher müssen wir uns nun schnellstens ins Einvernehmen setzen.«

»Freilich. Wie kann ich Euch helfen?«

»An erster Stelle war's unser Wunsch, zu erfahren, welche Fortschritte wir erzielt haben, zu sehen, was du erreicht hast«, gab Evaine zur Antwort. »Wir haben vernommen, du predigst. Wie's sich anhört, bist du völlig auf dem richtigen Weg. Gibt's irgendwelche Erschwernisse zu vermelden?«

Revan lächelte freudlos. »Keinesfalls welche, bei denen zwei Deryni mir beistehen könnten, muss ich leider antworten – es sei denn, Ihr wolltet in der ferneren Ausführung des gefassten Plans die beiden ersten Beispiele geben.« Er schaute Rhys an. »Werdet Ihr's sein müssen, der die bewusste Aufgabe übernimmt, oder ist's Euch gelungen, einen anderen zu lehren?«

»Bisher nicht«, erwiderte Rhys. »Aber unsere Hoffnung ist noch nicht vollends zerronnen. Wie bald musst du nach deiner Meinung irgendwelche Ergebnisse deiner Verheißungen vorweisen können? So keine Wahl bleibt, will ich das nötige Opfer bringen, aber falls du noch ein gewisses Maß an Aufschub zu gewinnen vermagst, sehe ich keinen Grund, der Hoffnung, dass sich doch noch ein anderer Heiler finden lässt, zu entsagen.«

Mit unterdrücktem Auflachen schüttelte Revan das Haupt.

»Ich glaube, ich kann die Leute noch ein wenig länger vertrösten. Man weiß, dass Gottes Mühlen langsam mahlen. Außerdem habe ich noch nicht klar zum Ausdruck gebracht, was eigentlich zu erwarten ist, folglich steht mir noch so gut wie jedes Handeln offen. Mein Ruf beginnt sich auch eben erst über die nähere Umgebung hinaus auszubreiten. Und wenn erst einmal der Winter anbricht, wird hier alles ruhiger zugehen. Sobald Schnee fällt, wird's hier oben bitterlich kalt.«

»Wir werden versuchen miteinander in Verbindung zu bleiben«, sprach Rhys. »Du wähnst also eine Frist bis ins Frühjahr herausschinden zu können?«

»Das ist meine Absicht. Und wie lautet Eure Einschätzung? Meint Ihr, Ihr vermögt noch jemanden zu finden?«

Evaine seufzte. »Das würde jeder von uns zu gerne endlich wissen. Doch wir wollen keine kostbare Zeit verlieren. Rhys, möchtest du rasch in Revan Einblick nehmen, um dich davon zu überzeugen, dass noch alles so ist, wie's sein soll? Es dürfte günstiger sein, unseren Freund Joachim nicht noch viel länger beeinflusst zu halten.«

»Ja, richtig. Würdest du ihn wohl bitte beobachten und auch Acht geben, ob irgendwer sich von draußen naht?«

Während Evaine ihre Aufmerksamkeit dem unverändert in festem Schlummer befindlichen Joachim widmete, legte Rhys seine Hände auf Revans Schultern und nickte. Revan schloss ohne Umstände die Augen und tat einen ergiebigen Atemzug, ging unverzüglich mit dem Heiler eine tiefe geistige Verknüpfung ein, wie er es mit aller Gründlichkeit eingeübt hatte. Das geistige Band währte nur für einiger Herzschläge Dauer, doch dieselbe genügte Rhys, um Revans Gedächtnis ausgiebig zu erforschen und sich mit hinlänglichen Einzelheiten über Revans bisher erlangte Stellung als Prophet und Weiser in Kenntnis zu setzen und zudem die Festigkeit des Schutzes zu prüfen, welchen er und Evaine ihm wider jede oberflächlichere Begutachtung durch andere Deryni eingegeben hatten. Seine Tarnung konnte nach wie vor als verlässlich betrachtet werden, außer jemand hätte genau gewusst, wo er nach was suchen musste.

Mit einem tiefen Atemholen kehrte Rhys aus der Trance zurück, stützte Revan mit einer Hand, als der Jüngere einen Augenblick später folgte und dabei ein wenig schwankte. Evaine lächelte den beiden Männern zu, streckte sodann ihre Hand aus, um den Kreis erneut zu schließen.

»Jemand kommt den Pfad entlang – aber es ist nicht das Deryni-Weib. Spielen wir unsere Rollen weiter, Bruder Revan.«

Revan nickte und neigte von neuem tief das Haupt, schloss halb die Lider, fühlte sich zu beiden Seiten von Evaines und Rhys' Händen bestärkt.

»Der Herr der Heerscharen sei gepriesen, dieweil Er euch den Mut geschenkt hat, vom Wege der Finsternis abzuweichen und nach einem neuen Leben zu trachten«, sprach Revan leise, indem er das Paar musterte, nun wieder ganz der leicht wildäugige Prediger. »Joachim, wohlgetan war's von dir, mir diese zwei abgeirrten Schäflein zu bringen.« Bei seines Namens Nennung hob Joachim mit einem Ruck das Haupt. »Der Heilige Geist hat in meinem Herzen gesprochen und beteuert, dass ihr Frieden finden sollt, meine Kindlein.«

»Dann dürfen wir uns frei fühlen vom Makel, der vom Deryni auf uns abgefärbt hat, Meister?«, vergewisserte sich Evaine im Flüsterton, indem sie ihn aus beinahe wie glasigen Augen anstarrte. »Dürfen wir Euren Segen erflehen?«

»Nicht meinen, sondern den Segen des Herrn der Heerscharen«, berichtigte Revan abermals, gab des Paars Hände frei und hob die eigenen Hände über der beiden Scheitel. »Senkt die Häupter und erfleht Seinen Segen und Seinen Schutz. Im Namen des Vaters, des Sohnes und des Heiligen Geistes. Amen.«

»Amen«, wiederholten sie geflüstert, äußerlich nun wieder von einem gemeinen Bauernpaar nicht unterscheidbar, während Joachim ehrfürchtig zuschaute.

»Nun zieht in Frieden, um Gott euren Herrn zu lieben

und Ihm zu dienen«, sprach Revan sanftmütig, entfernte seine Hände von ihren Häuptern und nahm das Talglicht, damit das Flämmchen nicht dem Aufbruch der drei zum Opfer falle.

Während er seinen Blick in die Flamme richtete, sich nicht regte, wo er saß, standen Rhys und Evaine auf und sogleich tat Joachim es ihnen nach; alle drei stolperten sie zur Höhle hinaus. Draußen warteten schon neue Besucher, aber Joachim bat sie, sich zu lagern und vorerst Geduld zu haben, denn der Meister sei ermüdet, werde sich ihnen jedoch sicherlich binnen kurzem zeigen. Derweil er sich mit ihnen unterhielt, dank der offenbaren Gottverbundenheit des Mannes, den er soeben allein in der Höhle gelassen hatte, selbst aufs Neue verzückt wie ein junger Bekehrter, schritten Rhys und Evaine still den Weg hinunter und durchs Lager der Willimiten. Sie begegneten keinem weiteren Deryni.

19

Es gibt keine Heilung für deine Verletzung, zu arg ist deine Verwundung.

Nahum 3,19

Trotz des allem Anschein nach recht erfolgreichen Verlaufs war Evaines und Rhys' Besuch bei Revan nicht von sonderlich ermutigender Natur. Gewiss, es war Revan gelungen, inmitten der Willimiten bedrohlicher, ja, gar lebensgefährlicher Gesellschaft allein zu überdauern, in der Mitte solcher Deryni-Hasser, doch beide, Rhys und Evaine, vermochten nicht ein gewisses, unklares Gefühl des Unbehagens angesichts dessen zu unterdrücken, wie leicht sich Revan in seine in der Entwicklung begriffene Rolle als Seher und Heilskünder einfand. Revan war sich anscheinend noch nicht über das gesamte Maß von Macht im Klaren, über das er eines baldigen Tages verfügen sollte; würde er dazu imstande sein, der verführerischen Verlockung, welche von einer derartigen Machtfülle ausging, zu widerstehen? Doch damit erhob sich zugleich die Frage, konnte überhaupt einer von ihnen die Dinge, welche sie in die Wege geleitet hatten, in der Hand behalten? Obschon es wünschenswert war, dass aus ihren Bemühungen eine fromme Bewegung erstand, wenn sich infolgedessen, sobald es zum Schlimmsten kam, Deryni retten ließen, aber einmal angenommen, die Sache nahm einen ganz anderen, eigenen, nicht länger lenkbaren Verlauf, so wie es sich mit »Sankt« Camber zugetragen hatte?

Rhys und Evaine vermeldeten dem Camberischen Rat, was an Revans Fortschritten sie als erfreulich einstuften, machten jedoch auch keinen Hehl aus ihren Bedenken. Jaffray und Davin berichteten regelmäßig aus Rhemuth, was sich im Regentschaftsrat und im Königsgefolge tat, und derweil der Sommer währte, ereignete sich nichts, was eine nennenswerte Erwartung einer Wende zum Besseren gerechtfertigt hätte.

Die Entwicklung bei den Michaeliten eignete sich wenig, um das Gefühl nahen Unheils zu mildern, das in wachsendem Maße des Camberischen Rates Denken beherrschte. In des Septembers Mitte konnte Jebedias nicht länger damit hinterm Berge bleiben, er musste den übrigen Ratsmitgliedern die seit langem mit Bangen erwartete, so unliebsame Neuigkeit mitteilen: Crevan Allyn löste den Orden auf. Die Mehrzahl der Brüder befand sich bereits an Zufluchtsstätten, die erhöhte Sicherheit boten. Der nächste Michaelstag sollte mit großer Wahrscheinlichkeit ihr letzter zu Argoed sein, der Ordensgemeinschaft Komturei seit dreizehn Jahren.

Diese Entscheidung war einige Wochen zuvor mit Endgültigkeit gefällt worden. Als sich im August Gwynedds Streitkräfte um Rhemuth und Valoret zusammenzogen, man fortwährend überall einzelne Scharen beim Feldmarsch antraf, hatte selbst der einfältigste Laienbruder begriffen, dass die Regenten das Heer auf die Aufgabe einstellten, binnen kurzem das ganze Reich unter die unbarmherzige Knute der Kriegsleute bringen zu können. Vielerorts im Königreich erbaute man gleichsam über Nacht neue Befestigungswerke und Zwingburgen, ließ Kriegerscharen sich darin einrichten. Es gab keinen ersichtlichen Grund für einen so fortgeschrittenen Stand der Kriegsbereitschaft, weil nirgendwo an Gwynedds Grenzen irgendein Feind lauerte, aber die Regenten hatten, als sie im Frühling aus den Streitkräften sämtliche Michaeliten hinauswarfen, vollkommen klargestellt, wie sie über die zum Großteil derynischen Ordensritter des Heiligen Michael dachten.

Und so hatte Crevan Allyn, als der September begann,

schließlich den Fortzug aus Gwynedd veranlasst. Die meisten Nichtkämpfer unter den Brüdern befanden sich schon außerhalb Gwynedds, doch nun ging auch der gesamte Rest der Ritter, hauptsächlich nach Djellarda im südlichen Zipfel der Forcinner Lande. Einer der unbedeutenden Forcinner Fürsten fürchtete einen Einfall der Mohren von jenseits des Meeres, wie welche früher oft genug vorgekommen waren, und der hatte den Rittern des Heiligen Michael seine Gastfreundschaft geschworen, wenn sie sich an seiner Küste niederließen. Auf gewisse Weise glich diese Umsiedlung einer Heimkehr, denn dort, unweit der ausgedehnten Wüstenei, die man Amboss Gottes nannte, war der Michaeliten-Orden einst begründet worden. Als man die Michaeliten in Gwynedd willkommen geheißen hatte, war die kleine Komturei zu Djellarda zu einer weniger wichtigen auswärtigen Außenstelle des Ordens abgesunken, denn auf Einladung König Bearands und seiner Erben verlegte man den Hauptsitz nach Cheltham. Nun aber sollte Djellarda wieder zu seinen früheren Ehren gelangen.

Lediglich eine Hand voll Michaeliten verblieb auch weiterhin in Gwynedd, außer den dreien, die im Camberischen Rat saßen, kaum zwei Dutzend, verstreut zwischen Argoed und Cùilteine tätig, um wenigstens noch einen gewissen Schein, als ob der Orden unter den Regenten der Haldanes sein Wirken fortsetzte, zu wahren. Haut Eirial und Mollingford, nach der Unterdrückung durch Imre nie mehr zu alter Größe und Leistungsfähigkeit erstanden, waren im Spätsommer den örtlichen Bischöfen übergeben worden; und selbige Bischöfe, nie abgeneigt, Ländereien und Bauten als Geschenke zu vereinnahmen, hatten in den verlassenen Einrichtungen ohne viel Umschweife neue mönchische Gemeinschaften untergebracht. Der Regenten Sachwalter fiel es nicht auf, dass der Benutzer Kutten sich gewandelt hatten; sie sahen nur unverändert Mönche kommen und gehen. Derweil der Michaelstag näher rückte, vermisste man die Michaeliten kaum.

Die Michaeliten waren jedoch keineswegs die Einzigen im Reich, in Bezug auf welche die Regenten keinen Zweifel daran ließen, während sich der Sommer dem Herbst zuneigte, was sie von ihnen hielten. Besonders in den Städten trugen beständig die Deryni auf eine Art und Weise, die für jedermann sichtbar zum Himmel schrie, die Hauptfolgen von der Regenten Mutwillen. Man beraubte die derynischen Edlen nicht ihrer Besitztümer oder Titel – noch nicht –, aber alle neuen Ämter, die man vergab, jedwede Gunst, die gewährt werden konnte, fielen unweigerlich Nicht-Deryni zu. Starb ein Deryni, der irgendeine Stellung versah, oder lief seine Amtszeit ab, so ersetzte ihn ein Nicht-Deryni. Derynische Künstler und Kaufleute, zuvor unter des Königshauses Schirmherrschaft und Gönnerschaft, mussten auf einmal feststellen, dass man ihre Dienste nicht länger zu beanspruchen wünschte. Zu des Septembers Anfang befanden sich in Rhemuth buchstäblich keine Deryni mehr in irgendwelchen verantwortlichen Stellungen, ausgenommen Erzbischof Jaffray und Tavis O'Neill.

Tavis' Standfestigkeit gab den Regenten zu denken. Während man Tavis nur innerhalb bestimmter Grenzen benutzen konnte, mochten andere Deryni dagegen zugänglicher sein, wenn man nur wusste, mit welchen Mitteln sie sich gefügig machen ließen. Vor allem Heiler konnten, solange man eine ausreichende Gewähr, für ihr Wohlverhalten besaß, überaus nutzreich sein.

Anfänglich befürworteten nicht alle Regenten ein so zwiespältiges Vorgehen. Namentlich Rhun und Ewan nährten einer des anderen Befürchtungen, was vermutete derynische Verschwörungen anbetraf. Doch wie sie weiter darüber nachsannen, sahen sie sich doch allesamt zu dem Eingeständnis gezwungen, dass es, wünschte man sich zu guter Letzt ein für allemal der Deryni zu entledigen, dienlich war, mit Gewissheit unterscheiden zu können, ob ein Gefangener ein Deryni war oder Mensch. Natürlich gab es Drogen, mit welchen sich derartige Feststellungen treffen ließen, aber sie machten einen Deryni handlungsunfähig oder brachten ihn um, unterwarfen ihn dem Willen der Regenten jedoch nicht auf eine Weise, welche ihn zu ihrem nützlichen Werkzeug erniedrigt hätte. Man brauchte einen Deryni, um Deryni zu entlarven, um Deryni zu irgendetwas zu nötigen – es sei denn, die Mittel zur Nötigung richteten sich nicht wider der Deryni eigentümliche Besonderheiten, sondern waren von einer Natur, die zur Vorsicht allgemeinerer Art Veranlassung lieferte.

Auf der Grundlage solcher Erwägungen beschlossen die Regenten zu des Septembers Anbeginn, versuchsweise eine »Anwerbung« von Deryni vorzunehmen. Mit der Durchführung betraute man Rhun, denn da er ein nahezu abartig argwöhnischer Mann war, baute man darauf, dass er diese Aufgabe am gründlichsten und wirksamsten in die Tat umsetzen werde. Und so schlugen er und seine Heerführer in des Septembers Mitte binnen einer einzigen Nacht in einer Anzahl von Weilern und Ortschaften heimlich zu und nahmen mehrere Dutzend als solche bekannte Deryni und deren Sippschaft gefangen; Weiber und Kinder mussten als Geiseln herhalten, um der Männer Fügsamkeit zu sichern. In einigen Nächten danach wiederholte man dergestalte »Aushebungen«, bis man mehr als fünfzig neue »Verdächtige« in Gewahrsam genommen hatte. Etliche Tage lang hielt man die Gefangenen voneinander getrennt und in Einzelhaft; die Männer blieben von ihren Sippen abgesondert und außerdem unterm unausgesetzten Einfluss auf Deryni wirksamer Drogen, damit sie ihre Deryni-Fähigkeiten nicht zu Fluchtversuchen verwenden konnten. Dann erst unterbreitete man ihnen die Bedingungen, unter welchen sie in der Regenten Dienste treten dürften.

Innerhalb einer Woche Verlauf stand fast jeder Schar oder anderem größeren Haufen in Gwynedds Heer ein »Deryni-Spürhund« zur Verfügung, unmittelbar den jeweiligen Hauptleuten unterstellt, welchletztere dadurch Schutz genossen, dass ihre Unterführer Befehl hatten, im Falle, dass dem Hauptmann der Schar etwas zustieß, den Deryni und alle seine Anverwandten ohne viel Federlesens hinzurichten. Nachdem man mehrere Widerspenstige, in Ketten gelegt und dank der verabreichten Drogen auch anderweitig hilflos, mit anzusehen gezwungen hatte, wie man ihre Sippen hinmetzelte, dabei nicht einmal Kinder und Kleinkinder schonte, ehe man sie selbst der Folter unterzog und tötete, sorgte man dafür, dass sich die Kunde davon unter den Gefangenen ausbreitete, und von da an nämlich begannen die festgesetzten Deryni eine deutliche Neigung zur Gefügigkeit zu zeigen. Das Versprechen von Belohnungen und die Aussicht auf ein bestimmtes Maß an Duldung bewogen ein paar Deryni sogar dazu – wie von Bischof Hubertus vorausgesehen –, aus eigenem Entschluss ihre Dienste anzutragen.

Die Kenntnis um diese Abtrünnigen erfuhr keine allzu weite Verbreitung, zumal nicht außerhalb der Städte und Dörfer, sprach sich allerdings immerhin so weit herum, dass derlei Berichte Übereifrige zu Verzweiflungstaten treiben konnten. Vielleicht erklärte das – wenigstens zum Teil – den Vorfall, welcher sich am Vortag des Michaelstages ereignete, unweit von Rhemuth, und der erneut das Königshaus selbst betraf.

Obwohl sich bereits der Herbst ankündete, man ihn besonders frühmorgens in der Luft gespürt hatte, war der Tag heiter und sonnig. Alle drei Brüder hatten ursprünglich am Morgen zur Beize auszureiten beabsichtigt, aber wie sich herausstellte, tagte am Vormittag zu Rhemuth ein Gerichtshof, dessen anberaumte Verhandlungen Alroys persönliche Anwesenheit erforderten, und folglich durfte er nicht mitreiten.

Daher waren es an jenem Morgen nur neun, die da ausritten: Javan und Rhys Michael; für jeden der Prinzen ein Knappe, und selbige Knappen führten die Speisen mit, sollten auch später die Beute befördern, welche die Jäger zu machen hofften; vier Leibwächter, unter ihnen Davin; und der wohlgestimmte Tavis O'Neill, auf dessen mit Leder bewehrtem Unterarm ein friedfertiger Merlin hockte, voller Freude, weil seiner Hand Verlust ihm zumindest diese Vergnügung nicht versagte. Javan hatte für heute, obschon sein prinzlicher Rang ihn zu einem weit glutvolleren Beizvogel berechtigte, ein von ihm bevorzugtes Turmfalken-Weibchen auserkoren, denn dieses Tier war sein erster wirklich hervorragend abgerichteter, tüchtiger Falke gewesen. Rhys Michael dagegen mochte Vögel überhaupt nicht leiden – dieweil sie ihn zum Niesen brachten, und deshalb begleitete er seinen Bruder lediglich um des unterhaltsamen Ausritts willen. Zwischen ihm und »Eidiard« waren recht freundschaftliche Bande entstanden, und der Prinz, dessen ganze Leidenschaft Rössern galt, bedrängte den Leibwächter schon seit eines Mondes Frist, ihm einiges von der höheren Kunst des Reitens beizubringen, deren selbst heikelste Fertigkeiten bei »Eidiard« so leicht aussahen.

Den vollen Vormittag lang blieben sie hoch zu Ross, und derweil sich Rhys Michael in regelmäßigen Abständen belustigte, indem er mit den Knappen und Leibwächtern um die Wette ritt, ließen Javan und Tavis mit hübschem Erfolg ihre Jagdfalken fliegen. Zur Mittagsstunde verspürten sie allesamt einen Heißhunger, der in angemessenem Verhältnis zum üppigen Vorrat an Speisen stand, welcher in der Knappen Obhut war; so suchte man sich nach kurzer Absprache an einem Bach einen zur Rast geeigneten Platz, und die Knappen begaben sich daran, mit dem Mittagsmahl aufzuwarten. Derweil die anderen Leibwächter den Rössern die Sättel abnahmen und sie zum Grasen und Tränken ein Stück weiter bachabwärts führten, befestigte Corund die Vögel mit ihren Kettchen an eines Baumes dazu brauchbarem Ast und Javan entschwand, indem er sich entschuldigte, hügelan zwischen Bäume und Unterholz. Als er wenig später wiederkehrte, wies sein junges Antlitz einen Ausdruck von Versonnenheit auf. Rasch begab er sich zu Tavis und zog ihn beiseite, schaute zerstreut zu, wie Tavis von seinem linken Unterarm die lederne Armschiene löste, welche vor des Beizvogels Krallen schützte.

»Tavis, würdet Ihr wohl bitte mit mir kommen?«

Seine Stimme klang leise und gepresst, sodass die anderen ihn nicht verstehen konnten, und etwas in seinem Tonfall bewog Tavis dazu, ihm noch mehr Aufmerksamkeit zu schenken, als er es ohnehin getan hätte.

»Was gibt's, mein Prinz?«

»Kommt mit, so werdet Ihr's mit eigenen Augen sehen«, beharrte Javan, fasste Tavis am Ärmel und nötigte ihn hangaufwärts, in dieselbe Richtung, aus welcher er sich vorhin wieder eingefunden hatte.

Sie klommen den Abhang eine Strecke weit hinauf, bahnten sich einen Weg durchs Gesträuch unter den abgestuften Reihen von Bäumen, bis sie auf eine weiträumige, grasige Lichtung gelangten.

»Seht dort. Eine Feuerstelle, dazu ein kleiner Steinkreis. Meint Ihr, dass die Gnomen diese Stätte benutzen?«

Tavis' Kinn sackte herab und er konnte nur mit Mühe verhindern, dass er lauthals auflachte.

»Die *Gnomen?*«

»Lacht gefälligst nicht und hütet Euch mich anzusehen, als sei ich toll«, entgegnete Javan ernsthaft und mit mürrisch verzogenem Mund. »Ich habe die Krieger davon reden hören. Tanzen sie nicht, wenn die Jahreszeiten wechseln, entzünden sie nicht auf solchen Hügeln Freudenfeuer? Schaut dorthin.« Er deutete hinüber zur anderen Seite der Lichtung, wo ein schroffer, kahler Hang abfiel und drunten mit der Ebene verschmolz. »Es muss weithin zu sehen gewesen sein. Ist's wahr, Tavis? Pflegt das Zwergenvolk aus seinem verborgenen Reich zu kommen und rund um Freudenfeuer zu tanzen?«

Um seine Verblüffung und Verwirrtheit zu verhehlen, trat Tavis näher zur Feuerstelle und stocherte mit einer Stiefelspitze in der längst erloschenen Schlacke, bückte sich, um seine Hand über die erkaltete Asche zu halten.

Er wusste durchaus, dass das Landvolk noch immer den sonderbarsten Bräuchen frönte. Wohl bekannt war, dass man, sobald es zur Wende der Jahreszeiten kam, Freudenfeuer entfachte. Dieweil die Gleiche von Tag und Nacht kaum eine Woche zurücklag, konnte es ohne weiteres sein, dass Javan hier die Reste eines solchen Freudenfeuers entdeckt hatte.

Hier allerdings waren *fürwahr* ungewöhnliche Kräfte bemüht worden, zwar solche wohltätiger Natur, aber immerhin, hier war es um mehr gegangen als nur ein munteres Feuerchen. Tavis vermochte in der Asche verbliebene Restkraft zu spüren, schwach zwar, aber unverkennbar. Jeder mit Deryni-Geistessicht musste sie einfach bemerken, aber Javan besaß keine solche Geistessicht. Wie war ihm diese Stätte aufgefallen? Und wie kam er ausgerechnet auf »Gnomen«?

»Was bewegt Euch zu der Auffassung, dies sei etwas anderes als lediglich das verloschene Feuer eines Schafhirten, Javan?«, forschte der Heiler schließlich nach, indem er mit gleichmäßigem Blick des Prinzen Miene musterte.

Javan schüttelte das Haupt. »Das ist keines Schäfers

Feuer. Erst in der vergangenen Woche war des Herbstes Gleiche von Tag und Nacht. Das gemeine Volk entzündet dann solche Feuer und es … es tanzt rings um die Flammen. Davon habe ich gelesen. Warum betreibt man so etwas, Tavis?«

»Nun, das geht zurück auf uralten Glauben«, begann Tavis mit inwendigem Missbehagen zu erläutern, während er sich insgeheim fragte, wo in den nach gestrengen Maßstäben ausgestatteten Büchereien zu Valoret oder Rhemuth der Jüngling wohl derartigen Lesestoff gefunden haben mochte. »Man nimmt an, damit die Gesundheit von Mensch und Tier behüten zu können. Es heißt, manchmal springen die Leute gar durch die Flammen, und dass sie auch ihre Schafe und das Vieh hindurchtreiben.«

»›Man nimmt an‹ – ›es heißt‹«, höhnte Javan. »Verhält's sich so«, wollte er erfahren, »oder nicht?«

»Na ja, was die Tiere angeht, so kann ich dazu nichts sagen«, erwiderte Tavis und schabte sich mit törichter Geste am Schädel. »Das ist altes, von Aberglauben geprägtes Brauchtum. Soviel ich weiß, hängen nur Bauern ihm noch an. Doch ich kann mich entsinnen, dass irgendwelche dunklen Mutmaßungen behaupten, es sei tatsächlich etwas an diesen Tänzen … Es soll wohl um die Erzeugung von … Aber weshalb wünscht Ihr dergleichen zu wissen, Javan? Was ist Euch daran so wichtig?«

Ratlos zuckte Javan mit den Achseln. »Ich weiß es selbst nicht recht. Bloß bereitet mir diese Stätte … irgendein seltsames Gefühl. Wie von Magie.«

»Magie?« Tavis lächelte, richtete sich auf und gab dem Jüngling einen scherzhaften Stubs unters Kinn. »Und wie wolltet Ihr so etwas erkennen, mein junger menschlicher Prinz? Wer schwatzt Euch die Ohren mit Gerede über Magie voll?«

»Das ist keinesfalls putzig, Tavis«, entgegnete der Jüngling leise. »Ich *habe* etwas gefühlt. Will sagen, ich spür's noch. Nachdem ich Euch einige Male beigestanden habe, dachte ich, Euch wär's klar, dass ich mit derlei Dingen keine Possen reiße!« Verdrossen machte der Jungmann auf dem Absatz kehrt und humpelte den Hügel hinunter, klatschte in seiner Verärgerung die Reithandschuhe unablässig gegen seinen ins lederne Beinkleid gehüllten Oberschenkel. Erschrocken blickte Tavis ihm für einiger Herzschläge Dauer nach, sich kaum darüber im Klaren, was er davon halten solle, dann raffte er sich auf und folgte ihm den Hang hinab. Den Rastplatz erreichten sie gemeinsam, und um der Leibwächter und Knappen willen zog Javan ein wohlgemutes Angesicht, aber Tavis spürte, wie es unter des Prinzen höflichem Äußeren unvermindert brodelte. Während des mittäglichen Mahls machte er sich seine Gedanken über den stattgefundenen Wortwechsel.

Nachdem man ausgiebig zu Mittag gespeist und aufgeräumt hatte, gönnte sich ein jeder auf seine Weise ein wenig Ruhe. Die Leibwächter ließen sich in der Nähe der Rösser nieder und Rhys Michael streckte sich der Länge nach unter einem Baum aus, um ein Nickerchen einzulegen, derweil die Knappen zu ihrer Ergötzung am Bach entlangstreiften.

Javan setzte sich außerhalb von seines Bruders Hörweite auf einen Felsen und begann Kieselsteine ins flache Wasser zu werfen. Tavis ließ seinen Blick wachsam rundum schweifen, um festzustellen, wo die anderen Teilnehmer ihres Ausflugs sich aufhielten, dann suchte er ohne Hast Javans Seite auf; dort kauerte er sich hin und betrachtete die Ringe, welche der Jungmanne mit den ins Wasser geschmissenen Kieseln erzeugte.

»Ich bedaure zutiefst, dass ich die von Euch angesprochenen Fragen mit Leichtfertigkeit betrachtet habe, mein Prinz«, äußerte er mit gedämpfter Stimme. »Das war unbesonnen von mir. Ihr wisst, ich würde für Euch mein Leben hingeben.«

»Euer Leben, ja, gewiss, Aber Ihr bringt mir nicht länger die frühere Vertraulichkeit entgegen.«

»Ich … *Was?*«

»Habe ich Euch in der Nacht nach dem Anschlag auf Euch beigestanden, oder hab ich's nicht?«, wollte Javan mit leiser Stimme, aber in umso eindringlicherem Tonfall wissen. »Habe ich Euch dazu verholfen, dass Ihr Euch an das zu erinnern vermögt, was vor der Nacht von meines Vaters Tod mit Euch geschah, oder hab ich's nicht getan?! Ist mir von Euch das Versprechen erteilt worden, Ihr wolltet umgekehrt mir helfen, auf dass ich mich ebenfalls erinnern könne, oder habt Ihr's mir nicht zugesagt?«

»Javan, Ihr wisst, ich habe mir redliche Mühe …«

»Kommt mir nicht mit Euren Ausreden, wie man sie unter Erwachsenen wohl einander aufzuschwatzen und auch abzunehmen pflegt! Seit Wochen lasse ich Euch in dieser Angelegenheit in Ruhe. Ich habe mein Wort gehalten und Euch nicht bedrängt. Was hat's mir nun genutzt? Tavis, ich muss das herausfinden. Was ist in jener Nacht, als mein Vater gestorben ist, mit mir geschehen?«

Indem er ein Schaudern unterdrückte, ließ Tavis von neuem seinen Blick misstrauisch umherschweifen. Robear, von der Muse geküsst, wiewohl nur zart, besaß einige Neigung zum Musikalischen und hatte von einem der Packpferde seine Laute geholt; nun war er dabei, sie leise zu stimmen, während Corund schnarchte. Jason und Eidiard widmeten sich dem Würfelspiel. Dorn und Tomais, die beiden Knappen, waren bachaufwärts außer Sicht verschwunden; nur dann und wann konnte man im schwachen Wind ihre Stimmen vernehmen. Rhys Michael aber lag nicht weit von ihnen am Rande der Lichtung unter dem Baum und war noch wach, betrachtete dem äußeren Anschein nach die Wolken, welche am Horizont entlangwanderten. Wenn sie ihre Unterhaltung nicht mit sehr gemäßigten Stimmen führten, musste der Jüngling sie hören.

»Um Vergebung, Javan«, flüsterte Tavis. »Euch ist bekannt, dass ich mich unentwegt mit dieser Sache beschäftige. Meine Gedanken gelten kaum irgendetwas anderem. Ich bin bislang davon ausgegangen, dass Ihr Euch dessen bewusst seid. Noch bin ich mir im Zweifel, ob ich wirklich sämtliche von Rhys verwendeten Bestandteile jenes Tranks weiß, und ich möchte Eure Sicherheit äußerst ungern erneut aufs Spiel setzen.«

»Nun, und wessen bedarf's, um Euch zu überzeugen?«, fragte Javan hochmütig nach. »Ihr müsst wissen, ich kann nicht in alle Ewigkeit warten.«

»Ich weiß es«, bestätigte Tavis kaum vernehmlich, indem er das Haupt senkte. »Ohnehin hegte ich die Absicht, in des heutigen Tages späterem Verlauf mit Euch darüber zu reden. Ich … ich vermute, dass ich mit Euch noch einmal in einer Trance-Sitzung den jener Nacht vorangegangenen Abend durchgehen muss, um mich des Geruchs und Geschmacks, die Ihr damals wahrgenommen habt, genau zu vergewissern. Ich muss vollauf gewiss sein können, dass mit meinen Wahrnehmungen gänzliche Übereinstimmung besteht. Vielleicht ist's uns heute Abend möglich.«

»Warum sollen wir bis zum Abend warten? Lasst's uns sofort tun.«

»Sofort?«

»Jawohl, sofort. Die anderen schlafen oder sind beschäftigt. Nehmt Einblick in meinen Geist und haltet nach dem Ausschau, was Ihr wissen müsst. Wir haben dergleichen nunmehr schon oft genug getan. Es kann ganz lautlos verlaufen.«

»Aber Euer Bruder …«

»Geht mir fort mit meinem *Bruder!*«, schnauzte Javan, wenngleich mit noch gedämpfter Stimme. »Wenn seine Nähe Euch Unbehagen bereitet, so sorgt dafür, dass er endlich schläft. Ihr könnt mir etwas Wein holen und auf dem Rückweg bei ihm verweilen, wie um mit ihm zu plaudern. Den anderen wird nichts auffallen und *er* wird sich dabei nichts denken.«

»Javan, aber …«

»Seid Ihr mein Freund, oder seid Ihr's nicht? Also, *macht Ihr's?*«

Mit einem Lächeln, von dem Tavis hoffte, man merke ihm die verkrampfte Gezwungenheit nicht allzu deutlich an, nickte er und stand auf, strebte hinüber zu den Packpferden. Als er an Rhys Michael vorüberkam, hob der junge Prinz zu ihm den Blick.

»Habt Ihr und Javan Streit?«

Unverzüglich verharrte Tavis und kauerte sich an des Jünglings Seite nieder.

»Streit? Keineswegs. Ihn schmerzt sein Fuß. Ich gedenke ihm einen Schluck Wein zu reichen, den er trinken kann, derweil ich mich damit befasse. Warum macht Ihr nicht ein Schläfchen?« Indem er diesen Vorschlag äußerte, drückte er wie zur Besänftigung des Prinzen Oberarm, gab ihm gleichzeitig ein starkes Schlafbedürfnis ein. »Der Vormittag war reichlich voll der Taten. Am Nachmittag werdet Ihr Eure weitere Lustweil umso angenehmer genießen können, falls Ihr zuvor geruht habt.«

»Da dürftet Ihr wohl Recht haben.« Rhys Michael gähnte und lehnte sich erneut zurück an den Baum. »Wird Javans Fuß bald wieder wohler sein?«

»Natürlich.« Tavis lächelte, strich mit seiner Hand Fingerkuppen sachte über des Jünglings Stirn und richtete sich auf. »Der Steigbügel bedarf noch einer weiteren Polsterung, das ist alles.«

Auf der anderen Seite der Lichtung beobachtete ein

junger Kriegsmann mit lockigem Blondschopf in den Augenwinkeln, wie der Heiler sich eines Schlauchs Wein bemächtigte und damit zum älteren Prinzen zurückkehrte. Mit einem Teil seiner Aufmerksamkeit achtete Davin auf die Würfel, die sein Mitspieler warf; sein hauptsächliches Interesse galt jedoch der Fragestellung, worüber Tavis und Prinz Javan wohl so rege sprechen mochten. Der Heiler gab dem Prinzen den Wein und kniete sich sodann zu des Jungmannen Füßen nieder, begann den besonders angefertigten Stiefel aufzuschnüren. Davin wünschte, er könne es wagen, anhand seiner Deryni-Fähigkeiten genauer nachzuforschen, aber er war zu klug, um ein solches Wagnis einzugehen. Tavis hätte womöglich, zumal wenn er sich in eine Heiler-Trance begab, etwas gemerkt.

Tavis entfernte den Stiefel und Javan stieß einen Seufzer der Erleichterung aus, lächelte dann, als er den Weinschlauch entstöpselte und zur Wahrung des Scheins einen Schluck trank.

Derweil Tavis ihm den Langstrumpf von der Wade zog, legte Javan den Schlauch beiseite und verlagerte seines Leibes Gewicht nach links, stützte das Haupt in die Hand eines am Ellbogen gewinkelten Armes.

»Ihr nehmt beträchtliche Gefahr in Kauf«, murmelte der Heiler, als er ein Tuch ins Wasser tauchte und den missgestalteten Fuß zu waschen anfing. »Und zudem mutet Ihr *mir* eine erhebliche Gefährdung zu.«

»Was verrichtet Ihr denn, was man Euch nicht schon etliche Dutzend Mal hat tun sehen?«, hielt Javan ihm entgegen. »Sie sind Menschen, Tavis. Was wissen Sie schon von derartigen Angelegenheiten?«

»Und Ihr, seid Ihr etwa kein Mensch?«

»Nicht so wie sie. Ich habe geistige Schilde. Ich weiß es ganz genau.«

»Das ist wahr«, bestätigte Tavis, tupfte den Fuß trocken

und begann ihn mit Nachdruck zu reiben. »Und hättet ihr sie nicht, ich geriete ernstlich in Versuchung, Euch einen geistigen Nasenstüber zu versetzen, den Ihr so bald nicht vergessen würdet. Ihr betragt Euch wie ein verzogenes Kind.«

»Was für Redensarten zu äußern erkeckt Ihr Euch!«, flüsterte der Prinz heftig. »Ich ersuche Euch um Euren Beistand und Ihr ... Wollt Ihr mir nun helfen, Tavis, oder nicht?! Ich muss wissen, was in der Nacht, als mein Vater das Zeitliche segnete, vor sich gegangen ist. Könnt Ihr das nicht verstehen? *Ich muss es wissen*!«

Tavis senkte den Blick. »Um Himmels willen, werdet Ihr wohl mit diesen Ausbrüchen ein Ende machen?«, wisperte er und meisterte den Drang, sich erneut argwöhnisch umzublicken. »Ihr erfüllt ja den ganzen Rastplatz mit geistigen Schwingungen! Gott sei uns beiden gnädig, falls sich hier irgendwo jemand mit unerkannter Geistessicht herumtreibt. Ihr ...«

»Ihr meint, ich habe Euch meine Gedanken zugesandt?«, unterbrach ihn der Jüngling, setzte sich auf und ergriff Tavis' Hand, im Angesicht einen Ausdruck höchsten Erstaunens.

»Verzeiht mir, mein Prinz«, sprach Tavis mit lauter, vernehmlicher Stimme, indem er sich noch tiefer über den Klumpfuß beugte und mit mehr Achtsamkeit rieb. »Es war keineswegs meine Absicht, Euch Schmerzen zu verursachen.« Im Flüsterton redete er weiter. »Wollt Ihr, dass sich das ganze Lager um uns versammelt?! Lehnt Euch zurück, dann werde ich zusehen, was ich tun kann.«

Gehorsam und reichlich zerknirscht lehnte sich Javan zurück, wie vom Heiler gewünscht.

Tavis begann, nachdem er den Leibwächtern abermals einen verstohlenen Blick zugeworfen hatte, sein Bewusstsein jenem des Prinzen anzunähern. Als er spürte, wie sich die schon seltsam vertraute geistige Vereinigung ankündigte, empfand er Erleichterung, dieweil die Leibwächter anscheinend an nichts irgendeinen Anstoß genommen hatten.

Davin jedoch war durchaus etwas aufgefallen. Er hatte den geistigen Widerhall von Javans Seelen-Emanationen aufgefangen, ohne jedoch ihre Bedeutung oder ihren Urheber zu erkennen. Derweil er das Würfelspiel mit Jason fortsetzte, versuchte er im geistigen Bereich eingehendere Erkundungen vorzunehmen – allerdings mit äußerster Behutsamkeit, denn ihm lag ganz und gar nichts daran, auf Tavis' empfindsame Geisteswälle zu stoßen und dadurch dessen Aufmerksamkeit zu erregen. Manche Menschen besaßen einen natürlichen, angeborenen Widerstand wider geistige Tastversuche, und Davin hatte sorgsam den Anschein geweckt und genährt, es handle sich bei ihm um einen solchen Fall. Einer nachdrücklicheren geistigen Einsichtnahme vermochte seine Darstellung jedoch keinesfalls standzuhalten. Der Heiler war der Einzige weit und breit, der ihn nun zu entlarven imstande war, sollte er Misstrauen entwickeln und versuchen den Kriegsmann einer näheren geistigen Begutachtung zu unterziehen, welchen man als Eidiard kannte.

Aber auf jeden Fall geschah da etwas zwischen Heiler und Prinz – irgendetwas, was weit über das übliche gemeinsame Tun von Heiler und Heilungsbedürftigem hinausging. Er konnte sich nunmehr nicht länger des Eindrucks erwehren, als sei jener seelische Widerhall, den er bemerkt hatte, von Javan gekommen, nicht von Tavis.

Das war eindeutig eine Seltsamkeit, die sich zu vermelden lohnte. Er weilte hier, um eben über derartige Merkwürdigkeiten zu berichten. Auf seines Bewusstseins unsichtbaren Schwingen benutzte er die geistige Brücke zwischen ihm und dem Camberischen Rat, um festzustellen, wer sich in der Ratskammer auf Wache befand, doch als er ersah, es war Bischof Alister, befiel ihn ein Zaudern. Das geistige Band war da, er brauchte sich seiner nur zu bedienen, sobald er es für richtig erachtete, durch sein bloßes Vorhandensein eine gewisse Ermutigung, doch des Bischofs Interesse galt gegenwärtig einer anderen, außerordentlich gewichtigen Sache – irgendeiner uralten, modrigen Schriftrolle, deren Inhalt er einen Sinn abzuringen suchte – und Davin wollte ihn dabei nicht stören. Davin hatte zu dem Bischof eine recht starke Zuneigung gefasst. Der alte Pfaff gemahnte ihn an jene wenigen Erinnerungen aus frühester Kindheit, welche er an seinen Großvater besaß.

So verzichtete Davin vorerst darauf, das Geistesband zu benutzen und beobachtete stattdessen weiter ihren Rastplatz.

Jason war drauf und dran, seines Mitspielers kargen Einsatz von Kupfermünzen zu gewinnen – sie würfelten kaum jemals um höhere Summen –, und drüben bei den Rössern entlockte Robear seiner Laute nun eine beschauliche Hirtenweise, während Corund an einem Baum weiterzuschnarchen versuchte.

Rhys Michael schlief inzwischen, machte auf Davins derynische Sinne jedoch den Eindruck, als sei dieses Nickerchen nicht ausschließlich auf seinen eigenen Wunsch zurückzuführen; die Knappen tummelten sich ein Stück weiter bachaufwärts im Wasser. Gerade nahm Davin von Jason erneut den Würfel entgegen, da stieß eines der Rösser einen Laut aus – ein geschnaubtes Aufwiehern, das teils Überraschung und Befremden, teils Furcht ausdrückte.

Davin erstarrte, den Würfel in seiner Hand.

»Habt Ihr das gehört?«, flüsterte er seinem Gefährten zu.

»Was gehört?«

Eindringlich begann Davin von neuem auf geistiger Ebene die Umgebung zu durchtasten, während er gleichzeitig auch alle seine herkömmlichen Sinne aufbot, über die Lichtung hinweg zwischen die Bäume starrte, angestrengt lauschte. Sein Tasten stieß gegen geistige Schilde, die jemand, als er sich ertappt fühlte, ruckartig hob!

Deryni!

Und diese Geisteswehr war nicht Tavis zugeeignet!

Im selben Augenblick, als er sich vorbeugte, um sein Schwert aus der Scheide zu reißen, fuhr hinter ihm der erste Pfeil in den Baumstamm und ein zweites Geschoss brachte dem dösigen Corund gefiederten Tod. Mit einem unterdrückten Fluch sprang Jason nach seinen Waffen, verstreute dabei Würfel und kupferne Münzen, entging jedoch einem dritten Pfeil, der nur um Haaresbreite sein Haupt verfehlte.

»Zu den Prinzen!«, brüllte Robear und raffte sich empor, als ein halbes Dutzend wohl bewaffneter Männer aus dem Unterholz zwischen den Bäumen brachen und herüberstürmten. Weitere Pfeile schwirrten durch die Luft.

Tavis zerrte schon Javan hinter den nächsten Baum in Deckung doch Rhys Michael setzte sich plötzlich kerzengerade aufrecht und erstarrte, als sei er versteinert, offenbar vor Entsetzen wie gelähmt, denn kaum vier Schritte von ihm entfernt war ein Bewaffneter aus dem Gesträuch gesprungen. Davin rannte hinzu und stellte den Mann zum Kampf, ehe er sein Schwert in königliches Fleisch zu hauen vermochte, Funken stoben von ihren Klingen, während ihres ersten Schlagabtausches Klirren erscholl. Davin erhielt am linken Oberarm eine leichte Verletzung, ehe er sich darauf besann, dass er keinen Schild trug.

Zu seinem Glück jedoch war sein Widersacher kein so tüchtiger Streiter, dass er Davins zeitweilige Unsicherheit zu seinem Vorteil hätte nutzen können; und als die beiden zum zweiten Mal gegeneinander vorgingen, genügten zwei beidhändig geführte Schwertstreiche Davins und der Angreifer brach mit gespaltenem Schädel zusammen. Unverzüglich wandte sich ein anderer Gegner wider Davin und setzte ihm hart zu. Doch Davin ließ sich nicht von dem Fleck drängen, wo allein er, breitbeinig zur Verteidigung aufgestellt, dem niedergeduckten Rhys Michael Schutz bieten konnte, dessen Mund in dem vor Schrecken verzerrten Antlitz weit aufgerissen war, als stoße er einen stummen Schrei aus.

Ringsherum tobte nun ein allgemeines Gefecht. Immer noch sausten Pfeile auf die Lichtung, doch konnten die verborgenen Schützen nun, da sie darauf achten mussten, Freund und Feind zu unterscheiden, welche sich überdies allesamt in ständiger Bewegung befanden, schlechter zielen. In den ersten Augenblicken der Verwirrung hatte Robear ein solches Geschoss mit seiner geliebten Laute auffangen und gleich darauf auch noch einen Schwerthieb damit abwehren müssen und diese Behandlung hatte das Musikinstrument nicht heil überstanden. Nachdem er über die zersplitterten Trümmer hinweggesprungen war, derweil Jason mit dem Ingrimm der Verzweiflung focht, um es ihnen beiden zu ermöglichen, an Robears Bogen zu gelangen, verwundete er mit seinem Dolch einen Angreifer an der Hand, rächte damit zumindest in gewissem Maße den Verlust seiner Laute, ohne zu vernachlässigen, dass er Jason seinerseits Rückendeckung gewähren musste.

Sie schafften es, sich zu den Sätteln und der Ausrüstung durchzuschlagen, doch ergab sich dort ein erneutes Getümmel, in dessen Verlauf es galt, nicht niedergemacht oder erschossen zu werden, während Robear seinen Bogen aus der Bogentasche am Sattel zu ziehen versuchte. Ein Pfeil pfiff unter seinem Arm hindurch, als er die Sehne einlegte, und er stieß eine lästerliche Verwünschung hervor, derweil Jason einen schwungvollen, wütenden Gegenangriff wider einen Bewaffneten vollführte, der bis an diese Stelle dichtauf nachgedrängt hatte. Beim ersten Kampflärm waren die Knappen herbeigeeilt und bemühten sich nun nachgerade ritterlich den Angreifern mit ihren Dolchen und hastig aufgerafften Jagdspießen – denn eigene Schwerter besaßen sie nicht – zu schaffen zu machen. Mit Hilfe eines handgerechten, eilends gefällten Schösslings hielt Dorn, der jüngere der zwei Knappen, einem Mann stand, der wohl zweimal so viel wie er wog und eine schwere Klinge wider ihn schwang.

Sogar Tavis war in ein gefährliches, andauerndes Geplänkel mit einem Angreifer verwickelt, wenngleich selbiges sich im Wesentlichen so abspielte, dass der im Waffenhandwerk ungeübte Tavis floh und der andere ihn verfolgte, und nur gelegentlich prallten sie ernstlich aufeinander, wenn Tavis plötzlich herumwirbelte und sich mit seinem Dolch gegen des Bedrängers Schwert zu behaupten versuchte. Immerhin gelang es ihm aber auf diese Weise, den Mann von Javan fern zu halten. Der erbleichte ältere Prinz, den entblößten Klumpfuß vorsichtshalber hoch über den Untergrund erhoben, umklammerte krampfhaft seinen Dolch und mühte sich ab, stets einen Baum zwischen sich und dem Kampfgeschehen zu haben, hüpfte auf seinem gesunden Fuß, der noch im Stiefel stak, hin und her, keuchte jedes Mal unwillkürlich vor Entsetzen auf, wenn ab und zu irgendwo in seiner Nähe ein Pfeil einschlug. Auf einem Ross hätte Javan sich durchaus jedem Widersacher stellen können, aber zu Fuß und ohne seinen besonderen Stiefel war er plump bis an den Rand der Hilflosigkeit und darüber besaß er volle Klarheit.

Davin erkannte des Prinzen Bedrohtheit, biss die Zähne zusammen und ging mit erhöhter Kampfeswut wider einen Angreifer vor, der ihn an Körperbau und Gewicht wohl um die Hälfte übertraf. Er musste an Javans Seite gelangen! Doch als er den Mann gefällt hatte und einer der Knappen ihm den Garaus machte, hörte er hinter sich Rhys Michael aufschreien, und als er herumfuhr, sah er einen Kerl mit einer Streitaxt den Prinzen an einem schmächtigen Arm packen, die Waffe zum Schlag erhoben.

Fast ohne jegliches Nachdenken durchmaß Davin den Abstand, welcher ihn von Prinz und Meuchler trennte, schwang mit beiden Fäusten das Schwert und hieb den Mann in Hüfthöhe nahezu entzwei, bevor die Axt mit tödlicher Wucht auf den Prinzen, der aus vollem Halse schrie, niederfahren konnte. Rhys Michael trug einen geringfügigen Kratzer am Oberschenkel davon, er sank neben dem Toten ins Gras und kreischte wie von Sinnen, derweil ringsum weitere Pfeile herabhagelten. Eines der Geschosse traf den Knappen Dorn in den Bauch.

Davin ging einen neuen Gegner an. Robear hatte mittlerweile mit dem eigenen Bogen den Beschuss zu erwidern begonnen und jagte, so schnell er dazu imstande war, blindlings einen Pfeil nach dem anderen ins Gesträuch, in der Hoffnung, vielleicht zufällig einen der gegnerischen Schützen zu treffen oder sie zumindest gehörig zu behelligen. Anfangs jedoch war ihm wohl kein Erfolg beschieden, denn unvermindert prasselten Pfeile auf die Lichtung. Mehrere prallten von Davins Haubert ab, einer jedoch durchbohrte die Wade des Mannes, welcher es so hartnäckig auf Tavis abgesehen hatte.

Mit einem Fluch sackte der verwundete Schuft auf die Knie und versuchte den Pfeil aus seinem Bein zu entfernen, doch rechnete er nicht mit Javan, der hinter einem Baum lauerte. Indem der ältere Prinz ein Geheul ausstieß, das jedem, der es vernahm, durch Mark und Bein fuhr, hüpfte er auf des Mannes Rücken und klammerte sich fest wie eine Klette, einen Arm um das von einer Panzerkapuze bedeckte Haupt gekrampft, das er nach hinten bog, und sofort pflügte er seinen Dolch mit einer sicheren Nachdrücklichkeit durch die entblößte Kehle, welchen auch den gestrengsten Waffenmeister mit Stolz erfüllt hätte. Als die zwei in einem wahren Springbrunnen von Blut niedersanken, schaute Davin zur Seite, dann tat er einen Satz hinüber zu Rhys Michael und warf sich über ihn, gerade noch rechtzeitig genug, um einen für den Prinzen bestimmten Pfeil mit dem eigenen Leib abzufangen. Der Schaft bohrte sich in seines Rückens untere Hälfte und die mit Widerhaken versehene Pfeilspitze ließ gleichsam glutheißen Schmerz durch seinen ganzen Körper zucken.

Davin keuchte und rang um Atem, seine Beine wollten ihm nicht länger den Gehorsam erweisen, sodass er sich nicht wieder aufzuraffen vermochte, aber er drückte Rhys Michael schutzreich an seine Brust, während er mit dem anderen Arm das Schwert schwang, um einen Gegner zu behindern, der Jason bedrängte. Aus den Büschen, in welche Robear unverdrossen Pfeil um Pfeil sandte, ertönte plötzlich ein Schrei und unversehens blieben weitere gegnerische Geschosse aus. Heftiges Geraschel von Laub verriet, dass ein anderer Bogenschütze einen hastigen Rückzug antrat. Als Robear sich zweien der drei letzten Angreifern zuwandte, welche nahebei noch auf den Beinen standen und deren einer alle Not hatte zu verhindern, dass der Knappe Tomais ihn auf einen Jagdspeer spießte, legten diese Männer die Waffen nieder und gaben auf.

»Vorwärts, Bursche, es ist vorbei!«, schnauzte Jason den dritten, an der Hand verwundeten Mann an, indem er ihn mit seines Schwertes Spitze schubste, bis auch dieser Widersacher sich ergab.

Als sich Davin langsam auf eine Elle erhob, konnte er

ein Pferd im Galopp davonsprengen hören – ohne Zweifel der andere Bogenschütze, der die Flucht ergriff, solange ihm noch die Gelegenheit blieb. Corund lag tot an jenem Fleckchen Erde, wo er sich zum Mittagsschlaf gebettet hatte, der junge Knappe Dorn lag reglos hingestreckt, wo er gefallen war, und auch vier der Angreifer ruhten im Gras und sollten nie wieder einen Finger rühren. Während Robear und der überlebende Knappe ihren beiden Gefangenen die Arme auf dem Rücken an Handgelenken und Ellbogen fesselten, verschnürte Jason auch den Verletzten, lief dann ins Unterholz, um zu schauen, wie es um den zweiten, getroffenen Bogenschützen stand. Rhys Michael kroch unter Davins zum Schutz über ihn geworfener Gestalt hervor, schenkte der leichten Wunde an seinem Oberschenkel einen flüchtigen Blick und erhob dann ein lautes Geheul.

»Mein Bruder«, rief Javan und stapfte so geschwind zu seinem Bruder, dass man sein Humpeln kaum bemerkte. »Er ist verletzt! Tavis, zu Hilfe! Er blutet!«

Davin hatte sich auf die Seite gewälzt, als Javan kam, damit der blutbesprengte Prinz nicht den Pfeil sähe, der ihm aus dem Rücken ragte. Doch als der Heiler neben dem jüngeren Prinzen niederkniete, kehrte Jason aus dem Gestrüpp zurück und schleifte einen schwer verwundeten Bogenschützen auf die Lichtung, den er in Robears Obhut gab. Jason erblasste, als er hinter Davin vorüberschritt und dabei auf einmal den Pfeil sah.

»Eidiard! Mein Gott, Mann!«

»Ich kann warten«, entgegnete Davin mit entschiedenem Schütteln seines Hauptes, doch fand er sich mit Jasons Beistand ab, als der Leibwächter ihm half, sich auf der Seite in günstigere Lage zu bringen.

Seine Verletzung war ernst – soviel war ihm klar. Zu ernst vermutete er, als dass selbst ein Heiler von Rhys' Tüchtigkeit ihm zu helfen vermocht hätte. Unterhalb des

Pfeilschafts, der heiß in seinem Fleisch stak, fehlte ihm jegliches Gefühl und er musste mit der Hand nach dem gefiederten Geschoss in seinem Rücken tasten, um feststellen zu können, dass der Pfeil sich unmittelbar neben dem Rückgrat in seinen Leib gebohrt hatte, und infolgedessen war sein ganzer Unterleib einschließlich der Beine nunmehr taub und gefühllos. Beklommenheit packte sein Herz, wie er das ersah, denn noch nie war ihm zu Ohren gekommen, dass irgendein Heiler dazu imstande gewesen wäre, eine solche Verletzung zu beheben.

Er spürte, nachdem der Kampf nun ausgestanden war, wie Bischof Alister über ihr geistiges Band eilends Nachforschungen anstellte; und als er sich gegen Jasons Knie lehnte, ließ er, indem er die Lider schloss, den greisen Bischof auf dem Wege über seines eigenen Leibes Sinne die Verwundung begutachten, gab sich unterdessen noch der Hoffnung hin, durch Schmerz und Furcht habe er einen übertriebenen Eindruck vom Ernst seiner Lage erhalten.

Doch Alisters Befund erreichte ihn mit der schroffen, kargen Aussagekraft schrecklichster Bestürzung, ergänzt um die Mitteilung – sie hauchte Davins Seele frostige Eisigkeit ein –, dass die mit schaurigen Widerhaken ausgestattete Pfeilspitze nicht allein das Rückgrat arg angeschrammt, sondern sich außerdem in einem der großen Blutgefäße festgesetzt hatte, welche herab vom Herzen verliefen – und in der Tat war desselben Blutgefäßes Wand von ihr bereits zur Hälfte durchtrennt worden. Jede Bewegung konnte sie vollends zerschneiden. Einem außerordentlich fähigen Heiler mochte es, wenn er schnell war, womöglich gelingen, diese Schädigung zu heilen, ehe der Druck den Schnitt erweiterte und das Gefäß schließlich platzte, sodass er innerlich verbluten musste, aber dazu bedurfte es ebenso unversehrter

Hände wie großer Kunstfertigkeit und Tavis O'Neill hatte nur noch Letzteres vorzuweisen.

Aber ohnehin durfte er Tavis nicht einmal den Versuch einer Heilung unternehmen lassen. Um einem Heiler das Tätigsein zu ermöglichen, war es erforderlich, sich aller geistigen Widerstände und Wehren zu entheben, damit der Heiler auch alle gutartigen Kräfte in des Kranken Körper, nicht nur die eigenen Heilerkräfte aufzubieten vermochte – und Davin konnte sich keinesfalls ohne geistige Schirm Tavis ausliefern. Dass der Heiler erfuhr, er war ein Deryni, ließ sich nicht vermeiden; mehr jedoch durfte er nicht in Erfahrung bringen. Der Camberische Rat und sein großes Werk durfte nicht gefährdet werden, nur weil ein unglücksträchtiger Pfeil einen seiner Anhänger zu einem todgeweihten Krüppel gemacht hatte.

Davin unterdrückte ein Ächzen, als Jason an dem Pfeil rührte, um die Wunde besser in Augenschein nehmen zu können, sich darüber im Klaren, dass er in diesem Augenblick der Ewigkeit noch ein wenig näher gekommen war, aber er wusste, was er zu tun hatte und teilte seinen Entschluss unverzüglich Bischof Alister mit. Der Bischof nahm die Entscheidung kummervoll auf, aber er verstand Davins Beweggründe, sah ein, dass keine andersartige Wahl blieb.

Binnen eines Atemzuges eröffnete Davin dem Bischof seine gesamte Seele, wenngleich man ihm äußerlich davon nichts anmerken konnte, und Alister erteilte ihm mit einem Sanftmut, den er über die geistige Brücke hinweg spürte wie eine Zärtlichkeit, die Absolution und erweiterte sie um seinen bischöflichen Segen. Fast meinte er gar die tatsächliche Ölung zu fühlen, als ihm der Bischof auf demselben Wege das Sterbesakrament spendete, so ergreifend eindringlich, als stünde er leibhaftig an Davins Seite und salbe ihn mit seinen greifbaren Händen.

Davin hatte seinen Frieden gefunden, als Tavis die Heilung des jüngeren Prinzen Bein vollbracht hatte, war inwendig ganz voll des Friedens, als der Heiler sich auf den Knien umdrehte und um ihn zu kümmern begann.

»Ein Pfeil hat ihn in den Rücken getroffen, Herr Tavis«, wandte sich Jason mit eindringlichem Tonfall an ihn, noch ehe Tavis ihn anrührte.

Davin schlug gequält die Augen auf und sah Javans Antlitz aus Entsetzen erbleichen, während der Prinz heranhumpelte.

»Mein Gott, Jason, warum habt Ihr das nicht sofort gesagt?!«, stieß der Prinz unter Keuchlauten hervor, starrte die von Blut gerötete Hand an, welche der Ritter Tavis hinstreckte. »Rhys Michael mit seinem Kratzer hätte warten können. Tavis, unternehmt etwas!«

Doch als Tavis den Arm hob, ergriff Davin mit der Rechten das faustlose Handgelenk.

»Nein! Herr Tavis, so Ihr diesen Pfeil zu entfernen versucht, muss ich ohne Verzug sterben. Ihr vermögt nichts für mich zu tun. Meine Beine sind bereits gelähmt.«

Unbeeindruckt packte Tavis mit der ihm verbliebenen Hand zu und befreite seinen Armstumpf aus Davins Griff.

»Mich deucht, derlei Fragen zu klären solltet Ihr durchaus mir überlassen, Herr Eidiard. Ihr seid weder Heiler noch De... Ha! Ihr *seid* ein Deryni!«

Seine Hand zuckte von Davin zurück, als habe ihn eine Natter gebissen, und sein Erschrecken ließ durch des Geistes Ebene Emanationen des Missbehagens wallen. Javans Antlitz wirkte so eingesunken und zerfurcht, dass Davin sich nicht des Eindrucks zu erwehren vermochte, der Prinz habe womöglich auch etwas gespürt. Jason war hinter ihm aus Entgeisterung ganz einfach wie zu Stein erstarrt und Davin befleißigte sich rasch einer sehr schwachen Einflussnahme auf ihn, damit der Ritter ihn nicht etwas verfrüht niedersinken ließ.

»Ja, ich bin ein Deryni«, flüsterte er. »Doch ich schwöre Euch, ich weile nicht unter Euch, weil ich danach trachtete, Euch irgendeinen Harm zuzufügen … Ich gehöre *nicht* zu den Hundsföttern, die uns soeben allesamt abzuschlachten versuchten, das müsst Ihr mir glauben.«

»Wer seid Ihr«, brachte Tavis mühsam und gepresst hervor. »Wie könnt Ihr ein Deryni sein? Ich habe *Einblick* in Euch genommen. Als kurz nach Eurer Ankunft bei Hofe das Ross Euch trat, habe ich Euch einer Heilung unterzogen. Ich hätte beschworen, dass Ihr nie und nimmer ein Deryni seid!«

»Ich bin geschickt worden, um die Prinzen zu schützen und gleichzeitig Euch unter Beobachtung zu halten« murmelte Davin, der Tavis' immer deutlicheren Willen spürte, nunmehr mit aller Gründlichkeit in sein Bewusstsein Einsicht zu nehmen, und das, so wusste er genau, durfte er keinesfalls zulassen. Mit einem Teil seines Verstandes beeinflusste er von neuem Jason, veranlasste ihn dazu, eine der Hände, welche ihn stützten, dem Pfeil in seinem Rücken zu nähern. »Glaubt mir, Tavis, weder gehöre ich zu diesen Schurken hier, noch habe ich irgendetwas mit jenen Lumpenhunden zu schaffen, die Eure Hand auf dem Gewissen haben. Ich bin ein Freund.«

»Ihr habt uns getäuscht …«

»Das war vonnöten«, versicherte Davin, der Zeit zu gewinnen beabsichtigte, derweil er in seinem Geist Maßnahmen traf, die gewährleisten sollten, dass es darin nichts mehr zu ersehen gab, sobald seine geistigen Schilde fielen. »Wäre ich nicht hier an Ort und Stelle gewesen, Ihr hättet vor diesem Überfall nicht einmal die unzulängliche Warnung erhalten, die ich im letzten Augenblick noch zu geben vermochte. Und dieser Pfeil, der nun mir ein frühes Grab verheißt, hätte statt meiner Prinz Rhys Michael ereilt.«

»Ihr lügt«, widersprach Tavis gedämpft. »Ihr müsst lügen. Wer hat Euch geschickt? Weshalb seid Ihr in Wahrheit hier?«

Schlagartig tastete er mit seinen Deryni-Sinnen nach Davins Bewusstsein, prallte an Davins geistige Wälle, indem er Hand und Armstumpf an des Todgeweihten Schläfen drückte. Davins geistige Bollwerke hielten stand, aber er wusste, das würde nicht lange so bleiben.

In Deine Hände, oh Herr …!, sandte er sein letztes Stoßgebet himmelwärts und im selben Augenblick wirkte er gerade so viel auf Jason ein, dass dessen Hand wie in einer ungeschickten Bewegung gegen den Schaft des Pfeils stieß.

Die gräuliche Pfeilspitze drehte sich in seinem Leib, aber er empfand keinen Schmerz. Nur einen warmen Strom fühlte er durch seine Eingeweide rinnen, als das Herz Blut dort hinpumpte, wohin eigentlich nie welches gelangen sollte.

Er gab einen dumpfen Ächzlaut von sich, als sein Blickfeld zu verschwimmen begann, und er ersah aus Tavis' Miene, der Heiler erkannte, dass er innerlich verblutete, aber die heilerischen Kräfte, welche er nun flugs aufbot, gelangten bei weitem zu spät zum Einsatz. Als Davin die Augen schloss und schwer an Jasons Knie sank, das ihn noch stützte, wandte er sich übers geistige Band ein letztes Mal an jenen, der nun in des Camberischen Rates Felskammer gramvoll versuchte ihm über die im Zerfallen begriffene Geistesbrücke noch Kraft und Trost zu spenden.

Davin verblieb gerade noch so viel Zeit, diese letzte, aussichtslose Fürsorge zu fühlen, sich erneut darüber zu wundern, wie sehr Bischof Alister seinem Großvater ähnelte, Camber; und dann, just für eines Augenblickes

Dauer, beglückte ihn die alte Camber-Gegenwart, welcher er sich aus seiner Kindheit erinnerte, und hüllte ihn ganz in Liebe.

Als Letztes sah er vor sich, derweil die Finsternis des Todes auf ihn herabsank, seines Großvaters Antlitz, wie er weinte, und starke Hände, ihm entgegengestreckt, um ihn aufzurichten – dann entschwebte er in ein Nichts, das durchdrungen war von einem blendenden, unglaublich herrlichen Licht in allen Farben der Zeit.

Und Tavis, der sich, als er einsah, dass der Todwunde ihm dahinstarb, auf die flüchtigen Reste von desselben Gedächtnis gestürzt hatte, keuchte auf und zog sich, unversehens von ehrfürchtigem Entsetzen ergriffen, aus des Sterbenden Bewusstsein nahezu fluchtartig zurück. Von allem, dem darin zu begegnen er erwartet hatte, war die Wesenheit Sankt Cambers wirklich und wahrlich das Allerletzte gewesen! Fast ohne Verzug rang er sich zur Fortsetzung seiner Einblicknahme durch; doch da war es für alles Weitere bereits zu spät. Davin war tot, seine Erinnerungen waren allesamt erloschen, ausgetilgt dank Davins eigener Vorbeugung.

Indem er unliebsame Tränen unterdrückte, deren Veranlassung er nicht ganz einzusehen vermochte, wich Tavis auf geistiger Ebene zurück, drosch in erbitterter Enttäuschung die Faust ins Gras – da stockte ihm plötzlich schier der Atem, als er sah, wie das still gewordene, mannhaft schöne Antlitz ins Zerfließen zu geraten schien. Langsam zeigte sich anstatt der blonden Locken glattes, dünneres Haupthaar, das Kinn trat deutlicher hervor, das Angesicht veränderte sich gerade in solchem Umfang, dass es jedenfalls nicht länger Eidiards war; und die Augen, so stellte Tavis fest, als er widerwillig unter eines der herabgesunkenen Lider spähte, hatten sich von Braun zu Hellgrau verfärbt.

»Jesus Christus«, murmelte Jason, ließ den Leichnam

ins Gras sacken und rutschte, wohl von Grausen gepackt, auf den Knien rückwärts, wischte sich die Hände an den Oberschenkeln. »Das ist nicht Eidiard!«

»Ich kenne ihn«, flüsterte Tavis, indem er die Arme an die Brust drückte, um ihr Zittern zu unterbinden. »Ich habe ihn schon einmal gesehen, doch vermag ich mich nicht recht zu entsinnen …«

»Grundgütiger Gott, das ist ja der Graf von Culdi«, rief Robear, der sich nun, da er den Gefangenen sorgsam gebunden hatte, zu ihnen gesellte. »Aber … das ist Eidiards Harnisch, und …«

Javan, der fassungslos an seines eingeschlafenen Bruders anderer Seite kniete, wusste nur in entgeisterter Ungläubigkeit das Haupt zu schütteln. »Warum, Tavis?«, flüsterte er. »Warum?«

20

Wollen wir sehen, ob seine Worte wahr sind, und prüfen, wie es mit ihm enden wird!

Buch der Weisheit 2,17

Ich werde Euch sagen, warum!«, tobte Bischof Hubertus, nachdem die Überlebenden der Jagdgesellschaft sich mit den gemachten Gefangenen in der Rhemuther Königsburg eingefunden hatten. »Er war einer von ihnen.« Mit wütender Geste seiner Hand wies er auf die vier Gefangenen, die nahebei auf den Knien lagen. Sind sie nicht allesamt Deryni?«

Sobald man den König und die Regenten verständigt hatte, war der gesamte Hof im Thronsaal zusammengekommen. Den Prinzen war genug Zeit zugestanden worden, sodass sie sich säubern und ihre vom Blut besudelte Gewandung gegen neue Bekleidung austauschen konnten, doch nun saßen sie auf Lehnstühlen verkrampft zu den Seiten ihres Bruders, der in seiner Eigenschaft als Herrscher – welche er zumindest schon einmal dem Titel nach besaß – feierlich auf dem Thron Platz genommen hatte. Ganz zur Rechten kauerte neben Javans Stuhl Tavis, der bis zum Äußersten angespannt wirkte.

Die drei Regenten, welche sich gegenwärtig in Rhemuth aufhielten, hatten sich, besessen von selbstgerechtem, grimmigem Zorn, um den Thron geschart: Bischof Hubertus, ausgestattet mit Chorrock und Mitra, an seinen Krummstab geklammert, als könne er sich wider die Gefangenen als Talisman bewähren; die Grafen Murdoch und Tammaron befanden sich zu Alroys Seiten, auf den Häuptern ihre Adelskronen, gehüllt in lange Hofmäntel aus kostbaren, dunklen Stoffen, gesäumt mit Pelz.

Die Erzbischöfe Jaffray und Oriss waren ebenso anwesend, gleichfalls Graf Udaut, der Burgvogt, ferner eine Anzahl geringerer Edelleute, aber sie alle waren an des Thrones rechter Seite auf eine untere Ebene des Thronsaales gewiesen worden, gemeinsam mit mehreren Schreibern, die eifrig mitschrieben. Jaffray allerdings, außer Tavis der Einzige im Vollbesitz all seiner Geisteskräfte befindliche Deryni im Saal – den Gefangenen nämlich hatte man, noch ehe sie den Rastplatz verlassen durften, Drogen verabreicht, um derynischen Teufeleien vorzubeugen –, konnte sich angesichts der eingetretenen Lage nur wünschen, er sei noch weiter von jedwedem Mittelpunkt der Aufmerksamkeit entfernt. Am heutigen Nachmittag, daran gab es kein Vorbeikommen, würde das Derynitum den hauptsächlichen Gesprächsstoff liefern.

Er hätte zu gerne gewusst, was sich wirklich – in allen Einzelheiten – zugetragen hatte. Was er an bruchstückartigem Aufschluss von jenen ringsherum zu erhalten vermochte, besagte vorerst lediglich, dass auf der Prinzen Jagdgesellschaft ein Anschlag verübt worden war, unter Beteiligung auch jener, die nun da knieten, und bei dem Überfall musste neben anderen auch Davin den Tod gefunden haben und seine wahre Gestalt dabei offenkundig geworden sein. Die nahe liegende Schlussfolgerung lautete im Allgemeinen wohl, er sei Mitwirkender einer Deryni-Verschwörung zur Ermordung der Königlichen Brüder gewesen – denn aus welchem sonstigen Grunde möchte wohl ein Deryni von Davins hohem Stand sich in des Königs Gefolge einschleichen, getarnt als Leibwächter von niedrigem Rang?

Dass Davin tot war, daran war kein Zweifel möglich, denn selbst wenn seine deutliche Abwesenheit auf geistiger Ebene diese Tatsache nicht zur Genüge klargestellt hätte, unter aller Augen des Hofes lag hier sein Leichnam auf einer Tragbahre, gleich neben den vier getöteten

Angreifern sowie dem gefallenen Leibwächter und dem toten Knappen. Bei den Leichen knieten die vier gefesselten und geistig durch Drogen gebändigten Angreifer, welche lebendig ergriffen worden waren, und hinter jedem stand ein Wächter. Sie *waren* Deryni – Jaffray hatte sich durch hastiges Tasten mittels seiner Deryni-Sinne davon überzeugt, als man sie hereinbrachte, doch waren ihre Geisteswehren durch der Drogen Einwirkung auf nebelhafte Weise verschwommen –, aber keiner von ihnen war ihm bekannt, mit der Ausnahme Davins.

»Angesichts dessen erachte ich's als vollauf klar«, äußerte Murdoch, »dass diese … *Deryni*«, er sprach das Wort mit der ärgsten Geringschätzung aus, »sich verbündet haben, um Eurer Hoheit königliche Brüder feige und hinterlistig zu ermorden – und ebenso hätten sie Eurer Hoheit Leben bedroht, wäre am heutigen Morgen nicht die Notwendigkeit entstanden, dass Ihr Euch Königspflichten widmet und in Rhemuth bleibt. Und wie Eure Hoheit sich entsinnen werden, ist dies nicht der erste derynische Anschlag wider das Haus Haldane. Nun ist ein Königlicher Leibwächter auf die hinterhältigste Weise hingemordet worden, und ein anderer, dem die Sicherheit der Krone anvertraut war, hat sich als Verräter entpuppt.«

Er trat eine der Stufen zum Thron hinab und deutete wutentbrannt auf Davins Leichnam.

»Da liegt der Graf von Culdi, der durch eine Magie, vor Gott eine ohne Zweifel höchlichst verwerfliche Tat, eines anderen Gestalt angenommen und Euch und Eure königlichen Brüder irregeführt und hintergangen hat – und erst als der Tod ihn am Weiterbeschreiten seiner üblen Wege hinderte, ist er als Betrüger entlarvt worden.«

»Er hat Rhys Michael das Leben gerettet«, widersprach Javan. »Ein Pfeil, der für meinen Bruder bestimmt war, hat ihn getroffen.«

Entrüstet warf Murdoch die Arme in die Höhe. »Ach, Eure Hoheit, wie könnt Ihr Euch so leichtgläubig täuschen lassen?! Reiner Zufall war's, dass der Pfeil … *das da* getroffen hat.« Erneut wies er mit abfälliger Gebärde auf den Leichnam. »Sein Mitverschworener, der den Pfeil abschoss, hat sich verschätzt – sonst nichts! Ein anderer ist auf ähnliche Weise verwundet worden. In eines Gefechts Hitze ist es nicht immer möglich, einen Gegner mit großer Genauigkeit aufs Ziel zu nehmen, insbesondere wenn der Schütze sich arglistig im Gesträuch verbirgt.«

Mit einem von kostbaren Ringen schweren Zeigefinger deutete er auf den Toten, den Javan umgebracht hatte und aus dessen Bein noch der fehlgeflogene Pfeil ragte.

»Diese Deryni stehen allesamt miteinander im Bunde«, beschloss er seine Anklage. »Es ist leicht zu ersehen, welchem finsteren Meister des Unheils und der Verdammnis sie zu Diensten sind.«

Es kostete Jaffray alle Mühe, ruhig an seinem Platz zu verbleiben, doch er war sich vollauf darüber im Klaren, dass er keinesfalls Murdochs Köder aufgreifen und der Regenten Zorn auf sich lenken durfte. Tavis war bei Murdochs Schlusswort ebenfalls erbleicht, aber mit zusammengepressten Lippen bewahrte er Geduld und senkte seinen heißen Blick lediglich auf den Boden zu Javans Füßen.

Alroy, der während Murdochs Darlegungen auch immer bleicher geworden war, umklammerte sein mit Gold verziertes, elfenbeinernes Zepter, als sei es sein letzter Halt, um geistiger Umnachtung zu entgehen, derweil er die vier stark in Mitleidenschaft gezogenen Gefangenen anstarrte.

»Habt Ihr irgendetwas vorzutragen?«, wandte er sich mit schwacher, aber stetiger Stimme an sie.

Die Gefangenen stierten nur trotzig zurück, infolge der

verabreichten Drogen mit leicht glasigen Blicken, aber keiner von ihnen zeigte irgendeine Neigung zum Reden.

»Wir wünschen nicht, uns womöglich nachsagen zu lassen, unsere Gerechtigkeit sei durch Willkür beeinträchtigt«, fügte Alroy fast flehentlich hinzu. »Das von Euch begangene Verbrechen lässt sich nicht leugnen. Wir haben nichts getan, was Euch Veranlassung zu einem derartigen Überfall hätte geben können. Doch solltet Ihr irgendwelche begründeten Beschwerden ...«

Bischof Hubertus stieß zweimal mit seines Krummstabs unterem Ende auf den hölzernen Boden der Empore, auf welcher der Thron stand, und das Pochen, das er dadurch erzeugte, klang für jene, die vor ihm knieten, wie ein bedrohliches Donnergrollen naher Verdammnis.

»*Keine* Beschwerden können's entschuldigen, dass jemand die Hand gegen seinen rechtmäßig gesalbten König erhebt, Euer Gnaden!«, wetterte er mit aus Grimm rot angelaufenem Angesicht. »Und sie wider des Königs Erben zu erheben, das heißt, man erhebt sie gegen den König selbst. Diese *Deryni* haben sich zu gotteslästerlichem Verrat und Mord verschworen. Ihre Bestrafung muss ein Mahnmahl setzen, sodass niemals wieder irgendjemand sich wider Euer Herrscherhaus zu empören wagt!«

Alroy, der auf seinem Thron wie vor Schrecken zurückgesunken war, derweil Hubertus diese Verkündigung machte, packte nun sein Zepter womöglich noch fester und Javan sah aus, als müssten ihm die Sinne schwinden. Nur Rhys Michael betrachtete die Gefangenen unverändert mit gleichmäßigem Blick, die Miene hart und starr, als sei sie aus Eis. Nach einigen gespannten Augenblicken wandte sich Alroy ein wenig zur Seite und an Tavis, der neben Javan hockte.

»Herr Tavis, vielleicht kann ein Deryni ein gewisses Licht auf solcher Deryni Beweggründe werfen?«

Tavis widmete erst dem König, dann den Gefangenen einen Blick voller Verunsicherung, erhob sich mit steif gewordenen Gliedmaßen und verschränkte auf der Brust die Arme, verbarg dabei den Armstumpf unter einer Elle.

»Ich wage aus Eurer Hoheit Wort zu ersehen, dass meine Treue zur Krone nicht in Frage steht, obschon ich ein Deryni bin«, sprach er leise. »Sollte es so sein, muss ich Eurer Hoheit Frage so auffassen, dass ich die Gefangenen einem Gedankensehen unterziehen soll?«

»So's Euch möglich ist, ja.«

»Bei aller gebotenen Hochachtung, Eure Hoheit, mir wär's lieber, dergleichen nicht tun zu müssen.«

»Es möchten wohl welche darunter sein, die an dem Anschlag beteiligt waren, welcher auch Euch zum Schaden gereicht hat«, meinte Murdoch mit verführerischer Glattzüngigkeit. »Wollt Ihr nicht Eurem König und auch Euch selbst diese kleine Gefälligkeit erweisen, Tavis?«

Unbewegt erwiderte Tavis den Blick Murdochs, atmete dann bedächtig ein, offensichtlich eine Weigerung schon auf der Zunge.

»Zwingt mich nicht, es Euch zu befehlen, Tavis«, ergänzte Murdoch gedämpft.

Zunächst glaubte Jaffray, der Heiler würde Murdoch auch weiter die Stirn bieten. Mit verpressten Kiefern sah Tavis Javan an, danach Alroy, dann jedoch nickte er mit einem Ruck – gleichsam eine unvollendete Verbeugung, bevor er die Stufen hinabschritt. Die Gefangenen erschraken trotz ihrer Halbbetäubung, versuchten zurückzuweichen, aber wegen der Wächter hinter ihren Rücken vermochten sie sich ihm nicht zu entziehen, derweil er von einem zum anderen trat und einem jeden flüchtig die Hand aufs Haupt legte, mit seinen Deryni-Sinnen von ihrem Innenleben so viel erforschte, wie er im Augenblick ohne größere Umstände erreichen konnte. Nachdem er sich mit jedem der Gefangenen befasst hatte, erstieg er wieder die Stufen zum Thron und vollführte vor Alroy nochmals eine unvollständige Verbeugung.

»Eure Hoheit, ich glaube, eine tiefere Einblicknahme könnte keinem sinnvollen Zweck dienen. Diese Männer sind anscheinend lediglich unzufriedene junge Edelleute – von jenem gleichen Schlage, wie er schon seit geraumer Frist des Reiches Landstraßen so rüpelhaft unsicher macht. Sie sind eher junge Toren denn wahrhaftige Verschwörer, und mich dünkt's, es erstaunt sie so wie uns, hier den Grafen von Culdi erschlagen in unserer Mitte zu erblicken.«

Javan merkte auf und reckte das Haupt und in seine Wangen kehrte ein wenig Farbe zurück.

»Dann hat Davin *nicht* gelogen. Ihn haben *andere* geschickt, um uns zu schützen.«

»Nun wohl, mögen andere ihn geschickt haben«, äußerte Hubertus in gedehntem Ton, »aber keinesfalls, um Euch zu beschützen, Eure Hoheit. Er hat Euch getäuscht. Uns alle hat er getäuscht. Eines anderen Mannes Aussehen und Namen hat er angenommen. Und wo ist der wahre Eidiard von Clure? Doch zweifelsfrei heimtückisch ermordet worden, damit der junge MacRorie statt seiner an den Hof kommen und an üblen Ränken mitschmieden konnte.«

Darauf wusste Javan keine Antwort und ebenso wenig Tavis. Nach kurzem Schweigen richtete Alroy seinen Blick erneut auf den Heiler.

»Ihr geht also davon aus, dass es sich hier um eine Verschwörung handelt?«

»Unter sich, da sie erbittert waren, hatten sie sich verschworen, ja, Eure Hoheit. Aber die Verschworenheit ging nicht über ihr Häuflein hinaus und es war keine *derynische* Verschwörung. Wenngleich Graf Murdoch es offenbar sehr gerne so hätte, stand dabei keineswegs irgendeine derynische Sache im Vordergrund. Zu den

Beweggründen Graf Davins vermag ich keine Stellungnahme abzugeben, aber diese Männer hier haben sich anscheinend ausschließlich aus so genannter menschlicher Schwäche zu ihrer schmählichen Tat hinreißen lassen.«

»›Anscheinend‹ haben sie sich ›hinreißen lassen‹, aha«, meinte schiefmäulig Murdoch. »Dann räumt Ihr immerhin die Möglichkeit ein, dass auch andere Erwägungen sie zu ihrer Schandtat getrieben haben, welche Euch jedoch verborgen geblieben sein mögen?«

Tavis zuckte mit den Achseln, ein noch nicht als Frechheit einstufbares Zeichen gemäßigter Auflehnung.

»Ich kann ihnen nicht bis ins Innerste ihrer Seelen schauen, mein Herr, doch soweit ich dergleichen feststellen kann – will sagen, anhand einer zugegebenermaßen oberflächlichen, allerdings durch Drogen erleichterten Einblicknahme –, sollte ihre Tat an jenen Vergeltung üben, in denen sie die Schuld an der Verschlechterung ihrer Zukunftsaussichten verkörpert sehen.«

»Und was, würdet Ihr eine gründlichere statt nur eine oberflächliche Einsichtnahme beginnen?«, meldete sich Tammaron zu Wort.

»So würden sie sterben.«

»Was!«

»Sie haben unter sich das Gelübde getan, jede tiefe Einblicknahme in ihren Geist zu vereiteln, indem sie gegebenenfalls selbst ihren Tod herbeiführen. Bischof MacInnis dürfte sich noch an einen ähnlichen Vorfall im Frühjahr entsinnen, als ein Gefangener den eigenen Tod bewirkt hat, ehe er es duldete, von mir einer gründlichen Gedankensehung unterzogen zu werden. Ich weiß die Namen jener, die da knien und noch leben, und ebenso die Namen der Toten und desjenigen, dem die Flucht gelungen ist. Darüber hinaus vermag ich nichts in Erfahrung zu bringen.«

Hubertus nickte, die rosigen Lippen seines engelhaften Angesichts zu einem Schmollen gespitzt.

»Er hat Recht. Ich entsinne mich.«

»Verstehe.« Murdoch hakte beide Daumen in seines Leibgurts Leder, wippte auf den Fersen hin und her. »Und wenn ein anderer euresgleichen das Gedankensehen vornähme, stieße er gleichfalls auf diese Schwierigkeit?«

»Unzweifelhaft mein Herr.«

»Auch Erzbischof Jaffray«, fragte Murdoch weiter, »dessen Gelöbnisse ihm das Töten verbieten?«

Als Jaffray den Atem anhielt, vom Himmel erflehte, es möge ihm erspart bleiben, herausfinden zu müssen, wie es damit stand, antwortete Tavis mit einem knappen Nicken.

»Es steht Euch frei, Euch davon zu überzeugen, mein Herr. Obzwar Erzbischof Jaffray kein Heiler ist, war er einer meiner Lehrmeister. Es mag sein, dass er Fähigkeiten besitzt, über welche ich nicht verfüge. Dennoch bezweifle ich, dass er eine innergeistige Selbsttötung verhindern kann.«

Verschlagen widmete Murdoch seine Aufmerksamkeit nun Jaffray. »Nun, Erzbischof, sagt an – vermögt Ihr Eurem König in dieser Angelegenheit zu dienen?«

Indem ihn ein eiskaltes Schaudern heimsuchte, stand Jaffray auf.

»Euer Gnaden«, erwiderte er in gemäßigter Lautstärke und vollführte eine andeutungsweise Verneigung in die Richtung Alroys, der ihn aus geweiteten Augen musterte und sich dann erst Murdoch zuwandte, »Herr Tavis war in der Tat einst mein Schüler, und wenn er die Ansicht äußert, dass niemand eine innergeistige Selbsttötung vereiteln kann, dann bin ich vollauf davon überzeugt, dass es sich so und nicht anders verhält.«

»Ich neige dazu, das infrage zu stellen, Erzbischof«, entgegnete Murdoch. »Aber ich will Euer geistliches Amt nicht herabwürdigen, indem ich Euch persönlich die Probe machen lasse. Herr Piedur!«

Der Hauptmann, welcher an einer Seitenpforte stand, nahe bei Jaffray und Oriss, nahm markig Haltung an.

»Eure Exzellenz ...?«

»Ruft Herrn Oriel zu Seiner Königlichen Gnaden. Verschweigt jedoch alles, was bislang hier besprochen worden ist.«

»Zu Befehl, Exzellenz, sofort.«

»Und Ihr, Tavis, begebt Ihr Euch zu den Schreibern und nennt Ihnen die Namen, welche Ihr in Erfahrung gebracht habt, derweil wir Herrn Oriels harren«, ordnete Murdoch an.

Während Piedur den Thronsaal verließ und Tavis von des Thrones Empore stieg, sank Jaffray matt zurück in seinen Stuhl und faltete die Hände, und derweil der junge Heiler zu einem der Schreiber trat, ahnte der Erzbischof, dass eine der ärgsten Befürchtungen der jüngsten Zeit nun Wahrheit werden sollte. Im Laufe des vergangenen Mondes hatte er mehrfach das wenig klare Gerücht vernommen, die Regenten würben mit Bestechungen und Drohungen Deryni an, und nun musste er sich offenbar damit abfinden, dass es sich dabei um eine Tatsache handelte. Abtrünnigkeit setzte ein. Deryni kehrten sich wider Deryni!

Tavis war nahezu damit fertig, dem Schreiber die Namen aufzusagen, die Arme in verdrossener Haltung auf der Brust verschränkt, und er verzichtete darauf, zu begutachten, was der Mann niederschrieb; Jaffray jedoch vermochte von seinem Sitzplatz aus dem Schreiber über die Schulter zu schauen und erkannte mit einer Anwandlung von Mulmigkeit in seiner Magengegend, dass diese Männer einigen der ältesten Geschlechter Gwynedds entstammten. Sobald Tavis alle Namen genannt hatte, kehrte er zurück auf die Empore und kauerte sich von neuem an Javans Seite nieder. Murdoch, der sein allbekanntes, so wichtigtuerisches, leicht verhaltenes Lächeln zeigte, lehnte lässig einen Arm auf die Rücklehne von Alroys Thron, betrachtete wechselweise Tavis und Jaffray.

»Wir danken Euch, Herr Tavis«, sprach er mit seidenweicher Stimme. »Ich glaube, Ihr werdet Euch Herrn Oriels aus jener Nacht entsinnen, nachdem man Euch verletzt hatte?«

Tavis nickte knapp.

»Fein. Und Ihr, Erzbischof – kennt Ihr ihn? Wie Ihr Euch womöglich schon gedacht habt, steht er nunmehr in unserem Dienst. Wenn ich mich nicht irre, hat er eine Gemahlin und ein kleines Töchterchen, denen seine außerordentlichste Zuneigung gehört. Doch ich habe keine Antwort von Euch vernommen, Erzbischof. Kennt Ihr Herrn Oriel?«

»Nur seinem Rufe nach«, erwiderte Jaffray matt. Er hob den Blick und sah Murdochs seltsames, scheeles Lächeln – und für eines Herzschlags Dauer empfand er den Drang, dies überhebliche, hochmütige Angesicht zu zermalmen.

»Nun, binnen kürzester Frist werdet Ihr ihn kennen lernen«, schwafelte Murdoch weiter. »Lasst mich jedoch, um dafür zu sorgen, dass Ihr und Herr Tavis ein unbeflecktes Gewissen behaltet, im Voraus klarstellen, dass Herr Oriel es mir mitteilen wird, solltet Ihr etwa versuchen ihn während des Gedankensehens, für das wir einen dieser Gefangenen auserwählen werden, zu beeinflussen oder gar zu stören – und dann werde ich erfahren, wem Eure Treue in Wirklichkeit gehört.« Sein schiefes Lächeln wich einer finsteren, grimmigen Miene mit darin verpressten Lippen. »Habe ich mich deutlich genug ausgedrückt?«

Wohl oder übel nickte Jaffray zum Zeichen der Bestätigung, lenkte dann seinen Blick seitwärts, als Piedur von neuem den Thronsaal betrat und einen jungen Mann mit blondem Haupthaar und einem noch recht dünnen, leicht rötlichen Bart hereinführte, der noch viel zu unreif wirkte, um bereits im Grün der Heiler einherzustolzieren; allerdings stimmte er völlig mit der Beschreibung überein, welche Rhys dem Camberischen Rat gegeben hatte. Tavis, der unverändert bei Javans Stuhl hockte, beobachtete den jüngeren Heiler aus verengten Lidern. Jaffray mutmaßte, dass Tavis nicht besonders gut zu diesem Heiler stand, dem es nicht gelungen war, seine Hand zu retten – obwohl er sie, soviel ließ sich bei Gott beschwören, gar nicht mehr hatte retten können.

Murdoch lächelte abermals sein bitterlich ingrimmiges Lächeln und faltete frömmlerisch die Hände, ohne allerdings seinen Ellbogen von Alroys Thron zu entfernen.

»Herr Oriel, Ihr trefft uns hier bei der Behandlung einer ernsten Angelegenheit der Krone sowie zugleich einer mehrfachen Überprüfung der Treue zu derselben an – doch soll Euch vorenthalten bleiben, wessen Treue.« Mit dem Kinn deutete er auf die vier Gefangenen, welche am Fußboden knieten. »Diese Männer sind ergriffen worden, als sie die Prinzen Javan und Rhys Michael auf einem Jagdausflug aus dem Hinterhalt überfielen, und dabei töteten sie den Leibwächter und den Knappen, welche Ihr dort beide liegen seht. Die anderen Toten dort gehören zu ihrer Bande. Mindestens ein Halunke ist geflüchtet. Sie sind als Deryni erkannt. Zuerst einmal wünsche ich die Namen all dieser Verschwörer zu erfahren.«

Oriel musterte zunächst kühlen Blickes die Gefangenen, dann widmete er seine Aufmerksamkeit wieder Murdoch.

»Darf ich eine Frage an Herrn Tavis richten?«

»Fragt, und ich werde Euch sagen«, entgegnete Murdoch, »ob er Euch antworten darf.«

»Wie's Euer Wunsch ist. Herr Tavis, ohne nähere geistige Einsicht erkenne ich, dass die Gefangenen unterm Einfluss von Drogen stehen. Ist die Annahme berechtigt, dass es sich dabei um das übliche Gemisch verschiedener Stoffe handelt?«

Tavis sah Murdoch an, der nickte, schenkte dann seine Beachtung sehr flüchtig Oriel.

»Es ist in der Tat die gewohnte Mischung«, gab er widerwillig Auskunft. »Zwar ist jeweils nur die mindestens anzuwendende Prise genommen worden, aber das Gemisch reicht, wie Ihr wisst, auch dann, um die Sicherheit der Umgebung zu gewährleisten und gleichzeitig eine Schwächung der geistigen Wehren zu bewirken.«

»Nun wohl. Graf Murdoch, möchtet Ihr einen besonderen Gefangenen dem Gedankensehen unterzogen haben oder sollen sie allesamt an die Reihe kommen?«

»Nehmt Euch den Bogenschützen dort zur Linken vor«, befahl Murdoch, überkreuzte die Arme auf der Brust und zupfte an seinem sorgsam gestutzten Bart.

Sonst äußerte er nichts und Jaffray begriff, dass Murdoch keine Absicht hegte, Oriel bezüglich der vorgesehenen Selbsttötung vorzuwarnen. Der Regent wollte ersehen, ob Oriel sie von sich aus entdeckte. Alle Anwesenden fragten sich insgeheim, wie weit Oriel wohl gehen werde, doch bezweifelte Jaffray, dass Oriel auf Geheiß der Regenten zum Töten bereit wäre. Immerhin war er ein Heiler und hatte dementsprechende Gelübde abgelegt.

Oriel drehte sich um und musterte die Gefangenen, dann begab er sich langsam zu dem bezeichneten Bogenschützen ganz links. Eines Pfeils abgebrochener Schaft ragte noch aus des Mannes Schulter, aber er blutete kaum noch; dennoch war die Pein in seinen Augen offenkundig, als er nun zu dem Heiler aufschaute, denn weder die Drogen noch die Beeinträchtigung seiner

Deryni-Geisteskräfte vermochten ihn der Unannehmlichkeit zu entheben, welche ihm die Fesseln an Ellbogen und Handgelenken seiner Arme bereiteten, erst recht nicht den Schmerz zu lindern, welcher in der Wunde pochte, worin noch immer die Pfeilspitze stak, und ebenso wenig das eisige Grauen der Gewissheit, dass nun eine seelische Demütigung und Unterwerfung bevorstand. Als Oriel bedächtig seine Hände zu des Mannes Schläfen erhob, krampfte sich der Gefangene zusammen, verkniff die Augen und versuchte sich der Berührung durch den Heiler zu entziehen; aber der Wächter, welcher hinter ihm Acht gab, brauchte lediglich seinen Griff an des Mannes Schulter zu verstärken – wodurch er ihm erheblichen zusätzlichen Schmerz verursachte –, um ihn für Oriels Zwecke festzuhalten.

Jaffray wagte es nicht, sich anhand seiner eigenen Deryni-Sinne von dem in Kenntnis zu setzen, was Oriel innerhalb der ersten Augenblicke der erzwungenen Geistesverbindung tat, doch gleich darauf begann der Gefangene heftig zu schlottern, seine Lider zuckten krampfhaft, während Oriel offenbar immer nachdrücklicher vorging. Sogleich jedoch schlug Oriel die Augen auf und zog sich wohl auf geistiger Ebene wieder ein wenig zurück, dieweil der Verwundete zu beben aufhörte; der Heiler wandte sein Angesicht halb Murdoch zu, ohne jedoch den Blick von dem Bogenschützen zu nehmen.

»Ich kenne ihre Namen und ihre Herkunft«, teilte Oriel leise mit, »auch des Mannes, der entkommen ist.«

»Nennt sie«, befahl Murdoch. »Schreiber, prüft nach, ob sie mit Eurer Liste übereinstimmen.«

»Dieser Mann hier heißt Denzil Carmichael. Die drei anderen sind Fulbert de Morrisey, Ranald Gilstrachan und Ivo Lovat, jüngster Sohn von Baron Frizell.« Die beiden Schreiber steckten über ihrer Liste die Häupter zusammen und jedes Mal, wenn sie einen Namen darauf fanden, nickten sie gemeinsam. »Die Toten sind Dylan ap Thomas, Shaw Farquharson sowie Amyot und Trefor von Morland, welchletztere zwei Blutsverwandte sind. Des Entkommenen Namen lauten Sholto MacDhugal.«

»Ausgezeichnet«, brummte Murdoch unterdrückt, als der ranghöhere Schreiber mit einem letztmaligen Nicken die vollständige Übereinstimmung aller Namen bekannt gab.

»Und was ist mit dem Grafen von Culdi?«, erkundigte sich Hubertus.

Des Heilers Augen schauten ein wenig ausdruckslos drein, als er für einiger Herzschläge Dauer nochmals einen geistigen Einblick nahm, aber dann schüttelte er das Haupt, einen Ausdruck von Ratlosigkeit in seiner Miene.

»Carmichael hat ihn nie zuvor gesehen, Euer Gnaden. Vielmehr hat er ihn für einen Leibwächter gehalten, bis er … bis sich an ihm eine Gestaltwandlung vollzog …?«

Damit hob er den Blick – ohne die zwangsweise Geistesverbindung zu unterbrechen –, um in Murdochs Miene nach einer Bestätigung des gewonnenen Eindrucks zu suchen. Murdochs Angesicht verfärbte sich rot. Jaffray brauchte sich beileibe nicht erst seiner Geistessicht zu bedienen, um zu erkennen, dass alle drei Regenten vor Wut schier zu platzen drohten.

»Er lügt«, murrte Murdoch dumpf. »Gar nicht anders denkbar. Wir wissen, dass MacRorie einer weit verzweigten Deryni-Verschwörung zum Sturz der Krone angehört hat. Forscht genauer nach!«

Durch das Betragen der Regenten beunruhigt, richtete Oriel seinen Blick erneut in das Angesicht zwischen seinen Händen, schloss für kurze Frist die Augen, schauderte dann jedoch merklich zusammen und wandte sein Antlitz von neuem halb Murdoch zu.

»Ich wage nicht tiefer vorzudringen, Herr. In diesem

Mann ist ein unwiderruflicher Befehl zur Selbsttötung vorhanden. Falls ich seine geistigen Schilde stärker bedränge, wird's ihn umbringen.«

»Dann bringt ihn um!«, schnauzte Murdoch. »Ich will alles über die Verschwörung wissen und ich *werde* es erfahren.«

»Aber es ist keine solche Verschwörung in ihm festzustellen, zumindest nicht mit jemandem namens MacRorie«, versicherte Oriel in gedämpftem Tone. »Diese Männer wollten eines Freundes Tod rächen, aber dieser Graf von Culdi, welchen Ihr erwähnt habt, hat damit nichts zu schaffen.«

»Forscht gründlicher nach, Oriel!«, gebot Murdoch schroff und trat einen Schritt auf den Heiler zu. »Wenn Euch Euer Leben und Eure Sippe lieb sind, gehorcht mir!«

Im ersten Augenblick wähnte Jaffray, der junge Heiler werde sich dem Befehl widersetzen. Oriel kniff die Augen zusammen, als wolle er sich in seinem ureigensten Innern vor aller Welt abschließen; doch dann sanken seine Schultern herab, als er sich fügte, und sein Angesicht nahm einen Ausdruck von wie in Stein gehauener Gleichgültigkeit an.

Wie von Tavis angedeutet und von Jaffray vorausgesehen, war es binnen eines Augenblicks vorüber. Als der Mann gegen den Wächter sackte, erschauderte Oriel und riss seine Hände zurück, musste sich an des Wächters Schulter Stütze verschaffen, um nicht selber niederzusinken.

Murdoch schnitt eine düstere Miene, als sich Oriel zum Thron umwandte, und Hubertus und Tammaron zeigten ähnliche Anzeichen des Missfallens. Tavis starrte seinen Heiler-Kollegen mit einem Blick unverhohlenen Zorns an, wie Jaffray ihn noch nie zuvor in den hellblauen Augen gesehen hatte. Oriel bemerkte den Blick und erblasste, wagte kaum noch den eigenen Blick zu Murdoch zu erheben.

»Eure Exzellenz, er ist tot, was Seiner Königlichen Hoheit Heiler allem Anschein nach bereits abgesehen hat, ehe ich gekommen bin. Warum habt Ihr mich nicht davon unterrichtet?«

»Ich habe Euch gesagt, es geht hier um eine Überprüfung der Gesinnung«, erwiderte Murdoch ungerührt. »Außerdem steht's Euch nicht zu, unsere Maßnahmen in Zweifel zu ziehen. Aber habt Ihr Weiteres ersehen?«

Oriel seufzte. »Ein paar bedeutungslose Lässlichkeitssünden. Reines Entsetzen, weil das, was er selbst heraufbeschworen hatte, sich nicht rückgängig machen ließ. Eine Verschwörung über den Kreis dieser neun Mannen hinaus konnte ich jedoch nicht ermitteln. Jener mit dem Namen Trefor von Morland war, wenn man's überhaupt so nennen kann, ihr Anführer. Sie waren kein sonderlich straffer Bund. Er war Ziehbruder eines Dafydd Leslie, der im Sommer hingerichtet worden ist …«

Hubertus schnob, erzeugte einen Laut gezierter Dünkelhaftigkeit, dann winkte er mit plumper Hand, dass der Heiler sich entfernen möge. »Schert Euch nicht weiter darum, Oriel. Der Name ist uns bekannt. Ihr dürft nun gehen.«

Wortlos widmete Oriel dem König eine andeutungsweise, von Kummer gekennzeichnete Verbeugung, dann drehte er sich um und ließ sich von Herrn Piedur zum Thronsaal hinausgeleiten. Jaffray erkannte die Verachtung in Tavis' Augen, deren Blick dem jüngeren Heiler bei seinem Abgang folgte. Über seine eigene Einstellung zu Oriels Verhalten war sich Jaffray noch nicht im Klaren.

»Nun denn, Eure Hoheit«, wandte sich Murdoch, sobald Piedur allein in den Saal zurückgekehrt war, an Alroy. »Ich halte es für eindeutig, dass ein weiteres Vorgehen dieser Art bloß dem Henker die Arbeit abnehmen dürfte. Daher frage ich Eure Hoheit, was soll nach Eurem Gutdünken mit diesen Männern geschehen, die den Versuch gewagt haben, Eure königlichen Brüder zu meucheln, und die zwei Eurer wackeren Gefolgsleute erschlagen haben?«

Alroy schluckte und wandte sich ein wenig seinem Reichskanzler zu, der an seiner Linken stand.

»Graf Tammaron«, fragte er leise nach, »nennt mir eine Strafe, wie sie für Männer angebracht ist, welche meine Brüder ermorden wollten.«

Ohne irgendein äußerliches Anzeichen einer Gefühlsregung heftete Tammaron seinen Blick auf die drei restlichen Gefangenen.

»Es ziemt sich, Eure Hoheit, solche Männer ohne Aufschub hinzurichten. Ferner sollten ihre Ländereien und Titel, soweit vorhanden, der Krone anheim fallen, und solcher Leute Erben pflegt man zu Vogelfreien zu erklären und in Acht und Bann zu schlagen. Im Falle, dass es sich bei diesem oder jenem selbst um einen Erbfolger handelt, erachte ich es als gerechtfertigt, dass ihre Väter die gleiche Strafe zugemessen erhalten, dieweil sie an ihren Sprösslingen so wenig Zucht übten.«

»Hinrichtung für die Täter und Vogelfreiheit für ihre Sippschaft?«, vergewisserte sich Alroy.

»Genau, Majestät.«

»Und auf welche Weise soll die Hinrichtung erfolgen?«, erkundigte Alroy sich widerwillig.

»Es steht Verrätern wohl an, gehängt, gerädert und gevierteilt zu werden«, antwortete Tammaron sofort. »Die Teile soll man in alle größeren Städte Gwynedds schicken und zur Schau stellen, auf dass jeder sehe und erfahre, welches Schicksal Verräter und Meuchelmörder ereilt.«

Bei Tammarons Bescheid war Alroys Antlitz noch bleicher als zuvor geworden. Javan hatte die Augen geschlossen. Rhys Michael veränderte seine Miene nicht im Mindesten, auch nicht, als Alroy zittrig aufstand, um das Urteil zu verkünden.

»Wir folgen des Reichskanzlers Empfehlung«, sprach er mit bemerkenswert fester Stimme. »Das Urteil wird sofort vollstreckt.«

Trotzdem sie unterm Einfluss der Drogen standen, erbleichten die drei gefangenen Deryni. Murdoch beobachtete, wie sie das Urteil aufnahmen, beugte sich dann hinüber zum König und flüsterte ihm etwas ins Ohr. An der Faust, welche das Zepter hielt, verfärbten sich die Knöchel noch weißlicher, aber Alroy nickte.

»Ferner sollen die Leichname der übrigen Täter das gleiche Geschick erleiden«, fügte Alroy hinzu und deutete mit dem Kinn auf die Toten, »einschließlich dem des Grafen von Culdi. Hiermit gebe ich kund und zu wissen, dass die Grafschaft Culdi der Krone anheim fällt.«

»Nein, er hat doch Rhys Michael das Leben gerettet«, erhob Javan Einspruch und erhob sich halb von seinem Stuhl.

»Es ist des Königs Wille«, stellte Murdoch mit lauter Stimme klar. »Folglich muss es so geschehen. Herr Piedur, lasst die Besatzung der Königsburg antreten, damit alle der Hinrichtung beiwohnen und des Königs Gerechtigkeit bezeugen können.« Als Javan auf seinen Stuhl zurücksank, verließ der König den Thron, um den Saal durch eine Seitenpforte zu verlassen, und die Regenten sowie Rhys Michael schlossen sich an, ihrerseits gefolgt von etlichen Höflingen sowie Leibwächtern und Knappen. Oriss, Udaut und die Schreiber eilten hinterdrein, denn es galt, alles niederzuschreiben, was die Gefangenen bis zu ihrem Tod noch äußern mochten; Jaffray dagegen verharrte, ehe er den Thronsaal verließ, kurz an des toten Denzil Carmichael Seite, wo er niederkniete. Sobald er sich aufrichtete, bemächtigten sich Wächter der Leichen und begannen die noch lebendigen Gefangenen hinaus in den Burghof zu zerren und zu stoßen, welcher am anderen Ende des weiten Thronsaales lag. Mit einem Aufseufzen schlug Jaffray ebenfalls die Richtung zu der seitlichen Pforte ein, durch welche sich die anderen bereits entfernt hatten.

Nachdem man die Gefangenen, die lebenden ebenso wie die toten, aus der Halle geschafft hatte und nur noch zwei Wachen am Haupteingang standen, löste sich Javan langsam aus seiner betroffenen Versonnenheit und richtete seinen Blick auf Tavis, der unverändert zu seinen Füßen kauerte.

»*War* da eine Verschwörung im Gange, Tavis?«

»Ich weiß es nicht mit Gewissheit zu sagen, mein Prinz. Um ehrlich meine Meinung zu äußern, ich zweifle daran – und das meine ich nicht als Deryni, sondern als Euer treuer Diener. Selbst Oriel, der nun ein willfähriges Werkzeug der Regenten ist, vermag keine Beweise für eine Verschwörung größeren Umfangs zu entdecken.« Bitter lachte er auf. »Um gar der Wahrheit die Ehre zu geben, ich mutmaße, sie hatten's auf mich abgesehen, weil ich Euch fortgesetzt diene und Dafydd Leslies Tod verschuldet habe – doch gewisslich wär's ein Meisterstreich gewesen, bei dieser Gelegenheit auch des Königs beide Brüder umzubringen.«

»Und Davin MacRorie – war er ein Verräter?«, wollte der Jüngling mit leiser Stimme erfahren.

Tavis vermochte nur ratlos das Haupt zu schütteln.

»Nein, kein Verräter – doch *was* er war, davon habe ich nicht die geringste Vorstellung.« Für eines Herzschlags Dauer schwieg er, hob dann vorsichtig den Blick zum Prinzen. »Javan«, flüsterte er, »ich habe vor dem Hofe nichts davon erzählt und ich hatte keine Gelegenheit, es Euch zuvor mitzuteilen, aber als Davin starb, war mir, als bemerke ich bei ihm die Gegenwart einer anderen Wesenheit.«

»Einer anderen Wesenheit? Was meint Ihr damit?«

»Einen ...« Er seufzte und schüttelte erneut das Haupt, dieweil es ihm schwer fiel, die richtigen Worte zu finden. »Vergebt mir, mein Prinz. Ihr kennt Sankt Camber, welcher des jungen MacRories Großvater war?«

»Freilich.«

»Nun, *seine* Gegenwart war's, die ich wahrzunehmen geglaubt habe. Davin erkannte in jener Wesenheit Camber. Camber war bei ihm – ich wollte es fast bei meiner Geistessicht schwören! Ein solcher Friede umgab Davin, als er aus dem Leben schied ... Nicht jedoch, als ob er ihn gewünscht, sondern als ob er sich mit ihm ... abgefunden hätte. Und Camber hat ihm Trost gespendet.«

Javans Augen waren aus lauter Staunen weit und rund geworden, während Tavis sprach, und nun packte er Tavis' unversehrten Arm mit derartiger Heftigkeit, dass der Zugriff den Heiler fast schmerzte.

»Ihr wollt sagen, im Augenblick seines Todes sei Sankt Camber zu ihm gekommen?«

Tavis schluckte. »Diesen Eindruck hat's auf mich gemacht.«

»Oh ...« Javan schwieg versonnen. »Erscheinen Heilige häufig?«, fragte er sodann nach.

Tavis stieß einen Laut aus, der ungefähr einem unsicheren Auflachen glich, zuckte mit den Achseln, sichtlich um Rat verlegen. »Ich will verdammt sein, wenn ich darauf eine Antwort weiß.« Als er weitersprach, geschah es in wieder ernsthafterem Tonfall. »Nein, das glaube ich nicht«, gab er Auskunft.

Für ein Weilchen überlegte Javan, dann räusperte er sich mit einigem Unbehagen.

»Vielleicht erscheinen sie ausschließlich ihren Anverwandten.«

»Lasst mich dazu anmerken, dass diese Vermutung

sicherlich nicht abwegiger ist als jede andere. Aber … wieso interessiert Euch das?«

»Nun, Davin hatte doch einen jüngeren Bruder, oder? Vielleicht sollten wir ihn befragen.«

»Bezüglich Sankt Cambers? Ansel?« Tavis schüttelte das Haupt. »Er wird nun längst wohl verborgen sein.«

»Verborgen? Inwiefern? Wie könnte er etwas von dem wissen, was heute geschehen ist?«

»Die beiden waren Brüder und Deryni, Javan«, antwortete Tavis ungeduldig, aber nichtsdestotrotz gedämpft. »Er muss Davins Tod gewisslich gespürt haben, als er eintrat, und er dürfte volle Klarheit darüber besitzen, was das zu bedeuten hat, denn das insgeheime Treiben seines Bruders kann ihm keinesfalls unbekannt gewesen sein.«

»Wie wär's dann mit Pater Joram?« Javan blieb hartnäckig. »Er war Davins Onkel und außerdem ist er Priester. Wenn irgendjemand etwas über Sankt Camber wissen kann, so doch sicherlich er. Oder was haltet Ihr von Evaine? Oder Rhys?«

»Rhys, mein Prinz? Nach dem, was er uns in der Nacht von Eures Vaters Tod angetan hat? Und die anderen sind nicht weniger in diese nebelhafte Angelegenheit verwickelt, dessen bin ich mir immer sicherer.«

»Aber wie können wir all das denn nur aufdecken? Tavis, wir müssen die Wahrheit herausfinden. Wir *müssen's*!«

Vorerst jedoch gestand man ihnen keine weitere Zeit für entsprechende Überlegungen zu, denn just in diesem Augenblick zeigten sich der König und das Gefolge auf einem Durchgang droben unter des Thronsaals Dachbalken, auf welchem Wege der Hof sich zum Balkon an der Halle entferntem Ende begab, von welchem herab man nach der einen Seite in den Saal, nach der anderen Seite Ausblick über den Burghof besaß; der weite, mit Kopfsteinpflasterung versehene Hof lag zwischen dem Hauptgebäude und dem hohen, achteckigen Burgfried. In selbigem Hof sollten nun die Hinrichtungen stattfinden.

Durch die Nebenpforte erschien Herr Jason mit einem Umhang für Javan, denn an den Nachmittagen war es nun, wenn der Abend näher rückte, schon ein wenig kühl, und Javan schaute Tavis kläglich an, ob diese Sache sich ihm nicht irgendwie ersparen lasse; doch der Heiler schüttelte das Haupt, schob die Hand unter des Prinzen Elle und half ihm beim Aufstehen. Wie scheußlich die Hinrichtungen auch verlaufen mochten, Javan musste sie mit ansehen; aber Tavis gedachte nicht, ihn diesem Anblick allein zu überlassen. Inzwischen musste man schon mit der Verunstaltung der Toten angefangen haben, um den drei noch lebenden Gefangenen ein umso stärkeres Entsetzen einzuflößen, welchen die Hinrichtung erst bevorstand. Sie durften keinesfalls länger säumen.

Herr Jason schlang Javan den Umhang um die verkrampften Schultern, dann zog er sich unauffällig zurück; mit grimmiger Miene geleitete Tavis den Jüngling entschlossen durch den Thronsaal und zu einer engen Stiege, welche hinauf zum Balkon führte, auf dem die übrigen hochedlen Zuschauer sich bereits versammelt hatten.

»Mut, mein Prinz«, sprach Tavis leise. »Wir werden Mittel und Wege finden, um diesen anderen Deryni mehr Auskünfte zu entlocken, das verspreche ich Euch. Lasst mir eine Frist von ein oder zwei Tagen Dauer, um ausgiebig darüber nachzusinnen. Mag sein, Rhys ist in der Tat der Schlüssel zu all den Geheimnissen. Er und ich, wir sind Heiler, zwei von gleichem Schlage. Womöglich gelingt's mir, von seiner Kunstfertigkeit einiges wider ihn selbst zu benutzen.«

21

Auf seinen Lippen hat der Gegner süße Worte, doch tiefe Gruben heckt er aus in seinem Herzen. Mit seinen Augen weint der Feind, jedoch zu seiner Zeit wird er nicht satt an Blut.

Jesus Sirach 12,16

In einem trüben unterirdischen Gang tief unter Caerrorie hatte unterdessen Rhys alle Hände voll zu tun, um den vom Gram überwältigten Bruder Davin MacRories zu trösten. Von Camber war die Kunde von Davins Tod an Joram ergangen, der im entlegenen Argoed sogleich alle Fassung verlor, wo er mit Jebedias auf Camber gewartet hatte, auf dass er mit ihnen den Michaelstag begehe. So rasch, wie sie sich halbwegs anständig vom Generalvikar des Ordens entschuldigen konnten, suchten die beiden Michaeliten daraufhin über Portae ihrerseits Camber auf; die Einzelheiten des tragischen Geschehens entnahmen sie dem Geist des noch wie benommenen Camber, ehe sie sich daranmachten, die anderen Mitglieder des Rates zu verständigen, Joram forteilte, um Rhys und Evaine von Sheele zu holen, Jebedias versuchte Gregorius zu finden. Rhys fiel die Aufgabe zu, den nächsten MacRorie-Erben zu bringen.

Naturgemäß wusste Ansel schon Bescheid. Rhys traf den siebzehn Lenze alten Jungmannen im Gang vor der Kammer mit der Porta Itineris an, jämmerlich niedergekauert, die Arme um die Knie geschlungen, und er hob in trostloser Erwartung seine von Tränen erhellten Augen, als die Tür aufschwang und Rhys sich seinem Blick enthüllte. Er raffte sich widerwillig auf, als der Heiler sich näherte, taumelte blindlings in des Älteren Arme und weinte bitterlich an Rhys' Schulter, derweil Rhys ihm den leicht silbrigen Blondschopf streichelte und – sich der Aussichtslosigkeit seines Tuns bewusst – ihn zu trösten versuchte. Ein ganzes Weilchen verging, bis Ansel genug von seiner Fassungskraft aufbrachte, um zum Reden imstande zu sein, doch Rhys drängte ihn nicht im Mindesten. Das seelische Band, welches Ansel mit seinem älteren Bruder geteilt hatte, war weit stärker und von längerer Dauer gewesen als sogar jenes zu Camber.

»O Gott, ich habe gespürt, wie er diese Welt verließ, Rhys!«, vermochte Ansel zu guter Letzt hervorzupressen. Er schnaufte und schluckte mit Mühsal, erzeugte dabei in seiner Kehle ein lautes, angestrengtes Glucksen. »Ich konnte nicht mit Genauigkeit wahrnehmen, *wie* es geschah, aber es gab nicht den leisesten Zweifel! Der Stallmeister muss gewähnt haben, ich hätte einen Anfall oder dergleichen.«

»Ich verstehe vollkommen«, entgegnete Rhys gedämpft, legte einen Arm um Ansels Schultern, während der Jüngling sich die Augen am bereits feuchten Ärmel wischte.

»Was … was hat sich ereignet?«, erkundigte sich Ansel nach einigen ergiebigen Atemzügen, welche ihm beim Wiedergewinnen seiner Selbstbeherrschung helfen sollten.

»Man war zur Beize ausgeritten«, gab Rhys mit ruhiger Stimme Antwort. »Deryni – ihrer nicht weniger als sechs an der Zahl, so erweckt's den Eindruck – haben der Prinzen Jagdgesellschaft aufgelauert. Wir wissen noch nicht, wer sie waren, und ebenso wenig, warum sie sich zu so etwas berufen fühlten, aber jedenfalls ist Davin von einem für Prinz Rhys Michael bestimmt gewesenen Pfeil ereilt worden. Er hat … Davin in des Rückens untere Hälfte getroffen, besagen Bischof Alisters Feststellungen, dem Rückgrat eine Schädigung zugefügt und sich in eines der großen Blutgefäße gebohrt.«

Ansel erschauderte und biss sich auf die Lippen, um nicht laut aufzustöhnen, aber er unterbrach den Heiler nicht und Rhys tat einen tiefen Atemzug, ehe er weitersprach.

»Die Verletzung war … sehr schwer, und das wusste Davin genau. Er schätzte sie und seine Aussichten aufs Überleben ein, solange er seinen Geist noch von Tavis unangetastet halten konnte, und entschied, sich von dem Heiler nicht behandeln zu lassen. Nach der Verwundung hatte er kaum noch Schmerzen. Er konnte sogar noch durch Bischof Alister die Absolution und das Sterbesakrament empfangen, bevor er sich eines ahnungslosen Königlichen Leibwächters bediente, um Abschied zu nehmen.«

»Ihr meint … er ist in den Tod gegangen?«, flüsterte Ansel ungläubig.

Rhys stieß einen Seufzer aus. »Ansel, versucht ihn zu begreifen. Er wusste, das Entfernen des Pfeils hätte ihn ohnehin das Leben gekostet. Ebenso war ihm klar, in dem Augenblick, da Tavis mit der Behandlung begonnen hätte, wäre für den Heiler offenkundig gewesen, dass er ein Deryni war, und Tavis hätte sich zweifelsohne zu seinem Bewusstsein Zugang erzwungen. Wahrscheinlich wären auch Drogen verwendet worden, um seine Fügsamkeit zu erzwingen.«

»Oh Gott …!«, stöhnte Ansel.

»Daher hat er mit innergeistigen Maßnahmen dagegen vorgebeugt, dass Tavis eine Toten-Sichtung durchführen konnte«, ergänzte Rhys mit unterdrückter Stimme, »dann beeinflusste er den Geist jenes Leibwächters, der ihn hinterrücks stützte … er ließ ihn den Pfeil anstoßen, nur ein ganz klein wenig. Muss ich … das Weitere in allen Einzelheiten erläutern?«

Hastig schüttelte Ansel das Haupt und schluckte.

»Ging es … schnell?«

»Er muss innerhalb weniger Augenblicke das Bewusstsein verloren haben.«

Ansel rieb sich mit zittriger Hand über die vom Weinen geschwollenen Augen, schüttelte dann abermals das Haupt, als Rhys Anstalten machte seine Schläfen anzurühren, um sich von seiner Gemütsverfassung einen genaueren Eindruck zu verschaffen.

»Es ist schon recht. Es ist schon recht.« Ansel schnaufte und schluckte, und als er Rhys von neuem ansah, geschah es mit nunmehr erheblich gefassterer Miene.

»Und was nun? Werden wir an seinen Leichnam gelangen können, um ihn neben Vater zu bestatten?«

Rhys seufzte und schüttelte das Haupt, gedachte Cathans Grab auf dem kleinen Dorffriedhof, welcher nur ein paar hundert Schritte von hier entfernt lag.

»Ich bezweifle es, Ansel. Als er starb, hat er mit Gewissheit wieder die eigene Gestalt angenommen. Und jene, die dort gegenwärtig waren, werden das sicherlich als bemerkenswert befunden haben und inzwischen dürften auch die Regenten davon wissen. Ich müsste mich sehr irren, wenn sie Davin nicht so viel Schuld zumessen wie den anderen, die den Anschlag begingen.«

»Aber er hat doch keinerlei …«

»Ja, Ihr wisst's und ich weiß es ebenso«, stimmte Rhys zu, »und möglicherweise wissen die Regenten es genauso gut – aber wähnt Ihr fürwahr, sie würden sich diese Gelegenheit entgehen lassen, einen hoch gestellten Deryni des Verrats zu beschuldigen?«

Ansel stieß einen beschwerlichen Seufzer aus und seine Schultern sanken mutlos herab. »Nein, Ihr habt Recht, wahrscheinlich werden sie als Nächsten mich zu ergreifen trachten, den Bruder und Erben eines Verräters.«

»Leider wird's wohl so kommen.« Rhys betrachtete

seine Füße, hob dann wieder den Blick zu Ansel. »Der Camberische Rat tritt zusammen, um ein neues Vorgehen zu beratschlagen. Wir sähen Euch gerne zugegen. Eure Anwesenheit bekäme Euch wohl, will mich deuchen, indem sie Eure Gedanken von dem Unheil ablenkt.«

Ansel schöpfte tief Atem, straffte seine Schultern und reckte das Haupt.

»Ich werde teilnehmen.«

Indem man die traurige Kunde von einem zum anderen trug, versammelten sich des Camberischen Rates Mitglieder in der *Keeill.* Evaine und Joram saßen mit überkreuzten Beinen zur Rechten Cambers an der weißen Steinplatte am Mittelpunkt der Felskammer. Eine Sphäre silbrigen Glanzes ruhte in der Steinplatte Mitte, war neben den vier Fackeln, welche in ihren bronzenen Wandhaltern brannten, der einzige Quell von Helligkeit in der weiten Räumlichkeit.

Im Laufe der seit Evaines und Jorams Eintreffen verstrichenen Stunde hatten die beiden Cambers Miterleben von Davins Tod mit dem Bischof geteilt, sich mit ihm gemeinsam an Davins kurzes, aber voller Ritterlichkeit geführtes Leben erinnert, gemeinschaftlich versucht in jenen letzten Augenblicken seines Daseins, als der Tod ihn holte, einen Sinn zu entdecken, der sein Opfer rechtfertigte. Davins zuvor noch gefasster Verdacht bezüglich des unberechenbaren Prinzen Javan lieferte ihren bekümmerten Herzen nur schwachen, bittersüßen Trost. Evaine hatte geweint, und Camber ebenso, doch waren ihre Tränen mittlerweile versiegt. Joram hatte nicht eine einzige Träne vergossen, wiewohl es vielleicht bekömmlicher gewesen wäre, denn jede Einzelheit seiner Gestalt, unter dem schweren michaelitischen Umhang zusammengekrampft, zeugte von nur mühselig gebändigtem

Gram und Groll. Sein Antlitz, nur vom silbrigen Schein der Sphäre erhellt, die Camber geschaffen hatte, glich einer Maske, so kalt wie vor ihnen der Marmor.

Nach einiger Zeit stellten sich Jebedias und Gregorius ein, begleitet von Gregorius' Sohn Jesse, und alle drei wirkten im Schimmer von Jebedias' karmesinroter Lichtsphäre stark mitgenommen und abgehärmt. Still nahm der Michaelit seinen Platz zur Rechten Jorams ein und löschte seine Sphäre, sich des Übermaßes an Trauer bewusst, welches Camber empfinden musste, dieweil er nicht nur einen Enkel, sondern überdies in selbigem einen jungen und aussichtsreichen Gefährten und künftigen Deryni-Magister verloren hatte.

Gregorius dagegen, nicht im Vollbesitz aller Tatsachen bezüglich Cambers, konnte diese Trauer nicht ermessen, welcher sich jene drei, die die Ankömmlinge bereits in der Kammer antrafen, hingegeben hatten. In seinem Innern herrschte Ingrimm vor.

»Ist Rhys fort, um Ansel zu bringen?«, erkundigte er sich.

Evaine nickte andeutungsweise.

»Und Jaffray?«, hakte Gregorius nach.

»Noch bei Hofe«, antwortete Joram und seine innerliche Aufgewühltheit verzerrte seiner Stimme Klang.

Ein wenig befremdet durch die Wortkargheit der ihm erteilten Auskünfte belegte Gregorius seinen gewohnten Platz zwischen Joram und Evaine, patschte streitlustig die Hände auf seine Oberschenkel. Unaufdringlich ließ sich Jesse an seines Vaters rechter Seite nieder.

»Um Vergebung«, brummte Gregorius, »ich weiß, wie sehr Davins Tod alle hier mit Betroffenheit erfüllt haben muss. Ich möchte keineswegs herzlos scheinen, aber ich wüsste gerne die genauen Umstände. Alister, seid Ihr zu dem Zeitpunkt auf Geisteswacht gewesen?«

Camber nickte und hielt ihm eine Hand hin.

»Nur zu, erseht selbst, wie's sich zugetragen hat«, entgegnete er im Flüsterton, indem er dem Grafen den Alister-Teil seines Innenlebens zugänglich machte. »Wieder haben wir durch unseresgleichen einen der unserigen verloren.«

Gregorius, der soeben Cambers Hand hatte nehmen wollen, fuhr zurück wie vor einem glutheißen Eisen.

»Nicht durch unseresgleichen«, widersprach er heftig und mit nachdrücklichem Schütteln des Hauptes. »Das waren *keine* von uns. Deryni, ja, gewiss ... Jebedias hat mich von dem, was geschehen ist, in gewissem Umfang in Kenntnis gesetzt. Ich habe den Eindruck, das war der gleiche Schlag von ungeratenen Flegeln, wie er Euch und Joram im vergangenen Winter auf der Landstraße behelligte.«

»Nein«, erwiderte Camber. »*Das* waren – im Vergleich – von Langweile geplagte, ungezogene Lümmel. Hier jedoch handelte es sich um Meuchelmörder, welche mit der festen Absicht im Busch lauerten, die Prinzen zu ermorden – gemeine Halsabschneider, eben von jener Art, die Tavis O'Neill verstümmelt hat.«

»Und ich sage«, mengte sich Evaine zornig drein, »beides ist ein Irrtum! Gegenüber O'Neill haben diese Burschen sich benommen wie *grausame* Kinder, und nur weil niemand dazu imstande war, ihnen Grenzen zu setzen, sind sie zu Meuchlern geworden, haben sie in ihrer Enttäuschung und Erbitterung auf Mord gesonnen, zu vertilgen versucht, was nach ihrer Ansicht ihnen das Leben verunmöglicht, das sie stets zu führen pflegten. Was sie nicht begreifen, ist doch, dass das Haus Haldane und jene, welche ihm dienen, nicht ihre Feinde sind.«

Joram schnob und rückte die Fußknöchel seiner überkreuzten Beine noch näher an den Leib. »Wenn mein Gedächtnis mich nicht sehr täuscht, stehen die ehrenwerten Herren Regenten durchaus im Dienst der Haldanes. Sollten deine teuren jungen Freunde so begierig nach Genugtuung sein, warum wenden sie sich dann nicht wider die Urheber der von ihnen beklagten Ärgernisse?«

»Joram, Joram, durch Bitterkeit ist nichts zu gewinnen«, mahnte Camber mit einem Aufseufzen und streckte Gregorius erneut die Hand entgegen. »Vorwärts, Gregorius, verschafft Euch einen Einblick vom stattgefundenen Geschehen. Dann entscheidet, ob Ihr unverändert gegenüber jenen Männern Nachsicht hegen möchtet, die Schuld an Davins Tod tragen.«

Indem er seufzte, gab Gregorius nach und nahm die dargebotene Hand, schloss die Augen, knüpfte eine geistige Verbindung zu Cambers innerem Alister-Teil und ersah darin alles, was Camber über das Geistesband von Davin übermittelt erhalten hatte, ausgenommen jene vom Beichtgeheimnis geschützten Dinge und die allerletzte seelische Begegnung zwischen Camber und seinem Enkel. Als Gregorius aus dem Trance-Zustand zurückkehrte, sah sein hageres Antlitz gramvoll aus. Die dem wirklichen Ereignis vollauf getreue Wiedergabe dessen, was der Bischof auf geistiger Ebene erlebt und nun ihn nachträglich hatte miterleben lassen, rührte hart an die Vatergefühle des Grafen von Ebor.

Für ein Weilchen hielt Gregorius das Haupt gesenkt, die hohe Stirn in seine langen Finger gestützt. Die Ankunft Rhys' und Ansels enthob ihn jedoch der peinlichen Verlegenheit, sich dazu womöglich irgendwie zu äußern; Ansel stolperte etwas, derweil er und der Heiler die Stufen der Estrade erstiegen. Als alle Anwesenden sich zum Gruß erhoben, erblickte Camber des toten Davins Erbe in seinem jüngeren Bruder, diesem blutjungen Mann, fast noch ein Knabe. Das angekommene Paar verharrte auf der Estrade oberster Ebene zur Linken Cambers.

»Dies ist … kein Michaelstag, wie ich ihn mir gewünscht habe«, begann Ansel mit Gestocke. »Ich …« Er verstummte und musste erst einmal schlucken, um nicht in Tränen auszubrechen, errang zu guter Letzt ein hinlängliches Maß an Gefasstheit, um mit einer gewissen Festigkeit den Blick zu Camber heben zu können.

»Bischof Alister …« Für die Dauer eines Herzschlags schwankte sein Blick aus Unsicherheit, ehe er weitersprach. »Ich … Ohm Rhys hat mir mitgeteilt, Ihr seid … dass Ihr …«

»Ersieh's selbst aus meinem Gedächtnis, mein Sohn«, entgegnete Camber mit leiser Stimme, hob beide Hände und trat in seines Enkels Reichweite. »Nur zu«, ermutigte er Ansel, als derselbe unentschlossen die übrigen Anwesenden anschaute. »Die anderen wissen Bescheid und du solltest erst recht alles wissen. Er war dein Bruder.«

Sobald Ansel des Bischofs Hände berührte, ließ Camber langsam seine geistigen Schilde sinken, soweit sie seinen Alister-Teil abschirmten, begegnete gleichzeitig Ansels zaghaftem Tasten mit Ermunterung und festigte die erforderliche geistige Verbindung. Er schonte den Jüngling nicht und ließ ihn an der vollen gefühlsmäßigen Tiefe seiner Erinnerung an Davins Tod teilhaben, denn er wusste, weder Davin noch Ansel selbst hätte eine solche falsche Rücksichtnahme erwünscht. Vielmehr ließ er Ansel die ganze leidvolle Fülle im Nachhinein miterleben, behielt nur die Beichte und sein im geistigen Bereich erfolgtes Auftreten in seinem wahren Wesen als Camber für sich.

Tränen rannen Ansels bartlose Wangen hinab, als er aus der Trance wiederkehrte. Sanftmütig schloss Camber ihn in seine Arme, so wie auch Rhys es schon getan hatte, und diesmal ließ Ansel seinem Kummer freien Lauf, bis keine Tränen mehr übrig waren – bis er stattdessen bereichert war um die kostbare Erinnerung an den Mann, der sein Bruder gewesen war und sein Leben hingegeben hatte für eine Sache, an welche sie alle glaubten.

Danach ließen sie sich rings um die Marmorplatte nieder, um auf Jaffray zu warten, und tatsächlich traf er schon wenig später ein; Entgeisterung, Wut und Verzweiflung kennzeichneten jeden seiner Schritte, bis er sich unter den anderen Angehörigen des Camberischen Rates auf die Knie warf. Neben der silbrigen Sphäre, welche Cambers Hand entstammte, stellte er eine mit schwarzem Leder bezogene Schatulle auf die Marmorplatte. Auf der Schatulle Deckel sah man winzige goldene Kreuze eingeprägt.

»Ich bin so schnell gekommen, wie's mir möglich war«, sprach er mit einer Stimme, welche gezeichnet war von Müdigkeit und trostloser Kümmernis. »Als man ihn nach Rhemuth gebracht hatte, da … da war man noch längst nicht mit ihm fertig.« Beschwerlich seufzte er auf. »Alister, ich muss darüber reden oder mir gerät das abhanden, was mich trotz meines Zorns und meiner Furcht noch beisammenhält, ganz gleich, was das auch sein mag. Wolltet Ihr wohl das hier übernehmen, derweil ich spreche? Wir werden zum Vollzug eine geeignete Örtlichkeit brauchen.«

Als er die schwarze Schatulle über die Marmorplatte schob, schüttelte Camber die Starre ab, in welcher sie alle ausgeharrt hatten, langte sodann, ohne hinzusehen, mit einer Hand an seinen Gürtel, brachte seine Kuben zum Vorschein; er zückte den Beutel aus schwarzem Samt, lockerte die scharlachrote Kordel, stülpte den Beutel um und ließ, wie er es gewohnheitsmäßig tat, schon mindestens hundertmal getan hatte, die Kuben in die andere Hand purzeln.

Indem er mit Vorsatz seine Aufmerksamkeit dem entzog, was Jaffray redete, entsann er sich an eine andere Zeit, einen anderen Ort, geschaut vor ihrer Entdeckung der *Keeill* – ja, noch ehe sie wirklich wussten, dass einige der heikleren Möglichkeiten, welche die Kuben boten, sich in der Tat durchführen ließen. Mittlerweile kannten und beherrschten sie mehrere dieser Anwendungsmöglichkeiten, als seien sie nur alltägliche Verrichtungen, doch hatten sie sich noch nie einer Anwendung der Kuben-Anordnung befleißigt, welche der unterirdische Altar zu Grecotha aufwies.

Zwecks Aufbewahrung schob er den leeren Beutel wieder in seinen Gürtel, suchte dann aus seiner linken Hand die vier weißen Kuben und verteilte sie auf der marmornen Platte; er empfand die glatte Kühle der Kuben inmitten des wirren Wogens von Gefühlen, welches von Jaffray und den anderen Anwesenden emanierte, als irgendwie wohltuend, derweil er sich inwendig allmählich von den Gefährten auf Abstand begab.

»Was hat sich zugetragen, Jaffray?«, erkundigte sich Jebedias.

Jaffray schöpfte tief Atem, als wolle er damit der Luft selbst Stärkung und Entschlossenheit entziehen. »Man machte zunächst vier Gefangene, allesamt Deryni. Die meisten Namen, wenn ich sie nenne, werden zweifellos allen hier etwas besagen. Einer von ihnen starb im Thronsaal, als Herr Oriel eine innergeistige Selbsttötung auslöste, von deren Vorhandensein er wusste.«

»Oriel?« Rhys entfuhr ein Ächzlaut. »Er unterstützt die Regenten?«

Jaffray nickte. »Joram, Ihr und Alister sowie Jebedias, Ihr warnt uns seit Jahren, Deryni würden sich einstmals wider Deryni wenden. Und nun ist dieser schauderhafte Tag da. Ich mochte diese Gerüchte nicht glauben, die ich vernommen habe, all diese kleinen Andeutungen bei Hofe, aber heute habe ich's mit meinen eigenen Augen mit ansehen müssen. Die Regenten haben Abtrünnige für ihre Zwecke gewonnen. In Oriels Fall sind seine Gemahlin und seine Tochter als Geiseln genommen worden. Ich sehe keinen Anlass zu hoffen, dass das ein Einzelfall ist.«

»Süßer *Jesus*«, wisperte Joram kaum vernehmlich. »Und Oriel hat die Selbsttötung, obschon er sie absehen konnte, geschehen lassen? Er hat den Mann wissentlich umgebracht?«

»Ganz so war's nicht. Tavis hatte den Vorsatz zur Selbsttötung bereits zuvor festgestellt und die Regenten gewarnt. Er nahm einen oberflächlichen geistigen Einblick vor und benannte den Regenten die Namen der Täter – sie waren ja, mit Ausnahme eines Entflohenen, ohnehin tot oder gefangen – und danach ließ man Oriel rufen, auf dass er Tavis' Angaben überprüfe. Um Oriel Gerechtigkeit widerfahren zu lassen, muss ich erwähnen, er hat es mit Widerwilligkeit getan.«

Während Jaffray seinen Bericht fortsetzte, indem er die vorgefallenen Ereignisse mit zahlreichen Einzelheiten schilderte, holte Camber tief Atem und schirmte sein Bewusstsein gänzlich wider des Erzbischofs Worte ab, legte einen Finger auf den Kubus im oberen linken Winkel des Vierecks, das er vor sich mit den weißen Kuben gekennzeichnet hatte, und sprach in Gedanken selbigen Kubus *nomen* aus.

Prime!

Obwohl er nicht laut gesprochen hatte, leuchtete der Kubus unverzüglich in seinem Innern auf, glomm in kühlem weißem Licht.

Seconde!

Der Kubus oben rechts erhellte sich auf gleiche Weise.

Tierce!

Das Gleiche geschah mit dem Kubus links unten.

Quarte!

Das Aufglimmen auch des letzten Kubus ließ die »Ecktürme« wie ein einziges Viereck aus sanfter Helligkeit von kühlem Weiß wirken, weißer als die Marmorplatte, auf welcher sie sich befanden. Für eines Augenblickes Dauer widmete Camber seine Aufmerksamkeit dem anderen Teil des Kräftegleichgewichts, während er die schwarzen Kuben auslegte, dann rührte er an den schwarzen Kubus neben Prime. Jaffrays Stimme vernahm er nur als bedeutungsloses Munkeln, als er den ersten schwarzen Kubus beim Namen nannte.

Quinte!

Der berührte Kubus glomm auf, begann einen dunklen, blauschwarzen Schein zu verbreiten, einen Glanz im allerdüstersten Blauschimmer, und Camber streckte sogleich seine Hand nach dem nächsten Kubus aus.

Sixte!

Augenblicklich schien das düstere Feuer vom ersten schwarzen Kubus durch die Vermittlung von Cambers Finger in den nunmehr benannten »Eckturm« überzuspringen und es schien weiter seines besagten Fingers Richtungsweisung zu folgen, als er rasch hintereinander die restlichen schwarzen Kuben berührte.

Septime! Octave!

Als im letzten Kubus das aufgeflammte Feuer in einen ruhigen Glanz überging, atmete Camber von neuem tief durch und schenkte Jaffrays Darlegungen wieder Beachtung, zuckte leicht zusammen, sobald das, wogegen er sich zeitweilig abgeschirmt hatte, ihn nunmehr mit ungelinderter Schroffheit erreichte, die durch seine kurze geistige Abwesenheit entstandene Lücke schlagartig füllte.

»Oriel zeigte eine gewisse Vorsicht, nachdem er den Selbsttötungsvorsatz erkannt hatte«, erzählte Jaffray. »Er unterrichtete die Regenten davon, was geschehen musste, wenn er mit zu viel Nachdruck vorging, aber sie nötigten ihn zum Weitermachen, indem sie seiner Sippe Sicherheit bedrohten. Vielleicht dachte er, er könne das

Schlimmste vermeiden ... Ich weiß es nicht. Jedenfalls war's ihm unmöglich. Der Mann trug den Namen Denzil Carmichael. Ich glaube, ich habe seinen Großvater gekannt. Wenigstens fand er, verglichen mit dem Schicksal der anderen, einen leichten Tod.«

»Was geschah mit den anderen?«, wollte Evaine entsetzt, zugleich jedoch in wie gebanntem Interesse erfahren.

»Die drei übrigen Gefangenen sind im Burghof hingerichtet worden, wie's Verrätern und Meuchlern geziemt.«

»Gerädert und gevierteilt?«, vergewisserte sich Gregorius leise, indem er in der Art eines großen Edlen, der sich mit derlei Angelegenheiten auskannte, die Brauen hob.

»Jawohl, und zuvor gehängt, doch nicht auf den Tod«, bestätigte Jaffray ebenso gedämpft. »Die Regenten ließen nicht einmal einen Priester zu ihnen, bevor sie begannen. Alroy und Javan, diese beiden bedauernswerten Burschen ...«

Mit einem Schütteln des Hauptes hob Camber seine geistigen Schilde von neuem und schirmte sich somit wider Jaffrays Worte ab, brauchte nur eines Augenblicks Dauer, um zwischen Schwarz und Weiß das Gleichgewicht herzustellen, indem er zwei Fingerkuppen auf *Prime* und *Quinte* legte und die *phrasis* dachte.

Prime et Quinte inversus! Er vertauschte die zwei Kuben, wo sie lagen, spürte dabei, wie den Gewalten, welche ihnen innewohnten, eine leichte Verzerrung widerfuhr.

Quarte et Octave inversus! Wieder tauschte er die Lage der Kuben aus und das Netzwerk unsichtbarer Kräfte verdichtete sich, die Ausrichtung und Meisterung der beschworenen Gewalten nahm zu. Er senkte die Fingerspitzen auf *Septime* und den bereits verschobenen *Prime*.

Prime et Septime inversus!

Sixte et Quarte inversus! Auch die letzte *phrasis* begleitete er mit dem entsprechenden Austausch der Kuben. Die Kuben lagen nun in schräg gekreuzter Anordnung da und auf einer Schrägen glomm es in dunklem Blauschwarz, während es auf der anderen weiß schimmerte, lichter als das Weiß der Marmorplatte; diese Anordnung zog nun Cambers geistiger Einwirkung gemäß, immer weitere Gewalten an und flocht neue Stränge aus reinen Naturkräften, die Camber zu Gebote standen. Er richtete seine Aufmerksamkeit wieder auswärts und die Äußerungen des just verstrichenen Weilchens drangen nachträglich in sein Bewusstsein, sodass er aufgrund der heftigen Gefühlsregungen, welche damit einhergingen, abermals zusammenzuckte.

»… junge Menschen solche Scheußlichkeiten mit ansehen zu lassen«, sprach soeben Evaine, eine Hand wie zum Schutz auf ihrem geschwollenen Leib. »Süße Marie und Heiliger Joseph, ist das die Art von Blutherrschaft, wie sie künftig immer da sein soll?«

»Solange die Regenten an der Macht sind, wird's eher noch ärger werden, nicht besser«, lautete Jaffrays Antwort. »Ihre Rachsucht ist groß. Wider alle männlichen Angehörigen von der Hingerichteten Sippen haben sie bereits die Verkündigung von Acht und Bann aufschreiben lassen. Vor meinen eigenen Augen, Ansel, habe ich unterschrieben werden sehen, dass Ihr des Todes sein sollt.«

»Also hat man meinen Bruder als einen jener Meuchler betrachtet!«, stieß Ansel erbittert hervor.

»Ja, das haben sie getan – obwohl Tavis und Oriel beide darauf beharrten, dafür seien keine Beweise zu ermitteln. Doch sie sind Deryni und naturgemäß misstraut man ihnen.«

»Und was … was ist aus Davins Leichnam geworden?«

Ansel musste die Frage fast gewaltsam über seine Lippen zwingen.

Jaffray neigte das Haupt. »Die Regenten beschlossen mit der Bestrafung ein Beispiel zu setzen. Teile … Teile der Leichen werden in alle größeren Städte Gwynedds geschickt. Die abgetrennten Häupter hängen bereits zur Warnung an Rhemuths Toren.« Seine Stimme sank herab und nahm einen matten Klang an. »Das Gleiche hat man mit den Leichnamen jener getan, welche man schon tot gebracht hatte.«

»Auch Davins?«, keuchte Ansel.

Jaffray vermochte nur zu nicken.

Ein Stöhnen entfloh Evaines Lippen und etliche andere Anwesende schüttelten ihre Häupter, während Jesse mit Tränen ringen musste. Rhys schlang die Arme um seine Gemahlin und mied jedermanns Blick. Joram verpresste die Kiefer noch härter und grimmiger als zuvor, seine grauen Augen blickten ehern und kalt drein.

Camber versuchte den starken Gefühlswallungen zu widerstehen, denn rein verstandesmäßig war ihm vollauf klar, dass es keinen Unterschied ausmachte, was mit Davins sterblichen Überresten geschah. Indem er die Tränen unterdrückte, in welche er nichtsdestotrotz auszubrechen drohte, legte er das Haupt in den Nacken und lenkte seine gesamte Aufmerksamkeit hinauf zu dem Gewölbe über ihnen. Er konnte nur das Grauen verebben lassen und froh sein, dass Davin zumindest die Martern erspart geblieben waren, welche die anderen hatten erdulden müssen, und ein Stoßgebet für den Seelenfrieden aller dahingegangenen Deryni gen Himmel senden.

Schließlich betrachtete er, als er sich wieder weitgehendst gefasst hatte, von neuem die Anordnung der Kuben, schaute dann in stummer Fragestellung hinüber zu Jaffray. Der Erzbischof allerdings bemerkte nichts, zu sehr beanspruchte ihn die Darstellung der tragischen

Ereignisse des heutigen Tages, folglich schritt Camber von sich aus zur Tat, holte so vernehmlich Atem, indem er seine Rechte über die Kuben ausstreckte. Allmählich fand er allgemeine Beachtung.

»Das folgende magische Werk wird für einige hier von gänzlich neuartiger Natur sein«, sprach er und seine Stimme klang in wachsendem Maße fester und stetiger, indem überlegene Manneszucht die innere Aufwühlung durch bloße Gefühle mäßigte. »Ansel, Jesse, es wird nun eine der wenigen Anwendungen des zweiten Grades zu sehen geben, welche bereits zu erproben wir bislang den Mut aufgebracht haben – und eine der noch wenigeren Möglichkeiten, deren Erprobung uns zu ihrer Beherrschung verholfen hat. Will sagen, wir können sie in bestimmtem Umfang nutzen, aber manches ist noch offen, und wir lernen beständig dazu. Wir haben Evaines gewissenhaftem Forschen zu danken.«

Als Evaine matt lächelte, nahm Camber behutsam den Kubus *Septime* und setzte ihn auf *Quinte,* Schwarz auf Schwarz.

Quintus!, rief er in Gedanken, fühlte die Gewalten sich für eines Herzschlags Währen um seine Finger kräuseln, bevor er *Quarte* zur Hand nahm und auf *Seconde* setzte, Weiß auf Weiß.

Sixtus!

»Neue Kräfte ballen sich und verschmelzen mit den schon vorhandenen Gewalten«, merkte er leise an und empfahl den Anwesenden mit einer knappen Geste, sich anhand ihrer Deryni-Sinne selbst davon zu überzeugen.

Er fühlte die zunehmende Anteilnahme der anderen, Ansels und Jesses immer stärkere Neugier, ihren Wissensdurst, derweil er *Prime* zu *Tierce* gab, *Sexte* zu *Octave.*

Septimus!

Octavius!

Er wusste nicht, ob die Benennungen tatsächlich von entscheidender Bedeutung waren – er vermutete, das sei nicht der Fall –, doch die Ansammlung geistiger Kräfte, welche er damit aufbot, war es ohne Zweifel; er vermochte zu spüren, wie ihre Wallungen und Strömungen sich gleichsam um seine Finger woben und verwoben, während seine ausgestreckte Hand über der von ihm geschaffenen, viereckigen, nunmehr in die Höhe erweiterten Anordnung von Kuben schwebte. *Die Säulen des Tempels, so* hatte Joram diese Anordnung genannt, als er sie erstmals sah. Sie erinnerte an den zertrümmerten Altar unter Grecotha.

Bedächtig zog Camber die Füße an, bereitete sich aufs Aufstehen vor, ließ seine Hand mit gestreckten Fingern über den Kuben verharren. Mit der Linken gab er den Gefährten ein Zeichen, sie möchten ein wenig auf Abstand gehen. Dann begann er die zusammengeballten Kräfte für den beabsichtigten Zweck einzusetzen.

Er verspürte, wie sie in seiner Hand kribbelten, bis weit in den Arm hinauf, sogar an seines Bewusstseins Randwahrnehmungen knisterten, als seien Hand und Kuben zu einem von Schwingungen erfüllten Ganzen verschmolzen. Als er auf geistiger Ebene zupackte und die Ströme und Stränge des Flechtwerks aus Naturkräften nach seinem Willen umgestaltete, das angestrebte Feld schuf, fühlte er, wie der Kräfte Ballung zu vollkommener Gleichrichtung zusammenfloss, sodass sich, sobald er seine Hand zu heben anfing, mit ihr auch die Kuben hoben – und ebenso die Marmorplatte, gänzlich lautlos, abgesehen vom kaum hörbaren Säuseln der Luft rings um den geglätteten Stein, der da emporschwebte.

Die Platte stieg unausgesetzt in die Höhe, ganz so, als bestünde sie aus einem Klumpen Federn, nicht aus Marmor, erhoben von vier großen Kuben, wechselweise in Schwarz und Weiß. Camber richtete sich auf, so wie nun auch die anderen Anwesenden aufstanden, seinen Oberkörper noch über die kleinen Kuben gebeugt, deren Machtfülle er gemeistert hatte. Eine zweite Schicht aus schwarzen und weißen Kuben zeigte sich unter der ersten Lage, Schwarz und Weiß diesmal jedoch umgekehrt angeordnet, und zuletzt kam aus der Tiefe eine schwarze Platte zum Vorschein, welche die gleichen Maße aufwies wie die obere, weiße *mensa.* Säulen von der Höhe einer Armlänge standen nun an den vier Winkeln des dergestalt enthüllten, hohlen Kubus, abwechselnd schwarz und weiß, so wie jene geborstenen Säulen unterhalb Grecothas.

Als die schwarze Marmorplatte sich bis zu gleicher Dicke erhoben hatte, wie zuvor die weiße Platte sich dargeboten, ließ Camber die gesamte Vorrichtung verharren. Mit gedämpftem Aufseufzen zog Camber seine Hand von den kleinen Kuben zurück, ballte und öffnete die Faust, wie um zu prüfen, ob sie ihm noch gehorchte, dann musterte er die Runde seiner ungemein interessierten Zuschauer, derweil er die Kuben aufsammelte und in ihren Beutel tat.

»Wenn wir hier fertig sind, wird das eigene Gewicht sie wieder versenken«, erklärte er in sachlichem Tonfall. »Der Kuben bedarf es nur, um die Platten zu heben.« Er heftete seinen Blick auf den Erzbischof. »Jaffray?«

»Ja ... Ansel, ich wünschte, ich hätte Eures Bruders Leichnam bringen können, doch da ich's nun einmal nicht vermochte, habe ich den Leib des Herrn gebracht. Ich wähnte, das Heilige Sakrament könnte uns allen ein gewisses Maß an Tröstung schenken.«

Ansel neigte das Haupt, mit Worten zu antworten außerstande, doch da begannen Jaffrays Hände so heftig zu beben, dass es ihm nicht gelang, die Schnallen zu lösen, welche die schwarze Schatulle verschlossen hielten. Camber griff hilfreich ein, zog das Behältnis zu sich heran, öffnete die Verschlüsse und hob sodann den ledernen Deckel. Im Innern der Schatulle befanden sich alle zu einer Messfeier erforderlichen Gegenstände.

»Das war ein glanzvoller, einfühlsamer Gedanke, Jaffray«, sprach er mit gedämpfter Stimme, indem er in ehrfürchtiger Andacht den kleinen goldenen Messkelch und die Patene zur Hand nahm. »Ich hätte selbst daran denken sollen. Das wird uns zur Besinnung verhelfen und unsere Gemüter abklären, sodass wir wieder vernünftige Pläne zu schmieden vermögen.«

Voller Zweifel schüttelte Jaffray das Haupt. »Ich weiß nicht, Alister, da bin ich mir nicht mehr so sicher. Vielleicht war mein Einfall doch nicht so gescheit. Ich habe nicht einmal angemessene Gewänder gebracht, so sehr war ich darauf aus, des Blutes Gestank zu entfliehen. Meint Ihr, Er wird daran Anstoß nehmen?«

»Sicherlich nicht«, meinte Camber, indem sich Joram seiner starren Untätigkeit entriss, um das Leinentuch zu entfalten, das sein Vater ihm reichte.

»Aber … eigentlich ist uns gar nicht bekannt, was für eine Art von Altar dies einst gewesen ist«, gab Jaffray weitere Bedenken zu. »Wir wissen nicht einmal, ob die Airsid die Messe so gefeiert haben, wie wir's zu tun pflegen.«

Als sie seine Besorgnis ersah, nahte Evaine sich ihm, legte ihre Hände auf seine Schultern und lehnte ihre Wange an seinen Rücken.

»Oh, Jaffray, ich bin mir dessen gänzlich sicher, dass sie's so taten«, äußerte sie, derweil Rhys die Schatulle anhob und Cambers silbrige Lichtsphäre ein wenig mehr nach oben lenkte, auf dass Joram das Linnen über die Steinplatte breiten könne. »Und selbst, wenn's nicht so war, dann ist's ja gerade höchste Zeit, dass in diesen Wällen eine wahre Messe gefeiert wird. Sie soll zu einem schönen, geziemenden Andenken an Davin geraten.«

Dagegen vermochte Jaffray nicht einmal in seinem Zustand innerlicher Zerrüttung Einwände vorzubringen und daher schaute er wie ein Benommener zu, wie Joram ein kleines Kruzifix aufstellte, zwei zur Hälfte abgebrannte Kerzen in schlichten hölzernen Haltern daneben, über welche er dann die Hände hinwegbewegte und sie entflammte, gleichzeitig Cambers Lichtsphäre löschte.

Camber nahm Messkelch und Patene und stellte beides an den ordnungsgemäßen Platz, holte danach aus dem flachen, metallenen Behälter, welchen er in der Schatulle fand, vier große ungeweihte Hostien und legte sie mit äußerster Behutsamkeit auf das dünne goldene Tellerchen; Joram entnahm das Wasser und den Wein in ihren gläsernen, in Leder gehüllten Flaschen, stellte beide an der Seite bereit. Camber entrollte die schmale purpurne Stola, vielfach zusammengelegt und gefaltet, und breitete sie mit andeutungsweiser Verbeugung über Jaffrays zittrige Finger. Für ein kurzes Weilchen starrte Jaffray die Stola an, dann schüttelte er sein Haupt.

»Ich kann's nicht, Alister«, bekannte er im Flüstertone. »Gott helfe mir, erstmals seit ich zum Priester geweiht worden bin, fühle ich mich dazu außerstande. Ich musste alles *mit ansehen,* Alister! Ich musste zuschauen, während man den armen, entseelten Leib in Stücke gehauen hat. Ich kann mit dem, was man dort getan hat, keine Nachsicht haben. Gott, ich hatte den Jüngling lieben gelernt wie einen Sohn!«

»Ich ebenso«, antwortete Camber kaum vernehmlich.

Doch er entfernte die Stola von Jaffrays klammen Fingern, hob sie an die eigenen Lippen, schlang sie sich um die Schultern und trat sodann, als sei er ein Schlafwandler, an des Altares Westseite, wartete dort, bis die anderen Teilnehmer sich um ihn geschart hatten. Jaffray hieß er an seine Linke kommen, während er Rhys zwischen ihn und Ansel winkte. Zu seiner Rechten standen Joram und Evaine, um ihm zur Hand zu gehen. Gegenüber bezogen Jebedias, äußerlich still und stumm wie Stein, innerlich jedoch zutiefst aufgewühlt, sowie Gregorius und Jesse, beide stark erschüttert, andachtsvoll Aufstellung.

»In nomine Patris, et Filii et Spiritus Sancti, amen«, sprach Camber leise, während er mit der Hand das Zeichen ihres Glaubens vollführte, die vertrauten Worte ihm etwas gleich einem Anker der Geistesklarheit boten. *»Introibo ad altare Dei.«*

»Ad Deum qui laetificat juventutem meam«, sprachen die Gefährten wie aus einem Munde, angeleitet durch Jorams unterkühlte Stimme. »Ich will vor den Altar Gottes treten, des Gottes, der meiner Jugend Freude gibt …«

»Judica me, Deus …«, sprach Camber weiter. »Richte mich, oh Herr, scheide meine Sache vom Volk, das nicht heilig ist, erlöse mich von den Menschen, die ungerecht sind und falsch.«

»Qui tu es, Deus …«, antworteten die anderen. »Denn Du, oh Gott, bist meine Kraft. Warum hast Du mich verlassen? Weshalb muss ich die Leiden ertragen, welche mir der Feind zufügt?«

Sie widmeten die Messe Davin und dem Gedächtnis an ihn. Sie ließen jedes einzelnen Wortes Sinngehalt über ihre Trauer obsiegen, um die Entschlossenheit ihres gemeinsamen Trachtens zu erneuern. In dieser Nacht stand ihnen keine Heilige Schrift zur Verfügung, daher trug ein jeder von ihnen aus der Erinnerung einige Zeilen bei, welche in dieser Stunde des Kummers Bedeutung besitzen mochten – etwas Trost, Hoffnung oder den Mut zum Weitermachen verleihen konnten.

Camber feierte die Messe nach Art der Michaeliten, reichte jedem Teilnehmer des Rituals sowohl eine Hostie wie auch den Wein. Er trat vom einen zum anderen dieser von ihm so geliebten Gefährten, legte eine geweihte

Hostie in jede ehrfurchtsvoll entgegengestreckte Handfläche, während Joram ihm mit dem Kelch nachfolgte. Als die Messfeier vorüber war, hatte er ein Maß inneren Friedens errungen, welches die Tragödie von Davins Tod nahezu völlig in den Hintergrund drängte. Irgendwie, so wagte er daraus zu schlussfolgern, sollte Davins Opfergang nicht umsonst gewesen sein.

Ansel suchte noch in selbiger Nacht, begleitet von Camber und Joram, in Grecotha Zuflucht, denn sobald sich der Regenten Bannschreiben erst einmal in Umlauf befand, gab es in ganz Gwynedd keinen anderen Ort, wo der Graf von Culdi sich zeigen und das liebe Leben behalten konnte. Ein Mönch mehr dagegen würde zu Grecotha nicht weiter auffallen, vor allem nicht in eines Bischofs Haus; und so führte man Ansel, die blonden Locken zur Tonsur geschoren und hellbraun gefärbt, als Bruder Lorcan in die Grecothaer Gemeinde ein, angeblich Michaeliten-Laie und Schreiber, zum Zwecke geschickt, um in den Reihen von des Bischofs kirchlichen Mitarbeitern tätig zu sein. Die völlige Andersartigkeit von Gewandung und Haar – zumal unter Berücksichtigung der Tatsache, dass sein Antlitz noch keine übermäßige Bekanntheit erlangt hatte –, genügten vollauf, um Ansel auch ohne Hinzunahme magischer Hilfsmittel zu tarnen und Schutz zu gewähren.

Pater Willowen und die übrige Grecothaer Geistlichkeit hießen den neuen Bruder herzlich willkommen und niemand dachte sich etwas dabei, dass der Neuling, nachdem der Bischof für die Klostergemeinschaft eine Gedenkmesse gelesen hatte, an des Bischofs und dessen Geheimschreiber persönlicher Andacht zum Michaelstag teilnehmen durfte. Jedermann wusste, dass die Michaeliten stets eng zusammenhielten, vor allem an diesem für sie höchst wichtigen Festtag. Camber und Joram nutzten die durch diese Gelegenheit gewonnene Frist, um Ansel über die allgemeinen und besonderen Gepflogenheiten des kirchlichen Lebens und zudem die Regeln des Ordens, dem er vorgeblich angehörte, gründlich aufzuklären. Innerhalb weniger Tage war er infolgedessen hinreichend über alles in Kenntnis gesetzt, um sich unter den Priestern und Mönchen Grecothas tummeln zu können, ohne irgendeinen Verdacht zu erwecken.

Auch die anderen Gefährten kehrten an ihre verschiedenen Wohnsitze zurück, ein jeder darauf bedacht, in den nächsten Tagen und Wochen möglichst wenig aufzufallen. Da der arme Davin nun nicht länger unter ferngeistiger Beobachtung gehalten zu werden brauchte, zog Gregorius sich nach Ebor zurück und sorgte in aller Stille dafür, dass seine Sippe Gwynedd baldigst verlassen konnte, wenngleich er selbst wiederzukehren beabsichtigte, sooft der Camberische Rat seiner bedurfte. Jebedias begab sich nach Argoed und entbot seinen michaelitischen Brüdern ein Lebewohl. Rhys und Evaine verbrachten den Michaelstag mit ihren Kindern zu Sheele, doch dämpfte es naturgemäß die feiertägliche Stimmung sehr, dass sie den Kindern mitteilen mussten, ihr Vetter war tot. Der kleine Tieg war noch zu jung, um dergleichen zur Gänze zu begreifen, aber die acht Lenze alte Rhysel weinte unablässig.

Jaffray musste nach Rhemuth zurückkehren, um am folgenden Morgen im Dom des Hl. Georg mit Erzbischof Oriss die dem Feiertag entsprechenden Messen zu lesen; aber an selbigen Tages Abend noch verließ er seine Gemächer in Oriss' Erzbischöflichem Palast und bediente sich einer wenig bekannten Porta Itineris in des Domes Sakristei, dank welcher er sich gleichsam im Handumdrehen nach St. Neot begab, dem Sitz seines einstigen Ordens. Die gesamte Nacht und einen Großteil des darauf folgenden Tages verbrachte er in geheimster

Besprechung mit Dom Emrys und des Ordens Ältesten, berichtete ihnen alles, was sich am Tag zuvor in König Alroys Thronsaal ereignet hatte, erbat ihren Ratschlag. Sein Besuch löste unter des Ordenskapitels Brüdern eine rege Vielfalt von Meinungsäußerungen und Mutmaßungen aus; und als Jaffray in der Woche danach erneut im Camberischen Rate saß, konnte er dort vermelden, dass auch unter den Gabrieliten die Sorge wuchs. Sollte die Michaelstag-Verschwörung – wie man den misslungenen Anschlag nun allgemein nannte – den Groll der Menschen wider die in ihrer Mitte beheimateten Deryni zum Schlimmsten treiben, so würden, wie die Gabrieliten überzeugt waren, der Deryni dem Glauben geweihte Häuser zu den ersten derynischen Einrichtungen zählen, welche die Wut der Regenten zu spüren bekamen. Nirgendwo sonst konnte man so zahlreiche Deryni in enger Vertrautheit vorfinden. Und die Gabrieliten erwarteten – da sie seit jeher Lehrmeister der kunstfertigsten und geschicktesten Deryni-Magister auf dem bekannten Erdenrund waren –, dass sie zu den ersten Leidtragenden gehören müssten.

Außer ihnen jedoch gab es weitere sehr bedeutsame derynische Wirkungsstätten, etwa die Varnaritische Schule, das nahe dem Connait gelegene Kloster Llenteith sowie die erst jüngst wieder geöffnete *schola* bei Nyford – welchletztere schon einmal niedergebrannt worden war, sodass man sie zu einem großen Teil hatte wieder aufbauen müssen –, und der Camberische Rat veranlasste, dass sie alle und noch einige mehr rechtzeitige Vorwarnung erhielten; Camber und Jaffray nutzten vor allem ihren Rang als hohe kirchliche Würdenträger, um den einzelnen Häusern bei der Erarbeitung und Vorbereitung von weitsichtigen Plänen für eine womöglich erforderliche Flucht nach besten Kräften zu helfen. Es blieb lediglich zu hoffen, dass man noch genug Zeit fand, um diese

Pläne in die Tat umzusetzen, sollte es einmal wirklich zum Ärgsten kommen.

Für fast eines Mondes Dauer blieb den Deryni in Gwynedd das Glück noch hold. Dann jedoch, im Oktober, als eine letzte Welle nahezu sommerlicher Hitze durchs Land ging, schlug des Schicksals Pendel erneut und heftiger denn je wider die Deryni und ihre Sache aus.

Die unherbstliche Hitze verursachte ein Wiederaufflammen jener sogenannten Deryni-Pest, welche Gwynedd im Hochsommer heimgesucht hatte; in Valoret ließ eine entfesselte Menge aufgebrachter Städter und Bauern es sich in ihrer überreizten Erregung nicht nehmen, einen Krämer und dessen Sippe zu steinigen, welche von der Seuche gänzlich verschont geblieben waren, sodass man sie verdächtigte, sie seien allesamt Deryni. Ein Aufruhr brach aus, als die Stadtwache einschritt und die erkorenen Opfer zu retten versuchte, und die Stadtwachen sahen sich gezwungen, zu ihrer Unterstützung des Erzbischofs Leibwache herauszurufen.

Der Erzbischof, welcher sich derzeitig gerade zu einem seiner recht selten gewordenen seelsorgerischen Besuche in Valoret aufhielt, ritt persönlich an der Spitze etlicher seiner Leibwächter der Stadtwache zu Hilfe, überm Haubert einen schneeweißen Wappenrock, ein gleichartiger Umhang wehte ihm hinterdrein und auf dem Haupt trug er einen Topfhelm. Ein brüniertes Kruzifix aus Bronze längs des Naseneisens, wo es seine Augen überschattete, verriet jedermann, wer er war, doch führte er selbst keine einzige Waffe mit, nur seinen Krummstab, denn der Gabrieliten-Orden war dem Verzicht auf jegliche Gewalt verschworen. Jebedias, der nach einem Aufenthalt zu Argoed auf dem Rückweg nach Grecotha Jaffray besucht hatte, ritt in vollständiger michaelitischer Ausstattung an des Erzbischofs Seite.

Wohl gewappnet und wehrhaft waren sie, rund zwanzig Mann stark, unter der nachmittäglichen Sonne losgeritten, zwar auf der Hut, aber nicht so wachsam, wie sie vielleicht hätten sein sollen – denn wer dachte ernstlich daran, dass kaum irgendwie bewaffnete Städter und Bauern in den Gassen der Stadt auf ihren Streitrössern befindlichen Rittern fürwahr zu schaffen machen könnten? Die Ritter trieben ihre Schlachtrösser ins Gewühl, davon überzeugt, dass die schweren Tiere aufgrund ihres Gewichts allein für Fußkämpfer unbezwinglich seien, gaben dem Pöbel die Reitpeitschen und die flachen Seiten ihrer Klingen zu schmecken.

Nur Jebedias erkannte sogleich die Gefahr, welche Hacken, Hippen und Mistgabeln für sie bedeuteten, auch die Steine, welche ihnen um die Ohren sausten und bisweilen mit hohlem Klang an einen Helm oder einen Schild prallten. Zu spät versuchte er die kleine Schar zum Zusammenhalt zu ermahnen und einander achtsamer zu decken – zu spät war's, denn da riss man plötzlich einen von Jaffrays Mannen aus dem Sattel und ein Haufe von Kerlen begrub ihn mit Gebrüll unter sich, stach und drosch auf ihn ein. Schlagartig schien sich die ruhelose, vielstimmig munkelnde Zusammenrottung von im Grunde genommen überaus gesetzesfürchtigen, königstreuen, lediglich von Unzufriedenheit getriebenen Untertanen in ein wildes Raubtier zu verwandeln, alles zu vernichten bereit, was ihm im Wege stand.

Nicht einmal Jebedias' geschwind geschwungene Klinge war schnell genug, um den blindlings geführten Hieb mit einer Hippe abzuwehren, ehe das Werkzeug sich bis zum Griff in den Sehschlitz von Jaffrays Topfhelm bohrte. Der Erzbischof war tot, noch bevor sein Leib aufs Kopfsteinpflaster stürzte.

Nur ein Augenblick verstrich, bis alle ringsherum die Tat bemerkt hatten. Aus Schrecken über den lästerlichen Mord an ihrem Erzbischof und Primas von Gwynedd zuerst gleichsam außer sich, wichen alle von der reglos ausgestreckten, in Weiß gekleideten Gestalt zurück, als befürchteten sie, vom Himmel müssten Blitze herniederfahren und sie zerschmettern, wo sie standen.

Doch keine Blitze trafen sie; und als die Ungeheuerlichkeit des Geschehenen sich in ihren Gedanken auf eine andere Ebene der Betrachtung verlagerte, da war es Jaffrays Derynitum, das auf einmal eine ausschlaggebende Bedeutung annahm – das und die Tatsache, dass ein Deryni von ihrer schnöden Hand gefallen war, ein so hoch gestellter Deryni wie der Primas von Gwynedd erschlagen werden konnte wie irgendein Gemeiner.

Von da an vermochten selbst die Schlachtrösser und Schwerter der Kriegsleute die Menge nicht länger zurückzuhalten. Nicht nur die ursprünglich zum Sündenbock ausersehene Sippe angeblicher Deryni musste unter der Tollwütigkeit leiden, sondern auch zahlreiche andere Einwohner gerieten in herbe Mitleidenschaft, ferner ein volles Drittel von des Erzbischofs Leibwache. Jebedias' michaelitische Tracht ließ ihn zur Zielscheibe besonderen Ingrimms werden – doch zum Glück konnten nur wenige Gegner ihm nahe genug rücken, um Streiche wider ihn zu führen, und zudem gelang es niemandem, ihn ernsthaft zu verwunden. Sein Entsetzen angesichts von Jaffrays unerwartetem gewaltsamem Tod lähmte seine Deryni-Geisteskräfte so weitgehend, dass er eine ganze Zeit lang nicht einmal noch klar zu denken vermochte, und er verdankte es reinem Kriegerglück, dass er ungeschoren davonkam – im Bestreben, sich das liebe Leben zu bewahren, blieb ihm nichts anderes übrig, als in sich vollauf den Krieger Oberhand gewinnen und ihn handeln zu lassen. Später sprach in seiner Erinnerung einiges dafür, dass er seine Rettung nur dem Umstand zuzuschreiben hatte, sich inmitten jener winzigen Schar von Rittern befunden zu haben, welche Jaffrays Leichnam barg und in Sicherheit verbrachte; selbst in seiner äußeren Tobsucht nämlich schrak der Pöbel noch vor dem weiß gewandeten Leichnam zurück, den sich einer der Ritter vorm Sattel aufs Ross gehoben hatte, sodass der Tote einherzureiten schien wie eine schaurige Gespenstererscheinung.

Jebedias begleitete die Bewaffneten bis zum Tor des Erzbischöflichen Palastes; während des Ritts durch der Stadt Gassen – nach und nach immer freier, je weiter sie sich vom Ort der Empörung entfernten – klärte sich sein Geist allmählich wieder und er nahm vor dem Palast seinen Abschied und schlug die Richtung zur Stadt hinaus ein, dieweil er nicht wünschte, des Erzbischofs Gefolge durch eines Deryni Anwesenheit in deren Mitte weiter zu gefährden. Nach Jaffrays Tod gab es zu Valoret keinen Deryni hohen Standes mehr. Und das Verhalten der Menge gegenüber Jaffray und Jebedias hatte bewiesen, dass Valoret nicht länger ein sicherer Aufenthaltsort für Deryni war, wie es Torcuill de la Marche schon volle neun Monate zuvor abgesehen hatte. Derweil Jebedias die Stadt verließ, vorüber an Kriegern, die herbeieilten, um der aufs Ärgste bedrohten Leibwache des Erzbischofs Beistand zu leisten, fragte er sich, wie lange es überhaupt irgendwo noch Sicherheit für einen Deryni geben werde.

22

Denn der Hohepriester hat seine gebührliche Stellung, und den Priestern weist man ihre verdienten Stellen zu.

1 Clemens 18,18

Der allgemeine Schrecken, den die gotteslästerliche Meuchlung Erzbischof Jaffrays hervorrief, breitete sich bis spät in die Nacht hinein durch Valoret aus und sollte letztendlich Folgen in ganz Gwynedd haben. Nachdem Herzog Ewans Krieger die Erzbischöfliche Leibwache herausgehauen hatten, waren allem Anschein nach viele Beteiligte zu der Überzeugung gelangt, Deryni seien für den Aufruhr verantwortlich zu machen. Jebedias' Gegenwart an Jaffrays Seite war nun dahingehend aufgebläht worden, dass schon bald viele glaubten, *er* sei Jaffrays Mörder. Und während die Krieger zum überwiegenden Teil den Einwohnern Valorets nicht unbedingt dabei *halfen,* weitere Deryni aufzustöbern und zu hetzen, so traten sie ihnen andererseits durchaus nicht in den Weg, um derlei zu verhindern. Insgesamt fünfzig Tote gab es an diesem Tag – und keineswegs alle davon waren Deryni, wenngleich man viele beschuldigte, welche zu sein; mehrere Deryni, welche sich im Stadtgefängnis »zu ihrem Schutz« in Haft befanden, zerrte man heraus und knüpfte sie auf, bevor Ewan eingreifen und dem Morden ein Ende bereiten konnte.

Man musste es wohl als den einzigen größeren glücklichen Umstand des gesamten Tages bewerten, dass Baron Rhun schon zu Beginn der Woche mit all seiner Hitzköpfigkeit und der halben Valoreter Heerschar zu Übungen ins Feld gezogen war, um die rastloseren, Deryni-feindlich gesonnenen Krieger sich ein wenig austoben zu lassen; andernfalls wäre es Ewan vielleicht unmöglich gewesen, seine Männer im Zaume zu halten. Indem er sämtlichen Bewohnern der Stadt das Verlassen der Häuser strengstens verbot, gelang es ihm, kurz nach Anbruch der Dunkelheit wieder für Ruhe und Ordnung zu sorgen, aber noch mehrere Tage vergingen, ehe erneut der übliche Alltag herrschte.

Die Kunde verbreitete sich rasch. Camber und die übrigen Mitglieder des Camberischen Rates hatten das Eintreten von Jaffrays Tod naturgemäß in aufrüttelnder Weise im geistigen Bereich gespürt, sobald er sich ereignete, und nachdem Jebedias zu Sheele die Porta Itineris Evaines und Rhys' zu verwenden und in der *Keeill* einzutreffen vermochte, erfuhren sie die Einzelheiten. Benommen vor Fassungslosigkeit berieten sie, was man nun als Nächstes tun könne, wie es weitergehen solle. Zwei ihrer engvertrautesten Mitglieder waren nunmehr zu Opfern blindwütiger Gewalt geworden, die nicht einmal bestimmten Einzelnen gegolten hatte – und wenn die Lage zuvor eher in langsamer Gärung begriffen gewesen war, so konnte man kaum bezweifeln, dass sie jetzt vollauf brodelte.

In Rhemuth erhielt man die Nachricht fast ebenso schnell, denn Herzog Ewan, wiewohl von mehr maßvoller Gesinnung – oder womöglich gerade deshalb –, ließ es sich nicht nehmen, einem der ihm verfügbaren Deryni-Abtrünnigen zu befehlen, durch eine Porta Itineris einen Boten in die neue Hauptstadt zu entsenden. Die Botschaft erreichte den Rhemuther Hof just bei Beendigung des abendlichen Mahls; der Bote trug seine Kunde mit zwar von Bestürzung gekennzeichneter, aber markiger Stimme vor, derweil Regenten, König und Prinzen ihm in gespannter Aufmerksamkeit – welche allerdings auf sehr verschiedenartigen Beweggründen beruhte – wortlos lauschten. Die Brüder waren aufrichtig entsetzt und bekümmert, denn alle hatten Erzbischof Jaffray einige Zuneigung entgegengebracht, ganz besonders Javan. Die Regenten mimten Gram über den Verlust eines anderen Mitglieds im Regentschaftsrat und Bischof Hubertus nötigte alle Anwesenden gar zu einem heuchlerischen Gebet um die Erlösung von Jaffrays Deryni-Seele, doch mussten ihre frömmlerischen Lippenbekenntnisse bald einer putzmunteren, mit zahlreichen Flüchen gewürzten Auseinandersetzung um die Frage weichen, wer wohl am günstigsten Jaffrays Amt als Nachfolger antreten solle.

Im Laufe der folgenden Stunde, während die Regenten sämtliche Bischöfe Gwynedds beim Namen zu nennen und auf ihre Eignung – nach den eigenen, recht eigentümlichen Gesichtspunkten – zu prüfen begannen, gerieten Javan und Rhys Michael nachgerade völlig in Vergessenheit; und sicherlich hätte man auch Alroy keine sonderliche Beachtung geschenkt, wäre nicht zu berücksichtigen gewesen, dass man seines Rückhalts bedurfte, ganz gleich, wen der Regentschaftsrat der bischöflichen Synode vorschlagen würde, welche sich demnächst in Valoret zu versammeln hatte, um einen neuen Primas zu erwählen. Erst als man der Anwärter Kreis so eingeengt hatte, dass Hubertus der einzige überhaupt denkbare Nachfolger zu sein schien, brachte man dem blutjungen König wieder die geziemende Aufmerksamkeit entgegen. Dieweil die Gewichtigkeit von der Regenten Stellung und des Jünglings Müdigkeit sich zu ihren Gunsten auswirkte, brauchten sie gar nicht lang, um Alroy einzureden, dass eine Erkürung Hubertus' in des Königreiches bestem Interesse läge, und ihm das Versprechen zu entlocken, ihnen eine diesbezügliche schriftliche Empfehlung zu unterzeichnen, sobald das Schriftstück ausgefertigt werden konnte.

Weiter entschied man, dass der Königliche Hof baldmöglichst nach Valoret zurückkehren solle, damit die

Regenten den Wahlvorgang der Synode genauer überwachen könnten. Die Wohnmöglichkeiten zu Valoret stellten sie stets zufrieden, während die Verhältnisse in Rhemuth noch nicht jenes Maß an üppigem Wohlleben boten, wie die Regenten es bevorzugten. Unter diesen Umständen erachtete man Valoret als den geeigneteren Ort, um den Winter herumzubringen und den Weihnachtshof zu veranstalten.

Als man die Verwalter und Kämmerer hereinrief, um den sofortigen Beginn der Vorbereitungen zur Abreise zu veranlassen, herrschte unter den Regenten eine nahezu festliche Stimmung. Es fiel so gut wie gar nicht auf, als sich Javan mit Tavis in aller Ruhe verabschiedete, angeblich um ins Bett zu gehen. Rhys Michael war in seinem Lehnstuhl bereits eingeschlummert, also nahm Tavis den jüngsten Prinzen auf seine Arme und trug ihn Javan hinterdrein, derweil sie den Saal verließen. Für Alroy vermochten sie nichts zu tun; dem triefäugigen jungen König sollte keine Ruhe vergönnt sein, bis unter allen erforderlichen Schriftstücken seine Unterschrift zu lesen stand.

Javan jedoch täuschte nur Müdigkeit vor, entdeckte Tavis, während er dem Prinzen folgte, der unverdrossen die steile Wendeltreppe innerhalb von des Burgfrieds Gemäuer emporhinkte, bis ins hoch droben gelegene Stockwerk, in dem sich der Brüder Wohnräume befanden. Nachdem er Rhys Michael ins Bett gebracht hatte, suchte Tavis die Gemächer Javans auf und traf den Jüngling in einer Fensternische beim Lichtschein einer einzelnen Kerze an, so weit von der Tür entfernt wie nur möglich.

Javan erhob keinen Einspruch, als Tavis ihm einen von Pelzbesatz gesäumten Umhang über die Schultern warf, um ihn wider die Kühle zu beschirmen, welche durch die mit Mittelpfosten versehenen und daher besonders zugigen Fenster hereindrang. Der Jüngling wärmte seine klammen Finger ein wenig am spärlichen Flämmchen der Kerze, bewahrte aber vorerst Schweigen. Allerdings war sein Missmut offensichtlich. Tavis hüllte die eigenen Schultern in einen zusätzlichen Überwurf, nahm sodann dem Prinzen gegenüber auf dem Polster der Sitzbank Platz. Er machte Anstalten und wollte an des Prinzen Stirn rühren, um die innere Aufwühlung, welche sich unmissverständlich spüren ließ, zu lindern, doch der Jungmanne mochte davon nichts wissen, schüttelte mit Nachdruck sein Haupt und verschloss sich allen freundschaftlichen Bemühungen in noch abweisenderer Art.

»Ich bitte Euch, nicht«, murmelte er, kauerte sich unterm Umhang noch mehr zusammen. »Mich schmerzt's, und so und nicht anders will ich's, dann nämlich komme ich nicht in Versuchung, Euch zu verschweigen, was ich Euch sagen muss.«

»Wovon redet ihr?«

Vernehmlich schluckte Javan. »Tavis, ich will nicht, dass Bischof Hubertus zum Erzbischof erwählt wird.«

»Ich teile Eure Haltung, dessen seid gewiss«, gestand Tavis freundlich ein. »Aber welchen Grund habt *Ihr*, gegen seine Erwählung zu sein?«

»Weil er … *lügt*«, flüsterte Javan und kehrte sein Antlitz halb dem Widerschein des Kerzenlichts in den Butzenscheiben zu. »Und er lügt nicht etwa bloß lässlicherweise aus Höflichkeit. Ihr habt am heutigen Abend mit eigenen Ohren das Gerede über die Anwärter aufs Erzbischofsamt mit angehört. Die meisten von ihnen kenne ich nicht einmal, aber irgendwie *wusste* ich sofort, dass Hubertus Lügen über sie erzählt, um die eigene Anwärterschaft zu begünstigen. Ein Gottesmann sollte so etwas nie und nimmer tun, Tavis!«

Für ein ausgedehntes Weilchen musterte Tavis des

Prinzen Angesicht von der Seite, senkte zuletzt voller Unbehagen den Blick, fast furchtsam, seinen Verdacht auszusprechen.

»Javan, ich habe den Eindruck, Ihr seid weit weniger über Hubertus' Lügenhaftigkeit beunruhigt als aufgrund der Tatsache, dass Ihr darum so genau wisst.« Javan nickte. »Und Ihr versucht mir auf irgendeine Weise beizubringen, dass Ihr nicht wisst, wieso Ihr derlei wisst.«

Kummervoll nickte Javan nochmals. »Schon seit Wochen fällt's mir auf, immerzu ein ganz klein wenig mehr. Mir ist oftmals, als könne ich aus ihm eine andere, innere Stimme reden hören, so unmissverständlich wie seine wirkliche Stimme, und sie widerspricht dem, was er laut von sich gibt. Auch mit einigen anderen ist's mir bereits so ergangen.«

»Gedankensehen«, wisperte Tavis kaum vernehmbar.

»Was?«

Tavis seufzte und legte seine Hand auf des Jungmannen Schulter. »Das klingt mir nach Gedankensehen, mein Prinz. Das ist … auch eine Deryni-Gabe.«

»Oh Gott!« Für einiger Herzschläge Dauer verbarg Javan sein Antlitz in den Händen; dann hob er wieder das Haupt. »Ist's so wie geistige Schilde?«

»Eher wie … das Gegenteil davon, mein Prinz. Und eine höherwertige Fähigkeit. Viel wertvoller.«

»Aber sie bewährt sich nicht immer«, widersprach Javan matt.

»Nein, aber mit jedem Mal, wenn Ihr sie … bemerkt und folglich anwendet, wird sie verlässlicher, möchte ich ohne weiteres wetten.«

Widerwillig nickte Javan; Tavis seufzte und schlug in wiederbelebter Erbitterung die flache Hand auf seinen Oberschenkel.

»Herrgott, was würde ich darum geben, zu erfahren, was sich in der Nacht von Eures Vaters Tod zugetragen hat!«, stieß er gedämpft, aber heftig hervor. »Es *muss* irgendeinen Zusammenhang geben!« Abermals seufzte er auf und legte seine Hand auf eine Hand Javans.

»Man hat irgendetwas mit Euch bewerkstelligt, Javan. Davon bin ich immer stärker überzeugt, auch wenn wir bislang noch keine tiefer gehende Aufklärung erlangen konnten. Es muss eine große Sonderlichkeit gewesen sein, geheimnisvoll und von mystischer Natur, und ...« Er drückte des Jünglings Hand und gab sie frei. »Und ich besitze nicht die leiseste Ahnung, um was es sich gehandelt haben könnte. Ihr erweitert beständig Eures Geistes Möglichkeiten und so etwas dürfte bei Euch nicht vorkommen. Man möchte fast meinen, Ihr seid ein Deryni.«

Javan schauderte ein wenig zusammen, faltete dann die Hände und rieb die Daumen aneinander, betrachtete sie sehr versonnen, ehe er erneut den Blick hob und im Kerzenschein Tavis ansah.

»Entsinnt Ihr Euch noch daran, wie wir nach Davins Tod über Rhys sprachen, dass Ihr geäußert habt, Ihr und er wärt zwei von einem Schlag, sodass es Euch womöglich gelänge, seine eigenen Kunstfertigkeiten so gegen ihn zu wenden, dass er redet?«

»Ich erinnere mich.«

»Nun, und da dachte ich mir, könnte sich's nicht ergeben, dass er irgendwann im Laufe der nächsten Monde in Valoret weilt, denn Bischof Alister muss ja kommen und an der Synode teilnehmen? Ihr wisst, Rhys und seine Gattin Evaine wohnen in Sheele. Das ist nicht weit von Valoret. Und Bischof Alister hat eine gehörige Menge von Jahren auf dem Buckel. Mag sein, er braucht dann und wann einmal einen Heiler. Und falls sich Rhys in Valoret aufhält, wär's doch möglich, dass wir ihn zu uns einladen, uns einen Besuch abzustatten.«

Tavis ließ seine Brauen in die Höhe rutschen. »Nur um uns zu *besuchen,* mein Prinz?«

»Nein, das nicht unbedingt …« Javan starrte fortgesetzt in der Kerze Helligkeit. »Reine Höflichkeit ist's, jemandem eine Erquickung anzubieten, macht er einen Besuch, zumal wenn's draußen kalt ist und derjenige einen langen Ritt hinter sich hat. Und wäre da etwas in besagter Erquickung …«

»Wenn etwas darin wäre, höchstwahrscheinlich würde er's entdecken«, gab Tavis achtsam zu bedenken. »Ja, wir sind in der Vergangenheit in hinreichendem Maße feindselig zu ihm gewesen, glaube ich, dass ihn bereits eine Einladung misstrauisch stimmen müsste.«

»Nicht wenn man ihn in seiner Eigenschaft als Heiler riefe«, schlug Javan vor. »Angenommen Ihr sendet ihm eine Nachricht, ich sei krank, sodass Ihr seines Beistands bedürftet. Erachtet Ihr's als zweifelhaft, dass er dann käme?«

»Nein, wahrscheinlich fände er sich durchaus ein.«

»Und stellt Euch vor, Ihr gäbet mir sodann … einen Becher mit Wein, zum Beispiel, und bietet ganz beiläufig auch ihm davon an …?«

»Sodass Ihr unter seinen Augen vor ihm davon trinkt?«

Javan nickte.

»Alles allerdings, was wir hineinmischen, müsste auch auf Euch wirken, das dürfte Euch klar sein«, mahnte Tavis den Prinzen.

»Aber es könnte Euch in die Lage versetzen, in sein Inneres zu schauen«, entgegnete Javan im Flüstertone. »Das wär's mir wert, solange Ihr nur die Gelegenheit erhaltet, endlich herauszufinden, was man in jener bewussten Nacht mit mir gemacht hat. Auf keinen Fall kann ich so weiterleben – geistige Schilde zu haben, anderer Leute Lügen durchschauen zu können … ohne zu wissen, woher solche Fähigkeiten rühren, warum ich darüber verfüge …!«

Für ein Weilchen schloss Tavis die Augen und dachte

nach, dann heftete er seinen Blick von neuem auf Javan.

»Der schwierigste Teil von allem wird's sein, ihm eine richtig bemessene Prise zu verabreichen – genug zur Überwindung seiner geistigen Wehrhaftigkeit, jedoch nicht so viel, dass womöglich seine Heiler-Begabung irgendeinen Schaden nimmt. Eine solche Härte hätte er nicht verdient. Sobald er unter der Drogen Einfluss steht, kann ich in Euch etliche ihrer Wirkungen aufheben, aber in mancherlei Hinsicht werdet Ihr wohl oder übel schlichtweg ausharren müssen, bis die Folgen von selbst schwinden, und voraussichtlich werdet Ihr danach an grausigen Schmerzen des Hauptes leiden.«

»Das soll mich nicht stören, wenn es uns nur zu Antworten verhilft. Könnt Ihr wirklich dafür sorgen, dass er zuvor nichts bemerkt?«

Tavis nickte. »Ich glaube, ja. Ohne Geschmack und ohne Geruch ist's, woran ich denke. Zwar hat's eine gewisse Färbung, welche jedoch in dunklem Wein schwerlich auffallen dürfte.« Aufmerksam musterte er Javan. »Außerdem muss ich für Euch einige glaubwürdige Anzeichen einer Erkrankung ersinnen – ernstlich genug, sodass er sich davon überzeugen lässt, ich könne den Fall nicht allein behandeln, andererseits aber nicht so ernst, dass Ihr in wahrhaftige Gefahr geraten könntet –, doch mir ist auch für diesen Zweck bereits ein Einfall gekommen. Nebenbei erwähnt, auch diese Sache wird für Euch keineswegs angenehm. Für eine Zeit lang werdet Ihr tatsächlich krank sein.«

»Ich habe Euch gesagt, all das bedeutet nichts, solange wir die Wahrheit aufzudecken vermögen«, flüsterte Javan heftig, ergriff Tavis' unversehrtes Handgelenk und starrte dem Heiler geradewegs in die Augen. »Werden wir's versuchen?«

»Jawohl, mein Prinz. Wir versuchen es.«

Mehrere Wochen verstrichen, während die Kunde von Jaffrays Tod durchs Reich ging und alle Bischöfe Gwynedds den Aufruf erhielten, sich in Valoret zu versammeln und einen Nachfolger auszuwählen. An Allerheiligen bettete man Jaffray unter den Fliesen des selbigen Heiligen geweihten Domes zur letzten Ruhe, jenes Domes, in dem er etwas länger denn zwölf Jahre als Erzbischof gewirkt hatte; man legte ihn neben seinen Freund und Amtsvorgänger Anscom. Camber las in seiner Erscheinung als Bischof Alister die Totenmesse, zu welcher sich auch Jebedias und Rhys einfanden; beide jedoch verließen Valoret unmittelbar danach wieder. Mit Rücksicht auf ihre fortgeschrittene Schwangerschaft verblieb Evaine zu Sheele bei den Kindern. Dort befand sich mittlerweile auch Queron, um die gemeinsame Tätigkeit des Forschens mit Rhys fortzusetzen. Gregorius und seine Sippschaft waren in den Connait gezogen.

Alroys Königshof kehrte, wie beschlossen, nach Valoret zurück, doch irgendwie schafften es die Regenten, dafür zu sorgen, dass man dort erst am Tage nach Jaffrays Beisetzung eintraf, sehr zu Javans Enttäuschung und Verdruss. Doch natürlich brachten die Regenten ihr tiefstes Bedauern zum Ausdruck. Hubertus begab sich ohne Säumen daran, die übrigen, bereits eingetroffenen Bischöfe zu begrüßen, und entfaltete eine Geschäftigkeit, die sich nur noch vergleichen ließ mit Buhlerei.

Ailin MacGregor, der erst im Jahr zuvor in Valoret zu Jaffrays Erzbischöflichem Stellvertreter ernannt worden war, waltete als Gastgeber seiner bischöflichen Brüder, verschaffte ihnen und ihren engsten Vertrauten im Erzbischöflichen Palast Unterkünfte, so gut es möglich war, doch mussten zahlreiche weitere Gefolgsleute und Leibwächter in der Stadt untergebracht werden. Dennoch äußerten die Bischöfe keinerlei Klagen, denn nicht wenige von ihnen hofften selbigen Palast noch vor des

Jahres Ende selbst beziehen zu können. Nur Hubertus, dem als einem der Regenten Gemächer in der Königsburg zur Verfügung standen, wohnte weiterhin in Prunk und Pracht – und Erzbischof Oriss, der die gleichen Vorteile genießen durfte, denn Hubertus erwiderte die Gastfreundschaft, welche Oriss ihm in Rhemuth erwiesen hatte, und ließ ihm auch standesgemäße Gemächer in der Burg zuweisen.

In der Mitte der zweiten Woche im November, wenige Tage vor dem Festtag des St. Camber, waren alle Prälaten versammelt: fünf Titularbischöfe, zwei Stellvertretende Bischöfe sowie fünf Weihbischöfe ohne feste Gemeinde. Von den zwölfen waren lediglich drei Deryni – unter den gegebenen Umständen schwerlich aussichtsreiche Anwärter für das Erzbischofsamt. Niallan Trey, der nur widerwillig aus seiner Abgeschiedenheit in der heiligen Stadt Dhassa zum Vorschein gekommen war, durfte sich sogar vor den Regenten vergleichsweise sicher fühlen, solange er zu Lebzeiten hauptsächlich in Dhassa tätig war und sich in der Regenten Bestrebungen nicht einmischte.

Der langmütige Kai Descantor, von den Regenten nach Cinhils Tod so überaus schäbig behandelt, verließ seinen schon halb endgültigen Ruhestand nur auf Cambers beharrliches, ausdrückliches Drängen. Er hatte den Sommer in Kheldour zugebracht, wo der Regenten Wille wenig zählte, wenn überhaupt, dann nämlich allein durch Vermittlung der Grafen Hrorik und Sighere, Ewans Brüder, welche den Vorgängen in Valoret und Rhemuth kaum Beachtung schenkten, es sei denn, sie kamen ihnen im eigenen Interesse gelegen. Kheldour war schon viel zu lange eine eigenständige, unabhängige Grafschaft – fast ein kleines Fürstentum –, als dass des toten Sighere Söhne ohne Not das Joch des Vasallendaseins auf ihre Schultern genommen hätten, mochte auch ihr älterer

Bruder in Gwynedd Regent sein. Jedenfalls hatte Kai, dieweil in Kheldour noch kein Bischofssitz vorhanden war, dort ausreichende Betätigung gehabt.

Selbstverständlich galt eine Anwärterschaft Alister Cullens von allen als die unwahrscheinlichste, wenn die Regenten auch nur im Mindesten dabei mitzureden hatten, denn er war wegen seiner Grundhaltung und seiner Rasse ja schon von ihnen aus dem Regentschaftsrat gedrängt worden. Camber war einige Tage vor Jaffrays Begräbnis in Valoret angelangt, begleitet von Joram, Ansel und einer kleinen Eskorte. Inzwischen leicht bärtig, auf dem Haupt die Tonsur, das Haar unverändert in einer kaum benennbaren Brauntönung gefärbt, besaß »Bruder Lorcan« schwerlich irgendeine Ähnlichkeit mit dem verräterischen, für vogelfrei erklärten Grafen Ansel von Culdi, nach welchem die Regenten noch immer fahndeten. Und wo hätte er sich günstiger verbergen können als gleich unter der Regenten Nase? In Valoret, wo Camber und Joram ihn in ihrer Obhut behalten und auf ihn Acht geben konnten, war Ansel sicherer als im Grecothaer Kloster inmitten von Leuten, die ihm, wie wohl sie es auch mit ihm meinen mochten, vergleichsweise fremd gegenüberstanden und nicht wussten, ob oder wann es besonderer Maßnahmen zu seinem Schutz bedurfte. Überdies konnte Ansel als Bruder Lorcan für die meiste Zeit in seines Herrn Gemächer verbleiben und sich um des Bischofs häusliche Bedürfnisse kümmern, sodass er kaum Gelegenheit erhielt, irgendwelche augenfälligen Fehler zu begehen.

Robert Oriss, Erzbischof von Rhemuth, übernahm den Vorsitz der Versammlung. Als Beisitzer betätigten sich – da Rangälteste unter den Anwesenden – die Bischöfe von Nyford und Cashien, Ulliam ap Lugh und Dermot O'Beirne, beides echte alte Recken der Kirche, welche beide schon an jener Synode teilnahmen, die zwölf Jahre zuvor Jaffray zum Erzbischof eingesetzt und Camber zum Heiligen gemacht hatte, und beide heute viel versprechende Anwärter für das frei gewordene Erzbischofsamt, wiewohl Dermot in diesem erlauchten Kreise noch als recht jung gelten musste.

Drei der fünf Weihbischöfe konnte man ebenfalls als Teilnehmer der vorangegangenen Synode betrachten: Davet Nevan, der stets zu Scherzen aufgelegte Eustace von Fairleigh und natürlich Kai Descantor. Turlough, dem es damals misslungen war, rechtzeitig zur Synode einzutreffen, war diesmal einer der Ersten gewesen, die sich in Valoret einfanden. Zephram von Lorda, früherer Generalvikar des *Ordo Verbi Dei,* war zur Zeit der letzten Synode noch kein Bischof gewesen, hatte jedoch an der Untersuchung mitgewirkt, welche über die Frage von Cambers Heiligsprechung entscheiden sollte, und nach Jaffrays Erhebung zum Erzbischof hatte er dessen zuvorige Bischofsstellung übernommen. Camber wusste nicht, wo Zephram und Turlough standen, doch hatte Eustace ihm versichert, Zephram neige dazu, Hubertus zu unterstützen.

Hubertus MacInnis freilich war kein Teilnehmer jener mittlerweile so berühmten Synode gewesen. In jenen Tagen hatte er sich als armer Pfarrer betätigen müssen, der gnädigerweise im Hause des damaligen Barons Murdoch von Carthane verkehren durfte; sein Aufstieg war erst zugleich mit Murdochs Emporrücken in des Herrscherhauses Gunst erfolgt. Murdochs Wiedereinsetzung in seiner Sippe altüberlieferten Grafentitel sowie die Rückgabe von deren Ländereien an ihn hatte zu Hubertus' Wahl zum Weihbischof geführt und kaum ein Jahr vor Cinhils Tod war er in Rhemuth zu des dortigen Bischofs Stellvertreter befördert worden, als Robert Oriss es aus Altersgründen abgelehnt hatte, sich für den Regentschaftsrat vormerken zu lassen und statt seiner Hubertus empfahl.

Nun saß der Bischof-Regent Hubertus MacInnis im Valoreter Domkapitel im ersten der sechs Bischofsthrone zur Rechten Erzbischof Oriss'. Rechts von Hubertus saß Niallan Trey – eine Sache der Rangfolge, beileibe nicht der Einvernehmlichkeit, denn zwischen Hubertus und dem Deryni Niallan gab es nicht die geringste Zugeneigtheit – und rechts neben Niallan waren Dermot O'Beirne sowie drei Weihbischöfe aufgereiht, unter ihnen Kai Descantor. Auf der Räumlichkeit anderer Seite befanden sich in ähnlicher halbkreisartiger Anordnung die fünf übrigen hoch gestellten Kleriker, Ailin gleich neben dem verwaisten Platz des Primas von Gwynedd, neben ihm – in dieser Reihenfolge – Ulliam, Eustace, Camber und Turlough, ein jeder seinen Schreiber auf einem Stuhl zur Linken.

Den ersten Tag der Versammlung widmete man gänzlich den Verfahrensfragen: der Absprache von Regeln zur Angleichung des Vorgehens, der Festlegung, in welcher Folge die einzelnen Angelegenheiten zu behandeln seien, sowie der Erweiterung des Bischöflichen Konzils durch die Ernennung von drei neuen Weihbischöfen. Mit zweien der Benennungen hatte Camber gerechnet, wogegen deren dritte ihn überraschte, und sie zeugte unverkennbar von Hubertus' nachdrucksvoller Einflussnahme.

Alfred von Woodbourne, viele Jahre lang Beichtvater Cinhils und seiner Familie, konnte sehr wohl als nahe liegende Wahl gelten, wider welche Camber schwerlich irgendwelche Einwände zu erheben vermochte. Die einzigen wirklichen Bedenken, die Camber in Bezug auf Alfred hegte, gingen dahin, dass derselbe zu stark in der Regenten Obacht und Schuld stehen könne, um sein eigener Herr zu bleiben, und sich womöglich allzu sehr ihren Einflüsterungen beugen werde, dazu von der falschen Einstellung bewogen, sie wüssten wohl am ehesten, was zum Besten seiner jungen Schutzbefohlenen sei.

Die andere erwartungsgemäße Ernennung betraf einen gewissen Archer von Arrand, abermals einen Geistlichen aus Oriss' und Zephrams *Ordo Verbi Dei*, der sich als Glaubensgelehrter beträchtlich hervorgetan hatte – wenngleich er in jüngster Zeit schrullige Mutmaßungen über eine angebliche Fragwürdigkeit der Deryni-Frömmigkeit insgesamt von sich gab, worin Camber allen Anlass zur Beunruhigung sah. Camber hatte ihn mehrmals predigen hören und war sich keineswegs dessen sicher, dass ihm die Schlussfolgerungen behagten, welche Archer zu ziehen pflegte. Falls der Mann wahrlich und wahrhaftig glaubte, was er während der letzten Monde Lauf gepredigt hatte, dann konnte er leicht wider Willen und unwissentlich zu einem Bauern in der Regenten Missbrauch werden. Immerhin hatte auch Hubertus bereits Archer gegenüber freundliche Töne angeschlagen.

Doch selbst Archer hätte man hinnehmen können, wäre da nicht der dritte, völlig unvorhergesehene Anwärter gewesen, Paulin von Ramos. Seine Anwärterschaft beruhte auf allerhöchster Empfehlung – nämlich der Regenten selbst – und dieser Umstand allein hätte genügt, um ihm Cambers erhöhte Aufmerksamkeit zu sichern. Vor ungefähr fünf Jahren hatte Paulin eine kleine, jedoch in stetigem Anwachsen begriffene Glaubensgemeinschaft begründet, welche sich Kleine Brüder des Heiligen Ercon nannte und deren Sitz nahe seiner Heimatstadt Ramos am Fluss lag, ein Stück weit südwestlich von Valoret. Der Hl. Ercon war ein Gelehrter und Geschichtsschreiber von einigem Ruf gewesen, leiblicher Bruder, so behauptete die ländliche Fama, des wohl bekannten Hl. Willim, Kind-Märtyrer und Opfer derynischer Willkür, dessen Kulte vor mehr als dreizehn Jahre als Auslöser zu Imres Sturz beigetragen hatten. Die Erconiten ließen keine so Deryni-feindlichen Verlautbarungen vernehmen wie ihre willimitischen Brüder, beschränkten sich allem Anschein nach aufs Lehren; aber sie traten auch nicht gegen die willimitischen Meinungen auf. Es hielt sich die Vermutung, zwischen den beiden Gemeinschaften bestünde eine weiter gehende Verbindung als bloß die Blutsverwandtschaft ihrer beiden Schutzpatrone, doch gab es nichts, was dergleichen Annahmen hätte beweisen können, nicht einmal irgendetwas, was in dieser Beziehung zu untersuchen sich gelohnt hätte. Camber wünschte sich allerdings, er könne sich auf mehr als lediglich Argwohn wider jemanden stützen, auf den die Regenten anscheinend für ihre Zwecke bauten.

Aber Cambers insgeheime Vorbehalte konnten die Ernennung der drei Männer nicht aufhalten, und am folgenden Tag weihte man sie mit dem vollen Segen der Kirche zu Bischöfen. Als sich Gwynedds Bischöfe schließlich erneut zur Beratung zurückzogen, um sich den eigentlichen Fragen dieser Synode zu widmen, waren es ihrer fünfzehn an der Zahl, nicht länger nur zwölf, doch unverändert befanden sich unter ihnen lediglich drei Deryni. Zur Wahl eines neuen Primas brauchte es zehn Stimmen.

Die Synode trat täglich zusammen, außer an Sonntagen, erörterte zunächst – unter den Gesichtspunkten des Glaubens – die Verhältnisse im Königreich und versuchte den Weg zu bestimmen, welchen es in der Zukunft zu beschreiten galt. Sie schätzten die geistliche Führerschaft Jaffrays ein, und dabei sahen sich Camber und seine Deryni-Kollegen erstmals einer herben Geduldsprobe ausgesetzt, da nämlich Hubertus seinen Griff nach der Macht einleitete, indem er sich dazu aufschwang, Jaffray schamlos als ehrgeizigen, selbstsüchtigen Deryni anzuprangern, der sein hohes Amt nur im eigenen Interesse ausgenutzt habe, und obendrein zum Schaden von des Reiches Wohlergehen. Nur Bischof Ulliam wagte es, ihm zu widersprechen, allerdings lediglich mit recht allgemeinen Worten, bevor er anregte, man möge die Aussprache über andere Dinge fortsetzen. Jeder der Titularbischöfe berichtete über die Zustände in den seiner Obhut unterstellten Pfarrgemeinden und nach ihnen gaben die Weihbischöfe über die seit der letzten Synode stattgefundene spirituelle Entwicklung ihrer Schäflein Bericht. Die Behandlung der überaus heiklen Deryni-Frage war noch einmal für ein kurzes Weilchen aufgeschoben worden.

Der Aufschub konnte jedoch nicht ewig währen. Hubertus hätte die Sache wohl noch für einige Zeit gemieden, aber unbeabsichtigt brachte Bischof Alfred ihn regelrecht dazu, sich zu äußern – wenngleich sicherlich nicht unbedingt in einer Hinsicht, welche Hubertus sonderlich angenehm sein konnte. Alfred war bei der gefangenen Meuchler Befragung zugegen gewesen, ebenso bei ihrer Hinrichtung, und er erhob die Frage, wie angebracht es sei, Deryni zur Betätigung wider Deryni zu nötigen und zum Tode Verurteilten der Kirche letzte Sakramente zu verweigern.

Das musste Hubertus freilich zwangsläufig verärgern. Nachdem er Alfred – *»einen sehr jungen Bischof«*, wie er ihn bezeichnete – barsch dafür gerügt hatte, überhaupt in Erwägung zu ziehen, mit derlei Verhaltensweisen möge etwas nicht in Ordnung sein, erhob er seine Stimme in vollem Ernst gegen die Deryni. Es sei eine Tatsache, erklärte er, dass Deryni die Prinzen Javan und Rhys Michael zu ermorden versucht hätten, und das nicht nur einmal, sondern zweimal. Deryni-Banden machten das Land unsicher und behelligten ehrbare Untertanen, gar nicht davon zu reden, dass sie Bevollmächtigte der Krone bei der Ausübung ihrer Pflichten behinderten. Offenkundig sei es, dass überall, wo Aufruhr und Auflehnung vorkamen, Deryni dabei waren;

um ihre Verschwörung aufzudecken, dürfe man keinerlei Mittel scheuen.

Diese Darlegungen führten zu einem vorsichtigen Meinungsaustausch über Magie im Zusammenhang mit der Kirche – ein Gesprächsstoff, den die anwesenden derynischen Prälaten lieber übergangen hätten und über den die anderen Teilnehmer der Synode schlichtweg zu wenig wussten, um sinnvoll darüber reden zu können. Es nutzte kaum etwas, klarzustellen zu versuchen, dass vieles von dem, was Deryni tun konnten, kein Ergebnis von Magie war, sondern lediglich einer Erhöhung der Bewusstheit, welche sie dazu befähigte, auf Naturkräfte einzuwirken, deren Nutzung Menschen gemeinhin versagt blieb.

Bischof Niallan brach das selbst auferlegte und dank äußerster Zucht lange aufrechterhaltene Schweigen und bemühte sich im Lauf eines ganzen Nachmittags, seinen bischöflichen Brüdern die zusätzliche Ebene spiritueller Empfänglichkeit verständlich zu machen, die ein Deryni zu erreichen vermochte, wenn er seine besonderen Gaben zur Verstärkung von Andacht und Gebet verwendete – und in der Tat zogen diese Erläuterungen einige Bischöfe in ihren Bann, aber für weit mehr klangen sie eher bedrohlich, denn der Gedanke, einige Leute, zumal womöglich Laien, sollten eine unmittelbarere Verbindung zur Gottheit als sie haben, weckte in ihnen blanken Neid. Unglücklicherweise erkannte Niallan diese Gefahr nicht und so schadeten seine Erklärungen höchstwahrscheinlich entschieden mehr, als sie irgendwie nutzten.

Natürlich brachte keiner von ihnen die Rede auf andere Eigentümlichkeiten ihrer Deryni-Begabung, schon gar nicht auf die Tatsache, dass manches von dem, wozu sie fähig waren, fürwahr *wirkte*, als handle es sich um Magie. Erlebnisse etwa der Art, wie Camber eines in der Nacht von Cinhils Ableben widerfahren war, ließen sich durch nichts in Cambers umfangreichem Schatz an Wissen und Kenntnissen erklären, es sei denn, durch Magie; und es gab andere Fälle, viel zu zahlreich, um sie alle zu nennen.

Aber war dergleichen Magie oder war es Religion? Oder war beides das Gleiche?

Allein die Jahreszeit, in welcher die Synode zusammengetreten war, brachte schon gewisse Peinlichkeiten mit sich, denn in die erste volle Woche der ausgedehnten Beratungen fiel St. Cambers Festtag – ein Anlass, der Camber insgeheim Verlegenheit bereitete und bei den anderen Bischöfen eine ganze Kette völlig neuer Fragestellungen auslöste. Über Cambers Heiligkeit setzte man sich zwar nicht von neuem auseinander – noch nicht –, aber selbst der gewöhnlich geistig recht bewegliche Eustace sah sich zu der Feststellung gehalten, die Camber-Verehrung habe im Laufe der Jahre für das gemeine Volk nachhaltig an Anziehungskraft verloren. Paulin von Ramos pflichtete ihm eilends bei, wies auch darauf hin, dass dem Volk des Deryni-Heiligen Gleichgültigkeit gegenüber der im Sommer aufgetretenen Seuche keineswegs entgangen wäre.

Camber äußerte sich weder in der einen noch in der anderen Beziehung dazu und die beiden anderen Deryni enthielten sich gleichfalls jeglicher Anmerkung. Infolgedessen verzichtete die Synode auf eine Stellungnahme zu Cambers Heiligkeit und beschloss lediglich eine Erklärung, wonach man Camber wohl gerechter werde, wenn man ihn auf die Stufe eines Wahlheiligen stelle, dessen Festtag jeder feiern möge, aber auch übergehen dürfe, ganz wie sein Gewissen ihn anhalte. Hubertus setzte sich für nachdrücklichere Veränderungen ein, doch fand er keine hinreichende Unterstützung – zu viele seiner Bischofskollegen hatten die Zeugnisse gesehen und gehört, auf die man ursprünglich Cambers Heiligsprechung begründete.

In der ersten Woche der Adventszeit kamen die Bischöfe zu guter Letzt auf die hauptsächliche Aufgabe ihrer Zusammenkunft zu sprechen: die Wahl eines neuen Primas von Gwynedd. Mittlerweile hatten die Regenten längst auf nicht allzu zurückhaltungsvolle Art und Weise allgemein kund und zu wissen gegeben, wen sie bevorzugten, aber um ihrem Wunsch den gehörigen Nachdruck zu verleihen, ließen sie am Dienstag der vorerwähnten Woche in der Königsburg Thronsaal den König zu den dafür eigens zusammengerufenen Bischöfen sprechen, und er hielt ihnen dort eine Rede, auf welche man ihn offenbar ausgiebig vorbereitet hatte.

»Um eines künftigen Zusammenlebens voller Harmonie in diesem Unserem Reich«, beschloss Alroy seine Worte, »empfehlen wir Eurem Wohlwollen Unseren über alles geliebten Diener, Bischof Hubertus MacInnis und legen Euch nahe – mit Rücksichtnahme auf die Liebe und den Gehorsam, den Ihr Uns als Eurem König und Herrscher schuldet –, ihn in diesem Unserem Reich als Erzbischof und Primas einzusetzen und zu bestätigen.«

Hubertus täuschte in gewissem Umfang Bescheidenheit vor, und man sagte zu alldem wenig, bis die Bischöfe am Nachmittag erneut das Domkapitel aufgesucht hatten; dort und dann jedoch brachte Dermot O'Beirne, der allzu gerne selber Jaffrays Nachfolge angetreten hätte, genug Entschiedenheit auf, um sich dahingehend auszulassen, dass Hubertus' Rangalter, auch wenn sein forsches Werben dem angestrebten hohen Amt durchaus entspräche, keineswegs zur Übernahme einer solchen Stellung genüge – damit löste er nicht allein die wütende Schimpfrede seitens Hubertus aus, worauf jeder sich für einen derartigen Fall des Widerspruchs gefasst gemacht hatte, sondern ebnete auch dem allseitigen, allgemeinen

Disput über die Nachfolge den Weg, welcher sodann prompt ausbrach und nicht endete, bevor man sich zur Nachtruhe zurückzog.

Camber erhielt noch spät am selben Abend Besuch von mehreren seiner bischöflichen Brüder, dieweil Letztere sehr besorgt waren wegen der Beeinflussung der Synode, welcher sich die Regenten befleißigten. Wenn die Stimmung bereits so hitzig war, noch ehe man sich überhaupt ans endgültige Fällen der Entscheidung machte, was für eine Aussicht mochte es da noch geben, das Verfahren vernünftig durchzuführen, sobald es an die eigentliche Stimmabgabe ging?

Am nächsten Morgen hatten sich die Gemüter anscheinend wieder etwas beruhigt und den übrigen Anwärtern räumte man die Gelegenheit ein, ihre eigenen Vorzüge selber herauszustellen und erörtern zu lassen. Niallan lockerte die allgemeine Laune etwas auf, indem er in leichtmütigem Tonfall auf seine Möglichkeit zur Anwärterschaft verzichtete, mit der Begründung, der Bischof von Dhassa dürfe niemandes Partei ergreifen, und Dhassa sei ein verantwortbarer, sicherer Aufenthalt für einen Deryni, bedenke man der Regenten Vorlieben. Von Anfang an ließ er keinen Zweifel daran aufkommen, dass er das offene Amt nie und nimmer anträte, und trüge man es ihm auf den Knien an. Diese Klarstellung mäßigte ein wenig Hubertus' Groll, welchen der Bischof aufgrund der Bemerkung über die Regenten unverkennbar empfand.

Man begann am folgenden Morgen mit der Abstimmung; der erste Wahlgang brachte keinem Anwärter mehr als drei Stimmen ein. Hubertus war sichtlich übervoll von Ärger, weil er fest damit gerechnet hatte, erheblich besser abzuschneiden, doch tat sein unverhohlener Verdruss beileibe nichts, um ihn bei seinen bischöflichen Brüdern beliebter zu machen. Bei der zweiten Abstimmung erhielt ebenfalls kein Anwärter auch nur annäherungsweise die erforderliche Mehrheit von zwei Dritteln. Hubertus fielen fünf Stimmen zu, Dermot O'Beirne vier, Ulliam bekam zwei, während Oriss, Ailin MacGregor, Eustace und Kai jeweils eine Stimme erhielten.

Man vollzog einen weiteren Wahlgang und das Verhältnis der abgegebenen Stimmen blieb unverändert; noch einmal schritt man zur Wahl, und jene, die zuvor Ailin, Eustace und Kai unterstützt hatten, stimmten nunmehr für Oriss, dem daran gar nichts lag, der aber nichts dagegen zu unternehmen vermochte. Nach der nächsten Stimmabgabe schüttelte Camber bloß ratlos das Haupt, denn nunmehr stand man da mit fünf Stimmen für Hubertus, je vier für Oriss und Dermot sowie zweien für Ulliam. Und so blieb der Stimmen Verhältnis auch bei den drei darauf folgenden Versuchen zu einem ordnungsgemäßen Ergebnis der Wahl zu gelangen.

Offenkundig war nun, dass irgendetwas geschehen musste. Man begann jeden weiteren Tag mit einer dem Heiligen Geist zugedachten Messe, in deren Verlauf man um göttliche Erleuchtung betete, und jede nochmalige Abstimmung mit vorherigen Darlegungen und gemeinsamen Gebeten beanspruchte ohne weiteres einen halben Tag, sodass an einem Tag nicht mehr als zwei Versuche stattfinden konnten, und an den Sonntagen trat die Synode nicht zusammen. Derweil die Adventszeit voranschritt und die Bischöfe unterdessen einer Entscheidung nicht näher gelangten, als sie es an des Dezembers Anbeginn gewesen waren, ließen sich die Regenten zunehmende Beunruhigung anmerken, und Hubertus' Gemütsverfassung zeugte immer deutlicher von Missmut. Zusehends war es offensichtlich geworden, dass er nicht gerade mit Leichtigkeit Primas von Gwynedd werden sollte.

Irgendwann während des Advents dritter Woche ging jemand hin und jagte Ulliam einen solchen Schrecken ein, dass er seine Anwärterschaft nicht länger aufrechterhielt, aber eine der bis dahin ihm zugefallenen zwei Stimmen ging danach an Dermot, die andere bekam Oriss. Für die Dauer sechs langer Tage der Beratung und für zwölf unentschiedene Stimmabgaben blieb das Ergebnis zwischen Hubertus, Dermot und Oriss mit fünf Stimmen für jeden unverändert offen.

Am Abend vorm Heiligen Abend beteten Camber und Joram im kleinen Oratorium in jenen Gemächern, welche Camber ständig hatte bewohnen dürfen, als er unter Cinhil und Jaffray Reichskanzler gewesen war; im benachbarten Raum hatte sich Ansel bereits zum Schlafe niedergelegt. Camber und Joram waren eine innige Geistesverbindung eingegangen, ganz Vater und Sohn, um auf diese andächtige Weise ihr Abendgebet zu beschließen. Ein verhaltenes Pochen an der Gemächer Eingangstür schrak sie recht unerfreulich aus ihrer meditativen Versenkung, und überrascht schauten sie einander an.

»Erwarten wir irgendjemanden?«, erkundigte Camber sich leise und blickte in die Richtung zum Eingang.

Joram schüttelte das Haupt, als er sich erhob, um nachzusehen. »So spät nicht. Es ist schon geraume Zeit nach der Komplet.«

Zwar verblieb Camber im Oratorium, seine Knie auf des Betstuhls Polsterkissen gebettet, aber er begleitete seinen Sohn im geistigen Bereich bis zum Eingang, verfolgte, wie der Geistliche den Riegel zur Seite schob und mittels seiner Deryni-Sinne hinaus in den Korridor tastete, spürte Jorams gelinde Verblüffung, als er bei zweien der draußen befindlichen vier Männer mit Festigkeit, aber ohne schroffe Abweisung erhobenen Geistesschilden begegnete. Als auch Camber den Blick zur Eingangstür wandte und sein Sohn sie öffnete, erkannte er sowohl durch dessen wie auch aufgrund des eigenen Wahrnehmungsvermögens, dass die Besucher bischöfliche Kollegen waren – Niallan, Kai, Dermot und Oriss. Joram schaute, merklich erstaunt, zu Camber herüber, und der Bischof nickte seinem Sohn zu, um anzuzeigen, dass er sie einlassen möge; dann drehte er sich erneut dem kleinen Altar zu und sandte innerhalb weniger Augenblicke ein Stoßgebet um Gottes Rat gen Himmel, ehe er sich bekreuzigte und aufstand. Während die vier Männer sich in den Wohnraum von Cambers Gemächern begaben und in merklicher Anspannung am Kamin sammelten, befiel Camber eine Ahnung, weshalb sie gekommen sein mochten. Noch hoffte er, dass er sich irrte.

»Einen recht guten Abend, Ihr Herren«, begrüßte er sie mit gedämpfter Stimme, indem er in des Kaminfeuers Lichtschein unumwunden vor sie trat. »Joram, ich bitte Euch, bringt unseren Gästen ein paar Stühle. Ihr Herren, mit Bedauern muss ich ansagen, dass die hiesigen Umstände schwerlich eine umfangreichere Kurzweil zu veranstalten gestatten, aber zu jeglicher Gastfreundschaft, welcher wir hier gegenwärtig fähig sind, sollt Ihr willkommen sein. Nehmt Platz, darum bitte ich Euch.«

Derweil die vier sich auf die zwei Stühle und zwei Lehnstühle setzten, welche Joram heranschaffte, versuchte Camber mit seinen Deryni-Sinnen ihre Absichten zu durchschauen. Zu Niallan und Kai konnte er auf geistiger Ebene gar nicht vordringen; bei Letztgenanntem ersah er nur das schwache, unterschwellige Missbehagen, das sich Kai beständig anmerken ließ, seit man ihn aus dem Kronrat geworfen hatte. Oriss stak bis zum Halse voller Furcht, obschon er – für einen Menschen – bewundernswerte Selbstbeherrschung aufbrachte. Dermot dagegen erregte den Eindruck versonnener Fügsamkeit in irgendetwas, das Camber vorerst nicht näher zu bestimmen vermochte, und im Beisein Niallans und Kais erachtete er es als ratsamer, nicht allzu aufdringlich nachzuforschen.

»Meinen Dank, Joram«, sprach Camber, indem er sich auf eine Truhe niederließ, welche Joram, für ihn zum Sitzen herangeschoben hatte, denn alle anderen Sitzgelegenheiten waren bereits belegt. »Nun denn! Was kann ich für Euch tun, Ihr Herren? Soll sich Joram entfernen? Dies ist wohl kaum die Stunde, um einen Besuch nur zum Zwecke belanglosen Plauderns zu machen, daher nehme ich an, Ihr seid hier, um mit mir über bedeutsame Angelegenheiten zu reden.«

Oriss, der gemäß Rang und Dienstalter als Sprecher hätte auftreten müssen, verklammerte seine Finger ineinander, wirkte ein Weilchen lang so, als nähme er all seinen restlichen Mut zusammen, doch dann stieß er ein unterdrücktes Aufseufzen aus und heftete seinen Blick nachgerade flehentlich auf Niallan.

»Redet Ihr, Niallan. Ich … ich kann's nicht.«

Indem er gleichfalls seufzte, hob der Deryni-Bischof die Brauen und musterte Oriss, die Lippen in einem Ausdruck von Nachdenklichkeit nach vorn geschoben, dann widmete er seine Aufmerksamkeit Camber.

»Ich glaube, es erübrigt sich, dass Pater Joram geht«, versicherte er und nickte Joram zu, der wie ein stummer bläulicher Schatten hinter seinem Bischof stand. »Sagt an, Alister, vermögt Ihr diese Räumlichkeit wider unerwünschte Beobachter abzuschirmen, ohne zu viel Aufwand zu betreiben und ohne unsere menschlichen Brüder auf den Tod zu erschrecken?«

Cambers Beherztheit geriet ins Wanken. Nun meinte er mit Bestimmtheit zu wissen, was sie von ihm wollten.

Ohne seine insgeheimen Empfindungen durch irgendeine Veränderung seiner Miene zu verraten, schöpfte Camber ergiebig Atem und schloss die Augen, tastete im geistigen Bereich nach dem Banntrutz, welchen er, Joram und Ansel bereits am Tag ihrer Ankunft mit Hilfe von Cambers Kuben in diesem Gemach vorbereitet hatten, um ihn nunmehr auszulösen. Dieweil den Regenten inzwischen auch Deryni zu Hilfe standen, hatten sie darin eine notwendige Vorsichtsmaßnahme gesehen, allerdings gehofft, auf ihre tatsächliche Anwendung verzichten zu können. Jetzt waberte rundum der kühle, schutzreiche Glutschimmer des Banntrutzes empor, von außerhalb allerdings gänzlich unsichtbar – denn Camber hatte bei einer etwaigen Benutzung möglichst wenig auffallen wollen –, aber nichtsdestotrotz hinreichend ausgewogen beschaffen, um jeglichen Versuch irgendeiner Zudringlichkeit unverzüglich bemerken zu können. Als Camber wieder die Augen aufschlug, sah er Niallan beifällig nicken, Kai sich befangen die Lippen lecken. Die beiden anderen Prälaten betrachteten ihn lediglich mit Neugier und Angespanntheit von unterschiedlicher Stärke, empfanden sodann merkliche Erleichterung, als sie begriffen, was er an Magischem zu verrichten beabsichtigt hatte, war bereits getan.

»Wird das genügen?«, fragte Camber leise.

Niallan nickte. »Wohlgetan, fürwahr. Kai hatte befürchtet, womöglich seien von Euch noch keine derartigen Vorbereitungen getroffen worden. Ihr steht nicht eben im Ruf, Eure Fähigkeiten allzu häufig anzuwenden.«

»Schon vor langem bin ich zu der Ansicht gelangt, dass es sich nicht auszahlt, damit gar so offenkundig umzugehen«, lautete Cambers Entgegnung. »Nie ist derlei meine Art gewesen. Die Gaben, welche wir besitzen, brauchen ihren Ort und ihre Zeit.« Er ließ seinen kühlen, lichten Alister-Blick über Kai, Oriss und Dermot wandern. »Doch ich denke, Ihr Herren, Ihr seid keineswegs um diese Stunde zu mir gekommen, um meine Befähigungen zu besprechen – jedenfalls nicht meine Deryni-Fähigkeiten.«

»Nein, das sicherlich nicht.«

Niallan, der auf einem der zwei Stühle saß, faltete die

Hände und tippte mit den Spitzen seiner aneinander gelegten Finger kurz an seine Lippen, die ehern grauen Augen umrahmt von Haupthaar, Bart und Schnauzbart, ähnlich erzgrau.

»Alister, gegen gewisse, nachgerade geringfügige Zusicherungen sind Dermot und Robert vollauf bereit, ihre Anwärterschaft zurückzuziehen und stattdessen morgen bei der nächsten Abstimmung Euch zu unterstützen.«

23

Dies Volk verspottet Könige, und Fürsten sind ihm zum Gelächter. Es lacht über jede Festung, schüttet Erde auf und nimmt sie ein.

Habakuk 1,10

Obschon er Niallans Ersuchen vorausgeahnt hatte, vermochte Camber nicht eine flüchtige Anwandlung schreckhafter Übelkeit zu unterdrücken, sobald die Worte erklungen waren. Er spürte Jorams Erschrecken auf geistiger Ebene nahezu so stark wie einen wahrhaftigen Fausthieb in die Magengrube, als ihr beider Verstand gleichzeitig begriff, was Niallan da vorschlug, aber Camber schaffte es, sich die eigene insgeheime Bestürzung nicht anmerken zu lassen.

»*Domine, non sum dignus*«, vermochte er mit gesenktem Blick zu murmeln.

»Unfug«, erwiderte Dermot. »Ihr seid des offenen Amtes so würdig wie jeder andere von uns.« Mit seiner Hand, geziert von einem Amethyst, vollführte er eine fahrige Geste, welche ungefähr auf ihn selbst und Oriss wies. »Und weit würdiger als das Schweinsgesicht Hubert MacInnis, das die Regenten uns zum Oberhaupt aufzunötigen versuchen.«

»Er hat Recht«, stimmte Niallan zu, während Oriss und Kai einmütig nickten.

Indem er das Haupt schüttelte, wandte sich Camber halb dem Kaminfeuer zu, knetete mit einer Hand seines Angesichtes untere Hälfte, bemühte sich, Jorams seelischen Aufruhr aus seiner Wahrnehmung zu verdrängen, war heilfroh, dass sein Sohn zumindest geistesgegenwärtig genug war zu verhindern, dass sein Schrecken sich auch den anderen im Gemach befindlichen Deryni mitteilte.

Er wollte nicht Primas werden – so wenig, wie er Alister Cullen oder gar ein Heiliger zu werden gewünscht hatte. Oh, diese angetragene Stellung war zweifelsfrei sehr einflussreich – jedenfalls bei oberflächlicher Betrachtungsweise. Durch unantastbares Recht erneut im Regentschaftsrat zu sitzen, das könnte ihn dazu in die Lage bringen, den jungen König und dessen Brüder im Augenmerk zu behalten und ihnen Anleitung zu geben – und unter Berücksichtigung dessen, dass die Regenten fortgesetzt Gift in die drei jungen Seelen träufelten, benötigten sie nichts dringlicher als eine vernünftige Beratung, bei Gott! Der Antritt eines solchen Amtes durch ihn würde den Schaden, zugefügt durch den unzeitigen Tod Davins und Jaffrays, mehr als ausgleichen.

Doch die wirklichen Verhältnisse verhießen, dass die Regenten ihn als Erzbischof und Primas nie und nimmer dulden würden, und dieser absehbare Umstand tilgte jedweden Wert, den das Amt ansonsten in dieser Hinsicht besessen hätte. Die Regenten kannten seine Haltung zu allen Angelegenheiten des Reiches ganz genau, so gut wie seine Herkunft und Abstammung – beziehungsweise jene Alister Cullens. Wählte man ihn unter Abweisung Hubertus' zum Erzbischof, mussten die Regenten – nach ihrer Denkungsart – darin eine vorsätzliche Herausforderung seitens der Deryni erblicken, ungeachtet dessen, dass von den zehn Stimmen, deren Alister Cullen für die Erwählung bedurfte, lediglich drei von Deryni kommen konnten.

»Ich bin mir unsicher, ob Ihr Euch in der Tat darüber im Klaren seid, was für ein Ansinnen Ihr hier unterbreitet«, sprach er schließlich nach einem tiefen Seufzer. »Die Regenten wünschen, dass Hubertus gewählt wird. Und vor allen anderen müsstet Ihr, Kai, sehr wohl wissen, was die Regenten von mir halten. Einmal haben sie mich bereits aus dem Regentschaftsrat gedrängt.«

»Weil's ihnen *möglich* war«, entgegnete Kai, indem er aus Widerwillen das Antlitz verzog. »Diesmal aber werden sie nicht dazu imstande sein. Der Erzbischof von Valoret sitzt dank unverbrüchlichen Rechts entweder im Regentschafts- oder im Kronrat. Seit den Tagen König Augarins hat der Erzbischof von Valoret dieses Vorrecht. Und in der Frage von desselben Erzbischofs Wahl können selbst die Könige – oder, in diesem Fall, die Regenten – der Bischofssynode nur Empfehlungen nahe legen. Nichts verpflichtet uns dazu, einer solchen Empfehlung zu folgen. Außerdem, es bekäme meinem Seelenfrieden fürwahr nur zu wohl, noch erleben zu dürfen, wie die Regenten ihren Stolz und Hochmut hinunterwürgen und abermals einen Deryni als Primas von Gwynedd hinnehmen müssen!«

Derweil die anderen Bischöfe zum Zeichen ihrer Übereinstimmung nachdrücklich nickten, gelang es Camber gerade noch halbwegs, ein Lächeln zu mäßigen, und von neuem schüttelte er das Haupt.

»Rachsucht, Kai? So etwas ist Eurer unwürdig. Und nebenbei, ich wähne, Ihr unterschätzt Hubertus. Er würde sich einem derynischen Primas niemals beugen – zumal nicht *dem* Deryni, welchen Ihr für besagtes Amt vorzuschlagen gedenkt.«

Dermot lachte auf, sodass es wie ein gedämpftes, bedrohliches Grollen klang. »Dann stünde es in Eurer Macht, ihn seines Amtes zu entheben und diese Laus zu zermalmen. Ich für meinen Teil bin dieses geckenhaften Heuchlers ein für alle Mal überdrüssig.«

»Und ich ebenso«, pflichtete Oriss bei. »Außerdem seid Ihr der einzige vorstellbare Anwärter«, fügte er in besonnenerem Tone hinzu, »auf den wir alle uns zu einigen vermögen. Einige von jenen, die für mich sind, werden nicht

Dermots Wahl befürworten, und manche von jenen, die gerne Dermot gewählt sähen, verweigern mir ihre Unterstützung. Dieweil Hubertus jedoch über einen gewissen unveränderlichen Stimmanteil verfügt, liegt's auf der Hand, dass einige von *uns* es sich anders überlegen müssen – wer immer Hubertus abschlagen soll, muss den einheitlichen Rückhalt unseres gesamten Rests haben.«

»Aha, nun kommt die Wahrheit ans Licht.« Camber lächelte erneut. »Ich bin der Anwärter Eurer wechselseitigen Zugeständnisse. Sagt an, was macht Euch glauben, ich sei für alle annehmbar, wogegen's von Euch keiner sein soll? Ich *bin* ein Deryni und Hubertus' Darlegungen zufolge ist daher mein Stand der Gnade reichlich fraglich.«

»Ihr seid Alister Cullen, der *zufällig* auch Deryni ist«, erwiderte Dermot. »Wir kennen Euer lebenslanges Wirken, Alister. Wir wissen, dass Ihr Eure Deryni-Kräfte nie missbraucht habt. Wir wissen, wir können darauf bauen, dass Ihr der Kirche und aller Gläubigen Ehre niemals gefährden werdet. Die Tatsache, dass Ihr ein Deryni seid, hat auf unseren Wunsch, Euch zum Primas zu erwählen, keinerlei Einfluss.«

»Nun, aber sie dürfte großen Einfluss darauf haben, wie die Regenten eine derartige Entscheidung aufnehmen«, hielt Camber dem entgegen. »Uns ist bekannt, wie Hubertus über jeden Anwärter außer sich selbst denkt, und ein Deryni, den man ihm vorzieht, wäre ihm unerträglich. Herzog Ewan ist ein gesitteteter und ehrenhafter Mann, dem schwerlich irgendjemand am Zeug zu flicken vermag, also glaube ich, er dürfte sich nicht empören, aber Murdoch geriete ohne den gelindesten Zweifel außer sich. Tammaron würde gewisslich der Tobsucht verfallen. Und Rhun … Herrgott, ich wage mir gar nicht erst auszumalen, was gegebenenfalls Rhun anstellen könnte!«

»Sie alle können nichts dagegen tun«, versicherte Kai. »Und sollten sie sich weigern, Euch als Primas anzuerkennen, so steht's Euch frei, sie zu exkommunizieren.«

»Sie zu exkommunizieren?«, wiederholte Camber. »Weil sie in Sachen der Staatskunst anderer Meinung sind? Oho, kommt, kommt, damit hört mir auf! Eben erst hat Dermot erklärt, dass ich nicht zum Missbrauch meiner Macht neige. Ich nehme an, er sprach von meinen derynischen Geistesgaben, aber Gleiches muss für die Macht gelten, welche mit eines Erzbischofs Amt verbunden ist.«

Kai zuckte mit den Achseln. »Nun wohl, was soll's, Ihr müsst sie ja nicht exkommunizieren. Aber so oder so, ihnen bliebe keine Wahl, sie müssten sich mit Euch abfinden. Gerade so, wie sie's mit Jaffray mussten.«

»Und wenn er nun das gleiche Schicksal wie Jaffray erleidet?«, meinte Joram, indem er sich erstmals in die Unterhaltung einzumischen wagte. »Um Vergebung, Ihr Herren, doch habt Ihr je erwogen, dass Erzbischof Jaffrays Tod auf eine Machenschaft der Regenten zurückführbar sein möchte?«

»Genug, Joram«, besänftigte Camber und versuchte seinen Sohn mit einem Wink seiner Hand zur Zurückhaltung zu ermahnen. »Nichtsdestoweniger, Ihr Herren, er hat Recht«, wandte er sich von neuem an die übrigen Anwesenden. »Von jener Nacht an, da König Cinhil das Zeitliche gesegnet hat, war jedem von uns völlig klar, dass Jaffray, solange er zum Hofe zählte, in einer derartigen Gefahr schweben musste. Vielleicht eignete sich ein anderer Anwärter eher, sollte Euch daran gelegen sein, dieses ganze, ausgedehnte Verfahren einer Wahl nicht demnächst abermals wiederholen zu müssen. Wie wär's mit Ulliam? Ihm ist eine Zeit lang ein stetiger Anteil der Stimmen zuteil geworden.«

»In Höhe von zwei Stimmen, ja«, äußerte sich Niallan.

»Alister, Ihr werdet Euch uns nicht entwinden können. Gleiches habt Ihr betrieben, als Ihr Bischof werden solltet. Ich fürchte, Ihr müsst Euch ins Unabwendbare schicken, heute ebenso wie damals. Wie lautet Eure Antwort?«

So befragt, fühlte Camber sich im Augenblick außerstande zum Antworten. Er senkte das Haupt auf seine gefalteten Hände, durchdachte insgeheim die Gründe, welche man ihm genannt hatte, suchte in ihrer Schlüssigkeit irgendwelche Mängel zu entdecken; doch Niallans und Kais Geisteswehren waren seinem Bewusstsein allzu nahe und beeinträchtigten seiner Gedanken Klarheit und Jorams inwendiger Wirrwarr von Furcht und verschiedenartigen Wahrnehmungen eigneten sich keineswegs zur Begünstigung seines Denkvermögens.

Unvermittelt erhob er sich und kehrte zurück ins Oratorium, wo er erneut auf die Knie sank und seine Stirn auf der Hände Ansätze stützte, darum bemüht, folgerichtig zu denken. Er hob den Blick zu der kleinen geschnitzten Christusgestalt an der Wand und bediente sich ihrer als Brennpunkt all seiner vielen aufgewühlten Gedankengänge, ließ sich von Ernstmut und Ruhe überkommen.

Erzbischof von Valoret und Primas von Gwynedd zu werden – Gott, niemals war ihm an so etwas gelegen gewesen! Doch freilich, er hatte auch nie ein Heiliger werden wollen – und ebenso wenig zu Alister Cullen.

Er vermochte die Richtigkeit ihrer Schlussfolgerungen, soweit sie auf den seinen Bischofskollegen bekannten Tatsachen beruhten, nicht in Frage zu stellen, nur befanden sie sich nicht im Vollbesitz aller Tatsachen und er konnte es keinesfalls wagen, ihnen mitzuteilen, was sie nicht wussten. Ohne Zweifel stimmte es, dass gegenwärtig er allein unter ihnen derjenige war, welcher zwecks Erwählung die erforderlichen zehn von fünfzehn Stimmen erhalten mochte. Doch zum Erzbischof gewählt zu werden und danach auch Erzbischof zu bleiben, das musste nicht zwangsläufig ein und dieselbe Sache sein. Joram hatte einen schwer wiegenden Punkt angesprochen. Wenn die Regenten nun *wirklich* bei Jaffrays Tod ihre Hand mit im Spiele gehabt hatten?

Von neuem presste er die ineinander verschlungenen Hände an seine Stirn und versuchte seine Überlegungen weiter fortzuspinnen. Jaffrays Tod konnte mit den Taten der Regenten im Zusammenhang stehen, es konnte aber auch nicht so sein; unabhängig davon jedoch war es ihnen gewiss willkommen gewesen. Fast ein Jahr lang hatte sich Jaffray als Dorn in ihrem Fleisch erwiesen.

Und nunmehr an seine Stelle einen anderen Deryni zu setzen, und überdies einen, der schon zuvor Reichskanzler gewesen war …

Nach Recht und Gesetz waren die Regenten dagegen machtlos, falls die Abstimmung der Bischöfe tatsächlich zu diesem Ergebnis führte. Aber wer wollte dafür die Hand ins Feuer legen, dass die Regenten sich durch Recht und Gesetz verpflichtet fühlten? Gesetze waren schon oft gebeugt worden.

Er stieß einen beschwerlichen Seufzlaut aus und schüttelte abermals das Haupt. Niallan und die anderen harrten seiner Antwort; und er sah ein, als er sein Gewissen mit Herz und Verstand erforschte, dass er ihnen keine schlagkräftige Begründung für eine Absage zu nennen vermöchte, die nicht zugleich auf sein gesamtes Dasein das allerschlechteste Licht geworfen hätte. Die Tatsache blieb bestehen, dass es keinen anderen Anwärter gab, der die Wahl gewinnen konnte. Camber musste sich – zum Wohl oder zum Übel – als Anwärter zur Verfügung stellen. Alister Cullen musste den Thron des Primas von Gwynedd besteigen und Camber musste es erdulden, dass das Schicksal von neuem wider seinen Willen mit ihm sein Spiel trieb.

Er stand auf und schlug mit müder, schwerer Hand ein Kreuz, drehte sich um und kehrte in die Mitte seiner Bischofskollegen zurück. Sie erhoben sich, als er sich wieder zu ihnen gesellte; und als er zum Zeichen seiner Einwilligung kaum merklich nickte, fielen sie alle vier auf die Knie und küssten seine Hand.

Erst als sie nach einem Weilchen schlussendlicher Besprechung gegangen waren, wagte Camber offenen Blickes Joram anzuschauen. Seines Sohnes Augen waren düster von schwermütigen Gefühlen, sodass ihr Grau in seinem bleichen, männlich schönen Antlitz dem Aschgrau ausgebrannter Kohlen glich.

»Ich weiß«, sprach Camber. »Du billigst das nicht.«

»Warum sollte es diesmal anders als bei den anderen Malen sein?«, entgegnete Joram. »Du hast deine Entscheidung gefällt. Offenbar hattest du dafür, wie sie ausgefallen ist, deine wohlerwogenen Gründe ... und *wenn* sie dich das Leben kosten sollte.«

Camber seufzte. »Tja, womöglich hast du gänzlich Recht. Aber was hätte ich denn anderes tun können? Alles geht seinen Weg stets weiter, oder nicht, Joram? Erst eine Lüge, dann noch eine, und so fort, bis wir uns in all den Unwahrheiten so verstrickt haben, dass wir dem Geschick, das sich für uns daraus ergibt, nicht zu entrinnen vermögen.« Er hob die Schultern. »Nun, morgen wird sich mancherlei zeigen. Möglicherweise stellt sich heraus, dass sie doch keinen Deryni zum Erzbischof haben wollen. Das wäre eine gewaltige Erleichterung, stimmt's?«

Joram konnte ein widerwilliges Lächeln des Stolzes nicht unterdrücken. »Für dich, das mag sein, ja – aber nicht für Gwynedd. Von einem rein sachlichen Gesichtspunkt aus ...«

»Und du bist ja stets der puren und reinen Sachlichkeit treu«, unterbrach Camber mit einem Lächeln.

»Von rein sachlichem Gesichtspunkt aus betrachtet«, wiederholte Joram, indem er Cambers Lächeln erwiderte, *»bist* du der geeignetste Anwärter. Ich hoffe nur, du erhältst auch ausreichende Gelegenheit, um dich in deinem künftigen Amt entsprechend zu bewähren.«

»*Das* wäre in der Tat, da's nun schon dahin gekommen ist, dass ich's aller Wahrscheinlichkeit nach antreten muss, sehr erstrebenswert.« Versonnen senkte Camber den Blick, hob ihn sogleich erneut – wieder ernsthafter – zu Joram. »Ich glaube, unter diesen Umständen sähe ich gerne Rhys in meiner Nähe. Mir ist's unlieb, ihn ausgerechnet zur Weihnachtszeit von Evaines Seite zu rufen, zumal in Kürze das neue Kindlein das Licht der Welt erblicken soll, aber ich bin, kein Zweifel möglich, nicht so jung wie früher einmal. Selbst wenn ich keine Schwierigkeiten haben sollte – und dessen kann man, wie wohl bekannt, niemals gänzlich sicher sein –, die nächsten Tage dürften mit Gewissheit erhebliche Anstrengungen mit sich bringen. Ich fühlte mich weit wohler, hätte ich für alle Fälle Rhys an Ort und Stelle.«

Joram nickte. »Mich dünkt, sowohl Evaine wie auch Rhys wollten damit einig gehen. Sollte Evaine Beistand brauchen, wird immer noch Queron verfügbar sein. Soll ich aufbrechen und Rhys holen?«

»Nein, du kannst Ansel wecken, er soll sich mit der Nachricht auf den Weg machen. Aus selbigem Grunde, warum ich Rhys lieber hier sähe, wähne ich Ansel dort besser aufgehoben. Er mag Queron dabei behilflich sein, sich um Evaine zu kümmern. Bring ihn zur Porta in des Domes Sakristei. Sollte man euch sehen, könnt ihr auf diese Weise jederzeit behaupten, Ihr hättet den Dom nur zum Beten aufgesucht.«

Joram nahm seinen Michaeliten-Umhang und warf

ihn sich über die Schultern. »Wie bald erwünschst du Rhys' hiesige Anwesenheit?«

»Ansel richte ihm aus, er möge reiten. Wir wollen unser Derynitum nicht durch überflüssig offenkundigen Gebrauch von Portae unnötig herauskehren. Er dürfte um des Vormittages Mitte hier eintreffen können, selbst wenn er sich noch das eine oder andere Stündchen Schlaf gönnt. Und ich bezweifle, dass irgendjemand Ansel vermissen wird. Man ist vollauf damit beschäftigt, mich zu beobachten.«

»Du liegst mit deinen Annahmen richtig, möchte ich meinen«, bemerkte Joram und legte seine Hand auf den Griff der Tür zu jenem Gemach, worin Ansel schlummerte.

Camber widmete Joram einen Blick voller Dankbarkeit und schon war sein Sohn fort. Camber verhielt still und starrte ihm noch für ein kurzes Weilchen nach, dann ließ er sich in einen der Lehnstühle sinken, welche noch am Kamin standen. Für lange Zeit sah er den Flammen bei ihrem Wabern zu, und als Joram wiederkehrte, hatte er ein gewisses Maß an innerer Abgefundenheit errungen.

Die Bischöfe traten am folgenden Morgen zur Terz wieder zusammen, zur »dritten Stunde« der Alten, in welcher zur Pentekoste der Heilige Geist auf die Apostel herabfuhr. Nach der Messe und den nun schon nahezu eingefleischten Gebeten um göttliche Führung schritt man erneut, wie man es während fast des gesamten bisherigen Mondes Verlauf beinahe täglich getan hatte, zur Abstimmung, bei der nur die fünfzehn Bischöfe in dem Rundsaal weilten. Durch das bunte Glas über ihren Häuptern schien schwächlich des Dezembers Sonne herein, aber die Fliesen unter Cambers Füßen waren merklich kalt und noch eisiger war die Kälte in seinem Herzen.

In gänzlichem Schweigen trat ein jeder Prälat vor und warf ein gefaltetes Stück Pergament mit seiner Stimmabgabe in einen großen silbernen Messkelch, welcher sich auf einem in der Beratungskammer Mitte aufgestellten Feldaltar befand; danach begannen Zephram von Lorda und Niallan, deren Aufgabe das Aufzählen der abgegebenen Stimmen war, die Pergamentlein einzeln wieder dem silbernen Gefäß zu entnehmen. Als man gleich beim ersten Mal Alister Cullens Namen nannte, entsprach der Anblick, welchen Hubertus da bot, ganz und gar den Befürchtungen, die Camber am Vorabend geäußert hatte.

»Eine Stimme für Hubertus MacInnis«, sprach Zephram, drauf und dran, sich erneut seiner vorherigen Gelangweiltheit zu befleißigen.

Niallan zog das nächste Stückchen Pergament aus dem Abendmahlskelch und verkündete mit gleichmütiger Stimme, was es besagte.

»Eine Stimme für Hubertus MacInnis.«

»Eine Stimme für ... Alister Cullen!« Zephram keuchte und ließ das zweite von ihm entnommene Pergament beinahe seinen Fingern entgleiten, indem er erschrocken Hubertus anschaute.

Bei des Namens Nennung hatte sich Hubertus halb von seinem Platz erhoben und nun sah er mit aufgerissenem Munde zu, wie Niallan mit stetigen Händen das nächste Stücklein Pergament aus dem Kelch nahm und entfaltete.

»Noch eine Stimme für Alister Cullen«, gab Niallan mit einem Nicken bekannt, die Miene ganz und gar undurchschaubar.

»Das ist doch unmöglich«, nuschelte Hubertus unterdrückt, unverändert erstarrt zwischen Sitzen und Stehen, als Zephram zum dritten Mal kundtat: »Eine Stimme für Alister Cullen.«

Niallans Blick streifte das Pergament in Zephrams Hand, als er dem Kelch ein weiteres entnahm und auseinander faltete, dann senkte er den Blick, um den darauf vermerkten Namen zu lesen.

»Hubertus MacInnis.«

Als er das Pergament zu den anderen legte, welche sie dem Kelch bereits entnommen hatten, nickte Hubertus andeutungsweise und ließ sich verkrampft auf seines Lehnstuhls Kante nieder.

»Hubertus MacInnis«, las Zephram vom danach gezogenen Pergament ab.

»Hubertus MacInnis«, musste auch Niallan ein weiteres Mal verkünden.

Aber dann hieß es jedes Mal: »Alister Cullen« – »Alister Cullen« – »Alister Cullen«, bis der Kelch leer war; alle abgegebenen Stimmen lagen nunmehr in nur zwei Stößen neben dem Gefäß, und Hubertus' Stapel war augenfällig kleiner.

»Fünf Stimmen für Hubertus MacInnis«, sprach Niallan mit leiser Stimme, indem er die entsprechenden Pergamentlein vor aller Augen auslegte und damit ihre Zahl allgemein ersichtlich machte. »Für Alister Cullen ...« Er zählte diese Stimmen, wiederholte die Zählung sogleich noch einmal und jeder im Raum konnte das Geräusch hören, mit welchem er jedes einzelne Stück Pergament auf den Feldaltar ratschte.

»Zehn Stimmen für Alister Cullen, Bischof von Grecotha«, tat Niallan zu guter Letzt das Ergebnis kund und hob seinen Blick, um ihn in stummer Aufforderung, die Wahl zu bestätigen, über die Versammelten schweifen zu lassen. »Der Heilige Geist hat uns Erleuchtung gewährt. Gelobt sei Gott der Herr, wir haben einen neuen Primas von Gwynedd!«

»Das ist ausgeschlossen!«

Hubertus' Aufkrächzen ging nahezu völlig unter in der

Stimmen Dröhnen, als acht andere Prälaten Niallans Verkündigung mit Nachdruck bekräftigten. Als Erzbischof Oriss seinen erhöhten Sitz verließ und zu Camber eilte, um als Erster vor ihm niederzuknien und ehrerbietig seine Hand zu küssen, erhoben sich auch die anderen Prälaten, die ihn gewählt hatten, unter vernehmlichem Gescharre von Stühlen, um ihm der Reihe nach ebenfalls die Ehre zu erweisen und ihn ihrer Treue zu versichern.

Als sie alle das getan hatten und zu beiden Seiten ihres neuen Erzbischofs Aufstellung genommen, neun an der Zahl, saß Hubertus nach wie vor an seinem Platz. Zephram und die drei erst kürzlich ernannten Bischöfe hatten sich zu ihm gesellt, standen ruhelos zusammengeschart zu seiner Linken, in ihren Mienen unterschiedliche Anzeichen der ratlosen Betroffenheit und Bestürzung.

Langsam und bedächtig stützte Camber seine Hände auf die Armlehnen des Thrones, welcher dem Primas von Gwynedd zustand und der nun ihm gehörte, und seiner eisgrauen Alister-Augen steter Blick fiel durch der Halle Weite auf den Mann, der diese Wahl verloren hatte.

»Bischof MacInnis, ich bitte Euch, glaubt mir, dass ich nie nach diesem Amt getrachtet habe«, sprach er mit gedämpfter Stimme. »Viele Wochen lang sind unsere Abstimmungen durch aussichtslose Ergebnislosigkeit gekennzeichnet gewesen. Erst am gestrigen Abend haben vier unserer Brüder, darunter zwei der zuvorigen anderen Anwärter, mich in meinen Gemächern aufgesucht. Sie sagten, ich sei der einzige denkbare Anwärter, auf den unsere ehrwürdige Bruderschaft der Bischöfe sich womöglich einigen könne, und sie ersuchten mich darum, als neuer Anwärter ihre gemeinsame Unterstützung anzunehmen, allein zum Wohle des Königreiches und für das Wohlergehen unserer Heiligen Mutter Kirche. Ich habe beträchtliche Bedenken dagegen gehegt, meine Einwilligung zu erteilen, mir dessen wohl bewusst, wie Ihr in so mancher Hinsicht zu mir steht, auch aufgrund meiner Kenntnis des erklärten Wunsches Seiner Königlichen Hoheit, aber auf andere Weise, so befanden wir allgemein, ließ die Sackgasse, in welche die Wahl geraten war, sich allem Anschein nach nicht beheben. Zuletzt habe ich geantwortet, man solle mich nur wählen, falls Gott zu keiner anderen Entscheidung anleite. Offenbar hat's Ihm gefallen, davon abzusehen, und daher stehe ich nun hier als Euer rechtmäßig erwählter Erzbischof und Primas. Solltet Ihr auch in Eurem Herzen dazu außerstande sein, mir selbst Eure Achtung zuteil werden zu lassen, wollt Ihr mich nicht wenigstens dennoch in meinem Amt anerkennen?«

»Niemals!«, brauste Hubertus auf, raffte sich von seinem Sitz hoch und stierte Camber sowie jene an, welche ihn umgaben. »Ihr habt dem König getrotzt! Der König und seine Regenten haben *mich* zum Nachfolger Jaffrays ausersehen, und das ist Euch wohl bekannt. Eure *Pflicht* war's, in dieser Sache des Königs Wunsch zu befolgen, Ihr *alle* hattet diese Pflicht! Wir fünf, *wir* haben unsere Pflicht getan. Nun werden wir gehen und *ihm Euer* Versagen vermelden!«

Mit dem letzten Wort stapfte Hubertus an seinen Anhängern vorüber und zum Domkapitel hinaus, und die vier hasteten ihm in deutlicher Verunsicherung hinterdrein.

Niallan wandte sich mit ehrfürchtiger Verbeugung an Camber. »Nun denn, mein Herr Erzbischof«, sprach der Dhassaer Bischof und redete Camber so erstmals mit seinem neuen, förmlichen Titel an, »ich erachte es angesichts der gegebenen Umstände als ratsam, mit Eurer Inthronisierung nicht zu säumen. Stimmt Ihr mir zu, liebe Brüder?«

Die übrigen Bischöfe nickten und murmelten zur Einwilligung, doch wirkten mehrere von ihnen nun – nach Hubertus' Aufbrausen und Drohungen – spürbar beunruhigt. Nach erteilter Zustimmung widmete Niallan seine Aufmerksamkeit erneut Camber und hob mit einem Ausdruck der Fragestellung in seiner Miene die Brauen.

»Alister?«

»Nun wohl.«

»Dann vernehmt meine Worte«, sprach Niallan. »Heute ist des Christfestes Vorabend. Ich empfehle das Zeremoniell am kommenden Morgen zu vollziehen, vor so viel Zeugen, wie nur möglich. Die Regenten dürfen wenig Zeit erhalten, um nachzudenken. Der Dom wird sicherlich während aller weihnachtlichen Messen mit Gläubigen dichtauf gefüllt sein, vor allem natürlich, wenn das Volk erfährt, dass Alister Cullen der neue Valoreter Erzbischof sein wird.«

Camber duldete, dass sich ein verzerrtes Lächeln auf seine Lippen stahl, jenem Niallans durchaus nicht unähnlich. »Ich danke für Euer Vertrauen in meine Beliebtheit beim Volke. Doch sollte man nicht unerwähnt lassen, dass die Öffentlichkeit im Innern des Domes den Regenten durchaus zugleich eine Möglichkeit eröffnet, Vergeltung zu üben, und die Regenten *werden* bis dahin Zeit zum Nachdenken haben, ob's uns lieb ist oder nicht, und sie werden *nicht* erfreut sein, wenn sie von meiner Erwählung erfahren. Es wird keineswegs eine Leichtigkeit sein, inmitten einer so vielköpfigen Menge Ruhe und Ordnung aufrechtzuerhalten.«

»Ebenso wenig wird's leicht sein, ohne allzu offenkundige Rechtswidrigkeit gegen Euch vorzugehen«, wusste Dermot dem zu entgegnen. »Auch die Regenten müssen's sich zweimal überlegen, ehe sie's wagen, Eure förmliche Amtseinsetzung vor so vielen Zeugen verhindern zu wollen.«

Ringsum ertönte Gemurmel der Zustimmung, sah

man nachdrückliches Nicken, derweil Dermot seine Ausführungen fortsetzte.

»Um ihnen jegliches Handeln zu erschweren, sollten wir Vorsichtsmaßnahmen treffen. Wäre ich an Eurer Stelle, ich sähe zu gerne den Grafen Jebedias von Alcara an der Spitze Eurer Leibwache. Ich schlage vor, Ihr ruft ihn zurück nach Valoret, so rasch es sich nur einrichten lässt – vorausgesetzt, versteht sich, Ihr wisst, wo er sich gegenwärtig aufhält. Ich wüsste beileibe keinen tüchtigeren Mann, um Eure Sicherheit zu gewährleisten.«

»Ich teile Eure Auffassung vollauf«, gab Camber zur Antwort. Er ließ seinen Blick über die restlichen anwesenden Bischöfe wandern, heftete ihn zum Schluss auf Kai Descantor. »Kai, für gewöhnlich versteige ich mich nicht dazu, einen Bischof zu bitten, dass er für mich den Sendboten spiele, aber wolltet vielleicht Ihr meinen Geheimschreiber aufsuchen, ihm berichten, was hier geschehen ist, und ihm auftragen, mit Jebedias Verbindung aufzunehmen? Er weiß, auf welche besondere Weise das zu machen ist.«

Es war nicht seine Absicht gewesen, für Deryni eigentümliche Mittel und Wege anzudeuten, wie man miteinander Verbindung aufnahm, aber alle Anwesenden wussten, dass Alister Cullens Geheimschreiber der Sohn Camber von Culdis war; zudem hatte er einen Deryni-Bischof gebeten, einem anderen Deryni-Geistlichen etwas mitzuteilen. Seine Worte erzeugten erst ein Lächeln in Niallans Miene, dann ein gedämpftes Auflachen der Anerkennung. Camber musterte die Umstehenden, in den lichten Alister-Augen eine ungewohnte Milde, schaute sodann mit unschuldsvoller Miene Niallan an.

»Ei, mich deucht, so hätte ich nicht daherreden sollen, oder wie? Tja, nun, Ihr alle wusstet, Ihr Herren, es ist ein Deryni, den Ihr da wählt.«

»Ja, freilich haben wir's gewusst, Euer Gnaden«, bestätigte Dermot mit einem Lächeln aufrichtiger Herzlichkeit. »Lasst mich gehen und Joram Mitteilung geben, so's Euch recht ist – wenngleich er Eure Wahl schon vorausgesehen haben mag.«

»Meinen Dank.« Camber schöpfte gründlich Atem und ließ ihn mit Nachdruck wieder entweichen. »Und nun, Robert, lautet mein Vorschlag, dass Ihr uns, da Ihr hier der Einzige seid, der bereits zum Erzbischof erhoben worden ist, darüber Aufklärung gebt, uns womöglich in einem zusammengefassten Überblick erläutert, was nun an Weiterem damit verknüpft ist. Wenn wir morgen das Zeremoniell abzuwickeln gedenken, sollten wir noch heute klären, was ein jeder von uns dabei zu tun hat. Die Regenten werden sich eilends genug darum kümmern, zu klären, was sie zu unternehmen vermöchten.«

Robert Oriss vollführte eine knappe Verbeugung, trat näher und ließ sich auf eine Geste Cambers hin auf einem Sitz nieder, und auch die anderen Bischöfe schoben ihre Stühle und Lehnstühle näher und rückten ringsherum zusammen, um zu lauschen.

Die Neuigkeit von Alister Cullens Erwählung fand bei den übrigen Regenten eine noch unwillkommenere Aufnahme als bei Hubertus selbst. Rhun, dessen Verhalten Camber die meiste Sorge bereitet hatte, befand sich noch im Lendourschen Hochland, um seine Krieger mit Feldübungen zu beschäftigen, daher ließen sich seiner Tollwütigkeit Folgen noch nicht absehen; Murdoch und Tammaron glichen Rhuns Abwesenheit allerdings mehr denn zur Genüge aus. Allein Ewan vermochte die Nachricht einigermaßen mit Würde und Mäßigung zur Kenntnis zu nehmen, obschon man auch ihm deutliches Missfallen anmerkte.

Just vor Hubertus' Ankunft hatten seine drei Mitregenten sowie der junge König im Thronsaal die morgendliche Gerichthaltung veranstaltet. Alroys Gegenwart war dabei freilich eher eine Sache der Förmlichkeit als wirklich nötig, denn es waren die Regenten – meistens entschied Tammaron –, welche das Für und Wider eines vorgetragenen Falles einschätzten und dann ein Urteil empfahlen, dem Alroy dann nur der Ordnung halber zuzustimmen brauchte. Des Königs Dabeisein diente jedoch recht nützlich dem Zweck, von ihm den Eindruck eines wahrhaftigen Herrschers zu vermitteln und dem Volke vom König ein günstiges Bild zu machen. Immerhin war er ein Haldane, ein Abkömmling der großen Haldane-Könige vergangener Zeiten. Hier saß er nun inmitten seines Hofes und schenkte sein Ohr den Nöten des gemeinen Volkes. Da musste das Königreich ja wohl in bewährten Händen sein.

Die wahren Ausüber der Macht ließen es sich jedoch beileibe nicht nehmen, sich in der Art und Weise im Vordergrund herauszustellen, wie sie es als angemessen erachteten. Murdoch und Ewan saßen zur Rechten Alroys mit eindrucksvollem Pomp und Gepränge an einer mit kunstvollem Schnitzwerk verzierten Tafel, in ihren mit Pelz gesäumten Gerichtsroben, auf den Häuptern die Adelskronen, in ihrem Gebaren und ihrer Ausstattung durchaus im Rahmen des Rechtmäßigen, zugleich allerdings eindeutig übertrieben großtuerisch in ihrer Ämter Wahrnehmung. Tammaron, die Halskette aus etlichen H-Gliedern, das Wahrzeichen seiner hohen Stellung als Reichskanzler prunkvoll überm Gewand, stand unmittelbar links von des Königs Thron. Weiter zur Linken Alroys, unterhalb der Estrade, kauerten zwei durch ihrer Häupter Tonsuren weithin als Mönche erkennbare Schreiber an einem zweiten Tisch, kurzsichtig über mehrere Stöße von pergamentenen Schriftrollen und Urkunden gebeugt. Drei Diener in der Tracht des Hauses Haldane sorgten unter den zwei Dutzend Bittstellern und Klägern für mehr oder weniger anstandsgemäßes Betragen.

Der Fall, welchen man gerade verhandelte, war einer von eher sippschaftlicher Art, wie man sie eigenartigerweise ausgerechnet zur Weihnachtszeit stets dem König zu unterbreiten pflegte, sodass der Hof in des Morgens Verlauf bereits ein halbes Dutzend ähnliche Angelegenheiten vernommen hatte. Dem Herold, welchem die Aufgabe zufiel, sämtliche Eingaben, Bittschriften und Klagen der Allgemeinheit zu verlesen, tat dies mit einer Stimme, welche so gelangweilt klang, wie König und Regenten unverhohlen wirkten, derweil er den Hintergrund einer Klage darlegte, eingereicht von einem Meister Gilbert, Silberschmied, wider seinen Nachbarn, den Bäckermeister Dickson Thompson, dessen Sohn gegen den Willen beider Elternpaare hartnäckig und fortgesetzt des Silberschmiedes Tochter umworben hatte. Selbiges Mädchen befand sich in unübersehbaren Umständen, noch dadurch betont, dass es wie zum Schutze beide Hände über seinen geschwollenen Leib legte. Der Sachverhalt war eindeutig, der Fall klar. Des Königlichen Hofes Gericht würde beschließen und befehlen, dass die beiden den Ehebund einzugehen hatten.

Und entfernt am anderen Ende des Saales, in einer tiefen Fensternische, von welcher aus man auf den mit Schnee bedeckten Burghof und den alten Burgfried Ausblick hatte, saßen unauffällig Prinz Javan und sein Heiler und lauschten den Verfahren, die man drunten im Saal durchführte – doch hätte man ihnen die Achtsamkeit, die sie ihnen entgegenbrachten, aufgrund rein äußerlicher Begutachtung keineswegs angemerkt. Tavis stützte seine Füße, die in Stiefeln staken, aufs Polsterkissen der ihm gegenüber befindlichen Sitzbank und hatte das Haupt an die weiß getünchte Wand in seinem Rücken gelehnt, – als döse er vor sich hin, während Javan emsig am Kopfstück eines neuen Zaumzeugs nähte, mit dessen Anfertigung er sich zur Zeit befasste, anscheinend völlig in seinem Werk aufgegangen.

Doch sowohl er wie auch Tavis bedienten sich eines solchen Verhaltens lediglich, um ihre wahre Absicht zu verhehlen, denn die Regenten sahen weder ihn noch Javan sonderlich gerne bei Geschäften des Hofes oder in Sitzungen des Regentschaftsrates, außer sie meinten, es gäbe dazu ausreichende Veranlassung. Unwissenheit, so waren sie überzeugt, war das geeignete Mittel, um überflüssige Prinzen im Zaume zu halten, bis man ihrer bedurfte oder sich irgendetwas nicht ohne sie einrichten ließ.

Javan und Tavis hatten nicht lange gebraucht, um mit vereinten Verstandeskräften auf derartige Hintergedanken zu schlussfolgern, und noch weniger Zeit brauchten sie, um sich auf ein Vorgehen zu einigen, das den nachteiligen Folgen entgegenwirken sollte. Sobald sie begriffen hatten, welches Spielchen die Regenten betrieben, verzichteten sie auf lautstarke Vorwürfe und öffentliche Anprangerungen. Sie begannen ganz einfach ebenso taugliche wie scheinbar unschuldige Gründe dafür zu ersinnen, aus denen sie sich im Thronsaal oder zumindest dessen unmittelbarer Nachbarschaft aufhalten konnten, wenn man dort des Reiches Angelegenheiten regelte, und zusätzlich sicherten sie ihre Verhaltensweise mit ein paar vorsichtigen Andeutungen Tavis' ab, Prinz Javan sei vielleicht doch ein wenig arm im Geiste, ein Mangel, der durchaus den insgeheimen Erwartungen jener entsprach, die bereits in Javans Klumpfuß einen Makel erblickten. Javan verabscheute derlei Vorspiegelungen, doch waren er und Tavis zu guter Letzt dahingehend übereingekommen, das sei der günstigste Weg, um sich der Regenten Aufmerksamkeit vom Leibe zu halten und doch etwas zu lernen.

Und so hatten er und Tavis es sich zur lieben Gewohnheit gemacht, ihre Vormittage und oft auch die Nachmittage in dieser schmalen Fensternische an des Thronsaales Rückseite zu verbringen, mochte im Saal nur irgendetwas behandelt werden oder Ruhe herrschen, genossen den schwächlichen Sonnenschein, dem das Einfallen noch gelang, und die geringfügige Wärme, welche er spendete, derweil sie Müßiggang pflegten. Alles, was man im Saal besprach, ließ sich in besagter Fensternische mit ausgezeichneter Deutlichkeit verstehen, und es blieb für jeden beliebigen Zuhörer und Lauscher völlig überflüssig, sich vorn im Saal zu zeigen, solange es ihn zufrieden stellte, alles zu hören, ohne etwas sehen zu können.

So saßen Javan und Tavis auch heute in selbiger Nische, wie es zu ihrer Angewohnheit geworden war, dem Anschein nach in gänzlich lockerer, ausgeglichener Stimmung befindlich und gegenüber der Tatsache, dass an der Halle anderem Ende der Königshof Gericht hielt, völlig gleichgültig eingestellt. Tavis verharrte noch immer reglos und Javan war soeben fertig damit geworden, am Stirngurt des Zaumzeugs, das er anfertigte, eine Reihe dünner, silberner Plättchen zu befestigen, da flogen auf einmal die Flügel des Portals im diesseitigen Teil des Thronsaales weit auf und Bischof Hubertus kam hereingestapft, gefolgt von Bischof Alfred und drei anderen Prälaten, deren Angesichter Javan kannte, wogegen er jedoch nicht ihre Namen wusste. Javan gab Tavis einen sachten Stoß, um ihn aufmerksam zu machen, während die fünf den Saal durchquerten, ohne nach links oder rechts zu schauen.

»Schaut, da kommen einige der Bischöfe«, flüsterte Javan und rückte Tavis näher, um die Ankömmlinge noch für ein Augenblickchen länger zu beobachten, bevor sie aus dem Blickfeld verschwanden. »Ob sie wohl endlich einen Erzbischof erwählt haben?«

»Wenn's so ist, dann keinesfalls Hubertus«, versetzte Tavis gemurmelt zur Antwort, indem er mit äußerster Behutsamkeit seine Deryni-Sinne benutzte, um sich einen Eindruck von des genannten Bischofs Gemütszustand zu verschaffen. »Gütiger Himmel, hat der Mann eine Wut im Leib! Ich wage, dieweil einer von der Regenten Deryni-Spitzel nahebei sein könnte, nicht genauer nachzuforschen, aber ich wäre jedenfalls heilfroh, einen derartigen Ingrimm nicht gegen mich gerichtet zu wissen.«

Als Hubertus und seine Begleiter hinterm Mauerwerk des Fenstererkers außer Sicht entschwanden, rutschte Javan hinüber auf die gepolsterte Bank, welche des Thronsaals Vorderseite näher war, und kauerte sich unmittelbar auf ihren Rand, spähte vorsichtig um die Ecke. Wenigstens für ein Weilchen musste die Aufmerksamkeit der vorne Versammelten durch die Ankömmlinge beansprucht sein. Ließ er hinreichende Vorsicht walten, blieb er wahrscheinlich unbemerkt.

»Eure Hoheit …« Hubertus verharrte und deutete liederlich eine hastige Verbeugung an, Alroy zugewandt, und seine Begleitung tat desgleichen. »Ich ersuche um Nachsicht für dieses unser Eindringen, doch ich habe den anderen Herren Regenten etwas von größter Wichtigkeit mitzuteilen.«

Das gesprochen, gab Hubertus dem Reichskanzler Tammaron einen Wink, derweil sich seine Begleiter aufrichteten und verweilten, wo sie stehen geblieben waren, und strebte hinüber zur Tafel, hinter welcher Murdoch und Ewan saßen.

Trotz der fürs Gehör so günstigen Klangverhältnisse vermochten weder Javan noch Tavis zu verstehen, was Hubertus vortrug, doch konnte Javan erkennen, wie der Bischof heftige Bewegungen mit dem Haupte vollführte, um seinen Äußerungen Nachdruck zu verleihen. Tammarons Angesicht verfärbte sich knallrot und Murdochs Stimme verfiel, als er sie erhob, nahezu in ein Aufbrüllen.

»Sie haben *was?!*«

Dem schloss sich einiges unverständliches Gebrabbel an, dann kehrte Tammaron zurück zum König und beugte sich vor, um ihm etwas ins Ohr zu flüstern. Infolge von Tammarons Worten sackte Alroys Unterkiefer herab, doch sogleich nickte er und fasste sein Zepter wieder fester, reckte sodann das Kinn empor, um sich an die anwesenden Kläger und Bittsteller zu wenden, welche unterdessen gewartet und voller Neugier zugesehen hatten.

»Liebe Leute, vergebt die Störung, aber eine Sache hat sich ergeben, aufgrund welcher es einer sofortigen Beratung mit meinen ehrenwerten Regenten bedarf. Hinterlasst eure Namen, ehe ihr geht, bei den Schreibern, und wir werden uns alle Mühe geben, euch in der gleichen Reihenfolge anzuhören, wie wir's heute getan hätten, wie's nun allerdings erst nach dem Weihnachtsfest möglich sein wird.«

Nach diesen Worten stand er auf und die Bediensteten machten sich daran, die Versammelten aus dem Thronsaal zu drängen. Rasch zog Javan sein Haupt zurück in die Deckung der Nische, starrte aus geweiteten Augen Tavis an, derweil die Leute auf dem Wege zu des Saales Ausgang an ihnen vorüberschlurften.

»Habt Ihr eine Ahnung, was …?«

»Ssssst«, mahnte Tavis, hob einen Finger an die Lippen und schloss flüchtig die Lider. »Ja, tatsächlich, es verhält sich so, wie ich vernommen zu haben wähnte, aber ich wünschte mich erst einmal zu vergewissern.« Er öffnete die Augen und sah Javan an. »Die anderen Bischöfe haben Alister Cullen zum Erzbischof von Valoret gewählt.«

Javan spitzte seine Lippen, als wolle er einen leisen

Pfiff ausstoßen. Fast sämtliche Angehörigen des Volkes hatten mittlerweile den Thronsaal verlassen und man konnte das Scharren der Lehnstühle hören, als Murdoch und Ewan sich von ihrer Tafel entfernten, und wie Murdochs Zwitscherstimme etwas Dahingehendes zischelte, man könne »so etwas« keinesfalls hinnehmen.

»Dann wollen wir sehen, was sich dagegen machen lässt«, antwortete ihm vernehmlich Hubertus. »Wir lassen Oriel kommen und schicken ihn zu Rhun …«

»Wir sollten nicht hier darüber reden«, tönte Tammarons Stimme dazwischen, in der plötzlichen Stille des geräumten Thronsaales von kaltem, durchdringendem Klang. »Wache, veranlasst Herrn Oriel, er möge uns in der Besprechungen vorbehaltenen Kammer neben dem Beratungssaal aufsuchen. Eure Hoheit, ich erachte es als am empfehlenswertesten, Ihr zieht Euch in Eure Gemächer zurück. Was bevorsteht, ist eine Aufgabe für Erwachsene.«

Man vernahm Alroys leise, schwachbrüstige Zustimmung, ihrem Tonfall zufolge nur widerwillig erteilt, dann hallten seine leichten Schritte durch den Saal. Anschließend verklangen der Regenten Stimmen in zunehmendem Abstand, während auch sie den Thronsaal verließen. Als Javan ein zweites Mal um der Nische Ecke spähte, waren nur die Schreiber und zwei weitere Diener zurückgeblieben, räumten die durch die unterbrochene Gerichtssitzung hinterlassene Unordnung auf.

Höchlichst erstaunt wandte sich Javan wieder Tavis zu, nahezu furchtsam davor, sich zu äußern.

»Was werden sie nach Eurer Ansicht nunmehr beginnen?«

»Das weiß ich nicht«, entgegnete Tavis unterdrückt, »doch ich bin mir beinahe dessen sicher, dass es mir missfallen dürfte.« Für eines Augenblickes Dauer überlegte er, dann musterte er Javan, das Haupt zur Seite geneigt. »Ist's Euer Wunsch, dass ich's in Erfahrung bringe?«

»Wär's Euch denn möglich?«

»Vielleicht. Wenn man Oriel damit beauftragt, Rhun zu benachrichtigen, kann ich womöglich von Oriel einiges über ihre Pläne erfahren, ohne dass er's merkt. Das wäre zugleich eine nutzreiche Übung für unsere ins Auge gefasste Begegnung mit Rhys. Er kehrt fürwahr zurück nach Valoret, müsst Ihr wissen. Heute Morgen ist er eingetroffen.«

»Wahrhaftig? Warum habt Ihr mir das nicht sofort mitgeteilt?«

»Ich hab's nicht recht bedacht. Mir ist zunächst kein Zusammenhang aufgefallen. Nun jedoch ist mir klar, Alister muss am gestrigen Abend erfahren haben, dass man ihn zu erwählen beabsichtigt, und deshalb hat er nach Rhys geschickt.«

»Verstehe«, meinte Javan versonnen. »Aber mit Rhys wollen wir uns gleich befassen. Wie steht's mit Oriel? Glaubt Ihr wirklich, Ihr könnt seinen Geist anzapfen, ohne dass er etwas bemerkt?«

»Nicht ›anzapfen‹, nimmt man's genau, sondern … Aber lassen wir das vorerst. Mag sein, ich werde eines Tages versuchen es Euch zu erläutern.« Tavis erhob sich, lugte achtsam um die Ecke, glättete mit der Hand seine Gewandung und schlang sich den Umhang um die Schultern, indem er seinen Blick erneut auf Javan heftete.

»Begebt Euch in Eure Gemächer und verbleibt dort, mein Prinz. Lasst verlauten, Ihr fühltet Euch unwohl. Ich komme zu Euch, sobald ich's kann. Sollte ich bis zum Eintritt der Dunkelheit nicht zur Stelle sein, so sucht ohne Aufsehen herauszufinden, warum nicht. Mein Ausbleiben könnte bedeuten, dass man mich entdeckt hat, und wenn's dahin kommt, möchtet Ihr wohl der Einzige weit und breit sein, der mich noch zu retten vermag.«

»Ich verstehe«, erwiderte Javan im Flüsterton. »Auf jeden Fall lasst Vorsicht walten.«

»Ein kluger Rat.« Tavis lächelte breit. »Befolgt auch Ihr selbst ihn.«

Das empfohlen, vollführte er eine knappe Verbeugung und strebte ohne Eile zum anderen Ende des Saales, nickte unterwegs im Vorbeigehen den Schreibern zu. Javan nahm seinen Umhang und das Lederzeug und hinkte langsam in die entgegengesetzte Richtung, zum großen Portal des Thronsaales hinaus, um den überdachten Laufgang zu betreten, auf welchem er seine Gemächer im Burgfried erreichen konnte.

Im Aufenthaltsraum, welchen er mit seinen Brüdern teilte, traf er allerdings Rhys Michael und zwei Pagen an, welche sich anhand von Rhys Michaels Spielzeug-Rittern frühzeitig in der Kriegskunst übten. Das machte es erforderlich, dass er für ein Weilchen bei ihnen aushielt und mit ihnen sprach, doch täuschte er vor, die Lage, welche sie mit dem Spielzeug dargestellt hatten, nicht zu durchschauen, und stattdessen zeigte er ihnen sein in Arbeit befindliches Zaumzeug mit den Silberplättchen. Danach jedoch ließ er sich etwas von seiner wirklichen Beunruhigung betreffend seiner angeblichen Kopfschmerzen anmerken und suchte schließlich die eigenen Gemächer auf, um dort vorgeblich ein Schläfchen zu machen.

Hinterm Eingang verharrte er, befallen von plötzlichem Beben, den Rücken herb gegen die mit Schnitzereien verzierte Eichentür gepresst, welche ihn von den Augen seines jüngeren Bruders sowie der Pagen absonderte, bis er erkannte, dass er infolge der Kälte mindestens ebenso stark schlotterte wie aus Bestürzung über das, was in Valoret geschah. Sobald er das ersehen hatte, riss er sich zusammen, meisterte seine erregte Angespanntheit und entfachte im Kamin ein Feuer; danach hüllte er sich davor in etliche Felle und nickte alsbald wahrlich ein. Zuletzt, kurz vor Anbruch der Dunkelheit, kündete von der Tür ein kurzes, leises Pochen Tavis' Ankunft an. Javan raffte sich auf die Knie hoch, als der Heiler eintrat und hinter sich die Tür schloss. Tavis' Miene war aus Ermüdung und innerer Aufgewühltheit still und ernstmütig, seine hellen, wasserblauen Augen glichen Steinen.

»Was habt Ihr erfahren können?«, erkundigte sich Javan.

»Dass die Regenten für derynische Erzbischöfe wenig Vorliebe hegen.«

Verwundert musterte Javan ihn, derweil Tavis herüber zu den aufgehäuften Fellen kam und sich darauf niedersacken ließ, um mit überkreuzten Beinen neben Javan Platz zu nehmen.

»Ich habe versteckt außerhalb jener Kammer gewartet, in der sie sich beratschlagten, bis Oriel wieder zum Vorschein gekommen ist«, berichtete er matt. »Sein Antlitz war grau wie Asche, beraubt um jeglichen Trost und jedwede Hoffnung. Er musste unter ihren Augen sein Werk verrichten und mit dem Deryni an Rhuns Seite unmittelbare Verbindung aufnehmen. Gewöhnlich darf er, um seine Kräfte zu schonen, solche Aufgaben mit einem zur Verstärkung geeigneten Gegenstand der Vermittlung erledigen.«

»Woher wisst Ihr das? Hat er's Euch etwa verraten?«

»Nicht gerade in Worten. Doch ich sah, als er herauskam, sein Antlitz. Als es mir gelang, ihm wenig später in einem anderen Korridor ›zufällig‹ zu begegnen, gab's in ihm noch ein beträchtliches gefühlsmäßiges Überlaufen seiner geistigen Dämme. Angesichts seines offenkundigen Notstands war's kein ungehöriges Verhalten meinerseits, von Heiler zu Heiler ein wenig in sein Inneres Einblick zu nehmen. Freilich hat er seine Geisteswehren unverzüglich verstärkt, doch währte die Verzögerung immerhin so lange, dass er mir nicht alles verheimlichen konnte.« Er wandte den Blick ab. »Fast wünsche ich, ich hätte auf diese Einsichtnahme verzichten dürfen.«

»Warum?«, fragte Javan kaum hörbar nach. »Was habt Ihr in Erfahrung gebracht?« Anscheinend kam ihm ein Verdacht, denn als er weiterredete, da Tavis keine sofortige Antwort erteilte, tat er es mit erhöhter Eindringlichkeit. »Tavis, was haben sie ihn Rhun ausrichten lassen?«

»Sie haben ihn ein Todesurteil übermitteln lassen«, antwortete Tavis mit gefasster Stimme.

»Ein Todesurteil? Gegen Bischof Alister gerichtet?«

»Nicht ausdrücklich, wenngleich womöglich auch davon die Rede gewesen ist. Doch sagt mir, welchem Orden gehört Bischof Alister an?«

»Dem Orden des Heiligen Michael«, stellte Javan augenblicklich fest. »Aber das wisst Ihr doch selbst!«

»Gewiss.« Tavis nickte matt. »Und welchem Orden hat Erzbischof Jaffray angehört?«

»Jenem des Heiligen Gabriel«, antwortete Javan abermals ohne das geringste Säumen. »Tavis, was versucht Ihr mir damit zu verdeutlichen?«

»Nur eine Frage noch«, wich Tavis aus und rieb sich mit der Hand die Stirn, als könne er auf diese Weise unliebsames Wissen tilgen. »Denkt daran, wo diese beiden Ordensgemeinschaften, ihre Hauptsitze haben, und dann sagt mir, wo Baron Rhun und seine Scharen stehen.«

»Im Lendourschen Hoch…« Javans Stimme verklang und ein Ausdruck des Entsetzens breitete sich in seiner Miene aus. »Tavis, sie wollen Baron Rhun doch nicht etwa Sankt Neot und Haut Eirial zerstören lassen?!«

Tavis schloss die Augen und ließ das Kinn mit andeutungsweisem Nicken auf seine Brust sinken. »Doch, das glaube ich. Ich sehe Veranlassung zur Annahme, dass

Rhun und seine Mannen diese zwei Glaubenseinrichtungen zu Ross binnen weniger Stunden erreichen können – beide zur gleichen Zeit, wenn sie ihre Scharen teilen –, und zudem, dass bereits seit längerer Frist ein dementsprechender Plan besteht. Ich vermute, das und nichts anderes ist der Grund, warum Rhun zu später Jahreszeit noch Feldübungen durchführt – die Regenten haben aufs Ergebnis der Wahl des Primas gewartet, vielleicht gar auf einen solchen Vorwand gehofft, wie sie ihn nun erhalten haben, um mit ihrem ganzen Hass wider diese zwei derynischen Glaubensgemeinschaften vorgehen zu können. Jaffray war Gabrielit. Außerdem schulen und unterweisen die Gabrieliten andere Deryni. Und was die Michaeliten anbetrifft, so haftet ihnen ja schon seit geraumer Zeit ein übler Ruf an, vor allem, seit die Regenten Alister Cullen als Reichskanzler abgesetzt haben. Für ihre Begriffe reichen derartige Zusammenhänge gewisslich aus.«

»Aber wir dürfen unmöglich zulassen, dass sie so etwas tun«, flüsterte Javan mit Heftigkeit. »Das ist nicht recht. Alister Cullen ist doch nicht ausschließlich von Deryni erwählt worden. Es braucht zehn Stimmen, also *können* sieben seiner Befürworter gar keine Deryni gewesen sein. Und den Deryni-Orden die Schuld zuzumessen, das ist … ist abscheulich!«

»Ich teile Eure Meinung uneingeschränkt. Wenn man allerdings solchen Hass wider die Deryni empfindet wie die Regenten, so sind sie sicherlich nahe liegende Sündenböcke. Bedenkt, Jaffray ist tot, *ihm* kann man nichts antun, man *kann* jedoch seinem Orden Schaden zufügen. Auf gewisse Weise ist auch das eine Art von Vergeltung. Und Alister …«

»Ach was, Alister!«, entgegnete Javan geflüstert. »Die Regenten werden beide Orden ganz und gar mit stumpf und Stiel ausrotten. Wir können keinesfalls tatenlos dulden, dass unschuldige Fromme in diesem Reich einfach hingemordet werden. Wir müssen sie warnen!«

Tavis kauerte sich zwischen den Fellen zusammen und dachte eine Zeit lang nach, schabte mit der weichen Haut auf seines Armstumpfs Ende an seinen Lippen, heftete den Blick zuletzt wieder auf Javan.

»Nun wohl. Mir ist da ein Einfall gekommen, der möchte sich durchaus bewähren, und zugleich lässt sich damit womöglich eine andere Schwierigkeit lösen. Wie fühlt Ihr Euch, mein Prinz?«

»Was? Wohlauf, möchte ich meinen.«

»Nein«, widersprach Tavis und langte seitwärts nach Pergament und Federkiel, »Euch ist wahrhaft scheußlich zumute.«

Flüchtig berührte er mit dem Armstumpf des Jünglings Stirn, dann schüttelte er, indem ihm ein lauter Ausruf entfuhr, das Haupt. »Ach, ein Fieber tobt in Eurem Leib – oder vielmehr, so wird's sein, wenn dieses Sendschreiben hier seinen Empfänger erreicht.« Er befleißigte sich eines nur ansatzweisen, verpressten Lächelns, als er den Federkiel ins Tintenfass tauchte und zu schreiben anfing.

»In der Tat, Javan, ich sorge mich gar um Euer Leben, wenngleich ich derlei niemals Euren geliebten Regenten mitteilen würde, aus Sorge, sie möchten mir daran Schuld zumessen. Aber wenn ich unserem Freund Rhys die erlangte Erkenntnis über die Bedrohung jener zwei Glaubenshäuser kund und zu wissen gebe – welche ich erst am heutigen Nachmittag auskundschaften konnte, nur um Euch bei meiner Rückkunft ernstlich erkrankt anzutreffen –, meint Ihr, er könne da herzlos bleiben und sich nicht zu Eurem Beistand einstellen?«

Mit einer Miene plötzlichen Verstehens nickte Javan bedächtig.

Als eine Stunde später ein Königlicher Knappe Rhys aufsuchte, um Tavis' Botschaft auszuhändigen, fand er ihn in Gesellschaft des neuen Erzbischofs. Joram, Jebedias sowie die Bischöfe Niallan und Kai waren gleichfalls zugegen. Die Vesper war just vorüber und die sechs Deryni hatten ein leichtes abendliches Mahl zu sich genommen, ehe sie sich daranmachten, die Tragweite von Cambers Erwählung in sein neues Amt zu besprechen und die Vorsichtsmaßnahmen zu verabreden, welche es einzuleiten galt.

Mittlerweile war der Regenten Unmut über den Ausgang der Wahl offenkundig. Spät am Nachmittag hatte man über Bischof Ailins Vertraute in der Königsburg erfahren, wie sie – vor aller Augen im Thronsaal – die Nachricht von der Wahl Ergebnis aufgenommen hatten, und aufgrund dessen vermochte man sich zumindest die Art und Weise auszumalen, wie sie dann darüber beratschlagt haben mussten. Der kommende Tag und die darauf folgende Nacht, wähnten die Deryni, stellten den Zeitraum dar, in dem man am meisten Vorsicht walten zu lassen hatte. Wenn es erst einmal gelungen war, Alister unwiderruflich auf des Primas Thron zu setzen und ihm ebenso seinen Platz im Regentschaftsrat wiederzugeben, dann bestanden recht gute Aussichten, dass den Deryni in Gwynedd weitere Drangsal erspart blieb oder wenigstens aufgeschoben werden konnte.

So tief waren die Versammelten in ihre Beratung versunken, hinter der Schirm von Cambers Banntrutz sicher vor jedweder Bespitzelung, sei's durch Menschen oder Deryni, dass sie keiner fremden Gestalt Annäherung außerhalb der Räumlichkeiten gewahrten, bis ein zaghaftes Pochen an die Tür sie mit hohlem Tönen aus ihrer eindringlichen Gedankentätigkeit riss.

»Gütiger Gott, wer mag das sein?«, murmelte Camber, ebenso verärgert wie besorgt. Im selben Augenblick errichtete er in voller Stärke seine Geisteswehr, überzeugte sich davon, dass die übrigen Anwesenden das Gleiche getan hatten, und brachte den Banntrutz mit einem Wink seiner Hand sowie einem geistigen Befehl zum Erlöschen.

Er stand nicht auf, drehte sich nicht einmal auf seinem Lehnstuhl seitwärts, derweil Joram zur Tür schritt, aber mit seinen Deryni-Sinnen tastete er nach draußen, um festzustellen, wer der späte Besucher sein könne. Jenseits der Tür harrte ein ihm unbekanntes menschliches Bewusstsein, nichtsdestotrotz auf undeutliche Weise auch für Camber mit irgendetwas von vertrauter Art verbunden, aber ihm wollte kein Name einfallen. Joram öffnete die Tür; gleich darauf trat er zur Seite und schaute Rhys an.

»Rhys, er möchte mit dir reden.«

Rhys erhob sich und strebte zur Tür, an deren Schwelle ein Königlicher Knappe wartete; unterdessen verknüpfte Camber seinen Geist mit des Heilers Verstand, sodass er durch Rhys' Augen zu sehen vermochte.

»Bertrand, du bist's, nicht wahr?«, vergewisserte sich Rhys.

Beunruhigt nickte Bertrand.

»Sehr wohl, mein Herr. Drunten hat mir ein Geistlicher gesagt, ich könne Euch hier wohl finden. Ich ... ich hoffe, ich störe nicht.« Er bemerkte nun die drei Bischöfe, welche sich umgewandt hatten und ihn musterten. »Um Vergebung, Euer Gnaden.«

Rhys schenkte dem Jüngling ein Lächeln der Ermutigung. »Schon recht, Bertrand.« Er sah, dass der Jüngling in der Hand ein gefaltetes und versiegeltes Pergament trug. »Bringst du nur ein Sendschreiben?«

»Sehr wohl, mein Herr. Ich komme im Auftrage Herrn Tavis' und im Namen meines Gebieters Prinz Javan.« Er schaute an Rhys vorbei hinüber zu den Bischöfen, senkte dann voller Verlegenheit den Blick. »Seine Hoheit ist schwer erkrankt, Herr«, fügte er leiser hinzu. »Ein Fieber droht ihn zu verzehren. Herr Tavis hat von Eurer Ankunft in Valoret am heutigen Morgen vernommen und er hofft, Ihr werdet an Seiner Hoheit Krankenlager eilen. Er hat mich beauftragt, Euch dies zu überbringen.« Bertrand reichte Rhys das Pergament. »Er bittet Euch Seiner Hoheit Eure heilerische Hilfe zuteil werden zu lassen.«

»*Er bittet* mich?«, meinte Rhys, fasste den Jüngling bestürzt bei der Schulter und nahm eine rasche, feinsinnige Einsicht in des Knappen Geist vor.

Unverzüglich empfing auch Camber die durch Rhys aus Bertrands Gedächtnis gewonnenen Eindrücke, sah in des Knappen Erinnerung Tavis' verkrampfte Miene, derweil er dem Jüngling Anweisungen gab und ihm die für Rhys bestimmte Mitteilung überantwortete ... sah den Prinzen sich fiebrig auf seiner Bettstatt wälzen, im Fieberwahn die Decken abschütteln ... Tavis und der furchtsame Page hatten des Prinzen bleichen, erhitzten Leib mit Wasser gewaschen, das von eben erst hereingeholtem, geschmolzenem Schnee herrührte ... Javan hatte um sich geschlagen und gestöhnt, derweil Tavis ihn zu besänftigen versuchte.

Lieber Gott, was mag Javan nur befallen haben?!

Die Einblicknahme beanspruchte nur eines Herzschlags flüchtige Dauer und der Knabe legte Rhys' aufmerksamen Blick sicherlich als Zeichen der Verwunderung darüber aus, dass ein Heiler sich mit einem so eindringlichen Hilfegesuch an einen anderen wendete. Dann schüttelte Rhys das Haupt, bemächtigte sich des Sendschreibens, das der Jungmanne ihm noch immer entgegenstreckte, und tastete mittels seiner Fingerkuppen das Siegel ab, um sicher sein zu können, dass die Botschaft tatsächlich von Tavis stammte.

Camber sah die anderen Anwesenden an, sodass sie

des geistigen Bandes zu Rhys ebenfalls teilhaftig werden und des Schreibens Inhalt sofort erfahren konnten – erst Joram und Jebedias, dann, nach nur dem allerwinzigsten Zaudern, auch Niallan und Kai. Durch Rhys' Augen sahen sie das Pergament entfaltet werden und durch selbige Augen vermochten sie ebenso die zittrig niedergeschriebenen Zeilen mit stets stärkerer Bestürzung zu lesen.

Dank verlässlicher Mittel (diese ersten drei Wörter waren unterstrichen) *habe ich zur Kenntnis erhalten, dass die Regenten wider der Gabrieliten und Michaeliten Einrichtungen im Lendourschen Hochland vorzugehen gedenken. Baron Rhun hält sich dort mit starken Streitkräften in Bereitschaft und hat nun Befehl, für die Erwählung Alister Cullens Vergeltung zu üben, wiewohl ich keine Einzelheiten in Erfahrung bringen konnte. Seine Hoheit hat sich über die womögliche Hinmordung so zahlreicher frommer Untertanen in solchem Maße erregt, dass ihn ein heftiges Fieber heimsuchte, dem ich allein nicht gewachsen bin. Ich bitte Euch, unterrichtet Erzbischof Cullen, auf dass er seinen sowie den Orden seines verehrten Vorgängers noch zu warnen vermag, danach kommt zu mir und steht mir bei. Von Eurem Eingreifen mag Prinz Javans Leben abhängen.*

Das Schreiben war unterzeichnet und besiegelt durch: *Tavis O'Neill.*

24

An dein Heiligtum legten sie Feuer, entweihten bis auf den Grund die Wohnstatt deines Namens.

Psalm 74,7

Oh mein Gott!«, entfuhr es Rhys gedämpft, indem er das Pergament sinken ließ und Camber aus beklommener Miene anblickte.

Im Geist erwog er bereits die mannigfaltigen Folgerungen, welche sich aus der Botschaft ergaben, die er gerade gelesen hatte, als seine Hand erneut Bertrands Schulter berührte, um ihn durch die noch offene Tür zurück nach draußen zu geleiten.

»Mein Sohn, bitte warte außerhalb«, sprach er. »Es wird nur ein kleines Weilchen dauern.« Er schloss die Tür und stützte die Stirn für einen Augenblick ans glatte Holz, dann wandte er sich um und begab sich wieder zum Kamin.

»Mich dünkt, wir sollten lieber von neuem den Banntrutz errichten, Alister«, sprach er leise und kniete am Feuer nieder, um das Pergament in dessen Lichtschein erneut zu lesen. Falls die Regenten erfahren, dass wir davon wissen – und wieso –, dann wird Tavis O'Neills Leben keinen Heller mehr wert sein.«

»Es sei denn, sie haben ihn geschickt«, sagte Joram.

Camber schüttelte das Haupt. »Nein, daran zweifle ich. Das würde nicht mit dem übereinstimmen, was uns Jaffray nach Davins Tod über Tavis' Verhalten vor dem Hof erzählt hat. Lest das Schreiben noch einmal, dann sagt an, ob Ihr nicht meiner Ansicht seid.«

Das gesprochen, schloss er die Augen und vollführte das geistige Verfahren zur Wiederaufrichtung des Banntrutzes. Als er wieder aufblickte, spürte er erneut das schwache Prickeln, welches von den im Banntrutz gebändigten Gewalten rings um die Kammer ausging, und sah Joram und Jebedias verkrampft an Rhys' Seiten kauern, um Tavis' Mitteilung nunmehr nochmals mit eigenen Augen zu lesen. Niallan und Kai hatten sich nicht von ihren Plätzen gerührt, harrten dessen, dass er den Weg weise, den sie nun beschreiten mussten. Als Camber aufstand, erhoben sie sich ebenfalls. Beim Geräusch, das dabei entstand, drehte sich Rhys auf den Fersen um und schaute zu den drei Bischöfen auf, doch als er sprach, wandte er sich ausschließlich an Camber.

»Ihr erachtet's als unmöglich, dass es sich um eine Falle handelt?«

Bedächtig schüttelte Camber das Haupt, verschränkte in einer Bewegung, welche in keinem Zusammenhang mit der Kälte stand, seine Arme auf der Brust.

»Er sollte mit dem Leben so vieler unseres Volkes ein so schäbiges Spiel treiben?«, meinte Camber leise. »Nein. Ich fürchte, die Regenten haben tatsächlich diese Absicht, welche er uns da vermeldet. Und ich trage daran meinen Teil Schuld. Ich hätte mich nie dazu überreden lassen sollen, eine Wahl zum Erzbischof anzunehmen.« Mit höchster Heftigkeit seufzte er auf und blickte Joram an. »Und Joram denkt nun, dass alles *mea culpa* der Welt nichts rückgängig zu machen vermag, und er hat vollkommen Recht. Aber da das Unheil nicht abwendbar ist, sollten wir uns nach Kräften bemühen, die Folgen zu mildern. Niallan, werdet Ihr und Kai uns helfen?«

Der ältere der beiden Bischöfe nickte kurz und bündig. »Was sollen wir tun?«

»Als Erstes wollte es wohl genügen, mir hier Rückendeckung zu gewähren«, erwiderte Camber. »Joram und ich werden sofort Sankt Neot aufsuchen und Dom Emrys warnen, falls es nicht schon zu spät ist. Jebedias, du musst nach Haut Eirial und dafür sorgen, dass niemand dort zurückbleibt.«

Jebedias nickte. »Alle sind längst fort, aber ich werde dennoch gehen. Als wir die Abtei aufgaben, sind andere Brüder eingezogen. Rhuns Krieger dürften schwerlich dazu imstande sein, zwischen Michaeliten und anderen Mönchen zu unterscheiden, zumal wenn sie im Blutrausch wüten. Sobald ich in Haut Eirial war, werde ich nach Mollingford eilen. Auch das ist noch innerhalb der Reichweite.«

Während Jebedias sprach, war Jorams Hand langsam an seine Seite geglitten, wo er für gewöhnlich sein Schwert trug, gegenwärtig – in der vergleichsweisen Sicherheit der Gemächer eines Bischofs – allerdings nicht. Er nagte zerstreut auf seiner Unterlippe und seine hellgrauen Augen glichen kaltem Erz.

»Ihr Herren, ich erflehe Eure Vergebung, aber … noch immer will mir diese Sache nicht restlos einwandfrei vorkommen. Irgendwie ist sie … zu zweckdienlich.«

»Ihr vermutet also allen Ernstes eine Falle?«, erkundigte sich Kai.

Gleichzeitig nickte Niallan. »Ich glaube, ich kann Jorams Unbehagen gänzlich verstehen, Kai. Dies kommt *fürwahr* ein wenig gelegen, es könnte sich um eine Irreführung drehen, mit welcher man Alister zu offenem Handeln wider die Regenten verleiten möchte …«

Camber lenkte den Blick von den zwei Bischöfen hinüber zu seinem Sohn, die buschigen Alister-Brauen in einem Ausdruck der Fragestellung gehoben. »Ist's das, was dich sorgt, Joram?«

»Ungefähr, Euer Gnaden.«

Rhys schüttelte das Haupt und warf das Pergament ins Feuer, beobachtete beim Aufstehen, wie es sich kräuselte und verbrannte. »Nun, was eine derartige Täuschung seitens der Regenten anbetrifft, so weiß ich dazu im Augenblick nichts zu sagen, aber es ist eine Tatsache, dass Prinz Javan ernstlich erkrankt ist. Bertrand jedenfalls ist nicht dazu in der Lage, mich in dieser Hinsicht irrezuführen, welche Beweggründe auch immer Tavis selbst dafür hegen mag, uns eine solche Warnung zu senden. Und wie entsetzt ich auch über das sein mag, was die Regenten allem Anschein nach vorhaben, Ihr seid jene, welche darüber befinden müssen, was sich dagegen unternehmen lässt. Mein Platz ist zurzeit an Javans Seite.«

»Ich teile durchaus Eure Meinung, dass es so sein muss«, bestätigte Camber des Heilers Auffassung, ergriff Rhys' Heiler-Mantel und hielt ihn, sodass der Heiler ihn umlegen konnte. »Richtet dem Jüngling unsere herzlichsten Genesungswünsche aus, sobald er außer Gefahr ist, Rhys. Wir alle werden beten, dass es sich lediglich um einen gewöhnlichen Fieberanfall handeln möge.«

»Ich hoffe, Ihr behaltet damit Recht«, gab Rhys zur Antwort, nahm seine Arzttasche und strebte zur Tür. »Doch entspricht's nicht der Art eines Heilers von Tavis' Befähigung, über Geringfügigkeiten in eine solche Erregung zu geraten. Doch mag's sein, er ist im Grunde genommen über das dermaßen aufgebracht, was er herausgefunden hat. Vielleicht hat er sich mit ein wenig Verspätung darauf besonnen, dass er auch ein Deryni ist. Der Banntrutz ...?«

Er wartete bei der Tür; Camber lächelte und beseitigte den Schirm.

»Viel Glück, mein Sohn. Unsere Gebete begleiten Euch.«

»Mich deucht, Ihr werdet ihrer dringlicher denn ich bedürfen«, entgegnete Rhys mit einem Lächeln. »Womöglich kehre ich nicht vor der Morgenfrühe zurück. Wartet nicht auf mich.«

Indem Rhys die Tür öffnete und hinausschlüpfte, konnte Camber den Knappen Bertrand sorgenvoll den

Blick heben sehen, doch kennzeichnete sogleich Erleichterung seine Miene, als Rhys mit gedämpfter Stimme auf ihn einzureden begann, dann fiel die Tür zu und entzog beide Cambers Sicht. Joram und Jebedias gürteten sich mit ihren Schwertern, derweil Camber in einer Kleidertruhe suchte. Niallan sah gleichmütig zu – Kai dagegen ein wenig beeindruckt –, wie ihr Oberhaupt einen schweren, einem Chorrock nicht unähnlichen, mit Gold bestickten Mantel aus edlem burgundischem Tuch zum Vorschein brachte und ihn sich um die Schultern warf.

»Was sollen wir nach Eurem Wunsch während Eurer Abwesenheit beginnen, Alister?«, fragte Niallan nach.

»Sollte ich nicht frühzeitig genug zurück sein, lest an meiner Stelle die Messe um Mitternacht«, versetzte Camber zur Antwort und schloss unter seinem Kinn des prunkvollen Mantels Spange. »Es ist nicht mehr lang bis zur Komplet. Doch falls jemand nach mir Erkundigungen einzieht, so gebt Auskunft, ich fühle mich geschwächt und ruhe, um für morgen neue Kräfte zu sammeln. Wie mir einmal zu Ohren gekommen ist, hat einst Erzbischof Anscom sich dieser Ausrede bedient, als er an einer anderen Weihnacht Vorabend heimlich hinging und König Cinhil seiner Gemahlin vermählte.«

Er bemerkte Jorams verstohlenes Lächeln, als der Michaelit seinen Umhang anlegte, dieweil Joram noch sehr wohl wusste, dass Anscom selbst Camber davon erzählt hatte.

Niallan nickte zum Zeichen der Einwilligung. »Verstehe. Wir werden tun, was wir können. Ich nehme an, Ihr benutzt eine Porta?«

»Ja, in Jaffrays Gemächern gibt's eine, wovon nur sehr wenige wissen«, antwortete Camber und begab sich zum Ausgang. »Zum Glück ist's Ailin nicht in den Sinn gekommen, dort irgendwem Unterkunft zu gewähren –

trotz des Mangels an Unterbringung wäre so etwas für seine Begriffe verwerflich gewesen, bevor man den neuen Erzbischof wählte –, und daher dürfte es lediglich erforderlich sein, das Schloss zu überwinden und unbemerkt hineinzugelangen. Sollte uns jemand sehen, werde ich behaupten, ich wünschte in Jaffrays Oratorium zu beten, ehe ich sein Amt antrete. Doch mit ein wenig Glück möchten derlei fragwürdige Ausflüchte wohl überflüssig sein.«

»Ich hoffe jedenfalls, Ihr habt Recht«, meinte Niallan unterdrückt, derweil Joram achtsam die Tür öffnete und mit Jebedias nach draußen huschte. »Lasst Vorsicht walten, Alister.«

»Genau das ist meine Absicht«, versicherte Camber mit einem verzerrten Alister-Lächeln. »Lasst auch Ihr Euch von Umsichtigkeit leiten.«

Er machte Anstalten, beiden Männern auf die Schulter zu klopfen, doch Niallan ergriff mit Entschiedenheit und Inbrunst seine Hand, kniete nieder und presste die Lippen zum Zeichen der Ehrerbietung auf den Bischofsring. Auch Kai sank auf die Knie und tat desgleichen. Camber fehlte es an Worten, um sich dazu zu äußern – er legte nur eine Hand auf jedes der kniefälligen Männer Haupt und spendete ihnen seinen Segen.

Da spähte auch schon Joram herein und winkte, und eilends schlüpfte Camber hinaus. Zügig, aber leise strebten sie den Korridor entlang. Sie begegneten niemandem. Sobald sie die einstigen Gemächer Jaffrays erreichten, beugte sich Camber flugs hinunter zum Schloss, derweil die beiden anderen Michaeliten wachten. Niemand störte. Binnen weniger Augenblicke befanden sie sich sicher in den Erzbischöflichen Gemächern und Joram erzeugte aus seiner Hand eine Lichtsphäre, um ihren Weg durch die düsteren, ausgekühlten Räumlichkeiten zu erhellen. Auch Camber schuf eine solche Sphäre, dann winkte er, dass die beiden Begleiter ihm folgen sollten.

Das Oratorium befand sich in einem geräumigen Alkoven seitlich des Schlafgemachs, durch einen kostbaren Vorhang aus Damast vor Blicken zudringlicher Neugier behütet. Auf dem Altar brannte kein Licht, wie man sah, als Camber den Vorhang zur Seite schob, denn nach Jaffrays Ableben war der Altar abgeräumt und das Sakrament in den Dom verbracht worden. Eine dünne Staubschicht bedeckte den Fußboden, den Betstuhl und auch den nun so kahlen Altar, doch der schwache Rest von Weihrauchduft haftete noch am Vorhang, als hielte er Wache.

Der Bewohner des kleinen offenen Tabernakels hatte Sein Haus nicht aufgegeben – Er war nur für einige Zeit fort und würde wiederkehren.

Der Eindruck, welchen die Kammer erregte, rief in Camber lebhafte Erinnerungen hervor, wenngleich er hier nicht oft geweilt hatte. Einmal, lange ehe er zu Alister Cullen geworden war, hatte er hier den Beistand Anscoms von Trevas erfleht, Jaffrays Vorgängers, verschieden nun schon seit rund zwölf Jahren. Anscom hatte ihn in dieser winzigen Räumlichkeit verborgen, während er einen anderen Geistlichen damit beauftragt hatte, statt seiner die Christmette zu lesen, sodass er Camber begleiten und die Vermählung Cinhils und Megans vollziehen konnte, der Eltern des heutigen Königs und seiner Brüder.

Mit einem Blinzeln kehrte Camber auf der geistigen Straße der Jahre zurück in die Gegenwart und seufzte. Jebedias stand auf der Porta Fläche, zwischen Betstuhl und Altar in den Boden eingelassen, die feinsinnigen Augen in seinem herben, mannhaft schönen Antlitz düster und von Sorgen voll.

»Bist du wohlauf?«, wollte er in gedämpftem Tone wissen.

»Es geht mir wohl«, antwortete Camber, fasste Jebedias am Arm und nickte ihm zur Aufmunterung zu. »Mir ist nur eine Erinnerung gekommen. Wollen wir verabreden, dass wartet, wer zuerst wiederkehrt?«

»Sehr wohl. Ihr *werdet* vorsichtig sein, nicht wahr? Beide!«

»Sieh zu, dass du deinen eigenen Rat gleichfalls befolgst«, empfahl Camber, indem er lächelte. »Geh mit Gott, Jebedias.«

»Ihr auch. Herrgott, ich hoffe, Tavis treibt kein falsches Spiel!«

Mit einem Nicken der Zustimmung trat Camber zurück, sah Jebedias die Hand an des Schwertes Griff legen und die Lider schließen. Nach Cambers nächstem Augenzwinkern war Jebedias entschwunden. Camber seufzte auf und begab sich an Jorams Seite.

»Rhys und ich haben diese Versetzung schon einmal vollzogen, wenngleich von einer anderen Porta aus. Wir werden zu Sankt Neot in der Sakristei eintreffen.« Er erspähte Jaffrays Bischofsstab, welcher neben dem Altar aus einem kunstvollen Sockelständer ragte, ging hin und hob ihn versuchsweise heraus. »Ob Jaffray wohl Einwände hätte …?«

»Warum denn?«, entgegnete Joram. »Er ist nun dein.« Er nahm eine von Jaffrays prunkvoll bestickten Mitren und brachte sie Camber. »Außerdem taugt so ein Stab, wenn gar nichts anderes zur Hand ist, als recht wirksame Waffe. Beuge dein Haupt, dann will ich dir das hier aufsetzen. Damit wird deine Gestalt auf den ersten Blick weit weniger Erschrecken erregen, wenn wir so plötzlich und unangemeldet mitten unter Dom Emrys und seine Brüder treten.«

»Was berechtigt dich zu der Auffassung, ich könne nicht umso leichter erkennbar für Rhuns Männer sein?«, hielt Camber dem entgegen, während er zugleich mit seinem Sohn die Füße auf der Porta Platte setzte, und Joram löschte die lichte Sphäre, welche ihren Weg bis an diese Stelle ihrer geschwinden Vorbereitungen mit geisterhaftem Schimmer erleuchtet hatte.

Beide gingen das schon seit so langem wohlvertraute geistige Band ein, das sie zwischen sich pflegten, und Camber übernahm die Führung. Dann standen sie plötzlich in einer anders beschaffenen Dunkelheit, schwach aufgehellt durch das allbekannte Glimmen eines Ewigen Lichts hinter rotem Glas.

Die Stille, welche ringsherum herrschte und anhielt, derweil sie Umschau taten, ermutigte sie, umgab sie mit einem Gefühl der Sicherheit, vermittelt durch die Vertrautheit der Umgebung, deren Gerüche und leisen Geräusche. Kein Lärm eines Kampfes oder Angriffs beleidigte ihre Ohren; ebenso wenig war hier das Schweigen eines bereits angerichteten Gemetzels, schon vollendeter Schlächterei. Vielmehr waren sie inmitten der tiefgründig andächtigen, ehrfurchtsvollen Ruhe einer Kirche während stillen Gebets angekommen, in der sich nichts vernehmen ließ als das gelegentliche bedächtige Murmeln, mit welchem Stimmen zu Gott sprachen, untermalt mit dem warmherzigen Geistesglanz etlicher Dutzend hoch geschulter Deryni, vereint in der Verehrung des Allerheiligsten.

Indem er aus lauter Erleichterung einen gelinden Schauder empfand, nahte sich Camber der offenen Tür der Sakristei, Joram dichtauf und wachsam an den Fersen. Camber zog das Haupt ein, um nicht mit der Mitra an den niedrigen Türrahmen zu stoßen, als er in den Gang hinaustrat, welchen des Heiligen Gabriels herrliches Wandmosaik schmückte und bewachte, und verharrte unmittelbar vorm Zugang zum Sanktuarium. Abgesehen vom Schein des ewigen Lichts sowie der üblichen Altarkerzen war der Altarraum nahezu dunkel.

Doch als er den Blick hinab zu Chor und Kirchenschiff lenkte, sah er den Rücken Dom Emrys', der zu des Sanktuariums Füßen stand, und vor ihm verströmte ein silbriges Licht puren Glanz, hellte die dicht an dicht gefüllten Sitzreihen des Chors zu beiden Seiten und jenseits von Emrys' Gestalt auf.

Was man gegenwärtig vollzog, war die Komplet, welche des Tages vorgeschriebene Gebetsstunden beschloss, und die gabrielitischen Brüder, Priester, Heiler sowie eine Anzahl älterer Schüler näherten sich im Mittelgang in zwei ordentlich gebildeten Reihen, fortwährend ergänzt durch Zulauf aus dem Gestühl, dem Sanktuarium, um vorn vor ihrem Abt eine achtungsvolle Verbeugung zu vollführen und aus dem Licht zwischen seinen Händen selbst einen Funken zu empfangen. Während Camber und Joram zuschauten, kehrte ein jeder mit dem erhaltenen Lichtlein zurück an seinen Platz im Chor und kniete nieder; allmählich nahm der Silberglanz bei jedem eine leicht verschiedene Färbung an, derweil er das vom Abt gespendete Fünklein verstärkte und ihm der ureigensten inneren Andacht besondere Prägung verlieh. Dabei handelte es sich um eine einzigartige, ausschließlich derynische Art der Verehrung, aber Camber vermochte unter den gegebenen Umständen die Schönheit des Rituals nicht so recht zu genießen, und ungeduldig trat er um einen Schritt vor, ins Sanktuarium. Mochte es sein, dass ihnen seine Ankunft entgangen war – diesen allerhöchlichst geschulten und überaus feingeistig wahrnehmungsfähigen Deryni?

Diese Handlung führte letztendlich zu einem Ergebnis. Camber sah einen Priester von seiner Anwesenheit Kenntnis nehmen und sich vorbeugen, um Dom Emrys etwas ins Ohr zu flüstern. Der greise Deryni nickte, wandte sich jedoch nicht um; er verharrte auf der Stelle und teilte weiterhin an seine spirituellen Söhne Handlichtlein aus, ganz so, als sei es die natürlichste Sache der Welt, dass der Bischof von Grecotha, nunmehr Erzbischof von Valoret und Primas von Gwynedd, unmittelbar vor dem Christfest zur Komplet plötzlich in seiner Klosterkirche aufkreuzte.

Camber wartete, fragte sich unterdessen, ob er sich bezüglich des wirklichen Drohens der mitgeteilten Gefahr geirrt haben könne, ob es möglich war, dass Tavis doch log oder dass er sich irgendwie getäuscht hatte. Er vernahm keinerlei ungewöhnliche Geräusche von außerhalb der Kirche, vermochte auf geistiger Ebene keine Anzeichen nahen Unheils zu ertasten; und doch war ihm, als lauere haarscharf am Rande seines Wahrnehmungsvermögens etwas von unkenntlicher Bedrohlichkeit – möglicherweise jedoch nur, so musste er sich eingestehen, ein Erzeugnis seiner Einbildungskraft.

Er musste abwarten, bis auch der letzte der versammelten Gabrieliten vom Abt mit einem Lichtfunken beschenkt worden war, dann seufzte er erleichtert auf, als sich Emrys umdrehte und tief vor ihm verbeugte, woraufhin die Brüder desgleichen taten. Indem er seine Ungeduld abermals meisterte, erwies Camber dem Allerheiligsten etwas übereilig die Ehre, stieg dann die Stufen hinunter und an Emrys' Seite, ließ den Greis seinen Ring küssen.

»Ihr alle schwebt in großer Gefahr«, sprach er und winkte, dass alle näher treten und sich zu des Sanktuariums Füßen um ihn und den Abt scharen sollten. »Baron Rhun und seine Krieger sind nach Sankt Neot unterwegs, um das Kloster zu zerstören und allen, welche sie auf seinem Grund und Boden antreffen, Verderben zu bringen. Wir glauben, dass die gleiche Gefahr auch Haut Eirial, Mollingford sowie weiteren Häusern droht. Ihr müsst ohne Säumen von hinnen ziehen.«

Emrys nickte und sein zerfurchtes Antlitz verriet nicht

die allerwinzigste Spur von Aufregung oder Sorge. »Ich habe befürchtet, Ihr möchtet solche Kunde bringen, Euer Gnaden. In der Tat begegnen wir bereits seit Wochen in des Klosters Umland immerzu Kriegsleuten und wir haben uns gewundert, warum des Königs Mannen wohl noch zu so später Jahreszeit im Felde sein mögen. Nun ist der Grund klar ersichtlich.«

»Dann hat Tavis also *nicht* gelogen«, murmelte Camber. »Dom Emrys, sind von Euch Vorbereitungen zur Verteidigung veranlasst worden?«

»Zur Verteidigung? Nein. Sobald Baron Rhun darauf aus ist, einen Mittelpunkt derynischer Gelehrtheit und Schulung auszutilgen, kann er's sich nicht erlauben, ihn am Ende doch, nur weil er Widerstand leistet, bestehen zu lassen, ganz gleich, welcher Preis entrichtet werden muss.« Für ein Weilchen wandte er sich seinen Ordensbrüdern zu. »Wir werden nun gehen müssen, meine Söhne. Ihr habt eure Anweisungen. Lasst uns in Ruhe und Ordnung die Sakristei aufsuchen und uns hinfortheben. Jene unter euch, die uns Zeit gewinnen sollen, kennen ihre Aufgaben.«

Als seine Stimme verklang, begannen sich die Männer in Zweierreihen aufzustellen, Lehrer und Schüler gleichermaßen, jeder von ihnen noch eine helle Sphäre in seiner Handfläche.

Drei Priester begaben sich geschwind zum Altar und zogen vom Tabernakel den samtenen Vorhang beiseite, um die Altargefäße auszuräumen, welche die kostbaren geweihten Hostien bargen.

Ein Schüler, das Gewand zwischen den Beinen verknotet, um schneller laufen zu können, kam durch die Pforte an der Westseite hereingestürzt, rannte atemlos durch den Mittelgang, gleich darauf gefolgt von einer Hand voll anderer Schüler und Laienbrüder.

»Ehrwürdiger Vater Abt, man überfällt uns! Fünfzig Ritter müssen's sein, dazu zweimal so viel Waffenknechte. Sie haben den Außenwall hinter den Feldern gebrochen und ziehen nun wider die Abtei selbst! Bruder Gillis und Herr Dov liegen erschlagen!«

»Gott helfe diesen Seelen, wir sind zu spät gekommen«, stieß Camber unterdrückt aus, indem an seiner Hand, welche den Bischofsstab umklammerte, die Knöchel weißlich hervortraten.

Mit einem Schütteln seines schneeweißen Hauptes begann Emrys zu handeln, obschon sein bleiches Antlitz sich gegen seiner Gewandung Weiß nunmehr womöglich noch fahler als zuvor abzeichnete.

»Nicht zu spät für einiges von dem, was getan werden muss.« Er wandte sich, offenbar bereits wieder vollauf beherrscht, an den Schüler. »Stephan, die Schüler sollen die Tore versperren, so gut es geht, danach allesamt in die Kirche kommen. Wir werden so viele wie möglich durch die Porta in Sicherheit verbringen.«

Als der Jungmanne eine Kehrtwendung vollzog, um den Befehl auszuführen, trat Emrys zwischen Camber und Joram, legte seine Hände in dringlichem Gebaren an eines jeden Ellenbogen, schob sie zu der Sakristei Tür. Camber, entgeistert infolge dessen, was er soeben vernommen hatte, wich zurück und starrte Emrys an.

»Wollt Ihr denn gar keine Gegenwehr leisten?«

»Was sollten wir damit erreichen können, außer vielleicht, zu zeigen, dass Deryni tatsächlich ihre Macht zum Töten missbrauchen?«, entgegnete Emrys. »Wir sind ein Orden des Lehrens und Heilens, Euer Gnaden. Das ist Euch wohl bekannt. Wir haben gelobt, niemandem einen Harm zuzufügen, nicht einmal zu unserer eigenen Verteidigung.«

Alsbald strömten Dutzende von Laienbrüdern und jüngeren Schülern in die Klosterkirche und verriegelten und verrammelten hinter sich die Pforten, alle sonderbar gelassen und ruhig für unbewaffnete Männer und Jünglinge, denen man mit blankem Stahl drohte. Emrys' Druck und Drängen an Cambers Arm nahm an Stärke zu.

»Kommt, Euer Gnaden. Wir sind darauf vorbereitet, das zu tun, was getan werden muss, und es ist ratsam, dass die Angreifer Euch in unserer Mitte nicht sehen. Euer Amt wird Euch noch für einige Zeit Schutz bieten und während dieser Frist vermögt Ihr vielleicht noch mancherlei zu erreichen – doch nur, wenn Ihr lebt und frei seid.«

»Aber man wird sie niederhauen wie Lämmlein«, erhob Camber Einspruch.

»Ja, einigen wird dies Schicksal sicherlich widerfahren. Aber möglicherweise kann nur das Martyrium einiger von uns das makellose Ansehen der Gabrieliten für die Zukunft rein halten. Kein Mitglied unseres Ordens hat jemals einem Menschen mittels seiner Geistesgaben ein Leid zugefügt. Wir wünschen klarzustellen, dass das auch jetzt der Fall bleibt, da man uns mit Unrecht bedroht. Und nun geht, ich *bitte* Euch! Eure Gegenwart verzögert die Flucht jener, denen sie durchaus noch gelingen kann, denn sie werden sich, solange Ihr mit der Porta Benutzung zaudert, keinesfalls vordrängen.«

Sehr zügig, aber ordentlich eilten weitere der jüngeren Schüler an Camber vorüber, stellten sich bei den Priestern, Heilern und anderen Schülern in einer dritten Reihe auf, doch blieben mehrere Dutzend Schüler, Laienbrüder und ein paar Geistliche an den Eingängen, verrammelten sie wider die wuchtigen Stöße, welche nun von draußen ans geschnitzte Eichenholz donnerten. Jenseits des westwärtigen Rosenfensters begann der Himmel rötlich zu glühen, obwohl der Sonnenuntergang längst vorbei war, und Camber begriff, dass die Landverheerer das wunderschöne Kloster St. Neot bereits den Flammen übergaben.

Indem er ein Aufschluchzen in seiner Kehle erstickte, ließ er sich an den aufgereihten Gabrieliten vorbei in die Sakristei führen, wo neben der Porta schon Joram harrte, eine Hand ruhelos am Schwertgriff – denn wiewohl die Gabrieliten sich weigerten zu töten, kannten die Michaeliten ganz und gar keine Bedenken dagegen, zwecks ihrer Verteidigung zu Waffen zu greifen. Camber sah die Gabrieliten zur Seite weichen, als er sich näherte, sodass Joram der Porta Bodenplatte betreten konnte, und er winkte Camber mit dringlicher Gebärde heran.

Cambers Augen füllten sich mit Tränen, als er sich neben seinen Sohn stellte, und er hob Bischofsstab und Hand zu einem letzten, für jene bestimmten Segen, welche er wahrscheinlich niemals wieder sehen sollte. Dann schloss er die Augen, neigte das Haupt und ließ Joram sie den Sprung durch des Raumes Weite vollführen, jedes Mal mulmig spürbar in der Magengrube, wie die Porta ihn ermöglichte. Schlagartig verstummten die ersten Schreie neuer Mordtaten, welche die Eindringlinge, ohne zu zögern, begingen, kaum dass sie sich ersten, gewaltsamen Zugang in die Klosterkirche verschafft hatten, als das Paar in der Ferne – in Jaffrays Gemächern – plötzlich auf der anderen Porta Fläche stand.

Und in St. Neots Klosterkirche machte ein greiser, gebrechlicher Deryni-Abt sich darauf gefasst, den Bedrängern, welche schon seine Brüder und Schüler haufenweise niederhieben, ein letztes Hemmnis in den Weg zu stellen. Emrys vereinte Geist und Hand mit einem erfahrenen Heiler namens Kenric und sie ließen ihre zusammengefassten Leibeswehren sich zwischen ihrem Standort und den eingedroschenen Pforten ausdehnen, schufen auf diese Weise ein Flimmern zur Sichtbehinderung jener, die sich blutig einen Pfad durchs Kirchenschiff bahnten. Er spürte, wie seine Brüder vorbeihasteten, um durch die Porta zu flüchten, indem jeweils zwei oder drei sie gleichzeitig benutzten, und er war sich darüber im Klaren, er würde sie nicht wieder sehen dürfen – dass es für ihn kein Entrinnen gab.

Das urplötzliche Bersten und Klirren von Glas kränkte seine Ohren und er hörte, wie die Wurfgeschosse, welche das große Rosenfenster und etliche Lichtgaden getroffen und zertrümmert hatten, mit ungeheurer Wucht im Innern der Kirche auf den Fußboden prallten. Er zuckte zusammen, als er vernahm, wie das Holz sehr fein gearbeiteter Wandschirme und Geländer splitterte, von den Angreifern in heller Wut zerhackt, und er bemerkte, dass man an der Kirche Rückseite Feuer legte, dessen roten Lichtschein er sogar durch geschlossene Lider wahrnehmen konnte. Nichtsdestotrotz erhielten er und Kenric die Leuchterscheinung aufrecht, welche das Vordringen der Krieger hinauszögerte, ihnen das Trugbild eingab, sich durch einen Wald von Spinnweben und durch Schlamm, der ihre Füße beschwerte und ihr Vorwärtskommen verlangsamte, vorankämpfen zu müssen.

Dennoch rückte der Lärm des Gemetzels immer näher und als Emrys die Augen aufschlug, den Trug erlöschen ließ, sah er, dass die Eindringlinge mittlerweile im halben Kirchenschiff die Oberherrschaft hatten, dass nur der unbewaffnete Widerstand eines letzten Häufleins von Schülern und Lehrmeistern, die den Kriegern den Weg verstellten, sie noch zurückhielt. Flugs blickte Emrys sich um, sah die letzten seiner übrigen Ordensbrüder durch die Porta verschwinden, zog dann den Heiler-Kollegen mit sich, indem sie beide, so schnell es möglich war, die Richtung einschlugen, welche Sicherheit verhieß.

»Dein Bestimmungsort sei die Porta in Dhassa, Kenric. Dom Juris wird sie noch für ein kurzes Weilchen offen halten. Danach muss sie zur Falle entstellt und fortwährend bewacht werden. Ich habe hier noch ein letztes Werk zu verrichten.«

»Sehr wohl, ehrwürdiger Vater Abt«, erwiderte der Heiler, dem Tränen die Wangen hinabrannen, als er des Greises Hand küsste, mit unterdrückter Stimme. »Möge Gott Euch behüten.«

»Und dich ebenso, mein Sohn. Und nun geh!«

Noch während der Heiler die Porta betrat, um gleich darauf zu entschwinden, sank Emrys unmittelbar daneben auf die Knie und schob seine Hände unter den auf der Platte ausgelegten Teppich, um den Stein zu berühren, tastete mit seinen Deryni-Sinnen danach, in der Absicht, dieser Porta Dasein für alle Zeit zu beenden. Er vernahm vom Gang das Stampfen schwerer Schritte, das Gerufe der Männer, welche nun das Sanktuarium stürmten, hörte das Hämmern von Waffen gegen die Pforte, wo noch nie zuvor irgendjemand eine Waffe gezückt hatte, aber er hob nicht das Haupt, derweil er alle seine verbliebenen Kräfte zur Zerstörung der Porta aufbot. Er war tot, seine Aufgabe vollendet, einen Augenblick bevor eines Kriegers Streitaxt ihm hinterrücks den Schädel zertrümmerte.

Und von der Sakristei Schwelle aus, auf dem Holz der eingeschlagenen Tür, sah Rhun von Horthness, über und über mit Blut besudelt, den alten Priester sterben, just als er noch versuchte, dem Waffenknecht das Schwingen der Axt zu verbieten – denn er ahnte, was der Abt da betrieb. Er hatte gehofft, sich der Porta bedienen zu können, um wenigstens noch einige der entkommenen Deryni aufzuspüren und zudem die Verbindung zu den anderen Regenten in Valoret zu erleichtern.

Doch es war zu spät, selbst wenn es ihm gelungen wäre, den Axthieb zu verhindern. Der greise Geistliche lag so leblos wie eines Kindleins zerbrochene Puppe auf der Porta Fläche und nur eine winzig kleine Menge von Blut beschmutzte den Teppich, der auf selbiger Fläche lag und der Porta Standort kennzeichnete. Später, nachdem seine Männer auch die letzten noch aufspürbaren Bewohner der Abtei erschlagen und sich an des ganzen Klosters gründliche Zerstörung gemacht hatten, ließ sich Rhun die Austilgung der Porta durch einen der zwei gefangenen Deryni bestätigen, welche in Ketten mit ihm und den ihm unterstellten Heerscharen zogen. Der Mann hatte sich inzwischen an seine Lage gewöhnt, an der sich ohnehin nichts ändern ließ, dieweil man seine Gemahlin und seine Söhne als Geiseln genommen hatte, um sich seiner Dienste zu vergewissern; dennoch weinte er bitterlich, als er neben dem toten Abt seine Hände auf den blutbefleckten Teppich legte und die Porta ausgelöscht fand.

Noch eine Stunde lang blieben die Landverheerer an der Stätte ihrer Schandtat, zerstörten, plünderten, entweihten. Den Hochaltar vermochten sie seiner Maße und des Gewichts wegen nicht umzustürzen, obwohl sie sich alle Mühe gaben; jedoch zerschlugen sie die zierlichen Bildwerke an seinen Seiten, hieben die *mensa* in zwei Teile und warfen den Leichnam des hingemordeten Mönchs über die geborstene Platte, sodass sein Blut den schneeweißen Marmor verunreinigte.

Sie schonten nicht einmal die der Gottesmutter geweihte Kapelle mit dem juwelengleichen blauen Glas von kühlem Glanz, das in die Wände eingelassen war, und ihren kostbaren Wandgehängen; und schon gar nicht die in der nordöstlichen Ecke des Kirchenschiffs befindliche Kapelle Sankt Cambers. Man warf das Standbild des Deryni-Heiligen von seinem Sockel und schlug ihm das Haupt ab und gleichfalls zerhieb man die Arme, um ihnen die goldene Krone entreißen zu können, welche das Bildnis hielt, um Cambers Ruf als »Königsmacher« gerecht zu werden. Selbst die mit einem Mosaik geschmückte, wie ein Halbkreis beschaffene Platte, worauf das Abbild gestanden hatte, beschädigte man mit Äxten und Keulen. Die vergoldete Inschrift an des Altarsteins Kante erregte ebenso den besonderen Zorn der Wüteriche, denn man wollte den Namen St. Cambers aus aller Menschen Augen entfernen, dieweil er sich nur so letztendlich auch ihrem Gedächtnis ausmerzen ließ. Wiederholt drosch man mit Schlagwaffen auf die eingemeißelte Inschrift ein, bis nur noch die äußerste Einbildungskraft einem Betrachter mitteilen mochte, was da zuvor geschrieben stand: *Jubilate Deo + + + Sanctus Camberus.* An den so überaus feinen, hölzernen Wandschirm, den zu schnitzen Jahre gefordert hatte, hielt man eine Fackel, sodass alsbald neue Flammen prasselten, und was die Krieger verschont hatten sowie was immer nicht brennen wollte, das zersprang und schwärzte sich nun in der Glut.

Als die Landverheerer alles verwüstet, geraubt und entweiht hatten, was sich zu derlei Treiben eignete, legten sie an etlichen Stellen letztmals Feuer, um auch sämtliche Trümmer und Überreste noch weiter einem Zustand näher zu bringen, der bloßer Asche ähnelte, danach saßen sie auf und ritten davon. Erst ein Weilchen vor Mitternacht war es, doch sollte die Lohe der Flammen, welche über St. Neot in die Höhe waberten, den Himmel noch verfärben, lange nachdem im Westen hinterm Horizont der Mond unterging.

Nur ein einziger Deryni erlangte in dieser Nacht zu St. Neot ein geringfügiges Maß an Genugtuung, einer von zweien seiner Art, welche das Flammenmeer der Abtei in der Begleitung Rhuns und dessen Mannen fliehen durften. Denn Rhuns derynischer Gefangener verriet seinem verhassten Herrn kein Sterbenswörtchen von der Botschaft, welche der Abt im Hinscheiden an der zerstörten Porta Stätte hinterlassen hatte, der Warnung, welche den Tod eines derynischen Heiler-Magisters besiegelte, die so lange erhalten bleiben würde, wie dieses Stückchen Erde bestand, und die lautete:

Hüte dich, Deryni! Hier lauert Gefahr! Von ganzen hundert Brüdern blieb nur ich, um zu versuchen, mit meinen geschwächten Kräften diese Porta zu zerstören, bevor man sie entweiht. Blutsverwandter, sei auf der Hut! Hab Acht auf dich, Deryni! Die Menschen töten, was sie nicht verstehen. Heiliger Sankt Camber, beschütze uns vor allen furchtbaren Übeln!

25

Auch diese da schwanken vom Wein, sie taumeln vom Rauschtrank …

Isaias 28,7

Wenngleich Camber selbst den Erfolg als klein bewertete, war es in der Tat so, dass St. Camber auf gewisse Weise St. Neots Bewohner vor furchtbaren Übeln schützte: Ohne Alister Cullens gerade noch rechtzeitige Warnung nämlich wäre wohl kaum ein Gabrielit dem grimmigen Anschlag dieser Nacht entgangen. Als Camber einige Stunden später mit seinen Deryni-Sinnen erneut nach der Porta St. Neots zu tasten wagte, vermochte er lediglich die für alle Zeit an Ort und Stelle gebannte Warnbotschaft von des Klosters letztem Abt wahrzunehmen und musste ihren Inhalt als vollauf in Übereinstimmung mit der Wahrheit anerkennen: *Die Menschen töten, was sie nicht verstehen.*

Noch weniger, so hatte unterdessen Jebedias entdeckt, war seitens der Menschen für die Ordenshäuser Haut Eirial und Mollingford an Verständnis vorhanden gewesen. Anscheinend war Rhun zuerst wider Alister Cullens Michaeliten vorgegangen, hatte seine Streitmacht geteilt, um diese beiden Häuser gleichzeitig angreifen zu können, und zwar bereits im Laufe des Spätnachmittags, um sie anschließend wieder zu vereinen und gegen St. Neot zu ziehen. Für beide michaelitischen Einrichtungen war Tavis' Nachricht zu spät eingetroffen.

Gewiss, die Michaeliten hatten beide Stätten längst anderen Orden abgetreten, aber das hatten Rhuns Krieger nicht gewusst, oder es war ihnen gleichgültig gewesen. Die armen Mönche, welche es als Glücksfall angesehen hatten, die einstigen michaelitischen Ländereien und Bauten übernehmen zu dürfen, waren alles andere als glücklich darüber, am Nachmittag vorm Heiligen Abend überfallen und erschlagen zu werden, wo sie gerade arbeiteten oder beteten. Zum Zeitpunkt, als Jebedias ankam, fand er nur noch schwelende Ruinen vor, Asche und Haufen Hingemetzelter, denen er aus Furcht, von irgendwelchen Kriegern, die noch in der Umgebung lungern mochten, gesehen zu werden, nicht einmal ein anständiges Begräbnis zuteil werden lassen konnte.

Nach Valoret zurückgekehrt, traf er dort – kurz nach Mitternacht – Camber allein an. Er hatte Joram nach Sheele geschickt, auf dass er Evaine und Ansel hinsichtlich der Entwicklungen dieser Nacht warne, solange sie noch Zugang zu einer Porta besaßen. Und derweil Camber und Jebedias auf Jorams Rückkunft harrten, umriss Camber die neue Lage so kurz und knapp wie möglich.

Man rechnete gegen des Januars Ende mit der Geburt von Evaines Tochter. Aufgrund dessen war sie – wiewohl es sie, als die Kunde von Cambers Erwählung zum Erzbischof und Primas eintraf, danach verlangte, Rhys nach Valoret zu begleiten – mit Ansel und Queron, den beiden jüngeren Kindern sowie einem halben Dutzend getreuer Bediensteter zu Sheele verblieben, welchen Wohnsitz sowohl sie wie auch Rhys als einigermaßen sicheren Aufenthalt empfanden.

Nun jedoch war sich Camber in dieser Beziehung weniger sicher und noch entschieden weniger sah er Evaines und Rhys' Erstgeborenen hinlänglich geschützt, Aidan, der zu Trurill beim Enkel von Cambers Schwester Wohnung hatte. Sollte der Wahn der heutigen Nacht um sich greifen, musste jeder Deryni, zumal jeder Verwandte Cambers, bald das Freiwild von der Regenten Horden sein.

»Und zu allem Unglück gibt's keine anderen als die herkömmlichen Mittel und Wege, Adrian MacLean eine

Nachricht zu senden«, erläuterte Camber, derweil er des Oratoriums Enge abschritt. »Meine Schwester Aislinn hat keinen Deryni geehelicht, deshalb ist zu Trurill nie eine Porta errichtet worden.«

»War ihr Gatte derlei Dingen abgeneigt?«, wollte Jebedias wissen.

»Nein, es bestand schlichtweg nie ein regelrechtes Erfordernis. Als wir alle noch jünger waren, pflegte sie die alte Porta zu Cor Culdi zu benutzen, um uns auf Caerrorie zu besuchen … nicht etwa, dass das häufig geschehen wäre. Mit dem Aufziehen von drei Söhnen und ihren Pflichten als Iain MacLeans Gräfin hatte sie ein eigenes Leben zu führen und damit reichlich zu tun. Jedenfalls, die Porta in Cor Culdi ist nicht länger zugänglich. Du weißt, dass die Ländereien der MacRories dem Bruder von Hubertus MacInnis zugesprochen worden sind, oder nicht?«

Jebedias' Unterkiefer sackte abwärts und er schüttelte das Haupt. »Das von Cor Culdi war mir unbekannt. Ich hatte mir noch nie irgendwelche Gedanken darüber gemacht. Es war schlimm genug, als die Krone Caerrorie vereinnahmte.« Er schwieg einen gedankenvollen Augenblick lang.

»Diese deine Schwester«, meinte er sodann, »lebt sie noch?«

»Oh, durchaus. Sie war das jüngste Kind von uns fünfen – sie ist fünf Lenze jünger als ich. Ich habe eine zweite Schwester, die fast achtzig Jahre zählt. Drunten in Carthmoor wirkt sie als Äbtissin. Um Vergebung, ich wähnte, du wüsstest Bescheid.«

Erneut schüttelte Jebedias das Haupt, ein ansatzweise erheitertes Lächeln kräuselte seine Lippen. »Du vergisst, ich kannte Camber MacRorie nicht sonderlich gut, ehe er sich in Alister Cullen verwandelte«, entgegnete er nachsichtig. »Aber diese Aislinn … sie kann also nicht des gegenwärtigen Grafen von Kierney Gemahlin sein …«

»Nein, vielmehr ist er ihr ältester Sohn, gleichfalls Iain getauft. Ihres Gemahls weitere zwei Brüder sind tot, doch leben Nachfahren.«

»Dann lebt sie mit ihrem Sohn und dessen Familie zusammen?«

»Nein, mit ihrem Enkel Adrian und dessen Sippschaft. Und Adrians Sohn, der ein Jahr älter ist als mein Schwiegersohn, ist gleichfalls ein Camber. Man ruft ihn Camlin, für Camber Allin.«

»Aha, so.« Jebedias dachte für ein Weilchen nach, heftete sodann seinen Blick erneut auf Camber. »Willst du lediglich Aidan von Evaine in Sicherheit bringen lassen oder soll die ganze Sippe gehen?«

»Ich hoffe, dass sie alle gehen werden«, lautete Cambers Antwort. »Zweifellos kann man nicht erwarten, dass sie zu Trurill auf immer unbehelligt bleiben, zumal da's so nahe bei Cor Culdi liegt.«

»Und wo *werden* sie sicher sein können?«, meinte Jebedias fast im Flüsterton.

Müde setzte sich Camber auf des Betstuhls Fußbank und rieb sich die Augen.

»Jenseits des Culdi-Hochlands gibt's in den Bergen ein kleines Kloster. Es nennt sich Unsere Heilige Jungfrau von den Matten. Lehnsleute unseres Geschlechts – keine Deryni – haben's vor über einem Jahrhundert begründet. Ich habe Joram beauftragt, dorthin solle er sie senden. Es gehört zur Diözese Grecotha, daher war's mir möglich, die Unterlagen beiseite zu schaffen. Wenn ein neuer Bischof die Diözese übernimmt, wird er nichts davon erfahren. Außerhalb des unmittelbaren Umlands wissen nur sehr wenige von dem Kloster.«

»Verstehe.« Jebedias schabte sich versonnen am Kinn. »Und du … sorgst dich nicht um Evaine, dieweil sie in ihrem Zustand und zudem im Winter durch die gwyneddischen Ebenen reisen soll?«

»Natürlich mache ich mir Sorgen, Jebedias«, erwiderte Camber mit einem Aufseufzen. »Doch besser, unter Mühsal frei, als der Regenten Rachgier zur leichten Beute werden. Außerdem werden Ansel und die Diener dabei sein, um sie zu schützen, auch Queron, sollten sich Schwierigkeiten bezüglich ihrer Schwangerschaft ergeben, und die Landstraßen der Ebenen sind beileibe nicht die übelsten im Reich. Es gibt nun einmal keine Wahl. Adrian und Mairi würden Aidan keinem überlassen als einem Angehörigen der Sippe.«

»Das ist gleichermaßen tröstlich wie nachteilig«, äußerte Jebedias mit abermaligem Schütteln des Hauptes. »Und wie steht's um Joram und Rhys? Wenn's so weit ist, müssen nicht auch sie der Regenten Vergeltung fürchten?«

»Müssen wir das nicht alle, wenn's darum geht?«, hielt Camber ihm entgegen. »Nein, wir anderen, wir werden eben unser Glück auf die Probe stellen müssen. Da wir von Rhys sprechen, mich deucht, wahrscheinlich sollten wir nun in meine Gemächer zurückkehren, für den Fall, dass er womöglich wieder da ist. Die Sache mit Prinz Javan beunruhigt mich ein wenig. Außerdem vermute ich, dass Niallan und Kai inzwischen die Mette gelesen haben, und sie dürften begierig sein zu hören, was sich zugetragen hat. Ich wünschte bloß, ich vermöchte angenehmere Neuigkeiten zu vermelden.«

»Und Joram?«

»Ich bin mir sicher, er verweilt lediglich, um dafür zu sorgen, dass Evaine und die anderen ohne Säumen den Weg antreten. Er wird zu uns stoßen, sobald er's kann. Gegenwärtig sorge ich mehr um Rhys. Ich hoffe, ihm war mehr Glück als uns beschieden.«

Nachdem er Cambers Gemächer verlassen hatte, folgte Rhys dem Knappen Bertrand durch eine Nebenpforte des Erzbischöflichen Palastes und an der Königsburgs Außenwall entlang bis zu einer engen Schlupfpforte im großen Südtor, für welche der Jungmanne einen Schlüssel besaß. Von dort aus umrundeten sie den von Schnee bedeckten Burghof und betraten die Räumlichkeiten zwischen der Westseite des Hauptgebäudes, in dem sich der Thronsaal befand, und dem Burgfried. Auf diesem Wege durch eine Reihe von Korridoren, den überdachten Wehrgang sowie einige Treppen Javans Gemächer zu erreichen war keine allzu verwickelte Angelegenheit. Als der Knappe die Tür zu Javans Schlafkammer öffnete, wandte sich hinter Javans unruhiger, fiebriger Gestalt Tavis' bleiches Antlitz den Ankömmlingen zu.

»Wann hat's angefangen?«, erkundigte sich Rhys, indem er den Mantel zur Seite warf und seine Arzttasche abstellte, um danach an Javans Bettstatt zu treten und ihm eine Hand auf die fieberheißen Brauen zu legen.

»Vor ungefähr drei Stunden. Er ist überaus stark erhitzt. Erbrechungen, Krämpfe … Fast hätte er, glaube ich, ein- oder zweimal der schnöden Welt Ade gesagt. Wüsste ich's nicht besser, ich wäre zu behaupten geneigt, er sei vergiftet worden.«

Rhys, der den Jüngling so gründlich mit seinen Deryni-Sinnen untersuchte, wie es bei des Prinzen Umherwälzen und Umherwerfen ging, schüttelte das Haupt. »Nein, zwar besteht irgendeine Art von Störung des gesundheitlichen Gleichgewichts, aber ich habe nicht den Eindruck einer Vergiftung. Was hat er verzehrt?«

»Durchaus nichts, was er nicht alle Tage äße. Am gestrigen Abend war mir, als drohe ihm eine Erkältung, aber heute Morgen wirkte er wieder gänzlich wohlauf, selbst am Nachmittag noch, als ich im Thronsaal von ihm schied.«

»Tja, wieso auch immer, im Augenblick befindet er sich keinesfalls wohlauf«, stellte Rhys fest, indem er seine Hände über des Jünglings Gliedmaßen gleiten ließ und das Haupt schüttelte.

»Bertrand, ich bitte dich, gib mir meine Tasche.«

Derweil der Knappe gehorchte, hob Rhys eines von Javans Lidern, um ihm ins stiere Auge zu spähen, dann begann er in der Tasche zu kramen.

»Na schön, als Erstes müssen wir das Fieber senken. Ist hier etwas Wein, in den wir dieses Mittelchen füllen können?«

»Bertrand, schenk ein wenig Wein ein, wohl einen halben Becher«, wies Tavis den Knappen an und deutete auf eine Karaffe, welche nebst einigen Bechern auf einem kleinen Tisch, beim Kamin stand. »Das ist ein recht süßer Wein, aber der einzige, den er, glaube ich, überhaupt zu trinken pflegt. Doch … ich kann ein anderes Getränk besorgen, so Ihr's vorzieht.«

»Nein, es macht keinen Unterschied aus, was wir nehmen. Dies ist nur eine Prise *Talicil*. Mich wundert's, dass Ihr ihm nicht bereits welches verabreicht habt.«

»Das ist geschehen«, antwortete Tavis, derweil er zusah, wie Rhys ein kleines Päckchen aus Pergament aufbrach und den Inhalt in den Becher schüttete, welchen Bertrand ihm entgegenstreckte. »Aber offenbar zu wenig. Er ist recht empfindsam gegenüber mancherlei Medizin. Ich wollte nicht zu viel eingeben.«

Indem er das Haupt schüttelte, ließ Rhys den Wein im Becher wirbeln und rührte mit dem Finger darin, verzog das Angesicht, als er den Finger abschleckte, winkte dann Tavis, er möge des Jünglings Haupt anheben.

»Herrgott, schmeckt das bitter. Doch gleichwohl, versuchen wir's mit noch ein wenig mehr davon. Mit *Talicil* kann man schwerlich die Dosis überhöhen.« Ohne Umstände schluckte Javan und leerte den kleinen

Becher. »So ist's anständig«, lobte Rhys. »Braver Bursche. Wir wollen ihn nun zudecken und abwarten, ob's uns gelingt, das Fieber zu senken. Ich denke, er wird's ausschwitzen müssen.«

Eine Zeit lang beschäftigte man sich damit, Javan in eine ganze Anzahl zusätzlicher Decken zu hüllen. Danach hielten beide Heiler den Prinzen nahezu eine volle Stunde lang unter wachsamster Beobachtung, ein jeder ließ Javans schmächtigen Leib heilerische Kraft zufließen, um dem entgegenzuwirken, was ihn innerlich zu verzehren drohte, was es auch sein mochte. Schließlich zeigten sich auf Javans Brauen und Oberlippe ein paar winzige Tröpfchen Schweiß, dem sich alsbald tatsächlich ein heftiger Schweißausbruch anschloss, und daraufhin sank er anscheinend in einen ganz gewöhnlichen Schlummer. Nachdem Rhys und Tavis des Jünglings durchschwitztes Bettzeug gewechselt und ihm überdies ein für die Verhältnisse im Gemach geeignetes Gewand angelegt hatten, entließ Tavis den Knappen mit einem matten Winken und dem Rat, sich nun rechtschaffenen Schlaf zu vergönnen, dann ließ er sich gleich neben der Bettstatt in einen Lehnstuhl sinken.

»Ich weiß nicht, wie ich Euch danken soll, Rhys«, sprach Tavis, indem er das Haupt schüttelte und sich die Augen rieb. »Ich scheue nicht das Geständnis, ich war nahezu außer mir vor Furcht. Ich glaube, ich habe ihn noch nie so krank gesehen.«

Mit andeutungsweisem Lächeln nahm Rhys in einem anderen Lehnstuhl Platz, der nahebei stand, und reckte seines Halses Muskeln, seufzte aus lauter Erleichterung.

»Ihr habt, so hat's für mich den Anschein, noch nicht die nötige Erfahrung mit Erkrankungen von Kindern und jungen Leuten. Mein älterer Sohn pflegte diese merkwürdigen, plötzlichen Fieberanfälle häufig zu bekommen.

Aber in der Jahre Lauf sind sie dann ausgeblieben. Er ist ein wenig jünger als Javan.«

Tavis schnob, nicht recht überzeugt. »Alroy hat dergleichen nie gehabt, wie kränklich er auch sein mag.« Er räkelte sich und gähnte, dann langte er nach der Karaffe mit dem Wein und zog den Stöpsel heraus.

»Mein Gott, mir ist zumute, als sei *ich* derjenige, der mit einem Fieber zu ringen hat! Wünscht Ihr auch etwas Wein? Für gewöhnlich brächte ich so süßes Gesöff nicht hinunter, aber ich fühle mich, um ehrlich zu sein, zu erschöpft, um etwas anderes kommen zu lassen.«

»Süßer Wein ist mir recht«, antwortete Rhys und nickte Tavis zu, dass er getrost einschenken möge, entsann sich unterdessen an eine zu anderer Zeit gehabte Begegnung mit Tavis. Damals waren es die Prinzen, Pagen und Knappen sowie Tavis gewesen, die tranken – und Tavis hatte es nicht ganz aus freiem Willen getan.

Der Wein, so erinnerte er sich, war ein süßer Fianner gewesen, diesem hier nicht unähnlich; er hatte ihn, fiel ihm ein, als er sah, wie Tavis seinen Becher zur Seite stellte, um erst noch einmal nach Javan zu schauen, besonders wegen der Süßheit ausgesucht, damit er den jungen Burschen auch munde und überdies die leichte Färbung und den schwachen Beigeschmack der Drogen zu verhehlen, welche ihnen unbemerkt zu verabreichen seine Aufgabe gewesen war. Dieser Wein allerdings war wohl ein noch gelungenerer Jahrgang, entschied er, als er einen tüchtigen Zug aus dem Becher trank, dann sogleich noch einen Mundvoll nahm.

Gerade hatte er auch das geschluckt, da kam ihm zu Bewusstsein, als er sich schon einen weiteren Schluck gönnen wollte, dass Tavis sich zwar erneut niedergesetzt, aber noch nicht wieder den Becher zur Hand genommen hatte. In der Tat hatte der andere Heiler nicht den kleinsten Schluck getrunken. Und nun lehnte er sich auf seinen Stuhl zurück und betrachtete Rhys aus einer Miene, die von ungeheurer Befriedigung zeugte.

Rhys senkte den Becher und schluckte – sein Gaumen war plötzlich trocken –, forschte in äußerster Hast nach und entdeckte zuletzt den leicht schalen, wie erzenen Nachgeschmack auf der Zunge, ein Rest dessen, was der starke, süße Wein völlig überlagert haben musste. Schlagartig begriff er, warum Tavis so selbstzufrieden dreinschaute.

»Tavis, was habt Ihr mir gegeben?«, fragte er leise, setzte den Becher mit sorgsam bemessener Bewegung auf des Lehnstuhls Armlehne ab, verzweifelt darum bemüht, das feine Summen und Surren zu verscheuchen, das in seinem Hinterkopf zu entstehen schien.

Tavis hob die Brauen, stand auf und trat zu des Kamins Mantel, von dessen Sims er ein kleines Fläschchen nahm und damit zu Javan zurückkehrte. »Es wird Euch keineswegs mehr als das schaden, was Ihr einst mir gegeben habt«, sprach er, indem er das Haupt Javans hob, der fest schlummerte, und ihm des gläsernen Fläschleins Inhalt zwischen die Lippen goss.

»Was ich Euch gegeben habe?«, wiederholte Rhys gemurmelt, sich darüber im Klaren, dass Tavis auf die Nacht von Cinhils Ableben anspielen musste, und entsetzt, weil Tavis irgendetwas herausgefunden haben sollte. »Was meint Ihr damit?« Nichtsdestotrotz versuchte er zu leugnen. »Und was gebt Ihr da Javan?«

»Ein teilweises Gegenmittel wider das, was Ihr soeben getrunken habt«, gab Tavis ihm Auskunft. »Zu Eurem Unglück war das jedoch alles, was davon vorhanden gewesen ist – gerade genug, um Javan im Wesentlichen vor den Folgen dessen zu bewahren, was wir … was *Ihr* ihm vorhin unwissentlich eingeflößt habt.« In aller Ruhe setzte er sich in Rhys' Reichweite auf die Bettkante. »Ich weiß, was am Vorabend von des Königs nächtlichem Tod geschehen ist, Rhys. Zuvor habe ich mich nicht entsinnen können, nun jedoch vermag ich's und dieser junge Prinz hat mir dabei geholfen.«

Er wies auf Javan, dessen Lider nun zuckten, indem er die Besinnung wiederzuerlangen anfing. »Nur möchte er jetzt auch wissen, was in selbiger Nacht *ihm* widerfahren ist. Und das aufzudecken, dabei gedenke meinerseits ich ihm zu helfen.«

»Ihr müsst von Sinnen sein …!«, ächzte Rhys gedämpft und versuchte sich aus dem Lehnstuhl zu erheben, doch er warf lediglich den Becher mit dem Wein um, und seine Beine verweigerten ihm den Dienst.

Als der Becher am Fußboden zerschellte, sank Rhys auf Knie und Hände, sein Blickfeld begann zu verschwimmen. Die Machenschaft war nun so offenkundig, dass es ihn erstaunte, sie nicht sofort durchschaut zu haben. Javans ganze angebliche Erkrankung war nur eine Täuschung gewesen, hervorgerufen durch Tavis, um ihn in diese Falle zu locken und zu überraschen. Schon konnte er kaum noch zusammenhängende Gedanken fassen und sein Körper versagte ihm den Gehorsam. Besonders seine Heiler-Gaben waren für ihn selbst beinahe vollständig unzugänglich geworden.

Er fühlte, wie seine geistigen Wälle zerbröckelten, ohne dass Tavis ihre Überwindung nur die geringste Mühe kostete, und er besaß darüber volle Klarheit, dass binnen weniger Augenblicke sein gesamtes Wesen und all sein Wissen vor Tavis offen liegen würde. Er war nicht einmal noch dazu imstande, seine allergeheimsten Kenntnisse in tiefere Schichten seines Geiste zu verlagern, denn das Verdrängungsvermögen hatte zu den ersten Eigenschaften gezählt, welche Tavis' Drogen in seinem Bewusstsein stilllegten.

Die Erinnerung an die Nacht von Cinhils Tod war tief in seinem Gedächtnis eingeschreint, doch nicht tief genug, um Tavis verborgen zu bleiben, wenn der jüngere Heiler *wusste*, wonach er suchte. Die Namen der Mitglieder des Camberischen Rates mochten *vielleicht* verschleiert sein, des Rates Vorhandensein selbst allerdings keinesfalls. Das Wissen um Rhys' neue Heiler-Fähigkeit war offen ersichtlich. Von all seinen innersten Geheimnissen war nur das um Cambers wahren Verbleib *vielleicht* so wohl bewahrt, dass Tavis es nicht finden konnte.

Während er keuchte aufgrund der Anstrengung, welche er aufbieten musste, um nur auf Händen und Knien zu bleiben und Tavis weiter beobachten zu können, sah er, wie sich der andere Heiler über Javan beugte, der stöhnte und blinzelte, sich dann mit Tavis' Hilfe, eine Hand in des Mannes Gewand gekrallt, in eine Sitzhaltung aufrichtete. Als des Prinzen kühle, zusehends klarere Haldane-Augen ihren Blick in seine Augen bohrten, wusste Rhys, er war verloren. Er würde keine Gnade finden. Er spürte, wie seine Arme und Beine endgültig unter ihm nachgaben, und er vermochte nicht zu verhindern, dass er in einen Zustand halber Besinnungslosigkeit sank.

»Tavis, Ihr habt's geschafft!«, äußerte Javan im Flüsterton, indem er sich noch ein wenig mehr straffte, um Rhys zu betrachten, der neben seinem Stuhl zusammengesackt auf der Seite lag. »Ist er … Schläft er, oder was?«

Tavis schlang eine mit Pelz gesäumte Robe um des Jünglings Schultern, dann trat er zu Rhys und hob ihn zurück auf den niedriglehnigen Stuhl.

»Er liegt in keinem Schlummer, er befindet sich eher in einer Art von dämmrigem Zwischenzustand. Zu hören vermag er uns, doch ist er zu jeglichem Handeln außerstande. Seine geistigen Schilde sind weitgehendst nutzlos geworden.«

Hochinteressiert schob Javan die Arme in der Robe Ärmel und rutschte an der Bettstatt Fußende. Tavis widmete ihm einen Blick, der Bedenken bezeugte, als der

Prinz die Beine über des Bettes Kante schwang, doch in der Tat wirkte Javan bereits erholt genug, um wieder auf eigenen Beinen stehen zu können. Javan patschte auf nackten Füßen zu Rhys' Stuhl, streckte dann vorsichtig einen Arm aus und berührte des Heilers erschlaffte linke Hand, die reglos auf der Armlehne ruhte.

»Er fühlt sich grässlich kalt an, Tavis«, merkte der Jungmanne gedämpft an. »Ist er wohlauf? Ich wünsche nicht, dass er Schaden nimmt.«

»Ohne das, was ich Euch zuvor zur Erzeugung des Fiebers gab, vertreiben die Drogen etwas von des Leibes natürlicher Wärme«, erwiderte Tavis nahm vom Bett eine Decke und legte sie um Rhys' stille, zusammengesunkene Gestalt. »Ich werde so behutsam vorgehen, wie ich's nur vermag, doch möglicherweise lassen sich Unannehmlichkeiten für ihn *nicht* gänzlich vermeiden, wenn ich aufdecken soll, was Ihr erfahren wollt. Warum nehmt Ihr nicht hier auf diesem Stuhl Platz, ihm genau gegenüber? Seid Ihr sicher, dass Eure Verfassung gut genug ist? Naturgemäß wirken derartige Drogen auf Menschen weniger stark, aber …«

»Ich fühle mich wohl, ich bin nur noch ein bisschen wacklig.« Javan setzte sich auf den Stuhl und kauerte sich zusammen, sah zu, wie Tavis unter ein Lid Rhys' spähte, danach bei sich nickte. »Werdet Ihr nun in seinem Geist Nachschau halten?«

»Ja, ich glaube, er ist nunmehr in geeignetem Zustand.«

Langsam trat Tavis hinter Rhys' Stuhl, seine Hand stützte des anderen Heilers mattes Haupt im Nacken. Er schob die Hand auf die Stirn und ließ das Haupt nach hinten gegen seinen Leib sinken, legte gleichzeitig seinen Armstumpf an die linke Seite von Rhys' Hals.

Durch die Drogen schlug des anderen Puls nun langsam, aber stetig. Mit seinen heilerischen Deryni-Sinnen tastete er sich vor, erfüllte den innerlich angespannten Körper seines Heiler-Kollegen ganz mit Lockerheit, ohne auf irgendwelche Gegenwehr zu treffen. Dann schöpfte er ergiebig Atem und ballte seine Geisteskräfte zusammen, begann in Rhys' Bewusstsein nach jenem Vorfall am Abend vor der Nacht von des Königs Ableben zu forschen. Zuvor undurchdringliche Geistesschilde teilten sich nun vor ihm wie die dünnsten Dunstschwaden, während er tiefer vordrang, immer tiefer ... und dabei Rhys mit sich nahm.

Er entdeckte den nämlichen Abend anhand seiner eigenen damaligen Gegenwart, erlebte den Vorgang mit jenem anderen Wein nochmals, so wie er sie – dank Javans Unterstützung – in seiner Erinnerung bereits ein halbes Dutzend Mal durchlebt hatte. Nun erfuhr er Einzelheiten und die genaue Zusammensetzung des Gemischs, welches Rhys ihm damals untergeschoben hatte, verwünschte sich bei dieser Gelegenheit als Narr, einen geringen, aber entscheidenden Bestandteil übersehen zu haben.

Diesmal aber erlebte er alles aus Rhys' Sicht, nicht aus seiner oder der noch beschränkteren Sicht in Javans Gedächtnis. Daraus ergaben sich völlig neue Erkenntnisse. Als Rhys ihn, Tavis, eingeschlummert am Kamin zurückgelassen und noch einmal nach den Prinzen geschaut hatte, war er in deren Schlafgemach zum Schrank gegangen, um ihn weit zu öffnen – und hinter dessen falscher Rückwand, in Wahrheit nichts anderes als eine Geheimtür, hatte Joram MacRorie gewartet!

In Rhys' Erinnerung mit dem anderen Heiler eins, nunmehr alles aus dessen Blickwinkel zu erleben imstande, sah er Joram Prinz Javan auf die Arme nehmen, während Rhys Alroy nahm und dem Geistlichen in einen schmalen Geheimgang mit grob beschaffenen Wänden folgte, lediglich erhellt durch eine grünliche

Lichtsphäre, die ihnen vorausschwebte. Sie gelangten in Cinhils Königliche Kapelle, wo Rhys den unverändert im Schlaf befindlichen Alroy behutsam auf den dicken khel-dischen Teppich in der Räumlichkeit Mitte bettete, gleich neben einen kleinen Tisch. Er wusste, dass Joram Javan an des Raumes Seite verbracht hatte und in den Geheimgang zurückgekehrt war, wenngleich er es nicht geschehen sah, denn Rhys war mit geschlossenen Augen neben Alroy niedergekniet, eine Hand auf des Jünglings Stirn, tastete tief hinab, übte in Bereichen eine Einflussnahme aus, von denen Tavis, wie er sich eingestehen musste, ganz und gar nichts verstand. Als Rhys die Augen wieder aufschlug, reichte ihm Evaine ein angefeuchtetes Tüchlein, das einen scharfen, wohlvertrauten Geruch verströmte, Rhys betupfte damit des Jungmannen rechtes Ohrläppchen und stach dann durch selbiges eine Nadel, die er ebenfalls von Evaine empfing, steckte zuletzt einen mit einem Rubin versehenen Ohrring hindurch, welcher Tavis bekannt vorkam und den ihm kein anderer zu diesem Zweck gab als … König Cinhil.

Anschließend kniete Rhys an Javans Seite nieder und wiederholte diese Maßnahme, legte Javan einen Ohrring aus verwundenem Golddraht an, den der Prinz in der Tat noch immer trug. Seltsam, befand Tavis, dass ihm nie der Zeitpunkt aufgefallen war, an dem Javan ihn zu tragen begann …

Dann streckte Joram zu Rhys' und Evaines Füßen Rhys Michael aus, gleichfalls in festem Schlummer, und man wiederholte ein drittes Mal eines Ohrringes Anlegung. Sobald das getan war, legte Rhys erneut eine Hand auf Alroys Stirn und überließ ihn Jorams Einfluss.

An der Kapelle Mitte hielt sich auch Bischof Alister auf, nur wenige Schritte entfernt, wo er einige Worte mit dem König wechselte; doch Rhys befand sich just in dem Augenblick, dieweil er sich mit Alroy befasste, in unempfänglicher Trance und schenkte dem, was man sprach, keinerlei Beachtung. Gleich darauf öffnete Alroy die Augen, die leicht glasig wirkten und verträumt dreinblickten; Rhys und Joram halfen ihm dabei, sich aufzusetzen, danach beim Aufstehen.

Im Anschluss daran begab sich Rhys geschwinden Schritts hinüber zu Evaine, die mit einer Kerze in der Hand seiner harrte und ihn küsste, ehe er der Kapelle Seite aufsuchte, wo die beiden anderen Prinzen im Schlaf ausgestreckt lagen. Als sich Rhys zwischen den zweien niederließ, um ihren Zustand zu überwachen, erkannte Tavis, dass nunmehr eine Art von schwacher Schleiererscheinung den Ausblick auf das trübte, was in der Räumlichkeit Mitte geschah, dass Joram um jene, die sich dort befanden, einen magischen Kreis zog!

Fassungslos wäre Tavis um ein Haar aus Rhys' Innenleben zurückgewichen, denn trotz allem, was er sich an Absonderlichem bereits ausgemalt hatte, war er nicht im Entferntesten darauf gekommen, Magie zu erwägen; nie war es ihm nur eingefallen, ein anderer Heiler könne völlig abweichende Ansichten über die Angebrachtheit ritueller Magie hegen.

Und als er mitverfolgte, was sich im Weiteren zutrug, ersah er, dass es sich nicht bloß um rituelle Magie, sondern wirklich und wahrhaftig um höchst begabte magische Anwendungen begnadeter Deryni-Magister handelte – dass diese vier Deryni sowie Cinhil und seine Söhne sich zu ebendiesem und keinem anderen Zweck nächtlich in des Königs Kapelle versammelt hatten, wenngleich man die Königssöhne sehr gründlich hatte vergessen lassen, was sich in jener Nacht zutrug.

Dreimal – einmal mit jedem der Prinzen – vollzog man in des abgeschirmten Magiezirkels Innerem irgendeine merkwürdige Verrichtung, welcher sich jedes Mal eine gewisse Zeitspanne allgemeiner Ruhe anschloss, in deren Verlauf Cinhil seine Hände aufs Haupt jedes der Jünglinge hielt, wie zum Segen, und dabei … irgendetwas tat. Unmittelbar danach sank jeder der Jungmannen besinnungslos nieder, woraufhin man ihn aus dem magischen Kreis in Rhys' Obhut brachte und den nächsten Prinzen holte.

Javan war der Zweite, an dem man vornahm, was immer man drinnen in dem magischen Kreis betrieb, aber auch in seinem Fall konnte Rhys von dem Ritual so wenig an Einzelheiten erkennen wie bei den Riten mit Alroy und Rhys Michael. Nach jedem Ritus war König Cinhil merklich schwächer, und jedes Mal musste Rhys seinem entkräfteten Körper neue Stärke verleihen, wiewohl beide Männer sehr wohl darum wussten, dass sie damit das traurige Ende beschleunigten. Sobald das dritte Mal vollendet war, brach König Cinhil endgültig zusammen und Rhys vermochte nichts mehr für ihn zu tun. Der König lag im Sterben und wollte nur Alister und Joram um sich haben.

Nachdem alle außer den beiden Geistlichen und dem König den Magiezirkel verlassen hatten, spendeten der Bischof und Joram dem Todgeweihten die Sterbesakramente. Alister und König Cinhil, so hatte es den Anschein, unterhielten sich noch für ein Weilchen, bis Alister zu guter Letzt Joram anwies, mit seinem Schwert im Kreis einen Durchlass zu schaffen – und dann verschwand der Zirkel, und Tavis begriff, der König musste gestorben sein.

Dieser letzte Teil des Geschehens jedoch war sonderbar nebelhaft und Tavis hatte den Eindruck, dass da noch irgendetwas von Besonderheit gewesen sein musste, was ihm entging. Er löste sich aus Rhys' Geist und schüttelte höchlichst verwundert das Haupt, seltsam aufgewühlt, zur gleichen Zeit durch das von Ehrfurcht gerührt, was er ersehen hatte. All diese Magie … und dennoch …

Als er mit Geblinzel in die Wirklichkeit zurückkehrte, merkte er, dass Javan ihn unverwandt anstarrte, und besann sich darauf, dass der Jüngling von alldem nichts mitbekommen hatte. Und er vermochte ihm, erkannte Tavis, auch nichts davon zu erklären, wenngleich er nun immerhin wusste, wo in Javans Gedächtnis er suchen konnte und wie er dem Prinzen womöglich zu einer genaueren Erinnerung an jene Nacht zu verhelfen vermochte.

»Was war's, Tavis?«, erkundigte Javan sich geflüstert.

Tavis musste schlucken, ehe er jenes eine Wörtchen unterdrückt hervorstoßen konnte.

»Magie.«

»Magie?«, keuchte Javan. »Was soll das heißen?«

»Das soll heißen«, erwiderte Tavis, indem er tief und bedächtig Atem holte, »dass jene, die wir bereits im Verdacht hatten – will sagen, Rhys, Evaine, Joram und Bischof Alister –, mit Eurem Vater in der Nacht seines Todes ein magisches Ritual vollzogen.« Er schöpfte erneut tief Atem. »Ihr, Alroy und Rhys Michael seid ebenfalls daran beteiligt gewesen. Deshalb sind Euch jene Drogen verabreicht worden – um Eure Empfänglichkeit zu erhöhen und um Euch alles vergessen zu machen, bis es … an der Zeit ist.«

Geräuschvoll schluckte Javan und starrte Tavis mit noch fassungsloserer Miene an.

»Zeit wofür?«

Mit einem vernehmlichen Aufseufzen hob Tavis die Schultern. »Darauf kann ich mir eine Antwort nicht einmal vorstellen. Bezüglich der Beweggründe dessen, was ich ersehen habe, sind selbst *seine* Erinnerungen undeutlich. Er befand sich außerhalb des Magiezirkels und hat auf Euch und Eure Brüder geachtet, derweil die anderen taten, was … was es halt war, das sie taten.« Er heftete seinen Blick ins stille, reglose Antlitz Rhys', der unterdessen in einen durch die Drogen herbeigeführten festen Schlaf gesunken war, dann schüttelte er von neuem das Haupt. »Zu meinem Bedauern muss ich Zweifel daran anmelden, dass sich von ihm noch mehr Einzelheiten erfahren lassen.«

»Warum nicht? Könnt Ihr nicht tiefer nachforschen?«

»Nicht ohne ihn und mich erheblich zu gefährden. Jemandes Erinnerungen einzusehen, das ist eine Sache, aber nach Anlässen, Gründen und Erklärungen zu suchen, das ist etwas völlig anderes. Ihr habt geäußert, es sei Euer Wunsch, ihm solle kein dauerhafter Schaden zugefügt werden.«

»Und dabei bleibe ich. Aber wie sollen wir jemals herausfinden, was nun tatsächlich geschehen ist, wenn er's uns nicht verraten will oder kann?« Der Prinz stellte diese Frage in nahezu flehentlichem Tonfall.

Gedankenschwer schabte sich Tavis mit seinem Armstumpf am Kinn. »Möglicherweise ist Rhys' Erinnerung in Bezug auf das Eigentliche jenes Geschehens gar nicht so wichtig«, meinte er. »Versteht Ihr, worauf hinaus ich will? Ich habe geschaut, woran *er* sich erinnert, und es hilft uns kaum weiter – *Ihr* aber seid einer von jenen, denen es selbst widerfahren ist. Er war außerhalb des Zirkels und mit anderen Angelegenheiten beschäftigt. Einzelheiten des Rituals hat auch er nicht gesehen, folglich können wir sie von ihm nicht in Erfahrung bringen.«

»Tavis, aber *ich* kann mich doch nicht erinnern …«

»Freilich, im Augenblick vermögt Ihr's nicht«, antwortete Tavis. »Es mag jedoch sein, dass ich nunmehr dazu imstande bin, Euch dabei zu helfen, zu Euren verborgenen Erinnerungen vorzustoßen. Wer sollte genauer wissen denn Ihr selber, was mit Euch geschehen ist?«

Ehrfürchtig musterte Javan den Heiler, dann erhob er sich vom Stuhl und ergriff Tavis' Arm.

»Wann, Tavis? Wann können wir ans Werk gehen? Sofort?«

»Nein, später. In ein paar Tagen, wenn Ihr der geschluckten Mittelchen Nachwirkungen mit Gewissheit überwunden habt.«

»Aber bei Rhys waren die Drogen doch *von Nutzen*«, murrte Javan gedämpft, indem er sich auf die Stuhlkante setzte und einen Schmollmund zu ziehen begann. »Das verstehe ich nicht.«

»Was ich vorhabe, wird Eurerseits einiges an bewusster Mühewaltung und Mitwirkung erfordern«, gab Tavis zur Antwort. »Es gibt durchaus gewisse Mittel, mit denen ich Euch dabei nachhelfen kann – und wir werden sie zur rechten Zeit anwenden –, aber sie sind gänzlich anderer Art als jene, die wir heute Rhys verabreicht haben. Doch nun gebt für ein kurzes Weilchen Ruhe. Ich möchte mich noch einiger Dinge vergewissern, ehe seine geistigen Wehren wieder in alter Stärke verfügbar sind.«

Und als er diesmal in Rhys' Geist eintauchte, forschte er nach Erinnerungen an Davin MacRorie, der durch Rhys' Vermählung mit Evaine dessen Verwandter gewesen war – und ermittelte, dass Rhys von Davins Falschspiel gewusst, ja, daran mitgewirkt hatte, es in die Wege zu leiten, doch gelang es Tavis nicht, die Namen der übrigen Hintermänner aufzudecken, wie nachdrücklich er auch auf des ganzen Gespinstes Entwirrung drängte.

Aber die Vorbereitungen ... Bei Gott, *Rhys* war es gewesen, der bewerkstelligt hatte, dass Davin den Eindruck erregte, kein Deryni zu sein! Rhys hatte eine Anwendung entdeckt, wie er in jedem beliebigen Deryni dessen Geistesgaben abblocken konnte!

Angesichts dieser Enthüllung keuchte Tavis unwillkürlich auf, erkannte in Andeutungen, dass Rhys diese Fähigkeit anderen Heilern zu vermitteln versucht hatte, sah Hinweise auf wiederholtes Misslingen, und dann – ersah er die Art der Anwendung selbst!

Behutsam stellte er sich mit höchstmöglicher geistiger Feinsinnigkeit auf die Anwendung ein und erkundete ihren Vollzug mit äußerster Genauigkeit, erwog die dazu erforderliche Kraft, ermittelte in seinem eigenen Verstand Entsprechungen dessen, was er in Rhys erblickte – und *wusste,* ohne es erst erproben zu müssen, dass er gleichfalls zu verrichten vermochte, was Rhys tun konnte!

Noch weitaus bedeutungsschwerer als all das war jedoch der Grund, aus welchem Rhys versucht hatte, diese Fähigkeit andere Heiler zu lehren. Er erfuhr von Revan, der in den Hügeln oberhalb Valorets bei den missbeliebten Willimiten darauf harrte, dass ein Heiler zu ihm stoße – ein Heiler, der den Plan auszuführen imstande war, welchen Rhys und andere kurz nach Cinhils Tod ersannen: einen Plan, durch den sich wenigstens ein paar Angehörige des derynischen Volksstammes der Verfolgung und Ausrottung durch die Regenten sollten entziehen können, welche just in dieser Nacht mit der Vernichtung der derynischen Ordensgemeinschaft begannen. Tavis selbst hatte Rhys ja davon in Kenntnis gesetzt, und wie er nun ersah, waren Bischof Alister, Joram und Jebedias darangegangen, dagegen Maßnahmen zu ergreifen, doch ob noch rechtzeitig genug oder zu spät, das wussten weder Rhys noch Tavis.

Da war noch mehr, viel mehr ...

Letztendlich zog sich Tavis gänzlich aus Rhys' Bewusstsein zurück und überließ ihn ungestörtem Schlummer. Als er die Augen aufschlug, sah er Javan barfüßig an seiner Seite stehen, die schmalen Hände auf seinem Unterarm, derweil er ihn aus geweiteten grauen Augen beunruhigt anstarrte.

Bedächtig, noch zu niedergeschmettert zum Reden, ließ Tavis seine Hand von Rhys' Haupt auf dessen Schulter sinken, derweil der andere Arm, wiewohl Javan noch den Stumpf umklammerte, vollends hinabsackte. Als Javan ihn zu befragen anfing, war er zunächst zum Antworten außerstande, fühlte sich lediglich dazu in der Lage, dem Prinzen zu versichern, es sei alles in Ordnung, dann hieß er ihn zu Bette gehen und versprach, ihm am Morgen alles darzulegen.

Er selbst hockte sich in den zweiten Lehnstuhl, betrachtete Rhys viele Stunden lang, derweil Javan schlief.

26

Da setzten sie ihm einen reinen Kopfbund aufs Haupt und bekleideten ihn mit Gewändern, während der Engel des Herrn dabeistand.

Zacharus 3,5

Das Weihnachtsfest des Jahres 917 dämmerte grau und kalt herauf und über einem Großteil der Ebenen Gwynedds trieb leichter Schneefall herab. Camber sah die Dämmerung von seiner Gemächer Fenster im Erzbischöflichen Palast aus kommen und weilte in Gedanken bei seiner Tochter, welche sich nun durch selbigen Schnee unterwegs zum Kloster Unsere Heilige Jungfrau von den Matten und damit in die Sicherheit befinden musste.

Er fand einen gewissen Trost im Wissen, dass Ansel und Queron sie begleiteten, ihr Schutz und gegebenenfalls auch heilerischen Beistand bieten konnten, aber er beneidete sie beileibe nicht um diese winterliche Reise, zumal in ihrem Zustand der Schwangerschaft und in Anbetracht dessen, dass die schlimmsten Winterstürme noch bevorstanden. Hätte sie nur des Kindes entbunden werden können, ehe sich diese Notwendigkeit zur Flucht ergab! Wäre es nur möglich gewesen, die Flucht bis ins Frühjahr hinauszuzögern!

Hätte … Wäre … Immer wieder ertappte er sich bei seiner alten, eingefleischten Neigung zum Grübeln. Hätte Cinhil bloß länger gelebt. Hätte der König nur weniger habgierige und engstirnige Erzieher für seine minderjährigen Söhne auserkoren. Wären die Regenten nur mit größerem Verständnis und weitherziger Duldsamkeit ausgestattet gewesen.

Aber der König hatte anders gehandelt und die Regenten waren nicht so, wie man sie sich gewünscht hätte, und nun mussten Camber und jene, die ihm zur Seite standen, dieses wahnwitzigen, schaurigen Tanzes Bewegungen notgedrungen mitmachen, sich vollauf dessen bewusst, dass der letzte Zusammenprall – Stirn an Stirn – so unvermeidlich war wie das Atmen, genauso wie der Regenten letztendlicher Triumph unausweichlich war, dieweil sie aus ihrer weit günstigeren, durch Recht und Gesetz abgesicherten Stellung der Macht zu handeln vermochten, auf so vorteilhafter Grundlage einen gnadenlosen Feldzug wider alle Deryni vorbereiteten. Und hatte dieser Feldzug mit der furchtbaren Rache an St. Neot und den zwei vormaligen michaelitischen Ordenshäusern nicht schon begonnen? Und nur Gott sowie die Regenten allein wussten, wo noch gewütet worden sein mochte. Angenommen, er hatte sich darin, dass Unsere Heilige Jungfrau von den Matten bereits vergessen war, gründlich geirrt, und das Kloster war, nicht anders als St. Neot, zerstört worden? Sandte Camber seine Tochter und die Kinder in den Tod?

Derweil er sich derlei Grübeleien hingab, spähte er durchs geriffelte Glas hinaus, sah hier zu Valoret sich das Weitere entwickeln und abzeichnen. Obwohl es noch sehr früh war, konnte er beobachten, dass beständig Gläubige durchs äußere Tor am Domplatz kamen und den Dom aufsuchten und ihre vielen Schritte ließen den Schnee nach und nach dunkeln und verwandelten ihn in Schlamm. Erzbischöfliche Leibwachen, nun Jebedias' Befehl unterstellt, standen am Tor und auf der Strecke zum Domportal unauffällig Wache, sehr achtsam, jedoch ohne irgendwen anzuhalten. Irgendwo da draußen befand sich auch der michaelitische Großmeister selbst. Kaum dass Joram in den frühen Morgenstunden von Sheele wiedergekehrt war, hatte sich Jebedias um des Domes Verteidigungsbereitschaft zu kümmern angefangen.

Rhys dagegen war noch nicht zurück, obschon Camber und Joram seiner bis nach der Matutin, dem Frühgottesdienst, geharrt hatten. Schließlich war Camber dazu gezwungen gewesen, sich in den letzten Stunden vor der Morgendämmerung doch noch ein wenig Schlaf zu vergönnen, vertieft durch eine derynische Trance, um dadurch an Erholung zu gewährleisten, was des noch erhältlichen Schlummers Dauer nicht erbringen konnte; aber nicht einmal unter solchen Umständen hatte er sonderlich bekömmlich geschlafen. Er hatte erwartet, von Rhys eine Nachricht zu empfangen, auch wenn Rhys empfohlen hatte, nicht auf ihn zu warten. Konnte Javan dermaßen krank und dennoch keine weitere Kunde eingetroffen sein? Immerhin war Javan ja Alroys etwaiger Thronfolger.

Indem er sein Haupt schüttelte, kehrte Camber dem Fenster den Rücken, mittlerweile aufgrund von Rhys' Ausbleiben von ernstlichen Sorgen geplagt. Bis zur Mittagsmesse war er aller geistlichen Pflichten ledig – Robert Oriss und Dermot O'Beirne hatten sich anerboten, die beiden vorherigen Messen zu lesen, so wie Niallan ihm zuvor schon jene um Mitternacht abgenommen hatte –, doch er wagte es nicht, persönlich Nachforschungen bezüglich Rhys' Verbleib einzuleiten. Des womöglichen Thronerben Gemächer mussten für einen Deryni-Bischof, der Hubertus MacInnis das so sehr begehrte Amt mit Erfolg streitig gemacht hatte, einem verbotenen Land gleichen.

Er vernahm aus dem benachbarten Gemach Geräusche und wenig später kam Joram mit einigen Schriftstücken, welche zum Zwecke seiner Inthronisierung als Primas von Gwynedd seiner Unterschrift bedurften; danach mussten er und Joram sich – ohne irgendeinen Bediensteten, der ihnen manches hätte erleichtern können, denn Ansel war ja fort und sie wollten niemandes Aufmerksamkeit auf diese Tatsache lenken – ihren morgendlichen Waschungen widmen.

So blieb Camber beschäftigt, während der Morgen verging, und gleichzeitig wuchs, da auch weiter jede Nachricht von Rhys ausblieb, sein Unbehagen immer mehr. Eine solche Gedankenlosigkeit entsprach keineswegs Rhys' Art. Er musste sich darüber im Klaren sein, dass Camber und Joram Anlass zur Besorgnis hatten. Warum ließ er nicht ein einziges Wort von sich hören?

Und etwa um jene Zeit, da Camber der morgendlichen Dämmerung Heraufziehen beobachtete, gewann Rhys langsam das Bewusstsein wieder – doch handelte es sich um eine verschwommene, gleichsam schale Art der Bewusstheit, alles andere denn vertraut oder zur Ermutigung geeignet. Er stellte fest, dass sein Nacken steif war, sein Haupt ihm schwer auf der Brust wankte, leicht nach rechts geneigt; doch als er es stützen und zu diesem Zweck die Hände heben wollte, bemerkte er, das war ihm unmöglich. Seine Arme waren an des Stuhles Armlehnen gebunden, auf dem er saß, und zudem war er in Brusthöhe an die Rücklehne gefesselt. Die Erinnerung an die vergangene Nacht kehrte mit solcher Schlagartigkeit wieder, dass er aus Entsetzen fast laut aufgestöhnt hätte, doch es gelang ihm, den Laut zu ersticken und stumm zu bleiben.

Indem er sich dazu zwang, langsam und regelmäßig zu atmen – mit der Gleichmäßigkeit eines Schläfers –, ließ er seinen Körper wieder in den Fesseln erschlaffen und versuchte seine gegenwärtige Lage einer vernünftigen Beurteilung zu unterziehen. Sofort erkannte er, dass die Wirkung jener Drogen, die Tavis ihm gegeben hatte, noch nicht überwunden war; es pochte schmerzhaft in seinem Haupt – hinter den geschlossenen Augen und im Nacken –, und sein Magen stand beständig kurz davor, sich umzudrehen. Andererseits befand er sich auch nicht länger unterm vollen Einfluss der verabreichten Mittel. Rhys bezweifelte, dass Tavis seine Geisteswehr nochmals zu durchbrechen vermochte, es sei denn, er wendete außerordentliche Anstrengungen auf – allerdings bedeutete das keineswegs, dass Rhys dazu imstande gewesen wäre, irgendwie Gegenwehr zu leisten. Und natürlich konnte Tavis ihm jederzeit eine neue Dosis aufzwingen …

Er kämpfte eine Aufwallung unbesonnener Panik nieder, ordnete seine Gedanken, so gut es ging, und bemühte sich einzuschätzen, was Tavis in ihm angerichtet haben mochte. Unter den ersten Fähigkeiten, welche ihn unter der Drogen Einwirkung flohen, war seine Heiler-Gabe gewesen, und dieweil sie die feinste Gleichgewichtigkeit aufwies, würde sie am längsten beeinträchtigt bleiben; und er wusste, dass er für einige Zeit die Gewalt über seinen Körper und auch das Vermögen, seinen Geist abzuschirmen, verloren hatte, wenngleich sich nun erste, kräftige Ansätze zur Wiederherstellung zeigten. Er konnte sich jedoch nicht darauf besinnen, an welche seiner Erinnerungen Tavis gerührt hatte, und das erfüllte ihn mit regelrechter Furcht. Dieweil der andere Heiler in ihn mit der besonderen Absicht Einblick genommen hatte, über seine Erinnerungen an die Nacht von Cinhils Tod Aufschluss zu erhalten, musste Rhys annehmen, dass Selbiges ihm gelungen war und Tavis nunmehr die ganze Geschichte mit jenem anderen vermischten Wein kannte – Herrgott, wie hatte er so blind sein können, in eine ähnliche Falle zu tappen! – und darüber hinaus in seinem Gedächtnis bis zu den rituellen Werken in Cinhils Kapelle vorgestoßen sein konnte.

Darin jedoch lag zugleich ein gewisses Maß an tröstlicher Beruhigung: denn von allen, die in besagter Nacht mitgewirkt hatten, besaß Rhys die unvollständigsten Kenntnisse über das, was man in dem magischen Kreis verrichtet hatte. Aufgrund seines allgemeinen Wissens hegte er naturgemäß gewisse Vorstellungen davon; aber er hatte nichts von dem, was in des Zirkels Innerem geschah, deutlich gesehen, und ebenso war, da er sich außerhalb befand, wenig davon an seine Ohren gedrungen. Er bezog zudem einiges an Trost aus der Vermutung, dass Tavis wahrscheinlich von all dem, was er in Rhys' Gedächtnis gesehen hatte, einen Großteil gar nicht durchschaute – wenngleich jedoch Javans Beteiligung an jenen Vorgängen sicherlich den Schlüssel dazu liefern konnte, zu guter Letzt die entsprechenden Erinnerungen in Javan selbst ans Licht zu fördern. In dem beeinträchtigten geistigen Zustand, worin er sich gegenwärtig befand, so musste Rhys eingestehen, blieb ihm nichts übrig, als sich allem zu beugen, was Tavis in den Sinn kommen mochte.

Ohne jegliche Vorwarnung berührte etwas seine Schläfe. Irgendwie erkannte er sogar in seiner infolge der Drogen umnebelten Geistesverfassung, dass die Berührung von Tavis' Hand stammte. Er versuchte so zu tun, als merkte er nichts, versuchte weiterhin den Besinnungslosen zu mimen, aber noch während des Versuchs begriff er, dass er den anderen Heiler nicht zum Narren halten konnte. Er hörte, wie Tavis angesichts seiner trägen inneren Regung belustigt schnob, und sah ein, es würde nichts nutzen, den Schlafenden zu spielen. Er schlug die Augen auf und hob das Haupt, richtete seinen Blick mit mehr Schwierigkeiten auf Tavis, als er insgeheim erwartet hatte.

»Nun, es freut mich, dass Ihr Euch entschlossen habt, auf törichte Vorstellungen zu verzichten«, sprach Tavis. »Wie fühlt ihr Euch?«

Während er mit einer Zunge, die für seinen Mund dreimal zu groß zu sein schien, behutsam die Lippen benetzte, musterte er Tavis – ihm war, als sähe er ihn am

Ende eines langen Stollens – und versuchte zu schlucken. Es wollte ihm nicht so recht gelingen.

»Verdammnis über Euch und Euren vermischten Wein!«, vermochte er hervorzukeuchen und sein plötzliches Erbleichen warnte Tavis früh genug, sodass der andere Heiler eine der Wasserschüsseln, welche noch vom Vorabend nahebei standen, greifen und ihm, ehe er sich zu übergeben begann, unters Kinn halten konnte.

Für ein Weilchen verschwamm seine Wahrnehmung; als Nächstes drang ihm ins Bewusstsein, dass Tavis ihm mit einem Tuch den Mund abwischte. Nachdem Tavis fertig war, saß Rhys für eine Zeit lang mit geschlossenen Augen da, rang mit der noch immer spürbaren Übelkeit, voller Ekel wider den scheußlichen erzenen Geschmack in seinem Mund, bis er an seines Halses Seite erneut Tavis' Berührung spürte, von welcher ein gewisser beruhigender Einfluss ausging, und der andere Heiler hielt ihm etwas Kühles an die Lippen.

»Was ist das?«, vermochte er zu röcheln und öffnete die Augen, schrak vor dem Becher zurück, den Tavis gebracht hatte.

Des anderen Heilers Augen glichen hellen, wie ausgewaschenen Aquamarinen, sein straffer Mund drückte nahezu belustigte Nachsichtigkeit aus.

»Das ist etwas gegen die Übelkeit, sonst nichts. Mein Wort drauf.«

»Freilich«, flüsterte Rhys. »Und die kleine Erquickung des gestrigen Abends war lediglich Wein.«

»Bezüglich des Weins habe ich Euch nichts zugesagt«, entgegnete Tavis geduldig. »Was diesen Trank hier angeht, so gebe ich Euch mein Wort. Und wenn Ihr nicht gutwillig trinken möchtet, ich kenne mehrere höchst taugliche Mittel, um Euch zum Trinken zu zwingen, welche ich von keinem anderen als Euch selbst gelernt habe. Ich werde Euch nicht einmal zuvor in die Magengrube zu schlagen brauchen. Also, wie zieht Ihr's vor? Ich bin nicht in der Stimmung, um am frühen Morgen ständig Waschungen und Säuberungen zu vollführen.«

Offensichtlich meinte Tavis es ernst mit dem, was er sprach; und Rhys bezweifelte nicht, dass der andere Heiler in der Tat dank der gründlichen geistigen Einblicknahme einiges aus seinen Erfahrungen gelernt hatte. Ein neues Aufbäumen seines gereizten Magens überzeugte ihn zusätzlich davon, dass in diesem Fall Nachgiebigkeit der Weisheit wohlgeratener Teil sei, folglich nickte er andeutungsweise und beugte sich ein wenig vor, dann trank er des Bechers Inhalt mit vier entschlossenen Zügen bis zur Neige aus. Der leicht minzige Geschmack war ihm vertraut – es handelte sich um einen Sud aus Kräutern, welcher zu den grundsätzlichsten Hilfsmittelchen eines jeden Heilers zählte.

Er ließ erneut die Lider über die Augen sinken und wirkte besänftigend auf seinen Magen ein, damit er bei sich behalte, was gerade hinabgeronnen war, und es gelang ihm sogar, seine verkrampfte Magengegend in gewissem Umfang zu entspannen. Als er von neuem die Augen aufschlug, irgendwie das Gefühl hatte, für ein kurzes Weilchen eingenickt zu sein, sah er an des Gemachs anderem Ende Tavis mit Prinz Javan in einer Fensternische stehen. Allem Anschein nach war der Prinz soeben erst erwacht, denn sein Haar war noch wirr, seine Augen über der dicken, mit Pelz besetzten Robe, welche er um die Schulter geschlungen hielt, blickten noch recht schläfrig drein. Tavis erläuterte ihm etwas auf sehr eindrückliche Art und Weise, jedoch mit so leiser Stimme, dass Rhys in seinem nach wie vor benommenen Zustand kein Wort verstehen konnte. Der Jüngling schaute wiederholt mit einer Miene zu Rhys herüber, die von Angetanheit zeugte.

Nach einiger Zeit gesellten Javan und auch Tavis sich

von neuem zu ihm. Der Prinz betrachtete ihn für jemanden, der so jung war an Jahren, reichlich leidenschaftslos, nahezu, als hätten ihm die Enthüllungen, welche das Werk der vergangenen Nacht beschert haben mussten, ein zuvor ungekanntes Maß an Reife verliehen. Seine Miene erzeugte ein gelindes Frösteln insgeheimer Anerkennung in Rhys' gequältem Körper.

»So war's also Magie, was Ihr und die anderen in jener Nacht mit mir betrieben habt«, sprach Javan.

Rhys brauchte nicht zu fragen, welche Nacht er meine. Er konnte nur hoffen, dass es ihm gelang, den Jüngling davon zu überzeugen, dass man in besagter Nacht kein Übelwerk vollzogen hatte, dass die Gründe für die vorgenommenen Maßnahmen zur rechten Zeit offenkundig werden sollten.

»Ist das so verwerflich?«, entgegnete er. »Wir haben auf keinen Harm gesonnen. Dergleichen hätte Euer Vater nie und nimmer geduldet.«

»Und *was* hat er geduldet?«, erkundigte Javan sich mit leiser Stimme. »Tavis zufolge seid Ihr außerhalb des magischen Zirkels gewesen, sodass er keinerlei Einzelheiten darüber in Erfahrung bringen konnte, was darin geschah, warum man's tat. Ich bin … *anders geworden,* Rhys. Ich glaube, dafür tragen Joram, Evaine und Alister die Verantwortung.«

»Und Euer Vater«, erinnerte Rhys den Prinzen, er wagte nicht, den Blick von des Jungmannen Angesicht zu wenden, aus Sorge, er könne wieder in Benommenheit entschweben.

Flüchtig glitt ein Ausdruck der Verunsicherung über des Jünglings Antlitz. »Mein Vater. Ja, er war dabei, soviel habe ich begriffen. Doch was er betrieb, tat er's aus eigenem Antrieb oder aufgrund Eurer Beeinflussung? Das frage ich mich.«

Rhys hörte nichts, doch plötzlich winkte Tavis den

Prinzen zur Tür. Ohne eine Frage begab sich Javan hin und verharrte, um zu lauschen; dann nickte er, als sich Schritte nahten.

»Mich will dünken«, flüsterte er, »Rhys Michael kommt nebst einigen Pagen.«

Sofort nahm Tavis das Haupt Rhys' zwischen Hand und Armstumpf, bannte mit seinen Augen Rhys' Blick.

»Ich bedaure, so mit Euch verfahren zu müssen, Rhys, doch lasst Ihr mir keine Wahl. Wenn Rhys Michael diese Gemächer zu betreten wünscht, kann ich's ihm nicht verweigern, und ich darf nicht zulassen, dass Ihr irgendeinen Aufruhr auslöst. Auch dies habe ich von Euch gelernt, wiewohl ich wähne, Ihr habt nimmer geglaubt, jemand könne es an Euch selbst anwenden.«

Noch derweil Tavis redete, ersah Rhys, was bevorstand, und ein Teil seines Bewusstseins schrak in äußerstem Entsetzen zurück, während ein anderer, mehr verstandesmäßiger Teil mit aller Folgerichtigkeit schlussfolgerte, dass er nun anscheinend endlich jemanden gefunden hatte, der dazu imstande war, seine neue Fähigkeit zu erlernen.

Auf einmal befiel Dumpfheit das geringe Maß an Geistesklarheit, welches er bislang wiedererlangt hatte, und sein Bewusstsein schrumpfte auf die unzulängliche Wahrnehmung des gemeinen menschlichen Daseins zusammen. Er fühlte sich stumpfsinnig, als sei sein Geist in Baumwolle gewickelt, die seine für gewöhnlich höchst empfindsamen Sinne dämpfte und hemmte. Selbst in diesem Zustand jedoch spürte er, wie Tavis weiter auf ihn einwirkte, seinen ganzen Körper vollkommener Entspannung überantwortete, als läge er im Schlaf; doch beließ der andere Heiler ihm zumindest das Gehör.

Er bemerkte, wie man ihn an Brust und Handgelenken der Bande entledigte, konnte nicht verhindern, dass seine Gestalt auf dem Lehnstuhl in noch größerer

Erschlaffung zusammensank. Er fragte sich, warum Tavis ihm das Gehör belassen haben mochte, diesen einem herkömmlichen Schlummer ähnlichen Zustand einer bloßen Besinnungslosigkeit vorgezogen hatte. Wäre es nur möglich, irgendeinen Aufschrei auszustoßen, eine Regung zu vollführen, könnte er sehen, stünde ihm seine Geistessicht zur Verfügung ... Aber zu nichts von alldem war er noch in der Lage.

ž»Javan, fühlst du dich wohler?«, erscholl des jüngsten Prinzen knabenhafte Stimme. »Einen guten Morgen, Herr Tavis.«

Rhys hörte den älteren Prinzen *»Scht!«* machen, als Rhys Michaels Stimme ertönte, dann gedämpfte Schritte, als der andere Prinz, so hatte es den Anschein, eintreten durfte.

»Ja, ich bin wieder wohlauf. Gestern Abend ist Herr Rhys gekommen und hat Tavis bei meiner Behandlung Unterstützung geleistet und gemeinsam haben sie's geschafft, mich wieder auf die Beine zu stellen. Herr Rhys schläft noch, gib Acht, ihn nicht zu wecken, ich bitte dich. Tavis sagt, er hat fast die ganze Nacht lang an meiner Bettstatt Wache gehalten.«

»Oh. Na, wir wähnten dich unverändert krank, so sind wir ohne dich zur Morgenmesse gegangen und haben danach ein Frühmahl eingenommen. Weißt du, was sie draußen treiben?«

»Wer treibt was?«, mengte sich sofort Tavis drein.

»Bischof Hubertus und die anderen Regenten. Solange ich in Hörweite war, mochten sie nicht so recht darüber reden, aber Alroy hat mir nach dem Morgenmahl alles erzählt, sie gedenken den Dom zu umstellen, sobald die Mittagsmesse anfängt. Falls die anderen Bischöfe wirklich Bischof Alister als Primas inthronisieren, wollen die Regenten sie allesamt zu Gefangenen machen und zwingen die Wahl zu wiederholen. Ich darf nicht mit, Alroy meint, ich sei zu jung. Wahrscheinlich kämen sie um den Verstand, wüssten sie, dass ich hier davon spreche.« Er seufzte. »Mich lässt man nie irgendetwas tun.«

Rhys Michael plauderte noch für eine Weile über etliche Dinge, welche durchaus nicht alle im Zusammenhang miteinander standen, doch Rhys hörte kaum hin. Er bemühte sich irgendeinen Weg zu ersinnen, wie er entkommen und Camber warnen könne. Als sich schließlich hinter Rhys Michael wieder die Tür schloss – nachdem Javan angedeutet hatte, er fühle sich doch nicht so wohl, wie zunächst vermeint, und beabsichtige den heutigen Tag im Bett zu verbringen –, war Rhys noch immer nichts eingefallen, was Aussicht auf Erfolg bot. Sein Verstand wollte, solange dieses Gefühl vorherrschte, ihm sei das Haupt mit Wolle ausgestopft, nicht richtig arbeiten.

»Tja, Rhys, habt Ihr das vernommen?«, wandte Tavis sich unterdrückt an ihn, indem er seine Stirn anrührte und ihm die Gewalt über den eigenen Körper weitgehendst zurückverlieh, sodass Rhys zunächst einmal die Augen aufschlug, jedoch nicht Rhys' Deryni-Fähigkeiten wiederherstellte.

Behutsam setzte sich Rhys im Lehnstuhl zurecht und hob den Blick zum anderen Heiler. Javan sah zu, wirkte ganz, als sei er sich unsicher in Bezug auf Tavis' Absichten. Unvermittelt stellte sich Rhys die Frage, ob ihm etwas entgangen sein möge, worüber er Klarheit haben müsste.

»Tavis, ich bitte Euch, treibt in einer solchen Stunde mit mir keine Possen«, sprach er leise. Er versuchte seiner Stimme einen so festen Klang zu geben, wie er es unter den gegenwärtigen Umständen vermochte. »Habe ich richtig gehört, die Regenten wollen den Dom stürmen, falls die Bischöfe Alister als Primas inthronisieren?«

»So hat's auch in meinen Ohren geklungen«, bestätigte Tavis.

»Und das gedenkt Ihr sie *tun* zu lassen?«, keuchte Rhys. »Versteht Ihr denn nicht, was das bedeutet?«

Javan runzelte die Stirn, schaute von Rhys zu Tavis hinüber, danach erneut Rhys an.

»Was anderes soll's bedeuten, als dass die Bischöfe des Königs Gebot befolgen? Mein Bruder hat bezüglich des Erzbischofs Wahl seinen Willen erklärt. Die Bischöfe hätten sich nicht gegen seinen erklärten Wunsch stellen sollen.«

Rhys schüttelte das Haupt und bereute es augenblicklich, rang mühsam um Überwindung des Schwindelgefühls, welches die Bewegung ihm verursachte.

»Gütiger Gott, wie schlecht hat man Euch belehrt«, klagte er zum Widerspruch. »Javan, wenn die Regenten Euch das gesagt haben, so war's eine Lüge. Der König kann Empfehlungen aussprechen, und häufig geben die Bischöfe der Krone Empfehlung statt, aber weder durch der Krone noch der Kirche Recht und Gesetz sind sie an solche Ratschläge pflichtgemäß gebunden. Meint Ihr fürwahr, Hubertus MacInnis solle Gwynedds künftiger Primas sein?«

»Nein!«, stieß Javan gepresst hervor. »Ich hasse ihn! Aber die Vorrechte der Krone …«

»Das ist *kein* Vorrecht der Krone«, unterbrach Rhys verzweifelt. »Die Regenten mögen's Euch glauben gemacht haben, doch um ihren eigenen Zwecken zu dienen, nicht etwa zum Wohle des Reiches. Schaut in die *Gesetzesbücher,* Javan!«

Javan senkte seinen Blick, heftete ihn sodann auf Tavis.

»Spricht er die Wahrheit? Lautet so das Gesetz?«

Tavis blickte Rhys an. Rhys wusste, dass der jüngere Heiler ihn nun der oberflächlichen, zur Wahrheitsfindung gebräuchlichen Einsichtnahme in den Geist unterzog, welche man Gedankensehen nannte, aber er spürte davon nichts. Das also war geistige Blindheit. Gott sei Dank sprach er vollauf die Wahrheit.

»Er glaubt, dass es die Wahrheit ist«, äußerte sich sehr vorsichtig Tavis. »So ist er unterrichtet. Die Frage bezüglich Hubertus MacInnis ist freilich außerordentlich bedeutsam. Ihr selbst habt mir vor einigen Wochen anvertraut, dass Ihr ihn nicht zum Erzbischof erhoben sehen möchtet.«

»Aber des Königs Wort ...«

»Es ist ihm von ebenjenem Mann in den Mund gelegt worden, der erkoren zu werden wünschte«, unterbrach Rhys den Prinzen abermals und erstmals, seit er die Besinnung wiedererlangt hatte, regte sich eine ansatzweise Hoffnung in seinem Gemüt. »Hubertus MacInnis ist kein gemäßigter Mann. Das wisst Ihr sehr wohl. Ich weiß nicht, wessen Einfall es war, gestern Befehle zum gewaltsamen Vorgehen wider derynische Ordenshäuser zu erteilen, doch es sollte mich ungemein verwundern, hätte nicht auch Hubertus dabei seine Hand im Spiele gehabt. Wenn Ihr zulasst, dass die Regenten heute nach ihrem Mutwillen verfahren, dem Gesetz zum Trotze, dann billigt Ihr nachträglich genauso, was gestern geschehen ist. Falls der König, welcher ja alle weltliche Macht besitzt, nicht weiterhin die für alle spirituellen Fragen zuständige Geistlichkeit als Gegengewicht neben sich duldet, dann dürfte unser Glaube sich alsbald in ein hohles Schneckenhaus verwandeln – eine Maske, hinter welcher sich Despoten verbergen.«

»Mein Bruder ist kein Despot!«, entgegnete Javan hitzig.

»Nein, doch seine Regenten sind welche und sie werden noch für eines Jahres Dauer oder länger des Reiches Geschicke lenken. Alroy wird sehr viel Glück haben müssen, soll noch, sobald er die Mündigkeit erlangt, ein Reich vorhanden sein, über das er herrschen kann.«

Bei diesen Worten Rhys' hatte sich Javan gestrafft. »Tavis, ist das wahr?«

Auch Tavis war bei Rhys' Ausführungen sehr still geworden. Bedächtig streckte er die Hand aus und berührte Rhys' Stirn, schloss für eines Herzschlages Währen die Augen. Erneut nahm er einen geistigen Einblick vor, erriet Rhys, diesmal anscheinend tiefgründiger. Rhys regte sich nicht unter des anderen Heilers Hand, hoffte nur, Tavis werde ersehen und begreifen, dass er die Wahrheit sprach, hoffte es um aller Beteiligten willen. Gleich darauf ließ Tavis von ihm ab, öffnete die Augen, verschränkte die Arme auf dem Leib und schauderte merklich zusammen.

»Mein Gott, ich wünschte, er löge«, murmelte Tavis. »Aber er hat Recht, Javan. Fällt man den Regenten nicht jetzt in den Arm, so wird's unmöglich sein, ihnen später Weiteres zu verwehren. Rhys glaubt, dass sie jeden Deryni umzubringen gedenken, den sie finden können. Die Ereignisse der gestrigen Nacht waren durchaus nicht der Anfang. Lange zuvor haben sie auf unauffälligere Weise zu handeln begonnen.«

»Nun, und wie können wir sie an ihrem Tun hindern?«, wollte Javan wissen.

Tavis schüttelte das Haupt. »Ich wüsste nicht, wie das zugehen sollte.«

»Ich weiß es«, mischte sich Rhys ein. »Ich weiß jedenfalls, wie man's zumindest versuchen kann.«

»Wie denn?«, erkundigte Javan sich überstürzt, noch während Rhys sprach.

»Lasst mich gehen und Alister warnen«, bat Rhys, indem er sich im Lehnstuhl vorbeugte. »Die Inthronisierung zum Primas kann nicht abgesagt werden, denn das wäre ja genau das, was die Regenten wollen. Doch man kann sie in solcher Art und Weise vollziehen, dass das Volk die Wahrheit erfährt, und dann werden die Regenten es nicht wagen, sich offen gegen Alister zu stellen. Die Bischöfe haben für die Zeremonie die Messe zur Mittagsstunde ausersehen, dieweil sie die meisten Gläubigen anzuziehen pflegt. Werden sie früh genug gewarnt, lässt die Lage sich zum Vorteil nutzen.«

Javans Lippen hatten sich, derweil Rhys sprach, zu einem dünnen, straffen Strich verpresst.

»Ihr verlangt überaus viel von mir, Rhys Thuryn. Genau betrachtet, mutet Ihr mir zu, meinen eigenen Bruder zu verraten.«

»Das wäre kein Verrat«, widersprach Rhys. »Alroy trifft keine Schuld. Er ist schlecht beraten worden. Ist Alister Cullen erst einmal unwiderruflich als Erzbischof von Valoret und Primas von Gwynedd im Amt, so ist er dazu berechtigt, einen Platz im Regentschaftsrat einzunehmen, und die anderen Regenten werden dagegen machtlos sein. Euer Vater *wünschte* ihn zum Regenten – entsinnt Ihr Euch nicht mehr daran, wie die anderen ihn schamlos ausgeschlossen haben? Alister Cullen war Eures Vaters getreuer Reichskanzler. Meint Ihr, er würde Eurem Bruder weniger verlässlich dienen?«

»So wie er den Brüdern mit Magie gedient hat?«, fragte Tavis dazwischen. »Rhys, nach wie vor will ich wissen, was in der Nacht von König Cinhils Tod geschehen ist.«

»Ihr habt gesehen …«, begann Rhys.

Nachdrücklich schüttelte Tavis das Haupt. »Nein! Ich habe nichts geschaut außer Eurer Erinnerung an jene Nacht. Noch immer weiß ich nicht, was es war, was ich gesehen habe, oder weshalb man derlei Dinge getan hat. Wenn Ihr uns darüber Aufschluss …«

»Nun, warum entreißt Ihr's meinem Geist nicht einfach?!«, schnauzte Rhys, indem Ärger über der beiden Saumseligkeit seine Zurückhaltung und Besonnenheit zerstob. »Zwingt mir noch mehr von jenen Mitteln in den Rachen, von denen Ihr gelobt habt, sie ausschließlich zum Heilen zu verwenden, dann holt Euch aus mir an Wissen, was immer Ihr wollt! Wahrscheinlich werdet Ihr alles erfahren, woran Euch so gelegen ist.«

Er wusste, er hatte sich damit höchstwahrscheinlich jede Aussicht auf Gnade seitens des Mannes, von dem ihm bereits alle seine wesentlichen Kräfte genommen worden waren, restlos verscherzt – doch es war getan, ließ sich nicht ändern. Javan starrte ihn an, als sei er soeben Zeuge einer sonderbaren Verwandlung geworden, und Tavis ... Tavis' Angesicht war zu einem nachgerade unbeschreiblichen Ausdruck verzerrt.

Er tröstete sich mit dem Gedanken, dass er, falls Tavis ihn beim Wort nahm und ihm tatsächlich seine Geheimnisse wider seinen Willen entriss und dabei seinen Geist zerstörte – vermutlich hatte er den anderen Heiler zu sehr gereizt, als dass er noch auf weiteren vernünftigen Umgang hoffen konnte –, voraussichtlich keine spätere Erinnerung an das besitzen würde, was ihn so vertan hatte; doch Tavis bereitete ihm eine gehörige Überraschung. Ohne größere Mühewaltung verlieh Tavis seiner Miene die vorherige Gefasstheit, als sei nichts vorgefallen, und wandte sich, indem sein Gebaren eine gewisse spröde Förmlichkeit annahm, an Javan.

»Mein Prinz, vor dem heutigen Tage habe ich Euch schlecht geleitet. Rhys spricht die Wahrheit. Mit Eurer Erlaubnis schlage ich vor, wir geben ihn frei und lassen ihn gehen, sodass er die Bischöfe zu warnen vermag.«

»Einfach so?«, meinte Javan leise.

»Genau. Einfach so.«

Als Javan mit verkrampfter Knappheit nickte, kehrte sich Tavis wieder Rhys zu, hob Hand und Armstumpf. Achtsam lehnte Rhys sich auf dem Stuhl zurück und ließ den anderen Heiler sein Haupt anrühren, zwang sich zu ruhigem Ein- und Ausatmen.

»Ich wage zu hoffen, Ihr wisst, wie Ihr's zu beheben

habt«, bemerkte er mit gedämpfter Stimme, indem er die Augen schloss und versuchte sich so gut zu entspannen, wie es ohne seine Deryni-Kräfte ging.

Tavis' Stimme erreichte ihn wie aus weiter Ferne, just in dem Augenblick, als ihn plötzlich ein Gefühl zu überkommen drohte, er müsse fallen.

»Wir werden's sehen, oder?«

Da war seine Geistessicht mit einem Schlage wiederhergestellt, seine Geisteskräfte waren zumindest in jenem Umfang wieder verfügbar wie vor der Blockierung, zwar vollständig vorhanden, aber noch durch der Drogen Nachwirkungen behindert. Mit ungläubigem Lächeln, das sich sogleich zu einem regelrechten Grinsen verbreiterte, schlug er die Augen auf und sah Tavis fast ehrfürchtig zurückweichen. Javan sah mit einer Miene zu, die Rhys nur als höchlichst verwundert bezeichnen konnte.

»Seid Ihr ... wohlauf?«, erkundigte sich der Prinz.

Rhys nickte, rutschte auf dem Stuhl nach vorn und begann aufzustehen, überlegte es sich jedoch sofort anders und ließ sich erneut in den Lehnstuhl sinken. »Ich habe mich schon *wohler* gefühlt. Wir haben nichts wider das Zeug unternommen, das ich in der vergangenen Nacht trinken musste. Tavis, ich nehme an, Ihr habt, als Ihr sagtet, vom Gegenmittel sei nichts mehr da, nicht gelogen?«

»Nein, aber ich kann noch etwas davon zubereiten. Es wirkt allerdings nicht gegen alle Folgen.«

»Es dürfte mir davon immerhin wohler werden, als ich mich im Augenblick fühle. Beginnt, was Ihr tun könnt. Übrigens, wie weit ist der Tag denn schon fortgeschritten?«

»Reichlich nach der Terz«, gab Javan Auskunft, der interessiert zuschaute, wie Tavis in seiner Heiler-Truhe nach den erforderlichen Fläschlein zu suchen anfing. »Womöglich ist's bereits die elfte Stunde. Ich glaube, Rhys

Michael hatte schon die Messe besucht und ein Morgenmahl verzehrt, ehe er uns aufsuchte.«

»Aber Mittag ist's noch nicht?«

Javan schüttelte das Haupt. »Gewisslich nicht.«

Eine Zeitspanne des Schweigens schloss sich an, nur gelegentlich durchbrochen vom Klingklang, den Tavis mit seinen Arzneien und Mittelchen verursachte. Sobald er fertig war, reichte er das Ergebnis in einem kleinen Becher Rhys. Mit seinen noch recht eingeschränkten Deryni-Sinnen begutachtete Rhys den Trank, soweit er wieder dazu imstande war, sah jedoch ein, dass er Tavis schlichtweg trauen musste. Nachdem er den beiden den Becher entgegengehoben hatte, trank er ihn in einem einzigen langen Zug leer, verzog sodann das Gesicht, als er Tavis das Gefäß zurückgab.

»Herrgott, schmeckt das abscheulich. Konntet Ihr's nicht angenehmer zubereiten?«

»Um Vergebung, der Trank ist mit Wasser vermischt. Der einzige verbliebene Wein, da wir gegenwärtig keinen anderen kommen lassen können, taugt nichts. Ihr habt ihn gestern gekostet und Euch so geäußert.«

Rhys merkte, wie die Arzneien bereits ihre nahezu wundersame Wirkung auszuüben und ihm das Haupt zu klären begannen, den Nebel in seinem Geist vertrieben, und das freudige Erlebnis, eine allmähliche Rückkehr zu einem wohlbefindlicheren Lebensgefühl sich ankündigen zu spüren, ermöglichte es ihm immerhin bereits wieder, die Kauzigkeit von Tavis' Äußerung zu würdigen.

»Schenkt mir ein wenig Wasser zum Nachspülen ein, ja?«, sagte Rhys und streckte den Becher erneut hin.

Javan nahm einen Krug und goss Wasser in das Trinkgefäß, füllte es bis an den Rand, und als Rhys getrunken hatte und den Becher abermals hob, füllte er ihn noch einmal. Tavis setzte sich auf die Bettkante und sah den zweien zu, senkte nach und nach seine geistigen Schilde, derweil Rhys sich zusehends von neuem durch die ihm gewöhnlich eigene Ausgeglichenheit und Gleichmütigkeit kennzeichnete. Nachdem Javan den Krug beiseite gestellt hatte, trat er erneut zu Rhys' Sitzplatz, wo der Heiler sich nun die Stirn rieb, darum bemüht, schnell in eine möglichst gute Verfassung zu gelangen. Als Rhys aufblickte, hatte er den unmissverständlichen Eindruck, dass der Prinz ihn gerne etwas gefragt hätte.

»Ihr habt eine Frage an mich, mein Prinz?«

»Rhys, ich ... ich bedaure, was wir Euch zumuten mussten. Aber ... Verdammnis, Rhys, Ihr habt uns noch immer nicht verraten, was eigentlich in jener Nacht geschehen ist!«

»Ich kann's nicht, Javan. Ich habe mein Wort gegeben.«

»Wem?«, beharrte Javan. »Meinem Vater? Wenn ich niemals etwas davon erfahren soll, wie könnte es dann einen Nutzen erbringen? Werde ich's nie wissen dürfen?«

Voller verständnisvollem Mitgefühl hob Rhys eine Hand und strich über Javans Schopf und inwendig erfreute es ihn, dass der Jungmanne nicht zurückschrak.

»Vielleicht wird Euch eines Tages alles offenbart. Und wenn's dahin kommt, ich glaube, alles wird seinen Nutzen gehabt haben – selbst die vergangene Nacht und der heutige Morgen.«

»Aber jetzt könnt Ihr mir nichts mitteilen?«

»Nein.«

Mit dieser Antwort unternahm Rhys einen neuen Versuch, sich aus dem Lehnstuhl aufzurichten, diesmal mit mehr Erfolg. Die Wände rings um ihn schienen ein wenig zu wanken, bis er sich vollauf im Gleichgewicht befand, doch ihm war nun entschieden wohler zumute als während der gesamten bisherigen Frist, seit man ihm gestern die Drogen unbemerkt verabreicht hatte.

»Na schön, ich kann mich wieder bewegen, wenngleich ich mich zu entsinnen vermag, es ist mir schon besser gegangen. Doch jemand wird mir helfen müssen, zur Burg hinauszugelangen. Tavis, könnt Ihr mich begleiten?«

»Ich kann mit Euch gehen«, erbot sich Javan.

Tavis schüttelte das Haupt. »Nein, ich gehe mit. Euch würde man zu leicht erkennen. Außerdem wünsche ich Euch, falls Kämpfe ausbrechen, nicht in deren Nähe.«

»Ich teile Eure Auffassung«, pflichtete Rhys bei, indem er sich behutsam beugte und seinen Heiler-Mantel nahm. Ehe er ihn auflegen konnte, hielt Tavis ihn zurück.

»Ich glaube, an Eurer Stelle würde ich den Mantel nicht tragen. Am heutigen Vormittag dürften Deryni im Dom so willkommen sein wie Wölfe unter den Schafen.«

Tavis öffnete eine Kleidertruhe, welche am Fußende von Javans Bett stand, und entnahm ihr zwei schwere, wollene Umhänge, einen schwarzen und einen in Königsblau. Den blauen Umhang warf er Rhys zu, bevor er selbst das schwarze Stück anlegte. Die Umhänge reichten den beiden Männern lediglich bis zu den Knien und waren an den Schultern recht eng, doch zweifelsfrei weniger auffällig als ihre eigenen, im Grün der Heiler gefärbten Mäntel.

»Lasst uns gehen«, sprach Tavis und strebte zur Tür. »Javan, Ihr wartet hier. Oder sucht, so Ihr's nicht aushalten könnt, des Burgfrieds obere Stockwerke auf, von wo aus man über den Domplatz Ausblick besitzt, doch achtet darauf, außer Sicht zu bleiben. Sollten die Regenten womöglich Wind davon bekommen, dass Ihr in diese Angelegenheiten verwickelt seid, so möchten wir schon jetzt alles aufgeben.«

Die christfestliche Mittagsstunde war kaum heller als zur Zeit der Morgendämmerung. Der Schnee fiel stärker, doch hielt dieser Umstand keineswegs die Gläubigen fern, welche kamen, um dem Fest des Neugeborenen Königs beizuwohnen und zu sehen, wie man den neuen Erzbischof zum Primas von Gwynedd inthronisierte. Am vorangegangenen Tag hatte der Wahl Ergebnis sich geschwind herumgesprochen und die den Deryni feindselige Stimmung, welche in den Monden nach Jaffrays Tod vorgeherrscht hatte, war einer verlegenen Hinnahme gewichen, als sei die abermalige Erwählung eines Deryni zum Erzbischof von Valoret gleichsam eine Entschädigung für die Ermordung seines Vorgängers. Zudem stand Alister Cullen im Ruf, einer der bescheidensten seines Schlages zu sein, und er hatte zuverlässig und tüchtig als Reichskanzler gedient. Und wenn es König Cinhil für rechtens gedünkt hatte, während so vieler Jahre diesen Deryni-Bischof an seiner Seite zu dulden, dann konnte er wohl schwerlich ein schlechter Ratgeber gewesen sein.

Im Innern des Allerheiligen-Domes war die allgemeine Trübnis, wie sie vom Wetter herrührte, noch düsterer, denn der Dom war sehr alt, seine wenigen Fenster befanden sich in großer Höhe, die Mehrzahl davon ausgefüllt mit Glas von dunklerer, undurchsichtigerer Art als jenes, das man heute bei der Errichtung neuer Bauten bevorzugte. Der Gegensatz zwischen diesem Bauwerk und dem neueren Rhemuther Dom war offenkundig. Nicht einmal der Kerzen- und Wandleuchter Schein vermochte trotz vieler Dutzend Lichter die Schatten zu verdrängen, welche in den Chorgängen und seitlichen Winkeln lauerten wie lebendige Wesen. Der Dom war dichtauf angefüllt mit sichtbaren und womöglich auch unsichtbaren Teilnehmern der Messe.

Das jenseits des Chorraums gelegene Sanktuarium war der einzige Hort wahrer Helligkeit im ganzen Bauwerk. Dort vor dem Hochaltar, auf der Empore, welche schon viele Erhebungen zu Königen und auch Bischöfen gesehen hatte, war der Mann, den die Welt als Alister Cullen kannte, knapp eine halbe Stunde zuvor zum Erzbischof von Valoret und Primas von Gwynedd gemacht worden. Auf dem Thron, welcher Jaffray und vor ihm Anscom zugeeignet gewesen war, hatte Camber aus Erzbischof Oriss' geweihten Händen den Ring und die Mitra in Empfang genommen, war er mit dem großen Kreuz versehen worden, dem Wahrzeichen seines Ranges und Amtes, welches er, als man die Gebete fortsetzte, in die Obhut des stets verlässlichen Joram gab.

Auf diesem Thron waren ihm die Ehrerbietung und Treuebekundung der neun Bischöfe zuteil geworden, die ihn gewählt hatten, und bis zum letzten Augenblick war in seinem Innern die Hoffnung vorhanden gewesen, von den übrigen Prälaten möchten sich noch einige Hubertus' Einfluss entziehen und zu seiner Gefolgschaft ihrer Brüder gesellen. Doch keiner von ihnen hatte sich eingefunden.

Danach war der weihnachtlichen Messfeier restlicher Ablauf vollzogen worden, mit Camber als hauptsächlichem Zelebranten, derweil Oriss und Ailin ihm zur Hand gingen. Doch während allem war Camber innerlich davon losgelöst und zerstreut geblieben, allzu besorgt, dieweil Rhys noch immer nicht zurückgekehrt war und anscheinend auch keine Benachrichtigung veranlasst hatte. Kurz bevor er seine Gemächer hatte verlassen müssen, um den Dom aufzusuchen, war von ihm und Joram noch in geistiger Verschmelzung gemeinsam versucht worden, im geistigen Bereich den Heiler aufzuspüren und mit ihm in Verbindung zu treten, wenn es ging, eine Verbindung einseitig zu erzwingen – doch sie waren auf nichts gestoßen, mussten sich mit dem undeutlichen Eindruck bescheiden, dass Rhys allem Anschein nach wenigstens nicht den Tod gefunden hatte. Konnte es sein, dass Rhys aus irgendeinem Anlass seiner Seele Schwingungen unterdrückt hielt, vielleicht um ein womöglich zwischen Tavis und Prinz Javan vorhandenes, wie auch immer geartetes Geistesband nicht zu stören?

Nichtsdestotrotz ließ sich weiterhin keineswegs die Möglichkeit zurückweisen, dass etwas Schlimmes geschehen war – nichts so Schlimmes wie der Tod, aber dennoch von Übel. Unter gewöhnlichen Umständen, dessen war Camber sicher, kam Tavis niemals Rhys gleich, aber wer wollte noch behaupten, dies seien gewöhnliche Zeiten?

Nun saß Camber erneut auf des Primas Thron, dieweil mehrere Hilfsgeistliche die Messgefäße reinigten und fortbrachten, des Valoreter Domkapitels Mönche des heutigen Tages Wechselgesang erschallen ließen. Sobald die Geistlichen am Altar das Ihre getan hatten, brauchte er nur noch erstmals als Primas von Gwynedd sein Wort an die Gläubigen zu richten und ihnen seinen Segen zu spenden. Er blickte in den Chorraum und des Kirchenschiffs Tiefe, sah die Menge der Gläubigen auf den Knien, die Angesichter erhoben, aus denen sie in unverwandter Aufmerksamkeit nach vorn starrten. Alle waren voller Spannung, nicht einmal das sonst übliche Scharren von Füßen, Gehuste und Geflüster schmälerte die Ruhe, welche dem Gesang der Mönche unterlag.

Joram brachte die schwer mit Edelsteinen verzierte Mitra, die für die Messfeier entfernt worden war, und Camber neigte leicht das Haupt, damit Joram sie ihm aufsetzen könne. In seiner Linken hielt er bereits den Krummstab seiner Erzdiözese – ein wundervolles Stück handwerklicher Meisterschaft mit Einlegearbeiten aus Gold, Elfenbein und sonderlich grauen, schiefrunden Perlen, welche elfenbeinerne Schmuckplatten mit aufgemalten Darstellungen aus dem Leben der Heiligen umgaben. Das Kreuz des Primas auf seinem schweren, mit Blattgold überzogenen Stab befand sich in Jorams Hand, der zur Rechten des Thrones stand. Aus Rücksicht auf die unsichere Duldsamkeit der Allgemeinheit gegenüber den Deryni hatte Joram am heutigen Morgen über seinen schlichten schwarzen Priesterrock ein knielanges, weißes Chorhemd geworfen, statt sich in sein allzu augenfälliges Michaeliten-Blau zu kleiden. Ein michaelitischer Erzbischof mutete dem Volke genug zu für einen Tag.

Camber sah Jebedias durchs Seitenschiff kommen, ohne Aufsehen zu erregen, ebenfalls in dunkelgrauem Umhang statt im missbeliebten michaelitischen Blau, in seiner mannhaft schönen Miene einen Ausdruck grimmiger Beunruhigung. Camber sah Joram an und erkannte, auch sein Sohn hatte Jebedias bemerkt. Doch es musste noch ein Weilchen verstreichen, ehe Jebedias sich ihnen nahen konnte, ohne sich reichlich offensichtlich zu benehmen. Was mochte nicht in Ordnung sein? Hatte der Großmeister Kunde von Rhys erhalten? Camber verlangte danach, sich mit ihm auf geistiger Ebene zu verständigen, besaß jedoch darüber Klarheit, dass er es sich über diese Entfernung hinweg keinesfalls erlauben durfte. Er musste ganz einfach abwarten, bis Jebedias zu ihm kommen konnte.

Und in der Sakristei trafen durch die Porta Itineris Rhys und Tavis ein. Zum ersten Mal, seit vierundzwanzig Stunden vergangen waren, hatte Rhys Glück: In der Sakristei hielt sich niemand auf. Er stolperte und schwankte ein wenig, als er den dicken kheldischen Teppich betrat, grabschte nach Tavis' Arm, um sich zu stützen, derweil er sich wilden Blickes umschaute, um sich davon zu überzeugen, dass sie in keiner Gefahr schwebten.

»Wir müssen vom Irrwitz befallen sein«, murmelte Tavis gedämpft. »Was hätte werden sollen, wäre hier jemand zugegen gewesen?«

»Ei, es ist aber niemand da«, erwiderte Rhys, indem er einen tiefen, gleichmäßigen Atemzug tat, derweil er schon zur Tür strebte. »Und es gab keinen anderen Weg, auf welchem wir so geschwind diese Stätte zu erreichen vermocht hätten.«

Der enge Gang außerhalb der Sakristei war ebenso menschenleer, doch während Rhys ihn entlanghuschte, dem Zugang zum Sanktuarium entgegen, konnte er sehen und hören, dass sie sich nachgerade im letzten Augenblick einfanden. Die Messfeier war vorbei, der Altar bereits wieder in aufgeräumtem Zustand. Des Domkapitels Mönche sangen schon die letzten Zeilen. Sobald sie endgültig verstummten, würden sich die Geistlichen erneut zur Prozession aufstellen und dann – nach dem Segen und ein paar Worten des neuen Erzbischofs – durchs dicht gedrängt besetzte Mittelschiff den Dom verlassen, geradewegs in die Klauen der Regenten und ihrer Schergen, welche ihrer bereits harrten.

Am Zugang zur Sakristei standen mehrere Priester und Diakone, und Rhys musste den Hals recken, um erkennen zu können, ob Camber noch auf des Primas Thron saß, doch er sah ihn, den Blick wie in tiefer Versunkenheit ins linke Seitenschiff gerichtet. Rhys trat weiter vor, blieb vom Kirchenschiff aus unsichtbar, jedoch musste Camber seiner gewahr werden, falls er in diese Richtung schaute; aber der Erzbischof tat nichts dergleichen.

Verzweifelt hob Rhys einen Arm und winkte im Rücken der Geistlichen, in der Hoffnung, die langsame, aber stetige Bewegung möge irgendwie Cambers Aufmerksamkeit erregen, oder vielleicht Jorams. Endlich schaute Joram herüber.

Während ihm ein Seufzer der Erleichterung entfuhr, sah Rhys, wie Joram sich ein wenig vorbeugte, um in Cambers Ohr zu flüstern, dann sah er Camber mit wohl bemessener Langsamkeit das Haupt wenden, um zur von Joram gewiesenen Seite zu spähen.

Ein Ausdruck, in welchem sich Erleichterung mit Besorgnis mischte, glitt über das zerfurchte Alister-Antlitz, fast zu schnell und flüchtig, um von jemandem bemerkt zu werden, der nicht wohlvertraut war mit dem Erzbischof. Camber warf nochmals einen Blick ins Kirchenschiff, dann sah er wieder herüber zu Rhys.

Rhys, was hat sich begeben?, erreichte Cambers scharf gebündelte Garbe von Gedanken Rhys' noch etwas benommenen Geist, so eindringlich, dass sie sich nahezu wie ein Blitz hineinsengte. *Bist du wohlauf?*

Unwillkürlich schüttelte Rhys das Haupt und schloss die Lider, außerstande dazu, die Eindringlichkeit von Cambers Geistesschwingungen zu verkraften oder ihm zu antworten. Als er von neuem aufblickte, sah er Cambers Miene angespannt, die ganze hoch gewachsene Reckengestalt verkrampft, als dächte er ernstlich daran, ohne Umschweife seinen Platz zu verlassen und geradewegs zu Rhys zu eilen.

Aber genau das durfte er nicht tun! Verzweifelt schüttelte Rhys das Haupt, suchte sich eine Möglichkeit auszudenken, wie er zu Camber gelangen könne, ohne größeres Aufsehen auszulösen. Doch Tavis war, so zeigte sich, in dieser Frage schneller als er, zog ihm den kurzen Umhang von den Schultern.

»Was habt Ihr im Sinn?«, flüsterte Rhys, sah im selben Augenblick das weiße Gewebe über Tavis' linkem Arm.

»Hier, legt dieses Chorhemd an«, erwiderte Tavis, ließ den Umhang achtlos auf den Fußboden fallen und hob das andere Gewand über Rhys' Haupt. »In diesem Durcheinander könnt Ihr ohne weiteres als Geistlicher durchgehen. Sputet Euch.«

Ohne zu widersprechen, schob Rhys die Arme in die Ärmel, zupfte das Kleidungsstück zurecht, schaute erneut hinüber zu Camber, während er den Leibgurt, den Tavis ihm reichte, um seine Hüften knotete. Wenn es ihm nun noch gelang, das Sanktuarium zu durchqueren, ohne irgendwie besondere Aufmerksamkeit auf sich zu lenken …

Aber zuvor musste er dafür sorgen, dass Tavis den Dom sicher wieder verlassen konnte.

»Hört zu, Ihr dürft hier nicht bleiben«, flüsterte er ihm zu. »Ihr dürft nicht gesehen und nicht erkannt werden, wenn Ihr Javan in Zukunft weiterhin von Nutzen sein wollt.«

»Ich kann Euch aber doch nicht einfach schutzlos zurücklassen«, entgegnete Tavis gedämpft. »Ihr habt noch längst nicht Eure vollen Kräfte zurückerlangt. Wie gedenkt Ihr Euch in Sicherheit zu bringen?«

»Sobald ich zur Sakristei hinaus bin, befinde ich mich in der Gesellschaft Erzbischof Alisters und Jorams«, gab Rhys zur Antwort. »Wenn wir untergehen müssen, dann wird's zumindest gemeinsam geschehen. Nun gebt mir Euer Wort darauf, dass Ihr Euch zurückzieht. Ihr wisst nun, wo in Jaffrays Gemächern die Porta zu finden ist. Kehrt dorthin zurück, dann sucht Javan auf, so schnell es geht, und warnt ihn.«

»Nun wohl«, stimmte Tavis widerwillig zu.

»Euer Wort!«, beharrte Rhys.

Trotzig nahm Tavis mit seiner heilen Hand Rhys' Hand von seiner Schulter und drängte ihn zum Zugang ins Kirchenschiff. »Nun gut, Ihr habt mein Wort. Nun eilt Euch und warnt die anderen, ehe es zu spät ist.«

Indem er ein kurzes Stoßgebet gen Himmel sandte, nickte Rhys, wandte sich zum Zugang des Kirchenschiffs, holte tief Atem und faltete vor sich die Hände. Die Geistlichen und Diakone wichen zwar willig beiseite ihn durchzulassen, aber schon stellte man sich im Chorraum zur Prozession auf. Rhys verweilte vorm Hochaltar, um sich zu verneigen, dann endlich erreichte er Cambers erzbischöflichen Thron und kniete nieder, ergriff mit beiden Händen Cambers Rechte und bedeckte sie mit inbrünstigen Küssen, um einen Vorwand für sein unvorgesehenes Erscheinen zu bieten.

»Draußen warten die Regenten, um euch alle zu ihren Gefangenen zu machen«, wisperte er. »Ich bin so rasch wie möglich herbeigeeilt.«

Camber, der nunmehr mit ihm in körperlicher Verbindung stand, sodass günstigere Voraussetzungen vorhanden waren, um sich zu verständigen, vermochte nicht einen Keuchlaut des Schreckens und der Bestürzung zu unterdrücken, als er mit seinen Deryni-Sinnen nach Rhys' Geist tastete und dessen noch immer getrübte Verfassung ersah.

Mein Gott, Rhys, was ist dir widerfahren?, dachte er, spähte hinüber zum Einlass, aus welchem Rhys zum Vorschein gekommen war, sah dort, wenngleich in Schatten gehüllt, Tavis noch warten. *Hat Tavis dir das angetan?*

Ja, doch ist dies kein Zeitpunkt für Erklärungen, brachte Rhys als Antwort zustande, diesmal ohne deutliche Wörter zu übermitteln. *Wie sollen wir uns dieser Klemme nur entwinden?*

Die Prozession befand sich mittlerweile in nahezu voller Bereitschaft und Erzbischof Oriss sowie die Bischöfe Dermot und Niallan nahten sich, um Camber an seinen Platz zu geleiten. In äußerster Verzweiflung erforschte Camber nachgerade gewaltsam Rhys' Bewusstsein, setzte sich so gründlich, wie es sich unter den gegebenen Umständen durchführen ließ, vom Vorgefallenen in Kenntnis, während der Heiler alle geistigen Hemmnisse aufhob, um Camber in denkbar kürzester Frist so viel wie möglich davon zugänglich zu machen.

Unter den augenblicklichen Verhältnissen konnten Cambers Nachforschungen kaum behutsam ausfallen. Als er sich aus Rhys' Geist zurückzog, schwindelte ihm selbst von der Tragweite und Bedeutungsschwere all dessen, was er soeben in Erfahrung gebracht hatte, und Rhys schwankte auf den Knien bedrohlich von einer zur anderen Seite. Geschwind schob Camber seine Rechte unter des Heilers Elle und zerrte ihn, als er sich erhob, mit sich empor. Rhys' fürchterliche seelische Verfassung entsetzte ihn in solchem Maße, dass er selber kaum klar zu denken vermochte; und Joram, der mitbekommen hatte, was auf geistiger Ebene von der Verständigung zwischen Camber und Rhys gleichsam übergeschwappt war, wusste auf Anhieb auch keine Lösung.

Er musste die Gefährlichkeit der Lage irgendwie mindern. Sollten die Regenten es wagen, in den Dom einzudringen, um sich seiner zu bemächtigen, dann musste das Volk darüber Klarheit haben, was geschah. Vorerst jedoch konnte er am jenseitigen Ende des Domes noch keinerlei Anzeichen eines Eindringens beobachten.

Die Gläubigen standen dicht gedrängt Schulter an Schulter, harrten seines Segens, den er ihnen vor dem Auszug aus dem Dom zu spenden hatte. Doch als er hinter Joram und dem großen Prozessionskreuz Aufstellung bezog, einerseits Rhys neben sich, der auf unsicheren Füßen stand, auf der anderen Seite Erzbischof Oriss, sah er schließlich Jebedias hastig die Stufen vom Mittelgang zum Chorraum heraufsteigen und näher streben. Die Prozession setzte sich in Bewegung und leise erscholl der Gesang eines Psalms, dessen Worte Camber inmitten seiner angestrengten Bemühungen, zu erfassen und einzuschätzen, was geschehen war, jedoch entgingen, und er begegnete Jebedias mitten im Chorraum. Die Spitze des Zuges war bereits die Stufen hinabgeschritten, welche Jebedias gerade erklommen hatte, und durchmaß nun langsam den Mittelgang. Jebedias' Miene spiegelte Verblüffung wider, als er Rhys wie einen Priester gekleidet erblickte.

»Alister, auf dem Domplatz wimmelt's von Bewaffneten«, vermeldete er, laut genug, dass auch die anderen Bischöfe in Cambers Umkreis es vernehmen konnten. »Murdoch, Tammaron und Ewan haben sich hoch zu Ross eingefunden, mehrere ihrer Hauptmänner sind dabei und ich wähne auch Hubertus und den König gesehen zu haben. Eine solche Schar haben wir nicht fern halten können ... um Vergebung.«

»Dann ist dies also *fürwahr* eine Machtprobe«, sprach Camber mit leiser Stimme und packte den Krummstab in seiner Linken fester. »Rhys berichtet, sie wollen sämtliche Bischöfe gefangen setzen und eine neue Wahl erzwingen.«

»Mich dünkt's wahrscheinlicher, dass sie sie alle vom Leben zum Tode befördern werden«, erwiderte Jebedias gedämpft. »Es sollte mich wenigstens nicht überraschen, falls die Schergen Anweisung haben, mit einigen Bischöfen nicht unbedingt sonderlich sanft umzuspringen. Bischof Niallan, Bischof Dermot, ich bin festen Glaubens, dass Ihr, abgesehen von Erzbischof Alister, da an erster Stelle stehen dürftet.«

Während alle, die sich in Hörweite aufhielten, erschrocken stutzten, nickte Camber grimmig.

»Ich fürchte, diese beklagenswerte Annahme ist gerechtfertigt, Jebedias. Tja, ich denke, dergleichen verlangt uns entschiedenes Handeln ab.« Er hob seine Stimme und zugleich den Krummstab. »Meine Herren Bischöfe, lasst die Prozession halten und schart Euch um mich! Lasst Eile walten!«

Jene in seiner Umgebung keuchten auf und gaben denen vor ihnen Rippenstöße, und Cambers Wort breitete sich aus, bis die Prozession zum Stillstand gelangt war und die Mönche des Chors ihren Gesang eingestellt hatten. Ein Gemunkel der Verwunderung und Neugier durchlief die Versammlung der Gläubigen, verstummte allerdings rasch, als die stehen gebliebenen Teilnehmer der Prozession nach den Seiten an die Lettner des Chorraums auswichen und der neue Erzbischof vortrat, um an den Stufen zu verharren. Eilends sammelten sich die anderen Bischöfe links und rechts von ihm, jene unter ihnen, die nicht nahe genug gewesen waren, Jebedias' Warnung zu hören, starrten ihr neues geistliches Oberhaupt fassungslos an, ebenso entgeistert wie die anderen, welche den wesentlichen Kern der Kunde schon vernommen hatten, bis zuletzt der Erzbischof die Hände hob, um vollends für Schweigen zu sorgen. Joram trat mit dem großen, von Edelsteinen schweren, für Prozessionen bestimmten Kreuz des Primas von Gwynedd an seine rechte Seite, um Cambers Hoheit, als er zu sprechen begann, für alle sichtbar herauszustellen.

»Wackeres Volk von Valoret, noch für ein Weilchen länger muss ich um Aufmerksamkeit ersuchen.« Der Klang seiner Stimme löste fast sofort nahezu völlige Stille im gesamten Dom aus. »In diesen Tagen habt ihr, Einwohner Valorets, erleben können, dass man mich zu eurem Erzbischof und Primas erkoren hat. Wie ihr ohne Zweifel ersehen habt, war es keine leichte Aufgabe, für Jaffray von Carbury einen würdigen Nachfolger zu erwählen. Nach vielen Wochen unentschiedener Abstimmungen, in deren Verlauf ich gar nicht als Anwärter im Gespräch war, wandten sich zwei jener Männer, die Anwärter *waren,* an mich und trugen das Ersuchen vor, ich möge meine Bereitschaft erklären, ihr Oberhaupt zu werden. Sie sagten, ihrer beider Anhänger zusammen könnten meine Wahl sicherstellen, und die Zusammenfassung ihrer Anhängerschaft müsse die Mehrheit gewährleisten, die vonnöten war, um einen neuen Erzbischof auszuerwählen. Ich hegte meinen Widerwillen gegen ihr Ansinnen, dieweil ich wusste, unter unseren übrigen Brüdern wollten einige wohl nie und nimmer meine Anwärterschaft unterstützen, doch zu guter Letzt gab ich ihnen zur Antwort, dass ich dazu bereit sei, falls des folgenden Tages Wahlgang die Ernsthaftigkeit ihrer Absichten erweise, die Bürde auf mich laden würde, die sie und der Heilige Geist mir aufzuerlegen gedächten.« Draußen auf dem Domplatz ertönte nun Geschrei, das Klirren mit Eisen beschlagener Hufe hallte von den Pflastersteinen wider und Camber begriff, ihm blieb nicht mehr viel Zeit. »Ich schrecke vor meiner Pflicht und der Schwere des Amtes nicht zurück, denn ich glaube, dass ich Gwynedds Volk etwas geben kann. Aber nun, just da ich mich angeschickt habe, diesen Dom zu verlassen und euch meinen Segen zu spenden, höre ich, dass da Leute sind, die euren Bischöfen das Recht bestreiten möchten, sich aus ihrer Mitte einen Primas zu wählen.«

Gemurmel der Entrüstung entstand unter den Gläubigen, doch Camber reckte eine Hand in die Höhe und sprach lauter, um sich auch weiter Gehör zu verschaffen. »Nicht nur machen sie ihnen besagtes Recht streitig, sie würden sich sogar dazu versteigen, die Bischöfe von Gwynedd zu nötigen und zur Wahl eines Erzbischofs von *ihren* Gnaden anzuhalten, ob's den Bischöfen so gefällt oder nicht.«

»Wer wollte das wagen?« – »Wer?« – »Wer?« – »Nennt uns die Namen!« Solche und andere Rufe begannen sich zu mehren.

In diesem Augenblick flogen die Portale am anderen Ende des Domes mit Gekrache auf und man konnte eine Reiterschar sehen, die sich gegen den Schnee abzeichnete. Die vordersten trugen die Tracht des Hauses Haldane, doch sobald diese Reiter zur Seite wichen, vermochte Camber das Wappen des Murdoch von Carthane zu erkennen.

»Alister Cullen, kommt heraus auf den Domplatz!«, schrie Murdoch, ließ sein Ross die Sporen fühlen und lenkte es unters Hauptportal, wo es mit den Hufen die mit

Mosaiken verzierten Fliesen zerschrammte und verkratzte.

»Da habt ihr die Antwort, wackeres Volk«, rief Camber und wies auf Murdoch.

Wütend trieb Murdoch sein Ross durch enge Kreise. »Bischöfe von Gwynned, im Namen des Königs befehle ich euch, mit dieser Narretei ein Ende zu machen. Der König wird sich nachsichtig zeigen, aber nur, wenn Ihr euch seinem Willen unterwerft!«

»Seit wann ist die Bischofssynode in derlei Angelegenheiten an des Königs Willen gebunden?«, rief Bischof Dermot ihm zu. »Oder vielmehr, an den Willen der Regenten? Alister Cullen ist unser rechtmäßig erwählter, ordnungsgemäß eingesetzter Erzbischof. Die Regenten haben keinerlei Recht …«

»Die Regenten haben *jedes* Recht, das Königreich für den König zu beschützen!«, erwiderte Murdoch. »Alister Cullen ist ein Aufwiegler, dessen Deryni-Kräfte und derynischen Machenschaften das Wohlergehen des Königreichs gefährden. Er ist für die Krone untragbar.«

Eustace, gewöhnlich so umgänglich und wohlgelaunt, trat um einen Schritt vor. »Hat der König das gesagt? Das glaube ich wohl kaum.«

»Dann *wird* er es Euch persönlich sagen!«, entgegnete Murdoch, bevor Eustace irgendetwas hinzufügen konnte. Er trieb sein Ross wieder ein Stückchen weit auswärts. »Macht Platz für Seine Königliche Gnaden! Beiseite, ihr da! Macht Platz!«

Und während Camber und die anderen ungläubig zuschauten, gaben die Kriegsleute hinter Murdoch den Weg frei und auf einem mit scharlachroten Harnischplatten gewappneten Schimmel ritt König Alroy heran. Auf dem Haupt trug er seine verkleinerte Ausgabe der Krone von Gwynedd mit den ineinander verflochtenen Kreuzen und Blättern, ein scharlachroter Wappenrock, auf dem der gwyneddische Löwe prunkte, bedeckte seine Brust und an Kehle, Knien und Handgelenken sah man ein Kettenhemd schimmern. An seinem Sattel hing in der Scheide das große gwyneddische Zeremonienschwert und neben seinem Steigbügel folgte ihm, ebenfalls hoch zu Ross, ein Ritter mit dem Banner des Königreiches.

Ehrfürchtiges Murmeln raunte durch den Dom und Camber sah ein, dass sie verloren hatten. Dass der König die Regenten bei einer derartigen Unternehmung begleiten könne, damit hatte er nicht gerechnet. Des Königs Gegenwart verlieh allem eine Rechtmäßigkeit, der das Volk sich im Allgemeinen zu beugen pflegte – eine Folge der alten mystischen Aura der Haldanes. Der feine Unterschied zwischen Krone und königlichen Ratgebern war ohnehin längst im Verwaschen begriffen. Camber spürte ringsherum genau diese Wirkung auch nun eintreten.

»Volk von Gwynedd«, sprach Alroy mit klarer, lauter Stimme, »Unser Regent hat die Wahrheit gesprochen. Es ist wider Unseren Willen geschehen, dass man Alister Cullen in dieses höchste aller kirchlichen Ämter gewählt hat. Deshalb erklären Wir seine Erwählung für hinfällig und nichtig. Wir befehlen Unseren Bischöfen sich erneut zu versammeln und sodann Unsere Wünsche zu berücksichtigen. Sollte diesmal jemand sich Unserem Willen widersetzen, werden Wir Unseren Regenten und Heerführern befehlen ihn in Gewahrsam zu nehmen, auf dass er dessen harren mag, wie Wir mit ihm zu verfahren belieben.«

Als Alroy seine Ansprache beendet hatte, herrschte vollkommenes Schweigen der äußersten Betroffenheit, doch währte es nur wenige Herzschläge lang. Dann trat Bischof Dermot O'Beirne aus den Reihen der Geistlichen, seine dunklen Augen blitzten im Zorn.

»Sire, das ist ein unziemliches Vorgehen«, rief er, indem er, um dieser Feststellung Nachdruck zu geben, mit dem in Eisen gehüllten unteren Ende seines Krummstabes auf die marmornen Stufen pochte. »Überdies verstößt es gegen Recht und Brauchtum. Erzbischof Cullen ist in einem vollständig ordnungsgemäßen Wahlverfahren erkoren worden. Nicht einmal der König darf …«

»Der König«, fiel Murdoch ihm in gebieterischem Tonfall ins Wort, »kann tun, was immer ihn gut dünkt! Euer Aufbegehren ist sehr gefährlich, Bischof O'Beirne!«

»Solltet Ihr's gewesen sein, der den König in dieser Sache beraten hat, dann ist Euer Rat etwas, was gefährlich ist für das Königtum, Graf Murdoch!«, hielt Dermot ihm entgegen. »Das Volk wird niemals …«

»Das Volk wird diese Schmähungen seines Königs niemals hinnehmen!«, schnauzte Murdoch. »Und alle, die dem König weiterhin widerstreben, wird man als Verräter behandeln.«

Das war ein starkes Wort. Murdoch hatte es wohlerwogen ausgesprochen, sich darüber im Klaren, dass es jedermann in Mark und Bein fuhr. Raunen der Empörung ging durch die Menge der Gläubigen, einige Bischöfe wechselten untereinander Blicke des Unbehagens, doch Camber hielt das Haupt hoch erhoben und seine Augen unerschütterlich auf Murdoch gerichtet – denn es war Murdoch, auf dessen Wort hin es jederzeit zu Gewalttätigkeiten kommen konnte. Hinter dem Regenten drängten sich Ritter und Waffenknechte, so weit das Auge reichte, sodass sich vom schmutzigen, durch Hufe zerwühlten Schnee beinahe nichts mehr erkennen ließ. Diese Männer, soviel war ihm klar, würden sich beileibe nicht scheuen, im Sattel in den Dom einzudringen, wenn ihre Anführer es befahlen. Und doch durfte er sich, um der Kirche willen, deren Oberhaupt er nun in Gwynedd war, ihren Wünschen nicht beugen, sollte es auch die Hälfte aller im Dom versammelten Gläubigen und auch ihn selbst das Leben kosten.

»Herr Graf«, meldete sich nun Camber zu Wort, indem er die Hand hob und sich bemühte, seine Worte in einem Ton vorzutragen, der sich aus der richtigen Mischung von Strenge und Gutwilligkeit zusammensetzte, »unter diesem heiligen Dach befinden sich keine Verräter, und erst recht unter meinen bischöflichen Brüdern nicht. Ein jeder von uns hat aus Anlass von Seiner Hoheit Krönung geschworen, Seiner Hoheit rechtmäßigen Willen zu befolgen und seinem Thron zu Dienen zu sein. Keiner von uns hat diesem Eid abgeschworen.«

»Dann gehorcht des Königs Gebot«, versetzte darauf Tammaron.

»Das kann ich nicht, denn es ist von unrechtmäßiger Natur. Unser Eid betrifft alle weltlichen Dinge. Andererseits hat Seine Hoheit – und desgleichen haben die Regenten getan – uns geschworen, für das geistliche Wohl des Königreiches Sorge zu tragen … und dieser Pflicht genügt Seine Hoheit nicht, wenn die rechtlich verbriefte Selbstständigkeit der Bischofssynode angetastet und ihr das Recht genommen wird, freimütig aus ihrer Mitte ihren Primas zu wählen.«

Damit war das Wesentliche zum Ausdruck gebracht und Murdoch besaß darüber volle Klarheit. Für eines Augenblickes Dauer mahlten des Regenten Kiefer voll stummer Wut, infolge seines Grimms lief ihm das Angesicht nahezu dunkelrot an. Auch Tammaron und Hubertus vermochten ihren Unmut nicht zu verheimlichen, wogegen Ewan – als fähiger Kriegsmann, der er war – sich keinerlei Anzeichen irgendeiner Gefühlsregung anmerken ließ.

Ein flüchtiges Weilchen lang dachte Camber, er könne sich womöglich doch noch durchgesetzt haben – dass die Regenten, zumindest bis auf weiteres, einen Rückzieher machen könnten.

Doch da drehte Murdoch sich ein wenig im Sattel,

wandte sich an Alroy und wisperte ihm etwas zu, das Camber, wo er stand, nicht zu verstehen vermochte. Es hatte den Anschein, als erbleiche Alroy ein klein wenig, aber dann nickte er andeutungsweise, recht verkrampft, hob das Kinn etwas höher, das junge Antlitz unter den ins Laub gewundenen Kreuzen starr und angespannt.

»Ergreift sie!«, befahl er mit einer Stimme, die des Domes ganze Länge durchdrang.

27

Die Possen der Zauberkunst versagten, ebenso die äußerst schmähliche Probe auf ihr Prahlen mit Wissen.

Buch der Weisheit 17,7

Für eines Herzschlags Dauer verharrte jedermann in Reichweite seiner Stimme wie versteinert, doch nur bis Murdoch und Alroy ihre Rösser an die Seite gelenkt hatten und die Ritter sowie berittenen Waffenknechte ihre schweren Schlachtrösser in den Mittelgang zu treiben begannen. Ein Teppich war für das Zeremoniell ausgerollt worden und er lieferte den Hufen der Rösser nun rutschfesten Untergrund. Die Reiter und die Waffenknechte zu Fuß, welchletztere ihnen nachfolgten, hatten bereits ein gutes Viertel des Weges durch das Kirchenschiff zurückgelegt, als ihr Tun den Versammelten erst so recht ins Bewusstsein drang. Da begannen Gläubige zu schreien und vor den Hufen der wuchtigen Rösser und ihren Reitern zurückzuprallen.

»Süßer Herr *Jesus*, nie hätte ich ernstlich gewähnt, dass sie's wagen!«, keuchte Dermot, an Camber gewandt, während sämtliche Bischöfe zurück in den Chorraum flüchteten. »Alister, Ihr müsst das Weite suchen. Ihr dürft Euch keinesfalls von ihnen greifen lassen.«

»Niallan?«, rief Camber. »Könnt Ihr uns Zuflucht gewähren?«

Niallan, der sich einen Weg zur Sakristei bahnte, nickte knapp. »Ja, freilich, nur lasst mich vorauseilen. Ihr wisst, die Porta zu Dhassa ist zurzeit mit einer Falle gesichert.«

»Gestattet mir, dass ich Euch ebenfalls begleite«, bat Dermot.

»Was nun auch geschehen mag, sie haben meine heutigen Äußerungen deutlich genug gehört und daher betrachten sie mich als einen von Euch. So oder so wird man mir Cashien nehmen. Besser wird's sein, ich bin frei, wenngleich verbannt.«

»So kommt.« Niallan nickte, näherte sich zielstrebig dem Zugang zur Sakristei.

Die Bewaffneten hatten mittlerweile mehr als die Hälfte des Kirchenschiffs besetzt und die Schreie der Furcht erfüllten Gläubigen sowie jener, die bei diesem rohen Verhalten unweigerlich Verletzungen erlitten, hallten zwischen den Säulen und hohen Bogen des großen Domes wider. In der Sakristei sah der entsetzte Tavis O'Neill, versteckt hinter einer Kleiderpresse, die Bischöfe Niallan und Dermot hereinhasten und auf dem Geviert der Porta verharren. Dermot bemerkte ihn, als Niallan sich hinter seinem Rücken aufstellte, und der menschliche Bischof wandte das Haupt und sagte leise etwas zu dem Deryni; doch Niallan widmete Tavis lediglich einen gestrengen Blick voller Abweisung, zog dann Dermot näher. Danach entschwanden die beiden Männer.

Tavis erschauderte, verließ sein Versteck und eilte nun selbst zum Standort der Porta. Er war schon viel zu lange geblieben. Er musste fort, ehe irgendjemand ihn sah.

Nochmals verweilte er, um ins Kirchenschiff zu spähen, und da prallte er ums Haar mit Jebedias zusammen. Der Michaeliten-Ritter hatte das Schwert blank und einen mörderischen Ausdruck im Antlitz und er packte Tavis am Oberarm und schüttelte ihn wie ein Hündchen.

»Donnerkeil, was treibt Ihr noch hier?! Zurück mit Euch zu Javan!«

»Ich bin bereits unterwegs«, brachte Tavis mühsam heraus. »Ich ... ich wollte nur, dass ich Javan möglichst umfassend vermelden kann, was vorgefallen ist. Außerdem wäre es durchaus denkbar, dass hier jemand eines Heilers bedarf.«

»Wir haben Rhys«, entgegnete Jebedias. »Also, werdet Ihr nun gehen? Sollte man Euch ergreifen oder sollte einer der Schergen, die den Regenten zu Diensten stehen, Euch erspähen, dann hätte Javan alsbald niemanden mehr an seiner Seite!«

»Aber Rhys ist gegenwärtig nicht zum Heilen imstande«, erhob Tavis Einspruch. »Und das ist meine Schuld.«

»Und es wird zusätzlich Eure Schuld sein, falls Javan demnächst von aller Welt im Stich gelassen dasteht! Und nun fort mit Euch oder ich dresche Euch die Besinnung aus dem Leibe und schaffe Euch eigenhändig von hinnen!«

Einer solchen Entschlossenheit wagte Tavis keine weiteren Einwände entgegenzuhalten. Er nickte flüchtig, indem ihm ein gedämpfter Schluchzlaut der Furcht entfuhr, und betrat der Porta Geviert. Jebedias gab ihn frei und trat zurück, die Aufmerksamkeit bereits wieder ins Sanktuarium gerichtet, in das inzwischen Fußknechte und auch einige Reiter vorgestoßen waren, die nunmehr reihenweise Kleriker gefangen nahmen. Viele Geistliche und drei der eher gemäßigten Bischöfe – Turlough, Davet und Ulliam – hatten sich ohne jede Gegenwehr ergeben; die anderen allerdings leisteten gewissen Widerstand.

Tavis reckte den Hals. Er sah Joram mit dem schwergewichtigen Prozessionskreuz um sich schlagen und der neue Erzbischof rammte einem Schlachtross den Krummstab unter die Nüstern, sodass es sich ruckartig aufbäumte und ausrutschte, stürzte und seinen Reiter abwarf.

Dann jedoch sah er, wie ein anderer Reiter sein Tier in Rhys' Rücken herumriss, den Heiler mit dem schweren Schlachtross fortstieß, sodass es ihn mit ausgebreiteten Gliedmaßen wuchtig zur Seite schleuderte – Rhys glitt in Blut aus, kam zu Fall, ohne sich irgendwie abfangen zu können, und mit einem furchtbaren, hohlen Klang prallte er mit seines Schädels Rückseite auf eine der Altarstufen.

Tavis schrie auf und machte Anstalten, ihm zu Hilfe zu eilen, aber Jebedias' Antlitz war, als er jenes Geräusch vernahm, totenbleich geworden, und nun schwang er seine Waffe, als wolle er sie mit Freuden gegen Tavis verwenden. Mit einem Aufschluchzen schlang Tavis die Arme fest um den eigenen Leib und schloss die Augen, zwang sich dazu, sich zurück zum Portal in den sicheren Erzbischöflichen Gemächern zu versetzen.

Und im Sanktuarium, unweit des Zugangs zur Sakristei, sah und hörte auch Camber, wie Rhys stürzte. Indem er seinen Krummstab wie eine Keule benutzte, kämpfte er sich an dem Reiter vorbei, der Rhys auf so verhängnisvolle Weise niedergeworfen hatte, und schaffte es sogar, ihn aus dem Sattel zu stoßen, ehe er sich niederbeugte – gedeckt durch Joram – und neben dem hingestreckten Heiler kniete. Joram wehrte weitere Bedränger mit dem Prozessionskreuz ab und Camber bemerkte, dass sich auch Jebedias einen Weg zu ihnen erfocht. Sachte berührte er des Heilers Stirn, versuchte innerlich, von dem, was er gefühlt hatte, als Rhys aufschlug, keine Kenntnis zu nehmen.

Er warf den Krummstab beiseite, streifte den prunkvollen, in Weiß und Gold gehaltenen Chormantel ab und wickelte ihn um den reglosen Heiler, hob dann Rhys achtsam auf seine Arme, taumelte empor auf die Füße, um sodann erneut die Richtung zur Sakristei einzuschlagen, diesmal beidseitig beschirmt, da von Joram, dort vom grimmigen Jebedias. In seinem Gram war sein Antlitz schrecklich anzuschauen, als er vom Sanktuarium in den kurzen Gang und anschließend in die Sakristei wankte.

Ein halbes Dutzend Priester und Diakone hatten dort

bereits Schutz gesucht, obschon sich alle darüber im Klaren waren, dass es lediglich eine Frage der Zeit war, bis die Bewaffneten in jeden Winkel des Domes vordrangen. Sie wichen vor ihm nach den Seiten aus, als seien sie Wogen eines Wassers, keiner von ihnen wagte nach seinen Absichten zu fragen, als er weiterschwankte und zuletzt auf der Steinplatte der Porta Itineris verharrte.

»Ihr alle, ergreift die Flucht!«, vermochte er noch hervorzuröcheln, und während er unter dem Gewicht torkelte, das er auf seinen Armen trug, wiederholten Jebedias und Joram seine Aufforderung, um sie zu bekräftigen. Er senkte Rhys' Füße auf den Stein, drückte die schlaffe, in den Chormantel gehüllte Gestalt fest an sich, während die Kleriker die Sakristei flohen, tastete mit seinem Geist über viele Meilen hinweg nach Dhassa.

Jenseits der anderen Porta in der kleinen Seitenkapelle zu Dhassa, warteten hilfsbereite Hände, aber Camber schüttelte das Haupt, trug seine Last noch um mehrere Schritte über die Mosaikeinfassung der Porta hinaus, um zuletzt vor dem Altar auf die Knie zu sinken und Rhys' Gestalt auf den weichen Teppich zu betten. Fast unverzüglich bemerkte er auch Joram und Jebedias, die zu seinen Seiten gleichfalls auf die Knie fielen, indem Jebedias sich seines grauen Umhangs entledigte, um ihn Rhys wie ein Kissen unters Haupt zu schieben.

»Nicht einmal eine Waffe war's, die das getan hat«, flüsterte Camber kläglich, nahm Rhys' schlaffes Haupt zwischen die Hände, untersuchte ihn mit Hilfe seiner Finger und des Geistes. »Er ist gestürzt und mit dem Hinterkopf auf die Stufen geschlagen.«

»Er atmet noch, aber nicht besonders gut«, sprach leise Joram, dessen Finger durch Rhys' dichten roten Schopf glitten, während er, um seine Geisteskräfte zweckentsprechender ausrichten zu können, die Augen geschlossen hielt. »Verdammnis! Da ist ein eingedrückter

Bruch, groß genug ist die Vertiefung, um ein Ei hineinzustecken!«

Mit wachsender Verzweiflung verlagerte Camber seine Hand an die von Joram gezeigte Stelle, fühlte die fürchterliche Verletzung. Die Haut war unversehrt – Rhys hatte nicht die geringste Menge an Blut verloren –, aber man konnte die scharfen Kanten der zersplitterten Knochen deutlich ertasten, die sich unter des Schädels Haut abzeichneten. Alle Lebenszeichen dagegen ließen sich nur äußerst schwach spüren; und als Camber sich behutsam in das für gewöhnlich so glanzvolle Bewusstsein des Heilers vorwagte, fand er die geistigen Bahnen der Heilerfähigkeit hoffnungslos verdüstert vor, beeinträchtigt durch die von Tavis verabreichte Droge. Nun sah er, welchen Preis Rhys die Begegnung mit Tavis O'Neill kostete, darüber hinaus, dass er ihm mancherlei Tatsachen hatte enthüllen müssen. Nicht einmal Camber vermochte unter diesen Umständen, Rhys' eigene heilerische Kräfte anzuzapfen. Rhys' einzige Hoffnung bestand im Eingreifen eines anderen Heilers, das sehr bald geschehen musste.

»Niallan«, rief er fast geschluchzt über die Schulter. »Ihr habt nicht zufällig einen Heiler abkömmlich, oder?«

Der andere Deryni-Bischof kniete sich an seine Seite und schüttelte das Haupt. »Ich habe bereits nachgefragt. Der Heiler, der mein Haus betreut, ist zu einem Kranken geeilt. Ich habe nach ihm geschickt, aber ich weiß nicht, ob er noch rechtzeitig eintreffen wird, Alister.«

Unter Cambers Händen schwächte sich Rhys' Atmung noch mehr, verunregelmäßigte sich, sein Pulsschlag ging immer kraftloser und schwächlicher. Verzweifelt versuchte Camber durch den Einsatz seiner geistigen Kräfte den Druck auf Rhys' Hirn zu mindern, den zerschmetterten Teil des Schädels aus der Vertiefung zu heben. Er spürte unter seinen Fingerkuppen, wie die eingedrückte

Stelle sich ein wenig anhob, aber gleichzeitig bemerkte er, wie der Druck des unter dem gebrochenen Schädel angesammelten Blutes anschwoll, auf die lebenswichtigen Teile in seinem Innern noch stärker presste. Rhys' Atemzüge nahmen an Unregelmäßigkeit zu, und Joram begann ihm eigenen Atem in die Lungen zu blasen, wie er es einst auch für Camber schon getan hatte, während Jebedias seine Hände auf Rhys' Herzgegend senkte und sich darum bemühte, einen ruhigen Herzschlag zu gewährleisten.

Trotz all ihrer Anstrengungen musste Camber sich letzten Endes damit abfinden, dass Rhys im Sterben lag. Nach einer Weile fiel ihm auf, dass Niallan sich entfernt hatte, mittlerweile jedoch wiedergekehrt war und erneut neben ihm kniete; sein bischöflicher Bruder entstöpselte nun ein Fläschlein mit geweihtem Öl und bereitete, noch in seine Prunkgewandung gehüllt, jedoch ohne Mitra, die Verabreichung des Sterbesakramentes vor. Camber vermochte es nicht über sich zu bringen, daran mitzuwirken. Benommen schaute er zu und lauschte, tat unverändert alles, um diesen Mann, der für ihn mehr bedeutete als ein Sohn, nicht so ohne weiteres hinscheiden lassen zu müssen.

Derweil Niallan betete, bestürmte Camber den Himmel mit seinem eigenen Flehen, haderte unterdessen insgeheim – und das nicht erstmals – mit dem Schicksal, das anderen die Gabe des Heilens geschenkt, sie ihm allerdings verweigert hatte, und ebenso dem Mann, in dessen Gestalt er seit langem auf Erden wandelte. Der Gedanke an Alister weckte in ihm Erinnerungen an einen längst vergangenen Zeitpunkt – an den Tod Alisters, an Alisters Mörderin, die schöne, aber verderbte Ariella, auf das Schwert gespießt, das Alister mit den letzten Kräften eines Sterbenden nach ihr geschleudert hatte, an ihre Finger, zum Vollzug einer Magie gekrümmt, die sie möglicherweise gerettet hätte, eine Magie, welche sogar die meisten Deryni ins Land der Sagen und Märchen verwiesen.

Für eines Augenblickes Dauer flackerte in Camber neue Hoffnung auf. Er wusste, warum Ariella gescheitert war, besaß zumindest diese grundsätzliche Kenntnis. In seiner verzweifelten Sorge um Rhys' Leben setzte er dieses Wissen durchaus gleich mit seiner Beherrschung. Wäre Rhys nur ein wenig bei Bewusstsein gewesen, er hätte ihm das erforderliche Verfahren auf geistigem Wege übermitteln und ihn bei der Anwendung zu unterstützen vermocht, davon war er fest überzeugt. Diese magische Verrichtung war nicht einmal abhängig von heilerischen Fähigkeiten. Wie er Rhys aus der Starre, die selbige Verrichtung verursachte, erlösen sollte, darüber hätte er sich danach genug Gedanken machen können. Auch über dieses Verfahren besaß er grundsätzliche Klarheit. Ganz sicher war er sich, er hätte, wäre nun ein anderer Heiler zur Stelle gewesen, um ihm zu helfen, diese Magie irgendwie bewerkstelligt.

Aber Rhys war nicht bei Besinnung und vielleicht hätte er eine so verzweifelte Maßnahme abgelehnt, wäre er bei Bewusstsein gewesen. Der Heiler war weniger dem Althergebrachten verhaftet als Joram, doch nichtsdestotrotz stellte sich in diesem Fall unübersehbar eine sittliche Frage. Hatte Camber das Recht, sie für Rhys zu beantworten, selbst für jemandem, dem er so nahe stand? Durfte er es wagen, sich für einen anderen die Rolle des Gewissens anzumaßen?

Fast entschied er sich dafür, es auf jeden Fall zu versuchen. Es drehte sich eigentlich nicht um viel mehr als die Starre, in die der Körper versetzt werden musste, um seinen Verfall zu verhindern – nun, vielleicht noch ein *wenig* mehr, nämlich das, was vonnöten war, um die Seele an den scheintoten Leib zu binden …

Doch während er noch inwendig heftig und peinvoll mit sich rang, sogar einen ansatzweisen Versuch begann, um zu prüfen, ob die Magie sich an einem Besinnungslosen vollziehen lasse, erkannte er, es war zu spät. Rhys war tot. Derweil nahebei Niallans Stimme die angemessenen Gebete sprach, welchen sich alsbald auch Dermot und eine Hand voll Geistlicher im Weiß des Michaeliten-Ordens anschlossen, erfühlte Camber eine trostlose geistige Leere und wusste, Rhys war von ihm gegangen.

Er wartete, bis Niallan verstummte, die Hände noch im üppigen roten Schopf, der das Unheil verbarg, welches des Heilers Haupt betroffen hatte, dann gab er Joram und Jebedias ein verhaltenes Zeichen, dass sie ihre Behandlungsmaßnahmen einstellen könnten. Als sie sich, ermattet und voller Gram, auf die Fersen kauerten, hob er Rhys sanft erneut auf seine Arme, drückte das rothaarige Haupt fest an seine Wange.

»Barmherziger Gott, *warum*?!«, flüsterte er und seine Stimme brach, indem ihm die Tränen zu fließen begannen. »Vierzig Jahre lang hat dieser Mann gewirkt und nun … das! Ein Sturz! Der Tod sollte eine aufwändigere Sache sein!«

Die Regenten verschwendeten keine Zeit, ehe sie sich daran machten, Vergeltung zu üben, vor allem, da sie es hinnehmen mussten, dass es ihren ärgsten Erzfeinden gelungen war, ihnen zu entkommen. Als der Tag verstrich, befanden sich insgesamt lediglich fünf der zehn aufsässigen Bischöfe in ihrem Gewahrsam; drei waren durch eine Porta entschwunden, zwei hatten sich den Häschern durch den Tod entzogen. Davet Nevan erhielt von einem Streitross einen Tritt gegen den Brustkorb und starb, bevor ihm irgendjemand Beistand leisten konnte, und Kai Descantor fand man inmitten der Sakristei am Fußboden ausgestreckt, ohne dass sich an ihm irgendein äußeres Anzeichen der Todesursache feststellen ließ. Später erzählte Oriel, dass sich an selbiger Stelle unter dem Teppich eine Porta befunden hatte; Kai war entseelt worden, als er sie nach der Flucht seiner bischöflichen Brüder zerstörte.

Doch fünf der ursprünglich zehn Bischöfe genügten durchaus für die Absichten der Regenten. Nachdem sie die Gefangenen zur Nacht im Kerker in Ketten legen gelassen hatten, damit sie reichlich über die Torheit ihres Ungehorsams nachzusinnen vermöchten, veranlassten die Regenten alles, was man tun musste, um auch der restlichen, ihnen vorerst entwischten Unruhestifter habhaft zu werden. Man stellte Haftbefehle aus und verfügte Erlasse, in welchen man Alister Cullen, vormals Bischof Grecotha (nunmehr nämlich seines Amtes enthoben), Niallan Trey, vormals Bischof von Dhassa (gleichfalls des Amtes enthoben), Pater Joram MacRorie, Graf Jebedias von Alcara, Herrn Rhys Thuryn und ebenso Dermot O'Beirne, vormals Bischof von Cashien (gleichermaßen des Amtes enthoben) – der zwar kein Deryni war, aber die verbotene Wahl Alister Cullens zum Erzbischof und Primas unterstützt und sich anschließend mit den übrigen Aufrührern der Gefangensetzung durch Flucht verweigert hatte – in Acht und Bann schlug und zu Vogelfreien erklärte.

Gleichsam als nachträglichen Einfall ordneten die Regenten zudem die Ergreifung von Rhys Thuryns Gemahlin und Kindern an, ebenso von jeglichem anderen Angehörigen seiner Sippe, der ausfindig gemacht werden konnte, denn die Regenten begannen den Verdacht zu hegen, wahrscheinlich sei der gesamte Clan – der irgendwie mit dem sogenannten St. Camber im Zusammenhang stand – in eine Verschwörung gegen die Krone und ihre Regentschaft verwickelt.

In Ergänzung der Bannflüche und Haftbefehle und in

Übereinstimmung mit ihnen sandten die Regenten ferner Rhun von Horthness, der sich künftig – als Dank für das am Weihnachtsabend so vorzüglich geleistete Werk – Graf von Sheele nennen durfte, neue Weisungen. Rhun sollte mit seinen Streitkräften Dhassa nehmen, in welcher Stadt die Regenten sofort des abtrünnigen Erzbischofs Zufluchtsort vermuteten. Die Belagerung von Dhassa, so ließ sich schon jetzt absehen, musste jedoch eine langwierige Angelegenheit werden, denn des Winters härteste Zeit stand erst noch bevor. Falls nicht die Porta Itineris zu Dhassa noch benutzt werden konnte und wenigstens eine andere Porta zur Verfügung stand, um sie zu erreichen, würde bis zu des Frühlings Anbruch niemand Dhassa verlassen oder aufsuchen können.

Unterdessen wirkten die Regenten weiter auf die Festigung ihrer kirchlichen Macht in Valoret hin. Schon am Tage nach Weihnachten mussten sich die verbliebenen Bischöfe, fünf von ihnen in Ketten, etwas außerhalb Valorets, in der kleinen Ortschaft namens Ramos, von neuem zusammenfinden, um ihre zwei Tage zuvor gefassten Beschlüsse zu überdenken und neu zu beraten. Recht bald jedoch erwies sich, dass die Mehrheit der fünf zu Gefangenen gemachten Bischöfe auch weiter Verstocktheit an den Tag legte – nur einen, nämlich Turlough, vermochten die Regenten auf ihre Seite zu ziehen, indem sie ihm ein eigenes Bistum versprachen, das allerdings erst noch geschaffen werden musste –, daher griffen Hubertus und sein Anhang zu der Maßnahme, die Reihen der Kirchenfürsten um sechs neue Weihbischöfe zu erweitern, deren einer Edward war, der zweiundzwanzig Lenze alte unvermählte Sohn von Hubertus' Bruder Manfred, dem man bereits die ertragreiche Grafschaft Culdi zugeschanzt hatte. Dieweil die Bestätigung der Anwärter nur eines einfachen Mehrheitsbeschlusses bedurfte, kam ihre Ernennung ohne Schwierigkeiten zustande.

Infolgedessen fielen Hubertus, als am Nachmittag die erste Abstimmung hinsichtlich der Wahl des neuen Erzbischofs stattfand – nachdem auch Ulliam zu Hubertus übergelaufen war –, dreizehn von den insgesamt sechzehn Stimmen zu. Die drei Stimmenthaltungen stammten – was niemanden überraschte – von Robert Oriss, dem Erzbischof von Rhemuth, Ailin MacGregor, dem Bischof von Valoret, und dem einzigen Weihbischof, der nicht erst auf dieser Synode ernannt worden war, nämlich Eustace von Fairleigh.

Bereits am Tage nach seiner Erwählung bestieg Hubertus den Thron des Erzbischofs und Primas, allerdings im Rahmen eines weit bescheideneren Zeremoniells, als es bei Alister Cullen veranstaltet worden war, denn Hubertus hatte nunmehr erst recht alle Hände voll zu tun. An desselben Tages Nachmittag trat das Konzil zu Ramos erneut zusammen und begann Schritte in die Wege zu leiten, die allen Deryni jeden weiteren Einfluss auf die Geschicke Gwynedds verbauen sollten. Von nun an brauchte Hubertus, da ihm jetzt so viel Macht zu Gebote stand, sich keinerlei Zurückhaltung mehr aufzuerlegen.

Man machte damit den Anfang, dass man sämtliche derynischen Priester und Geistlichen ihrer Ämter entband und in den Stand von Laien zurückversetzte, auf dass die Kirche von ihren magischen Umtrieben befreit und vom damit verbundenen Makel gesäubert werde. Kein Deryni sollte je wieder irgendeiner geistlichen Ordensgemeinschaft angehören dürfen, nicht einmal als Laie. Man besprach sogar, ob Deryni überhaupt noch die anderen sechs Sakramente der Kirche empfangen können dürften, doch zum Glück behielten in dieser Frage besonnenere Gemüter die Oberhand. Wenn man den Deryni die herkömmlichen, verbreiteten Glaubenstätigkeiten verwehrte, erhoben sie zum Einwand, wandten sie sich womöglich noch verabscheuungswürdigeren Riten als jenen zu, die man ihnen ohnehin schon nachsagte. Besser sei es, den gemeinen Deryni als schwarzes Schaf im Schoße der Kirche zu belassen, als ihn gänzlich auszutreiben, denn danach wüsste niemand noch, worauf er sich wohl verlegen möge.

Der allgemeine Hinauswurf und die massenweise Zurückversetzung in den Laienstand betraf natürlich auch Alister und Niallan, die man zusätzlich aller Ämter und Würden entkleidete. Auch Joram, dem Sohn des schändlichen »Heiligen« Camber, sprach man bei dieser Gelegenheit die Priesterwürde ab. Gleichfalls beraubte man Dermont O'Beirne sämtlicher Kirchenämter, weil er mit den Deryni gemeinsame Sache gemacht hatte, doch weil er selbst kein Deryni war, beließ man ihm wenigstens die Priesterwürde. Das Bistum Cashien übertrug man Zephram von Lorda. Alisters früheres Bistum Grecotha gab man dem neuen Bischof Edward MacInnis, Niallans bisheriges Bistum erhielt Archer von Arrand – doch würde Bischof Archer sich schwerlich in seiner künftigen Diözese einnisten können, bis man die Belagerung Dhassas siegreich abgeschlossen hatte.

Der Umstand, dass im Zuge der Säuberung, des Hinauswerfens auch Jorams Name fiel, führte dazu, dass man abermals den Sachverhalt von Cambers Heiligkeit auf die Tagesordnung setzte, und diesmal blieb sie nicht bestehen. Der vor zwölf Jahren erfolgten Heiligsprechung schloss man nun ihren Widerruf an. Man erließ ein Verbot, Cambers Namen auch nur auszusprechen, beim ersten Mal war als Strafe die Auspeitschung vorgesehen, im Wiederholungsfall das Herausreißen der Zunge. Es erging die Anweisung, alle schriftlichen Aufzeichnungen, in denen sein Name oder der seines Geschlechtes Erwähnung fand, kurzerhand zu vernichten. Ein jeder, der es wagen sollte, den Namen des *quondam* Heiligen noch einmal irgendwo niederzuschreiben, nahm die Gefahr auf sich, dass man ihm die Hand abschlug, die diesen Frevel vollzog.

Damit jedoch war für die Begriffe der Regenten noch längst nicht genug an Vergeltung getan. Sie erklärten nicht allein jede Art von Zauberei zur Gotteslästerung – und die Deryni-Magie zur ersten und gräulichsten aller Häresien –, sondern überdies Camber zum Ketzer. Wäre es ihnen möglich gewesen, sich seiner Leiche zu vergewissern, hätten sie ihn am Pfahl verbrannt, aber zu ihrem Bedauern war anlässlich seiner Heiligsprechung festgestellt worden, sein Leichnam sei wundersamerweise in den Himmel aufgenommen worden. Bischof Zephram sah sich nun gehalten, Andeutungen dahingehender Art zu äußern, Cambers Sohn habe womöglich seine sterblichen Überreste fortgeschafft; er bezweifelte aber, genau wie andere Teilnehmer der Synode, dass sie sich heute noch auffinden ließen. Da nun so spät nach seinem Ableben die allen Ketzern gebührende Strafe an Camber selbst nicht mehr wirksam werden konnte, fällten die Bischöfe die Entscheidung, dass es jedenfalls angebracht sei, seine Nacheiferer und Gefolgsleute sie spüren zu lassen. Am Fest der Unschuldigen Kindlein gab man zu Dolban, dem Gründungshaus des Ordens Sankt Cambers Knechte, ein zur Abschreckung geeignetes Beispiel, indem man drei Mal zwanzig Männer und Weiber an im Klosterhof aufgestellten Pfählen verbrannte. Nur wenige von ihnen waren überhaupt Deryni.

Widerwillig einigten sich die Bischöfe in ihrer allgemeinen Verurteilung der Deryni-Magie auf eine Ausnahme, indem sie nämlich Heilern auch für die Zukunft die Ausübung ihrer Tätigkeit gestatteten, wenngleich nach Maßgabe weit strengerer Grundsätze und Bedingungen als zuvor. Alle Philosophen und Kirchengelehrten stimmten in der Auffassung überein, dass die Gabe des Heilens von Gott kam – doch waren die Heiler gleichzeitig Deryni und deshalb vermochte man nach der Bischöfe Meinung nicht gänzlich den Verdacht auszuschließen, dass auch andere, weit unerfreulichere Bundesgenossen als der Herr der Heerscharen ihnen Unterstützung gewährten. Man gab sich durchaus der Hoffnung hin, zu guter Letzt auch sämtliche Heiler loswerden zu können, doch brachte gegenwärtig keiner der Bischöfe die Entschiedenheit auf, dergleichen bereits mit allen unausbleiblichen Folgen zu durchdenken.

Doch waren es der Heiler ohnehin nur wenige und ihre Dienste waren im Wesentlichen stets dem Adel der beiden Volksstämme vorbehalten gewesen; so befanden die Bischöfe denn, dass sie sich, solange sie selbst Heiler zu sich rufen konnten, wann immer es nötig sein sollte, um das gemeine Volk nicht übertrieben zu sorgen bräuchten. Ebenso erachtete man es als sehr wohl hilfreich, auch fernerhin abgefallene Deryni heranzuziehen, um mit ihrem Beistand andere Deryni aufzuspüren und zu entlarven; in Kriegszeiten – und dies war in ihrem Empfinden eine Art von Krieg – war nach ihrer Ansicht nachgerade alles gerechtfertigt.

Die Unlauterkeit der Deryni-Magie endlich klargestellt und verkündet, begaben sich die Bischöfe daran, als Nächstes weltliche Maßnahmen gegen die Deryni allgemein zu verhängen. Zwar mochte nicht einmal Hubertus so weit gehen – wenigstens nicht zu diesem Zeitpunkt –, die völlige Ausrottung aller Deryni zu fordern, doch er befürwortete ganz eindeutig eine harte Unterdrückung. Allen edelgeborenen Deryni sollten ihre Titel genommen, ihr Rang ihnen aberkannt werden. In Zukunft sollte kein Deryni noch Ländereien besitzen, es sei denn, unter strengster Aufsicht der Krone. Kein Deryni, regte er an, dürfe irgendwelche Stellungen bekleiden, sich vermählen oder ein Erbe antreten, ohne dass er seines Lehnsherrns unmissverständliche Einwilligung habe. Und jeder Deryni, den man dabei ertappte, wie er seine üblen Fertigkeiten einem anderen lehrte, müsse ohne viel Federlesens hingerichtet werden.

Im Laufe der Weihnachtswoche kam die Synode jeden Tag zu Ramos zusammen und die Bischöfe kehrten lediglich zum Schlafen in ihre Unterkünfte neben dem Dom zurück, ausgenommen Erzbischof Hubertus, der unverändert die Gemächer in der Königsburg bewohnte und allabendlich mit den anderen Regenten tafelte, um sie über die Fortschritte des jeweiligen Tages zu unterrichten.

Der junge König durfte an der Abendmahlzeit teilnehmen, ebenso am ersten Teil von Hubertus' Berichterstattung, um ihm den Eindruck zu vermitteln, er wirke an der Herrschaft übers Reich mit, aber dank der großzügigen Mengen von Wein, den man zu den Speisen einschenkte, begann er zumeist einzunicken, sobald man mit der ernsteren Besprechung anfing, und dann trugen einige Knappen ihn zu Bette. Javan und Rhys Michael zog man erst gar nicht hinzu.

Dieses Ausgeschlossensein erzeugte, derweil die Tage verstrichen, auf Javans und Tavis' Seite immer stärkere Sorge, denn bezüglich der Tonart, welche die Bischöfe in ihren täglichen Beratungen anschlugen, liefen bereits Gerüchte um, und Javan fürchtete allmählich ernsthaft um Tavis' Sicherheit. Tavis merkte, dass man ihn unter sehr aufmerksamer Beobachtung hielt, sobald er Javans Gemächer verließ, denn er, Oriel und eine Anzahl abgefallener Deryni waren nunmehr die einzigen ihrer Art in der ganzen Königsburg. Daher blieb er alsbald am Tage nahezu ausschließlich in Javans Gemächern, doch stahl er sich oft des Abends hinaus, ohne dass selbst Javan wusste, wohin er schlich, doch gewährte er ihm stets Rückendeckung. Der Heiler nahm eine ausführliche

Begutachtung der Mauern und Gänge tief drunten in den Gewölben der Königsburg vor. Am Samstagabend nach Weihnachten hatte er mehrere höchst interessante Entdeckungen gemacht und einige schwer wiegende Entscheidungen gefällt. Sein Herz war voller Beklommenheit, als er spät am Abend mit Javan sprach.

»Ich sehe schlichtweg keine Möglichkeit, um ihnen irgendwie in den Arm zu fallen, Javan«, beschloss er seine Äußerungen, nachdem er alles vorgetragen hatte, was ihm zu Ohren gekommen war über die Beschlüsse der Bischöfe. »Hubertus hat im Machtrausch den Verstand verloren und er wird seine Macht als Waffe gegen jeden Deryni wenden, den er ausfindig zu machen vermag. Ein wahres Wunder ist's, dass ich noch in Eurer Umgebung geduldet werde. Ich kann nur annehmen, dass man mich bislang gewissermaßen übersehen hat, weil die Bischöfe sich noch in Klausur befinden, denn die anderen Deryni, welche sich in der Burg aufhalten, werden ohne Unterlass streng bewacht, sogar Oriel. Entweder liegt's daran oder man kann sich noch nicht dazu durchringen, sich allen Ernstes mit Euch anzulegen.«

Javan stand auf und begann hin- und herzuschreiten, strebte fort vom Erkerfenster, an dem die beiden gesessen hatten, kehrte zurück. Unter dem langen, mit Pelz besetzten Hausmantel, den er trug, war sein Hinken kaum zu bemerken. Seit dem Herbst war er um etliche Finger breit gewachsen und daher nunmehr von höherem Körperbau.

»Ich werde nicht dulden, dass man Euch mir fortnimmt, das wisst Ihr«, versicherte er in feierlichem Ernst.

Tavis schüttelte das Haupt. »Sehr wohl weiß ich, dass Ihr nicht zu dulden gedenkt, dass man mich von Eurer Seite reißt, mein Prinz, doch möchte es sich erweisen, dass man Euch gar keine Wahl lässt. Ich glaube, wir müssen einen dahingehenden Beschluss fassen, was wir tun wollen, falls sie's wider Euren Willen versuchen. Füge ich mich oder ziehe ich die Flucht vor? So oder so, in jedem Fall überlasse ich Euch allein ihrer alles andere als nachsichtigen Behandlung – und das ist am allerwenigsten mein Wunsch.«

»Auch ich verspüre danach nicht das geringste Verlangen. Ihr müsst eine andere Lösung ersinnen. Ihr wisst, ich kann unmöglich ... Halt! Flucht, sagt Ihr? Ihr meint aus Valoret? Wie denn?«

»Durch eine Porta Itineris.«

Ein Augenblick verstrich, bis Javan dieser Antwort volle Bedeutung begriff. Dann kam er in äußerster Hast zurück zu Tavis gehastet, hockte sich an dessen Knie nieder, umfasste des Heilers verbliebene unversehrte Hand mit beiden Hände, blickte ihm erregt ins Antlitz.

»Eine Porta? So vermöchten wir ja *beide* zu entfliehen! Ach, Tavis, meint Ihr wirklich, dass uns diese Möglichkeit gegeben ist?«

»Uns?« Tavis musterte den Jüngling aus kummervoller Miene. »Mein Prinz, Ihr dürft und könnt keinesfalls fort. Ihr seid ein etwaiger Thronerbe. Würdet Ihr, sollte ich flüchten, mit mir gehen, würden die Regenten ein solches Verhalten als eine Anspruchserhebung Eurerseits auf den Thron auslegen – und so etwas käme ihnen nur recht. Rhys Michael haben sie beugen können – mit Euch ist ihnen das nicht gelungen. Oh, ich weiß, gegenwärtig scheint das nicht allzu erheblich zu sein, aber denkt ein wenig ausgiebiger darüber nach. Wer außer Euch könnte denn darauf hoffen, es sei ihm möglich, eines Tages wieder rückgängig zu machen, was die Bischöfe und Regenten heute anrichten? Vermeint Ihr etwa, Rhys Michael sei dazu imstande oder würde auch nur Wert darauf legen?« Javans Schultern sanken herab, als er das Haupt schüttelte, und Tavis legte seinen handlosen Arm in einer Geste der Tröstung auf des Jünglings Schulter, als er weitersprach. »Nun wohl, in diesem Punkte sind wir uns also einig. Euer Platz ist hier, ob ich nun bei Euch bleiben oder nicht bleiben kann. Solltet Ihr einmal König sein – oder vielleicht schon, wenn Ihr mündig geworden seid –, könnt Ihr mich sicherlich an den Hof zurückberufen. Und überdies, falls ich fortmuss und fort sein werde, gedenke ich Euch nichtsdestoweniger, solange die Porta unentdeckt und vorhanden ist, diesen oder jenen heimlichen Besuch abzustatten.«

»Aber Ihr *werdet* fliehen und Euch nicht ergreifen lassen?«, flüsterte Javan. »Ich könnte es nicht ertragen, sollten sie Euch umbringen.«

»Ja, ich werde gehen. Aber nicht, ehe es unbedingt notwendig ist.«

»Und ich kann nicht mit Euch das Weite suchen?«

»Nein.«

Mit einem Seufzen senkte Javan das Haupt über ihre vereinten Hände, drückte sie für eines Herzschlags Dauer an seine Stirn, erhob sich sodann und trat, ohne den Heiler anzublicken, ans Fenster. Für eine Weile verharrte er so, beide Fäuste auf das steinerne Fenstersims gestützt, starrte hinaus in die Dunkelheit, ließ dann eine Hand sinken und wandte sich um ein weniges Tavis zu, sah ihn allerdings noch immer nicht an.

»Habt Ihr eigentlich eine Vorstellung davon, wie schwer es ist, ein Prinz zu sein?«, fragte er mit leiser Stimme nach.

»Günstigstenfalls in ganz geringfügigem Umfang«, gab Tavis ebenso leise zur Antwort und schüttelte andeutungsweise das Haupt. »Und ich wünschte, Ihr hättet nicht schon in so jungen Jahren dergleichen lernen müssen.«

Der Prinz lenkte seinen Blick bodenwärts, auf seinen Klumpfuß, der in dem sondergefertigten Stiefel unterm Saum des mit Pelz gesäumten Hausmantels hervorschaute, dann hob er den Blick erneut zu Tavis. Das junge Haldane-Antlitz spiegelte nun Gefasstheit wider, vom Scheitel bis zur Sohle war Javan der Prinz, welcher er nun einmal sein musste.

»Diese Porta, die Ihr erwähnt habt – ich unterstelle, Ihr meint nicht die Porta in den Erzbischöflichen Gemächern, dieweil Ihr sie, da nunmehr Hubertus dort haust, nicht erreichen könnt, und jene in des Domes Sakristei ist ja, wie Ihr berichtet habt, von Bischof Kai zerstört worden. Wo also ...«

»Unter des Königs Burgfried«, antwortete Tavis. »Wahrscheinlich gibt's unter der Feste noch einige mehr, in anderen Teilen, die während des Interregnums erbaut worden sind, doch habe ich bisher nur diese eine finden können. Geschichten besagen, dass in jener Nacht, als man Imre in diesem Turm überwältigt hat, seine schwangere Schwester durch eine verborgene Pforte innerhalb der Königlichen Gemächer verschwunden und auf diese Weise entkommen ist. Damals war ich kaum älter als Ihr, aber ich entsinne mich, dass ich mir schon damals dachte, sie müsse eine Porta benutzt haben. Deshalb bin ich diese ganze Woche lang auf der Suche nach möglichen geheimen Standorten von Portae gewesen. Ich weiß nicht, ob die Porta, die ich zu entdecken vermocht habe, jene ist, durch die Ariella entschwunden ist, doch es *ist* jedenfalls eine Porta. Eigentlich wollte ich Euch davon nichts erzählen.«

»Warum nicht?«

»Weil's in diesen Tagen gefahrvoll ist, sich einer Porta zu bedienen. Mir ist der Standort mehrerer Portae bekannt, doch kenne ich nicht ihren nunmehrigen Zustand. Vielleicht sind sie unbrauchbar gemacht, vielleicht in Fallen verwandelt worden. Ich wage es nicht, jene zu erproben, die mich noch verwendbar dünken, aus Sorge, womöglich nicht zurückkehren zu können.«

»Wie meint Ihr das, ›in Fallen verwandelt‹, ›nicht zurückkehren zu können‹?«, erkundigte sich Javan verwundert.

Tavis stieß ein Seufzen aus. »Tja, man kann sie betreten und von ihnen versetzt werden, doch danach vermag man den Ort, wohin man gelangt, nicht zu verlassen, man kann nicht einmal dorthin zurückkehren, woher man gekommen ist, bis jemand auf jener anderen Seite dieser unerquicklichen Lage ein Ende bereitet. Auch von anderen Dingen habe ich erzählen hören, die man mit Portae machen kann, sodass der Benutzer … niemals überhaupt irgendwo eintrifft. Niemand weiß, wohin diese unglücklichen Seelen verschwinden.«

»Mag es sein, dass man zu Dhassa so eine Vorkehrung getroffen hat, oder ist's wahrscheinlicher, dass die Porta ganz einfach außer Betrieb gesetzt worden ist?«, wollte Javan nach versonnenem Stillschweigen erfahren.

»In Dhassa? Weshalb fragt Ihr danach?«

»Beantwortet meine Frage«, gab Javan ihm eine ausweichende Erwiderung. »Kann es sein, dass man in Dhassa dergleichen getan hat?«

»Nun, nein, das glaube ich nicht. Keinesfalls diese letzte aller Portae, die noch den Weg in eine Zuflucht bietet. Kein Deryni von einigem Ansehen täte so etwas. Sie ist auch nicht zerstört worden. Doch ich bin mir nahezu sicher, dass dort eine Falle harrt. Wahrscheinlich sind Rhys und die anderen dorthin gegangen, als sie aus dem Dom flohen. Ihr wisst, Dhassa soll demnächst unter Belagerung genommen werden.«

Daraufhin schwieg Javan für ein beträchtliches Weilchen, doch vermochte Tavis des Jünglings schroff erhobene geistige Schilde nicht zu durchdringen und daher nicht zu ersehen, welchen Überlegungen der Prinz sich widmete – jedenfalls nicht, ohne sich durch ungebührliche Zudringlichkeit bemerkbar zu machen. Zu guter

Letzt blickte Javan auf. Die grauen Haldane-Augen schimmerten in gleichsam quecksilberner Kälte und hatten einen zwingenden Ausdruck angenommen.

»Tavis, ich wünsche Dhassa aufzusuchen«, sprach der Prinz leise. »Wollt Ihr mich hinbringen?«

Im ersten Augenblick hätte Tavis beinahe zugestimmt. Da jedoch blinzelte er und schüttelte den Kopf, um den bannhaften Einfluss des Jünglings abzustreifen, und er starrte Javan in höchster Verblüffung an.

»Wie habt Ihr das gemacht?«

»Was gemacht?«

»Was Ihr soeben ... Doch gleichwohl.« Er schöpfte tief Atem und ordnete seine Gedanken. »Warum hegt Ihr die Absicht, nach Dhassa zu gehen? Habe ich Euch nicht vorhin erläutert, wie gefährlich so etwas ist? Seid Ihr Euch überhaupt darüber im Klaren, was für ein Ansinnen Ihr da vortragt?«

»Ich weiß sehr wohl und ganz genau, um was ich Euch ersuche.«

»Aber ... Javan, Ihr seid weitaus mehr als irgendein gemeiner Mensch, weiß Gott, aber Ihr seid kein Deryni! Um des Himmels willen, Ihr seid noch nie durch eine in ganz herkömmlichem Gebrauch befindliche Porta gegangen. *Wenn* man in Dhassa eine Falle gestellt hat, müssten wir an der dortigen Porta möglicherweise lange Zeit warten und das Ausharren könnte sich recht unangenehm gestalten.«

»Wir werden nicht lange warten müssen«, widersprach Javan zuversichtlich. »Angesichts der gegebenen Umstände dürfte der Porta Standort unter ständiger Bewachung stehen. Äußert Euch näher über diese angeblichen Unannehmlichkeiten.«

Was das Warten anbetraf, so konnte Tavis den Darlegungen des Prinzen schwerlich einleuchtende Einwände entgegenhalten. Grimmig zermarterte er sich das Hirn nach einer Beschreibung, die Javan trotz dessen begrenzten Erfahrungsschatzes etwas besagen mochte.

»Entsinnt Ihr Euch noch daran, wie Euch in jener Nacht zumute war, als ich Euch eine Erkrankung verursacht hatte? Ich spreche vom geistigen Unwohlsein, nicht der leiblichen Erkrankung, obschon auch körperliche Begleiterscheinungen auftreten könnten.«

Javan erschauderte ein wenig. »Ja.«

»Na, und es möchte womöglich weit schlimmer als damals werden, das hängt vollauf davon ab, welche Vorsichtsmaßnahmen man getroffen hat. Außerdem ... zu welchem Zweck möchtet Ihr nach Dhassa?«

Javan verklammerte seine Hände ineinander und senkte den Blick, um sie andächtig zu betrachten. »Vor allem anderen verspüre ich das dringliche Bedürfnis, Bischof Alister um Vergebung zu bitten«, antwortete er mit leiser Stimme. »Ich glaube, wir sind, was ihn angeht, einem schwer wiegenden Irrtum verfallen. Ich möchte, dass er sieht, wir begreifen nun, was er, Rhys und Joram sowie all die anderen die ganze Zeit hindurch zu erreichen versucht haben. Und ich will mich davon überzeugen, dass Rhys wohlauf ist. Seit Ihr mir von seinem Sturz im Dom berichtet habt, plagt mich in Bezug auf ihn ein Gefühl des ärgsten Unbehagens.«

»Verstehe.« Tavis schabte sich in unbewusster Gebärde des Missmuts an seinem Armstumpf. »Javan, Euren Empfindungen gehört wirklich und wahrhaftig mein volles Verständnis und auch ich wäre allzu gerne beruhigt, was Rhys angeht, aber Euer Vorhaben *ist* gefährlich. Man könnte uns schon hier in der Burg an irgendeiner beliebigen Ecke anhalten, wir kennen nicht den Zustand der Porta und selbst wenn wir hingelangen, wohin wir wollen – *falls* wir hingelangen –, so ... na ja, nach dem, was wir mit Rhys angestellt haben, dürften wir nicht besonders herzlich willkommen sein.«

»Dessen bin ich mir wohl bewusst, doch ist's zu spät, um es ungeschehen zu machen. Das ist nur ein weiterer Grund, aus dem's mich wichtig dünkt, Dhassa einen Besuch abzustatten.«

»Ich könnte allein gehen«, schlug Tavis vor. »Wahrscheinlich ist meine Besorgnis bezüglich der Falle ohnehin übertrieben. Eine zu bedrohliche Falle zu stellen kann man sich vermutlich nicht erlauben, denn leicht könnte einer der ihren, der irgendwo die Flucht ergreifen muss, davon betroffen werden. Schlimmstenfalls können sie mich gefangen nehmen, und das wäre mir durchaus lieber, als Gefangener der Regenten zu sein. Ihr aber solltet Euch nicht unnötig ...«

»Nein!«, fiel Javan ihm heftig in die Rede. »Ich schicke Euch nirgendwohin, dahin ich nicht selbst zu gehen bereit bin! So etwas können Prinzen schlichtweg nicht tun! Ich will nach Dhassa, Tavis. Und sollte der Erzbischof uns um Rhys' willen zürnen, so werde ich wohl oder übel seinen Zorn zu ertragen haben. Aber er muss wissen, dass wir nun auf seiner Seite stehen und dass wir nie getan hätten, was wir Rhys zugefügt haben, wären wir uns im Klaren gewesen über all diese verschiedenen Ebenen der Auseinandersetzung mit einem gemeinsamen Widersacher.« Voller Schicksalsergebenheit seufzte er auf. »Und wenn man mich nicht wissen lassen will, was in der Nacht von meines Vaters Tod geschah ... na, dann werde ich halt abwarten müssen, bis es an der Zeit ist.«

»Es mag wohl sein, dass Ihr nicht mehr lange zu warten braucht«, wagte Tavis anzudeuten. »Womöglich sind wir, Ihr und ich, da wir uns nun im Wesentlichen erholt haben, dazu imstande, es doch noch ganz allein herauszufinden. Ihr habt ein Recht darauf, es zu erfahren.«

Javan schüttelte das Haupt. »Vielleicht nicht. Doch jedenfalls ist das nicht die Sache, um die's sich hier

Javan schüttelte das Haupt. »Vielleicht nicht. Doch jedenfalls ist das nicht die Sache, um die's sich hier dreht. Ich will nach Dhassa, Tavis. Jetzt. In dieser Nacht. Werdet Ihr mich hingeleiten?«

28

Für einen tapferen Streiter schickt es sich, verwundet zu werden und doch zu siegen.

Polycarp 1,14

Um einer Stunde Hälfte später hatten Tavis und Javan Vorsorge getroffen, um ihre Abwesenheit, so gut es sich einrichten ließ, zu tarnen, wichen mehreren Wächtern und Schildwachen aus, schlichen sich innerhalb der Mauern durch einen Gang und stiegen unter des Königs Burgfried eine Treppe hinab. Sie folgten der Biegung eines weiteren Ganges und betraten, was auf den ersten Blick wirkte wie ein ganz und gar alltäglicher Kleiderschrank – nur besaß er innen einen Steinboden. Javan begann zu zittern, als Tavis vorm Einstieg verharrte, doch als Tavis winkte, begab er sich kühn ohne weiteres hinein.

»Seid Ihr Euch fürwahr sicher, dass es sich hierbei um eine Porta handelt?«, flüsterte er ungläubig, als Tavis die Fackel nahm und ihn tiefer in die stickige Enge drängte.

»Nun, zweifelsfrei ist sie weniger fein als jene im Dom, aber es ist eine Porta, ja. Ich werde jetzt das Licht löschen. Regt Euch nicht.« Das obere Ende der Fackel glomm noch für ein kurzes Weilchen nach, während Tavis sich straffte und hinterrücks seinen rechten Arm um Javans Nacken schlang, die Hand sachte auf des Prinzen Halsansatz senkte. Den linken Unterarm legte er so auf Javans andere Schulter, dass das Handgelenk des Jünglings Hals seitlich berührte. Javan krampfte sich unterdessen ein wenig zusammen, sich dessen bewusst, dass dies etwas anderes war als die Anwendungen, deren sie sich bisher mit der Heiler-Magie befleißigt hatten.

»Nun bedenkt all das, was ich Euch über die Notwendigkeit erklärt habe, gänzlich entspannt und fügsam zu sein, sodass ich Euch mitziehen kann«, wisperte Tavis, die Lippen dicht neben Javans Ohr. »Nehmt ein paar tiefe, geruhsame Atemzüge, lasst den Atem langsam wieder entweichen, ganz so, wie wir stets bei den Heilungen verfahren sind. Eröffnet mir Euren Geist, lasst einfach alles geschehen. Kommt, kommt, Ihr könnt's doch weit besser als so.«

Javan gab sich alle Mühe, blieb jedoch dazu außerstande, sich unter den augenblicklichen Verhältnissen auf jene Art und Weise, wie Tavis es ihn gelehrt hatte, zu entspannen. Er griff umher und streifte, um seinem Gemüt ein gewisses Sicherheitsgefühl einzuflößen, mit den Fingerkuppen die Wände, schöpfte dann nochmals gründlich Atem und atmete aus, tat das Gleiche noch einmal; in seiner außerordentlichen Angespanntheit spürte er sogar das sehr behutsame Tasten von Tavis' Bewusstsein, das an seine Geistesschilde rührte. Doch allem Anschein nach war es ihm gegenwärtig völlig unmöglich, Entspannung zu erlangen.

»Tavis, ich glaube, ich kann's nicht schaffen«, flüsterte er und schüttelte andeutungsweise das Haupt. »Vielleicht habt Ihr Recht. Womöglich solltet Ihr in der Tat ohne mich gehen. Ich werde hier auf Euch warten. Ich gebe keinen Laut von mir, das verspreche ich Euch.«

»Nein, so können wir unmöglich verfahren«, widersprach geflüstert Tavis, dessen Tonfall unendliche Geduld zum Ausdruck brachte. »Lasst es uns auf andere Weise versuchen. Widerstrebt nicht, nehmt's einfach hin. Ich bin stärker als Ihr und Ihr könntet Euch nicht widersetzen, selbst wenn Euch daran läge – und das ist ja nicht der Fall.« Derweil er sprach, schob er seine Hand in Javans Nacken und begann auf dessen beide Seiten Druck auszuüben, sachte und doch spürbar, dann stärker, als Javan begriff, was er beabsichtigte, und sich noch schlimmer als zuvor verkrampfte. »Entspannt Euch!«, gebot Tavis. »Es beansprucht nur einen flüchtigen Augenblick, Euch mit durch die Porta zu nehmen. Ihr werdet nicht länger als für ein paar Herzschläge ohne Besinnung sein. Glaubt mir, bei diesem Vorgehen wird's für uns leichter.«

Javan konnte zwar noch atmen, aber selbst inmitten der vollkommenen Finsternis des schrankartigen Verschlags merkte er, während er unter Tavis' Fingern das Blut pulsen fühlte, wie ihm die Sicht verschwamm. Er zwang sich zu beherrschtem Ausatmen und ließ seine Arme locker seitlich herabfallen, lehnte sich an Tavis und von sich aus zusätzlich in den von des Heilers Hand vorgenommenen Druck, um den Ablauf zu beschleunigen, obwohl all seine menschlichen Empfindungen sich dagegen auflehnten. Binnen eines Augenblickchens löste eine noch allumfassendere, tiefere Finsternis die Dunkelheit im Innern des Verschlags ab, doch erwies sie sich gleichsam lediglich als Vorspiel zu einem Schwindelgefühl und dem Eindruck des Fallens, welche den Magen in merkliche Unruhe brachten. Javan spürte noch, ehe ihm die Sinne schwanden, dass Tavis' Arme ihn stützten.

In Dhassa warf Camber hastig einen von Joram gehaltenen Hausmantel über und folgte sodann ihm und Niallan durch eine Reihe von Korridoren zur Kapelle. Dort traf er Jebedias und eine Hand voll ausgewählter derynischer Wachen aus Niallans Gefolge an; sie umringten einen Schimmer purpurnen Lichts, das den Standort der Porta Itineris in selbiger Seitenkapelle umgab. Innerhalb des Schimmerns erkannte Camber gerade noch die Gestalten von Tavis O'Neill und Prinz Javan. Sowohl der Heiler wie auch der Prinz wirkten recht eingeschüchtert und beunruhigt und anscheinend wuchs ihr Unbehagen noch, als sie Alister Cullen kommen sahen, doch da sie am Standort der Porta gefangen waren, konnten sie der Begegnung nicht ausweichen. Aus irgendeinem Grund waren am heutigen Abend beide ganz in Schwarz gekleidet.

Camber gab Niallan ein Zeichen, ließ ihn die Falle beseitigen und die Wachen fortschicken. Ein vernehmliches Aufseufzen der Erleichterung entfuhr Tavis, als rings um ihn das purpurne Flimmern erlosch; er wartete, bis die Wachen gegangen und die Pforte von außen geschlossen hatten, ehe er vor Camber eine knappe Verbeugung vollführte.

»Meinen Dank, Euer Gnaden. Bevor Ihr mich dafür scheltet, dass ich Seine Hoheit an diese Stätte gebracht habe, gestattet mir den Hinweis, dass der Prinz unerbittlich darauf bestanden hat. Wir sind an Kenntnisse gelangt, von denen wir die Ansicht vertreten, sie Euch mitteilen zu müssen, und dies deuchte uns der günstigste Weg, um Euch zu erreichen. Wo ist Herr Rhys?«

Cambers Haltung versteifte sich bei des Namens Nennung und er spürte, wie sowohl in Joram und Jebedias' Geist die Schwingungen des Schmerzes gewissermaßen nachhallten, sah den unwillkürlich widergespiegelten Gram in Niallans Miene – rasch verhehlt, doch nicht rasch genug. Im Verlauf der vergangenen Woche war Dhassas Bischof ihnen allen stärker ans Herz gewachsen und nun begann er allmählich in mancherlei Hinsicht die von Rhys hinterlassene, schmerzliche Lücke ein wenig zu füllen.

Das Mienenspiel des Bischofs entging weder der Aufmerksamkeit des Prinzen noch jener des Heilers, obwohl sie den Bischof bislang kaum gekannt hatten. Als Tavis aus Überraschung, fast unbeabsichtigt, einen Schritt nach vorn tat, fasste Javan ihn am Arm und folgte.

»Etwas ist nicht in Ordnung, ich hab's geahnt«, flüsterte der Jüngling. »Was ist geschehen?«

»Rhys ist … gestorben«, gab Camber schlicht zur Antwort, nicht dazu imstande, die Schwere dieser Enthüllung irgendwie zu mildern. »Kurz nachdem wir den Dom verlassen hatten, starb er hier, nahezu an der Stelle, wo Ihr nun steht.«

Oh Gott!, machten Javans Lippen stumm.

Voller Unglauben schüttelte Tavis das Haupt. »Aber er *kann* doch nicht tot sein. Das kann nicht sein.« Er wiederholte sich unablässig. »Er kann doch ganz einfach nicht tot sein!«

Javan fuhr herum, wandte sich seinem getreuen Heiler zu; seine Augen glichen tiefen Gruben voller nichts als Schatten, nichts schien von ihnen geblieben zu sein als Netzhäute und Entsetzen und sein Mund bewegte sich eine Zeit lang wortlos, bevor er endlich mit ersticker Stimme zu sprechen vermochte.

»Gott im Himmel, wir haben ihn umgebracht, Tavis! Wir hätten ihm nie und nimmer die Drogen verabreichen dürfen! Durch unsere Schuld hat er sich nicht heilen können und ist *gestorben.*«

Camber konnte nicht verhindern, dass man ihm gewisse Anzeichen der Zustimmung ansah, als der Jüngling in Tavis' Arme sank und in höchster Erschütterung zu weinen begann, denn ohne jeglichen Zweifel war es eine Tatsache, dass die Schwächung von Rhys' heilerischen Gaben gewiss die Möglichkeiten, ihm Beistand zu leisten, in entscheidendem Umfang beschnitten hatte. Andererseits allerdings musste man berücksichtigen, dass Rhys angesichts der erlittenen schweren Verletzung seines Schädels niemals dazu in der Lage gewesen wäre, sich selber zu heilen, *wäre* er auch im Vollbesitz seiner sämtlichen Kräfte gewesen. Niemand hier in diesem Raum trug Schuld an seinem Sturz – es war ein furchtbarer, sinnloser, von Tragik gekennzeichneter Unfall gewesen.

Genau dies setzte Camber den beiden Besuchern auseinander und äußerte seine Auffassung, dass nur das sofortige Eingreifen eines anderen Heilers Rhys möglicherweise noch hätte retten können; daraufhin begann Tavis sich jedoch mit Vorwürfen zu behäufen, weil er, trotzdem er Rhys fallen sah, die Flucht aus dem Dom ergriffen hatte, zu Javan zurückgekehrt war, während er möglicherweise dazu fähig gewesen wäre, Rhys' Leben zu bewahren.

Jebedias machte ihn darauf aufmerksam, dass er, als er floh, um weiter dem Prinzen von Nutzen zu sein, die Schwere von Rhys' Verletzung nicht gekannt hatte, dass von ihm nur Rhys' eigener Wille befolgt worden war, dem er – Jebedias – zudem mit dem Schwert Nachdruck verliehen hatte. Allem Anschein nach ließ Tavis sich von dieser Klarstellung im Großen und Ganzen überzeugen.

Camber sprach wenig während dieses Wortwechsels, denn er konnte nicht vermeiden, dass ein gefühlsmäßiger Teil seines Ichs an dem Glauben festhielt, Rhys hätte vielleicht mit dem Leben davonkommen können, hätte Tavis ihm keine Drogen verabreicht und danach im Stich gelassen; doch er erlegte sich den Zwang auf, diese letzten Anwandlungen von Abneigung und Widerwillen zu missachten. Rhys hatte mit dem Heiler und seinem Prinzen seinen Frieden geschlossen gehabt. Das war von Camber in jenem flüchtigen Weilchen, als Rhys im Dom zu seinen Füßen kniete und ihm auf geistiger Ebene alles übermittelte, was es mitzuteilen galt, ihm in innig vertrauter, schwallhafter Geistesverständigung – der letzten zwischen ihnen, wie sich dann erweisen sollte – alle Furcht und auch anschließende Erleichterung der vorangegangenen Nacht zur Kenntnis gab, unzweideutig ersehen worden. Zumindest in dieser Beziehung war Rhys' Tod also nicht vergeblich gewesen; denn nicht nur hatte er sie gerade noch rechtzeitig warnen können, durch seine Vermittlung hatten sie zudem zwei neue, unerhört wichtige Verbündete gewonnen: Tavis O'Neill, einen Heiler mit noch entwicklungsfähigen Gaben, wie es den Anschein besaß, denn während der letzten Stunden vor Rhys' Hinscheiden war es ihm noch gelungen, Rhys' neuartige heilerische Anwendung zu meistern, und einen in bemerkenswertem Maße begabten Sohn Cinhils.

Im Anschluss daran unterhielten sie sich kurz mit Javan, verliehen ihrer Auffassung, dass sie, wenngleich Alroy unbestreitbar der König war, letztendliche Hilfe und eine Rückkehr zu friedlichen Zuständen, in welchen Deryni und Menschen ohne Hass miteinander leben durften, nur von ihm erwarteten. Sie wüssten sehr wohl, hoben sie hervor, dass er nie einen Verrat an seinem Bruder begehen würde, und das sei es auch keineswegs, was sie sich von ihm vorstellten – ja, dergleichen käme ihnen nicht einmal im Traum in den Sinn –, doch müsse er nach ihrer Meinung bereit sein, wenn für ihn der Zeitpunkt kommen sollte, an seines Bruders Stelle zu treten. Nein, selbstverständlich solle dem kränklichen Alroy nichts geschehen, aber er sei andererseits nicht tauglich zum Herrschen, weil er sich so vollauf in der Hand der Regenten befand, daran wäre auch nicht zu rütteln, wäre er körperlich ganz und gar in glanzvollster Verfassung.

Sobald sie die Überzeugung gewonnen hatten, richtig von ihm verstanden worden zu sein, fielen sie vorm Altar vor ihm auf die Knie und versicherten ihn ihres treuen Rückhalts; die vollen Ehren erwiesen sie ihm nicht, denn die blieben einem König vorbehalten, doch nichtsdestoweniger verpflichteten sie sich ihm persönlich. Javan dankte ernst und feierlich und betrug sich von da an wortkarg, doch hatte die Stimmung sich nach der Aussprache merklich gelockert. Die hauptsächliche Angelegenheit, welche noch geklärt werden musste, betraf Tavis.

»Ich wüsste nunmehr gerne von Euch, ob Ihr Euch über das, was Ihr von Rhys in Erfahrung gebracht habt, mittlerweile weiter gehende Gedanken gemacht habt«, wandte sich Camber in Erwägung dessen ohne weitere Umschweife an ihn.

Des Heilers Haltung erstarrte in gewissem Trotz. »Worauf sprecht Ihr an, Euer Gnaden?«

»Diese neuartige heilerische Verrichtung«, versetzte Camber zur Antwort, mied also jene andere, weit magischere Sache, von welcher er wusste, dass eigentlich sie es war, über die sowohl Javan wie auch Tavis in Wahrheit Rede zu führen wünschten. »Ich weiß von Rhys, dass Ihr sie erlernt habt. Wenn das wahr ist, könnt Ihr uns eine viel wertvollere Hilfe zuteil werden lassen, als Ihr jetzt noch vermeint.«

Tavis' Miene, ohnehin schon sichtlich voller Zurückhaltung, verwandelte sich nunmehr nachgerade in eine Maske. »Es stimmt.« Er zauderte, ehe er weitersprach. »Doch ich wüsste nicht«, fügte er hinzu, »inwiefern ich hilfreich sein könnte. Es sind ja keine Deryni, die unsere Feinde sind – mit Ausnahme einiger weniger.« Mit dem Kinn deutete er auf den leeren Saum seines Ärmels. »Dies jedenfalls ist nicht von Freunden getan worden.«

»Das stimmt ebenso«, gab Camber ihm Recht. »Doch ich schlage vor, Ihr zeigt nun, was Ihr in Bezug auf besagte Anwendung vermögt. Danach will ich Euch darüber Aufschluss liefern, wozu es von Nutzen sein kann.«

Tavis zuckte mit den Schultern und wirkte ein wenig entkrampfter. »Nun wohl, es sei.« Er schaute die anderen drei Männer an, dann von neuem Camber. »An wem wünscht Ihr die Vorführung vollzogen zu sehen?«

»Wie wär's mit Bischof Niallan?«, meinte Camber gedämpft, in geringfügigem Umfang von Bedenken beunruhigt, da er eine derartige Probe von Tavis' Können forderte, während sie sich des Heilers noch keineswegs sicher sein durften, aber er musste sich irgendwie Gewissheit verschaffen. Er nahm nicht an, dass Tavis seine Fähigkeit als Waffe wider sie verwenden würde – an Rhys hatte er sich ihrer lediglich bedient, um eine unerwünschte Entdeckung zu verhindern –, aber wenn ihm doch der Sinn danach stehen sollte, dann war es ratsamer, fand Camber, das jetzt festzustellen.

Tavis wusste allerdings nicht, dass die Porta hinter seinem Rücken gegenwärtig noch jede Flucht ausschloss, und ebenso wenig, dass die gesamte Kapelle außen abgeschirmt war durch eine magische Trutzwehr. Und ferner war es unmöglich, die derynischen Wachen, die gleichfalls draußen harrten, zu überwältigen und sie zur Aufhebung der Magie-Wehr zu zwingen. Allein Niallans geistiger Befehl vermochte die Abschirmung zu beseitigen – und das hier, Tavis musste Niallan die derynischen Geisteskräfte auf jeden Fall wiedergeben.

Doch das waren nur beiläufige Überlegungen, denen Camber kaum eines flüchtigen Augenblickes Dauer gewährte. Als der Heiler seinen Blick auf den anderen Bischof heftete, spürte Camber, dass Tavis versuchte offen zu sein, dass er viel lieber von diesen Spiegelfechtereien Abstand genommen hätte, es jedoch vorzog, möglichst viel Vorsicht walten zu lassen, genauso wie alle anderen Anwesenden. Niallan lächelte leicht verzerrt und trat wacker vor, ließ die beiden übrigen Männer im Hintergrund stehen, und Tavis musterte abermals Camber. »Keine Tücken?«, fragte er nach.

Camber schüttelte das Haupt. »Die gleiche Frage könnte ich wohl an Euch richten, aber mich dünkt, wir sind an einem Punkt angelangt, da wir wohl oder übel einander Vertrauen entgegenbringen müssen. Ich habe Euch gebeten ein Beispiel Eures Könnens an Niallan zu geben, weil er mit dieser Sache noch keinerlei Erfahrungen besitzt. Würdet Ihr lieber einen anderen heranziehen?«

Ruhelos krümmte und streckte Tavis die Finger, dachte nach, schaute Javan um Ratschlag an, schüttelte dann schließlich das Haupt und trat näher zu Niallan.

»Ich habe die bewusste Verrichtung bislang nur einmal angewendet«, sprach er mit gedämpfter Stimme, hob beide Arme zu Niallans Haupt, ließ aber plötzlich den linken Arm, als brächte das Fehlen der Hand ihn in Verlegenheit, wieder sinken. »Und der Betroffene stand zudem unterm Einfluss von Drogen. Ich werde mich bemühen, Euch kein Unwohlsein zu verursachen.«

»Nur zu«, erwiderte Niallan unterdrückt, äußerlich vollauf gefasst, doch vermochte er, als Tavis' Hand seine Stirn anrührte, nicht zu verhindern, dass er zusammenzuckte.

Das bloße Auge konnte keinerlei irgendwie geartete Vorgänge beobachten, doch urplötzlich keuchte Niallan auf und schrak um einen Schritt zurück, er blinzelte entsetzt und aus Benommenheit schwankte er ein wenig, sodass Joram und Jebedias eilends herbeisprangen und ihn unter den Ellbogen stützten.

»Herrgott, er hat's getan!« Mehr war Niallan in seiner vollkommenen Entgeisterung nicht zu raunen imstande, als Tavis zurücktrat und wartete, sichtlich von Missbehagen geplagt, und Camber die zwei anderen Männer anblickte.

Fort?, dachte er, an Joram und Jebedias gerichtet.

Joram nickte kaum merklich. *So tadellos, wie man es sich nur wünschen kann.*

»Prächtig«, sprach Camber laut. »Und nun, ich bitte Euch, hebt die Blockierung wieder auf, Tavis.«

»Nun wohl.«

Tavis trat erneut vor Niallan und berührte, diesmal entschieden mehr Gelassenheit in seiner Miene, dessen Stirn. Nur einmal hatte Camber mit den Wimpern gezuckt, da waren Niallans Deryni-Kräfte bereits wiederhergestellt. Des anderen Bischofs breites Lächeln der Erleichterung war alles, was Camber an Bestätigung brauchte.

Damit blieb lediglich noch die Frage zu klären, ob sie Tavis auch im Hinblick auf Dinge Vertrauen schenken konnten, über welche sie selbst nicht Bescheid wussten. Sie sprachen mit ihm; und derweil Tavis berichtete, welche Beobachtungen er im Laufe der just verstrichenen Woche hinsichtlich der Regenten und Bischöfe gemacht hatte, erregte er einen durchaus aufrichtigen Eindruck, wirkte aber gleichzeitig überaus beklommen – weit mehr, als zu sein er eigentlich Veranlassung besaß.

Dieser Umstand wiederum versetzte Camber in Argwohn, denn zunächst befürchtete er, hinter Tavis' Beklommenheit könne sich irgendeine insgeheime Täuschung verbergen. Während der weiteren Unterhaltung tastete er daher mit seinen Deryni-Sinnen auf die allervorsichtigste und feinfühligste Art und Weise nach Tavis' Geist, um nach Möglichkeit zu ermitteln, was da wohl vorliegen mochte. Zu guter Letzt fand er heraus, dass die Befangenheit, welche er dem Heiler anmerkte, auf etwas anderem beruhte: Tavis hatte stets, auch vor seiner Verstümmelung, im seelischen Bereich Abstand von anderen Deryni gehalten und nun befleißigte er sich unbeholfener Versuche, mit seinem derynischen Wahrnehmungsvermögen geistige Brücken zu schlagen.

Verwundert und erleichtert bemühte sich Camber weiterhin um Geduld, versuchte Tavis zu ermutigen, ihn Fortschritte machen zu lassen, so schnell dem Heiler selbst es behagte, da er nun wusste, was in dem jungen Manne vorging. Während eines geeigneten Abklingens der Unterhaltung sorgte er dafür, dass die drei anderen Deryni Javan zur Seite und mit sich ans jenseitige Ende der Kapelle nahmen, vorgeblich, damit Jebedias ihn über einige Fragen der Kriegskunst aufklären könne, in Wahrheit jedoch, um Camber und Tavis zumindest einen gewissen Anschein von Absonderung zu gewähren. Tavis war unverändert verlegen und voller Unbehagen, erregte jedoch den Eindruck, über das Abseitswandern der übrigen Anwesenden recht froh zu sein.

»Ihr wisst, dass es noch um etwas anderes geht, nicht wahr, Euer Gnaden?« Mit merklicher Peinlichkeit verschränkte der Heiler die Arme auf dem Brustkorb, sodass man den leeren Ärmelsaum nicht länger sah. »Ich weiß nicht, wie ich Euch darauf ansprechen könnte ... Nein, ich meine, es liegt mir nicht so sehr an Fragen, ich wollte Euch vielmehr anbieten ... Verdammnis, ich habe keine Ahnung, was ich eigentlich reden will ...!«

»Warum macht Ihr nicht einen Anfang, indem Ihr mich ganz schlicht ›Alister‹ nennt?«, schlug Camber nachsichtig vor. »Manchmal sind Titel, so lautet meine Meinung, nur ein Hemmnis, wenn man einem Freund etwas mitzuteilen wünscht.«

»Aber Ihr seid ein Erzbischof ...«, begann Tavis.

»Nein, schweigt still davon, Ihr selbst habt mir berichtet, dass in dieser Kapelle keine Bischöfe mehr zu finden seien«, unterbrach Camber ihn mit einem Lächeln. »Die Synode habe es zu Ramos so beschlossen. Doch hier sind, ungeachtet aller Worte des neuen Erzbischofs, nichtsdestotrotz *Priester.* Wenn's Euch einen Beistand bedeutet, so lasst mich Euch dessen versichern, dass alles, was Ihr mir mitzuteilen gedenkt, mit der allerstrengsten Vertraulichkeit behandelt werden wird – so's Euer Wunsch ist, sogar unter des Beichtgeheimnisses Schweigepflicht.«

Tavis zupfte mit Daumen und Zeigefinger an einer Falte seines Ärmels. »Das ist's nicht. Was dergleichen betrifft, so traue ich Euch vollständig.«

»Aber nicht, was andere Angelegenheiten anbetrifft?«, meinte Camber gutmütig. »Auch in diesem Falle habe ich für Euch volles Verständnis. Derlei braucht durchaus seine Zeit.«

»Nein, ich glaube, ich vertraue Euch auch in anderer Beziehung.« Tavis hob den Blick und schaute Camber offen an. »Ich habe mich in Euch getäuscht – in Euch und allen anderen. Javan ist's ebenso ergangen. Rhys hat nicht gelogen, als er sagte, wir stünden auf ein und derselben Seite wider einen gemeinsamen Gegner, doch ich wollte ihm nicht glauben, bis es dann fast zu spät war … und für Rhys selbst war es *tatsächlich* zu spät.« Er schwieg für eines Herzschlags Dauer, schluckte beschwerlich und sammelte, bevor er weitersprach, neuen Mut. »Bei Gott, ich habe für meinen Hochmut und all mein kleinliches Misstrauen schwer gebüßt und andere haben mit mir büßen müssen, aber ich wähne, nunmehr kann ich fürwahr Unterstützung leisten, statt ein Hemmschuh zu sein. Ich *möchte* helfen – ich weiß nur nicht, *wie* … Alister …«

Langsam, wie um die im Wachsen begriffene geistige Einmütigkeit nicht durch Hast zu gefährden, löste sich Camber vom Altargeländer und tat einen gemächlichen Schritt auf Tavis zu, dann noch einen, bis nur noch eine Armlänge ihn von Tavis trennte. Tavis blieb, wo er stand, furchtsam und gleichzeitig erwartungsvoll, doch jedenfalls harrte er aus. Allem Anschein nach sah der Heiler ab, was als Nächstes bevorstand, vermochte sich aber nicht dahingehend zu überwinden, es selber einzuleiten.

Mit wohl überlegt bedächtigem Zwinkern minderte Camber vorsätzlich die in Anbahnung befindliche geistige Verbindung – und verringerte dadurch auch die Spannung, die zwischen ihnen herrschte –, indem der Abklatsch eines Lächelns ihm die Lippen verzog.

»Ich befürchte, bedauerlicherweise seid Ihr ein wenig im Nachteil, Tavis. Wir Michaeliten werden in sämtlichen alten Ritualen unterwiesen, den *formulae* zum Zustandebringen von Geistesverbindungen, so wie die Gabrieliten, und infolgedessen unterstellen wir bisweilen irrtümlich, auch alle übrigen gelehrten Deryni müssten darin bewandert sein. Aber Ihr seid nicht bei den Gabrieliten zum Heiler herangebildet worden, stimmt's? Und ganz gewiss nicht von den Michaeliten.« Leicht einfältig schüttelte Tavis das Haupt. »Bei den Varnariten?«

»Ja.«

»Aha, das erklärt vielerlei. Sie pflegen mehr zweckbestimmt als unter Gesichtspunkten der Weltweisheit an diese Dinge zu gehen.« In Tavis' Miene begann sich eine gewisse Abwehrhaltung abzuzeichnen. »Eine annehmbare Arbeitsweise, was die Kunst des Heilens anbelangt«, ergänzte Camber sofort, als er den Gesichtsausdruck sah, »doch werden dabei allzu häufig etliche der feinsinnigeren Möglichkeiten missachtet, die in Augenblicken wie diesen recht nutzreich sein können. Wollen sehen ... Ihr dürftet die herkömmlichen geistesheilerischen Annäherungsweisen erlernt haben, nicht jedoch die fortgeschrittenen, höheren Stufen der geistigen Verschmelzung. Habe ich Recht? Ihr seht, nach all den Jahren des Zusammenwirkens mit Rhys kenne ich mich mit den Begriffen des Heilertums einigermaßen aus.« Tavis nickte andeutungsweise und Camber tat desgleichen. »So habe ich's mir gedacht. Geduldet Euch einen Augenblick lang, ja?« Ohne Tavis' Zustimmung abzuwarten, wandte sich Camber um, begab sich hinter das Altargeländer und bekundete dem Altar die Ehre, bevor er hinging und an der Seite eine der kleineren Kerzen aus dem Halter entfernte. Auf dem Rückweg zu Tavis warf er Joram einen raschen Blick zu und wies ihn wortlos an, mit den anderen noch fernzubleiben, bis er das Gegenteil mitteile. Dann trat er von neuem vor Tavis, hielt die unangezündete Kerze in der Linken, während er erneut in Tavis' Augen schaute. »Ich möchte Euch sehr gern eine Übung zeigen, welche viele Deryni-Kinder bereits im frühesten Alter erlernen«, sprach er gedämpft. »Joram und Jebedias haben sie von ihren Vätern gelernt und ich nehme an, dass auch Niallan sie von seinem Erzeuger erlernt hat. Ich dagegen habe sie erst lernen dürfen, als ich Novize war bei den Michaeliten. Doch kommt's, will ich meinen, auf die Erkenntnis an, dass es niemals zu spät ist, um noch etwas mehr zu lernen. Diese Übung lässt sich, das mag sein, unter die Künste der Magie einreihen, aber es ist, wähne ich, allerhöchste Zeit, dass Ihr erseht, eine Bezeichnung ist ganz und gar nichts, vor dem man irgendwie Furcht zu hegen bräuchte.« Er streckte Tavis die Kerze entgegen. »Legt Eure Hand so auf meinige, dass wir beide die Kerze halten.« Zunächst zauderte Tavis, aber dann kam er der Aufforderung nach. Seine Finger waren eiskalt, doch Camber regte sich nicht im Geringsten; er wartete ruhig noch ein kurzes Weilchen ab, bis Tavis ein paarmal tief Atem geholt und sich zuletzt mehr oder weniger gefasst hatte. »Wohlgetan«, merkte Camber nach einiger weiterer Atemzüge Dauer leise an. »Beachtet nunmehr, dass Ihr und sonst niemand es seid, der dieses Werk vollzieht. Eure Hand liegt auf meiner Hand, folglich veranlasse ich Euch zu nichts. Solltet Ihr Euch im Weiteren irgendwann zu fürchten anfangen oder das Gefühl haben, nicht ertragen zu können, was wir gemeinsam verrichten, so hegt keinerlei Bedenken dagegen, in dem Umfang wieder auf geistigen Abstand zu gehen, den Ihr als angemessen erachtet. Ich werde deshalb keineswegs gekränkt sein. Aus einigen Eurer Verhaltensweisen glaube ich zu entnehmen, dass Ihr in der Vergangenheit einen argen Schmerz habt erdulden müssen, und ich wünsche, das weiß Gott, Euch keinesfalls neuen Schmerz dieser Art zuzufügen.«

Tavis schluckte. »Woher wisst Ihr das?«

»Habe ich womöglich trefflich geraten?« Camber

lächelte. »Ihr habt *fürwahr* Schmerz erlitten, nicht wahr? Vielleicht während Eurer Ausbildung zum Heiler?«

»Ja. Ich war ...«

»Es ist nicht nötig, dass wir nun davon reden«, sprach Camber mit leiser Stimme und knappem Kopfschütteln, den Tonfall von besänftigender, nahezu einschläfernder Wirkung, und gleichzeitig erhob er die rechte in die gleiche Höhe wie seine linke Hand, hielt sie Tavis mit ausgestreckter Handfläche hin. »Wir werden ganz einfach den Versuch machen, uns an dieser Hemmung vorüberzuschleichen«, fügte er hinzu, als Tavis' anderer Arm ungemein langsam die gleiche Bewegung zu vollführen begann – doch dass der Heiler sich dessen überhaupt bewusst war, daran zweifelte Camber. »Seither habt Ihr noch mehr Leid erduldet, stimmt's? Und diesen Verlust habt Ihr nicht zu verwinden vermocht, richtig?« Tavis machte Anstalten zum Zurückweichen. »Nicht, bleibt!«, ergänzte Camber in scharfem Ton, jedoch ohne seiner Stimme Lautstärke zu steigern. Tavis war soeben erneut auf die Handlosigkeit seines Armes aufmerksam geworden und hatte ihn in äußerster Verlegenheit wieder verborgen.

»Nein, ich kann keine ...«

»Vollzieht die Berührung«, befahl Camber leise und musterte unverhohlen den Arm, welcher nunmehr zitterte, während Tavis ihn an seinen Busen drückte. Mittlerweile war Tavis der Schweiß ausgebrochen, obwohl es um diese Stunde recht kühl war in der Kapelle. Des Heilers Hand, die gemeinsam mit Cambers Faust – über ihr – die unentzündete Kerze hielt, umklammerte dieselbe mit der Festigkeit einer Schraubzwinge. »Nur zu, Tavis, vollzieht die Berührung«, wiederholte Camber sanftmütig. »Wähnt Ihr denn, ich könne Abscheu empfinden? Vermeint Ihr, die Schönheit einer Seele könne durch den Verlust einer Hand beeinträchtigt werden? Bedenkt das, was Ihr selbst ohne sie noch alles zu vollbringen vermögt, Tavis. Wahrlich, Ihr seid mit einer Hand und einem Armstumpf Dinge zu tun imstande, die andere Männer nicht mit zwei unversehrten Händen und allen Heerscharen des Reiches leisten können!«

Er spürte, dass sich Tavis bei der Nennung des Wortes »Armstumpf« zusammenkrampfte. Er bedauerte das, aber kein Leugnen dessen, was war, konnte Verlorenes wiederbringen. Mit dem Verlust musste Tavis sich abfinden. Fast stockte Cambers Atem, während er Tavis unverwandt und immer festeren Blicks in die Augen schaute, sich nahezu verzweifelt wünschte, Tavis möge Nachgiebigkeit zeigen. Jede Hilfe war ihm unmöglich, solange Tavis keine Hilfe haben wollte.

Endlich begann Tavis auf ihn einzugehen. Seine Kiefer pressten noch immer verbissen die Zähne aufeinander, seine Augen blickten eher stier als fest, doch immerhin, er hob verkrampft, reichlich ruckartig, den Arm zu Cambers Hand. Am Rande seines Blickfelds bemerkte Camber die ungeheure Anspannung in den Muskeln von Tavis' Unterarm, wo der Ärmel das handlose Gelenk freigab, aber er wandte nicht den Blick von des Heilers durch kein Wimpernzucken gemildertes Starren.

Die Bewegung schien eine Ewigkeit zu währen, aber zu guter Letzt vollzog Tavis die erforderliche Berührung doch, schob den Armstumpf mit einem Schluchzlaut nachdrücklich in Cambers Handfläche und schloss die Lider. Ein kurzes Weilchen später hatte der Heiler sein Beben größtenteils unterbunden und vermochte wieder den Blick zu heben. Camber betrachtete sein Gegenüber fortgesetzt mit Sanftmütigkeit und vorbehaltlosem Entgegenkommen.

»Ich weiß«, sprach er im Flüsterton. »Es ist sehr schwer gefallen, nicht wahr?«

Er hatte die Finger seiner Rechten in sachter Natürlichkeit um das Ende von Tavis' Handgelenk gelegt, gab ihm Halt, ohne es zu umschließen, und gleichsam wie zum Lohne konnte er nun feststellen, der Heiler hörte gänzlich zu zittern auf. Als Tavis nickte, inzwischen erheblich ruhiger atmete, sich sogar ein wenig zu entspannen anfing, gestattete Camber sich die Andeutung eines Alister-Lächelns. »Fühlt Ihr Euch nun wohler?«

Tavis schluckte und nickte nochmals. »Etwas ermattet, aber längst nicht mehr so bange wie zuvor ... Gott allein mag wissen, wieso. Ich empfinde Spannung, ja ... doch nicht länger diese Zaghaftigkeit.«

»Ausgezeichnet.« Beifällig nickte Camber. »In der Tat gibt's da nämlich gar nichts, wovor Ihr Euch fürchten müsstet. Ihr werdet feststellen, wage ich vorauszusagen, dass diese Art der Geistesverschmelzung sich von jener geistigen Verbindung, welche zur Durchführung heilerischer Anwendungen vonnöten ist, durchaus nicht so stark unterscheidet, abgesehen davon, mag sein, dass es sich bei dem, was wir nun vorhaben, um eine gleichberechtigte, gleichwertige Verbindung handelt, bei der nicht nur einer der Beteiligten den alleinigen Vorrang hat, während der andere – der Kranke – sich lediglich fügt. Die Geistesverschmelzung kann allerdings – gemäß ihrer Natur – auch inniger sein, doch das hängt, wie sich von selbst verstehen dürfte, von den Beteiligten ab.« Er ließ seine buschigen Alister-Brauen emporrutschen. »So, glaubt Ihr, Ihr seid nunmehr ausreichend genug darauf vorbereitet, eine eigentlich für Kindlein zum Einüben gedachte Magie zu erlernen?«

»Ich glaube, ja.«

»Nun wohl. Also lasst uns gemeinsam noch ein paar tiefe Atemzüge tun, dann richtet Eure Aufmerksamkeit nach innen, nicht anders, als wolltet Ihr Euch an eine Heilung begeben. Ja, so ist's recht. Und wenn Ihr Euch bereit fühlt – *falls* Ihr bereit seid, denn freilich, es gibt auch Leute, die sind's nie –, so schließt, um Eure Einwärtsgekehrtheit zu vertiefen, getrost die Augen. Es kommt mir darauf an, das geistige Band langsam entstehen zu lassen, nach und nach, sodass jede neue kleine Verknüpfung, die sich dabei im seelischen Bereich ergibt, von Euch mit der Euren Bedürfnissen gemäßen Schnelligkeit aufgenommen und begutachtet werden kann, und ebenso sollt Ihr die Tiefe unseres Aufeinandereingehens bestimmen, wenngleich ohne irgendein Eingreifen Eurerseits – lasst all das einfach geschehen, alles fließen.« Derweil er sprach, sah er, wie des Heilers Lider zu flattern anfingen, wie Tavis' Blick an Eindringlichkeit verlor, allmählich verträumter wirkte, und er begriff, dass Tavis in die übliche Heiler-Trance entschwebte. Bis jetzt verlief alles in makelloser Beherrschung ihrer Deryni-Fähigkeiten. »So ist's hervorragend«, sprach er weiter. »Lasst Euch mit mir dahintreiben, so weit es Euch angenehm ist. Und sobald Ihr Euch in voller Bereitschaft befindet, können wir folgende, ungefähre Magie-Formel gebrauchen: *»Vereint mit mir, mein Freund, Hand und Seele. Und das Licht leuchte, wenn unsere Hände eins sind. Wenn wir eins sind, leuchte in unseren Händen das Licht.«* Er sprach leise und freundlich. »Entscheidend ist daran natürlich die geistige Einstellung. Die Worte als solche haben keine Bedeutung. Ihr Gehalt ist's, was Wichtigkeit hat … Indem unsere Seelen verschmelzen, werden wir an einen Punkt gelangen, da unsere geistige Vereinigung weitgehend genug ist, um eine sinnvolle Tat zu bewerkstelligen – und wenn's so weit ist, dann wird zwischen unseren Händen das Licht aufflammen, als äußeres Anzeichen dessen, dass wir die zu diesem Zweck erforderliche Ebene geistiger Einheit erreicht haben. Und genau so *wird* es geschehen …«

Tavis nickte deutlich, blinzelte sehr bedächtig, während seine Atmung mühelos und regelmäßig ging. Nach einem letzten, schwerfälligen Blinzeln blieben seine Augen geschlossen. Sobald Camber davon überzeugt war, dass er sie nicht wieder aufschlagen würde, schloss er selber die Lider und begann mit äußerster Behutsamkeit durch das Band, das sie aus ihrem Fleisch und Blut zueinander geschlungen hatten, die andere, geistige Verbindung zu suchen.

Fast sofort streifte er Tavis' Geistesschilde; doch zu seiner Erleichterung wichen sie zurück, zwar zunächst nur langsam und mit gewissen Anzeichen von Unsicherheit, dann jedoch mit erhöhter Zuversicht, als erste, noch oberflächliche Schichten von Tavis' Bewusstsein Cambers sanftem Tasten begegneten und es willkommen hießen. Camber befleißigte sich der außerordentlichsten Vorsicht und Rücksichtnahme, sammelte und verbarg seinen gesamten Camber-Teil hinter dem, was von seinem Innenleben er Tavis enthüllen durfte und wollte, begann seinen Alister-Teil vor ihm bloßzulegen, in der Absicht, ganz gemächlich und sachte vorzugehen, um den Heiler durch nichts zu erschrecken

Doch da ließ zu seiner großen Überraschung Tavis alle geistigen Schilde und Hemmungen fallen, in einer plötzlichen, selbstverleugnerischen Aufwallung blinden Vertrauens, von welcher Camber nachgerade schwindelte. Aber ohne Zögern, wie von selbst, folgte Camber auf geistiger Ebene dem Zurückweichen der in gänzlicher Zersetzung begriffenen Geistesschilde, nichtsdestoweniger jedoch auch zum sofortigen Rückzug bereit, sollte Tavis in Panik geraten, und sein Bewusstsein verschmolz in einer atemberaubenden Vermengung von Erinnerungen und Wahrnehmungen mit Tavis' Gedanken.

Ihre Geistesverbindung erwies sich als die tadelloseste, die sich Camber unter den gegenwärtigen Umständen hätte erhoffen können, kam fast jener vor langen Jahren stattgefundenen, ersten geistigen Bekanntschaft mit Jebedias gleich, was die pure Verzückung der rein seelischen Gemeinschaft über die Gemeinsamkeit der Blutsbruderschaft hinaus anbetraf – eine glänzende Leistung selbst bei Anlegung der gestrengsten Maßstäbe. Was Camber schaute, machte ihn benommen, und er war wechselweise von Ehrfurcht gepackt und beängstigt, doch das alles, was er vorfand, war Tavis und die Wirklichkeit; und manche der Einblicke, die er bei dieser Gelegenheit in jenes erfuhr, das sich in Javan entwickelte, verschlug ihm nun in der Tat den Atem.

Die Kerze, welche sie zwischen sich hielten, war unterdessen im ungestümen Schwellen ihrer ersten geistigen Vereinigung aufgeflammt, ganz wie von sich aus; aber derweil die geistige Verschmelzung an Tiefe zunahm, begann Tavis auf seinen Füßen zu schwanken, sodass der stets achtsame Joram kam und die Kerze fortnahm, damit keiner der beiden Männer sich daran verbrenne – denn besagte Kerze war mittlerweile der allerletzte Gegenstand, mit welchem jeder der zwei sich nunmehr im Geiste beschäftigte.

Nur zu gut war es, dass Joram so frühzeitig einschritt, denn wenig später gaben Tavis' Knie nach, dieweil ihm, indem er in immer entlegenere Gefilde des geistigen Reichtums vordrang, die bewusste Beherrschung seiner Muskeln schwand, doch immerhin ging er nicht auch des Bewusstseins verlustig, anders als so mancher, den Camber gekannt und der die Heftigkeit einer solchen seelischen Begegnung nicht zu verkraften vermocht hatte. Camber fing Tavis' Sturz ab und senkte ihn vorsichtig auf den Boden, schaffte es dabei sogar, nichtsdestotrotz das hergestellte geistige Band zu bewahren, ließ sich dann neben Tavis nieder und stieg von neuem in tiefere geistige Ebenen hinab. Javan machte Anstalten, sich zu ihnen zu gesellen, beunruhigt über Tavis' anscheinenden Zusammenbruch, aber Jebedias hielt ihn zurück und versuchte ihm den Vorfall zu erklären, da er sich an seine eigene erste Geistesverbindung mit Camber entsann und nun erriet, was Tavis erlebte. Tavis konnte natürlich, das war Jebedias klar, nicht wissen, dass er es mit Camber zu tun hatte, doch Alister Cullens Seelenstärke allein reichte schon aus, um Tavis zu einer Erfahrung zu verhelfen, die er nie mehr im Leben vergessen mochte.

Camber teilte von seinem inneren Alister-Anteil mit Tavis, was immer er konnte – eingeschlossen seine Beziehungen zu Joram, Jebedias, Rhys und Evaine sowie auch zu Jaffray, Emrys und Queron –, gab ihm die Hintergründe ihres im Verlauf der letzten zwölf Jahre erfolgten Wirkens zur Kenntnis, verriet ihm sogar das Bestehen des Camberischen Rates und weihte ihn in dessen Aufgaben ein, weil sein Gespür ihm sagte, dass Tavis letztendlich selbigem Rat angehören sollte, und auch das teilte er ihm mit. Dagegen verschwieg er seine Teilhabe an den Ereignissen in der Nacht von Cinhils Tod, ebenso selbstverständlich die Tatsache, dass er in Wahrheit Camber war; davon abgesehen jedoch eröffnete er seinen Geist so freimütig, wie seine Priesterwürde es überhaupt gestattete. Nicht einmal den Schmerz, den ihm Rhys' Tod bereitet hatte, hielt er zurück, und zusammen durchlebten sie Schuld und Zerknirschung bis zu deren Abklingen und ihre Trauer verwandelten sie in gemeinsamen Frieden.

Eine Frage mussten sie ausführlicher abhandeln, weil sie eine wesentliche Bedeutung besaß, nachdem Tavis nunmehr allem Anschein zufolge der alleinige Erbe von Rhys' Fähigkeit war, die Deryni-Gaben hinter einer Blockierung zu verstecken, und selbige Frage betraf einen Heiler, der mit Revan zusammenarbeiten konnte. Tavis stellte sich nicht gerade mit Überschwang dafür zur Verfügung, dieweil er sich hin und her gerissen fühlte zwischen seiner Treue zu Javan – die ja zudem einherging mit der tatsächlich vorhandenen Notwendigkeit, dem Prinzen Beistand zu bieten, solange es nur machbar war – und der Einsicht, dass Revan und seiner Anhängerschaft gleichfalls immer stärkere Bedeutung zufiel, sollte es in künftigen Notfällen möglich sein, eine größere Anzahl von Deryni zu schützen. Tavis willigte jedoch ein, dass er sich an ein Zusammenwirken mit Queron begeben werde, um seine Befähigung als Heiler zu vervollständigen und abzurunden, zudem um nach anderen Heilern zu forschen, die zum Erlernen der neuen Anwendung imstande waren, und am Ende, falls kein anderer Heiler sich finden ließ, ernsthaft in Erwägung zu ziehen, sich an Revans Unterstützung zu machen, sobald er in Javans Umgebung nicht länger so unentbehrlich sein sollte. Diese Abmachung umfasste ein reichlich heikles Gleichgewicht von etlichen Wenn und Aber, doch Tavis vertrat den Standpunkt, dass er ohne klare Absprache mit Javan keine Rechte hätte, eine endgültigere Verpflichtung einzugehen. Dem musste Camber zustimmen.

Als Tavis schließlich die Augen aufschlug, bemerkte er, dass er der Länge nach auf dem Rücken lag, während neben ihm an der einen Seite mit mildem Lächeln der Erzbischof saß, auf der anderen Seite mit sorgenvoller Miene Prinz Javan kniete. Hinter Javan kauerte Joram und hielt, auf den Lippen ein andeutungsweises, verzerrtes Lächeln, eine entzündete Kerze. Im Hintergrund standen Jebedias und Niallan; besonders Jebedias wirkte recht erfreut.

»Wie … wie bin ich auf den Fußboden gelangt?«, fragte Tavis leicht dümmlich nach.

»Eure Knie haben unter Euch nachgegeben«, erteilte Camber unbekümmert Auskunft. »So etwas ist häufig. Es gibt welche, etwa wie Joram, die können jede erdenkliche Stufe erreichen und dabei doch auf den Füßen bleiben, ja, sich sogar bewegen, als sei nichts. Andere dagegen, wie Jebedias, um ein Beispiel zu nennen, erschlaffen vollständig, sobald sie in eine Trance übergehen. Ich habe keine Ahnung, ob ein Zusammenhang mit der Art von Ausbildung besteht, die derjenige genossen hat, oder um was immer es sich handeln mag. Vielleicht liegt's an inneren körperlichen Verschiedenheiten, vergleichbar mit der unterschiedlichen Art und Weise, wie verschiedene Kranke dem Einschlafbefehl eines Heilers nachkommen. Während meines Wirkens mit Rhys habe ich die mannigfaltigsten Abweichungen dieser Natur beobachten können.«

Tavis überlegte sich anscheinend eingehend, was er da vernahm, aber offenbar verursachte ihm Rhys' Erwähnung nicht länger Unbehagen, anders als vor der geistigen Vereinigung mit Camber. Seine Geistesschilde befanden sich wieder am üblichen Platz, doch ohne höhere Festigkeit. Nun vermochte Camber gewissermaßen an ihren Rändern ein gleichsam beiläufiges Überschwappen wahrzunehmen, sodass er einen Eindruck von der allgemeinen Richtung erhielt, welche Tavis' Gedanken nahmen, ganz ähnlich wie es der Fall war im engeren Umgang mit Joram oder Jebedias. Er merkte, wie Tavis über das nachzusinnen begann, was vorhin zwischen ihnen geschehen war, und er lächelte, als der Heiler zuletzt sichtlich ungläubig zu ihm aufblickte.

»Alister, haben wir wirklich und wahrlich getan, was wir, wie ich vermute, soeben taten?«, forschte er mit leiser Stimme nach.

Bedächtig nickte Camber, befremdet und auch ein wenig traurig, weil es Tavis bis zum heutigen Abend niemals gelungen war, eine so innige geistige Verbindung herzustellen, in all seinen fünfundzwanzig Lenzen nicht. Nun erkannte er, wie vieles in seinem Dasein er bislang als ganz selbstverständlich betrachtet hatte, während es zahlreiche Deryni wie Tavis geben musste – nicht wenige sicherlich ebenso wohl geschult wie der Heiler –, die nie diese zur Erregung wahrer Ehrfurcht geeignete Geistesverschmelzung, die doch ihr Erbe von Geburt an war, erleben durften.

»Ihr habt Euch unerhört tüchtig bewährt, Tavis«, sprach Camber, indem er lächelte. »Ich verstehe nicht, wie's uns gelungen ist, Euch all diese Jahre lang zu übersehen, aber ich bin davon überzeugt, Ihr werdet eine wertvolle Hilfe für unsere Sache sein.«

»Auf jeden Fall will ich mir alle entsprechende Mühe geben«, entgegnete Tavis aus ganzem Herzen. »Ich bedaure nur, dass ich Euch so lange nichts als Schwierigkeiten bereitet habe.«

»Und was ist mit mir?«, platzte Javan heraus, zwar keck, aber noch ein wenig zaghaft, und rutschte auf den Knien näher. »Auch ich möchte helfen. Ihr wisst, ich kann's!«

»Javan!«, schalt Tavis, indem er sich mit Cambers Beistand vollends aufsetzte.

»Nein, schon recht«, äußerte Camber, fragte sich insgeheim, ob er sich in seinem Zustand gefühlsmäßiger Erschöpfung, der nach der geistigen Begegnung mit Tavis eingetreten war, auch noch mit Javan befassen könne. Die Geistesverschmelzung war wie ein Rausch gewesen und Camber hätte sie um keinen Preis der schnöden Welt missen wollen, aber seine innere Ausgeglichenheit war dadurch etwas ins Wanken geraten, wie es sich im Anschluss an eine so tiefe und innige erste Geistesverbindung oftmals ergab. Dennoch, wenn Javan jetzt die Bereitschaft aufbrachte, ihnen zu trauen, seine Geistesschilde, welche es eigentlich nicht geben sollte, vor ihnen zu senken, dann durfte die Gelegenheit keinesfalls versäumt werden. Ein rascher Blick hinüber zu Joram und

Jebedias bestätigten Camber, dass sie mit seiner Einschätzung übereinstimmten und seine Haltung teilten. »Prinz Javan«, erkundigte er sich folglich gedämpft, »habt Ihr begriffen, was sich eben zwischen mir und Tavis abgespielt hat?«

»Ich … ich glaube, ja.«

»Und was war's Eurer Ansicht zufolge?«

»Nun, Ihr habt, Ihr und er … die Geistesschilde gesenkt und … einander Einblick in die Seele gewährt …?«

Camber nickte. »Im Wesentlichen war es so, ja. Doch ist das lediglich die alleroberflächlichste Beschreibung. Tavis hat mir sein volles Vertrauen geschenkt und mir alles enthüllt, was er weiß und was er ist, und gleichzeitig hat er auf vergleichbarer Ebene eine ebensolche Teilhabe an meinem Seelenleben erfahren dürfen. Diese Weise der geistigen Vereinigung ist das allerinnigste Geschenk, das zwei unseresgleichen sich machen können, Javan, denn es ist das Geschenk eines vollauf ungetrübten schrankenlosen Vertrauens und wechselseitigen Anerkennens. Ein derartiges Geschenk macht man nicht leichtfertig, dieweil man's, wenn man es macht, ohne Vorbehalte und Einschränkungen hingeben muss, mit der Ausnahme gewisser einzelner Kleinigkeiten womöglich, die das gegenseitige Vertrauen beeinträchtigen müssten. Versteht Ihr meine Ausführungen?«

Javan schluckte vernehmlich, die Augen aus Ehrfurcht geweitet, dann nickte er versonnen. »*Ich* besitze auch Geistesschilde, Pater Alister«, sprach der Jungmanne leise und mit Bangen. »Hat Tavis Euch das mitgeteilt?«

»Das hat er getan. Und dass Ihr sie zu erheben und zu senken erlernt habt, genau wie einer von uns. Ist das tatsächlich der Fall?«

Unsicher musterte der Prinz Camber, sah zwischendurch Tavis an, sodann wieder Camber. Für einen Augenblick war Camber sicher, der Prinz werde nun vor dem zurückschrecken, was er ansatzweise begonnen hatte; doch da schlug der Jüngling scheu den Blick bodenwärts, antwortete im Flüsterton. »Wünscht Ihr's, selber zu sehen? Ich … ich habe es nie für einen anderen als Tavis getan, aber so's Euer Wunsch ist, will ich's versuchen.«

Als er den Blick leicht furchtsam erneut zu Camber hob, sichtlich vom Verlangen getrieben, Vertrauen haben zu können, sich jedoch noch darüber im Unklaren, ob er es wagen dürfe, besaß auch Camber nach wie vor keine rechte Klarheit, ob er diesen Versuch wirklich noch in dieser Nacht in Angriff nehmen solle. Doch da nahm ihm zum Glück Tavis die Sache aus der Hand.

»Ich wüsste einen Vorschlag, Alister.«

»Ja?«

»Nun, dieses Verfahren ist für Prinz Javan ohne Zweifel außergewöhnlich fremd. Selbst auf mich hat es – trotz meiner Heiler-Ausbildung – eine Wirkung von überwältigender Stärke gehabt, also muss dergleichen auf ihn einen zweifach Furcht erregenden Eindruck machen.«

»Wollt Ihr damit andeuten, er sei für so etwas noch nicht reif?«, fragte Camber.

»Für eine geistige Verbindung mit Euch möglicherweise noch nicht«, antwortete Tavis. »Dagegen ist er mit meiner geistigen Berührung längst wohl vertraut. Wie wäre es, wir lassen ihn seine Geistesschilde durch mich fortnehmen, und Ihr werft sodann ein schwaches geistiges Band über mich als Mittelsmann aus?«

»Klingt mir fürwahr sehr vernünftig.«

Javan wirkte nach diesem Vorschlag sichtbar erleichtert, und als er sich mit überkreuzten Beinen vor dem Heiler niedersetzte, winkte Camber, damit er ebenfalls

Zeuge sei, Joram heran. Joram blies die Kerze aus, welche er noch immer hielt, reichte sie Niallan und nahm zwischen Camber und Javan Platz, legte eine Hand locker auf Cambers Knie. Jebedias trat näher und kauerte sich hinter die beiden, stützte vorsichtig einen Ellbogen auf eines jeden Schulter.

Der Prinz und sein Heiler stellten sich rasch aufeinander ein; des Jünglings Lider zuckten nur ein paarmal, ehe sie sich auf einige Worte seines Mentors hin schlossen. Gleich darauf legte Tavis seine Hand sachte an Javans Stirn und das eigene Haupt geriet ihm ein wenig ins Nicken, als er sich in einen geeigneten Trance-Zustand versetzte und zwischen sich einer- und dem Jüngling andererseits ein geistiges Band schuf, dann gab er Camber ein Zeichen, dass er sich der Verbindung anschließen möge. Diesmal fiel die Geistesvereinigung sehr schwächlich aus, denn Javan war noch dazu außerstande, die Geistesschilde sonderlich weit, noch mit allzu ausgeprägter Gleichmäßigkeit zu senken, zumal bei einer solchen, um einen Dritten erweiterten Verbindung, aber es bestand kein Zweifel daran, dass der Jungmanne wirklich derartige Schilde besaß: durch hellen Glanz ausgezeichnete, unnachgiebig widerstandsfähige Schilde zur Abschirmung seines Ichs, wie sie fürwahr jeden Deryni mit Stolz erfüllt hätten.

Camber vermochte den dreiseitigen Verbund nur wenige Augenblicke lang aufrechtzuerhalten, doch stieg er unterdessen mehrere Stufen weit in Javans Bewusstsein hinab und erkannte tief in des Prinzen Innersten ein ungemein lichtvolles Strahlen, das von einer unergründlichen Zusammenballung ausging und ihm gleichsam Fühler entgegenstreckte – aber da entglitt sowohl Tavis wie auch Javan die Beherrschung des Ablaufs und das geistige Band fiel.

Als Tavis sich zurückzog, indem die Verbindung

endete, merkte man ihm deutliche Verwunderung über jenes so leuchtstarke Ding in des Prinzen innerster Seele an und er richtete seinen Blick in stummer Frage auf Camber.

»Wisst Ihr, was das war?«, fragte er schließlich.

Camber nickte. »Ja, ich weiß es. Unglücklicherweise darf ich's Euch nicht verraten.«

»Nicht?«, meinte Tavis. »Hat's denn wohl etwas mit dem zu schaffen«, mutmaßte er, »was in der Nacht geschah, als des Prinzen Vater verstarb?« In eindringlicher Aufmerksamkeit beugte er sich vor und Javan tat desgleichen.

Camber ließ eine struppige Braue aufwärts rutschen, setzte sich voller Gedankenschwere unauffällig mit Joram und Jebedias auf geistiger Ebene ins Einvernehmen, während er die Frage erwog. Er konnte den Prinzen und seinen Heiler unmöglich von allem Kenntnis geben, was sich in jener besagten Nacht zugetragen hatte. Andererseits ließ sich dem, was ihm von Tavis über Javan mitgeteilt worden war – und was durch seine eigenen Beobachtungen unzweifelhafte Bestätigung erfuhr –, deutlich genug entnehmen, dass mit diesem Jüngling nicht alles so verlaufen war, wie sie es damals beabsichtigten. Er hätte keine Geistesschilde entwickeln dürfen; er sollte nicht zu unvorhergeahntem Gedankensehen imstande sein; und jene leuchtend kräftige Ballung von im Entstehen begriffener geistiger Macht war etwas, was zu schauen Camber erst erwartet hatte, falls und wenn Javan einmal als König den Thron bestieg.

»Ich darf Euch nicht in aller Vollständigkeit erzählen, was geschehen ist«, sprach er zu guter Letzt. »Diesbezüglich habe ich König Cinhil, so wie alle anderen, die dabei zugegen waren, mein Wort gegeben. Allerdings kann ich Euch, da Ihr schon einige der

Ergebnisse bemerkt habt, durchaus verraten, dass es mit der Thronfolge zusammenhängt. Cinhil hat dafür gesorgt, dass … gewisse Wirkungen zuerst in Alroy zur Geltung kommen sollten. Teilweise war ihm Erfolg beschieden. Die Voraussetzungen sind sicherlich vorhanden. Leider aber haben die Regenten Euren Bruder, mein Prinz, zu fest im Griff. Ich hege daran meine Zweifel, dass er je nutzreich gebrauchen werden kann, was ihm von seinem seligen Vater vermacht worden ist – und dafür können wir, da er heute ein Werkzeug der Regenten ist, dem lieben Gott nur unseren Dank darbringen.«

»Das ist nicht seine Schuld!«, beteuerte Javan hitzig.

In einer Geste der Besänftigung berührte Camber des Prinzen Schulter. »Ich weiß, dass es nicht seine Schuld ist, mein Sohn. Das ändert aber nichts an der Tatsache, dass Alroy nicht sein eigener Herr ist und es höchstwahrscheinlich niemals sein wird. Er wird vielleicht nicht einmal lange genug auf Erden wandeln, um zum reifen Manne heranzuwachsen. Rhys war hinsichtlich seiner Gesundheit aufs Äußerste besorgt.«

»Ihr meint, er könnte sterben?« Javan keuchte auf. »Tavis, ist das wahr?«

Mit einem Seufzen senkte Tavis den Blick. »Er war stets kränklich, mein Prinz, das ist Euch wohl bekannt. Ich glaube zudem, dass die Regenten ihm nicht selten Beruhigungsmittel verabreichen. Euch selbst ist aufgefallen, wie häufig er bei Hofe eindöst. Keiner von uns konnte irgendetwas unternehmen, deshalb habe ich bislang dazu den Mund gehalten. Ich wollte Euch nicht mehr als nötig beunruhigen.«

Entgeistert blickte Javan von einem zum anderen, sah sogar in Niallans gütigen Augen eine Bekräftigung dessen, was er vernommen hatte.

»Wird er … wird er durch sie sterben?«, erkundigte der

Jüngling sich schließlich. »Wollen die Regenten meinen Bruder umbringen?«

Camber schüttelte das Haupt. »Nein. Vielmehr ist es für die Regenten von Vorteil, wenn Alroy möglichst lang am Leben bleibt. Ihn haben sie in der Hand, wogegen sie ihrer Sache mit Euch weit weniger sicher sein können. Das ist einer der vielfältigen Gründe, aus welchen sie zu gerne Tavis loswerden möchten. Er ermutigt Euch zu selbstständigem Denken, er weiß zu verhindern, dass man Euch zu einer solchen willenlosen Puppe machen kann wie Alroy. Wenn Tavis letzten Endes zum Gehen gezwungen werden sollte, müsst Ihr Euch von dem Zeitpunkt an, der äußersten Achtsamkeit befleißigen. Rechnet nicht damit, dass sie sich allzeit von Eurer scheinbaren Schlichtmütigkeit täuschen lassen.«

Für eine ausgedehnte Zeitspanne musterte Javan ihn stumm, dann ließ er den Blick auf seine Füße fallen. »Ihr habt gesagt, was mit mir geschehen ist, habe irgendwie mit der Thronfolge zu schaffen.«

»Ja.«

»Dann also sind meine Geistesschilde und diese sonderliche Fähigkeit, es sogleich erkennen zu können, wenn jemand die Unwahrheit spricht …«

»Sie sind Bestandteile dessen, was Euch zuteil werden sollte – und nur dann –, wenn Ihr Eurem Bruder als König nachfolgt«, erklärte Camber. »Der Grund, denke ich mir, wird Euch mit Leichtigkeit einsichtig sein. Wäre alles so gekommen, wie es von Eurem Vater geplant worden ist, dann wäre jeder seiner drei Söhne unverändert geblieben, bis gegebenenfalls der Reihe nach ein jeglicher von ihnen den Thron bestiegen hätte. Wenigstens wäre keinem bewusst irgendeine Wandlung aufgefallen. Selbst unter den erwähnten Umständen wären bestimmte besondere Fähigkeiten nur erkannt worden, sobald man ihrer bedurft hätte. Ich glaube, Euer Vater gedachte für alle Zukunft einen Maßstab zu setzen – jeweils nur ein Haldane-Erbe sollte über das verfügen, was wir Euch eingegeben haben.«

»Und wieso ist's mir dennoch anders ergangen?«, wollte Javan wissen.

»Wahrscheinlich infolge selbiger Erscheinung, von welcher wir vor einem Weilchen Rede führten«, antwortete Tavis an Cambers Stelle. »Auf verschiedene Leute wirkt die gleiche Maßnahme unterschiedlich.« Nachdenklich sah er Camber an. »Alister, ich vermute, wir können nicht einfach hingehen und ... äh ... die Offenbarung jener Dinge, wie sie auch beschaffen sein mögen, kühn auf uns nehmen, da er nun schon einen Teil davon entdeckt hat?«

»Glaubt *Ihr*, dass er reif genug ist für eine derartige Verantwortung?«, entgegnete Camber.

Tavis spitzte die Lippen. »Er ist noch sehr jung. Aber er hat bereits sehr vieles gelernt.«

»Und ohne den leisesten Zweifel wird er noch weitaus mehr lernen, aber ich erachte es als angebrachter, er lernt alles mit der Schnelligkeit, wie sie ihm selbst am wohlsten behagt«, erwiderte Camber mit schwachem Lächeln. »Nichtsdestoweniger steht's Euch frei, von Euch aus weiter mit ihm tätig zu sein und zu sehen, was Ihr aufzudecken vermögt. Es wird für uns von beträchtlichem Interesse sein, falls wir herausfinden, wie weit König Cinhils ursprüngliche Absichten von ihrem Ziel abgeirrt sind. Und außerdem wird dergleichen für Javan, der doch tatsächlich Geistesschilde besitzt und der ja ohnehin drauf und dran ist, das Gedankensehen zu erlernen« – bei dieser letzten Bemerkung zauste er dem Jüngling nahezu verspielt den Schopf – »eine recht nützliche Übung abgeben.«

Sie setzten die Aussprache noch eine kurze Zeit

lang fort, doch Camber enthüllte nichts mehr über Javans magische Unterweisung. Sie untermauerten die gefassten Pläne mit klaren Festlegungen und beredeten etwaige Vorgehensweisen, dank welcher Javan und Tavis sich auch weiterhin einigermaßen in Sicherheit wiegen können sollten, und als es zuletzt so weit war, dass Camber sie verabschiedete und durch die Porta nach Valoret zurückkehren ließ, fühlte er sich wirklich ermutigt. Ihr Bund besaß aufgrund von Javans Jugend vorerst lediglich begrenzten Wert, aber in den Monden und Jahren, die vor ihnen lagen, musste seine Bedeutung zweifelsohne stetig wachsen, indem jeder neue Tag Javan der Mündigkeit und beinahe mit Gewissheit auch der Krone näher brachte. In der Zwischenzeit musste das Paar einen so harmlosen Eindruck wie nur möglich erregen, besonders Tavis als Deryni, und versuchen den Regenten keinen Vorwand zu irgendwelchen harten Maßnahmen zu liefern. Tavis würde unterdessen Wege zum Zusammenwirken mit Queron sowie – auf lange Sicht – zum Anschluss an Revans Betätigung suchen.

Als die beiden – Prinz und Heiler – fort waren, man die Porta wieder geschützt hatte, beriet sich Camber mit Joram, Jebedias und Niallan hinsichtlich weiterer Schritte.

»Die Nachricht, dass Befehl ergangen ist, uns allesamt zu verhaften, sorgt mich erheblich mehr, als ich Tavis gegenüber eingestanden habe«, bekannte Camber, indem er in Niallans Arbeitsgemach auf- und niederstapfte. »Ganz besonders stark sorge ich mich nun naturgemäß um Evaines Sicherheit. Arg genug, dass sie Rhys' Tod gespürt haben muss und dass in dieser schweren Zeit der Not niemand von uns ihr nah ist, aber wenn sie auch noch verfolgt werden sollte …«

»Alister, ich bezweifle ernstlich, dass irgendwer sie von Valoret aus noch einzuholen vermöchte«, wandte Niallan ein. »Sie hat einen Vorsprung von fünf Tagen. Außerdem begleiten Ansel und Queron sie.«

»Ich weiß. Und Ihr habt wahrscheinlich vollständig Recht. Aber sie ist sich nicht darüber im Klaren, dass sie nunmehr endgültig eine Flüchtige ist. Das könnte einen Unterschied ausmachen.«

Niallan schüttelte das Haupt. »Was für einen Unterschied? Vermöchte sie deshalb ihre Flucht zu beschleunigen? Trotzdem hat sie doch die Kinder dabei, Alister, zwei muss sie noch in ihre Obhut nehmen, eines gar erst noch gebären. Glaubt Ihr etwa, sie würde nicht jegliche Mühe betreiben, um zu gewährleisten, dass sie allesamt Zuflucht erhalten? Joram, sie ist Eure Schwester. Ihr kennt sie wahrscheinlich von uns allen am allerbesten. Sagt Alister, dass sie sehr wohl weiß, was sie zu tun hat.«

»Sie weiß es in der Tat«, bekräftigte Joram mit mattem Lächeln und indem er nickte. Zwar hatte keiner von ihnen seit Rhys' Tod mit Evaine in Verbindung gestanden – der Schreck und die Entfernung mochten erklären, weshalb es gegenwärtig nicht gelang, sie auf geistiger Ebene zu erreichen –, doch hegten alle die Überzeugung, dass sie nicht tot war …

»Höchstwahrscheinlich befindet sie sich wohlauf«, stimmte auch Jebedias zu. »Und während es *vielleicht* vorteilhaft für sie sein möchte, von den Haftbefehlen Kenntnis zu haben, andererseits könnte selbiges Wissen sie unverhältnismäßig stark beunruhigen. Und selbst wenn wir's uns in den Kopf setzen wollten, sie von hier aus abzufangen, muss doch zu bedenken gegeben werden, dass sie zwischen Valoret und Trurill ein halbes Dutzend verschiedener Landstraßen genommen haben kann, und von Trurill zum Kloster der Heiligen Jungfrau von den Matten sind gewisslich noch eine Hand voll verschiedener Richtungen mehr möglich – dadurch würde es für uns sehr schwierig sein, sie unterwegs anzutreffen, aber gleichzeitig muss man berücksichtigen, dass es nicht leichter für etwaige Verfolger sein dürfte, sie einzuholen. Möglicherweise denkt man sich, dass sie – um der anderen Kinder willen – nach Trurill geht, aber wer könnte auf vorerwähntes Kloster kommen?« Er schüttelte das Haupt. »Du hast gründliche Arbeit geleistet, Alister, als du der Diözese Archiv von allen Aufzeichnungen gesäubert hast. Ich ziehe in Zweifel, dass mehr als ein Dutzend Landleutchen außerhalb der unmittelbaren Umgebung des Klosters sich überhaupt noch daran erinnern, dass es eine Abtei namens Heilige Jungfrau von den Matten gibt – gar nicht zu reden davon, dass jemand sich noch darauf zu besinnen vermöchte, wo sie denn liegt.«

»Sicherlich hast du Recht«, seufzte Camber. »Und unglücklicherweise ist Dhassa ein wenig zu entlegen, um durch des Geistes Gefilde mit ihr in Verbindung treten zu können, selbst wenn sie's von uns erwartete. Vielleicht wäre es ratsam, jemand von uns hielte sich dort im Kloster auf, wenn sie eintrifft. Das wäre möglich, sollte sich in der dortigen Gegend eine Porta benutzen lassen. Joram, Ihr kennt Euch in Cor Culdi am allergenauesten aus. Ich bezweifle, dass Hubertus' Bruder die dortselbst befindliche Porta zu schädigen vermocht hat, sollte er sie auch zu entdecken verstanden haben. Das vorausgesetzt, könnte nicht jemand lebendig hin- und zurückgelangen?«

»*Ich* könnte es«, antwortete Joram, der trotz aller Beschwichtigungen Cambers Unbehagen teilte. »Ist's Euer Wunsch, dass ich diese Aufgabe erledige?«

Bedächtig nickte Camber. »Lasst mich Ja sagen. Wie sehr's mir auch zuwider ist, Euch allein fortzusenden, mein getreuer Joram, ich glaube, jemand sollte hingehen. Wir brauchen ohnedies im bewussten Kloster der Heiligen Jungfrau eine Porta, um einen weiteren sicheren Zugang zur *Keeill* zu haben. Ihr könntet Euch gemeinsam mit Ansel und Queron an die Einrichtung einer Porta machen, sobald die zwei Genannten zur Stelle sind. Auf Evaines Unterstützung dürft Ihr Euch vermutlich nicht verlassen, bis das Kind zur Welt gekommen ist. Zu dritt jedoch seid Ihr durchaus dazu imstande, oder nicht?«

»Wenn wir Aidan, Camlin und zumindest ein paar vertrauenswürdigere Klosterbrüder hinzuziehen können, um die erforderlichen Kräfte zu sammeln, ja. Die Burschen sind ja alt genug.«

»Nun wohl denn. Ich bin der Meinung, wir sollten uns ohne Säumen noch in dieser Nacht ans Werk begeben. Von Cor Culdi bis zum besagten Kloster braucht's immerhin noch einen Ritt von zwei Tagen, also müsst Ihr schnellstens aufbrechen, so Ihr hoffen wollt, noch vor Evaine einzutreffen. Jebedias, der schlichteste Harnisch muss für ihn her, welcher sich auftreiben lässt – vorzugsweise in Schwarz. Niallan, ich bitte Euch, beschafft ihm Vorräte von geringem Gewicht und hoher Nahrhaftigkeit, die er mittragen kann, ohne dass sie ihn allzu stark belasten und behindern. Ich möchte nicht, dass er unterwegs in Gasthäusern einkehren muss. Joram, bis das alles besorgt ist, will ich mit Euch eine Verrichtung durchführen, dank welcher wir uns zu bestimmten Zeiten auch über größere Entfernungen hinweg zu verständigen vermögen. Ich wollte, uns wäre genug Frist geblieben, diese Vorsorge mit Evaine zu treffen, aber … Zwecklos, nachträglich zu klagen. »Seid Ihr bereit?«

Joram lächelte, dieweil er wusste, diese tatkräftige Entfaltung von Betriebsamkeit war wenigstens teilweise auf seines Vaters Bestreben zurückzuführen, die Sorge aus seinem Gemüt zu verscheuchen.

»Wie stets denkt Ihr auch jetzt an alles und jedes, habe ich Recht, Euer Gnaden?«

29

Kommen wird über dich im Nu beides an einem Tage. Kinderverlust und Witwenschaft werden im Vollmaß über dich kommen, trotz der Menge deiner Zauberformeln, trotz der großen Stärke deiner Bannsprüche.

Isaias 47,9

Die Woche war Evaine unendlich lang erschienen, bis auf ein paar kurze Stunden an ihrem Anfang, erfüllt von Trostlosigkeit und wie benommenem Verlusterleben. Als sie am Abend vor Weihnachten das geliebte Sheele verließ, hatte sie natürlich gewusst, dass Rhys in Gefahr schwebte. Joram hatte, während er ihr beim Packen half, von der Zerstörung St. Neots erzählt, und seitdem war sie beständig von Furcht um Rhys geplagt gewesen. Rhys hatte sich auf den Weg zu Javan gemacht, um ihm heilerischen Beistand zu leisten, und sie wusste, Rhys traute Tavis nicht. Die Verhältnisse, so hatte es den Anschein, entwickelten sich zügig zu einer wirklichen und wahrhaftigen Krisis. Gott allein mochte wissen, ob sie alle mit dem Leben davonkommen durften.

Aber sie konnte sich – das war ihre Einstellung – keinesfalls durch Furcht oder Unentschiedenheit am Handeln hindern lassen. Weder auf den Gemahl, den Vater noch auf ihren Bruder vermochte sie sich in dieser heiklen Lage zu stützen. Sie sah darin, dass es Joram überhaupt möglich war, sie aufzusuchen und persönlich zu warnen, ein wahrliches Wunder, zumal nach dem, was er und ihr Vater zu St. Neot hatten schauen müssen. Sie alle taten, was in ihrer Macht lag, um jene zu schützen, mit deren Hut sie betraut waren; nun musste sie alles dafür tun, dass jene heil durchlebten, was bevorstand, die sich in ihrer Fürsorge befanden.

Die Bediensteten zu Sheele würden, so schlussfolgerte sie, auf einem derynischen Anwesen nicht mehr lange sicher sein. Infolgedessen zahlte sie die Mehrzahl aus und schickte sie fort, während sie einigen wenigen, die sich besonders bewährt hatten, das Haus zum Geschenk machte, denn sie war im Großen und Ganzen fest davon überzeugt, nie wiederkehren zu können. Vier getreue junge Waffenknechte, allesamt ledig, weil sie anderer Leute Sippschaft im Laufe dessen, was da noch kommen sollte, nicht gefährden mochte, behielt sie in ihren Diensten. Die Kinder ließ sie in ihre wärmste Bekleidung hüllen und einiges vom kostbarsten Besitz versteckte sie – zusammen mit etlichen Schriftrollen, welche sie zu einem späteren Zeitpunkt zur *Keeill* zu verbringen gedachte – bei der zu Sheele gelegenen Porta Itineris, woraufhin sie die Porta allen mit Ausnahme jener, die zu ihr in Blutsverwandtschaft standen, unzugänglich zurückließ. Die wenigen Packpferde, welche sie notgedrungen für unverzichtbar hielt, mussten Vorräte für unterwegs tragen, denn an Gasthöfen Halt einzulegen, das durften sie nicht wagen.

Außerdem, ohne jedoch Joram davon zu verraten, hatte sie Queron in die Berge gesandt, damit der Revan ausfindig mache und ihn vor dem warne, was im Gange war, denn der Gedanke war ihr unerträglich, dass dieser Freund so langer Jahre sinnlos in der Einsamkeit ausharren und getreulich auf Anweisungen warten solle, die nicht mehr kamen. Sie versicherte Queron, es könne nichts an Nachteiligem daraus entstehen; noch eines vollen Mondes Dauer trennte sie von des Kindleins Niederkunft. Queron hegte zwar seine Bedenken dagegen, sie allein zu lassen, doch er willfuhr ihrem Wunsch. Er wusste nicht, dass sie Joram diesen ihm erteilten Auftrag verschwiegen hatte.

Ihre Unruhe, was Rhys anbetraf, wich die ganze Nacht

hindurch nicht von ihr, doch verspürte sie gegen Mittag eine gewisse Erleichterung. Nach dem Mittagsmahl hatte sie im Sonnenschein mit ihrer Tochter gelacht, sie auf ihrem liebsten Zelter, während Rhysel fröhlich auf ihrem Kleinpferd, das ihrer Größe entsprach, neben einem der jüngeren Waffenknechte dahintrabte. Klein Tieg saß vor Ansel, der die Kleidung des Klerikers abgestreift und sich stattdessen mit Kettenhemd, Leder und Schwert gewappnet hatte; der Kleine prustete vor Vergnügen, derweil er sich abmühte, die Packpferde zu zählen, die hintereinander mit ihnen einherzogen, doch kam er nie weiter als bis drei, ehe er von neuem kichern musste. Der Tod war das Allerletzte, auf das Evaine sich an diesem sonnigen Weihnachtsnachmittag gefasst gemacht hatte.

Rhys' Ableben, begriff sie auf einmal, war nicht plötzlich eingetreten; es geschah lediglich mit Urplötzlichkeit, dass sie bemerkte, er lag im Sterben. Die Erkenntnis traf sie wie ein roher Fausthieb, sodass sie um Atem rang, und im ersten Augenblick des schonungslosen Verstehens wäre sie ums Haar aus dem Sattel gefallen. Scharf riss sie an des Zelters Zügel, klammerte sich an den mit Samt bezogenen Sattelknauf, das Antlitz grau wie Asche. Unverzüglich gab Ansel den kleinen Tieg trotz dessen Aufbegehren in die Arme eines Waffenknechts und trieb sein Ross an Evaines Seite.

»Was ist? Das Kind?«

»Nein … Rhys!«, vermochte Evaine hervorzukeuchen.

In äußerster Hast, entsetzt darüber, dass sie ihn bereits verloren haben sollte, ließ sie sich in eine Trance entgleiten, forschte mit ihren Deryni-Sinnen nach dem Schicksal, das ihn ereilt haben mochte – krampfte sich zusammen, als sie den wuchtigen Aufprall nacherleben musste, der ihm den Schädel zerschmettert und sofort die Besinnung geraubt hatte, das allmähliche Verebben aller anderen Wahrnehmungen rings um ihn, das Versinken in eine

Dunkelheit, in welche nicht einmal sie ihm zu folgen vermochte.

Eine absonderliche Empfindung des Zerreißens verwirrte ihr Tasten, als sie zu ihrem sterbenden Gemahl vorzudringen versuchte. Dann befand er sich unversehens noch weiter entfernt – in Dhassa? –, aber zugleich nahm nicht nur der körperliche Abstand zu, sondern auch seine Seele schied immer rascher von dieser Welt, bis Evaine nur noch einen schwachen Nachhall von ihres Vaters Kummer sowie vom Gram ihres Bruders und auch Jebedias' auffangen konnte ... aber nicht länger irgendetwas von *ihm.*

Sie blinzelte und hob den Blick, befremdet davon, dass die Sonne unverändert wie eine Goldmünze am Winterhimmel schien, und aus Ansels beklommener Miene ersah sie, dass er etwas vom Ausmaß ihres Erschreckens mitbekommen haben musste. Da verbarg sie das Antlitz in den Händen und weinte.

Im Verlauf der darauf folgenden Tage besann sie sich auf wenig von allem, was rundum geschah, empfand sie kaum irgendetwas. Später entsann sie sich an schier endloses Reiten, ans Verzehren geschmackloser Nahrung, die irgendjemand ihr in die Hand drückte, und daran, dass sie in tiefen, gequälten Schlummer sank, sobald sie sich zum Übernachten lagerten.

Bisweilen sprengten sie alle miteinander wild eine mit Schnee behäufte Landstraße entlang, sodass beträchtliche Mengen von Eis und Schlamm aufspritzten; zu anderen Zeiten wieder saßen sie inmitten von eines Waldes Stille reglos auf den Rössern, scheinbar für die Dauer von Stunden, und wenn jemand hustete oder ein Ross wieherte, zeigte Ansel merkliche Unruhe.

Nach einigen Tagen hatte es ein Ende mit dem Galoppieren durch Schnee und dem Warten und Lauschen in irgendwelchen Wäldern, und andere Reisende begegneten ihnen nur ganz wenige. Nahezu in jeder Nacht fiel neuer Schnee; dadurch gelangten sie zwar vornehmlich nur langsam voran, doch brachte es mit sich den Vorteil, dass es andere Leute meistenteils von den Landstraßen fern hielt. In jenen ersten Tagen ihrer Witwenschaft sprach Evaine kaum ein Wort, vollzog kaum eine Handlung, zu der nicht Ansel sie irgendwie anregte. Es gelang Ansel, der sich sehr um ihre und des ungeborenen Kindes Wohlergehen sorgte, falls sie in ihrem Zustand zu Fall kommen sollte, eine geschlossene, für zwei Pferde geeignete Sänfte zu erwerben; in derselben konnte Evaine die Reise mit verringerter Gefährdung fortsetzen. Doch erst in der abendlichen Dämmerung am Montag, dem allerletzten Tag des Jahres, begann sie ihrer Umwelt wieder richtig gewahr zu werden.

Am selbigen Abend bat sie während des Essens um Nachsicht für ihre zeitweilige Insichgekehrtheit, spielte ein wenig mit den Kindern und befragte Ansel und die Waffenknechte, als sie allesamt um ein wohl überlegt abgeschirmtes Lagerfeuer saßen, nach Neuigkeiten. Doch als sie erfuhr, dass bloß noch ein Weg von ein paar Stunden sie von Trurill und ihrem Sohn trennte, bat sie die Männer inständig, man möge sogleich wieder aufbrechen. Sie nahm die Kinder zu sich in die Sänfte, lullte sie ein, sodass sie alsbald schliefen – eine Wirkung nicht nur ihres Schlafliedleins, sondern auch des leichten Schaukelns der Sänfte –, löste später, während sie weiterzogen, ihres goldenen Haupthaars Zöpfe und ließ es sich auf den Rücken fallen, so wie Aidan es stets am liebsten sah. Die Waffenknechte hatten Fackeln entzündet, um die Landstraße etwas aufzuhellen, und der Fackelschein warf einen hellen, rötlichen Glanz auf den frisch gefallenen Schnee.

Noch kaum eine Stunde war es bis zum Anbruch der Morgendämmerung, sodass hinter ihnen schon rotgelbe

Streifen den östlichen Horizont zu färben begannen, da nahmen sie der Landstraße Abzweigung in die Richtung nach Trurill. Aber als sie sich der Burg selbst näherten, da schien es plötzlich, als entstünde voraus ein zweites Morgenrot. Derweil sie eine Anhöhe überquerten, von welcher die Landstraße hinab ins fruchtbare, schmale Tal führte, das der Burg Umland ausmachte, schob Evaine ihrer Sänfte Vorhänge beiseite und starrte voller Grauen hinüber zu den Flammen, die im frühmorgendlichen Wind himmelwärts loderten. Burg Trurill brannte lichterloh!

Mit einem Keuchlaut setzte sie sich auf und schwang die Beine hinaus auf den Untergrund. Ansel, der bei der Sänfte auf seinem Ross saß und unsicher zu dem entflammten Bauwerk hinüberblinzelte, beugte sich bestürzt zur Seite und ergriff Evaines Arm, stützte sie, als sie sich neben ihrer Sänfte aufrichtete.

»Evaine, gebt Acht!«

Zittrig klammerte sie sich ans Leder seines Steigbügels, das Antlitz im Licht der Fackeln grässlich anzuschauen, und im Wind wallte ihr Haupthaar wie ein Heiligenschein.

»Aidan ist dort«, rief sie unter Tränen, die bereits ihr noch gemeistertes Entsetzen durchdrangen. »Ansel, wir müssen ihn finden! Sie werden ihm doch nichts angetan haben, oder? Er ist ja eigentlich noch ein Knabe!«

Doch sie sah ein, während sie diese Worte sprach, dass ihres Sohnes jugendliches Alter den Brandschatzern schwerlich etwas bedeutet haben konnte. Falls sie es auf Gefangene abgesehen gehabt hatten, bestand durchaus die Möglichkeit, dass Aidan noch unter den Lebenden weilte, obwohl sie ihn auf geistiger Ebene nicht zu erspüren vermochte. Aber wenn der Überfall aus Beweggründen von Rache und Vergeltung ausgeführt worden war, dann hatte man gewisslich niemand und nichts am

Leben gelassen – nicht die Sippe, die Bediensteten nicht, keine Haustiere ... niemanden, nichts!

Sie stand für eine Zeitspanne da, welche ihr wie eine Ewigkeit vorkam, derweil sie und auch Ansel mit ihren derynischen Sinnen nach etwaig noch zurückgebliebenen Angreifern forschten. Thomas, der jüngste Waffenknecht, kaum älter als Ansel, übergab seine Fackel einem der anderen Waffenknechte und ritt langsam hinunter ins Tal. Eine Zeit lang blieb er fort. Als er wiederkehrte, war sein Antlitz bleich und an einer Seite waren sein Beinkleid und ein Stiefel, wohl dieweil er sich übergeben hatte, dunkel besudelt. Er wich Evaines Blick aus, als er sein Reittier vor ihr zügelte und die anderen näher drängten.

»Nun?«, erkundigte sie sich im Flüsterton. »Sind alle fort? Können wir uns gefahrlos hinbegeben?«

Der Mann schluckte vernehmlich; er wirkte, als solle ihm nochmals zum Speien übel werden. »Edle Frau, sucht diese Stätte nicht auf. Sie ist kein Ort für Euch. Dort gibt's nichts zu sehen, was zu sehen Ihr Euch jemals wünschen wolltet.«

Langsam erstarrte Evaines Haltung; sie wagte kaum dem Waffenknecht weitere Fragen zu stellen und doch war es unmöglich, darauf zu verzichten.

»Hast du meinen Sohn gefunden?«, fragte sie nach. »Hast du Aidan gesehen?«

»Ich flehe Euch an, edle Frau, geht nicht hin. Schlächter waren's, die Trurill heimgesucht haben!«

»Und Aidan?«, beharrte Evaine, trat zu seinem Ross und fasste die Zügel, indem sie zu Thomas aufschaute und eindringlich in seiner Miene las.

Der Mann neigte das Haupt und ein Schluchzen erstickte in seiner Kehle. »Ich kann's nicht sagen, edle Frau. Zu dunkel war's, um Angesichter zu erkennen. Barmherzigerweise viel zu dunkel.«

Mit einem leisen Wimmern des Grausens packte sie Thomas' Stiefel und zog denselben aus dem Steigbügel. »Herab. Gib mir dein Ross. Und bleib hier bei den Kindern, bis wir euch Nachricht senden, dass keine Gefahr droht.«

Während sie sprach, gehorchte der Mann, sprang an des Reittiers anderer Flanke ab und kam herumgeeilt, um Evaine mit beiden Händen, so zusammengeklammert, dass sie eine Art von Steigbügel darstellten, beim Aufsteigen behilflich zu sein. Ansel starrte sie bestürzt an und lenkte sein Ross näher.

»Evaine, ist das in Eurer Verfassung ein weises Tun? Das Kind …«

»Und mein anderes Kind, mein Erstgeborener?«, hielt sie ihm entgegen, indem sie ihre so plump gewordene Gestalt in den Sattel schwang und sich mit einem Aufseufzen gewisser Erleichterung zurechtrückte. »Vielleicht ist Aidan dort drüben, und wenn, lebt er womöglich noch. Ich muss Klarheit haben.«

Ansel schüttelte das Haupt, nahm die Fackel eines der Waffenknechte und ritt voraus. »Nun wohl. Thomas, du und Arik, ihr bleibt mit den Packpferden und der Sänfte zurück. Ihr könnt langsam talabwärts nachfolgen, sobald es ein wenig heller wird, aber bringt die Kinder keinesfalls zur Burg, ehe wir euch mitteilen, es darf sein.«

Thomas, der offenkundig nicht das geringste Verlangen verspürte, die Burg noch einmal zu betreten, nickte nachdrücklich. »Jawohl, Herr. Diese Kleinen dürfen nicht sehen, was für ein Anblick sich dort bietet.«

Die Kinder, die siebenjährige Rhysel und Klein Tieg, lugten verschlafen aus der Sänfte; Evaine warf jedem Kind eine Kusshand zu.

»Bleibt hier bei Thomas und Arik, ihr Lieben«, sprach sie mit gepresster Stimme. »Sie bringen euch wieder zu eurer Mutter, so rasch es geht.«

Die kleine Rhysel, goldhäuptig wie ihre Mutter und für ihre sieben Lenze ungemein gewitzt, blickte unschuldig zu Evaine auf. »Willst du nach Aidan schauen, Mutter? Ich glaube, hier ist er nicht.«

»Wir werden sehen, Rhysel«, vermochte Evaine gedämpft zu antworten, doch inwendig schwand ihr bei diesen Worten ihrer Tochter alle Hoffnung.

Sie winkte den Kindern zu, ergriff die Zügel von Thomas' Nussbraunem mit von der Kälte gefühllosen Händen und trieb das Tier an, sodass es am Abhang einen mühseligen Abstieg ins Tal begann, und Ansel musste größte Hast aufwenden, um vor ihr den Hang hinabschlittern zu können, für den Fall, dass ihr Tier stürzte. Die beiden restlichen Waffenknechte schlossen sich an, jeder mit einer Fackel, und die vier suchten sich wie eine Ballung von Schatten und im Nachlassen begriffener Glut über den Abhang ihren Weg weit schneller, als es unter den gegebenen Witterungsverhältnissen vernünftig sein konnte.

Gerade begann das erste Licht wirklicher Morgendämmerung den Schnee rings um die Burg zu verfärben, als sie sich dem Vorwerk nahten, doch schon da vermochten sie einiges vom grausamen Werk des vorangegangenen Tages zu sehen. Unterhalb der Wälle lagen sechs oder acht in Hauberte gekleidete Gestalten wie flache Erdhügel reglos unter einer dünnen Schneeschicht, lagen dort, wo man sie von den Burgmauern auf die Felsen gestürzt hatte. Im Burggraben, zwischen geborstenen Eisschollen, trieben im Wasser, dicht unterm Wasserspiegel, noch einige Leichen mehr und an einer Stelle zeigte sich ein aufgedunsenes Angesicht unter einer Fläche von klar durchsichtigem Eis, starrte aus im Tode gebrochenen Augen gen Himmel. Evaine meisterte ein Schaudern und hüllte sich enger in ihren Umhang, als sie das Ross antrieb und es die ersten Schritte auf der gesenkten Zugbrücke tat.

Über ihr sonstiges, blutiges Treiben hinaus hatten die Angreifer die Burg in Brand gesteckt. Dachbalken der Wachstube im Torgebäude waren herabgekracht und versperrten in einem Wirrwarr, der noch schwelte, beinahe die Hälfte des Torwegs; doch den allergrößten Schaden hatte das Feuer im Innern der Burg angerichtet. Die Dächer des Hauptbaus sowie des Burgfrieds glommen noch und das Gesindehaus, welches aus Holz gebaut gewesen war und an einem Zwischenwall gestanden hatte, bestand aus nichts anderem mehr als einem verkohlten Haufen von etlichen verschiedenartigen Balken, aus denen noch dann und wann Flammen emporzüngelten. Die Pforte des Gesindehauses befand sich noch in ihrem Rahmen, stummes Zeugnis für das grause Schicksal all jener, die es bewohnt hatten. Überall im Burghof lagen Leichen verstreut, vom Schnee der verstrichenen Nacht gnädig zugedeckt, doch hatte der Schneefall nicht den Gestank nach verbranntem Fleisch beseitigen können, der auf eine Weise, die den Atem nahm, die Luft verpestete, und ebenso wenig den Blutgeruch.

Mit grimmiger Entschlossenheit sprang Ansel vom Ross und machte sich daran, die Leichen im engeren Umkreis genauer zu begutachten, und an der Faust, die seines Schwertes Griff umfasste, zeichneten sich die Knöchel immer weißer und deutlicher ab, derweil er und die zwei Waffenknechte von einem zum anderen Toten schritten, deren jeden man abscheulicher als den vorherigen hingemetzelt hatte.

Eine Anzahl Männer war bis zur Nacktheit entkleidet und dann hinter Rössern hergeschleift worden, sodass ihre kalten, blutigen Leichen kaum mehr einen heilen Knochen oder ein unversehrtes Stück Haut aufwiesen. Einem ehrwürdigen alten Priester mit silbergrauem Haar hatte man die Hände und Füße abgehackt und die Augen ausgestochen, um ihn danach im Schnee verbluten zu lassen – und das war womöglich eine der rücksichtsvolleren Tötungsarten gewesen, die man hier zur Anwendung gebracht hatte.

Im Krautgarten der Küche fand Ansel die Leichname zweier Mägde, die geschändet und denen dann mit Schwertern die Leiber aufgeschlitzt worden waren, vom Unterleib bis zum Brustbein. Eine von ihnen war hochschwanger gewesen, und das tote Kind lag in einer Lache geronnenen Blutes neben der Mutter, vom selben Schwertstreich, der ihr Leben beendet hatte, beinahe entzweigehauen.

Bei diesem Anblick befiel ihn heftige Übelkeit, sodass er sich wiederholt in den Schnee erbrach, bis sich nichts mehr in seinem Magen befand, das er hätte erbrechen können. Als er seine aufgewühlten Eingeweide wieder einigermaßen beruhigt hatte, wischte er sich mit einer Hand voll Schnee das Angesicht, um seine Gedanken zu klären, in der Erwartung, nun schon das Schlimmste gesehen zu haben. Da erspähte er eine schmale, jugendliche Gestalt, die im Burghof vor dem Stall mehr oder weniger aufrecht in die Höhe ragte. Obwohl er ihn infolge des Abstands und des noch trüben Morgenlichts nicht zu erkennen vermochte, wusste er aus irgendeinem Grund sofort, es handelte sich um Aidan.

Er zerrte sich den Umhang von den Schultern und es gelang ihm, den nackten Leichnam in dessen Falten zu hüllen, bevor Evaine ihn sah, die bemitleidenswerte kleine Gestalt von dem Pfahl zu heben, auf denselben sie gespießt worden war, und er streckte den Jüngling auf einem Fleckchen sauberen Schnees aus. Nur das Antlitz war unversehrt geblieben und der morgendliche Wind, der langsam an Stärke zunahm, brachte das hellblonde Haupthaar leicht ins Wehen, als Evaine neben ihrem Sohn schwerfällig auf die Knie sackte. Wenngleich des Toten Augen geschlossen waren, sodass wenigstens ihr schreckliches Starren ihr erspart blieb, war sein Körper doch in der Haltung seines schauderhaften Sterbens gefroren und die weiße Haut der Brust sowie der Gliedmaßen wies kreuz und quer die Wundmale der Misshandlungen auf, welchen die Mörder ihn unterzogen, ehe sie sich anderer Kurzweil zuwandten. Auf den ersten Blick konnte Evaine nicht die Verletzungen des Körpers sehen, welche vom Pfahl stammten, doch es gelang Ansel nicht rasch genug, sich zwischen sie und die Stelle zu begeben, an der ihr ältester Sohn das Leben ausgehaucht hatte, und er sah sie erbleichen, als sie das blutige, senkrechte Holz erblickte, das darunter im Schnee gefrorene Blut.

Er vermochte ihren Anblick nicht zu ertragen, als sie sich über den Jüngling beugte, ihr langes goldenes Haar, indem sie des Toten noch knabenhaft hübsches Antlitz zwischen ihre Hände nahm und die geschlossenen Lider betrachtete, über beide Häupter fiel, ihres und Aidans, beide wie ein in stetem Wallen begriffener Vorhang aus goldfarbenem Gespinst gnädig verhüllte. Unverändert in herbes Ringen mit leiblichem Übelsein und ärgster Herzenspein verstrickt, schaute er zur Seite, fragte sich unterdessen, weshalb man Aidan auf diese Weise getötet haben mochte und warum ausgerechnet vor dem Stallgebäude.

Dann erblickte er in den Schatten des Eingangs der Ruine, welche einst das Stallgebäude war, den Grund. Fassungslos, während seine Kiefer aus mühseliger Anstrengung zuckten und mahlten, notdürftige Beherrschung zu bewahren, stand er auf und schritt langsam zum Tor der Stallungen. Was aus Adrian MacLean geworden war, wusste er nun.

Waren die Erstürmer der Burg schon mit Aidan und den Mannschaften und Bediensteten grausam umgesprungen, so hatten sie am Burgherrn erst recht ihren ganzen tollwütigen Grimm ausgetobt. Wie Aidan war er geprügelt worden, doch das war nur die geringste Gräueltat gewesen, die sie am armen Adrian begingen. Sie hatten ihn entblößt und ausgepeitscht und ein Großteil seines Oberkörpers war mit glutheißen Eisen gebrannt worden; roh hatte man ihm die Lider von den Augen gerissen, sodassž er sämtliche übrigen Handlungen von mutwilligster Abscheulichkeit bis zum bitteren Ende hatte mit ansehen müssen. An Fußknöcheln und Handgelenken war er zu selbigem Zweck mit Stricken aufrecht an die Torpfosten der Stallungen gebunden worden, sodass er mit ausgebreiteten Gliedmaßen etliche Fuß breit überm Untergrund hing. Ob sie ihn entmannten, bevor oder nachdem sie ihm den Bauch aufgeschlitzt und seine Innereien hatten herausquellen lassen, das vermochte Ansel beim besten Willen nicht zu befinden.

In einer gräulichen Anwandlung von Einsichtsvermögen verstand er die Absichten jener Schufte, die so gehandelt hatten: Erniedrigung und Marter für den Burgherrn, sowohl am eigenen Leibe wie auch durchs Mitansehenmüssen der Folterung und des langsamen Sterbens jenes Jünglings, den er einst als Sohn annahm – denn Aidan und Camlin MacLean, den sie noch nicht gefunden hatten, waren einander äußerlich ähnlich genug, um statt als Vettern als Brüder zu gelten.

Mit einem heiseren Aufschrei der Empörung legte Ansel die letzten Schritte bis zum Tor zurück und zückte das Schwert, durchschlug die Stricke, welche Adrians Fußknöchel und Handgelenke umschlangen. Als der letzte Strick durchtrennt war und der in der eisigen Kälte erstarrte Leichnam in den blutbesudelten Schnee fiel, wirbelte er herum, rannte dorthin zurück, wo Evaine kniete, den Leichnam ihres toten Ältesten noch an ihren geschwollenen Leib gedrückt, und begann auf den Pfahl einzuhacken, derweil sein Atem ihm mit Schluchzlauten in die Lungen und wieder herausfuhr, bis der Pfahl zerhauen war und inmitten vieler Holzsplitter gefällt im blutigen Schnee lag. Dann sank auch er auf die Knie und weinte, die Hände um seines Schwertes Querstangen geklammert, das Haupt in bitterlichem Gram gesenkt.

Als er aufschaute, hatte Evaine sich in ausreichendem Maße gefasst, um sich wie in äußerster Benommenheit umsehen zu können. Bartholomäus, der älteste ihrer Waffenknechte, hatte den Umhang abgelegt und ihn über Adrians Leiche gebreitet. Damon, der andere Waffenknecht, untersuchte gerade zwei Tote, die nahe beim zerstörten Torgebäude ausgestreckt lagen; da sah Ansel ihn zum erhobenen Fallgitter aufblicken und für eines Herzschlages Dauer inmitten der Bewegung verharren, ehe er aufsprang und aus einer Miene erneuerten Entsetzens hinauf in die Schatten spähte.

»Herr Ansel«, rief der Mann mit vor Aufgewühltheit nahezu erstickter Stimme.

Ansel raffte sich hoch und eilte an Damons Seite, folgte dem Blick des Mannes nach oben zwischen die Balken des niedergebrochenen Fußbodens der Wachstube; die Balken schwelten und knisterten noch. Ein Paar nackter Beine baumelten herab, an einem verschwollenen, blutigen Fuß zuckte krampfartig ein Zeh. Ansel meinte, er könne etwas höher eine kleine weißliche Hand erkennen, ausgestreckt in befremdlichem Winkel, die Finger, welche gleichfalls zuckten, zu Klauen verkrampft.

Rau rief Ansel nach Bartholomäus, auf dass er ihnen helfe, und begann über die noch im Glimmen befindlichen Trümmer der herabgestürzten Balken zu klettern, ließ sich von Damon ein Stückchen weit hinaufziehen, während er auf den Holztrümmern umherklomm. Er erreichte eine Stelle, von der aus er das Fallgitter fassen und dessen hölzerne Querbalken gleichsam als Sprossen benutzen konnte; doch als er sich dem nahte, was er von drunten undeutlich ersehen hatte, schwanden ihm beinahe beim Hinaufsteigen die Sinne.

Beiläufig bemerkte er, dass Damon und Bartholomäus sein Tun von unten beobachteten, dass sich Evaine zu ihnen gesellte, ihr Antlitz in wie betäubter Entgeisterung aufwärts gewandt, aber er wagte keinen Augenblick dafür, ihnen Beachtung zu schenken, zu opfern, denn in dieser Gestalt über ihm stak *tatsächlich* noch Leben, zwar ungemein geschwächt, aber nichtsdestotrotz vorhanden.

Die Brandstifter hatten Adrians Sohn Camlin MacLean gekreuzigt. Wäre der Jüngling ihm nicht von einigen sommerlichen Aufenthalten, gemeinsam verbracht auf der Sippe Ländereien, so wohl bekannt gewesen, Ansel hätte nicht gewusst, wen er da vor sich sah. Sie hatten ihn ans Fallgitter genagelt, schwere Eisennägel durch seine schmalen Hände gehämmert und ins harte Holz der Balken getrieben, welchselbige das Gitterwerk verstärkten, ehe man das Gitter wieder hob und das Torgebäude in Brand setzte. Und zuvor hatte man ihn natürlich geschlagen und sich womöglich an seinem nackten, jungen Körper weiterer Gräuel schuldig gemacht, die Ansel gegenwärtig nicht feststellen konnte, wiewohl er nach dem bisher Geschauten gewisse Vorstellungen hegen mochte.

Danach hatten die Mordbuben ihn dem Tod überlassen, kaum mit den Zehenspitzen auf einen Querbalken des Gitters gestellt, bis die Erschöpfung seine Beine zum Nachgeben zwänge und seines Körpers volles Gewicht allein an den angenagelten Armen hängen würde, sodass sich ihm nach und nach die Brust zusammendrücken und er elendig ersticken müsste.

Doch sie hatten nicht mit unvermuteten Wirkungen des von ihnen selbst ans Torgebäude gelegten Feuers gerechnet, durch das rings um ihr Opfer Balken heruntergeprasselt waren, und zudem hatten sie den entschiedenen Lebenswillen des jungen MacLean weit unterschätzt. Denn irgendwie war es dem Jüngling gelungen, das linke Bein über einen herabgefallenen Balken zu schwingen, um den größten Teil seines Körpergewichts auf denselben zu stützen und seine Arme davon zu entlasten, und außerdem hatte er es geschafft, das andere Knie um einen zweiten Balken zu legen. Er musste fürchterliche Qualen erlitten haben, denn um seine Beine derartig schwingen und den beschriebenen Halt an den Balken finden zu können, hatte er sich zweifelsfrei mit dem ganzen Körper an den Armen hin- und herpendeln müssen, bis sein Schwung ausreichte, und jede noch so geringfügige Bewegung konnte ihm nur mit grausigen Schmerzen möglich gewesen sein.

Naturgemäß hatte er auch in der Gefahr geschwebt zu verbrennen, aber allem Anschein nach war das Feuer ihm nicht allzu nahe gekommen. In der Tat war es sehr wahrscheinlich sogar des Feuers Hitze gewesen, welche bislang verhindert hatte, dass der Jüngling infolge des Winters eisiger Kälte den Tod fand. Was für eine wundersame Häufigung von Zufällen hier zum Zwecke gewirkt hatte, mitten in einer gräulichen Schlächterei wenigstens dieses eine junge Leben zu bewahren!

Ansel erklomm des Jünglings Seite und berührte die zerschlagene Stirn, forschte mit seinen derynischen Sinnen nach geistigen Regungen, empfing die matte Antwort eines übers Maß ausgelaugten Bewusstseins. Er schnauzte den Männern, die unten warteten, einige Befehle zu und Bartholomäus ging irgendwelches Werkzeug suchen, mit dem sich die Nägel aus des Jungmannen Händen ziehen ließen, während Damon ebenfalls die Ruine erklomm, um nach der Winde Ausschau zu halten, womit das Fallgitter herabgelassen werden konnte, und sobald er sie entdeckt hatte, senkte er das

Gitter langsam bodenwärts. Ansel räumte, so rasch er es bewerkstelligen konnte, von den angehäuften hölzernen Trümmern beiseite, was ein ungehindertes Aufsetzen des Gitters womöglich gestört hätte, hakte schließlich einen Arm in das Gitterwerk und stützte des Jünglings Gestalt mit seinem anderen Arm.

Der Jüngling stöhnte auf und verlor vollends die Besinnung, als seinem Gewicht eine Verlagerung widerfuhr, doch Ansel wusste, so war es ohnehin besser. Nachdem das Gitter zur Gänze herabgelassen war, beanspruchte es noch gut das Viertel einer Stunde, ihn vom Holz zu lösen. Zum Zeitpunkt, als sie ihn in Bartholomäus' Umhang gewickelt und der Waffenknecht ihn in den Windschatten einer Burgmauer getragen hatte, begann er allmählich, wenngleich fiebrig, das Bewusstsein wiederzuerlangen. Evaine hatte Streifen aus ihrem Unterkleid gerissen, während die Mannen ihn vom Gitter befreiten, und seine verletzten Hände damit verbunden, doch tränkte Blut den Stoff durch und durch. Während Bartholomäus sich der winterlichen Oberbekleidung entledigte und die schmächtige, durchfrorene Gestalt an seine Brust drückte, um sie zu wärmen, rieben Ansel und Damon dem Zerschundenen die Beine und Oberarme, darum bemüht, den Blutkreislauf von neuem anzuregen. Evaine kniete neben ihnen nieder und berührte sachte des Jünglings Brauen, doch er warf sein Haupt hin und her, schüttelte ihre Hände beinahe ab.

»Vermögt Ihr ihm Beistand zu leisten?«, erkundigte sich Ansel, indem er noch einen Umhang um des Jungmannen misshandelten, von Blut befleckten Oberkörper legte.

»Ich weiß es nicht«, gab sie zur Antwort. »Sein Wille zum Überleben ist stark, gewiss, aber ich bin kein Heiler. Camlin, könnt Ihr mich hören?« Die geschwollenen Lider zuckten und öffneten sich, sanken jedoch angesichts der schmerzlichen Eindrücke, die auf das wiedergekehrte Bewusstsein einstürmten, sogleich wieder herab. »Camlin«, beharrte Evaine, »hört mir zu.«

Damon entkorkte eine Feldflasche mit Wasser und hielt sie hoch und Evaine nickte. »Vorerst nur ein wenig, Camlin«, sprach Evaine leise, während sie innerlich alle Kraft zusammennahm und des Jünglings Schmerz, derweil Camlin mühsam ein paar Schlückchen trank, durch geistige Beeinflussung zu lindern versuchte.

Camlin gab einige klägliche Wimmerlaute von sich, doch allmählich begann er unter Evaines Berührung ruhiger zu werden; sie erkannte, dass nicht allein er noch über ausreichenden Willen zum Leben verfügte, sondern auch sie unverändert ihren Willen zum Helfen besaß. Sie tastete sich nachdrücklicher in Camlins Geist vor, verstärkte ihren Druck und ihren Einfluss auf die Grenzen seines Bewusstseins, nickte kaum merklich, als sie mit Befriedigung spürte, dass seine Geistesschilde erneut etwas weiter zurückwichen, er sich ihren Maßnahmen beugte. »Camlin, könnt Ihr mich hören?«, fragte sie von neuem gedämpft. »Hat der Schmerz ein bisschen nachgelassen?«

Langsam und beschwerlich hob der Jüngling abermals die Lider – so ähnlich waren seine Augen denen Aidans! –, während sein Atem infolge der überdehnten, lange überlastet gewesenen Muskeln seines Brustkorbs unregelmäßig und stoßweise ging, doch anscheinend war seine Pein mittlerweile in gewissem Umfang in den Hintergrund gedrängt worden.

»Tante Evaine«, vermochte er zu röcheln. »Könnt Ihr den Schmerz nehmen? Ist Onkel Rhys da?«

Indem der Kummer in ihr neu aufwallte, schüttelte Evaine andeutungsweise ihr Haupt. »Nein, er kann jetzt nicht hier sein, Camlin. Doch ich werde für Euch tun, was immer in meiner Macht steht. Meint Ihr, Ihr könnt

Euch, um mir dabei von Euch aus zu helfen, in eine etwas tiefere Trance versetzen? Wir müssen Eure Wunden säubern, und das dürfte recht schmerzvoll werden, es sei denn, ich kann mehr als im Augenblick dagegen unternehmen. Wollt Ihr mich das tun lassen?«

Als der Jungmanne matt nickte und wieder die Lider schloss, vertiefte sie das auf geistiger Ebene zu ihm geknüpfte Band, fühlte seine Geistesschilde vollends nachgeben und ihn sich ihrer geistigen Einflussnahme vorbehaltlos unterwerfen. Behutsam versetzte sie ihn in tiefen, von aller Qual freien Schlummer, einen Schlaf jener Art, wie auch ein Deryni, der kein Heiler war, ihn bei willigen Kranken einleiten konnte; danach wickelte sie vorsichtig den notdürftigen Verband von seinem Handgelenk, das neben ihr lag. Bartholomäus, der des Jünglings Haupt in seinem Schoß ruhen hatte, wandte das Angesicht ab, als von neuem kräftig Blut zu fließen begann.

Ansel hatte inzwischen den kleinen Beutel mit den Arzneien aus seiner Satteltasche geholt und entstöpselte nun ein Fläschchen, das eine ätzend scharfe, grüne Flüssigkeit enthielt, welche Rhys für gewöhnlich zum Auswaschen von Wunden verwendet hatte. Er schüttelte sein Haupt, als er Evaine ein Stück sauberen Linnens reichte, getränkt in der grünen Flüssigkeit.

»Hat's denn wirklich einen Sinn?«, fragte er mit merklicher Verzweiflung. »Wird er wieder ein gesundes Leben führen können, oder nur ein nutzloser Krüppel sein? Seht nur, wie seine Hand am Arm hängt. Diese Nägel haben ihn nahezu verstümmelt.«

Indem sie sich auf die Lippen biss – sie wollte sich nicht damit abfinden, dass Ansel wahrscheinlich Recht hatte –, machte sich Evaine daran, das fürwahr sehr schwer verletzte Handgelenk zu reinigen, zunächst vorsichtig mit den Fingerspitzen die Wunde selbst, aus deren beiden Wundöffnungen das Blut schneller pulste, als ihre Tücher es aufzusaugen vermochten. Erst nachdem sie den Verband mehrmals gewechselt hatte und zu der Einsicht gekommen war, dass sie schwerlich mehr tun konnte, um den Zustand seines so übel zugerichteten Handgelenks zu bessern, bemerkte sie plötzlich im geistigen Bereich eine nahezu unwahrnehmbar schwache Wesenheit. Sie drehte das Haupt und sah den drei Lenze alten Tieg über ihre Schulter hinweg Camlin aus geweiteten Augen mustern.

»Tieg! Oh, um des Himmels willen, du solltest doch schlafen!« Sie lenkte ihren Blick hinüber zu Damon, der nach wie vor Camlins kalte Füße und Beine rieb, seufzte laut und presste ihre Finger fest auf die zwei Wundöffnungen beiderseits an Camlins Hand, achtete nicht darauf, dass ihr inzwischen Blut über die eigenen Hände rann. »Damon, bitte bring ihn zurück zur Sänfte. Für diese Dinge hier ist er zu jung.«

»Nein – nicht zu jung«, widersprach Tieg, klammerte sich an seiner Mutter Arm, krallte sich noch heftiger an ihr fest, als Damon Anstalten machte, ihn aus ihrer Nähe zu entfernen. »Nicht! Tieg hilft!«

Erneut verspürte Evaine am Rande ihrer derynischen Wahrnehmungsmöglichkeiten ein sonderbares Prickeln – die Gegenwart einer Wesenheit, die nicht Rhys war, aber *wie* Rhys.

Tieg?

Verdutzt schüttelte sie den Kopf und gab dadurch Damon zu verstehen, er solle Tieg seinen Willen lassen, dann betrachtete sie den Knaben mit erhöhter Eindringlichkeit. Das Knäblein hörte auf zu zappeln und schlang unverzüglich die dicklichen Ärmchen um seiner Mutter Hals, um ihr einen feuchten Kuss auf die Wange zu drücken. »Tieg hilft Mutter«, setzte er sie ernst in Kenntnis, den Blick seiner haselnussbraunen Äuglein offen in ihre blauen Augen gerichtet. »Wir machen Camlin 'sund, hm, Mutter? Wir machen 'sund, wie Vater macht.« Ein Anschwellen inwendiger heilerischer Kraft begleitete seine Äußerungen, zwar bar jeglicher Schulung und Ausrichtung, aber nichtsdestoweniger da, und einen Augenblick lang war Evaine fürwahr davon überzeugt, sie vermöchten es gemeinsam zu schaffen und eine Heilung Camlins zu bewerkstelligen.

Sollte es denn wirklich und wahrhaftig möglich sein?

Sie merkte, dass sie den Atem angehalten hatte, und ließ ihn langsam entweichen. Jedenfalls war es einen Versuch wert.

»Na, schön, mein kleiner Liebling. Du kannst deiner Mutter helfen. Du hältst ganz fest Mutters Arm, schaust dir Camlin an und denkst nur daran, ihn gesund zu machen. Alles klar?«

»Das mach ich«, gab er schlichtweg zur Antwort, rückte ein wenig zur Seite, sodass er wieder über ihre Schulter blickte, das Kinn verträumt auf ihren Oberarm gestützt.

Wider jede vernünftige Überlegung tastete sie nach jenen geistigen Bahnen, durch welche die heilerisch wirksamen Kräfte gemeinhin zu strömen pflegten, und fand sie, vertiefte die seelische Verbindung zu ihrem kleinen Söhnchen, fühlte das gleiche geistige Band entstehen, wie sie es so oft anlässlich heilerischer Eingriffe mit Rhys geschmiedet hatte. Wider alle vernünftige Annahme spürte sie, wie sich auf ihre geistige Berührung hin die wohlvertrauten heilsamen Kräfte regten!

Das gleiche Gefühl war es, das sie schon – im Laufe der Jahre – tausendmal oder häufiger beim gemeinsamen Wirken mit Rhys empfunden hatte. Nur nahm sie diesmal die Ausrichtung vor, während Tieg die Heilkräfte lieferte; ihr fiel die Aufgabe zu, sie zu lenken, sie den Zwecken zuzuführen, denen der Knirps sie so bereitwillig zur Verfügung stellte. Sie konnten es *wahrhaftig* tun!

Sie merkte, dass Ansel und die Waffenknechte sie anstarrten, doch sie schenkte ihnen keine Beachtung. Sie legte Camlins Handgelenk in ihrer einen Hand günstiger zurecht und presste ihrer anderen Hand Fingerkuppen entschlossen in die blutige Wunde, die vom Einschlagen des Eisennagels zurückgeblieben war, derweil ihr Söhnchen mit wie gebannter Aufmerksamkeit zuschaute. Sie spürte unter den Fingerspitzen den immer stärkeren Blutstrom, warm und voller Leben, das zu fliehen drohte; die harte Wirklichkeit der Knochen in Hand und Arm; die Bänder und Sehnen, vom Nagel zerrissen, der auch das Fleisch durchbohrt und die Knochen auseinander gezwängt hatte; und sie nahm wahr, wie Tieg alles voller Staunen beobachtete, inwendig nachgerade sachbezogen ruhig, gleichzeitig jedoch voll von der schlichtmütigen Zutraulichkeit eines Kindes, das sich auf die seiner Mutter unterstellte Fähigkeit, alles wieder ins rechte Lot zu bringen, uneingeschränkt verließ. Evaine verlagerte einen Teil ihrer geistigen Aufmerksamkeit und widmete ihn ihrem Sohn, verspürte deutlich, wie Tiegs heilsame Kräfte durch ihrer Fingerspitzen in die Wunde flossen – regelrechte Heilkräfte, eben von jener Natur, wie sie Rhys zu Eigen gewesen waren, nur gehörten sie in diesem Fall ihrem Sohn.

Mit einer Hand verschob sie behutsam Camlins Handgelenk und bemerkte, wie die Knochen an ihren ursprünglichen Platz zurückrutschten, spürte die Sehnen und das Fleisch unter ihrer Berührung zusammenwachsen und heilen, derweil sie die Fingerkuppen ganz langsam aus der Wunde zog, bis dieselbe sich unter ihnen geschlossen hatte. Sie drehte das Handgelenk und fuhr mit den Fingern durch die Austrittswunde auf der anderen Seite und sie wuchs ebenfalls zu. Einige schwach sichtbare Narben würden sicherlich bleiben und ihn sein Leben lang an die erlittene Prüfung erinnern – abgesehen von den Beeinträchtigungen seines Seelenfriedens, zu deren Ausheilung es anders gearteter heilerischer Maßnahmen bedurfte –, dieweil sie nicht so makellos zu heilen vermochte, wie es Rhys möglich gewesen wäre, doch zumindest waren die Knochen wiederhergestellt, hatte sie die schlimmste seiner Verletzungen behoben.

Während des anfänglichen Teils der Heilung hatte Ansel ihr und Tieg nur befremdet zugesehen, doch sobald er begriff, was sich abspielte, löste er den Verband von Camlins anderer Hand und säuberte deren Verletzung, so gut es ging, auf dass sie sich anschließend ohne Zeitverlust ihr widmen könnten. Und daraufhin berührte sie auch diese Wundmale und heilte sie ebenso, senkte dann ihre blutigen Hände auf die mit Striemen bedeckte und von Zerrungen geschädigte Brust, tilgte die Spuren der Auspeitschung, beseitigte die Verspannungen der Muskeln, die Camlin fast den Brustkorb eingedrückt hätten.

Die Heilung forderte ihrem geistigen Durchhaltevermögen sehr viel ab und sie merkte, dass ihre heilerischen Handlungen gleichfalls Tiegs Kräfte ungemein stark beanspruchten; doch als sie Bartholomäus darum gebeten hatte, den besinnungslosen Camlin in seinen Armen zu drehen, sodass sie den Zustand seiner Rückseite begutachten konnte, und sich sodann zunächst dafür entschied, sie von sich aus verheilen zu lassen, da warf Tieg ihr einen zutiefst vorwurfsvollen Blick zu.

Indem sie trotz ihrer Ermattung lächelte, linderte Evaine auch die Schwielen auf Camlins Rücken, Gesäß und seinen kräftig mit Muskeln ausgestatteten Beinen, dann wusch sie sich das Blut von den Händen und tastete mit den ihr noch verbliebenen, geringfügigen Kräften in sein Gedächtnis, verschleierte die Einzelheiten dessen, was sich zugetragen hatte, bis er sich an Zeitpunkt und Ort seiner Wahl damit befassen und es bewältigen mochte. Als sie endlich fertig war, schlief Camlin ruhiger, in die Wärme mehrerer Umhänge gehüllt. Unterdessen hatte Tieg es sich an ihrer Seite behaglich gemacht und schlummerte gleichfalls, einen Daumen in seinem rosigen Mündchen, den Ausdruck völliger Ermüdung auf seinem sommersprossigen Angesicht. Sachte zog sie sich aus ihres Söhnchens Geist zurück, nahm ihn in ihre Arme, hielt ihn in durch und durch gefühlvoller Dankbarkeit an sich gepresst, ehe sie ihn Damon übergab, damit er ihn wieder in der Sänfte zur Nachtruhe bette. Als Bartholomäus den nunmehr in friedlichem Genesungsschlaf befindlichen Camlin in seine Obhut nahm, kauerte sich Evaine mit einem Aufseufzen zurück auf ihre Fersen, rieb sich mit beiden Händen den Rücken. Sie verspürte, als sie die eigene Beherrschtheit lockerte, ein schwaches Beben in ihrem Leib, dann einen nur kurzen, aber heftigen Krampf. Spannung schwoll in ihr, aber der Schmerz war fast zu schnell vorbei, als dass sie ihn so recht hätte wahrnehmen können.

»Seid Ihr wohlauf?«, fragte Ansel nach, indem er besorgt ihren Arm packte, als er in ihrem Antlitz den Ausdruck der Schmerzempfindung sah.

Eilig unterzog sie ihren Zustand einer Einschätzung, nickte sodann, wenngleich nicht ganz überzeugt. »Allem Anschein zufolge. Ich glaube, mein anderes Heiler-Kind hat sich wieder einmal gegen die übermäßige Belastung seiner Mutter aufgelehnt. Dergleichen hat's schon zuvor getan. Als Tavis O'Neill seine Hand verloren hatte, war ich erst seit wenigen Monden schwanger, doch ich musste die Räumlichkeit verlassen, worin sich Tavis befand. Ich vermute, seine inneren Missklänge haben meiner ungeborenen Tochter missfallen.«

Ansel winkte Thomas mit der Sänfte heran, dann schickte er Damon und Bartholomäus auf die Suche nach etwaigen weiteren Überlebenden in die übrigen Gebäude der Burg, während er selbst sich in den restlichen Winkeln des Innenhofs umsah.

Binnen kurzem kamen Bartholomäus und Damon mit einem Arm voll schwerer Umhänge und Decken sowie dem Leichnam einer hageren weißhaarigen Greisin zurück, welchletztere schlichte, aber kostbare Kleidung trug. Sie zeigte keinerlei Spuren von Gewalttätigkeiten; sie mochte – so friedvoll war ihre Miene – im Schlaf gestorben sein. Als Damon sie auf die von Bartholomäus zu diesem Zweck ausgelegten Decken bettete, trat Evaine hinzu.

»Tante Aislinn, meines Vaters Schwester«, stellte sie mit leiser Stimme fest. »Wo hast du sie gefunden, Damon?«

»Im Sonnensaal hoch droben überm Rittersaal, edle Frau. Der Zugang ist aufgebrochen worden, doch offenbar hat man sie nicht angerührt. Ich kann mir nur denken, dass sie, ehe man bis dorthin vorgedrungen ist, schon am Rauch gestorben war.«

»Oder ihr Herz ist stehen geblieben«, meinte Evaine gedämpft. »Mag sein, sie hat so einen Tod vorgezogen, da sie sehen konnte, wie er andernfalls vorgegangen wäre.« Sie schüttelte das Haupt und breitete den Zipfel einer Decke über der Toten Antlitz. »Sie war die Witwe des Grafen von Kierney, Damon – Großmutter des Burgherrn und eine viel gerühmte, weise Edelfrau. Seid ihr sicher, keine Spur von den anderen edlen Frauen entdeckt zu haben? Dieweil Aislinn und die Kinder hier waren, müssten eigentlich Herrn Adrians Gemahlin und seine Schwester ebenso auf der Burg gewesen sein.«

»Wir haben noch niemanden davon gefunden, edle Frau. Soll ich weitersuchen?«

Das war Evaines Wunsch, aber ehe sie ihm Ausdruck

verlieh, sah sie sich um, wollte zuvor nachschauen, ob nicht Ansel dringlicher Damons Unterstützung brauche. Ansel stand bei der Sänfte, die vor eine der Zwischenmauern gebracht worden war, sodass die Kinder, falls sie einen heimlichen Blick durch die Vorhänge nach draußen taten, von dem stattgefundenen Gemetzel nichts sehen konnten. Arik, Bartholomäus und Thomas, so bemerkte Evaine, schichteten in des Burghofs Mitte unverbrannte Balken und sonstige brennbare Gegenstände auf. Sie starrte sie für ein ausgedehntes Weilchen an, bevor sie begriff, welche Absicht damit verbunden sein musste.

»Ansel, was haben die Männer vor?«, keuchte sie, indem sie so schnell, wie es in ihrer Verfassung möglich war, an seine Seite eilte, seinen Arm umschlang.

»Sie tun's auf meinen Befehl, Evaine. Wir können unsere Toten unmöglich mit uns nehmen, begraben können wir sie im gefrorenen Erdreich auch nicht und für Wölfe und Witterung möchten wir sie doch ebenso wenig zurücklassen. Angesichts der Umstände ist das die anständigste Art und Weise.«

Sie wusste, er hatte Recht, vermochte aber nicht zu verhindern, dass ihr von neuem die Tränen kamen. Blindlings stolperte sie hinüber zu ihrem Erstgeborenen, der noch in Ansels Umhang im Schnee lag, kniete nieder und entblößte noch einmal das unverändert jünglingshaft schöne Antlitz, um das goldblonde Haar aus der glatten, zum Glück nicht entstellten Stirn zu streichen. Bei diesem Anblick, den er so bot, den geschundenen Leib ihrer Sicht entzogen, nur das engelhafte Angesicht unter ihren Augen, vermochte sie sich beinahe einzureden, er sei, wie Aislinn, gänzlich friedlich gestorben.

Sie faltete die Hände und versuchte zu beten, sehnte sich nach der Gegenwart ihres Vaters oder Bruders, welche sich ihrem Gebet hätten anschließen können, um Aidan umso rascher auf seinen Weg in himmlische Gefilde zu senden, und sie wünschte, mehr ließe sich tun, als hier zum Abschied von so vielen Opfern sinnloser Gewalt nur einen Scheiterhaufen zu errichten, aber sie sah ein, alles andere war ausgeschlossen. Diesmal musste ihr Gebet allein genügen – und wer sollte sich eher eignen, um hier an der Stätte seines Sterbens ihn dem Himmel anzuempfehlen, als jene, die ihn geboren und geliebt, die ihn nun verloren hatte. Sie fühlte sich nicht einmal dazu imstande, die Tatsache zu beklagen, dass der junge Camlin lebte, während ihr Sohn hatte sterben müssen – denn wer so viel erlitten hatte wie Camlin, dem stand als Lohn das Leben zu.

Sie betete und verabschiedete ihn himmelwärts, und als zuletzt Ansel kam, den Jüngling nahm und auf den Scheiterhaufen legte, da war es ihr möglich, trockenen Auges beiseite zu treten und zuzusehen, wie ihr Neffe die schmale, in Decken eingeschlagene Gestalt aufs Holz schob, sich vollauf dessen bewusst, dass Aidan hier nicht länger weilte, Ansel nur eine entseelte irdische Hülle handhabte.

Sie betteten Adrian und Aislinn zu seinen beiden Seiten – der Abstammung nach allesamt MacRories, auch wenn sie verschiedene Namen getragen hatten –, und dann vereinte Evaine mit Ansel Hand und Geist, um die Flamme der Vertilgung zu entfachen.

Evaine hielt sich für in vollauf unbeeinträchtigtem Zustand, bis erneut ein heftiger Krampf ihren Unterleib heimsuchte und sie das von früher vertraute, warme Fließen des Fruchtwassers verspürte. Der Schnee unter ihren Füßen nahm einen rosa Farbton an. Ein Keuchen der Bestürzung drang über ihre Lippen, denn sie wusste sehr wohl, was das bedeutete; nun begann nachgerade menschliche innere Not die ansonsten so überlegene, kühlmütige Deryni-Magierin zu bedrängen. Das Kind würde innerhalb der nächsten Stunden zur Welt kommen, fast eines vollen Mondes Frist zu früh und sie war nicht dazu in der Lage, es zu ändern. Nunmehr saßen sie in dieser Ruine der Martern und des Todes bis zur Entbindung fest. Und diese Geburt musste ohne Rhys' zärtlichen Beistand, mit dem er ihr Werk stets erleichtert und ihre Schmerzen gelindert hatte, vollzogen werden, ja, nicht einmal eine Hebamme stand ihr zur Verfügung. Sie fragte sich, ob Ansel oder einer der anderen Männer überhaupt schon einmal bei eines Kindleins Geburt zugegen gewesen sein mochten.

Die Mannen vergeudeten keine Zeit und suchten für sie einen vorläufigen Unterschlupf. Was vom Stallgebäude übrig war, wünschte sie nicht zu betreten, solange davor noch Adrians im Schnee gefrorenes Blut zu sehen war, und ihre Begleiter wollten sie keinesfalls im Sichtbereich des Scheiterhaufens belassen, der noch für längere Zeit eine rußige Rauchsäule im Morgenwind gen Himmel schicken sollte. Schließlich einigte man sich auf eine Nische unterhalb der Küchenstiege, die man mit Decken verhängen und einigermaßen gegen die Kälte schützen konnte, zumal nun auch wiederum Schnee zu fallen begonnen hatte.

Man entfachte ein kleines Lagerfeuer, spannte die Pferde von der Sänfte aus und brachte Letztere in den Innenhof; Rhysel war wach und hungrig und wollte ungeduldig ins Freie. Evaine konnte es ihr natürlich nicht gestatten, doch sie begab sich zu ihrer Tochter, während selbige ein Morgenmahl verzehrte, und durch Ansel ließ sie Tieg und Camlin lange genug wecken, sodass auch sie ein wenig zu essen vermochten, bevor sie alle drei im Innern der Sänfte in neuen Schlummer versetzte.

Danach ließ Evaine sich nieder, um die Mühsal, die ihr näher rückte, auf sich zu nehmen, und allmählich ging sie des Zeitgefühls verlustig, derweil die Wehen in immer kürzeren Abständen auftraten und der Morgen sich dahinzog. Ansel blieb überwiegend bei ihr und versuchte sich von ihr zwischen den einzelnen Wehen ein paar grundsätzliche Kenntnisse über die Kindsgeburt vermitteln zu lassen. Die Waffenknechte fuhren in der schauerlichen Tätigkeit fort, auch die übrigen Toten dem Scheiterhaufen zu übergeben. Den gesamten Vormittag hindurch musste Evaine das Knistern und Prasseln der Flammen mit anhören, die ein Opfer nach dem anderen verzehrten.

Fast war die Mittagsstunde gekommen, da verfielen der Waffenknechte Stimmen plötzlich in einen anderen Tonfall und dann stürzte, ohne erst um Erlaubnis zu ersuchen, Arik in die verhangene Nische.

»Edle Frau, edle Frau – schaut nur, wen wir gefunden haben! Sie waren beide in der Abfallgrube versteckt.«

Evaine hätte vor Freude weinen können, als sie die beiden völlig verschmutzten, verhärmten Frauen sah, welche hinter Arik in Sichtweite gelangten. Es handelte sich um ihre vermissten Verwandten. Fiona, kleinwüchsig, von dunkler Erscheinung und stets überaus lebhaft, stieß einen erstickten Schrei aus und warf sich durch die aufgehängten Decken geradewegs in Evaines Arme, schüttelte unablässig das Haupt und lachte, als vermöchte sie, was sie erblickte, ganz und gar nicht zu glauben. Mairi, die Gemahlin des erschlagenen Adrian, verweilte dagegen stumm an Bartholomäus' Seite, ließ sich von ihm am Arm stützen, die Augen blicklos in unersichtliche Fernen gerichtet, auch dann noch, als Fiona sie zuletzt behutsam zu einem niedrigen Schemel an Evaines Lagerstatt führte. Evaine brauchte nicht erst Erkundigungen danach einzuziehen, was Mairi hatte bezeugen müssen.

Die Männer waren froh, alles Weitere, was die nahe Entbindung anbetraf, den Weibern überlassen und sich wieder an ihre Tätigkeit und das Wachehalten begeben zu können, und Fiona und Evaine brachten die nachfolgende Zeit im Gespräch zu. Derweil sich Fiona wusch und die willenlose Mairi vom Dreck der Abfallgrube reinigte, danach die eigenen und Mairis Kleider gegen trockene Kleidungsstücke austauschte, die Ansel ihnen brachte, schilderte sie Evaine, wie sie und Mairi am vergangenen Tag all das Grauen mit angesehen hatten – vom Fenster des Sonnensaales aus –, ehe es ihnen gelang, als die Angreifer den Hauptbau in Brand setzten, in einem Abfallschacht nach unten zu klettern. Die mutige greise Gräfin Aislinn, zu gebrechlich, um mit ihnen hinab durch den engen Schacht zu fliehen, hatte sich freiwillig anerboten, ihnen Rückendeckung zu gewähren, falls Plünderer den Sonnensaal betraten, bevor das Feuer ihn erreichte; denn sie hatten das Schreien anderer Burgbewohner hören können, die in unteren Stockwerken von den Flammen eingeschlossen worden waren, und wussten daher, es war lediglich eine Frage der Zeit, bis die Flammen auch zu ihnen vordrängen. Die ganze schreckliche Nacht lang hatten die beiden sich in der Abfallgrube verborgen gehalten und darum gebetet, sie möchten nicht entdeckt werden; und irgendwann während jener entsetzlichen Stunden hatte Mairi sich mit ihrem Gram völlig in ihr Innenleben zurückgezogen.

Evaines Wehen währten noch den gesamten Nachmittag hindurch, und unterdessen standen Ansel und die Waffenknechte draußen Wache und Fiona ließ Evaine fortwährend von Camlins Heilung, ihrer Liebe zu Rhys und alle möglichen anderen Dinge reden, die ihnen in den Sinn kamen, um sie vom Schmerz der Wehen abzulenken. Bei allen zuvorigen Anlässen hatte Evaine, um von ihm die Geburt beschleunigen und die Beschwerden mildern zu lassen, Rhys zur Seite gehabt; aber diesmal musste sie notgedrungen der Natur freien Lauf gewähren.

Zum Zeitpunkt, als der Säugling endlich das Licht der Welt erblickt hatte – just bei Anbruch der abendlichen Dämmerung –, waren beide, Mutter ebenso wie neugeborene Tochter, restlos erschöpft. Ansel gönnte ihnen noch Ruhe, bis es vollends dunkel war, und sorgte dafür, dass alle ein reichliches, kräftiges Mahl erhielten; doch danach beharrte er darauf, weil er keine Wahl sah, dass sie aufbrachen und den Weg fortsetzten.

Evaine mit Tieg und dem Neugeborenen in der Sänfte, Rhysel auf ihrem Pferdchen, Camlin und die zwei anderen Frauen vor Ansel und zweien der Waffenknechte aufgesessen, so verließen sie zu guter Letzt die Ruinen von Burg Trurill. Sie ritten die ganze Nacht ohne Unterlass und bis in den folgenden Tag hinein, wichen unterwegs zweimal Sphären des neuen Grafen von Culdi aus, rasteten nur kurz, um die Rösser zu füttern und zu tränken sowie reihum andere Reittiere mit den zusätzlichen Weggenossen zu belasten. Gegen Anbruch der Abenddämmerung jedoch besaß Ansel endgültige Klarheit darüber, dass sie, wenngleich noch weit hinter ihnen auf der Landstraße, Verfolger auf sich gezogen hatten.

Er verschwieg Evaine seine Beobachtung, aber sie wusste ohnehin Bescheid. Sie tastete mit ihren Deryni-Fähigkeiten die weitere Umgebung ab und da spürte sie die kaltschnäuzigen, rohen Gemüter, welche sie gefühlsmäßig als vergleichbar mit den Menschen selbigen Schlages empfand, die ihren Sohn misshandelt und ermordet hatten. Sie hasste jene Menschen und blieb in ihrem Hass doch hilflos, matt und erschöpft, wie sie nun war durch Camlins Heilung und ihres Kindes Niederkunft. Ansel drängte zu erhöhter Schnelligkeit, doch erwies sich, je weiter sie gelangten, die Landstraße als immer schlechter, derweil es zudem rasch dunkelte, und die Sänfte war für ihr Vorankommen ein schwer wiegendes Hemmnis; er fing nunmehr an, sich ernstlich zu sorgen, denn die Verfolger holten langsam, aber sicher auf. Als sie für eine Weile gar noch verlangsamen mussten, damit die Pferde, welche die Sänfte trugen, einen besonders gefährlichen, abschüssigen und rutschigen Abschnitt der Landstraße zu überwinden vermochten, trügerisch durch Schlamm und Eis, zügelte Ansel sein Ross längs der Sänfte und legte Hand an, um ihr zusätzlichen Halt zu geben, und da teilte Evaine der Sänfte Vorhänge, um ihn aus bleicher, abgehärmter Miene anzuschauen.

»Sie kommen näher, nicht wahr?«, vergewisserte sie sich.

»Ich hatte gehofft«, antwortete Ansel, »Ihr würdet's nicht bemerken.«

Mit einem tiefen, ergiebigen Atemzug unterzog Evaine ihre gegenwärtige Verfassung einer Selbstbeurteilung und entschied, dass sie mittlerweile mit knapper Not wieder dazu imstande sein müsste, auf einem Reittier zu sitzen. Sie sah darin, der Sänfte zu entsagen, die günstigste Möglichkeit, um die Verfolger abzuhängen, und vielleicht war jetzt ihre einzige Gelegenheit. Wenn sie allesamt zu Rosse saßen und keine Mühe scheuten, konnten sie wahrscheinlich etliche abseits der großen Landstraße gelegene Pfade benutzen, auf denen sie bis zur Morgenfrühe – oder jedenfalls wenig später – sicher des angestrebten Klosters Schutz zu erreichen vermochten. Zuvor jedoch mussten sie die Verfolger von ihrer Fährte ablenken oder sie gingen die Gefahr ein, sie letztendlich zu ihrem einzigen Zufluchtsort zu führen.

»Dann werde ich reiten«, sprach Evaine, nahm den Säugling von ihrem Busen und raffte den Umhang fester um die Schultern, indem sie die Füße aus der Sänfte schwang. »Wenn wir die Sänfte zurücklassen, kommen wir geschwinder vorwärts, zumal in der Dunkelheit.«

Augenblicklich sprang Ansel aus dem Sattel in den Dreck, um sie zu stützen, als sie sich aufzurichten versuchte und stattdessen ins Wanken geriet. »Seid doch nicht derartig töricht!«, stieß er gedämpft hervor. »Ihr seid in keiner Verfassung zum Reiten. Wollt Ihr Euch auf eine solche Weise umbringen?«

Sie winkte Damon herbei, damit er ihr helfe, indem sie bereits begann dem vor die Sänfte gespannten Pferd die Gurte zu lösen.

»Natürlich nicht. Aber ebenso wenig liegt mir daran, in die Gewalt unserer Verfolger zu fallen, und ich möchte ihnen auch nicht den Weg zu unserer Zufluchtsstätte weisen. Was man in diesem Landstrich des Reiches mit Deryni macht, haben wir ja deutlich genug gesehen. Damon, du und Thomas, stellt die Sänfte ab und verseht die Pferde hinlänglich mit Zaumzeug, sodass man sie reiten kann. Ich und das Kind sowie Fiona, wir werden zusammen reiten.«

»Meint Ihr nicht, Ihr solltet zur Sicherheit wenigstens mit mir auf meinem Ross oder mit einem der anderen Männer reiten?« schlug Ansel vor. »Ich weiß nicht, ob's der Edlen gelingen wird, Euch zu halten, falls Ihr zu stürzen droht.«

Fiona, die sofort von dem Ross gesprungen war, das sie gemeinsam mit Arik ritt, eilte herüber, um Evaine das Neugeborene abzunehmen und sie am Arm zu stützen.

»Sie wird nicht stürzen«, versicherte Fiona, »und ich würde sie nicht stürzen lassen. So ein Tier kann zwei Frauen leichter tragen als einen Mann und eine Frau. Das ist die einzige vernünftige Art und Weise, wie wir zügiger vorwärts gelangen können.«

Ansel schnitt eine Miene, die unverkennbar gewisse Bedenken widerspiegelte, aber er ahnte, dass Evaine, nachdem sie sich nun entschieden hatte, sich zu nichts anderem mehr überreden ließe; und man vermochte schwerlich zu leugnen, dass sie ohne die lästige Sänfte *tatsächlich* schneller sein konnte. Er begutachtete eilends die verfügbaren Reittiere und wählte jenes, das am größten war und sich durch die gleichmäßigste Gangart auszeichnete, für Evaine und Fiona aus, wies anschließend Arik an, dass er seinen tiefen, gut gepolsterten Reisesattel für selbigen Gaul abgab, ihn mit behelfsmäßig zurechtgemachten Gurtwerk auf dem Rücken befestigte, dieweil er wusste, Arik war dazu in der Lage, sein Ross auch ohne Sattel zu reiten. Die Kinder verteilten sie unter Arik, Damon und ihm selbst und Mairi setzten sie auf das zweite Pferd, das durch den Verzicht auf die Sänfte frei geworden war; Thomas betraute er damit, auf sie Acht zu geben. Bartholomäus, der Rhysels Pferdchen an einem Riemen mitzog, machte den Schlussmann.

Zunächst ritten sie eher gemächlich; doch dann, als Evaine den Eindruck erregte, die veränderte Fortbewegungsart einigermaßen gut zu verkraften, legten sie merklich an Schnelligkeit zu. Unmittelbar mit dem Einsetzen völliger Dunkelheit begann ein leichtes Schneetreiben, das ihre Spuren bedeckte; und kurze Frist später gelangten sie an eine Stelle, wo sich die Landstraße in mehrere Abzweigungen gabelte, und sie erblickten darin einen weiteren Anlass zu der Hoffnung, die Häscher möchten sich von fortgesetzter Verfolgung entmutigen lassen.

Wenig später spürte Evaine, dass bei ihr Blutungen einsetzten, und nur mit Aufbietung der alleräußersten Willenskraft schaffte sie es, überhaupt bei Bewusstsein zu bleiben; mit jeder Meile, die sie zurücklegten, wichen ihre Kräfte mehr und mehr von ihr. Aber sie dachte gar nicht daran, Ansel davon irgendetwas kundzutun, wagte es nicht, denn er hätte dann möglicherweise ihre Geschwindigkeit wieder verringert, und dann mussten sie vielleicht damit rechnen, doch noch von den Schergen eingeholt und ergriffen zu werden. Weit besser war es, wenn es denn sein musste, auf der Landstraße den Tod im Schnee zu finden, als das erleiden zu müssen, was man den anderen Deryni zu Trurill zugefügt hatte.

Und in der Tat gelang es ihnen, im Laufe der Nacht – in langer Flucht durch frischen Schnee – die Verfolger abzuschütteln, derweil des neuen Jahres zweiter Tag anbrach und die Kälte des Winters sich immer härter bemerkbar machte. Abgesehen von zweimaliger, bloß flüchtiger Rast, bei welchen Gelegenheiten sie nur karge Mahlzeiten zu sich nahmen – aber sowohl die Tiere wie auch die Reiter brauchten diese kurzen Möglichkeiten zum Verschnaufen –, ritten sie unablässig durch die nächtliche Finsternis dahin. Evaine beharrte darauf, ihr sei zum Reiten wohl genug zumute.

Bei der zweiten Rast weigerte sie sich allerdings, vom Pferd zu steigen, denn beim ersten Rasten hatte sie die dunkle Verfärbung des Sattelleders bemerkt, die vom Blut herrührte – wogegen Fiona und Ansel sie nicht sahen –, und sie war sich darüber im Klaren, dass sie sie den anderen verhehlen musste. Also verblieb sie auf dem Gaul und reichte unterdessen dem Säugling die Brust zum Trinken, fest in ihren großen weiten Umhang gehüllt, während sich Schneeflocken, ohne zu schmelzen, in ihrem üppigen goldenen Haupthaar niederließen, das ihr aus der Kapuze und dem Neugeborenen ins Angesichtchen fiel.

Danach ritten sie von neuem weiter und Evaine versank wiederum in den Zustand halber Besinnungslosigkeit, in welchem allein es ihr möglich war zu verhindern, dass ihr die Sinne infolge ihrer immer stärker spürbaren Erschöpfung vollends schwanden. Ihr kam kaum noch zu Bewusstsein, wie die Zeit verstrich, welche Strecke sie zurücklegten, aber sie erreichten die Abtei der Heiligen Jungfrau von den Matten kurz nach dem Heraufziehen der Morgendämmerung.

Es gelang Evaine, als sie mit ihrer Begleitung in den

Klosterhof ritt und man die Tiere zügelte, für ein Weilchen zu vollem Bewusstsein zu kommen und mit ihrem ganzen Wesen und Dasein freute sie sich über den Anblick Jorams, der durch den jungfräulich weißen Schnee herbeilief. Sie blieb gerade noch lange genug im Sattel, um den Säugling einem hilfswilligen Mönch wohlbehalten in die Arme schieben zu können, und sie fühlte auch noch, wie Jorams Hände ihre Hüfte fassten, um sie vom Gaul zu heben, dann aber begann sich die Welt rings um sie zu drehen und sie verlor die Besinnung.

Als ihr das Bewusstsein wiederkehrte, lag sie, wie sie als Erstes feststellte, an irgendeinem Ort, der warm war und trocken, ruhte sie unter dem behaglichen Gewicht einer ganzen Anzahl von weichen Decken. Der Duft irgendeiner ungeheuer nahrhaften Speise drang ihr in die Nase. Während ihrer Bewusstlosigkeit war sie gebadet und in ein sauberes Gewand gekleidet worden – sie vermutete, dass dabei Fiona ihre Hand im Spiel gehabt hatte –, und als sie, ohne die Augen aufzutun, unter den Decken versuchsweise eines Fußknöchels Muskeln spannte, besann sie sich schlagartig der Zumutungen, denen sie ihren Körper im Verlauf der vergangenen Tage gezwungenermaßen hatte aussetzen müssen. Rasch überzeugte sie sich davon, dass ihre Blutungen zum Stillstand gekommen waren, und sie stellte fest, derweil sie sich einer geschwinden Begutachtung unterzog, dass sie sich in besserem Allgemeinzustand befand, als sie angenommen hatte.

Mit zurückgekehrter Wachheit empfing sie auf geistiger Ebene Eindrücke von anderen Anwesenden in ihrer unmittelbaren Umgebung, sowohl solchen, die ihr vertraut waren, wie auch anderen, die sie nicht kannte; folglich schlug sie nun die Augen auf. Sie stellte fest, dass sie vor einem Kamin, in dem ein kräftiges Feuer loderte, in einem schmalen Bett lag. Des Gemachs Decke war verputzt und gekälkt, die Balken, welche man darin freiliegen sah, mit einem öligen Pflegemittel behandelt, das dem Holz einen dunklen, samtweichen Glanz verlieh. Auf einem Stuhl zu ihrer Rechten saß ein Mönch in schwarzer Kutte und rührte in einem Gefäß, dessen Inhalt die Quelle jenes verheißungsvollen Duftes nach Nahrhaftem war; hinter ihm stand ein anderer Mönch – Evaine ersah, dass er kein anderer war als der Abt. An ihrer anderen Seite kniete Joram, das helle Haupt gesenkt, statt ins vertraute Blau der Michaeliten ins Schwarz dieser fremden Mönche gehüllt, um den Hals die Stola eines Priesters gelegt. Im Hintergrund sah sie Fiona soeben mit einem Zuber und einem Arm voll grober, grauer Tücher hinausgehen.

Da hob Joram den Blick, sich dank seiner Deryni-Sinne nunmehr dessen gewahr, dass sie ihre Besinnung wiedererlangt hatte. Bevor sie irgendetwas zu äußern vermochte, schob er ihr einen Arm unter Nacken und Schultern und hob ihren Kopf an, sodass der Mönch unverzüglich damit beginnen konnte, ihr löffelweise Suppe in den Mund zu verabreichen. Als sie Anstalten machte, Einspruch zu erheben, schüttelten beide Männer hartnäckig die Häupter und der Mönch zwängte ihr den Löffel einfach zwischen die Lippen. Daraufhin fügte sie sich vorerst, schluckte gehorsam jeden Löffel voll der warmen, wohlriechenden Suppe, mit welcher der Mönch sie fütterte. Erst als sie auch den letzten Tropfen verzehrt hatte, stand der Mönch auf und verließ das Gemach ohne ein Wort, gefolgt vom Abt. Als Joram ihr müdes Haupt wieder auf die Kissen bettete, richtete sie ihren Blick voller Zuneigung auf ihren Bruder.

»Man könnte wohl meinen, jemand läge im Sterben«, meinte sie mit andeutungsweisem Lächeln. »Deine Stola flößt nicht gerade erhöhten Mut ein.«

»So du mir versprichst, dass wir sie nicht brauchen

werden, lege ich sie ab«, entgegnete er, ergriff ihre Hand und drückte einen sachten Kuss darauf.

Für eines Herzschlags Dauer schloss sie die Augen, dann lächelte sie abermals. »Noch nie war ich zu unterscheiden fähig, wann du einen Scherz machst«, sprach sie, »und wann nicht. Du beliebst so selten zu scherzen. Nimm sie ab, ja?«

»Nur wenn dein Wort gegeben ist«, beharrte Joram.

»Es sei.«

»So gefällt's mir schon besser.« Mit seiner freien Hand entfernte er die Stola, an welcher Evaine solchen Anstoß nahm, von den Schultern und hob sie an seine Lippen, dann breitete er sie über die Decken, unter denen Evaine lag, als beabsichtigte er sie in den Schutz einzuschließen, den die Stola zu gewährleisten vermochte. Danach umschloss er Evaines Hand mit beiden eigenen Händen und presste sie an sein Kinn.

»Süßer Jesus, Evaine, wie sehr habe ich mich um dich gesorgt! Du warst so bleich, als du ins Kloster geritten kamst. Fiona hat erzählt, die Geburt sei nicht sonderlich heikel gewesen, aber du hättest so viel Blut verloren. Du hättest nicht so bald danach reiten dürfen, und erst recht keine solche Strecke weit.«

»Es war notwendig«, antwortete sie.

»Nun, jetzt bist du jedenfalls über das Ärgste hinweg. Aber diese übermäßigen Anstrengungen hätten dich tatsächlich leicht das Leben kosten können. Und wo steckt überhaupt Queron?«

»Ich habe ihn, ehe wir Sheele verlassen haben, zu Revan gesandt.«

»Zu Revan? In deinem Zustand, während des Kindes Niederkunft so kurz bevorstand?«

Sie zuckte andeutungsweise mit den Schultern, keuchte unterm plötzlichen Schmerz überbeanspruchter Muskeln gedämpft auf. »Zu dem Zeitpunkt hatte ich keine Ahnung, dass das Kind so bald zur Welt kommen sollte. Ist es wohlauf?«

Er nickte. »Sie alle schlafen. Ansel hat mir berichtet, was geschehen ist, während Fiona und Bruder Dominik dich gesäubert haben.

»Bruder Dominik?«

»Der Mönch, der dich vorhin mit Suppe gefüttert hat. Er ist der hiesige Krankenpfleger. Einen Heiler gibt's hier natürlich nicht.«

»Nein, natürlich nicht.« Sie schöpfte gründlich Atem und ließ ihn mit einem leisen Seufzen entweichen. »Was ist aus Alister geworden?«, erkundigte sie sich, gebrauchte den Namen gewohnheitsmäßig, obwohl sich kein Dritter im Gemach aufhielt.

»Hat bis auf weiteres in Dhassa sichere Zuflucht gefunden«, antwortete Joram im Flüsterton. »Ich werde kommende Nacht mit ihm in Verbindung treten und ihm mitteilen, dass du dich ebenfalls in Sicherheit gerettet hast. Deine bösen Ahnungen hinsichtlich eines etwaigen Ergriffenwerdens waren übrigens vollauf berechtigt – wenn auch in allgemeiner Beziehung. Die Regenten haben nämlich am Tage nach Weihnachten die gesamte Sippe in Acht und Bann geschlagen. Ich mutmaße, das ist's, was an dem schuld ist, was sich zu Trurill ereignet hat – das und der Zelotismus des MacInnis-Clans. Alister und Jebedias jedenfalls warten in Dhassa auf neue Kunde über die Beschlüsse der Synode zu Ramos, bevor sie zu uns stoßen. Der neue Erzbischof und seine Speichellecker haben bereits sämtliche derynischen Geistlichen in den Laienstand zurückversetzt, alle Bischöfe, die sich ihnen nicht fügen mochten, ihrer Ämter und Würden enthoben und zudem strengstens verboten, dass weitere Deryni zu Priestern gesalbt werden.«

Evaine betrachtete die Stola, welche auf ihren Decken lag, heftete sodann den Blick von neuem auf ihren Bruder. »Ich vermute, du scherst dich nicht um die Zurückversetzung in den Laienstand.«

»Was hättest du wohl *anderes* erwartet?«, entgegnete er und die Verkrampfung seiner Kiefer sowie das unbarmherzige Feuer, das in seinen grauen Augen schwelte, verrieten ihr alles, was sie über seinen diesbezüglichen Standpunkt zu wissen brauchte.

Sie lächelte. »Verstehe. Du hast einen neuen Erzbischof erwähnt – ist's Hubertus?«

»Wer sonst? Niallan und Dermot haben mit uns nach Dhassa fliehen können, doch Hubertus muss sich gedacht haben, dass wir dort hin sind, denn Rhun hat Befehl erhalten, die Stadt unter Belagerung zu nehmen. Kai Descantor und Davet Nevan sind am Weihnachtstag im Dom ums Leben gekommen, so wie …«

Er neigte das Haupt, als seine Stimme verstummte, denn er hatte davon nicht reden wollen, schon gar nicht zu Evaine, doch sie drückte ihm zur Ermunterung die Hand und tätschelte mit ihrer anderen Hand seinen Arm. »Ich weiß, Joram. Es ist kein Übel, davon zu sprechen.«

»Evaine, ich bin so überaus voll des Grams«, äußerte Joram im Flüsterton. »Bei Gott, wir haben ihn zu retten versucht, aber ohne einen Heiler an Ort und Stelle … So entsetzlich sinnlos war's, so tragisch …«

»Scht, auch das weiß ich«, entgegnete sie ebenso leise. »Du trägst keine Schuld. Vermeinst du denn, das sei mir nicht klar. Meinst du, ich hätte es, als er starb, nicht gespürt?« Sie zwinkerte, um Tränen zu verscheuchen, die von neuem zu fließen beginnen wollten, und heftete ihren Blick an des Gemachs Decke, bis sie weiterzureden vermochte. »Wir werden nicht auf unbegrenzte Dauer hier bleiben können«, sprach sie schließlich weiter. »Wir dürfen diese herzensguten Mönche, die uns aufgenommen und Zuflucht gewährt haben, nicht in Gefahr bringen. Hast du sonst darüber hinaus, dass wir uns hier treffen und beraten müssen – irgendwelche Pläne?«

Joram nickte, fand allmählich gleichfalls sein inneres Gleichgewicht wieder. »Ansel und ich werden hier, sobald es machbar ist, eine Porta einrichten. Wir gedenken die alte michaelitische Bastion aufzusuchen, in der wir einst Cinhil, ehe er zum König aufstieg, verborgen hielten. Der Orden hat sie inzwischen aufgegeben, aber erst vor wenigen Monden sind noch neue Vorräte hingeschafft worden. Wenn wir die Porta mit einer Falle schützen, dürften wir dort sicher aufgehoben sein, wenigstens für einige Zeit.«

»Ich kann mir, um als Verbannte zu leben, weit schlimmere Stätten ausmalen. Dort werde ich mich fast wie daheim fühlen. Du sagst, du willst hier mit Ansel eine neue Porta schaffen – aber du und Ansel, ihr könnt so etwas keinesfalls allein bewerkstelligen ...«

»Solltest du etwa daran denken, uns deine Hilfe anzubieten, so sieh davon ab«, erwiderte Joram sanftmütig. »Wir hatten zwar mit Querons Beistand gerechnet, aber ein anderer wird's auch tun. Fiona ist hinlänglich tüchtig, und sobald Camlin wieder nach derlei zumute ist, kann auch er uns unterstützen.« Evaine kehrte ihr Antlitz ein wenig zur Seite, starrte erneut empor an des Gemachs Decke, biss sich auf die Lippen.

»Hat man dir über das Schicksal Tante Aislinns, Adrians und ... Aidans berichtet?«, fragte sie geflüstert und mit zittriger Stimme nach.

Joram nickte. »Und man hat mir erzählt, wie du Camlin geheilt hast. Das war ein wahres Wunder, Evaine!«

»Nein, es war Tieg«, gestand sie, indem sie ihrer Augen Blick wieder in seine Augen richtete. »Er ist ein Heiler, genau wie sein Vater einer war. Er ...« Geräuschvoll schluckte sie, vermochte sich nur mit knapper Not abermals der Tränen zu erwehren. »Ach, Joram, wie stolz wäre doch sein Vater auf ihn gewesen!«

Das ausgesprochen, war es ihr unmöglich, die Tränen noch länger zurückzuhalten, und für ein geraumes Weilchen lag sie in Jorams Armen und schluchzte, derweil er ihr das Haupthaar streichelte und töricht kindlichen Zuspruch murmelte, stellte er ganz gemächlich eine geistige Verbindung her, auf dass sie beide miteinander zu teilen vermöchten, was sich seit ihrem letzten Zusammentreffen ereignet hatte. Als Evaine endlich einigermaßen die Fassung wiedergewonnen hatte und die Augen auftat, befand sich Joram noch immer an ihrer Seite – und zurückgekehrt war der Mönch namens Dominik, der ihr nochmals eine Schüssel mit Suppe anbot.

»Ich kann jetzt unmöglich essen«, erhob Evaine schwächlich Einspruch. »Zu viel gibt's zu tun.«

Doch Joram blieb hartnäckig. »Das *Einzige,* was du im Laufe der nächsten Tage zu vollziehen hast, ist deine Genesung, erklärte er mit jenem entschlossenen Ausdruck um seinen Mund, wie er ihr so wohlvertraut war. »Und nun bereite Bruder Dominik keinen Verdruss und iss. Ansel und ich werden uns um alles andere kümmern, bis du wieder ausreichend bei Kräften bist, um uns beistehen zu können.«

30

Denn für einen Baum besteht noch eine Hoffnung; ist er gefällt, so treibt er wieder neu, und nicht geht ihm sein Nachwuchs aus.

Hiob 14,7

Für Camber begann das neue Jahr kaum weniger unerfreulich als für seine Kinder, denn noch ehe er von Joram die schreckliche Kunde des zu Trurill Stattgefundenen erhielt, bekam er unwillkommene Nachrichten aus Valoret. Camber und Bischof Dermot hatten Niallan beim Feiern der mittäglichen Messe für des Domes Kapitel geholfen, wie sie es seit ihrer am Weihnachtstag erfolgten Flucht nach Dhassa stets hielten, und beide knieten sie mit gefalteten Händen an seinen Seiten, derweil er das Schlussgebet sprach.

»In principio erat Verbum, et Verbum erat apud Deum, et Deus erat Verbum. Hoc erat in principio apud Deum. Omnia per ipsum facta sunt: et sine ipso factum est nihil, quod factum est …«

»Am Anfang war das Wort, und das Wort war mit Gott und das Wort war Gott …«

Während Niallan noch aus der Heiligen Schrift las, fing über der Porta in der Seitenkapelle die Luft an zu flimmern und innerhalb des blaurötlichen Schimmerns, das bezeugte, dass die Porta nach wie vor geradewegs in eine Falle mündete, zeigte sich eine hoch gewachsene, dunkel umhüllte Gestalt. Niallan blickte kaum auf, denn sein Schlusswort und die Messe waren fast beendet und Jebedias' sowie Niallans auserlesene Wächter befanden sich bereits dabei, die durch ein Mosaik gekennzeichnete Stätte der Porta zu umstellen, aber Camber vollführte mit unauffälligen Gesten eine Verbeugung, stand auf und strebte an der Kanzel vorüber, um die Seitenkapelle aufzusuchen. Er bezweifelte, dass die schwarz vermummte Gestalt der Mehrzahl der anwesenden Klosterbrüder kenntlich sein konnte, doch er selbst hegte nicht den geringsten Zweifel, dass es sich bei dem Ankömmling um Tavis O'Neill handelte, und zwar ohne Javan.

Camber nickte Jebedias und den Wächtern zu und winkte sie an die dem Kirchenschiff zugewandte Seite, um den Besucher durch sie vor den Blicken der Mönche abschirmen zu lassen, die soeben niederknieten, um des Bischofs Segen zu empfangen, und trat in das beinahe purpurne Flackern. Der Banntrutz besonderer Art, aus dem die Falle bestand, würde ihm halb die Sicht nehmen, bis sich Niallan herbeigesellte und die Falle behob, doch bis dahin konnte er sich zumindest schon einmal mündlich mit Tavis verständigen.

»Was ist geschehen?«, erkundigte er sich leise, indem er Tavis' Schultern packte und dem Heiler angestrengt in die Augen starrte, blau wie Aquamarin. »Wo ist Javan?«

Tavis stieß ein Seufzen aus. »Er sitzt mit seinen Brüdern im Kronrat und hört zu, wie die Regenten die Beschlüsse der Synode von Ramos verkünden.«

»Die Beschlüsse von Ramos? Heute? Ist ihnen alles durchgegangen?«

»Und noch mehr«, antwortete Tavis kaum vernehmlich.

In diesem Augenblick erlosch des Banntrutzes Schimmern und Niallan trat näher, legte eine Hand auf Tavis' Arm. Dermot hielt sich noch am Altar auf und löschte die Kerzen; Jebedias und die Wächter entfernten sich, um die mittäglichen Teilnehmer der Messe nach draußen zu geleiten. Während sich das Kirchenschiff leerte, ersuchte Camber mit einem kurzen Blick in Niallans Augen denselben um Zurückhaltung, schenkte sodann seine ungeteilte Aufmerksamkeit Tavis, ging mit ihm eine Geistesverbindung ein, sodass sie auf umständliche mündliche Reden verzichten konnten. Der Umfang und die Tragweite der Mitteilungen, die Camber binnen eines flüchtigen Augenblicks stummen Gedankenaustauschs zuflossen, nahmen ihm beinahe den Atem.

Am Abend zuvor hatte Javan erfahren, dass heute die neuen Gesetze bekannt gemacht werden sollten. Die mit ihnen verbundenen Maßregeln kamen einem Ausrottungsfeldzug wider alle Deryni nahezu gleich, denn fortan musste es jedem Deryni nachgerade unmöglich sein, weiter sein Leben als solcher zu führen, ohne zumindest zum Teil gegen all das zu verstoßen, was nach dem Willen der Regenten nunmehr im Königreich zum Gesetz erhoben werden sollte. Die Regenten hatten natürlich alles gebilligt, was von den ihnen hörigen Bischöfen ausgeheckt worden war, und zudem deren Vorschläge um eigene Einfälle ergänzt. Jeder Verstoß gegen die neuen Gesetze sollte mit gestrengen Strafen geahndet werden.

Der Prinz hatte Tavis davon unterrichtet und dem Heiler sodann nahezu befehlen müssen, nun zu fliehen und sich endgültig in Sicherheit zu bringen. Danach waren Prinz und Heiler ihre bis dahin tiefgründigste, innigste seelische Verbindung eingegangen, in der Javans Anteil von der Mitwirkung eines wahrhaftigen Deryni sich kaum hatte unterscheiden lassen, wenngleich sich nur ein Vergleich mit einem weitgehendst ungeschulten Deryni gestattete. Das Paar hatte den Rest der Nacht sowie den frühen Morgen damit zugebracht, sich der tiefsten Verständigung hinzugeben, einer des anderen Gedanken zu begutachten, sich wechselseitig Teilhabe an inneren Empfindungen und Erwägungen zu gewähren, und unterdessen war beider Kunstfertigkeit in der Geistesverbindung erheblich gewachsen; und sie hatten sich eingehender in Bezug darauf verabredet, dass sie sich, wenn Tavis fort war, gelegentlich zu treffen gedachten. Und zuletzt, in des Vormittags Mitte, hatte Javan sich zusammengenommen, wie ein Prinz es musste, sich auf sein Erscheinen vor dem Hofe vorbereitet und gefasst von Tavis verabschiedet. Tavis war, wiewohl inwendig von seinen Wünschen und Pflichten hin und her gerissen, zu ihrer verborgenen Porta in jenem Kleiderschrank geeilt, ohne behelligt zu werden; alles Weitere ersah Alister-Camber selber.

»Tja, ich nehme an, es hätte schlimmer kommen können«, sprach Camber gedämpft, als er und Tavis die geistige Verbindung bis auf ein schwaches restliches Geistesband verminderten, woraufhin Camber auf gleichartige Weise, was er soeben erfahren hatte, den beiden übrigen Deryni mitteilte. »Immerhin blieb Euch noch genug Zeit, um mit Prinz Javan Verabredungen zu treffen – und Euer Verschwinden am selben Tag, da bewusste Gesetze verkündigt werden, wird mit Ehren auszeichnen, was Ihr als Nächstes beginnt, welcher Art es auch sein mag. Treten besagte Gesetze ohne Verzug in Kraft?«

Matt schüttelte Tavis das Haupt. »Das ist Javan unbekannt geblieben. Doch ist es mit höchster Wahrscheinlichkeit anzunehmen. Er hat gesehen, wie man die noch nicht unterzeichneten Erlasse herumgereicht hat, denen zufolge alle Deryni gehörigen Ländereien der Krone verfallen sollen, und auch die bereits vorbereiteten Aufstellungen aller betroffenen Deryni-Landherren. Ein paar ausdrückliche Ausnahmen sind gebilligt worden, die einige wenige derynische Erbinnen angehen, die mit als geeignet betrachteten menschlichen Edlen vermählt werden sollen, doch ansonsten stehen, glaube ich, sämtliche Deryni von irgendeinem Rang und Namen auf ihren Listen. Hört, könnten wir uns nicht irgendwo niedersetzen? Ich habe in der vergangenen Nacht nicht geschlafen und das alles erfüllt mich mit einigem Beben.«

»Wir können meinen Sonnensaal aufsuchen«, meldete

sich sofort Niallan zu Wort und zeigte in die Richtung zum Ausgang. Derweil sie die Korridore durchmaßen, bedrängte Camber den Heiler mit Fragen.

»Was ist mit den Maßregeln wider Deryni-Lehrer? Sind die im Gespräch gewesenen Bestimmungen durchgesetzt worden?«

»Ja, und in der Tat ist ernstlich darüber verhandelt worden, ob man Deryni nicht *jegliche* Bildung untersagen könne, doch wie Javan sagte, hat man schließlich davon Abstand genommen – doch nur, weil's sich zu schwierig erzwingen und überwachen ließe. Lehren dürfen Deryni jedoch in Zukunft überhaupt nichts, dieweil man befürchtet, sie könnten Magie lehren.« Er seufzte auf. »Zumindest braucht unser Volk nicht aufs Lesen und Schreiben zu verzichten.«

Nachdem sie sich in Niallans Sonnensaal rings um eine große Tafel niedergelassen hatten, besprachen sie die folgenschwere Bedeutung der Beschlüsse von Ramos in aller angebrachten Ausführlichkeit und mussten am Ende mit beträchtlichem Widerwillen einräumen, dass die neuen Gesetze ärger hätten werden können – wenngleich allerdings nicht viel. Man beredete auch die Einzelheiten der Verbindung, die Tavis zu Javan halten sollte – denn da Javan nun ganz allein mitten unter den feindseligen Regenten weilte, musste Vorsorge getroffen werden, dass man zu ihm Zugang besaß, sowohl um von ihm Kenntnis über die Vorgänge bei Hofe zu erhalten wie auch für den Fall, dass sein Ausharren zu waghalsig werden sollte und er doch irgendwann beizeiten das Weite suchen musste. Camber und seine Kollegen kamen darin überein, dass die Porta in der Königsburg alter, entlegener Kammer auch weiterhin für diesen Zweck in Gebrauch bleiben solle; alle fünf Tage sei dort ein Austausch von Nachrichten vorzunehmen, doch hielt man Tavis an, den Prinzen darauf hinzuweisen, dass jederzeit auch einer der vier anderen Deryni bei ihm aufkreuzen könne, und im Falle, dass der Prinz mit jemandem von ihnen in Person zu reden wünsche, möge er an einem der festgesetzten Tage kurz nach dem Komplet zur Stelle sein. Seine Anwesenheit werde dann als Anzeichen dafür bewertet, dass es gefahrlos möglich sei, ihn zu einer Unterredung durch die Porta nach Dhassa zu holen, doch dergleichen dürfe man, aus Sorge, jemand könne ihn beobachten oder vermissen, nicht allzu häufig tun.

»Solange er den schlichtmütigen Toren mimt, darf er sich einigermaßen in Sicherheit wiegen«, fasste Niallan zusammen, als sie Javans Lage einer im Großen und Ganzen treffsicheren Beurteilung unterzogen hatten. »Aber wie steht's mit Euch, Tavis?«

Als Tavis halbherzig mit den Achseln zuckte, schenkte Camber ihm ein ansatzweises, verpresstes Cullen-Lächeln.

»Euer künftiges Schicksal hängt sehr von Javan ab, habe ich Recht, mein Freund? Wir haben keineswegs erwartet, Euch so bald in unserer Mitte begrüßen zu dürfen, doch da's nun einmal dahin gekommen ist, ist's wohl ratsam, die Zeit zu nutzen. Seid Ihr dazu bereit, in jene Rolle zu schlüpfen, die wir schon besprochen – die's Euch ermöglichen soll, an Revans Seite tätig zu werden?«

»Es wäre mir lieber, diese Dinge mit Rhys bereden zu können, Alister«, gab der Heiler zur Antwort. »Doch ich will's tun, wenn sich kein anderer Mann finden lässt. Allerdings wär's gelogen, würde ich behaupten, ich wollte es gerne tun.« Er hob seinen Armstumpf in die Höhe. »Und hierdurch werde ich recht leicht kenntlich sein«, fügte er seinen vorherigen Worten hinzu. »Nicht einmal eine Gestaltwandlung vermag mir eine andere Hand zu geben.«

»Gewiss, aber Euer künftiges Auftreten und Euer

scheinbarer Abfall von der Krone werden, sobald wir die Umstände Eures neuen Wirkens erst vorbereitet haben und sie herangereift sind, einen umso glaubwürdigeren Eindruck erregen«, sprach darauf Camber. »Wohl bekannt ist's, dass Deryni Euch das angetan haben. Den Hof habt Ihr schon unerlaubt geflohen. Und wenn Javan seinen Teil gut spielt – wie erbittert und voller Groll er ist, dieweil Ihr ihn im Stich gelassen habt –, dann müsstet Ihr bereits im Frühling reif für die Willimiten sein. Freilich werden wir nichtsdestotrotz nach einem anderen geeigneten Heiler Umschau halten, aber Ihr werdet Euch in des Winters Lauf in Städten und größeren Ortschaften zeigen und für das, was wir mit Euch im Sinn haben, erste Grundlagen schaffen. Zum Zeitpunkt, da Ihr ›rein zufällig‹ Revan begegnet, etwa im März, müsstet Ihr zu einem durch und durch glaubhaften Verhalten imstande sein.« Mit nun grimmigerer Miene legte Camber eine Hand auf Tavis' Arm. »Es wird nicht leicht werden, mein Sohn, das weiß ich wohl. Wenn's Euch ein Trost ist, Ihr werdet unseren Rückhalt haben und daher nie gänzlich allein und verlassen sein. Niallan, meint Ihr, Ihr könnt unseren jungen Freund hier für eines Mondes Frist oder so betreuen? Wir alle wünschen so rasch wie möglich in die alte Michaeliten-Bastion umzuziehen, doch mag's sein, dass Jebedias und ich zuvor das Kloster der Heiligen Jungfrau von den Matten aufsuchen müssen, falls es dort nämlich misslingt, ohne unsere Unterstützung eine Porta einzurichten. Wir müssten innerhalb der nächsten paar Tage von Joram Nachricht erhalten.«

»Ich werde mich um ihn kümmern«, erklärte der jüngere Bischof sich einverstanden. »In der Tat wird sich, während ich gemeinsam mit Tavis tätig bin, für Dermot eine glänzende Gelegenheit ergeben, mehr über unsereins zu erfahren.« Er schaute seinen menschlichen Bischofsbruder an. »Wie denkt Ihr darüber Dermot? Hegt

Ihr die Bereitschaft, Euch durch ketzerische und von Gott verfluchte Deryni in Verderbtheiten verstricken zu lassen?«

Dermot erwiderte Niallans breites Lächeln ohne die geringste Befangenheit. »Wie's ausschaut, bin ich schon darin verstrickt.«

Den Nachmittag und der folgenden Tage meiste Zeit brachten sie mit dem Schmieden von Plänen zu. An des dritten Tages Abend entschuldigte sich Camber vorm abendlichen Mahl, um sich auf die ferngeistige Verständigung mit Joram vorzubereiten. Mit ihm begab sich Jebedias in sein Schlafgemach, um Wache zu halten, während Camber sich auf der Bettstatt ausstreckte und in den Zustand tiefer Entspanntheit versetzte, wie er für eine solche Art geistiger Verständigung eine unverzichtbare Voraussetzung war, vor allem, wenn sie über so eine Entfernung hinweg erfolgen sollte. Die geistige Brücke kam zum vereinbarten Zeitpunkt zustande, doch verhalf sie Camber nicht zu den Neuigkeiten, derer er geharrt hatte.

Er nahm Jorams Bericht über die zu Trurill verübten Gräuel gleichsam benommen zur Kenntnis, in innerer Erstarrung, so bestürzt durch die Kunde von derartig sinnlosen Scheußlichkeiten, dass in den ersten, von Fassungslosigkeit gekennzeichneten Augenblicken ihrer geistigen Verständigung kaum irgendetwas anderes in seinem Bewusstsein Fuß zu fassen vermochte. Nachgerade unwillkürlich bezog er Jebedias mit in das ferngeistige Band ein, gewissermaßen als Verstärkung, um des Entsetzens, falls er es allein nicht bewältigen könne, Herr zu werden, aber auch Jebedias war kaum mehr als blinden Rückhalt und Trost zu bieten imstande, um den Eindruck so schauderhafter Neuigkeiten zu mildern.

Camber konnte das Ausmaß des zu Trurill stattgefundenen Gemetzels kaum begreifen. Nie hatte er seiner

Schwester Aislinn oder ihren Kindern sonderlich nahe gestanden und seinen Vetter Adrian hat er nur einige wenige Male gesehen, doch fiel's ihm schwer, sich Menschen vorzustellen, die anderen lebenden Geschöpfen dergleichen zuzufügen vermochten, wie es zu Trurill getrieben worden war. Das allgemeine Hinschlachten und Martern war abstoßend genug und Cambers durch den tragischen Verlust Rhys' ohnehin schon zutiefst zermürbte und ausgelaugte Empfindungen mussten bei der Nachricht vom Tode von Rhys' ältestem Sohn erneut hart und unbarmherzig getroffen werden, selbst wenn Jorams Bericht, der ja aus dritter Hand kam, eine bereits schonungsvolle Darstellung umfasste. Camber hatte im Laufe eines halben Jahres zwei Enkel verloren und im Vergleich zum Hinscheiden Davins war Aidans Tod alles andere als rasch und schmerzlos geschehen. Sogar das Wunder, dass es ein paar Überlebende gab, wirkte gegen die begangenen Schandtaten wenig eindrucksvoll.

Wenig später teilten er und Jebedias, bei der infolgedessen in reichlich bedrückter Stimmung verzehrten Abendmahlzeit, Jorams Nachrichten den anderen mit. Nach einem anfänglichen Ausbruch äußerster Empörung seitens aller Anwesenden fällte man den Beschluss, dass Alister und Jebedias keine weitere Zeit verstreichen lassen und ohne Verzug Joram und dessen Begleitung im Kloster der Heiligen Jungfrau von den Matten aufsuchen sollten, sodass sich dort die Porta in kürzester Frist erstellen ließe und man alle in Sicherheit verbringen könne. Daher kam es, dass die beiden um Mitternacht in die runde Einfassung der Porta in Niallans Kapelle traten, alle zwei gekleidet in abgewetztes schwarzes Reitleder und mit Pelz besetzte Umhänge. Die Hüften hatten sie mit schlichten Schwertern gegürtet und grobe, mit Pelz gesäumte Mützen bedeckten ihr Haupthaar fest und bis über die Ohren. Ihre Hauberte unter der unauffälligen Gewandung aus Leder und Wolle erwärmten sich nur ganz allmählich. Camber trug keinerlei Abzeichen seines Ranges, ausgenommen den Bischofsring, den jedoch sein Reithandschuh verbarg, und ein kleines Brustkreuz aus Gold, welches er unter seines Gewandes Vorderteil schob.

Man hatte sich bereits voneinander verabschiedet, bevor das Paar neben der Kapelle Altar niederkniete, um von Niallan einen Segen gespendet zu bekommen und sodann einige letzte Worte bezüglich eines erfolgreichen Gelingens zu vernehmen. Keine zusätzlichen Äußerungen waren vonnöten, als sie ins blaurote Schimmern des Banntrutzes schritten, der die Porta nach wie vor sicherte, das Geschimmer auf Niallans stumme Weisung hin erlosch. Camber und Jebedias boten gemeinsam ihre derynischen Geisteskräfte auf, um – noch immer in Schweigen gehüllt – Raum und Zeit nach ihrem Willen zu beugen; dann entschwanden sie.

Inmitten der Finsternis in den Ruinen unterhalb Grecothas kamen sie wieder zum Vorschein.

Sie hatten in Erwägung gezogen, ganz offen aus Alister Cullens Turmportal zu treten und sich Reittiere aus den bischöflichen Ställen zu besorgen. Man hätte sicherlich behaupten können, so ein Vorgehen stünde dem einstigen Bischof von Grecotha durchaus zu, wären dies friedliche Zeiten gewesen. Aber sie wussten nicht, ob Edward MacInnis sich nicht bereits in seinem neuen Lehen niedergelassen hatte. Außerdem bestand die Gefahr, dass Hubertus seinem Neffen Krieger mitgegeben hatte, dieweil man womöglich sehr wohl damit rechnete, dass der Deryni Cullen an seinem früheren Wohnsitz aufkreuzte. Weder Camber noch Jebedias war an einem mit groben Kräften auszutragenden Zusammenprall mit einer Übermacht von Gegnern gelegen.

Deshalb benutzten sie aus Vorsicht die Porta in jenen

Ruinen und brachten einen Großteil der restlichen Nacht damit zu, sich einen Weg ins Freie zu bahnen; sie mussten Schutt aus eingestürzten Korridoren räumen und beim Schein einer Lichtsphäre mancherlei Schweiß vergießen, bis sie kurz vor Anbruch der Morgendämmerung endlich nach draußen gelangten. Ein wenig mehr Zeit verwendeten sie noch dafür, ihren Ausweg aus den Trümmern zu verbergen, und anschließend mussten sie warten, bis in der Stadt des neuen Tages erste Betriebsamkeit anhob. Danach kam es darauf an, den Diebstahl zweier Rösser zeitlich mit dem Öffnen der Stadttore zusammenfallen zu lassen und von ihrem Verschwinden aus der Stadt durch eine von ihnen auf dem Marktplatz angestiftete Verwirrung abzulenken, sodass die Stadtwache ihnen keine Beachtung schenkte, als sie sich eilends davonmachten.

Während der ersten Stunden ließen sich keine Verfolger beobachten; und der Umstand, dass sie nach Grecotha eine Porta hatten benutzen können, setzte den Rest ihres Ritts auf eine Dauer von ein oder zwei Tagen herab. Mehrmals wechselten sie die Tiere und nahmen, sobald sie die Ländereien von Horthness und Carhane durchqueren mussten, eine Vielzahl geringerer Landstraßen und Wanderpfade – obwohl sie immerhin darüber Gewissheit besaßen, dass die Herren besagter Ländereien nicht in Person in ihrem Umkreis weilten; sie säten das Unheil in Valoret und weiter ostwärts. Wiewohl sie täglich mehrfach berittenen Spähern begegneten, erregten sie kein besonderes Aufsehen. In ihrem schlichten schwarzen Reitleder und den mit Pelz besetzten Umhängen, mit schmucklosen Schwertern an ihren Hüften und die mit Pelz gesäumten Mützen tief ins Angesicht gezogen, unterschieden sie sich kaum von irgendeinem anderen Paar Kriegsleute, das zwecks irgendeiner winterlichen Erledigung ausgeritten war – allerdings hätte eine aufmerksamere Begutachtung enthüllt, dass der eine reichlich mehr Lenze auf dem Buckel hatte, als man von jemandem, der noch in einem Heer diente, zu erwarten pflegte, und der andere war kaum jünger.

Dennoch hätten sie in herkömmlichen, ruhigen Zeiten schwerlich Beachtung gefunden, derweil sie das finstermärkische Sumpfland hinter sich ließen und allmählich in die Vorhügel unterhalb des Klosters der Heiligen Jungfrau von den Matten vordrangen, und sie hatten sorgsam sowohl Cor Culdi wie auch die Ruinen Trurills gemieden. Nur der allerunglücklichste Zufall war es, der sie dazu zwang, einen winzigen Gasthof an der Landstraße nach Culdi aufzusuchen, denn es galt, eines wütenden Schneesturms Ende abzuwarten, und aufgrund dessen mussten sie die Schankstube – neben anderen – mit vier Reisigen von grobschlächtigem Aussehen und Gebaren teilen, welche die Tracht und das Wappen des Grafen von Culdi trugen – natürlich des *neuen* Grafen von Culdi. Noch schlimmer jedoch war der unglückliche Umstand, dass Camber, als er, da er und Jebedias sich im entferntesten Winkel der Schankstube niedersetzten, seinen Umhang von den Schultern schüttelte, das goldene Brustkreuz aus der Gewandung rutschte und im Feuerschein aufblitzte. Mit unbewusster Geste schob Camber es wieder unters Gewand, als eine Schankmagd ihnen geräuschvoll Krüge auf die Tafel stellte, und dachte sich nachgerade gar nichts dabei. Die Schankstube war voller Gäste, ein lauter, wirrer Austausch von Meinungen fand statt, und es war kaum zu befürchten, dass jemand vor so vielen Augenzeugen das Kreuz zu stehlen versuchte.

Das Kreuz allein hätte für gewöhnlich bei den Reisigen nicht mehr als flüchtiges Interesse ausgelöst; denn wiewohl das Stück eher wertvoller aussah, als ein Kriegsmann es sich leisten können dürfte, bestand die Möglichkeit, dass der gegenwärtige Besitzer es irgendeinem unglückseligen Pfäfflein einfach abgenommen hatte – der Größe des Kreuzes nach zu urteilen, mindestens einem Abt. Einer der Reisigen trug einen Ring, den er erst wenige Tage zuvor einem Toten vom Finger gezogen hatte.

Doch als die zwei in Schwarz gekleideten Fremdlinge, derweil sie ein Mahl verzehrten, nicht ihre mit Pelz ausgestatteten Mützen von den Häuptern nahmen, gab selbiges Verhalten den Reisigen Anlass zum Wundern. Gewiss mochte es sein, dass die zwei Männer ihre Mützen schlichtweg zum Schutze wider die Kälte aufbehielten – aber andererseits *konnten* sich unter den Mützen Tonsuren verbergen; und aus welchen Gründen mochte geschorenen Priestern daran gelegen sein, in der Verkleidung von Kriegsmannen durchs Land zu reisen?

Diese Fragestellung beschäftigte die vier Reisigen alsbald so stark, dass sie beschlossen, die beiden anderen Gäste mit ihrer erhöhten Aufmerksamkeit zu beehren. Sie vermochten ganz einfach keinen einsichtigen Grund zu finden, warum Geistliche um diese Jahreszeit durch diese Gegend des Reiches reisen sollten, und zudem in Verkleidung – es sei denn, die zwei waren Deryni! In der vorangegangenen Woche hatte Graf Manfred seine Leute darüber aufgeklärt, dass alle Bischöfe sich zu Ramos versammelt hätten und über gestrenge Maßnahmen gegen all die verfluchten Deryni berieten. Sehr ausführlich hatte er sich bei dieser Angelegenheit vornehmlich über die Fluchwürdigkeit aller Deryni vor seinen Mannen geäußert, bevor er sie zur restlos erfolgreich verlaufenen Erstürmung Burg Trurills aussandte.

Trurill. Ei, *das* war ein Hauptvergnügen gewesen! Und sogar von der Kirche abgesegnet. Graf Manfreds Bruder, nunmehr Erzbischof und Primas von ganz Gwynedd, hatte jedem, der am Zug wider Trurill teilnahm, seinen besonderen apostolischen Segen übermitteln lassen; und der junge Bischof Edward, des Grafen Sohn, hatte gleichfalls zugesichert, für das Gelingen des Unternehmens zu beten.

Für ein Weilchen lachten die Reisigen gedämpft über ihren Bierkrügen, derweil sie sich an einige ganz besonders putzige Einzelheiten von jenes Tages Treiben erinnerten, dann befassten sie sich wieder mit der etwas ernsteren Frage, welche jene beiden Männer an der Schankstube anderer Seite betraf, denn während man auf des Schneesturms Abklingen harrte, gab es nichts, was unterhaltsamer gewesen wäre zu tun. Krieger oder Priester? Menschen oder Deryni? Beide waren weit älter, als die Reisigen zunächst gedacht hatten – womöglich schon um die fünfzig Lenze. Und warum bestanden sie darauf, im Innern des Gasthofs die Mützen auf den Häuptern zu belassen? Dermaßen kalt war es in der Schankstube durchaus nicht.

Und so bemühte sich in der folgenden halben Stunde jeder der Reisigen, einmal näher einen Blick auf die beiden Fremden zu werfen, entweder indem er zum Zapftisch ging und die Krüge erneut mit schaumigem braunen Bier füllen ließ, zur Hintertreppe hinabstieg, um Wasser zu lassen oder am Eingang zur Küche – denn Reisige im Dienste des Grafen von Culdi besaßen einige Vorrechte – mehr Fleisch für ihre Tafel anzufordern. Nachdem sie alle das Paar einer verstohlenen Musterung unterzogen hatten, stecken sie von neuem die Köpfe zusammen, um die gewonnenen Eindrücke miteinander zu vergleichen.

Ihre gemeinsamen Beobachtungen führten bezüglich des jüngeren der beiden Männer zu keiner anderen als der Schlussfolgerung, dass es sich bei ihm nach aller Wahrscheinlichkeit tatsächlich um einen ausgesprochenen Kriegsmann handelte – vielleicht war er von edler

Abstammung, doch sicherlich bewandert im Kriegshandwerk. In seinen dunklen Augen stak eine gleichsam feuersteinerne Festigkeit, ihnen ausnahmslos vertraut, und seine zernarbten, beweglichen Finger entfernten sich nie weit von den Griffen von Schwert und Dolch.

Der Ältere dagegen ließ, obwohl auch er diesen Blick in seinen allerdings helleren Augen hatte, mehr Möglichkeiten offen. Einem der Reisigen kamen seine zerfurchten Gesichtszüge irgendwie bekannt vor, dieweil er vor ein paar Jahren einige Zeit am Hofe zugebracht hatte; und als er ersah, dass das, was an des Mannes rechter Hand auf den ersten Blick wie ein schlichter goldener Reif wirkte, in Wirklichkeit ein weitaus kunstvoller beschaffener Ring war, dessen Stein zur Handfläche gedreht war, begannen sich gewisse Dinge ineinander zu fügen.

Konnte selbiger Ring ein Siegelring sein, der einem Würdenträger gehörte? Vielleicht eines Bischofs Amethyst, wie er mit dem Brustkreuz und der vermuteten versteckten Tonsur in Übereinstimmung stehen könnte? Das war es! Mochte es zutreffen, dass dieser Mann kein anderer war als Alister Cullen, früherer Reichskanzler von Gwynedd und Bischof von Grecotha? Falls das die Wahrheit war, sahen sie hier zugleich einen Deryni vor sich, flüchtig vor der Regenten Gerechtigkeit. Ehe man ihn zum Bischof der Diözese Grecotha erkor, war Cullen Michaelit gewesen. Ohne weiteres musste er dazu in der Lage sein, einen Krieger zu mimen.

Aber wieso sollte der abtrünnige Alister Cullen ausgerechnet nach Kierney geflohen sein, und mit nur einem Begleiter? Selbiger Begleiter, begriffen die Reisigen, musste ebenfalls ein Michaelit sein – berücksichtigte man sein Gebaren und die Tatsache, dass Cullen Michaelit war –, doch um wen mochte es sich bei ihm handeln? Nicht Joram MacRorie, des Ketzers Camber Sohn und während langer Jahre Bischof Cullens Geheimschreiber; der MacRorie war jünger und besaß helleres Haar.

Wer sonst kam in Frage?

»Etwa Jebedias von Alcara?«, mutmaßte einer der Reisigen. Graf Manfred hatte irgendetwas darüber gesagt, dass der Alcara am Weihnachtsfest zusammen mit Cullen und Joram MacRorie entwichen sei. Konnte es sein, dass dies der ruchlose Graf Jebedias war, Großmeister der mittlerweile in Acht und Bann geschlagenen Michaeliten?

Beide Möglichkeiten – dass sie hier nicht nur Deryni, sondern obendrein Michaeliten erblickten – gaben den Reisigen schwer zu denken, denn mit zwei solchen Männern ließ es sich nicht leicht aufnehmen. Freilich, voraussichtlich konnte man sich auf den Beistand anderer Gäste in der Schankstube verlassen, doch war für die Beibringung jedes dieser zwei Männer eine wahrhaft fürstliche Belohnung ausgesetzt worden, besonders für den Fall, dass es gelang, Cullen lebend zu ergreifen, und die Habsucht der Reisigen sträubte sich dagegen, die Belohnung mit jemandem zu teilen. Und außerdem hatten die Deryni auf Burg Trurill, wie sie sich wohl entsannen, keinen allzu heftigen Widerstand geleistet. Man hatte sie so mühelos umbringen können wie die gewöhnlichsten Menschenkinder und von all ihrer so gefürchteten Magie war nichts zu bemerken gewesen. Falls diese Deryni hier nicht anders waren als jene, was sollten sie dann von ihnen zu befürchten haben? Und ruhte nicht noch immer der Segen Erzbischof Hubertus' und Bischof Edwards auf ihnen?

Und was ihren Stand als Michaeliten anging, was zählte das? Diese Michaeliten waren alt und außerdem waren es ihrer bloß zwei. Wie tüchtig sollten sie sich da gegen vier wackere Reisige, halb so alt wie sie, zur Wehr setzen können?

Den eigenen Mut verstärkt durch derlei leichtfertig kühne Erwägungen und das reifgegärte Bier, machten die vier sich daran, ihr Vorgehen zu beraten. Wenn ihre Annahme stimmte, dass diese zwei Männer Cullen und Alcara waren, so blieb nichtsdestotrotz unklar, warum sie sich in Kierney herumtrieben – und das war ohne Zweifel etwas, was der Reisigen Herr zu gerne erfahren würde. Vielleicht weilten sie hier in der Gegend, um mit an derynischen Ränken zu schmieden, einer Verschwörung jener Art, vor welcher Graf Manfred erst in der vergangenen Woche durch seinen Bruder gewarnt worden war, als die Kunde von des Abtrünnigen Cullen Absetzung und Vogelfreierklärung zu Cor Culdi eintraf.

Der Gedanke, diese zwei Deryni möchten sich unterwegs zu anderen ihres Schlages befinden, spornte den Eifer und die Habgier der Reisigen noch mehr an, denn sie hofften nun, wenn sie ihren Herrn zu einem richtiggehenden Schlupfwinkel von Deryni-Verschwörern führen könnten, eine noch weit größere Belohnung zu erhalten, als ihnen ohnehin zustände, brächten sie ihm nur Cullen und Alcara. Und sollte es ihnen gelingen, dieses Paar lebendig zu packen, wie viel größer musste da des Grafen Freude sein – und wie viel höher müsste darum die Belohnung abermals ausfallen –, da er sie dann vor der Hinrichtung noch der Folter zu unterwerfen vermochte! So wollten sie denn, sobald der Schneesturm vorüber war, den beiden folgen, um ihre Absichten zu erkunden, wenn es sich machen ließ – falls sich herausstellte, dass sie sie allein überwältigen konnten, jedoch ohne weiteres Säumen auf eigene Faust handeln. Dann würden sie die Belohnung mit sonst niemandem zu teilen brauchen.

Folglich ließen die vier jene zwei Fremdlinge für diese Nacht noch in Frieden und hielten nur reihum Wache, auf dass das Paar, derweil das Schneetreiben nachließ, ihnen nicht etwa unversehens entwische.

Und Camber und Jebedias, völlig in Unkenntnis der Aufmerksamkeit, die sie gefunden, und des Anschlags, den man wider sie ausgebrütet hatte, empfanden es – zumal sie dem angestrebten Orte nicht mehr allzu fern waren – keineswegs als Anlass zum Argwohn, am folgenden Morgen, als sie unmittelbar nach Anbruch der Dämmerung ihres Weges ritten, die vier Reisigen gleichfalls beim Satteln ihrer Reittiere zu sehen.

Kurze Frist vor der Mittagsstunde machten sie Rast, um die Rösser verschnaufen zu lassen, suchten zu diesem Zweck gegen Wind und Wetter Schutz in einem winzig kleinen Wegschrein neben der Landstraße, welcher bei einem von einem Bächlein gespeisten See stand, beides bedeckt mit Eis. Derweil Jebedias die Tiere zum See führte, nah am Ufer das Eis mit seiner Ferse brach, stapfte Camber durch den in der verstrichenen Nacht gefallenen Schnee, fein wie Pulver, hinüber zu dem bescheidenen Heiligtum selbst, um ihm die Ehre zu erweisen, und seine Stiefel hinterließen dunkle Abdrücke im jungfräulichen Schnee. Nur ein paar Stunden zu Ross trennten sie noch vom Kloster der Heiligen Jungfrau von den Matten. Er erachtete es als am günstigsten, nunmehr hier zu versuchen – denn in der Nacht hatte sich in der überfüllten Herberge dazu keine Gelegenheit ergeben –, zu Joram und Evaine eine geistige Brücke zu schlagen.

Das Heiligtum bestand aus einem winzigen Schrein auf einem Pfosten, offen zu der Lichtung hin, die das Gewässer umgrenzte, versehen mit einem steilen Dachgiebelchen, um dem hölzernen Standbild im Innern vor den Elementen Schutz zu gewähren. Kleine Schneeverwehungen hatten sich am Sockel und rings um des Standbildes Füße gebildet und Camber scharrte sie mit den Händen heraus, bevor er das Haupt neigte und ein kurzes Gebet, in dem er um fortgesetzten Ratschluss flehte, himmelwärts sandte. Die Stille ringsherum war von tiefgründiger, fast andächtiger Art, erfuhr nur Unterbrechung durch das gedämpfte Schlürfen der Rösser, gelegentlichem Schnauben und leisen Geklirr von Gebissstangen und Kinnketten.

Er hörte die anderen Reiter nicht kommen, bis sie sich bereits in unmittelbarer Nähe befanden, denn seine Trance war tief und der Schnee dämpfte die Geräusche der Hufe. Jebedias schenkte den vier Reitern lediglich oberflächliche Beachtung, als die vier Reiter durch eine unweite Biegung der Landstraße ritten und ihre Tiere gleichfalls zum Teich lenkten, dieweil Cambers Hengst just in selbigem Augenblick das Haupt hob und den fremden Pferden, da sie sich nahten, bedrohlich entgegenwieherte, die Ohren anlegte und sich auf der Stelle drehte, um mit den hinteren Hufen ausschlagen zu können, und daher hatte Jebedias seine liebe Not damit, zu verhindern, dass der Hengst ihn ins eisige Wasser abdrängte. Camber wandte das Haupt, durch die Unruhe aus seiner tiefgründigen innerlichen Versenkung geschreckt – *gerade* hatte er auf geistiger Ebene eine erste, zaghafte Verbindung zu seiner Tochter geknüpft, flüchtig ihren Geist gestreift –, aber Jebedias war zu stark davon beansprucht, Cambers Hengst zu bändigen, und deshalb konnte er nicht sehen, dass die vier Männer nach ihren Schwertern griffen.

Zu spät erkannte Camber in ihnen die vier Reisigen aus dem Gasthof, begriff er, worauf sie sannen. Sie mussten ihn und Jebedias irgendwie durchschaut haben, ihnen gefolgt und auf eine Gelegenheit gewartet haben, da die Lage zu ihren Gunsten stand – und in der Tat hätten die vier Kerle zwei Deryni gar nicht unter für Letztere ungünstigeren Umständen überraschen können!

Als Camber eine Warnung schrie und Jebedias, indem er seine Stimme erhob, gleichzeitig im geistigen Bereich aufmerksam machte, um sodann mit blankem Schwert über die Lichtung zu eilen, gingen die vier den Großmeister an, und einer von ihnen hätte ihm beinahe einen tödlichen Streich beigebracht, doch dieweil der Michaelit – fürwahr im letzten Augenblick – sich duckte, verwundete er statt Jebedias ein Ross.

Das Tier brach mit wildem Schreien zusammen und warf Jebedias mit sich nieder, doch es gelang ihm, sich an die Zügel eines zweiten Reittiers zu klammern und sich hinter demselben den Angreifern vorerst zu entziehen, immerhin lange genug, um sein Schwert zu ziehen; dann kam er unvermutet an des Tiers anderer Seite wieder zum Vorschein und fügte einem der Reisigen an der Wade eine tiefe Wunde zu. Das Blut des todgeweihten Tiers sowie des verletzten Reisigen besprengten den Schnee, und der Verwundete fluchte lauthals, indem er sein Pferd zur Seite riss – nur weit genug, dass einer seiner Spießgesellen sich nähern und seinerseits einen Versuch unternehmen konnte, den Großmeister zu fällen. Während Jebedias sich wehrte, führte der dritte Angreifer einen wuchtigen Hieb gegen seine linke Schulter und die Klinge durchschlug Leder und Kettenpanzer und drang ein Stück weit ins Fleisch.

Jebedias schrie auf und ließ des anderen Pferdes Zügel fahren, an die er sich bislang geklammert hatte, und da traf ihn ein großer Huf mitten auf die Brust, nahezu kraftvoll genug, ihm die Rippen zu brechen. Sein Haubert bewahrte ihn davor, doch musste er um Atem ringen. Er torkelte rücklings gegen das Pferd des vierten Reisigen, halb betäubt, trotzdem geistesgegenwärtig genug, um die Lage auszunutzen, herumzuwirbeln und den Mann unerwartet am eigenen Bein aus dem Sattel zu werfen, sodass er schwer in den zertrampelten Schnee stürzte, und schon im folgenden Augenblick fuhr er erneut herum, um einen Schwertstreich abzuwehren. Reittiere wimmelten durcheinander, lärmten schrill und traten nach allen Seiten um sich, beinahe eine so große Gefahr wie die Schwerter der vier Reisigen.

Da erreichte Camber den Schauplatz des schändlichen Geschehens, schlug seines Umhangs Saum einem Streitross, das daraufhin erschrocken zurückprallte, zwischen die Augen, während er zur gleichen Zeit seine Klinge gegen einen der Reisigen schwang. Das gereizte Ross scheute, bäumte sich auf, schleuderte seinen Reiter aus dem Sattel und gegen einen anderen Reisigen, sodass der Wirrwarr noch beträchtlich zunahm, derweil Camber und sein Gegner eine ganze Reihe geschwinder Hiebe austauschten. Camber sah nicht, wie Jebedias eine weitere Verwundung erlitt – doch hörte er ihn aufkeuchen und fluchen, indem der Großmeister sich unvermindert zur Wehr setzte –, denn er hatte selber reichlich damit zu tun, des eigenen Widersachers Klinge zu entgehen. Nur mit Mühe gelang es ihm, einen fürchterlichen Streich, der ihn höchstwahrscheinlich das Leben gekostet hätte, so zu parieren, dass des Gegners Waffe ihn lediglich streifte. Seines Bedrängers Klinge zog von des Oberschenkels Mitte eine Blutspur bis fast zu Cambers Knie, aber im Eifer des Gefechts bemerkte er davon kaum etwas, er kämpfte unverdrossen weiter Er musste zu Jebedias und ihm Beistand leisten!

Zwei der Angreifer waren mittlerweile aus den Sätteln und einer davon rührte sich nicht mehr, aber Camber besaß volle Klarheit darüber, dass sie, wenn ihnen an irgendeiner Aussicht gelegen war, diese Auseinandersetzung mehr oder weniger heil zu überstehen, auch die beiden anderen Gegner um den Vorteil bringen mussten, welchen sie dank ihrer Schlachtrösser hatten. Jebedias focht wie ein Besessener, um sich sowohl eines berittenen Widersachers wie auch eines Gegners zu Fuß zu erwehren, und unterdessen hielt Cambers berittener Widerstreiter von ihm stets ausreichenden Abstand, um von Camber nicht ernstlich angegangen werden zu können, indem er jedes Mal, wenn Camber sich gefährlich näherte, sein Tier herumriss und ihn ins Trampeln der mit Eisen beschlagenen Hufe laufen ließ. Schließlich nutzte Camber nachgerade verzweifelt eine besondere Gelegenheit, tat einen Sprung unter des Reittiers Nase, erhaschte die Zügel und zerrte mit solcher Wüstheit und Wütigkeit an der Gebissstange, dass das Tier ausglitt und niedersackte, erst auf die Knie, dann auf die Flanke.

Sein Reiter jedoch war weitaus gewandter als von Camber erhofft – vielleicht viel zu gewandt für Camber in seiner gegenwärtigen, noch einigermaßen benommenen Verfassung. Als das Ross niederbrach, gelang es dem Reisigen, sich von dem Tier zu lösen und buchstäblich auf die Füße zu fallen, und fast unverzüglich sprang er über seinen am Erdboden ausgestreckten Kumpanen hinweg, um erneut auf Camber loszugehen. Camber spürte die scheußliche Trägheit seiner Muskeln wachsen, indem sie immer mehr ermüdeten, ihm weit langsamer gehorchten, als es einst der Fall zu sein pflegte. Er schrie auf, als sein Widersacher ihm Blut aus dem Arm hieb, danach eine zweite Verletzung an der Hüfte beibrachte, ihn in hervorragend vollführtem Nachstoßen unmittelbar unterhalb des Kettenhemdes traf.

Herrgott, war dieser Kerl flink!

Camber schaffte es, auf den Beinen zu bleiben, obwohl er über des anderen Reisigen reglose Gestalt stolperte, aber er wusste nicht, wie lange er sich noch zu halten vermöchte. Es gelang ihm nicht, einen kraftvollen Schlag von seinem Schwertarm abzuwehren, doch immerhin konnte er die Waffe rechtzeitig genug in die andere Hand überwechseln, um einen weiteren gefährlichen Schwertstoß zu vereiteln. Danach brachte er es sogar fertig, dem Gegner eine unbedeutende Wunde zuzufügen, offenkundig zu des Mannes Verblüffung. Anscheinend hatte der Reisige nicht damit gerechnet, dass Camber das Schwert mit der anderen Faust so geschickt handhaben konnte.

Doch Cambers Körperkräfte schwanden und ihm war klar, dass für Jebedias Gleiches gelten musste. Er sah den Großmeister niedersinken, sich hinkauern, eine Hand auf die Hüfte gepresst, während er sich mit dem Schwert in der anderen Faust nach wie vor seinen berittenen Gegner vom Leibe hielt, doch machte Jebedias' Aussehen den allerübelsten Eindruck, sein verzerrtes, von Verzweiflung gekennzeichnetes Antlitz hob sich schaurig vom blutbesudelten Schwarz seines Reitleders und des Umhangs ab. Allem Anschein nach merkte er nicht, dass der andere noch im Sattel befindliche Reisige alles daransetzte, sein Ross in seinen Rücken zu treiben und ihn hinterrücks anzugreifen. Reiterlose Rösser tänzelten und bockten, durch den Gestank des Blutes und das Geklirre der Waffen nahezu bis zur Raserei angestachelt, und Cambers Widersacher bedrängte ihn indessen noch ärger, machte ihm jedes Mal, wenn Camber versuchte, Jebedias zur Hilfe zu eilen, noch schwerer zu schaffen.

Der Kampf nahm nun einen wahrhaft verzweifelten Verlauf. Indem er seinen Gegner mit einem Griff, von dem er wohl wusste, dass Alister Cullen ihn in einer ritterlichen michaelitischen Schule ganz bestimmt nicht gelernt hatte, von den Beinen warf, wandte sich Camber überhastet ab, in Gedanken heimgesucht von einer der unerfreulichsten Erinnerungen seines Cullen-Teils, schleuderte mit allen noch verfügbaren körperlichen Kräften und einem insgeheimen Stoßgebet das Schwert.

Im selbigen Augenblick schien auf der Lichtung ein

Blitz einzuschlagen, eine lautlose, unerwartete Erschütterung ließ ihn fast auf die Knie sinken.

Nachgerade ohne Nachdenken überwand er den restlichen Abstand und stürzte sich auf den anderen Reisigen, der Jebedias zugesetzt hatte, schnitt ihm mit dem eigenen Schwert, ehe der Mann überhaupt begriff, was vorging, die Kehle durch. Als er den im Zusammensacken begriffenen Krieger von sich stieß, unvermindert zum Kampf bereit, wenn es sein musste – obwohl er, dieweil es ihm von dem grellen Blitz noch vor den Augen flimmerte, nicht recht zu sehen vermochte –, fiel ihm auf, dass plötzlich eine bemerkenswerte Stille herrschte. Er hörte die Rösser durch das dürre, vom Winter entblößte Unterholz rings um die Lichtung brechen, dabei aus Furcht schnauben und wiehern, aber in seinem näheren Umkreis regte sich nichts. Einige Augenblicke mehr verstrichen noch, bis seine Augen sich wieder auf des Tages herkömmliche Helligkeit eingestellt hatten.

Über und über war er mit Blut bespritzt, und nicht wenig davon war sein eigenes. Noch war er viel zu entgeistert, um feststellen zu können, wie ernst die erlittenen Verletzungen waren. Neben seinem im Sterben niedergesackten Gegner sank Jebedias langsam zusammen, sein Schwert, von dem ein sonderbares Leuchten ausging, rutschte in seiner blutigen Faust in den Schnee. Dahinter lag der Krieger, dem Cambers Magie gegolten hatte, tot und verkohlt auf seinem gleichartig dahingerafften Ross, des Mannes Brust durchbohrt von Cambers Schwert. Der Waffe Griff war geschwärzt und verbogen, so wie er es schon einmal bei einer anderen Klinge gesehen hatte, auf einer Lichtung unweit von Iomaire.

Heftig schöpfte er Atem, fragte sich, ob die Magie womöglich auch Jebedias niedergeschmettert haben könne, doch beruhigte sich sogleich mit der Versicherung, dass das nicht der Fall sein konnte, denn Jebedias lebte noch. Da ersah Camber, dass auch sein eigener Widersacher, mit dem er solche Mühe gehabt hatte, tot im Schnee lag, obwohl er offensichtlich keine ernsthafte Verwundung aufwies. Die Augen waren offen und stierten gen Himmel, das Angesicht war in einem Ausdruck der Fassungslosigkeit und des äußersten Entsetzens erstarrt. Als Camber ihn mit zittriger, blutbefleckter Hand berührte, um mit seinen Deryni-Sinnen nach der Ursache zu forschen, spürte er die Nachwirkungen einer im Abklingen begriffenen Magie – und auf einmal *erkannte* er deren Ursprung. Überaus bestürzt angesichts dieser Feststellung schüttelte er das Haupt, um seine Gedanken zu klären, raffte sich empor und begab sich zu Jebedias, der sich schwächlich regte.

»Alle Wetter, was hast du da getan?«, fragte er leise nach, indem er des Großmeisters silbriges Haupt in seine Hände bettete, bevor es in den Schnee sinken konnte. Hell sprudelte mit jedem Pochen des Herzens stoßweise Blut aus einer furchtbaren Wunde im Oberschenkel des Großmeisters, dampfte in der winterlich kalten Luft und Camber legte voller Verzweiflung eine Hand auf die Verletzung. »Oh Gott, Jebedias! Jebedias, vernimmst du meine Stimme?«

Als Jebedias nur unterdrückt aufstöhnte, zerrte Camber mit einer Hand den Schwertgurt von der Hüfte und schlang ihn oberhalb der Wunde zweimal um des Verletzten Oberschenkel, und infolge der Anstrengung ging ihm der Atem in harschen, unregelmäßigen Zügen, derweil er sich abmühte, um das Bein abzubinden und die Blutung zu stillen. Das Schwarz des Leders verfärbte sich nahezu augenblicklich scharlachrot, doch allem Anschein nach wollte es nicht gelingen, den Blutstrom in ausreichendem Umfang einzudämmen.

»Jebedias, antworte mir«, flehte Camber, schob den Gefährten, dem anscheinend die Sinne vollends zu schwinden drohten, in seine Arme, presste seine Hand auf eine zweite, kaum weniger schwere Wunde in Jebedias' Rücken, das Herz von Gram bedrückt. An Jebedias' Seite lag das ihm entglittene Schwert inmitten des Schnees in einer Vertiefung, welche genau der Waffe Umrisse besaß. Camber wusste, ohne sie anfassen zu müssen, die Klinge war noch heiß. »Gütiger Gott, Mann«, flüsterte er, »was hast du gemacht?«

Jebedias holte scharf Atem durch aufeinander gebissene Zähne und nahm genug Kräfte zusammen, um mit andeutungsweisem, verzerrtem Lächeln den Blick zu Camber zu heben.

»Nun sag nicht, mir ist's gelungen, mit einer magischen Verrichtung aufzuwarten, die dir unbekannt ist«, erwiderte er kaum vernehmlich. »Ich befürchte, an den Rändern sah's ein wenig grau aus, aber dein Freund da drüben hätte dir andernfalls übel mitgespielt.«

»Ein wenig grau? *Was hast du denn nur getan?*«

»Nur eine geringfügige Umleitung natürlicher Gewalten war's. Scher dich nicht darum. Wichtig ist allein, dass du noch lebst. Einer von uns musste ... O süßer *Jesus,* wie's schmerzt, zu sterben!« Er keuchte auf, als eine Aufwallung von Pein ihn durchfuhr.

»Nein! Sprich nicht so!« Camber schloss den Verwundeten noch fester in seine Arme. »Du wirst nicht sterben! Ich werde es nicht dulden.«

Jebedias schloss die Lider und benetzte sich die Lippen, meisterte ein Husten, ehe er ein mattes, leicht spöttisches Lächeln zustande brachte.

»Du irrst dich nicht oft, alter Freund, aber diesmal ...«

Er seufzte und sank noch schwerer an Cambers Busen, blieb jedoch bei Bewusstsein. Camber machte Anstalten, eine Hand auf Jebedias' Stirn zu legen, verharrte jedoch mitten in der Bewegung, um an seiner Gewandung das Blut von der Hand zu wischen; danach musste er, da er sah, dass sie sich dadurch nur noch umso mehr – von eigenem Blut – gerötet hatte, abermals reinigen, diesmal an seinem Umhang. Dann streichelte er die aus Qual zerfurchte Stirn und begann auf geistiger Ebene jenes vertraute, so einzigartig zarte und doch innige Band zu flechten, wie es in solcher Außergewöhnlichkeit stets ausschließlich zwischen ihnen eines gegeben hatte.

Er fühlte, indem die Erregung und Aufgepeitschtheit des Kampfes von ihm wichen, wie auch seine Körperkräfte unaufhaltsam schwanden, doch irgendwie empfand er diesen Umstand als bei weitem nicht so erheblich wie die Tatsache, dass Jebedias in seinen Armen im Verscheiden lag. Er bemerkte das ferngeistige Tasten Jorams und Evaines, das die Grenzbereiche seiner derynischen Wahrnehmung streifte, als er seinen Geist eröffnete, um ihn mit Jebedias' Gemüt zu verschmelzen, doch bis auf weiteres schloss er die beiden aus. Für sie hatte er jetzt keine Zeit. Jebedias starb und nur Camber war zur Stelle, um ihm in seinen Qualen Trost zu spenden.

»Alister«, vermochte Jebedias einige Augenblicke später zu wispern, »Alister … nein, *Camber* … nimm mir die Beichte ab … ich bitte dich …«

»Oh Gott, Jebedias, verlang du nicht so was von mir …«

»Um ohne Sündenerlass zu sterben?« Der Großmeister erschauderte leicht, entweder vor Schmerz oder Grausen, doch dann schaute er voller Vertrauen zu Camber auf, ertastete mit entkräfteter Hand das goldene Brustkreuz, nun mit Blut beschmiert, das erneut aus Cambers Gewand gerutscht war, derweil der Kampf getobt hatte. Matt nahm er es an seine Lippen und küsste es, dann bot er abermals einiges an noch verbliebenen körperlichen Kräften auf, um seinen Blick fest in Cambers Antlitz zu erheben. »Segne mich, Pater, denn ich habe gesündigt. Seit meiner letzten Beichte habe ich mit Hass in meinem Herzen einen Mann durch Magie erschlagen ... dafür erflehe ich aus tiefstem Herzen Vergebung.«

Camber konnte nicht länger irgendetwas sehen, denn die Tränen in seinen Augen sowie das Schwindelgefühl, das ihn heimsuchte, trübten seine Sicht, doch brauchte er nichts zu sehen, um mit Jebedias die rituellen Worte zu wechseln und ihm die Absolution zu erteilen, auf des Sterbenden Stirn das Zeichen des Glaubens zu machen. Er schloss die Augen und ließ ihre Geistesverschmelzung an Tiefe und Innigkeit gewinnen, brachte sich ganz und gar ein, um seinem alten Freund in dieser letzten Stunde Kraft und Zuspruch zu gewähren.

Von neuem verspürte er ein Gefühl ätherischen Losgelöstseins, als das silberne Band, das Leib und Seele zusammenhielt, zu zerfallen anfing, alle Bindung an das Irdische sich zu zersetzen begann. Wiewohl sie sich diesmal nicht innerhalb eines magischen Zirkels befanden, vermochte er, als er seine Geistessicht auswärts richtete, das verschwommene, körperlose Abbild eines jüngeren Jebedias sich auf dem zum Vergehen verurteilten Leib in seinen Armen abzeichnen sehen, eines zu kraftvoller, lebensfreudiger Jugend wiederhergestellten Jebedias.

Jebedias jedoch sah ihn nicht länger an. Stattdessen hatte er sein Antlitz jenem kleinen Schrein am Rande der Lichtung zugekehrt, welcher in Cambers geistiger Deryni-Sicht leuchtete wie ein freundliches Wahrzeichen aus kaltem silbernem Licht. Camber war, als könne er aus einem Lichtpünktchen eine vertraute Gestalt im Blau der Michaeliten erwachsen sehen, die zu ihnen wallte, deren von Stiefeln umhüllte Füße nie ganz den frischen Schnee berührten. Das Antlitz der Erscheinung zeigte ein breites Lächeln – und siehe da, es war ebenjenes Antlitz, welches Camber nun schon viele Jahre hindurch aus dem Spiegel angeblickt hatte, allerdings jünger –, und sie hielt die Arme ausgebreitet, um den Mann willkommen zu heißen, welcher sich in diesem Augenblick aus der verbrauchten irdischen Hülle erhob, von Jebedias ein Leben lang bewohnt.

Camber vergaß das Atmen, als er sah, wie ein verjüngter, erneuerter Jebedias sich vom Untergrund vor Cambers Knien erhob und sich zu der Geisteserscheinung gesellte, woraufhin die beiden Männer einander umarmten wie lange getrennt gewesene Brüder, so übervoll von Freude, dass einiges davon überschwappte und sogar zu Camber vordrang. Das Paar trat voneinander zurück, um sich umzuwenden und ihn anzuschauen; dann streckte es die Arme aus – erst Jebedias, danach auch die andere Gestalt –, wie um ihn aufzufordern, sich ihnen anzuschließen. Die Verlockung war ungeheuer stark, doch genau in dem Augenblick, als Camber schon drauf und dran war, ihr zu erliegen, durchzuckte ihn ein grausamer Schmerz, seine Geistessicht verschwamm, seine Deryni-Kräfte vermochten diese Ebene der Wahrnehmung nicht länger so deutlich zu erfassen. Als er versuchte, sie noch einmal zu schauen, konnte er sie nicht mehr sehen.

Da wusste er, dass Jebedias nun tot in seinen Armen ruhte und der vergängliche Bestandteil seines Inneren beklagte den Verlust, wogegen ein anderer Teil frohlockte, weil er diese Ehrfurcht erregende, mystische Wiedervereinigung hatte mit ansehen dürfen. Der Zeit Verstreichen schien sich in unendliche Längen auszudehnen, sodass er reichlich dazu Gelegenheit erhielt, über sein eigenes Schicksal nachzusinnen. Obzwar er auf unklare Art und Weise spürte, auch er war dem Tode geweiht, derweil sein Blut unter ihm im zerwühlten Schnee eine große Lache bildete, da gefror und gerann, hatte er irgendwie keineswegs den Eindruck, dabei handele es sich um einen Vorgang von großer Wichtigkeit. Etwas anderes besaß Vorrang, doch konnte er noch nicht herausfinden, was eigentlich es war; aufgrund dessen zog er sich noch weiter in innere Stille zurück.

Er merkte, wie Jebedias' Leichnam ihm aus den Armen glitt, und er ließ es geschehen, dass er langsam vollends niedersank, bis sein Haupt auf des Toten Schulter lag, als die Sonne am Himmel ihren höchsten Stand überschritten hatte und sich zu sinken anschickte. Er bewirkte, dass sein Körper wieder die eigene, ursprüngliche Gestalt annahm, fühlte sich anfangs ein wenig fremd mit seinem alten Camber-Gesicht, das er so viele Jahre lang nicht getragen hatte, doch irgendwie ahnte er, dass der Rückgriff auf sein natürliches, angeborenes Aussehen nunmehr angebracht war, vor allem, nachdem er geschaut hatte, von welchem Geist Jebedias in Empfang genommen worden war, um in die himmlischen Gefilde geleitet zu werden.

Die Rückkehr zur eigenen Gestalt war eine angemessene, richtige Entscheidung, soviel war ihm klar, doch durch irgendetwas daran war er, so hatte es den Anschein, dem ferngeistigen Tasten seitens Jorams und Evaines wieder zugänglicher geworden. Er spürte in den Grenzbezirken seiner Deryni-Wahrnehmung, wie sie in höchster Erregung zu ihm durchzudringen versuchten, aber er empfand keinen allzu starken Wunsch danach, mit ihnen eine geistige Verbindung einzugehen und sie vom Vorgefallenen in vollem Umfang und in allen Einzelheiten Kenntnis nehmen zu lassen. Seltsam fern von all ihren sorgenvollen Nachforschungen, übermittelte er ihnen lediglich eine ruhige, leidenschaftslose Darstellung dessen, was sich ereignet hatte, und gab ihnen einen dahingehenden Aufschluss, wie die Stätte zu finden sei, wo er und Jebedias lagen. Dann jedoch – zwar sanftmütig, aber entschieden, in einer sonderlich verwandelten, erhöhten Empfindung der Liebe zu dem Paar, welche seine zuvorige Würdigung der Schönheit ihrer beiden Seelen weit übertraf – drängte er sie vollkommen aus seinem Bewusstsein.

Irgendetwas musste er noch tun – irgendeine Sache von größter Bedeutsamkeit hatte er noch zu erledigen, aber es war ihm bis jetzt nicht gelungen zu entdecken, um was es sich bei selbiger Angelegenheit handelte. Abermaliger Schmerz in seinem wunden Körper gemahnte ihn daran, dass sein irdischer Leib kurz davor stand, ihn ein für alle Mal im Stich zu lassen, doch er verscheuchte jeglichen Gedanken daran weit in seines Bewusstseins Hintergrund. Er sollte genug an Frist erhalten, um das zu bewerkstelligen, was er noch zu verrichten hatte, davon war er fest überzeugt.

Er geriet in einen Zustand der Halbwachheit und Benommenheit, indem seines Körpers Erschöpfung und die Kälte die Vorherrschaft über sein Dasein errangen. Allmählich sank die Sonne dem Horizont entgegen und ein leichter Schneefall begann die Lichtung von neuem zu verschneien.

Er schwebte irgendwo zwischen Wachen und Träumen und seine Gedanken kehrten zurück zu jenem Mann, dessen Leichnam dicht bei seiner Gestalt lag, erkaltetes Fleisch neben gerade noch ein wenig warmem Fleisch; und zu jenem Mann, der erschienen war, um des anderen erlöste Seele mit brüderlichem Willkommen zu begrüßen. Wieder einmal grübelte er über Alister nach, den wirklichen Alister, den er vor so vielen Jahren gekannt hatte. Auch Alister Cullen war den Tod eines Kriegers gestorben, war aus den im Gefecht davongetragenen Wunden verblutet, auf einer Lichtung, die er nur noch mit Toten teilte, aber sein Kampf hatte einer guten Sache gedient. Alister … Alister …

Seine Gedankengänge, das spürte er, waren längst allzu matt und träge, doch offenbar konnte er dem nicht abhelfen. Während er so in absonderlich allem enthobener Gleichgültigkeit bei sich sann, erinnerte er sich als Nächstes an Ariella – die schöne, grausame, gerissene, blutschänderische Ariella –, wie er sie damals gesehen hatte, im Tode die Finger in der Geste einer Magie erstarrt, welche sogar die meisten Deryni-Magister für undurchführbar hielten. Sie war ihr misslungen und Camber wusste den Grund. Um ein Haar hätte er besagte Magie an Rhys erprobt, sich dessen sicher, dass er Erfolg haben könne – doch es wäre, das wusste er nun mit Gewissheit, nicht recht gehandelt gewesen. Niemand hatte das Recht, eine solche Entscheidung für eine andere Seele zu treffen.

Nichtsdestotrotz, der Sachverhalt dieser Magie wollte ihn nunmehr nicht wieder in Ruhe lassen. Immer wieder beschrieben seine Überlegungen den gleichen Kreis – drehten sich um Jebedias, Alister, Ariella, diese Magie –, und allem Anschein nach war es ihm unmöglich, dieser Gedanken Kreis zu durchbrechen. Vermochte derjenige, welcher selbige Magie meisterte, fürwahr dem Tod eine Abfuhr zu erteilen? Oder wechselte er über in jene andere Sphäre, dieses Zwischenreich, in welches er nun zwei Mal flüchtig Einblick erhalten hatte? Irgendwie kam es ihm so vor, als sei die demütige Fügung in den Tod nicht die Antwort, obgleich Camber den Tod nie gefürchtet hatte – stets war er davon ausgegangen, er werde, wenn seine Zeit da war, bereit sein. Und diesen Erwägungen schloss sich gleich darauf eine andere Frage an: Waren ihm diese Einblicke in jene andere Sphäre aus einem bestimmten Grund gewährt worden …?

In urplötzlicher, nachgerade überwältigend offenkundiger Eingebung ersah er diesen Grund, verstand er, weshalb Ariellas Versuch, diese besondere Magie zu bewerkstelligen, gescheitert war, erkannte er einen größeren Teil im Plan des Schöpfers, worin er eine der wichtigsten Säulen abzugeben hatte. Er erahnte sogar die Gründe, aus welchen jemandem eine derartige Gnade zuteil werden mochte – vorerst nicht sterben zu müssen, sondern in eine andere Sphäre eingehen zu dürfen, das Zwischenreich der Geistwesen, in welchem man sowohl Gott wie auch der Menschheit auf die ihnen gemäße, unterschiedliche Weise dienen konnte. Doch waren das überhaupt verschiedene Wege? Und *ihm* war das Wissen zugefallen, dank dessen er eine solche Herausforderung anzunehmen imstande war, sich mit der ganzen Schutzwehr Gottes zu wappnen und weiter im Dienst am Licht zu wirken vermochte.

Es war so leicht. Und so herrlich war es. Er brauchte lediglich mit seinem Geist tätig zu werden, einfach … so …

Kurz vor dem Herabsinken der abendlichen Dämmerung regte sich einer, der da als tot gelegen hatte, unter einer dünnen Schicht pulvrigen Schnees und nieste, hielt sich kläglich das Haupt und stöhnte, während er sich mühselig aufsetzte. Sein Name lautete Rondel, er diente dem Grafen Manfred von Culdi als Reisiger, und das Letzte, woran er sich entsann, war seine Wut, als der michaelitische Großmeister ihn am Fuß gepackt und denselben verdreht und ihn dadurch über des Reittiers Schulter in hohem Bogen aus dem Sattel geworfen hatte. An den Aufprall am Untergrund erinnerte er sich nicht.

Die Erinnerung an das Gefecht klärte ihm den Schädel ziemlich rasch und er raffte sich in eine geduckte Haltung hoch, blickte sich wild nach allen Seiten um, ob noch Anzeichen von Gefahr zu erkennen seien, in der Faust den Dolch. Aber nichts ringsherum rührte sich, ausgenommen der leichte Schneefall, der aus einem grauen, im Verfinstern begriffenen Himmel herabwehte. In den Schatten an der Lichtung Rand nur schwach erkennbar, nagten einige der Rösser halbherzig an winterlich kahlen Ästen, schlürften aus dem See. Er zählte fünf stille, von Schnee verhüllte Gestalten rings im immer düsteren Zwielicht, und mit einem Schaudern, welches mit der Kälte in keinem Zusammenhang stand, ersah er, er war der einzige Überlebende.

Nach dieser Erkenntnis fing kaltschnäuzige Berechnung sich in seinen Sinnen durchzusetzen an. Wenn seine Freunde tot waren, so musste die Belohnung, welche der Graf für die Unschädlichmachung Cullens und Alcaras verheißen hatte, ihm ganz allein zufallen – und mittlerweile hegte Rondel nicht den leisesten Zweifel daran, dass es sich bei den reglosen, in Schwarz gehüllten Gestalten, die unweit von ihm dicht beieinander lagen, um eben diese beiden handelte. Falls er es nun schaffte, an ein oder zwei der Rösser zu gelangen …

Nahezu völlig finster war es inzwischen zu dem Zeitpunkt, als er es endlich vollbracht hatte, eines der verstörten Tiere wieder einzufangen. Ein ganzes Weilchen lang tätschelte Rondel dem zurückerlangten Ross den Hals und sprach in beruhigender Art und Weise auf es ein, dann führte er es langsam zu den zwei schwarz gewandeten Umrissen. Vom Sturz und infolge der Eisigkeit schmerzte ihm fürwahr jeder einzelne Muskel des Körpers, und seiner Augen Sicht verschwamm ihm beständig, aber er wusste, er durfte hier nicht mehr allzu lange säumen. Mehrere Stunden zu Pferd trennten ihn von der Herberge, woselbst er und seine Kumpane in der vergangenen Nacht genächtigt hatten, und eine näher gelegene Möglichkeit zur Einkehr gab es an diesem Abschnitt der Landstraße nicht. Er musste die Toten dem Ross aufbürden und sich auf den Weg begeben, bevor noch mehr Schnee fiel oder gar die Wölfe, welche diese Hügel regelmäßig unsicher machten, dafür sorgten, dass an diesem Tag auch er noch das liebe Leben ließ.

Soeben bückte er sich, um einen der zwei Ausgestreckten aufzuheben und über den Sattel zu werfen, da bemerkte er, in der anderen Richtung der Landstraße – jener entgegengesetzt, woher sie gekommen waren – zwischen den winterlich toten Bäumen Fackelschein schimmern. Einer ganzen Reihe von Biegungen wegen, welche die Landstraße dort nahm, konnte er den Hufschlag nicht hören, doch mussten sich fast ein Dutzend Reiter nähern und binnen eines kurzen Weilchens mussten sie hier sein.

Hin und her gerissen zwischen Furcht und Gier, beugte sich Rondel tiefer hinab und suchte nach irgendeinem Beweisstück, das er mit sich nehmen könne – vielleicht den Bischofsring –, denn er besaß darüber volle Klarheit, dass er es sich nicht erlauben durfte, in der Nähe zu bleiben, um zu sehen, um wenn es sich bei den Reitern handelte. Der eine Tote trug keinen Ring, aber seine steifen Finger umklammerten noch das goldene Kreuz, welches Rondel und seine Kumpane in der Herberge erspäht hatten.

Er musste das Kreuz den starren Fingern des Toten regelrecht entreißen, dann die Kette zerbrechen, welche es um des anderen Mannes Hals schlang; aber in seiner Hast und der abendlichen Düsternis fielen ihm die Veränderungen nicht auf, die des Älteren Antlitz, seit er es unter der mittäglichen Sonne sah, vollzogen hatte. Er fand den Ring – und in der Tat wies er den Amethyst eines Bischofs auf, und rings um die Einfassung des Steins war er mit Kreuzen verziert –, doch wollte es ihm nicht gelingen, ihn vom Finger zu lösen, und mittlerweile vermochte er der Reiter Hufschlag zu hören. Alsbald würden sie an Ort und Stelle sein.

Da wagte er nicht länger zu zaudern. Das Kreuz musste als Beweis genügen. Er selbst sah keinen Anlass zum Zweifel daran, dass dieser Tote wirklich und wahrhaftig der abtrünnige Bischof Cullen war – aber falls man das Kreuz nicht als hinlänglichen Beweis betrachtete, nun, das Gold, woraus es bestand, war gewisslich auch etwas wert. Und so schob er sich das Kreuz unters Gewand, schwankte zum reitfertigen Ross und sprengte davon, entschwand in des Abends trübem Zwielicht.

Wenig später erreichten die Reiter die Stätte, trugen Helligkeit auf die Lichtung und Trauer heim.

Epilog

Aufgebaut werden von dir die uralten Trümmer; die Fundamente früherer Geschlechter errichtest du wieder; man nennt dich »Breschenschließer«, »Wiederhersteller zerstörter Wohnungen«.

Isaias 58,12

Einer Dämmerung Anbruch später, in der kalten Stille unmittelbar vorm ersten Morgenlicht, wartete Evaine, wie versteinert in ihrem unermesslichem Gram, allein in der Kapelle des Klosters der Heiligen Jungfrau von den Matten, gelegen in Kierneys hohen Gipfeln. Sie saß nahe beim Altar auf der Fußbank eines Betstuhls, den Rücken dem Altar zugewandt, das Haupt auf eine Armlehne gestützt. Gehüllt war sie in einen jener schwarzen Mäntel aus Wolle, die im besagten Kloster, da sie nachgerade sämtlichen Zwecken dienlich genug waren, jeder trug; darunter war sie in eine schwarze Mönchskutte gekleidet und ihre Arme hielten den Mantel um ihre angezogenen Knie geschlungen, um sie zu wärmen. Aus ihrer Kapuze fielen helle Strähnen ihres Haupthaares, schimmerten im Schein des ewigen Lichts und der Altarkerzen, deren Glanz es rötlich färbten, als sie ihr Haupt ein wenig nach rechts wandte.

Zumindest die Porta Itineris, sann sie, würde bald fertig gestellt sein, so wie ihr Vater es gewünscht hatte. Ihr Blick streifte den mit kunstreichen Schnitzereien verzierten Lettner, welcher das nordwärtige Seitenschiff der Klosterkirche abschirmte. Joram, Ansel sowie einige der hiesigen Mönche hatten hinter selbigem Lettner – in mehrtätiger Schufterei – den Fußboden aufgerissen, sodass sich dort nunmehr ein rundes Loch von einem guten Klafter Durchmesser befand, das bis hinab zu der

Erde Felsgestein reichte. Erst vor wenigen Stunden hatte Joram darin mit Kreide ein Achteck gezogen, in Vorbereitung der für die Morgendämmerung beabsichtigten Fortsetzung der Tätigkeit, und gegenwärtig war er dabei, die anderen, welche ihre Unterstützung angeboten hatten, auf das noch zu bewerkstelligende gemeinsame Werk vorzubereiten: Ansel, Fiona, Camlin, Rhysel und – auf sein nachdrückliches Beharren hin – der kleine Tieg, die allesamt mit ihren Deryni-Kräften zur Errichtung der Porta beizutragen gedachten. Nach längerer Meinungsverschiedenheit hatte Joram darin eingewilligt, dass auch Evaine helfen könne, doch nur unter der Bedingung, dass sie ihre Kräfte weitgehendst schone, bis man ihrer tatsächlich bedurfte. Der Ritt am vergangenen Abend hatte ihre erst in langsames Wiederkehren begriffene Lebenskraft viel zu bald nach Jerushas Geburt von neuem stark beansprucht.

Der Ritt … Evaine seufzte und wandte ihr Antlitz bedächtig abermals den dunklen Umrissen zu, die sich zu ihrer Linken im Mittelgang abhoben. Ohne sich weiter von der Stelle rühren zu müssen, konnte sie auf dem wuchtigen schwarzen Klotz der zweifachen Totenbahre den näheren der beiden Leichname sehen, im trüben Lichtschein das Antlitz erkennen, um Ansels und all der anderen willen wieder umgewandelt in die längst so vertraut gewordenen Gesichtszüge Alister Cullens. Auf der anderen Seite lag Jebedias aufgebahrt; beide teilten miteinander ein Bahrtuch aus schwarzem Damast, welches sie von den Füßen bis zum Hals bedeckte.

Bereits in jenen ersten Augenblicken, sobald sie und Joram auf jener von Blut besudelten Lichtung niedergekniet waren, hatte sie dem Angesicht ihres Vaters wieder die Eigenheiten Cullens aufgeprägt, bevor ihre Begleiter sich näherten. Mit einem winzig kleinen Teil ihres Verstandes – ein Tun, das ihr beständig ein gewisses Maß gespannter Aufmerksamkeit abverlangte – erhielt sie die Täuschung aufrecht, wie es so lange vonnöten sein würde, bis sie die beiden Toten mittels der Porta in jene andere, verborgene Kapelle verbringen konnten, wo sie vor so langer Frist schon etliche Michaeliten hatten bestatten müssen, um sie ebenfalls dort beizusetzen. Rhys hätte diese Aufgabe weit leichter zu erledigen vermocht; aber auch Rhys war tot und aller Kummer Evaines konnte ihn nicht zurückholen, und ebenso wenig ihren Vater. Bald durfte Camber an Rhys' Seite ruhen; und dann würde sie, sah man einmal von Joram und den Kindern ab, allein sein. Ein Zeitabschnitt ging zu Ende.

Sie und Joram – und vielleicht ein paar Getreue mehr – beabsichtigten den Kampf fortzuführen, dieweil Camber es so gewünscht hätte; doch das Dasein konnte nie wieder das gleiche wie zuvor sein. Sie fühlte sich, als sei ihr Herz entwurzelt worden, die zurückgebliebene Leere mit Stroh ausgestopft. Sterben musste sie von alldem sicherlich nicht, doch sie befürchtete, lange würde es dauern, bis sie sich wieder wirklich und wahrlich wie ein lebendiges Geschöpf fühlen konnte.

Nochmals seufzte sie schwermütig auf, dann erhob sie sich und trat näher ans obere Ende der zweifachen Totenbahre, sich schmerzlich dessen bewusst, wie wenig sie bislang Gelegenheit zur persönlichen Abschiednahme gehabt hatte. Alister Cullens Miene, ihr nach all den Jahren, in deren Lauf Camber sein wahres Antlitz darunter versteckt hatte, fast ebenso wohlvertraut wie ihres Vaters tatsächliches Angesicht, spiegelte im Tode vollständige Gefasstheit wider und der Kerzenschein warf sachtes Geflacker in das harsche graue Haar, goldgelbe Glanzlicher – etwas gespenstisch – auf die eingesunkenen, geschlossenen Lider der Augenhöhlen. Evaine neigte ihr Haupt und legte eine Hand auf die Erhöhung, welche des Toten Hände unterm Bahrtuch bildeten, ließ das Antlitz sodann wieder die eigentlichen, noch vertrauteren Gesichtszüge annehmen, stand danach einfach da und betrachtete den Verschiedenen voller Trauer, aber bar aller Tränen, denn solche waren ihr keine verblieben. Ein ganzes Weilchen verstrich, bevor ihr mit aller Deutlichkeit auffiel, dass der Hände Erhebung sich durch irgendeine Seltsamkeit auszeichnete.

Verdutzt blinzelte sie, als sie die Besonderheit gewahrte, richtete ihre ganze bewusste Aufmerksamkeit auf die Umrisse unter ihrer Hand. Versonnen musterte sie die glatte, flache Erhebung von Jebedias' Händen, unterm Bahrtuch friedlich auf seiner Brust gefaltet, dann schlug sie den schwarzen Damast behutsam zurück, um nachzuschauen, weshalb es sich mit Cambers Händen anders verhielt. Seltsam ... Die Arme lagen in ungefähr gleicher Haltung auf der reglosen Brust, aber die Hände waren in merkwürdiger Verschränkung gefaltet, als ob sie zwischen sich etwas verbergen würden, das unsichtbar war und überaus kostbar. Sie berührte eine dieser Hände, aber dieselbe widerstand ihrem erst zaghaften, dann kräftigeren Bemühen, sie zu glätten, und Evaine war, als stäke dahinter etwas von größerer Hartnäckigkeit als bloß Totenstarre oder die Kälte.

Höchlichst verwundert, denn just in diesem Augenblick war ihr ein kaum erhaschbarer Erinnerungsfetzen durchs Bewusstsein gehuscht, schloss sie die Augen und forschte genauer in ihrem Gedächtnis. Der gesuchte Ursprung jener flüchtigen Erinnerung ließ sich rasch finden: eine tiefe geistige Verschmelzung mit ihrem Vater, stattgefunden vor etlichen Jahren, seine dabei gegebene Darstellung von Alister Cullens letztem Kampf, seinem Tod auf einer Lichtung zu Iomaire – und eines schönen, aber furchtbaren Weibes, durchbohrt von einer geweihten Klinge, die Hände in gleichartiger Geste erstarrt, um eine Magie zu vollziehen, welche selbst die Mehrzahl aller kundigen Deryni als zum Sagenschatz gehörig betrachteten, der auch die anderen bloß die allergeringste Aussicht auf Erfolg beimaßen; und Camber hatte einmal geäußert, *er wisse, warum Ariella diese Magie hatte misslingen müssen!*

Ein Keuchen entfuhr Evaine, als sie mit einem Ruck ins Hier und Jetzt zurückkehrte, und ihr schwindelte, als sie an die ungeheuere Bedeutung dachte, die ihrer Vermutung innewohnte. Indem in ihrem Innern die allerwildeste Hoffnung emporschwoll, tastete sie mit ins Beben geratenen Fingerkuppen die Rundung von ihres Vaters Händen ab. Bestand wahrhaftig die Möglichkeit, dass Camber doch nicht tot war – dass er sich nur unterm Einfluss der geheimnisvollsten aller magischen Verrichtungen befand, sodass es nur des rechten Eingreifens bedurfte, um ihn in der Lebenden Gesellschaft zurückzurufen?

Leise Schritte schreckten sie aus ihren Mutmaßungen. Eilends, nahezu ohne nachzudenken, verwandelte sie von neuem des Hingeschiedenen Antlitz, dann blickte sie beinahe schuldbewusst auf. Aber es war lediglich Joram, der müde und in niedergeschlagener Stimmung nahte, ihr in zerstreuter Bemühung, ein wenig Trost zu spenden, einen Arm um die Schultern legte.

Für eine Weile lehnte sie ihr Haupt an seine Brust, wog sie insgeheim ab, ob sie ihm von ihren Überlegungen erzählen solle. Seine Geistesschilde waren in düsterer Dumpfheit schroff erhoben, versiegelten sein ganz in Gram getränktes Innenleben, doch nach einem kurzen Weilchen spürte sie, wie er sich inwendig etwas entkrampfte, langsam auf die schwache, oberflächliche Geistesverbindung einließ, welche sie, wenn sie einander so nah waren, gewohnheitsmäßig eingingen. Entschlossen entschied sie sich dafür und drehte sich um, musterte ihn von der Seite.

»Joram«, bat sie leise, »sieh dir einmal seine Hände an.«

Er betrachtete sie, bemerkte anscheinend jedoch nichts anderes, als dass das Bahrtuch zurückgeworfen war, sodass man selbige Hände sehen konnte.

»Warum? Was hat's auf sich mit seinen Händen?«

»Denk an Iomaire«, gemahnte sie ihn leise. »Du warst dort. An Iomaire und Ariella ...«

Sie fühlte das schlagartige Aufwallen der Erinnerung beinahe wie ein lautloses Erdbeben durch seinen Geist dröhnen. Er taumelte und verschaffte sich am Rande der Totenbahre notdürftigen Halt, starrte den Leichnam an, merklich in innerem Widerstreit, einerseits entsetzt angesichts von so viel Vermessenheit, der Lästerung, die man womöglich in dem Versuch, dem Tod zu trotzen, sehen musste, andererseits befallen von der tollen Hoffnung, es könne vielleicht wahr sein. Vor seinem geistigen Auge stand stark und deutlich die Erinnerung an Iomaire.

Gleich darauf breitete er das Bahrtuch ruckartig wieder über Cambers Hände, sank auf die Knie. Er schlotterte fürwahr, als er das Haupt zwischen seinen Händen an der Totenbahre Rand stützte, die Augen fest geschlossen. Evaine legte ihm hinterrücks die Arme um die Schultern, beugte sich trostreich über seinen Rücken, besänftigte sachte den Schrecken, der sein Gemüt bis in alle Ebenen hinein heimgesucht hatte.

»Es *ist* möglich, du weißt es«, sprach sie mit unterdrückter Stimme. »Hier gibt's keine Gewissheit, aber die Möglichkeit besteht. Viel hat er nie davon geredet, doch ist mir bekannt, dass er entsprechende Forschungen in den Archiven zu Grecotha betrieben hat. Die Aufzeichnungen sind nun über verschiedenerlei Verstecke verstreut, aber man kann sie wieder zusammentragen.«

Joram atmete bedächtig durch die Nase ein und aus, eine vernehmliche Anstrengung zum Zurückgewinnen seiner Selbstbeherrschtheit, dann hob er seinen Blick und musterte die grauhäuptige Gestalt.

»Vermagst du ihn zurückzurufen?«, erkundigte er sich kaum hörbar.

»Ich weiß nicht einmal mit Gewissheit, ob er die Magie angewendet *hat*, noch weit weniger also, ob ihm dabei Erfolg beschieden war. Auf jeden Fall hat er schwere Verletzungen erlitten. Sollte er unterm Einfluss der bewussten Magie stehen, müssten wir, falls wir ihn zurückrufen können, einen Heiler bereitstehen haben. Allein das dürfte einiges an Vorbereitungen erfordern. So oder so, zuvor müssen wir feststellen, ob die Magie gewirkt hat, dann können wir uns, falls das zutrifft, darüber Gedanken machen, wie sie sich wieder aufheben lässt.« Sie seufzte. »Falls sie wirkungslos geblieben ist, dann ist er nichts als tot und wir vermögen nichts mehr für ihn zu tun.«

Noch immer im Zustand gänzlicher Verunsicherung, schüttelte Joram trübsinnig das Haupt und die letzte Vorspiegelung von Gefasstheit wich, als er endlich den Tränen freien Lauf gewährte, die er bisher zurückgehalten hatte. Als er auf die Fersen sackte und enthemmt zu weinen anfing, das Antlitz in seinen Händen verborgen, schloss seine Schwester ihn erneut in die Arme und er klammerte sich an sie, ließ ihre sanftmütige Gegenwart ihre so beruhigende Wirkung auf sein Inneres ausüben, mit Evaine in tiefgründiger geistiger Verbindung, welche alle Ebenen erfasste, seine und ihre Seele ineinander verschmelzen, bis das Gewirr der Empfindungen sowie die widerstreitenden Regungen von Herz, Verstand und Gewissen allmählich verebbten und sich verliefen, sodass nach und nach von neuem Ordnung und Ausgeglichenheit in sein Gemüt Einzug hielten. Evaine, mit ihrem Bruder in so vollständiger, umfassender Geistesverschmelzung aufgegangen, wie sie lange Zeit hindurch keine zustande gebracht hatten, die Arme um ihn geschlungen, widmete ihre inwendigen Betrachtungen erneut dem Mann, der oberhalb ihrer Häupter als Leichnam auf der Totenbahre ruhte.

Sie wusste nicht mit Sicherheit, was aus ihrem Vater geworden war, doch hegte sie die feste Absicht, es in Erfahrung zu bringen. Und falls es einen Weg gab, um ihn zurück in diese irdische Welt zu holen, seine Wunden zu heilen und ihn dem Leben wiederzugeben, ihn aus einem Zwischenzustand zurückzurufen, der kein Tod war, aber auch kein Leben, wie sie es kannten, dann würden sie und Joram selbigen Weg entdecken, und wenn darüber ihres Erdendaseins gesamter Rest verstreichen sollte.

Allein konnten sie es nicht schaffen, soviel war ihr schon jetzt klar. Doch jene, deren Beistand sie suchen musste, durften nicht alles wissen. Außer ihr selbst und Joram gab es nun keinen anderen Lebenden mehr, der die Wahrheit über Camber-Alister wusste, und so hatte es zu bleiben. Dem um Sankt Camber gerankten Mythos musste der Bestand gesichert sein. Sobald hier die Porta Itineris erstellt war, würden sie ihres Vaters Leichnam in ein geheimes Versteck befördern, so wie Joram es den Bischöfen zur Zeit von Cambers Heiligsprechung ohnehin schon weisgemacht hatte, und so konnte dann diese Lüge nachträglich in eine Wahrheit verwandelt werden. Alister Cullen durfte sich nun zu guter Letzt endgültig zur letzten Ruhe betten, den über alles geliebten Jebedias an seiner Seite, gemeinsam mit dem kleinen Prinzen Aidan … und Rhys. Alle sollten sie – wenigstens für eine gewisse Zeitspanne – in der Kapelle jener verborgenen und mittlerweile auch durch einen Banntrutz beschirmten michaelitischen Bastion, in welcher vor etlichen Jahren so vieles seinen Anbeginn genommen hatte, ihren Frieden finden.

Und was damals angefangen worden war, das sollte weiter seinen Lauf nehmen. Dieweil Cambers Leichnam nun endlich da war – wenngleich sie darauf hofften, ihn letzten Endes wiedererwecken zu können –, stand ihnen der Mittelpunkt eines neuen, kleineren, noch geheimeren Kreises derynischer Eingeweihter und ihnen verbündeter Menschen zur Verfügung, der neben dem ursprünglich begründeten Camberischen Rat bestehen sollte, welchletzterer dann die Aufgaben versehen mochte, die bis vor kurzer Frist Queron Kinevans Orden Sankt Cambers Knechte erfüllt hatte. Selbst Joram würde dazu imstande sein – trotz all seiner glaubensmäßigen Bedenken und sittlichen Vorbehalte –, eine solche Sache zu unterstützen; denn in den jüngst vergangenen, so grässlich gewesenen Tagen, in denen das Anwachsen von der Regenten Wahnwitz sich mit gräulicher Deutlichkeit gezeigt, das ganze scheußliche Maß der lange befürchteten Verfolgung des derynischen Volksstammes sich enthüllt hatte, war auch er zu der Einsicht gekommen, dass Cambers Heiligkeit einen nutzreichen Sinn besaß. Ungeachtet der strittigen Frage, ob des Vaters Heiligsprechung vielleicht eine gewisse Berechtigung hatte oder vollauf unberechtigterweise erfolgt war, hatte Camber in seinem Leben zahllosen Menschen ebenso wie Deryni, ein mustergültiges Vorbild gegeben und sich für sie als Quell der Kraft erwiesen, und keinem der beiden wäre es eingefallen, an dieser Beispielhaftigkeit ihres Vaters zu rütteln. Während Evaine und ihr Bruder nach Mitteln und Wegen forschten, um Camber nach Möglichkeit zurück in diese Welt zu holen, konnte der geheime Orden, den sie zu gründen gedachten, als Hüter selbigen Beispiels wirken, die Kunde weitertragen, dass Camber – trotz aller gegenteiligen Behauptungen der Bischöfe – nicht fort sei, dass seine wohltätige Aufmerksamkeit auch weiterhin Gwynedd gehöre, sogar über seiner sterblichen Hülle Vergehen hinaus.

Das Volk mochte in seinem Gedenken an Sankt Camber Stärkung und Stütze finden. In den Monden und Jahren, die nun kommen mussten, würde sicherlich mancherlei Widriges geschehen, in dessen Ablauf sie eines derartigen Rückhalts bedurften, zumal die Aussicht außerordentlich gering war, dass Javan, Tavis, Revan oder sonst einer der anderen irgendeine entscheidende Wende einzuleiten vermochte. Und wenn es Evaine und Joram unterdessen gelang, der Welt tatsächlich einen handlungsfähigen Camber wiederzuschenken – nun, das konnte dem Lauf der Weltgeschichte nur von größtem Nutzen sein.

Evaine seufzte abermals und drückte ihren Bruder noch einmal etwas fester an sich und ein Lächeln stahl sich auf ihre Lippen, als sie verspürte, wie er sich allmählich beruhigte, die so vernunftbetonte, geordnete Gleichgewichtigkeit wiederkehrte, die seine Gemütsverfassung gewöhnlich kennzeichnete, als sie ersah, dass er sich den Zukunftsaussichten, welche ihre Betrachtungen entwarfen, zu stellen vermochte. In der Tröstlichkeit ihrer gemeinsamen Entschlossenheit ließ sie ihren Geist völlig im seinigen aufgehen. Da schien es einen flüchtigen Augenblick lang, als geselle sich ein Dritter zu ihnen, und es war, als streichle eine vertraute Hand Evaines Wange, berühre Jorams Schopf, mit einer Festigkeit, die ebenso eine Segnung bezeugte wie auch ein Zeichen der Liebe war, und viel zu wirklichkeitsgetreu spürbar, als dass es sich um bloße Täuschung handeln könnte.

Kaum waren sie ihrer gewahr geworden, da verschwand die sonderbare Erscheinung, und die Geschwister fuhren auseinander, blickten sich in äußerster Verwunderung an. Gemeinsam erhoben sie sich, schlangen einer die Arme um des anderen Hüften, betrachteten das befremdlich vertraute Antlitz des Verschiedenen auf der Totenbahre.

Sie wussten nun, er war bei ihnen – nicht allein in jenem Sinn, so mochte es sein, dass alle Toten zumindest in ihrem Andenken bei jenen weilen, die sie lieben und von denen sie geliebt werden, sondern womöglich gar auf irdisch nähere Weise. Einbildung oder Wirklichkeit, Erinnerung oder Wahrnehmung – nun hatten derlei Unterschiede schwerlich noch eine Bedeutung. Vor über einem Jahrzehnt hatten Camber und seine Kinder eine große Aufgabe begonnen. Gemeinschaftlich hatten sie, derweil die Jahre ins Land gingen, unter allerlei Opfern dieser Aufgabe Erfüllung verfolgt und zusammen würden sie sich auch künftig dafür einsetzen, solange sie dazu in der Lage blieben. Evaine und Joram waren nicht die Letzten; vielmehr waren sie nur anfängliche Glieder in der langen Kette der Ordnung, welche in der Zeit rückwärts und vorwärts reichte, einem jeden Halt bot, der sie, hin und her geworfen auf den Fluten des Chaos, zu ergreifen sich entschloss. Die Zukunft, das waren jene Angehörigen der nächsten Geschlechter – Ansel, Rhysel, Tieg und auch der junge Camlin, ja –, sie waren die kommenden Bannerträger von Cambers hochhehren Idealen. Und diese jungen – und noch andere, nicht einmal alle davon Deryni –, Heiler und Träumer und Bewahrer des von Männern wie Camber überlassenen Erbes – sie würden die Hoffnung von allem Morgen sein.

Als andere Trauernde in die Kapelle kamen und die Geschwister sich umwandten, um sie willkommen zu heißen, da hätte Evaine beschworen, dass sie ihren Vater lächeln sah.

GILLES SERVAT
DER MYTHOS DES ARKTUR

Gilles Servat beschwört in leidenschaftlich lyrischer Sprache den Gesang von Meer und Himmel ebenso wie das Klirren der Schwerter in der Schlacht. Seine Helden sind so hart und kompromißlos wie die Helden der irischen Mythen. Es gibt nur wenige Autoren, die den Leser derart in ihren Bann ziehen.

Gilles Servat ist ein in Frankreich sehr bekannter Dichter, Sänger und Musiker. Nun beweist er, daß er auch ein ausgezeichneter Erzähler ist.

Band 20 398

Band 20 399

Band 20 400

BASTEI LÜBBE

Europa im 5. Jahrhundert christlicher Zeitrechnung. Es ist die Zeit der Völkerwanderung, eine Zeit, in der die Gestalten der Mythologie in das Licht der Geschichte treten. Dies ist die Zeit des tapferen Volkes der Burgunden, deren Schicksal es ist, zwischen den vordringenden Hunnen und dem zerfallenden, doch immer noch mächtigen Römischen Reich zermalmt zu werden.
Und es ist die Geschichte eines Außenseiters: Sigfrid, Gestaltwandler und Wanderer zwischen den Welten. Sein Schicksal wird bestimmt von zwei Frauen: Gudrun, der goldenen Prinzessin der Burgunden, und Brunhild, einer jungen Kriegerin aus dem Hause Attilas und eine Verstoßene der Walkyriun.

ISBN 3-404-20380-1

BASTEI LÜBBE